Photoshop CS4

U0095482

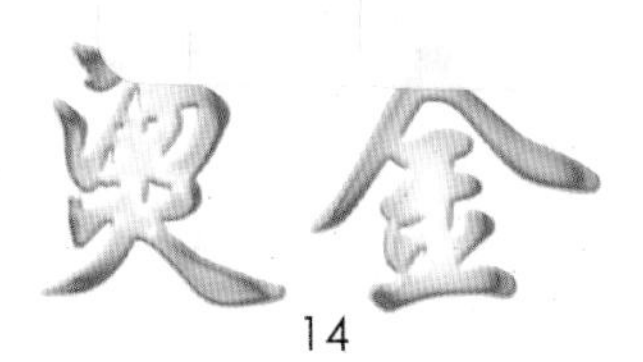

14

Gg

42

WOOD

38

55

The Wold

60

63

marble

88

ABX

90

3

USER

27

SUN

37

21

Texture

53

40

74

cow

72

11

57

YES

23

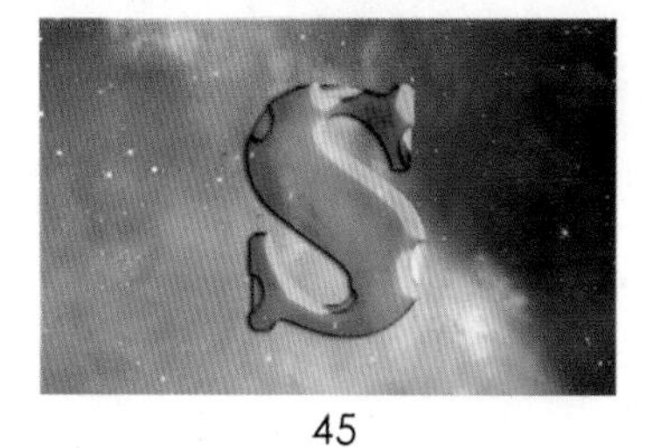

45

4

火热

15

84

109 125 113 128 100
160 116 157 118 140
143 131 103 108
96 98 127 122
150 156 105
154 164 168 167

Photoshop CS4

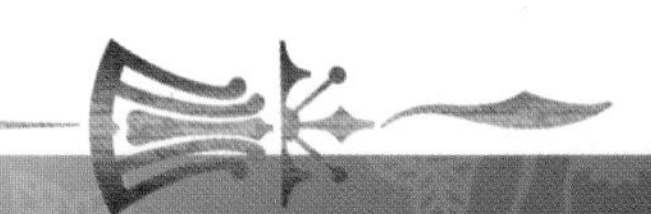

256 270 278 262

272 280 282 284 275 271

293 263 300

297 299 288

292 265 294 296

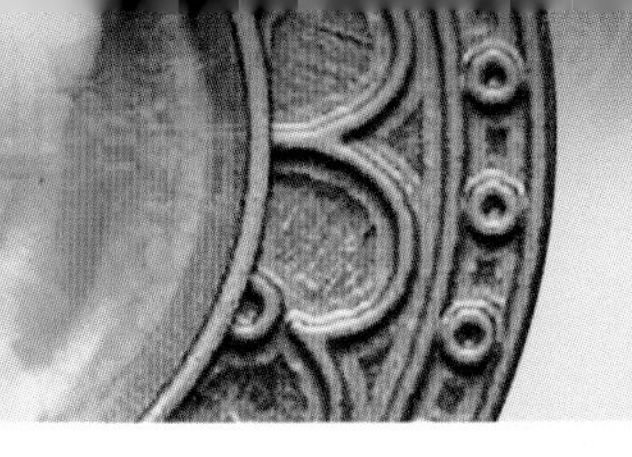

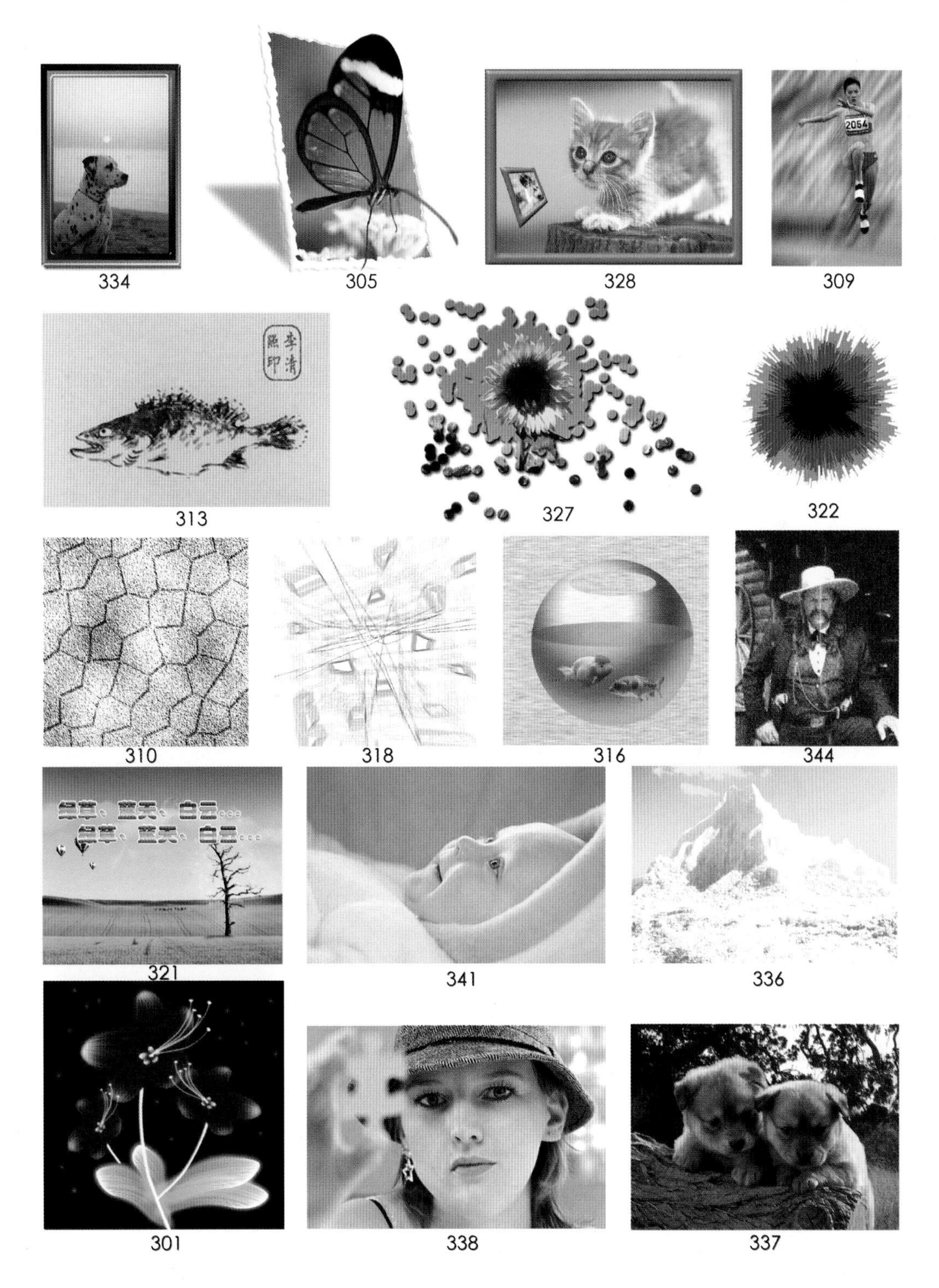
334
305
328
309
313
327
322
310
318
316
344
321
341
336
301
338
337

母亲节纪念卡
2007 4451 1256 8WQA
Time
CH 07
375
372
370
43
366
352
Hot
355
2007
June
351
373
358
357
347
362
个人简历
MY RESUME
379
photoshop cs4
入门与进阶实例
PHOTOSHOP
380
364
Yearing for Romantic
371
饮茶养生
茶
365
345
348
350
356
369
LOOKS CAN LIKE
Gorgeous
378
COMPANY HOTMAN
368
349

一脉

神话大型多媒体图形图像系列丛书

Photoshop CS4 经典380例

三恒星科技 编著

電子工業出版社

Publishing House of Electronics Industry

北京 · BEIJING

内 容 简 介

本书深入浅出地介绍了380个Photoshop CS4经典实例，全面展示Photoshop CS4的特效创意和技法精粹。全书分为7篇，包括文字篇、纹理篇、滤镜篇、图像篇、创意篇、数码照片处理篇和应用实例特效设计篇，涵盖了Photoshop各主要应用领域。书中的案例均经过精心设计，创意独特，效果精美；操作步骤讲解深入细致，重点突出。

本书适用于从事平面设计、绘画、网页制作、数码处理的广大读者，同时也可供相关培训学校和高等美术院校相关专业师生作为参考书和教材。

本书配有多媒体教学光盘，书中用到的素材可从华信教育资源网（www.hxedu.com.cn）免费下载。彩图中的数字对应正文中的实例序号。

图书在版编目（CIP）数据

Photoshop CS4经典380例 / 三恒星科技编著. —北京：电子工业出版社，2010.1
（“神话”大型多媒体图形图像系列丛书）
ISBN 978-7-121-09997-7

Ⅰ. P… Ⅱ. 三 Ⅲ. 图形软件，Photoshop CS4 Ⅳ. TP391.41

中国版本图书馆CIP数据核字（2009）第218542号

责任编辑：张来盛 zhangls@phei.com.cn 特约编辑：石灵芝
印 刷：北京东光印刷厂
装 订：三河市鹏成印业有限公司
出版发行：电子工业出版社
北京市海淀区万寿路173信箱 邮编 100036
开 本：787×1 092 1/16 印张：40.25 字数：900千字 彩插：3
印 次：2010年1月第1次印刷
印 数：4 000册 定价：69.00元（含光盘1张）

凡所购买电子工业出版社图书有缺损问题，请向购买书店调换。若书店售缺，请与本社发行部联系，联系及邮购电话：（010）88254888。

质量投诉请发邮件至zlts@phei.com.cn，盗版侵权举报请发邮件至dbqq@phei.com.cn。

服务热线：（010）88258888。

Photoshop CS4

前 言

Adobe Photoshop 诞生于 20 世纪 80 年代末，经过最初设计者 Thomas Knoll 和 Adobe 公司程序员们的辛勤努力，Adobe Photoshop 目前已经成为苹果机和 PC 上最优秀的图形图像编辑软件。Photoshop 从最初的版本发展到今天的 Photoshop CS4 版本，不断开发出独特的性能优秀的特性，为它赢得了广大的客户。今天，不仅艺术家、广告设计者把它作为得力助手，许多刚刚从事艺术设计的人也使用它，并且可以设计出以前只有专业人员才能设计出的效果来。Photoshop 这些杰出的性能使得它在图形图像编辑领域一直处于领先的地位。

本书精心选择了 380 个应用实例，主要目的是为了使读者快速地掌握最新版本 Photoshop CS4 的使用方法。与 Photoshop CS3 相比，Photoshop CS4 增加了很多新的功能，如：

（1）在界面方面，重新设计了新的界面样式，去掉了 Windows 本身的“蓝条”，直接以菜单栏代替，在菜单栏的右侧，有一批应用程序按钮，常规的操作功能都在这里，如移动、缩放、显示网格标尺、新的旋转视图工具（Rotate View Tool），等等。在 CS4 中打开多个页面后，会以选项卡式文档来显示，因此还多出了一个排列文档（n-up）下拉面板，它可以控制多个文件在窗口中的显示方式。

（2）在调整面板中，新增了一个自然饱和度（Vibrance）调整命令。

（3）新增的蒙板面板比较直观，用于创建基于像素和矢量的可编辑蒙板，并将调整边缘、色彩范围以及反相功能以按钮的形式融入面板中，使蒙板的穿件和修改更加轻松惬意。

（4）Photoshop CS4 可以方便地通过 Alt 和 Shift 等快捷键配合鼠标右键来调整画笔的大小和边缘柔化程度。

（5）Photoshop CS4 中重新设计了减淡、加深和海绵工具。减淡、加深工具增加了保护色调（Protect Tones），海绵工具增加了细节饱和度选项。在处理图片时，可更好地保留原图的颜色、色调和纹理等重要信息，避免过分处理图像的暗部和亮度，修改后看上去会更加自然。

（6）在工具箱中增加了两组专门的三维工具，一组用来控制三维对象，一组用来控制摄像机。菜单中新增了从图层新建三维明信片（new 3D postcard from layer）命令，可以把普通的图片转换为三维对象，并可以使用工具和操纵杆来调整其位置、大小和角度等。

Photoshop CS4 在功能上完善了很多，使用户操作更加方便，创作效果更加美妙。本书的实例由浅入深、循序渐进，而且对实例进行分门别类。这样，使读者能直接找到自己需要参考的实例进行模仿，进而快速上手，完成自己的工作或学习任务。部分实例的效果

做成彩色插页，其中的数字与正文中的实例序号对应。

本书共分 7 篇，分别为：

第一篇文字篇，主要介绍文字效果的制作方法；

第二篇纹理篇，通过 52 个实例介绍现实和奇幻两方面的纹理效果；

第三篇滤镜篇，通过 96 个滤镜效果作品，介绍 Photoshop CS4 内置滤镜的强大功能；

第四篇图像篇，主要通过 53 个实例，介绍 Photoshop CS4 图像实例的制作方法；

第五篇创意篇，通过 39 个实例主要介绍 Photoshop CS4 在平面创意上的应用；

第六篇数码照片处理篇，通过 26 个实例，介绍利用 Photoshop CS4 对数码照片进行修正和美化的使用方法和功能特效；

第七篇应用实例特效设计篇，通过 17 个经典实例，介绍利用 Photoshop CS4 进行特效设计的方法。

为帮助读者理解和掌握，本书采用以下标识：

参数说明：用来对操作步骤和属性的参数进行说明；

提醒注意：对可能出现的问题及时进行提醒；

重点提示：对 Photoshop 软件的基础知识进行介绍；

操作技巧：介绍作者的经验和技巧，方便读者进一步学习。

另外，为了使广大读者能够更清楚地了解实例的制作过程，本书还配有多媒体教学光盘，并将书中用到的大部分素材文件放在华信教育资源网上，需要这些素材的读者可从华信教育资源网（www.hxedu.com.cn）免费下载。

本书由北京三恒星科技公司编著，参加编写工作的有：刘群、赵光、姚国玲、赵木青、刘文涛、赵辉、邓小禾、田颖、姜艳波、王波波、吴丽、王雪、兰婵丽、邹晓琳、赵文博等。多媒体光盘由北京三恒星科技公司多媒体部制作。欢迎广大读者提出宝贵意见和建议。

Photoshop CS4

目　录

第一篇　文　字　篇

本篇重点

- 毛皮字、火焰字、晶体字和透明字的制作
- 框架字、水蒸气字、烫金字的制作
- 透明浮雕字、螺旋字、金属质感字的制作
- 蛇皮字、冰凌字、倒角字的制作
- 生锈的 3D 字的制作
- 沙滩字、饼干字、像素字的制作
- 大理石碎裂文字、木炭字、双色字的制作

本篇通过 95 个实例，主要介绍文字效果的制作方法。文字工具在 Photoshop 制图的过程中经常会被用到，通过对文字的字体、大小和形状的改变，可以制作出各种效果的文字，还可以产生阴影、立体、倾斜等特殊效果。

实例 1——风吹字

本例主要通过风滤镜来制作风吹效果的文字。（学习难度：★★★）

（1）执行“文件”→“打开”菜单命令，打开图像，如图 1-1 所示。

（2）选择横排文字工具，字体选择“华文琥珀”，输入文字，颜色设置为“R:0;G:74;B:137”，如图 1-2 所示。

图 1-1　打开图像

图 1-2　输入文字

（3）执行“滤镜”→“风格化”→“风”菜单命令，如图 1-3 所示。

（4）如果风的效果不明显，可以按 Ctrl+F 键多次执行，直到满意为止。最终效果如图 1-4 所示。

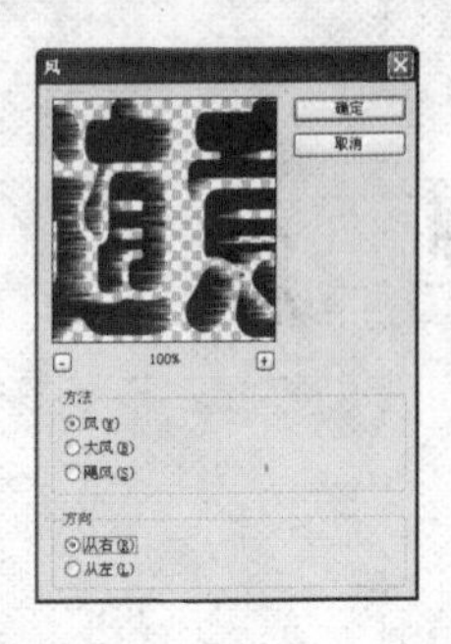

图 1-3 设置“风”

图 1-4 风吹字效果

实例 2——波纹字

本例通过扭曲滤镜中的波纹滤镜制作出水面波纹效果的文字。（学习难度：★★★）

（1）执行“文件”→“新建”菜单命令，建立一个 RGB 图像文件，设置其宽度和高度均为 500 像素，分辨率为 300 像素/英寸。

图 1-5 输入文字

（2）选择横排文字工具，字体选择“华文琥珀”，输入文字，颜色设置为“R:39;G:148;B:210”，如图 1-5 所示。

（3）执行“滤镜”→“扭曲”→“波纹”菜单命令，设置参数如图 1-6 所示。将文字栅格化，其效果如图 1-7 所示。

（4）复制文字层，并调整“不透明度”为 45%。适当移动文字层的位置，形成阴影效果，最终效果如图 1-8 所示。

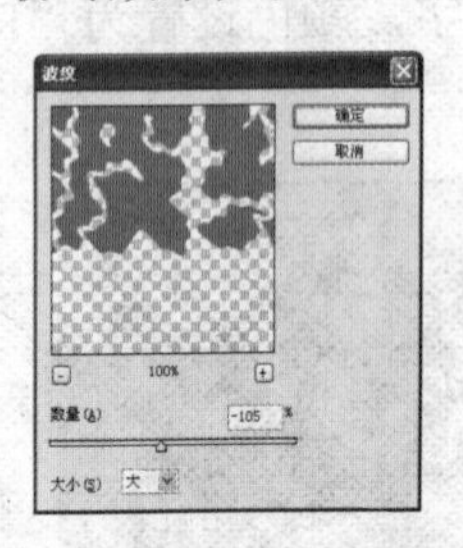

图 1-6 设置“波纹”

图 1-7 波纹效果

图 1-8 波纹字效果

实例 3——毛皮字

本例通过设置画笔面板和画笔工具制作具有毛皮效果的特效字。（学习难度：★★★★）

（1）使用 Ctrl+N 键，新建一个宽度为 600 像素、高度为 400 像素、填充背景为白色的文档，将“颜色模式”选为“RGB 颜色”，具体设置内容如图 1-9 所示。

（2）在文档中输入文字，字体为“Arial Black”，如图 1-10 所示。

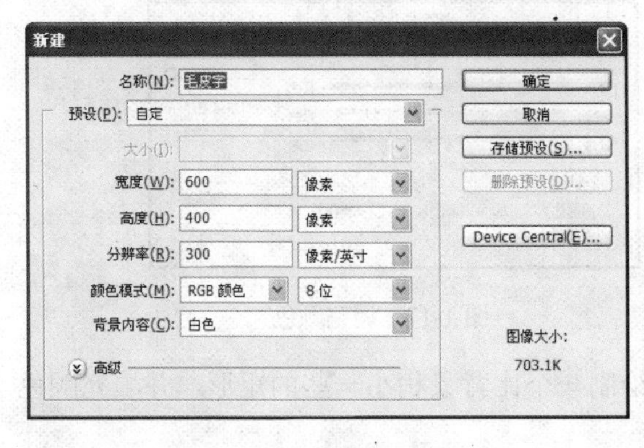

图 1-9　新建文档

图 1-10　输入文字

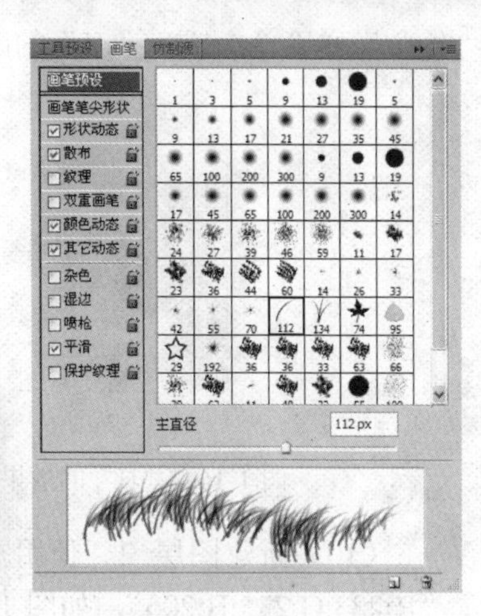

图 1-11　设置笔尖形状

（3）新建一个图层，打开画笔面板，设置笔尖形状如图 1-11 所示。

（4）选择画笔工具，然后根据字的大小适当地调整画笔的大小，在字的上方不断地使用画笔工具，绘制出毛皮的效果，如图 1-12 所示。

（5）按 Ctrl+T 键自由变换，单击鼠标右键，选择“顺时针旋转 90 度”，并将毛皮移动到适当的位置，如图 1-13 所示。

（6）复制图层 1 几次，并适当地移动皮毛，形成浓密的皮毛效果，如图 1-14 所示。

图 1-12　使用画笔工具

（7）向下合并除背景层和文字层以外的所有图层，得到图层 1。复制图层 1，按 Ctrl+T 键自由变换，单击鼠标右键，选择“水平翻转”，并移到适当的位置，如图 1-15 所示。

图 1-13　移动皮毛

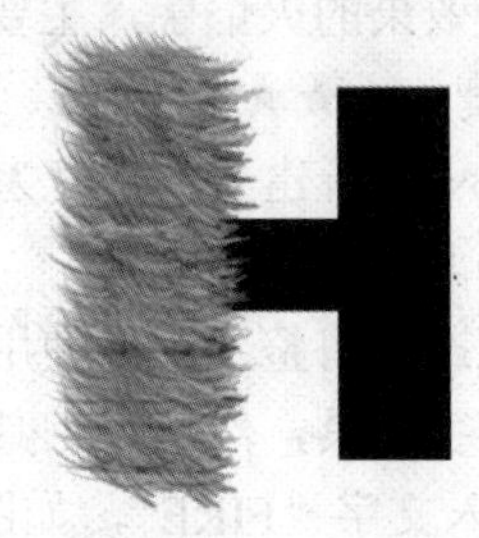

图 1-14　复制图层效果

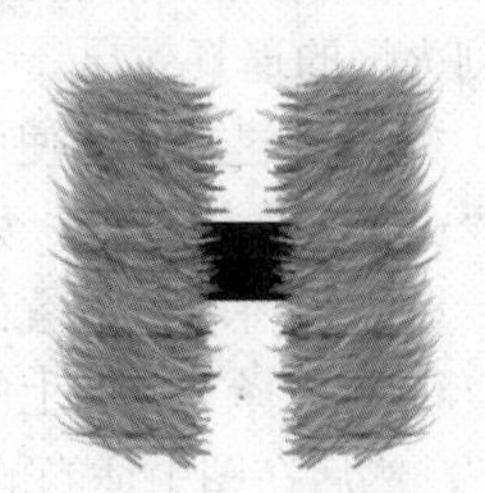

图 1-15　毛皮效果

（8）调整画笔的大小，用画笔工具继续绘制剩余的笔画，然后对其他部分进行添加，以达到自然的效果，如图 1-16 所示。

（9）删除文字层，合并除背景层以外的所有层。执行“图像”→“调整”→“色彩平

衡”菜单命令，调整“H”的颜色，如图 1-17 所示。

图 1-16　“H”的效果

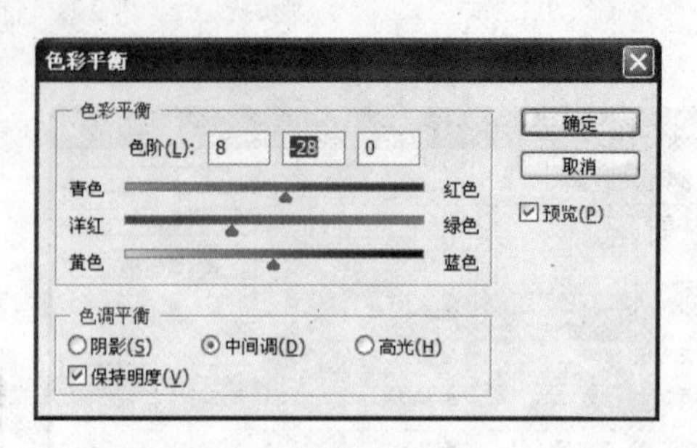

图 1-17　调整颜色

（10）新建图层 2。使用矩形选框工具绘制一个比背景稍小一些的矩形，并填充颜色“R:233;G:235;B:206”，如图 1-18 所示。

（11）在图层 2 中，执行“滤镜”→“扭曲”→“波纹”菜单命令，设置“数量”为 999%，“大小”为“中”。将图层 2 调整出一个形状来。

（12）用同样的方法可以绘制出其他的毛皮字来，最终效果如图 1-19 所示。

图 1-18　填充矩形

图 1-19　毛皮字效果

实例 4——火焰字

本例制作一个具有熊熊燃烧效果的火焰字，主要是利用涂抹工具涂抹出火焰的形状，得到火焰的逼真效果。（学习难度：★★★★）

（1）新建文件。使用 Ctrl＋N 键新建一个宽度为 400 像素、高度为 300 像素，并命名为“火焰字”的文件，如图 1-20 所示。

（2）保持颜色设置的默认状态，将整个图像使用黑色填充。

（3）选择工具箱上的横排文字工具，然后在工具栏选项中选择字体为“BankGothic Lt BT”，然后在图中适当的位置输入文字“FIRE”，如图 1-21 所示。

（4）在文字层上单击鼠标右键，选择“栅格化文字”命令。

（5）执行“图像”→“图像旋转”→“90 度顺时针”菜单命令，将画布旋转。

（6）执行“滤镜”→“风格化”→“风”菜单命令，选择风，将方向选择为从左侧，如图 1-22 所示。由于生成的风吹效果不够明显，所以连续使用几次风滤镜，就可得到所需的效果。

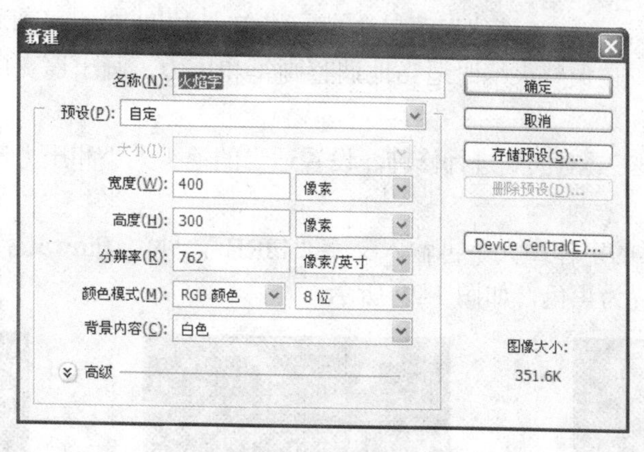

图 1-20　新建文件

（7）执行“滤镜”→“模糊”→“高斯模糊”菜单命令，将半径设为“1.5”，如图 1-23 所示。

图 1-21　输入文字

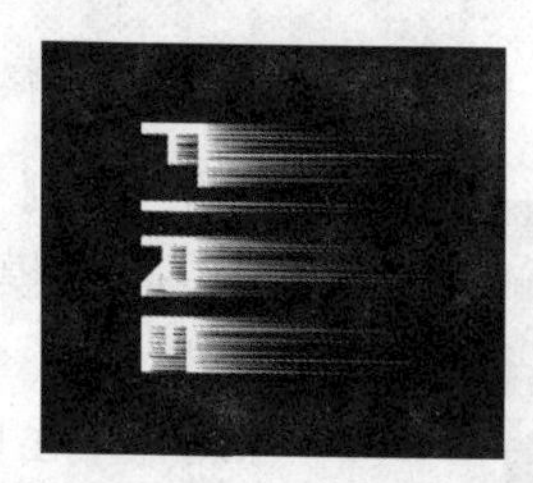

图 1-22　风滤镜效果

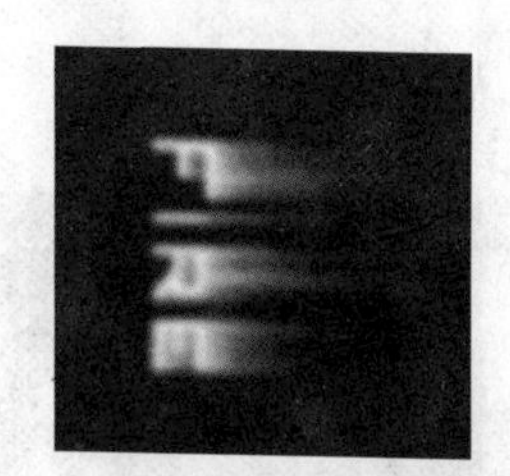

图 1-23　高斯模糊

（8）执行“图像”→“图像旋转”→“90 度逆时针”菜单命令，将画布旋转回原来的状态。

（9）执行“图像”→“调整”→“色相/饱和度”菜单命令，在弹出的对话框中设置“色相”为 45，“饱和度”调整为 100，“明度”为–46，得到如图 1-24 所示的黄色火焰效果。

（10）复制文字 Fire 层，执行“图像”→“调整”→“色相/ 饱和度”，在弹出的对话框中设置“色相”为–40，得到如图 1-25 所示的红色火焰效果。

（11）将 Fire 层副本的图层混合模式设置为“颜色减淡”，将红色和黄色混合，得到火焰的颜色，如图 1-26 所示。

图 1-24　调整黄色火焰

图 1-25　调整红色火焰

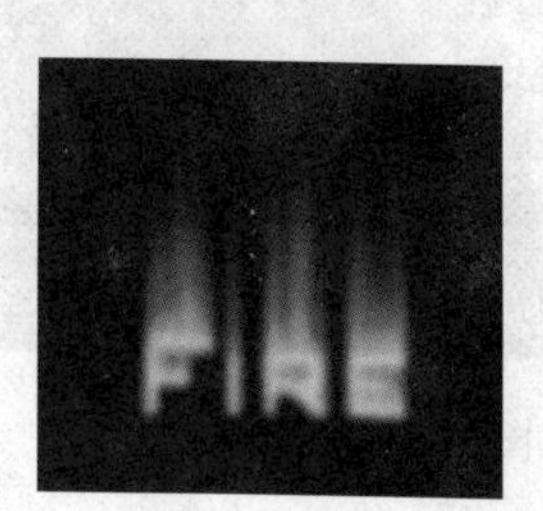

图 1-26　设置图层混合模式

（12）执行“滤镜”→“液化”菜单命令，将 Fire 层和 Fire 层副本合并。将画笔设置为 50，压力为 40，在调整火焰时适当地调整画笔和压力，画出逼真的火焰外观效果，如图 1-27 所示。

（13）选择涂抹工具对火焰进行修饰，设置适当的笔头大小和压力进行涂抹，如图 1-28 所示。

（14）使用同样的字体和大小再输入文字“FIRE”，并将 Fire 文字层移动到 Fire 层的上方，文字颜色设置为黑色，如图 1-29 所示。

图 1-27　火焰外观效果

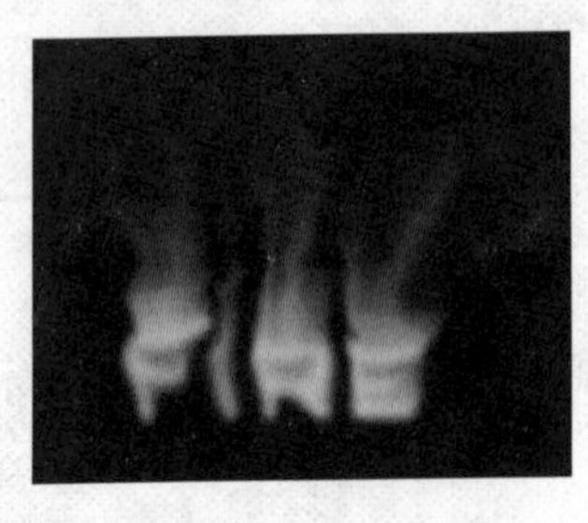

图 1-28　涂抹火焰

图 1-29　输入文字

图 1-30　增加火焰的亮度

（15）复制 Fire 层，将它移动到 Fire 文字层的上方，图层混合模式设置为滤色。增加火焰的亮度，如图 1-30 所示。

（16）单击图层下方的“添加蒙版”按钮，设置颜色为前白后黑。选择渐变工具，设置渐变类型为“从前景色到背景色”，渐变范围为从文字的顶部到底部，其效果如图 1-31 所示。

（17）新建一个图层，按住 Alt 键不放，在下拉菜单中选择“合并可见图层”命令，此时的新图层将包含下面可见层的所有内容，这个命令是“盖印可见图层”，如图 1-32 所示。

（18）调整该图层的大小和方向，最终效果如图 1-33 所示。

图 1-31　渐变文字效果

图 1-32　盖印可见图层

图 1-33　火焰字效果

实例 5——晶体字

本例将制作具有晶莹剔透效果的晶体字。（学习难度：★★★）

（1）按 Ctrl + N 键新建一个宽度为 600、高度为 400、背景为白色的文档。

（2）设置前景色颜色为“R:37;G:58;B:169”，然后选择横排文字工具输入“let’s go”，选择的字体为“Times New Roman”，字体属性为“Bold Italic”，如图 1-34 所示。

（3）按住 Ctrl 键单击文字图层，选中文字。执行“选择”→“修改”→“收缩”菜单命令，输入收缩量为“5”，缩小选区，如图 1-35 所示。

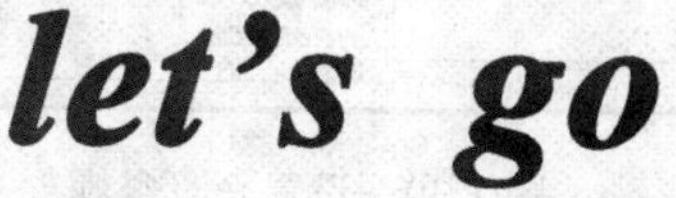

图 1-34　输入文字

图 1-35　缩小选区

（4）设置前景色为白色，新建图层 1，用前景色填充选区。然后按 Ctrl+D 键取消选区。

（5）分别 3 次执行“滤镜”→“模糊”→“高斯模糊”菜单命令，设置“半径”分别为 9、4、2。然后设置该图层的“不透明度”为 5%，图层的混合模式为颜色渐淡。其效果如图 1-36 所示。

（6）按住 Ctrl 键单击文字图层，选中文字。打开通道面板，单击存储选区按钮，选中新建的 Alpha1 通道，然后分别 3 次执行“滤镜”→“模糊”→“高斯模糊”菜单命令，设置“半径”分别为 9、4、2。

（7）按 Ctrl + Shift +I 键进行反选，按 Delete 键删除，最后按 Ctrl + D 键取消选择选区，如图 1-37 所示。

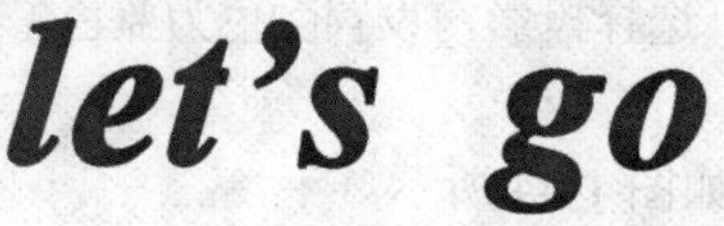

图 1-36　文字效果

图 1-37　通道文字效果

（8）回到图层面板，栅格化文字图层。按住 Ctrl 键单击原始文字图层，得到文字的选区。

（9）新建图层 2，拖动图层 2，使其在所有图层的最上面。用黑色填充刚才的选区，并设置图层的混合模式为“滤色”，如图 1-38 所示。

（10）执行“滤镜”→“渲染”→“光照效果”菜单命令，设置光照参数如图 1-39 所示。此时的光照效果如图 1-40 所示。

（11）执行“图像”→“调整”→“曲线”菜单命令，对文字的效果进行调整，如图 1-41 所示。调整完毕的效果如图 1-42 所示。

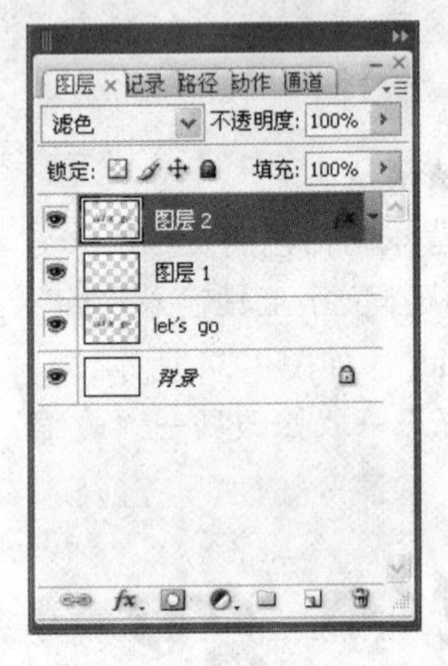

图 1-38　图层面板

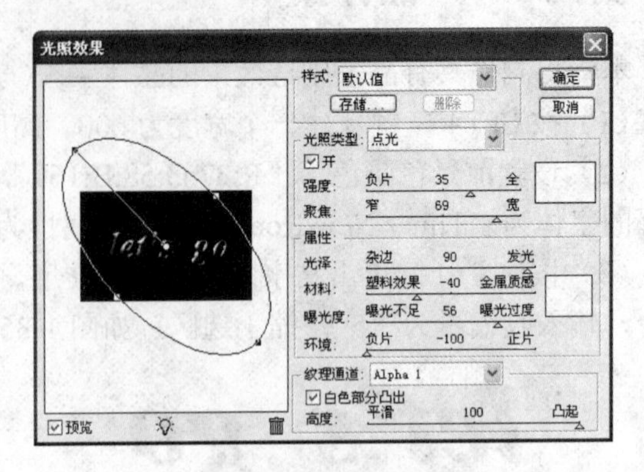

图 1-39　设置光照参数

图 1-40　光照效果

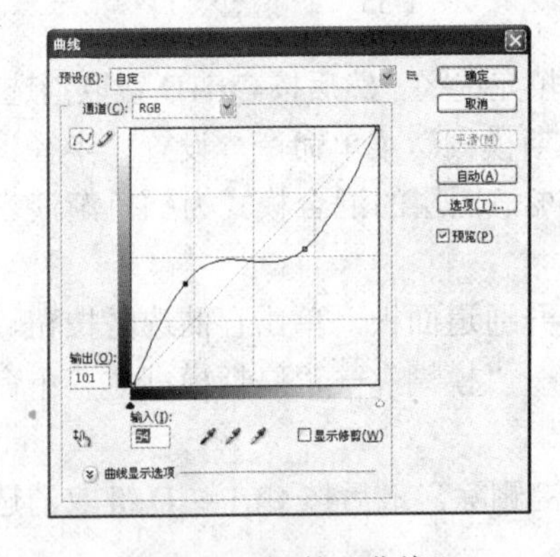

图 1-41　调整“曲线”

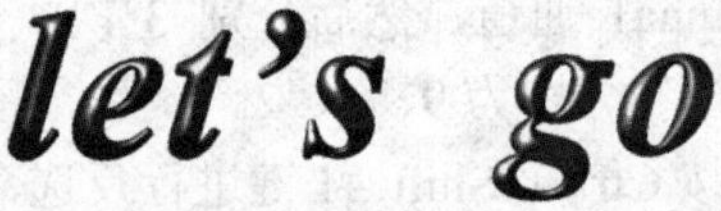

图 1-42　曲线效果

（12）回到文字层，打开“图层样式”对话框，选择投影，设置颜色为蓝色，如图 1-43 所示。

（13）为文字添加一个投影，得到最终效果，如图 1-44 所示。

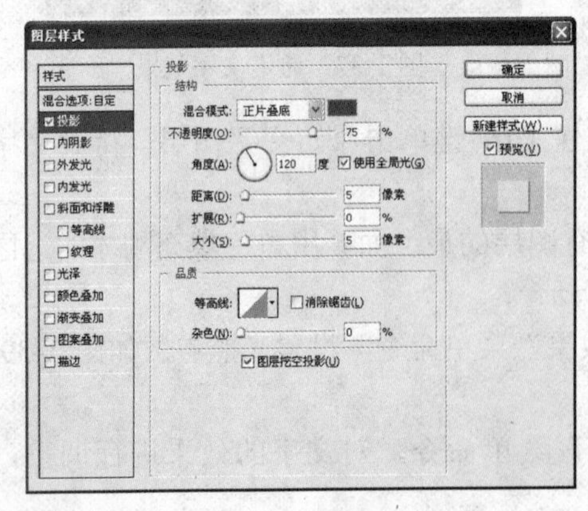

图 1-43　设置投影

图 1-44　晶体字效果

实例6——碎片字

本例将利用碎片滤镜来处理文字的效果。（学习难度：★★★）

（1）执行“文件”→“打开”菜单命令，打开图像，如图1-45所示。

（2）选择横排文字蒙版工具，输入文字，如图1-46所示。

图1-45　打开图像

图1-46　输入文字

（3）按Ctrl+C键复制，按Ctrl+V键粘贴出新图层。新建图层2，填充白色，拖到图层1和背景层的中间，如图1-47所示。

（4）复制图层1，执行“滤镜”→“像素化”→“碎片”菜单命令，可以执行多次，得到效果如图1-48所示。

（5）最后，调整图层1的“不透明度”为60%，最终效果如图1-49所示。

图1-47　复制文字

图1-48　碎片效果

图1-49　碎片字最终效果

实例7——霓虹字

本例将利用滤镜效果制作霓虹字。（**学习难度：★★★**）

（1）执行“文件”→“新建”菜单命令，建立一个RGB图像文件，设置其宽度为500像素，高度为300像素，分辨率为300像素/英寸。然后填充背景为黑色。

（2）使用横排文字工具，输入文字“lighting”，颜色为白色，如图1-50所示。

（3）执行“滤镜”→“艺术效果”→“霓虹灯光”菜单命令，提示是否栅格化文字图层，设置参数如图1-51所示。得到最终效果如图1-52所示。

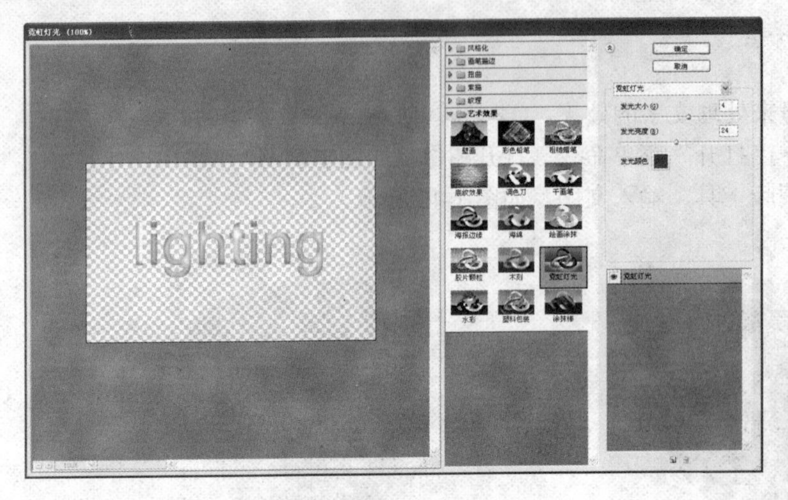

图 1-51　设置霓虹灯光参数

图 1-50　输入文字

图 1-52　霓虹字效果

实例 8——环绕字

本例将制作文字环绕苹果的效果，用到的是变形文字的方法，还可以通过沿路径输入文字的方法进行制作。（学习难度：★★★★）

（1）选择“文件”→“打开”命令，打开一幅背景图像，如图 1-53 所示。

（2）选择工具箱上的横排文字工具，然后在图中合适位置输入文字，如图 1-54 所示。

图 1-53　打开背景图像

图 1-54　输入文字

（3）单击“变形文字”按钮，设置“样式”为“扇形”，如图 1-55 所示。

（4）变形后的文字效果如图 1-56 所示。在文字层上单击鼠标右键并选择“栅格化文字”命令。

（5）将文字图层复制，执行“编辑”→“变换”→“垂直翻转”菜单命令，并向下拖，形成如图 1-57 所示的效果。

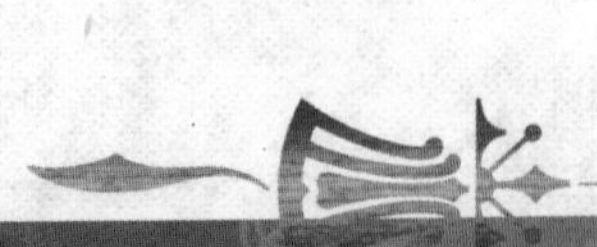

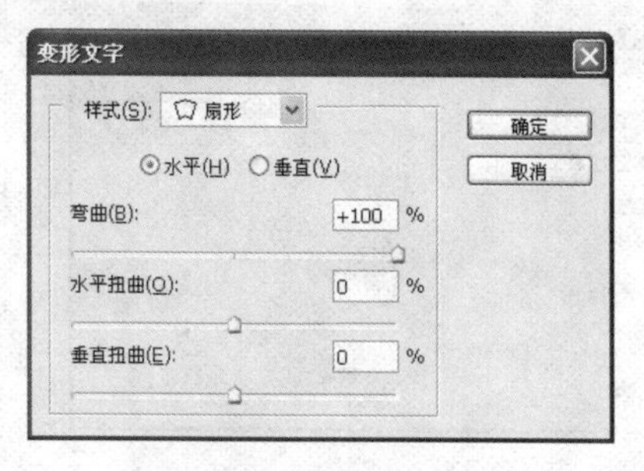

图 1-55　设置“变形文字”　　图 1-56　变形文字效果　　图 1-57　文字效果

（6）将两个文字图层合并。

（7）按 Ctrl+T 键自由变换，按住 Ctrl 键将文字进行调整，如图 1-58 所示。

（8）使用橡皮擦工具将挡在苹果后面的文字擦除，如图 1-59 所示。

（9）这样，环绕苹果的文字就完成了。还可以多复制几个文字层，并用同样方法调整，得到最终效果如图 1-60 所示。

图 1-58　调整文字

图 1-59　擦除被挡的文字

图 1-60　环绕字效果

实例 9——透明字

本例将制作晶莹剔透的透明文字效果。（学习难度：★★★★）

（1）执行“文件”→“打开”菜单命令，打开图像，如图 1-61 所示。

（2）选择竖排文字工具，输入文字，如图 1-62 所示。

（3）按 Ctrl 键单击文字层，调出选区。执行“选择”→“存储选区”菜单命令，设置内容如图 1-63 所示，自动生成 Alpha1。

（4）在通道面板中，复制 Alpha1 为 Alpha1 副本，得到的效果如图 1-64 所示。

（5）执行“滤镜”→“其他”→“位移”菜单命令，设置参数如图 1-65 所示。

（6）选择 RGB 通道，回到图层面板。删除文字层，执行“选择”→“载入选区”菜单命令，“通道”选为“Alpha1”，如图 1-66 所示。

（7）再次执行“选择”→“载入选区”菜单命令，如图 1-67 所示。“通道”选为“Alpha1 副本”，并从选区中减去。

图 1-61　打开图像　　图 1-62　输入文字

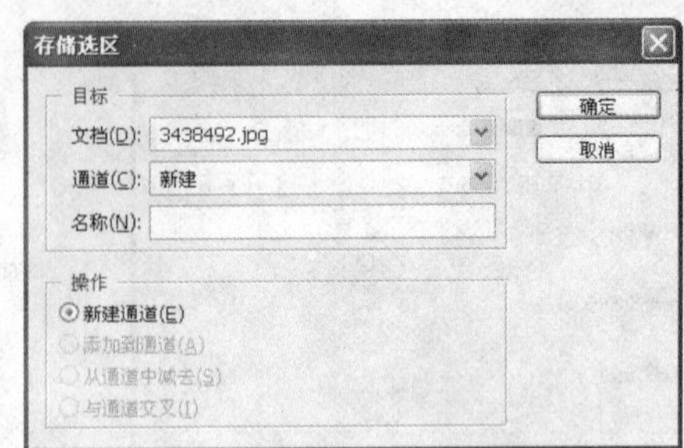

图 1-63　存储选区

图 1-64　Alpha1 副本

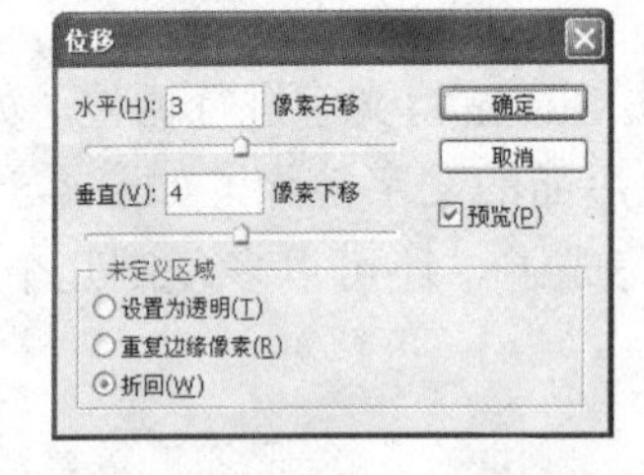

图 1-65　设置“位移”

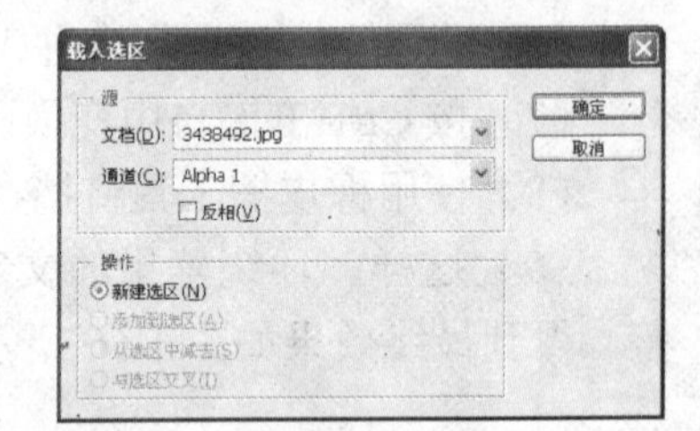

图 1-66　载入 Alpha1

（8）执行“图像”→“调整”→“亮度/对比度”菜单命令，设置参数如图 1-68 所示。亮度/对比度效果如图 1-69 所示。

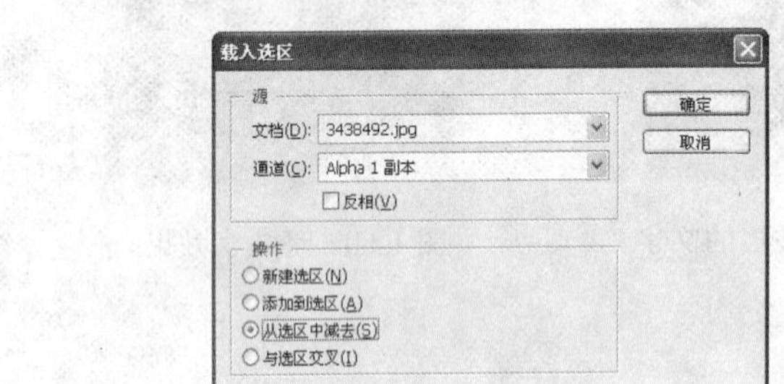

图 1-67　从选区中减去

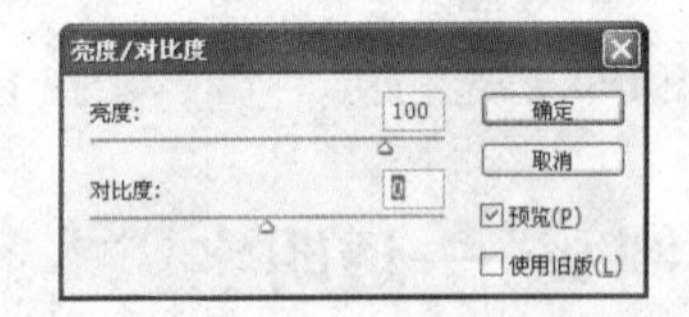

图 1-68　设置“亮度/对比度”

（9）用同样的方法，先载入 Alpha1 副本的选区，再载入 Alpha1 的选区，并从选区中减去。再次执行“图像”→“调整”→“亮度/对比度”菜单命令，设置参数如图 1-70 所示，得到最终阴影效果如图 1-71 所示。

图 1-69　亮度/对比度效果

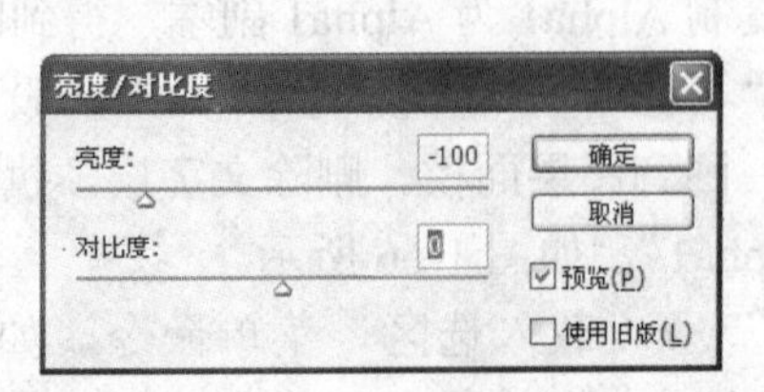

图 1-70　再次设置“亮度/对比度”

图 1-71　透明字

实例 10——渐变发光字

本例所制作的文字效果很简单，主要是利用渐变工具以及混合图层模式的设置得到的。（学习难度：★★★）

（1）执行“文件”→“新建”菜单命令，建立一个 RGB 图像文件，设置其宽度为 500 像素，高度为 300 像素，分辨率为 300 像素/英寸。然后填充背景为黑色。

（2）使用横排文字工具，输入文字，颜色为白色，字体尽量粗一些，如图 1-72 所示。

（3）栅格化文字层，并复制一层。隐藏文字副本层，在文字层中执行“滤镜”→“模糊”→“高斯模糊”菜单命令，设置“半径”为 6.5，其效果如图 1-73 所示。

图 1-72　输入文字

图 1-73　高斯模糊效果

（4）按 Ctrl 键单击文字层，选择渐变工具，渐变模式选择“颜色”，渐变颜色的设置如图 1-74 所示。渐变效果如图 1-75 所示，可以多次渐变使颜色鲜艳些。

（5）显示文字副本层，将混合模式设置为“变亮”。得到最终效果，如图 1-76 所示。

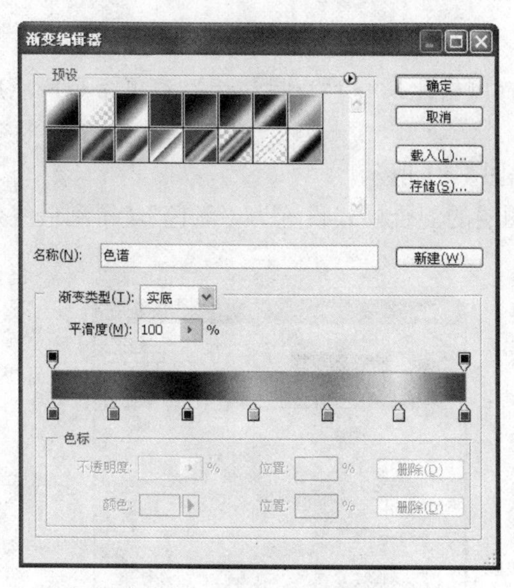

图 1-74　渐变颜色的设置

图 1-75　渐变效果

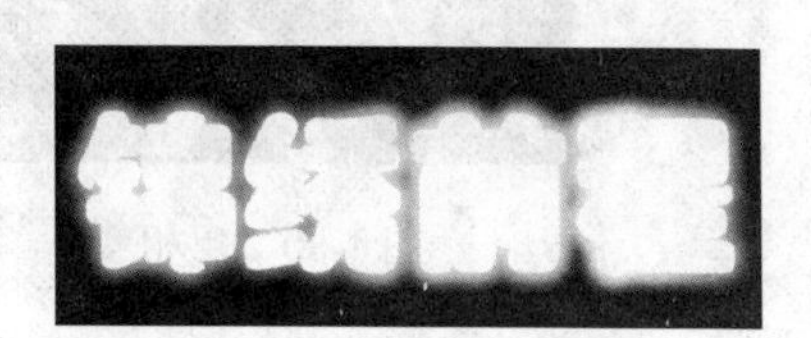

图 1-76　渐变发光字效果

实例 11——框架字

本例制作的框架字效果既具有立体感，又具有层次透明感，方法简单又实用。（学习

难度：★★★★）

（1）执行“文件”→“新建菜单”命令，建立一个 RGB 图像文件，设置其宽度为600 像素，高度为 500 像素，分辨率为 300 像素/英寸。

（2）填充背景为黑色，设置前景色为白色，并输入文字“生命之源”，如图 1-77 所示。

（3）栅格化文字，然后执行“滤镜”→“模糊”→“动感模糊”菜单命令，设置参数如图 1-78 所示。动感模糊效果如图 1-79 所示。

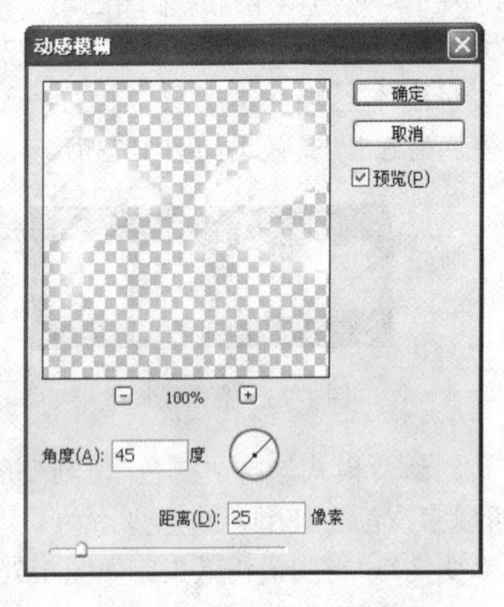

图 1-78 设置“动感模糊”

图 1-77 输入文字

图 1-79 动感模糊效果

（4）合并所有图层，执行“滤镜”→“风格化”→“查找边缘”菜单命令，然后反相，得到的效果如图 1-80 所示。

（5）选择渐变工具，渐变颜色的设置如图 1-81 所示。

（6）新建图层 1，进行渐变。然后将图层的混合模式设置为“颜色”，得到最终效果如图 1-82 所示。

图 1-80 反相

图 1-82 框架字效果图

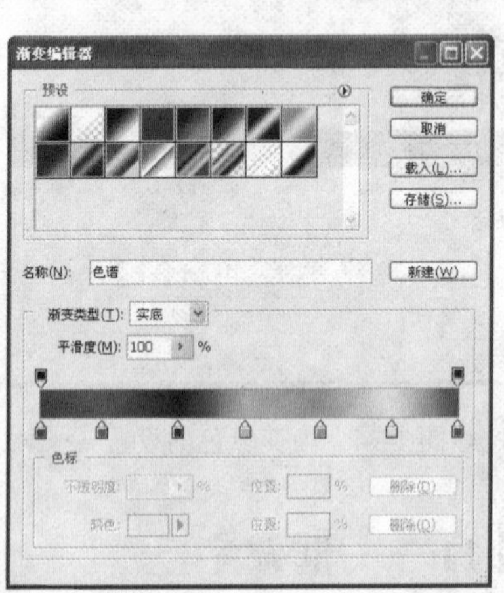

图 1-81 设置渐变颜色

实例 12——层叠字

本例将利用设置图层面板的不透明度来制作层叠字效果。（学习难度：★★★）

（1）执行“文件”→“打开”菜单命令，打开图像，如图 1-83 所示。输入文字，颜色设置为“R:69;G:122;B:219”。

（2）栅格化文字，复制文字层，并按 Ctrl+T 键进行旋转，并调整“不透明度”为 80%，如图 1-84 所示。

（3）复制文字层副本，同样进行旋转，角度稍大些，并调整“不透明度”为“60%”，如图 1-85 所示。

图 1-83　打开图像

图 1-84　旋转并设置“不透明度”

（4）用同样的方法，再次复制两个文字层，旋转之后设置“不透明度”分别为 40% 和 20%。最后，将文字层拖到最上方，得到最终效果如图 1-86 所示。

图 1-85　再次旋转

图 1-86　层叠字效果

实例 13——水蒸气字

本例将制作水蒸气效果的文字，水蒸气的那种雾气腾腾的感觉是通过风格化滤镜来实现的。（学习难度：★★★★★）

（1）执行“文件”→“新建”菜单命令，建立一个 RGB 图像文件，设置其宽度为 500 像素，高度为 400 像素，分辨率为 300 像素/英寸。

（2）在通道面板中新建通道 1，输入文字，如图 1-87 所示。

图 1-87　输入文字

（3）复制通道 1，执行“图像”→“调整”→“反相”菜单命令，然后并将图像逆时针旋转 90 度，如图 1-88 所示。

（4）执行“滤镜”→“风格化”→“风”菜单命令，“方法”选为“风”，方为向“从右”，再次选择风滤镜，此次的方向为“从左”。得到效果如图 1-89 所示。

（5）反相通道 1 副本，然后复制通道 1 副本为副本 2，继续反相并执行风滤镜，得到相应的效果之后反相回来，如图 1-90 所示。

图 1-88　反相旋转

图 1-89　风效果

图 1-90　通道 1 副本效果

（6）执行“滤镜”→“风格化”→“扩散”菜单命令，“模式”设为“正常”，然后执行“滤镜”→“扭曲”→“波纹”菜单命令，“数量”为 100%，“大小”为“中”。将图像顺时针旋转 90 度，效果如图 1-91 所示。

（7）回到图层面板，填充背景为黑色，执行“选择”→“载入选区”菜单命令，选择通道 1 副本，填充白色，然后再次载入选区，选择通道 1 副本 2，填充白色，得到如图 1-92 所示的效果。

图 1-91　滤镜效果

图 1-92　填充选区

（8）在面板下方的创建新的填充或调整图层中选择渐变映射，设置颜色由黑色到黄色，如图 1-93 所示。得到最终效果如图 1-94 所示。

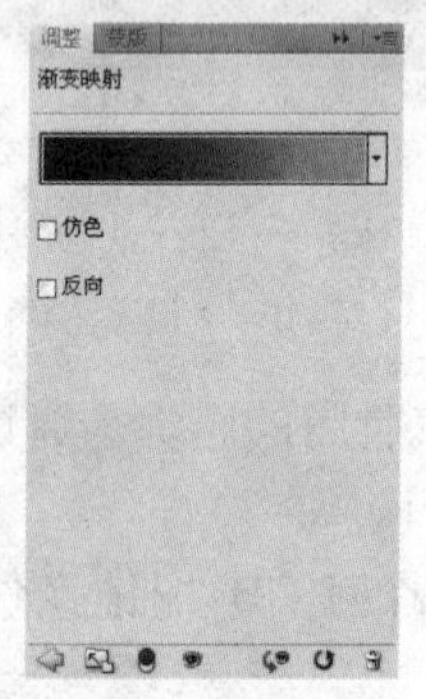

图 1-93　设置“渐变映射”

图 1-94　水蒸气字效果

实例 14——烫金字

烫金字就是要制作出那种金光灿烂的效果，本例通过图层样式调整出文字的立体效果，然后对其颜色进行调整。（学习难度：★★★★★）

（1）执行“文件”→“新建”菜单命令，建立一个 RGB 图像文件，设置其宽度为 600 像素，高度为 500 像素，分辨率为 300 像素/英寸。

图 1-95　输入文字

（2）按 D 键恢复默认颜色设置。然后输入文字，如图 1-95 所示。

（3）打开“图层样式”对话框，选择“外发光”，设置参数如图 1-96 所示。

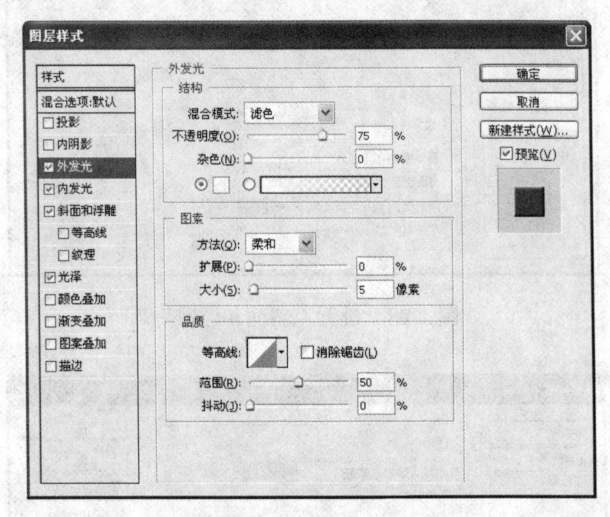

图 1-96　设置“外发光”

（4）选择“内发光”，设置参数如图 1-97 所示。

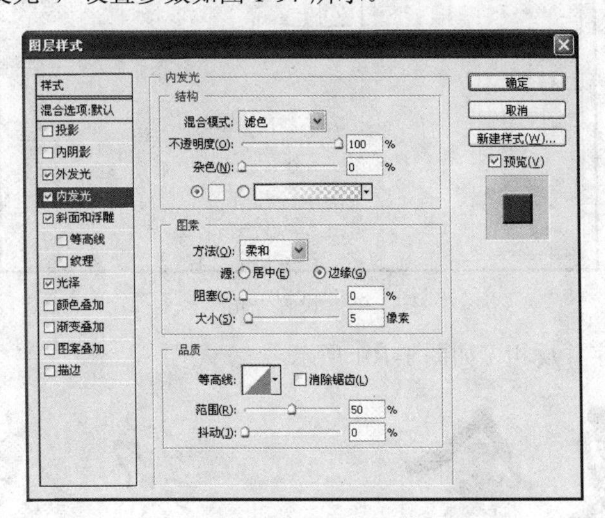

图 1-97　设置“内发光”

（5）选择“斜面和浮雕”，设置参数如图 1-98 所示。

（6）选择“光泽”，设置参数如图 1-99 所示。设置的效果如图 1-100 所示。

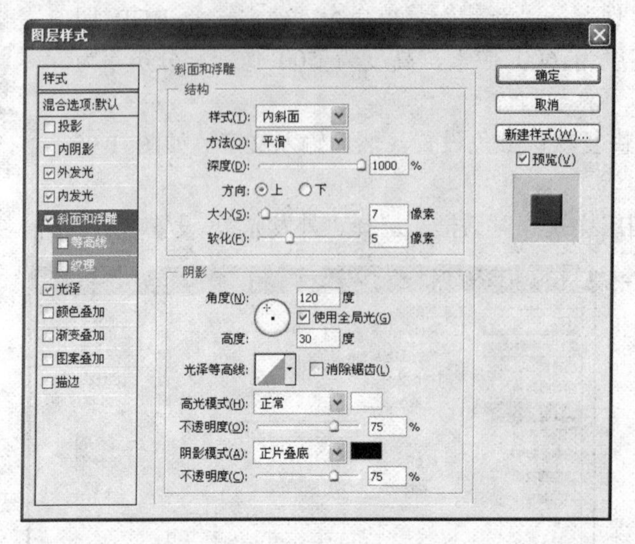

图 1-98　设置“斜面和浮雕”

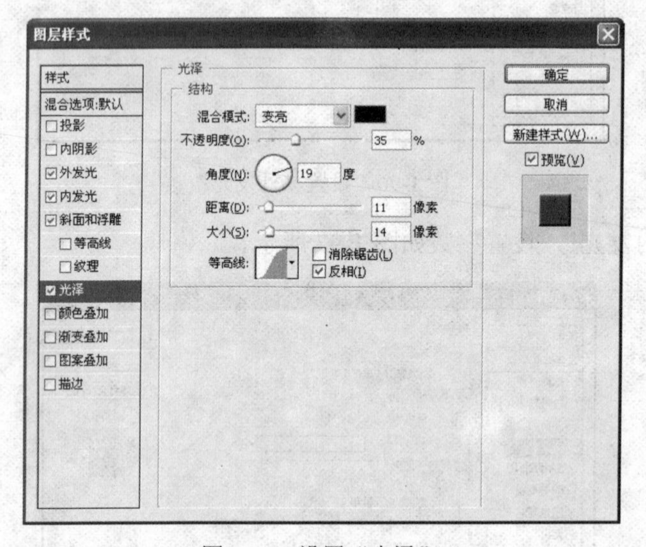

图 1-99　设置“光泽”

（7）栅格化文字并反相，如图 1-101 所示。

图 1-100　光泽效果

图 1-101　栅格化并反相

（8）执行“滤镜”→“风格化”→“浮雕效果”菜单命令，设置参数如图 1-102 所示。

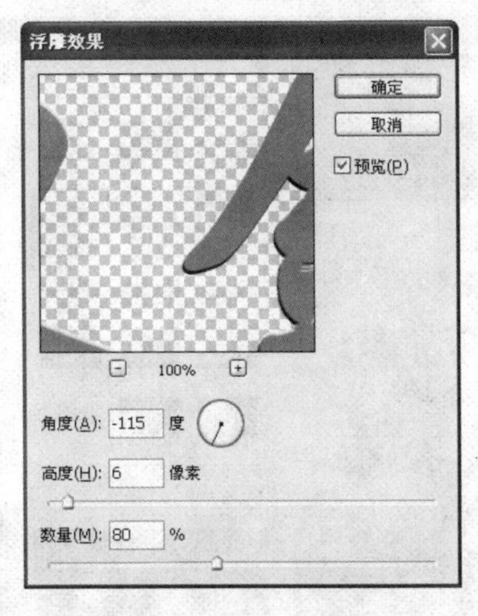

图 1-102　设置“浮雕效果”

（9）执行“滤镜”→“艺术效果”→“塑料包装”菜单命令，设置参数如图 1-103 所示。

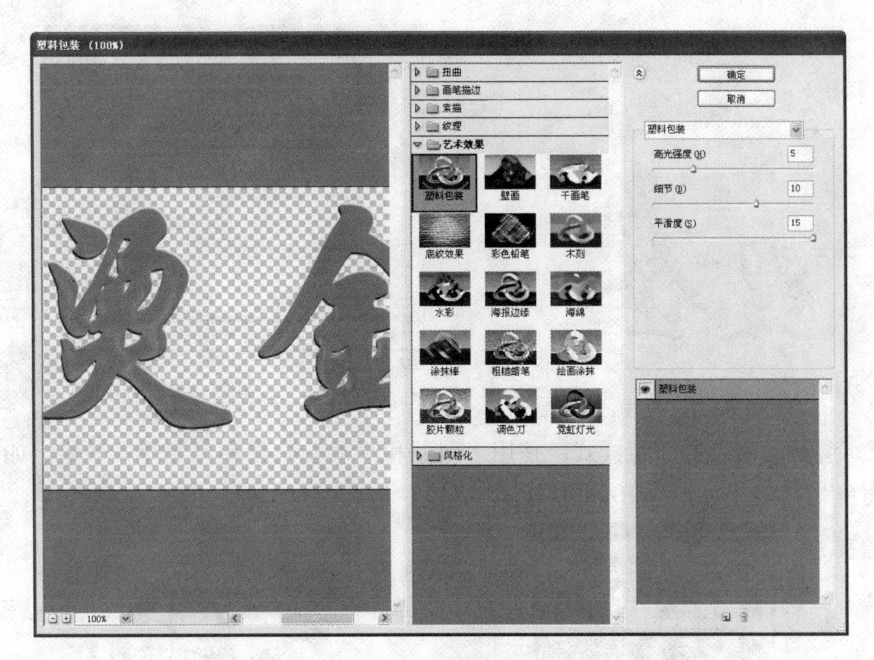

图 1-103　设置“塑料包装”

（10）执行“滤镜”→“素描”→“影印”菜单命令，设置参数如图 1-104 所示。设置效果如图 1-105 所示。

（11）复制文字层，反相并将混合模式设置为“差值”。合并两个文字层，执行“图像”→“调整”→“色相/饱和度”菜单命令，设置参数如图 1-106 所示。调整颜色如图 1-107 所示。

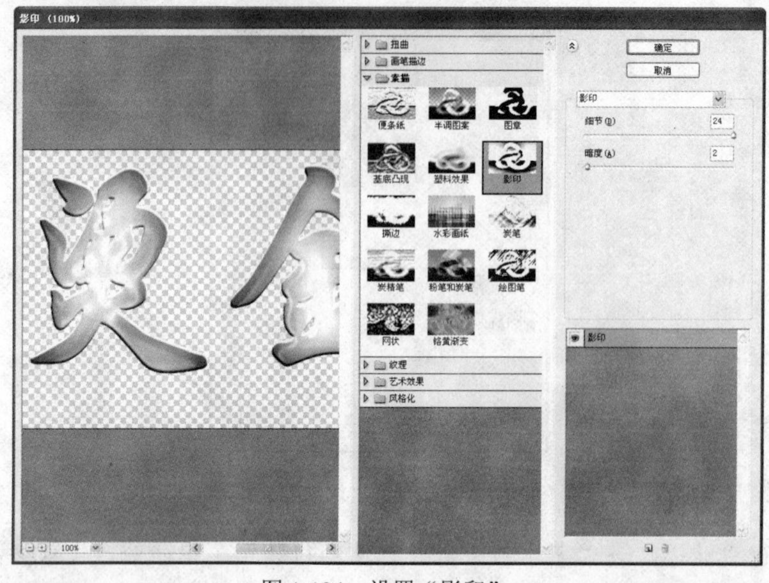

图 1-104　设置“影印”

图 1-105　滤镜效果

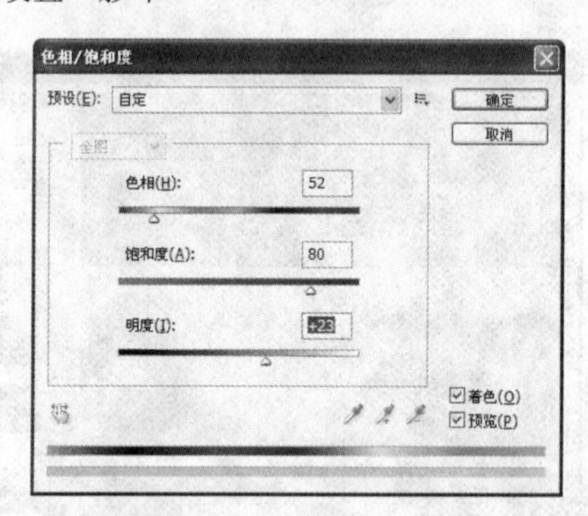

图 1-106　设置“色相/饱和度”

（12）展开文字层的图层样式，使用“斜面和浮雕”效果和“光泽”效果，如图 1-108 所示。得到最终效果如图 1-109 所示。

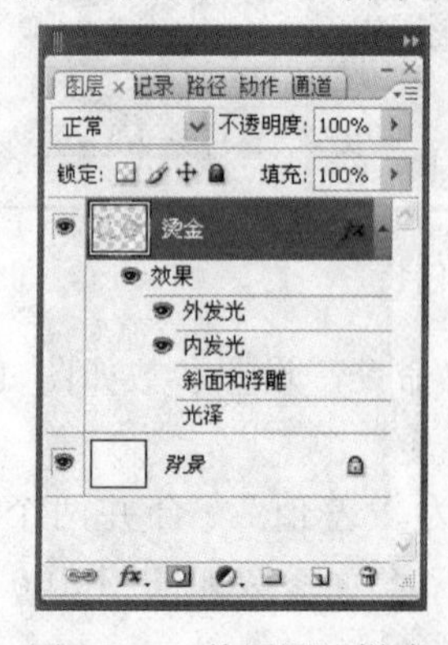

图 1-108　使用图层样式

图 1-107　色相/饱和度效果

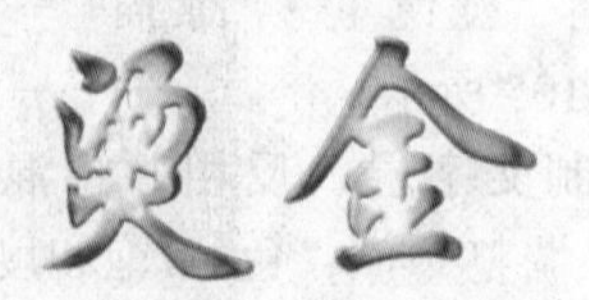

图 1-109　烫金字效果

实例 15——火热字

火热字好似夏日的阳光，照在哪里都是热气腾腾的效果。（学习难度：★★★★）

（1）执行“文件”→“新建”菜单命令，建立一个 RGB 图像文件，设置其宽度为 500 像素，高度为 300 像素，分辨率为 300 像素/英寸。

（2）背景填充为黑色，新建图层 1，前景色设置为白色。选择横排文字工具，输入文字，字体选择“隶书”，如图 1-110 所示。

（3）栅格化文字，再复制文字层，然后执行“滤镜”→“模糊”→“高斯模糊”菜单命令，设置“半径”为 3，效果如图 1-111 所示。

（4）再次复制文字层，执行“滤镜”→“模糊”→“动感模糊”菜单命令。设置“角度”为“120”，距离为“94”，并将文字稍微向上移动，如图 1-112 所示。

图 1-110　输入文字

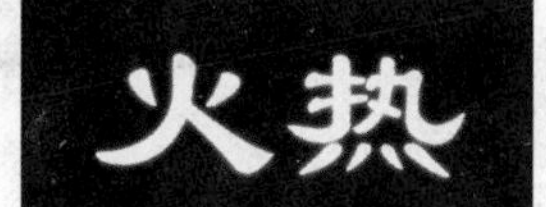

图 1-111　高斯模糊

图 1-112　动感模糊

（5）将文字层副本 2 拖到背景层上方。选中文字层副本，在面板下方创建新的填充或在调整图层中选择“渐变映射”，设置颜色由黑色→红色→黄色，如图 1-113 所示。得到最终效果如图 1-114 所示。

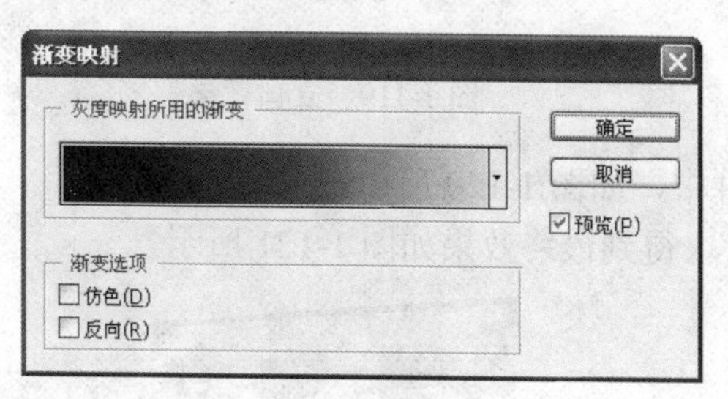

图 1-113　设置“渐变映射”

图 1-114　火热字效果

实例 16——立体字

本例将制作具有立体效果的文字。（学习难度：★★★）

（1）执行“文件”→“新建”菜单命令，建立一个 RGB 图像文件，设置其宽度为 500 像素，高度为 300 像素，分辨率为 300 像素/英寸。

（2）选择文字工具，设置前景色为“R:16;G:135;B:245”，如图 1-115 所示。

（3）栅格化文字，并按 Ctrl+T 键，单击鼠标右键选择“透视”命令，调整文字的形状，如图 1-116 所示。

（4）复制文字层。选择渐变工具，设置渐变颜色如图 1-117 所示。其蓝色比文字的蓝色稍深些。

幸福安康

图 1-115　输入文字

图 1-116　透视效果

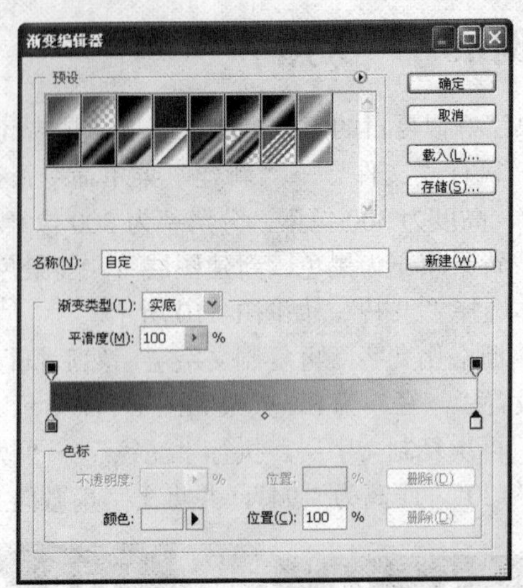

图 1-117　设置渐变颜色

（5）按 Ctrl 键单击文字层副本，填充渐变色，如图 1-118 所示。

（6）按住 Ctrl 和 Alt 键，按键盘上的向右移动键，向右复制图层。然后将文字层拖到最上方，如图 1-119 所示。

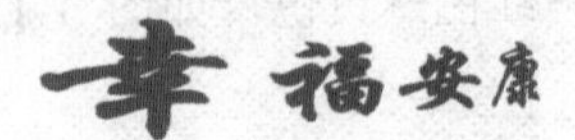

图 1-118　渐变效果

图 1-119　立体效果

（7）选择一个边框的图像，拖到文件中，如图 1-120 所示。

（8）按 Ctrl+T 键，同样选择“透视”。得到最终效果如图 1-121 所示。

图 1-120　加入边框

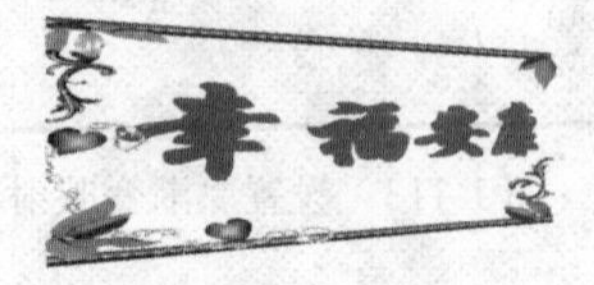

图 1-121　立体字效果

实例 17——点光字

本例将制作径向点光源的文字。（学习难度：★★★）

（1）执行“文件”→“新建”菜单命令，建立一个 RGB 图像文件，设置宽度为 600 像素，高度为 300 像素，分辨率为 300 像素/英寸。

（2）选择横排文字工具，输入文字，字体选为“Dutch801 XBd BT”，如图 1-122 所示。

（3）栅格化文字，复制文字层并隐藏。执行“滤镜”→“模糊”→“径向模糊”菜单命令，如图 1-123 所示。其效果如图 1-124 所示。

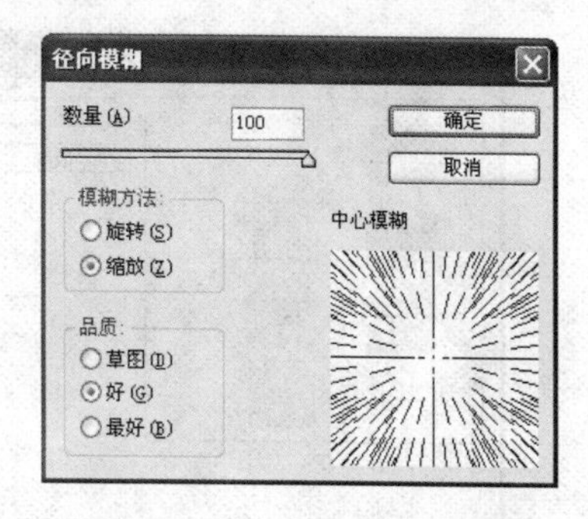

图 1-123　设置“径向模糊”

图 1-122　输入文字

图 1-124　径向模糊

（4）显示文字层。执行“滤镜”→“模糊”→“高斯模糊”菜单命令，设置参数如图 1-125 所示。得到最终效果如图 1-126 所示。

图 1-125　设置“高斯模糊”

图 1-126　点光字效果

实例 18——透明浮雕字

本例将通过浮雕效果滤镜来制作浮雕字的透明效果。(学习难度：★★★★)

图 1-127　输入文字

（1）执行“文件”→“打开”菜单命令，打开图像，设置前景色为白色，选择竖排文字工具，并输入文字，如图 1-127 所示。

（2）栅格化文字，并执行“滤镜”→“模糊”→“高斯模糊”菜单命令，设置参数如图 1-128 所示。

（3）执行“滤镜”→“风格化”→“浮雕效果”菜单命令，设置参数如图 1-129 所示。

（4）再次执行“浮雕效果”滤镜，参数不变，得到效果如图 1-130 所示。

（5）最后，将图层的混合模式设置为“强光”，得到最终效果如图 1-131 所示。

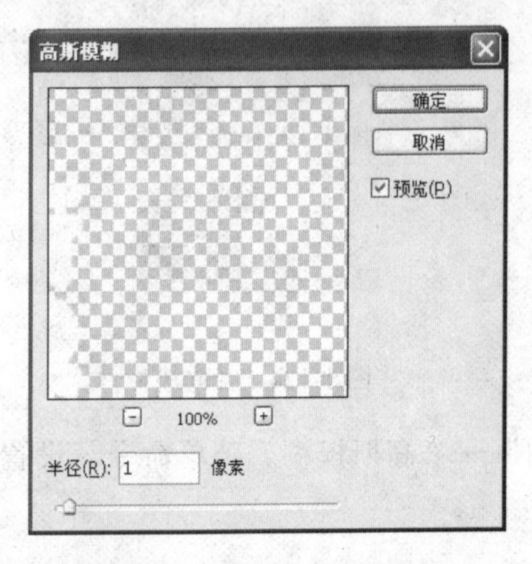

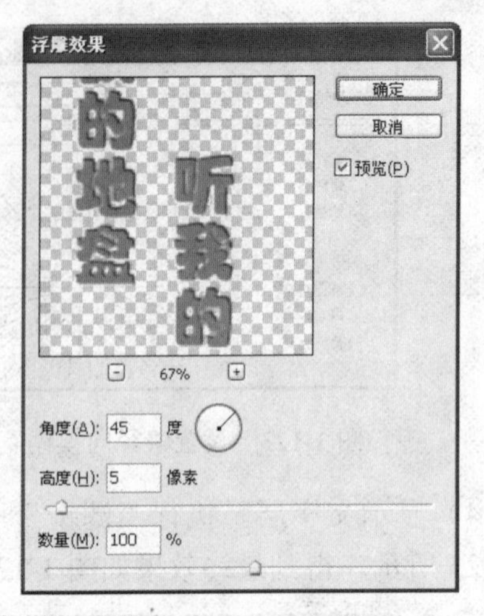

图 1-128　设置“高斯模糊”　　　　图 1-129　设置“浮雕效果”

图 1-130　浮雕效果　　　　图 1-131　透明浮雕字效果

实例 19——断裂字

本例将制作一款简单的断裂字效果。（学习难度：★★★）

（1）执行“文件”→“新建”菜单命令，建立一个 RGB 图像文件，设置其宽度为 500 像素，高度为 500 像素，分辨率为 300 像素/英寸。

（2）选择横排文字工具输入文字“断裂”，字体为“隶书”。颜色为“R;76;G:131;B:34”，如图 1-132 所示。

（3）栅格化文字，并选择矩形选框工具绘制一个细长的矩形，如图 1-133 所示。

（4）按 Delete 键删除选区内容，将矩形选区向下移动，并继续删除，得到如图 1-134 所示的效果。

（5）添加倒影效果，然后复制文字层，按 Ctrl+T 键垂直翻转文字，得到如图 1-135 所示的效果。

（6）继续按 Ctrl+T 键，单击鼠标右键并选择“斜切”命令，调整文字的形状，如图 1-136 所示。

（7）最后，将文字层副本的“不透明度”设置为 50%，得到最终效果如图 1-37 所示。

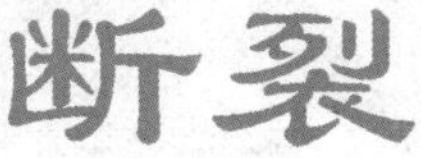

断裂　　断裂　　断裂

图 1-132　输入文字 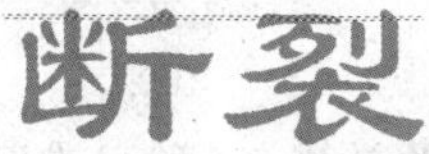　　图 1-133　绘制矩形 　　图 1-134　删除选区

图 1-135　垂直翻转文字

图 1-136　调整文字

图 1-37　断裂字效果

实例 20——倒影字

本例将制作水面倒影文字效果，并通过设置图层的不透明度来更好地体现倒影在水中的效果。（学习难度：★★★★）

图 1-138　打开图片

（1）执行“文件”→“打开”菜单命令，打开一个水面的图片，如图 1-138 所示。

（2）选择横排文字工具，输入文字“推波助澜”，字体为“隶书”，颜色为“R:21;G:54;B:221”，如图 1-139 所示。

（3）栅格化文字，然后执行“编辑”→“描边”菜单命令，描边“宽度”为 2，“颜色”为“白色”，如图 1-140 所示。

（4）复制文字层，按 Ctrl+T 键进行垂直翻转，得到如图 1-141 所示的效果。

图 1-139　输入文字

图 1-140　描边效果

图 1-141　垂直翻转

（5）执行“滤镜”→“扭曲”→“波纹”菜单命令，设置“数量”为 226，其效果如图 1-142 所示。

（6）最后，调整文字层副本的“不透明度”为 50%，得到最终效果如图 1-143 所示。

图 1-142　波纹效果

图 1-143　倒影字效果

实例 21——水泥字

本例将制作在水泥上书写文字的效果。（学习难度：★★★★）

（1）执行“文件”→“新建”菜单命令，建立一个 RGB 图像文件，设置其宽度为 600 像素，高度为 300 像素，分辨率为 300 像素/英寸。

（2）设置前景色为“R:128;G:128;B:128”。选择横排文字工具，字体选为“宋体”，输入文字，如图 1-144 所示。

图 1-144　输入文字

（3）按 Ctrl 键单击文字层，调出选区，在通道面板中将其存储为通道，如图 1-145 所示。

（4）执行“选择”→“修改”→“扩展”菜单命令，设置“扩展量”为 6，并填充为白色，如图 1-146 所示。

（5）执行“滤镜”→“模糊”→“高斯模糊”菜单命令，设置“半径”为 2，其效果如图 1-147 所示。

图 1-145　存储通道

图 1-146　填充选区

图 1-147　高斯模糊效果

（6）执行“滤镜”→“画笔描边”→“喷溅”菜单命令，设置“喷色半径”为 3，“平滑度”为 2，如图 1-148 所示。

（7）复制通道 1，在副本中执行“图像”→“调整”→“色阶”菜单命令，设置参数如图 1-149 所示。其效果如图 1-150 所示。

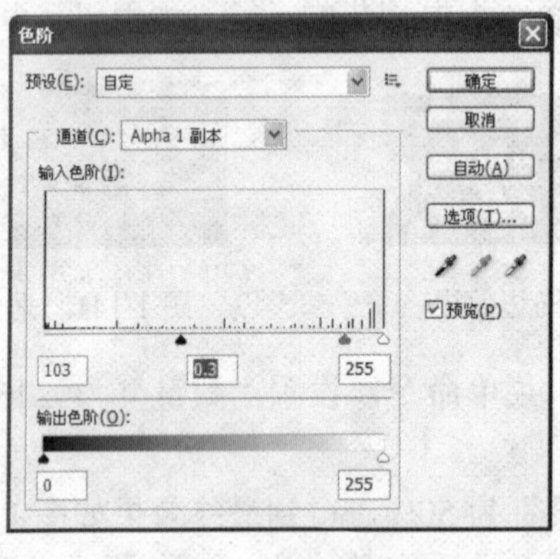

图 1-149　设置“色阶”

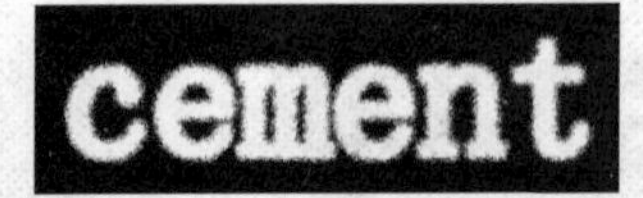

图 1-148　喷溅效果

图 1-150　色阶效果

（8）回到图层面板，新建图层 1，填充灰色。执行“滤镜”→“杂色”→“添加杂色”菜单命令，设置“数量”为 14，平均分布，如图 1-151 所示。

（9）执行“滤镜”→“风格化”→“浮雕效果”菜单命令，设置“角度”为 135，“高度”为 32，“数量”为 11，如图 1-152 所示。

（10）执行“滤镜”→“渲染”→“光照效果”菜单命令，设置参数如图 1-153 所示。光照效果如图 1-154 所示。

图 1-151　设置杂色

图 1-152　浮雕效果

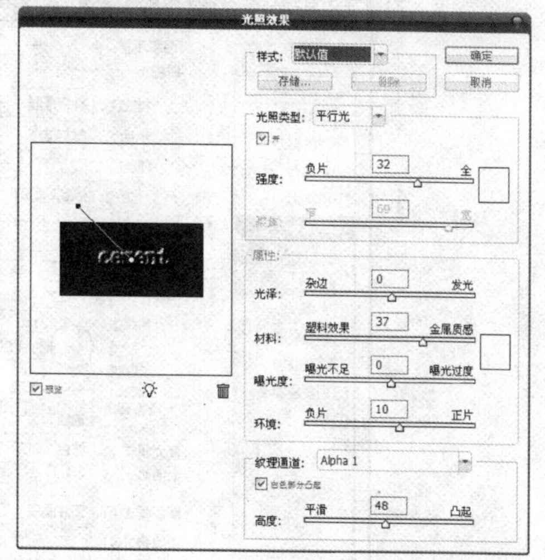

图 1-153　设置“光照效果”

（11）在通道面板中按 Ctrl 键单击通道 1，调出选区。然后在图层面板中执行“选择”→“修改”→“扩展”菜单命令，设置“扩展量”为 2，反选并删除，如图 1-155 所示。

图 1-154　光照效果

图 1-155　扩展效果

（12）在文字层上打开“图层样式”对话框，选择“投影”，设置参数如图 1-156 所示。

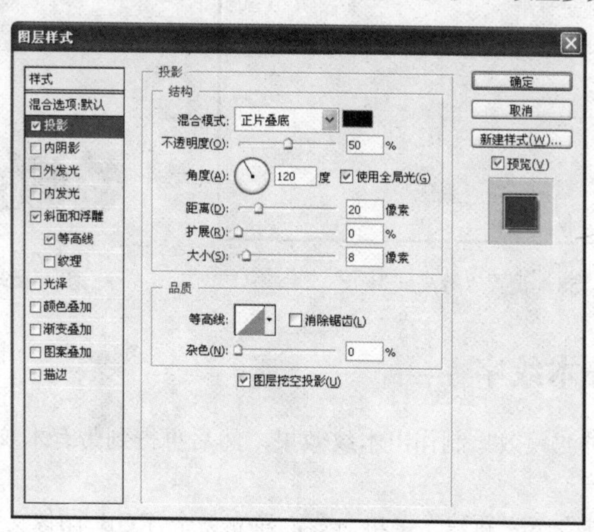

图 1-156　设置“投影”

（13）选择“斜面和浮雕”，设置参数如图 1-157 所示。

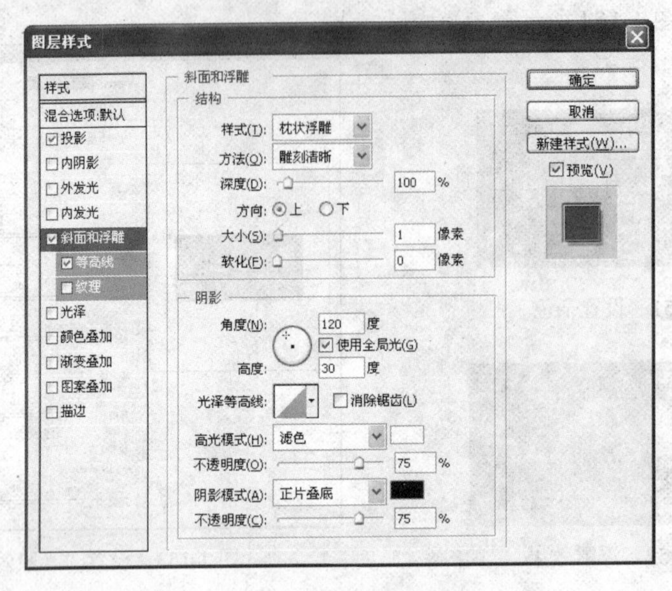

图 1-157　设置“斜面和浮雕”

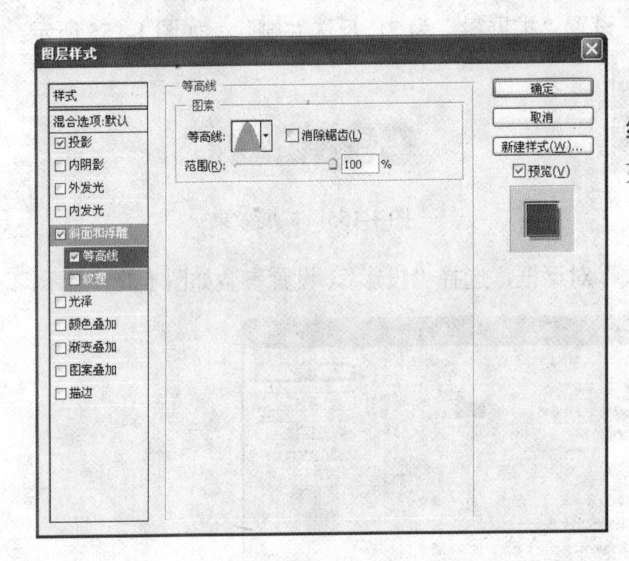

图 1-158　设置“等高线”

（14）选择“等高线”，设置曲线如图 1-158 所示，得到最终效果如图 1-159 所示。

图 1-159　水泥字效果图

实例 22——木纹字

本例先通过多种滤镜效果制作出木纹效果，然后再得到带有木纹效果的文字。（学习难度：★★★★）

（1）执行“文件”→“新建”菜单命令，建立一个 RGB 图像文件，设置其宽度和高度均为 500 像素，分辨率为 300 像素/英寸。

（2）新建图层 1，选择渐变工具，设置渐变颜色由“R:255;G:162;B:0”到“R:169; G:117;B:26”，如图 1-160 所示。

（3）执行“滤镜”→“画笔描边”→“喷色描边”菜单命令，设置参数如图 1-161 所示。

（4）执行“滤镜”→“艺术效果”→“绘画涂抹”菜单命令，设置参数如图 1-162 所示。其效果如图 1-163 所示。

图 1-160　渐变效果

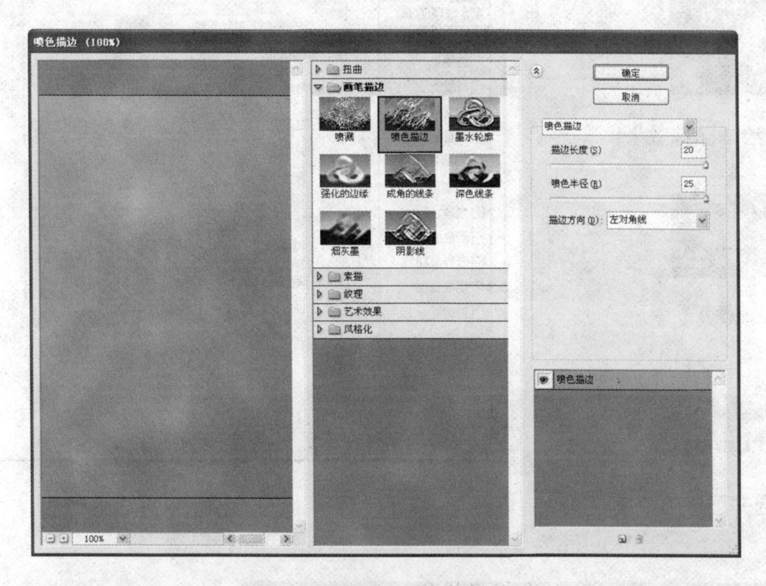

图 1-161　设置“喷色描边”

图 1-162　设置“绘画涂抹”

（5）选择横排文字工具，输入文字，字体选择“华文琥珀”，如图 1-164 所示。

（6）按 Ctrl 键单击文字层，调出选区，隐藏文字层，在图层 1 中反选并删除，结果如图 1-165 所示。

（7）打开“图层样式”对话框，选择“投影”，设置参数如图 1-166 所示。

（8）选择“斜面和浮雕”，设置参数如图 1-167 所示，得到最终效果如图 1-68 所示。

图 1-163　绘画涂抹效果

图 1-164　输入文字

图 1-165　反选并删除的结果

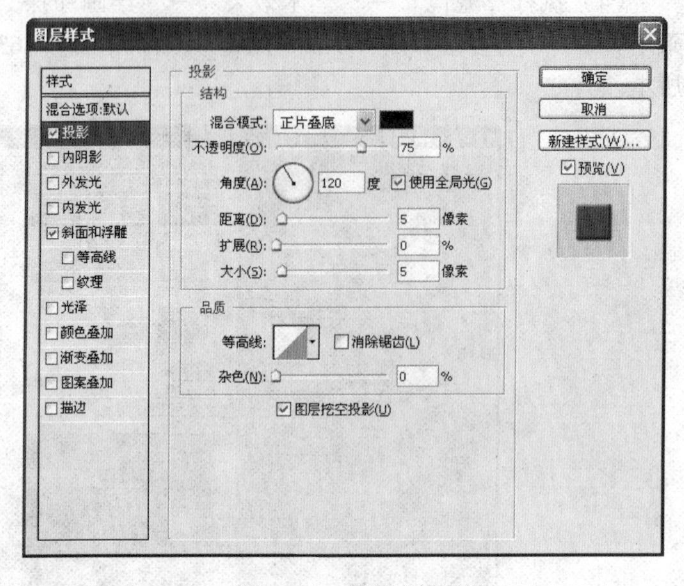

图 1-166　设置“投影”

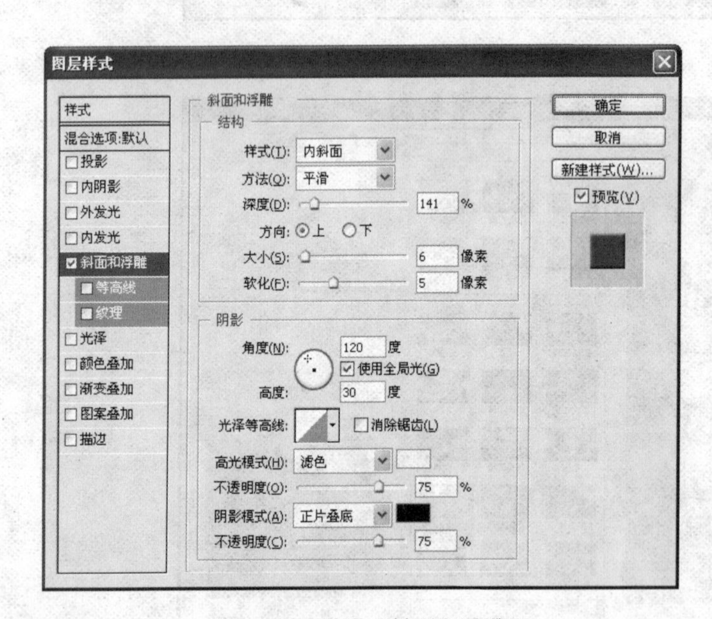

图 1-167　设置“斜面和浮雕”

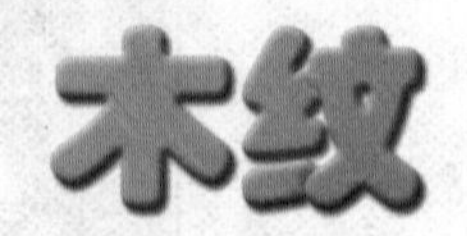

图 1-168　木纹字效果

实例 23——旋转字

本例将制作漩涡效果的文字，使文字具有艺术效果。(学习难度：★★★★)

(1) 执行“文件”→“新建”菜单命令，建立一个 RGB 图像文件，设置其宽度为 500 像素，高度为 300 像素，分辨率为 300 像素/英寸。

(2) 在通道面板中新建 Alpha1，选择横排文字工具，输入文字“YES”，字体选为“Bookman Old St...”，如图 1-169 所示。

(3) 选择椭圆选框工具，在“Y”下方绘制一个椭圆，如图 1-170 所示。

图 1-169　输入文字

图 1-170　绘制椭圆

(4) 执行“滤镜”→“扭曲”→“旋转扭曲”菜单命令，设置参数如图 1-171 所示。

(5) 用同样的方法，在字母的其他位置进行旋转扭曲设置，其效果如图 1-172 所示。

(6) 选择 RGB 通道，回到复合颜色通道，然后回到图层面板，选择渐变工具，设置渐变颜色如图 1-173 所示。

图 1-171　设置“旋转扭曲”

图 1-172　旋转扭曲效果

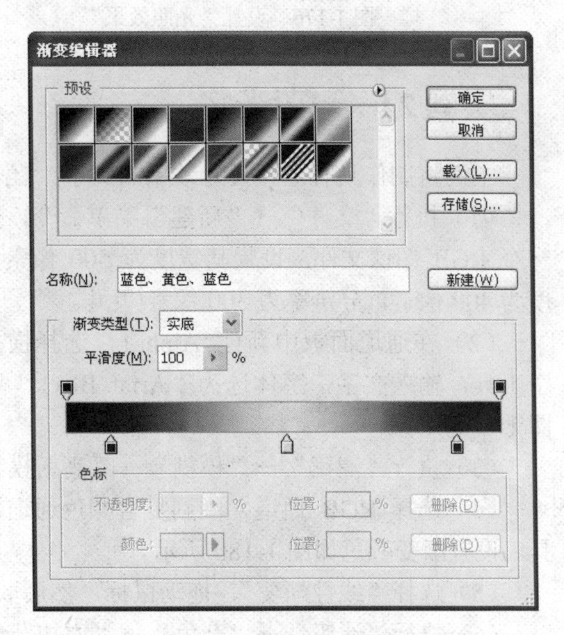

图 1-173　设置渐变颜色

(7) 选择“径向渐变”，在图像中拖动鼠标，如图 1-174 所示。

(8) 再次执行“滤镜”→“扭曲”→“旋转扭曲”菜单命令，参数不变，其效果如图 1-175 所示。

图 1-174　径向渐变

图 1-175　再次旋转扭曲

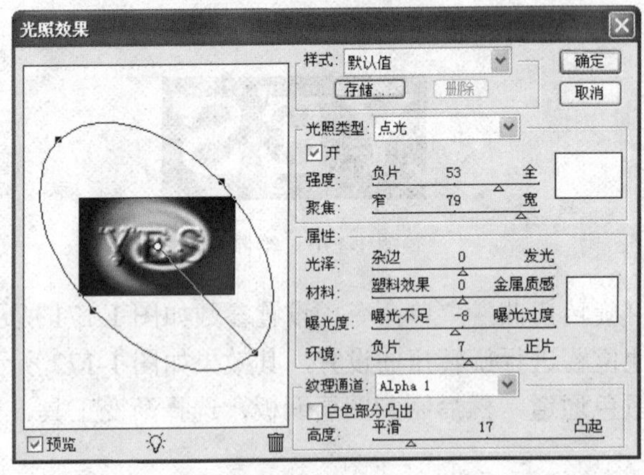

图 1-176　设置“光照效果”

（9）执行“滤镜”→“渲染”→“光照效果”菜单命令，设置参数如图 1-176 所示。得到最终效果如图 1-77 所示。

图 1-177　旋转字效果

实例 24——荧光字

本例将制作具有七彩荧光效果的文字。（学习难度：★★★）

（1）执行“文件”→“新建”菜单命令，建立一个 RGB 图像文件，设置其宽度为 500 像素，高度为 400 像素，分辨率为 300 像素/英寸。

图 1-178　输入文字

（2）在通道面板中新建 Alpha1，选择横排文字工具，输入文字，字体选为“Arial Black”，如图 1-178 所示。

（3）执行“滤镜”→“模糊”→“高斯模糊”菜单命令，设置如图 1-179 所示。

（4）选择 RGB 通道，回到复合颜色通道，再回到图层面板，保持选区，选择渐变工具，设置渐变颜色如图 1-180 所示。

（5）选择“线性渐变”，拖动鼠标，然后取消选区，得到渐变效果如图 1-181 所示。

（6）执行“滤镜”→“杂色”→“添加杂色”菜单命令，设置参数如图 1-182 所示。得到最终效果如图 1-183 所示。

图 1-179 设置“高斯模糊”

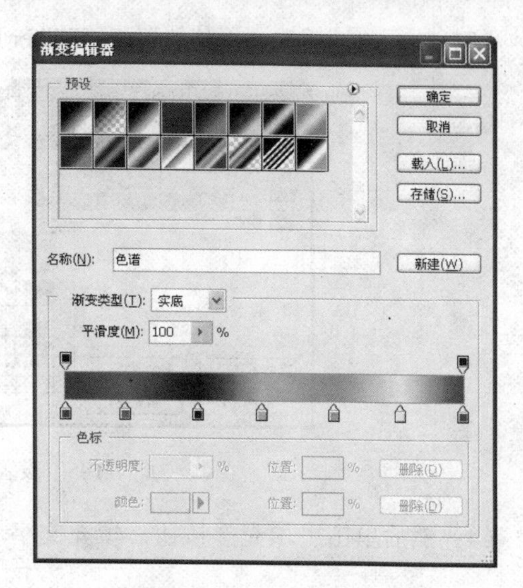

图 1-180 设置渐变颜色

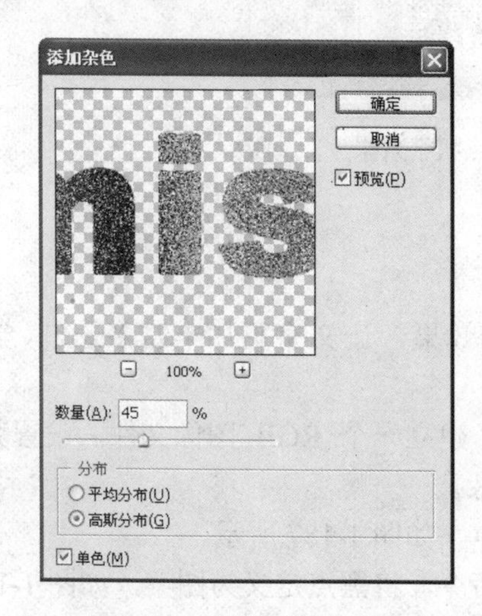

图 1-182 设置“添加杂色”

图 1-181 渐变效果

图 1-183 荧光字效果

实例 25——点状字

本例通过滤镜效果来绘制一种图案，填充文字后得到点状效果。（学习难度：★★★）

（1）执行“文件”→“新建”菜单命令，建立一个 RGB 图像文件，设置其宽度为 500 像素，高度为 300 像素，分辨率为 300 像素/英寸。

（2）填充颜色“R:66;G:155;B:217”。选择横排文字工具，字体选为“Arial Black”，输入文字，颜色设置为白色，如图 1-184 所示。

图 1-184 输入文字

（3）执行“滤镜”→“其他”→“Dither Box”菜单命令，设置效果如图 1-185 所示。

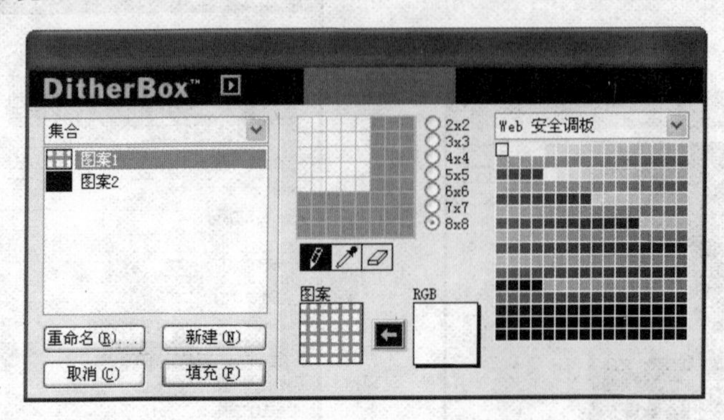

图 1-185　设置“Dither Box”

（4）然后单击“填充”按钮，填充文字，得到最终效果如图 1-186 所示。

图 1-186　点状字效果

实例 26——点阵字

本例将文字的边缘填充图案后形成点阵效果，让文字更加丰富多彩。（学习难度：★★★★）

（1）执行“文件”→“新建”菜单命令，建立一个 RGB 图像文件，设置其宽度为 2 像素，高度为 2 像素，分辨率为 300 像素/英寸。

（2）使用画笔工具在图层上绘制一个黑点，如图 1-187 所示。

（3）执行“编辑”→“定义图案”菜单命令，将黑点定义为图案，如图 1-188 所示。

图 1-187　绘制黑点

图 1-188　定义图案

操作技巧：

通过绘制不同形状的图案效果，然后填充到相应的图形中，可以得到意想不到的效果和纹理。

（4）执行“文件”→“新建”菜单命令，建立一个 RGB 图像文件，设置其宽度为 400 像素，高度为 400 像素，分辨率为 300 像素/英寸。

（5）选择横排文字工具，输入文字“雨随心碎”，字体选为“隶书”，大小为 18，颜色为“R:49;G:123;B:215”，如图 1-189 所示。

（6）按 Ctrl 键单击文字层，调出选区，执行“选择”→“修改”→“边界”菜单命令，设置“宽度”为 20，如图 1-190 所示。

（7）在这个选区基础上，再次执行“选择”→“修改”→“边界”菜单命令，设置“宽度”为 5，如图 1-191 所示。

图 1-189　输入文字

图 1-190　设置边界

图 1-191　边界效果

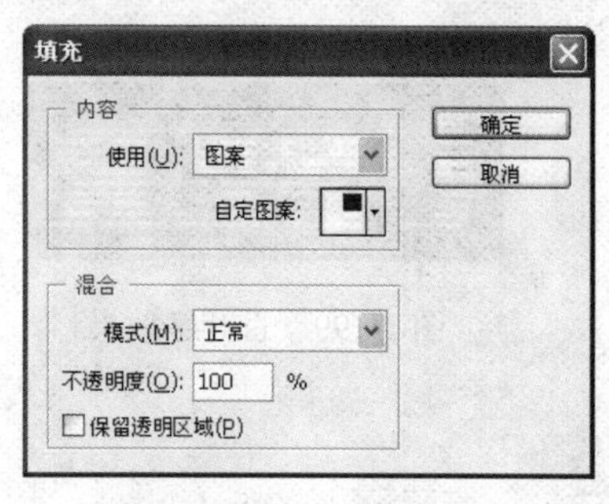

图 1-192　填充图案

（8）执行“编辑”→“填充”菜单命令，填充刚才制作的图案效果，如图 1-192 所示。得到最终效果如图 1-193 所示。

图 1-193　点阵字效果

实例 27——百叶字

本例将制作类似百叶窗效果的文字。（学习难度：★★★★）

（1）执行“文件”→“新建”菜单命令，建立一个 RGB 图像文件，设置其宽度为 500 像素，高度为 400 像素，分辨率为 300 像素/英寸。

（2）设置前景色为白色，背景色为“R:16;G:73;B:159”，填充背景色，如图 1-194 所示。

（3）选择横排文字工具，字体选为“Dutch801 XBd BT”，输入文字“USER”，如图 1-195 所示。

图 1-194　填充颜色

图 1-195　输入文字

（4）栅格化文字，然后选择矩形选框工具，绘制一个长条矩形，如图 1-196 所示。

（5）打开动作面板，新建一个动作，并设置“功能键”为“F2”，如图 1-197 所示。

图 1-196　绘制长条矩形

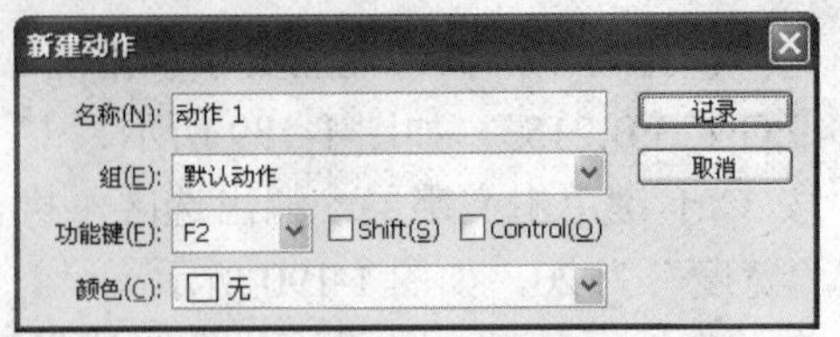

图 1-197　新建动作

（6）按 Delete 键删除选区内容，并按 Shift 键向下移动。动作面板如图 1-198 所示。

（7）停止动作的录制之后，连续按 F2 键重复动作，得到最终效果如图 1-199 所示。

图 1-198　动作面板

图 1-199　百叶字效果

实例 28——球体字

利用球面化滤镜调整文字，使文字看起来圆滚滚的，非常可爱。（学习难度：★★★）

（1）执行“文件”→“新建”菜单命令，建立一个 RGB 图像文件，设置其宽度和高度均为 500 像素，分辨率为 300 像素/英寸。

（2）选择渐变工具，设置渐变颜色如图 1-200 所示。选择“线性渐变”，如图 1-201 所示。

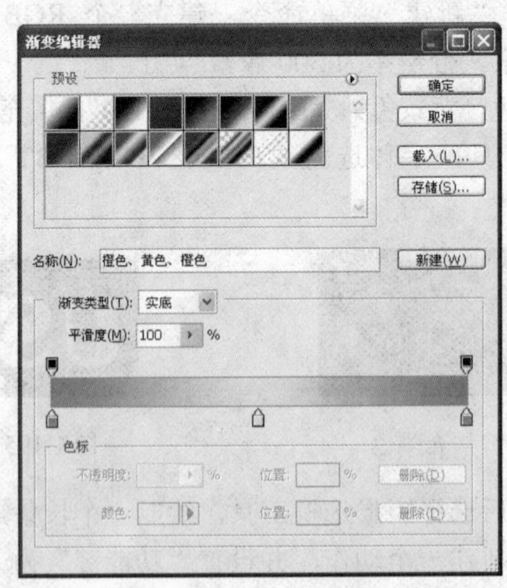

图 1-200　设置渐变颜色

（3）选择横排文字工具，输入文字“球”，字体选为“华文琥珀”，如图 1-202 所示。

（4）选择椭圆选框工具绘制一个圆形，将文字圈起来，如图 1-203 所示。

图 1-201　渐变效果

图 1-202　输入文字“球”

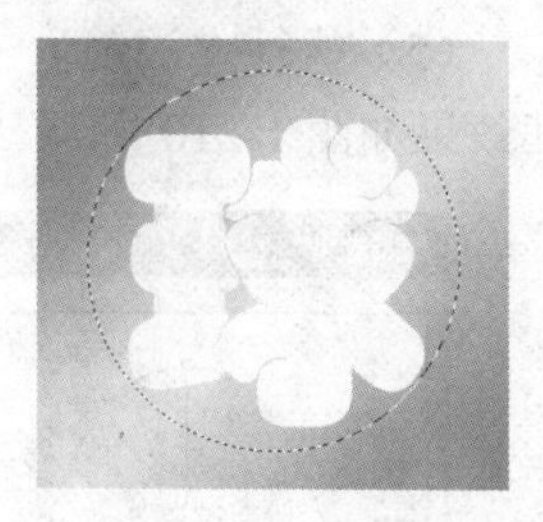

图 1-203　绘制圆形

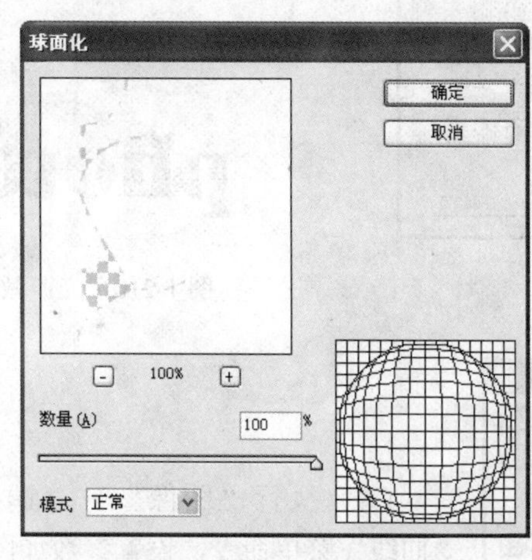

图 1-204　设置“球面化”

（5）执行“滤镜”→“扭曲”→“球面化”菜单命令，设置参数如图 1-204 所示。

（6）最后，按 Ctrl+D 键取消选区，得到最终效果如图 1-205 所示。

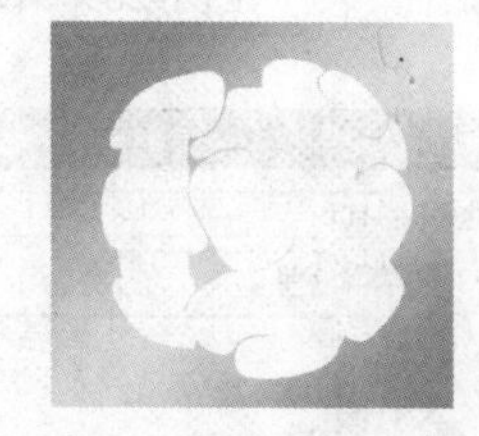

图 1-205　球体字效果

实例 29——金属质感文字

本例将制作具有金属那种光泽、亮度质感的文字。（学习难度：★★★★★）

（1）执行“文件”→“新建”菜单命令，建立一个 RGB 图像文件，设置其宽度为 600 像素，高度为 300 像素，分辨率为 300 像素/英寸。

（2）设置前景色为“R:202;G:196;B:196”。选择横排文字工具，字体选择“Dutch801 XBd BT”，输入文字，如图 1-206 所示。

（3）栅格化文字，按 Ctrl 键单击文字层，调出选区。在通道面板中新建 Alpha1，并填充白色，如图 1-207 所示。

photo

图 1-206　输入文字

图 1-207　填充白色

（4）执行“滤镜”→“模糊”→“高斯模糊”菜单命令，设置“半径”为 4，其效果如图 1-208 所示。

（5）执行“滤镜”→“渲染”→“光照效果”菜单命令，设置参数如图 1-209 所示。其效果如图 1-210 所示。

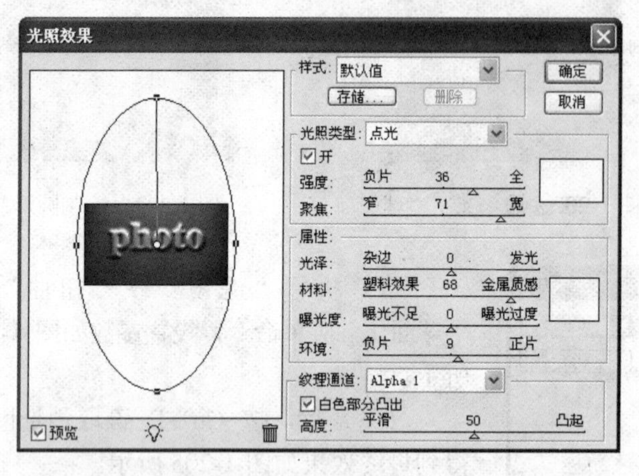

图 1-209　设置“光照效果”

图 1-208　高斯模糊效果

图 1-210　光照效果

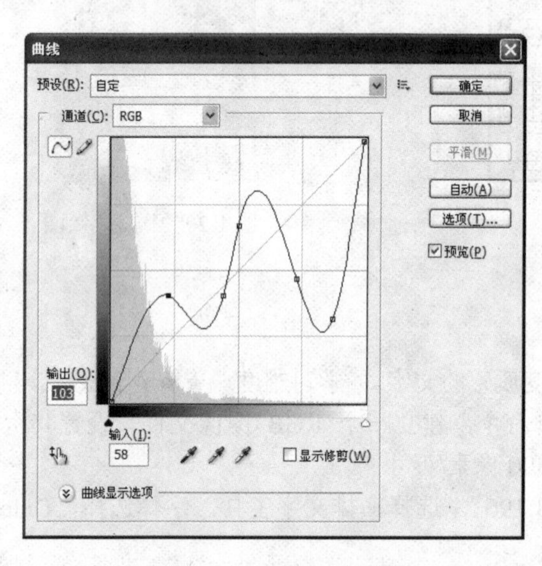

图 1-211　设置“曲线”

（6）执行“图像”→“调整”→“曲线”菜单命令，设置参数如图 1-211 所示，得到如图 1-212 所示的效果。

图 1-212　曲线效果

（7）执行“图像”→“调整”→“色相/饱和度”菜单命令，设置参数如图 1-213 所示。调整文字的颜色如图 1-214 所示。

（8）新建图层 1，填充黑色，将其拖到文字层的下方。执行“滤镜”→“渲染”→“镜头光晕”菜单命令，得到最终效果如图 1-215 所示。

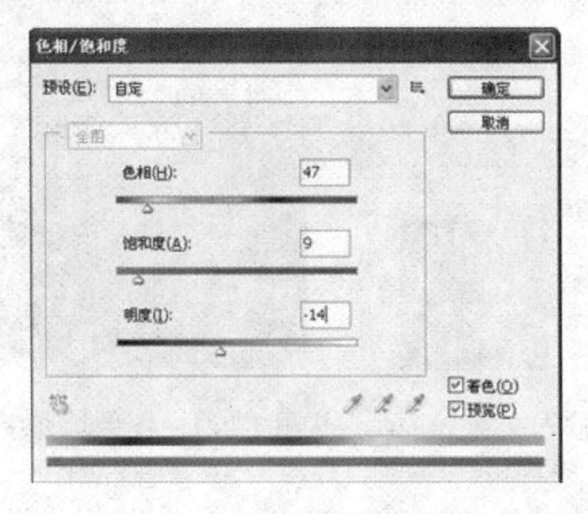

图 1-213　设置“色相/饱和度”

图 1-214　调整文字的颜色

图 1-215　金属质感文字效果

实例 30——图像填充字

本例将利用蝴蝶图像来填充文字。(学习难度：★★★★)

(1) 执行“文件”→“打开”菜单命令，打开蝴蝶图像，如图 1-216 所示。

(2) 执行“选择”→“色彩范围”菜单命令，单击图像中的白色部分，反选并按 Ctrl+J 键复制出蝴蝶图层，并隐藏背景层，如图 1-217 所示。

图 1-216　打开蝴蝶图像

图 1-217　复制蝴蝶层

(3) 调整图像的大小，然后执行“编辑”→“定义图案”菜单命令，如图 1-218 所示。

(4) 执行“文件”→“打开”菜单命令，打开另一幅图像，如图 1-219 所示。

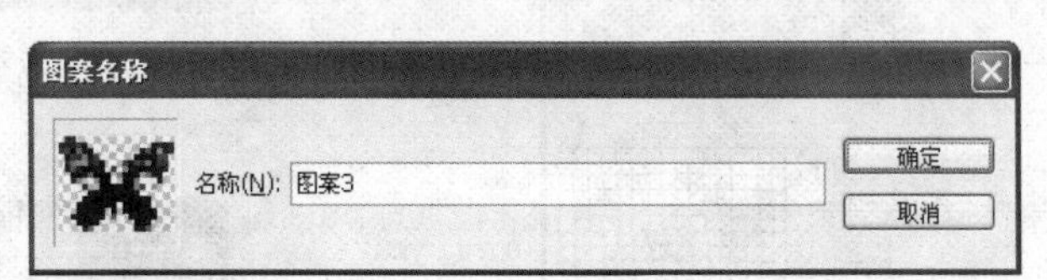

图 1-218　定义图案

(5) 选择横排文字工具，输入文字“Follow me …”，字体为“华文行楷”，如图 1-220 所示。

(6) 执行“编辑”→“填充”菜单命令，将刚才保存的蝴蝶图案填充到文字中，得到最终效果如图 1-221 所示。

图 1-219 打开另一幅图像

图 1-220 输入文字

图 1-221 图像填充字效果

实例 31——水纹字

本例将制作水池波纹效果的文字。（学习难度：★★★）

（1）执行“文件”→“新建”菜单命令，建立一个 RGB 图像文件，设置其宽度为 500 像素，高度为 300 像素，分辨率为 300 像素/英寸。

（2）将背景层填充颜色为“R:54;G:129;B:242”。选择横排文字工具，输入文字“水纹”，字体选择“华文行楷”，如图 1-222 所示。

（3）执行“滤镜”→“扭曲”→“水波”菜单命令，设置参数如图 1-223 所示。

（4）执行“滤镜”→“模糊”→“高斯模糊”菜单命令，设置“半径”为 2，其效果如图 1-224 所示。

（5）新建图层 1，前景色设置为白色，使用画笔工具，笔尖大小为 13，随意涂抹几笔，如图 1-225 所示。

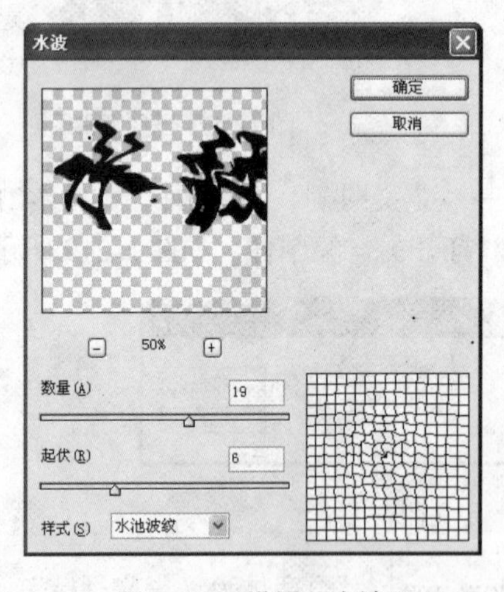

图 1-223 设置“水波”

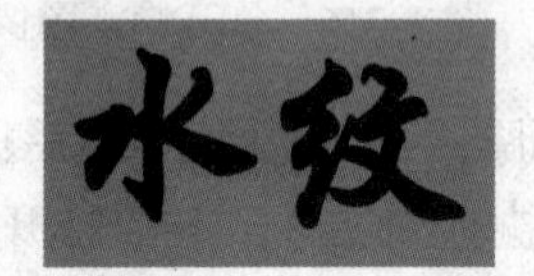

图 1-222 输入文字

图 1-224 高斯模糊效果

（6）执行“滤镜”→“扭曲”→“波纹”菜单命令，设置参数如图 1-226 所示，效果如图 1-227 所示。

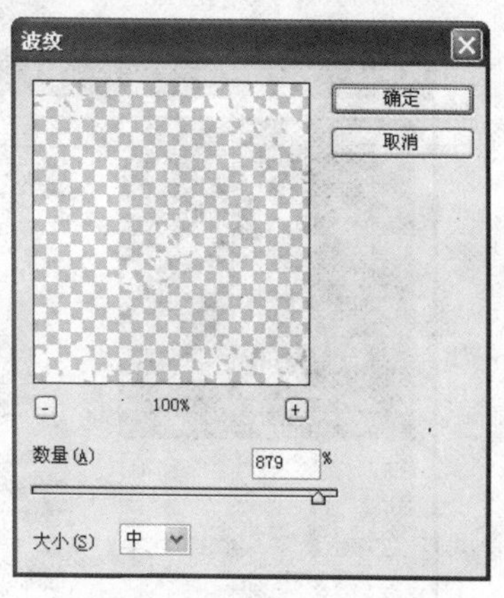

图 1-226 设置“波纹”

图 1-225 涂抹几笔

图 1-227 波纹效果

（7）最后，调整水纹的“不透明度”为 50%，得到最终效果如图 1-228 所示。

图 1-228 水纹字效果

实例 32——光芒四射字

本例制作的文字将会有光芒四射的效果。（学习难度：★★★★）

（1）执行“文件”→“新建”菜单命令，建立一个 RGB 图像文件，设置其宽度为 600 像素，高度为 300 像素，分辨率为 300 像素/英寸。

（2）将背景层填充为黑色，设置前景色为“R:255;G:252;B:0”。选择横排文字工具，输入文字，字体选择“华文行楷”，如图 1-229 所示。

（3）合并所有层，然后执行“滤镜”→“扭曲”→“极坐标”菜单命令，选择“极坐标到平面”，得到如图 1-230 所示的效果。

（4）执行“图像”→“图像旋转”→“90 度顺时针”菜单命令，执行“滤镜”→“风格化”→“风”菜单命令，参数设置如图 1-231 所示。

（5）执行两次风滤镜效果，然后执行“图像”→“图像旋转”→“90 度逆时针”，得到如图 1-232 所示的效果。

（6）执行“滤镜”→“扭曲”→“极坐标”菜单命令，选择“平面坐标到极坐标”，如图 1-233 所示。得到最终效果如图 1-234 所示。

图 1-229　输入文字

图 1-230　极坐标效果

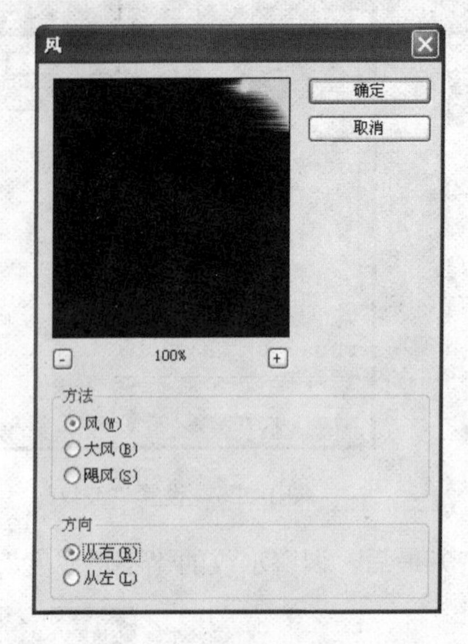

图 1-231　设置“风”

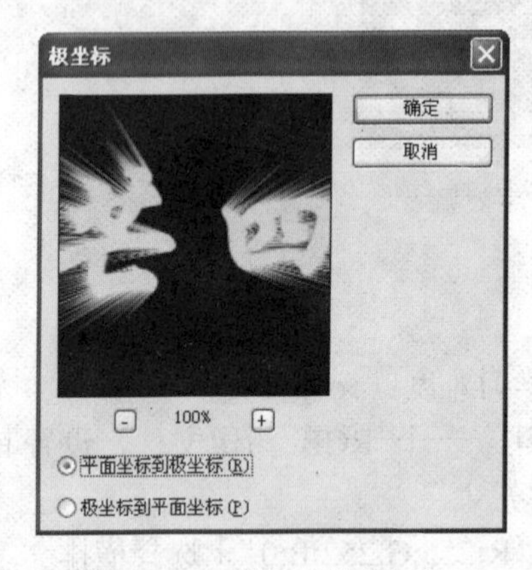

图 1-233　设置“极坐标”

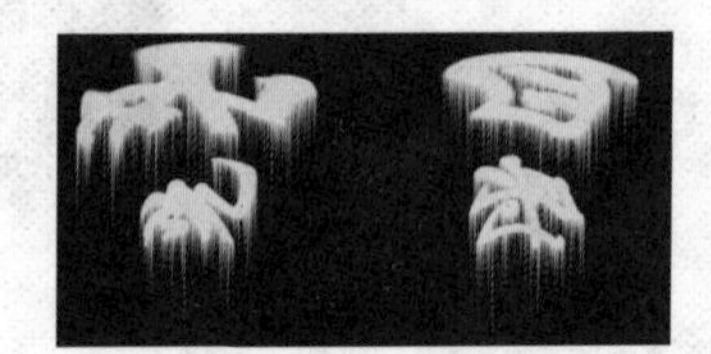

图 1-232　旋转画布

图 1-234　光芒四射字效果

实例 33——迷彩字

迷彩已经不只是军营中的颜色了，我们的文字也将具有这种效果。（学习难度：★★★★）

图 1-235　填充前景色

（1）执行“文件”→“新建”菜单命令，建立一个 RGB 图像文件，设置其宽度为 500 像素，高度为 300 像素，分辨率为 300 像素/英寸。

（2）设置前景色为“R:55;G:104;B:27”，填充前景色，如图 1-235 所示。

（3）执行“滤镜”→“杂色”→“添加杂色”菜单

命令，设置参数如图 1-236 所示。

（4）执行“滤镜”→“像素化”→“晶格化”菜单命令，设置参数如图 1-237 所示。

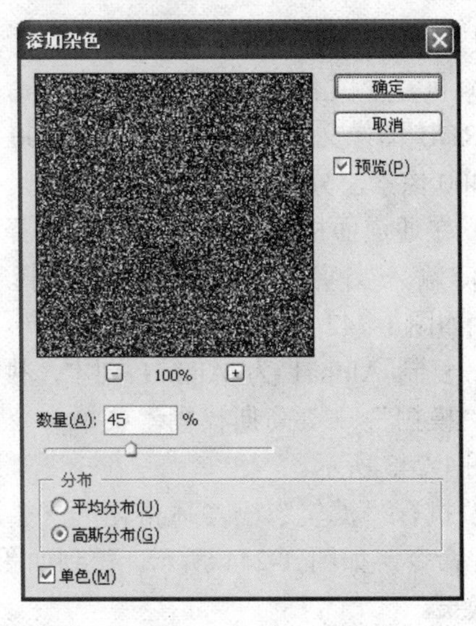

图 1-236　设置“添加杂色”

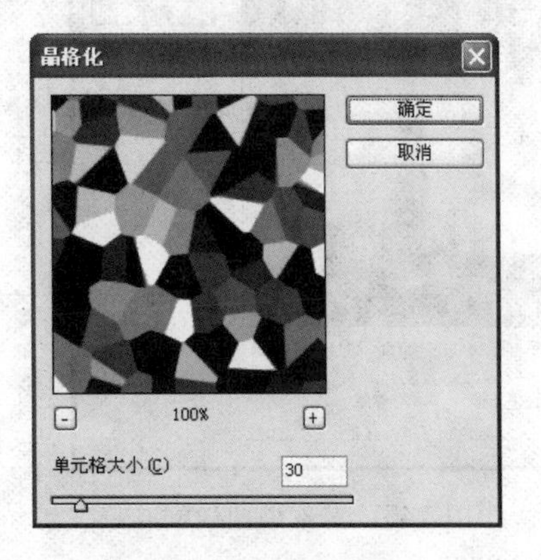

图 1-237　设置“晶格化”

（5）执行“滤镜”→“杂色”→“中间值”菜单命令，设置参数如图 1-238 所示。滤镜效果如图 1-239 所示。

（6）选择横排文字蒙板工具，字体选择“Dutch801 XBd BT”，输入文字，如图 1-240 所示。

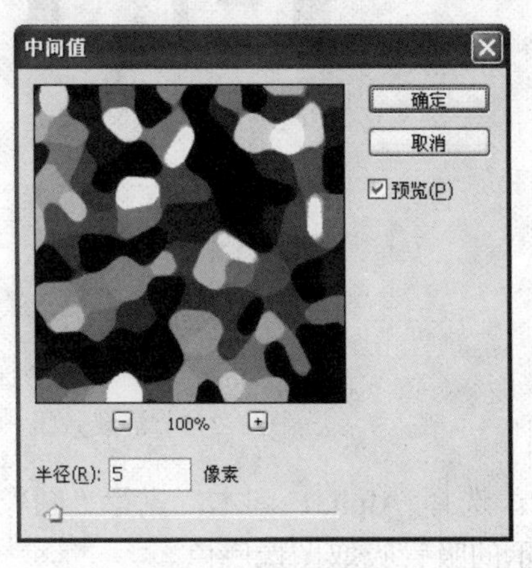

图 1-238　设置“中间值”

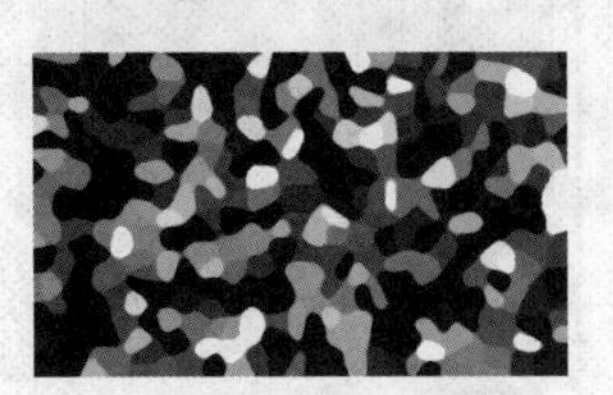

图 1-239　滤镜效果

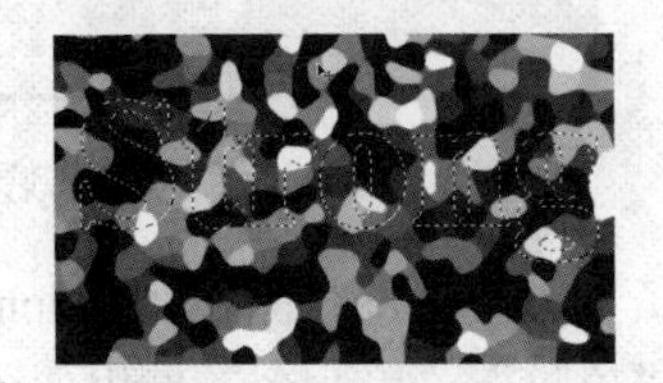

图 1-240　输入文字

（7）按 Ctrl+Shift+I 键反选，然后按 Delete 键将字体外区域的内容删除，得到最终效果如图 1-241 所示。

Strong

图 1-241　迷彩字效果

实例 34——凹陷字

本例将通过制作立体文字来体现其凹陷效果。（学习难度：★★★★）

图 1-243 设置高斯模糊

（1）执行“文件”→“新建”菜单命令，建立一个 RGB 图像文件，设置其宽度为 500 像素，高度为 400 像素，分辨率为 300 像素/英寸。

（2）在通道面板中新建 Alpha1，选择横排文字工具，输入文字“凹陷”，字体选择“Arial Black”，如图 1-242 所示。

（3）复制 Alpha1 为 Alpha1 副本，执行“滤镜”→“模糊”→“高斯模糊”菜单命令，设置参数如图 1-243 所示。

（4）执行“滤镜”→“风格化”→“浮雕效果”菜单命令，如图 1-244 所示。得到如图 1-245 所示的效果。

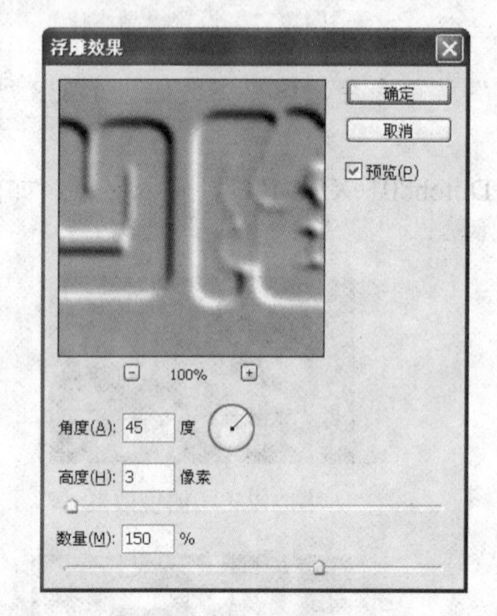

图 1-244 设置“浮雕效果”

图 1-242 输入文字

图 1-245 浮雕效果

（5）复制 Alpha1 副本为 Alpha1 副本 2。选择 Alpha1 副本，执行“图像”→“调整”→“色阶”菜单命令，使用如图 1-246 所示的吸管吸取图像底色。

（6）选择 Alpha1 副本 2，执行“图像”→“调整”→“色阶”菜单命令，再使用如图 1-247 所示的吸管吸取图像底色。

（7）选择 RGB 彩色通道，回到图层面板。设置前景色为“R:38;G:57;B:119”，填充背景层。执行“选择”→“载入选区”菜单命令，载入 Alpha1 副本 2，如图 1-248 所示。

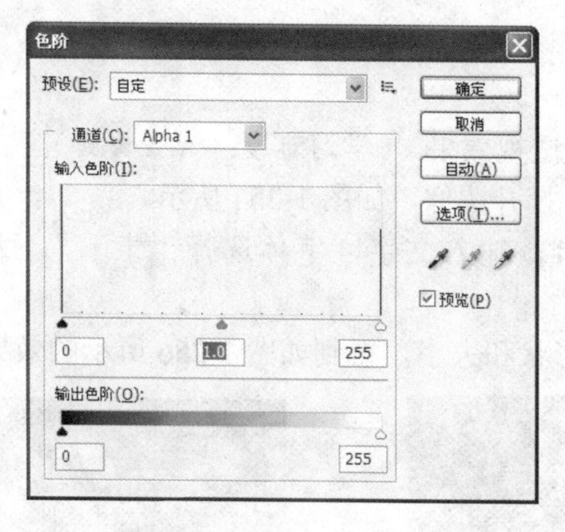

图 1-246　选择吸管

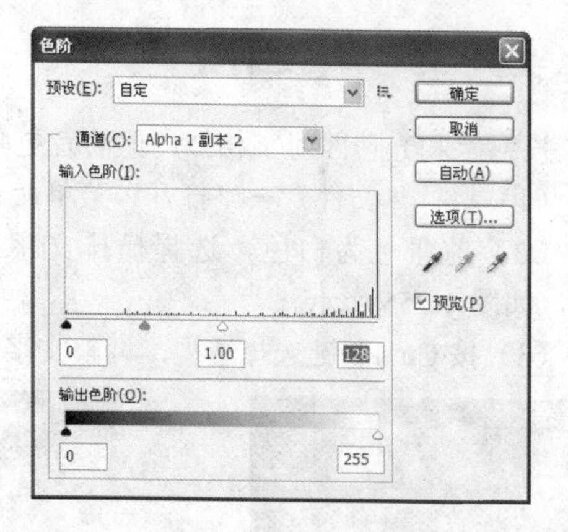

图 1-247　吸取底色

（8）执行“图像”→“调整”→“亮度/对比度”菜单命令，设置参数如图 1-249 所示。其效果如图 1-250 所示。

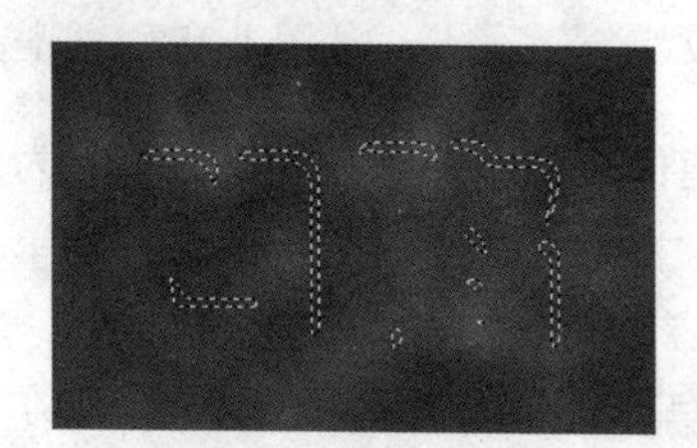

图 1-248　载入 Alpha1 副本 2

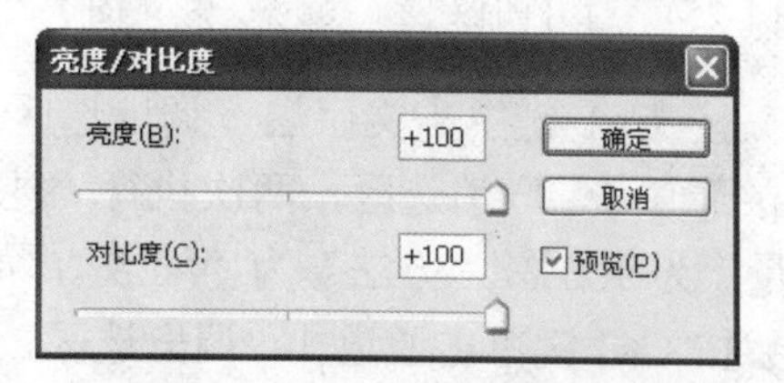

图 1-249　设置“亮度/对比度”

（9）执行“选择”→“载入选区”菜单命令，载入 Alpha1 副本，如图 1-251 所示。

图 1-250　调整“亮度/对比度”后的效果

图 1-251　载入 Alpha1 副本

（10）执行“图像”→“调整”→“亮度/对比度”菜单命令，设置参数如图 1-252 所示。得到最终效果如图 1-253 所示。

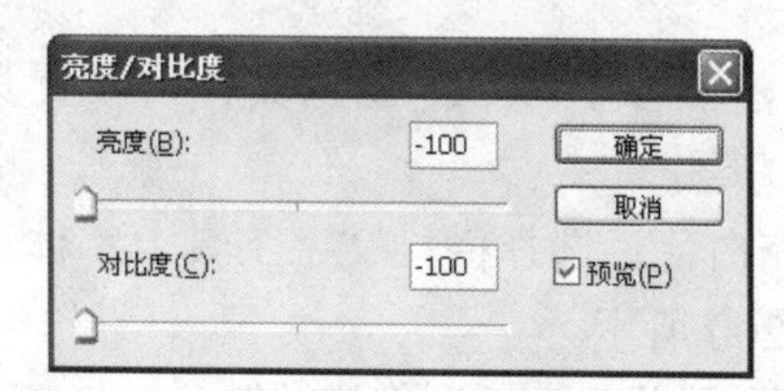

图 1-252　设置“亮度/对比度”

图 1-253　凹陷字效果

实例 35——投射字

投射字和光芒四射字相似，但前者更具有透视效果。（学习难度：★★★★）

（1）执行“文件”→“打开”菜单命令，打开图像，如图 1-254 所示。

（2）前景色为白色，选择横排文字工具，输入文字，字体选择“隶书”，大小为120，如图 1-255 所示。

（3）按 Ctrl+T 键选择透视，调整文字的形状和大小，得到如图 1-256 所示的效果。

图 1-254　打开图像

图 1-255　输入文字

图 1-256　调整文字

（4）按 Ctrl 键单击文字层，调出选区，在通道面板中单击“将选区存储为通道”按钮，建立通道 1。取消选区，两次执行“滤镜”→“模糊”→“径向模糊”菜单命令。设置“数量”为 100%，“方法”为“缩放”，如图 1-257 所示。

（5）按 Ctrl 键单击通道 1，调出选区，回到图层面板，如图 1-258 所示。在背景层中选区颜色为白色，得到最终效果如图 1-259 所示。

图 1-257　径向模糊

图 1-258　选区

图 1-259　投射字效果

实例 36——滴血字

滴血字就是要表现出那种鲜血淋淋的效果，所以字体颜色选择红色来表现。（学习难度：★★★★）

（1）执行“文件”→“新建”菜单命令，建立一个 RGB 图像文件，设置其宽度为 600 像素，高度为 300 像素，分辨率为 300 像素/英寸。

（2）将背景填充为黑色，新建图层 1，填充白色。选择横排文字工具，字体选择“华文中宋”，输入文字，颜色设置为红色，如图 1-260 所示。

（3）栅格化文字，合并文字层和图层 1。执行“图像”→“图像旋转”→“90 度逆时针”菜单命令，然后执行“滤镜”→“风格化”→“风”菜单命令，参数设置如图 1-261 所示。

（4）再次执行风滤镜两次。执行“图像”→“图像旋转”→“90 度顺时针”菜单命

令，得到如图 1-262 所示的效果。

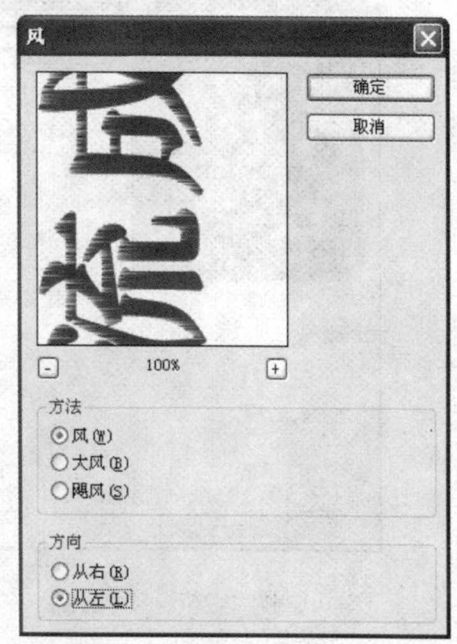

图 1-261　风滤镜

血流成河

图 1-260　输入文字

血流成河

图 1-262　图像旋转

（5）执行“滤镜”→“素描”→“图章”菜单命令，设置参数如图 1-263 所示。效果如图 1-264 所示。

图 1-263　设置“图章”

（6）使用魔棒工具单击白色部分，选中所有的白色，按 Delete 键删除，如图 1-265 所示。

（7）合并图层，执行“图像”→“图像旋转”→“90 度逆时针”菜单命令，然后执行“滤镜”→“风格化”→“风”菜单命令，参数设置如图 1-266 所示。

图 1-264　图章效果

图 1-265　删除白色

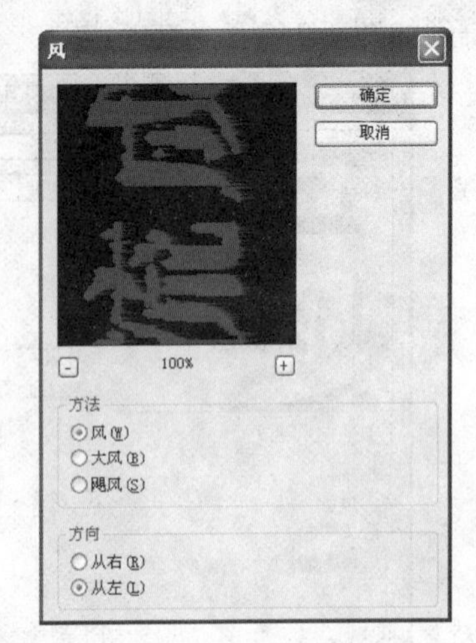

图 1-266　风滤镜

（8）再次执行风滤镜一次，执行“图像”→“图像旋转”→“90 度顺时针”菜单命令将画布旋转回来，得到如图 1-267 所示的效果。

（9）执行“滤镜”→“模糊”→“高斯模糊”菜单命令，设置参数如图 1-268 所示。得到最终效果如图 1-269 所示。

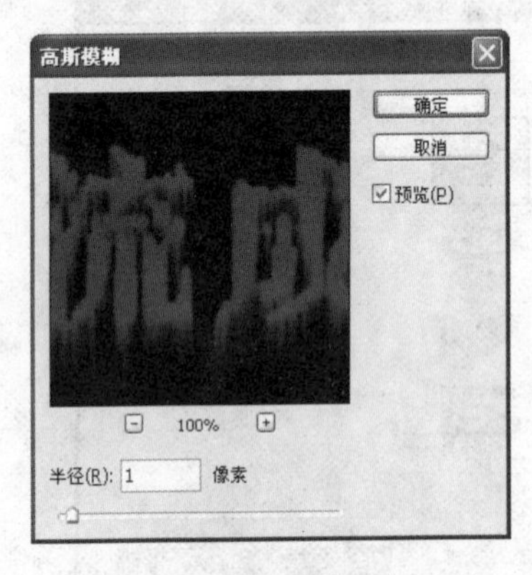

图 1-268　设置“高斯模糊”

图 1-267　图像旋转

图 1-269　滴血字效果

实例 37——蛇皮字

蛇皮的效果是通过文字上花纹以及颜色的设置来体现的。（学习难度：★★★★★）

（1）执行“文件”→“新建”菜单命令，建立一个 RGB 图像文件，设置其宽度为 800 像素，高度为 400 像素，分辨率为 300 像素/英寸。

图 1-270　输入文字

（2）将前景色设置为“R:57;G:171;B:60”，输入文字，如图 1-270 所示。

（3）栅格化文字，复制文字层并隐藏。执行“滤镜”→“纹理”→“颗粒”菜单命令，设置参数如图 1-271 所示。

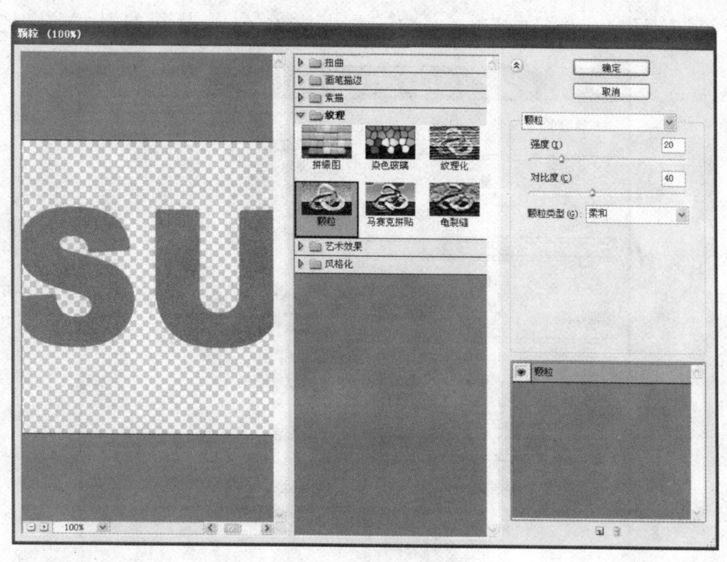

图 1-271　设置“颗粒”

（4）执行“滤镜”→“艺术效果”→“干画笔”菜单命令，设置参数如图 1-272 所示。其效果如图 1-273 所示。

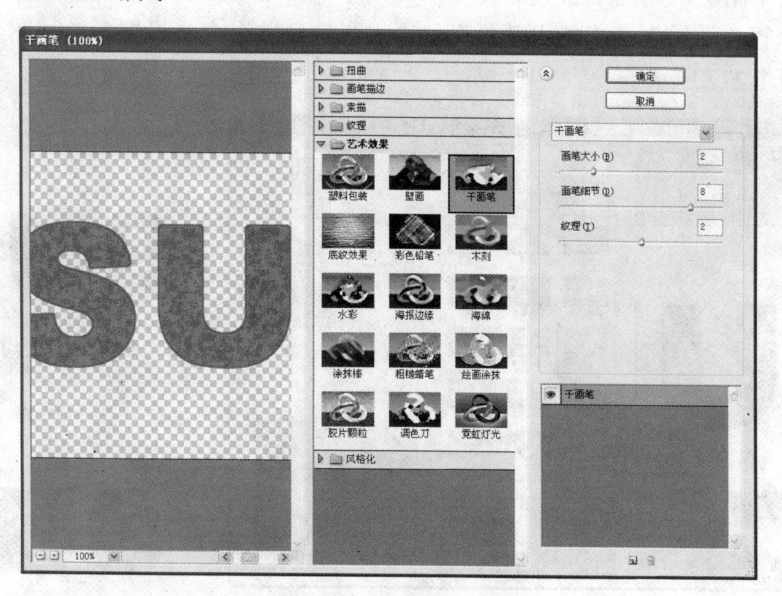

图 1-272　设置“干画笔”

图 1-273　干画笔效果

（5）执行“滤镜”→“扭曲”→“波浪”菜单命令，设置参数如图 1-274 所示。

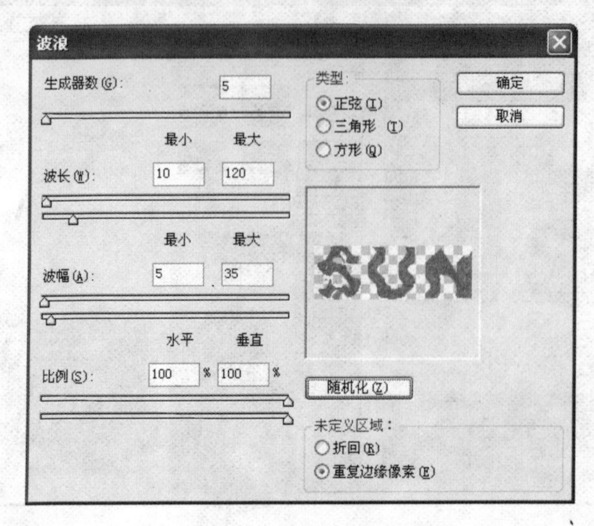

图 1-274　设置“波浪”

（6）显示文字副本层。按 Ctrl 键调出选区，填充黑色，将文字副本层拖到文字层下方，合并两个图层，如图 1-275 所示。

（7）执行“滤镜”→“艺术效果”→“水彩”菜单命令，设置参数如图 1-276 所示。其效果如图 1-277 所示。

图 1-276　设置“水彩”

图 1-275　合并图层

图 1-277　水彩效果

（8）按 Ctrl 键调出选区，在通道面板中存储选区为通道，如图 1-278 所示。

（9）执行“滤镜”→“模糊”→“高斯模糊”菜单命令，设置“半径”为 14，其效果如图 1-279 所示。重复执行高斯模糊命令，并将“半径”分别设置为 10、7、4、1 像素，其效果如图 1-280 所示。

图 1-279　设置“高斯模糊”

图 1-278　存储选区

图 1-280　高斯模糊效果

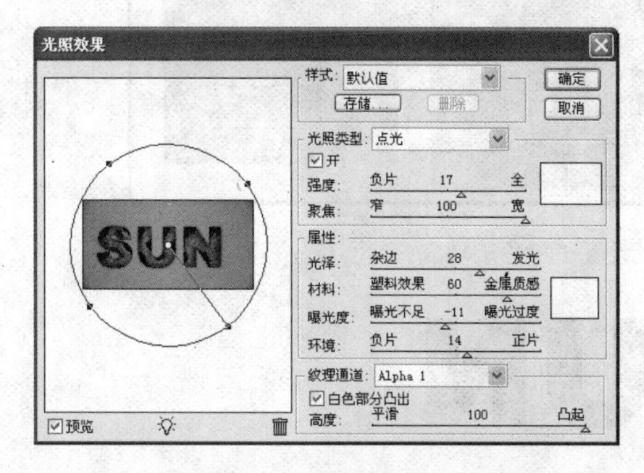

图 1-281　设置“光照效果”

（10）执行“滤镜”→“渲染”→“光照效果”菜单命令，设置参数如图 1-281 所示。其效果如图 1-282 所示。

图 1-282　光照效果

参数说明：

光照效果滤镜可以在 RGB 图像上产生无数种光照效果，还可以产生类似 3D 的立体效果。

（11）执行“图像”→“调整”→“色相/饱和度”菜单命令，设置参数如图 1-283 所示。调整颜色如图 1-284 所示。

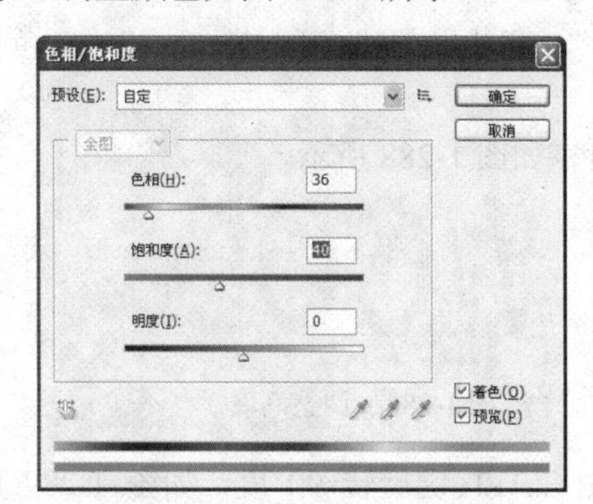

图 1-283　设置“色相/饱和度”

（12）复制文字层，填充颜色为“R:128;G:97;B:55”。执行“滤镜”→“纹理”→“染色玻璃”菜单命令，如图 1-285 所示。

（13）将图层的混合模式设置为“叠加”，得到最终效果如图 1-286 所示。

图 1-284　调整颜色

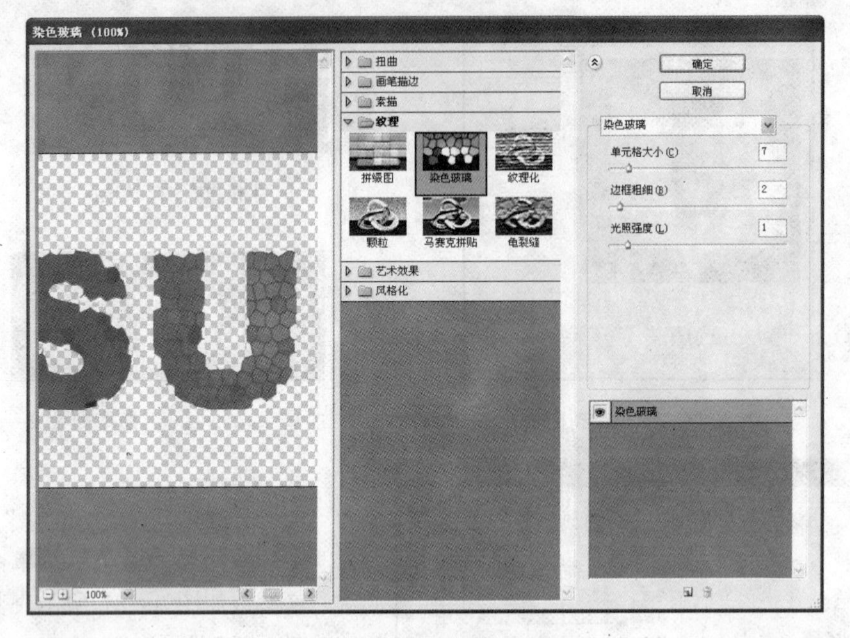

图 1-285　设置“染色玻璃”

SUN

图 1-286　蛇皮字效果

实例 38——套环字

本例将制作两个字母套在一起的效果。（学习难度：★★★★）

（1）执行“文件”→“新建”菜单命令，建立一个 RGB 图像文件，设置其宽度为 600 像素，高度为 300 像素，分辨率为 300 像素/英寸。

（2）选择横排文字工具，输入文字“WOOD”，字体选择“Arial Narrow”，颜色为“R:255; G:162;B:0”，如图 1-287 所示。

（3）栅格化文字，按 Ctrl+T 键调整文字的高度，如图 1-288 所示。

WOOD

图 1-287　输入文字

WOOD

图 1-288　调整高度

（4）使用矩形选框工具选中第一个“O”，并按 Ctrl+T 键旋转 90 度，如图 1-289 所示。然后按 Ctrl+Shift+J 键剪切复制一个图层。

（5）用同样的方法剪切复制另外一个“O”，并分别填充两个 O 的颜色为“R:74;G:215;B:19”和“R:15;G:36;B:195”，如图 1-290 所示。

图 1-289　旋转 90 度

图 1-290　填充颜色

（6）按 Ctrl 键单击蓝色“O”所在的图层，调出选区，选中绿色“O”所在的图层，前景色设置为蓝色（R:15;G:36;B:195），使用画笔工具进行涂抹，如图 1-291 所示。

（7）取消选择，得到最终效果如图 1-292 所示。

图 1-291　涂抹

图 1-292　套环字效果

实例 39——斑驳字

本例将用画笔工具制作一个简单的斑驳字效果。（学习难度：★★★）

（1）执行“文件”→“新建”菜单命令，建立一个 RGB 图像文件，设置其宽度和高度都为 500 像素，分辨率为 300 像素/英寸。

（2）选择横排文字工具，输入文字，字体选择“Dutch801 XBd BT”，如图 1-293 所示。

（3）栅格化文字。新建图层 1，使用画笔工具，笔尖大小设置为 1，前景色设置为黑色，并进行涂鸦，如图 1-294 所示。

（4）按 Ctrl 键单击图层 1，调出选区，选中文字层，按 Delete 键删除。最后，取消选区，得到最终效果如图 1-295 所示。

I Like This

Game

图 1-293　输入文字

图 1-294　涂鸦

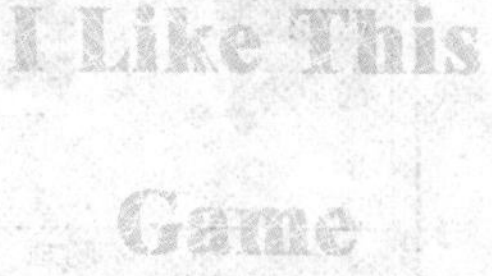

I Like This

Game

图 1-295　斑驳字效果

实例 40——冰凌字

冰凌字既要有冰的那种光滑透明，又要有冰的尖锐刺骨，这就需要通过各种滤镜的反复使用来实现。（学习难度：★★★★★）

（1）执行“文件”→“新建”菜单命令，建立一个 RGB 图像文件，设置其宽度为 600 像素，高度为 500 像素，分辨率为 300 像素/英寸。

（2）背景填充为黑色。选择横排文字工具，字体选择“华文行楷”，输入文字，颜色设置为“R:13;G:84;B:190”，如图 1-296 所示。

（3）按 Ctrl 键单击文字层，反选，将图层合并。执行“滤镜”→“像素化”→“晶格化”菜单命令，如图 1-297 所示。

图 1-296　输入文字

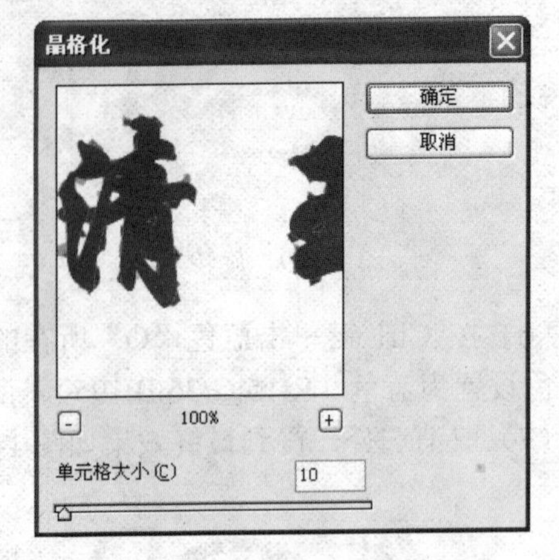

图 1-297　设置“晶格化”

（4）反选，执行“滤镜”→“杂色”→“添加杂色”菜单命令，设置参数如图 1-298 所示。

（5）执行“滤镜”→“模糊”→“高斯模糊”菜单命令，设置参数如图 1-299 所示。

（6）执行“图像”→“调整”→“曲线”菜单命令，设置参数如图 1-300 所示。取消选择，文字效果如图 1-301 所示。

重点提示：

将曲线向上弯曲会使图像变亮，将曲线向下弯曲会使图像变暗。曲线上比较陡直的部分表示图像对比度较高，比较平缓的部分表示图像对比度较低，利用曲线来调整冰和金属效果非常实用。

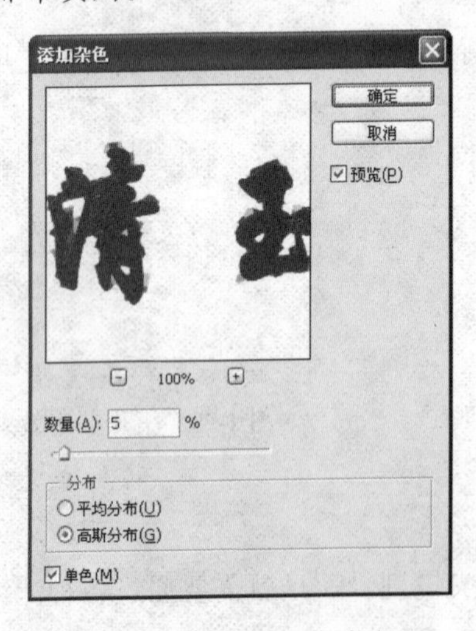

图 1-298　设置“添加杂色”

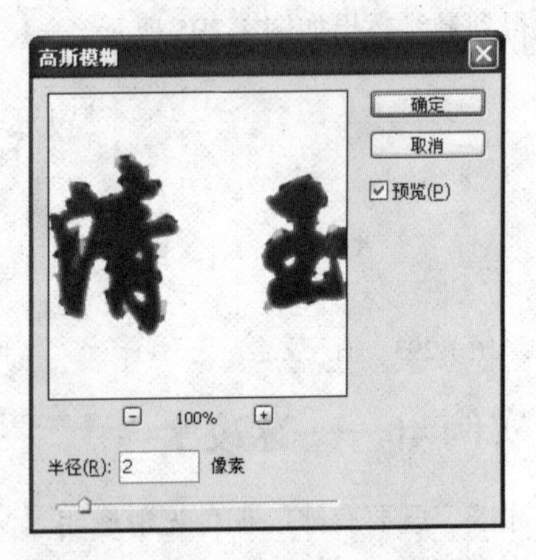

图 1-299　设置“高斯模糊”

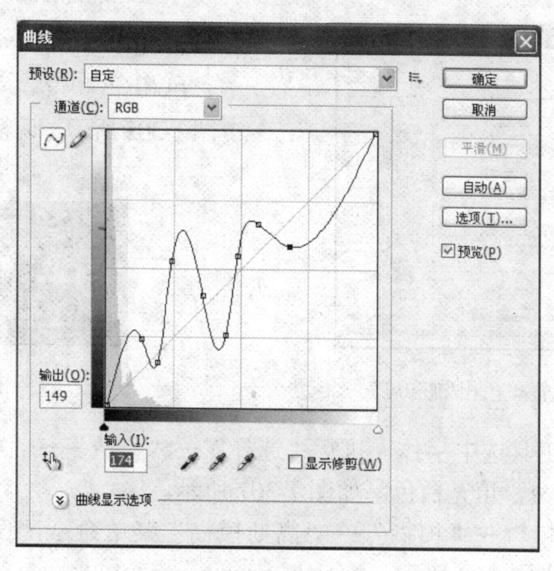

图 1-300　设置“曲线”

（7）按 Ctrl+I 键反相，如图 1-302 所示。

图 1-301　文字效果

图 1-302　反相

（8）执行“图像”→“图像旋转”→“90 度顺时针”菜单命令，执行“滤镜”→“风格化”→“风”菜单命令，设置参数如图 1-303 所示。

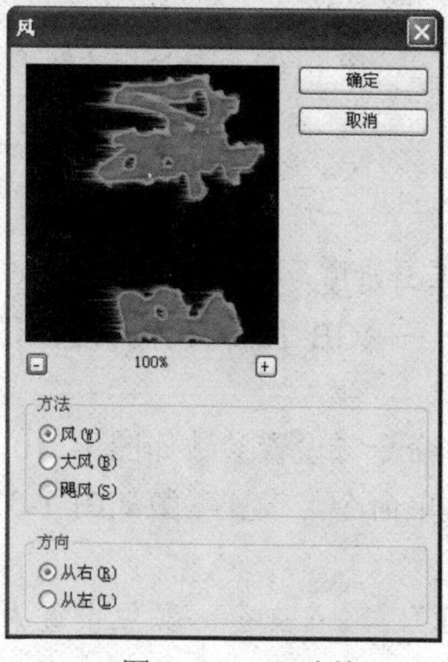

图 1-303　风滤镜

（9）再执行两次风滤镜，执行“图像”→“图像旋转”→“90 度逆时针”菜单命令，将画布旋转回来，如图 1-304 所示。

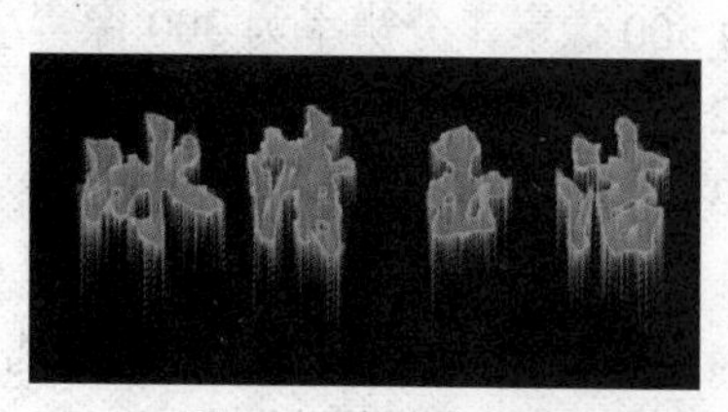

图 1-304　文字效果

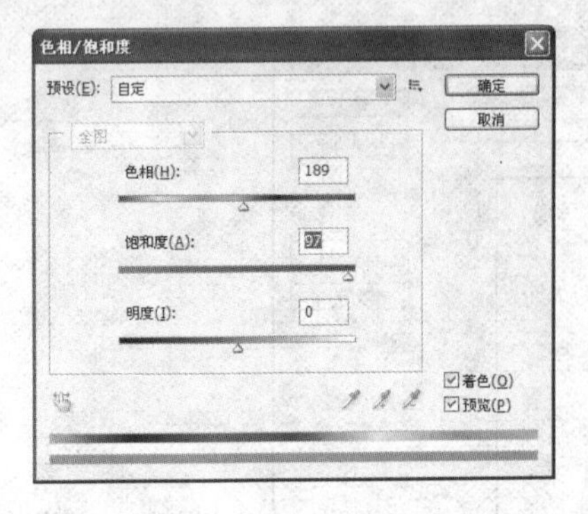

图 1-305 设置“色相/饱和度”

（10）执行“图像”→“调整”→“色相/饱和度”菜单命令，设置参数如图 1-305 所示。调整颜色如图 1-306 所示。

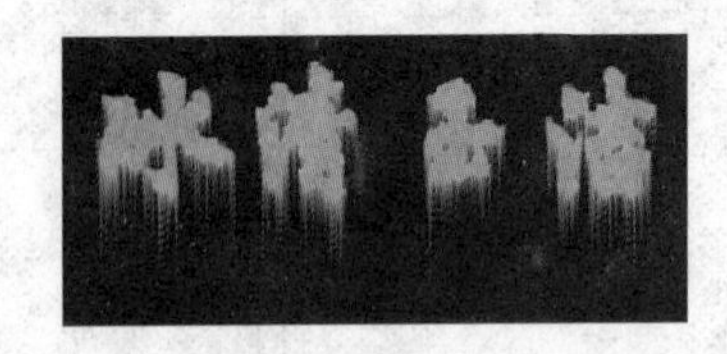

图 1-306 调整颜色

（11）使用魔棒工具选中字体，执行“选择”→“修改”→“收缩”菜单命令，收缩 10 个像素，新建图层 1，填充白色，如图 1-307 所示。

（12）执行“滤镜”→“模糊”→“高斯模糊”菜单命令，设置参数如图 1-308 所示。得到最终效果如图 1-309 所示。

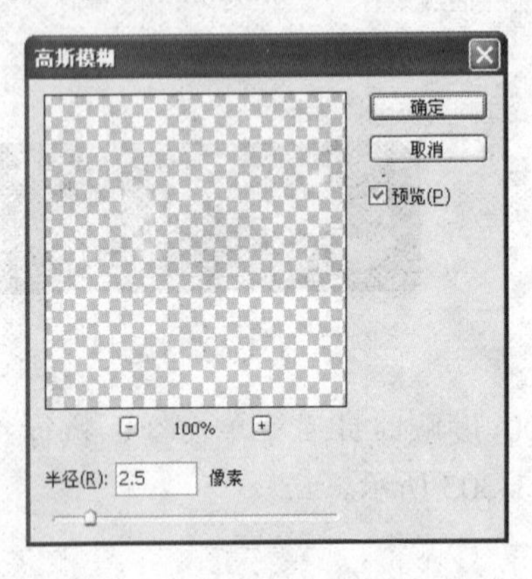

图 1-308 设置“高斯模糊”

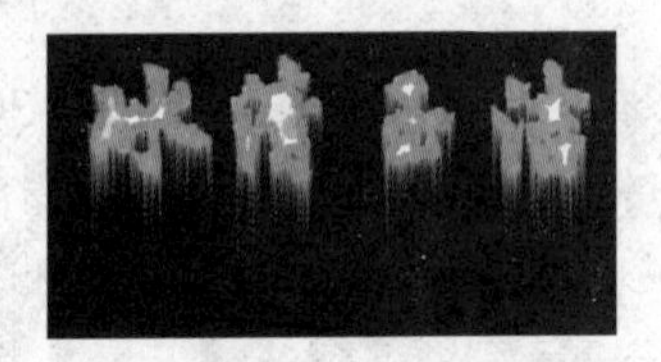

图 1-307 填充白色

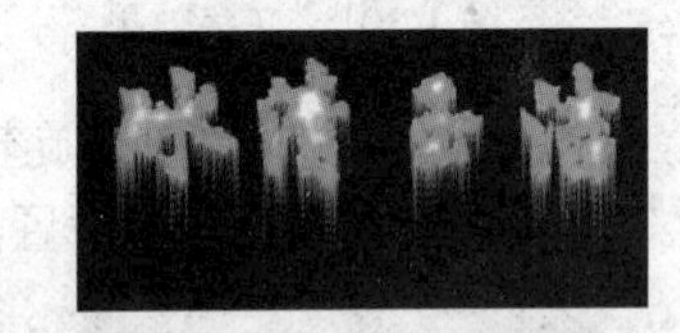

图 1-309 冰凌字效果

实例 41——水滴字

水滴效果的文字体现出水的晶莹剔透的效果。（学习难度：★★★★）

（1）执行“文件”→“新建”菜单命令，建立一个 RGB 图像文件，设置其宽度和高度均为 500 像素，分辨率为 300 像素/英寸。

（2）执行“滤镜”→“纹理”→“纹理化”菜单命令，设置参数如图 1-310 所示。

（3）执行“滤镜”→“渲染”→“光照效果”菜单命令，设置参数如图 1-311 所示。其效果如图 1-312 所示。

（4）选择横排文字工具，字体选择“Arial Black”，输入文字，颜色设置为黑色，如图 1-313 所示。

（5）新建图层 1，拖到文字层的下方。多次执行“滤镜”→“渲染”→“云彩”菜单

命令，如图 1-314 所示。

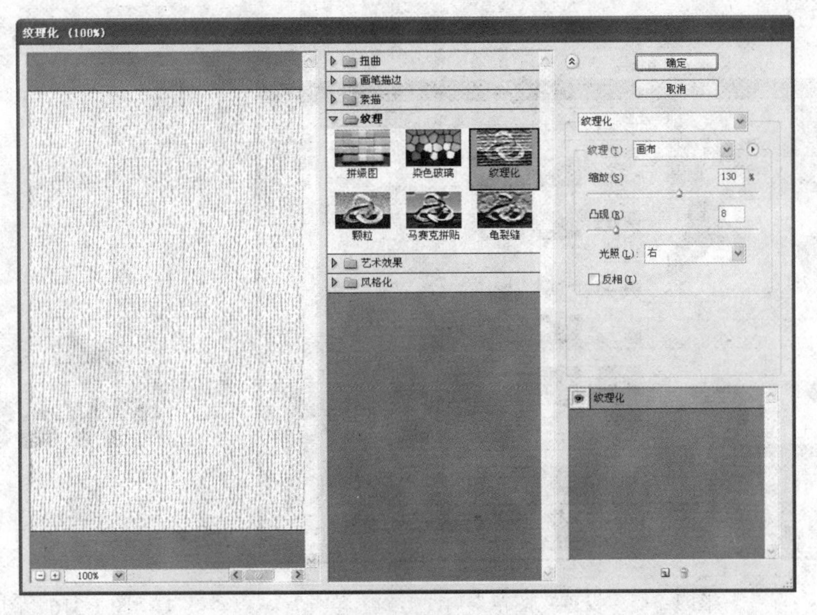

图 1-310　设置“纹理化”

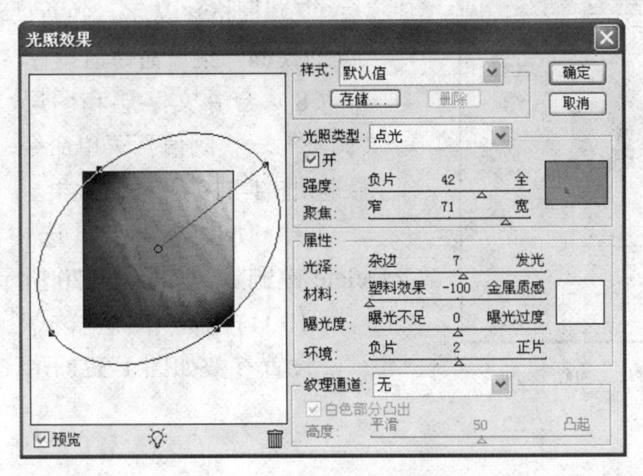

图 1-311　设置“光照效果”

图 1-312　光照效果

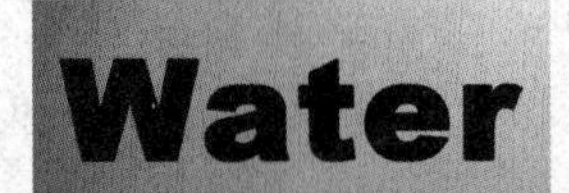

图 1-313　输入文字

图 1-314　云彩效果

（6）执行“滤镜”→“素描”→“图章”菜单命令，设置参数如图 1-315 所示。其效果如图 1-316 所示。

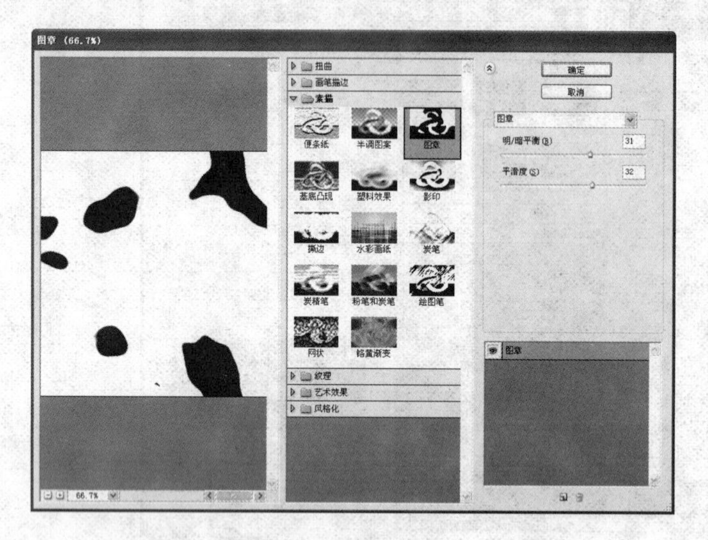

图 1-315　设置“图章”

图 1-316　图章效果

图 1-317　设置“高斯模糊”

（7）栅格化文字，执行“滤镜”→“模糊”→“高斯模糊”菜单命令，设置参数如图 1-317 所示。

（8）合并文字层和图层 1。执行“图像”→“调整”→“阈值”菜单命令，如图 1-318 所示，得到如图 1-319 所示的效果。

（9）使用魔棒工具选中所有白色部分，按 Delete 键删除，如图 1-320 所示。

（10）打开“图层样式”对话框，选择“投影”，设置参数如图 1-321 所示。

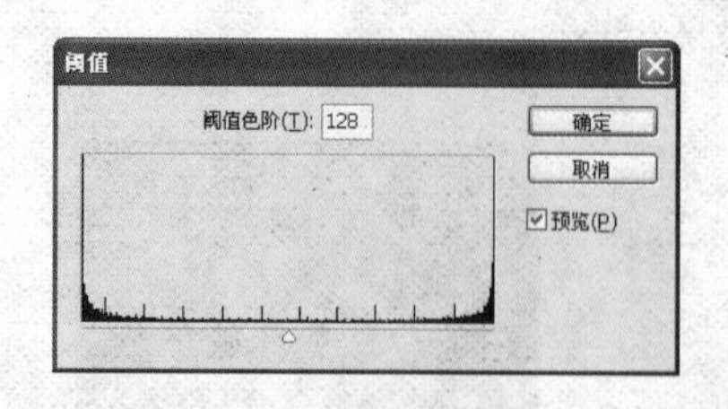

图 1-318　设置“阈值”

图 1-319　阈值效果

图 1-320　删除白色部分

（11）选择“斜面和浮雕”，设置参数如图 1-322 所示，得到最终效果如图 1-323 所示。

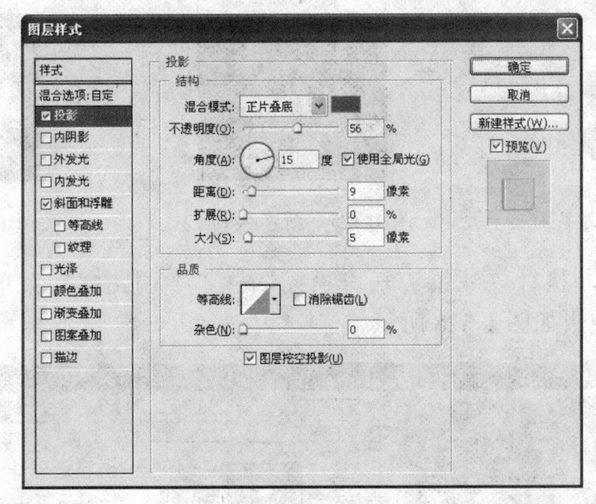

图 1-321　设置“投影”

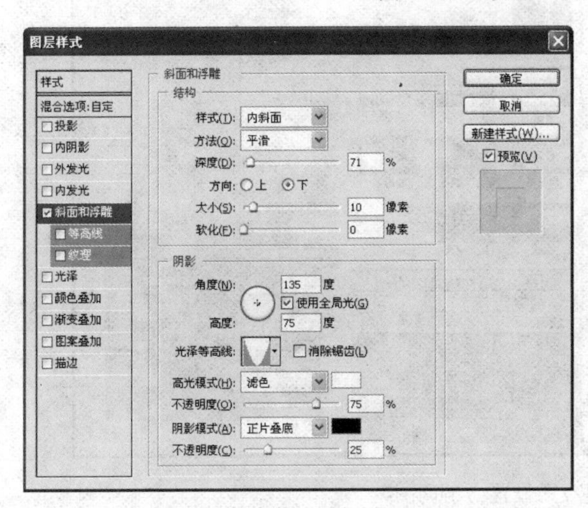

图 1-322　设置“斜面和浮雕”

图 1-323　水滴字效果

实例 42——网点字

本例将利用半调图案中的网点效果制作文字。（学习难度：★★★★）

（1）执行“文件”→“新建”菜单命令，建立一个 RGB 图像文件，设置其宽度和高度均为 400 像素，分辨率为 300 像素/英寸。

（2）选择横排文字工具，字体选择“华文琥珀”，输入文字“Gg”，颜色设置为“R:214;G:0;B:0”，如图 1-324 所示。

（3）栅格化文字，按 Ctrl 键单击文字层，调出选区，在通道面板中保存选区。然后新建 Alpha2，如图 1-325 所示。

（4）执行“选择”→“修改”→“羽化”菜单命令，设置“羽化”为 10，并填充白色，如图 1-326 所示。

图 1-324　输入文字　　图 1-325　新建 Alpha2　　图 1-326　羽化填充

（5）取消选择，执行“滤镜”→“素描”→“半调图案”菜单命令，设置参数如图 1-327 所示。其效果如图 1-328 所示。

图 1-327　设置“半调图案”

（6）回到 RGB 彩色通道，在图层面板中按 Ctrl 键单击文字层，调出选区。执行“选择”→“修改”→“收缩”菜单命令，收缩 3 像素，如图 1-329 所示。

图 1-328　半调图案效果　　图 1-329　收缩选区

（7）执行“滤镜”→“渲染”→“光照效果”菜单命令，设置参数如图 1-330 所示。其效果如图 1-331 所示。

（8）打开“图层样式”对话框，选择“投影”，设置参数如图 1-332 所示。

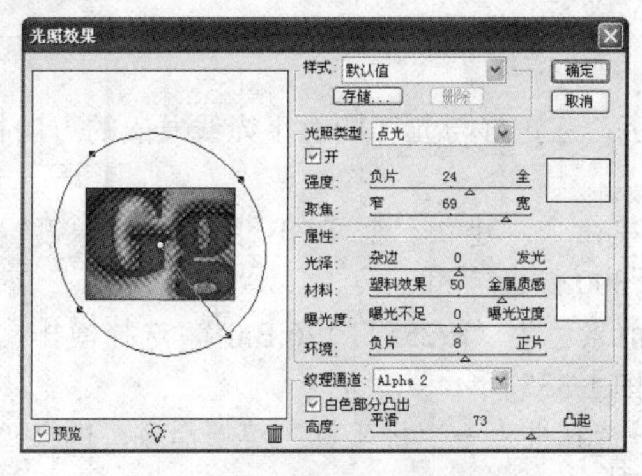

图 1-330　设置“光照效果”

Gg

图 1-331　光照效果

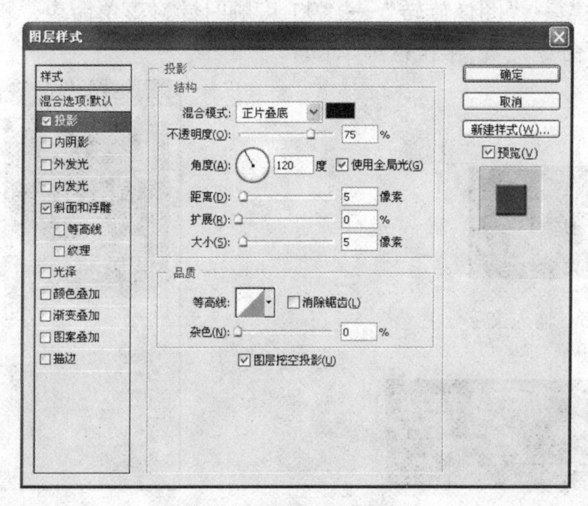

图 1-332　设置“投影”

（9）选择“斜面和浮雕”，设置参数如图 1-333 所示，得到最终效果如图 1-334 所示。

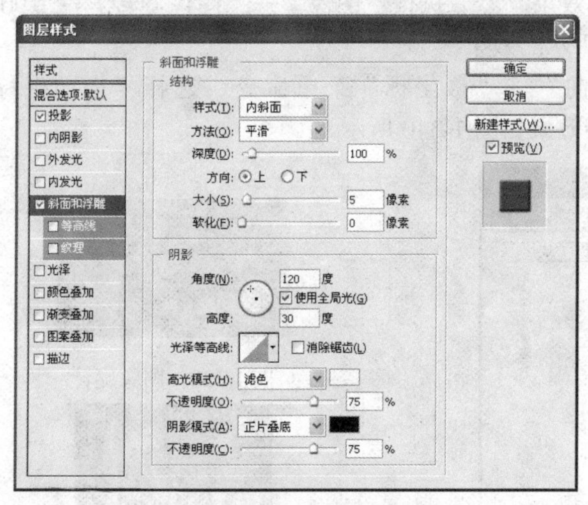

图 1-333　设置“斜面和浮雕”

Gg

图 1-334　网点字效果

实例 43——放射字

本例将制作具有放射性效果的文字，它正好与光芒四射字光线发散的方向相反。（学习难度：★★★★）

（1）执行“文件”→“新建”菜单命令，建立一个 RGB 图像文件，设置其宽度为 500 像素，高度为 300 像素，分辨率为 300 像素/英寸。

（2）将背景层填充为黑色。设置前景色为“R:255;G:126;B:0”，选择横排文字工具，输入文字，字体选择“华文行楷”，如图 1-335 所示。

（3）合并所有层，执行“滤镜”→“扭曲”→“极坐标”菜单命令，选择“极坐标到平面坐标”，得到如图 1-336 所示的效果。

（4）执行“图像”→“图像旋转”→“90 度顺时针”菜单命令，再执行“滤镜”→“风格化”→“风”菜单命令，如图 1-337 所示。

图 1-335 输入文字

图 1-336 极坐标效果

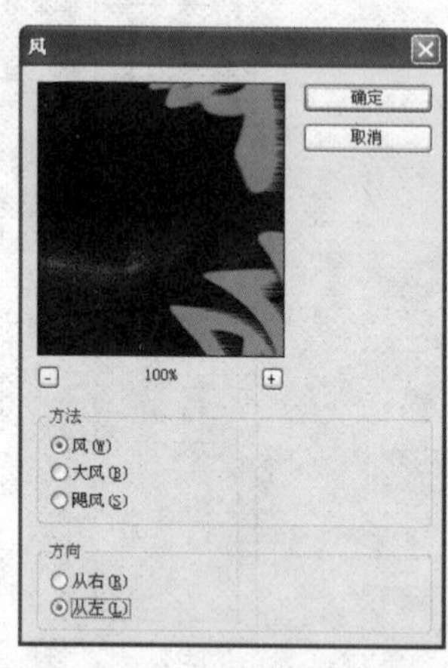

图 1-337 设置“风”

（5）多次执行风滤镜，突出效果。然后执行“图像”→“图像旋转”→“90 度逆时针”菜单命令，得到如图 1-338 所示的效果。

（6）执行“滤镜”→“扭曲”→“极坐标”菜单命令，选择“平面坐标到极坐标”，如图 1-339 所示，得到最终效果如图 1-340 所示。

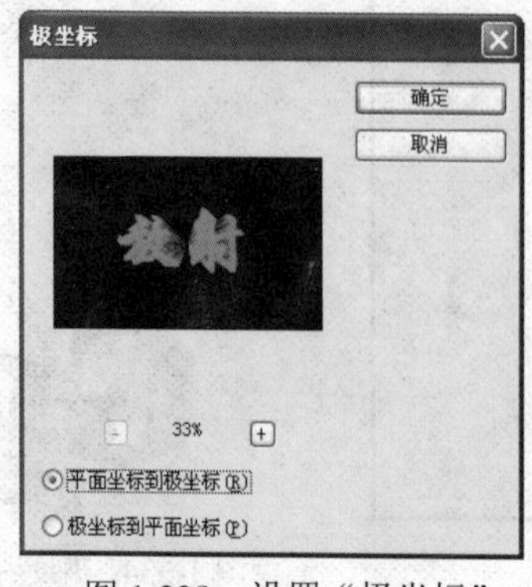

图 1-339 设置“极坐标”

图 1-338 图像旋转

图 1-340 放射字效果

实例 44——石刻字

本例将制作碑文石刻字，体现出文字刻入碑石的效果。（学习难度：★★★★★）

（1）执行“文件”→“打开”菜单命令，打开图像，如图 1-341 所示。

（2）执行“滤镜”→“素描”→“便条纸”菜单命令，设置参数如图 1-342 所示。便条纸效果如图 1-343 所示。

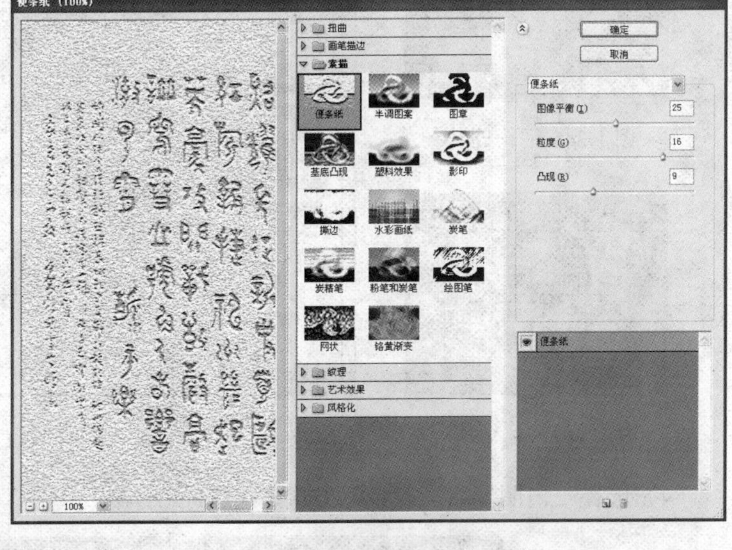

图 1-341 打开图像

图 1-342 设置“便条纸”

（3）按 Ctrl+I 键进行反相，得到最终效果如图 1-344 所示。

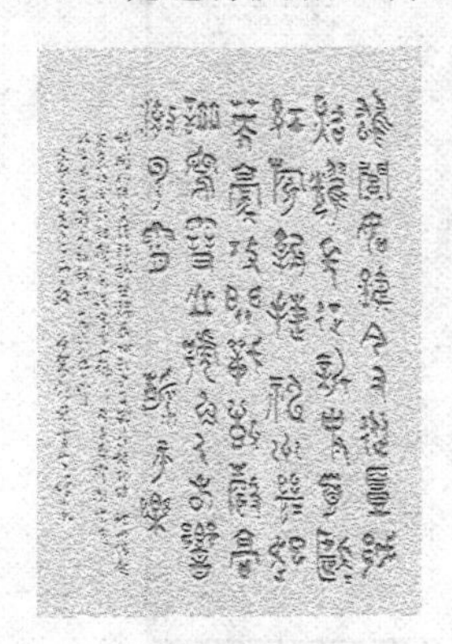

图 1-343 便条纸效果

图 1-344 石刻字效果

实例 45——双层字

本例将制作文字的双层结构效果，在剥开外面的一层之后，会发现里面还有一层，真的是创意无限。（学习难度：★★★★★）

（1）执行“文件”→“打开”菜单命令，打开图像，如图 1-345 所示。

（2）选择横排文字工具，输入文字，字体选择“Dutch801 XBd BT”，如图 1-346 所示。

（3）按 Ctrl 键单击文字层，调出选区。回到背景层，按 Ctrl+C 键和 Ctrl+V 键复制出图层 1，并隐藏文字层。打开“图层样式”对话框，选择“投影”，设置参数如图 1-347 所示。

图 1-345　打开图像

图 1-346　输入文字

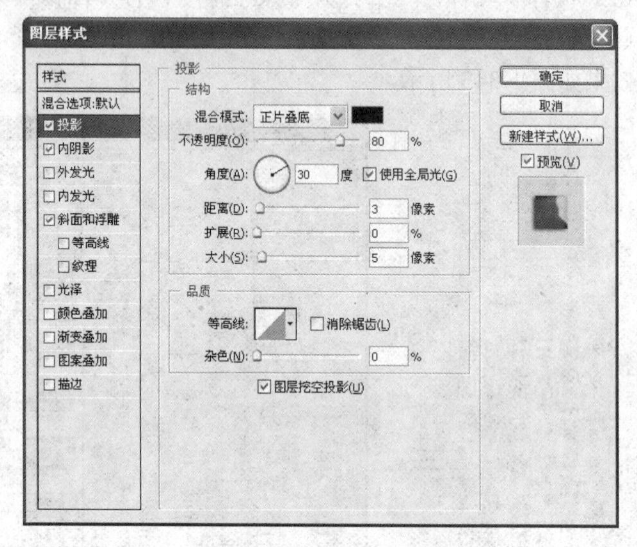

图 1-347　设置“投影”

（4）选择“内阴影”，设置参数如图 1-348 所示。

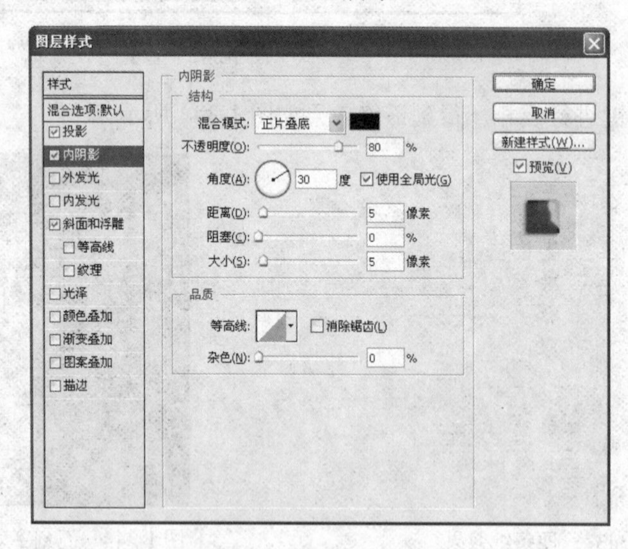

图 1-348　设置“内阴影”

（5）选择“斜面和浮雕”，设置参数如图 1-349 所示。设置后的效果如图 1-350 所示。

（6）复制图层 1，回到图层 1，按 Ctrl 键单击图层 1，执行“选择”→“修改”→“收缩”菜单命令，设置收缩量为“3”，反选并删除。

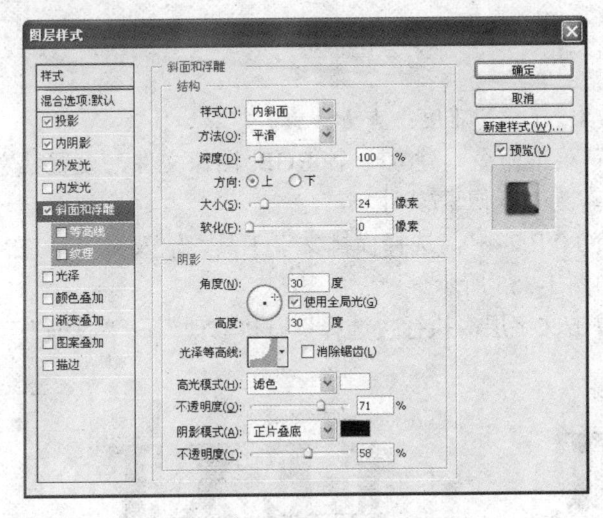

图 1-349 设置“斜面和浮雕”

图 1-350 斜面和浮雕效果

（7）在图层 1 副本层，执行“图像”→“调整”→“色相/饱和度”菜单命令，设置参数如图 1-351 所示。调整颜色如图 1-352 所示。

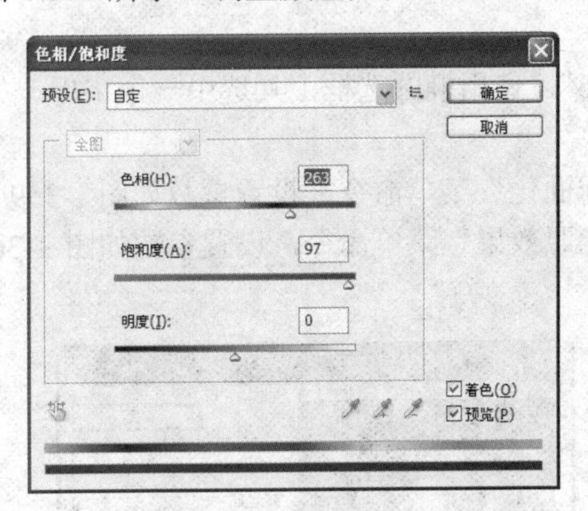

图 1-351 设置“色相/饱和度”

图 1-352 调整颜色

（8）选择椭圆选框工具，选取第一个选区后，按住 Shift 键同时选择数个选区，如图 1-353 所示。

（9）按 Delete 键删除这些选区的内容，得到最终效果如图 1-354 所示。

图 1-353 同时选择多个选区

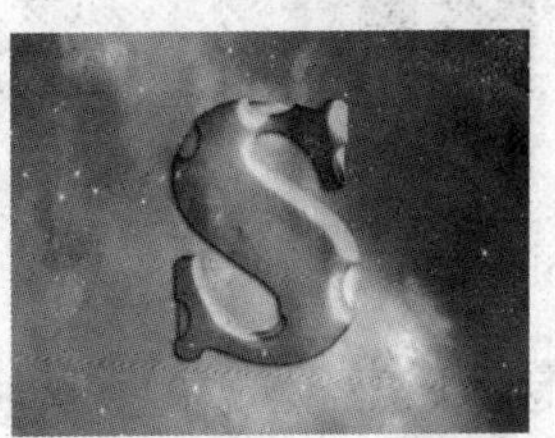

图 1-354 双层字效果

实例 46——泡泡字

本例中的文字将具有泡泡的效果。(学习难度：★★★★)

(1) 执行“文件”→“新建”菜单命令，建立一个 RGB 图像文件，设置其宽度为 600 像素，高度为 400 像素，分辨率为 300 像素/英寸。

(2) 将前景色设置为“R:255;G:0;B:246”。选择横排文字工具，输入文字“TEXT”，字体选择“Dutch801 XBd BT”，如图 1-355 所示。

(3) 栅格化文字，按 Ctrl 键单击文字层，执行“选择”→“修改”→“收缩”菜单命令，收缩 8 像素，如图 1-356 所示。

图 1-355　输入文字

图 1-356　收缩选区

(4) 新建图层 1，填充白色。执行“滤镜”→“模糊”→“高斯模糊”菜单命令，设置半径为“4”，其效果如图 1-357 所示。

(5) 将背景填充为“R:122;G:9;B:186”，使用椭圆选框工具选中一个字母，如图 1-358 所示。

(6) 执行“滤镜”→“扭曲”→“球面化”菜单命令，设置参数如图 1-359 所示。

(7) 执行“滤镜”→“渲染”→“光照效果”菜单命令，设置参数如图 1-360 所示，其效果如图 1-361 所示。

图 1-357　高斯模糊效果

图 1-358　选中一个字母

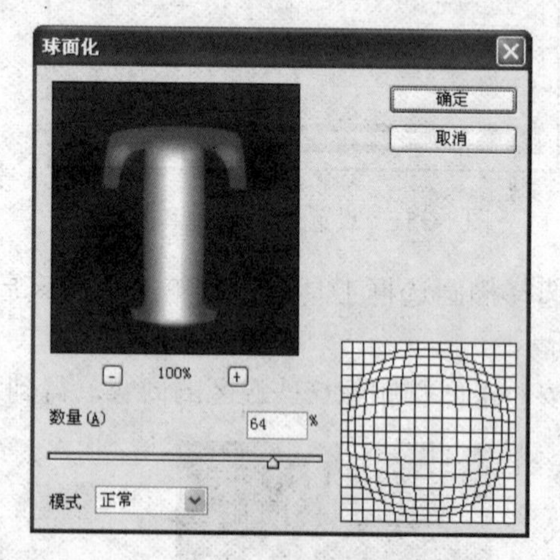

图 1-359　设置“球面化”

(8) 泡泡效果已经出现了。其他字母的制作方法相同，得到最终效果如图 1-362 所示。

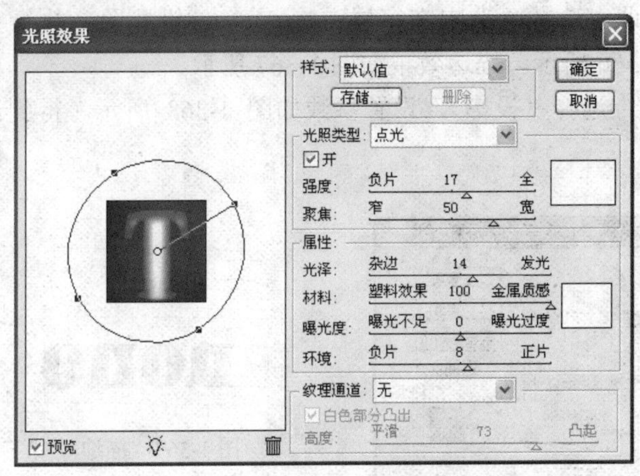

图 1-360　设置“光照效果”

图 1-361　光照效果

图 1-362　泡泡字效果

实例 47——斑点字

本例将制作带斑点的文字效果。（学习难度：★★★★）

（1）执行“文件”→“新建”菜单命令，建立一个 RGB 图像文件，设置其宽度为 400 像素，高度为 300 像素，分辨率为 300 像素/英寸。

图 1-363　输入文字

（2）选择横排文字工具，字体选择“华文琥珀”，输入文字，颜色设置为“R:122;G:9; B:186”，如图 1-363 所示。

（3）新建图层 1，选择画笔工具，打开画笔面板进行设置，如图 1-364 所示。

（4）设置前景色为白色，使用画笔工具在文字上拖动，如图 1-365 所示。

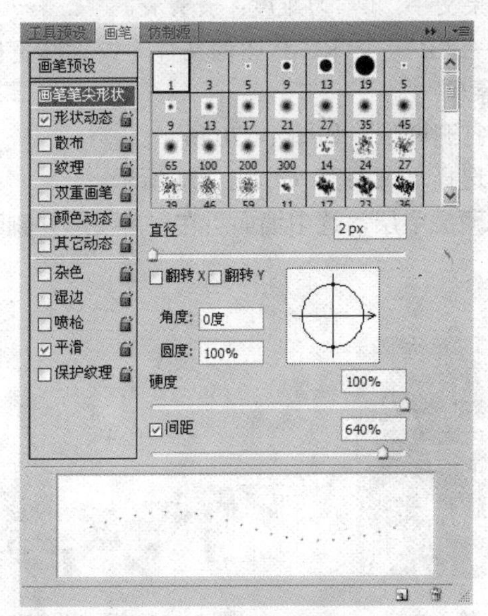

图 1-364　设置画笔面板

图 1-365　画笔效果

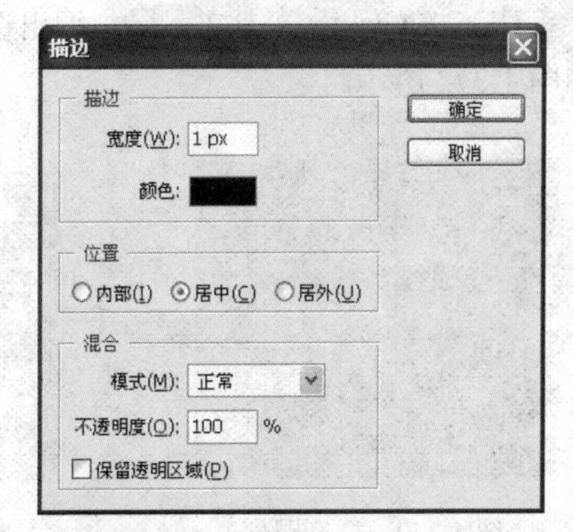

图 1-366　设置“描边”

（5）按 Ctrl 键单击图层 1，调出选区，选中文字层，按 Delete 键删除。执行“编辑”→“描边”菜单命令，如图 1-366 所示。描边效果如图 1-367 所示。

（6）打开“图层样式”对话框，选择“投影”，设置参数如图 1-368 所示。得到最终效果，如图 1-369 所示。

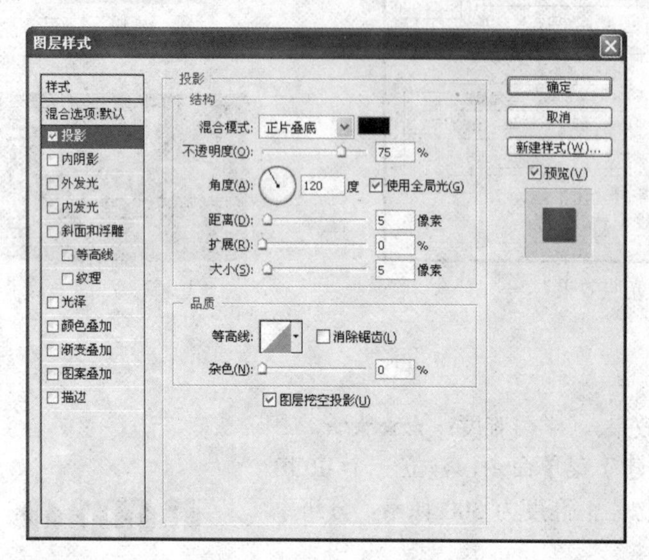

图 1-368　设置“投影”

nono

图 1-367　描边效果

nono

图 1-369　斑点字效果

实例 48——墙体字

本例将通过墙体的素材文件来制作墙面效果文字。（学习难度：★★★）

（1）执行“文件”→“新建”菜单命令，建立一个 RGB 图像文件，设置其宽度为 500 像素，高度为 400 像素，分辨率为 300 像素/英寸。

（2）执行“文件”→“打开”菜单命令，打开图像，如图 1-370 所示。

（3）选择横排文字工具，输入文字，字体选择“隶书”，如图 1-371 所示。

（4）按 Ctrl 键单击文字层，调出选区。隐藏文字层，选中墙面所在层，反选并删除。如图 1-372 所示。

图 1-370　打开图像

图 1-371　输入文字

图 1-372　反选并删除

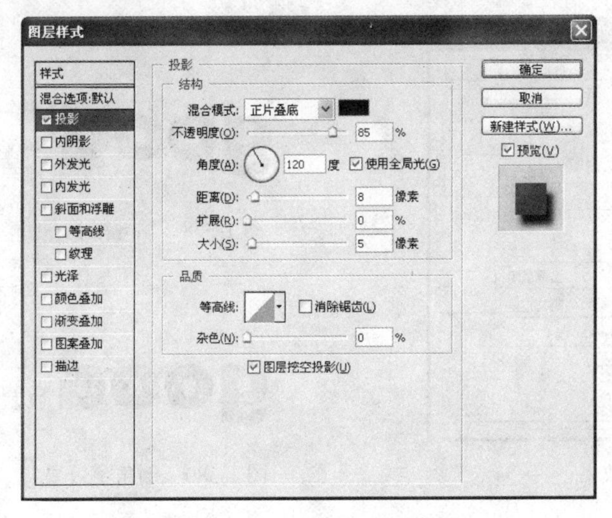

图 1-373　设置“投影”

（5）打开“图层样式”对话框，选择“投影”，设置参数如图 1-373 所示，得到最终效果如图 1-374 所示。

图 1-374　墙体字效果

实例 49——倒角字

本例将绘制倒角效果的文字。（学习难度：★★★★）

（1）执行“文件”→“新建”菜单命令，建立一个 RGB 图像文件，设置其宽度为 400 像素，高度为 300 像素，分辨率为 300 像素/英寸。

（2）在通道面板中新建 Alpha1，选择横排文字工具，输入文字，字体选择“Arial Black”，如图 1-375 所示。

（3）复制 Alpha1 为 Alpha1 副本，执行“滤镜”→“模糊”→“高斯模糊”菜单命令，设置“半径”为 4，效果如图 1-376 所示。

（4）保持选中 Alpha1 副本，按 Ctrl 键单击 Alpha1，调出选区，填充为白色，如图 1-377 所示。

图 1-375　输入文字

图 1-376　高斯模糊

图 1-377　填充白色

（5）取消选择。按 Ctrl 键单击 Alpha1，调出选区，单击 RGB 彩色通道，回到图层面板，新建图层 1，填充颜色为“R:198;G:16 ;B:16”，如图 1-378 所示。

（6）执行“滤镜”→“渲染”→“光照效果”菜单命令，设置参数如图 1-379 所示，得到最终效果如图 1-380 所示。

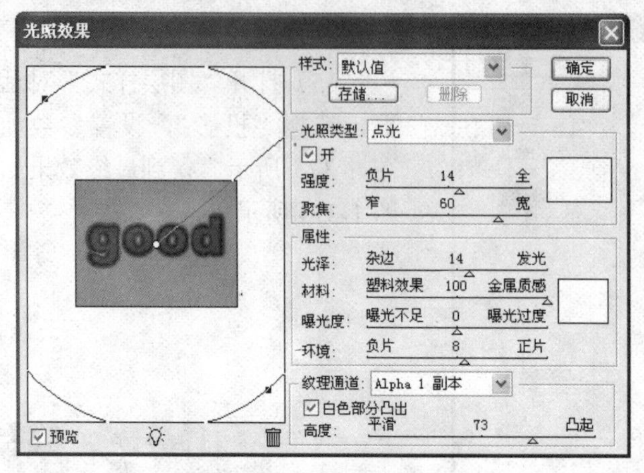

图 1-379　设置“光照效果”

图 1-378　填充颜色

图 1-380　倒角字效果

实例 50——盘旋字

本例将利用极坐标和风滤镜来制作盘旋效果的文字。（学习难度：★★★★）

（1）执行“文件”→“新建”菜单命令，建立一个 RGB 图像文件，设置其宽度为 500 像素，高度为 300 像素，分辨率为 300 像素/英寸。

（2）背景色填充为黑色。选择横排文字工具，字体选择“Arial Black”，输入文字，颜色设置为“R:21;G:223;B:69”，如图 1-381 所示。

（3）合并所有层，执行“滤镜”→“扭曲”→“极坐标”菜单命令，选择“极坐标到平面坐标”，得到如图 1-382 所示的效果。

（4）执行“滤镜”→“风格化”→“风”菜单命令，如图 1-383 所示。

图 1-381　输入文字

图 1-382　极坐标效果

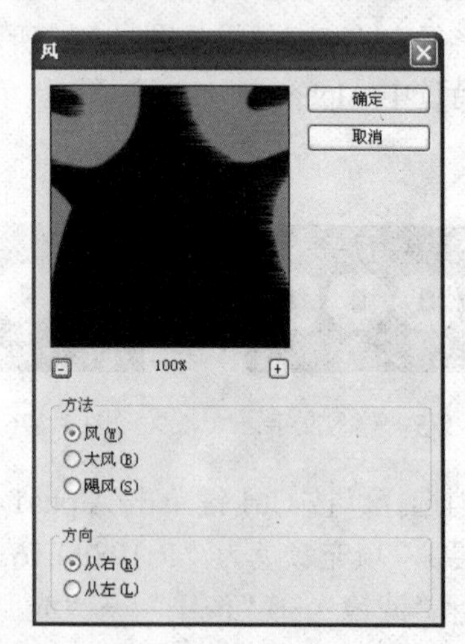

图 1-383　设置“风”

（5）多次执行风滤镜，突出效果，如图 1-384 所示。

（6）执行“滤镜”→“扭曲”→“极坐标”菜单命令，选择“平面坐标到极坐标”，得到最终效果如图 1-385 所示。

图 1-384　风的效果

图 1-385　盘旋字效果

实例 51——纹理字

本例将利用纹理滤镜制作文字效果。（学习难度：★★★★）

（1）执行“文件”→“新建”菜单命令，建立一个 RGB 图像文件，设置其宽度和高度都为 500 像素，分辨率为 300 像素/英寸。

（2）在通道面板中，选择一种画笔工具（如图 1-386 所示）。进行涂抹，其效果如图 1-387 所示。

（3）执行“滤镜”→“像素化”→“碎片”菜单命令，其效果如图 1-388 所示。

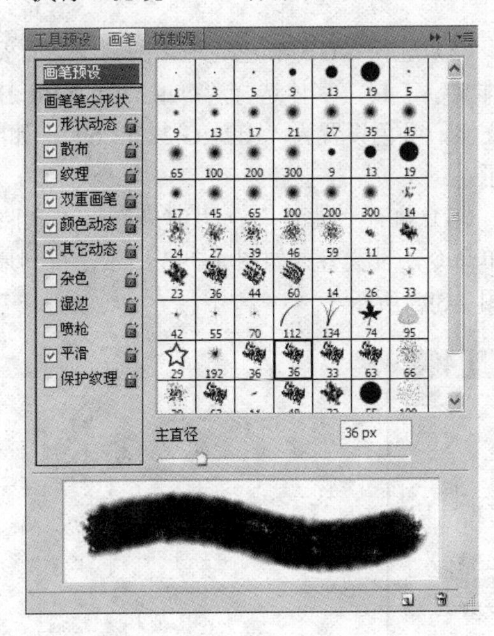

图 1-386　选择画笔

图 1-387　涂抹效果

图 1-388　碎片效果

（4）执行“滤镜”→“纹理”→“纹理化”菜单命令，设置参数如图 1-389 所示，得到如图 1-390 所示的效果。

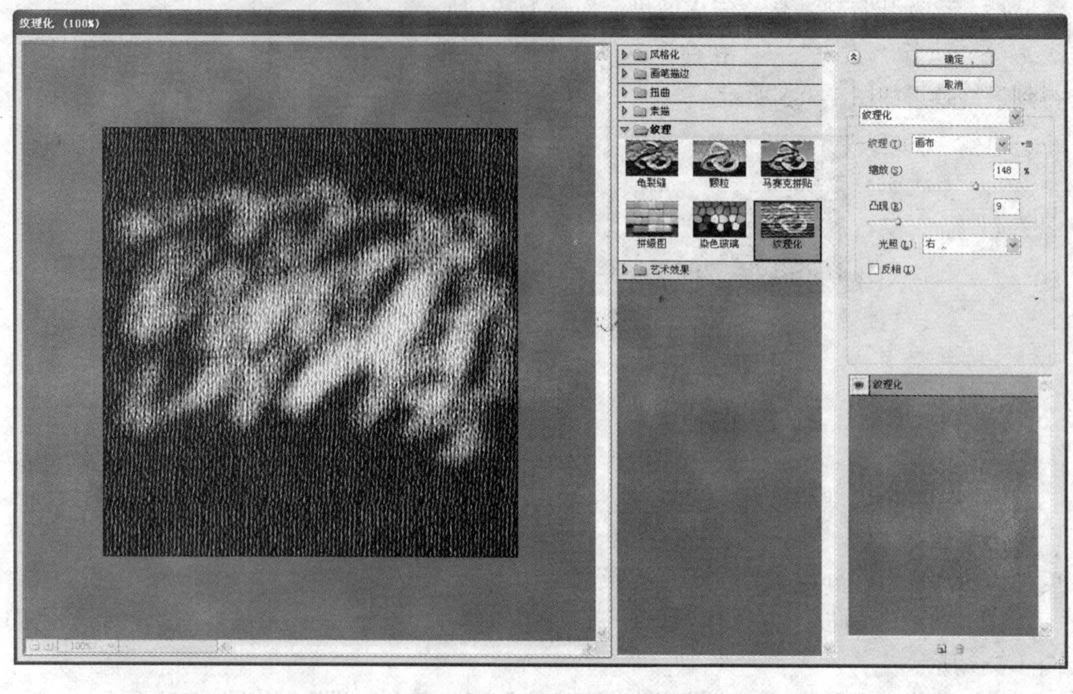

图 1-389 设置“纹理化”

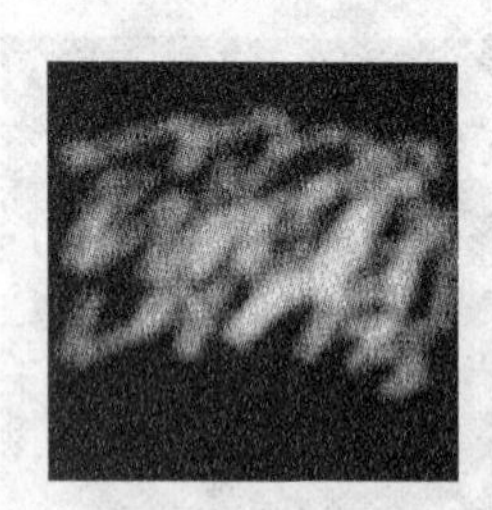

图 1-390 纹理化效果

（5）选择 RGB 彩色通道，回到图层面板，选择横排文字工具，字体选择“Dutch801 XBd BT”，输入文字，颜色设置为“R:21;G:223;B:69”，如图 1-391 所示。

（6）执行“滤镜”→“渲染”→“光照效果”菜单命令，设置参数如图 1-392 所示，得到最终效果如图 1-393 所示。

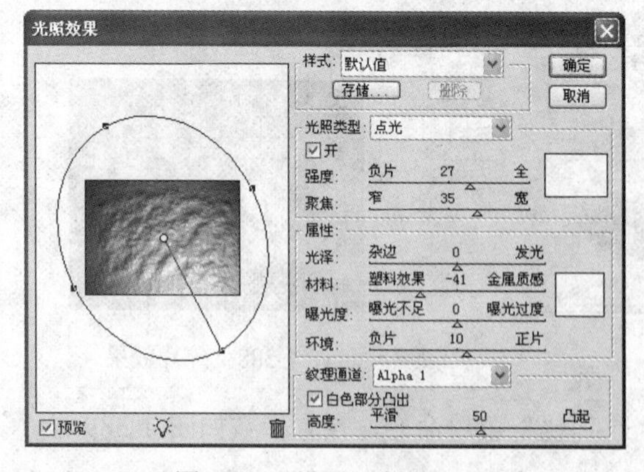

图 1-392 设置“光照效果”

I CAN

图 1-391 输入文字

I CAN

图 1-393 纹理字效果

实例 52——天空字

晴朗的天空中，飘着片片的白云，本例将制作天空效果的文字。（学习难度：★★★★）

（1）执行“文件”→“新建”菜单命令，建立一个 RGB 图像文件，设置其宽度为 500 像素，高度为 300 像素，分辨率为 300 像素/英寸。

（2）新建图层 1，填充颜色为“R:21;G:130;B:223”。选择横排文字工具，输入文字“Water”，字体选择“Dutch801 XBd BT”，颜色为白色，如图 1-394 所示。

（3）隐藏文字层，执行“滤镜”→“渲染”→“云彩”菜单命令，注意前后背景色为蓝白顺序，如图 1-395 所示。

图 1-394 输入文字

图 1-395 云彩效果

参数说明：

云彩滤镜的图像产生介于前景色与背景色之间的随机值，然后生成柔和的云彩效果，因为是随机的，所以每次执行该命令所得到的效果都不相同。

（4）复制图层 1，执行“滤镜”→“风格化”→“查找边缘”菜单命令，设置图层混合模式为“正片叠底”，其效果如图 1-396 所示。

（5）合并图层 1 和副本层，按 Ctrl 键单击文字层，调出选区。在图层 1 中反选并删除，得到文字效果如图 1-397 所示。

（6）打开“图层样式”对话框，选择“投影”，设置参数如图 1-398 所示。

图 1-396 设置图层混合模式

图 1-397 文字效果

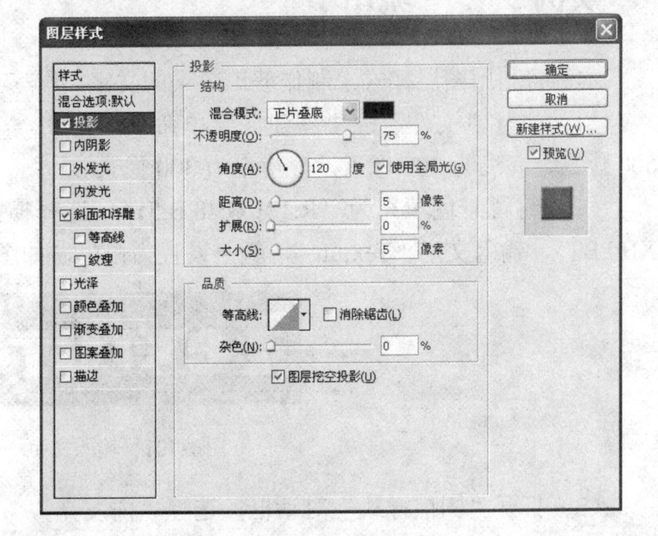

图 1-398 设置“投影”

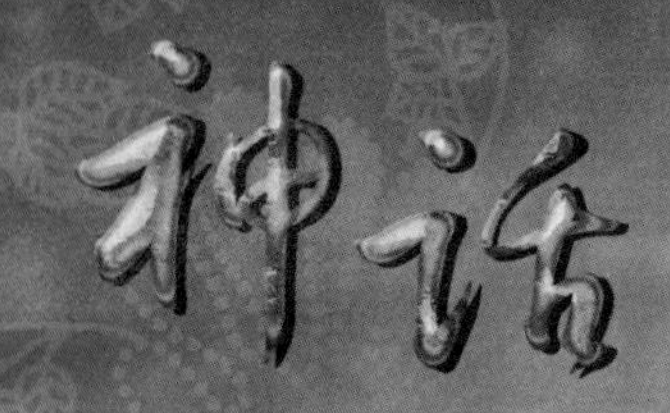

（7）选择“斜面和浮雕”，设置参数如图 1-399 所示，得到最终效果如图 1-400 所示。

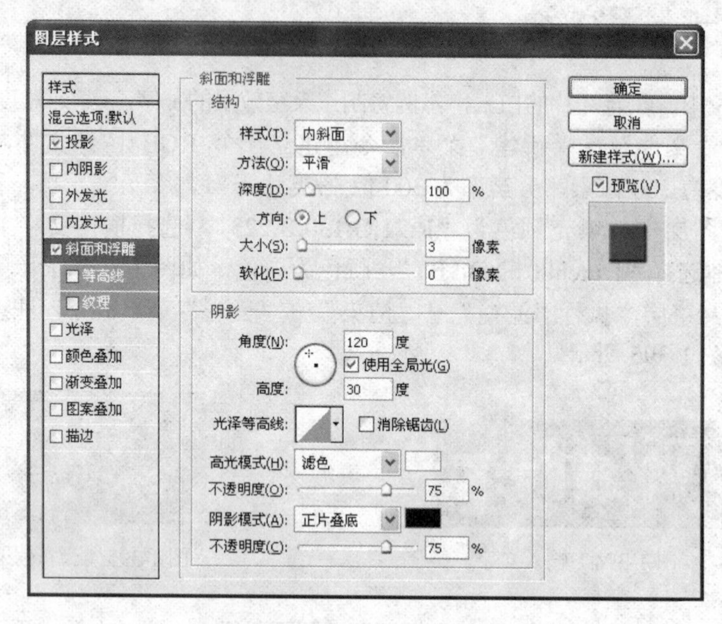

图 1-399 设置“斜面与浮雕”

Water

图 1-400 天空字效果

实例 53——琥珀字

本例将利用图层样式来制作琥珀效果的文字。（学习难度：★★★★★）

（1）执行“文件”→“新建”菜单命令，建立一个 RGB 图像文件，设置其宽度为 600 像素，高度为 300 像素，分辨率为 300 像素/英寸。

（2）将背景色填充为“R:171;G:48;B:51”。选择横排文字工具，字体选择“Dutch801 XBd BT”，输入文字“Texture”，颜色设置为白色，如图 1-401 所示。

Texture

图 1-401 输入文字

（3）打开“图层样式”对话框，选择“内发光”，设置参数如图 1-402 所示。颜色设置为“R:200;G:128;B:35”。

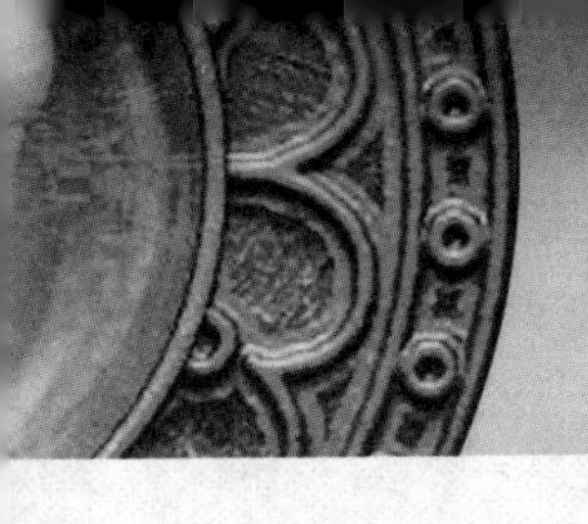

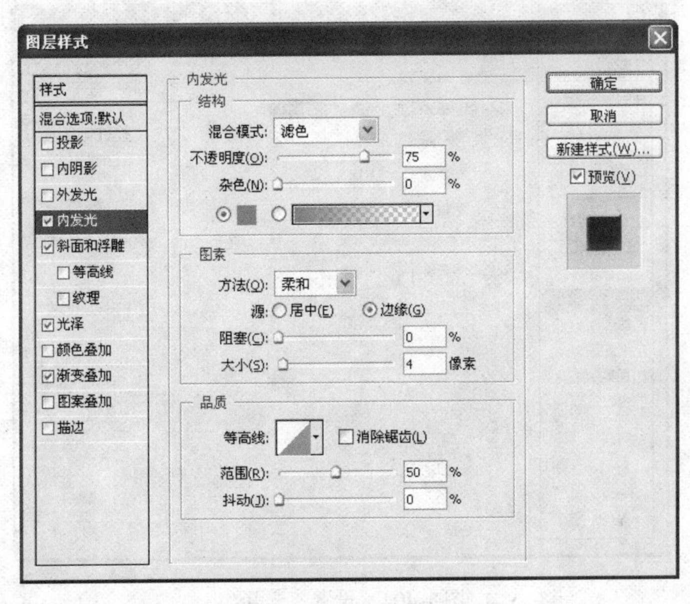

图 1-402　设置“内发光”

（4）选择“斜面和浮雕”，设置参数如图 1-403 所示。

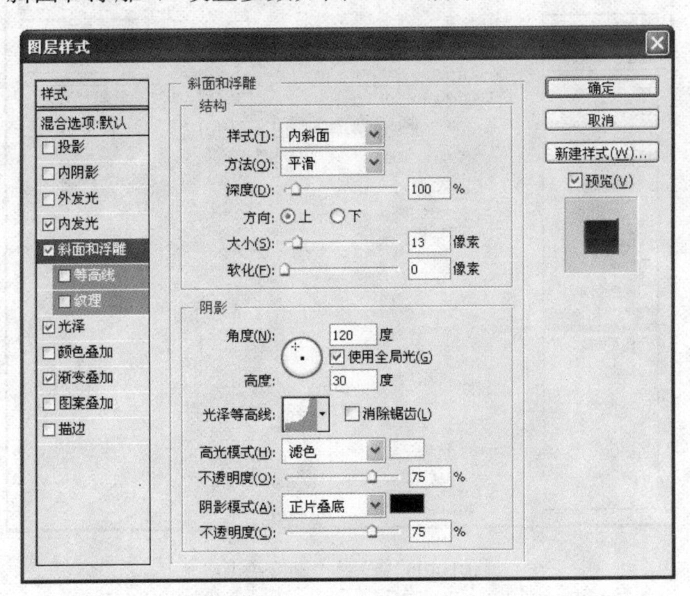

图 1-403　设置“斜面和浮雕”

（5）选择“光泽”，设置参数如图 1-404 所示。颜色设置为“R:137;G:10;B:10”。

（6）选择“渐变叠加”，设置参数如图 1-405 所示。其中，渐变颜色分别为“R:151;G:70;B:26”、“R:177;G:138;B:117”、“R:108;G:46;B:22”、“R:108;G:46;B:22”、“R:142;G:106;B:81”，如图 1-406 所示。

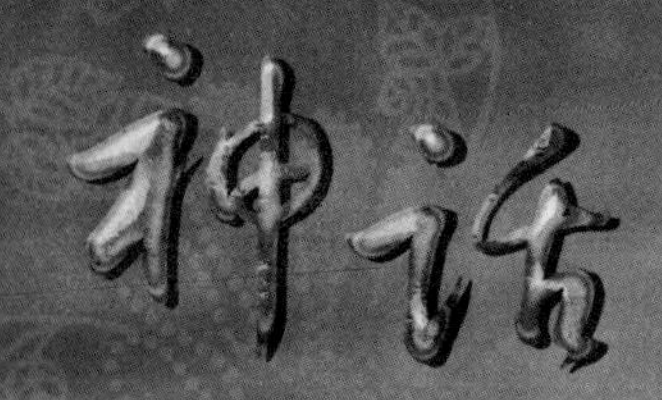

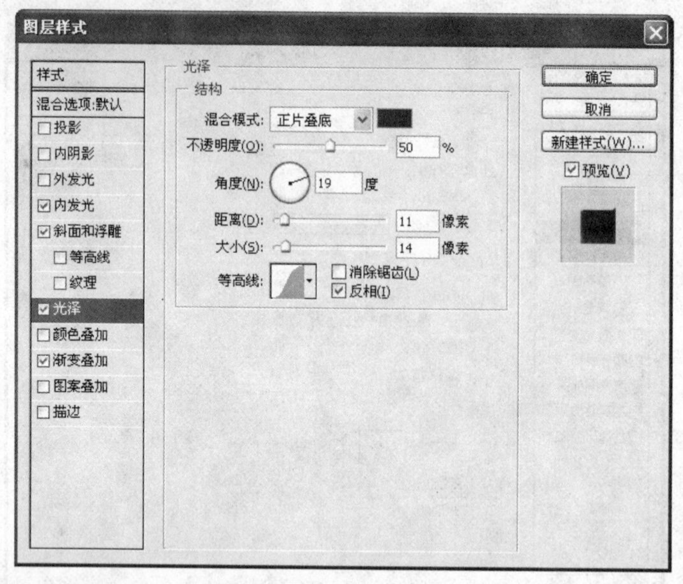

图 1-404　设置“光泽”

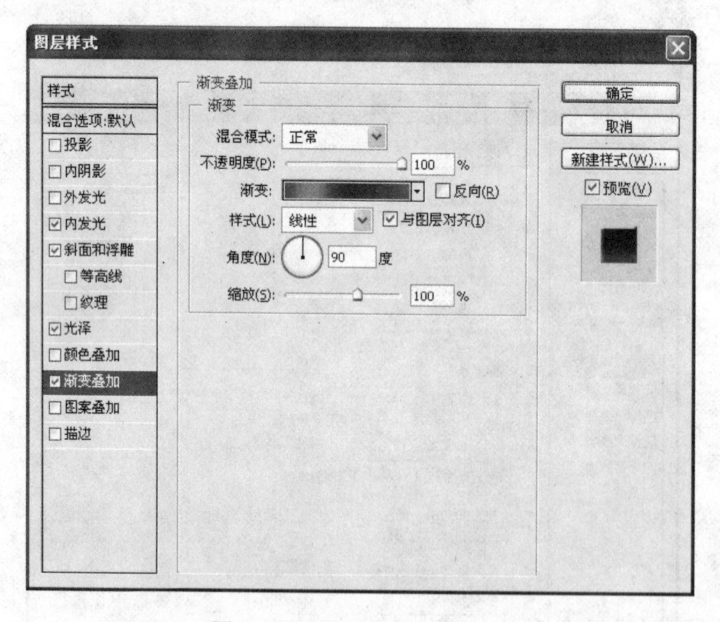

图 1-405　设置“渐变叠加”

（7）设置好图层样式后的文字效果如图 1-407 所示。

（8）复制文字层，执行“图层”→“图层样式”→“创建图层”菜单命令，图层面板如图 1-408 所示。

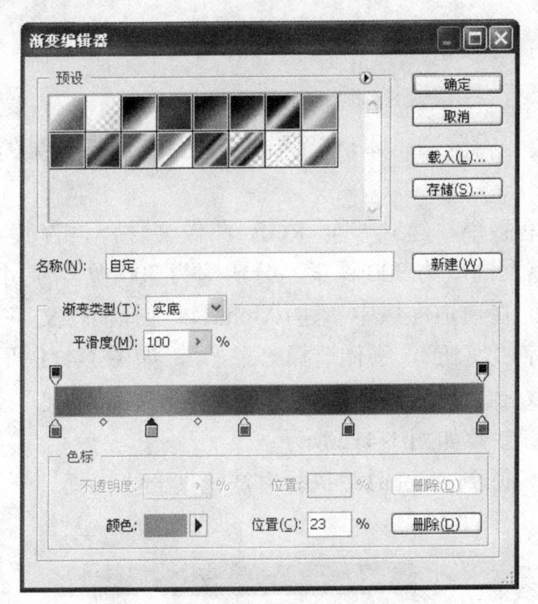

图 1-406　设置颜色

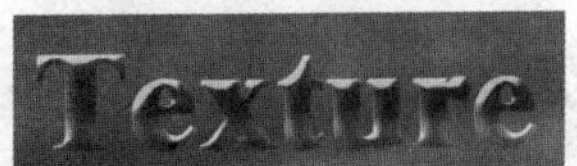

图 1-407　文字效果

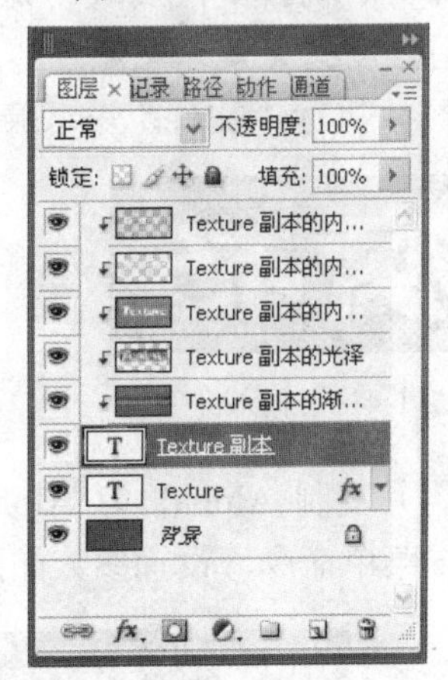

图 1-408　图层面板

（9）合并这些图层样式层和文字副本层。打开“图层样式”对话框，选择“斜面和浮雕”，设置参数如图 1-409 所示。得到最终效果如图 1-410 所示。

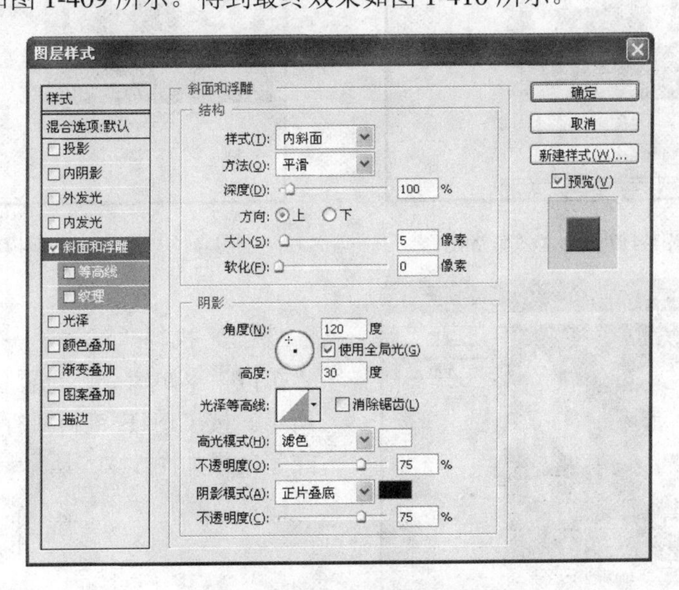

图 1-409　设置“斜面和浮雕”

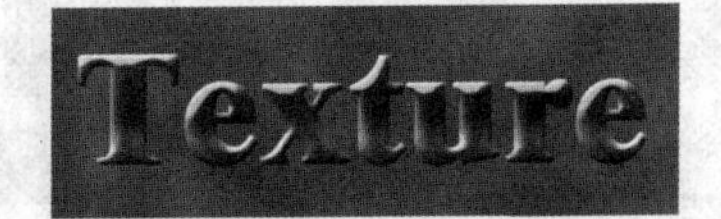

图 1-410　琥珀字效果

实例 54——腐朽字

腐朽后就会变得残缺，腐朽后就会变得陈旧，本例就将制作出具有腐朽效果的文字。（学习难度：★★★★★）

（1）执行“文件”→“新建”菜单命令，建立一个 RGB 图像文件，设置其宽度为 500 像素，高度为 300 像素，分辨率为 300 像素/英寸。

图 1-411　输入文字

（2）在通道面板中新建 Alpha1，选择横排文字工具，输入文字“腐朽”，字体选择“隶书”，如图 1-411 所示。

（3）执行“滤镜”→“像素化”→“晶格化”菜单命令，设置参数如图 1-412 所示。

（4）复制 Alpha1 为 Alpha1 副本，回到 Alpha1。执行“滤镜”→“模糊”→“高斯模糊”菜单命令，设置参数如图 1-413 所示。

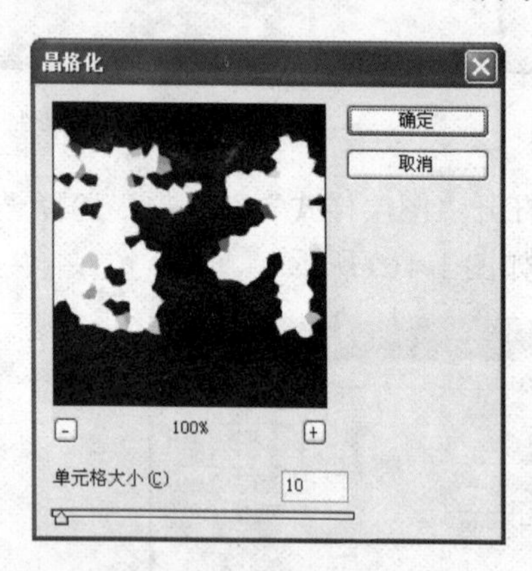

图 1-412　设置“晶格化”

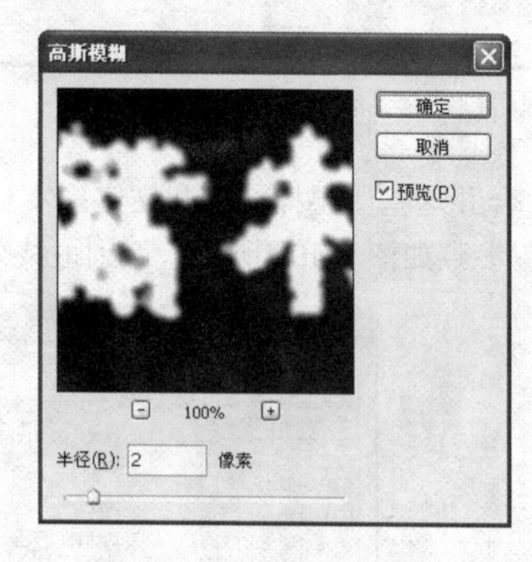

图 1-413　设置“高斯模糊”

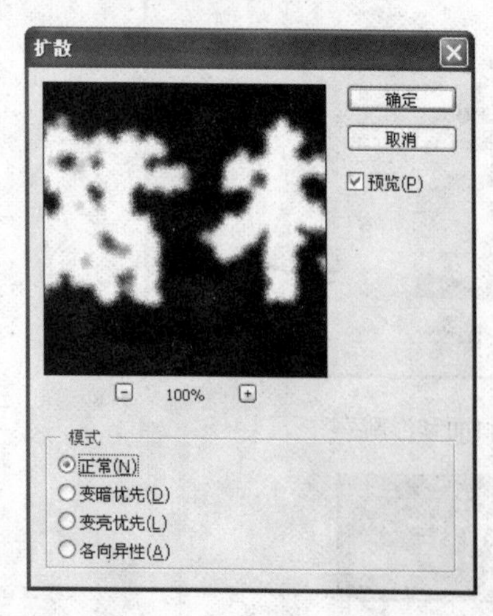

图 1-414　设置“扩散”

（5）执行“滤镜”→“风格化”→“扩散”菜单命令，设置参数如图 1-414 所示。按 Ctrl+F 键再执行 5 次该滤镜，文字效果如图 1-415 所示。

图 1-415　文字效果

（6）选择 RGB 彩色通道，回到图层面板，执行“选择”→“载入选区”菜单命令，载入 Alpha1 副本。再执行“选择”→“载入选区”菜单命令，如图 1-416 所示。

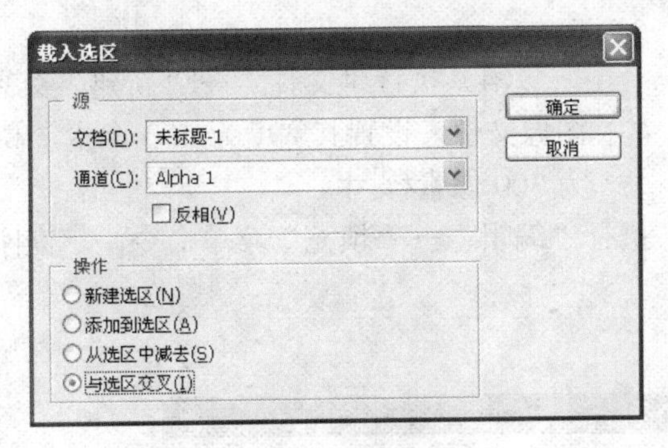

图 1-416　载入 Alpha1

参数说明：

“载入选区”可以将通道中的选区调出，在对话框中可以设置选择通道的名称以及通道所在图像的名称。

（7）新建图层 1，填充颜色为“R:197;G:175;B:72”，如图 1-417 所示。

（8）执行“滤镜”→“渲染”→“光照效果”菜单命令，设置参数如图 1-418 所示。得到最终效果如图 1-419 所示。

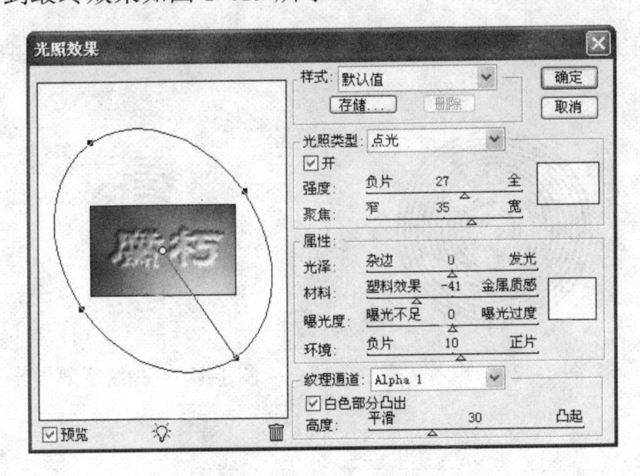

图 1-418　设置“光照效果”

图 1-417　填充颜色

图 1-419　腐朽字效果

实例 55——指纹字

本例将利用图案填充来制作指纹效果的文字。（学习难度：★★★★）

（1）执行“文件”→“新建”菜单命令，建立一个 RGB 图像文件，设置其宽度为 1 像素，高度为 25 像素，分辨率为 300 像素/英寸。

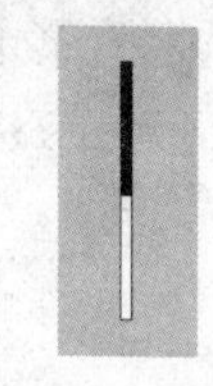

图 1-420　填充矩形

（2）绘制一个矩形，并填充为黑色，如图 1-420 所示。

（3）执行“编辑”→“定义图案”菜单命令，如图 1-421 所示。

（4）执行“文件”→“新建”菜单命令，建立一个 RGB 图像文件，设置其宽度为 400 像素，高度为 400 像素，分辨率为 300 像素/英寸。

（5）新建图层 1，执行“编辑”→“填充”菜单命令，填充刚才的图案，如图 1-422 所示。

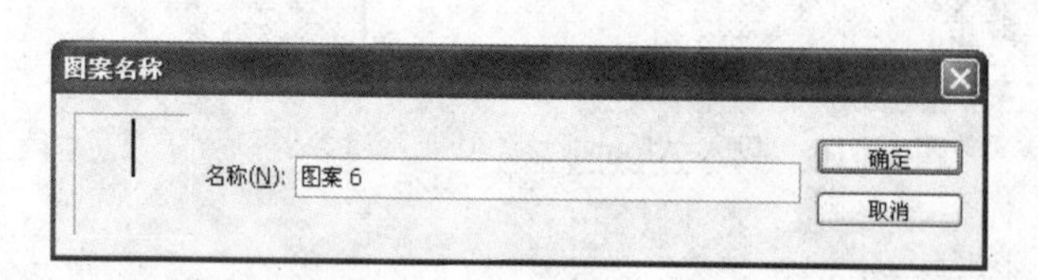

图 1-421　定义图案

图 1-422　填充图案

（6）执行“滤镜”→“扭曲”→“极坐标”菜单命令，选择“平面坐标到极坐标”，得到指纹效果，如图 1-423 所示。

（7）选择横排文字工具，字体选择“华文行楷”，输入文字，颜色设置为白色，如图 1-424 所示。

（8）按 Ctrl 键单击文字层，调出选区，隐藏文字层，在图层 1 中反选并删除，得到最终效果如图 1-425 所示。

图 1-423　指纹效果

图 1-424　输入文字

图 1-425　指纹字效果

实例 56——动感卡通字

星空中闪烁着可爱的星星，夜色朦胧迷人，连卡通文字也忍不住跳跃起来。这就是本例要制作的动感卡通字。（学习难度：★★★★）

（1）使用 Ctrl＋N 键，新建一个宽度为 600 像素、高度为 400 像素、填充背景为白色的文档，将模式选为 RGB 颜色。

（2）将前景色设置为“R:19;G:42;B:159”，背景色设置为“R:80;G:77;B:241”，选择渐变工具，设置“渐变”选项为“前景色到背景色”，渐变填充背景色，如图 1-426 所示。

（3）将前景色设置为白色，选择横排文字工具，字体选择“华文新魏”，输入文字“hello”，如图 1-427 所示。

（4）在文字层上单击鼠标右键并选择“栅格化文字”命令。

（5）双击图层设置图层样式，选择“内阴影”，设置颜色为红色，其他为默认设置，如图 1-428 所示。

图 1-426　渐变填充背景色

图 1-427　输入文字

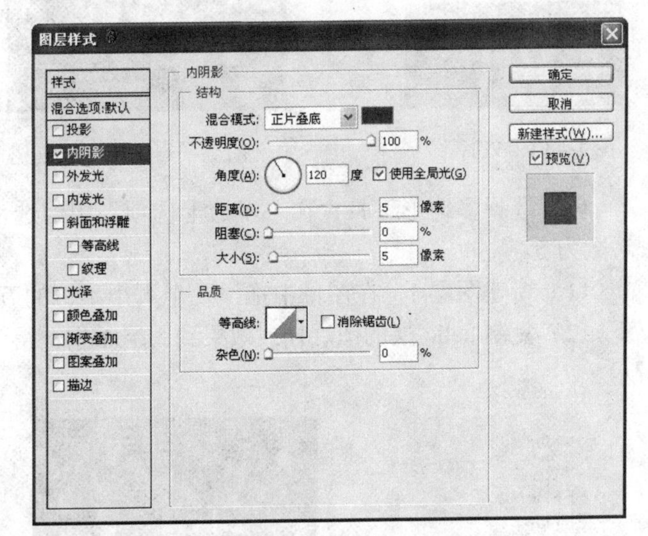

图 1-428　设置“内阴影”

（6）选择“斜面和浮雕”，设置阴影颜色为绿色，其他为默认设置，如图 1-429 所示。

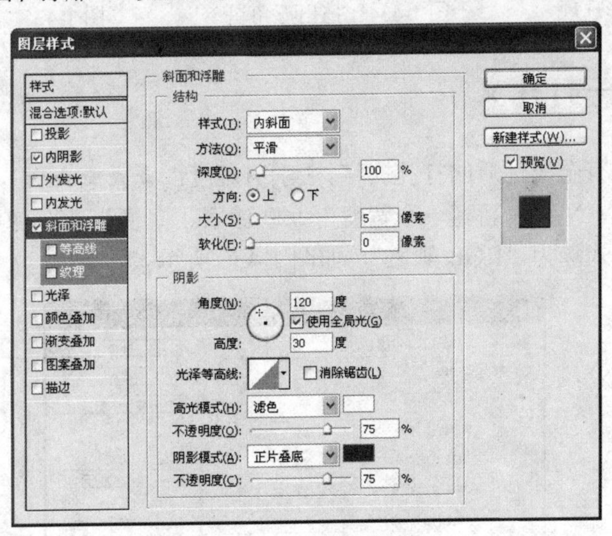

图 1-429　设置“斜面和浮雕”

（7）此时的文字效果如图 1-430 所示。

（8）按 Ctrl+T 键自由变换，单击鼠标右键选择“变形”命令，对文字进行变形处

理，如图 1-431 所示。

（9）复制 hello 层，然后选中 hello 副本层，执行“滤镜”→“模糊”→“动感模糊”菜单命令，设置“距离”为 35 像素，设置的效果如图 1-432 所示。

图 1-430　文字效果

图 1-431　变形文字

图 1-432　动感模糊效果

（10）选择多边形工具，在“多边形选项”中勾选“星形”，如图 1-433 所示，并设置边数为 5。

（11）新建图层 1，在图像中拖出几个大小不一的五角星，如图 1-434 所示。

（12）复制 hello 层的图层样式效果到图层 1 中，得到动感卡通字的最终效果如图 1-435 所示。

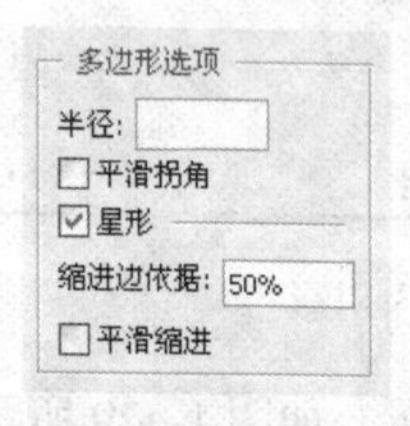

图 1-433　多边形选项

图 1-434　拖出五角星

图 1-435　动感卡通字效果

实例 57——打孔文字

本例将制作具有金属性质的打孔文字。（学习难度：★★★★★）

（1）使用 Ctrl＋N 键，新建一个宽度为 600 像素、高度为 400 像素、填充背景为白色的文档，将颜色模式选为“RGB 颜色”，如图 1-436 所示。

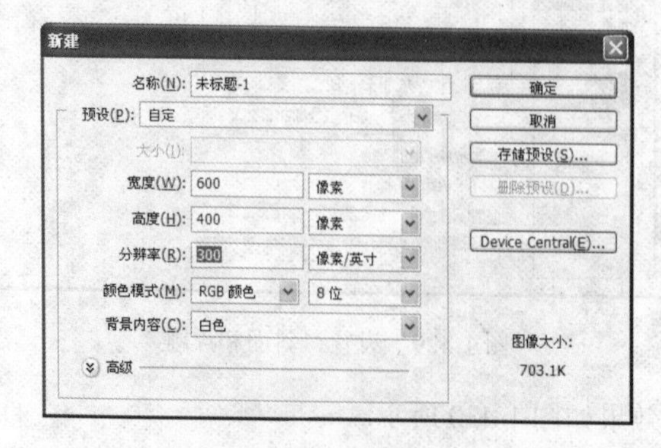

图 1-436　新建文件

（2）选择工具箱上的横排文字工具，然后在工具栏选项中选择字体为“华文琥珀”，然后在图中合适位置输入“XP”，如图 1-437 所示。然后将文字层与背景层合并。

（3）执行“滤镜”→“模糊”→“高斯模糊”菜单命令，设置“模糊半径”为 5，模糊效果如图 1-438 所示。

（4）执行“图像”→“调整”→“色阶”菜单命令，调整“色阶”对话框如图 1-439 所示，使模糊的边缘发白。

图 1-437　输入文字

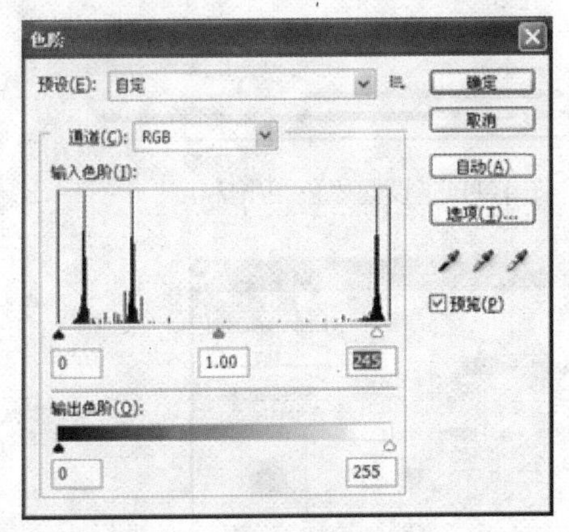

图 1-439　设置“色阶”

图 1-438　模糊效果

（5）执行“滤镜”→“像素化”→“彩色半调”菜单命令，设置参数如图 1-440 所示。通道 2、3、4 都设为 0，此时的文字效果如图 1-441 所示。

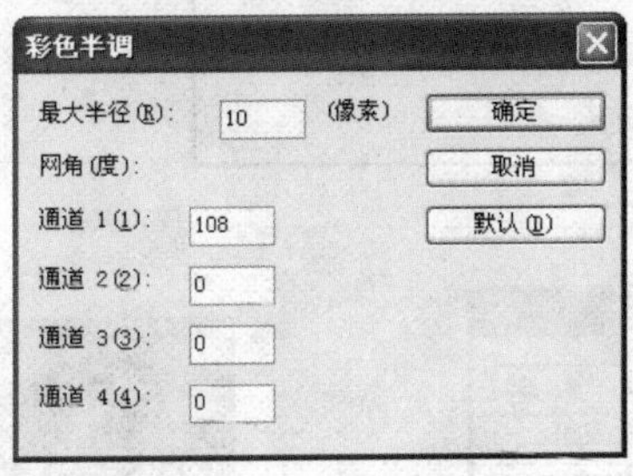

图 1-440　设置“彩色半调”

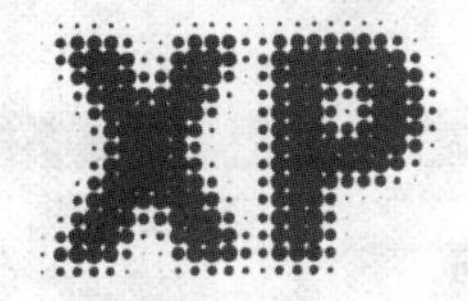

图 1-441　文字效果

（6）使用魔棒工具选中白色背景部分，新建一个图层，填充为黑色，如图 1-442 所示。

（7）选择矩形选框工具，框选文字，按 Ctrl+Shif+I 键反选，然后按 Delete 键删除，如图 1-443 所示。

（8）回到背景层，填充和文字一样的颜色。执行“图像”→“调整”→“色相/饱和度”菜单命令，设置“明度”为–75，如图 1-444 所示，并调整背景色。

（9）回到图层 1，打开“图层样式”对话框，选中“投影”，设置参数如图 1-445 所示。选中“斜面和浮雕”，设置参数如图 1-446 所示。此时的文字效果如图 1-447 所示。

（10）按 Ctrl 键单击图层 1，载入选区。执行“滤镜”→“渲染”→“云彩”菜单命令，其效果如图 1-448 所示。

图 1-442　填充黑色

图 1-443　框选删除

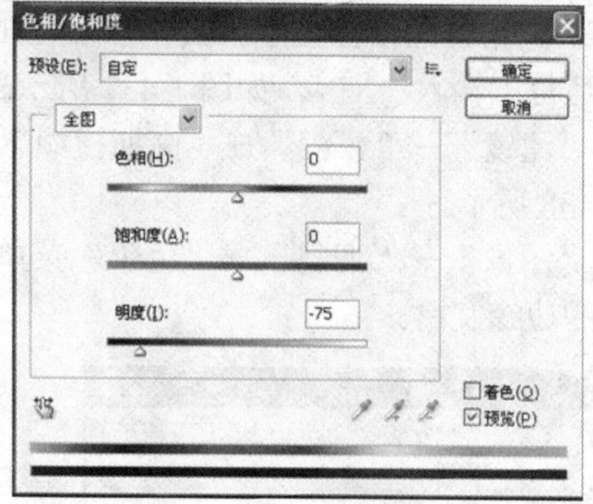

图 1-444　设置“色相/饱和度”

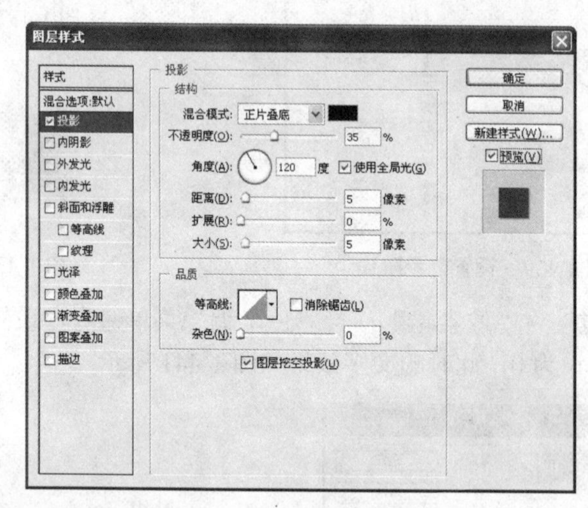

图 1-445　“设置”投影

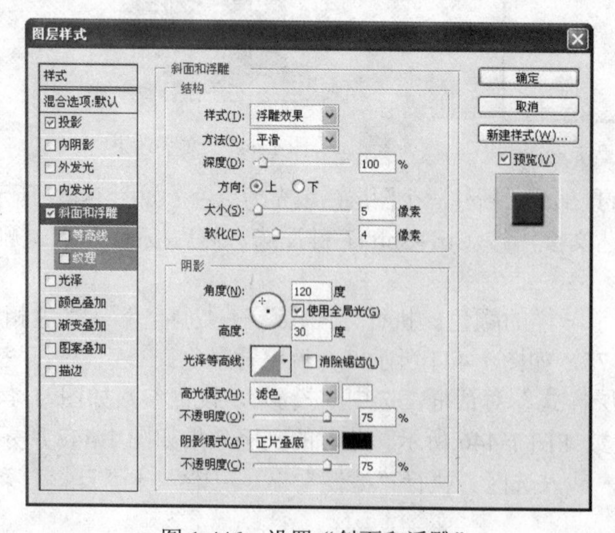

图 1-446　设置“斜面和浮雕”

图 1-447　文字效果

图 1-448　云彩效果

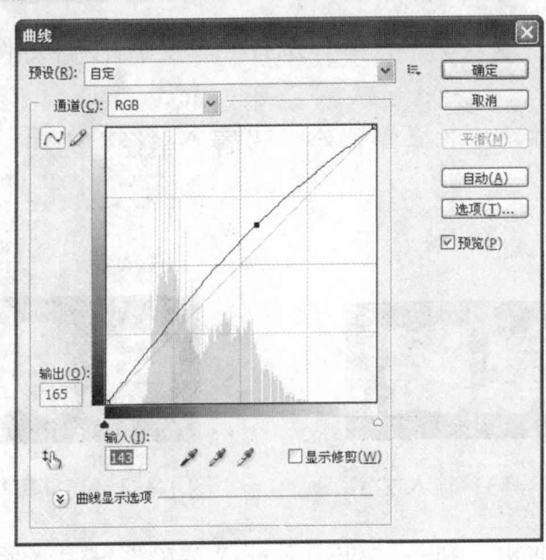

图 1-449　调整“曲线”

（11）执行“图像”→“调整”→“曲线”菜单命令，如图 1-449 所示。对云彩效果进行调整，得到最终效果如图 1-450 所示。

图 1-450　打孔文字效果

实例 58——龟裂字

本例将制作龟裂缝效果的文字。（学习难度：★★★★）

（1）执行“文件”→“新建”菜单命令，建立一个 RGB 图像文件，设置其宽度为 500 像素，高度为 300 像素，分辨率为 300 像素/英寸。

（2）在通道面板新建 Alpha1，填充为白色，执行“滤镜”→“纹理”→“龟裂缝”菜单命令，设置参数如图 1-451 所示，得到如图 1-452 所示的效果。

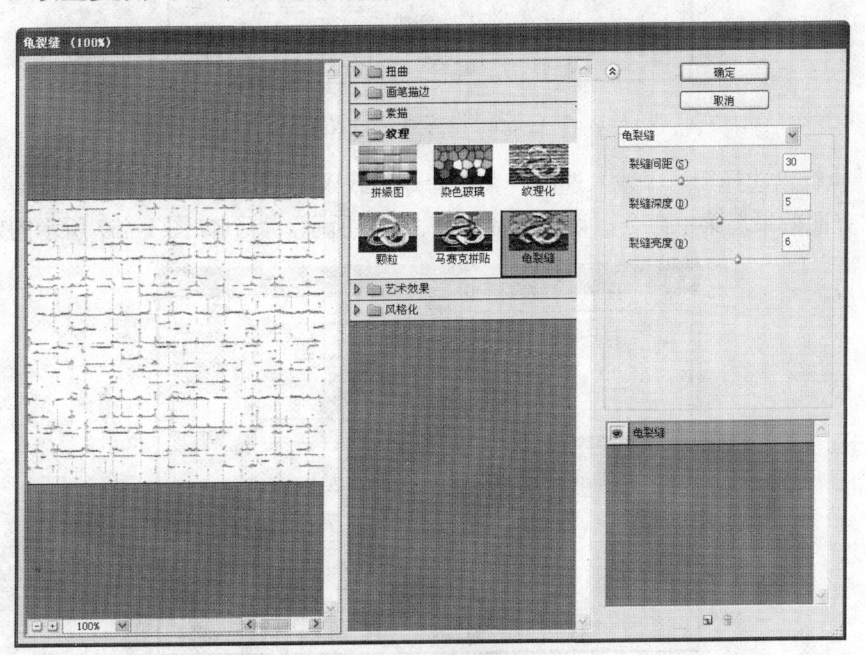

图 1-451　设置“龟裂缝”

（3）新建 Alpha2，选择横排文字工具，输入文字，字体选择“华文琥珀”，如图 1-453 所示。

（4）执行“滤镜”→“模糊”→“高斯模糊”菜单命令，设置“半径”为 3，其效果如图 1-454 所示。

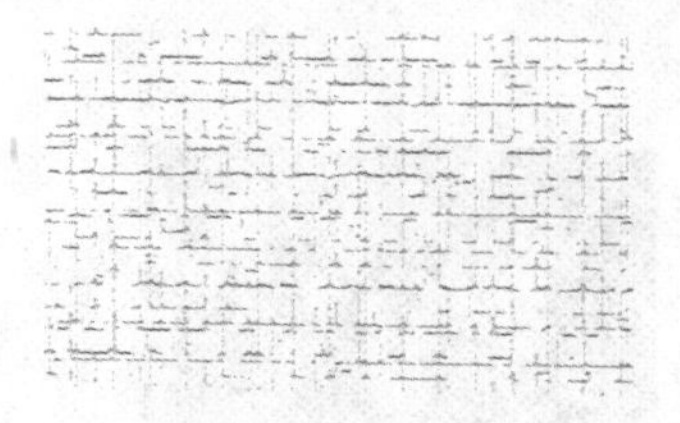

图 1-452　龟裂缝效果

图 1-453　输入文字

图 1-454　高斯模糊效果

（5）选择 RGB 彩色通道，回到图层面板，执行“滤镜”→“渲染”→“光照效果”菜单命令，设置参数如图 1-455 所示。

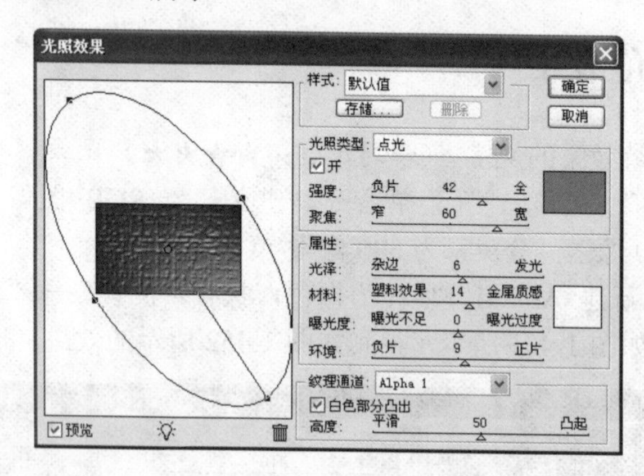

图 1-455　设置“光照效果”

（6）执行“选择”→“载入选区”菜单命令，载入 Alpha2 选区。执行“滤镜”→“渲染”→“光照效果”菜单命令，设置参数如图 1-456 所示，得到如图 1-457 所示的效果。

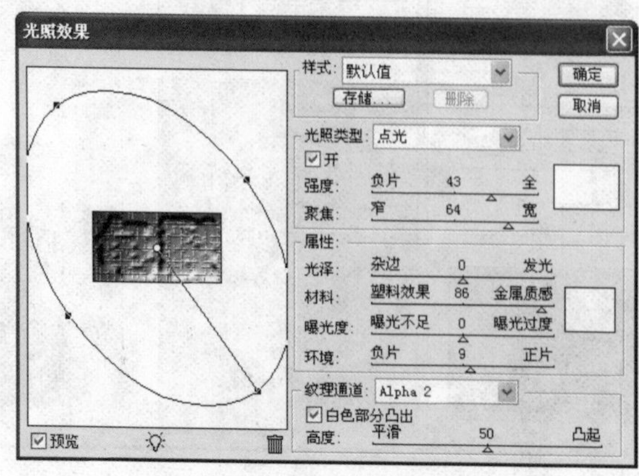

图 1-456　设置“光照效果”

（7）保持选区，执行“图像”→“调整”→“色相/饱和度”菜单命令，设置参数如图 1-458 所示。

（8）按 Ctrl+Shift+I 键反选并删除，得到最终效果如图 1-459 所示。

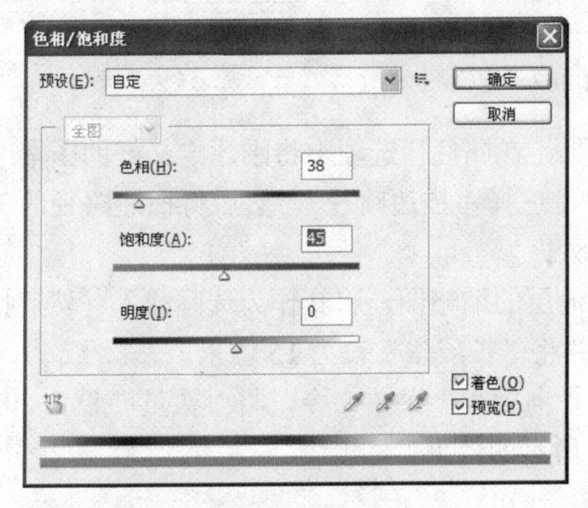

图 1-458　设置“色相/饱和度”

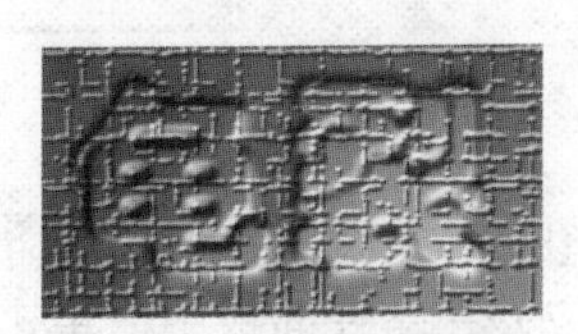

图 1-457　文字效果

图 1-459　龟裂字效果

实例 59——极光字

本例将制作出色彩缤纷的透视极光字效果。（学习难度：★★★★）

（1）使用 Ctrl＋N 键，新建一个宽度为 500 像素、高度为 400 像素、填充背景为白色的文档，将“颜色模式”选为“RGB 颜色”，如图 1-460 所示。

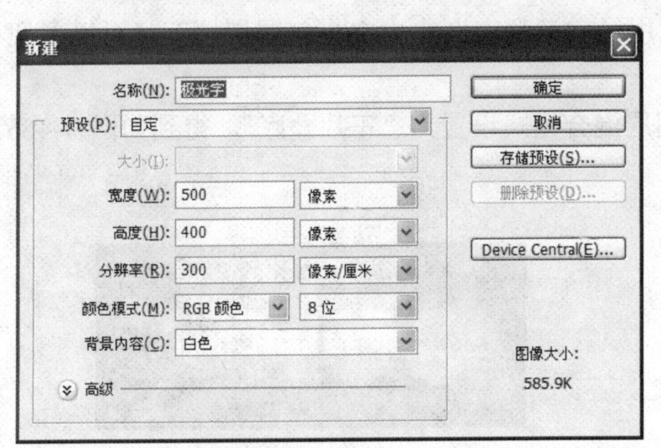

图 1-460　新建文件

（2）将整个图像填充为黑色。

（3）选择工具箱上的横向文字工具，然后在工具栏选项中选择字体为“华文琥珀”，然后在图中合适位置输入文字“color”，如图 1-461 所示。

图 1-461　输入文字

（4）建立路径：在路径面板中，单击下方的“转换为路径”按钮，得到文字路径。然后在文字层上单击鼠标右键选择“栅格化文字”命令。

（5）使用 Ctrl＋N 键新建一个宽度和高度均为 10 像素、填充背景为透明的文档，绘制一个充满画布的白色圆形。然后执行“编辑”→“定义图案”菜单命令，将该图像定义为“图案 1”，如图 1-462 所示。

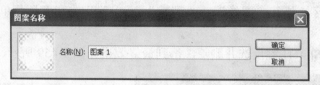

图 1-462　定义图案

（6）在图层面板中选择图案图章工具，在属性栏选项中将刚才定义好的图案选中。

（7）在路径面板中，单击鼠标右键，选择“描边路径”，然后将描边路径的工具选为图案图章工具，得到如图 1-463 所示的效果。

（8）按住 Ctrl 键使用鼠标单击 color 层的缩略图，将其作为选区载入，然后执行“选择”→“修改”→“扩展”菜单命令，并将“扩展量”设为 15 像素。

（9）执行“滤镜”→“模糊”→“径向模糊”菜单命令，将“数量”设为 40%，“模糊方式”选为“缩放”，得到如图 1-464 所示的效果。

图 1-463　描边路径效果

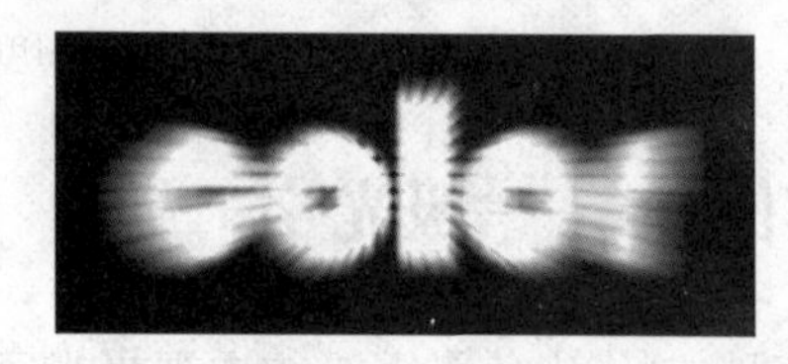

图 1-464　模糊效果

（10）保持选区状态，按 Ctrl+J 键复制一个新图层。选择渐变工具，将颜色设为透明彩虹方案，将“模式”设为“颜色”，使用径向渐变在图中由中央向四周填充，可以多拖动几次，如图 1-465 所示。

（11）在图层面板中，将图层 1 的图层混合模式设置为“正片叠底”，得到如图 1-466 所示的效果。

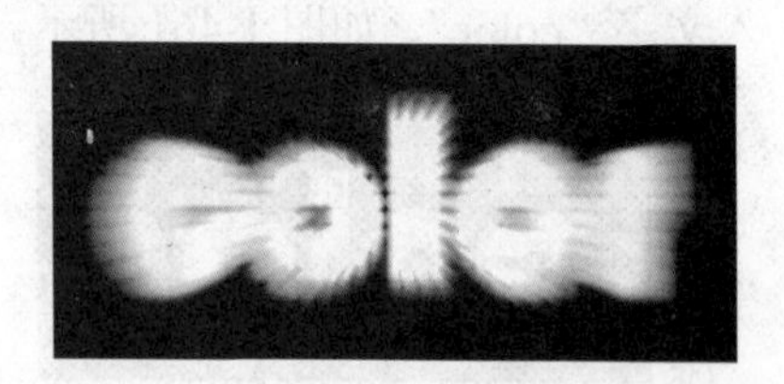

图 1-465　径向渐变

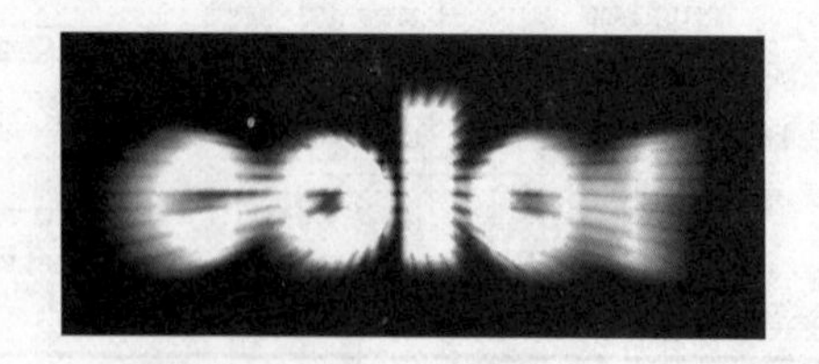

图 1-466　正片叠底效果

（12）选择“文件”→“打开”命令，打开一幅背景图像，将其拖到文字层的下方，如图 1-467 所示。

（13）在文字上单击鼠标右键，选择“自由变换”命令，按住 Ctrl 键对文字图像和渐变颜色进行调整，得到最终效果如图 1-468 所示。

图 1-467　添加背景图像

图 1-468　极光字效果

实例 60——液态金属字

本例将通过各种滤镜完成液态金属字效果。（学习难度：★★★★★）

（1）新建一个 Photoshop 文档，设置为 RGB 模式，300 像素/英寸，宽度和高度均为 300 像素，白色背景，如图 1-469 所示。

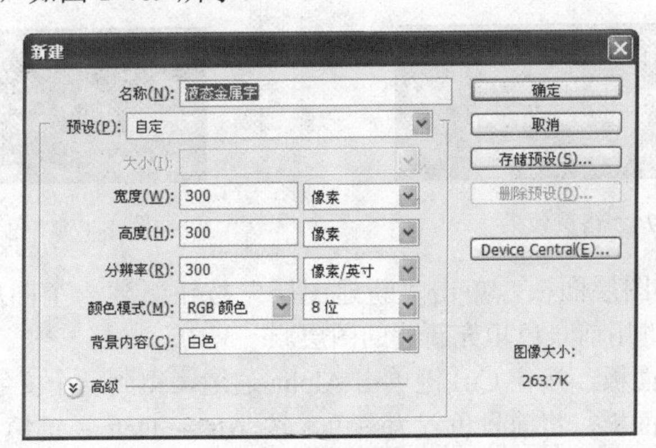

图 1-469　新建文件

（2）打开通道面板，按“新建通道”按钮新建一个通道，名为 Alpha 1。

（3）选择横排文字工具，输入文字“The Word”。

（4）执行“滤镜”→“杂色”→“添加杂色”菜单命令，设置“数量”为 65，“分布”为“平均分布”，取消对单色的选择，如图 1-470 所示。

（5）执行“滤镜”→“纹理”→“拼缀图”菜单命令，设置“平方大小”为 8，“凸现”为 0，其效果如图 1-471 所示。

图 1-470　添加杂色

图 1-471　拼缀图效果

（6）执行“滤镜”→“风格化”→“照亮边缘”菜单命令，设置“边缘宽度”为 14，“边缘亮度”为 6，“平滑度”为 5，其效果如图 1-472 所示。

（7）两次执行“滤镜”→“渲染”→“分层云彩”菜单命令，可以按 Ctrl+F 键重复执行最近一次使用的滤镜，其效果如图 1-473 所示。

图 1-472　照亮边缘效果

图 1-473　分层云彩效果

（8）按 Ctrl + I 键对 Alpha 1 通道进行反相处理。

（9）执行“滤镜”→“素描”→“铬黄”菜单命令，然后设置“细节”为 2，“平滑度”为 5，其效果如图 1-474 所示。

（10）执行“图像”→“调整”→“色调均化”菜单命令，此时的液态金属已经快要成型了，如图 1-475 所示。

图 1-474　铬黄效果

图 1-475　色调均化效果

（11）现在回到图层面板，单击“新建图层”按钮新建一个图层，将前景色置为白色，按 Alt + Delete 键用前景色填充新建的图层。

（12）回到通道面板，按住 Ctrl 键单击 Alpha 通道，得到一个文字的选区。

（13）回到图层面板，将前景色置为白色，按 Alt + Delete 键填充选区，再按 Ctrl+D 键取消选区，如图 1-476 所示。

（14）使用“图像”→“调整”→“色彩平衡”菜单命令，对文字的颜色进行设置，得到液态金属字的最终效果，如图 1-477 所示。

The Wofd

图 1-476　填充图层

图 1-477　液态金属字效果

实例 61——生锈的 3D 字

本例将利用通道和各种滤镜完成生锈的 3D 字效果。（学习难度：★★★★★）

（1）建立一个新文档，设置为 RGB 模式，300 像素/英寸，宽度和高度都为 300 像素，白色背景，如图 1-478 所示。

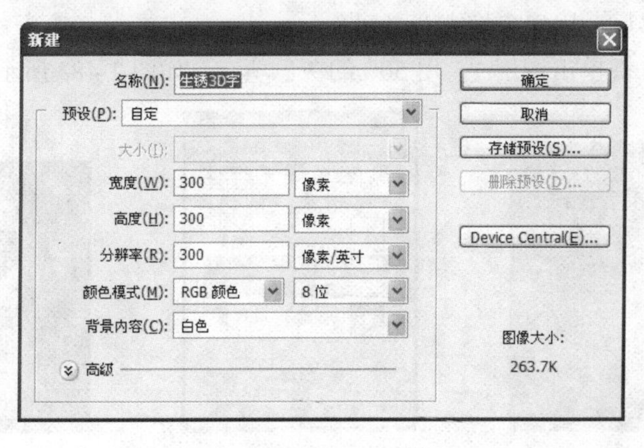

图 1-478　新建文件

（2）设置前景色为中等褐色，背景色为黑色。执行“滤镜”→“渲染”→“云彩”菜单命令，云彩效果如图 1-479 所示。

图 1-479　云彩效果

（3）执行“滤镜”→“艺术效果”→“塑料包装”菜单命令，不要设置太强的高亮区，使用中等的平滑度，如图 1-480 所示。

（4）选择横排文字工具，输入文字“锈”，如图 1-481 所示。

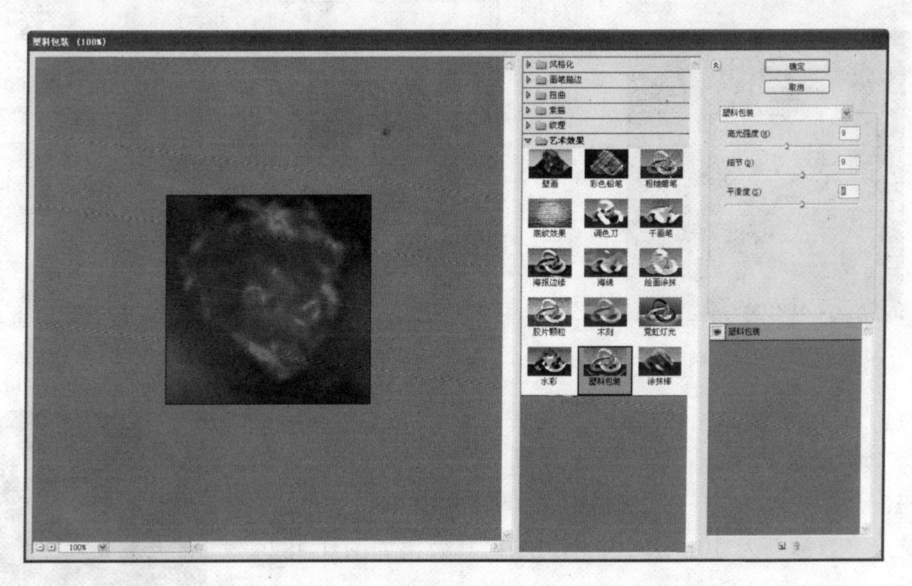

图 1-480　设置“塑料包装”

（5）按住 Ctrl 键单击文字层，出现文字的选区。回到背景层，执行“新建”→“通过拷贝的图层”菜单命令，建立新层并命名为“图层 1”，此时图层面板如图 1-482 所示。

（6）删除文字层，用黑色填充背景层。

（7）按住 Ctrl 键单击图层 1，用 50%的灰色填充，如图 1-483 所示。

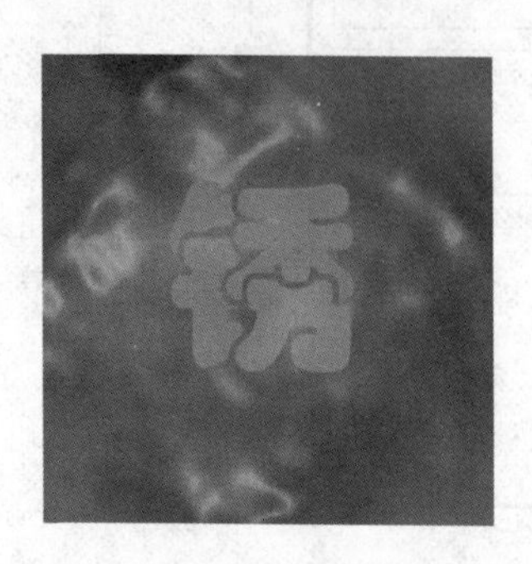

图 1-481　输入文字“锈”

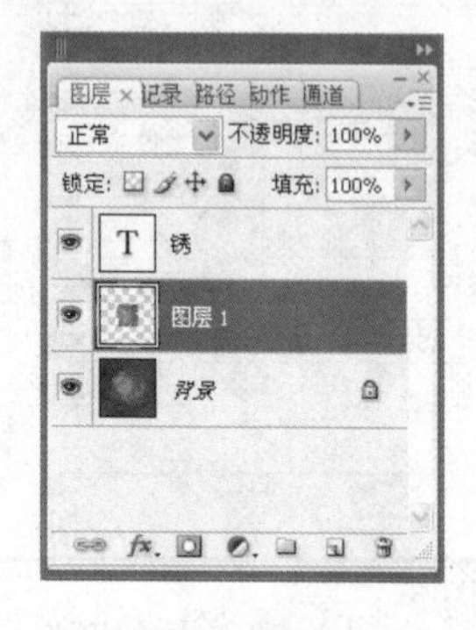

图 1-482　图层面板

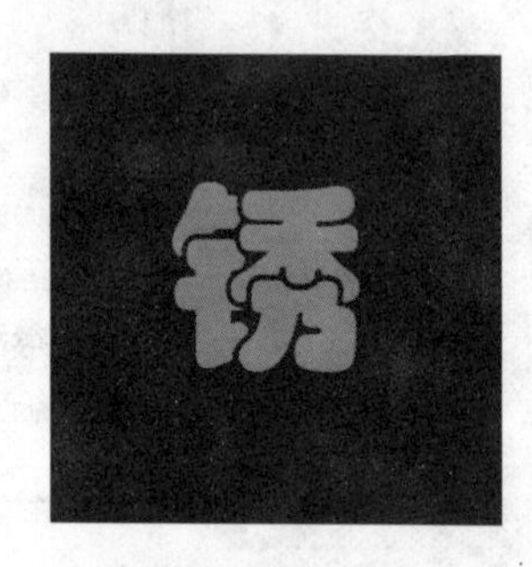

图 1-483　填充图层

（8）在文字区域选中的状态下，打开通道面板，新建一个通道 Alpha1。

（9）填充文字颜色为灰色。执行“滤镜”→“模糊”→“高斯模糊”菜单命令，设置为 10 像素；再次运用高斯模糊滤镜，这次设置为 5 像素；第三次运用高斯模糊，设置为 2 像素；最后一次运用高斯模糊设置为 1 像素。增加层次感后的效果如图 1-484 所示。

（10）取消通道选择，回到图层 1，执行“滤镜”→“渲染”→“光照效果”菜单命令，具体设置如图 1-485 所示。

图 1-484　高斯模糊效果

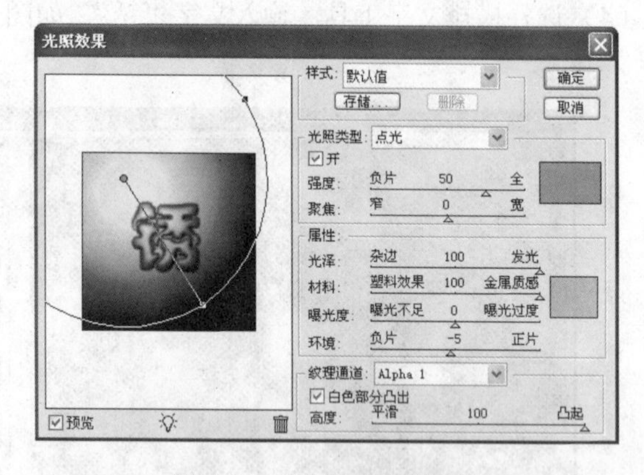

图 1-485　设置“光照设置”

（11）再用高斯模糊，设置为 2 像素，柔化边缘。此时的 3D 文字效果如图 1-486 所示。

（12）执行“滤镜”→“杂色”→“添加杂色”菜单命令。设置“数量”为 10，选中单色选项，其效果如图 1-487 所示。

（13）使用多边形套索工具沿着文字的边缘进行不规则选取，如图 1-488 所示。

图 1-486　3D 效果

（14）按 Ctrl+Shift+I 键进行反选，按 Delete 键删除，

生成文字边缘的锯齿效果。

（15）将图层 1 设置为线性减淡。至此，就完成了生锈的 3D 文字效果了，如图 1-489 所示。

图 1-487　添加杂色

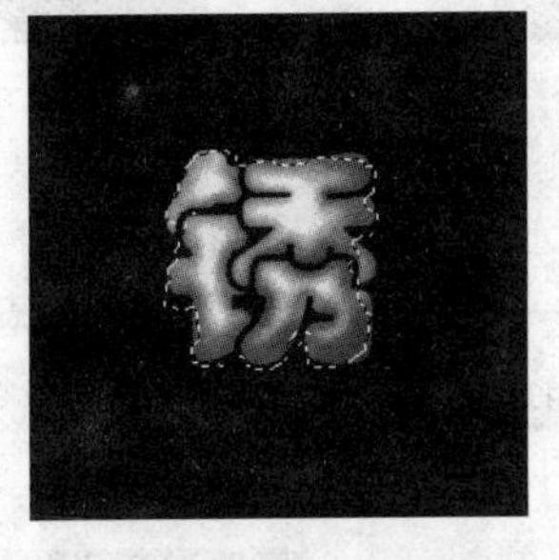

图 1-488　不规则选取

图 1-489　生锈的 3D 文字效果

实例 62——沙滩字

本例将通过对通道的编辑来制作沙滩特效字。（学习难度：★★★★★）

（1）按 Ctrl＋N 键新建文件，宽度和高度均为 600 像素，RGB 模式，白色背景，如图 1-490 所示。

（2）在通道面板单击“新建通道”按钮，新建 Alpha 1 通道。

（3）在工具箱中选择横排文字工具，输入文字“沙滩字”，如图 1-491 所示。

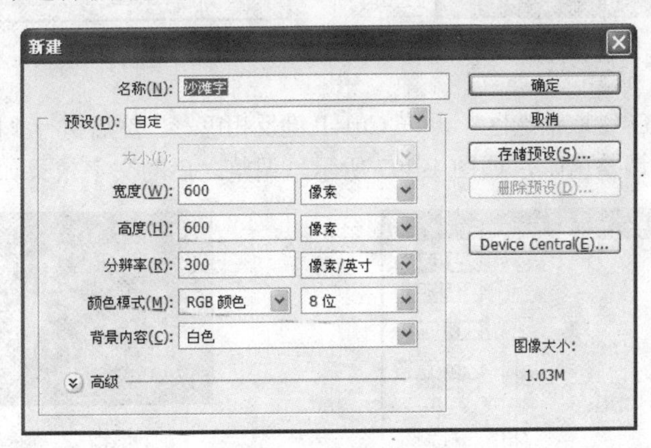

图 1-490　新建文件

（4）在 Alpha 1 通道上单击鼠标右键，选择“复制通道”命令，复制 Alpha 1 通道。

（5）选中 Alpha1 副本通道，执行“滤镜”→“画笔描边”→“喷溅”菜单命令，将“半径”设为 10，“平滑度”设置为 2。喷溅效果如图 1-492 所示。

（6）保持在 Alpha1 副本通道，按住 Ctrl 键，单击 Alpha 1 通道调出 Alpha 1 选区。

（7）执行“滤镜”→“模糊”→“高斯模糊”菜单命令，并将“半径”设为 6.4，其效果如图 1-493 所示。

图 1-491　输入文字

图 1-492　喷溅效果

（8）保持选区，按 Ctrl+I 键使选区内色彩反相，如图 1-494 所示。

（9）执行“图像”→“调整”→“色阶”菜单命令，调整色阶如图 1-495 所示。

（10）执行“滤镜”→“画笔描边”→“喷溅菜单”命令，并将“半径”设为 5，“平滑度”设为 2。此时的文字效果如图 1-496 所示。

图 1-493　高斯模糊

图 1-494　色彩反相

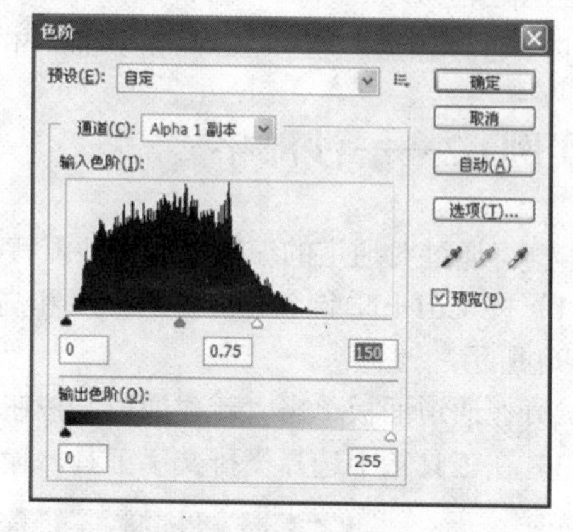

图 1-495　调整“色阶”

（11）按 Ctrl+D 键取消选区，再按 Ctrl+I 键反相色彩。然后执行“图像”→“调整”→“色阶”菜单命令调整色阶，如图 1-497 所示。调整之后的文字效果如图 1-498 所示。

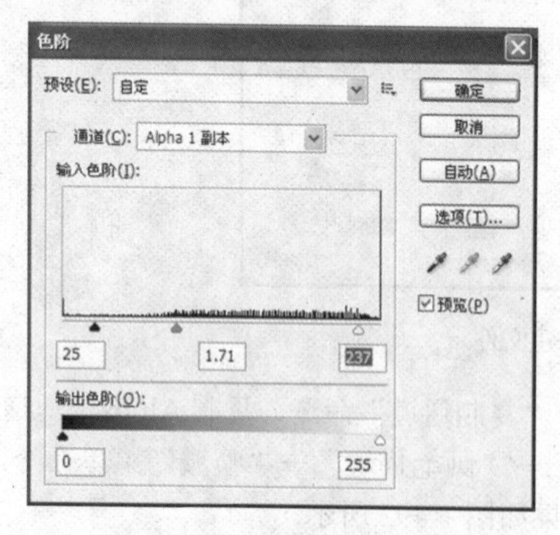

图 1-497　调整“色阶”

图 1-496　喷溅文字效果

图 1-498　调整色阶后的效果

（12）按 Ctrl+～键返回到 RGB 通道，再回到图层面板。

（13）新建图层 1。在工具箱设置前景色为“R:165;G:101;B:0”，背景为黑色。选择渐

变工具，单击渐变选项栏编辑渐变颜色，如图 1-499 所示。

（14）在属性栏中选择径向渐变模式，由左上角至右下角制作渐变，如图 1-500 所示。

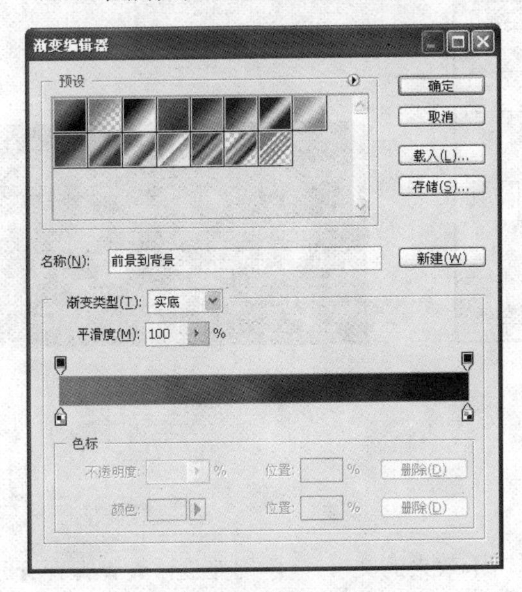

图 1-499　编辑渐变颜色

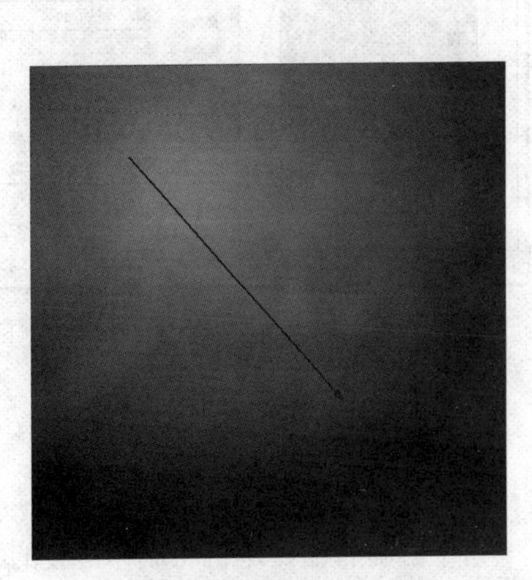

图 1-500　选择径向渐变模式

（15）执行“滤镜”→“杂色”→“添加杂色”菜单命令，在“添加杂色”对话框中设置杂色数量和分布，如图 1-501 所示。

（16）执行“滤镜”→“模糊”→“高斯模糊”菜单命令，设置“半径”为 0.5 像素，如图 1-502 所示。

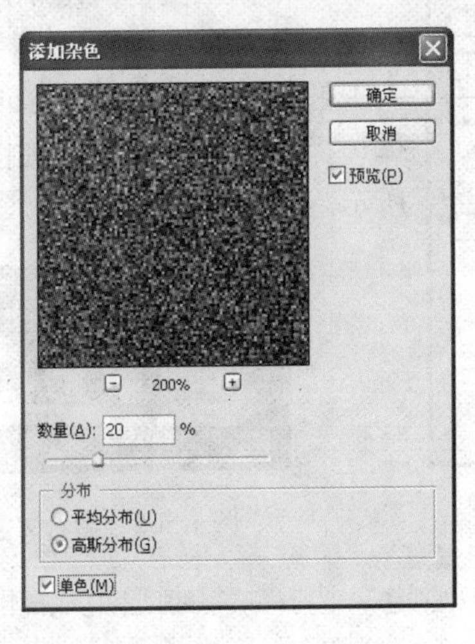

图 1-501　设置“添加杂色”

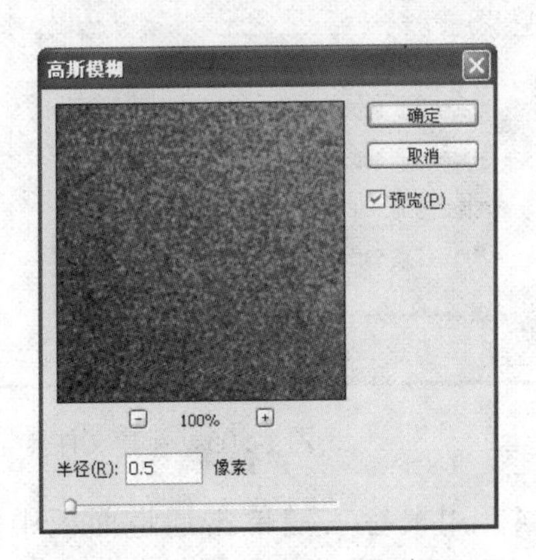

图 1-502　设置“高斯模糊”

（17）执行“滤镜”→“渲染”→“光照效果”菜单命令，设置参数如图 1-503 所示。此时就得到了沙滩字的最终效果，如图 1-504 所示。

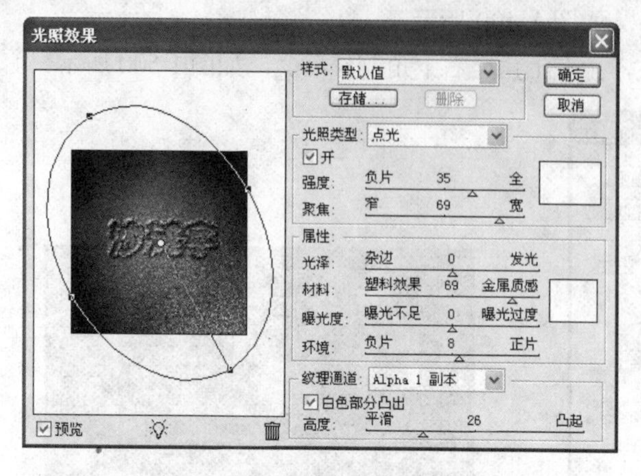

图 1-503　设置“光照效果”

图 1-504　沙滩字效果

实例 63——饼干字

饼干酥脆香甜，本例将制作可爱的字母饼干效果的文字。（学习难度：★★★★★）

（1）按住 Ctrl+N 键新建一个宽度为 400 像素、高度为 300 像素、模式为 RGB，背景色为白色的新文件，如图 1-505 所示。

（2）选中通道面板，单击右边的小三角形，在弹出的菜单中选择新通道，保持默认值，然后单击“确定”按钮，得到一个新的通道 Alpha1。

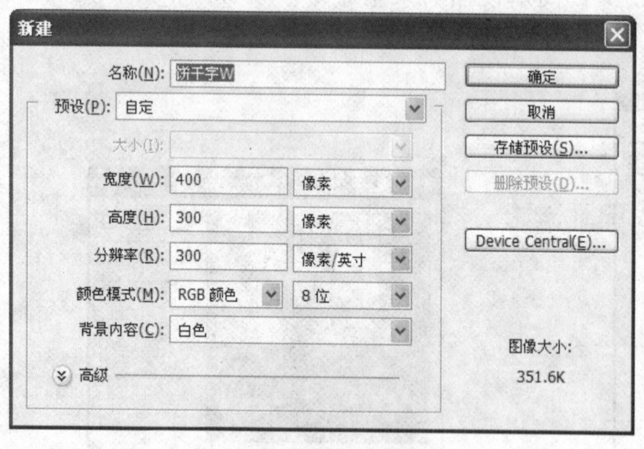

图 1-505　新建文件

（3）输入文字：使 Alpha1 通道成为当前通道，选择横排文本输入工具，输入英文字母“abc”，字体选择“Arial Black”，如图 1-506 所示。

图 1-506　输入文字

（4）用鼠标右键单击通道面板中的 Alpha1 通道，选择“复制通道”，建立一个 Alpha1 通道的副本。

（5）选中 Alpha1 通道副本，选择“滤镜”→“风格化”→“拼贴”菜单命令，设置“拼贴数”为 10，“最大位移”为 1%，填充空白区域为背景色，如图 1-507 所示。拼贴的效果如图 1-508 所示。

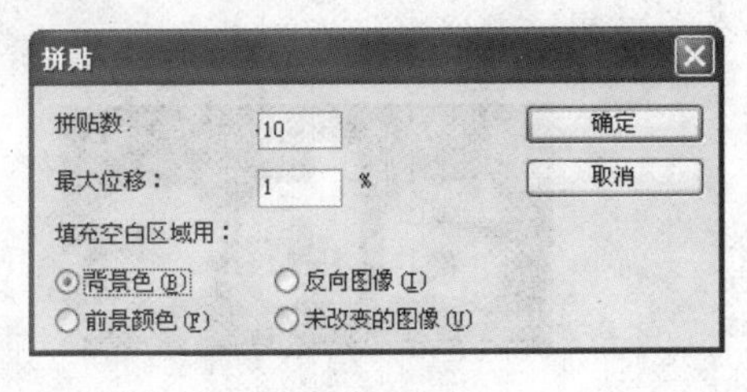

图 1-507　设置“拼贴”

图 1-508　拼贴效果

（6）保持对 Alpha1 通道副本的选择，执行“选择”→“修改”→“扩展”菜单命令，再设置“扩展量”为 1 像素，此时图像向外扩展的效果如图 1-509 所示。

（7）执行“滤镜”→“其他”→“最小值”菜单命令，在最小值窗口中设置“半径”为 2 像素。此时图像中白色的色块变小了，如图 1-510 所示。

图 1-509　扩展效果

图 1-510　滤镜效果

（8）取消对文字的选择，回到通道面板，复制 Alpha1 通道，得到 Alpha1 通道副本 2。

（9）保持对 Alpha1 通道副本 2 的选择，执行“滤镜”→“模糊”→“高斯模糊”菜单命令，设置“模糊半径”为 3 像素，其效果如图 1-511 所示。

（10）执行“选择”→“载入选区”菜单命令，设置通道为 Alpha1 通道副本，不选“反相”，选中“新建选区”，复合图像具有虚线边缘文本，如图 1-512 所示。

图 1-511　高斯模糊效果

图 1-512　载入选区

（11）执行“选择”→“修改”→“平滑”菜单命令，设置“取样半径”为 1 像素，如图 1-513 所示。

（12）执行“选择”→“修改”→“羽化”菜单命令，设置“羽化半径”为 1 像素。选择前景色为灰色，并填充前景色，取消对文字的选择，如图 1-514 所示。

（13）选中 RGB 复合彩色通道，执行“选择”→“载入选区”菜单命令，设置“通道”为“Alpha1”，其他保持默认值，如图 1-515 所示。

（14）执行“选择”→“修改”→“扩展”菜单命令，设置“扩展量”为 1 像素。再

执行“选择”→“修改”→“平滑”菜单命令，设置“取样半径”为1。

图 1-513 平滑

图 1-514 灰色填充

（15）选择一种饼干的颜色做为前景色并填充文本前景，如图 1-516 所示。

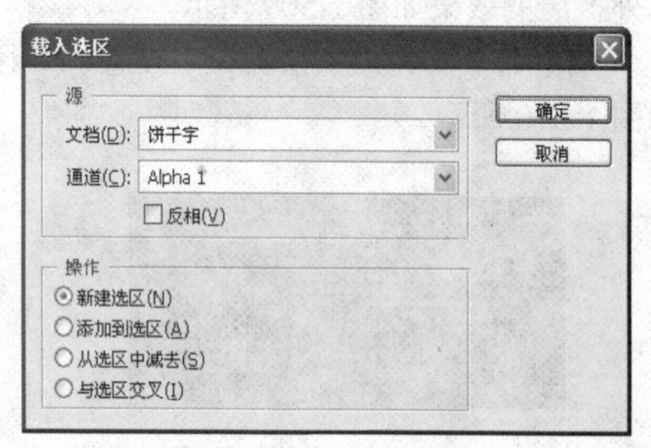

图 1-515 设置“载入选区”

图 1-516 填充文本前景

（16）执行“滤境”→“渲染”→“光照效果”菜单命令，参数设置如图 1-517 所示。

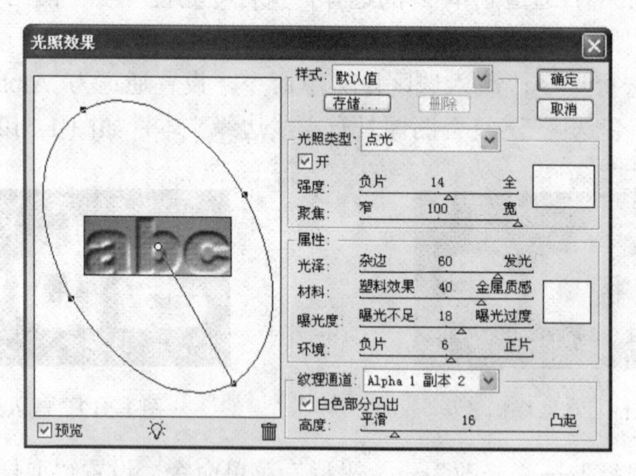

图 1-517 设置“光照效果”

（17）使用工具箱中的矩形框选工具选中这 3 个字母，将选框分别向右和向下移动一次。

（18）再次执行“选择”→“载入选区”菜单命令，设置“通道”为 Alpha1，不选“反相”，选中“从选区中减去”，如图 1-518 所示。

（19）执行“选择”→“修改”→“羽化”菜单命令，设置“羽化半径”为 2 像素。

（20）再单击移动工具，将选框分别向上和向左移动一次。最后取消选择，饼干字效果就完成了，如图 1-519 所示。

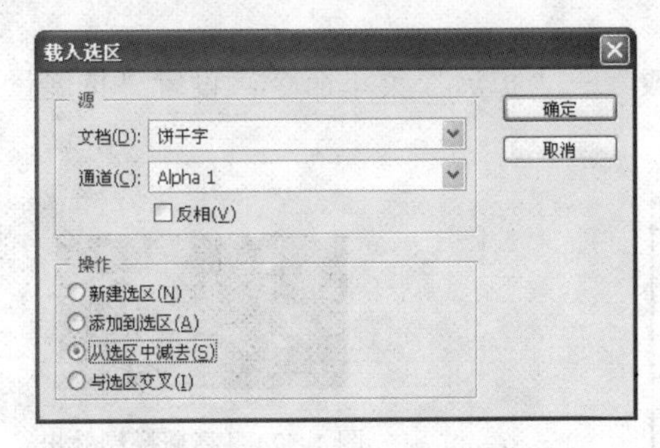

图 1-518　设置“载入选区”

图 1-519　饼干字效果

实例 64——水银字

本例将制作水银效果的文字。（学习难度：★★★★）

（1）执行“文件”→“新建”菜单命令，建立一个 RGB 图像文件，设置其宽度为 500 像素，高度为 300 像素，分辨率为 300 像素/英寸。

（2）在通道面板中，选择横排文字工具，输入文字，字体选择“华文行楷”，如图 1-520 所示。

（3）执行“滤镜”→“渲染”→“分层云彩”菜单命令，然后执行“滤镜”→“杂色”→“中间值”菜单命令，设置参数如图 1-521 所示。

（4）执行“滤镜”→“风格化”→“查找边缘”菜单命令，如图 1-522 所示。

（5）按 Ctrl+I 键反相，执行“图像”→“调整”→“色阶”菜单命令，设置参数如图 1-523 所示。

图 1-520　输入文字

图 1-522　查找边缘效果

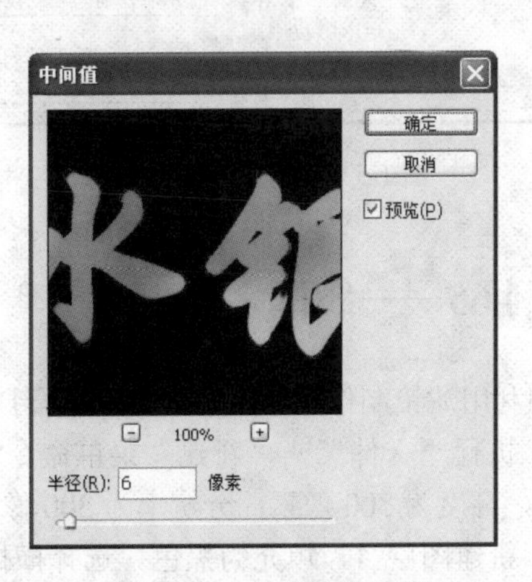

图 1-521　设置“中间值”

（6）保持对选区的选择，执行“选择”→“修改”→“收缩”菜单命令，设置“收缩量”为 2。反选并执行“滤镜”→“模糊”→“高斯模糊”菜单命令，设置半径为 2，其效果如图 1-524 所示。

（7）再次反选，执行“选择”→“修改”→“扩展”菜单命令，设置“扩展量”为 2。取消选择，如图 1-525 所示。

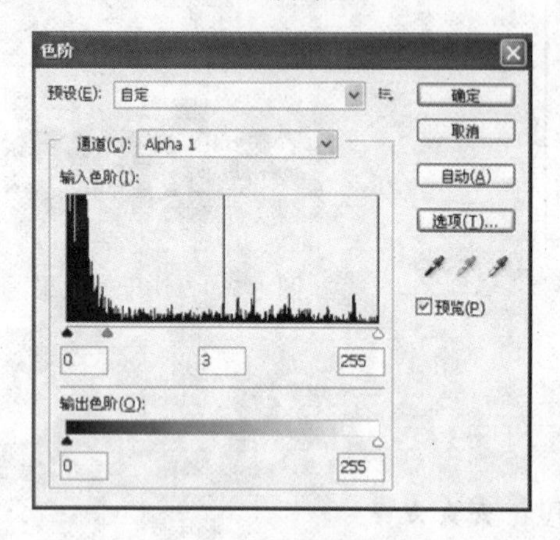

图 1-523　设置“色阶”

图 1-524　高斯模糊效果

图 1-525　文字效果

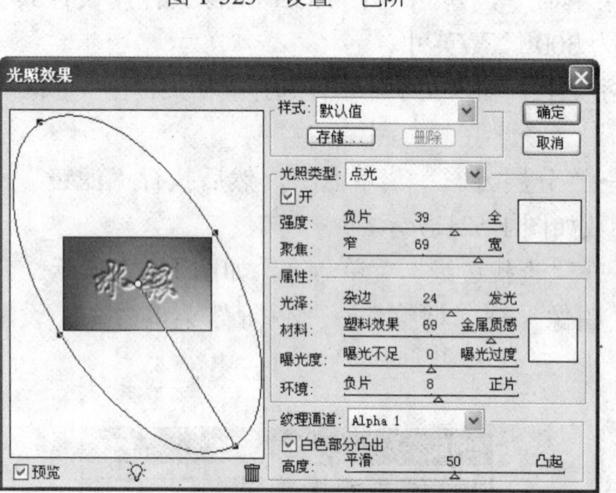

图 1-526　设置“光照效果”

（8）选择 RGB 彩色通道，回到图层面板，执行“滤镜”→“渲染”→“光照效果”菜单命令，设置参数如图 1-526 所示，得到最终效果如图 1-527 所示。

图 1-527　水银字效果

实例 65——线框字

本例利用滤镜制作线框文字效果。（学习难度：★★★★）

（1）执行“文件”→“新建”菜单命令，建立一个 RGB 图像文件，设置其宽度为 600 像素，高度为 300 像素，分辨率为 300 像素/英寸。

（2）新建图层 1，填充为黑色。选择横排文字工具，字体选择“华文行楷”，输入文字，颜色设置为白色，如图 1-528 所示。

（3）合并图层 1 和文字层。执行“滤镜”→“像素化”→“马赛克”菜单命令，设置参数如图 1-529 所示。

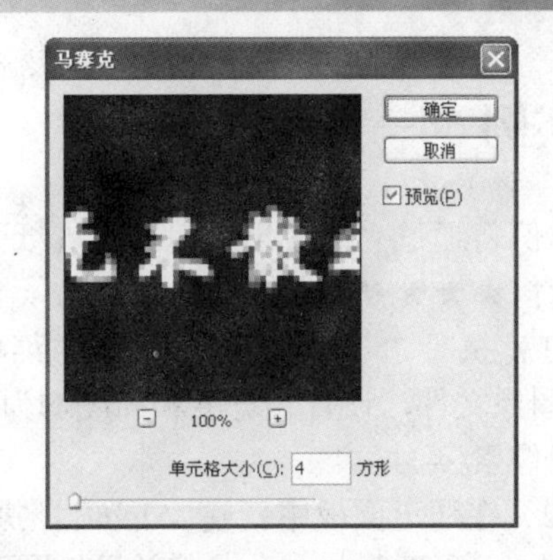

图 1-528　输入文字

图 1-529　设置“马赛克”

（4）执行“滤镜”→“风格化”→“照亮边缘”菜单命令，如图 1-530 所示。

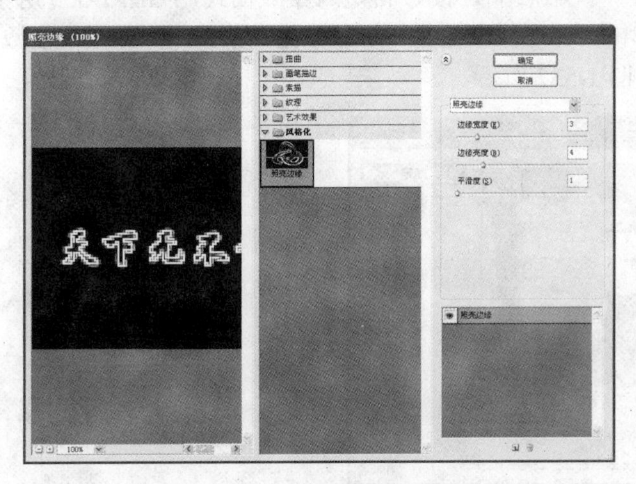

图 1-530　设置“照亮边缘”

（5）执行“滤镜”→“风格化”→“查找边缘”菜单命令，此时文字效果如图 1-531 所示。

（6）使用魔棒工具单击白色部分，按 Delete 键删除。前景色设置为“R:277;G:5;B:167”。单击图层面板下方的“新建填充或调整图层”按钮，选择渐变映射，如图 1-532 所示。得到的最终效果如图 1-533 所示。

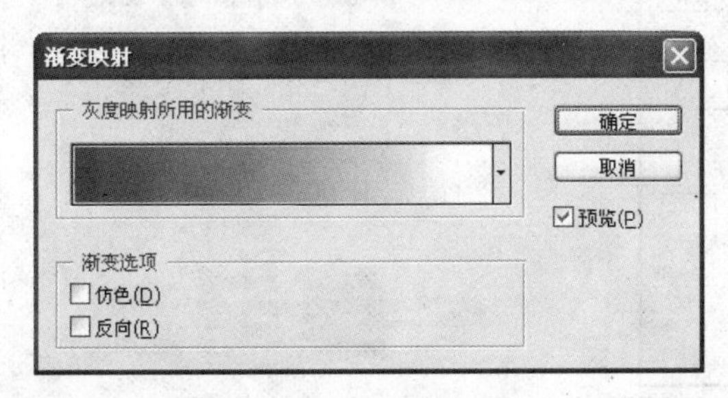

图 1-532　设置“渐变映射”

图 1-531　文字效果

图 1-533　线框字效果

实例 66——纸张字

本例将通过光照效果滤镜来实现纸张效果的文字。（学习难度：★★★★）

（1）执行“文件”→“新建”菜单命令，建立一个 RGB 图像文件，设置其宽度和高度均为 400 像素，分辨率为 300 像素/英寸。

（2）在通道面板中新建 Alpha1，执行“滤镜”→“渲染”→“云彩”菜单命令，其效果如图 1-534 所示。

图 1-534 云彩效果

（3）选择 RGB 彩色通道，回到图层面板，新建图层 1。选择横排蒙版文字工具，输入文字，字体选择“华文琥珀”，按 Q 键进入蒙版模式，如图 1-535 所示。

（4）执行“滤镜”→“像素化”→“晶格化”菜单命令，设置参数如图 1-536 所示，得到晶格化效果如图 1-537 所示。

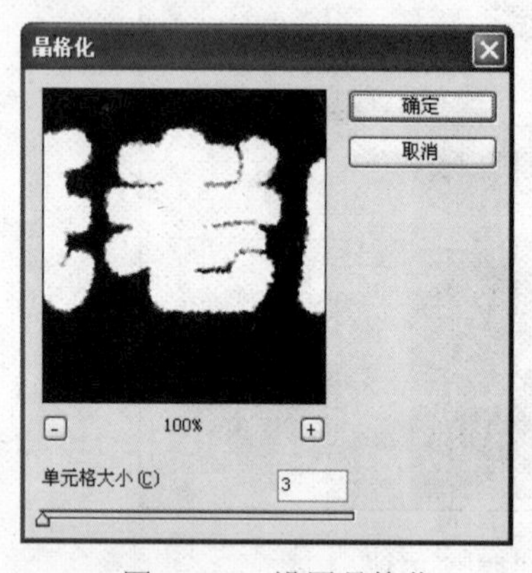

图 1-536 设置晶格化

图 1-535 输入文字

图 1-537 晶格化效果

（5）按 Q 键回到正常模式，并填充颜色为“R:174;G:134;B:113”，如图 1-538 所示。

（6）执行“滤镜”→“渲染”→“光照效果”菜单命令，设置参数如图 1-539 所示，得到最终效果如图 1-540 所示。

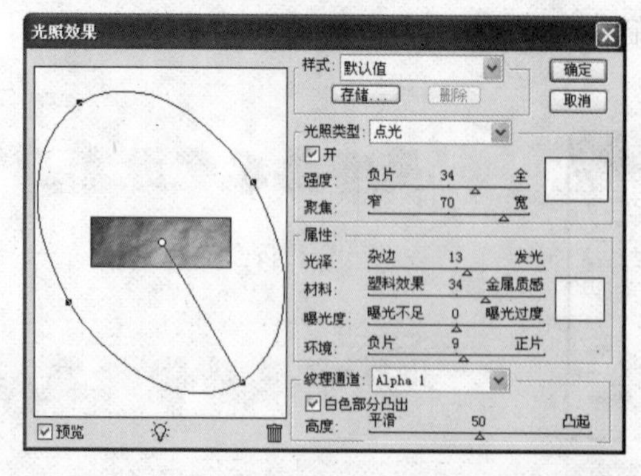

图 1-539 设置“光照效果”

图 1-538 填充文字

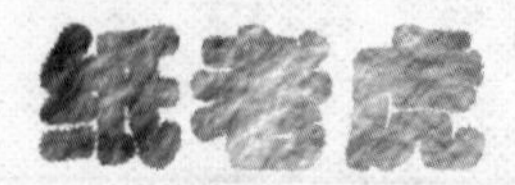

图 1-540 纸张字效果

实例 67——石头字

本例将在制作的石头纹理基础上绘制出石头效果的文字。（学习难度：★★★★）

（1）执行“文件”→“新建”菜单命令，建立一个 RGB 图像文件，设置其宽度为 500 像素，高度为 300 像素，分辨率为 300 像素/英寸。

（2）新建图层 1，按 D 键恢复默认颜色设置。执行“滤镜”→“渲染”→“云彩”菜单命令，如图 1-541 所示。

（3）执行“滤镜”→“杂色”→“添加杂色”菜单命令，设置参数如图 1-542 所示。

图 1-541 云彩效果

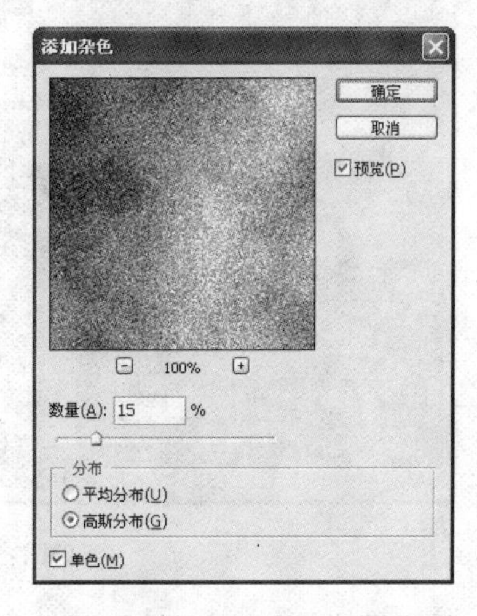

图 1-542 设置“添加杂色”

（4）执行“滤镜”→“模糊”→“动感模糊”菜单命令，设置参数如图 1-543 所示。

（5）再一次执行“滤镜”→“杂色”→“添加杂色”菜单命令，设置参数同前，如图 1-544 所示。

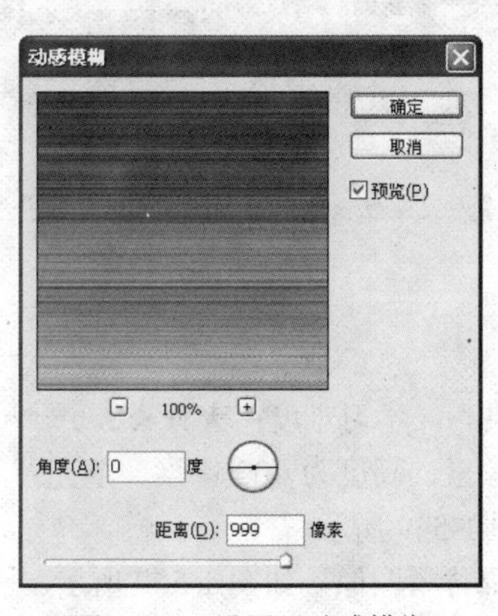

图 1-543 设置“动感模糊”

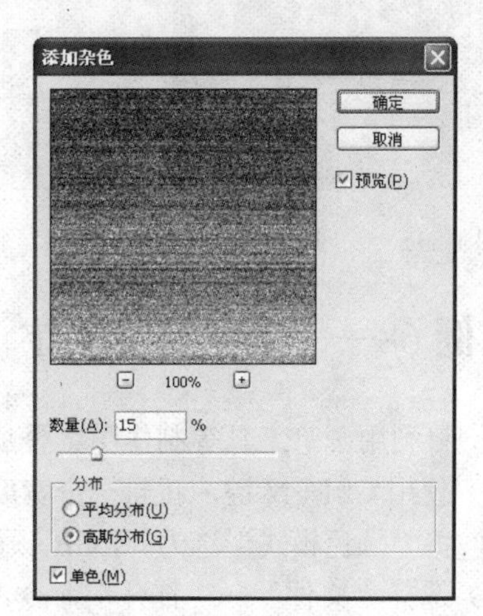

图 1-544 再一次设置“添加杂色”

（6）执行“滤镜”→“纹理”→“纹理化”菜单命令，设置参数如图 1-545 所示。纹理化效果如图 1-546 所示。

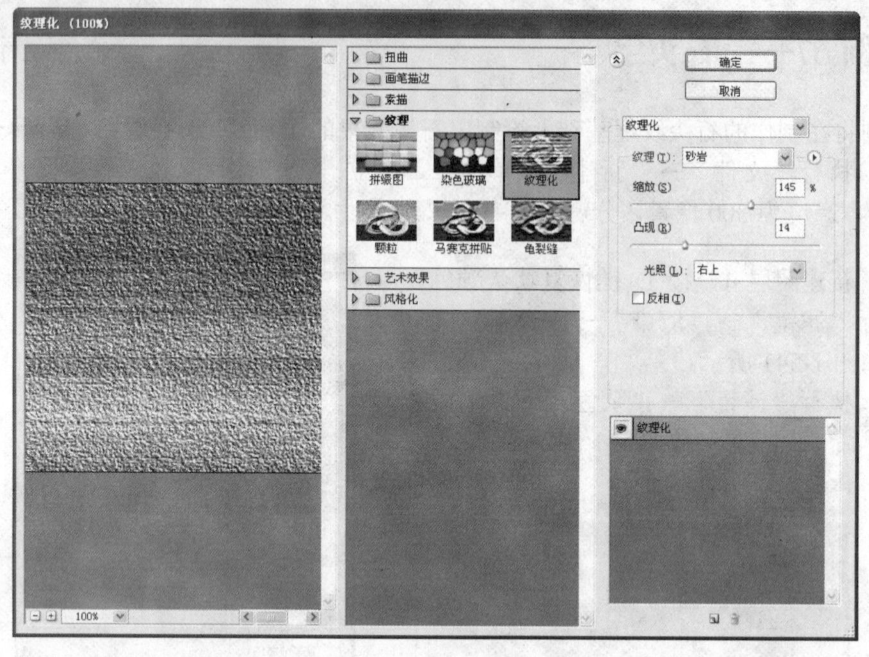

图 1-545　设置“纹理化”

（7）选择横排文字工具，输入文字“石头”，字体选择“华文琥珀”，如图 1-547 所示。

（8）按 Ctrl 键单击文字层，调出选区，隐藏文字层。在图层 1 中反选并删除，得到最终效果，如图 1-548 所示。

图 1-546　纹理化效果

图 1-547　输入文字

图 1-548　石头字效果

实例 68——图案叠加文字

本例将利用画笔工具等制作图案叠加文字效果。（学习难度：★★★★）

（1）使用 Ctrl+N 键，新建一个宽度为 500 像素、高度为 400 像素、填充背景为白色的文档，将“颜色模式”选为“RGB 颜色”，如图 1-549 所示。

（2）选择“文件”→“打开”命令，打开一幅背景图像，如图 1-550 所示。

（3）选择工具箱上的横排文字工具，然后在工具栏选项中选择字体为“华文琥珀”，然后在图中合适位置输入文字“BLUE SKY”。在文字层上单击鼠标右键并选择“栅格化文字”命令，如图 1-551 所示。

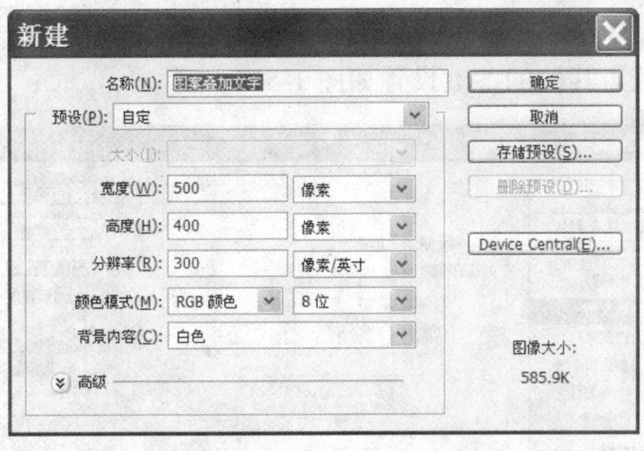

图 1-549　新建文档

图 1-550　打开背景图像

图 1-551　输入文字

（4）选择画笔工具，打开画笔面板，选择一种笔尖形状，设置“主直径”为“50 px，”如图 1-552 所示。

（5）新建图层 1，设置不同的前景色颜色，使用画笔工具进行绘制，如图 1-553 所示。

（6）按住 Ctrl 键单击 Bluesky 层，载入文字的选区。按 Ctrl+Shift+I 键进行反选，再按 Delete 键删除多余部分，如图 1-554 所示。

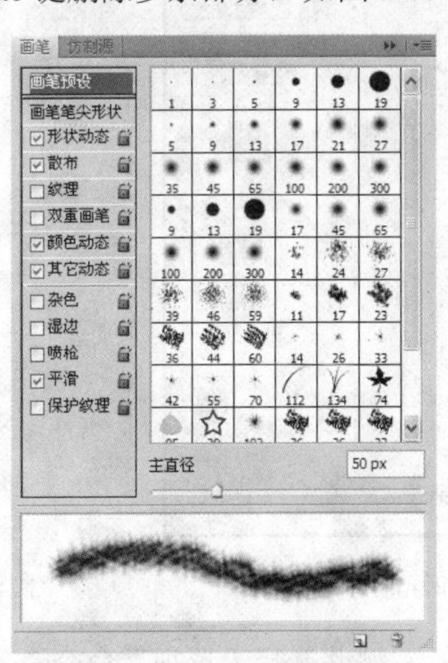

图 1-552　设置画笔面板

图 1-553　绘制图案

图 1-554　删除多余部分

（7）合并图层 1 和图层 Bluesky，打开“图层样式”对话框进行设置。选择“外发光”，设置颜色为蓝色，其他的参数设置如图 1-555 所示。

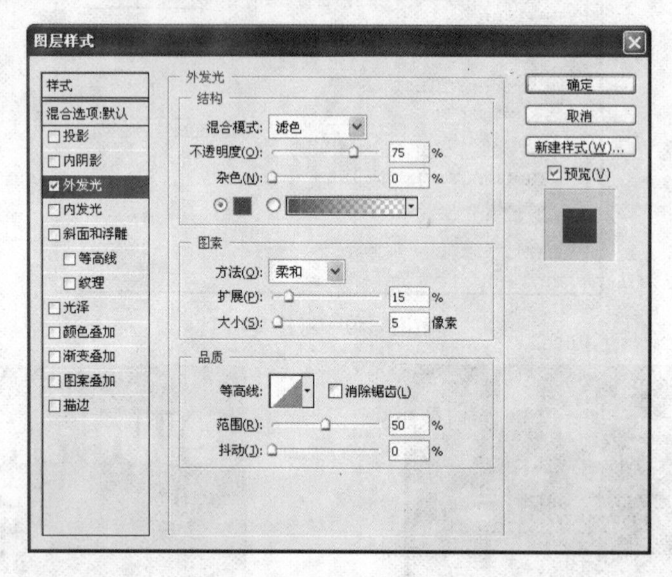

图 1-555　设置“外发光”

（8）选择“斜面和浮雕”，具体参数设置如图 1-556 所示，此时的文字效果如图 1-557 所示。

（9）复制 Bluesky 层，调整该图层的大小和方向，形成倒影效果，如图 1-558 所示。

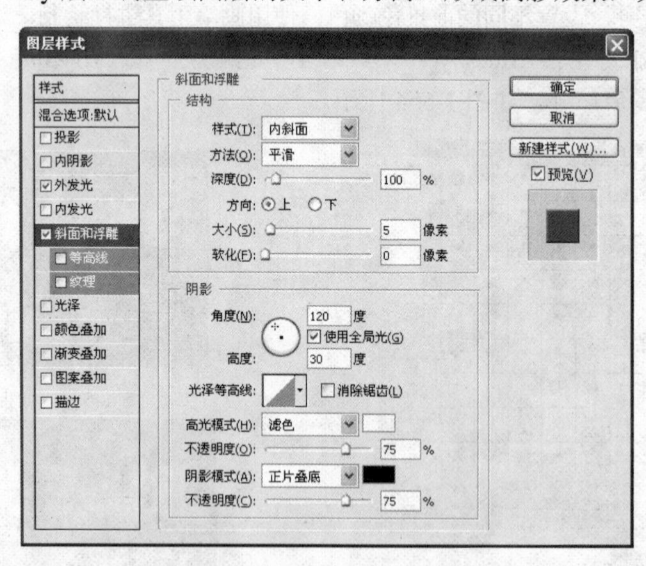

图 1-556　设置“斜面和浮雕”

（10）按 Crtl+T 键，出现自由变换框，单击鼠标右键并选择“透视”命令，分别对文字和倒影进行调整，如图 1-559 所示。

图 1-557　文字效果

图 1-558　倒影效果

（11）回到 Bluesky 副本层，将“不透明度”设置为 60%。

（12）选择矩形选框工具，框选倒影的下半部分，如图 1-560 所示。

（13）执行“选择”→“修改”→“羽化”菜单命令，设置“羽化半径”为 10。然后按 Delete 键进行删除，形成隐约消失的效果。最终效果如图 1-561 所示。

图 1-559　透视效果

图 1-560　框选倒影

图 1-561　图案叠加文字效果

实例 69——彩纸字

庆典的时候使用彩纸可以增添许多欢乐的气氛，本例将绘制出彩纸效果的文字。（学习难度：★★★★★）

（1）执行“文件”→“新建”菜单命令，建立一个 RGB 图像文件，设置其宽度为 600 像素，高度为 400 像素，分辨率为 300 像素/英寸。

（2）新建图层 1，选择横排蒙版文字工具，输入文字，字体选择“隶书”，按 Q 键进入快速蒙版模式，如图 1-562 所示。

（3）执行“滤镜”→“扭曲”→“波纹”菜单命令，设置参数如图 1-563 所示。

图 1-562　输入文字

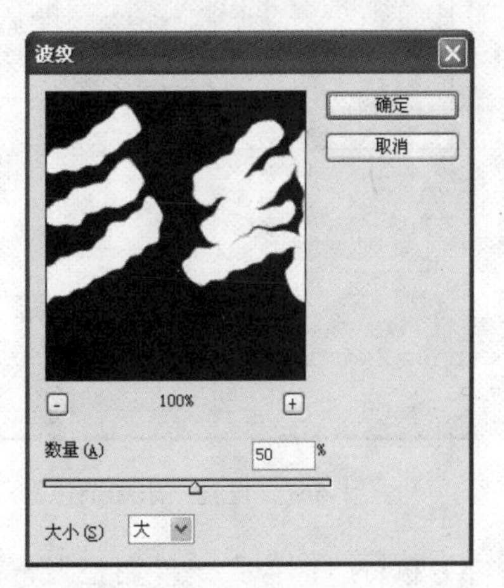

图 1-563　设置“波纹”

（4）再次执行“滤镜”→“扭曲”→“波纹”菜单命令，设置参数如图 1-564 所示。波纹效果如图 1-565 所示。

（5）按 Q 键退出快速蒙版模式，将文字填充为黑色，如图 1-566 所示。

图 1-564　再次设置“波纹”

图 1-565　波纹效果

图 1-566　填充文字

（6）执行“滤镜”→“杂色”→“添加杂色”菜单命令，设置参数如图 1-567 所示。

（7）执行“滤镜”→“像素化”→“晶格化”菜单命令，设置参数如图 1-568 所示。文字效果如图 1-569 所示。

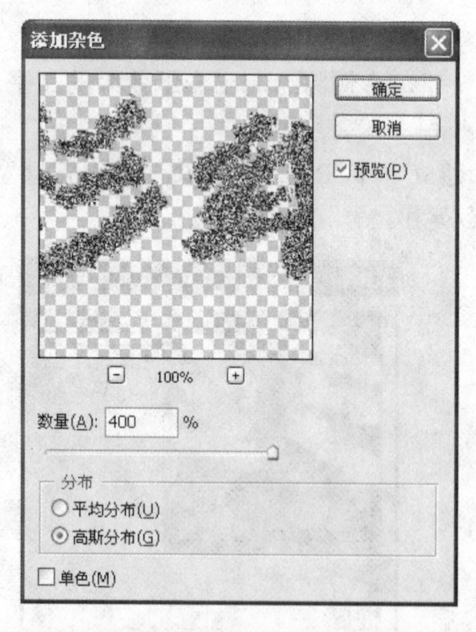

图 1-567　设置“添加杂色”

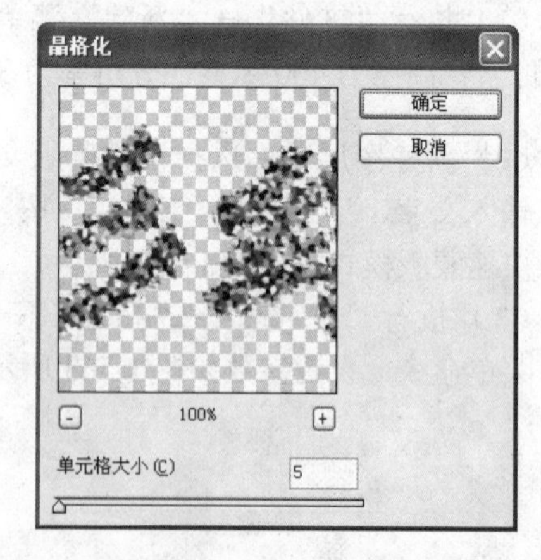

图 1-568　设置“晶格化”

（8）执行“图像”→“调整”→“可选颜色”菜单命令，选择“黑色”，将“黑色”调整为–100%，如图 1-570 所示。得到最终效果如图 1-571 所示。

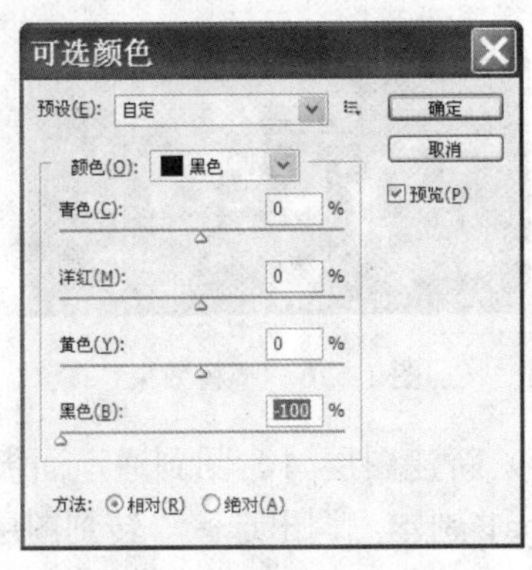

图 1-570 设置“可选颜色”

图 1-569 文字效果

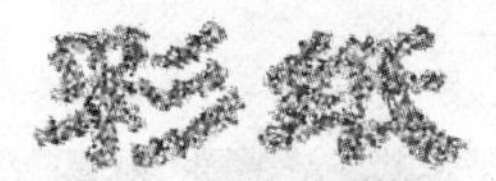

图 1-571 彩纸字效果

实例 70——融化字

本例将制作出好像由于高温融化的文字特效。（学习难度：★★★★★）

（1）使用 Ctrl＋N 键，新建一个宽度为 500 像素、高度为 400 像素、填充背景为白色的文档，将模式选为“RGB 颜色”。

（2）在通道面板中新建一个 Alpha1 通道。

（3）选择横排文字工具，在通道 Alpha1 中输入文字“ByeBye”，然后执行“图像”→“图像旋转”→“90 度（顺时针）”菜单命令，如图 1-572 所示。

（4）执行“滤镜”→“风格化”→“风”菜单命令，选择“风”，方向选为“从右”。按 Ctrl+F 键重复执行三次，其效果如图 1-573 所示。

（5）执行“图像”→“图像旋转”→“90 度（逆时针）”菜单命令，将画布旋转回来，如图 1-574 所示。

图 1-572 图像旋转

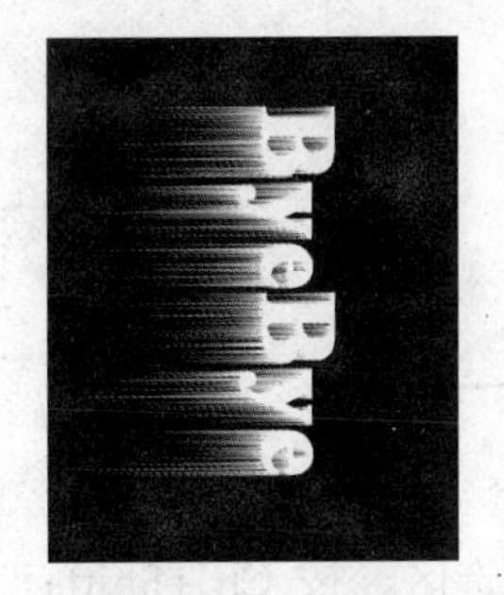

图 1-573 风效果

图 1-574 图像旋转

（6）执行“滤镜”→“素描”→“图章”菜单命令，设置“明暗/平衡”为 25，“平滑度”为 5，图章效果如图 1-575 所示。

（7）在通道面板中复制通道 Alpha1，得到通道 Alpha1 副本。

（8）对通道 Alpha1 副本执行“滤镜”→“素描”→“塑料效果”，设置“图像平衡”为 40，“平滑度”为 4。塑料效果如图 1-576 所示。

图 1-575　图章效果

图 1-576　塑料效果

（9）新建图层 1。回到通道面板，选中通道 Alpha1 副本，调出选区。转到图层面板，选中图层 1，填充 50%的灰色，如图 1-577 所示。填充的效果如图 1-578 所示。

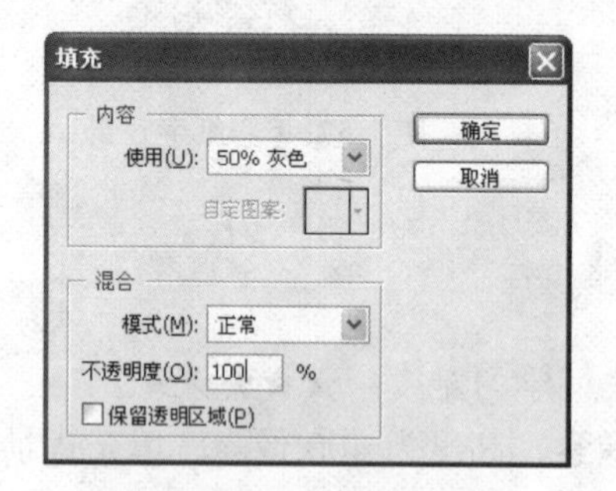

图 1-577　填充灰色

（10）执行“图像”→“调整”→“曲线”菜单命令，设置“曲线”对话框如图 1-579 所示。调整完毕后的效果如图 1-580 所示。

（11）执行“图像”→“调整”→“亮度/对比度”菜单命令，设置“亮度”为 50，“对比度”为 5。

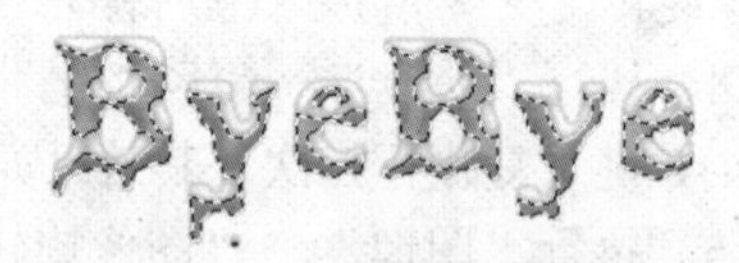

图 1-578　填充效果

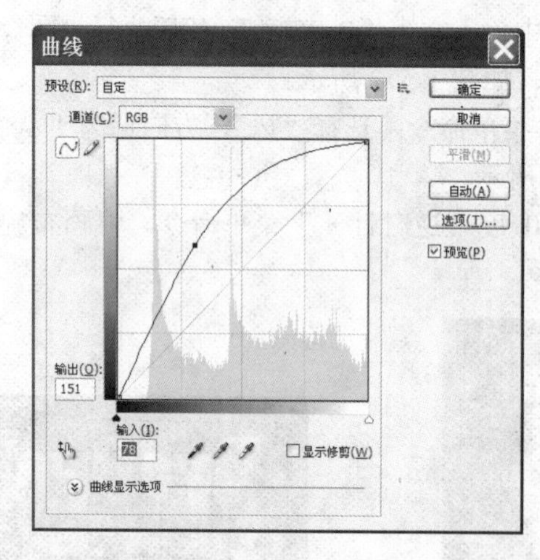

图 1-579　设置“曲线”

图 1-580　曲线效果

（12）选中通道 Alpha1，调出选区，按 Ctrl+Shift+I 键进行反选，按 Delete 键删除多余部分，如图 1-581 所示。

（13）执行“图像”→“调整”→“色彩平衡”菜单命令，具体设置如图 1-582 所示，其效果如图 1-583 所示。

（14）选中背景层，将前景色设置为黑色，背景色设置为白色。执行“滤镜”→“渲染”→“云彩”菜单命令，如图 1-584 所示。

（15）执行“图像”→“调整”→“色彩平衡”菜单命令，具体设置如图 1-585 所

示，得到融化字的最终效果如图 1-586 所示。

图 1-581　反选并删除多余部分

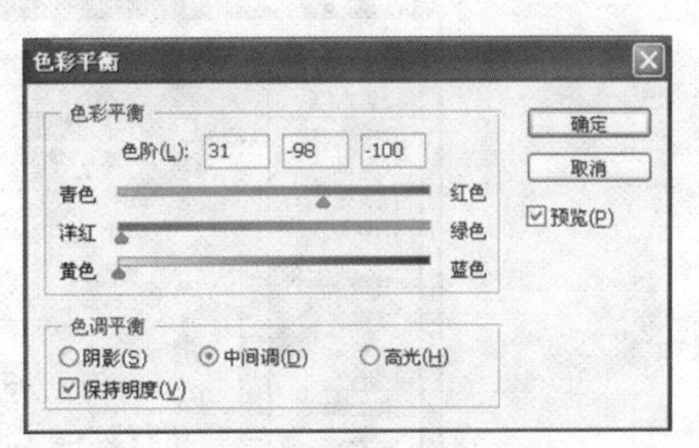

图 1-582　设置“色彩平衡”

图 1-583　色彩平衡效果

图 1-584　云彩效果

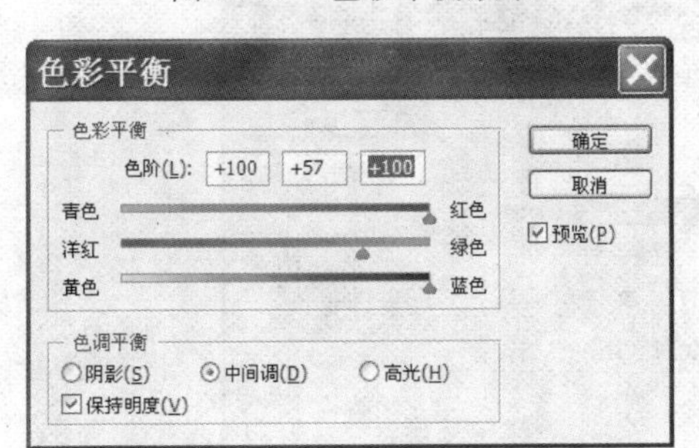

图 1-585　设置“色彩平衡”

图 1-586　融化字效果

实例 71——冰冻字

本例将制作具有冰冻效果的特效字。（学习难度：★★★★★）

（1）使用 Ctrl＋N 键，新建一个宽度为 600 像素、高度为 400 像素、填充背景为白色的文档，将模式选为“RGB 颜色”。

（2）将背景填充为黑色，输入文字“冰天雪地”，设置字体为较粗的字体，文字的颜色设置为白色，如图 1-587 所示。

图 1-587　输入文字

（3）将文字栅格化。打开“图层样式”对话框，选择“斜面和浮雕”，具体设置如图 1-588 所示。

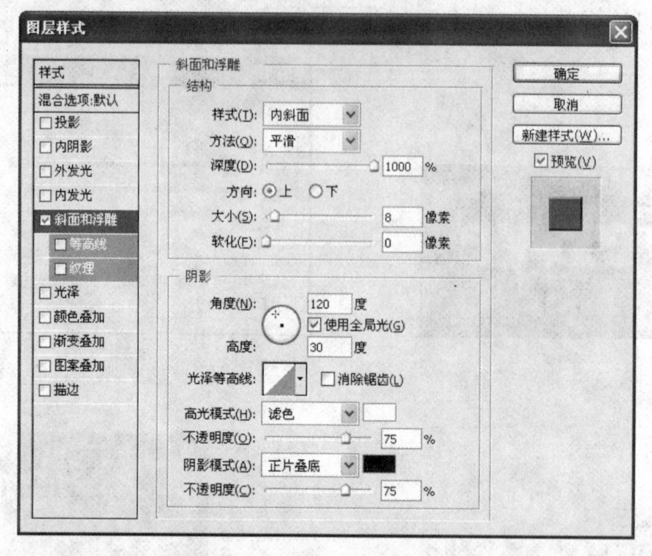

图 1-588　设置“斜面和浮雕”

（4）选择“渐变叠加”，具体设置如图 1-589 所示。

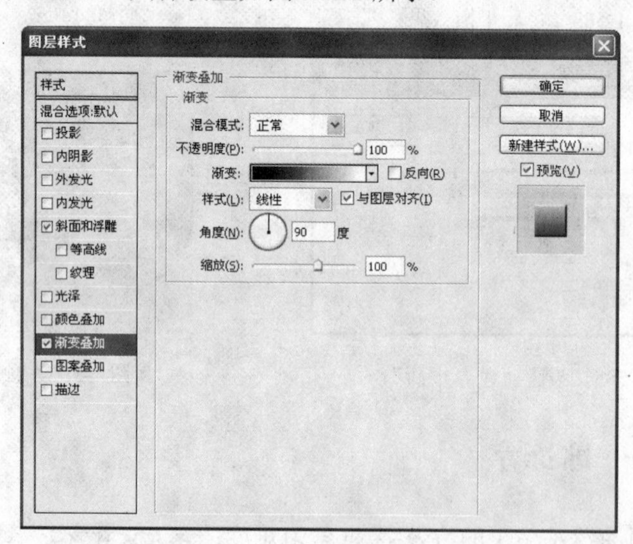

图 1-589　设置“渐变叠加”

（5）设置好的文字效果如图 1-590 所示。

（6）执行“图层”→“图层样式”→“创建图层”菜单命令，在图层面板中可以看到如图 1-591 所示的结果。

（7）选中由图层样式得来的图层，按 Ctrl+E 键合并图层。

（8）选中合并后的图层，执行“滤镜”→“艺术效果”→“塑料包装”菜单命令，设置“高光强度”为 20，“细节”为 10，“平滑度”为 5，然后按 Ctrl+F 键再执行一次，得到如图 1-592 所示的效果。

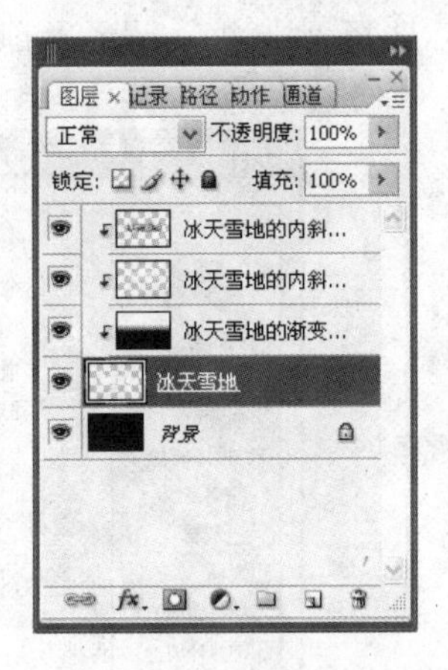

图 1-590　渐变叠加效果

图 1-591　图层面板

（9）执行“图像”→“调整”→“色相/饱和度”菜单命令，设置“色相”为 212，“饱和度”为 100，调整后的效果如图 1-593 所示。

图 1-592　塑料包装效果

图 1-593　色相/饱和度效果

（10）打开“图层样式”对话框，选择“斜面和浮雕”，具体设置如图 1-594 所示。

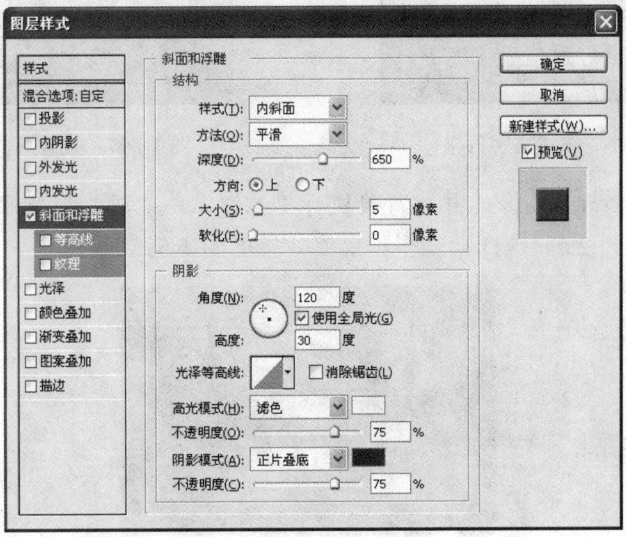

图 1-594　设置“斜面和浮雕”

（11）选择“描边”，设置“颜色”为蓝色，“大小”为 2 像素，具体设置如图 1-595 所示。

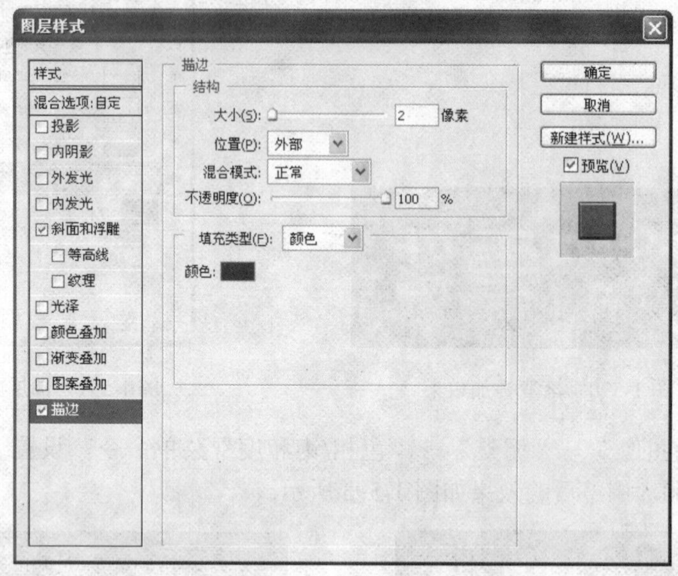

图 1-595　设置“描边”

（12）设置完毕后的文字效果如图 1-596 所示。

（13）复制一个该图层的副本，将副本图层的“混合模式”设置为“颜色减淡”，并将“不透明度”改为 50%，如图 1-597 所示。

图 1-596　描边文字效果

图 1-597　设置后的文字效果

（14）添加一个背景图像，并对背景执行“滤镜”→“模糊”→“高斯模糊”菜单命令，设置“半径”为 2.5。这样，就得到最终效果如图 1-598 所示。

图 1-598　冰冻字效果

实例 72——奶牛字

本例将制作出具有奶牛花纹的文字效果。（学习难度：★★★★）

（1）执行“文件”→“新建”菜单命令，建立一个RGB图像文件，设置其宽度为500像素，高度为500像素，分辨率为300像素/英寸。

（2）将背景填充颜色为“R:128;G:128;B:128”。选择横排文字工具，字体选择“华文琥珀”，输入文字，颜色设置为白色，如图1-599所示。

图 1-599　输入文字

（3）打开“图层样式”对话框，选择“投影”，设置参数如图1-600所示。

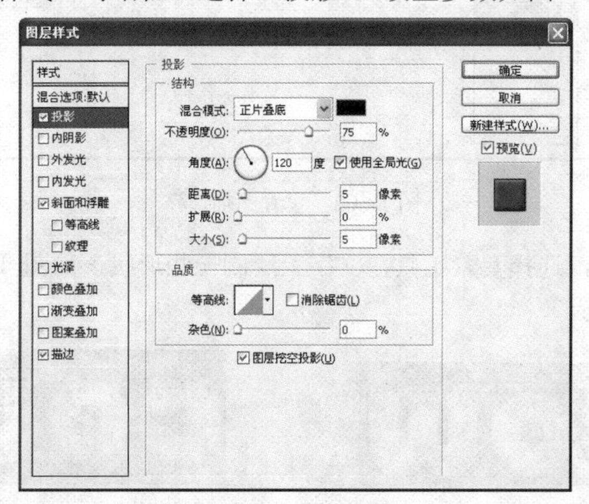

图 1-600　设置“投影”

（4）选择“斜面和浮雕”，设置参数如图1-601所示。

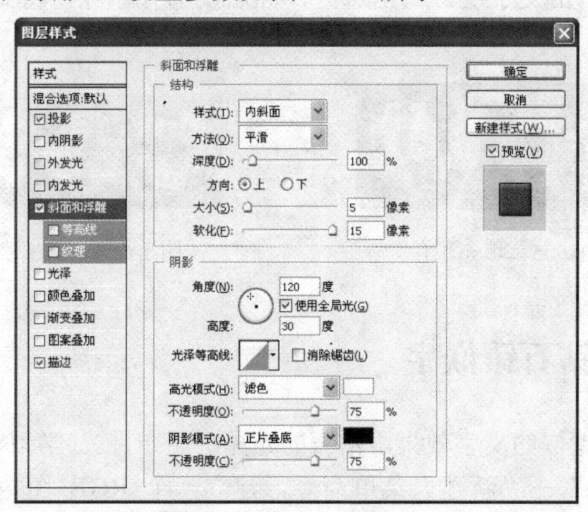

图 1-601　设置“斜面和浮雕”

（5）选择“描边”，设置参数如图 1-602 所示，“描边颜色”为“黑色”。图层样式效果如图 1-603 所示。

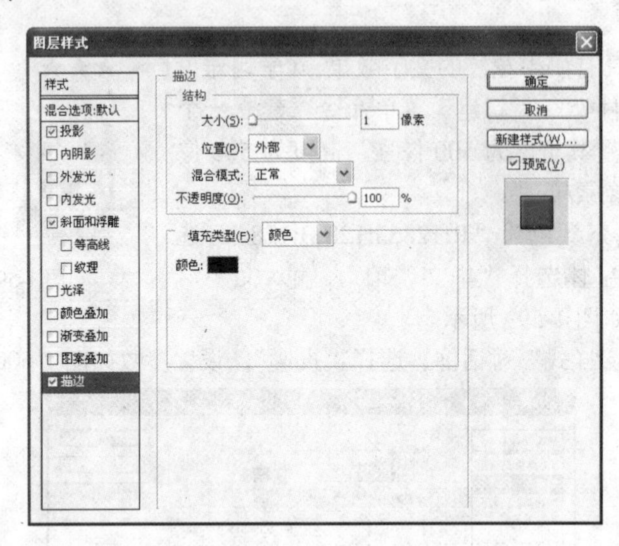

图 1-602　设置“描边”

（6）新建图层 1，选择套索工具在文字上绘制一些形状，如图 1-604 所示，并填充为黑色，如图 1-605 所示。

图 1-603　图层样式效果

图 1-604　绘制形状

（7）按 Ctrl 键单击文字层，调出选区，然后反选并删除，得到最终效果如图 1-606 所示。

图 1-605　填充黑色

图 1-606　奶牛字效果

实例 73——钻石镶嵌字

本例将制作钻石镶嵌的文字效果，钻石的光泽绚烂夺目。（学习难度：★★★★★）

（1）执行“文件”→“新建”菜单命令，建立一个 RGB 图像文件，设置其宽度为 600 像素，高度为 300 像素，分辨率为 300 像素/英寸。

（2）按 D 键恢复默认颜色设置。选择横排文字工具，字体选择“黑体”，输入文字“JEWEL”，如图 1-607 所示。注意文字应有些间距。

J E W E L

图 1-607　输入文字

（3）打开“图层样式”对话框，选择“斜面和浮雕”，设置参数如图 1-608 所示。

（4）选择“颜色叠加”，设置参数如图 1-609 所示。颜色设为“R:22;G:13;B:152”，设置的效果如图 1-610 所示。

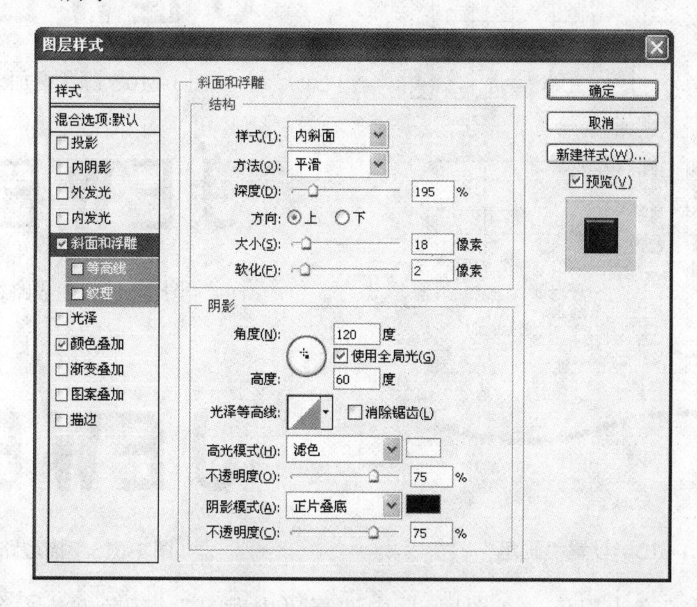

图 1-608　设置“斜面和浮雕”

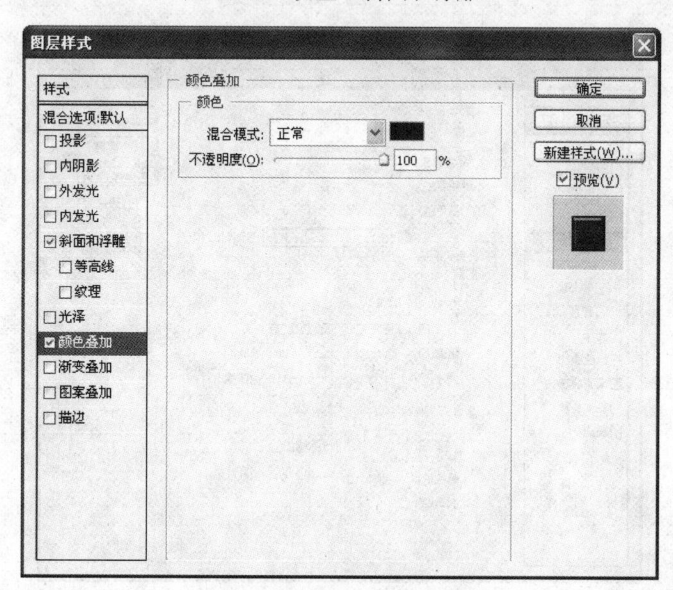

图 1-609　设置“颜色叠加”

（5）新建图层 1，按 Ctrl 键单击文字层，调出选区，在路径面板中单击“从选区生成工作路径”按钮，如图 1-611 所示。

（6）选择画笔工具，打开画笔面板，设置面板如图 1-612 所示。

（7）在路径面板中单击“用画笔描边路径”按钮，执行结果如图 1-613 所示。

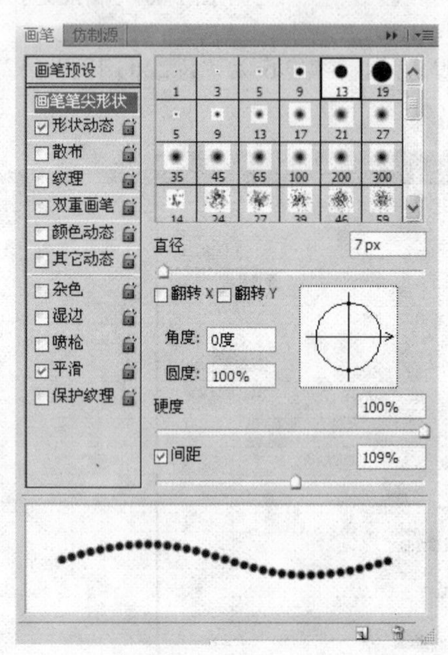

图 1-612　设置“画笔”

JEWEL

图 1-610　颜色叠加效果

JEWEL

图 1-611　生成路径

JEWEL

图 1-613　描边路径

（8）将背景填充为黑色。在图层 1 中选择“内发光”，颜色选为白色，设置参数如图 1-614 所示。

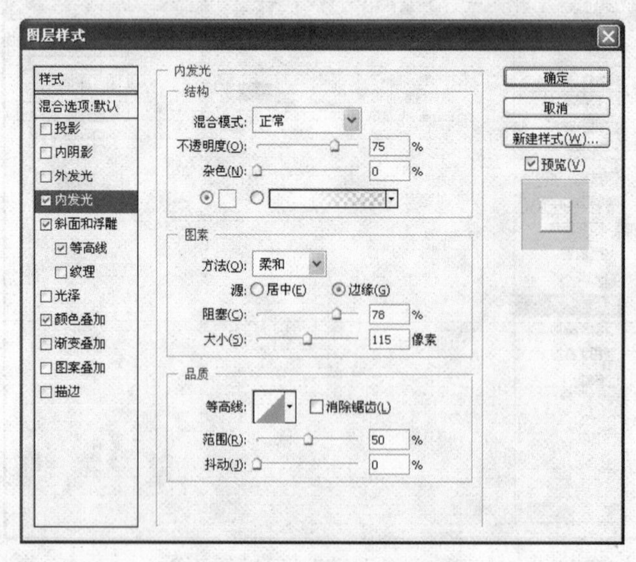

图 1-614　设置“内发光”

（9）选择“斜面和浮雕”，设置参数如图 1-615 所示。

图层样式
样式
混合选项:默认
投影
内阴影
外发光
内发光
斜面和浮雕
等高线
纹理
光泽
颜色叠加
渐变叠加
图案叠加
描边
斜面和浮雕
结构
样式(T): 内斜面
方法(Q): 平滑
深度(D): 276 %
方向: 上 下
大小(S): 4 像素
软化(F): 0 像素
阴影
角度(N): 120 度
使用全局光(G)
高度: 60 度
光泽等高线: 消除锯齿(L)
高光模式(H): 滤色
不透明度(O): 100 %
阴影模式(A): 正片叠底
不透明度(C): 46 %
确定
取消
新建样式(W)...
预览(V)

图 1-615　设置“斜面和浮雕”

（10）选择“等高线”，设置参数如图 1-616 所示。

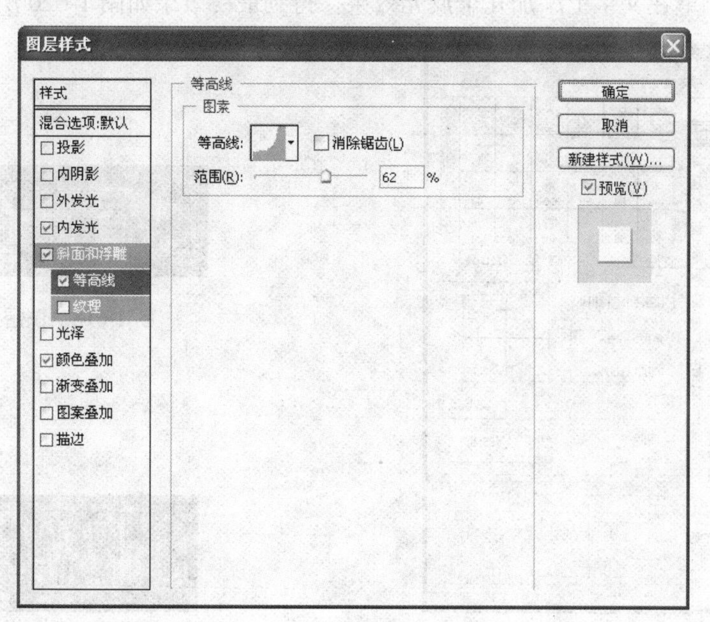

图 1-616　设置“等高线”

（11）选择“颜色叠加”，颜色设置为“R:232;G:217;B:217”，如图 1-617 所示，此时图层效果如图 1-618 所示。

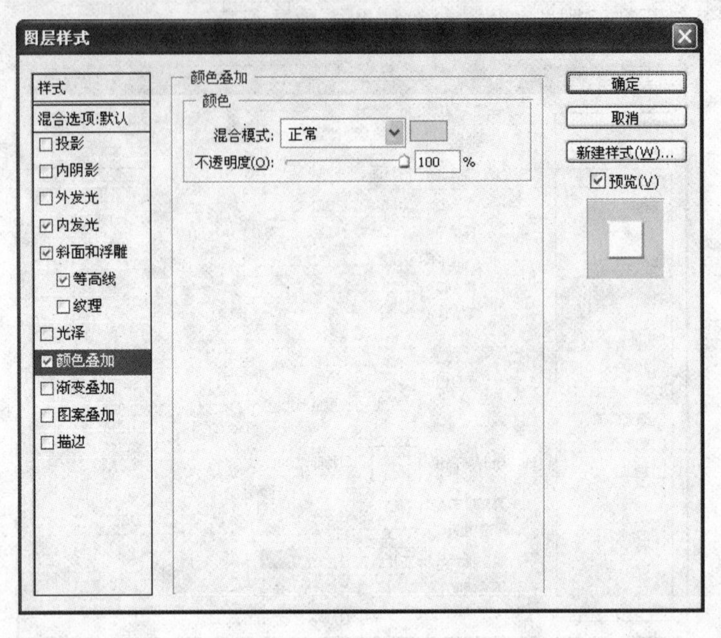

图 1-617 设置"颜色叠加"

（12）打开画笔面板，选择一个星形画笔，如图 1-619 所示。

（13）用画笔在文字上添加几个反光效果，得到最终效果如图 1-620 所示。

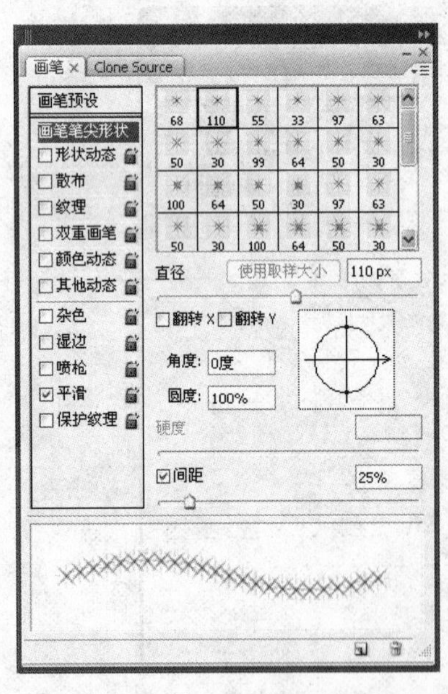

图 1-619 选择画笔

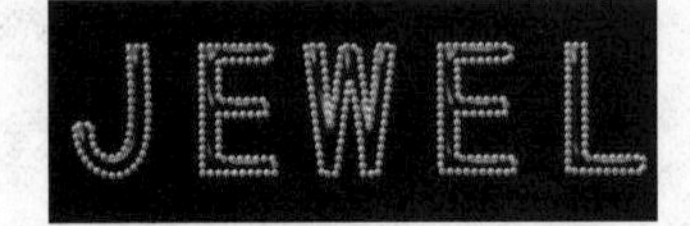

图 1-618 图层效果

图 1-620 钻石镶嵌字效果

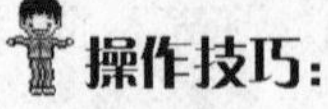

操作技巧：

Photoshop CS4 的画笔面板中新增了许多画笔形状，可以根据需要进行选择。

实例 74——像素字

本例将通过放大文字图像来制作像素字。（学习难度：★★★★）

（1）执行“文件”→“新建”菜单命令，建立一个 RGB 图像文件，设置其宽度为 60 像素，高度为 60 像素，分辨率为 300 像素/英寸。

（2）选择横排文字工具输入文字“像”，字体为“隶书”。在文字属性栏中设置消除锯齿的方法为“无”，如图 1-621 所示。

图 1-621　设置属性

（3）执行“编辑”→“首选项”→“常规”菜单命令，设置“图像插值”为“临近”，如图 1-622 所示。

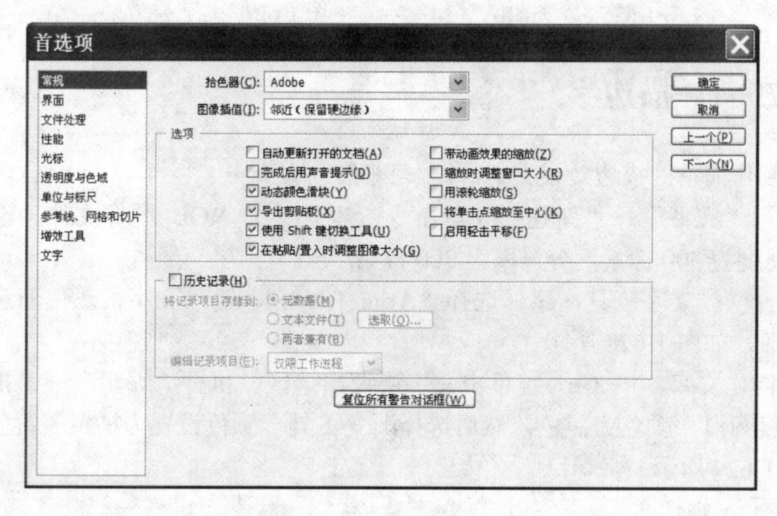

图 1-622　设置“常规”

（4）栅格化文字。执行“图像”→“图像大小”菜单命令，设置图像宽度为 600 像素，高度为 600 像素，将图像放大，如图 1-623 所示。

图 1-623　放大图像

（5）执行“文件”→“新建”菜单命令，建立一个 RGB 图像文件，设置其宽度为 10 像素，高度为 10 像素，分辨率为 300 像素/英寸。全选之后执行“编辑”→“描边”菜单命令，描边宽度为 1 像素，如图 1-624 所示。

（6）执行“编辑”→“定义图案”菜单命令，将图像定义为图案。如图 1-625 所示。

（7）回到原文件，新建图层 1，使用刚才定义的图案填充图层，如图 1-626 所示。

图 1-624 描边图像

图 1-625 定义图案

（8）按住 Alt 键单击文字层和图层 1 的接缝，将两层编组，得到文字的像素化。最终效果如图 1-627 所示。

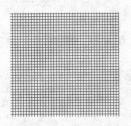

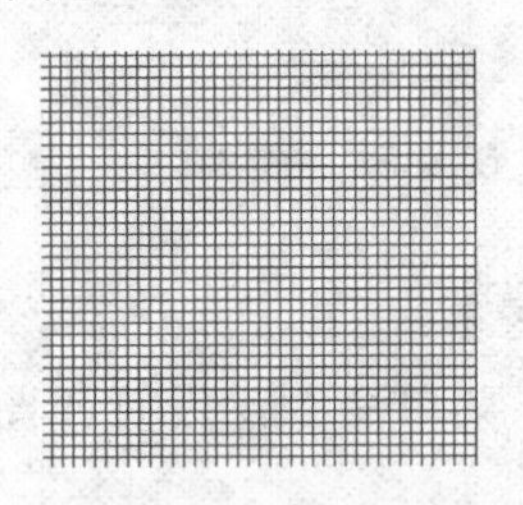

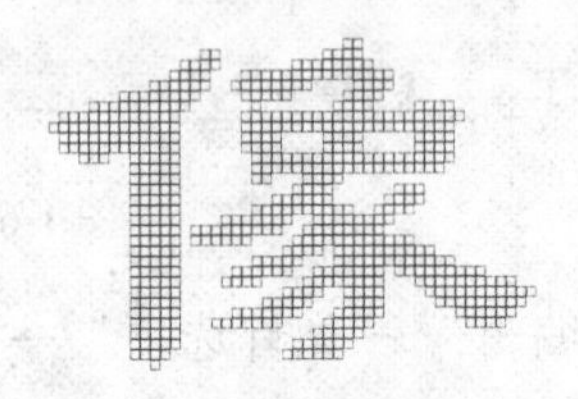

图 1-626 填充图层

图 1-627 像素字效果

实例 75——描边字

本例将制作简单的描边效果文字。（学习难度：★★★）

（1）执行“文件”→“新建”菜单命令，建立一个 RGB 图像文件，设置其宽度为 500 像素，高度为 300 像素，分辨率为 300 像素/英寸。

（2）选择横排文字工具，字体选择“Arial Black”，输入文字，颜色随意设置，因为以后要做更改，如图 1-628 所示。

（3）栅格化文字，按 Ctrl 键单击文字层调出选区，执行“编辑”→“描边”菜单命令，描边宽度为 1，颜色为黑色，然后选择渐变工具，颜色设置为橘黄—黄色—橘黄。渐变效果如图 1-629 所示。

hero

图 1-628 输入文字

图 1-629 渐变描边效果

（4）保持选区，执行“选择”→“修改”→“收缩”菜单命令，收缩量为 5，收缩效果如图 1-630 所示。

（5）再次执行“编辑”→“描边”菜单命令，描边宽度为 1，颜色为黑色，即可得到最终的描边效果了，如图 1-631 所示。

图 1-630 收缩效果

图 1-631 描边字效果

实例 76——毛笔字

本例将绘制出具有书法效果的毛笔字，因为字迹是写在羊皮纸上的，所以笔画需要断断续续的。（学习难度：★★★★）

（1）执行“文件”→“打开”菜单命令，打开一个羊皮纸张的图像，如图 1-632 所示。

（2）按 D 键恢复默认颜色设置。选择横排文字工具，字体为“隶书”，大小为 80，输入文字“武林外传”，如图 1-633 所示。

（3）栅格化文字。复制文字层并隐藏。按 Ctrl 键单击文字层，调出文字选区，如图 1-634 所示。然后执行“图层”→“图层蒙版”→“显示选区”菜单命令，为图层添加蒙版。

（4）执行“滤镜”→“素描”→“图章”菜单命令，设置“明/暗平衡”为 21，“平滑度”为 2，其效果如图 1-635 所示。

图 1-632　打开图像　　图 1-633　输入文字　　图 1-634　文字选区　　图 1-635　图章效果

（5）显示文字副本层，同样添加显示选区的蒙版，然后执行“滤镜”→“素描”→“铬黄”菜单命令，设置“细节”为 10，“平滑度”为 1，其效果如图 1-636 所示。

（6）最后，打开“图层样式”对话框，选择“投影”，设置参数如图 1-637 所示，得到最终效果，如图 1-638 所示。

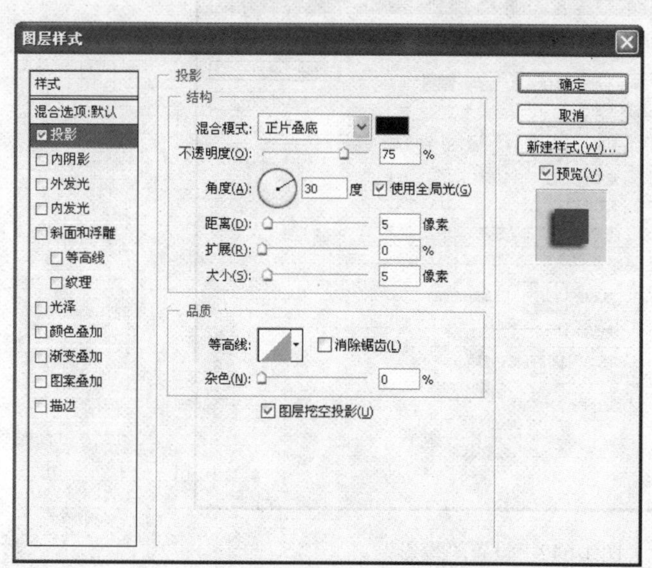

图 1-637　设置“投影”

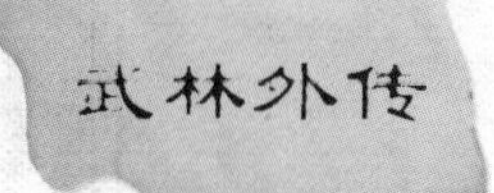

图 1-636　铬黄效果

图 1-638　毛笔字效果

实例 77——图像字

本例将制作图像填充到文字中的效果。（学习难度：★★★★）

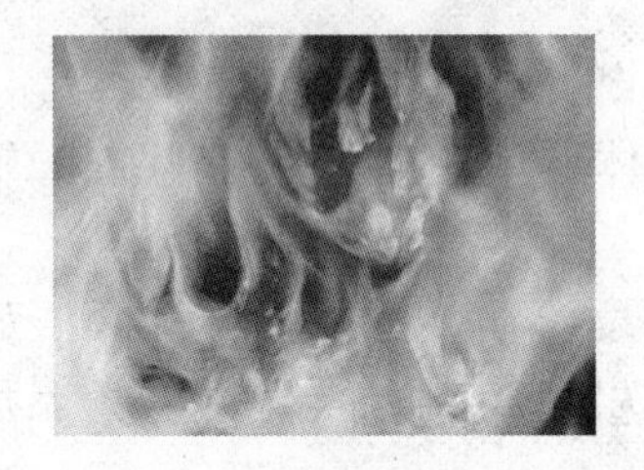

图 1-639　打开图像

（1）执行“文件”→“打开”菜单命令，打开图像，如图 1-639 所示。

（2）选择横排文字蒙版工具，输入文字“烈焰雄心”，字体为“华文行楷”，“大小”为 150，如图 1-640 所示。

（3）按 Ctrl+C 键复制，再按 Ctrl+V 键粘贴，复制出带有图像的文字新图层。回到背景层，执行“图像”→“调整”→“去色”菜单命令，如图 1-641 所示。

图 1-640　输入文字

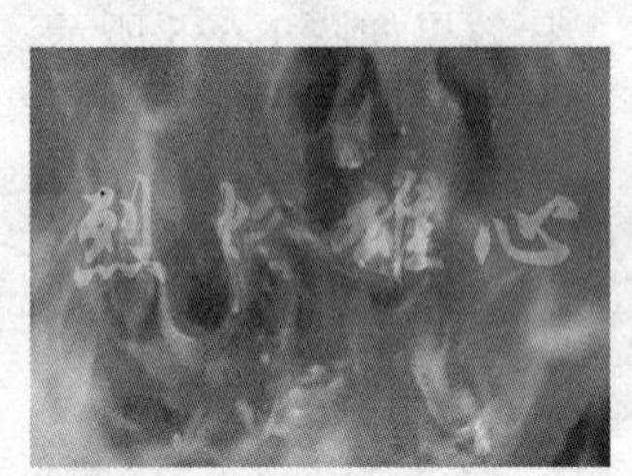

图 1-641　去色效果

（4）最后，打开“图层样式”对话框，选择“投影”，设置参数如图 1-642 所示，得到最终效果如图 1-643 所示。

图 1-642　设置“投影”

图 1-643　图像字效果

实例 78——浮雕文字

本例将利用光照效果来制作具有浮雕效果的文字。（学习难度：★★★★）

（1）执行“文件”→“新建”菜单命令，建立一个 RGB 图像文件，设置其宽度为 500 像素，高度为 300 像素，分辨率为 300 像素/英寸。

（2）在通道面板中新建 Alpha1 通道。前景色设置为白色，选择横排文字工具，输入文字“刻骨铭心”，如图 1-644 所示。

（3）保持选区，执行“滤镜”→“模糊”→“高斯模糊”菜单命令，设置“半径”为 3.3 像素，如图 1-645 所示。

（4）执行“图像”→“自动色调”菜单命令，按 Ctrl+D 键取消选区，其效果如图 1-646 所示。

图 1-644　输入文字

刻骨铭心

图 1-646　文字效果

图 1-645　设置“高斯模糊”

（5）再次执行“图像”→“自动色调”菜单命令，调整亮度。单击 RGB 通道，使图像返回 RGB 混合色彩模式。

（6）执行“滤镜”→“渲染”→“光照效果”菜单命令，设置参数如图 1-647 所示，得到最终效果如图 1-648 所示。

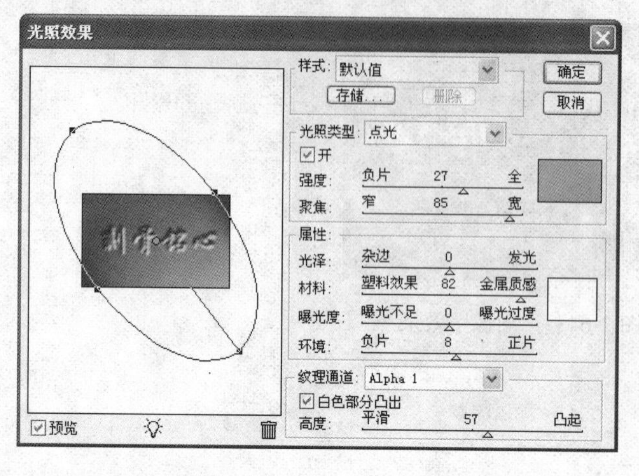

图 1-647 设置“光照效果”

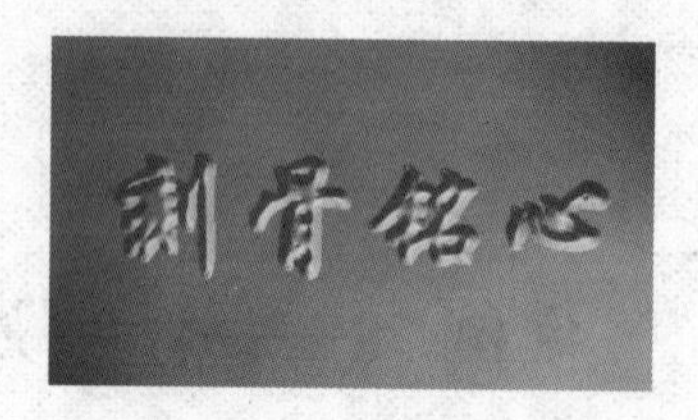

图 1-648 浮雕文字效果

实例 79——透空字

本例将利用图层样式制作透空字效果。(学习难度:★★★★)

(1)执行“文件”→“打开”菜单命令,打开一张美人鱼图像,如图 1-649 所示。

(2)选择竖排文字工具,输入文字“小美人鱼”,字体为“华文行楷”,“大小”为 110,如图 1-650 所示。

(3)按 Ctrl 键单击文字层,调出文字选区,隐藏文字层,如图 1-651 所示。

图 1-649 打开图像

图 1-650 输入文字

图 1-651 调出选区

(4)在背景层中按 Ctrl+C 键和 Ctrl+V 键复制出选区中的图案。打开“图层样式”对话框,选择“斜面和浮雕”,设置参数如图 1-652 所示,得到最终效果如图 1-653 所示。

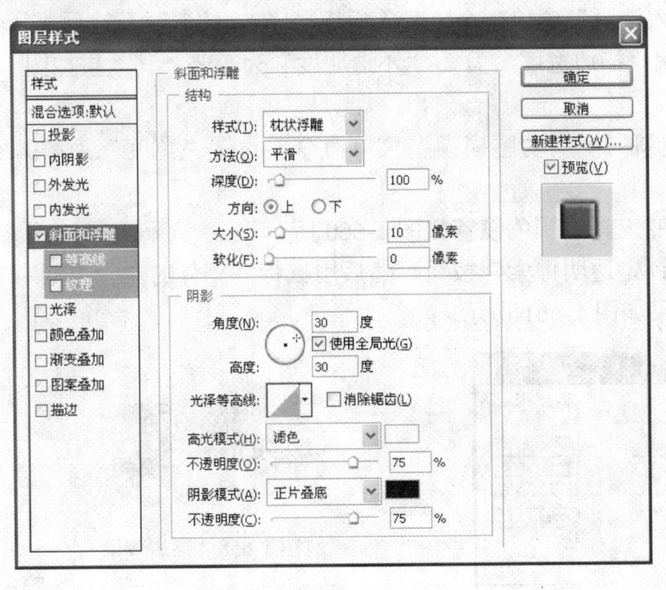

图 1-652　设置“斜面和浮雕”

图 1-653　透空字效果

实例 80——蝉翼字

本例将制作具有蝉翼一样轻薄效果的文字。（学习难度：★★★★★）

（1）执行“文件”→“新建”菜单命令，建立一个 RGB 图像文件，设置其宽度为 400 像素，高度为 400 像素，分辨率为 300 像素/英寸。

图 1-654　输入文字

（2）在通道面板中新建通道 1，选择横排文字工具输入文字“蝉翼”，字体为“华文行楷”，“大小”为 36，如图 1-654 所示。

（3）复制通道 1，在通道 1 副本上执行“滤镜”→“其他”→“最小值”菜单命令，设置“半径”为 2 像素，得到如图 1-655 所示的效果。

（4）回到图层面板，新建图层 1。隐藏背景层，执行“选择”→“载入选区”菜单命令，载入通道 1 的选区，其效果如图 1-656 所示。

（5）按 D 键恢复默认颜色设置。执行“编辑”→“描边”菜单命令，设置“描边宽度”为 4，“不透明度”为 100%，如图 1-657 所示。

图 1-655　最小值效果

图 1-656　载入选区

图 1-657　描边

（6）执行“选择”→“载入选区”菜单命令，载入通道 1 副本的选区。然后执行“编辑”→“描边”菜单命令，设置“描边宽度”为 2，“不透明度”为 50%，其效果如图 1-658 所示。

（7）执行“滤镜”→“模糊”→“动感模糊”菜单命令。设置“角度”为 30，“距离”为 7，如图 1-659 所示。

（8）显示背景层，选择渐变工具，颜色设置如图 1-660 所示。

（9）在图层面板中单击“锁定透明像素”按钮，然后用鼠标从字体的左上方向右下方进行拖动即可，得到的最终效果如图 1-661 所示。

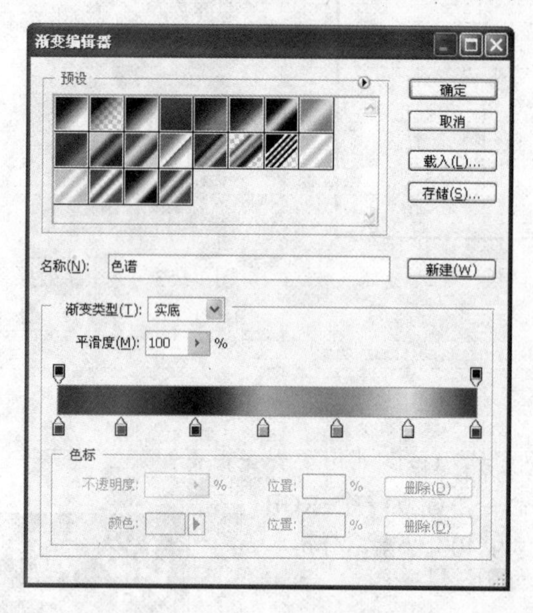

图 1-660　设置渐变颜色

图 1-658　描边效果

图 1-659　动感模糊

图 1-661　蝉翼字效果

实例 81——旋转字

本例的旋转文字效果将以一个字为中心，围绕这个字来进行旋转。（学习难度：★★★★）

（1）执行“文件”→“打开”菜单命令，打开图像，如图 1-662 所示。

（2）选择横排文字工具，输入文字“两个人”，字体选择“隶书”，“大小”为 18，如图 1-663 所示。

（3）栅格化文字。执行“编辑”→“描边”菜单命令，描边宽度设为 2，颜色设为“R:21;G:54;B:221”，如图 1-664 所示。

（4）选择矩形选框工具分别选中这三个字，调整其位置，在选中“个”字的时候，按 Ctrl+Shift+J 键剪切复制一个图层，如图 1-665 所示。

图 1-662 打开图像

图 1-663 输入文字

图 1-664 描边文字

（5）在动作面板中新建一个动作，设置参数如图 1-666 所示。

图 1-665 调整位置

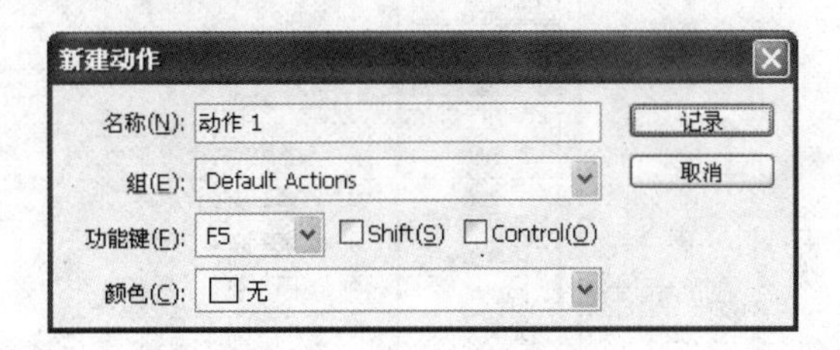

图 1-666 新建动作

（6）开始记录动作，复制“两个人”文字层，按 Ctrl+T 键，在属性栏中设置参数如图 1-667 所示。设置的文字效果如图 1-668 所示。

图 1-667 设置参数

（7）停止记录动作。单击“播放选定的动作”按钮，进行动作的重复播放。动作面板如图 1-669 所示，得到的最终效果如图 1-670 所示。

图 1-668 文字效果

图 1-669 动作面板

图 1-670 旋转字效果

实例 82——塑料文字

本例将制作像塑料那样有反光效果的文字。（学习难度：★★★★）

（1）执行“文件”→“新建”菜单命令，建立一个 RGB 图像文件，设置其宽度为 500 像素，高度为 300 像素，分辨率为 300 像素/英寸。

（2）使用横排文字工具，输入文字，颜色选为红色，如图 1-671 所示。

The best

图 1-671　输入文字

（3）打开“图层样式”对话框，选择“投影”，设置参数如图 1-672 所示。

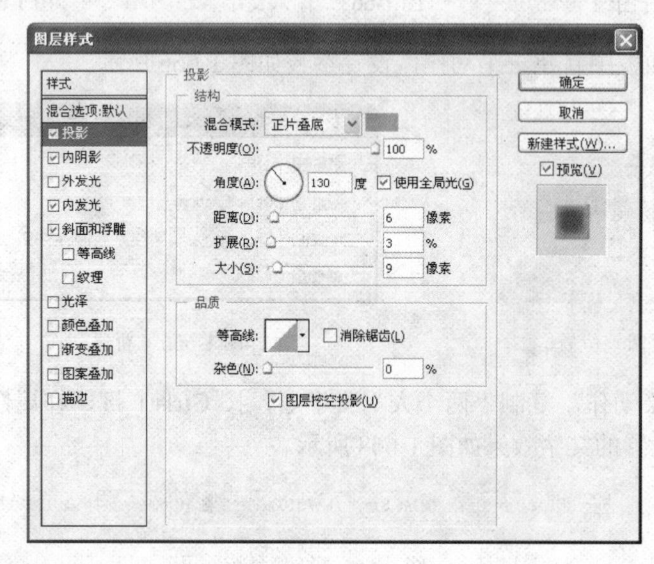

图 1-672　设置“投影”

（4）选择“内阴影”，设置参数如图 1-673 所示。

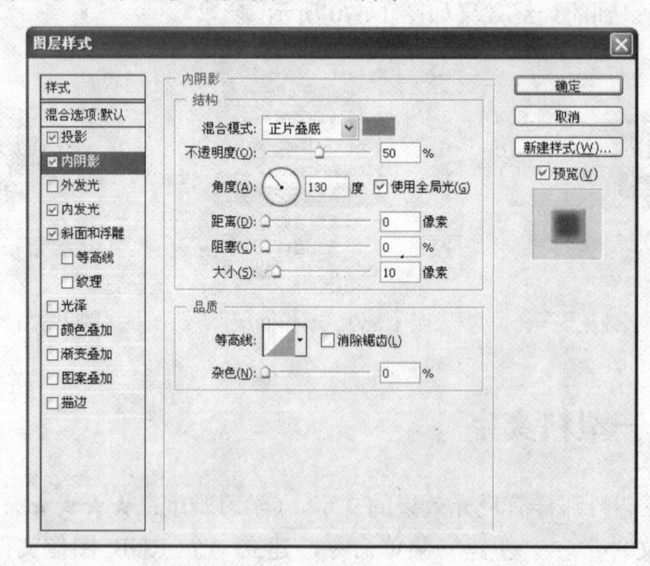

图 1-673　设置“内阴影”

（5）选择“内发光”，设置参数如图 1-674 所示。

图 1-674　设置“内发光”

（6）选择“斜面和浮雕”，设置参数如图 1-675 所示。设置的效果如图 1-676 所示。

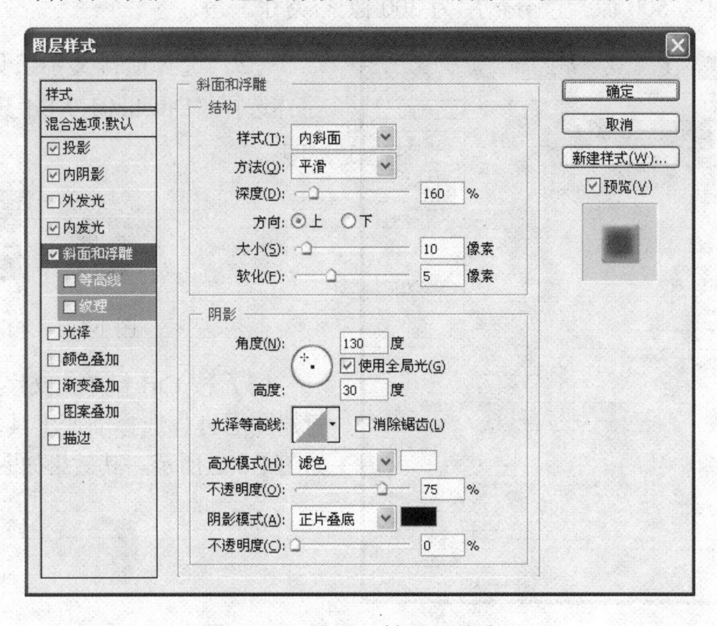

图 1-675　设置“斜面和浮雕”

（7）按 Ctrl 键单击文字层，调出选区，执行“选择”→“修改”→“收缩”菜单命令，设置“收缩量”为 8，其效果如图 1-677 所示。

（8）选择矩形选框工具，按键盘上的左键向左移动几下，新建图层 1，填充为白色，

如图 1-678 所示。

图 1-676　图层样式效果 　　　图 1-677　设置收缩量后的选区

（9）执行“滤镜”→“模糊”→“高斯模糊”菜单命令，设置“半径”为 2.2，其效果如图 1-679 所示。

（10）最后，将图层 1 的“不透明度”设置为 65%，得到最终效果如图 1-680 所示。

图 1-678　填充白色 　　　图 1-679　高斯模糊效果 　　　图 1-680　塑料文字效果

实例 83——边框字

本例将为文字添加一个边框效果。（学习难度：★★★★）

（1）执行“文件”→“新建”菜单命令，建立一个 RGB 图像文件，设置其宽度为 500 像素，高度为 500 像素，分辨率为 300 像素/英寸。

（2）选择横排文字工具，输入文字，字体选择“Dutch801 XBd BT”，如图 1-681 所示。

图 1-681　输入文字

（3）按 Ctrl 键单击文字层，调出选区，新建图层 1。选择渐变工具，设置渐变颜色如图 1-682 所示。其效果如图 1-683 所示。

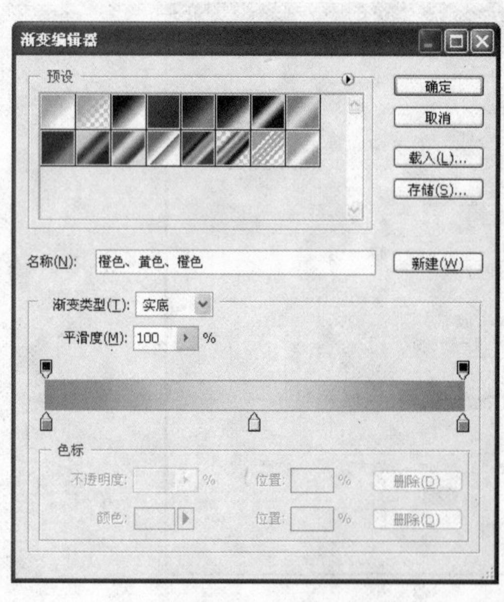

图 1-682　设置渐变颜色

图 1-683　渐变效果

（4）按 Ctrl 键单击图层 1。执行“选择”→“修改”→“扩展”菜单命令，扩展 5 像素。然后执行“选择”→“修改”→“边界”菜单命令，设置“宽度”为 1，如图 1-684 所示。

（5）执行“编辑”→“描边”菜单命令，设置颜色为“R:255;G:162;B:0”，如图 1-685 所示，得到最终效果如图 1-686 所示。

图 1-684　扩展边界

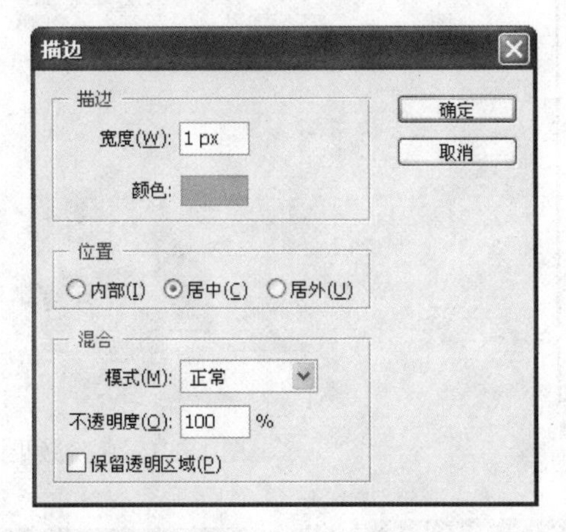

图 1-685　设置“描边”

图 1-686　边框字效果

实例 84——电流字

电流本是看不到的，但本例中的文字则会体现出电流效果。（学习难度：★★★★★）

（1）执行“文件”→“新建”菜单命令，建立一个 RGB 图像文件，设置其宽度为 500 像素，高度为 300 像素，分辨率为 300 像素/英寸。

（2）使用横排文字工具，输入文字，颜色选择比较亮的灰色，如图 1-687 所示。

（3）栅格化文字。执行“滤镜”→“模糊”→“高斯模糊”菜单命令，设置“半径”为 6，其效果如图 1-688 所示。

（4）合并所有图层。设置前景色为“R:245;G:188;B:255”，设置背景色为“R:0;G:10;B:140”。执行“滤镜”→“渲染”→“分层云彩”菜单命令，如图 1-689 所示。

图 1-687　输入文字

图 1-688　高斯模糊效果

图 1-689　设置分层云彩

（5）执行“图像”→“调整”→“色阶”菜单命令，设置参数如图 1-690 所示。其效果如图 1-691 所示。

（6）按 Ctrl+I 键反相，如图 1-692 所示。

（7）设置前景色为“R:38;G:138;B:188”，新建图层 1，填充前景色，如图 1-693 所示。

（8）最后，将图层 1 的混合模式设置为“颜色”。得到最终效果，如图 1-694 所示。

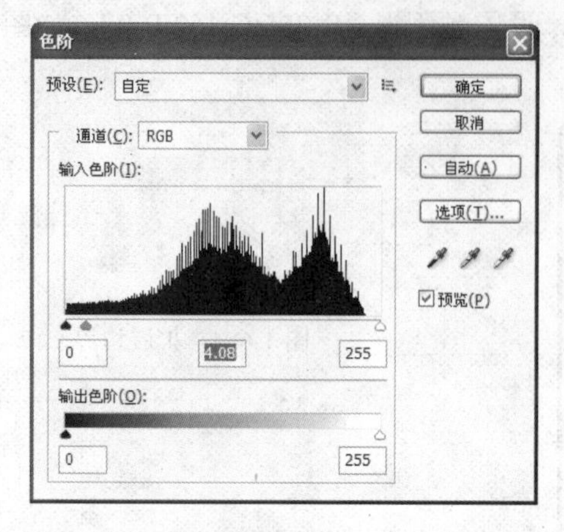

图 1-690　设置“色阶”

图 1-691　色阶效果

图 1-692　反相

图 1-693　填充前景色

图 1-694　电流字效果

实例 85——发光字

本例将制作文字的外部发光效果。（学习难度：★★★★）

（1）执行“文件”→“新建”菜单命令，建立一个 RGB 图像文件，设置其宽度为 500 像素，高度为 300 像素，分辨率为 300 像素/英寸。

（2）按 D 键恢复默认颜色设置，填充前景色。前景色设置为白色，选择横排文字工具，输入文字，字体选择“Comic Sans MS”，如图 1-695 所示。

（3）栅格化文字。复制文字层，执行“选择”→“修改”→“扩展”菜单命令，“扩展量”设为 5，然后羽化 3 像素，其效果如图 1-696 所示。

图 1-695　输入文字

图 1-696　扩展和羽化效果

（4）设置前景色为“R:255;G:0;B:0”，并填充。如图 1-697 所示。

（5）将文字层拖到最上方。将前景色设置为“R:185;G:2;B:2”。执行“编辑”→“描边”菜单命令，设置参数如图 1-698 所示，得到最终效果如图 1-699 所示。

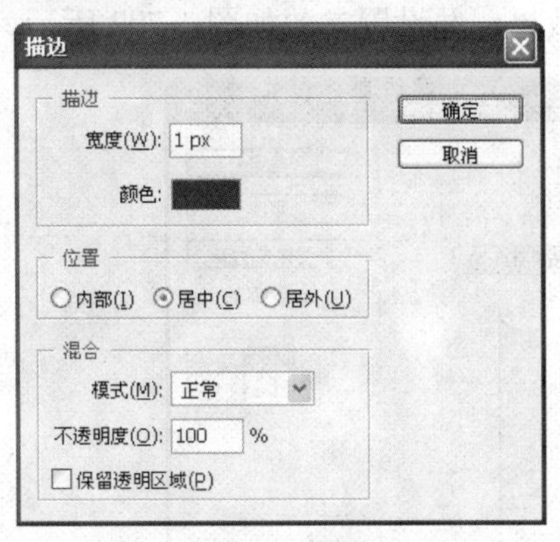

图 1-698　设置“描边”

图 1-697　填充颜色

图 1-699　发光字效果

实例 86——彩斑字

本例将制作五彩缤纷的彩斑字效果。（学习难度：★★★★）

（1）执行“文件”→“新建”菜单命令，建立一个 RGB 图像文件，设置其宽度为 500 像素，高度为 400 像素，分辨率为 300 像素/英寸。

（2）按 D 键恢复默认颜色设置。选择横排文字工具，字体选择“华文琥珀”，输入文字，大小为 36，如图 1-700 所示。

图 1-700　输入文字

（3）打开“图层样式”对话框，选择“斜面和浮雕”，设置参数如图 1-701 所示。其中的高光颜色设为“R:18;G:4;B:201”，阴影颜色设为“R:255;G:0;B:0”。

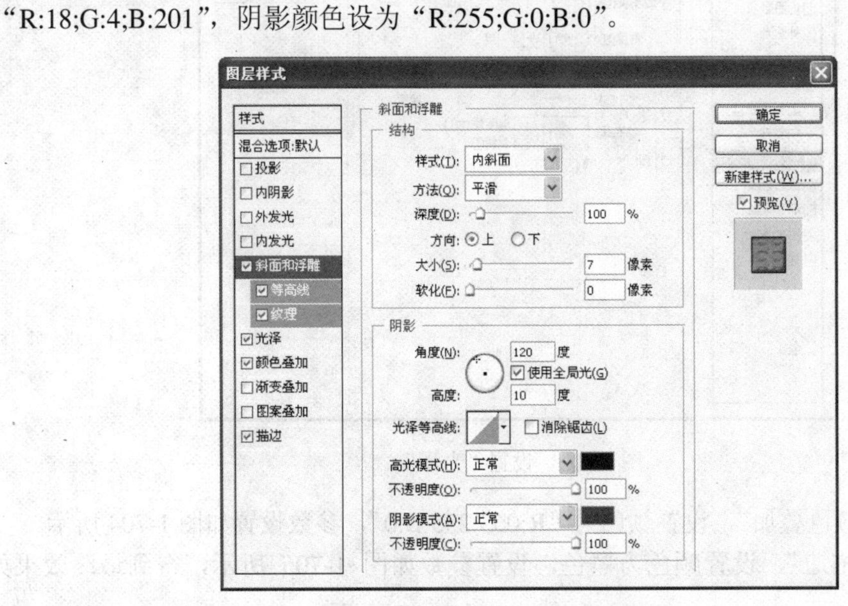

图 1-701　设置“斜面和浮雕”

（4）选择“纹理”，选择第二行第二个纹理效果，并设置参数如图 1-702 所示。

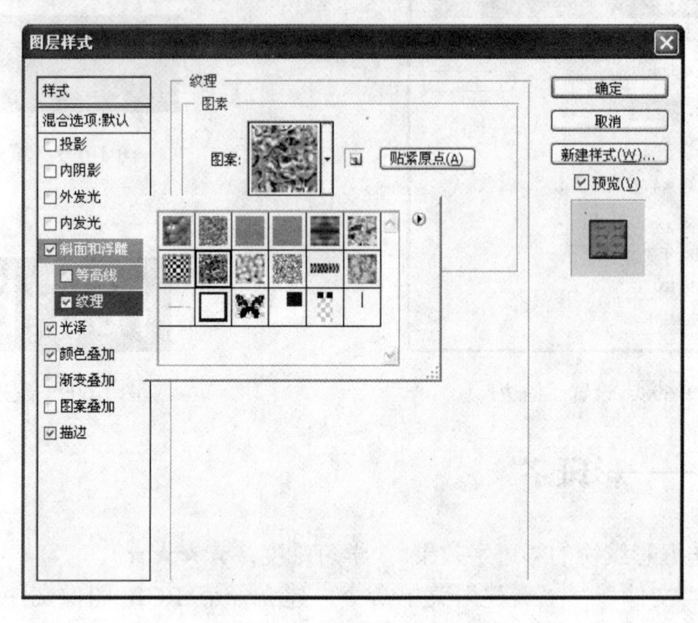

图 1-702　设置“纹理”

（5）选择“光泽”，设置参数如图 1-703 所示。

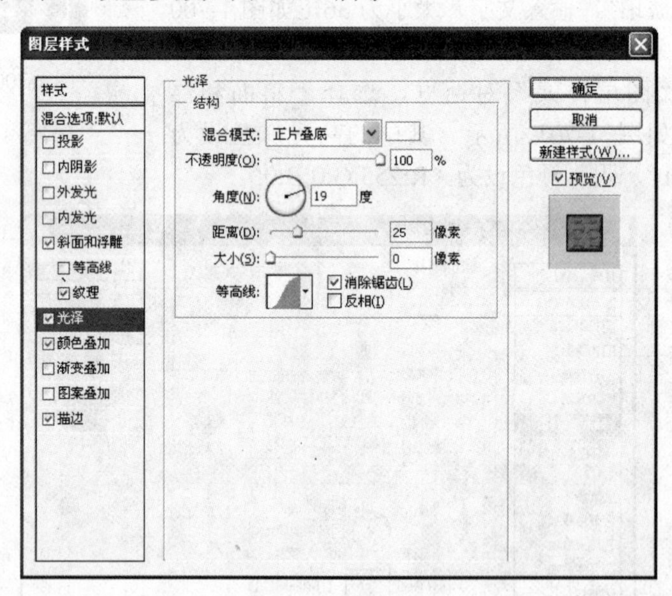

图 1-703　设置“光泽”

（6）选择“颜色叠加”，设置颜色为“R:0;G:255;B:0”，参数设置如图 1-704 所示。

（7）选择“描边”，设置颜色为黑色，设置参数如图 1-705 所示，得到最终效果如图 1-706 所示。

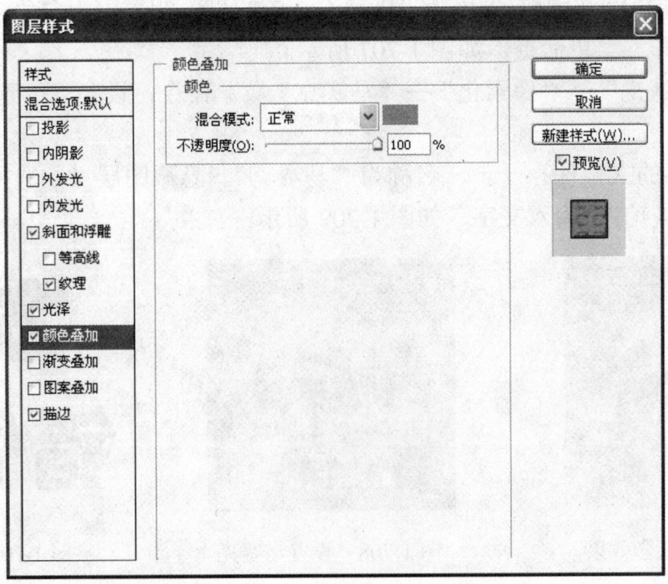

图1-704 设置“颜色叠加”

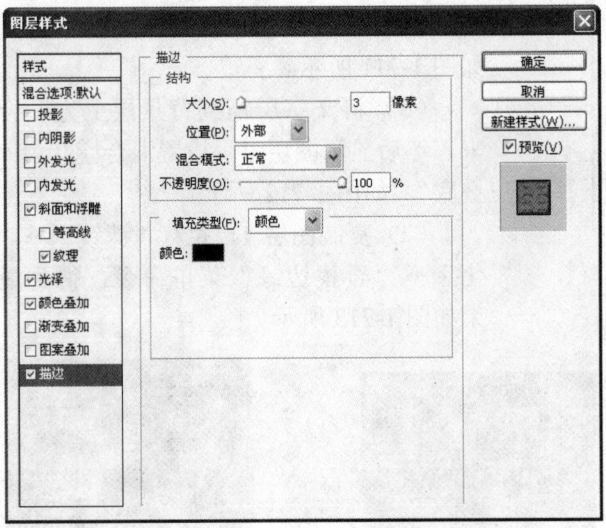

图1-705 设置“描边”

图1-706 彩斑字效果

实例87——方格错位字

本例将把本是写得很方正的文字制作出错位的文字效果。（学习难度：★★★★）

（1）执行“文件”→“新建”菜单命令，建立一个RGB图像文件，设置其宽度为500像素，高度为500像素，分辨率为300像素/英寸。

（2）新建图层 1，设置前景色为“R:72;G:6;B:221”，背景色为白色。执行“滤镜”→“渲染”→“云彩”菜单命令，如图 1-707 所示。

（3）执行“滤镜”→“像素化”→“马赛克”菜单命令，设置“单元格大小”为 75，如图 1-708 所示。

（4）将此时的文件保存一下，名称为“马赛克”。隐藏图层 1，选择横排文字工具，字体选择“华文琥珀”，输入文字，如图 1-709 所示。

图 1-707　云彩效果

图 1-708　设置马赛克

图 1-709　输入文字

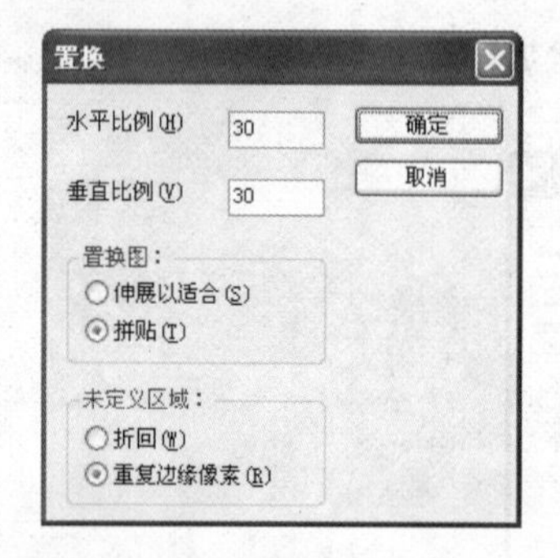

图 1-710　设置“置换”

（5）栅格化文字。执行“滤镜”→“扭曲”→“置换”菜单命令，设置参数如图 1-710 所示。然后选择“马赛克”文件，得到效果如图 1-711 所示。

（6）将文字层拖到背景层上方，合并起来。然后显示图层 1，设置混合模式为“正片叠底”，如图 1-712 所示。

（7）复制图层 1，执行“滤镜”→“风格化”→“查找边缘”菜单命令，得到最终效果如图 1-713 所示。

图 1-711　置换效果

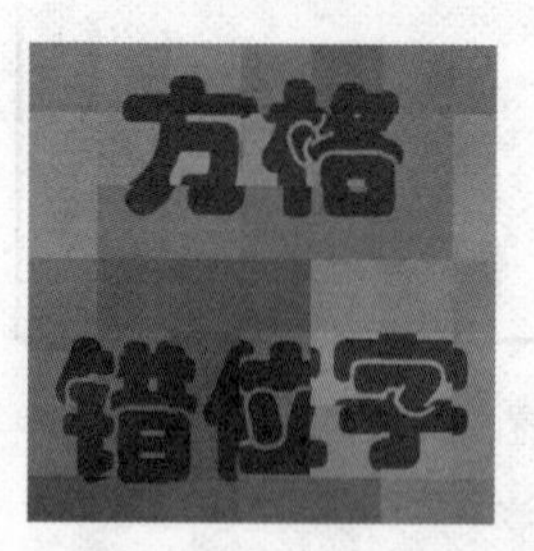

图 1-712　正片叠底效果

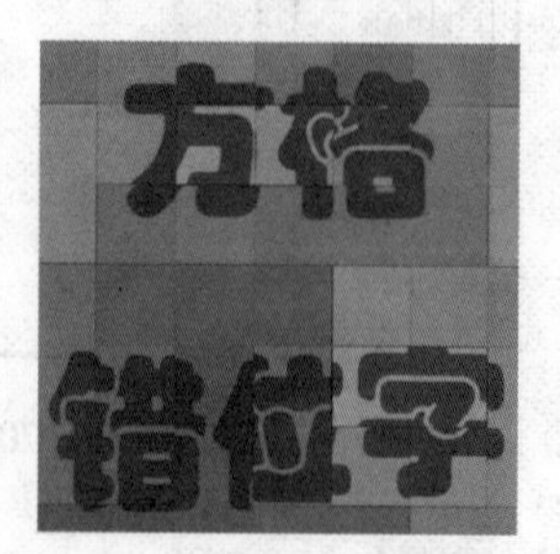

图 1-713　方格错位字效果

实例 88——大理石碎裂文字

本例将制作大理石碎裂效果的文字。（学习难度：★★★★★）

（1）执行“文件”→“新建”菜单命令，建立一个 RGB 图像文件，设置其宽度为600 像素，高度为 400 像素，分辨率为 300 像素/英寸。

（2）按 D 键恢复默认颜色设置。在通道面板中新建通道 1，执行“滤镜”→“渲染”→“云彩”菜单命令，如图 1-714 所示。

（3）执行“滤镜”→“素描”→“半调图案”菜单命令，设置“大小”为 1，“对比度”为 5，“类型”为“网点”，得到效果如图 1-715 所示。

（4）回到图层面板，新建图层 1，执行“滤镜”→“渲染”→“云彩”菜单命令，如图 1-716 所示。

（5）按 Ctrl 键单击通道 1，调出选区，再回到图层面板，执行“图像”→“调整”→“色相/饱和度”菜单命令，设置“色相”为 165，“饱和度”为 27，“明度”为 11。调整颜色后的效果如图 1-717 所示。

图 1-714　通道 1 的云彩效果

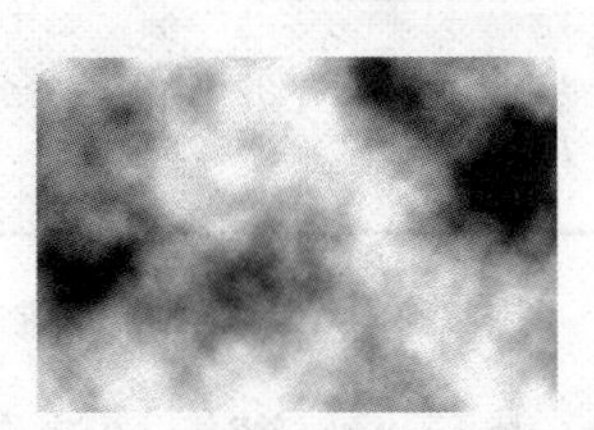

图 1-715　半调图案效果

图 1-716　图层 1 的云彩效果

（6）选择横排文字工具，字体选择“华文琥珀”，输入文字，并按住 Alt 键单击文字层和图层 1 的缝隙创建剪贴蒙版，如图 1-718 所示。

（7）在文字层上打开“图层样式”对话框，选择“投影”，设置参数如图 1-719 所示。

图 1-717　调整颜色后的效果

图 1-718　创建剪贴蒙版

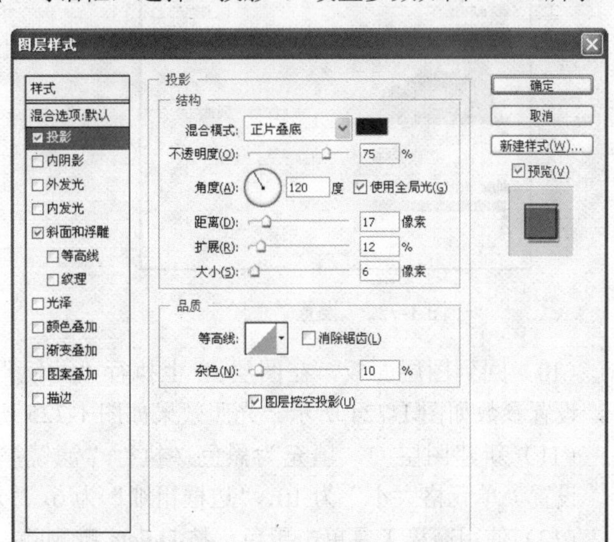

图 1-719　设置“投影”

（8）选择“斜面和浮雕”，设置参数如图 1-720 所示。设置的效果如图 1-721 所示。

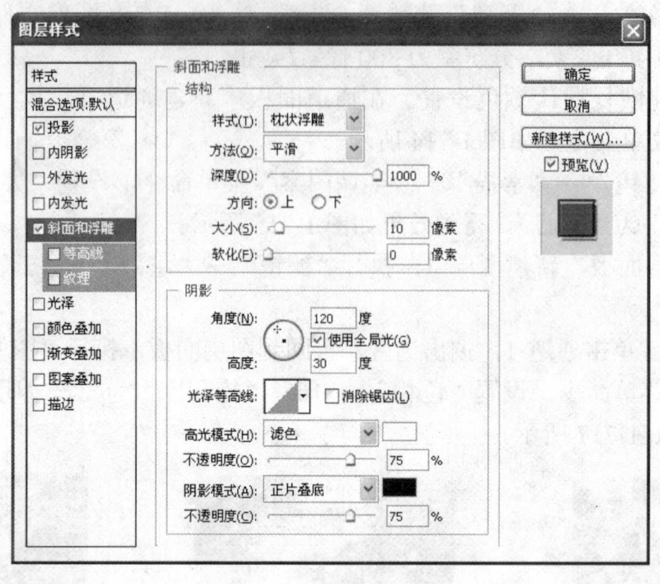

图 1-720　设置斜面和浮雕

（9）在通道面板新建通道 2，执行“滤镜”→“渲染”→“分层云彩”菜单命令，然后打开“色阶”对话框，调整参数如图 1-722 所示。此时云彩效果如图 1-723 所示。

图 1-721　图层样式效果

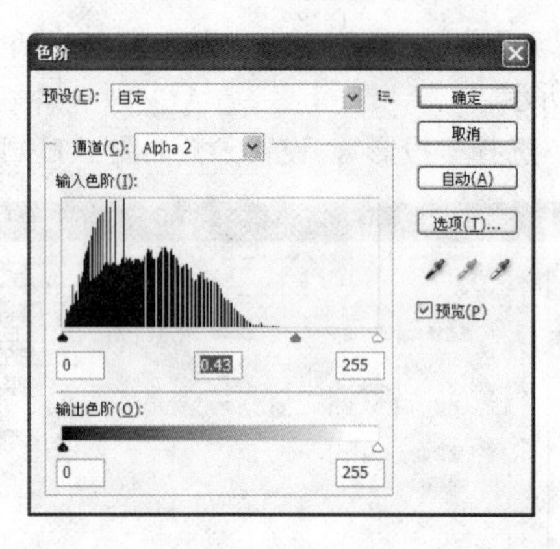

图 1-722　设置“色阶”

图 1-723　通道 2 云彩效果

（10）回到图层面板，在图层 1 上执行“滤镜”→“渲染”→“光照效果”菜单命令，设置参数如图 1-724 所示。光照效果如图 1-725 所示。

（11）新建图层 2，填充为黑色，执行“滤镜”→“纹理”→“染色玻璃”菜单命令，设置“单元格大小”为 10，“边框粗细”为 6，“光照强度”为 7，如图 1-726 所示。

（12）使用魔棒工具单击黑色，按 Delete 键删除，结果如图 1-727 所示。

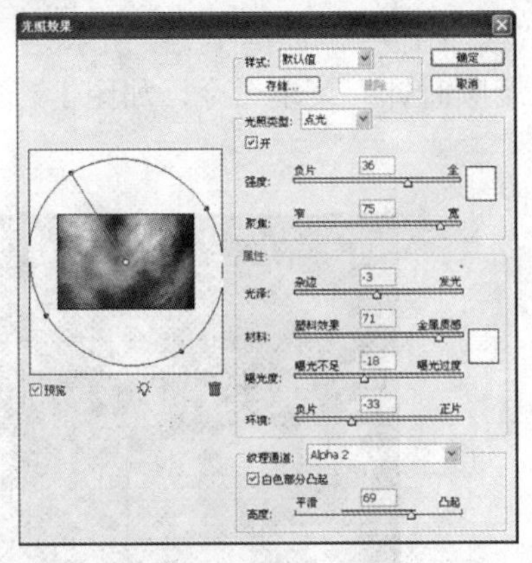

图 1-724 设置“光照效果”

图 1-725 光照效果

图 1-726 染色玻璃效果

（13）按 Ctrl+T 键放大染色玻璃，如图 1-728 所示。

图 1-727 删除黑色后的效果

图 1-728 放大染色玻璃

（14）按 Ctrl 键单击图层 2，得到选区，反选之后执行“选择”→“修改”→“收缩”菜单命令，“收缩量”为 3，如图 1-729 所示。

（15）最后，按 Delete 键删除选区内容，得到最终效果如图 1-730 所示。

图 1-729 收缩选区

图 1-730 大理石碎裂文字效果

实例 89——喷泉字体

本例将利用极坐标、风和滤镜制作喷泉效果的文字。（学习难度：★★★★）

（1）执行“文件”→“新建”菜单命令，建立一个 RGB 图像文件，设置其宽度和高度均为 300 像素，分辨率为 300 像素/英寸。

（2）使用横排文字工具，输入文字，字体选择“华文彩云”，如图 1-731 所示。

图 1-731 输入文字

（3）执行“滤镜”→“扭曲”→“极坐标”菜单命令，如图 1-732 所示。

（4）执行“图像”→“图像旋转”→“90 度顺时针”菜单命令，如图 1-733 所示。

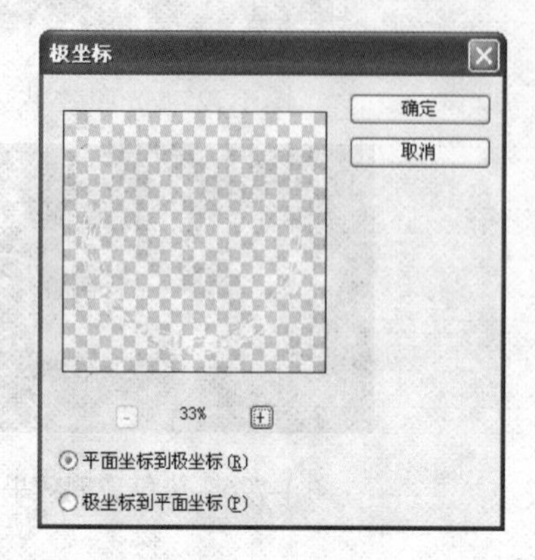

图 1-732　设置极坐标

图 1-733　图像旋转

（5）执行“滤镜”→“风格化”→“风”菜单命令，如图 1-734 所示。可以多次执行，本例执行三次。

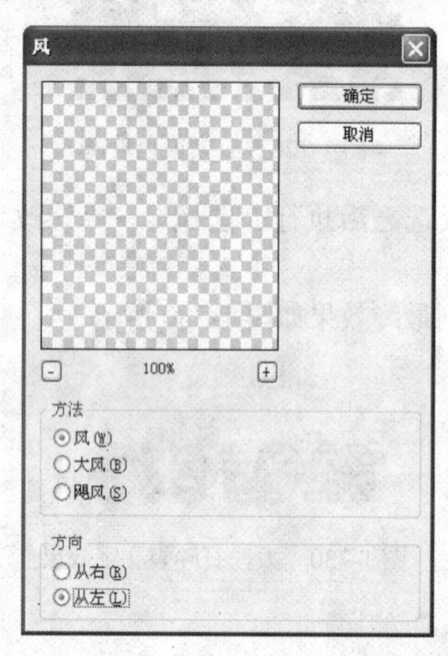

图 1-734　设置“风”

（6）再次执行“图像”→“图像旋转”→“90 度逆时针”菜单命令，如图 1-735 所示。

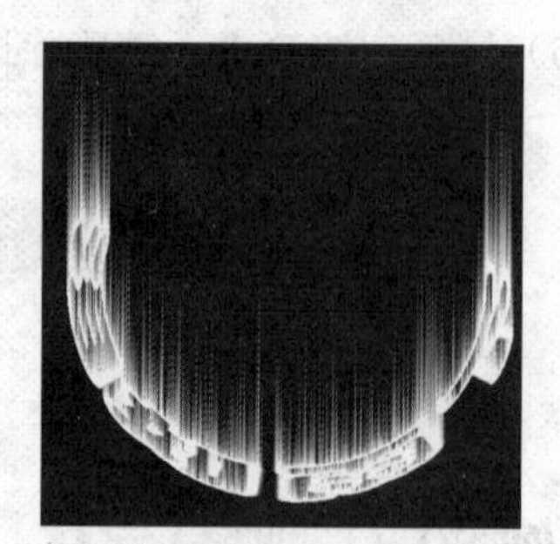

图 1-735　图像旋转

（7）执行“滤镜”→“扭曲”→“极坐标”菜单命令，如图 1-736 所示。其效果如图 1-737 所示。

（8）单击图层面板下方的“创建新的填充或调整图层”按钮，选择“色相/饱和度”，设置参数如图 1-738 所示。得到最终效果如图 1-739 所示。

图 1-736　设置“极坐标”

图 1-737　极坐标效果

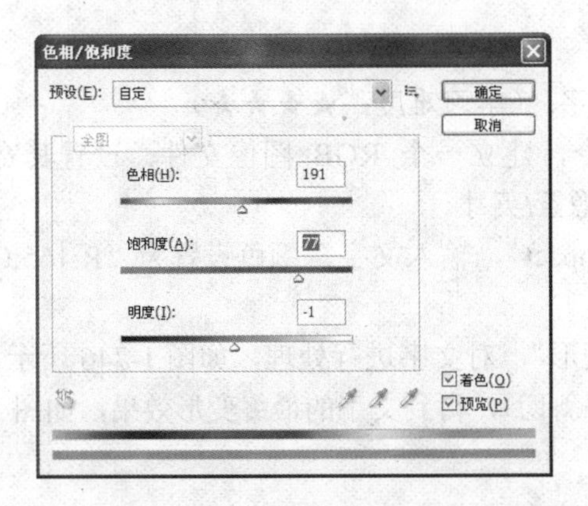

图 1-738　设置“色相/饱和度”

图 1-739　喷泉字体效果

实例 90——木炭字

本例将制作木炭效果的文字。（学习难度：★★★★）

（1）执行“文件”→“新建”菜单命令，建立一个 RGB 图像文件，设置其宽度为 400 像素，高度为 300 像素，分辨率为 300 像素/英寸。

（2）新建图层 1，选择横排文字蒙版工具，输入文字“ABX”，然后在通道面板中新建一个通道，并填充选区为白色，如图 1-740 所示。

（3）执行“滤镜”→“模糊”→“高斯模糊”菜单命令，设置“半径”为 4，得到效果如图 1-741 所示。

图 1-740　输入文字并填充颜色

图 1-741　高斯模糊效果

（4）执行“滤镜”→“风格化”→“照亮边缘”菜单命令，设置“边缘宽度”为 2，“边缘亮度”为 8，“平滑度”为 2，其效果如图 1-742 所示。

（5）回到图层面板。在图层 1 中执行“选择”→“载入选区”菜单命令，载入通道 1，得到通道 1 的选区如图 1-743 所示。

（6）使用油漆桶工具填充选区颜色为黑色，得到最终效果如图 1-744 所示。

图 1-742　照亮边缘

图 1-743　载入选区

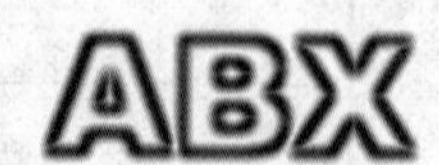

图 1-744　木炭字效果

实例 91——3D 变形字

本例将利用变形处理制作立体效果的文字。（学习难度：★★★★）

（1）执行“文件”→“新建”菜单命令，建立一个 RGB 图像文件，设置其宽度为 600 像素，高度为 400 像素，分辨率为 300 像素/英寸。

（2）选择横排文字工具，字体选择“Impact”，输入文字，颜色设置为“R:165;G:118;B:228”，如图 1-745 所示。

（3）栅格化文字，按 Ctrl+T 键选择“变形”，对文字进行处理，如图 1-746 所示。

（4）确定之后，再次按 Ctrl+T 键选择“斜切”，得到文字的最终变形效果，如图 1-747 所示。

图 1-745　输入文字

图 1-746　变形处理

图 1-747　文字效果

（5）打开“图层样式”对话框，选择“投影”，设置参数如图 1-748 所示。设置后的效果如图 1-749 所示。

（6）按住 Ctrl 键，然后按键盘中的向上键数次，根据字体的大小而定，得到如图 1-750 所示的立体效果。

（7）合并刚才复制的几个图层，得到最终效果如图 1-751 所示。

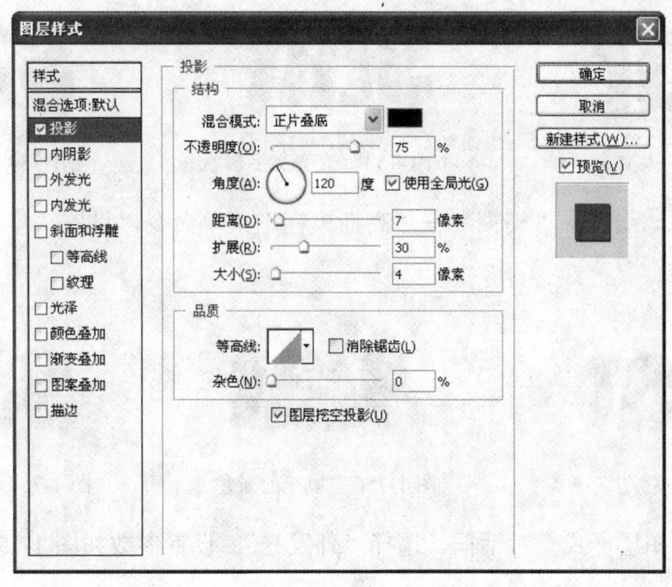

图 1-748 设置“投影”

图 1-749 投影效果　　图 1-750 立体效果　　图 1-751 3D 变形字效果

实例 92——橡胶立体字

本例将制作橡胶状态的立体字效果。（学习难度：★★★★★）

（1）执行“文件”→“新建”菜单命令，建立一个 RGB 图像文件，设置其宽度为 600 像素，高度为 400 像素，分辨率为 300 像素/英寸。

（2）新建图层 1，设置前景色为“R:76;G:83;B:212”，选择横排文字工具，字体选择“Impact”，输入文字，如图 1-752 所示。

（3）栅格化文字，按 Ctrl+T 键选择“透视和缩放”，改变文字的形状，如图 1-753 所示。

（4）按 Ctrl 键单击文字层，调出选区，在通道面板中新建通道 1，填充白色；回到图层面板，执行“滤镜”→“模糊”→“动感模糊”菜单命令，设置“角度”为 90 度，“距离”为 14，如图 1-754 所示。

（5）新建图层 1，在通道面板中按 Ctrl 键单击通道 1，调出选区，回到图层面板，执行“选择”→“变换选区”菜单命令，将选区向上移动，如图 1-755 所示，将选区填充前景色，如图 1-756 所示。

图 1-752　输入文字 　　　图 1-753　改变文字形状 　　　图 1-754　动感模糊效果

（6）执行“滤镜”→“模糊”→“高斯模糊”菜单命令，设置“半径”为 0.9，效果如图 1-757 所示。

图 1-755　移动选区 　　　图 1-756　填充前景色 　　　图 1-757　高斯模糊效果

（7）打开“图层样式”对话框，选择“外发光”，设置参数如图 1-758 所示。

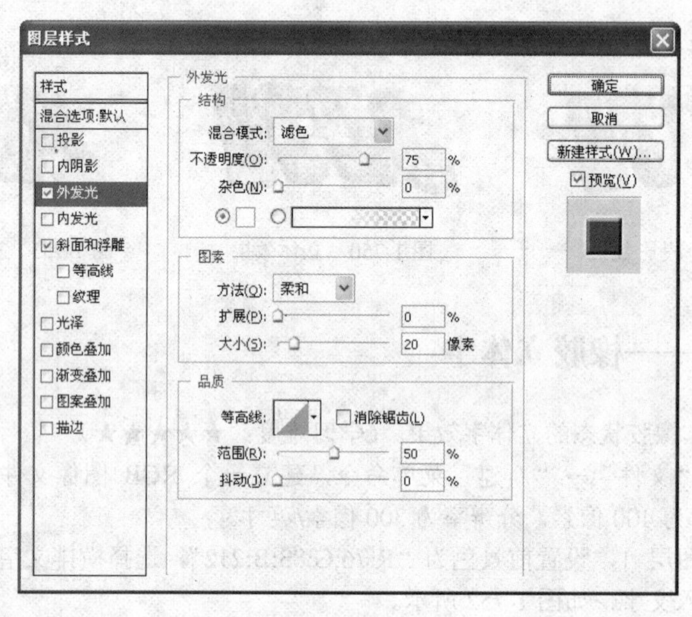

图 1-758　设置“外发光”

（8）选择“斜面和浮雕”，设置参数如图 1-759 所示，设置后的效果如图 1-760 所示。

（9）新建图层 2，在通道面板中按 Ctrl 键单击通道 1，调出选区；回到图层面板，执行“选择”→“变换选区”菜单命令，将选区向下移动，如图 1-761 所示；将选区填充颜色设为“R:94;G:101;B:216”，并将图层 2 拖到背景层的上方，如图 1-762 所示。

（10）选中图层 1，在新创建的填充或调整图层中选择“曲线”，设置曲线如图 1-763 所示。设置后的效果如图 1-764 所示。

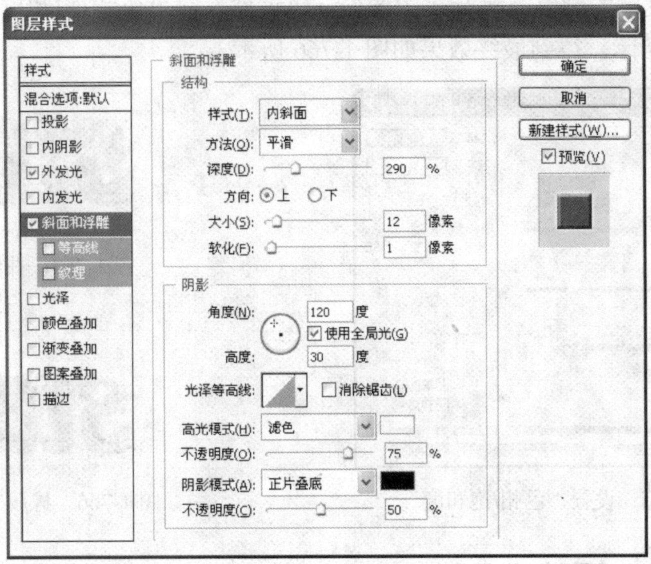

图 1-759　设置“斜面和浮雕”

图 1-760　文字效果

图 1-761　移动选区

图 1-762　填充颜色

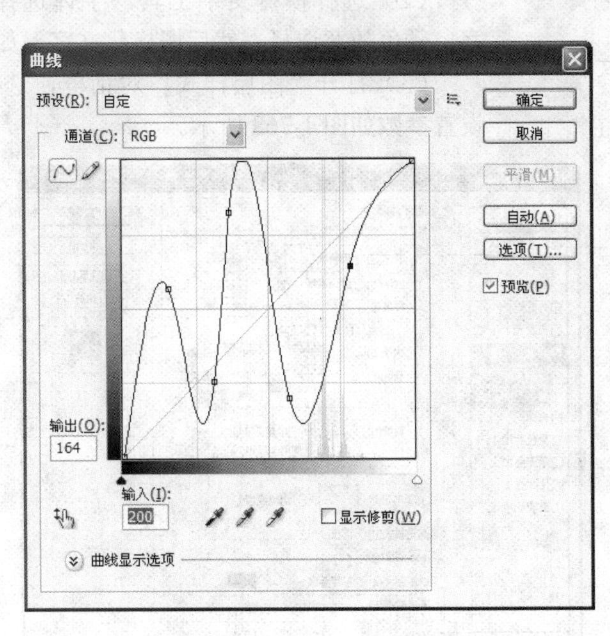

图 1-763　设置“曲线”

（11）调整文字的颜色。执行“图像”→“调整”→“色相/饱和度”菜单命令，设置参数如图 1-765 所示。得到最终效果如图 1-766 所示。

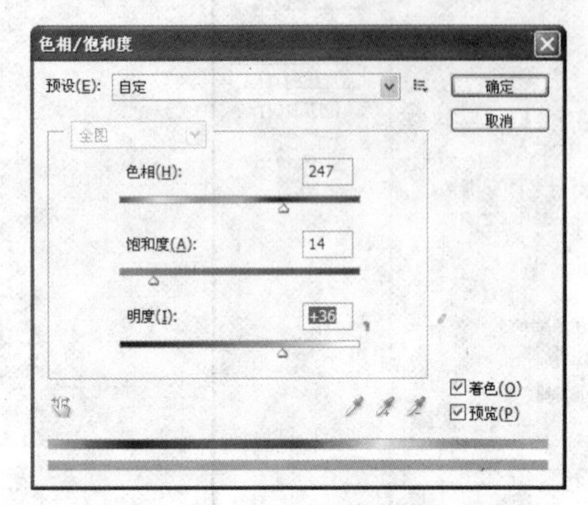

图 1-765　设置“色相/饱和度”

图 1-764　曲线效果

图 1-766　橡胶立体字效果

实例 93——钢铁字

本例将利用金属材质的素材文件制作钢铁材质的文字效果。（学习难度：★★★★★）

钢铁

图 1-767　输入文字

（1）执行“文件”→“新建”菜单命令，建立一个 RGB 图像文件，设置其宽度为 500 像素，高度为 300 像素，分辨率为 300 像素/英寸。

（2）选择横排文字工具，字体选择黑体加粗，输入文字，颜色随意选择，然后栅格化文字，如图 1-767 所示。

（3）打开“图层样式”对话框，选择“斜面与浮雕”，设置参数如图 1-768 所示。

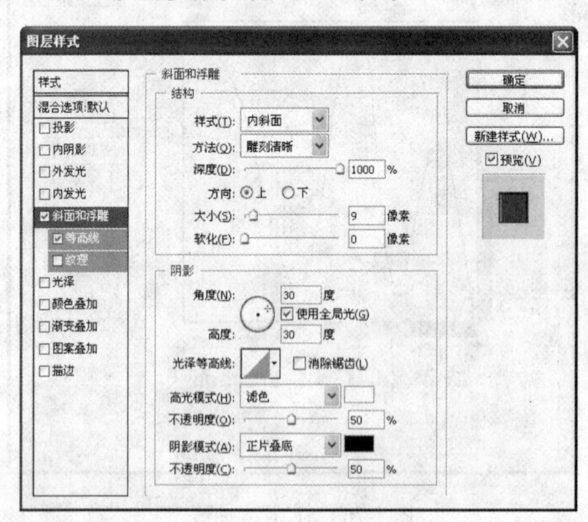

图 1-768　设置“斜面和浮雕”

（4）选择“等高线”，设置参数如图 1-769 所示。设置后的文字效果如图 1-770 所示。

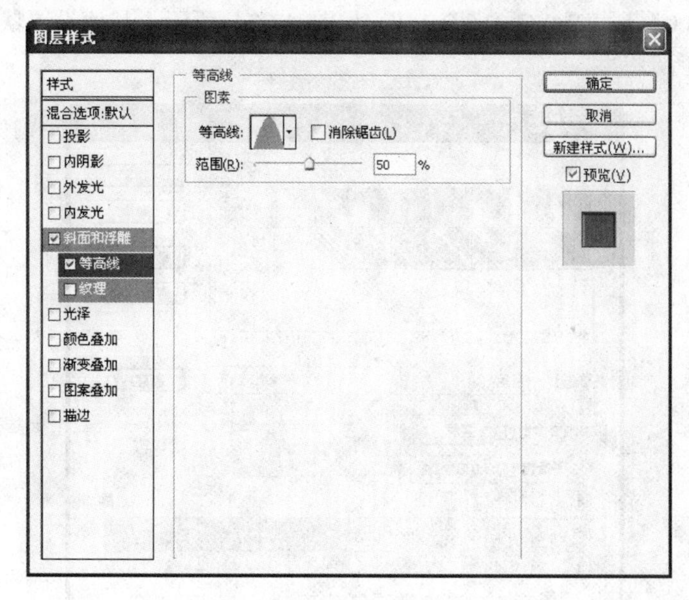

图 1-769　设置“等高线”

（5）执行“文件”→“打开”菜单命令，打开图像，如图 1-771 所示。

（6）按 Ctrl 键单击文字层，调出选区，反选并删除。然后按 Ctrl+Alt+G 键创建剪贴蒙版，即可得到最终效果，如图 1-772 所示。

图 1-770　文字效果

图 1-771　打开图像

图 1-772　钢铁字效果

实例 94——双色字

本例将制作具有上、下两种颜色的文字效果。（学习难度：★★★★）

（1）执行“文件”→“新建”菜单命令，建立一个 RGB 图像文件，设置其宽度为 600 像素，高度为 300 像素，分辨率为 300 像素/英寸。

（2）选择横排文字工具，字体选择“Impact”，输入文字，颜色随意设置，如图 1-773 所示。

图 1-773　输入文字

（3）栅格化文字，打开“图层样式”对话框，选择“渐变叠加”，设置渐变颜色从“R:255;G:252;B:0”到“R:0;G:216;B:15”，如图 1-774 所示；其他设置默认。得到的文字效果如图 1-775 所示。

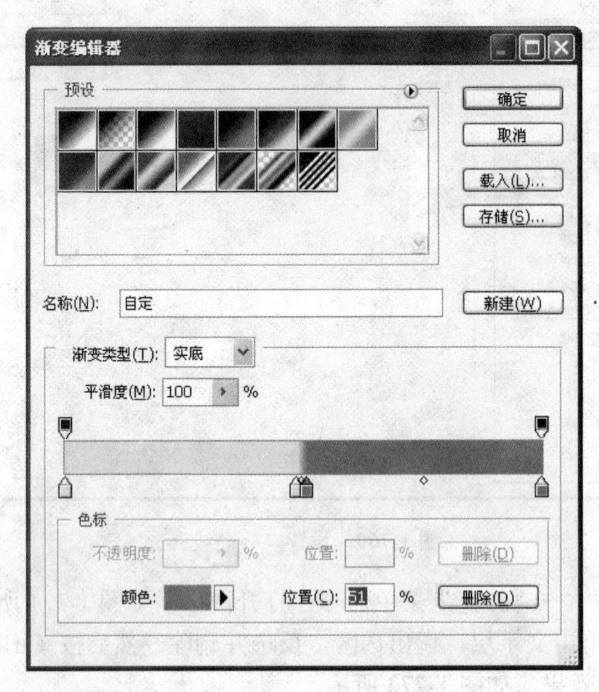

图 1-774　设置渐变

（4）双色字的效果已经出来了，现在来处理背景色。选择背景层，使用矩形选框工具分别框选上半部和下半部，填充和文字上下相反的颜色，得到最终效果如图 1-776 所示。

图 1-775　渐变效果

图 1-776　双色字效果

实例 95——圆形分布文字

本例将制作围绕圆形分布的文字效果。（学习难度：★★★★）

（1）执行“文件”→“打开”菜单命令，打开图像，如图 1-777 所示。

（2）选择横排文字工具，字体选择“Dutch801 XBd BT”，输入文字，颜色设置为“R:255;G:132;B:0”，如图 1-778 所示。

（3）打开字符面板，设置参数如图 1-779 所示。

图 1-777 打开图像

图 1-778 输入文字

（4）执行“滤镜”→“扭曲”→“极坐标”菜单命令，选择“平面坐标到极坐标”。从画布的顶部到文字的顶部决定环形内半径，而文字宽度决定了环形的宽度，并且应用极坐标以后它的宽度压缩了 50%左右。得到最终效果如图 1-780 所示。

图 1-779 字符面板

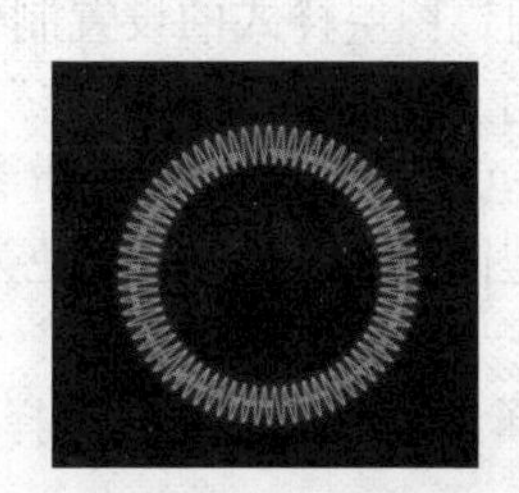

图 1-780 圆形分布文字效果

第二篇　纹　理　篇

本篇重点

- 镂空金属板、树皮、水磨石、龟甲、蚕丝、魔方纹理的制作
- 电路板、残缺的砖墙纹理的制作
- 雪豹、月球表面、鹅卵石、草席、龟裂纹理的制作

本篇通过 52 个实例介绍了现实和奇幻两方面的纹理效果，现实纹理效果包括琥珀纹理、木质纹理、树皮纹理等，奇幻纹理效果包括极光纹理、光球纹理、波尔卡点纹理、搅和纹理等。

实例 96——琥珀纹理

本例将通过图层样式的设置制作剔透的琥珀效果。（学习难度：★★★★）

（1）执行“文件”→“新建”菜单命令，建立一个 RGB 图像文件，设置其宽度为 600 像素，高度为 600 像素，分辨率为 300 像素/英寸。

（2）新建图层 1，设置前景色为“R:144;G:93;B:3”，背景色为“R:232;G:196;B:71”，执行“滤镜”→“渲染”→“云彩”菜单命令，如图 2-1 所示。

（3）选择自定形状工具，选择“花形”，转换为选区后反选并删除，得到如图 2-2 所示的效果。

（4）打开“图层样式”对话框，选择“投影”，设置参数如图 2-3 所示。

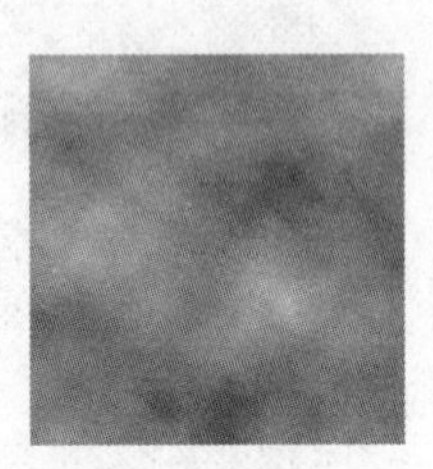

图 2-1　云彩效果

图 2-2　花形效果

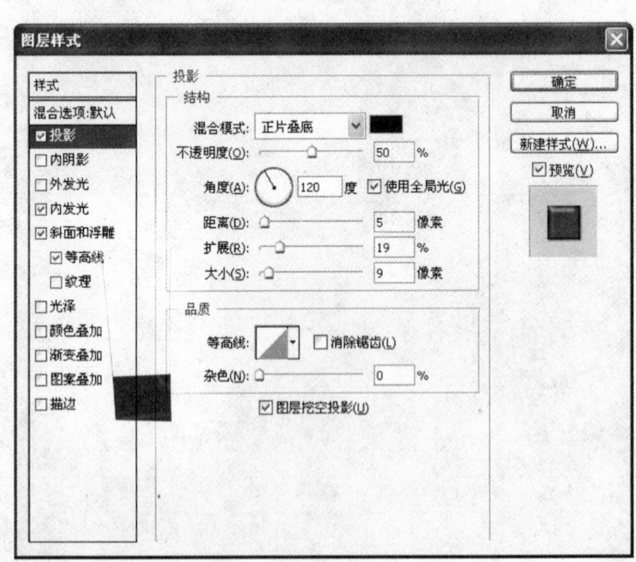

图 2-3　设置“投影”

（5）选择“内发光”，颜色选为黑色，其他参数如图 2-4 所示。

图层样式

样式
混合选项:默认
投影
内阴影
外发光
内发光
斜面和浮雕
等高线
纹理
光泽
颜色叠加
渐变叠加
图案叠加
描边

内发光
结构
混合模式(B): 叠加
不透明度(O): 100 %
杂色(N): 0 %
图素
方法(Q): 柔和
源: 居中(E) 边缘(G)
阻塞(C): 11 %
大小(S): 15 像素
品质
等高线: 消除锯齿(L)
范围(R): 50 %
抖动(J): 0 %

确定
取消
新建样式(W)...
预览(V)

图 2-4　设置“内发光”

（6）选择“斜面和浮雕”，设置参数如图 2-5 所示。

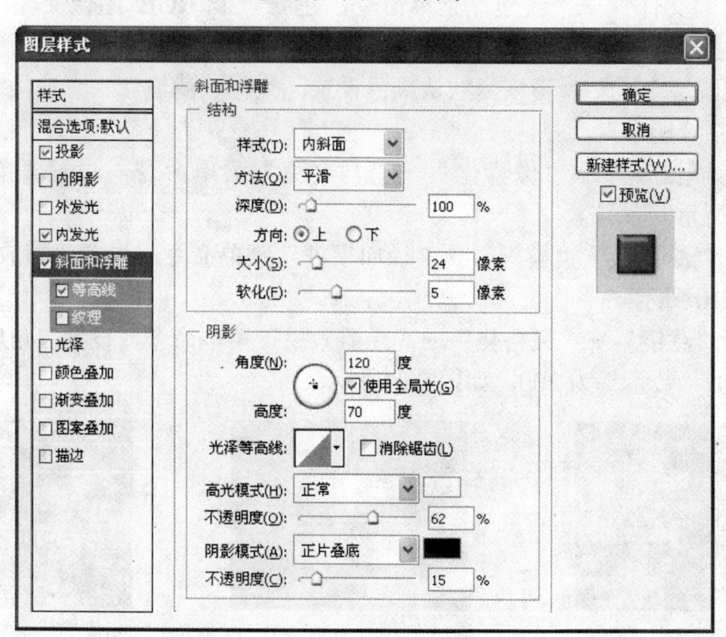

图 2-5　设置“斜面和浮雕”

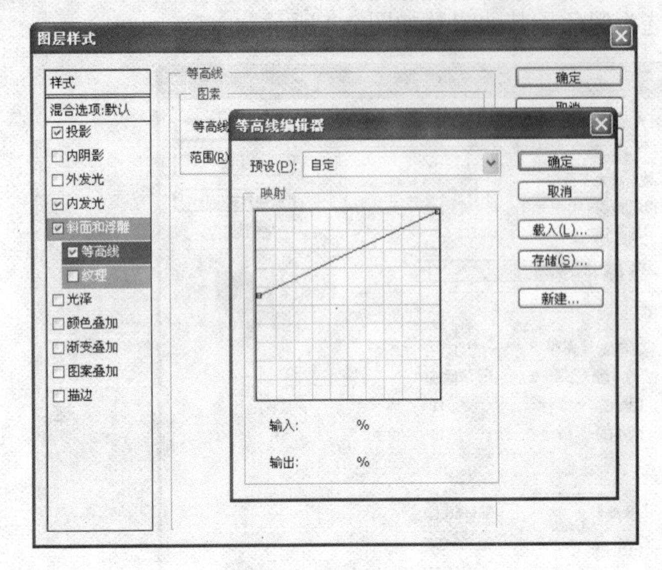

图 2-6　设置“等高线”

（7）选择“等高线”，设置曲线如图 2-6 所示，其他参数默认，最终效果如图 2-7 所示。

图 2-7　琥珀纹理效果

实例 97——极光纹理

本例制作的纹理具有富于线条变化的极光效果。（学习难度：★★★★）

（1）执行“文件”→“新建”菜单命令，建立一个 RGB 图像文件，设置其宽度为 500 像素，高度为 400 像素，分辨率为 300 像素/英寸。

（2）新建图层 1，按 D 键恢复默认颜色设置。执行“滤镜”→“渲染”→“云彩”菜单命令，如图 2-8 所示。

（3）执行“滤镜”→“像素化”→“马赛克”菜单命令，设置“单元格大小”为 15，如图 2-9 所示。

（4）执行“滤镜”→“模糊”→“径向模糊”菜单命令。设置“缩放数量”为 25，其效果如图 2-10 所示。

（5）执行“滤镜”→“风格化”→“浮雕效果”菜单命令，设置“角度”为 135 度，“高度”为 10，“数量”为 200，如图 2-11 所示。

图 2-8　云彩效果

图 2-9　马赛克效果

图 2-10　径向模糊效果

（6）执行“滤镜”→“画笔描边”→“强化的边缘”菜单命令，设置“边缘宽度”为 5，“边缘亮度”为 30，“平滑度”为 3，其效果如图 2-12 所示。

（7）将图像反相处理，然后两次执行径向模糊滤镜，分别设置“缩放数量”为 65 和 45，得到模糊效果如图 2-13 所示。

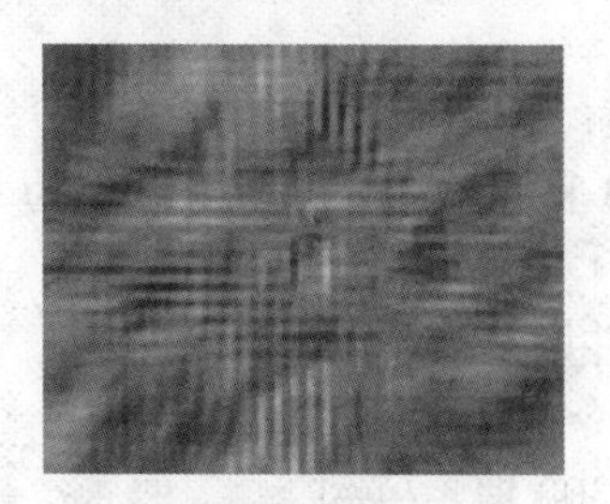

图 2-11　浮雕效果

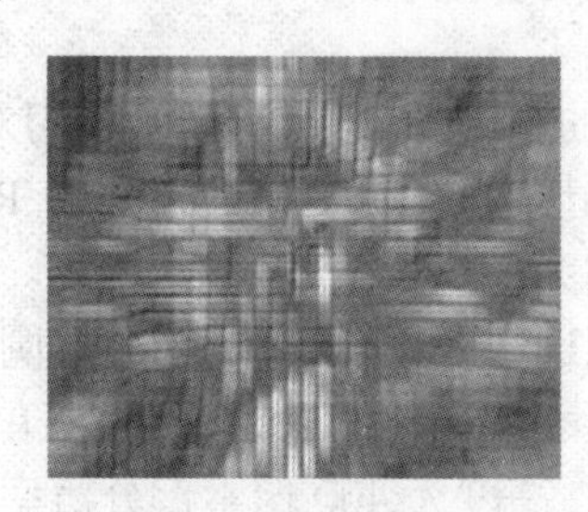

图 2-12　强化的边缘

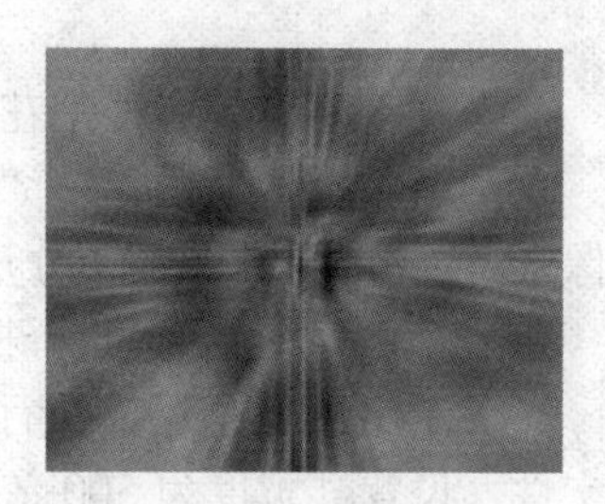

图 2-13　模糊效果

（8）执行“图像”→“调整”→“曲线”菜单命令，设置曲线如图 2-14 所示。曲线效果如图 2-15 所示。

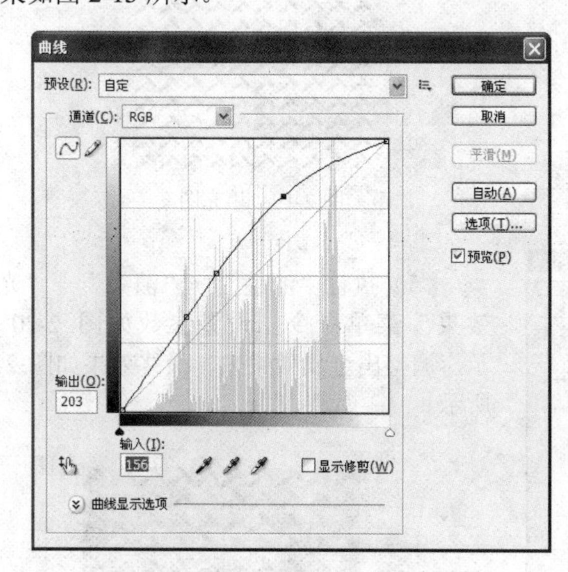

图 2-14　设置“曲线”

（9）执行“图像”→“调整”→“色相/饱和度”菜单命令，设置参数如图 2-16 所示，调整图像的颜色，最终效果如图 2-17 所示。

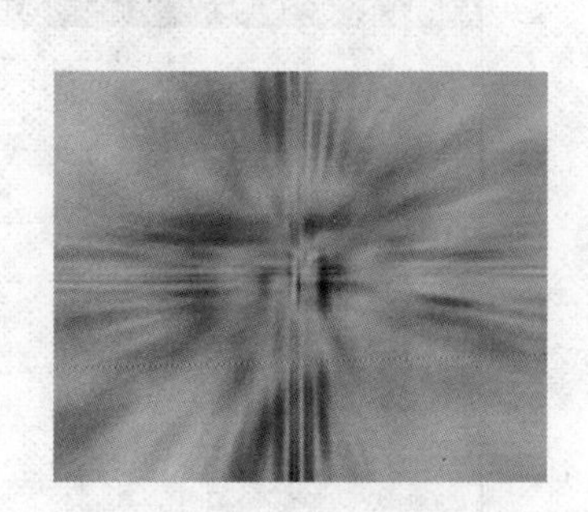

图 2-15　曲线效果

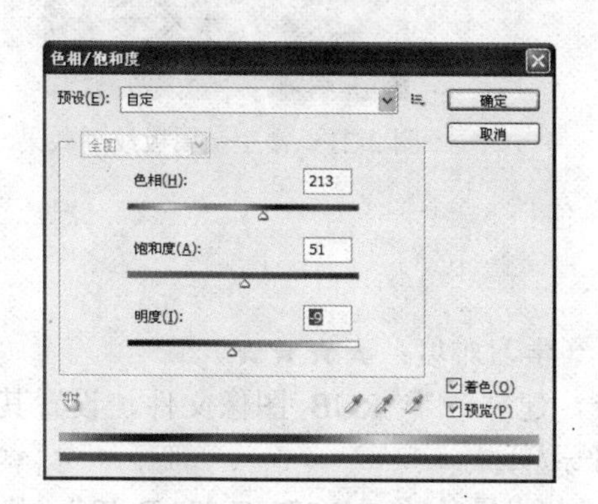

图 2-16　设置“色相/饱和度”

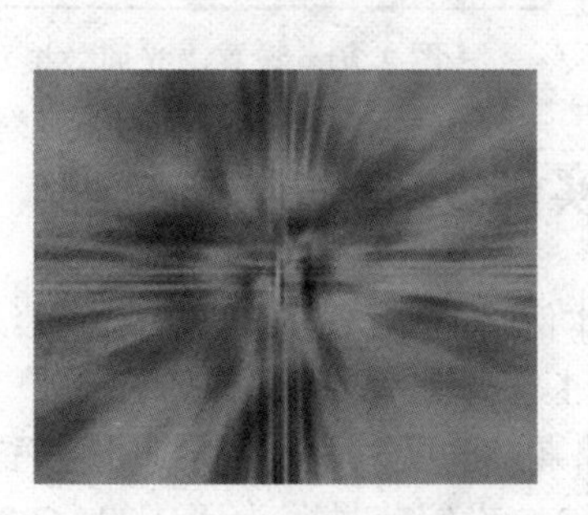

图 2-17　极光纹理效果

实例98——镂空金属板纹理

本例将制作具有镂空花纹的金属板效果纹理。（学习难度：★★★）

（1）执行“文件”→“新建”菜单命令，建立一个RGB图像文件，设置其宽度为50像素，高度为40像素，分辨率为300像素/英寸。

（2）新建图层1，选择椭圆选框工具绘制两个黑色椭圆，并调整位置如图2-18所示。

（3）隐藏背景层，执行“编辑”→“定义图案”菜单命令来定义图案。再次新建一个文件，设置其宽度为500像素，高度为400像素，分辨率为300像素/英寸。

（4）新建图层1，填充白色，然后执行“编辑”→“填充”菜单命令，填充刚才定义的图案，如图2-19所示。

图2-18　绘制椭圆

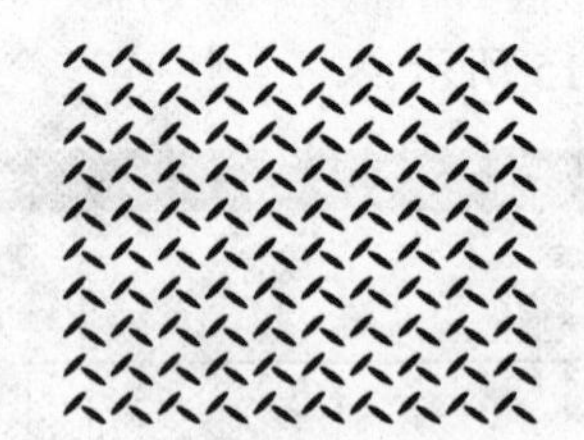

图2-19　填充图案

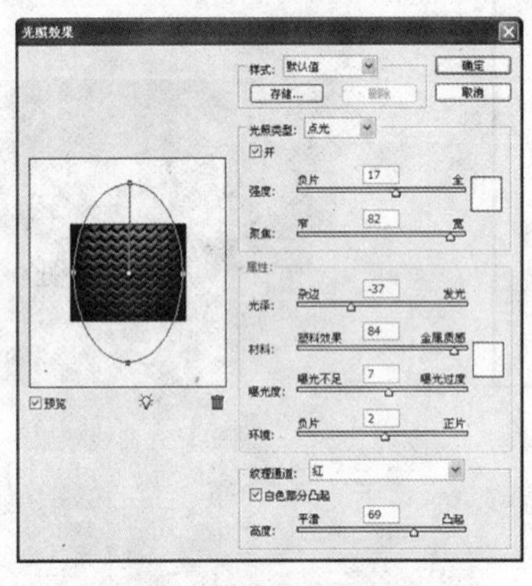

图2-20　设置“光照效果”

（5）执行“滤镜”→“渲染”→“光照效果”菜单命令，设置参数如图2-20所示，调整出金属效果来，最终效果如图2-21所示。

图2-21　镂空金属板纹理效果

实例99——木质纹理

本例将制作仿地板材质的木质纹理效果。（学习难度：★★★★）

（1）执行“文件”→“新建”菜单命令，建立一个RGB图像文件，设置其宽度为400像素，高度为350像素，分辨率为300像素/英寸。

（2）设置前景色为“R:224;G:201;B:120”，背景色为“R:172;G:121;B:49”，执行“滤

镜”→“渲染”→“云彩”菜单命令，如图 2-22 所示。

（3）执行“滤镜”→“杂色”→“添加杂色”菜单命令，设置为平均分布，“数量”设为 35%，勾选“单色”。得到效果如图 2-23 所示。

图 2-22　云彩效果

图 2-23　添加杂色效果

（4）执行“滤镜”→“模糊”→“动感模糊”菜单命令，设置“角度”为 0 度，“距离”为 602 像素，如图 2-24 所示。

（5）为木质添加部分扭曲。选择矩形选框工具绘制一个矩形，然后执行“滤镜”→“扭曲”→“旋转扭曲”菜单命令，设置“角度”为 50 度，如图 2-25 所示。

（6）用同样的方法添加另外一处的扭曲效果，如图 2-26 所示。

图 2-24　动感模糊效果

图 2-25　旋转扭曲

图 2-26　扭曲效果

（7）最后，为木质添加光线照射效果。新建图层 1，选择渐变工具，设置渐变颜色如图 2-27 所示。设为线性渐变，从左上方向右下方拉动鼠标，得到如图 2-28 所示的效果。

（8）将图层 2 的“不透明度”设置为 37%，最终效果如图 2-29 所示。

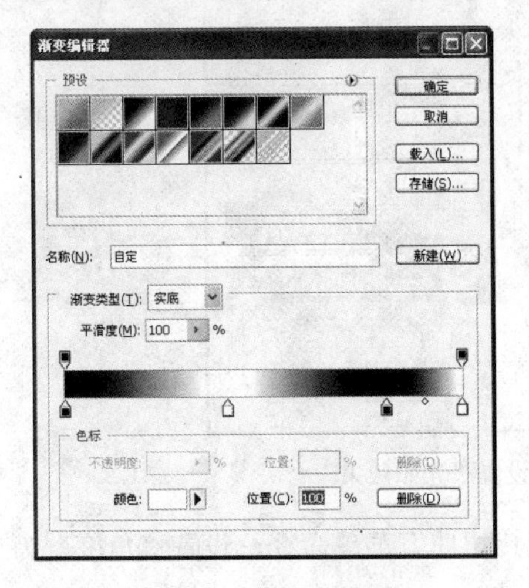

图 2-27　设置渐变颜色

图 2-28　渐变效果

图 2-29　木质纹理效果

实例 100——树皮纹理

树的年龄越大，它的树皮纹路越粗糙。本例将利用滤镜效果制作这种树皮效果的纹理。（学习难度：★★★★）

（1）执行“文件”→“新建”菜单命令，建立一个 RGB 图像文件，设置其宽度为 500 像素，高度为 500 像素，分辨率为 300 像素/英寸。

（2）新建图层 1，按 D 键恢复默认颜色设置，填充白色。执行“滤镜”→“杂色”→“添加杂色”菜单命令，设置“数量”为 400，选为“平均分布”并勾选“单色”，其效果如图 2-30 所示。

（3）执行“滤镜”→“模糊”→“动感模糊”菜单命令，设置“角度”为 90 度，“距离”为 15 像素，其效果如图 2-31 所示。

图 2-30　添加杂色效果

图 2-31　动感模糊效果

（4）执行“滤镜”→“渲染”→“光照效果”菜单命令，设置参数如图 2-32 所示。光照效果如图 2-33 所示。

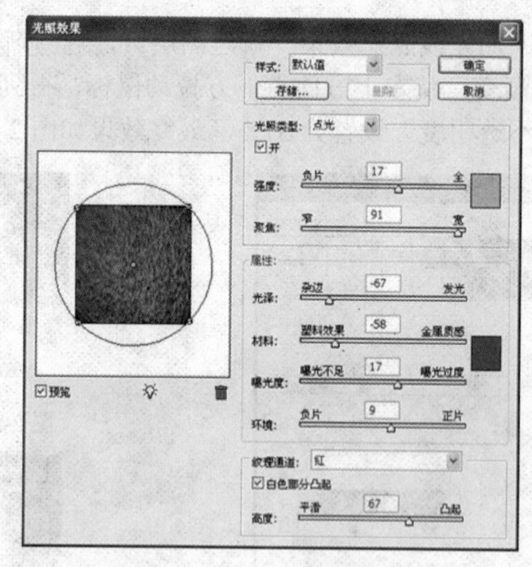

图 2-32　设置“光照效果”

（5）执行“滤镜”→“扭曲”→“旋转扭曲”菜单命令，设置“角度”为 30 度，形成树皮的弯曲纹理状。最终效果如图 2-34 所示。

图 2-33　光照效果

图 2-34　树皮纹理效果

实例 101——皮革纹理

皮革的种类很多，本例所制作的是其中的一种人造革纹理效果。(学习难度：★★★)

（1）执行“文件”→“新建”菜单命令，建立一个 RGB 图像文件，设置其宽度为 400 像素，高度为 350 像素，分辨率为 300 像素/英寸。

（2）执行“滤镜”→“纹理”→“染色玻璃”菜单命令，设置“单元格大小”为 5，“边框粗细”为 4，“光照强度”为 3，如图 2-35 所示。

（3）执行“滤镜”→“杂色”→“添加杂色”菜单命令，设置为“平均分布”，“数量”设置为 35%，勾选“单色”，得到效果如图 2-36 所示。

（4）执行“滤镜”→“风格化”→“浮雕效果”菜单命令，设置“角度”为–50 度，“高度”为 3，“数量”为 20%。浮雕效果如图 2-37 所示。

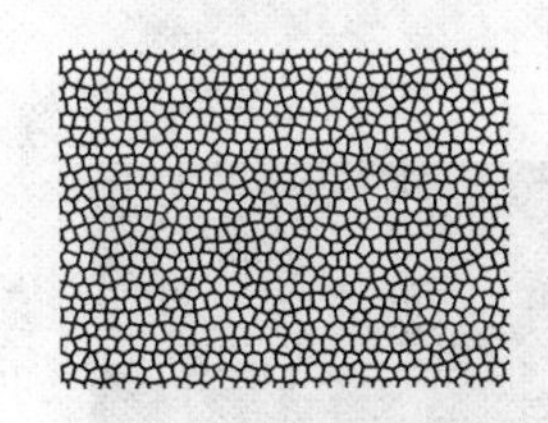

图 2-35　染色玻璃效果

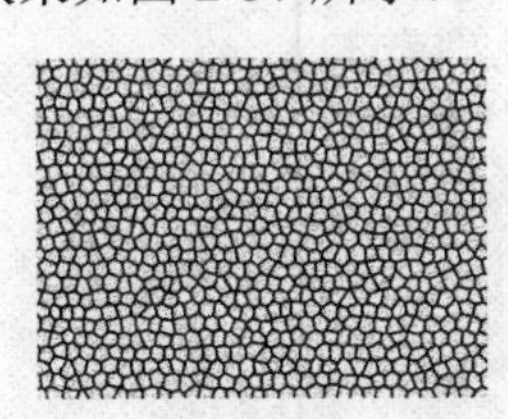

图 2-36　添加杂色效果

图 2-37　浮雕效果

（5）执行“图像”→“调整”→“色相/饱和度”菜单命令，设置参数如图 2-38 所示。最终效果如图 2-39 所示。

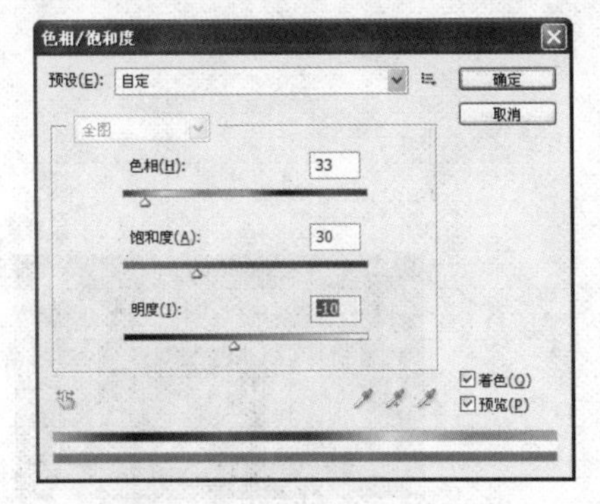

图 2-38　设置“色相/饱和度”

图 2-39　皮革纹理效果

实例 102——大理石纹理

大理石的质感柔和且美观庄重，格调高雅。本例将绘制绿色系的大理石效果。（学习难度：★★★★）

图 2-40　云彩效果

（1）执行“文件”→“新建”菜单命令，建立一个 RGB 图像文件，设置其宽度为 500 像素，高度为 300 像素，分辨率为 300 像素/英寸。

（2）新建图层 1，按 D 键恢复默认颜色设置。执行“滤镜”→“渲染”→“云彩”菜单命令，多次执行，达到理想中的效果，如图 2-40 所示。

（3）执行“滤镜”→“风格化”→“查找边缘”菜单命令，如图 2-41 所示，并按 Ctrl+I 键反相。

（4）执行“图像”→“调整”→“色阶”菜单命令，设置参数如图 2-42 所示。色阶效果如图 2-43 所示。

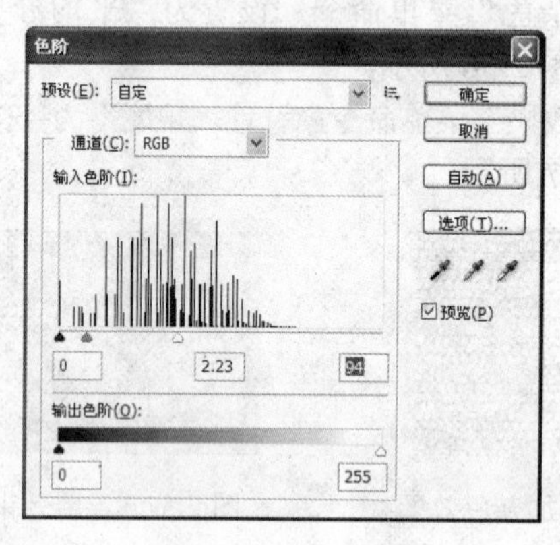

图 2-42　设置“色阶”

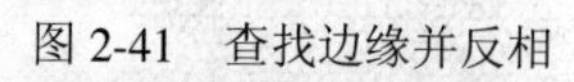

图 2-41　查找边缘并反相

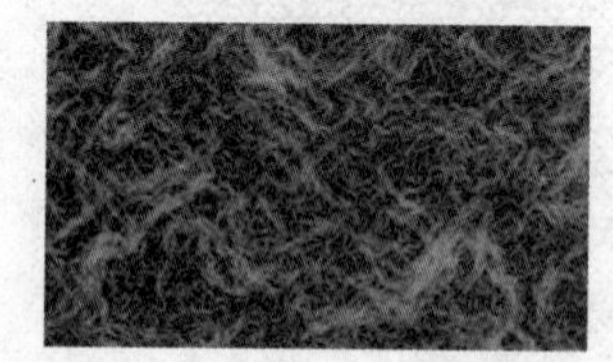

图 2-43　色阶效果

（5）执行“图像”→“调整”→“色相/饱和度”菜单命令，设置参数如图 2-44 所示。最终效果如图 2-45 所示。

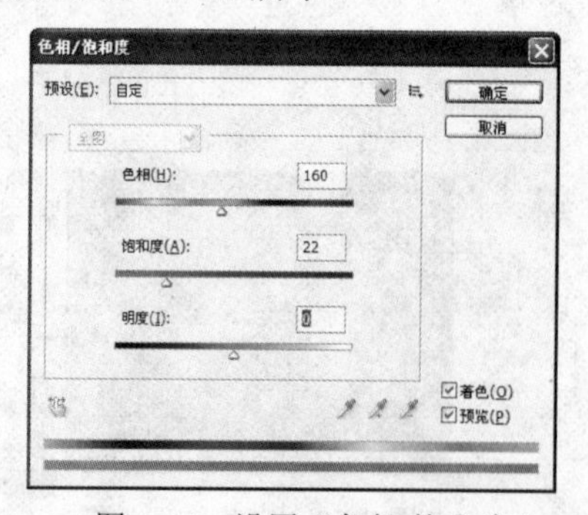

图 2-44　设置“色相/饱和度”

图 2-45　大理石纹理效果图

实例 103——水磨石纹理

本例将制作水磨石板面效果的纹理。（学习难度：★★★★）

（1）新建一个文件，设置其宽度为 500 像素，高度为 400 像素，分辨率为 300 像素/英寸。新建图层 1，填充前景色为“R:223;G:166;B:75”，如图 2-46 所示。

图 2-46　填充前景色

（2）执行“滤镜”→“杂色”→“添加杂色”菜单命令，设置为“平均分布”，设置“数量”为 15，勾选“单色”，其效果如图 2-47 所示。

（3）执行“滤镜”→“像素化”→“晶格化”菜单命令，设置“单元格大小”为 25，如图 2-48 所示。

（4）使用魔棒工具选中颜色较浅的部分，填充颜色为“R:211;G:156;B:67”，如图 2-49 所示。

图 2-47　添加杂色效果

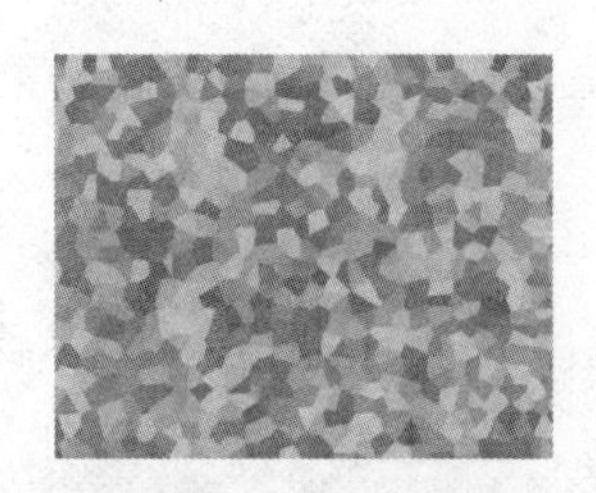

图 2-48　晶格化效果

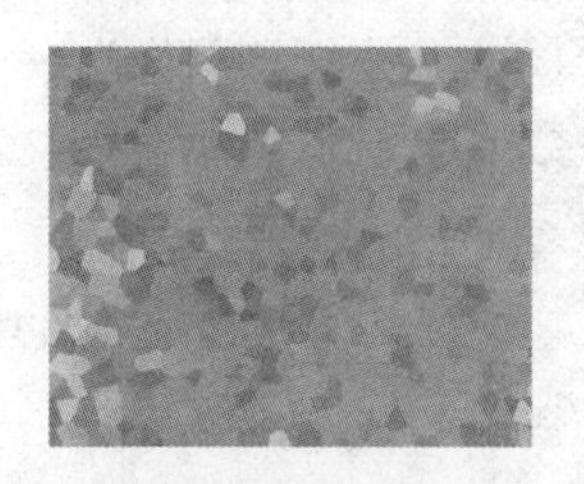

图 2-49　填充颜色

（5）复制图层 1，执行“滤镜”→“风格化”→“查找边缘”菜单命令，如图 2-50 所示，然后将“不透明度”设置为 90%。

（6）将图层 1 拖到最上层，将其“不透明度”设置为 65%，结果如图 2-51 所示。

（7）水磨效果已经出现了，执行“滤镜”→“杂色”→“添加杂色”菜单命令，设置为“平均分布”，“数量”设为 5，勾选“单色”。最终效果如图 2-52 所示。

图 2-50　查找边缘

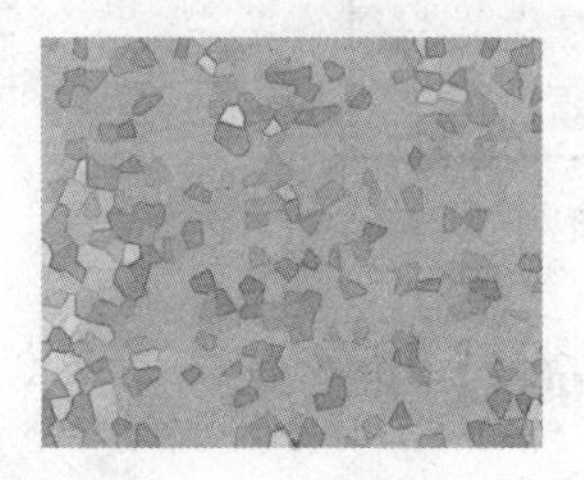

图 2-51　设置“不透明度”后的效果

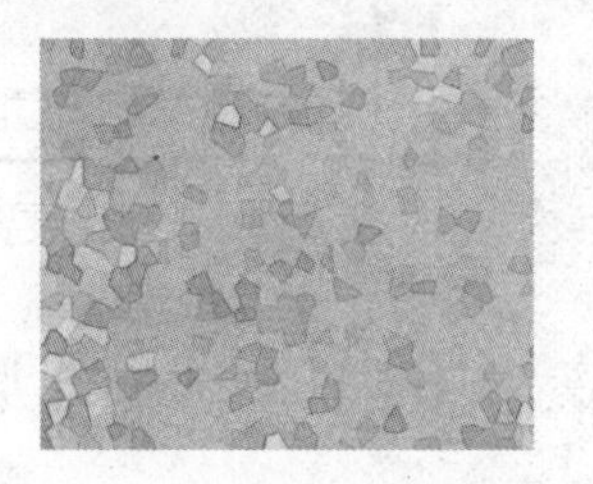

图 2-52　水磨石纹理效果

实例 104——砖墙纹理

本例将利用纹理化滤镜制作砖墙效果的纹理。（学习难度：★★★★）

（1）执行“文件”→“新建”菜单命令，建立一个 RGB 图像文件，设置其宽度为 400 像素，高度为 400 像素，分辨率为 300 像素/英寸。

（2）按 D 键恢复默认颜色设置。执行“滤镜”→“杂色”→“添加杂色”菜单命令，并设置“数量”为 50，设为平均分布并勾选“单色”，结果如图 2-53 所示。

（3）执行“滤镜”→“纹理”→“纹理化”菜单命令，设置“纹理”为“砖形”，“缩放”为 200，“凸现”为 14，其效果如图 2-54 所示。

图 2-53　添加杂色效果

图 2-54　纹理效果

（4）执行“图像”→“调整”→“色相/饱和度”菜单命令，调整砖墙的颜色，设置参数如图 2-55 所示。

参数说明：

纹理化滤镜自带的纹理效果，如画布、砖形等，只要善加利用，就可以创建出所需的纹理效果。

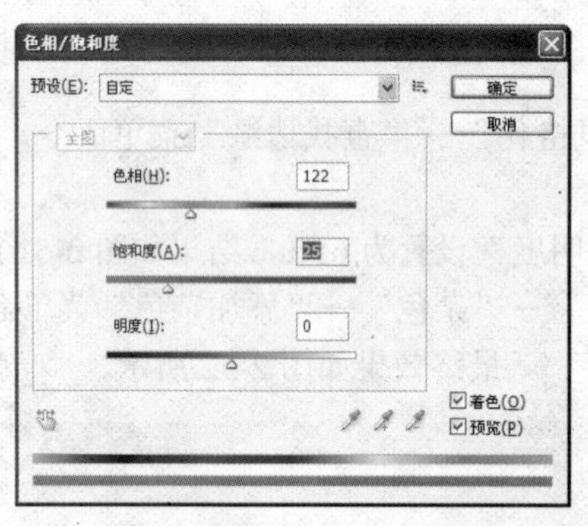

图 2-55　设置“色相/饱和度”

（5）最终效果如图 2-56 所示。

图 2-56　砖墙纹理效果

实例 105——方形玻璃砖纹理

本例将制作方形的玻璃砖纹理效果。玻璃砖同样属于玻璃材质，所以它具备玻璃那种透明的效果，本例将通过玻璃滤镜来实现。（学习难度：★★★★）

（1）执行“文件”→“打开”菜单命令，打开图像，如图 2-57 所示。

（2）执行“滤镜”→“模糊”→“高斯模糊”菜单命令，设置“半径”为 2.3，如图 2-58 所示，其效果如图 2-59 所示。

图 2-57　打开图像

图 2-58　设置“高斯模糊”

图 2-59　高斯模糊效果

（3）执行“滤镜”→“扭曲”→“玻璃”菜单命令，设置“扭曲度”为 1，“平滑度”为 1，“纹理”为“块状”，“缩放”为 50%，如图 2-60 所示，得到玻璃砖纹理效果如图 2-61 所示。

图 2-60　设置“玻璃”

图 2-61　方形玻璃砖纹理效果

实例 106——龟甲纹理

龟甲大家都看到过，它具有一定的纹路特征，本例将制作龟甲效果的纹理。（学习难度：★★★★★）

（1）执行“文件”→“新建”菜单命令，建立一个 RGB 图像文件，设置其宽度为 500 像素，高度为 400 像素，分辨率为 300 像素/英寸。

（2）新建图层 1，选择矩形选框工具绘制一个矩形，填充颜色为“R:75;G:112; B:55”，如图 2-62 所示。

图 2-62　填充颜色

（3）打开“图层样式”对话框，选择“内阴影”，设置参数如图 2-63 所示，其中颜色设为“R:98;G:140;B:76”。

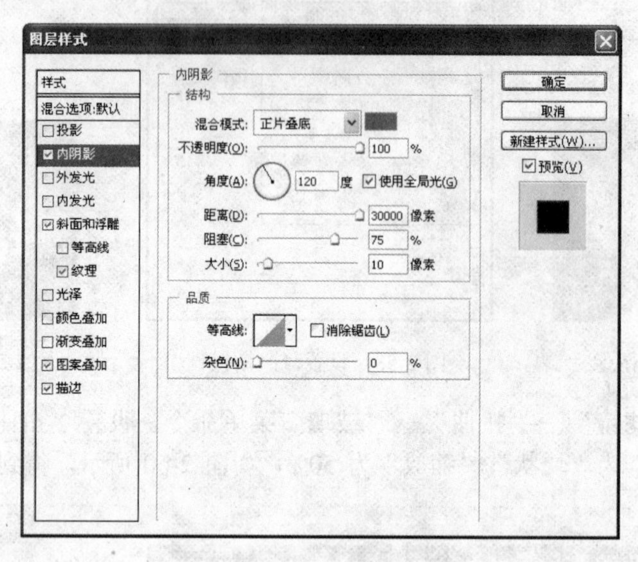

图 2-63　设置“内阴影”

（4）选择“斜面和浮雕”，设置参数如图 2-64 所示。

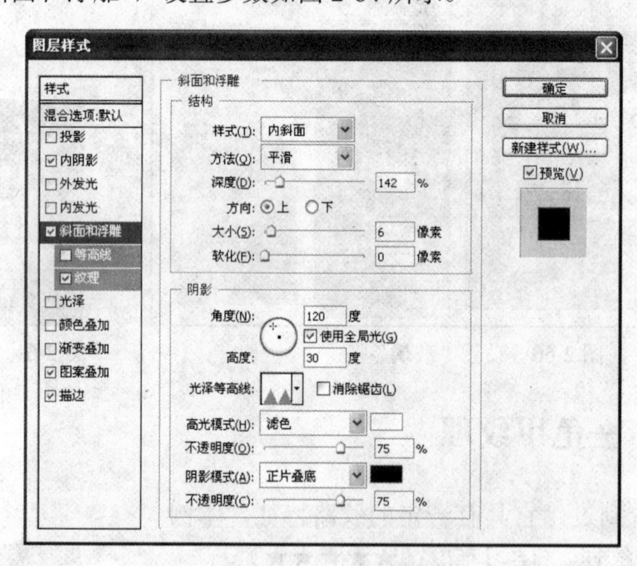

图 2-64　设置“斜面和浮雕”

（5）选择“纹理”，设置参数如图 2-65 所示。

（6）选择“图案叠加”，设置参数如图 2-66 所示。

（7）选择“描边”，设置参数如图 2-67 所示，其中的颜色设为“R:188;G:181;B:61”。设置后的效果如图 2-68 所示。

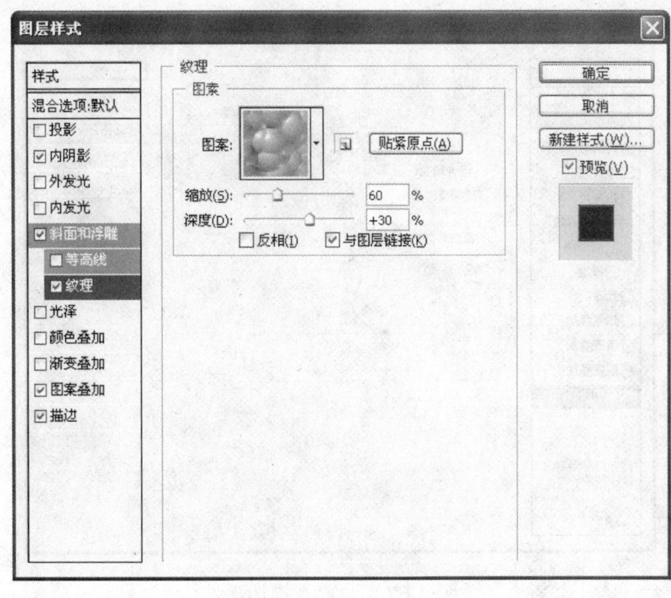

图 2-65　设置“纹理”

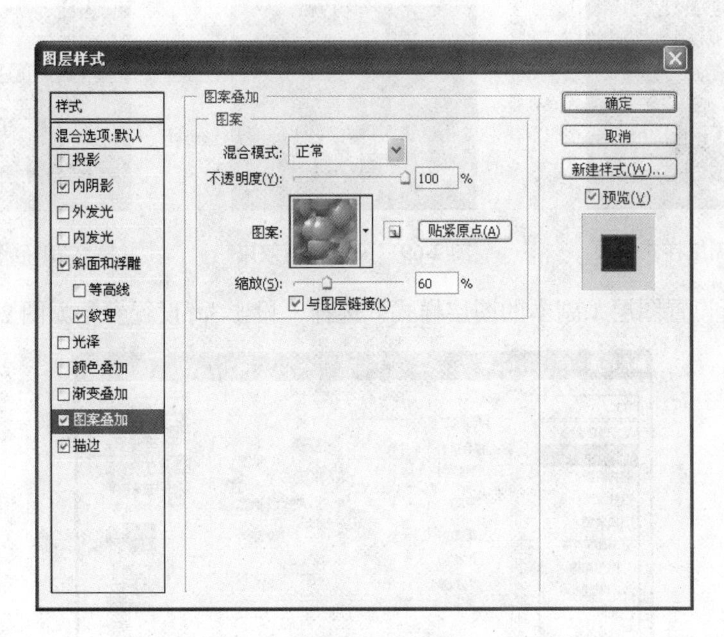

图 2-66　设置“图案叠加”

（8）复制图层 1，在副本上按 Q 键进行快速蒙版，然后执行“滤镜”→“纹理”→“染色玻璃”菜单命令，设置“单元格大小”为 10，“边框粗细”为 5，“光照强度”为 10，得到如图 2-69 所示的效果。

（9）按 Q 键退出快速蒙版，按 Delete 键删除选区内容，取消选取，如图 2-70 所示。

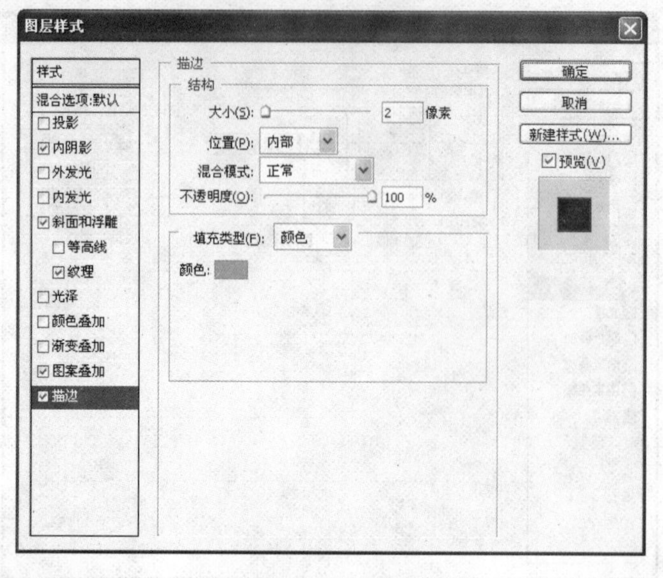

图 2-67　设置“描边”

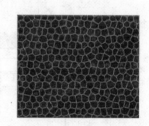

图 2-68　图层样式效果

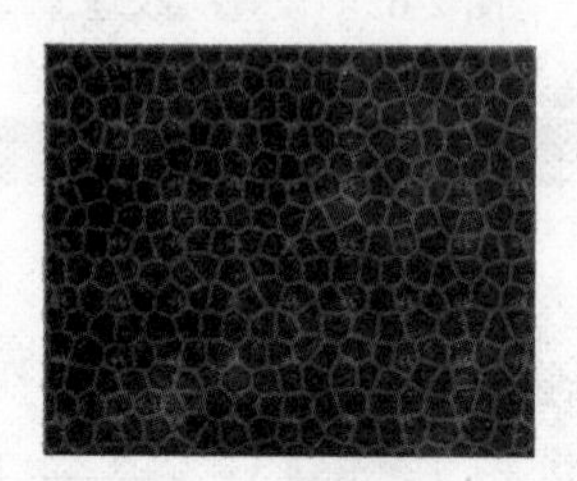

图 2-69　染色玻璃效果

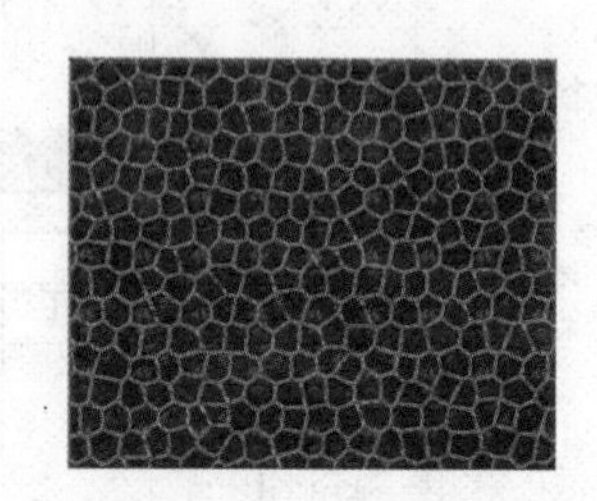

图 2-70　删除选区内容

（10）重新设置图层 1 副本的图层样式，选择“投影”，设置参数如图 2-71 所示。

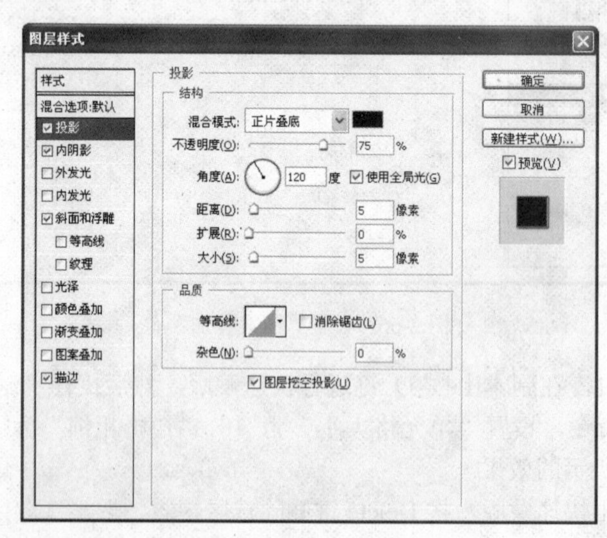

图 2-71　设置“投影”

（11）选择“内阴影”，设置参数如图 2-72 所示，其中颜色选为黑色。

图 2-72　设置“内阴影”为黑色

（12）选择“斜面和浮雕”，设置参数如图 2-73 所示。

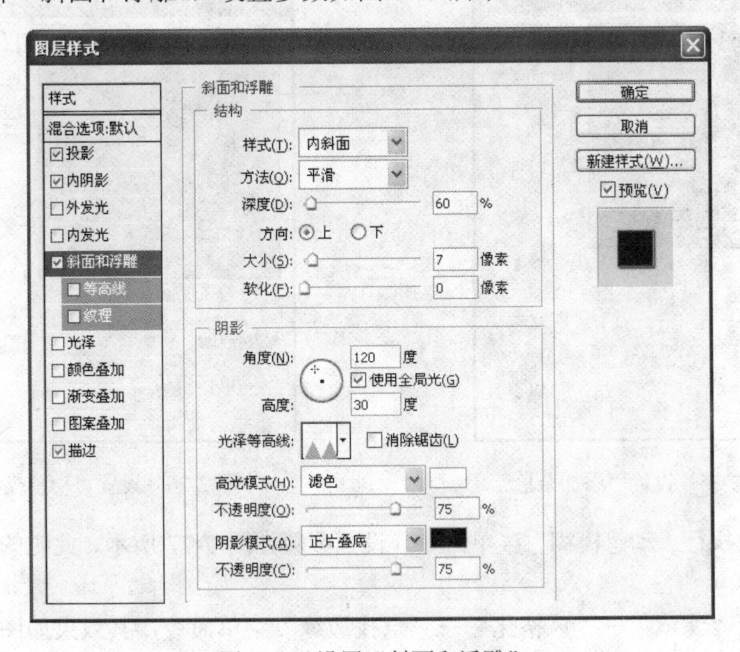

图 2-73　设置“斜面和浮雕”

（13）“描边”设置保留不变，“纹理”和“图案叠加”设置取消。最终效果如图 2-74 所示。

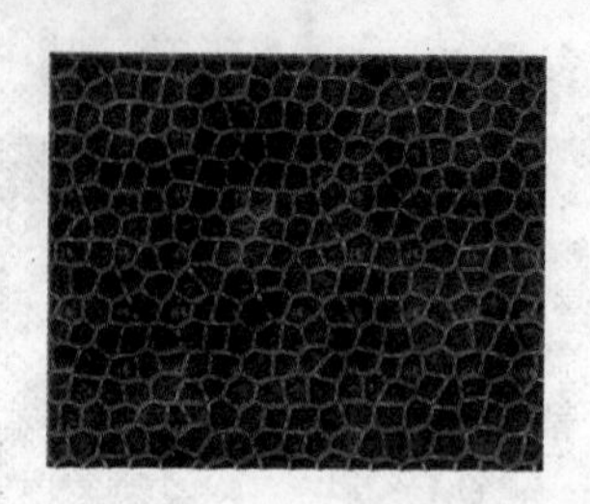

图 2-74　龟甲纹理效果

实例 107——麻布纹理

本例将制作麻布纹理效果。麻布的纹理本身就很粗糙，所以抓住这个特点才能做出理想的效果来。（学习难度：★★★★）

（1）执行“文件”→“新建”菜单命令，建立一个 RGB 图像文件，设置其宽度和高度均为 500 像素，分辨率为 300 像素/英寸。

（2）按 D 键恢复默认颜色设置。执行“滤镜”→“杂色”→“添加杂色”菜单命令。设置参数如图 2-75 所示。

（3）执行“滤镜”→“模糊”→“动感模糊”菜单命令，设置参数如图 2-76 所示。

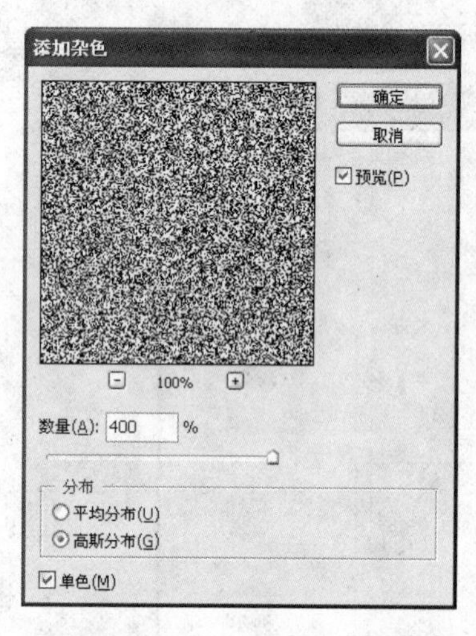

图 2-75　设置“添加杂色”

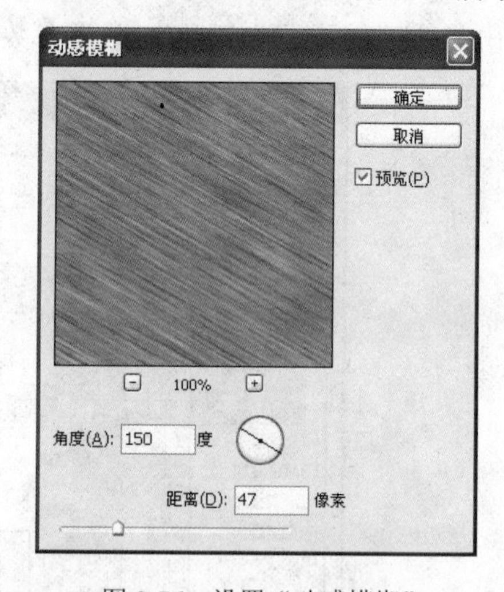

图 2-76　设置“动感模糊”

（4）再次执行“动感模糊”菜单命令，设置参数如图 2-77 所示。此时的效果如图 2-78 所示。

（5）执行“滤镜”→“风格化”→“查找边缘”菜单命令，其效果如图 2-79 所示。

（6）执行“图像”→“调整”→“色阶”菜单命令，设置参数如图 2-80 所示。

（7）执行“图像”→“调整”→“色彩平衡”菜单命令，设置参数如图 2-81 所示，调整出颜色来，最终效果如图 2-82 所示。

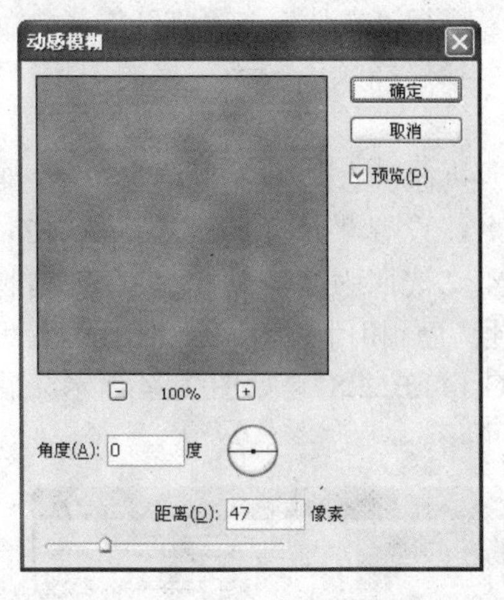

图 2-77　再次设置“动感模糊”

图 2-78　设置后的效果

图 2-79　查找边缘效果

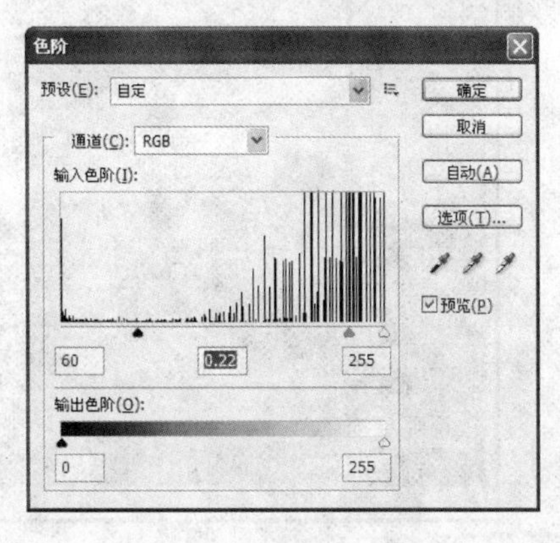

图 2-80　设置“色阶”

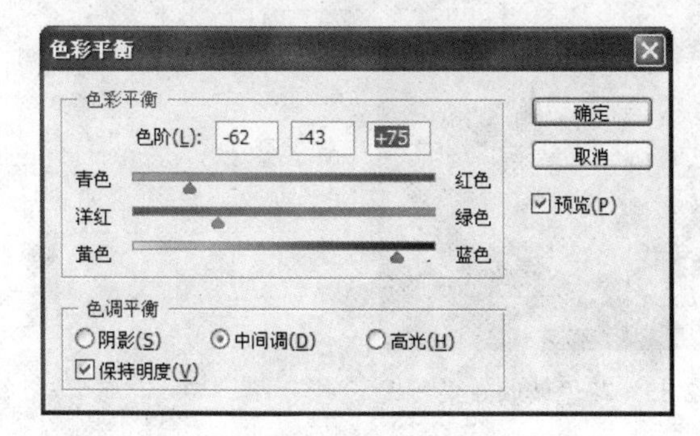

图 2-81　设置“色彩平衡”

图 2-82　麻布纹理效果

实例 108——花色玻璃效果

本例将利用染色玻璃滤镜制作花色玻璃效果。（学习难度：★★★）

图 2-83　打开图片

（1）执行“文件”→“打开”菜单命令，打开图片，尽量选择颜色较为鲜艳的图片，如图 2-83 所示。

（2）执行“滤镜”→“纹理”→“染色玻璃”菜单命令，设置“单元格大小”为 23，“边框粗细”为 4，“光照强度”为 0，花色玻璃的边框颜色和前景色相同，本例设置颜色为“R:84;G:148;B:228”，如图 2-84 所示。最终效果如图 2-85 所示。

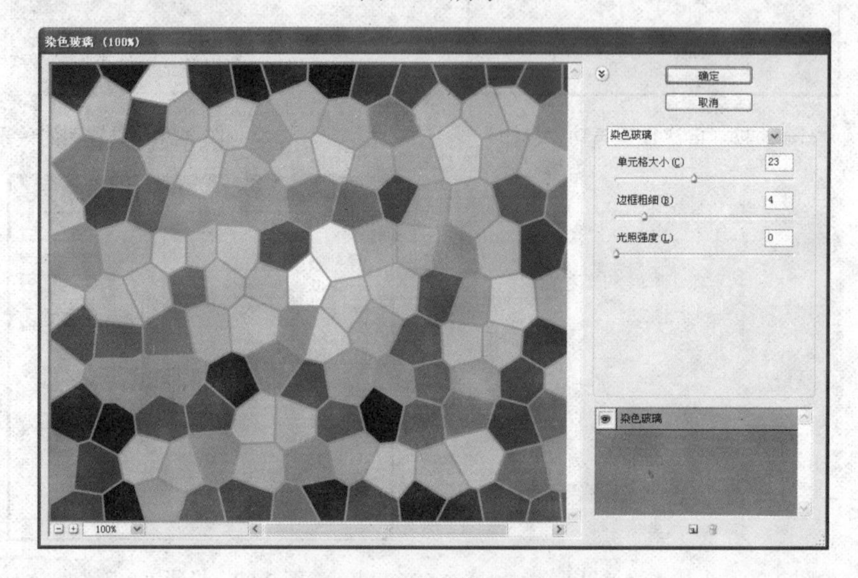

图 2-84　设置“染色玻璃”

图 2-85　花色玻璃效果

实例 109——液态金属

本例将通过各种滤镜完成液态金属图像效果，它既具有金属的光泽，又具有液态性。（学习难度：★★★★★）

（1）执行“文件”→“新建”菜单命令，建立一个 RGB 图像文件，设置其宽度和高

度均为 500 像素，分辨率为 300 像素/英寸。

（2）在通道面板中新建 Alpha1，执行“滤镜”→“杂色”→“添加杂色”菜单命令，设置参数如图 2-86 所示。

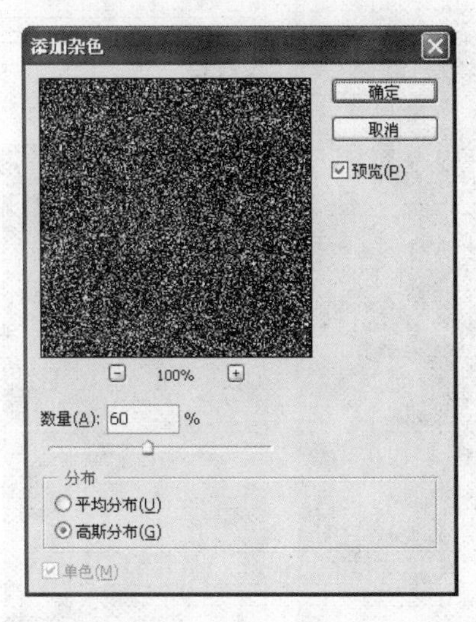

图 2-86 设置“添加杂色”

（3）执行“滤镜”→“纹理”→“拼缀图”菜单命令，设置参数如图 2-87 所示。

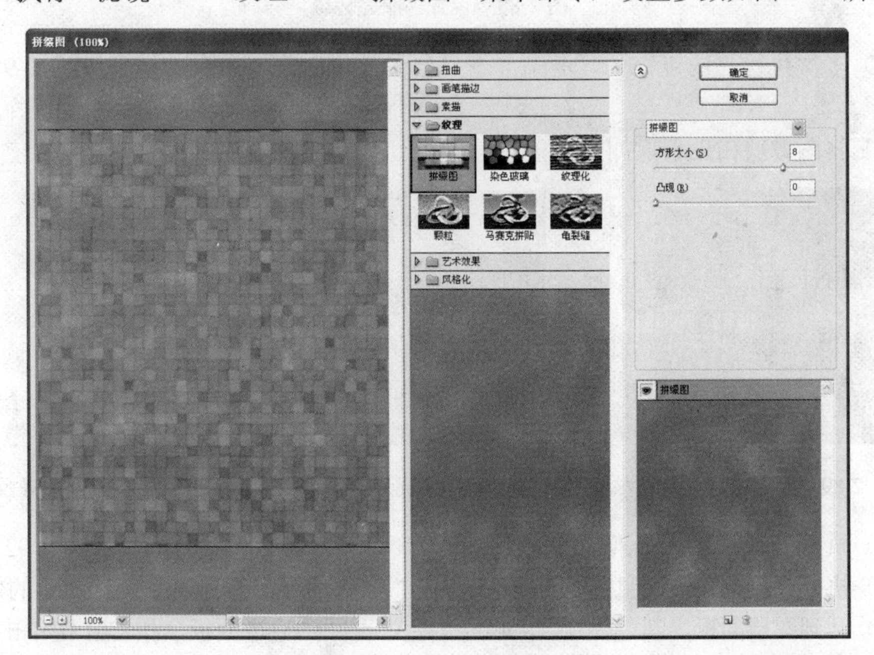

图 2-87 设置“拼缀图”

（4）执行“滤镜”→“风格化”→“照亮边缘”菜单命令，设置参数如图 2-88 所示。此时的效果如图 2-89 所示。

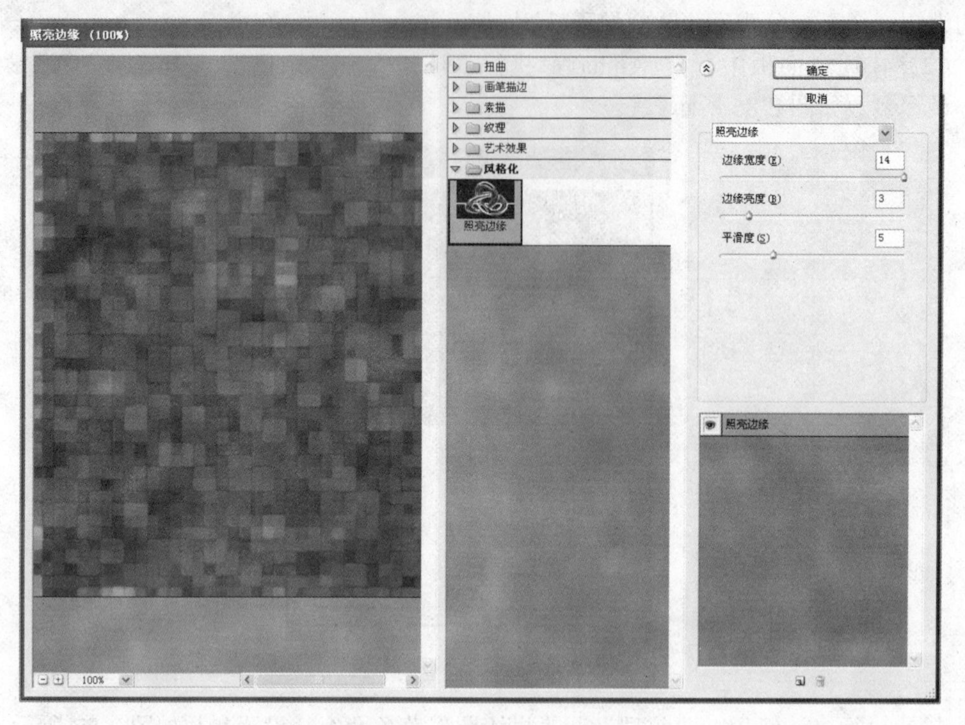

图 2-88 设置“照亮边缘”

(5) 多次执行“滤镜”→“渲染”→“分层云彩”菜单命令，得到如图 2-90 所示的效果。

(6) 将图像反相处理，如图 2-91 所示。

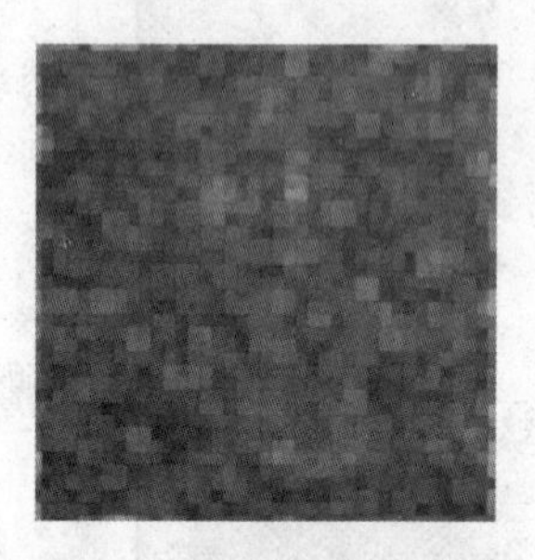

图 2-89 照亮边缘效果

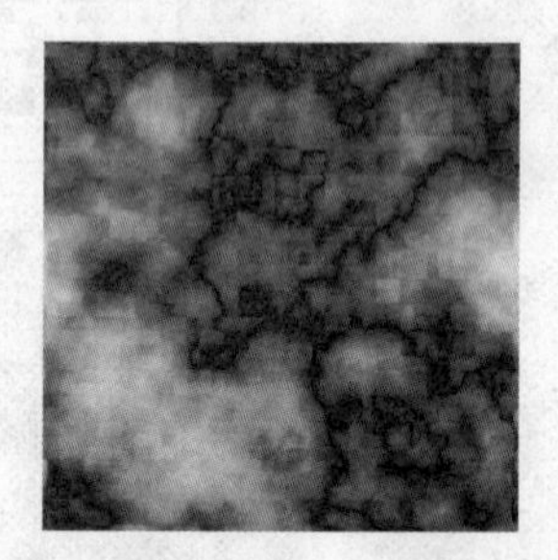

图 2-90 分层云彩效果

图 2-91 图像反相

(7) 执行“滤镜”→“素描”→“铬黄渐变”菜单命令，设置参数如图 2-92 所示。

(8) 执行“图像”→“调整”→“色调均化”菜单命令，得到如图 2-93 所示的效果。

(9) 回到图层面板，新建图层 1，填充黑色。再回到通道面板，按 Ctrl 键单击 Alpha 1 通道，得到一个比较复杂的选区，然后回到图层面板，填充白色，如图 2-94 所示。

(10) 执行“图像”→“调整”→“色相/饱和度”菜单命令，设置参数如图 2-95 所示。最终效果如图 2-96 所示。

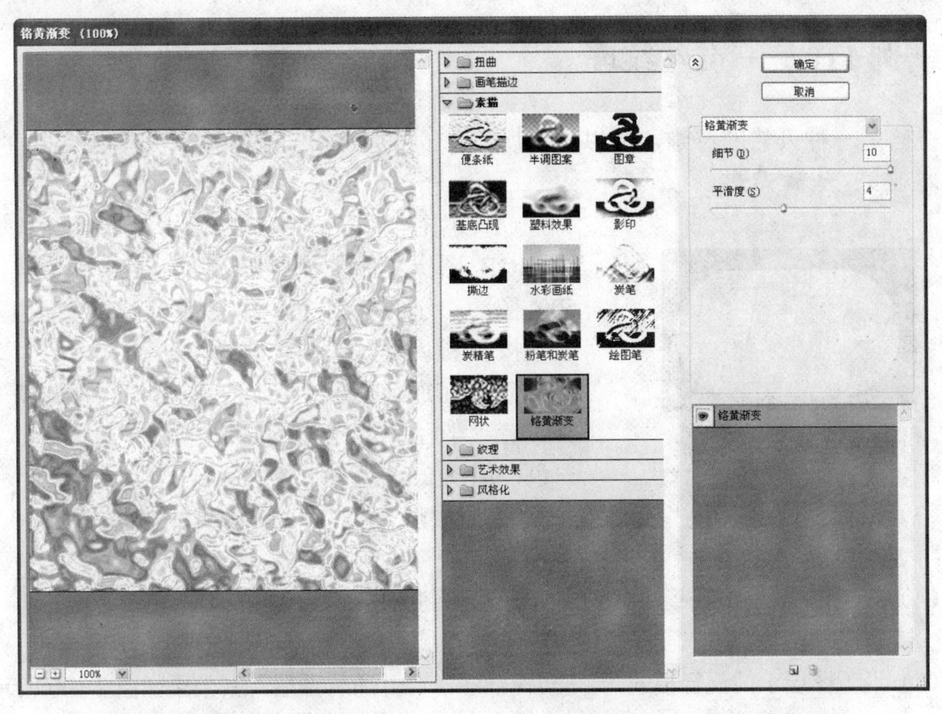

图 2-92 设置“铬黄渐变”

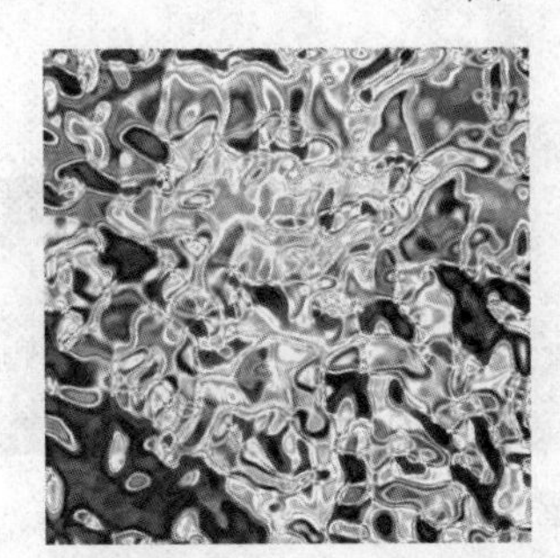

图 2-93 色调均化效果

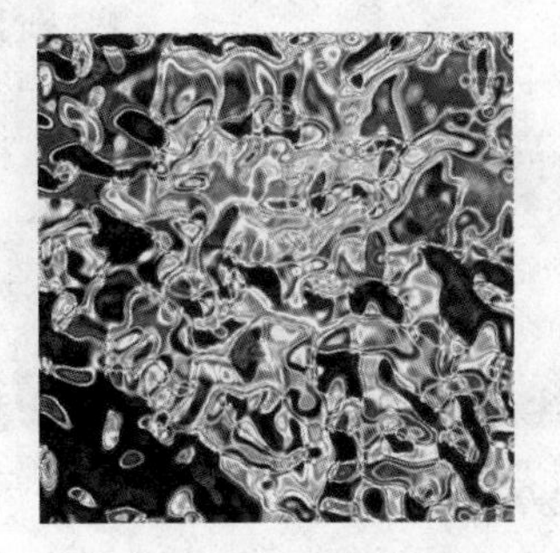

图 2-94 填充选区

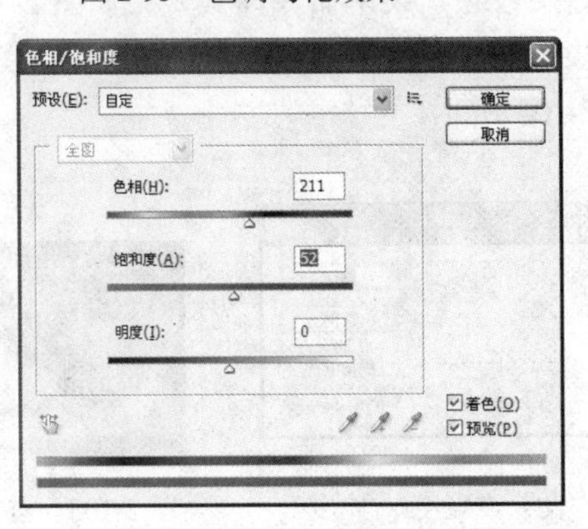

图 2-95 设置“色相/饱和度”

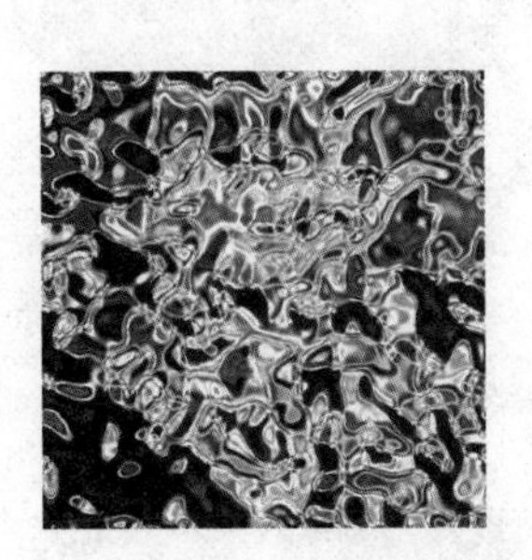

图 2-96 液态金属效果

实例 110——蚕丝纹理

蚕丝是一种天然的纤维，所以本例所制作的蚕丝效果纹理同样需要具备纤维的效果。（学习难度：★★★★）

图 2-97　绘制圆角矩形

（1）执行“文件”→“新建”菜单命令，建立一个 RGB 图像文件，设置其宽度为 500 像素，高度为 500 像素，分辨率为 300 像素/英寸。填充背景层为黑色，按 D 键恢复默认颜色设置。

（2）在通道面板中新建通道 1，选择圆角工具，并设置“半径”为 2 像素。绘制一个圆角矩形并填充白色，如图 2-97 所示。

（3）执行“滤镜”→“模糊”→“高斯模糊”菜单命令，设置“半径”为 10，其效果如图 2-98 所示。

（4）按 Ctrl 键单击通道 1，调出选区。回到图层面板，填充为白色，新建图层 1，执行“滤镜”→“渲染”→“云彩”菜单命令，如图 2-99 所示。

（5）设置图层 1 的混合模式为“正片叠底”，合并所有图层，其效果如图 2-100 所示。

图 2-98　高斯模糊效果

图 2-99　云彩效果

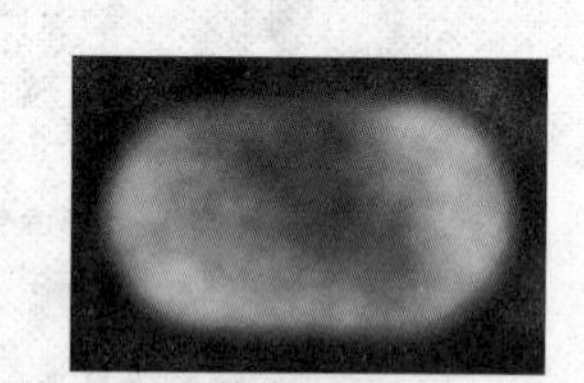

图 2-100　调整混合模式效果

（6）执行“滤镜”→“风格化”→“查找边缘”菜单命令，其效果如图 2-101 所示。

（7）执行“图像”→“调整”→“亮度/对比度”菜单命令，设置参数如图 2-102 所示。然后按 Ctrl+I 键反相，最终效果如图 2-103 所示。

图 2-101　查找“边缘效果”效果

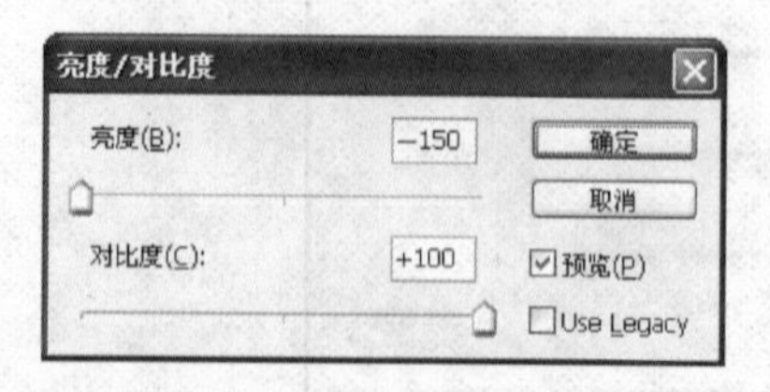

图 2-102　设置“亮度/对比度”

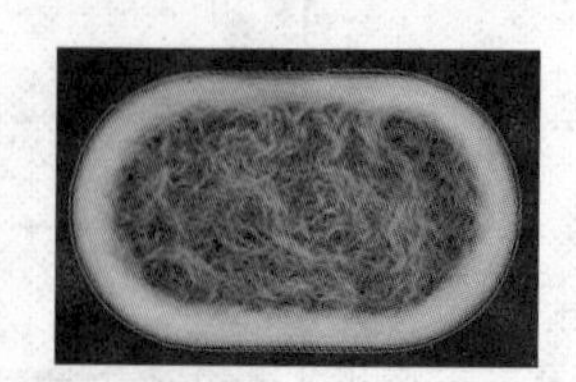

图 2-103　蚕丝纹理效果

实例 111——彩色纹理

本例将制作五彩缤纷的彩色纹理效果。（学习难度：★★★）

（1）执行“文件”→“新建”菜单命令，建立一个 RGB 图像文件，设置其宽度为 500 像素，高度为 500 像素，分辨率为 300 像素/英寸。

（2）新建图层 1，按 D 键恢复默认颜色设置，填充前景色。执行“滤镜”→“杂色”→“添加杂色”菜单命令，设置为高斯分布，并设置“数量”为 400，其效果如图 2-104 所示。

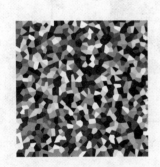

图 2-104　添加杂色效果

（3）执行“滤镜”→“像素化”→“晶格化”菜单命令，设置“单元格大小”为 25，如图 2-105 所示。

（4）执行“滤镜”→“杂色”→“中间值”菜单命令，设置参数如图 2-106 所示，使彩色效果具有连贯性，最终效果如图 2-107 所示。

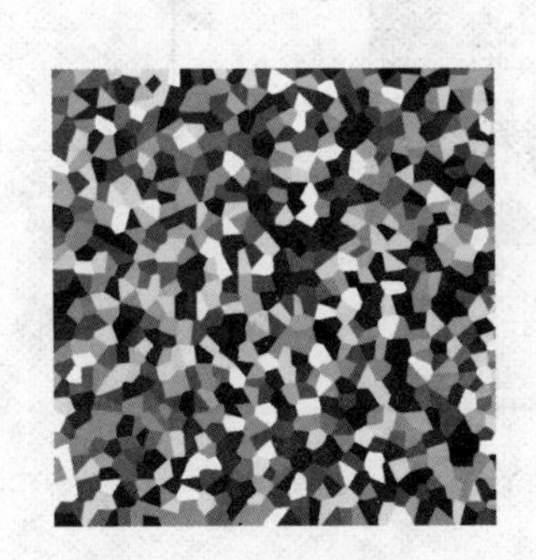

图 2-105　晶格化效果

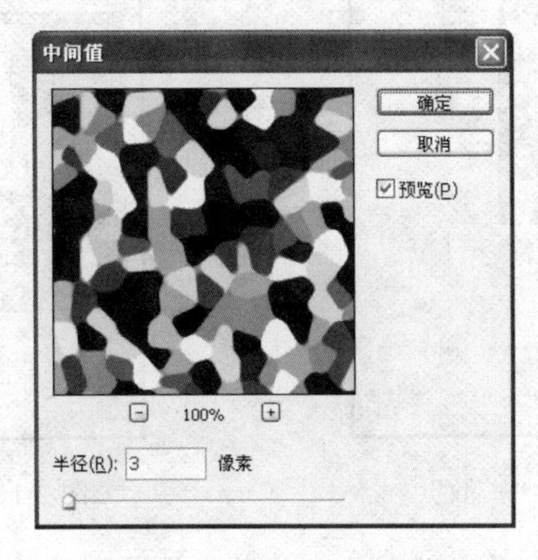

图 2-106　设置“中间值”

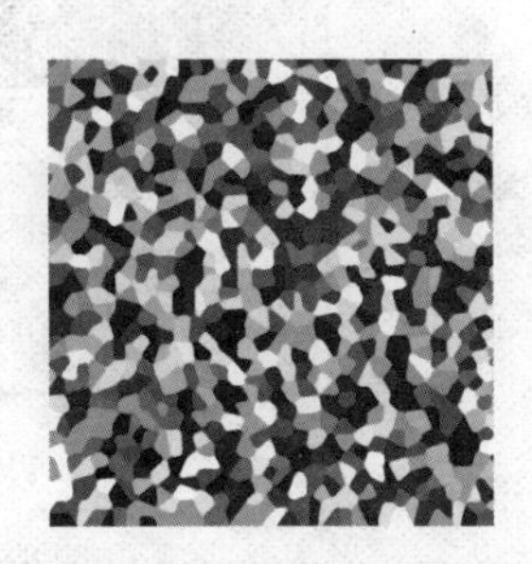

图 2-107　彩色纹理效果

实例 112——云石纹理

本例将制作漂亮的云石纹理效果。（学习难度：★★★★）

（1）执行“文件”→“新建”菜单命令，建立一个 RGB 图像文件，设置其宽度为 500 像素，高度为 400 像素，分辨率为 300 像素/英寸。

（2）在通道面板中新建通道 1，执行“滤镜”→“杂色”→“添加杂色”菜单命令，设置参数如图 2-108 所示，添加杂色后的效果如图 2-109 所示。

（3）执行“滤镜”→“风格化”→“扩散”菜单命令，默认设置如图 2-110 所示。

（4）复制通道 1，执行“滤镜”→“模糊”→“高斯模糊”菜单命令，设置“半径”为 0.5，如图 2-111 所示，其效果如图 2-112 所示。

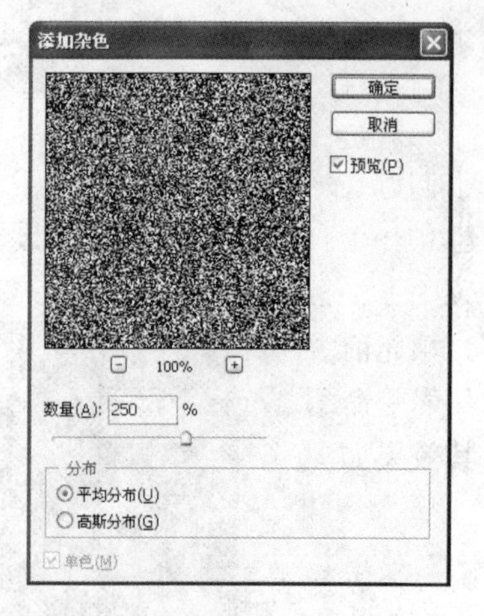

图 2-108　设置“添加杂色”

图 2-109　添加杂色效果

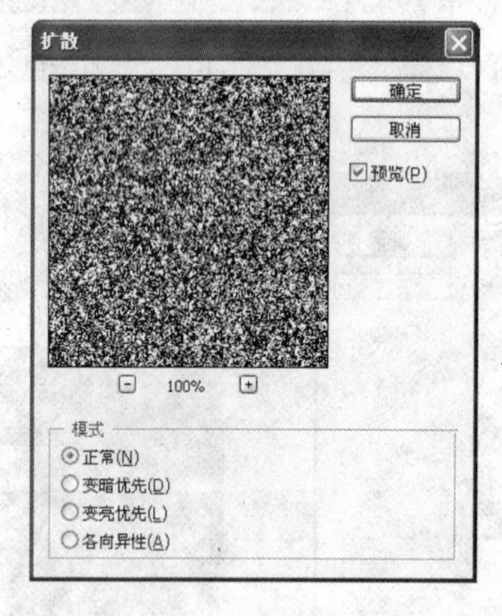

图 2-110　设置“扩散”

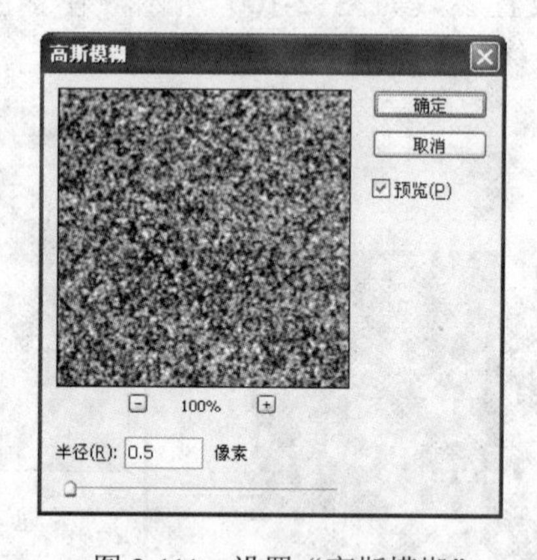

图 2-111　设置“高斯模糊”

（5）回到图层面板，执行“选择”→“载入选区”菜单命令，载入通道 1 的选区，然后羽化 1 像素，如图 2-113 所示。填充颜色为“R:100;G:178;B:245”，如图 2-114 所示。

（6）新建图层 1，执行“选择”→“载入选区”菜单命令，载入通道 2 的选区，填充白色，如图 2-115 所示。

图 2-112　高斯模糊效果

图 2-113　设置羽化

图 2-114　填充颜色

（7）将图层 1 的填充设置为“45%”，调整颜色，最终效果如图 2-116 所示。

图 2-115　填充选区

图 2-116　云石纹理效果

实例 113——海洋波浪纹理

本例将制作海浪互相冲击拍打的纹理效果。（学习难度：★★★★★）

（1）执行“文件”→“新建”菜单命令，建立一个 RGB 图像文件，设置其宽度和高度均为 500 像素，分辨率为 300 像素/英寸。

（2）新建图层 1，按 D 键恢复默认颜色设置。执行“滤镜”→“渲染”→“云彩”菜单命令，云彩效果如图 2-117 所示。

（3）执行“滤镜”→“风格化”→“查找边缘”菜单命令，得到如图 2-118 所示的效果。然后按 Ctrl+I 键反相处理，如图 2-119 所示。

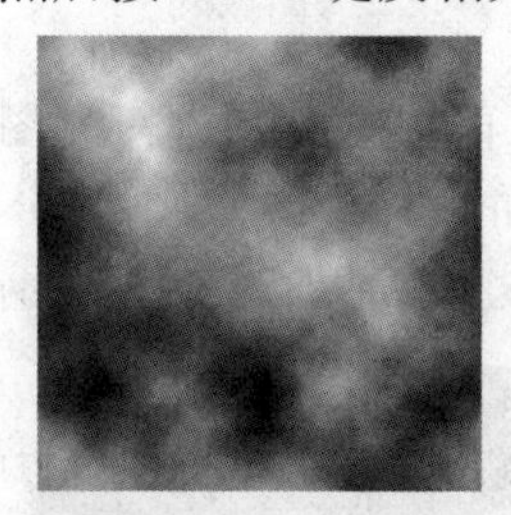

图 2-117　云彩效果

图 2-118　查找边缘

图 2-119　反相

（4）执行“图像”→“调整”→“色阶”菜单命令，设置参数如图 2-120 所示。色阶效果如图 2-121 所示。

（5）执行“滤镜”→“扭曲”→“极坐标”菜单命令，选择“极坐标到平面坐标”，如图 2-122 所示，极坐标效果如图 2-123 所示。

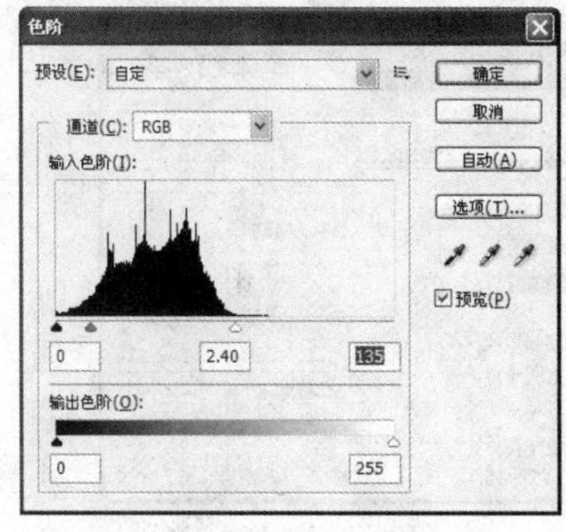

图 2-120　设置“色阶”

图 2-121　色阶效果

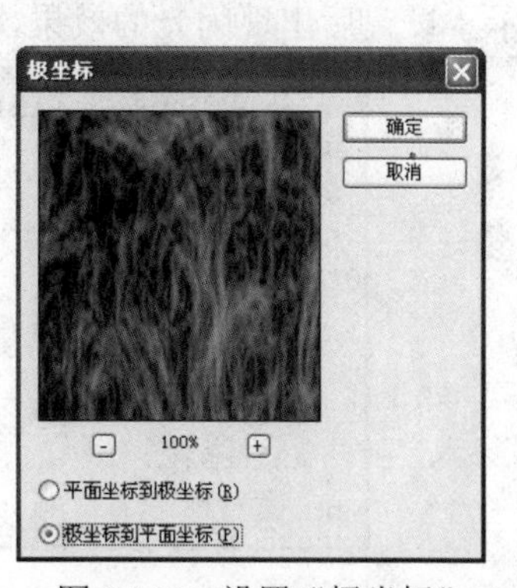

图 2-122　设置“极坐标”

(6) 新建图层 2，填充颜色为“R:20;G:100;B:209”，并设置图层的混合模式为“线性减淡”，如图 2-124 所示。

(7) 执行“图像”→“图像旋转”→“垂直翻转画布”菜单命令，将图像翻转过来，最终效果如图 2-125 所示。

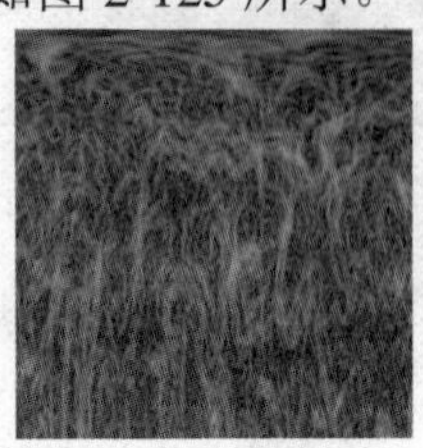

图 2-123　极坐标效果

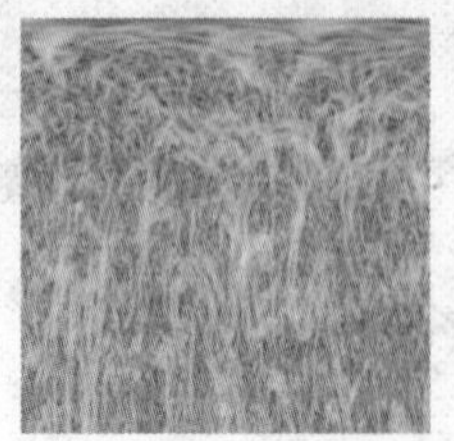

图 2-124　设置颜色

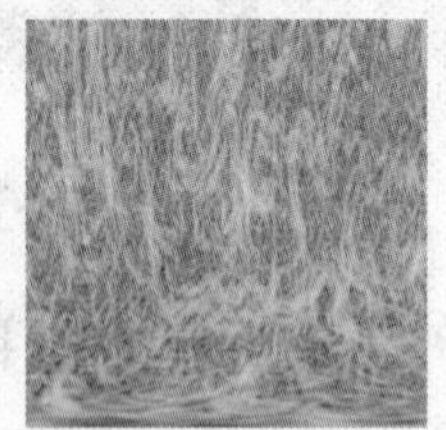

图 2-125　海洋波浪纹理效果

实例 114——金光纹理

本例将为金元宝添加金光闪闪的效果。(学习难度：★★★★)

(1) 执行“文件”→“打开”菜单命令，打开图像，如图 2-126 所示。

(2) 新建图层 1，填充颜色为“R:G:B:”，并添加蒙版。选择渐变工具，设置为“径向渐变”，由图像中心拖动鼠标，得到如图 2-127 所示的效果。

(3) 按 Ctrl+I 键反相，继续按 Ctrl 键单击蒙版载入选区，再按 Ctrl+J 键复制图层，如图 2-128 所示。

(4) 执行“滤镜”→“像素化”→“铜板雕刻”菜单命令，设置参数如图 2-129 所示。

图 2-126　打开图像

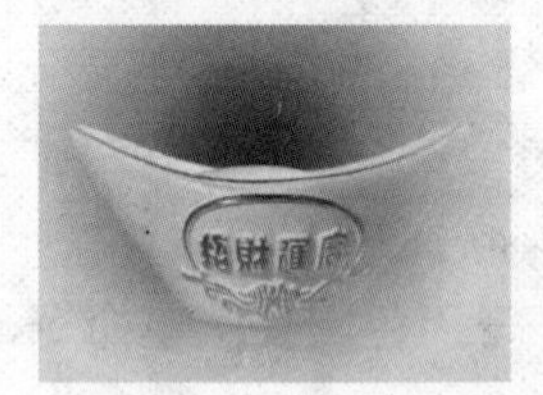

图 2-127　渐变效果

图 2-128　复制图层

(5) 执行“滤镜”→“模糊”→“径向模糊”菜单命令，设置参数，如图 2-130 所示。设置后出现闪光的效果，如图 2-131 所示。

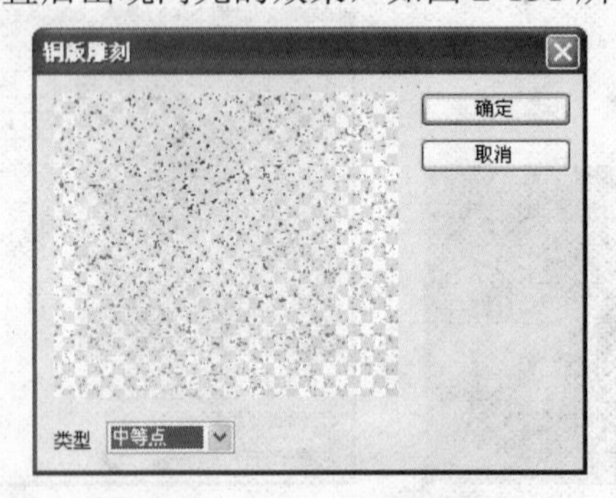

图 2-129　设置“铜板雕刻”

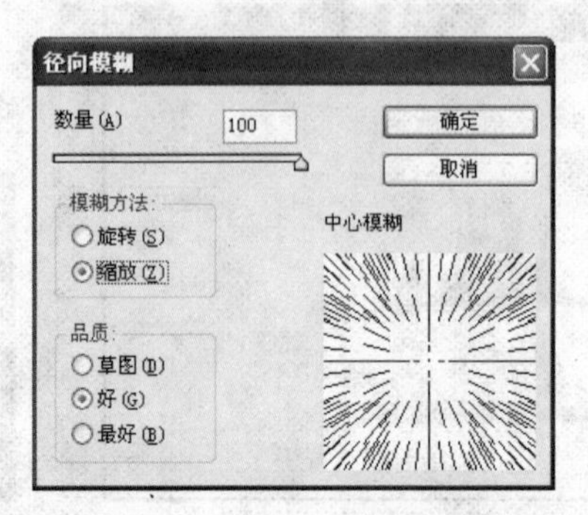

图 2-130　径向模糊设置

（6）设置图层的混合模式为“颜色加深”和“不透明度”为 42%，得到最终的金光闪闪的效果，如图 2-132 所示。

图 2-131　闪光效果

图 2-132　金光纹理效果

实例 115——七彩网格纹理

本例将制作层叠的网格效果，每一层的颜色中都透露出其他层次的颜色，各种颜色穿插表现。(学习难度：★★★★)

（1）执行“文件”→“新建”菜单命令，建立一个 RGB 图像文件，设置其宽度为 500 像素，高度为 500 像素，分辨率为 300 像素/英寸。

（2）新建图层 1，选择渐变工具，渐变颜色设置为七彩的色谱效果，如图 2-133 所示。

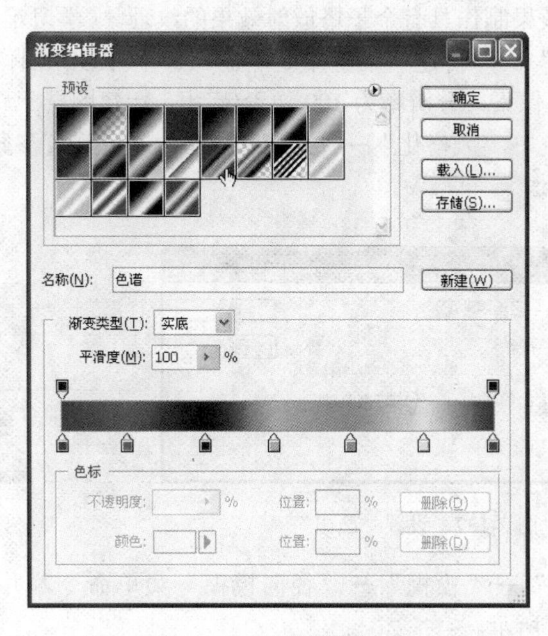

图 2-133　设置渐变颜色

（3）选择菱形渐变方式，在图像上拖动鼠标，得到如图 2-134 所示的渐变效果。

（4）执行“滤镜”→“扭曲”→“波浪”菜单命令，“类型”选为“方形”，其他参数默认，如图 2-135 所示。最终效果如图 2-136 所示。

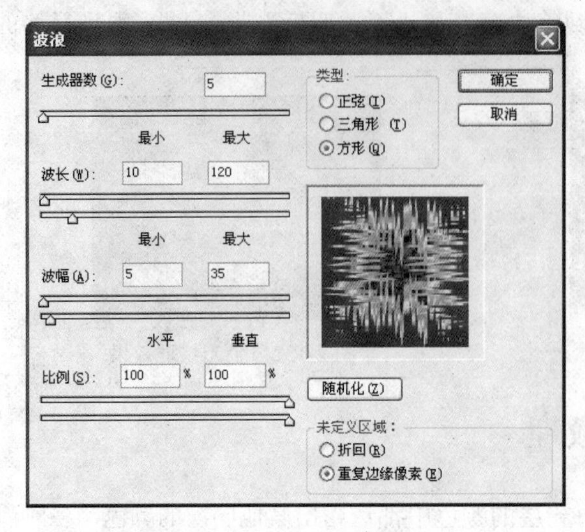

图 2-135　设置“波浪”

图 2-134　菱形渐变

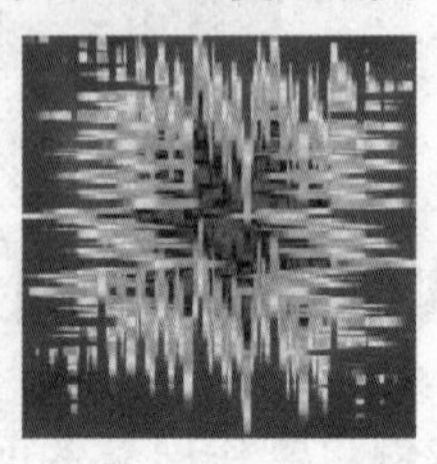

图 2-136　七彩网格纹理效果

实例 116——金字塔放射纹理

本例将利用滤镜效果制作具有金子塔放射效果的纹理。(学习难度：★★★★)

(1) 执行“文件”→“新建”菜单命令，建立一个 RGB 图像文件，设置其宽度为 500 像素，高度为 500 像素，分辨率为 300 像素/英寸。新建图层 1，并填充为红色。

(2) 执行“滤镜”→“风格化”→“凸出”菜单命令，设置参数如图 2-137 所示。凸出效果如图 2-138 所示。

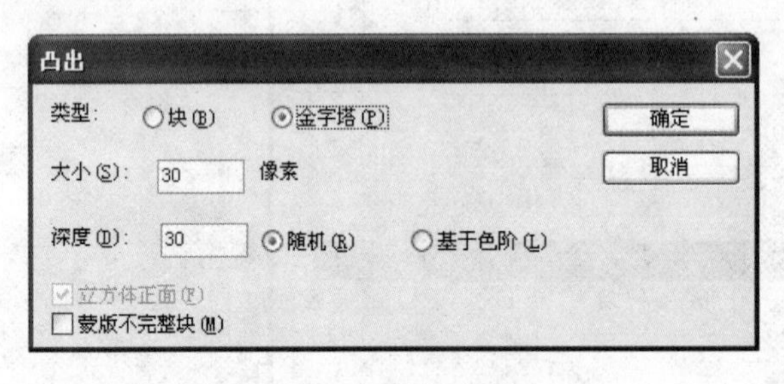

图 2-137　设置“凸出”

图 2-138　凸出效果

(3) 执行“滤镜”→“模糊”→“径向模糊”菜单命令，并设置“缩放数量”为 20，其效果如图 2-139 所示。

(4) 复制图层 1，执行“滤镜”→“风格化”→“查找边缘”菜单命令，如图 2-140 所示。

(5) 设置图层 1 副本的混合模式为“柔光”，最终效果如图 2-141 所示。

图 2-139　径向模糊效果

图 2-140　查找边缘效果

图 2-141　金字塔放射纹理效果

实例 117——立方体纹理

本例将通过凸出滤镜制作具有立方体效果的纹理。（学习难度：★★★★）

（1）执行“文件”→“打开”菜单命令，打开图像，如图 2-142 所示。

（2）复制背景层，执行“滤镜”→“风格化”→“凸出”菜单命令，设置参数如图 2-143 所示。凸出效果如图 2-144 所示。

图 2-142　打开图像

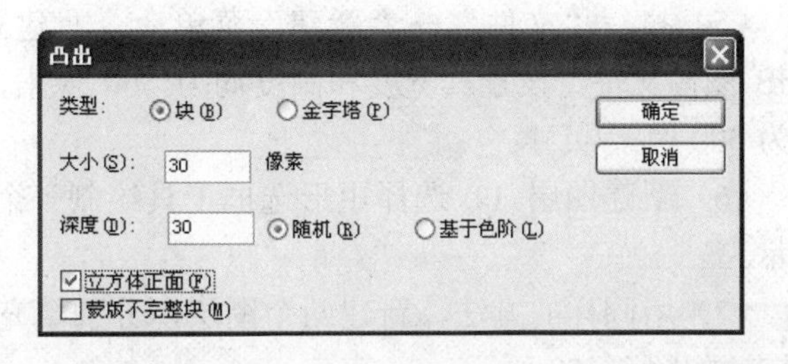

图 2-143　设置凸出

（3）再次复制背景层，并将其拖到面板的最上方，设置混合模式为“强光”，“不透明度”为 60%。最终效果如图 2-145 所示。

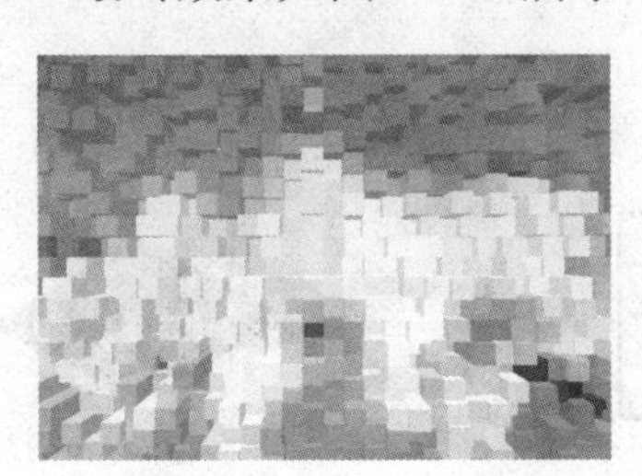

图 2-144　凸出效果

图 2-145　立方体纹理效果

实例 118——魔方

本例将制作一个魔方，魔方是由 6 块不同颜色的面组成的立方体 ，每个面又是由 16 个小正方形组成的。（学习难度：★★★★★）

图 2-146　蓝色色块

（1）执行“文件”→“新建”菜单命令，建立一个 RGB 图像文件，设置其宽度为 50 像素，高度为 50 像素，分辨率为 300 像素/英寸。

（2）填充颜色为“R:36;G:12;B:156”，并绘制一个黑色的边框，如图 2-146 所示。

（3）执行“编辑”→“定义图案”菜单命令，图案名称为“蓝块”，如图 2-147 所示。

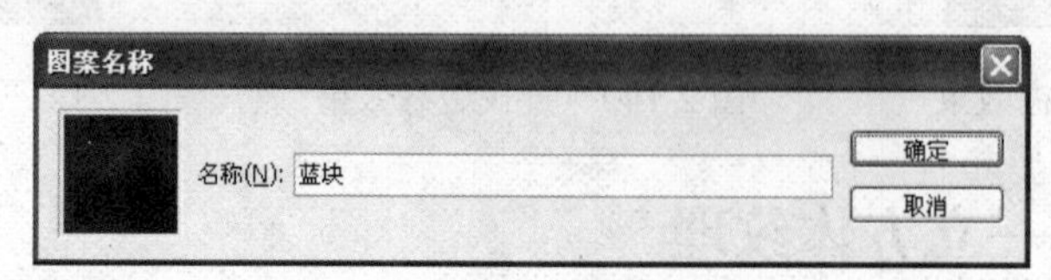

图 2-147　定义图案

（4）用同样的方法，分别定义其他 4 个色块，其中黄块为“R:255;G:255;B:0”，“粉块“R:255;G:0;B:165”，橘黄块为“R:255;G:216;B:0”，紫块为“R;173;G:0;B:210”，如图 2-148 所示。

图 2-148　其他 4 个色块

（5）执行“文件”→“新建”菜单命令，建立一个 RGB 图像文件，设置其宽度和高度均为 500 像素，分辨率为 300 像素/英寸。

（6）新建图层 1，选择矩形选框工具绘制一个矩形，并填充刚才的蓝块，如图 2-149 所示。

（7）用同样的方法，新建两个图层，分别填充刚才的黄块和粉块，其大小和蓝块矩形相同，如图 2-150 所示。

（8）在图层 1 中，按 Ctrl+T 键，单击鼠标右键并选择“扭曲”命令，调整蓝块形状如图 2-151 所示。

图 2-149　填充蓝块

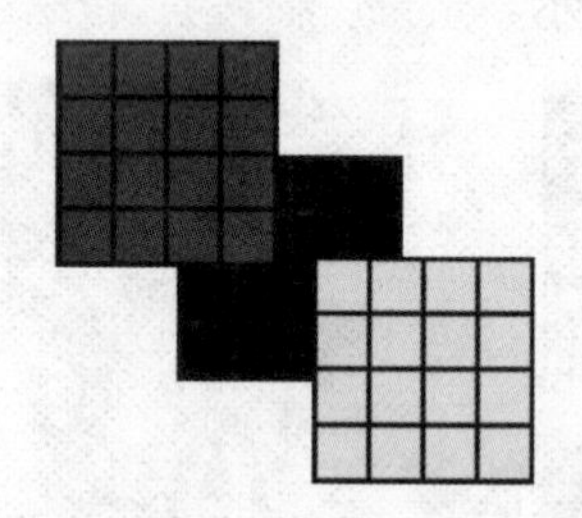

图 2-150　填充其他色块

图 2-151　调整蓝块形状

（9）用同样的方法分别调整黄块和粉块矩形，得到一个立方体，如图 2-152 所示。

（10）新建图层 4，填充橘黄块，按 Ctrl+T 键；单击鼠标右键选择“扭曲”命令，调整其形状如图 2-153 所示。

（11）新建图层 5，填充紫块，同样按 Ctrl+T 键，单击鼠标右键选择“扭曲”命令，对图形进行调整，最终效果如图 2-154 所示。

图 2-152　魔方效果

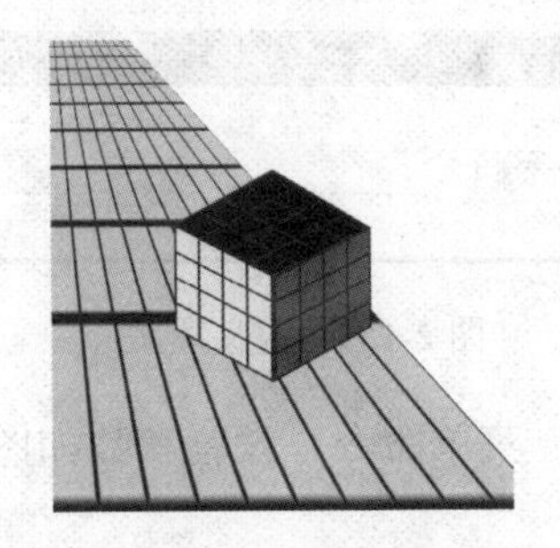

图 2-153　调整色块的形状

图 2-154　魔方效果

实例 119——编织纹理

本例将制作藤竹的编织纹理效果。（学习难度：★★★★）

（1）执行“文件”→“新建”菜单命令，建立一个 RGB 图像文件，设置其宽度为 600 像素，高度为 500 像素，分辨率为 300 像素/英寸。

（2）新建图层 1，使用钢笔工具绘制出如图 2-155 所示的图形。

（3）填充颜色为“R:192;G:149;B:0”，并按 Ctrl+T 键调整藤竹的形状，如图 2-156 所示。

（4）打开“图层样式”对话框，选择“斜面和浮雕”，设置参数如图 2-157 所示。设置的效果如图 2-158 所示。

（5）隐藏背景层，并使用裁剪工具剪裁出与藤竹大小正好相同的矩形，然后执行“编辑”→“定义图案”菜单命令，如图 2-159 所示。

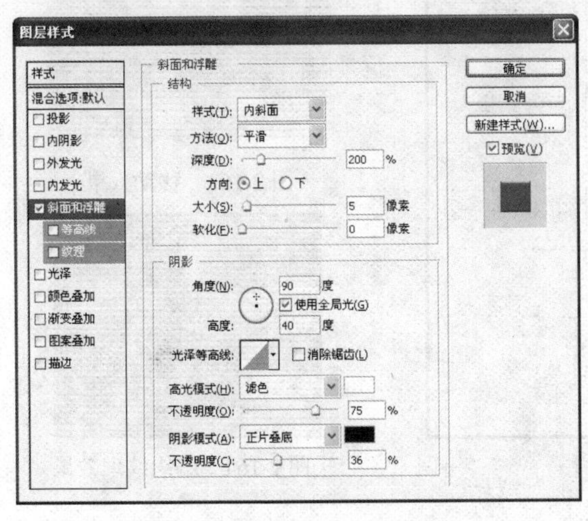

图 2-157　设置“斜面和浮雕”

图 2-155　绘制图形

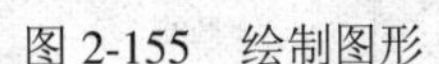

图 2-156　调整形状

图 2-158　斜面和浮雕效果

（6）在历史记录面板中撤销裁剪图像的步骤，回到初始图像大小。隐藏图层 1，显示背景图层，并新建图层 2。

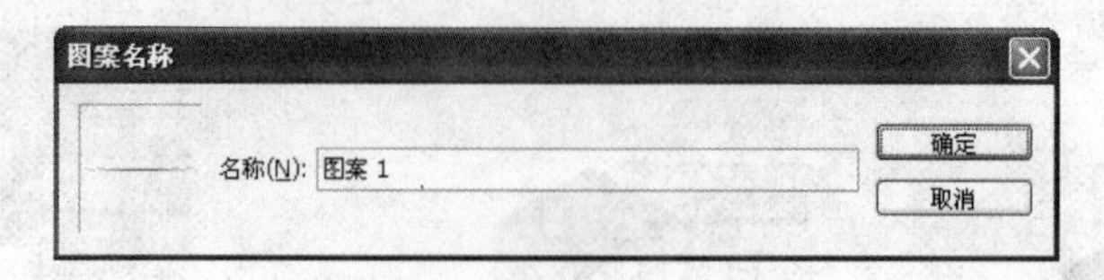

图 2-159　定义图案

（7）执行“编辑”→“填充”菜单命令，设置参数如图 2-160 所示，选择刚才定义的图案，填充效果如图 2-161 所示。

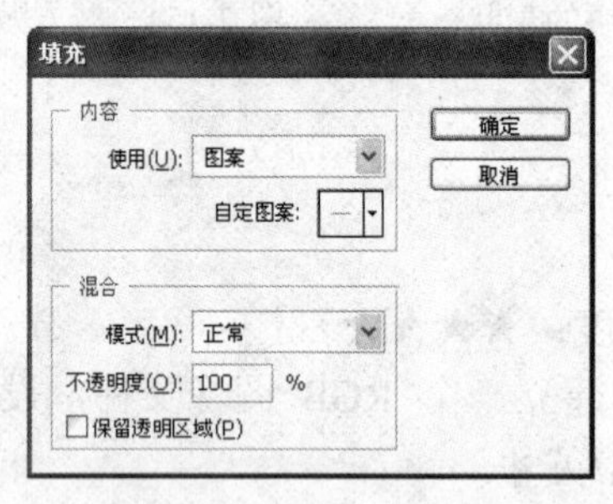

图 2-160　设置“填充”

图 2-161　填充效果

（8）复制图层 2，将图层 2 和图层 2 副本进行移动，得到如图 2-162 所示的效果。

（9）编制的效果已经出来了，最后打开“图层样式”对话框，选择“投影”，设置参数如图 2-163 所示。最终效果如图 2-164 所示。

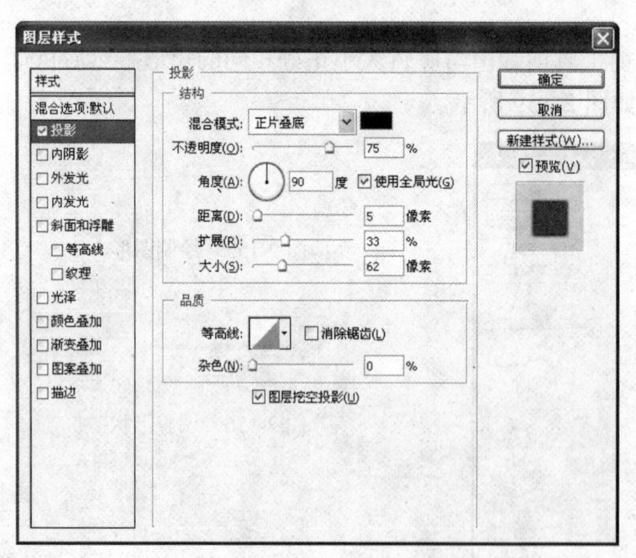

图 2-163　设置“投影”

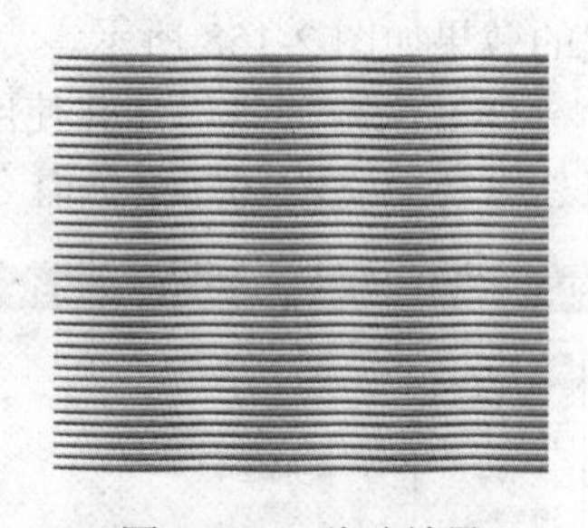

图 2-162　移动效果

图 2-164　编织纹理效果

实例 120——方格浮雕纹理

本例将制作具有浮雕效果的方格纹理。（学习难度：★★★）

（1）执行“文件”→“新建”菜单命令，建立一个 RGB 图像文件，设置其宽度为 400 像素，高度为 400 像素，分辨率为 300 像素/英寸。

（2）新建图层 1，按 D 键恢复默认颜色设置，并填充黑色。执行“滤镜”→“杂色”→“添加杂色”菜单命令，设置“数量”为 400，选为“平均分布”并勾选“单色”。其效果如图 2-165 所示。

（3）执行“滤镜”→“纹理”→“拼缀图”菜单命令，设置“方形大小”为 10，“凸现”为 0，其效果如图 2-166 所示。

（4）执行“滤镜”→“风格化”→“照亮边缘”菜单命令，设置“边缘宽度”为 14，“边缘亮度”为 6，“平滑度”为 5，其效果如图 2-167 所示。

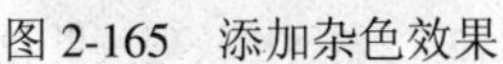

图 2-165　添加杂色效果

图 2-166　拼缀图效果

图 2-167　照亮边缘效果

（5）执行“图像”→“调整”→“色相/饱和度”菜单命令，设置参数如图 2-168 所示。最终效果如图 2-169 所示。

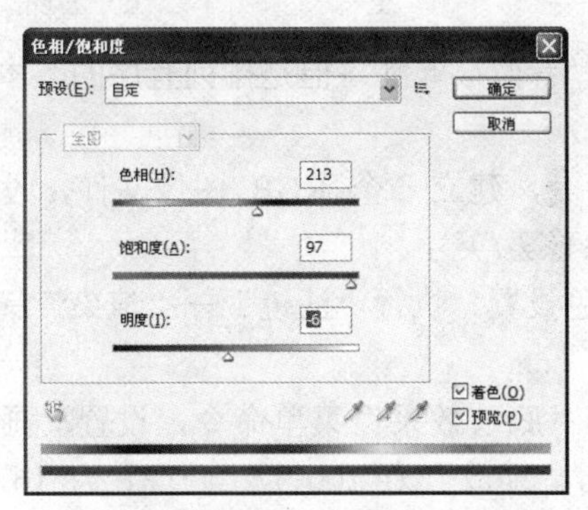

图 2-168　设置“色相/饱和度”

图 2-169　方格浮雕纹理效果

实例 121——斜网格纹理

本例将通过图案填充来制作斜网格纹理效果。（学习难度：★★★★）

（1）执行“文件”→“新建”菜单命令，建立一个 RGB 图像文件，设置其宽度为 60 像素，高度为 50 像素，分辨率为 300 像素/英寸。

（2）因为将要设置的网格是白色的，为了突出效果，现将背景填充黑色。新建图层 1，使用画笔工具，选择适当的笔尖大小，绘制两条斜线，并在斜线中间单击一下，形成中心圆点，如图 2-170 所示。

（3）隐藏背景层，执行“编辑”→“定义图案”菜单命令，如图 2-171 所示。

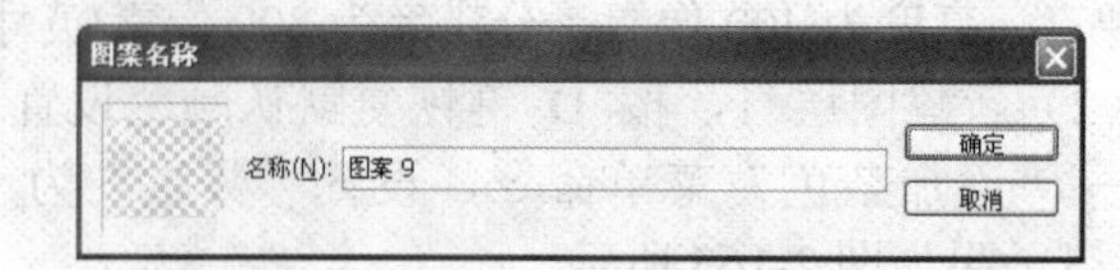

图 2-170　绘制网格图案

图 2-171　定义图案

（4）执行“文件”→“打开”菜单命令，打开图像，如图 2-172 所示。

（5）执行“编辑”→“填充”菜单命令，选择刚才定义的图案，填充背景层。最终效果如图 2-173 所示。

图 2-172　打开图像

图 2-173　斜网格纹理效果

实例 122——电路板纹理

电路板上分布着各种线路的交叉连接，看似很繁乱，但是排列有序的。本例将制作电路板效果的纹理。（学习难度：★★★★★）

（1）执行“文件”→“新建”菜单命令，建立一个 RGB 图像文件，设置其宽度为 600 像素，高度为 400 像素，分辨率为 300 像素/英寸。

（2）新建图层 1，按 D 键恢复默认颜色设置。执行“滤镜”→“渲染”→“云彩”菜单命令，设置云彩效果。

（3）执行“滤镜”→“艺术效果”→“底纹效果”菜单命令，设置“画笔大小”为 8，“纹理覆盖”为 20，“纹理”为“画布”，“缩放”为 100%，“凸现”为 16，“光照”为“上”，其效果如图 2-174 所示。

（4）执行“滤镜”→“风格化”→“照亮边缘”菜单命令，设置“边缘宽度”为 2，“边缘亮度”为 5，“平滑度”为 1，其效果如图 2-175 所示。

图 2-174　底纹效果

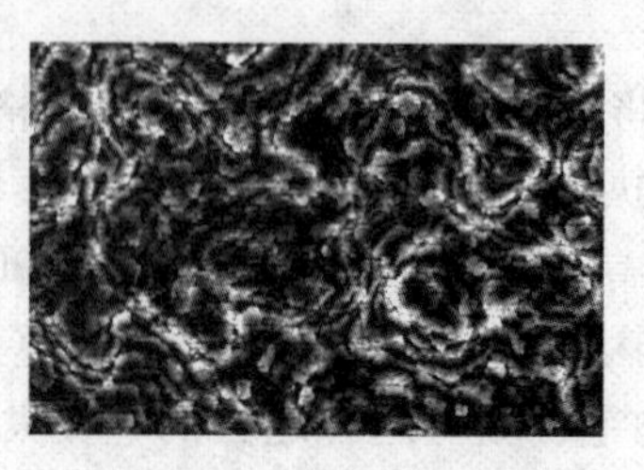

图 2-175　照亮边缘效果

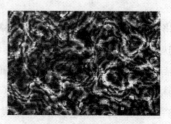

（5）执行“滤镜”→“像素化”→“马赛克”菜单命令，设置单元格“大小”为 6。如图 2-176 所示。

（6）再次执行“滤镜”→“风格化”→“照亮边缘”菜单命令，设置“边缘宽度”为 2，“边缘亮度”为 8，“平滑度”为 1，如图 2-177 所示。

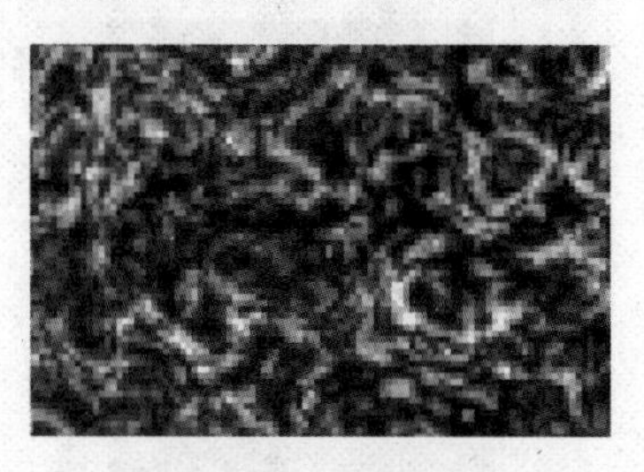

图 2-176　马赛克

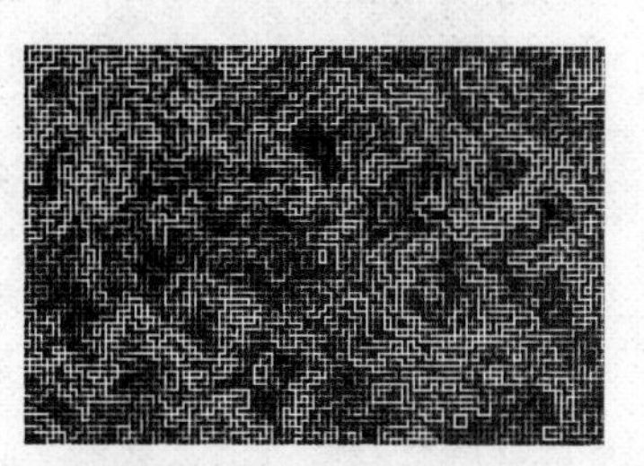

图 2-177　照亮边缘效果

（7）执行“图像”→“调整”→“色相/饱和度”菜单命令，设置参数如图 2-178 所示。最终效果如图 2-179 所示。

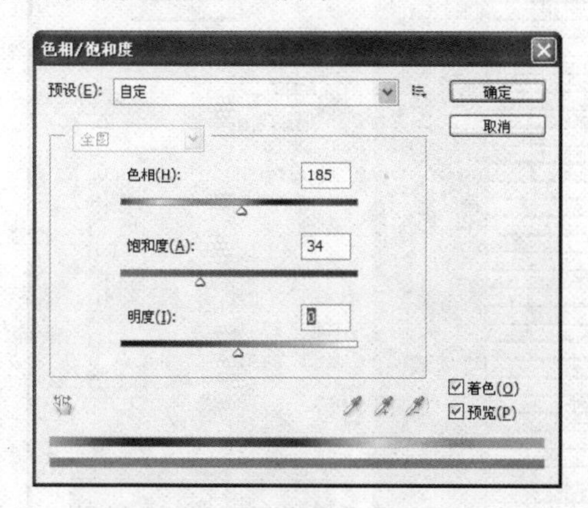

图 2-178　设置“色相/饱和度”

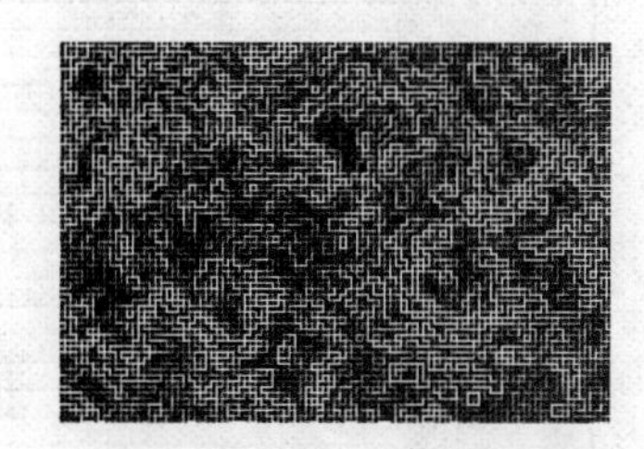

图 2-179　电路板纹理效果

实例 123——七彩马赛克纹理

本例将制作七彩马赛克纹理效果。（学习难度：★★★★）

（1）执行“文件”→“新建”菜单命令，建立一个 RGB 图像文件，设置其宽度为 400 像素，高度为 500 像素，分辨率为 300 像素/英寸。

（2）执行“滤镜”→“杂色”→“添加杂色”菜单命令，设置“数量”为 400，平均分布，如图 2-180 所示。添加杂色效果如图 2-181 所示。

（3）执行“滤镜”→“纹理”→“拼缀图”菜单命令，设置“方形大小”为 10，“凸现”为 12，如图 2-182 所示。最终效果如图 2-183 所示。

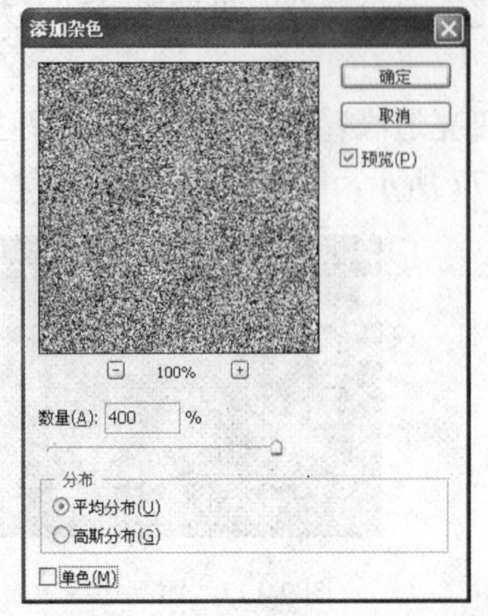

图 2-180　设置“添加杂色”

图 2-181　添加杂色效果

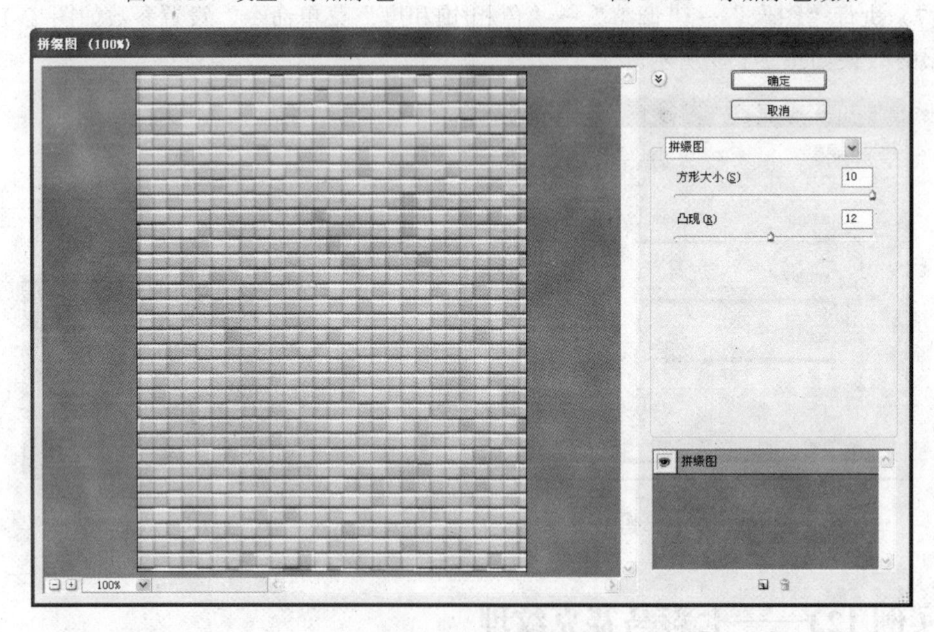

图 2-182　设置“拼缀图”

图 2-183　七彩马赛克纹理效果

实例 124——光球纹理

本例将利用画笔工具制作光球纹理效果。（学习难度：★★★）

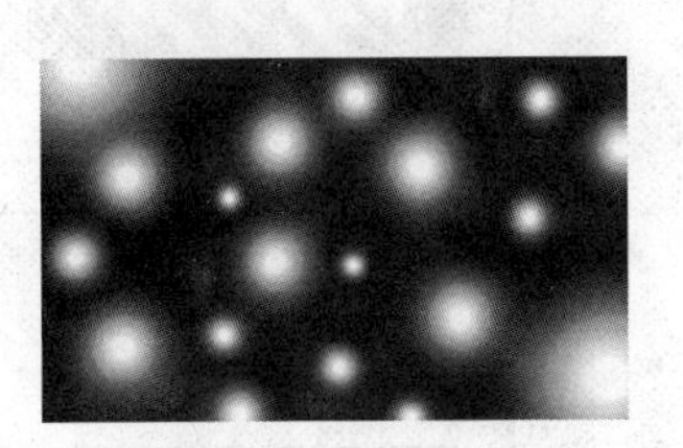

图 2-184　白色光球

（1）执行“文件”→“新建”菜单命令，建立一个 RGB 图像文件，设置其宽度为 500 像素，高度为 300 像素，分辨率为 300 像素/英寸。

（2）将背景填充黑色。选择画笔工具，再选择柔角的笔尖形状，设置不同的笔尖大小，在背景上画出白色的光球，如图 2-184 所示。

（3）调整光球的颜色。执行“图像”→“调整”→“色相/饱和度”菜单命令，设置参数如图 2-185 所示。

操作技巧：

使用画笔工具的柔角笔尖可以制作出外发光的效果，使用图层样式中的“外发光”选项，同样可以突出图像的轮廓效果。

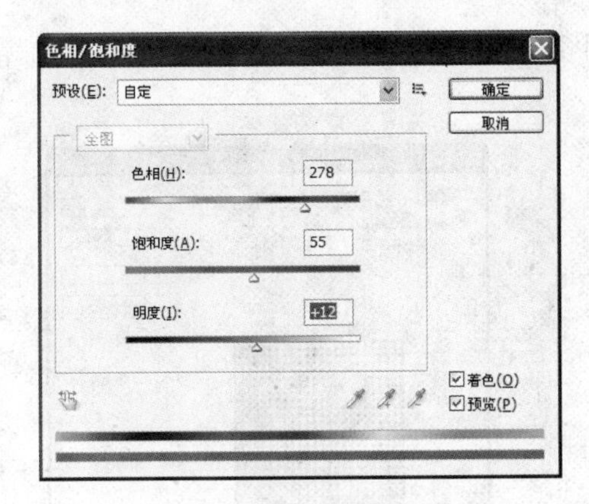

图 2-185　设置“色相/饱和度”

（4）最终效果如图 2-186 所示。

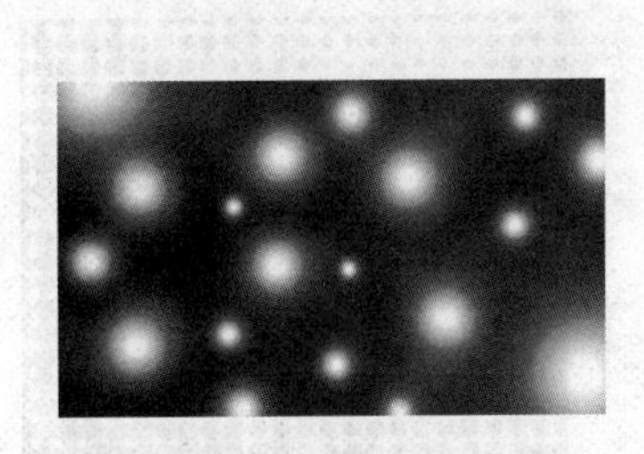

图 2-186　光球纹理效果图

实例 125——波尔卡点纹理

本例将制作波尔卡点效果的纹理。（学习难度：★★★★）

（1）执行“文件”→“新建”菜单命令，建立一个 RGB 图像文件，设置其宽度和高度均为 500 像素，分辨率为 300 像素/英寸。

（2）新建图层 1，按 D 键恢复默认颜色设置。选择渐变工具，设置渐变颜色由前景色到背景色，如图 2-187 所示。渐变效果如图 2-188 所示。

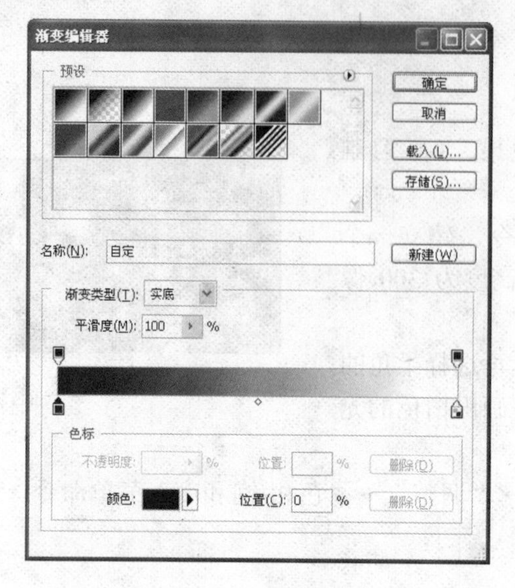

图 2-187　设置渐变

图 2-188　渐变效果

彩色半调
最大半径(R): 15 (像素)
网角(度):
通道 1(1): 90
通道 2(2): 90
通道 3(3): 90
通道 4(4): 45
确定
取消
默认(D)

图 2-189　设置“彩色半调”

（3）执行“滤镜”→“像素化”→“彩色半调”菜单命令，设置参数如图 2-189 所示。彩色半调的效果如图 2-190 所示。

（4）执行“选择”→“色彩范围”菜单命令，如图 2-191 所示，单击图中的黑色部分，得到选区效果如图 2-192 所示。

图 2-190　彩色半调效果

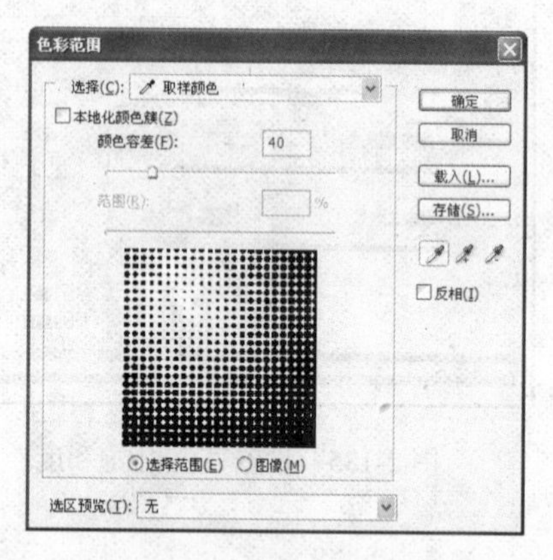

图 2-191　设置“色彩范围”

（5）再次选择渐变工具，颜色选为七彩色谱，如图 2-193 所示。径向渐变选区，然后取消选择，最终效果如图 2-194 所示。

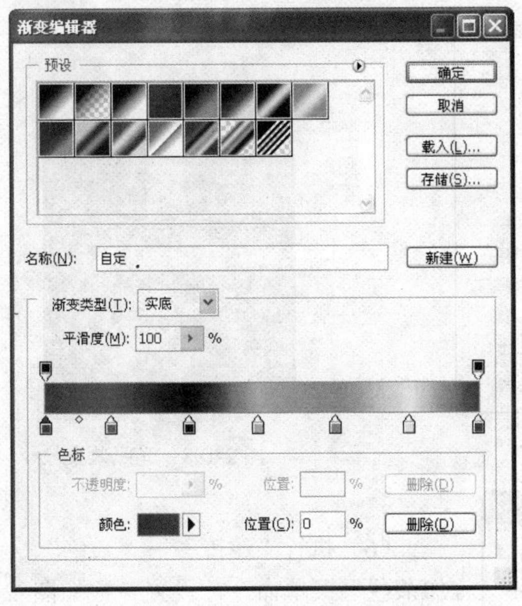

图 2-193　渐变颜色

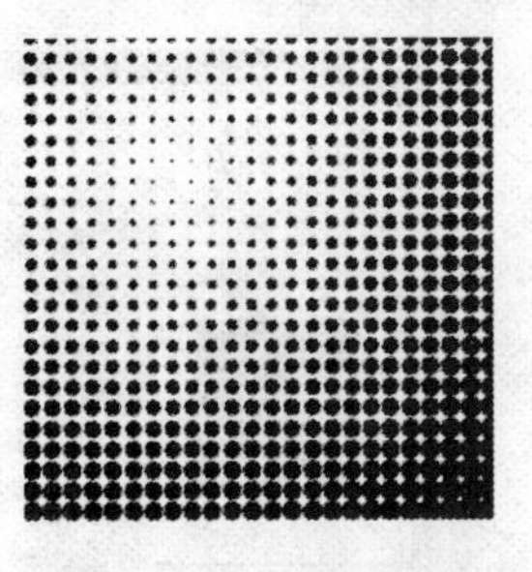

图 2-192　选区效果

图 2-194　波尔卡点纹理效果

实例 126——石纹纹理

本例将制作具有立体效果的石纹纹理。(学习难度：★★★★)

(1) 执行“文件”→“新建”菜单命令，建立一个 RGB 图像文件，设置其宽度为 500 像素，高度为 500 像素，分辨率为 300 像素/英寸。

(2) 在通道面板中新建通道 1，执行“滤镜”→“渲染”→“云彩”菜单命令，如图 2-195 所示。

(3) 多次执行“滤镜”→“渲染”→“分层云彩”菜单命令，直到满意为止，如图 2-196 所示。

(4) 在图层面板上新建一个图层，分别执行“滤镜”→“渲染”→“云彩”菜单命令和“滤镜”→“渲染”→“分层云彩”菜单命令。前后背景色为岩石的深浅部分颜色。

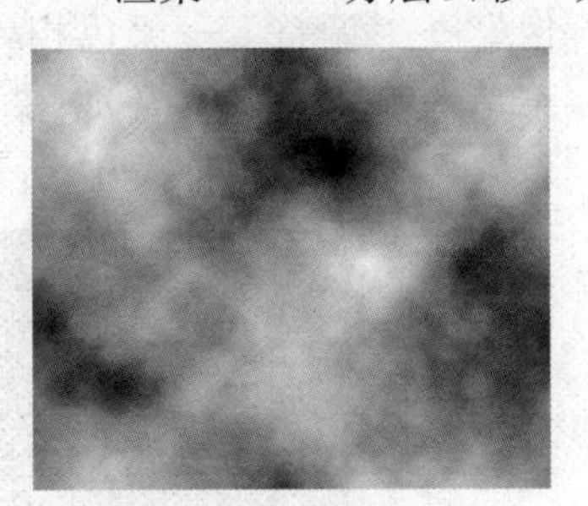

图 2-195　云彩效果

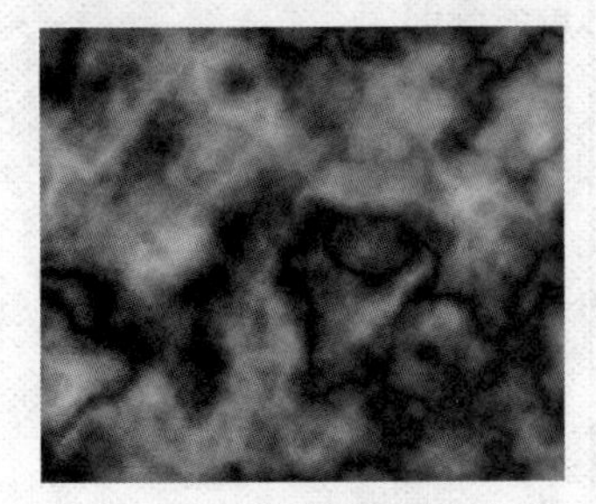

图 2-196　分层云彩

(5) 执行“滤镜”→“渲染”→“光照效果”菜单命令，设置参数如图 2-197 所示。光照效果如图 2-198 所示。

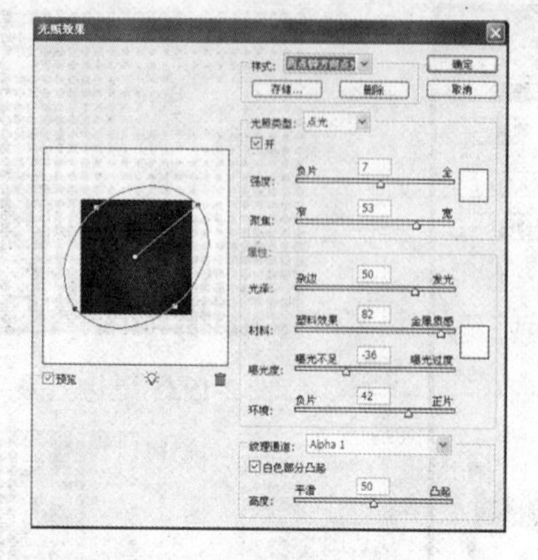

图 2-197　设置“效果光照”

图 2-198　光照效果

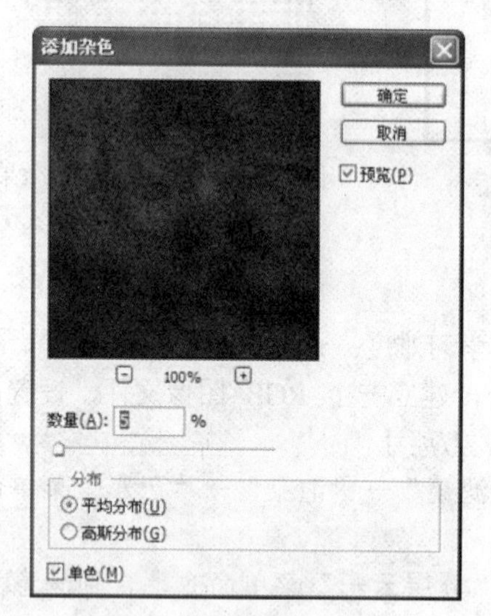

图 2-199　设置“添加杂色”

（6）执行“滤镜”→“杂色”→“添加杂色”菜单命令，设置参数如图 2-199 所示，添加杂色效果如图 2-200 所示。

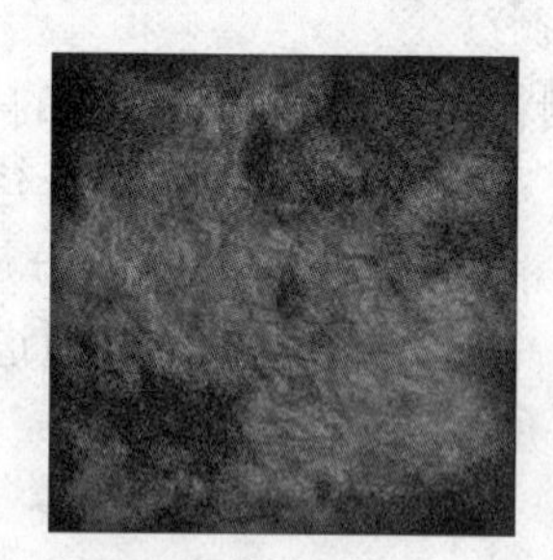

图 2-200　添加杂色效果

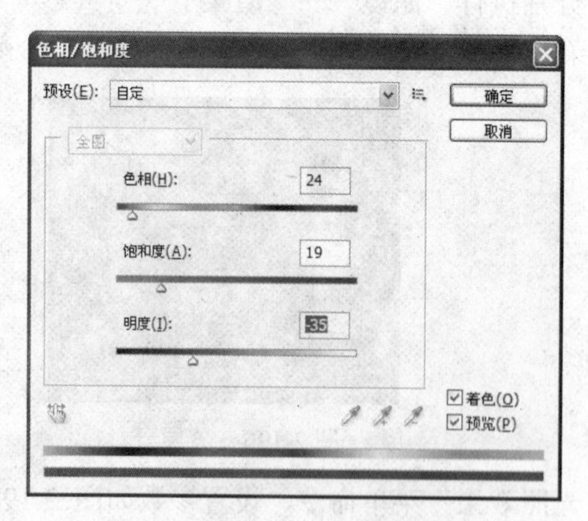

图 2-201　设置“色相/饱和度”

（7）调整石纹的颜色，执行“图像”→“调整”→“色相/饱和度”菜单命令，设置参数如图 2-201 所示。最终效果如图 2-202 所示。

图 2-202　石纹纹理效果

实例 127——岩石纹理

本例将制作坚硬的岩石纹理效果。（学习难度：★★★★★）

（1）执行“文件”→“新建”菜单命令，建立一个 RGB 图像文件，设置其宽度为 500 像素，高度为 500 像素，分辨率为 300 像素/英寸。

（2）按 D 键恢复默认颜色设置。新建图层 1，执行“滤镜”→“渲染”→“云彩”菜单命令，然后多次执行“滤镜”→“渲染”→“分层云彩”菜单命令，直到达到满意效果，如图 2-203 所示。

（3）执行“图像”→“调整”→“亮度/对比度”菜单命令，设置“亮度”为 20，“对比度”为 10，如图 2-204 所示。

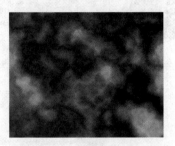

图 2-203　分层云彩效果

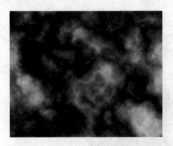

图 2-204　亮度/对比度效果

（4）选择画布并复制，然后在通道面板中新建通道 1，粘贴画布。回到图层面板，执行“滤镜”→“渲染”→“光照效果”菜单命令，设置参数如图 2-205 所示。光照色设为“R:217;G:217;B:217”，环境色设为“R:216;G:146;B:67”，光照效果如图 2-206 所示。

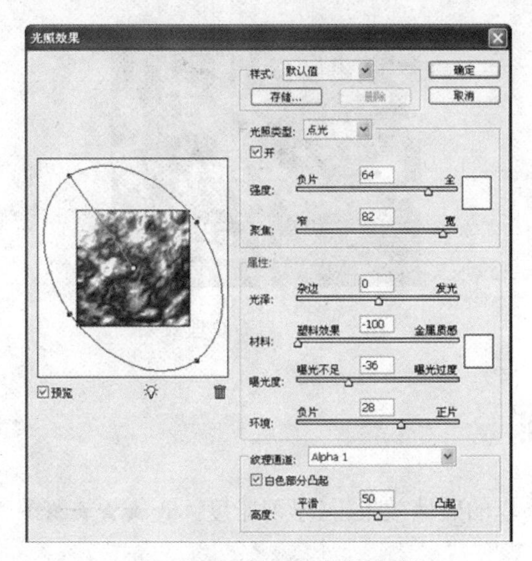

图 2-205　设置“光照效果”

图 2-206　光照效果

（5）在通道面板中执行“图像”→“调整”→“亮度/对比度”菜单命令，设置“亮度”为 150，其效果如图 2-207 所示。

（6）回到图层面板，复制图层 1，执行“滤镜”→“渲染”→“光照效果”菜单命令，设置参数不变，调整光照的角度，如图 2-208 所示。光照效果如图 2-209 所示。

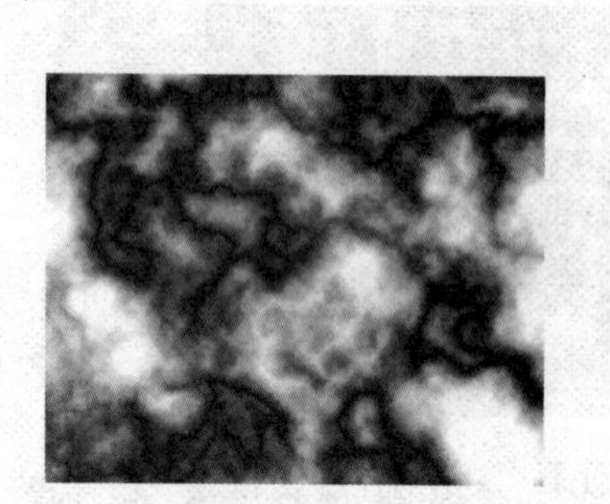

图 2-207　调整亮度/对比度后的效果

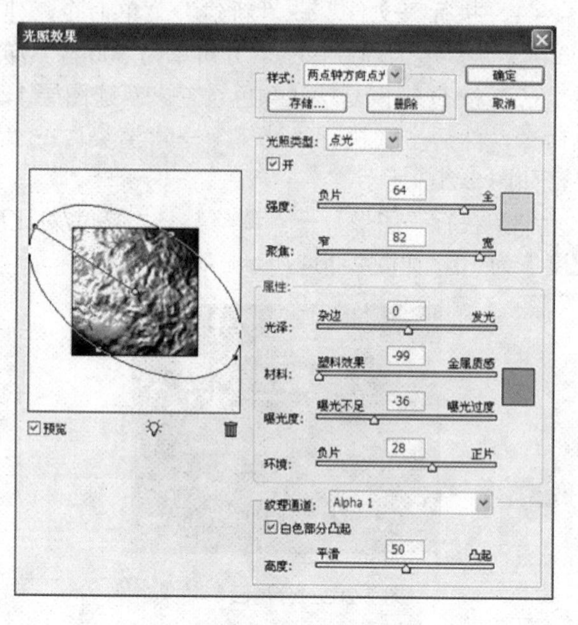

图 2-208　设置“光照效果”

（7）最后，更改图层 1 副本的混合模式为“变亮”，然后调整“不透明度”为 50%。最终效果如图 2-210 所示。

图 2-209　光照效果

图 2-210　岩石纹理效果

实例 128——残缺的砖墙纹理

本例将制作一面由于风吹雨晒而残缺不堪的砖墙效果。（学习难度：★★★★★）

（1）执行“文件”→“新建”菜单命令，建立一个RGB图像文件，设置其宽度和高度均为500像素，分辨率为300像素/英寸。

（2）设置前景色为“R:74;G:78;B:80”，背景色为白色，填充前景色，如图2-211所示。

图2-211　填充颜色

（3）执行“滤镜”→“艺术效果”→“海绵”菜单命令，设置0参数如图2-212所示。得到海绵效果如图2-213所示。

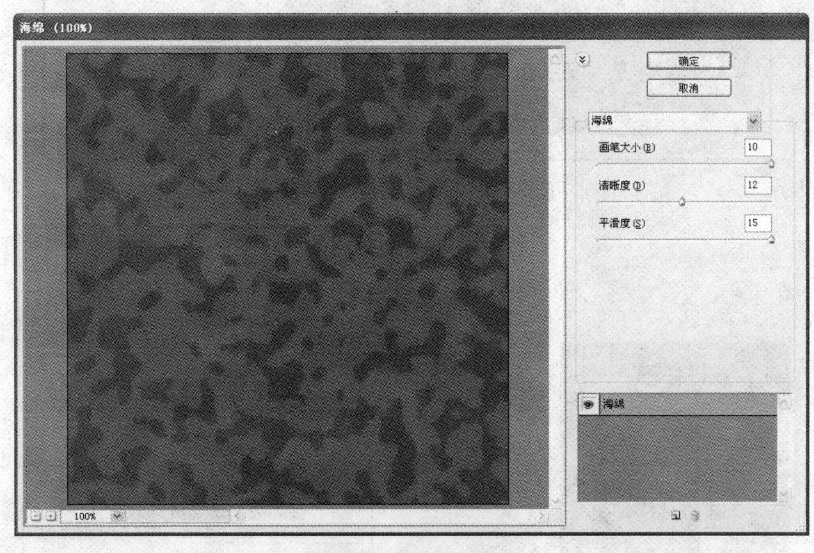

图2-212　设置“海绵”

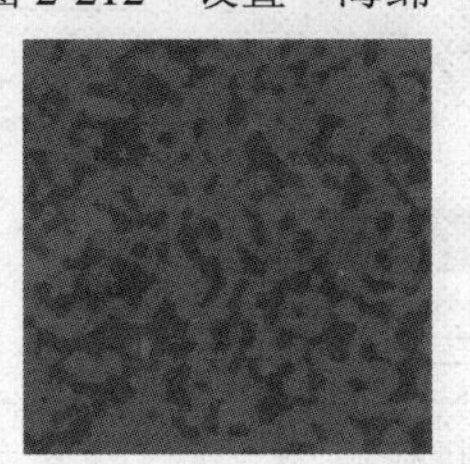

图2-213　海绵效果

（4）执行“滤镜”→“艺术效果”→“底纹效果”菜单命令，设置参数如图2-214所示。底纹效果如图2-215所示。

（5）执行“选择”→“色彩范围”菜单命令，如图2-216所示，单击图像中的深色部分，得到选区效果如图2-217所示。

（6）执行“滤镜杂色”→“添加杂色”菜单命令，设置参数如图2-218所示，添加杂色的效果如图2-219所示。

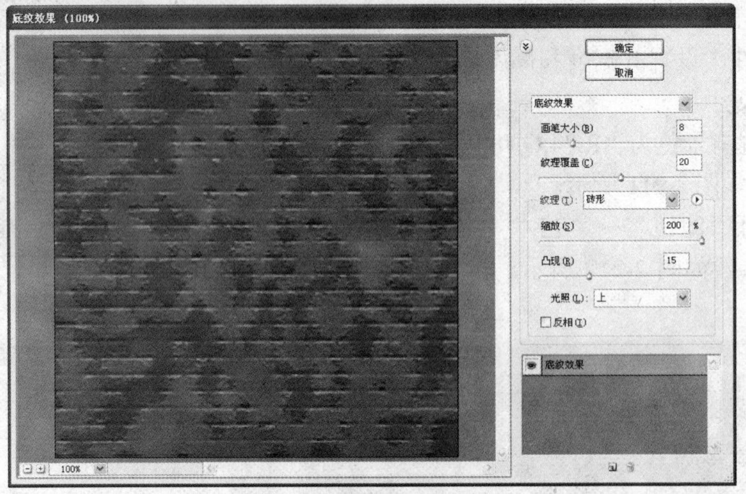

图 2-214 设置“底纹效果”

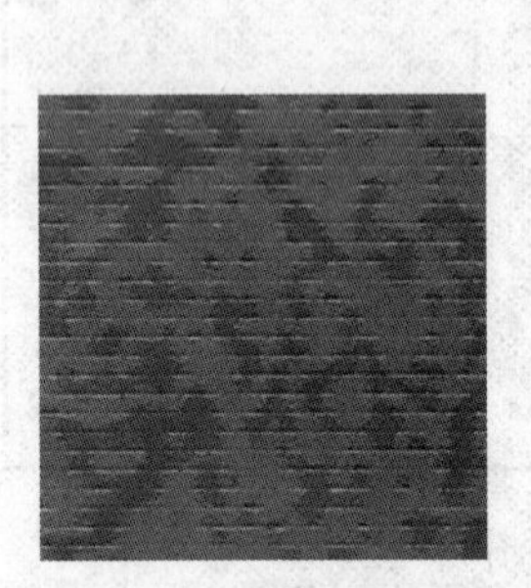

图 2-215 底纹效果

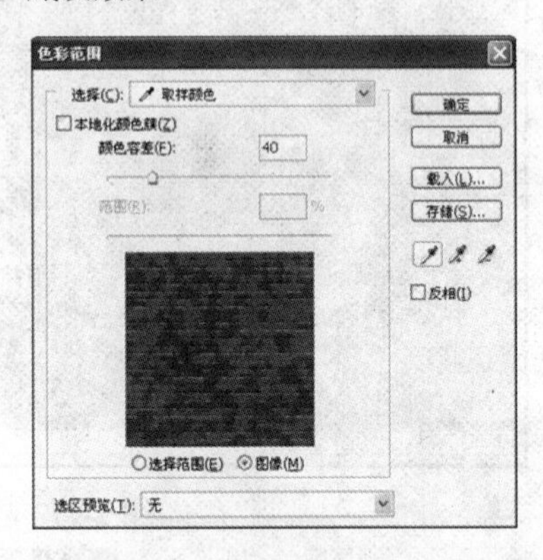

图 2-216 设置“色彩范围”

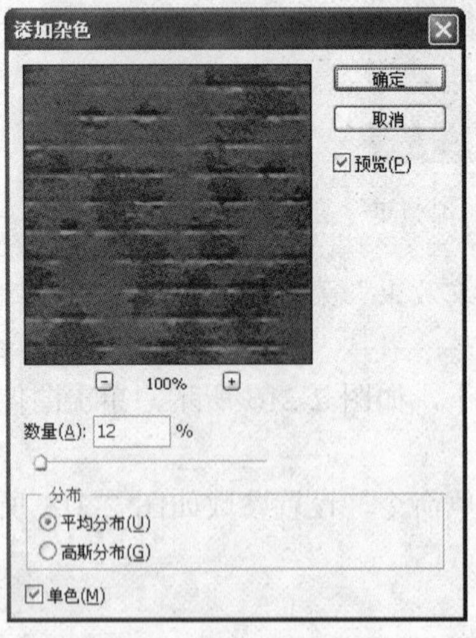

图 2-218 设置“添加杂色”

图 2-217 选区效果

图 2-219 添加杂色效果

（7）保持选区，执行“图像”→“调整”→“色相/饱和度”菜单命令，设置参数如图 2-220 所示。调整墙体的颜色，最终效果如图 2-221 所示。

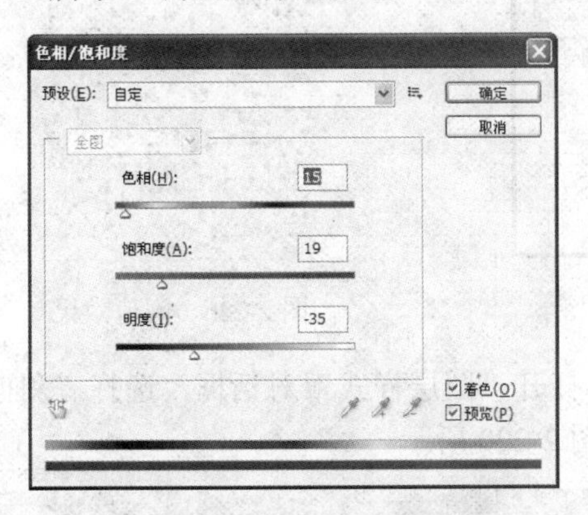

图 2-220　设置“色相/饱和度”

图 2-221　残缺的砖墙纹理效果

实例 129——水滴飞溅效果

本例将制作透明水滴飞扬四溅的效果。（学习难度：★★★★）

（1）执行“文件”→“新建”菜单命令，建立一个 RGB 图像文件，设置其宽度为 500 像素，高度为 500 像素，分辨率为 300 像素/英寸。

（2）设置前景色为“R:53;G:106;B:195”，背景色为“R:102;G:157;B:248”，线性渐变效果如图 2-222 所示。

（3）新建图层 1，填充为白色。执行“滤镜”→“杂色”→“添加杂色”菜单命令，设为高斯分布，设置“数量”为 400，勾选“单色”，其效果如图 2-223 所示。

（4）执行“滤镜”→“模糊”→“高斯模糊”菜单命令，设置“半径”为 4，其效果如图 2-224 所示。

图 2-222　线性渐变效果

图 2-223　添加杂色效果

图 2-224　高斯模糊效果

（5）执行“图像”→“调整”→“阈值”菜单命令，保持自动生成的数值，如图 2-225 所示，得到如图 2-226 所示的效果。

（6）执行“选择”→“色彩范围”菜单命令，单击图像中的黑色，得到选区如图 2-227 所示。

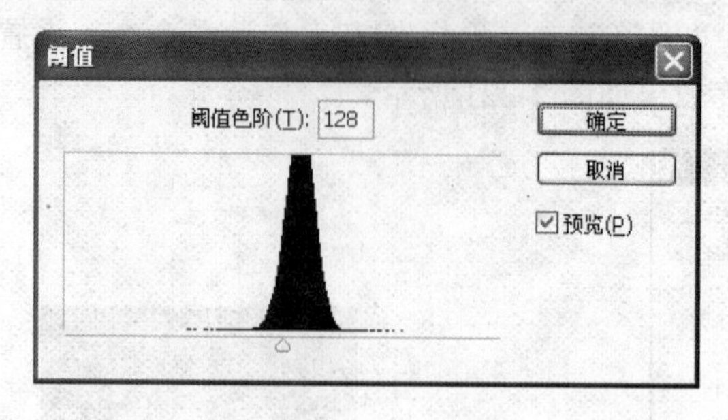

图 2-225　设置“阈值”

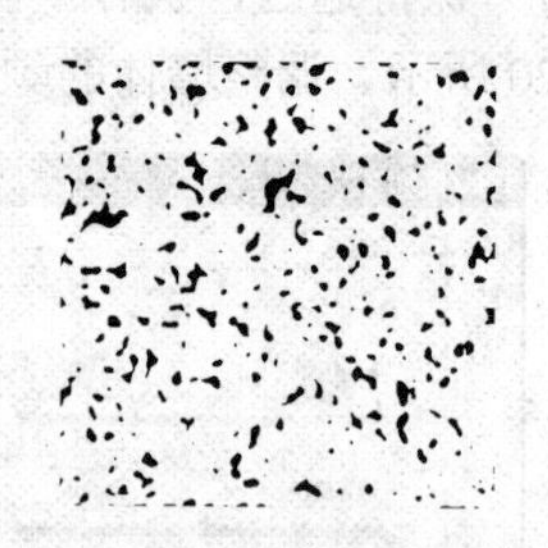

图 2-226　阈值效果

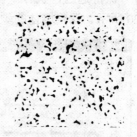

（7）在背景层上按 Ctrl+J 键复制图层，打开“图层样式”对话框，选择“斜面和浮雕”，设置参数如图 2-228 所示。最终效果如图 2-229 所示。

图 2-227　选区效果

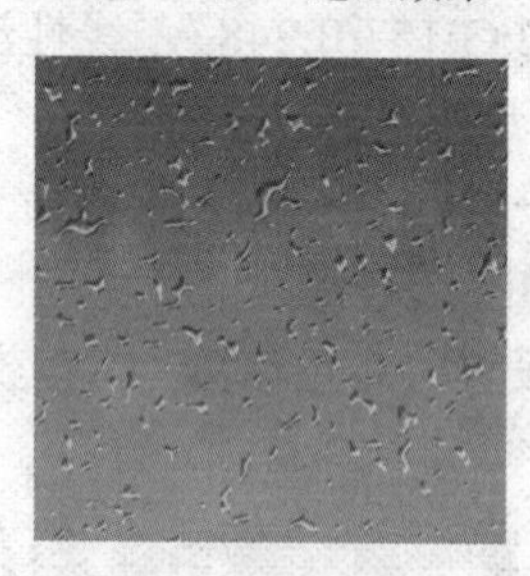

图 2-229　水滴飞溅效果效果

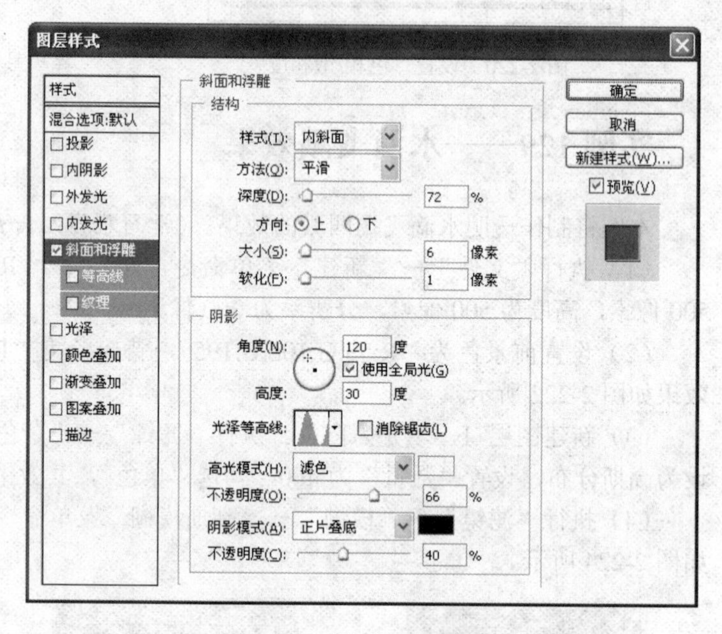

图 2-228　设置“斜面和浮雕”

实例 130——纺织纹理

纺织纹理都是一环扣一环的，稍有不注意就会出现叉头。本例将制作纺织效果的纹理。（学习难度：★★★★）

（1）执行“文件”→“新建”菜单命令，建立一个 RGB 图像文件，设置其宽度为 500 像素，高度为 500 像素，分辨率为 300 像素/英寸。

（2）设置前景色为“R:4;G:8;B:184”，背景色为“R:247;G:247;B:0”。新建图层 1，选择矩形选框工具绘制一个长条矩形，填充前景色。新建图层 2，绘制矩形填充为背景色。分别复制图层 1 和图层 2，如图 2-230 所示摆放矩形。

（3）调整各矩形图层的位置，得到如图 2-231 所示的效果。

（4）选中图层 1，使用矩形选框工具绘制一个矩形，如图 2-232 所示。

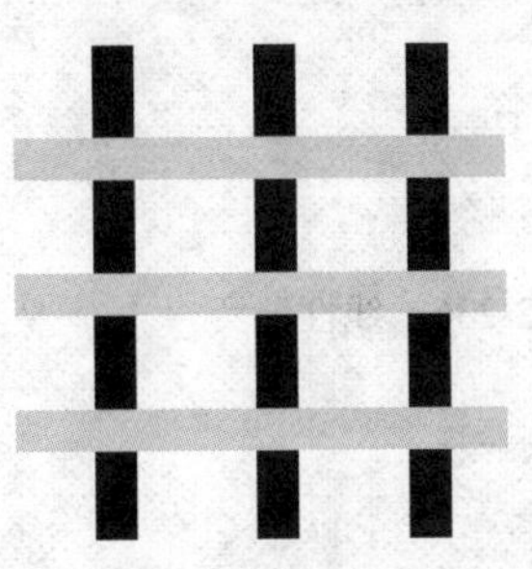

图 2-230 矩形的摆放

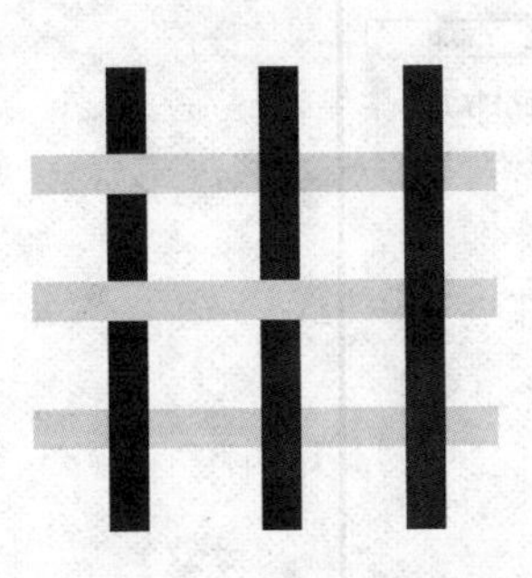

图 2-231 调整矩形位置

图 2-232 绘制矩形

（5）执行“选择”→“修改”→“羽化”菜单命令，设置“羽化半径”为 3，并按 Delete 键删除，得到效果如图 2-233 所示。

（6）用同样的方法，删除其他矩形覆盖的部分，得到效果如图 2-234 所示。

（7）最后，为了方便观察效果，将背景层填充为黑色，最终效果如图 2-235 所示。

图 2-233 羽化效果

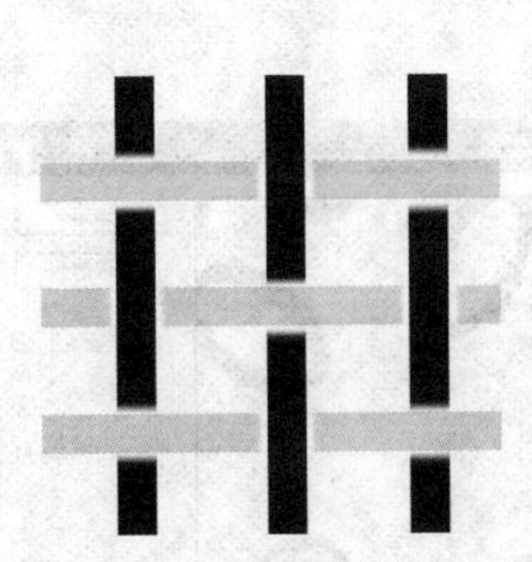

图 2-234 删除覆盖部分

图 2-235 纺织纹理效果

实例 131——雪豹纹理

本例将制作雪豹毛皮的纹理效果，既要突出它的纹路，又要体现出毛皮的效果。（学习难度：★★★★★）

（1）执行“文件”→“新建”菜单命令，建立一个 RGB 图像文件，设置其宽度为 600 像素，高度为 500 像素，分辨率为 300 像素/英寸。

（2）新建图层 1，设置前景色为“R:228;G:228;B:227”，背景色为“R:242;G:228;B:149”。选择渐变工具进行线性渐变，如图 2-236 所示。

（3）执行“滤镜”→“杂色”→“添加杂色”菜单命令，设置参数如图 2-237 所示，其效果如图 2-238 所示。

（4）新建图层 2，利用椭圆选框工具绘制一些黑色圆环和圆点，作为雪豹花纹，如图 2-239 所示。

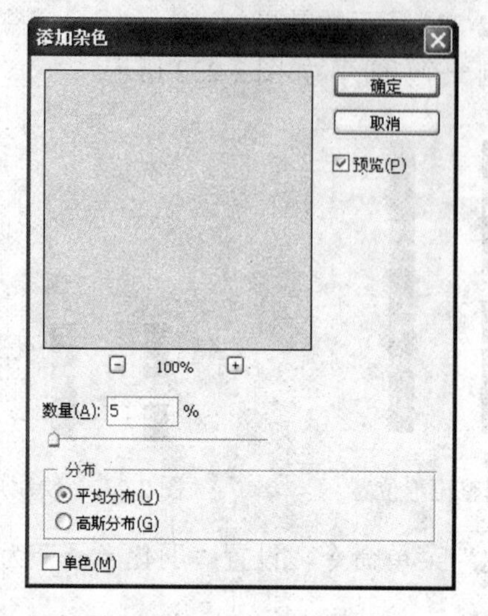

图 2-237　设置“添加杂色”

图 2-236　线性渐变

图 2-238　添加杂色效果

（5）执行“滤镜”→“扭曲”→“波纹”菜单命令，设置参数如图 2-240 所示，得到波纹效果如图 2-241 所示。

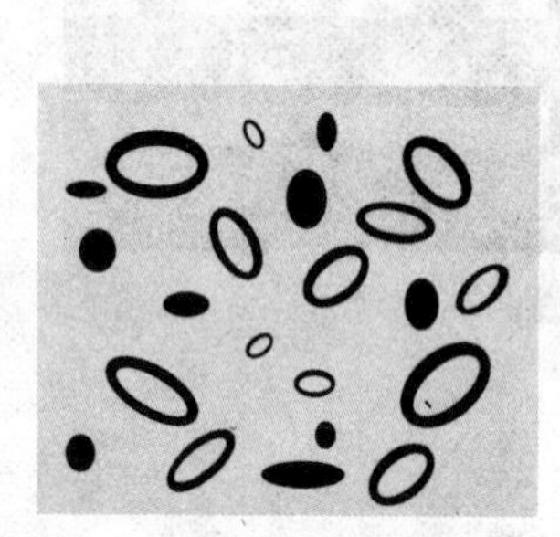

图 2-239　绘制雪豹花纹

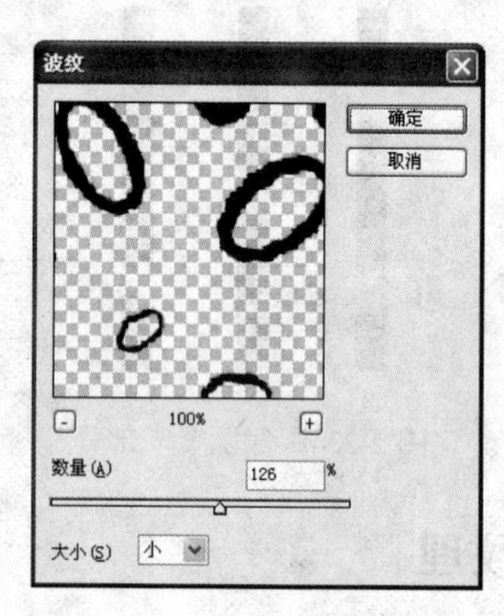

图 2-240　设置“波纹”

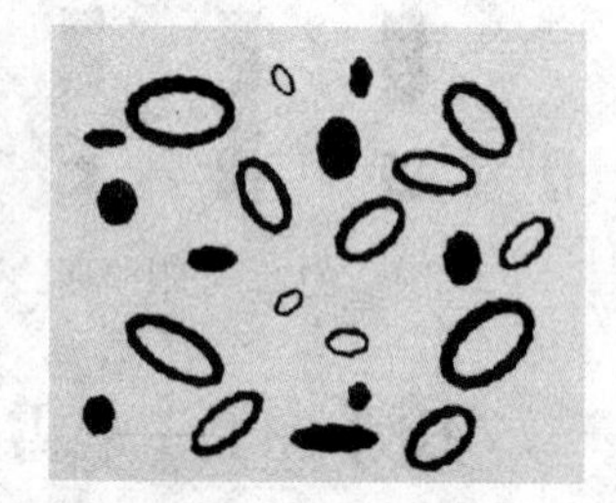

图 2-241　波纹效果

（6）执行“滤镜”→“扭曲”→“波浪”菜单命令，设置参数如图 2-242 所示，得到波浪效果如图 2-243 所示。

（7）回到图层 1，前景色设置为白色。执行“滤镜”→“渲染”→“纤维”菜单命令，设置参数如图 2-244 所示，纤维效果如图 2-245 所示。

（8）选择画笔工具，笔尖形状选为“沙丘草”，根据图像调整适当的大小，对图层 1 进行涂抹。得到毛皮的效果，如图 2-246 所示。

（9）回到图层 2，同样使用画笔工具在几个花纹边缘进行涂抹，使效果更加逼真。最终效果如图 2-247 所示。

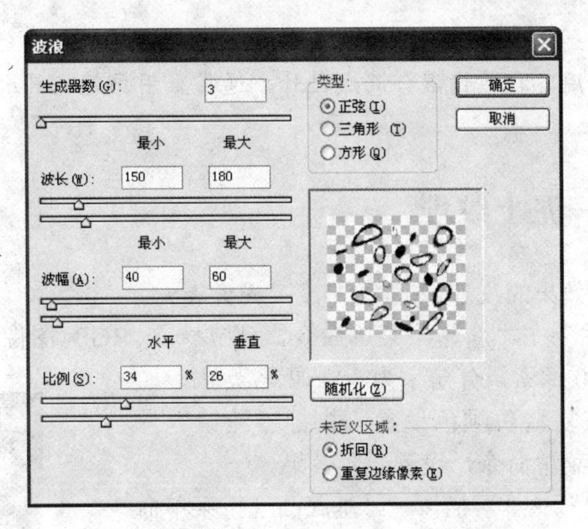

图 2-242 设置“波浪”

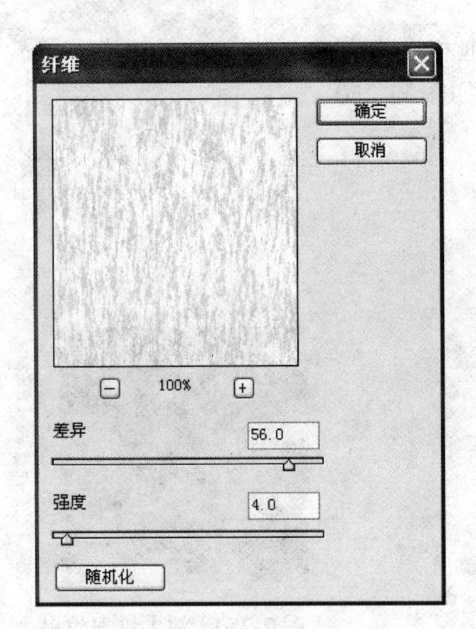

图 2-244 设置纤维

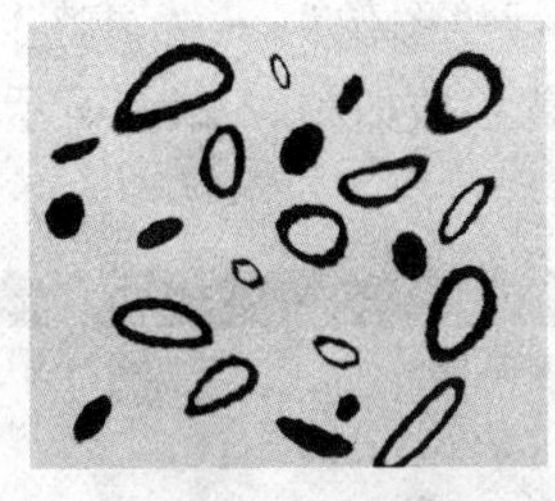

图 2-243 波浪效果

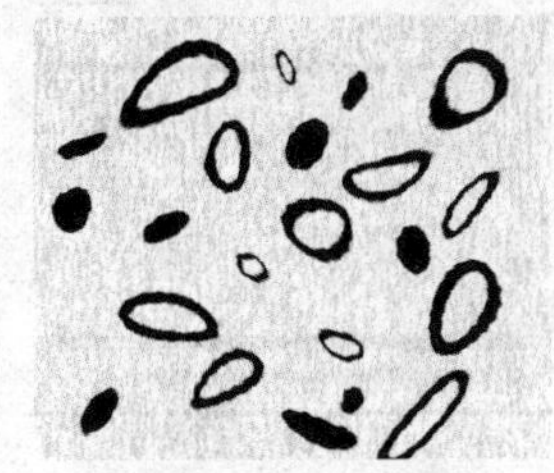

图 2-245 纤维效果

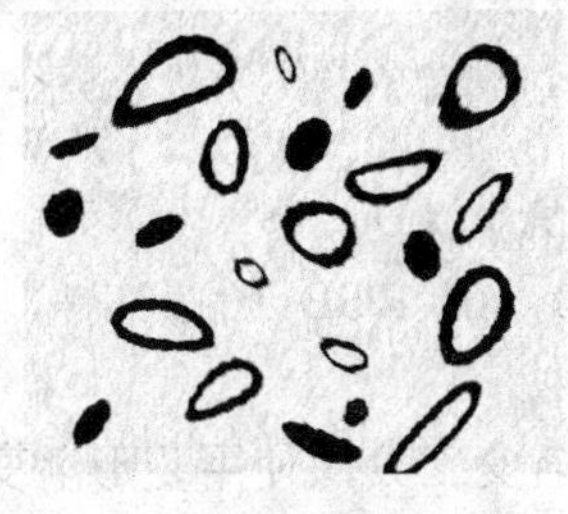

图 2-246 毛皮效果

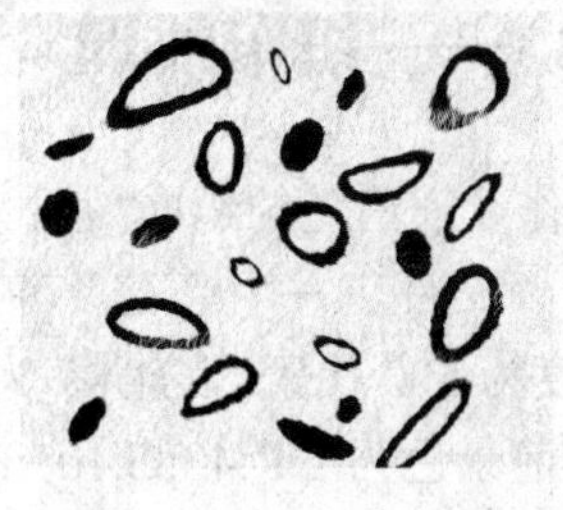

图 2-247 雪豹纹理效果

操作技巧：

毛皮效果除了使用各种滤镜混合而成之外，通常采用画笔工具进行添加，往往会得到事半功倍的效果。

实例 132——泥土纹理

本例将制作泥土效果的纹理。（学习难度：★★★★）

（1）执行“文件”→“新建”菜单命令，建立一个 RGB 图像文件，设置其宽度为 400 像素，高度为 400 像素，分辨率为 300 像素/英寸。

（2）按 D 键恢复默认颜色设置。执行“滤镜”→“渲染”→“云彩”菜单命令，设置云彩效果。

（3）执行“滤镜”→“素描”→“基底凸现”菜单命令，设置“细节”为 13，“平滑”为 3，其效果如图 2-248 所示。

图 2-248　基底凸现效果

（4）执行“图像”→“调整”→“色相/饱和度”菜单命令，设置参数如图 2-249 所示。最终效果如图 2-250 所示。

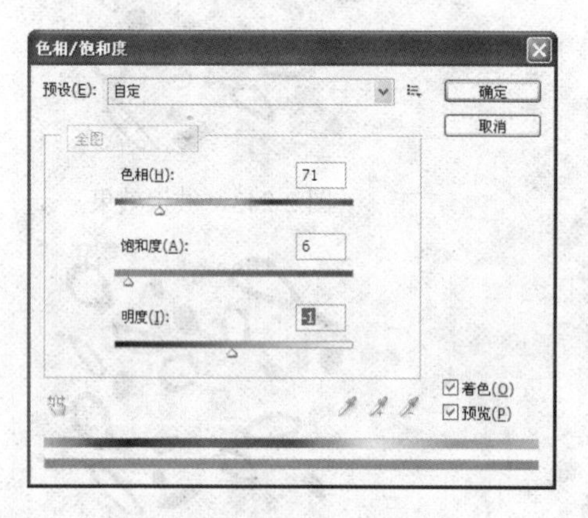

图 2-249　设置“色相/饱和度”

图 2-250　泥土纹理效果

实例 133——织布纹理

本例将制作纹理清楚的织布效果。（学习难度：★★★）

（1）执行“文件”→“新建”菜单命令，建立一个 RGB 图像文件，设置其宽度为 500 像素，高度为 500 像素，分辨率为 300 像素/英寸。

（2）设置前景色为“R:43;G:107;B:214”，选择渐变工具，使用菱形渐变，如图 2-251 所示。

（3）执行“滤镜”→“扭曲”→“波浪”菜单命令，设置参数如图 2-252 所示，具体

参数要根据图像的大小来设置，最终效果如图 2-253 所示。

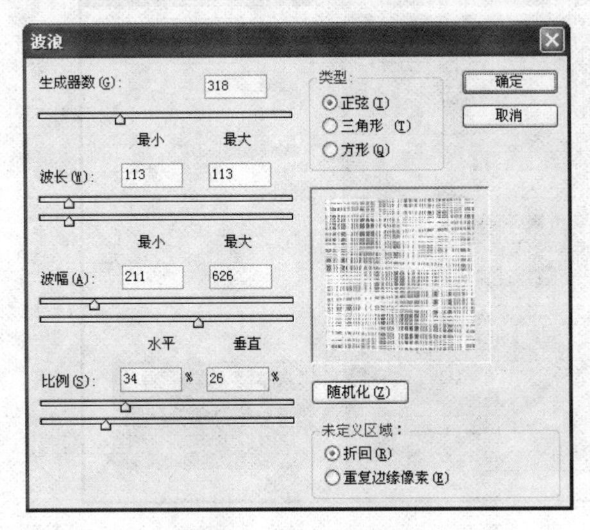

图 2-252 设置“波浪”

图 2-251 菱形渐变

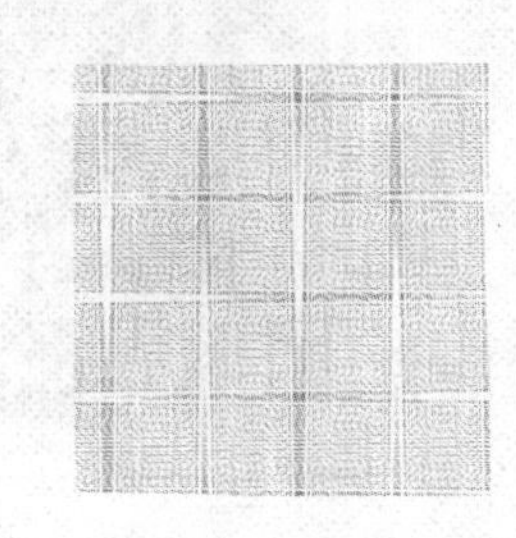

图 2-253 织布纹理效果

实例 134——搅和纹理

本例将制作乱七八糟的东西搅和在一起的纹理效果，有一种橡胶的质感，又有一种金属的质感。（学习难度：★★★★★）

（1）执行“文件”→“新建”菜单命令，建立一个 RGB 图像文件，设置其宽度为 500 像素，高度为 500 像素，分辨率为 300 像素/英寸。

（2）按 D 键恢复默认颜色设置。执行“滤镜”→“渲染”→“云彩”菜单命令，如图 2-254 所示。

（3）执行“滤镜”→“渲染”→“分层云彩”菜单命令，可以执行多次，直到得到理想的效果为止，如图 2-255 所示。

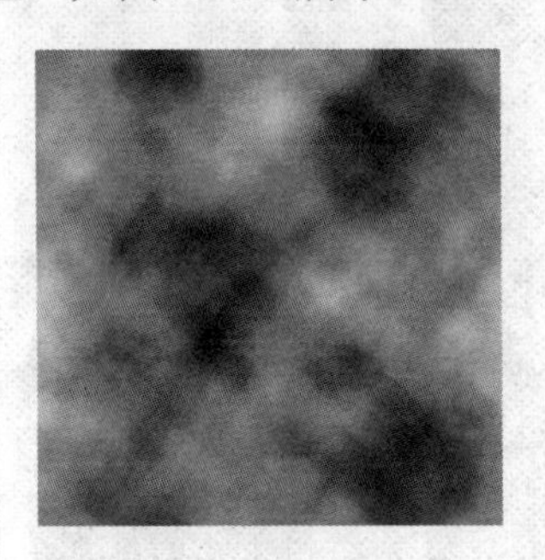

图 2-254 云彩效果

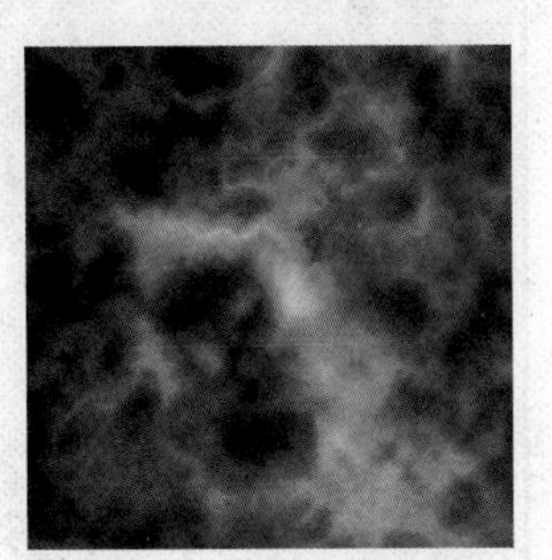

图 2-255 分层云彩效果

（4）执行“滤镜”→“素描”→“铬黄渐变”菜单命令，设置参数如图 2-256 所示，得到如图 2-257 所示的效果。

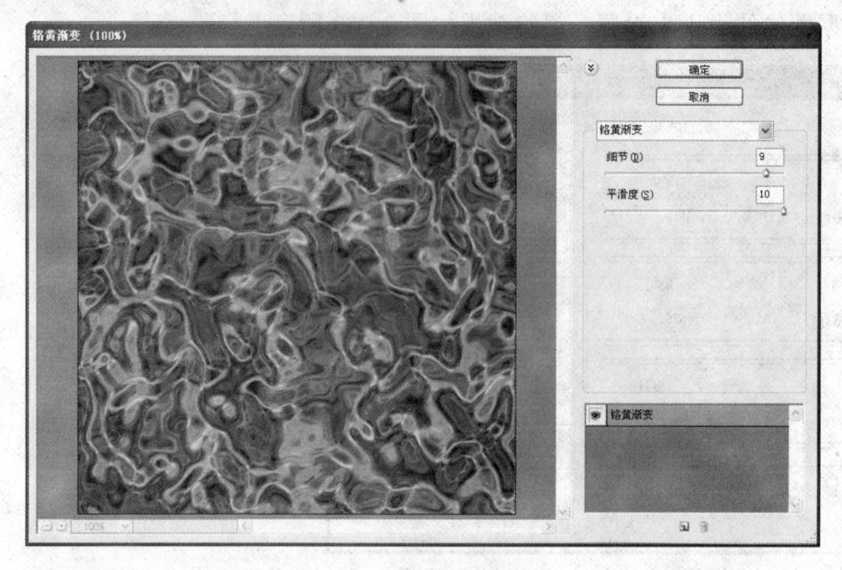

图 2-256　设置“铬黄渐变”

（5）执行“滤镜”→“艺术效果”→“塑料包装”菜单命令，设置参数如图 2-258 所示，得到塑料包装效果如图 2-259 所示。

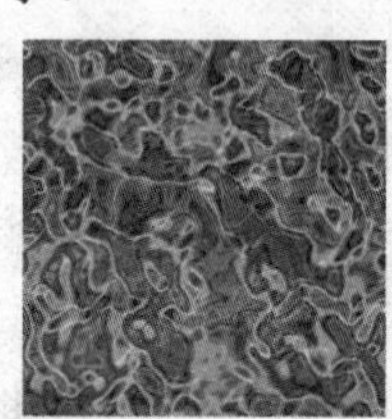

图 2-257　铬黄渐变效果

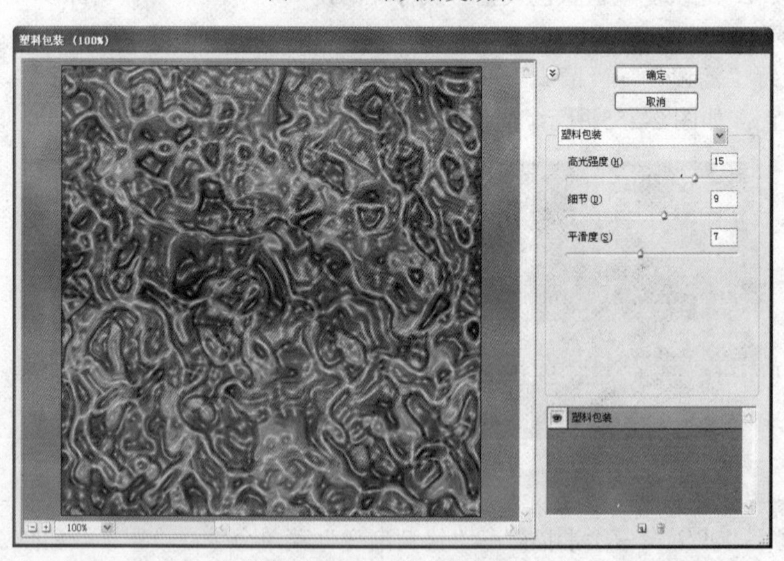

图 2-258　设置“塑料包装”

（6）复制背景层，执行“图像”→“调整”→“色相/饱和度”菜单命令，设置参数如图 2-260 所示。颜色效果如图 2-261 所示。

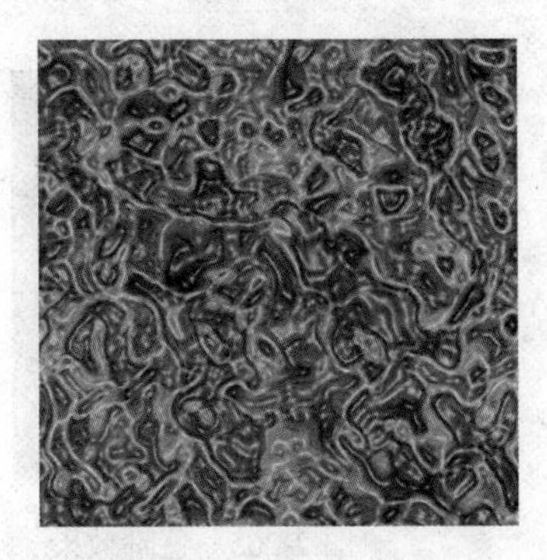

图 2-259　塑料包装效果

图 2-260　设置“色相/饱和度”

（7）为了让颜色更加突出，将副本层的混合模式设置为“叠加”，最终效果如图 2-262 所示。

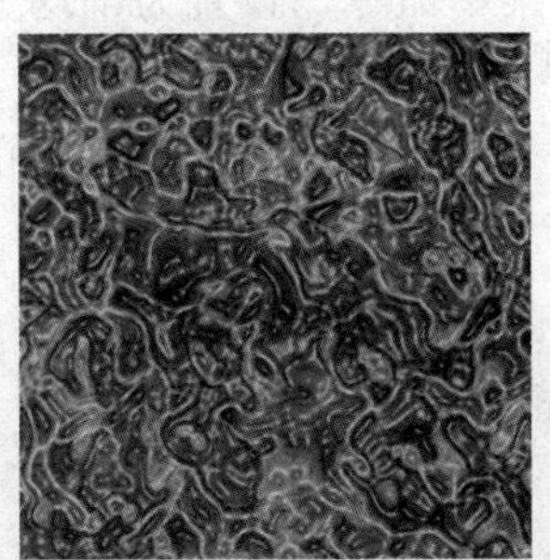

图 2-261　颜色效果

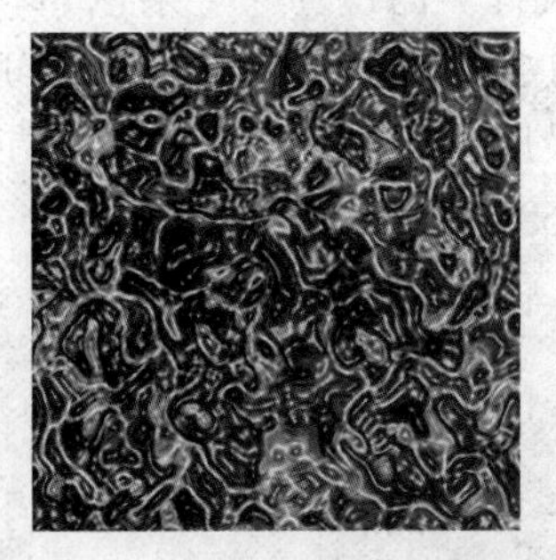

图 2-262　搅和纹理效果

实例 135——月球表面纹理

本例将绘制月球表面凹凸不平的纹理效果。（学习难度：★★★★）

（1）执行“文件”→“新建”菜单命令，建立一个 RGB 图像文件，设置其宽度为 400 像素，高度为 400 像素，分辨率为 300 像素/英寸。

（2）将图层填充为黑色，然后执行“滤镜”→“渲染”→“镜头光晕”菜单命令，设置“亮度”为 100%，“镜头类型”为 105 毫米聚焦，在图层上添加几个光晕效果，如图 2-263 所示。

图 2-263　镜头光晕

（3）执行“图像”→“调整”→“色阶”菜单命令，设置参数如图 2-264 所示，色阶如图 2-265 所示。

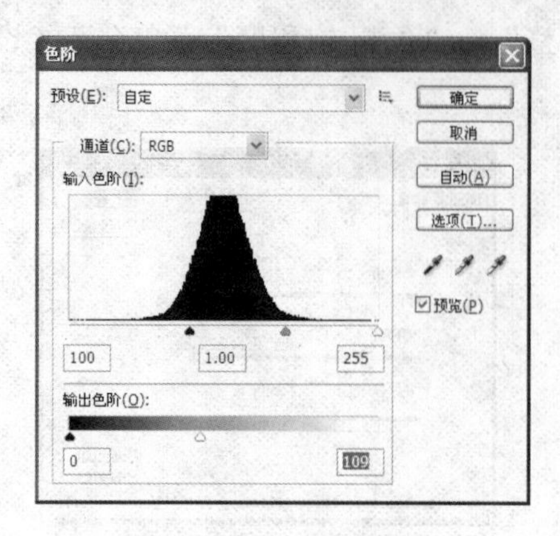

图 2-264 设置“色阶”

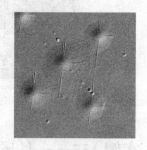

图 2-265 色阶效果

（4）执行“滤镜”→“风格化”→“浮雕效果”菜单命令，设置“角度”为 135 度，“高度”为 3，“数量”为 500%。浮雕效果如图 2-266 所示。

（5）执行“滤镜”→“杂色”→“添加杂色”菜单命令，设置为平均分布，并设置“数量”为 20%，其效果如图 2-267 所示。

（6）最后，执行“图像”→“调整”→“去色”菜单命令，去除图像的颜色，最终效果如图 2-268 所示。

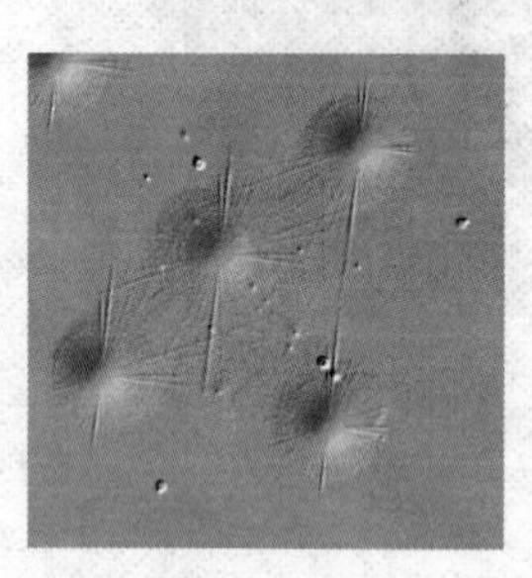

图 2-266 浮雕效果

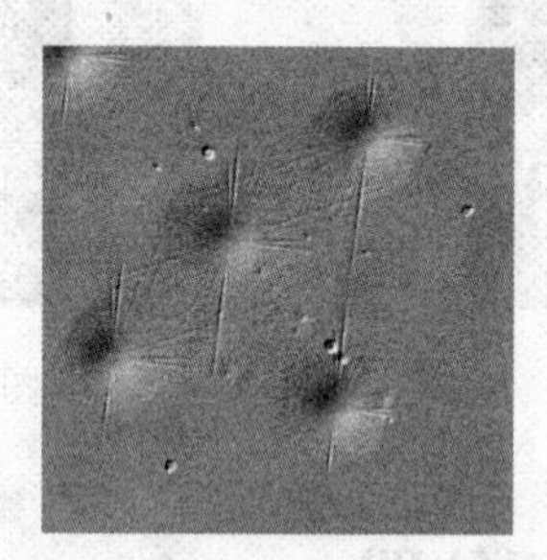

图 2-267 添加杂色效果

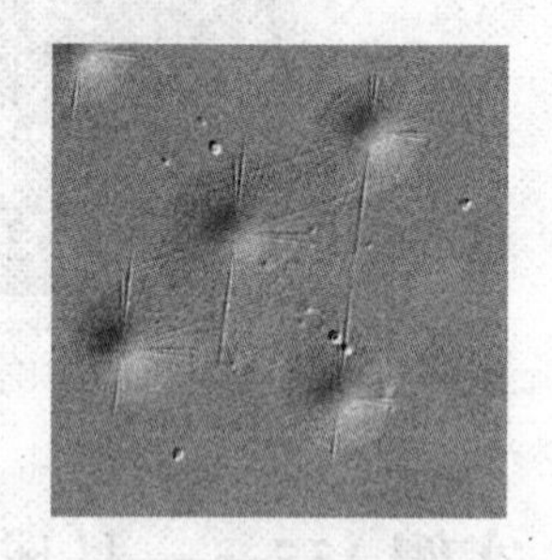

图 2-268 月球表面纹理效果

实例 136——科技纹理

本例将制作抽象的科技纹理效果。（学习难度：★★★★）

（1）执行“文件”→“新建”菜单命令，建立一个 RGB 图像文件，设置其宽度为 500 像素，高度为 500 像素，分辨率为 300 像素/英寸。

（2）按 D 键恢复默认颜色设置。执行“滤镜”→“渲染”→“云彩”菜单命令，然后两次执行“滤镜”→“渲染”→“分层云彩”菜单命令，如图 2-269 所示。

（3）执行“滤镜”→“像素化”→“马赛克”菜单命令，设置“单元格大小”为 9，其效果如图 2-270 所示。

（4）执行“滤镜”→“模糊”→“径向模糊”菜单命令，设置“数量”为 20，“模糊

方法”为“缩放”，其效果如图 2-271 所示。

（5）执行“滤镜”→“风格化”→“浮雕效果”菜单命令，设置“角度”为 50 度，“高度”为 3，“数量”为 210，其效果如图 2-272 所示。

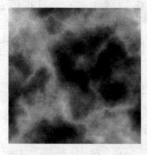

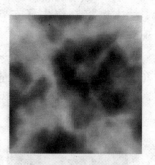

图 2-269　分层云彩效果

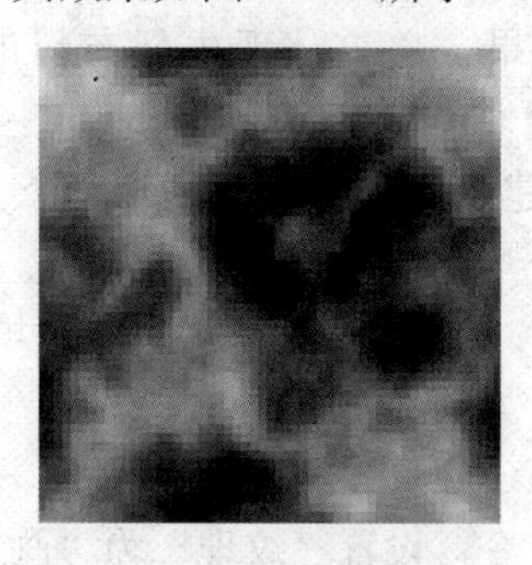

图 2-270　马赛克效果

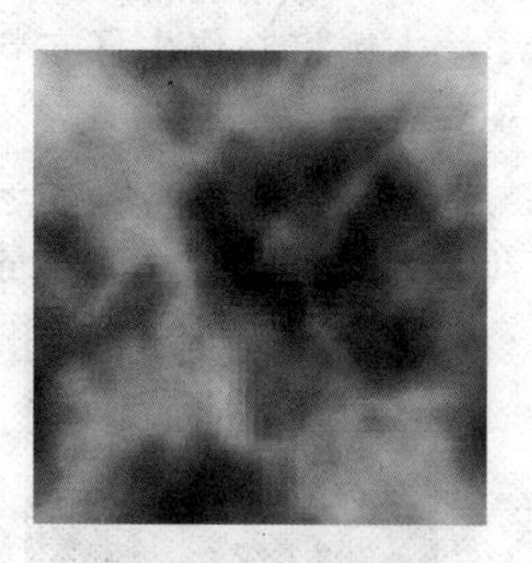

图 2-271　径向模糊效果

（6）执行“滤镜”→“风格化”→“查找边缘”菜单命令，结果如图 2-273 所示。

（7）执行“图像”→“调整”→“反相和色调均化”菜单命令，结果如图 2-274 所示。

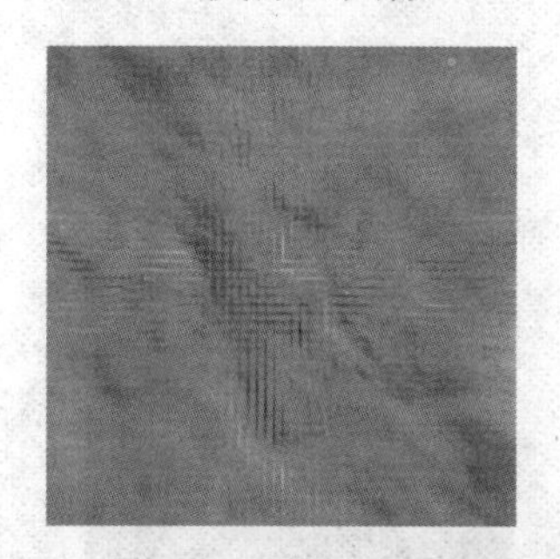

图 2-272　浮雕效果

图 2-273　查找边缘

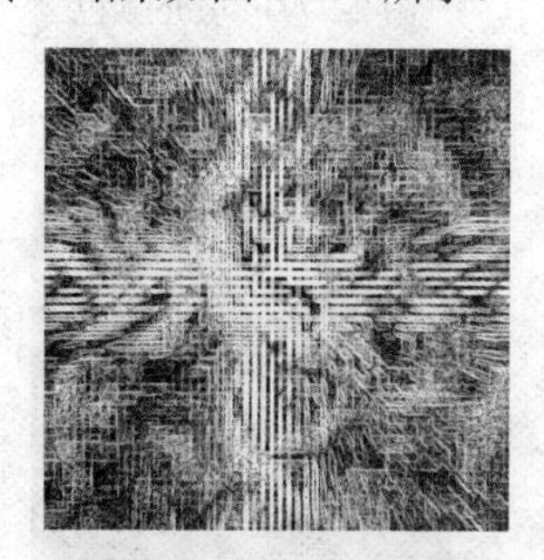

图 2-274　反相和色调均化

（8）执行“图像”→“调整”→“色相/饱和度”菜单命令，调整图像的颜色，设置参数如图 2-275 所示。最终效果如图 2-276 所示。

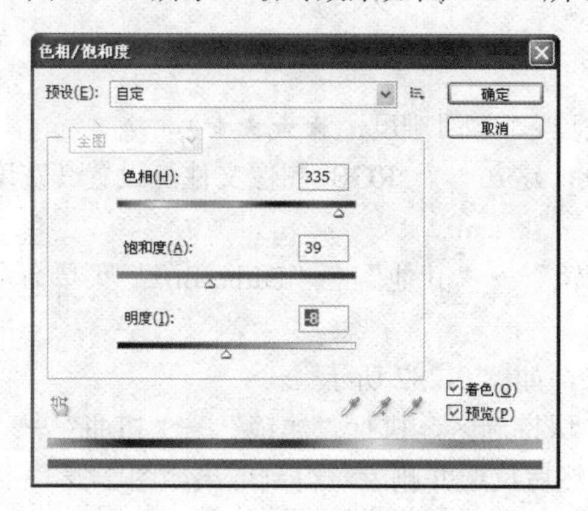

图 2-275　调整颜色

图 2-276　科技纹理效果

实例137——牛仔纹理

本例将制作牛仔布料的效果，着重体现牛仔布料的条纹纹理效果。（学习难度：★★★★）

（1）执行“文件”→“新建”菜单命令，建立一个RGB图像文件，设置其宽度为400像素，高度为400像素，分辨率为300像素/英寸。

图2-277 填充颜色

（2）新建图层1，填充颜色为“R:14;G:79;B:186”，如图2-277所示。

（3）执行“滤镜”→“纹理”→“纹理化”菜单命令，设置“纹理”为“画布”，“缩放”为100%，“凸现”为4，“光照”为“向上”，其效果如图2-278所示。

（4）执行“滤镜”→“锐化”→“USM锐化”菜单命令，设置“数量”为50，“半径”为1，“阈值”为3，得到效果如图2-279所示。

（5）连续三次按Ctrl+F键，重复使用USM锐化滤镜。最终效果如图2-280所示。

图2-278 纹理化效果

图2-279 USM锐化效果

图2-280 牛仔纹理效果

实例138——球面网格纹理

本例将制作具有球面立体效果的网格纹理。（学习难度：★★★★）

（1）执行“文件”→“新建”菜单命令，建立一个RGB图像文件，设置其宽度和高度均为500像素，分辨率为500像素/英寸。

（2）新建图层1，填充白色。执行“滤镜”→“其他”→“DitherBox”菜单命令，设置图案如图2-281所示。

（3）单击“填充”按钮，得到网格效果，如图2-282所示。

（4）选择椭圆选框工具绘制一个正圆，保持选区，执行“滤镜”→“扭曲”→“球面化”菜单命令，设置参数如图2-283所示，然后反选并删除，得到效果如图2-284所示。

（5）为了使边缘平滑，执行“编辑”→“描边”菜单命令，设置“描边宽度”为1，颜色为黑色，最终效果如图2-285所示。

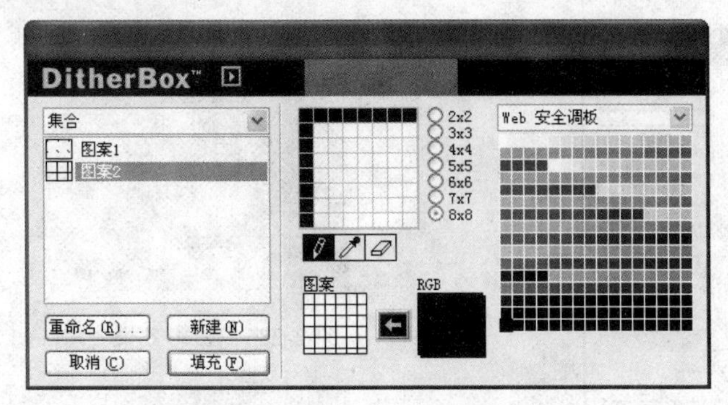

图 2-281　设置图案

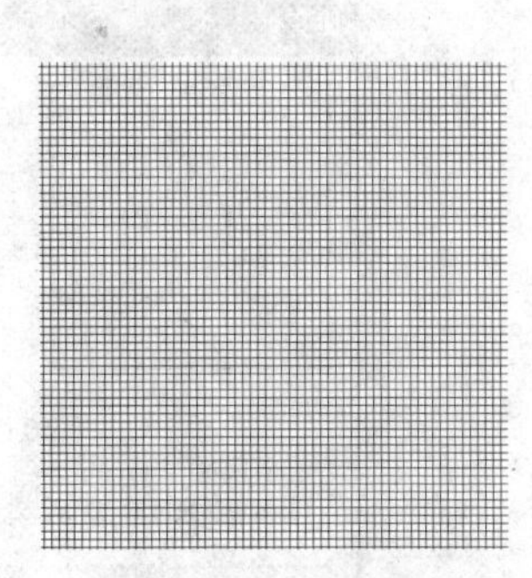

图 2-282　网格效果

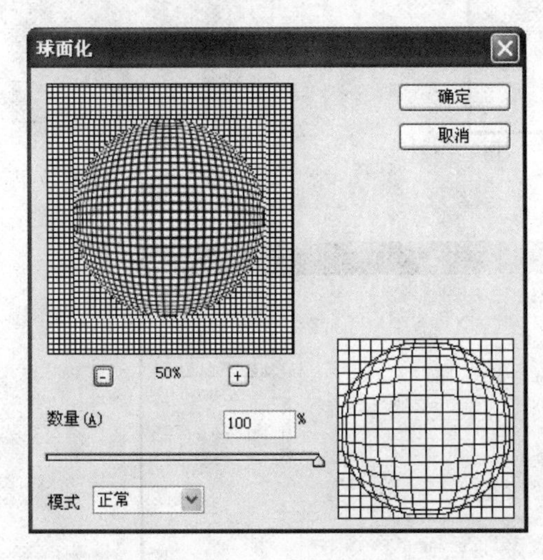

图 2-283　设置“球面化”

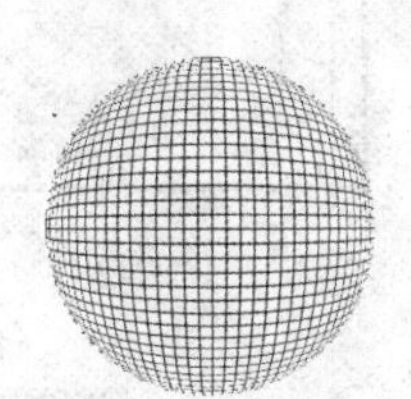

图 2-284　球面化效果

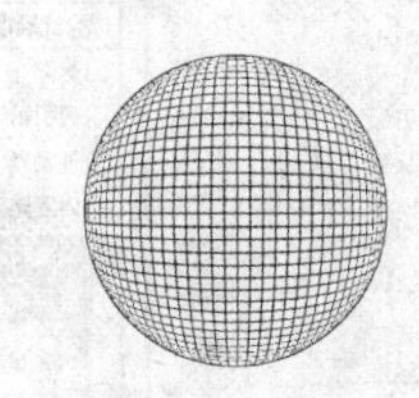

图 2-285　球面网格纹理效果

实例 139——鹅卵石纹理

鹅卵石的表面由于海水的冲刷会变得光滑洁净。本例将要制作的几个形状各异的鹅卵石，都要体现出这样的效果。（学习难度：★★★★★）

（1）执行“文件”→“新建”菜单命令，建立一个 RGB 图像文件，设置其宽度和高度均为 500 像素，分辨率为 300 像素/英寸。

（2）新建图层 1，设置前景色为“R:210;G:210;B:210”，背景色为“R:204;G:160;B:26”。执行“滤镜”→“渲染”→“云彩”菜单命令，其效果如图 2-286 所示。

（3）执行“滤镜”→“扭曲”→“切变”菜单命令，如图 2-287 所示，调整鹅卵石的纹路，得到的效果如图 2-288 所示。

（4）打开“图层样式”对话框，选择“斜面和浮雕”，设置参数如图 2-289 所示，其效果如图 2-290 所示。

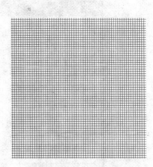

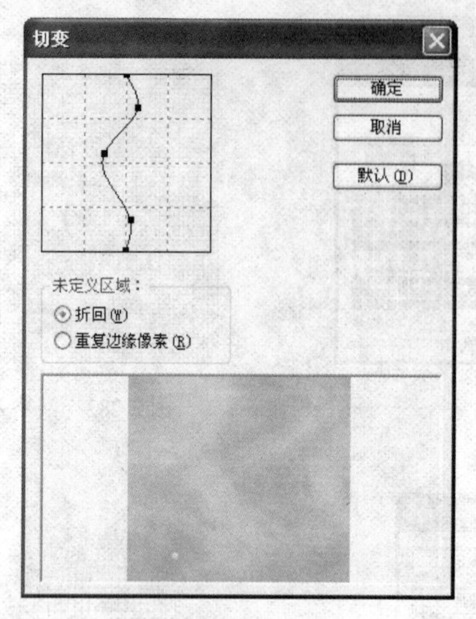

图 2-287 设置“切变”

图 2-286 云彩效果

图 2-288 切变效果

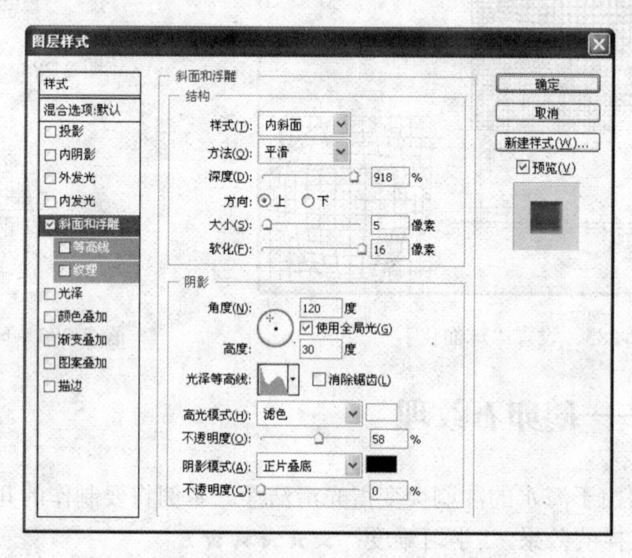

图 2-289 设置“斜面和浮雕”

（5）因为鹅卵石通常都是不规则的形状，所以执行“滤镜”→“扭曲”→“切变”菜单命令进行调整，如图 2-291 所示，鹅卵石的效果如图 2-292 所示。

（6）鹅卵石已经基本完成了，还可以对其颜色进行调整。执行“图像”→“调整”→“色相/饱和度”菜单命令，设置参数如图 2-293 所示，其效果如图 2-294 所示。

（7）用同样的方法可以制作出其他形状的鹅卵石，最终效果如图 2-295 所示。

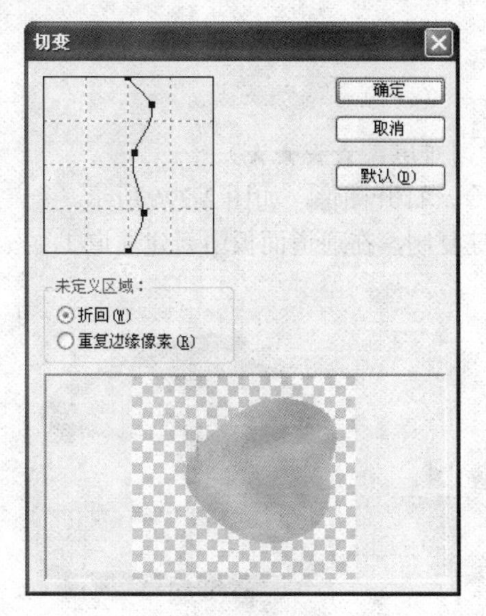

图 2-291　调整形状

图 2-290　斜面和浮雕效果

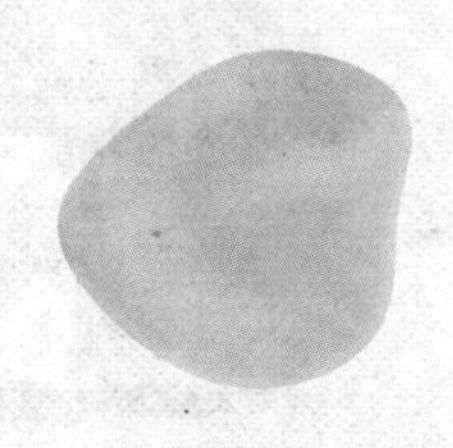

图 2-292　鹅卵石效果

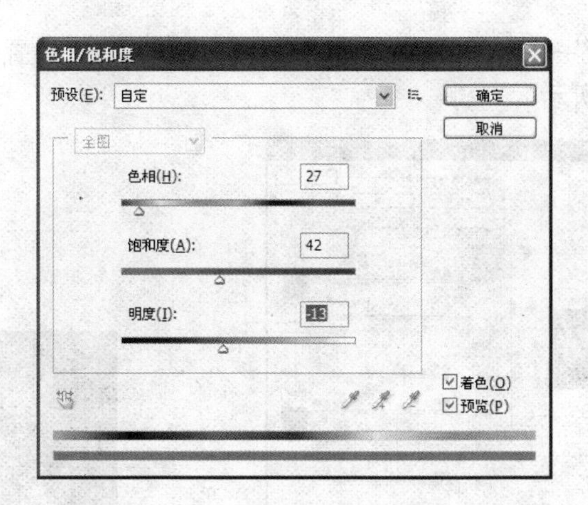

图 2-293　设置“色相/饱和度”

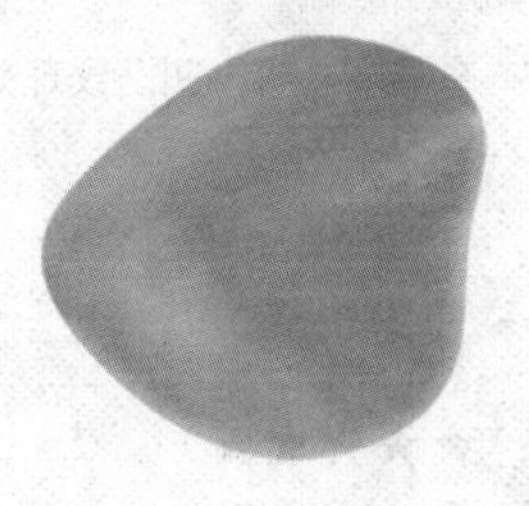

图 2-294　色相/饱和度效果

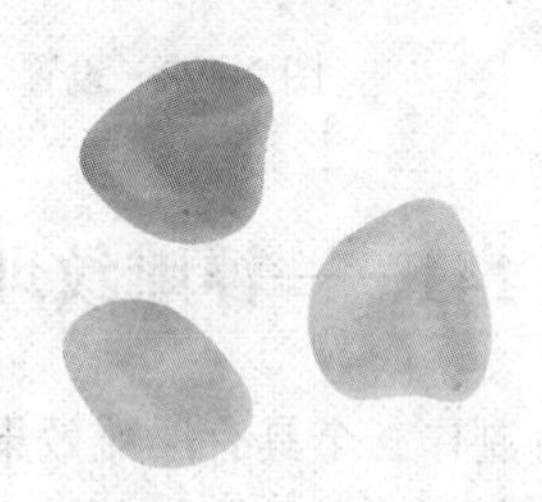

图 2-295　鹅卵石纹理效果

实例 140——凹凸纹理

本例将制作凹凸不平的纹理效果。（学习难度：★★★★）

（1）执行“文件”→“打开”菜单命令，打开图像，如图 2-296 所示。

（2）按 Ctrl+A 键全选，再按 Ctrl+C 键复制，在通道面板中新建通道 1，按 Ctrl+V 键粘贴，如图 2-297 所示。

图 2-296　打开图像

图 2-297　粘贴图像

（3）执行“滤镜”→“渲染”→“光照效果”菜单命令，设置参数如图 2-298 所示。最终效果如图 2-299 所示。

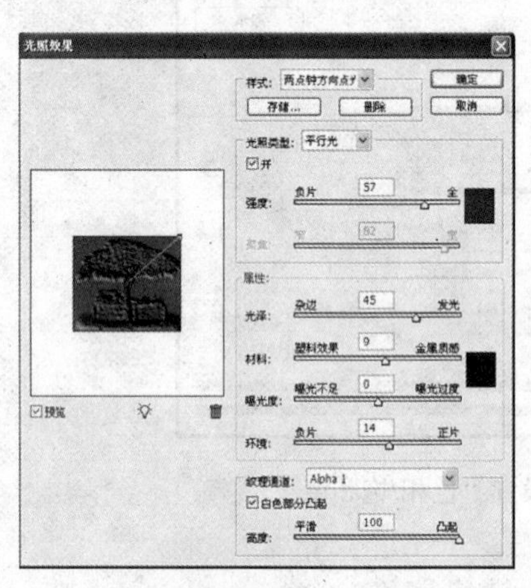

图 2-298　设置“光照”

图 2-299　凹凸纹理效果

实例 141——浮雕纹理

本例将制作三个具有浮雕效果的圆环。（学习难度：★★★★★）

（1）执行“文件”→“新建”菜单命令，建立一个 RGB 图像文件，设置宽度为 500 像素，高度为 500 像素，分辨率为 300 像素/英寸。

（2）新建图层 1，按 D 键恢复默认颜色设置。使用椭圆选框工具绘制三个圆形环，如

图 2-300 所示。

（3）按 Ctrl 键单击图层 1，调出选区。在通道面板中新建通道 1，填充白色，如图 2-301 所示。

（4）执行“滤镜”→“像素化”→“晶格化”菜单命令，设置“单元格大小”为 8，其效果如图 2-302 所示。

图 2-300　圆环

图 2-301　填充圆环

图 2-302　晶格化效果

（5）按 Ctrl 键单击通道 1，调出选区。回到图层面板，隐藏图层 1，新建图层 2，填充选区，如图 2-303 所示。

（6）新建图层 3，执行“滤镜”→“渲染”→“云彩”菜单命令，然后多次执行“滤镜”→“渲染”→“分层云彩”菜单命令，得到如图 2-304 所示的效果。

图 2-303　填充选区

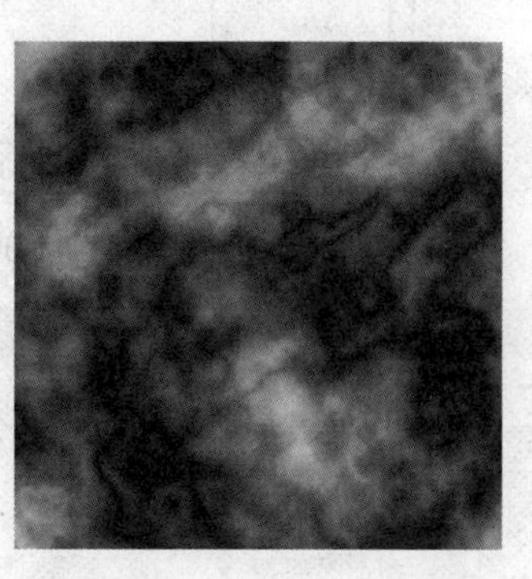

图 2-304　分层云彩效果

（7）执行“图像”→“调整”→“色相/饱和度”菜单命令，设置参数如图 2-305 所示。调整后的颜色效果如图 2-306 所示。

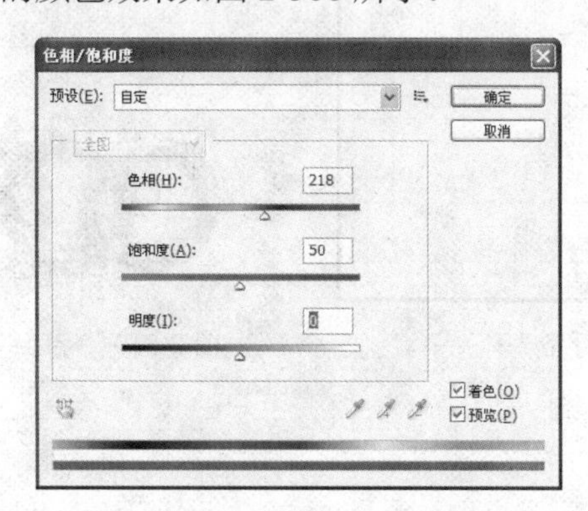

图 2-305　设置“色相/饱和度”

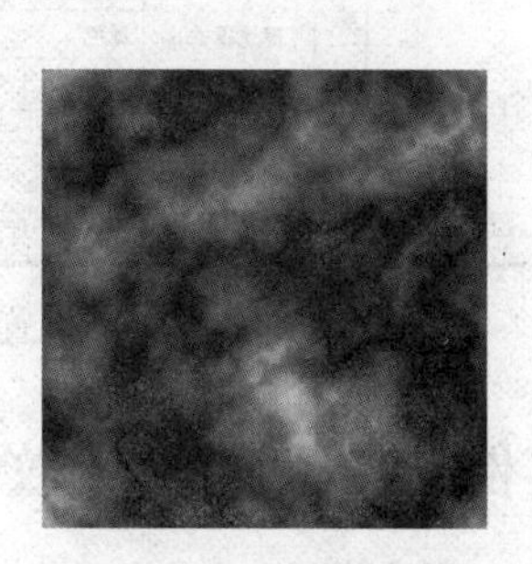

图 2-306　颜色效果

（8）按 Ctrl 键单击图层 2，调出选区，反选并删除，如图 2-307 所示。

图 2-307　反选并删除

（9）打开“图层样式”对话框，选择“投影”，设置参数如图 2-308 所示。

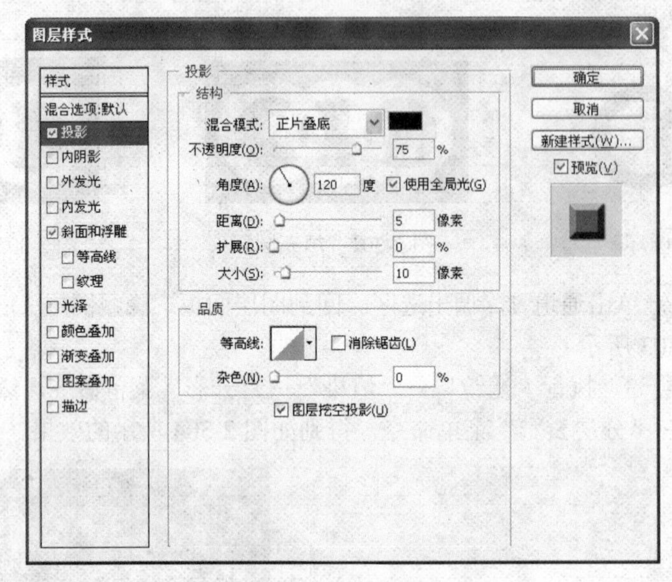

图 2-308　设置“投影”

图层样式

样式 | 混合选项:默认 | 投影 | 内阴影 | 外发光 | 内发光 | 斜面和浮雕 | 等高线 | 纹理 | 光泽 | 颜色叠加 | 渐变叠加 | 图案叠加 | 描边

斜面和浮雕 — 结构：样式(T): 内斜面；方法(Q): 雕刻清晰；深度(D): 300 %；方向: 上 下；大小(S): 20 像素；软化(F): 0 像素

阴影：角度(N): 120 度；使用全局光(G)；高度: 30 度；光泽等高线: 消除锯齿(L)；高光模式(H): 滤色；不透明度(O): 75 %；阴影模式(A): 正片叠底；不透明度(C): 75 %

确定 | 取消 | 新建样式(W)... | 预览(V)

图 2-309　设置“斜面和浮雕”

（10）选择“斜面和浮雕”，设置参数如图 2-309 所示。最终效果如图 2-310 所示。

图 2-310　浮雕纹理效果

实例 142——图案纹理

本例将制作花格布图案纹理效果。（学习难度：★★★★）

（1）执行“文件”→“新建”菜单命令，建立一个 RGB 图像文件，设置宽度为 500 像素，高度为 500 像素，分辨率为 300 像素/英寸。

（2）新建图层 1，填充为白色。执行“滤镜”→“其他”→“DitherBox”，设置图案如图 2-311 所示。颜色设置为“R:0;G:102;B:255”。

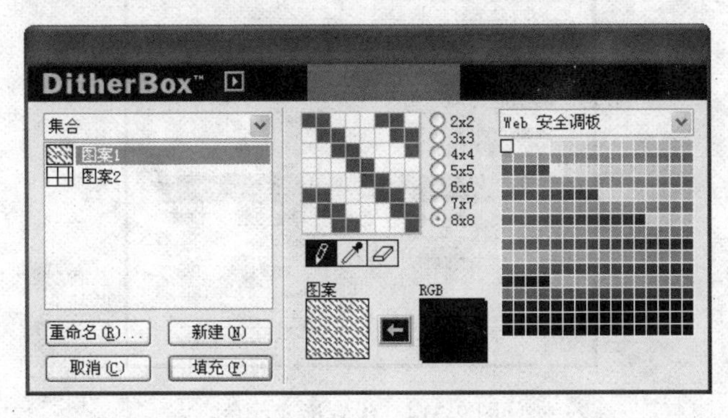

图 2-311　设置“图案”

**重点提示：**

大家不妨试试其他图案的效果，可以产生意想不到的效果。

（3）单击“填充”按钮，得到图案如图 2-312 所示。

（4）执行“滤镜”→“扭曲”→“玻璃”菜单命令，设置“扭曲度”为 8，“平滑度”为 5，“纹理”为“小镜头”，“缩放”为 109%，得到花格布图案纹理。最终效果如图 2-313 所示。

图 2-312　填充图案

图 2-313　图案纹理效果

实例 143——泡泡纹理

本例将绘制许多五彩泡泡渐渐上升状态的纹理效果。（学习难度：★★★★★）

（1）执行“文件”→“新建”菜单命令，建立一个 RGB 图像文件，设置宽度为 400 像素，高度为 500 像素，分辨率为 300 像素/英寸。

（2）新建图层 1，选择渐变工具，设置渐变颜色如图 2-314 所示。渐变的效果如图 2-315 所示。

（3）执行“滤镜”→“像素化”→“点状化”菜单命令，设置“单元格大小”为 10，点状化效果如图 2-316 所示。

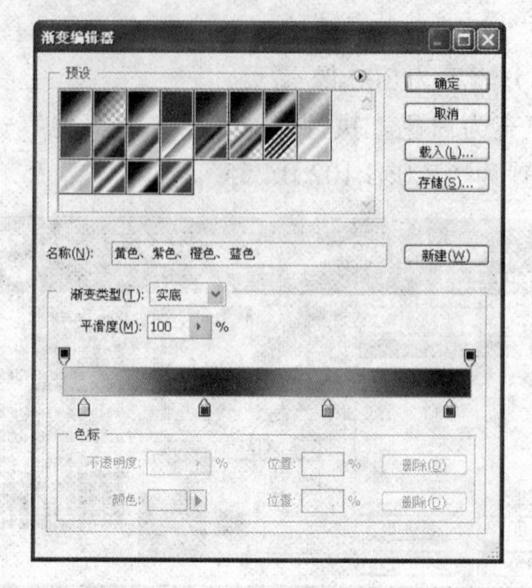

图 2-314　设置渐变颜色

（4）执行“滤镜”→“风格化”→“查找边缘”菜单命令，其效果如图 2-317 所示。

（5）执行“选择”→“色彩范围”菜单命令，用鼠标选取图像中的白色，确定后按 Delete 键删除，如图 2-318 所示。

图 2-315　渐变效果

图 2-316　点状化效果

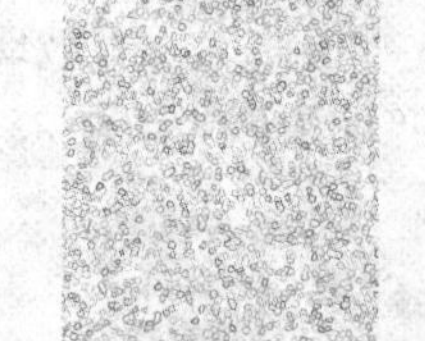

图 2-317　查找边缘

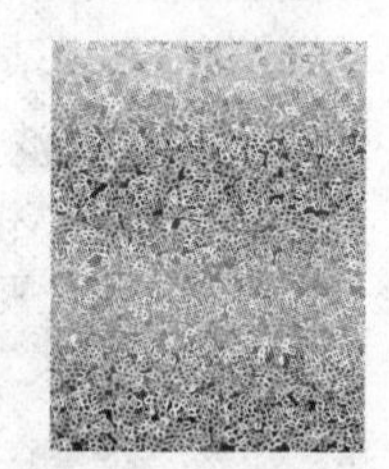

图 2-318　删除白色

（6）保持选区，新建图层 2，反选并填充为白色，如图 2-319 所示。

（7）将图层 2 的“不透明度”设置为 75%。执行“滤镜”→“模糊”→“动感模糊”菜单命令，设置参数如图 2-320 所示。最终效果如图 2-321 所示。

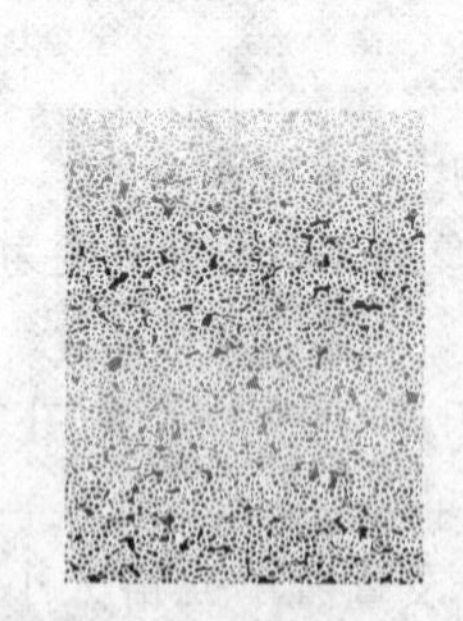

图 2-319　填充白色

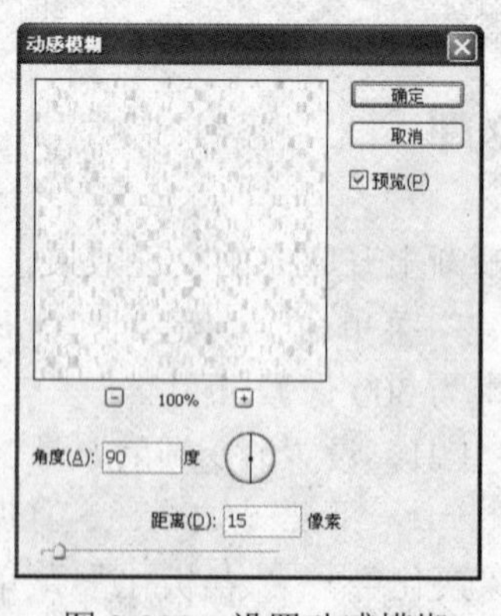

图 2-320　设置动感模糊

图 2-321　泡泡纹理效果

实例 144——草席纹理

本例将制作草席效果的纹理。（学习难度：★★★★）

（1）执行“文件”→“新建”菜单命令，建立一个 RGB 图像文件，设置其宽度为 10 像素，高度为 10 像素，分辨率为 300 像素/英寸。

（2）按 D 键恢复默认颜色设置。使用矩形选框工具绘制几个长条矩形并填充为黑色，如图 2-322 所示。

（3）将图像放大到 400×400 像素，并进行模糊处理，如图 2-323 所示。

图 2-322　绘制矩形

图 2-323　图像的放大和模糊处理

（4）新建图层 1，填充黑色。执行“滤镜”→“杂色”→“添加杂色”菜单命令，设置“数量”为 400，设为平均分布并勾选“单色”，如图 2-324 所示。

（5）执行“滤镜”→“模糊”→“动感模糊”菜单命令，设置“角度”为 0，“距离”为 25，其效果如图 2-325 所示。

（6）将图层 1 的“混合模式”设置为“差值”，合并图层，如图 2-326 所示。

图 2-324　添加杂色

图 2-325　动感模糊效果

图 2-326　差值效果

（7）执行“图像”→“调整”→“色相/饱和度”菜单命令，设置草席的颜色，如图 2-327 所示。最终效果如图 2-328 所示。

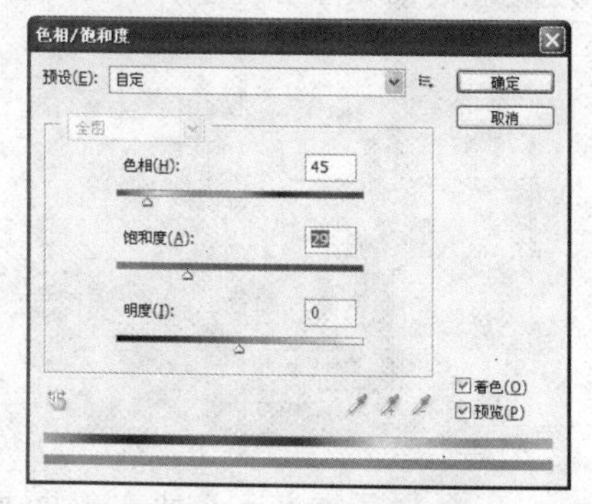

图 2-327　设置草席的颜色

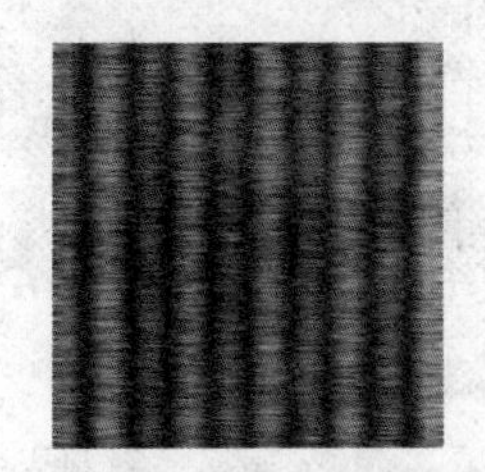

图 2-328　草席纹理效果

实例 145——草地纹理

本例将通过画笔工具绘制草地纹理，画笔大小将控制草的高度，前景色和背景色将控制草的颜色。（学习难度：★★★★）

（1）执行“文件”→“新建”菜单命令，建立一个 RGB 图像文件，设置其宽度为 500 像素，高度为 400 像素，分辨率为 300 像素/英寸。

（2）新建图层 1，打开画笔面板，设置“画笔笔尖形状”，如图 2-329 所示。

（3）设置形状动态，如图 2-330 所示。

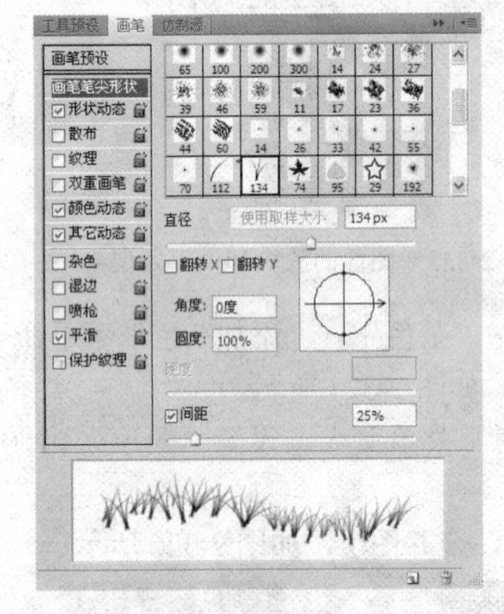

图 2-329 设置“画笔笔尖形状”

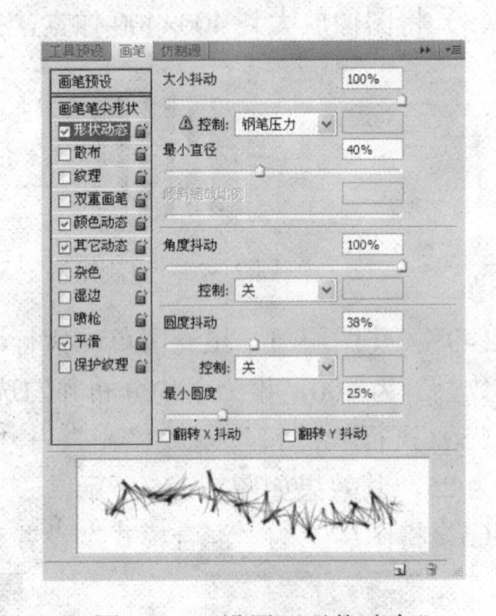

图 2-330 设置“形状动态”

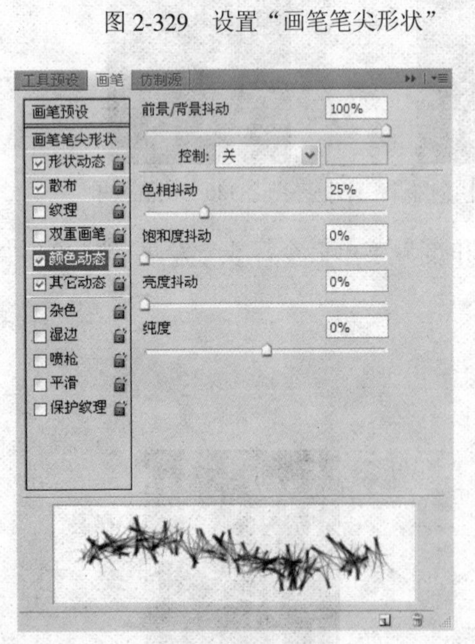

图 2-331 设置“颜色动态”

（4）设置颜色动态，如图 2-331 所示。

（5）设置完毕后，设置前景色为“R:114;G:188;B:73”，背景色为“R:69;G:125;B:38”。使用画笔工具在图层 1 上进行绘制，得到最终的草地纹理效果如图 2-332 所示。

图 2-332 草地纹理效果

实例 146——毛皮纹理

本例将制作裘皮效果的毛皮纹理，裘皮的效果就是皮毛顺滑而有光泽。（学习难度：★★★★★）

（1）执行“文件”→“新建”菜单命令，建立一个 RGB 图像文件，设置其宽度为 500 像素，高度为 400 像素，分辨率为 300 像素/英寸。

（2）按 D 键恢复默认颜色设置。执行“滤镜”→“渲染”→“云彩”菜单命令，如图 2-333 所示。

（3）在通道面板中新建通道 1。执行“滤镜”→“杂色”→“添加杂色”菜单命令。设置平均分布，并设置“数量”为 300%，其效果如图 2-334 所示。

（4）执行“滤镜”→“模糊”→“动感模糊”菜单命令，设置“角度”为 90 度，“距离”为 40，其效果如图 2-335 所示。

图 2-333　云彩效果

图 2-334　添加杂色效果

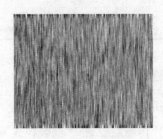

图 2-335　动感模糊效果

（5）执行“图像”→“调整”→“色阶”菜单命令，设置参数如图 2-336 所示，其效果如图 2-337 所示。

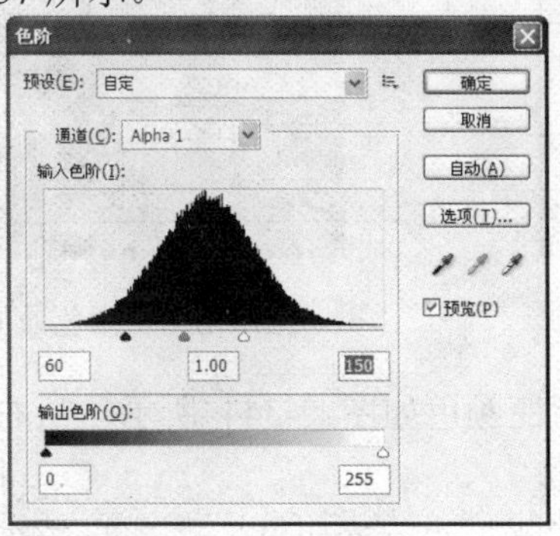

图 2-336　设置“色阶”

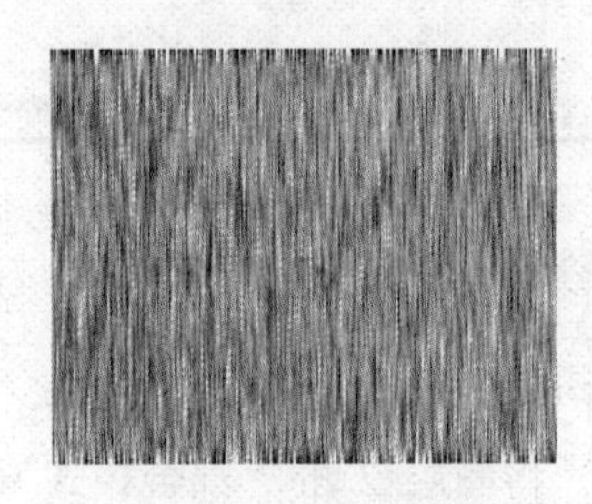

图 2-337　色阶效果

（6）执行“滤镜”→“扭曲”→“旋转扭曲”菜单命令，设置“角度”为 50 度，其效果如图 2-338 所示。

（7）执行“滤镜”→“扭曲”→“波浪”菜单命令，设置参数如图 2-339 所示。然后使用矩形选框工具选中规则的部分，反选删除不规则部分，如图 2-340 所示。

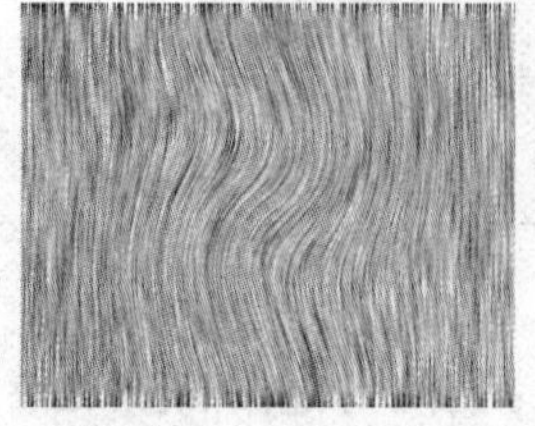

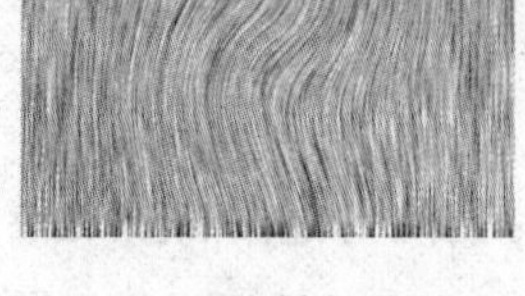

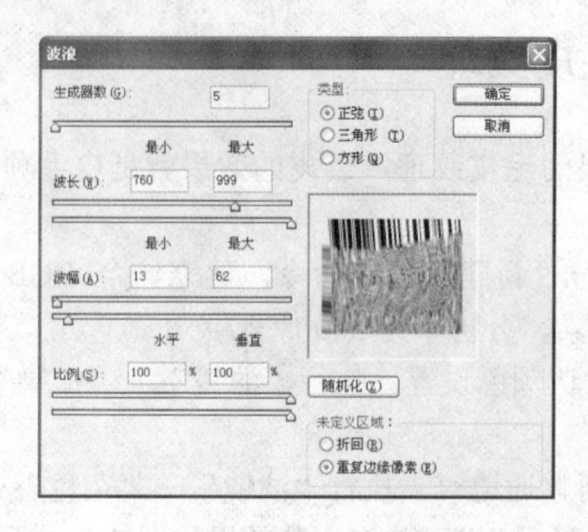

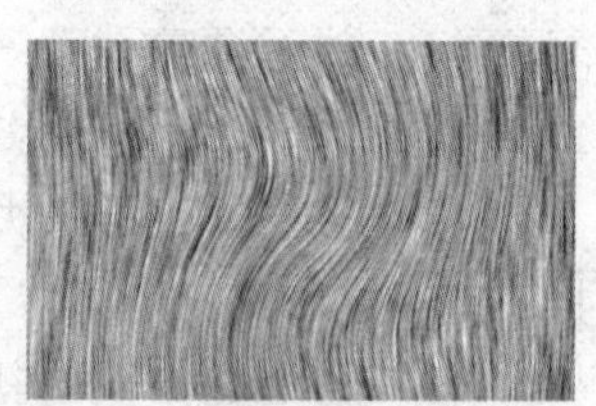

图 2-338　旋转扭曲效果　　图 2-339　设置“波浪”　　图 2-340　删除不规则部分

（8）复制通道 1 中的图像，回到图层面板进行复制，将“混合模式”设置为“差值”，并合并背景层以外的可见层，如图 2-341 所示。

（9）执行“图像”→“调整”→“色相/饱和度”菜单命令，设置参数如图 2-342 所示，颜色效果如图 2-343 所示。

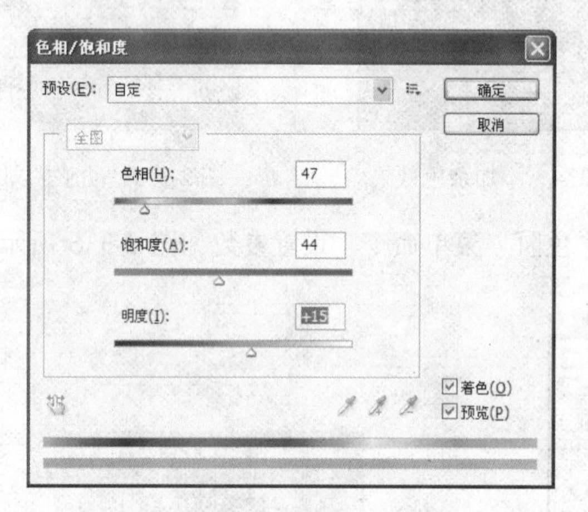

图 2-341　差值效果

图 2-342　设置色相/饱和度　　图 2-343　颜色效果

（10）新建图层 2，选择渐变工具，设置渐变颜色如图 2-344 所示，从右上方向左下方进行渐变，如图 2-345 所示。

（11）将图层 2 的“混合模式”设置为“柔光”，“不透明度”设置为 76%。最终效果如图 2-346 所示。

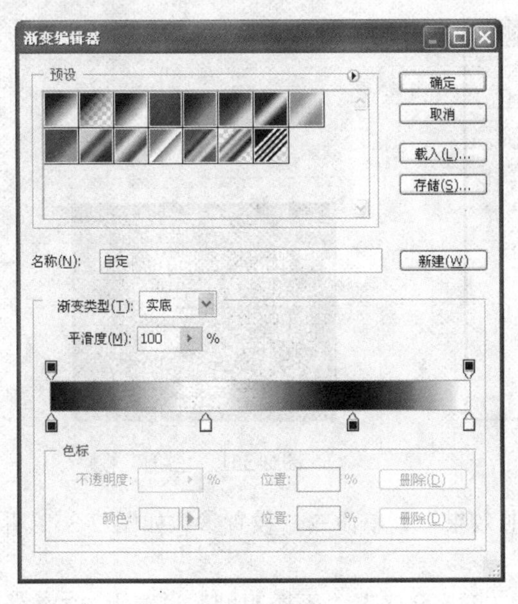

图 2-344　设置“渐变颜色”

图 2-345　渐变颜色

图 2-346　毛皮纹理效果

实例 147——龟裂纹理

本例将制作瓷器的龟裂效果。(学习难度：★★★★★)

(1) 执行“文件”→“打开”菜单命令，打开咖啡杯的图片，如图 2-347 所示。

(2) 选择魔术棒工具，点选咖啡杯周围的深色背景区域，并将所有背景区域选中。然后执行“选择”→“反选”菜单命令，选中咖啡杯，并按 Ctrl+J 键复制一个图层 1。

(3) 执行“滤镜”→“像素化”→“晶格化”菜单命令，设置“单元格大小”为 15，得到如图 2-348 所示的效果。

(4) 执行“滤镜”→“风格化”→“查找边缘”菜单命令，然后对图像进行去色处理，如图 2-349 所示。

图 2-347　打开图片

图 2-348　晶格化效果

图 2-349　查找边缘并去色

(5) 执行“图像”→“调整”→“色阶”菜单命令，设置参数如图 2-350 所示。得到的效果如图 2-351 所示。

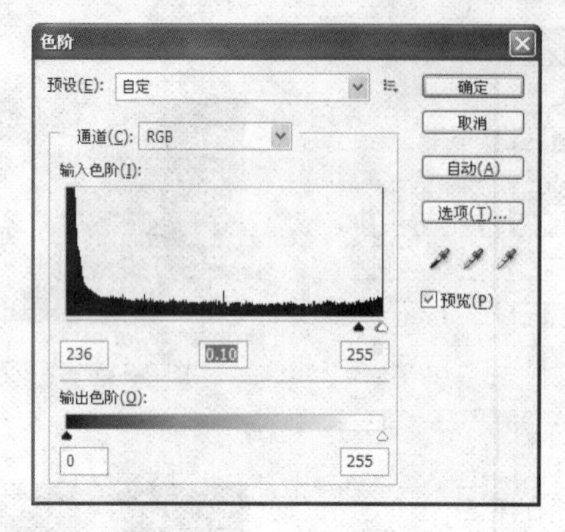

图 2-350 设置“色阶”

图 2-351 色阶效果

（6）执行“滤镜”→“渲染”→“光照效果”菜单命令，设置参数如图 2-352 所示。光照效果如图 2-353 所示。

（7）将图层 1 的“混合模式”设置为“正片叠底”，“不透明度”设置为 8%，最终效果如图 2-354 所示。

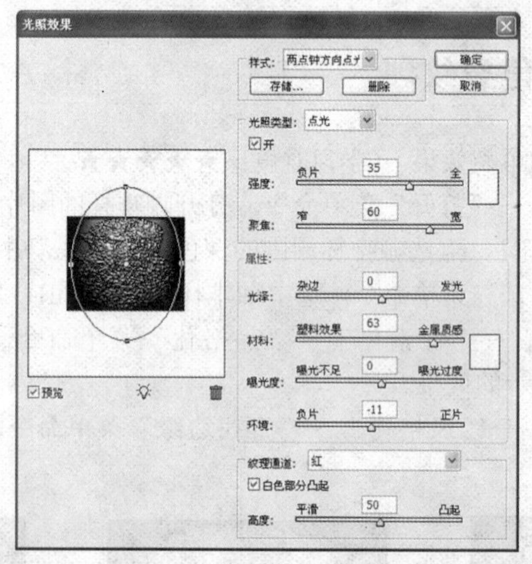

图 2-352 设置“光照效果”

图 2-353 光照效果

图 2-354 龟裂纹理效果

第三篇　滤　镜　篇

本篇重点

- 水粉、闪电、日出效果的制作
- 水墨画、金粉、卷页、化石、木版画效果的制作
- 露珠、溶洞、彩色烟雾效果的制作
- 插画、十字绣、老照片、水彩画、老电影效果的制作

本篇介绍了 96 个滤镜效果作品，用到的都是 Photoshop 的内置滤镜。滤镜具有强大的功能，充分地利用好滤镜不仅可以改善图像效果，修饰缺陷，还可以在原有图像的基础上产生更多的效果。

实例 148——水粉效果

本例将实现水粉效果，着重刻画出粉质颜料的特点。（学习难度：★★★★）

（1）执行“文件”→“打开”菜单命令，打开图像，如图 3-1 所示。

（2）执行“滤镜”→“艺术效果”→“水彩”菜单命令，在弹出的对话框中设置参数值，如图 3-2 所示，得到的效果如图 3-3 所示。

图 3-1　打开图像

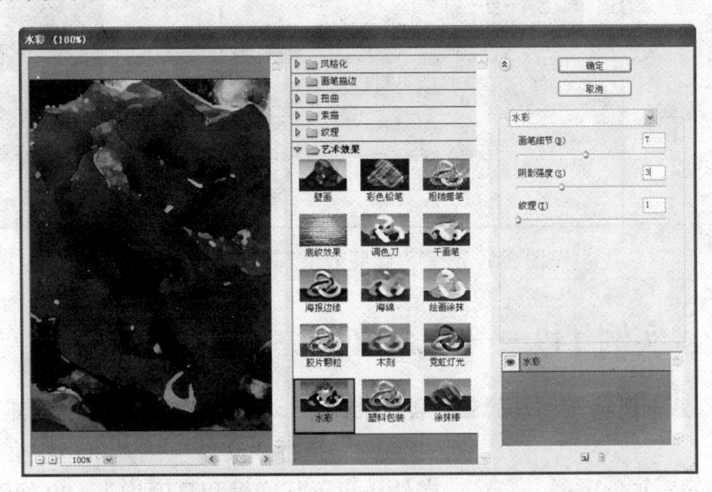

图 3-2　“水彩”参数设置对话框

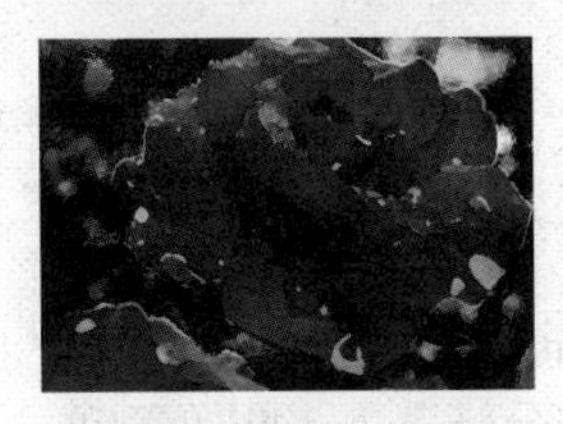

图 3-3　水彩设置后的效果

（3）在通道面板中，单击“创建新通道”按钮，新建 Alpha 1 通道，执行“滤镜”→“杂色”→“添加杂色”菜单命令，在弹出的对话框中进行参数设置，如图 3-4 所示。

（4）执行“图像”→“调整”→“反相”菜单命令，然后再执行“滤镜”→“模糊”→“高斯模糊”菜单命令，在弹出的对话框中设置“半径”为 2，如图 3-5 所示。

（5）回到图层面板背景层，执行“滤镜”→“渲染”→“光照效果”菜单命令，在弹出的对话框中进行参数设置，如图 3-6 所示，最终效果如图 3-7 所示。

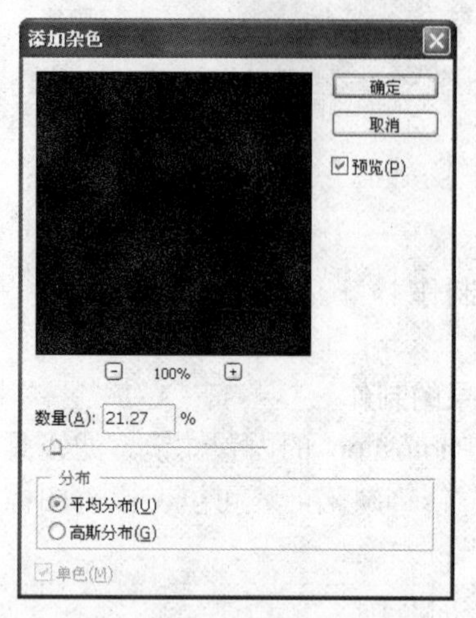

图 3-4　“添加杂色”对话框

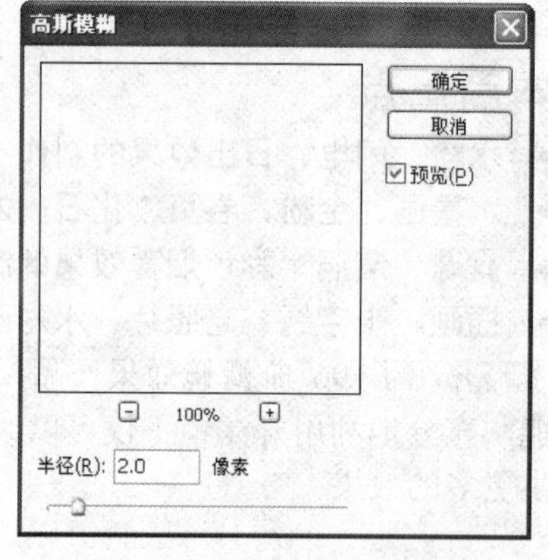

图 3-5　“高斯模糊”对话框

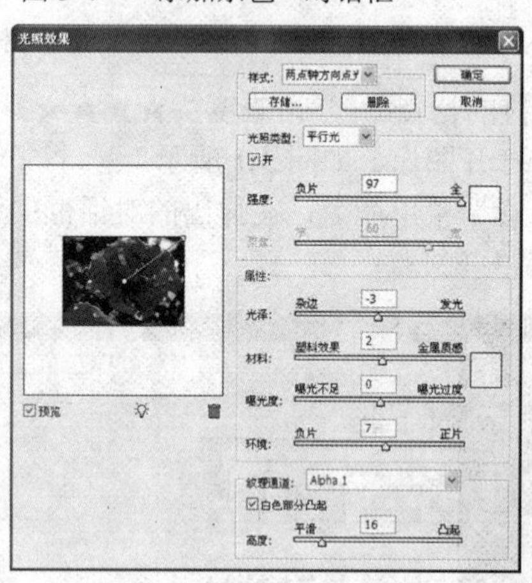

图 3-6　设置“光照效果”

图 3-7　水粉效果

实例 149——动态效果

本例将利用动感模糊滤镜制作出动态图像效果。（学习难度：★★★★）

图 3-8　打开图像

（1）执行“文件”→“新建”菜单命令，建立一个 RGB 图像文件，设置其宽度和高度均为 600 像素，分辨率为 300 像素/英寸。

（2）执行“文件”→“打开”菜单命令，打开图像，如图 3-8 所示。选择魔棒工具单击白色，反选并按 Ctrl+J 键得到小狗的图像，将其拖到文件中。

（3）复制图层 1，并按顺序将其排列，如图 3-9 所示。

（4）选择最后一个小狗图像所在的层，执行“滤镜”→“模

糊”→“动感模糊”菜单命令，设置参数如图 3-10 所示，其效果如图 3-11 所示。

（5）选择倒数第二个小狗图像所在的层，执行“滤镜”→“模糊”→“动感模糊”菜单命令，设置参数如图 3-12 所示，其效果如图 3-13 所示。

图 3-9　复制图像

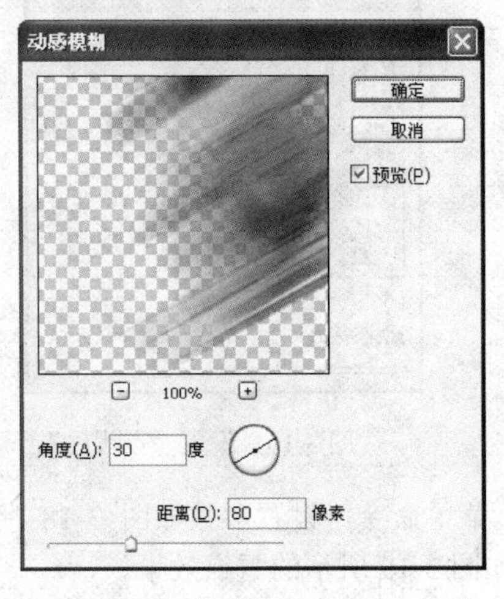

图 3-10　设置“动感模糊”（一）

图 3-11　动感模糊效果（一）

（6）依次类推，设置中间两个图像的动感模糊滤镜距离参数分别为 60 和 70，就可以得到滑雪小狗的动态效果了，如图 3-14 所示。

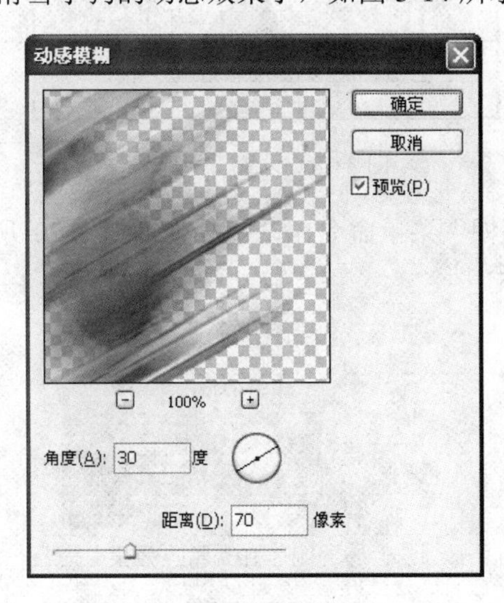

图 3-12　设置“动感模糊”（二）

图 3-13　动感模糊效果（二）

图 3-14　动态效果

实例 150——雪中的小海狮

本例通过点状化和动感模糊滤镜为图像添加小雪纷飞的场景。（学习难度：★★★★）

（1）执行“文件”→“打开”菜单命令，打开图像，如图 3-15 所示。

（2）复制背景层，执行“滤镜”→“像素化”→“点状化”菜单命令，设置参数如图 3-16 所示，其效果如图 3-17 所示。

图 3-15　打开图像

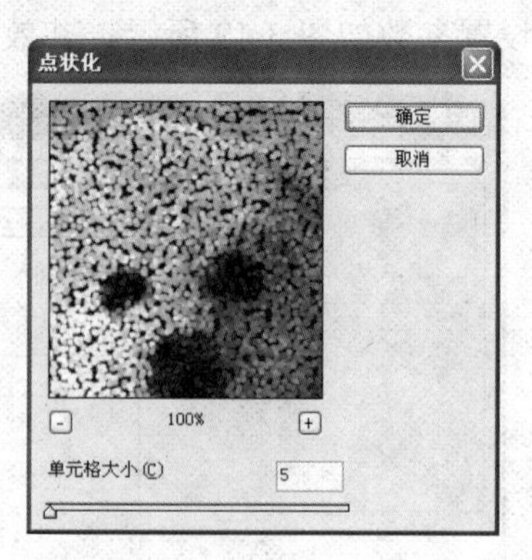

图 3-16　设置“点状化”

（3）执行“图像”→“调整”→“阈值”菜单命令，设置参数如图 3-18 所示，然后将图层的“混合模式”设置为“滤色”，得到如图 3-19 所示的雪点效果。

图 3-17　点状化效果

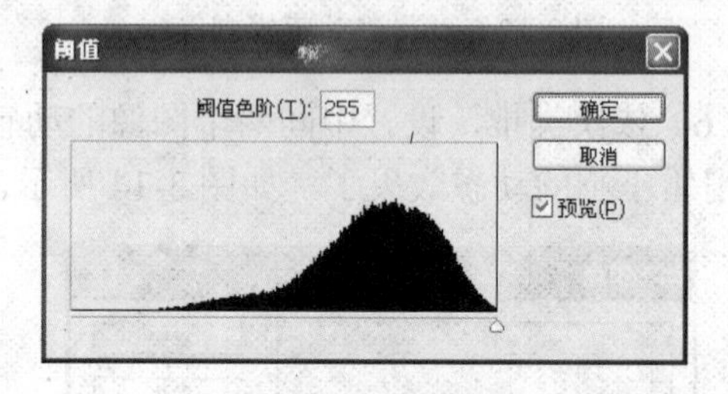

图 3-18　设置“阈值”

（4）执行“滤镜”→“模糊”→“动感模糊”菜单命令，设置参数如图 3-20 所示，就可以得到正在下雪的效果了，如图 3-21 所示。

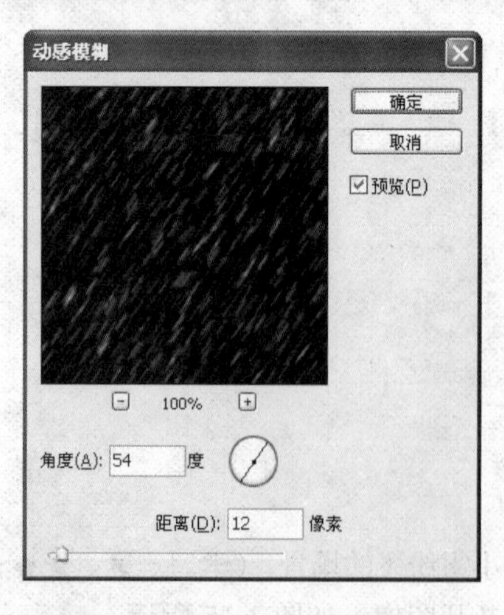

图 3-20　设置“动感模糊”

图 3-19　雪点效果

图 3-21　雪中的小海狮效果

实例151——雨中守望

小雨淅淅沥沥地下着，雨中的狮子正在守望什么呢？（学习难度：★★★★）

（1）执行“文件”→“打开”菜单命令，打开图像，如图3-22所示。

（2）执行“图像”→“调整”→“曲线”菜单命令，调整曲线如图3-23所示。调整后的效果如图3-24所示。

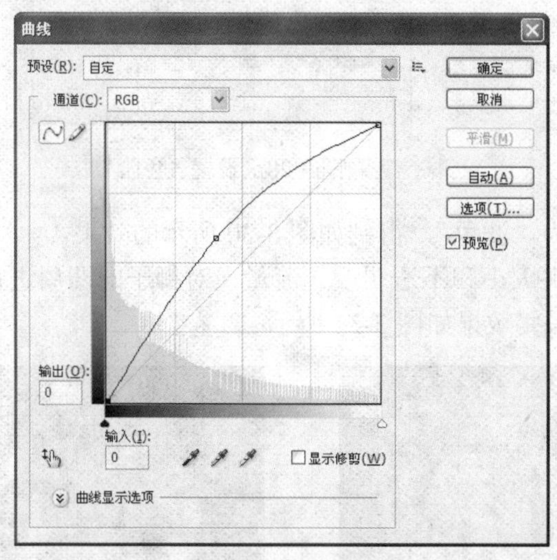

图3-23　调整曲线

图3-22　打开图像

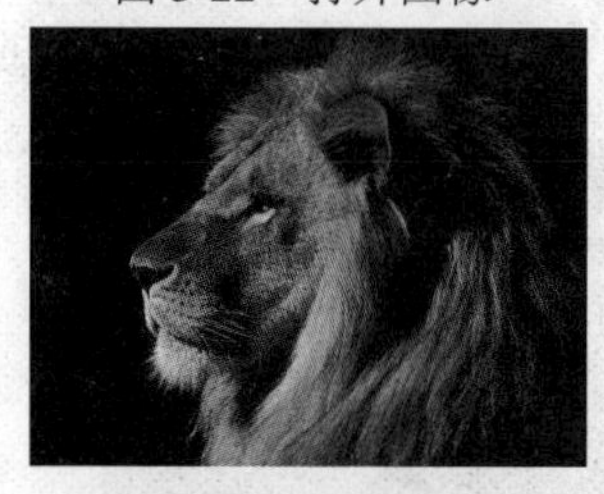

图3-24　曲线效果

（3）新建图层1，并填充为白色。执行“滤镜”→“杂色”→“添加杂色”菜单命令，设置“添加杂色”参数如图3-25所示。

（4）执行“滤镜”→“模糊”→“动感模糊”菜单命令，设置参数如图3-26所示。设置后的效果如图3-27所示。

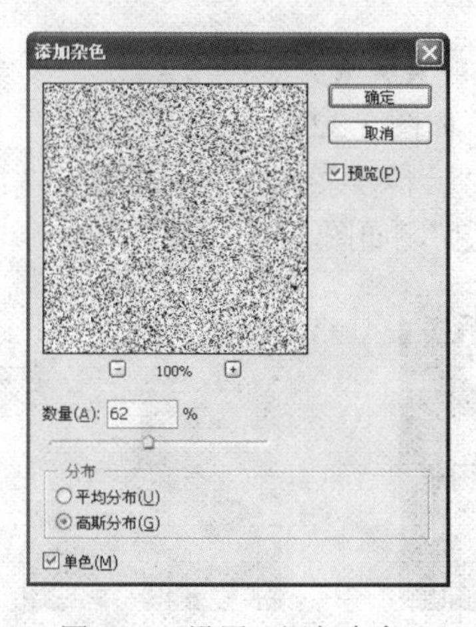

图3-25　设置“添加杂色”

图3-26　设置“动感模糊”

（5）执行“图像”→“调整”→“色阶”菜单命令，设置色阶如图 3-28 所示。设置后的效果如图 3-29 所示。

图 3-27　动态模糊效果

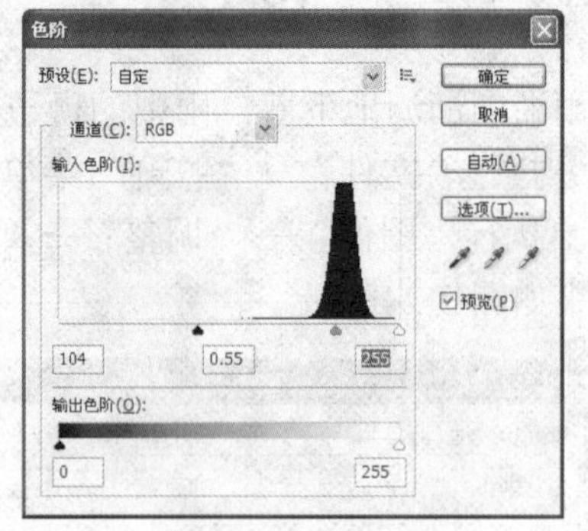

图 3-28　设置“色阶”

（6）将图层 1 的“混合模式”设置为“滤色”，得到如图 3-30 所示的效果。

（7）选择减淡工具，调整适当的笔尖大小和不透明度、流量，对狮子的四周进行减淡处理，形成雨水打在狮子身上的效果。最终效果如图 3-31 所示。

图 3-29　色阶效果

图 3-30　滤色效果

图 3-31　雨中守望效果

实例 152——大雾迷蒙效果

本例将为城堡制造大雾迷蒙的效果。（学习难度：★★★）

（1）在 Photoshop CS4 中打开一幅城堡的图片，如图 3-32 所示。

（2）新建图层 1，执行“滤镜”→“渲染”→“云彩”菜单命令，如图 3-33 所示。

（3）在图层面板中将“混合样式”调整为“滤色”，如图 3-34 所示。

图 3-32　打开图片

图 3-33　云彩效果

图 3-34　滤色效果

（4）执行“图像”→“调整”→“亮度/对比度”菜单命令，设置参数如图 3-35 所示。最终效果如图 3-36 所示。

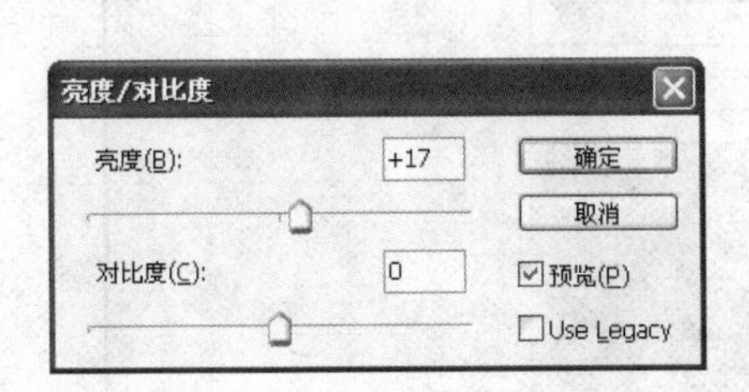

图 3-35　设置“亮度/对比度”

图 3-36　大雾迷蒙效果

实例 153——柔光效果

本例实现图像的柔光效果，柔和的路灯照在小路上，给人一种暖暖的感觉。（学习难度：★★★★）

（1）执行“文件”→“打开”菜单命令，打开图像，如图 3-37 所示。

（2）复制背景层，创建背景副本图层，执行“滤镜”→“模糊”→“高斯模糊”菜单命令，在弹出的对话框中设置“半径”为 3，如图 3-38 所示。

图 3-37　打开图像

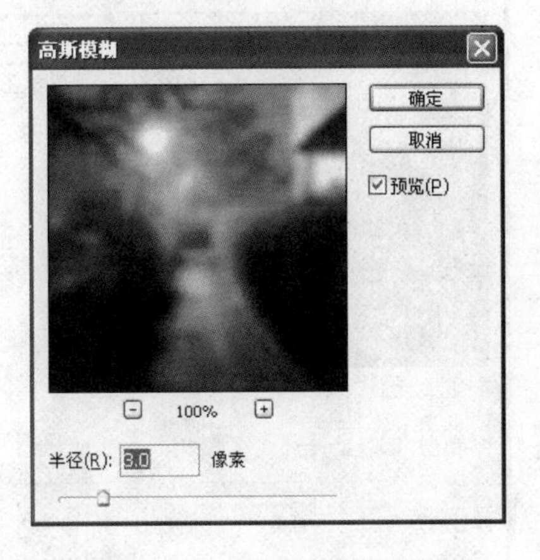

图 3-38　“高斯模糊”对话框

（3）在工具箱中设置前景色为黑色，背景色为白色，执行“滤镜”→“扭曲”→“扩散亮光”菜单命令，在弹出的对话框中设置参数值，如图 3-39 所示。

（4）在图层面板中，将背景副本图层的“不透明度”设置为 74%，其效果如图 3-40 所示。

（5）合并所有图层，执行“滤镜”→“锐化”→“USM 锐化”菜单命令，在弹出的对话框中设置参数如图 3-41 所示。反复执行 2 到 3 次，直到满意为止，其效果如图 3-42 所示。

图 3-39 “扩散亮光”参数设置对话框

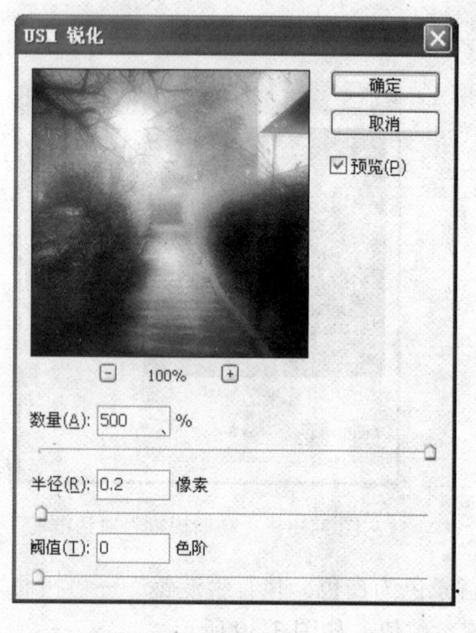

图 3-41 “USM 锐化”对话框

图 3-40 设置不透明度后的效果

图 3-42 柔光效果

实例 154——闪电效果

本例将云彩和分层云彩滤镜制作一道闪电效果。（学习难度：★★★★）

（1）执行“文件”→“新建”菜单命令，建立一个 RGB 图像文件，设置其宽度和高度均为 500 像素，分辨率为 300 像素/英寸。

（2）设置前景色背景色为默认颜色，选择渐变工具，斜着拉出一条直线，得到渐变效果如图 3-43 所示。

（3）执行“滤镜”→“渲染”→“分层云彩”菜单命令，然后执行“图像”→“自动色调”菜单命令，其效果如图 3-44 所示。

图 3-43　渐变效果

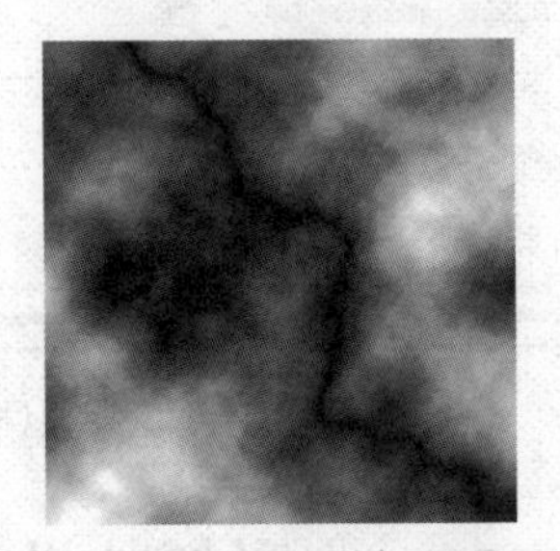

图 3-44　分层云彩和自动色调效果

（4）执行“图像”→“调整”→“亮度/对比度”菜单命令，设置参数如图 3-45 所示，然后反相，其效果如图 3-46 所示。

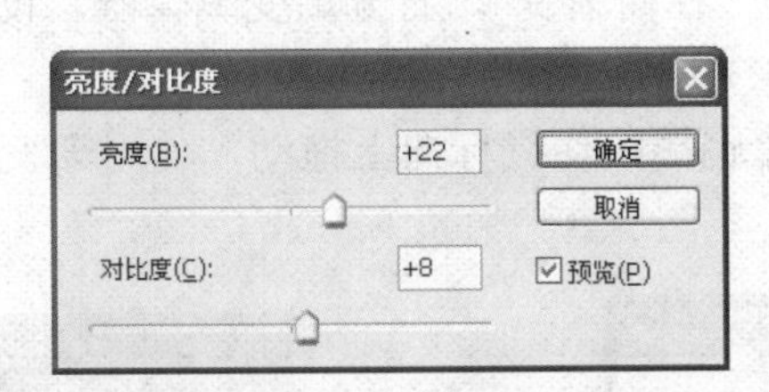

图 3-45　设置“亮度/对比度”

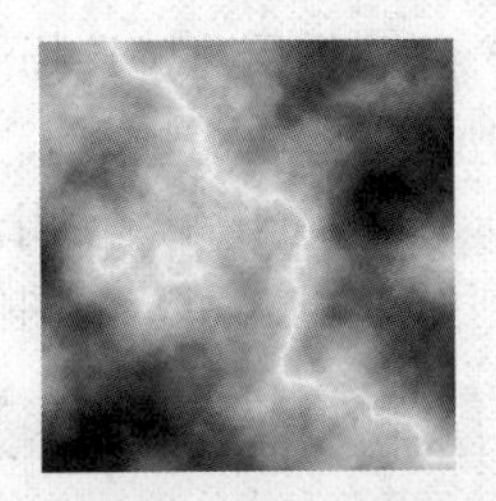

图 3-46　反相效果

（5）执行“图像”→“调整”→“色阶”菜单命令，设置参数如图 3-47 所示。其效果如图 3-48 所示。

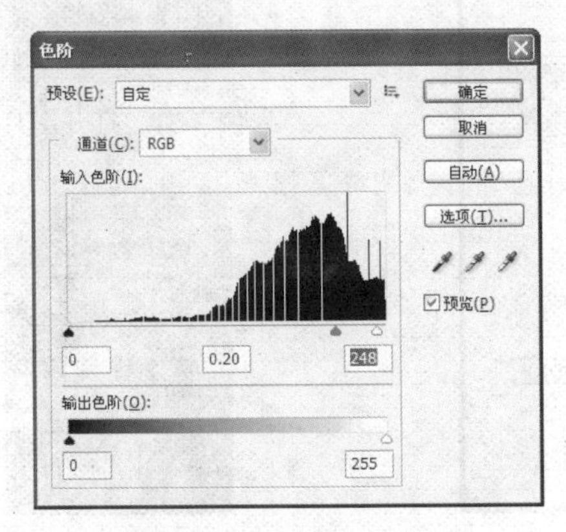

图 3-47　设置“色阶”

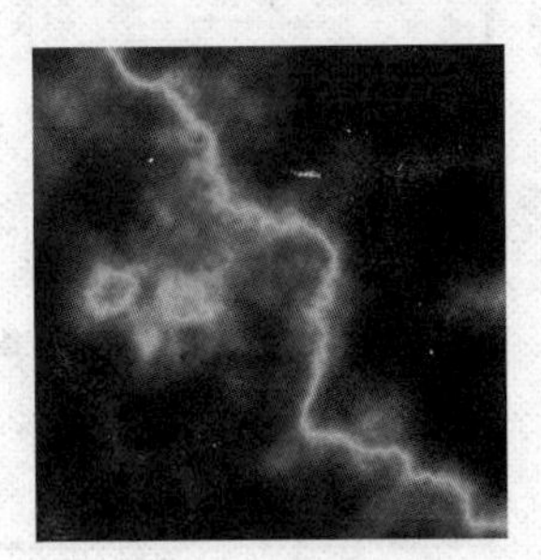

图 3-48　色阶效果

（6）执行“图像”→“调整”→“色相/饱和度”菜单命令，设置参数如图 3-49 所示。最终效果如图 3-50 所示。

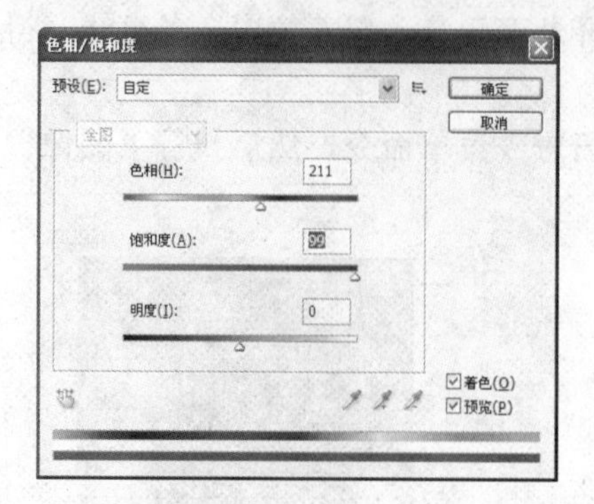

图 3-49　设置“色相/饱和度”

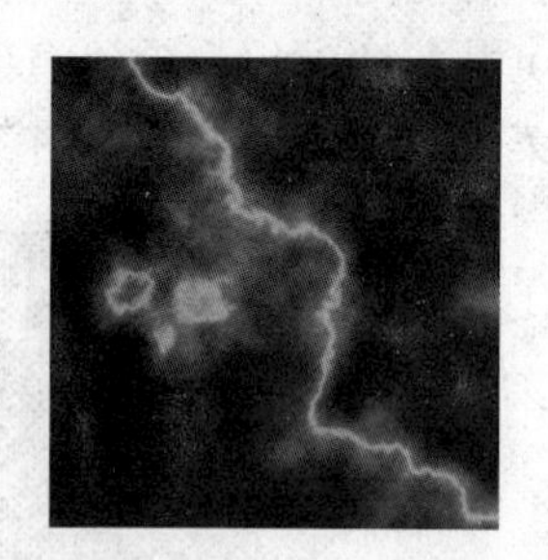

图 3-50　闪电效果

实例 155——彩虹效果

本例将在城市的上空绘制出一道美丽的彩虹。（学习难度：★★★）

（1）在 Photoshop CS4 中打开一幅城市的图片，如图 3-51 所示。

（2）新建图层 1，选择渐变工具。单击“径向渐变”，打开渐变编辑器，设置颜色如图 3-52 所示。

（3）设置完毕后，使用渐变工具在图像底端按住鼠标向上拖动，使用渐变填充新图层，得到如图 3-53 所示的图像。

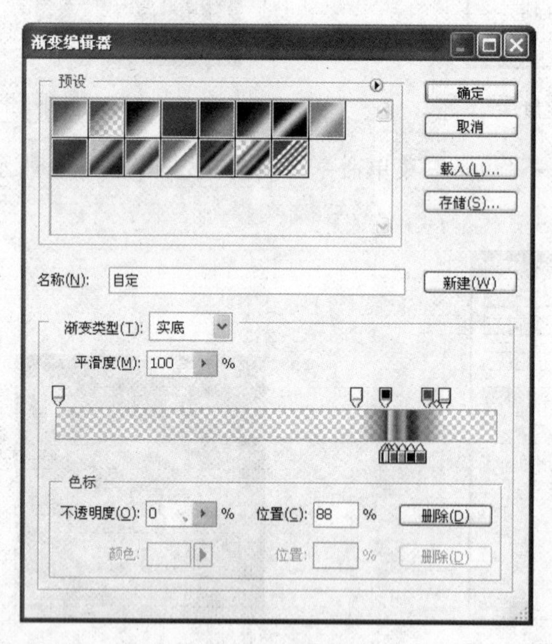

图 3-52　设置渐变颜色

图 3-51　打开图片

图 3-53　渐变效果

（4）按 Ctrl+T 键对彩虹的位置和大小进行调整，得到如图 3-54 所示的效果。

（5）选中彩虹两边遮住大厦的部分，如图 3-55 所示。然后执行“选择”→“修改”→“羽化”菜单命令，“羽化”半径为 10。

（6）按 Delete 键对选区进行删除。最终效果如图 3-56 所示。

图 3-54　调整彩虹

图 3-55　选中彩虹两边

图 3-56　彩虹效果

实例 156——添加梦幻图片

本例将为图片添加梦幻背景效果。（学习难度：★★★★）

（1）执行“文件”→“打开”菜单命令，打开图像，如图 3-57 所示。

（2）双击图层面板中背景层，将背景层改为图层 0，然后复制图层 0 为图层 0 副本，如图 3-58 所示。

（3）选择复制的图层为当前工作层，执行“滤镜”→“模糊”→“高斯模糊”菜单命令，在弹出的对话框中设置“半径”为 2.5，然后修改图层的“混合模式”为“滤色”，如图 3-59 所示。

（4）复制高斯模糊过的图层，将该图层的“混合模式”设置为“叠加”，得到的效果如图 3-60 所示。

图 3-57　打开图像

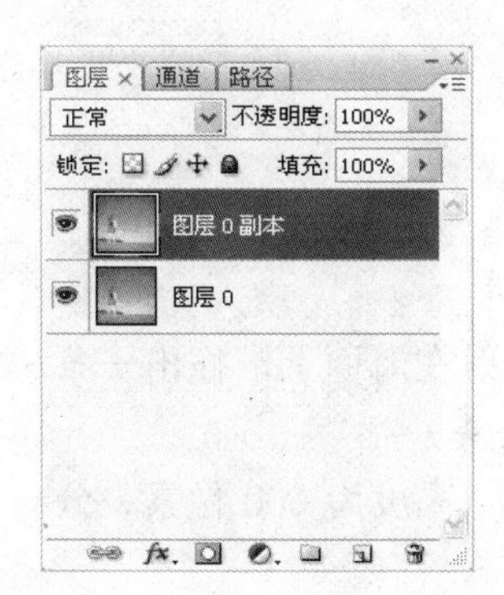

图 3-58　图层面板

图 3-59　“高斯模糊”对话框

（5）执行“图像”→“调整”→“曲线”菜单命令，在弹出的对话框中设置参数，如图 3-61 所示。其效果如图 3-62 所示。

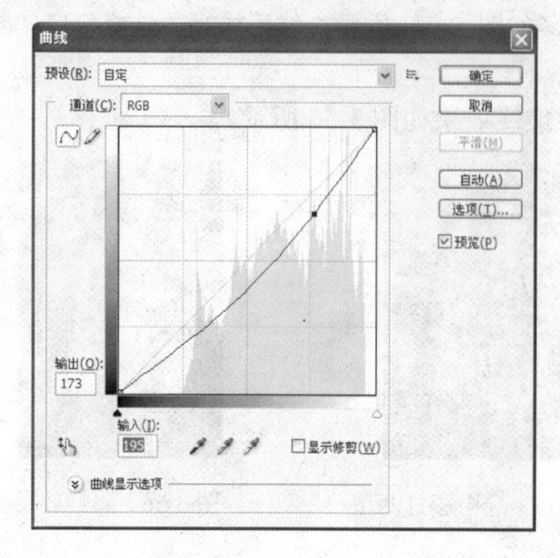

图 3-61 “曲线”对话框

图 3-60 设置后的效果

图 3-62 调整曲线后的效果

（6）执行“文件”→“打开”菜单命令，打开素材图片，如图 3-63 所示。

（7）在工具箱中选择移动工具，将素材图片直接拖曳到当前文件窗口中，将图片图层的“混合模式”设置为“滤色”，移动图片到合适的位置，如图 3-64 所示。

（8）新建图层，在工具箱中选择画笔工具，使用星星笔刷在图片上任意刷些图案，将该图层的“混合模式”设置为“叠加”，最终效果如图 3-65 所示。

图 3-63 打开素材图片

图 3-64 调整后的效果

图 3-65 添加梦幻图片效果

实例 157——日出效果

本例将制作日出效果，阳光映射在海面上，拖出一条长长的倒影。(学习难度：★★★★★)

（1）新建一个宽度为 600 像素、高度为 600 像素、分辨率为 300 的图像文件。

（2）设置前景色为“R:166;G:69;B:27”，背景色为“R:104;G:54;B:45”，填充背景为前景色。新建图层 1，填充前景色，执行“滤镜”→“渲染”→“云彩”菜单命令，并适当调整大小，如图 3-66 所示。

图 3-66 天空效果

（3）新建图层 2，同样执行云彩效果，然后执行“滤镜”→“渲染”→“纤维”菜单命令，设置参数如图 3-67 所示。旋转 90 度并适当调整大小，如图 3-68 所示。

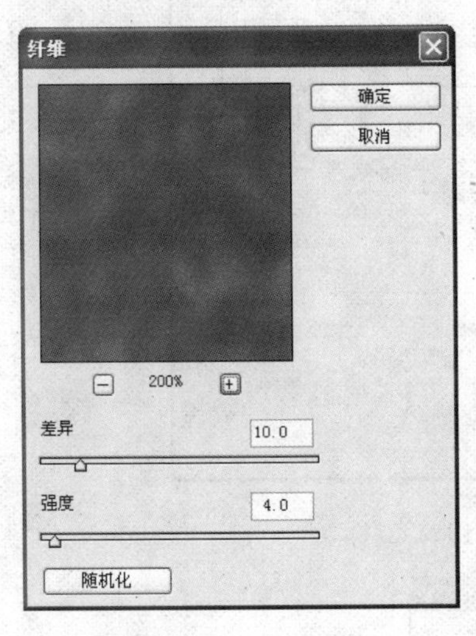

图 3-67　设置“纤维”

图 3-68　海面效果

（4）新建图层 3，选择椭圆工具绘制一个圆，并填充为白色，如图 3-69 所示。

（5）打开“图层样式”对话框，选择“外发光”，设置参数如图 3-70 所示。

图 3-69　绘制一个圆并填充白色

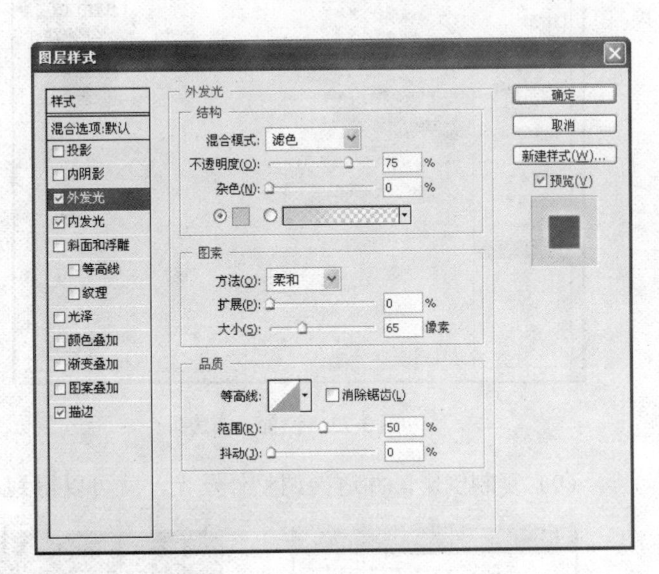

图 3-70　设置“外发光”

（6）选择“内发光”，设置参数如图 3-71 所示。

（7）选择“描边”，设置参数如图 3-72 所示，其效果如图 3-73 所示。

（8）隐藏除图层 1 和图层 2 以外的图层，保存文件为“日出 1.psd”。显示各个图层，保存为“日出 2.psd”。执行“滤镜”→“扭曲”→“置换”菜单命令，设置参数如图 3-74 所示。选择文件“日出 1.psd”，得到如图 3-75 所示的效果。

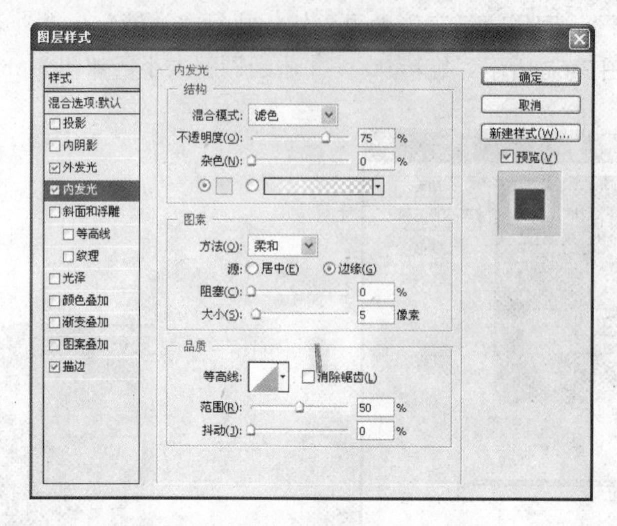

图 3-71 设置“内发光”

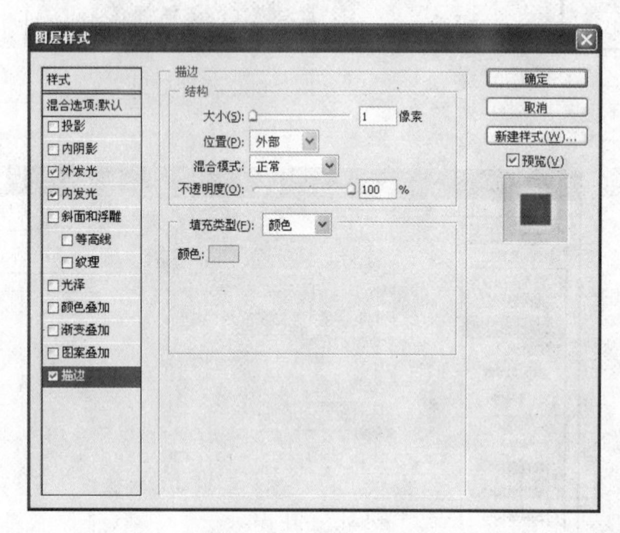

图 3-72 设置“描边”

图 3-73 图层样式效果

（9）复制倒影，并适当调整外发光，就可以得到最终效果了，如图 3-76 所示。

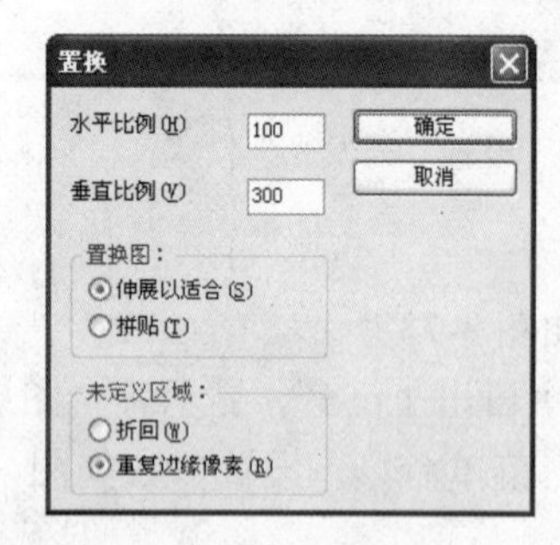

图 3-74 设置参数

图 3-75 倒影效果

图 3-76 日出效果

实例 158——百叶窗效果

本例为图像制作百叶窗效果，从百叶窗中瞭望外面的景色，又是一种别样风味。（学习难度：★★★★）

（1）执行“文件”→“新建”菜单命令，建立一个 RGB 图像文件，设置其宽度为 500 像素，高度为 100 像素，分辨率为 300 像素/英寸。

（2）选择矩形选框工具绘制一个矩形，按 D 键恢复默认颜色设置，再选择渐变工具从上到下由黑到白进行渐变，如图 3-77 所示。

图 3-77　渐变矩形

（3）执行“编辑”→“定义图案”菜单命令，定义图案名称为“百叶窗”，如图 3-78 所示。

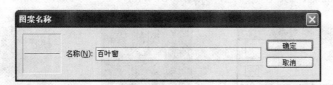

图 3-78　定义图案

（4）执行“文件”→“打开”菜单命令，打开图像，如图 3-79 所示。

图 3-79　打开图像

（5）新建图层 1，执行“编辑”→“填充”菜单命令，选择刚才定义的图案，如图 3-80 所示。填充的效果如图 3-81 所示。

（6）将图层 1 的填充设置改为 50%，最终效果如图 3-82 所示。

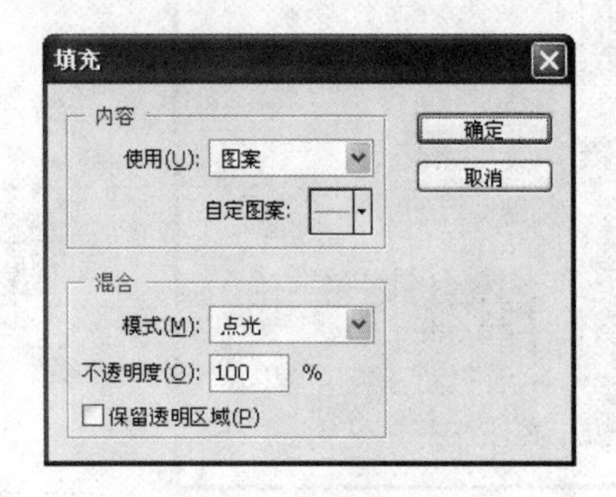

图 3-80　填充图案

图 3-81　填充效果

图 3-82　百叶窗效果

实例 159——喷溅效果

本例将制作粉尘喷溅效果，突显中间自由自在的鱼儿。（学习难度：★★★★）

（1）执行“文件”→“打开”菜单命令，打开图像，如图 3-83 所示。

（2）新建图层 1，选择椭圆选框工具绘制一个椭圆，将小鱼选中，如图 3-84 所示。

图 3-83　打开图像

图 3-84　选中小鱼

（3）进行反选，然后执行“选择”→“修改”→“羽化”菜单命令，设置“羽化半径”为 15，如图 3-85 所示。羽化效果如图 3-86 所示。

（4）将羽化的选区填充为白色，如图 3-87 所示。

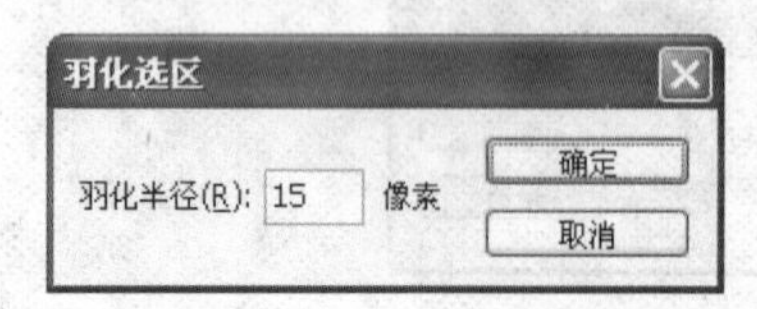

图 3-85　设置“羽化半径”

图 3-86　羽化效果

图 3-87　填充选区

（5）执行“滤镜”→“画笔描边”→“喷溅”菜单命令，设置参数如图 3-88 所示，喷溅效果如图 3-89 所示。

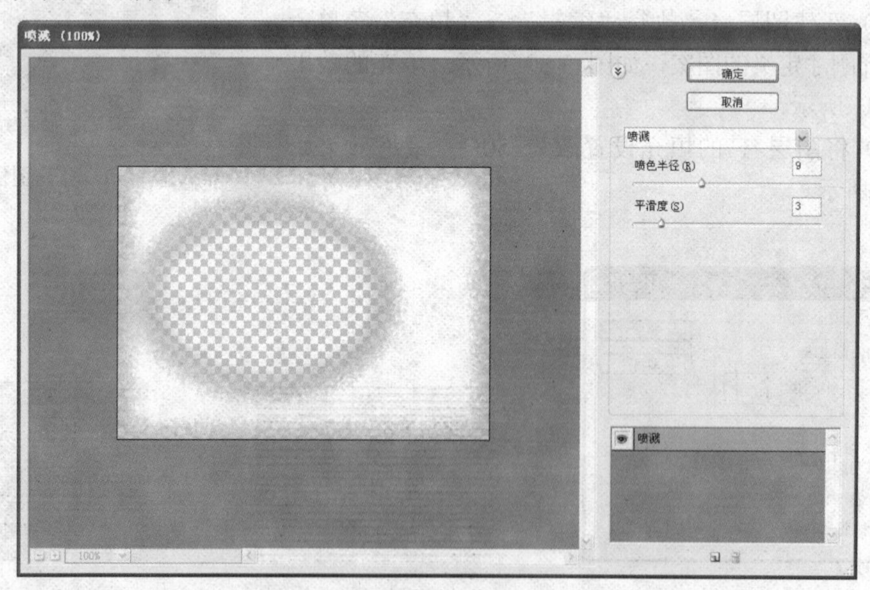

图 3-88　设置“喷溅”

（6）将图层 1 的“混合模式”设置为“溶解”，“不透明度”设置为 35%。最终效果如图 3-90 所示。

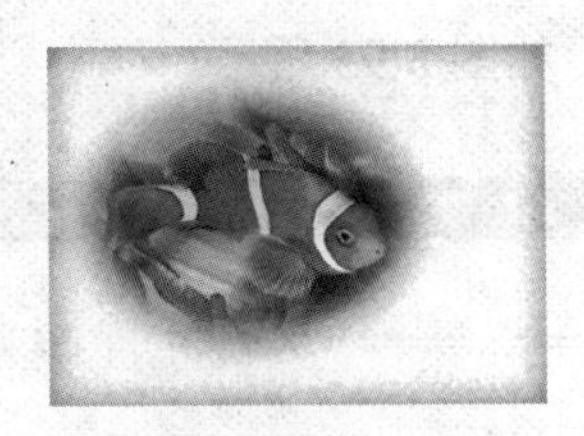

图 3-89　喷溅效果（一）

图 3-90　喷溅效果（二）

实例 160——抽象涡轮效果

本例实现的抽象涡轮效果，又好像一个旋转而下的楼梯。（学习难度：★★★★）

（1）执行“文件”→“新建”菜单命令，新建一个 400×400 像素的文件，颜色模式为 RGB，如图 3-91 所示。

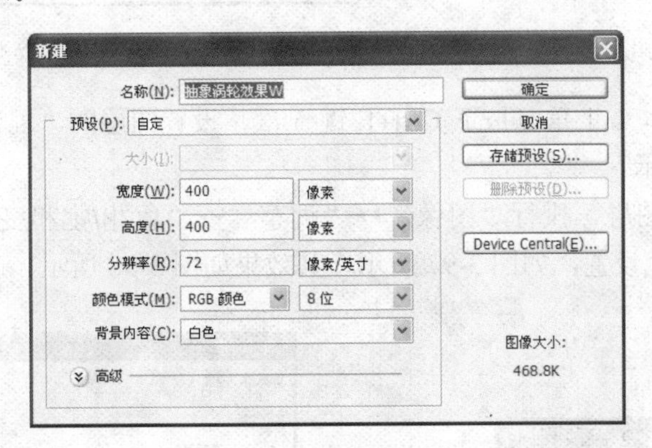

图 3-91　新建文件

（2）在工具箱中设置前景色为灰色，背景色为黑色，使用渐变工具从文档的左下角到右上角拉出渐变，如图 3-92 所示。

（3）执行“滤镜”→“渲染”→“分层云彩”菜单命令，重复执行多次直到达到如图 3-93 所示的效果为止。

图 3-92　渐变效果

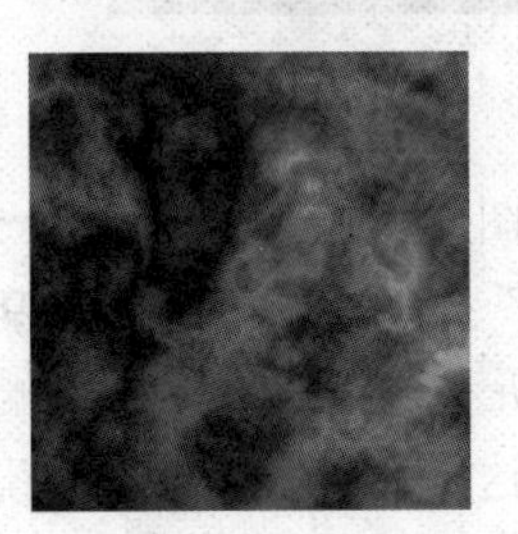

图 3-93　分层云彩效果

（4）在图层面板中，将刚才处理完的图层复制两个，如图 3-94 所示。

（5）在图层副本 1 上，执行“滤镜”→“扭曲”→“波浪”菜单命令，在弹出的对话框中设置参数值，单击设置框中的“随机化”按钮，如图 3-95 所示。

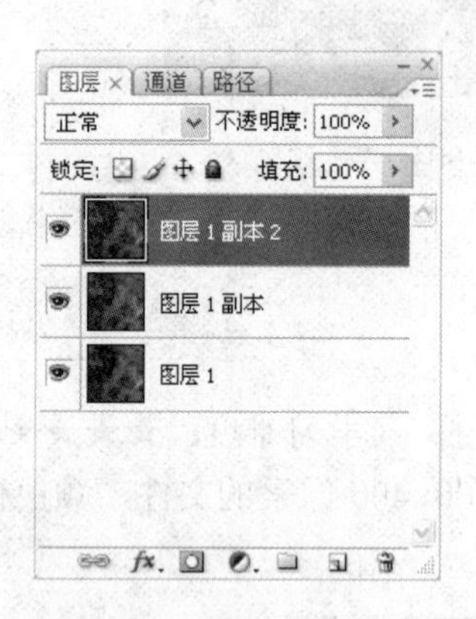

图 3-94　复制图层

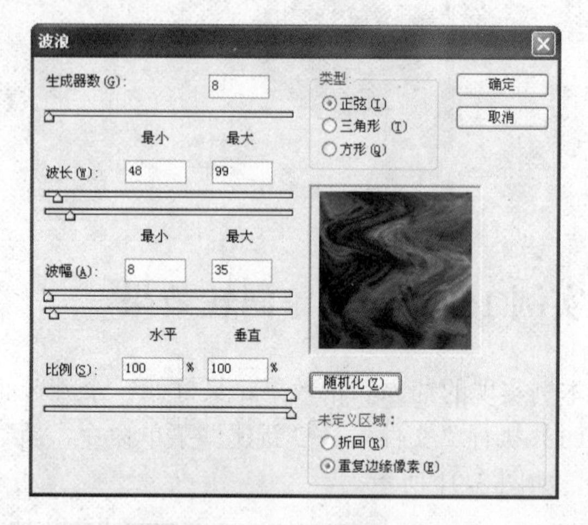

图 3-95　设置“波浪”

（6）在图层副本 2 上重复按下 Ctrl+F 键 5 次，设置图层的“混合模式”为“变亮”，其效果如图 3-96 所示。

（7）合并所有图层，执行“图像”→“调整”→“色相/饱和度”菜单命令，在弹出的对话框中进行颜色设置，如图 3-97 所示，其效果如图 3-98 所示。

图 3-96　波浪变亮效果

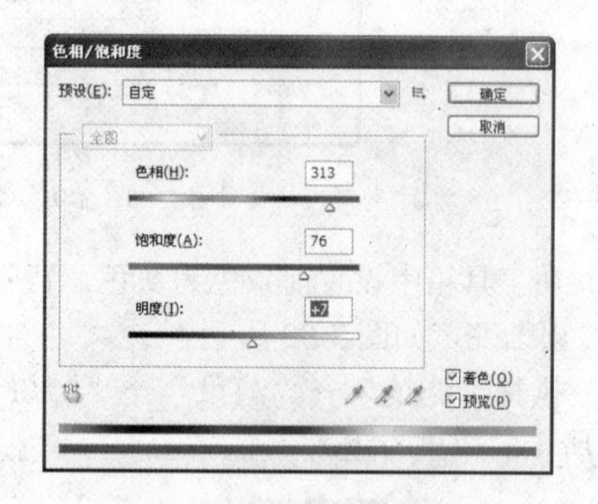

图 3-97　设置“色相/饱和度”

（8）复制图层，执行“滤镜”→“扭曲”→“旋转扭曲”菜单命令，在弹出的对话框中设置“角度”为 999 度，如图 3-99 所示。设置该图层的“混合模式”为“变亮”，其效果如图 3-100 所示。

（9）复制这个图层，执行“滤镜”→“像素化”→“彩色半调”菜单命令，在弹出的对话框中设置参数值，如图 3-101 所示，其效果如图 3-102 所示。

图 3-98　添加颜色效果

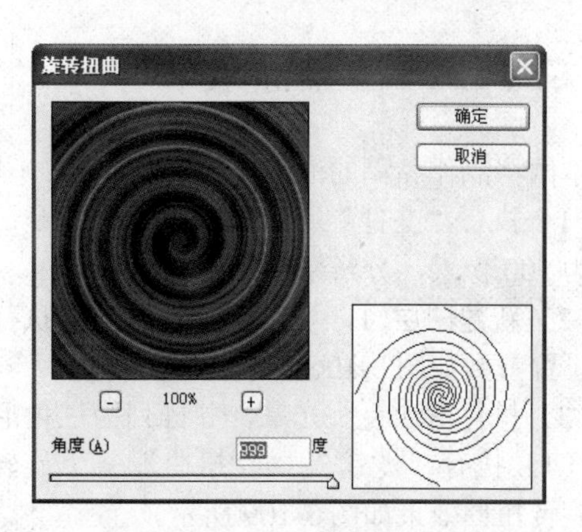

图 3-99　“旋转扭曲”对话框

图 3-100　旋转扭曲效果

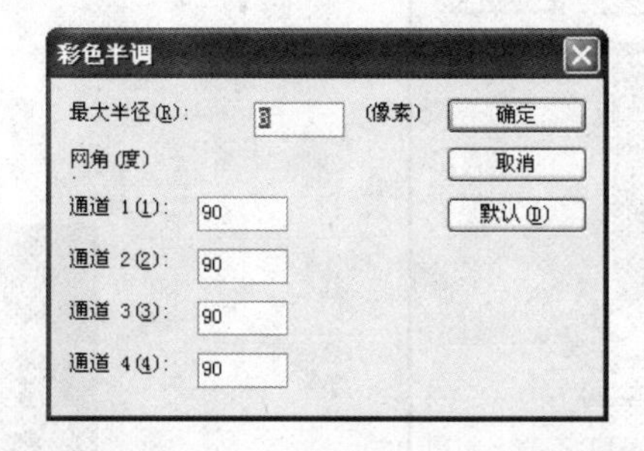

图 3-101　“彩色半调”对话框

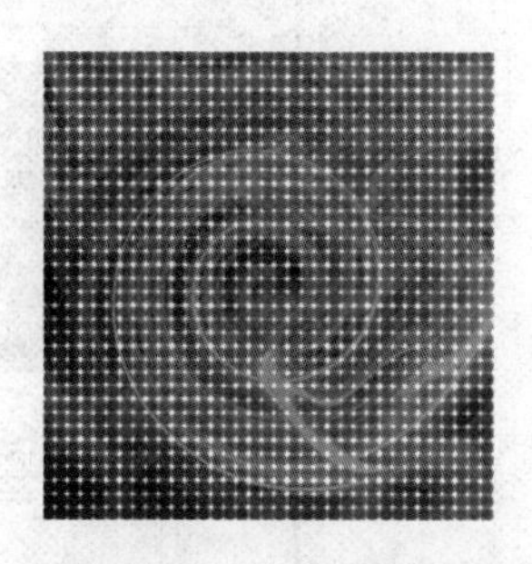

图 3-102　彩色半调效果

（10）执行“滤镜”→“扭曲”→“极坐标”菜单命令，在弹出的对话框中选择“平面坐标到极坐标”，如图 3-103 所示。

（11）执行“滤镜”→“模糊”→“径向模糊”菜单命令，在弹出的对话框中设置“数量”为 100，“模糊方法”为“缩放”，如图 3-104 所示。最终效果如图 3-105 所示。

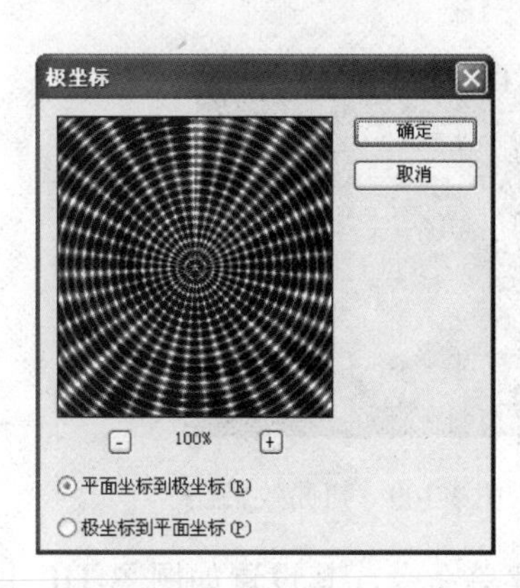

图 3-103　设置“极坐标”

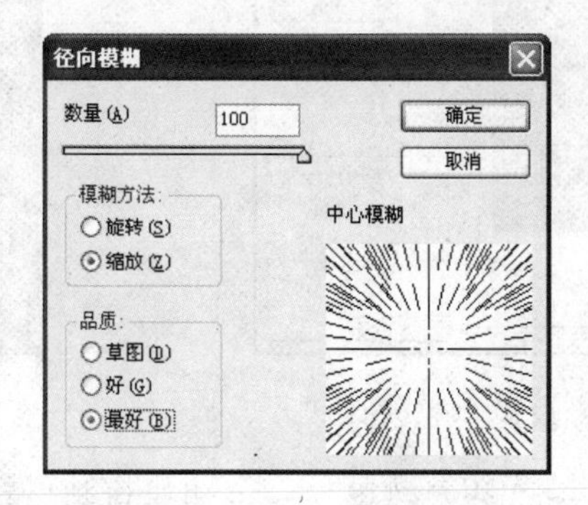

图 3-104　设置“径向模糊”

图 3-105　抽象涡轮效果

实例 161——油漆效果

本例将制作黏稠的油漆被搅动的效果。(学习难度:★★★★★)

(1)执行“文件”→“新建”菜单命令,建立一个 RGB 图像文件,设置其宽度和高度均为 500 像素,分辨率为 300 像素/英寸。

(2)新建图层 1,填充背景为黑色,执行“滤镜”→“渲染”→“镜头光晕”菜单命令,设置参数如图 3-106 所示。

(3)执行三次镜头光晕,并排列为三角形,如图 3-107 所示。

(4)执行“滤镜”→“扭曲”→“旋转扭曲”菜单命令,设置参数如图 3-108 所示。旋转扭曲效果如图 3-109 所示。

图 3-106 设置“镜头光晕”

图 3-107 光晕效果

图 3-108 设置“旋转扭曲”

图 3-109 扭曲效果

(5)执行“滤镜”→“艺术效果”→“塑料包装”菜单命令,其设置如图 3-110 所示,初步得到油漆效果如图 3-111 所示。

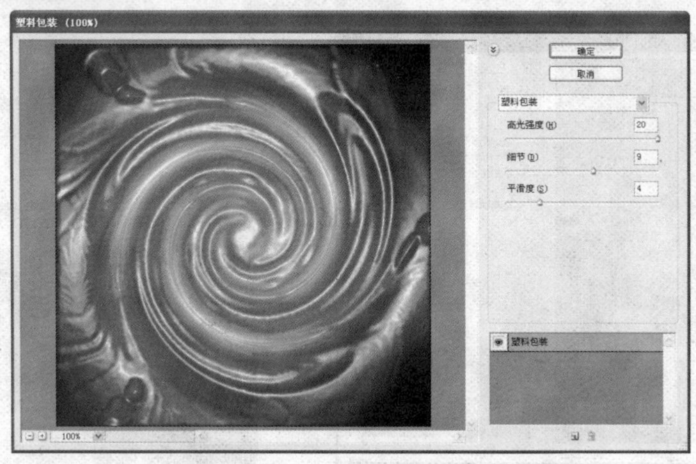

图 3-110　设置“塑料包装”　　图 3-111　油漆效果

（6）执行“图像”→“调整”→“色相/饱和度”菜单命令，设置参数如图 3-112 所示，调整出油漆的颜色来，最终效果如图 3-113 所示。

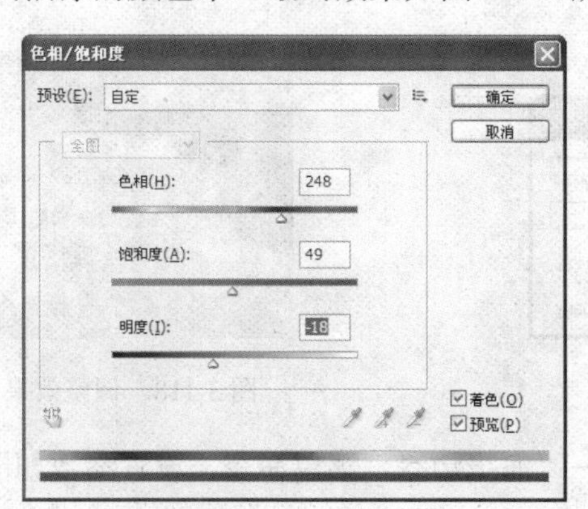

图 3-112　调整颜色

图 3-113　最终油漆效果

实例 162——卡通效果

本例将一幅风景图像制作成卡通片中的图像效果。（学习难度：★★★★）

图 3-114　打开图像

（1）执行“文件”→“打开”菜单命令，打开风景图像，如图 3-114 所示。

（2）执行“滤镜”→“艺术效果”→“木刻”菜单命令，设置参数如图 3-115 所示。木刻效果如图 3-116 所示。

图 3-115　设置“木刻”

图 3-116　木刻效果

（3）执行“图像”→“调整”→“亮度/对比度”菜单命令，设置参数如图 3-117 所示。调整效果如图 3-118 所示。

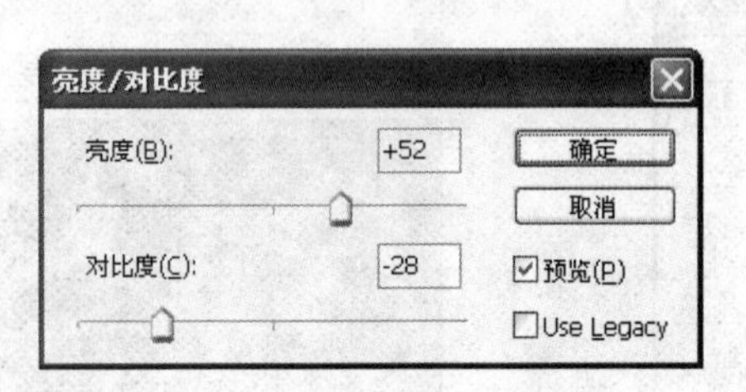

图 3-117　设置“亮度/对比度”

图 3-118　调整效果

（4）执行“滤镜”→“艺术效果”→“海报边缘”菜单命令，设置参数如图 3-119 所示。最终效果如图 3-120 所示。

图 3-119　设置“海报边缘”

图 3-120　卡通效果

实例 163——油画效果

本例将水果图片制作成一幅油画。（学习难度：★★★★）

（1）执行“文件”→“打开”菜单命令，打开一张水果图像，如图 3-121 所示。

（2）在背景图层上单击鼠标右键并选择“复制图层”菜单命令，复制一个图层，选择此图层为当前图层。

（3）执行“滤镜”→“其他”→“高反差保留”菜单命令，在弹出的“高反差保留”对话框中，设置“半径”为 5 像素，设置的效果如图 3-122 所示。

（4）执行“滤镜”→“艺术效果”→“绘画涂抹”菜单命令，在弹出的“绘画涂抹”对话框中，设置“画笔大小”为 5，“锐化程度”为 10，“画笔类型”为“简单”，设置的效果如图 3-123 所示。

图 3-121　打开图像

图 3-122　高反差保留效果

图 3-123　绘画涂抹效果

（5）在图层面板上选择背景层，然后执行“滤镜”→“艺术效果”→“绘画涂抹”菜单命令，滤镜设置与第（4）步相同。

（6）选择图层 1 为当前图层，将图层的“混合模式”设置为“差值”。

（7）用鼠标右键单击图层 1 并选择“复制图层”菜单命令，复制一个图层，然后执行“图像”→“调整”→“色阶”菜单命令，设置色阶为“15，1.50，205”，如图 3-124 所示。

（8）将所有层合并，完成油画的最终效果，如图 3-125 所示。

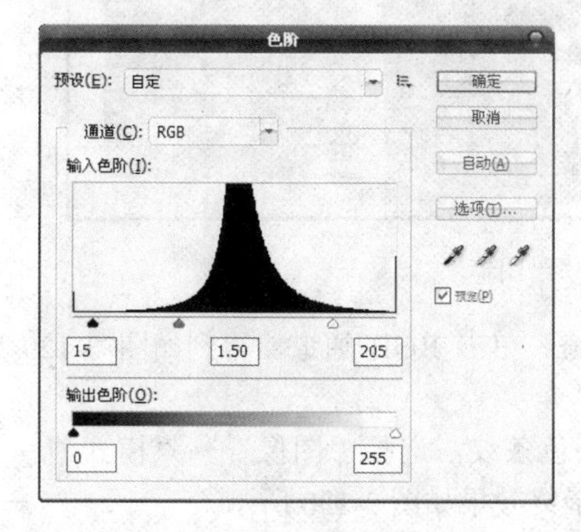

图 3-124　设置“色阶”

图 3-125　油画效果

实例 164——水墨画

本例将在不同通道利用图画笔滤镜，完成水墨画效果。（学习难度：★★★★★）

（1）执行“文件”→“打开”菜单命令，打开一个图像文件。然后执行“图像”→“模式”→“灰度”菜单命令，将图像转为灰度图，如图 3-126 所示。

图 3-126　将图像转为灰度图

（2）执行“图像”→“模式”→“RGB 颜色”菜单命令，打开通道面板，选中红通道，将其作为当前编辑通道。

（3）执行“滤镜”→“素描”→“绘图笔滤镜”菜单命令，设置“描边长度”为 15，“明/暗平衡”为 90，“描边方向”选择“左对角线”，如图 3-127 所示。得到效果如图 3-128 所示。

图 3-127　设置“绘图笔”

（4）用同样的方法分别设置绿通道和蓝通道。单击 RGB 通道，得到如图 3-129 所示效果。

（5）由于对不同通道应用滤镜，出现了杂色条纹。选择“图像”→“模式”→“灰度”，再将 RGB 颜色的图像转化为灰度图像，最终效果如图 3-130 所示。

图 3-128　红通道效果

图 3-129　RGB 通道效果

图 3-130　水墨画效果

实例 165——蜡笔效果

本例将利用艺术效果滤镜制作出蜡笔图像效果。（学习难度：★★★★）

（1）执行“文件”→“打开”菜单命令，打开图像，如图 3-131 所示。

（2）执行“滤镜”→“艺术效果”→“粗糙蜡笔”菜单命令，设置参数如图 3-132 所示，粗糙蜡笔效果如图 3-133 所示。

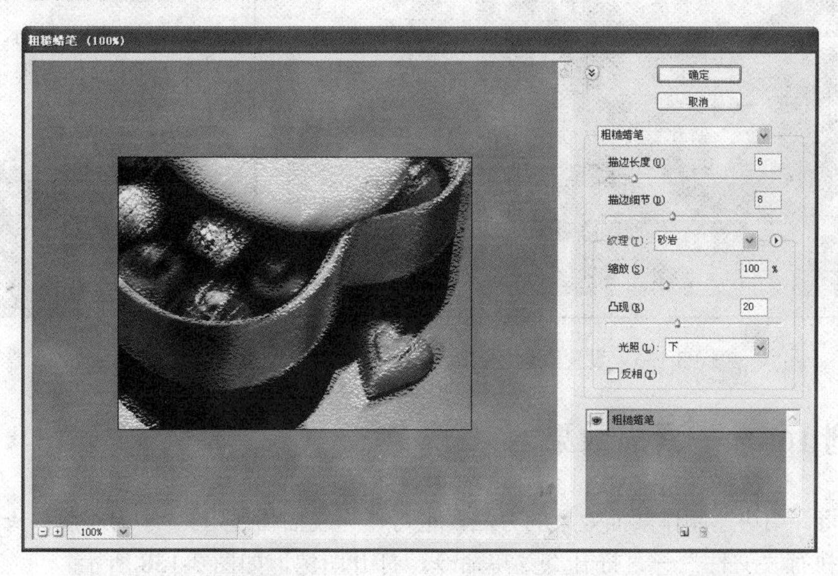

图 3-132　设置“粗糙蜡笔”

图 3-131　打开图像

图 3-133　粗糙蜡笔效果

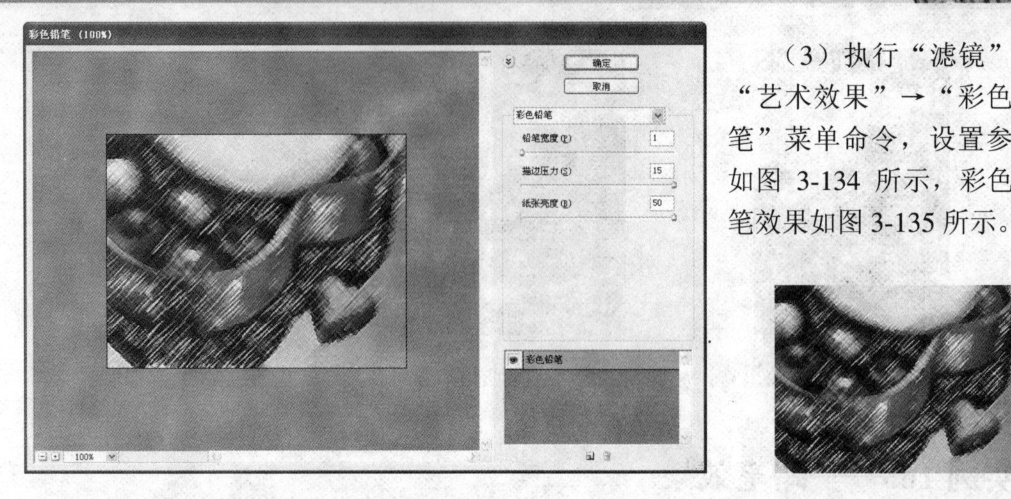

图 3-134　设置“彩色铅笔”

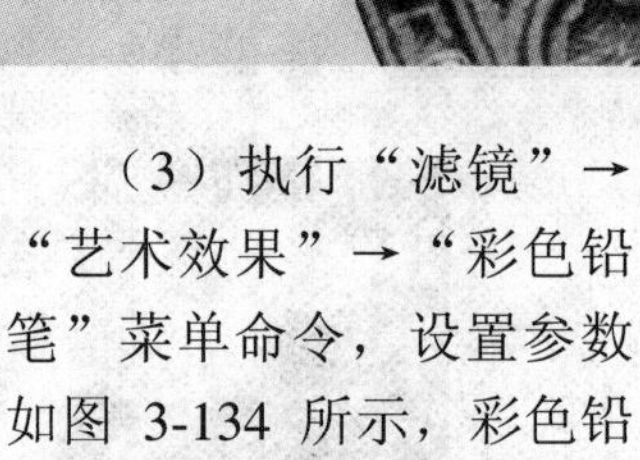

（3）执行“滤镜”→“艺术效果”→“彩色铅笔”菜单命令，设置参数如图 3-134 所示，彩色铅笔效果如图 3-135 所示。

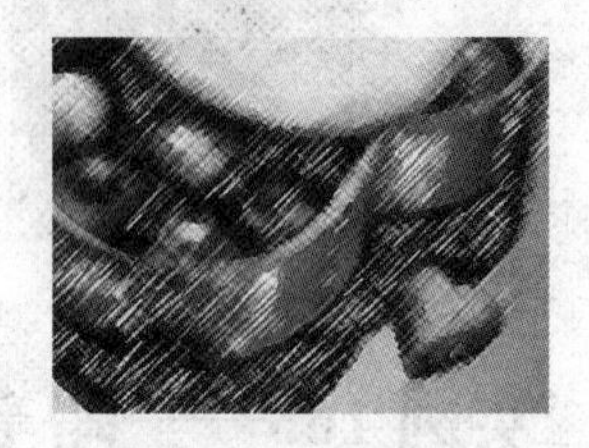

图 3-135　彩色铅笔效果

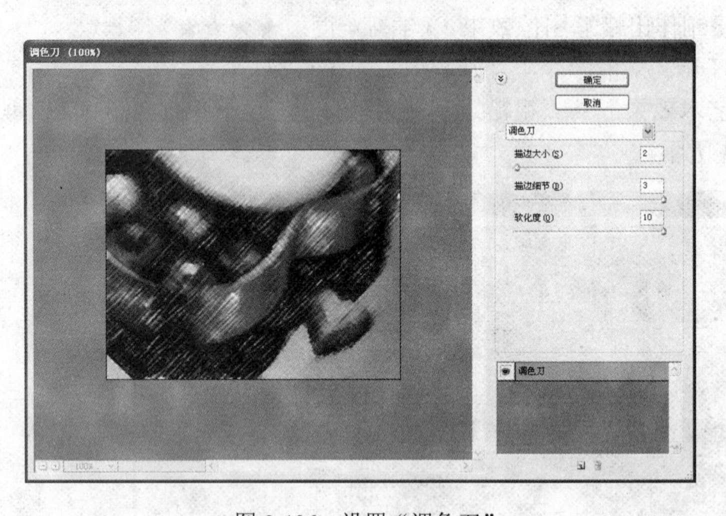

图 3-136　设置“调色刀”

（4）执行“滤镜”→“艺术效果”→“调色刀”菜单命令，设置参数如图 3-136 所示。最终效果如图 3-137 所示。

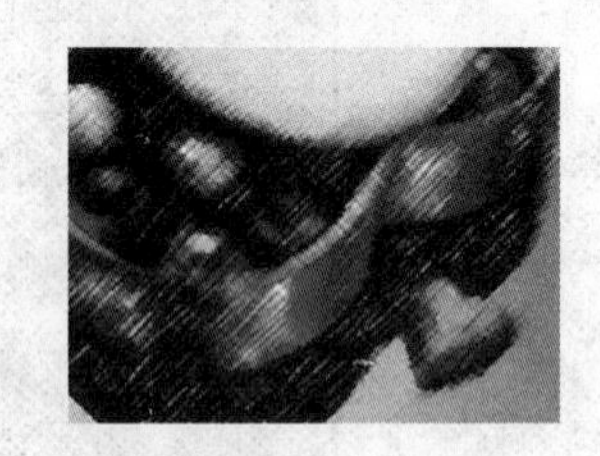

图 3-137　蜡笔效果

实例 166——素描效果

本例将介绍快速制作素描效果的方法，也可作为线描画使用。（学习难度：★★★★）

（1）执行“文件”→“打开”菜单命令，打开图像，如图 3-138 所示。

（2）执行“图像”→“修改”→“去色”菜单命令，将图片进行去色处理，然后复制背景层。

（3）按 Ctrl+Shift+I 键反相，得到如图 3-139 所示的效果。

（4）将图层的“混合模式”设置为“颜色减淡”。执行“滤镜”→“模糊”→“高斯模糊”菜单命令，设置“半径”为 4，得到如图 3-140 所示的效果。

（5）执行“图像”→“调整”→“亮度/对比度”菜单命令，设置“对比度”为 5，其效果如图 3-141 所示。

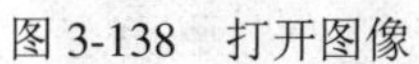

图 3-138　打开图像

图 3-139　反相效果

图 3-140　高斯模糊效果

（6）执行“滤镜”→“风格化“→“扩散”菜单命令，选择“变暗优先”模式，如图 3-142 所示，得到最终的素描效果如图 3-143 所示。

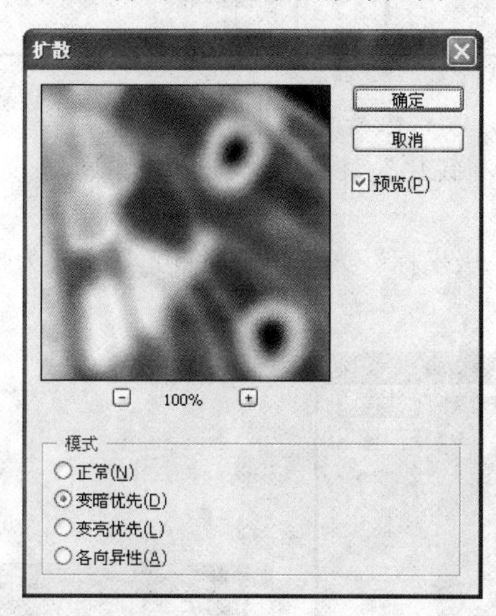

图 3-142　设置“扩散”

图 3-141　对比度设置效果

图 3-143　素描效果

实例 167——月食效果

本例将制作美丽的月食效果。（学习难度：★★★★★）

（1）执行“文件”→“新建”菜单命令，新建一个宽度和高度均为 500 像素的文件，颜色模式为 RGB。

（2）设置前景色为蓝色，如图 3-144 所示，并填充前景色。

（3）执行“滤镜”→“渲染”→“镜头光晕”菜单命令，“亮度”设置为 100，如图 3-145 所示。

（4）通过图像旋转，分别执行 4 次“滤镜”→“风格化”→“风”菜单命令，得到如图 3-146 所示的效果。

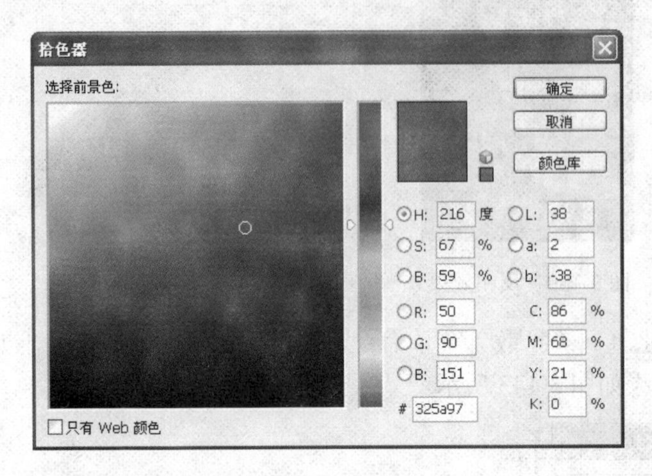

图 3-144　设置颜色

图 3-145　设置"镜头光晕"

（5）执行"滤镜"→"锐化"→"USM 锐化"菜单命令，设置"数量"为 100%，"半径"为 30，如图 3-147 所示。

（6）两次执行"滤镜"→"扭曲"→"极坐标"菜单命令，将光晕调整为弧形，如图 3-148 所示。

图 3-146　风的效果

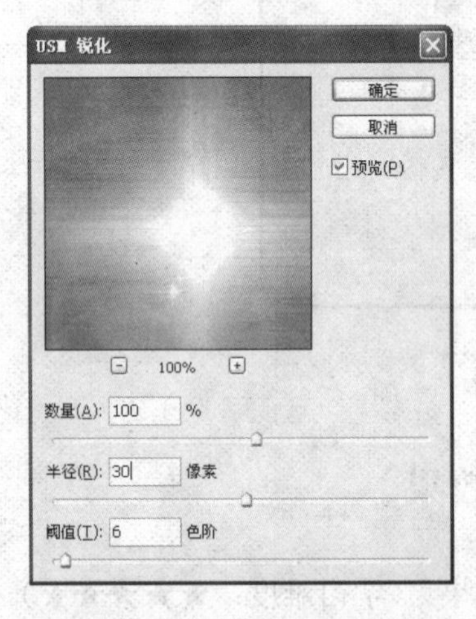

图 3-147　设置"USM 锐化"

图 3-148　调整光晕

（7）新建图层 1，按住 Shift 键使用椭圆选框工具绘制一个正圆，并填充为黑色，如图 3-149 所示。

（8）再次执行镜头光晕滤镜，为这个圆添加一些光照效果，得到如图 3-150 所示的效果。

（9）月食的效果已经完成了，接下来可以为图像添加一些卡通的效果。最终效果如图 3-151 所示。

图 3-149　绘制正圆

图 3-150　添加光照效果

图 3-151　月食效果

实例 168——金粉新娘

本例将制作出金粉效果的新娘，是不是很高贵呢？（学习难度：★★★★★）

（1）执行“文件”→“打开”菜单命令，打开新娘图像，如图 3-152 所示。

（2）执行“图像”→“调整”→“渐变映射”菜单命令，渐变颜色设置为：“R:30;G:30;B:30”—白色—“R:30;G:30;B:30”—白色—“R:30;G:30;B:30”，如图 3-153 所示。渐变效果如图 3-154 所示。

图 3-152　打开图像

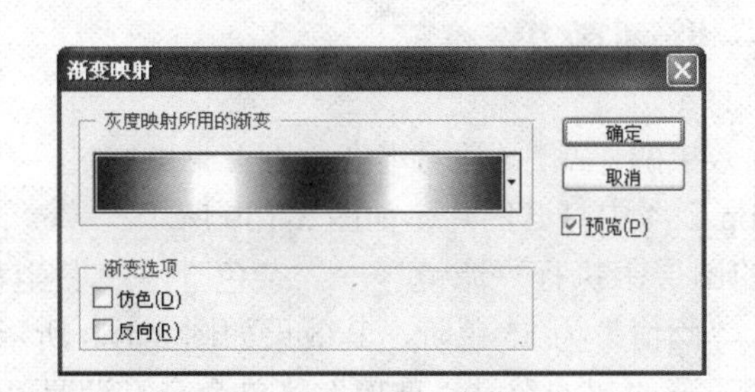

图 3-153　渐变映射

图 3-154　渐变效果

（3）执行“图像”→“调整”→“色彩平衡”菜单命令，选择“阴影”，设置参数如图 3-155 所示。

（4）执行“图像”→“调整”→“色彩平衡”菜单命令，选择“中间调”，设置参数如图 3-156 所示。

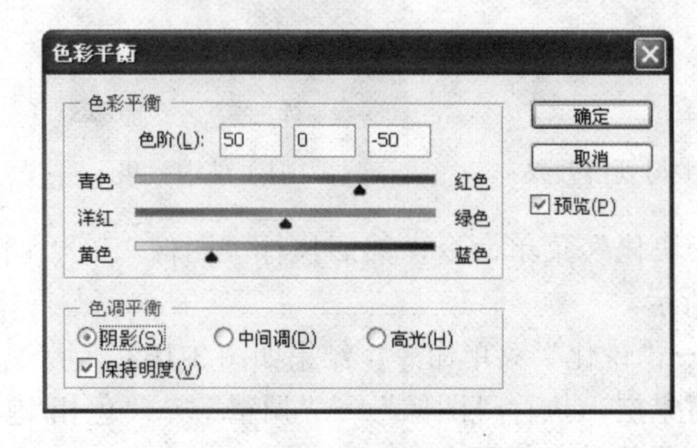

图 3-155　设置“阴影”

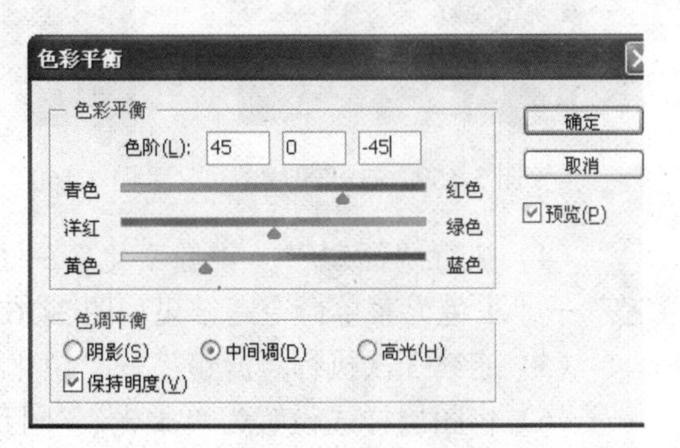

图 3-156　设置“中间调”

（5）再次执行色彩平衡菜单命令，选择“高光”，设置参数如图 3-157 所示。最终效果如图 3-158 所示。

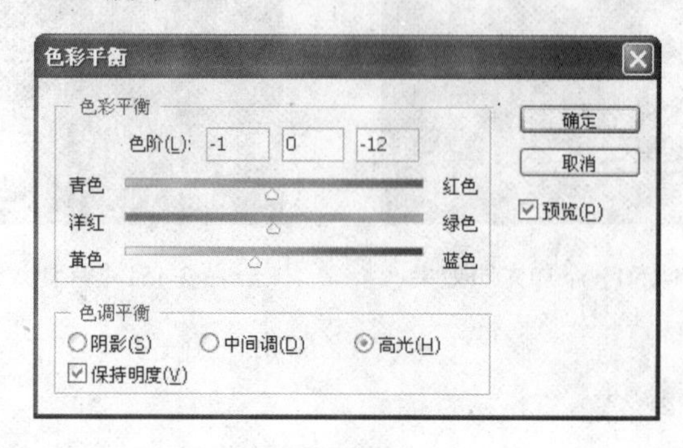

图 3-157 设置“高光”

图 3-158 金粉新娘效果

参数说明：

使用色彩平衡为图像添加颜色是众多方法中的一种，它可以分别对集中对比色进行设置，以得到合适的色彩。

实例 169——壁画效果

本例将制作壁画效果的作品。（学习难度：★★★★）

（1）在 Photoshop CS4 中打开图片，如图 3-159 所示。

（2）复制出新的图层，执行“滤镜”→“杂色”→“蒙尘与划痕”菜单命令，设置“半径”为 15 像素，“阈值”为 55 色阶，其效果如图 3-160 所示。

（3）执行“滤镜”→“扭曲”→“玻璃”菜单命令，设置“扭曲度”为 10，“平滑”为 3，其效果如图 3-161 所示。

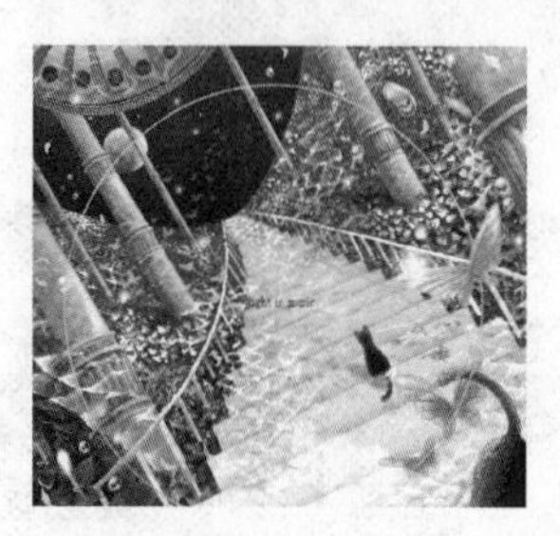

图 3-159 打开图片

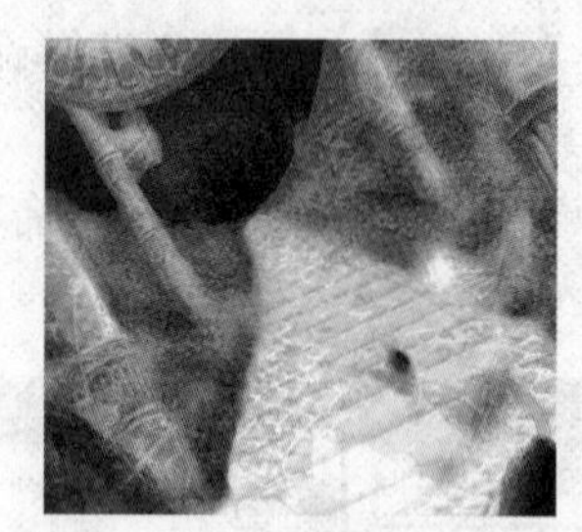

图 3-160 蒙尘与划痕效果

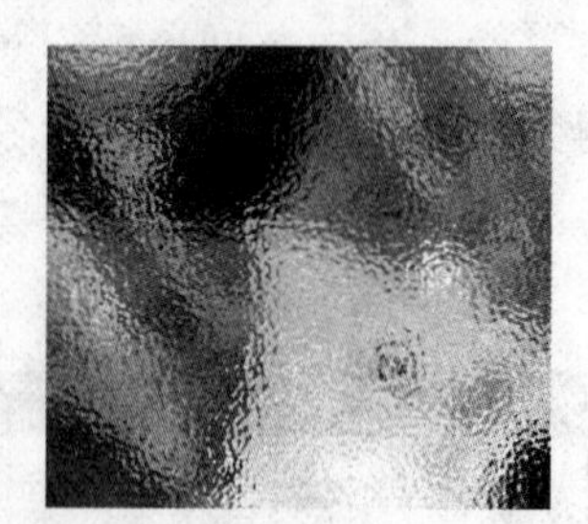

图 3-161 玻璃效果

（4）执行“滤镜”→“像素化”→“彩块化”菜单命令，然后执行“图像”→“调整”→“去色”菜单命令，结果如图 3-162 所示。

（5）连续 3 次执行“滤镜”→“锐化”→“锐化”菜单命令，结果如图 3-163 所示。

（6）将图层样式设置为“柔光”。回到背景层，执行“图像”→“调整”→“色相/饱和度”菜单命令，设置参数如图 3-164 所示。最终效果如图 3-165 所示。

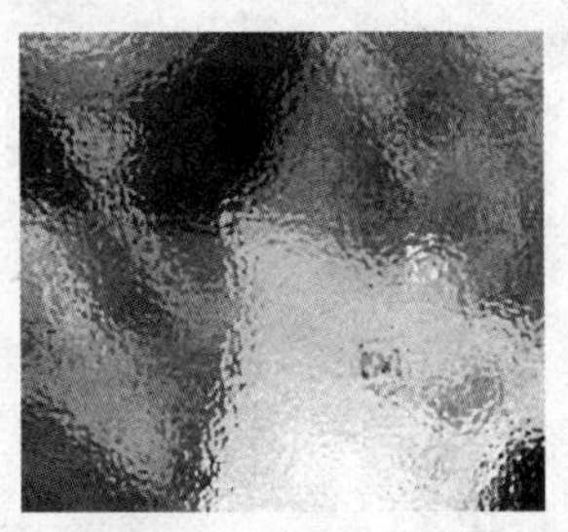

图 3-162　去色效果

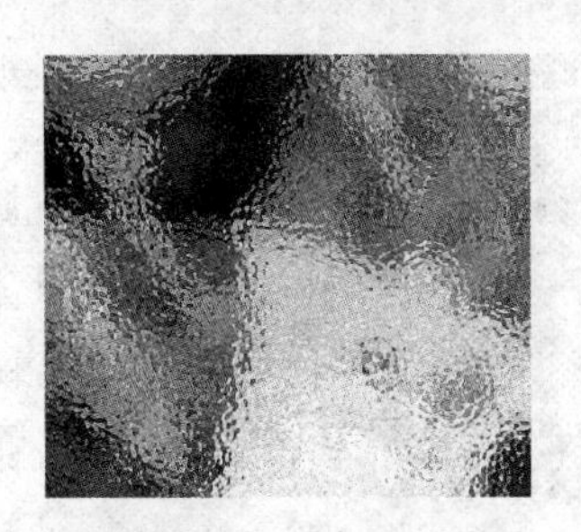

图 3-163　锐化效果

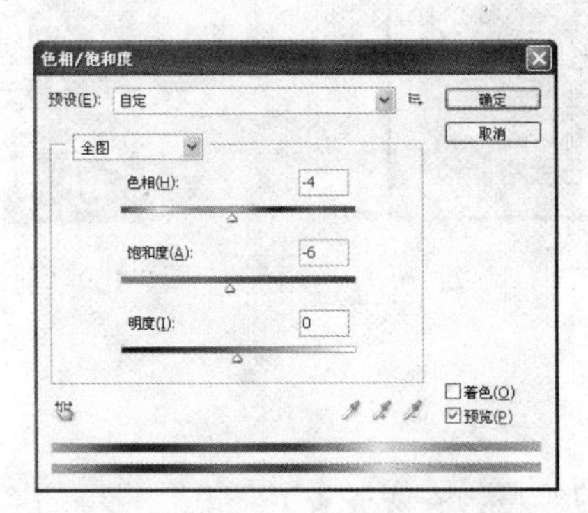

图 3-164　设置“色相/饱和度”

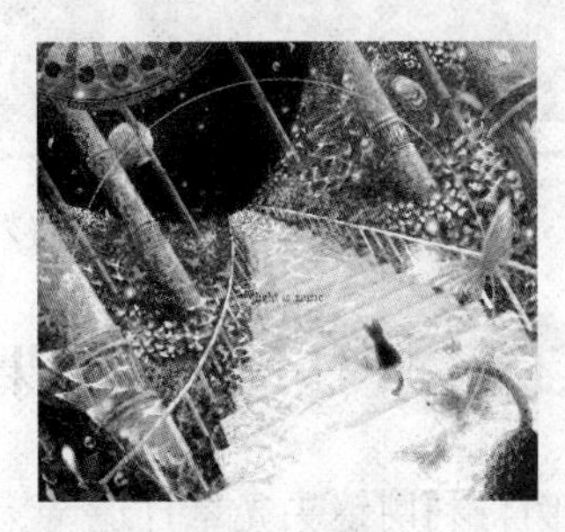

图 3-165　壁画效果

实例 170——剪纸效果

剪纸艺术博大精深，这种民间艺术在 Photoshop 中也可以完美地体现出来。（学习难度：★★★★）

（1）执行“文件”→“打开”菜单命令，打开图像，如图 3-166 所示。

（2）使用魔棒工具单击白色部分，反选并按 Ctrl+J 键复制图层。分别执行“图像”→“调整”→“去色”和“反相”命令，结果如图 3-167 所示。

图 3-166　打开图像

图 3-167　去色和反相效果

（3）将前景色设置为白色，背景色设置为红色。执行“滤镜”→“素描”→“影印”菜单命令，设置参数如图 3-168 所示。最终效果如图 3-169 所示。

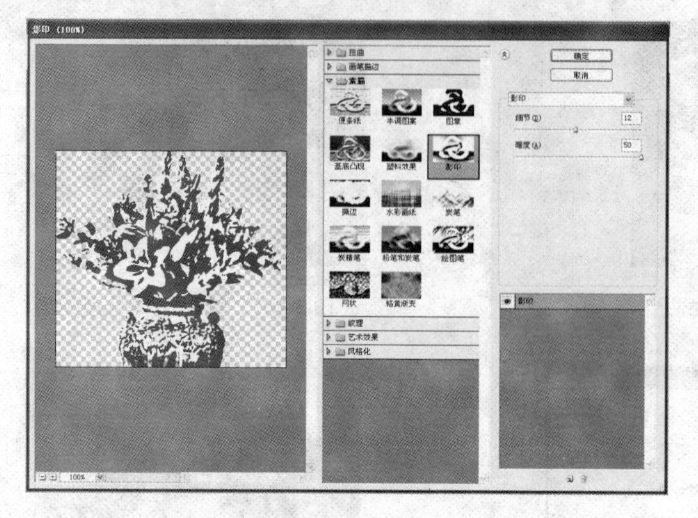

图 3-168　设置“影印”

图 3-169　剪纸效果

实例 171——奇特效果

本例将利用镜头光晕打造奇特效果。（学习难度：★★★★）

（1）执行“文件”→“新建”菜单命令，新建一个 400×400 像素的文件，背景为黑色，颜色模式为 RGB，如图 3-170 所示。

（2）执行“滤镜”→“渲染”→“镜头光晕”菜单命令，在弹出的对话框中设置亮度和位置，如图 3-171 所示。

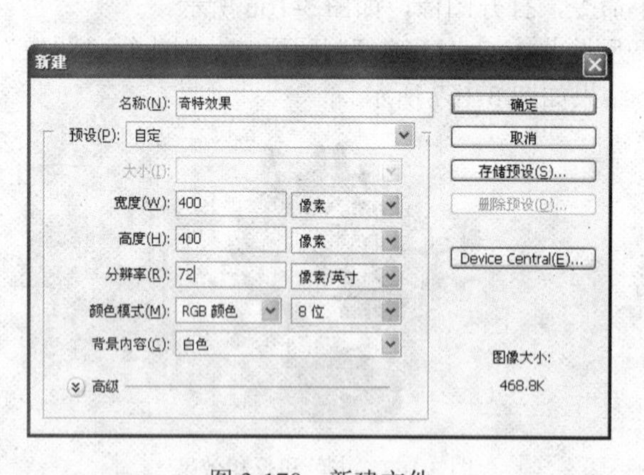

图 3-170　新建文件

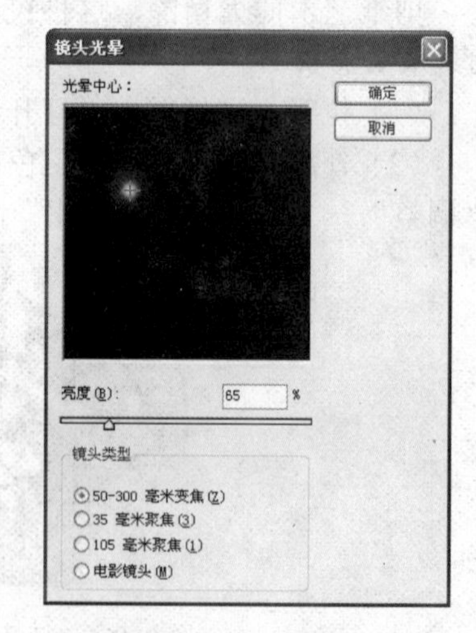

图 3-171　设置“镜头光晕”

（3）重复上述步骤 3 次，改变亮度大小和位置，最后的效果如图 3-172 所示。

（4）执行“滤镜”→“扭曲”→“挤压”菜单命令，在弹出的对话框中设置“数量”为 45%，如图 3-173 所示。

图 3-172　效果图

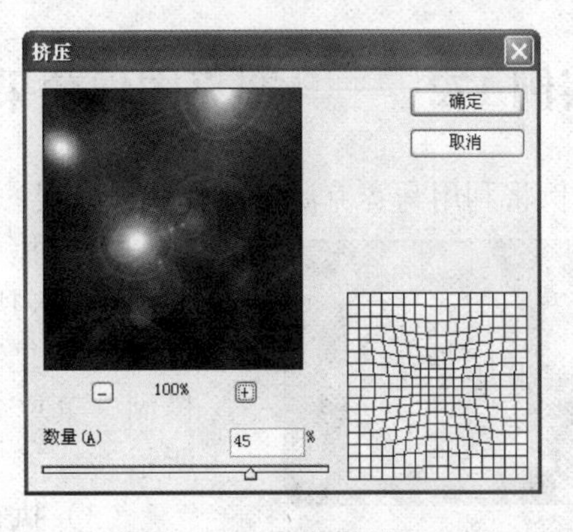

图 3-173　设置“挤压”

（5）执行“滤镜”→“扭曲”→“旋转扭曲”菜单命令，在弹出的对话框中设置“角度”为 45 度，参数设置如图 3-174 所示，得到效果如图 3-175 所示。

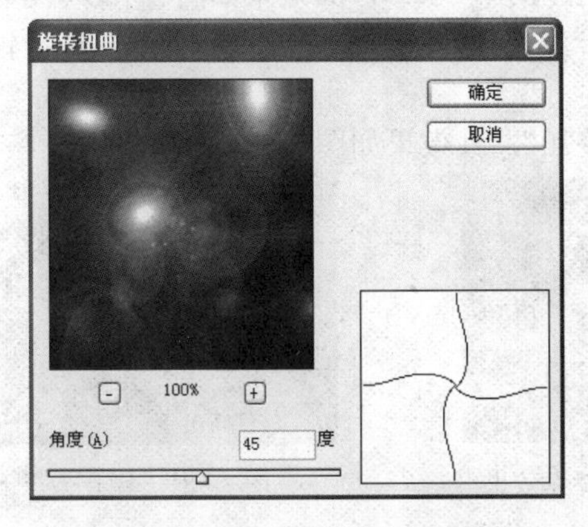

图 3-174　设置“旋转扭曲”

图 3-175　旋转扭曲效果

（6）执行“滤镜”→“艺术效果”→“涂抹棒”菜单命令，在弹出的对话框中设置参数如图 3-176 所示。最终效果如图 3-177 所示。

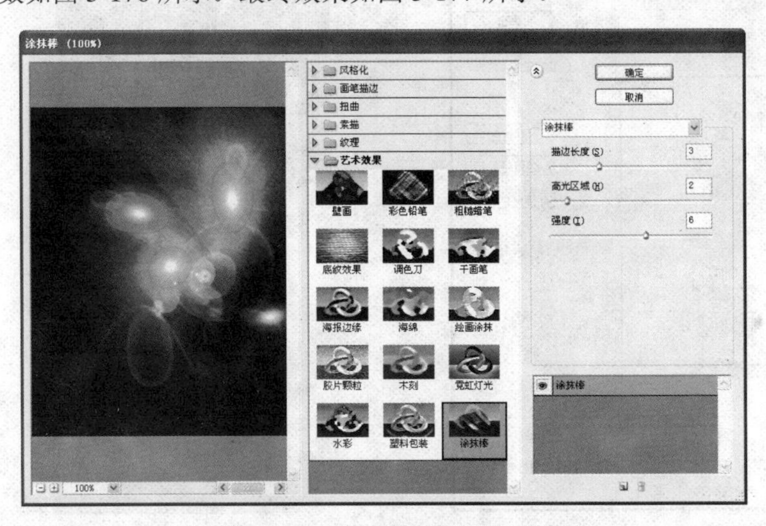

图 3-176　涂抹棒参数设置对话框

图 3-177　奇特效果

实例 172——马赛克图像效果

本例将利用马赛克滤镜制作图像效果。(学习难度：★★★★)

图 3-178 打开图像

(1) 执行“文件”→“打开”菜单命令，打开图像，如图 3-178 所示。

(2) 复制背景层，执行“滤镜”→“模糊”→“高斯模糊”菜单命令，设置“半径”为 10，其效果如图 3-179 所示。

(3) 执行“滤镜”→“像素化”→“马赛克”菜单命令，设置“单元格大小”为 75，其效果如图 3-180 所示。

(4) 两次执行“滤镜”→“锐化”→“进一步锐化”菜单命令(可以多次执行，锐化效果更加明显)，如图 3-181 所示。

(5) 将背景副本的“混合模式”设置为“叠加”，其效果如图 3-182 所示。

图 3-179 高斯模糊效果

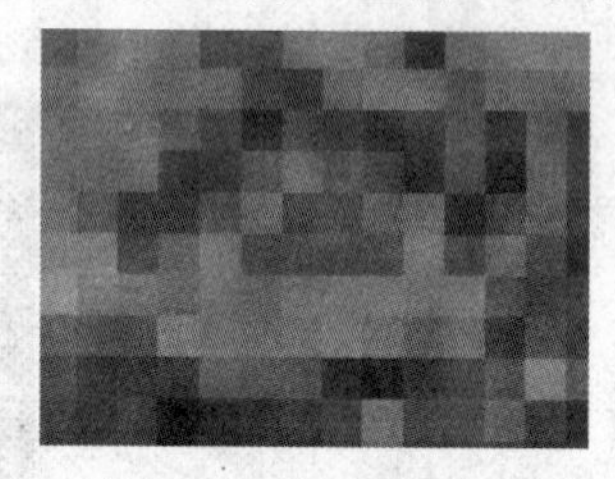
图 3-180 马赛克效果

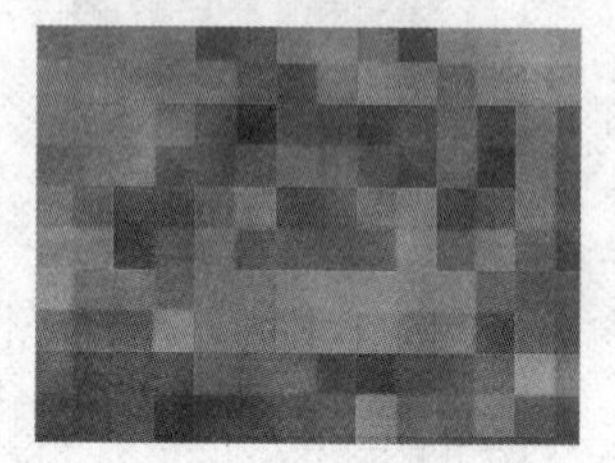
图 3-181 锐化效果

(6) 执行“图像”→“调整”→“曲线”菜单命令，设置参数如图 3-183 所示，将颜色调亮，最终效果如图 3-184 所示。

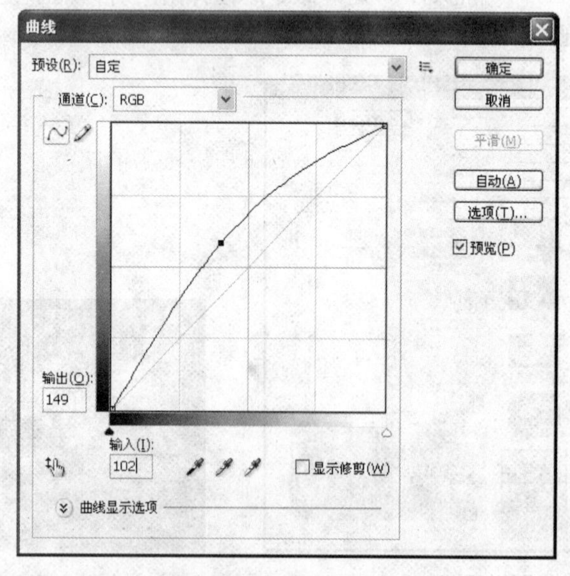

图 3-183 设置“曲线”

图 3-182 叠加效果

图 3-184 马赛克图像效果

实例 173——卷页效果

经常翻看的图书边角都会出现卷页的现象，本例将在 Photoshop 中制作卷页效果。（学习难度：★★★★★）

（1）执行“文件”→“打开”菜单命令，打开一幅古书图像和一幅国画图像，如图 3-185 所示。

（2）将国画图像拖到古书图像中，并按照古书的大小进行裁剪，并调整“不透明度”为 70%，得到如图 3-186 所示的古书效果。

图 3-185　打开图像

图 3-186　古书效果

（3）选择渐变工具，设置渐变颜色如图 3-187 所示。

（4）新建图层 2。选择矩形选框工具，绘制一个矩形，并填充颜色，如图 3-188 所示。

（5）按 Ctrl+T 键自由变换，单击鼠标右键并选择“透视”命令，对矩形进行透视处理，如图 3-189 所示。

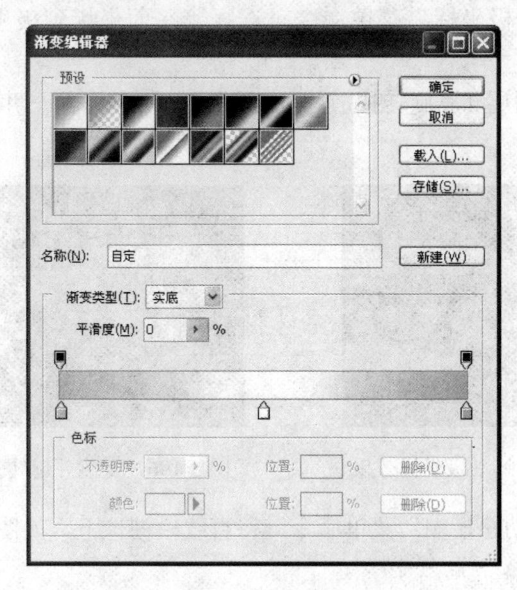

图 3-187　设置渐变颜色

图 3-188　渐变矩形

图 3-189　透视效果

（6）再次按 Ctrl+T 键自由变换，将三角锥摆放到如图 3-190 所示的位置。

（7）选择椭圆选框工具并选中三角锥的下部，如图 3-191 所示。

（8）按 Delete 键删除选区，此时的卷页效果已经基本成形了，如图 3-192 所示。

（9）选择多边形套索工具将图层 1 中卷边卷起的部分选中并删除，得到卷页书的最终效果，如图 3-193 所示。

图 3-190　调整位置

图 3-191　选中三角锥

图 3-192　删除选区

图 3-193　卷页效果

实例 174——爆炸效果

本例将制作太空星球球体爆炸的效果。（学习难度：★★★★）

（1）执行“文件”→“新建”菜单命令，新建一个宽度和高度均为 500 像素的文件，颜色模式为 RGB。

（2）将背景色填充为黑色。新建图层 1，选择单列选框工具，绘制几条白色的竖线，如图 3-194 所示。

（3）执行“滤镜”→“扭曲”→“极坐标”菜单命令，选择“平面坐标到极坐标”，其效果如图 3-195 所示。

（4）按 Ctrl+T 键进行缩放，复制图层 1，旋转摆放，如图 3-196 所示，并合并这两个图层。

图 3-194　绘制竖线

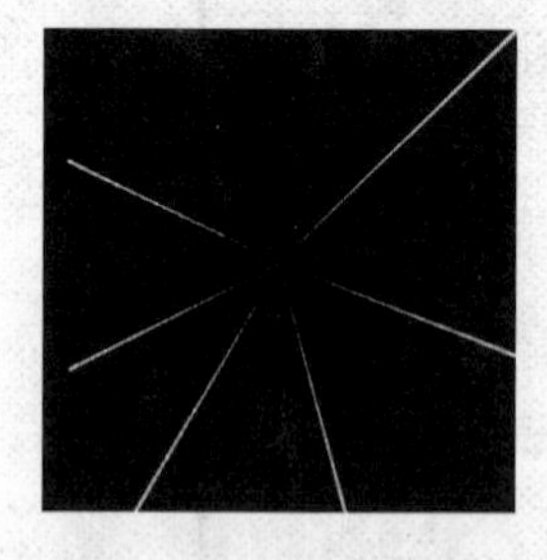

图 3-195　极坐标效果

图 3-196　复制并旋转

（5）执行“滤镜”→“模糊”→“动感模糊”菜单命令，将直线模糊一下，如图 3-197 所示。

（6）新建图层 2，选择椭圆选框工具，在中心位置绘制一个圆形，然后执行“滤

镜”→“渲染”→“云彩”菜单命令，其效果如图 3-198 所示。

（7）执行“滤镜”→“渲染”→“分层云彩”菜单命令，可以执行多次，如图 3-199 所示。

图 3-197 动感模糊效果

图 3-198 云彩效果

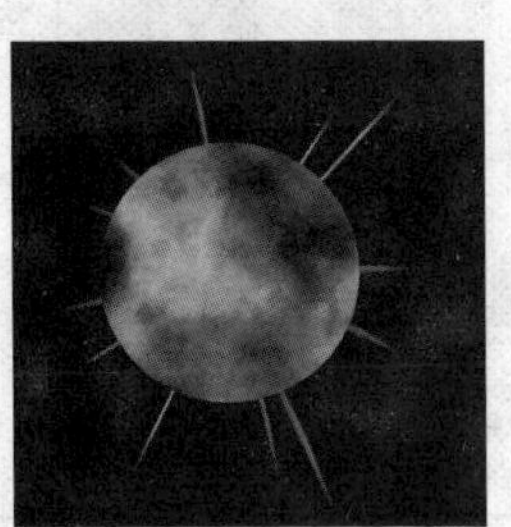

图 3-199 分层云彩效果

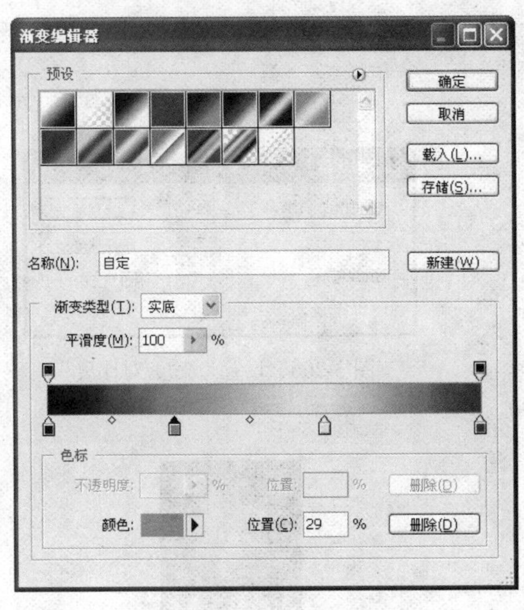

图 3-200 设置“颜色”

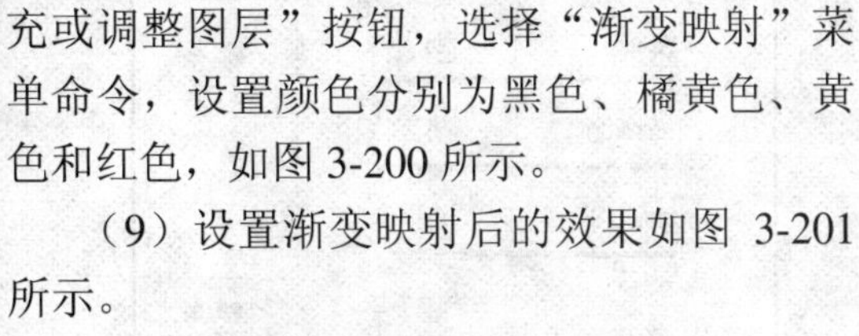

（8）单击图层面板下方的“创建新的填充或调整图层”按钮，选择“渐变映射”菜单命令，设置颜色分别为黑色、橘黄色、黄色和红色，如图 3-200 所示。

（9）设置渐变映射后的效果如图 3-201 所示。

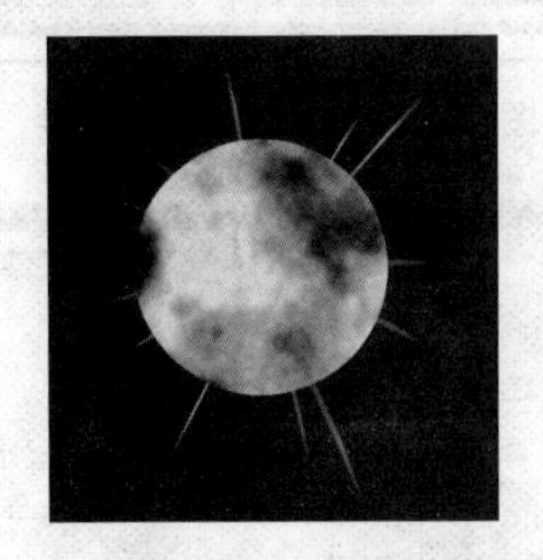

图 3-201 渐变映射效果

（10）执行“滤镜”→“模糊”→“高斯模糊”菜单命令，设置参数如图 3-202 所示。设置后的效果如图 3-203 所示。

（11）按住 Ctrl 键单击图层 2，调出选区，然后分别执行“云彩”滤镜和“分层云彩”滤镜命令，得到如图 3-204 所示的效果。

（12）回到图层 1，执行“图像”→“调整”→“色相/饱和度”菜单命令，设置参数如图 3-205 所示。

（13）将图层 1 和图层 2 合并，然后执行“图像”→“调整”→“亮度/对比度”菜单命令，设置参数如图 3-206 所示，得到如图 3-207 所示的效果。

（14）执行“滤镜”→“渲染”→“光照效果”菜单命令，提高爆炸效果的亮度，如图 3-208 所示。最终效果如图 3-209 所示。

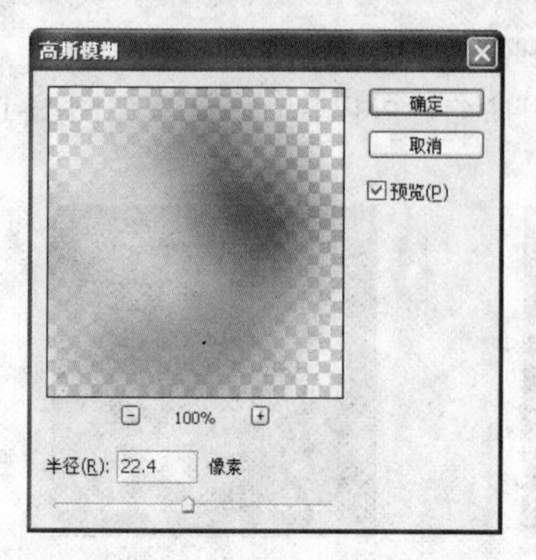

图 3-202　设置“高斯模糊”

图 3-203　高斯模糊效果

图 3-204　滤镜效果

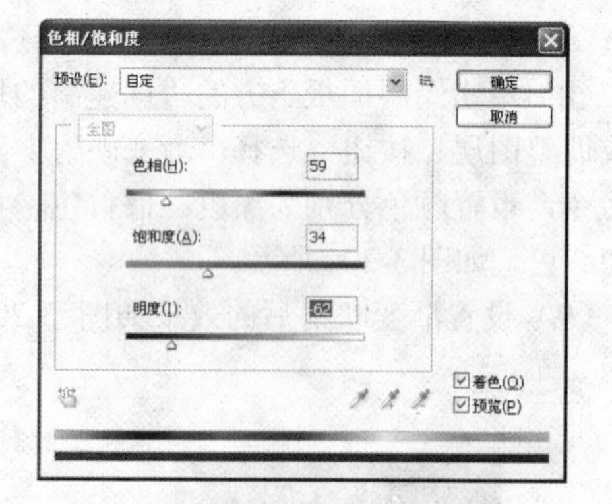

图 3-205　设置色相/饱和度

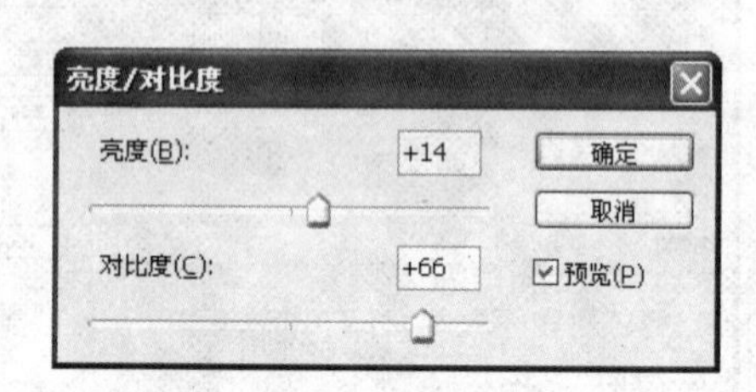

图 3-206　设置“亮度/对比度”

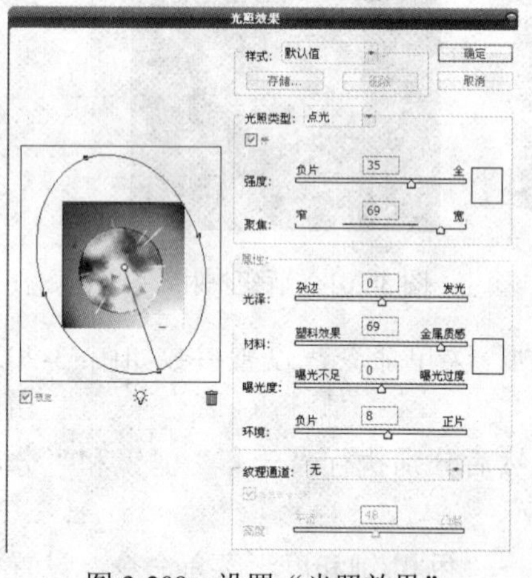

图 3-208　设置“光照效果”

图 3-207　亮度/对比度效果

图 3-209　爆炸效果

实例 175——烈焰浓烟效果

本例将制作烈焰滚滚、浓烟弥漫的效果。（学习难度：★★★★★）

（1）执行“文件”→“新建”菜单命令，建立一个 RGB 图像文件，设置其宽度为

500 像素，高度为 500 像素，分辨率为 300 像素/英寸。

（2）新建图层 1，按 D 键恢复默认颜色设置。执行“滤镜”→“渲染”→“云彩”菜单命令，得到效果如图 3-210 所示。

（3）执行“编辑”→“图像旋转”→“90 度顺时针”菜单命令，然后多次执行“滤镜”→“风格化”→“风”菜单命令，选择“大风”，方向为“从右”，再将画布旋转回来，如图 3-211 所示。

（4）执行“滤镜”→“锐化”→“USM 锐化”菜单命令，设置“数量”为 200%，“半径”为 20.6，“阈值”为 0，得到效果如图 3-212 所示。

图 3-210　云彩效果

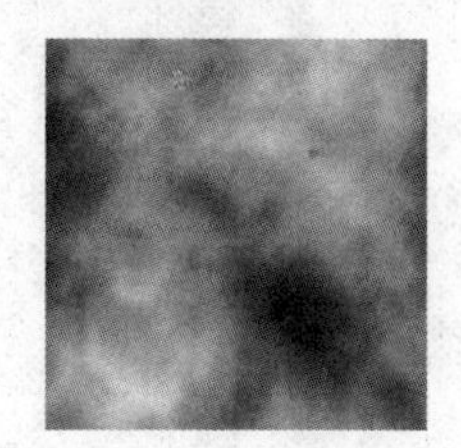

图 3-211　风效果

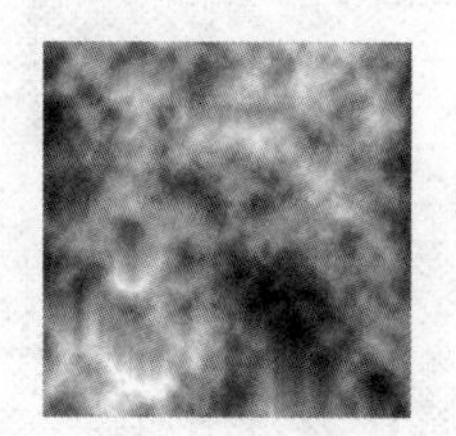

图 3-212　USM 锐化效果

（5）复制图层 1，执行“图像”→“调整”→“色相/饱和度”菜单命令，设置参数如图 3-213 所示。调整后的颜色如图 3-214 所示。

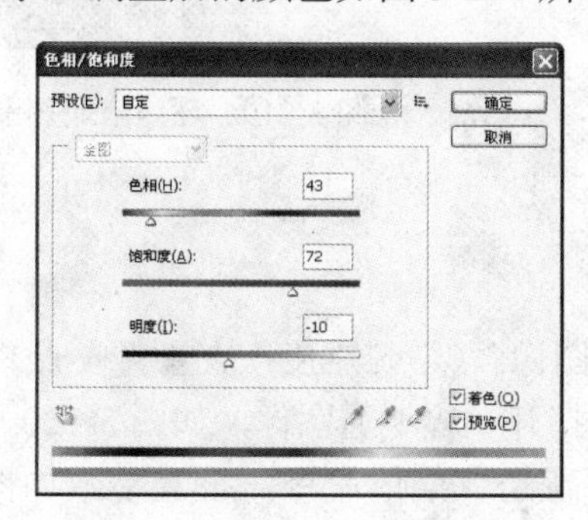

图 3-213　设置“色相/饱和度”

图 3-214　调整后的颜色

（6）回到图层 1，再次执行“图像”→“调整”→“色相/饱和度”菜单命令，设置参数如图 3-215 所示。调整后的颜色如图 3-216 所示。

图 3-215　再次设置“色相/饱和度”

图 3-216　再次调整后的颜色

图 3-217 强光效果

（7）将图层 1 副本的“混合模式”设置为“强光”，其效果如图 3-217 所示。

（8）烈焰的颜色已经出来了，但不够强烈。选中图层 1，执行“图像”→“调整”→“色相/饱和度”菜单命令，设置参数如图 3-218 所示。最终效果如图 3-219 所示。

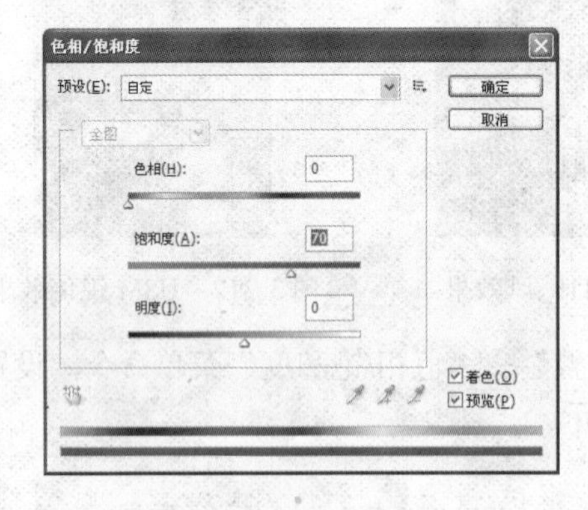

图 3-218 设置“色相/饱和度”

图 3-219 烈焰浓烟效果

实例 176——彩色铅笔效果

本例将制作一幅具有彩色铅笔效果的卡通图像。（学习难度：★★★★★）

（1）执行“文件”→“打开”菜单命令，打开一幅卡通图像，如图 3-220 所示。

（2）执行“图像”→“调整”→“阴影/高光”菜单命令，设置参数如图 3-221 所示，调整后的效果如图 3-222 所示。

图 3-220 打开图像

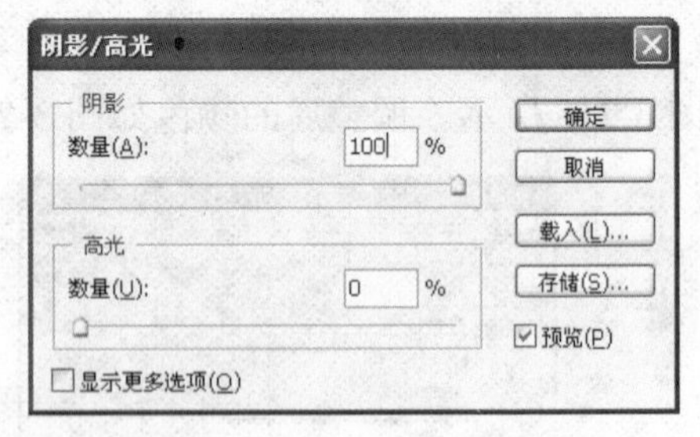

图 3-221 设置“阴影/高光”

（3）执行“滤镜”→“风格化”→“查找边缘”菜单命令，结果如图 3-223 所示。

（4）执行“编辑”→“渐隐查找边缘”菜单命令，设置参数如图 3-224 所示。最终效果如图 3-225 所示。

图 3-222　调整后的效果

图 3-223　查找边缘效果

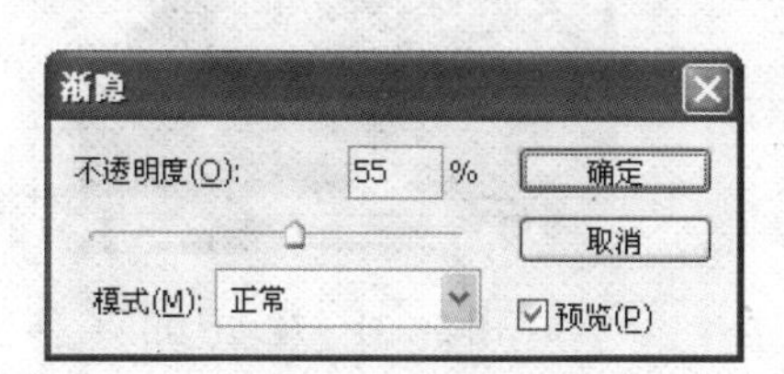

图 3-224　设置“渐隐”

图 3-225　彩色铅笔效果

实例 177——撕纸效果

本例将制作手撕纸的效果，撕纸的边缘都是不整齐的，需要利用晶格化滤镜来实现。（学习难度：★★★★）

（1）执行“文件”→“新建”菜单命令，建立一个 RGB 图像文件，设置其宽度为 500 像素，高度为 400 像素，分辨率为 300 像素/英寸。

（2）选择横排文字蒙版工具输入文字“PAPER”，然后单击“以快速蒙版模式编辑”按钮进入快速蒙版模式，如图 3-226 所示。

（3）执行“滤镜”→“像素化”→“晶格化”菜单命令，设置“单元格大小”为 3，其效果如图 3-227 所示。制作出撕边的效果。

图 3-226　快速蒙版模式

图 3-227　晶格化效果

（4）打开一幅图片，将其拖入到新建文件中，如图 3-228 所示。

（5）按 Ctrl+Shift+I 键进行反选，并按 Delete 键删除，最后取消选取，最终效果如图 3-229 所示。

图 3-228　拖入图片

图 3-229　撕纸效果

实例 178——烧边效果

本例将制作图像的烧边效果，火烧过的痕迹都会有一层黑黑的效果。（学习难度：★★★★）

（1）执行“文件”→“打开”菜单命令，打开图像，如图 3-230 所示。

（2）复制背景层，选择套索工具选出烧边的一角，并删除，如图 3-231 所示。

图 3-230　打开图像

图 3-231　烧边一角

（3）选中白色部分，在通道面板中单击“存储选区”按钮。

（4）执行“选择”→“修改”→“扩展”菜单命令，设置“扩展量”为 5，“羽化”为 3，其效果如图 3-232 所示。

（5）执行“选择”→“载入选区”菜单命令，设置参数如图 3-233 所示。

图 3-232　扩展羽化效果

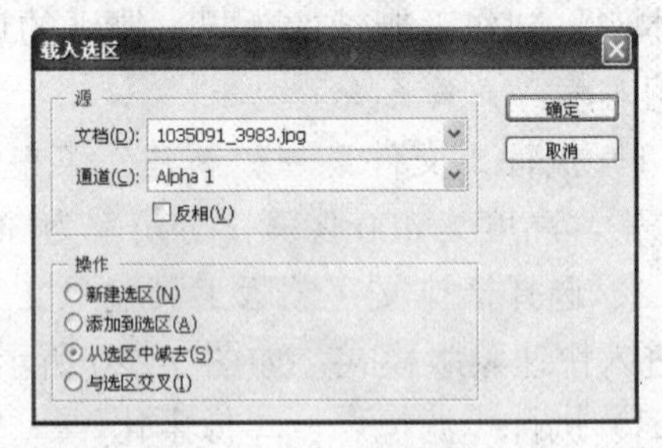

图 3-233　设置“载入选区”

（6）执行“图像”→“调整”→“色相/饱和度”菜单命令，设置参数如图 3-234 所示，并按 Ctrl+J 复制图层。得到的效果如图 3-235 所示。

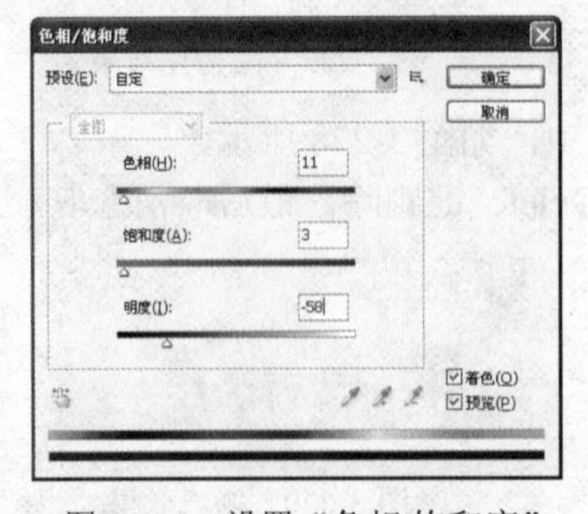

图 3-234　设置“色相/饱和度”

图 3-235　色相/饱和度效果

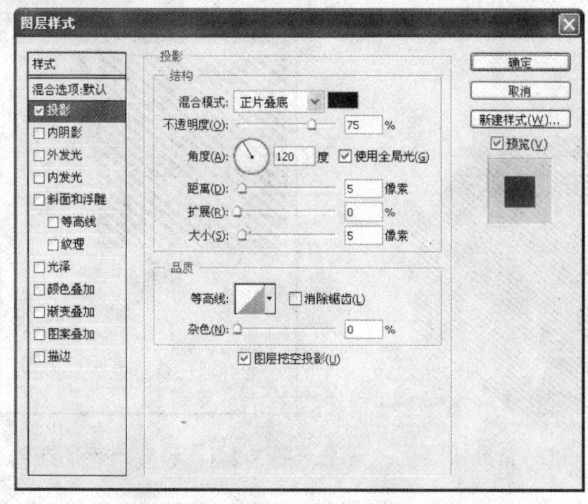

图 3-236　设置“投影”

（7）打开“图层样式”对话框，选择“投影”，设置参数如图 3-236 所示。最终效果如图 3-237 所示。

图 3-237　烧边效果

实例 179——绳子效果

本例将利用滤镜制作出绳子缠绕的效果。（学习难度：★★★★★）

（1）执行“文件”→“新建”菜单命令，建立一个 RGB 图像文件，设置其宽度和高度均为 500 像素，分辨率为 300 像素/英寸。

（2）新建图层 1，按 D 键恢复默认颜色设置，背景填充为白色。执行“滤镜”→“素描”→“半调图案”菜单命令，如图 3-238 所示。半调图案效果如图 3-239 所示。

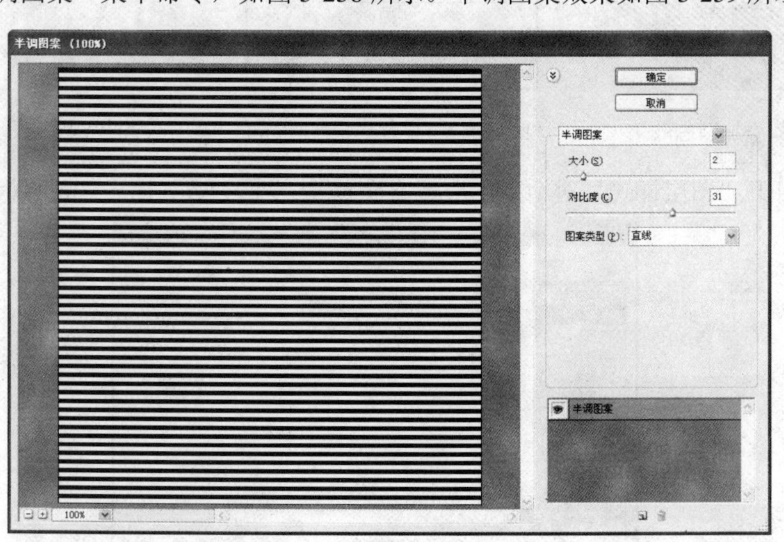

图 3-238　设置“半调图案”

（3）按 Ctrl+T 键旋转 45 度，如图 3-240 所示。

（4）执行“滤镜”→“杂色”→“添加杂色”菜单命令，设置参数如图 3-241 所示。添加杂色效果如图 3-242 所示。

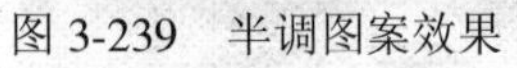

图 3-239　半调图案效果

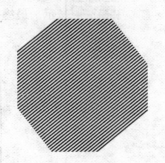

图 3-240　旋转角度

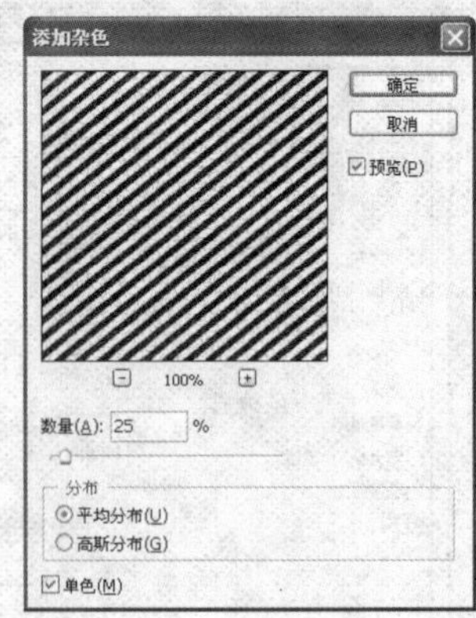

图 3-241　设置“添加杂色”

（5）使用矩形选框工具绘制一个长条矩形，并按 Ctrl+J 键复制图层，如图 3-243 所示。

（6）执行“滤镜”→“扭曲”→“极坐标”菜单命令，设置参数如图 3-244 所示。极坐标效果如图 3-245 所示。

图 3-242　添加杂色效果

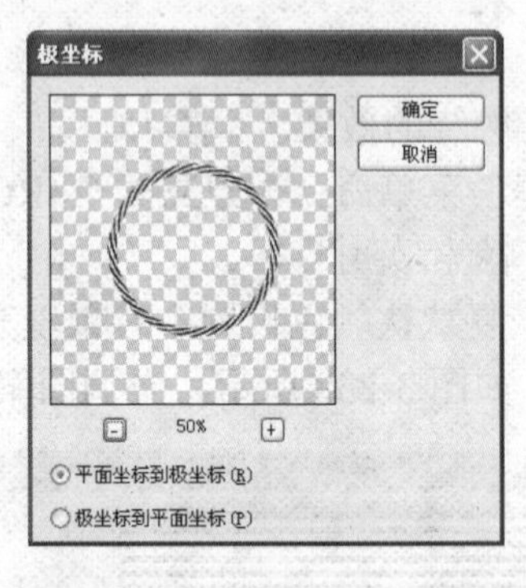

图 3-244　设置“极坐标”

图 3-243　长条矩形

图 3-245　极坐标效果

（7）打开“图层样式”对话框，选择“投影”，设置参数如图 3-246 所示。

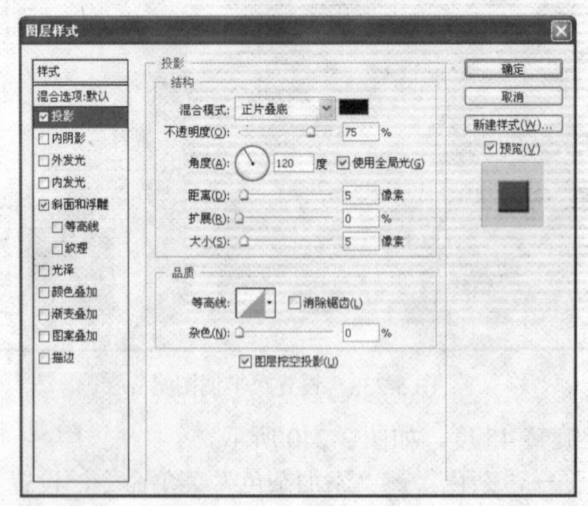

图 3-246　设置“投影”

（8）打开“图层样式”对话框，选择“斜面和浮雕”，设置参数如图 3-247 所示。设置好的绳子效果如图 3-248 所示。

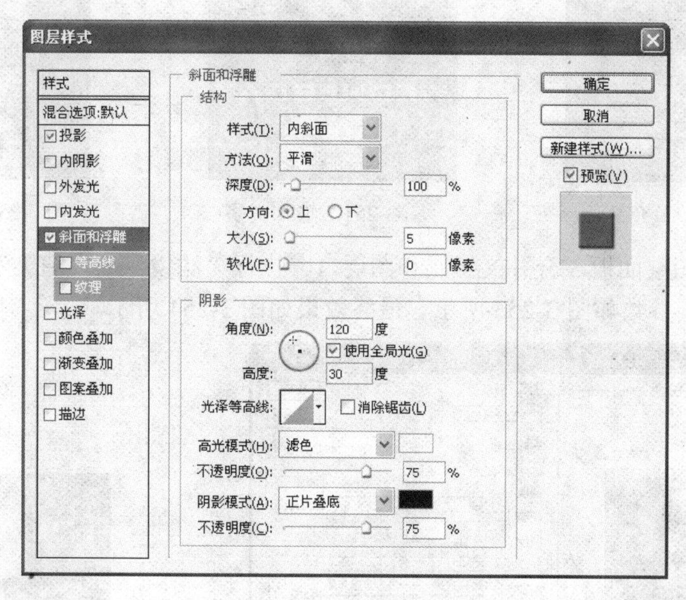

图 3-247　设置“斜面和浮雕”

（9）绳子效果已经出来了，最后复制几个绳子，依次排列成缠绕的效果。最终效果如图 3-249 所示。

图 3-248　绳子效果（一）

图 3-249　绳子效果（二）

实例 180——褶皱效果

本例将制作好似风吹帆布的褶皱效果。（学习难度：★★★★★）

（1）执行“文件”→“新建”菜单命令，建立一个 RGB 图像文件，设置其宽度为 500 像素，高度为 300 像素，分辨率为 500 像素/英寸。

（2）新建图层 1，填充为红色（R:197;G:25;B:25），如图 3-250 所示。

（3）选择横排文字工具，输入文字，设置颜色为白色，字体为“BankGothic Md BT”，如图 3-251 所示。

（4）在通道面板中新建一个 Alpha1 通道，将前景色设置为白色，选择画笔工具，设置“画笔大小”为 65，“流量”为 12%，单击喷枪按钮，绘制出如图 3-252 所示的效果。

图 3-250　填充红色

图 3-251　输入文字

图 3-252　绘制效果

（5）回到图层面板，合并文字层和图层 1。执行“滤镜”→“渲染”→“光照效果”菜单命令，设置参数如图 3-253 所示。最终效果如图 3-254 所示。

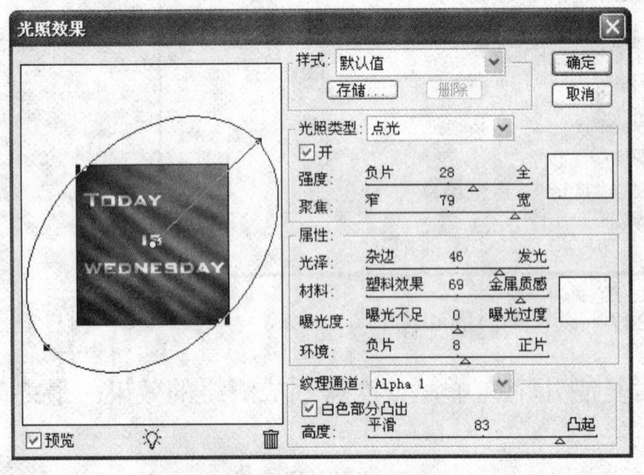

图 3-253　设置“光照效果”

图 3-254　褶皱效果

实例 181——立方体贴画效果

本例将通过变形得到立方体贴画效果。（学习难度：★★★★★）

（1）执行“文件”→“新建”菜单命令，建立一个 RGB 图像文件，设置其宽度为 500 像素，高度为 500 像素，分辨率为 300 像素/英寸。

（2）执行“文件”→“打开”菜单命令，打开三幅图像，将其中的一幅拖到文件中，如图 3-255 所示。

图 3-255　将一幅图像拖到文件中

（3）按 Ctrl+T 键对图像进行旋转和扭曲调整，如图 3-256 所示。

（4）用同样的方法，将其他两幅图像也拖到图像中，并调整其形状如图 3-257 所示。

（5）按 Ctrl 键选中三个图像层，单击“链接图层”按钮，然后按 Ctrl+T 键进行旋转。最终效果如图 3-258 所示。

图 3-256　调整图像

图 3-257　调整其他两幅图像的形状

图 3-258　立方体贴画效果

实例 182——灯泡贴画效果

本例将在灯泡中添加贴画效果，并添加一个外发光设置。（学习难度：★★★★）

（1）执行“文件”→“打开”菜单命令，打开灯泡图像，如图 3-259 所示。

（2）复制背景层，在副本层中使用魔棒工具单击黑色，反选选中灯泡，按 Ctrl+Shift+J 键剪切复制图层，并将副本层填充为黑色。

（3）打开一幅荷花图像，如图 3-260 所示。

图 3-259　打开图像

图 3-260　荷花图像

（4）复制背景层，使用魔棒工具选中荷花以外的图像，反选并删除，得到只有荷花的图像，如图 3-261 所示。

（5）将荷花拖到灯泡文件中，并按 Ctrl+T 键调整其大小和位置，如图 3-262 所示。

（6）将荷花所在层的“混合模式”设置为“变亮”，“不透明度”为 90%，如图 3-263 所示。

图 3-261　只有荷花的图像

图 3-262　调整荷花的大小

图 3-263　设置图层

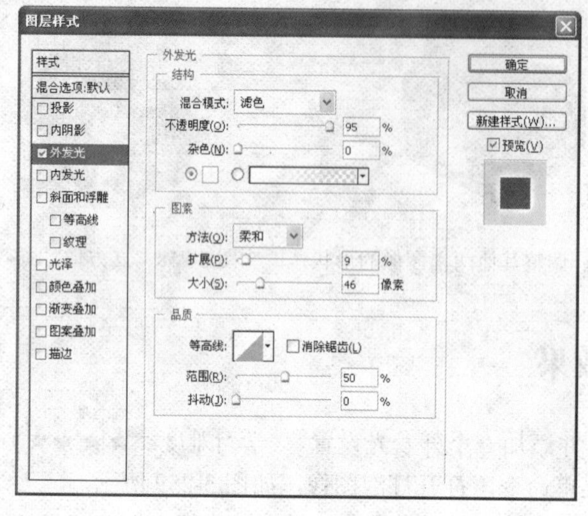

图 3-264　设置“外发光”

（7）回到灯泡所在层，打开“图层样式”对话框，选择“外发光”，设置参数如图 3-264 所示。最终效果如图 3-265 所示。

图 3-265　灯泡贴画效果

实例 183——对称图案效果

本例将制作具有对称效果的滤镜图案。（学习难度：★★★★）

（1）执行“文件”→“新建”菜单命令，建立一个 RGB 图像文件，设置其宽度和高度均为 500 像素，分辨率为 300 像素/英寸。

（2）新建图层 1，按 D 键恢复默认颜色设置。使用渐变工具从前景到背景、由下到上进行线性渐变，如图 3-266 所示。

（3）执行“滤镜”→“扭曲”→“波浪”菜单命令，参数设置如图 3-267 所示，波浪效果如图 3-268 所示。

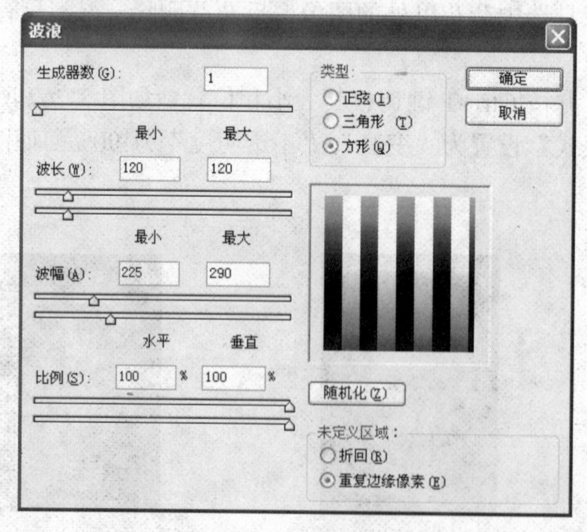

图 3-267　设置“波浪”

图 3-266　线性渐变

图 3-268　波浪效果

（4）执行“滤镜”→“扭曲”→“极坐标”菜单命令，如图 3-269 所示，极坐标效果如图 3-270 所示。

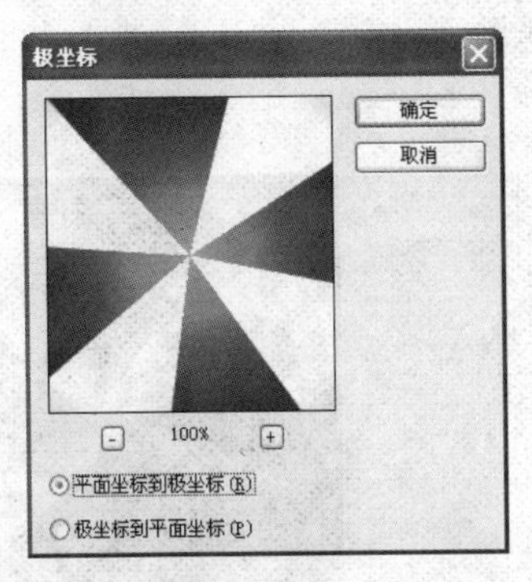

图 3-269　设置“极坐标”

图 3-270　极坐标效果

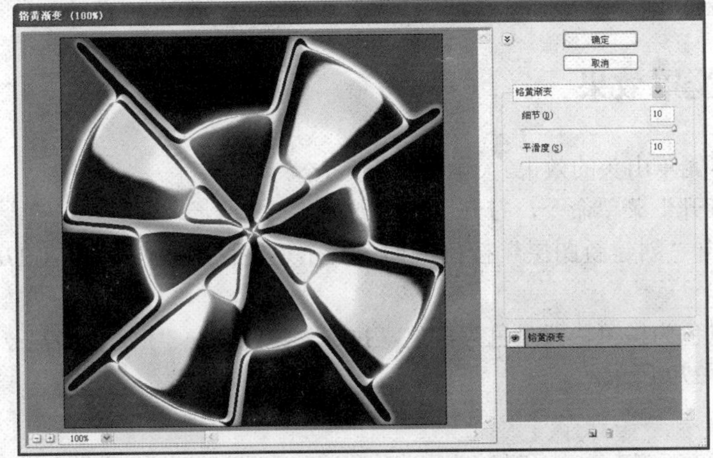

图 3-271　设置“铬黄渐变”

（5）执行“滤镜”→“素描”→“铬黄渐变”菜单命令，设置参数如图 3-271 所示，铬黄效果如图 3-272 所示。

图 3-272　铬黄效果

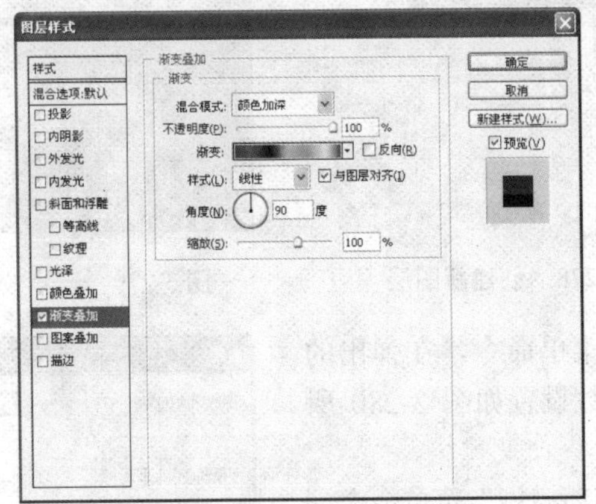

图 3-273　设置“渐变叠加”

（6）打开“图层样式”对话框，选择“渐变叠加”，设置参数如图 3-273 所示。设置的效果如图 3-274 所示。

图 3-274　渐变叠加效果

（7）执行“滤镜”→“扭曲”→“旋转扭曲”菜单命令，设置参数如图 3-275 所示。最终效果如图 3-276 所示。

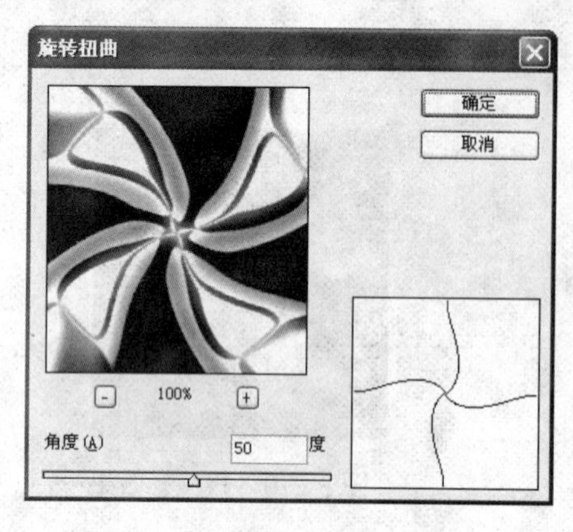

图 3-275 设置“旋转扭曲”

图 3-276 对称图案效果

实例 184——云雾笼罩效果

本例实现清晨时分，云雾笼罩山头的效果。（学习难度：★★★★）

（1）执行“文件”→“打开”菜单命令，打开图像，如图 3-277 所示。

（2）在图层面板中，单击“创建新图层”按钮，创建一个透明图层 1，如图 3-278 所示。

（3）在工具箱中设置前景色为黑色，背景色为白色，执行“滤镜”→“渲染”→“云彩”菜单命令，其效果如图 3-279 所示。

图 3-277 打开图像

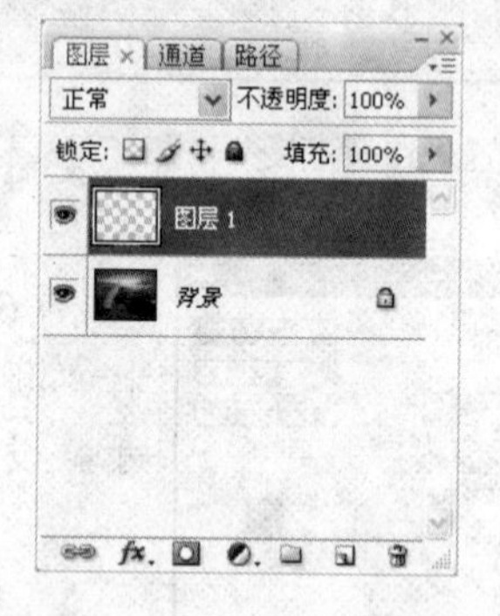

图 3-278 创建新图层

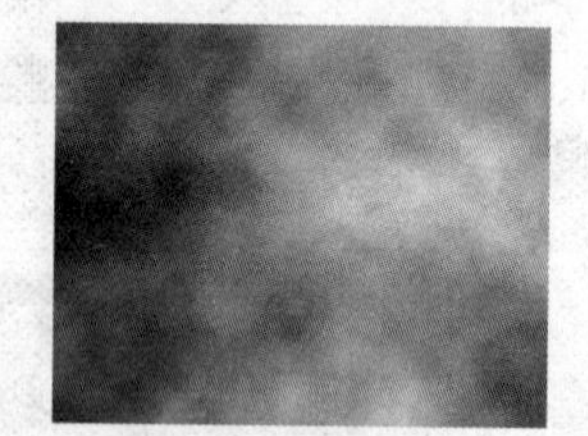

图 3-279 云彩效果

（4）执行“编辑”→“渐隐云彩”菜单命令，在弹出的对话框中设置“不透明度”为 75%，参数设置如图 3-280 所示，得到效果如图 3-281 所示。

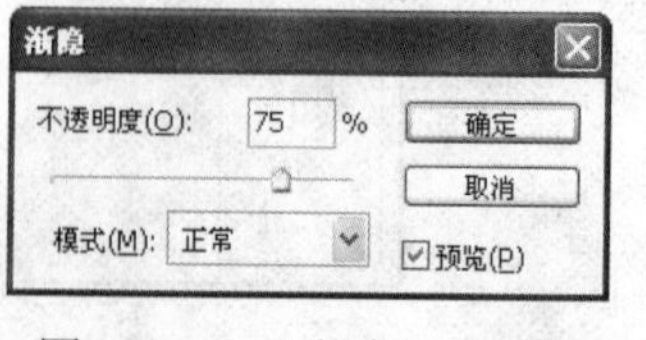

图 3-280 “渐隐”对话框

（5）执行“滤镜”→“模糊”→“高斯模糊”菜单命令，在弹出的对话框中设置“半径”为 4 像素，如图 3-282 所示。

（6）在图层面板中，将图层 1 的“混合模式”设置为“滤色”，得到云雾笼罩效果如图 3-283 所示。

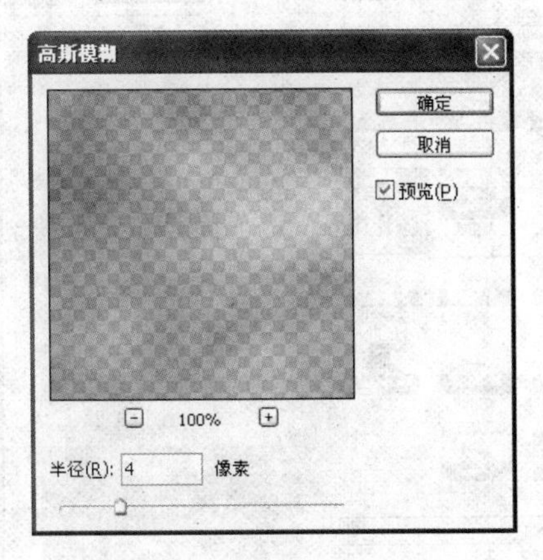

图 3-282　设置“高斯模糊”

图 3-281　设置后的效果

图 3-283　云雾笼罩效果

实例 185——化石效果

本例实现鹰的化石效果。（学习难度：★★★★）

（1）执行“文件”→“新建”菜单命令，新建一个 400×400 像素的文件，颜色模式为 RGB。新建图层 1，并填充白色，设置前景色和背景色分别为黑色和白色，然后执行“滤镜”→“渲染”→“云彩”菜单命令，如图 3-284 所示。

（2）执行“滤镜”→“模糊”→“高斯模糊”菜单命令，在弹出的对话框中设置“模糊半径”为 5，如图 3-285 所示。

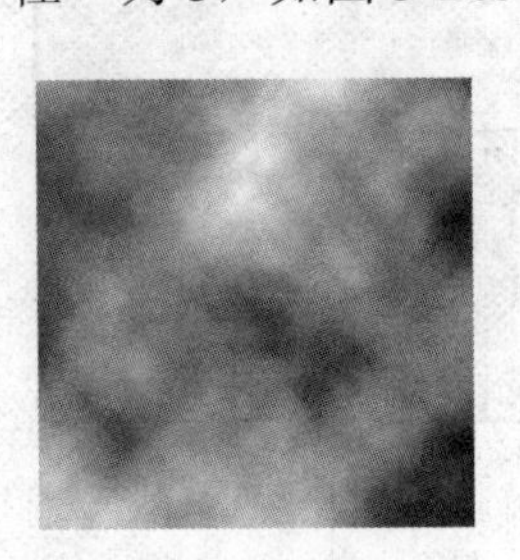

图 3-284　云彩效果

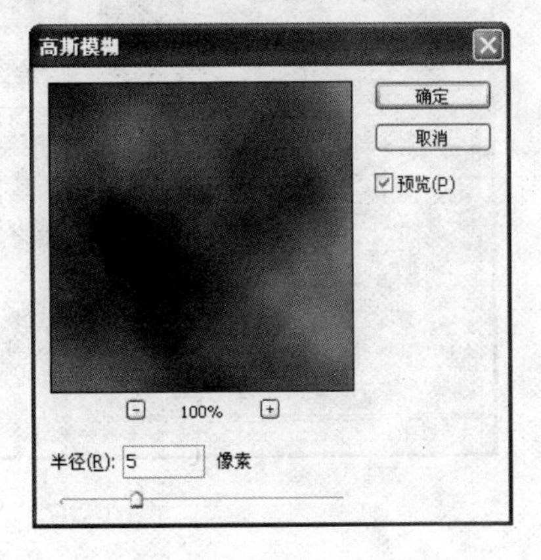

图 3-285　设置“高斯模糊”

（3）执行“滤镜”→“素描”→“基底凸现”菜单命令，在弹出的对话框中设置“细节”为 13，“平滑度”为 3，“光照”方向为“下”，如图 3-286 所示。

（4）执行“滤镜”→“纹理”→“龟裂缝”菜单命令，在弹出的对话框中设置“裂缝间距”为 12，“裂缝深度”为 6，“裂缝亮度”为 9，如图 3-287 所示。

图 3-286　“基底凸现”对话框

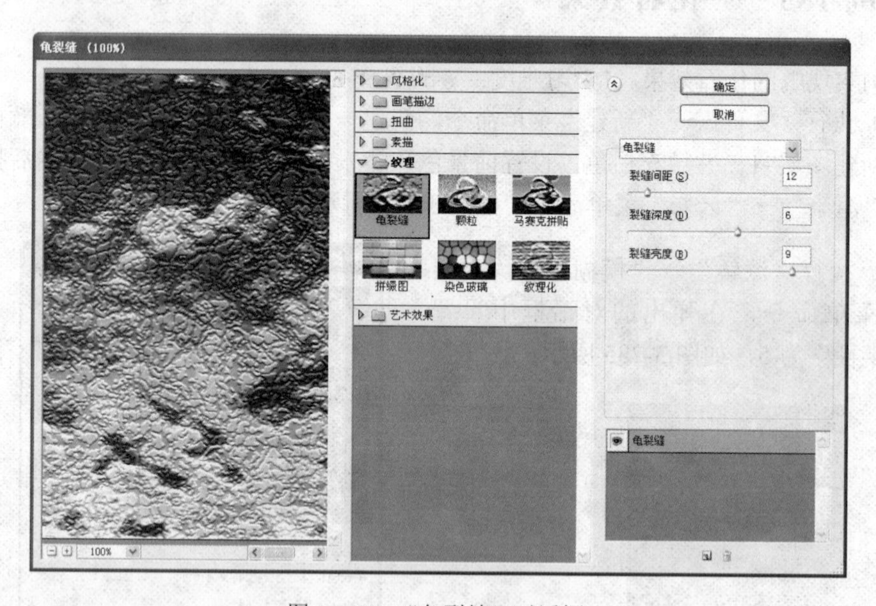

图 3-287　“龟裂缝”对话框

（5）在图层面板中，新建图层，填充白色，执行“滤镜”→“杂色”→“添加杂色”菜单命令，在弹出的对话框中设置“数量”为 340%，选择“高斯分布”，并勾选“单色”，如图 3-288 所示。

（6）执行“滤镜”→“风格化”→“浮雕效果”菜单命令，在弹出的对话框中设置浮雕“角度”为 135，“高度”为 2，“数量”为 100%，如图 3-289 所示，并设置图层的“不透明度”为 50%，其效果如图 3-290 所示。

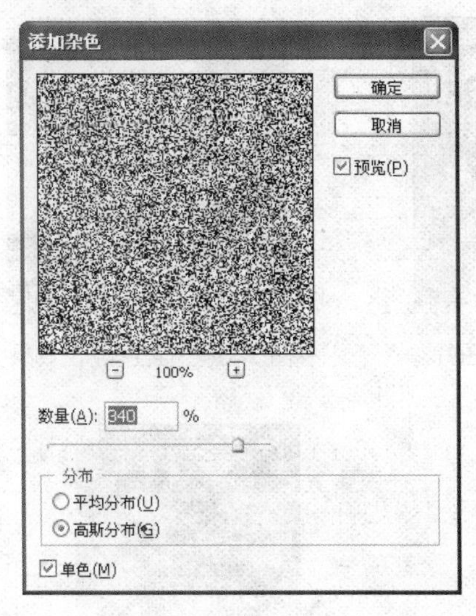

图 3-288 “添加杂色”对话框

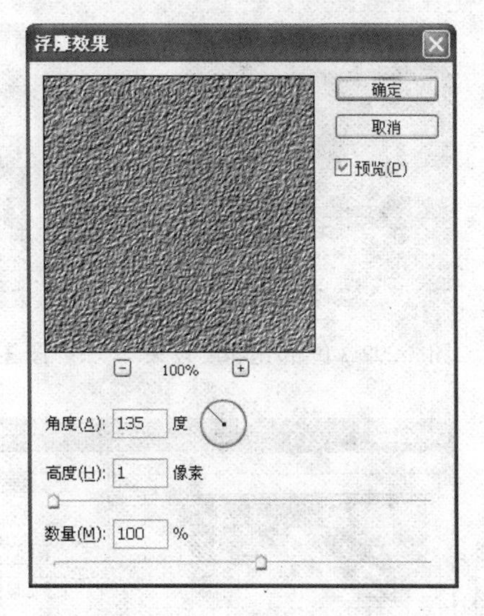

图 3-289 “浮雕效果”对话框

（7）执行“图像”→“调整”→“色相/饱和度”菜单命令，在弹出的对话框中进行参数设置，如图 3-291 所示。修改图层的“混合模式”为“颜色”，结果如图 3-292 所示。

图 3-290 设置“不透明度”后的效果

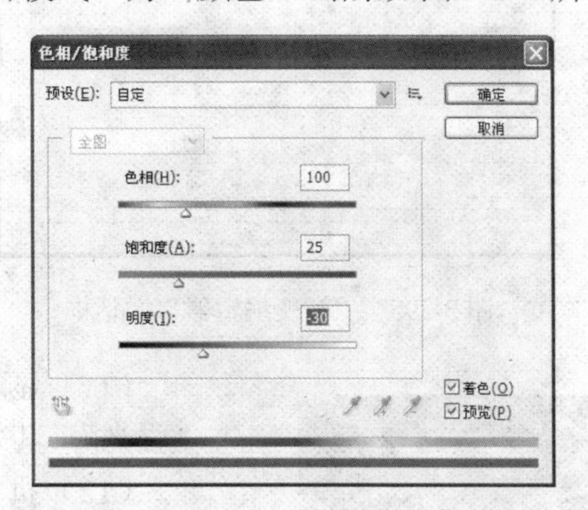

图 3-291 “色相/饱和度”参数设置对话框

（8）执行“文件”→“打开”菜单命令，打开素材图片，在工具箱中选择“魔棒工具”将背景部分选中，然后执行“选择”→“反选”菜单命，选中图片内容，如图 3-293 所示。

（9）将鹰拖入文件中，复制该图层，将复制的图层隐藏，修改图层的“透明度”为 50%，图层的“混合模式”设置为“实色混合”，其效果如图 3-294 所示。

（10）显示复制的图层，执行“图像”→“调整”→“渐变映射”菜单命令，在弹出的渐变编辑器中进行参数设置，如图 3-295 所示，得到的效果如图 3-296 所示。复制该图层，隐藏备用。修改图层的“混合模式”为“叠加”，其效果如图 3-297 所示。

图 3-292　色相/饱和度效果

图 3-293　素材图片

图 3-294　实色混合效果

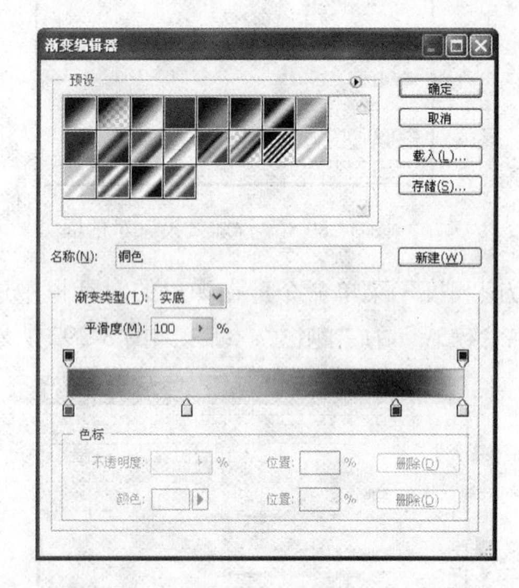

图 3-295　“渐变编辑器”对话框

图 3-296　设置后的渐变效果

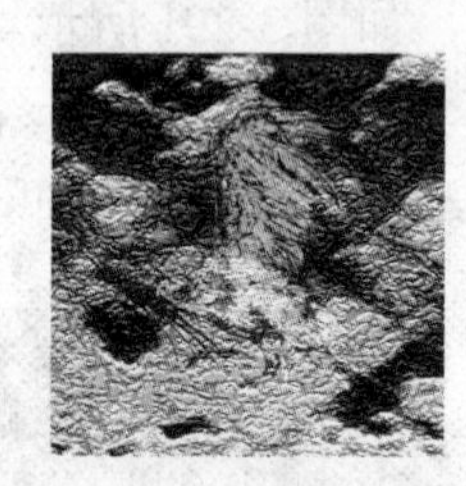

图 3-297　叠加效果

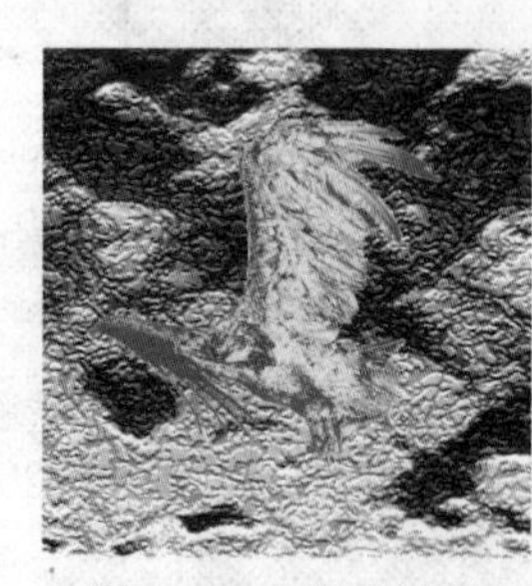

图 3-298　强光效果

（11）显示隐藏的图层，将图层的“混合模式”设置为“强光”，其效果如图 3-298 所示。

（12）执行“文件”→“打开”菜单命令，打开石纹图片，如图 3-299 所示。

（13）在键盘上按下 Ctrl+A 键，全选石纹图片，使用移动工具将其拖曳到当前文件中，置于图层的最顶层，“混合模式”设置为“叠加”，其效果如图 3-300 所示。

（14）复制鹰的图层，恢复图层的透明度和混合模式，隐藏除该图层和背景层以外的图层，如图 3-301 所示。

（15）在通道面板中，复制蓝色通道为蓝色通道副本，执行“滤镜”→“风格化”→“浮雕”效果菜单命令，在弹出的对话框中设置参数，如图 3-302 所示。

（16）复制蓝色副本图层，执行“图像”→“调整”→“色阶”菜单命令，用白色吸管吸取画面中灰色的部分，如图 3-303 所示，其效果如图 3-304 所示。

图 3-299　打开石纹图片

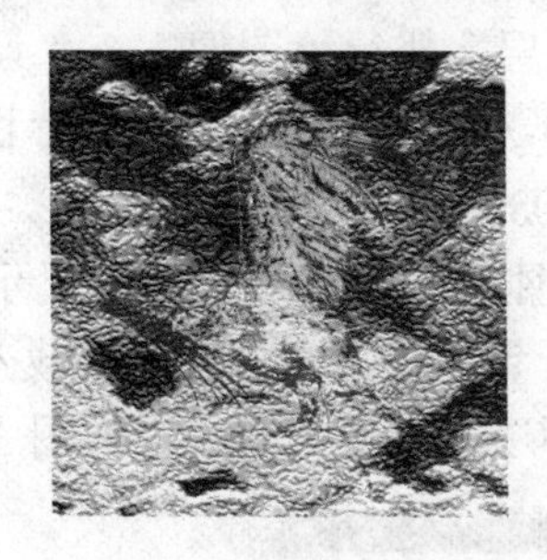

图 3-300　图像叠加后的效果

图 3-301　复制鹰图层

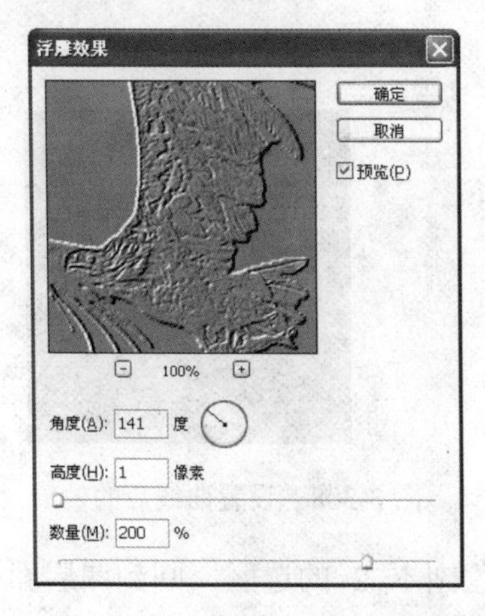

图 3-302　“浮雕效果”对话框

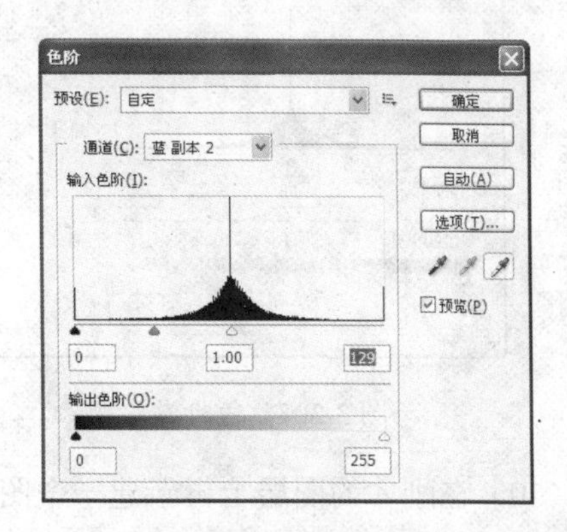

图 3-303　色阶设置（一）

（17）在键盘上按下 Ctrl+I 键，将通道反相，然后执行“图像”→“调整”→“曲线”菜单命令，在弹出的对话框中设置参数，如图 3-305 所示，得到的效果如图 3-306 所示。

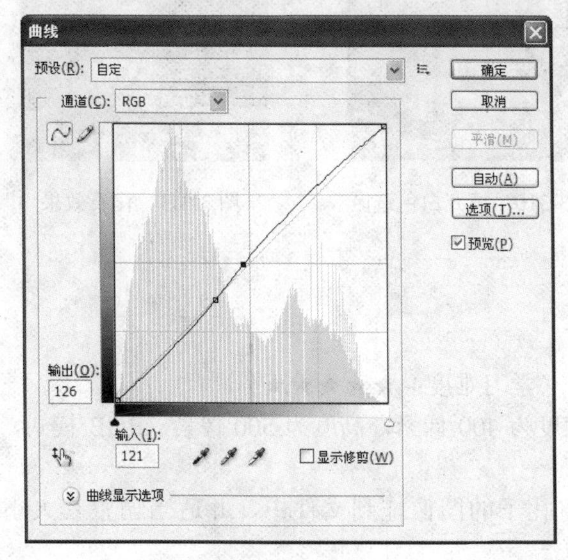

图 3-305　设置“曲线”

图 3-304　设置色阶后的效果

图 3-306　设置曲线后的效果（一）

（18）再次复制蓝色副本图层，执行“图像”→“调整”→“色阶”菜单命令，用黑色吸管吸取图中的灰色，如图 3-307 所示；再次执行“图像”→“调整”→“曲线”菜单命令，设置同上，效果如图 3-308 所示。

（19）在图层面板中，删除刚才复制的鹰图层，显示所有图层，在最顶层的下方新建图层。在通道面板中，按住 Ctrl 键单击蓝色副本层，载入该通道选区，回到图层面板中用黑色填充选区，修改图层的“不透明度”为 50%，如图 3-309 所示。

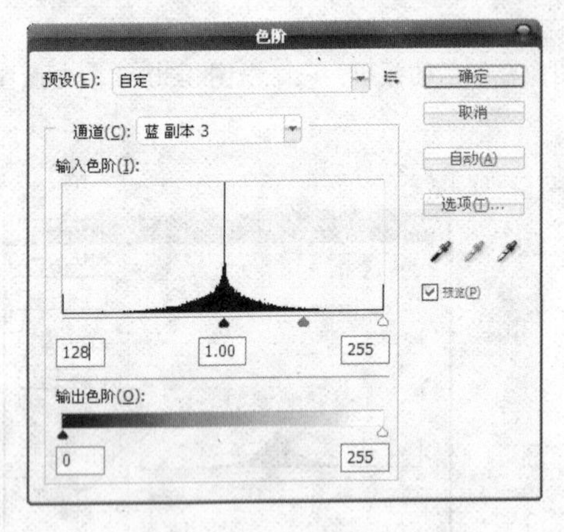

图 3-307　色阶设置（二）

图 3-308　设置曲线后的效果（二）

（20）在刚才的图层上再新建一个图层，载入蓝色副本 2 的选区，回到图层面板中填充白色，修改图层的“不透明度”为 30%，如图 3-310 所示。最终效果如图 3-311 所示。

图 3-309　填充黑色选区

图 3-310　填充白色选区

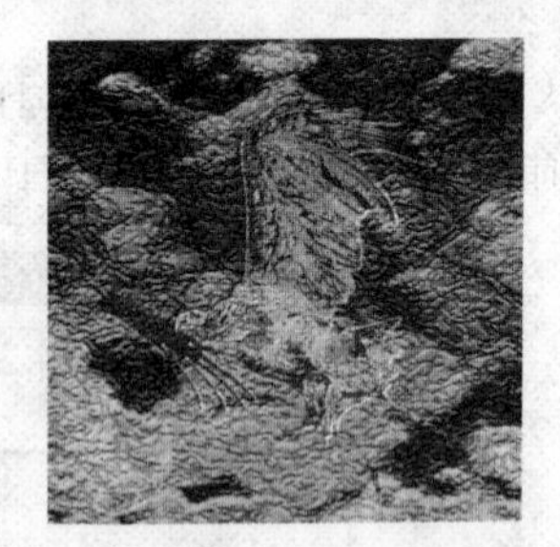

图 3-311　化石效果

实例 186——邮票效果

本例将制作一张孔子画像的邮票。（学习难度：★★★★★）

（1）按 Ctrl+N 键新建文件，其宽度为 400 像素，高度为 500 像素，RGB 模式，白色背景，如图 3-312 所示。

（2）将背景填充为黑色，然后将孔子的图像拖到文件中，并适当调整其大小，如图 3-313 所示。

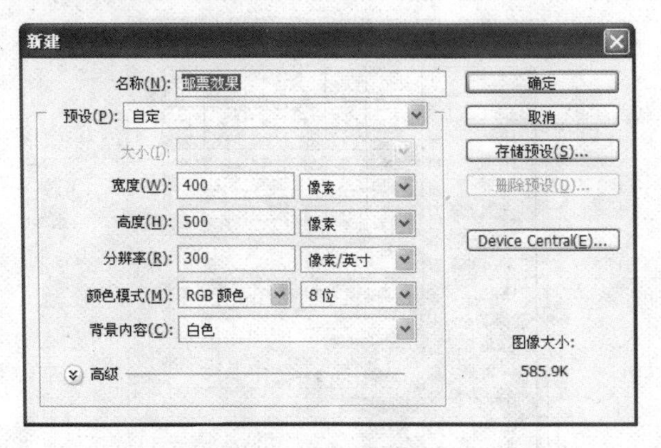

图 3-312　新建文件

图 3-313　调整图像

（3）执行“图像”→“调整”→“曲线”菜单命令，对图像效果进行调整，如图 3-314 所示。

（4）调整之后的图像效果如图 3-315 所示。

（5）新建图层 2。按 Ctrl 键单击图层 1，载入图层 1 的选区，然后将选区填充为白色。按 Ctrl+T 键自由变换，按住 Alt 键将白色区域等比例放大，作为邮票的边框，如图 3-316 所示。

（6）选择画笔工具，打开画笔面板，单击“画笔笔尖形状”，具体设置如图 3-317 所示。

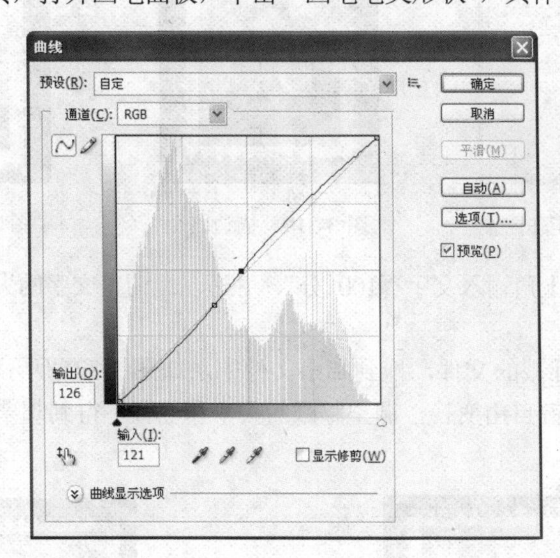

图 3-314　设置“曲线”

（7）按 Ctrl 键单击图层 2，调出图层 2 的选区。在路径面板中，为选区建立一个工作路径，如图 3-318 所示。

（8）将前景色设置为黑色，然后在工作路径上单击鼠标右键并选择“描边路径”命令，在弹出的对话框中选择“画笔”，为路径描边，结果如图 3-319 所示。

图 3-315　曲线效果

图 3-316　做出邮票边框

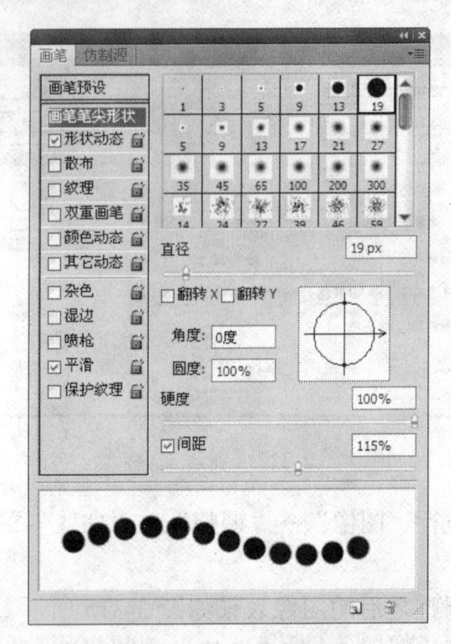

图 3-317　画笔笔尖设置

图 3-318　建立工作路径

图 3-319　描边路径

图 3-320　输入文字

（9）在邮票的右上角输入文字“100 分”，并适当地调整文字的大小和位置，如图 3-320 所示。

（10）打开一个邮戳的文件，拖到邮票文件中，如图 3-321 所示。

（11）按 Ctrl+T 键自由变换，调整邮戳的大小和位置，得到邮票的最终效果如图 3-322 所示。

图 3-321　打开邮戳文件

图 3-322　邮票的最终效果

实例 187——电影胶片效果

本例将利用定义画笔来制作电影胶片效果。（学习难度：★★★★）

（1）执行“文件”→“新建”菜单命令，建立一个 RGB 图像文件，设置其宽度为 600 像素，高度为 400 像素，分辨率为 300 像素/英寸。

（2）新建图层 1。选择圆角矩形工具绘制一个矩形，并按 Ctrl+Enter 键转换为选区，填充黑色，如图 3-323 所示。

（3）执行“编辑”→“定义预设画笔”菜单命令，将圆角矩形定义为画笔，如图 3-324 所示。

图 3-323　圆角矩形

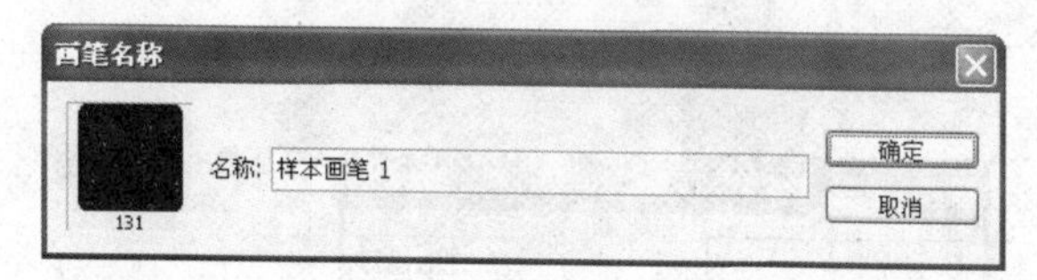

图 3-324　定义画笔

（4）新建图层 2，隐藏图层 1，绘制一个大的矩形并填充为黑色，如图 3-325 所示。

（5）设置前景色为白色，在画笔面板中选择刚才定义的画笔，并调整间距，如图 3-326 所示。

（6）按住 Shift 键在图层 2 上用画笔画出两条直线，如图 3-327 所示。

（7）用同样的方法，将笔尖放大，画出中间放图像的位置，如图 3-328 所示。

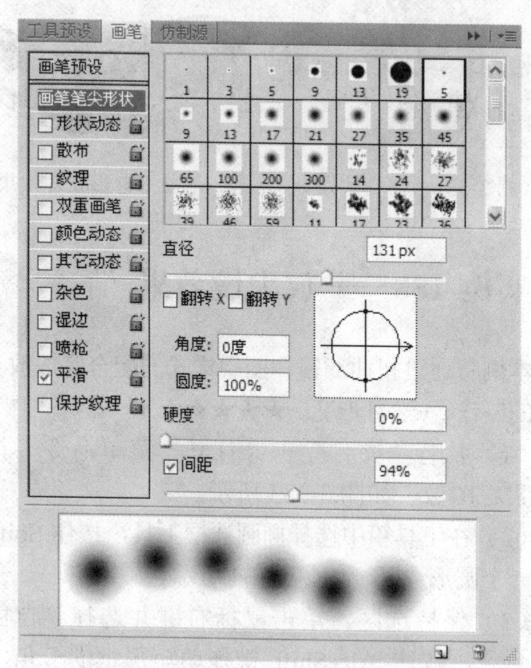

图 3-326　设置“画笔”

图 3-325　黑色大矩形

图 3-327　画出直线

图 3-328　画出中间位置

（8）打开4张图像，分别拖放到适当的位置，形成图像效果，如图3-329所示。

图3-329 图像效果

（9）执行“图像”→“图像旋转”→“90 度（顺时针）”菜单命令，然后执行“滤镜”→“扭曲”→“切变”菜单命令，设置切变如图 3-330 所示。切变效果如图 3-331 所示。

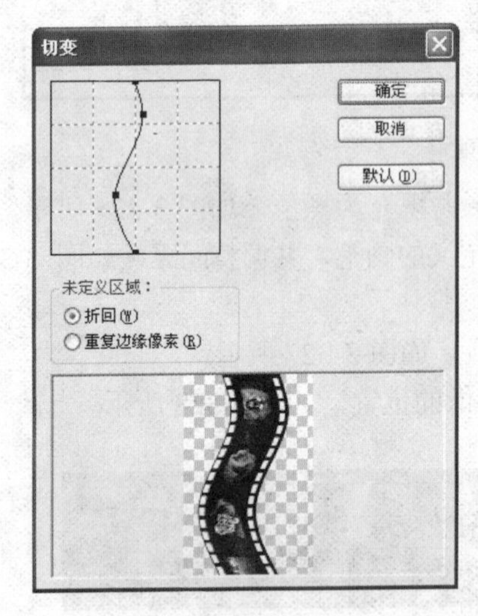

图3-330 设置“切变”

（10）执行“图像”→“图像旋转”→“90 度（逆时针）”菜单命令，将图像旋转回去。最终效果如图 3-332 所示。

图3-331 切变效果

图3-332 电影胶片效果

实例188——放大镜效果

本例将通过扭曲滤镜和图层样式的配合完成放大镜效果的制作。（学习难度：★★★★★）

（1）执行“文件”→“打开”菜单命令，打开一张素材图像，如图3-333所示。

图3-333 打开图像

（2）在工具箱中选择椭圆选框工具，按住Shift键画出一个圆形选区，如图3-334所示。

（3）保持选区，单击鼠标右键并选择“自由变换”命令，按住 Alt+Shift 键拖动矩形框的一角，使

图像按比例放大且圆心不变。此时，选中的图像也放大了，效果如图 3-335 所示。

（4）执行“滤镜”→“扭曲”→“球面化”菜单命令，在对话框中设置“数量”为 50%，得到如图 3-336 所示的效果。

图 3-334　建立选区

图 3-335　自由变换

图 3-336　球面化效果

（5）取消选择。新建图层 2，在工具箱中选择椭圆选框工具，绘制一个比刚才的圆形稍大的同心圆，填充为灰色，如图 3-337 所示。

（6）保持选区。执行“选择”→“修改”→“收缩”菜单命令，收缩 8 像素，然后按 Delete 键删除。取消选择，得到如图 3-338 所示的效果。

（7）新建图层 3。使用矩形选框工具和椭圆选框工具绘制出放大镜的手柄部分，并进行自由变换，旋转摆放到如图 3-339 所示的位置。

图 3-337　填充灰色

图 3-338　收缩并删除

图 3-339　放大镜效果

（8）合并图层 2 和图层 3。按 Ctrl 键单击图层 2，调出放大镜的选区。打开“图层样式”对话框，选择“斜面和浮雕”，具体设置如图 3-340 所示。

（9）选择“渐变叠加”，渐变颜色选择“铬黄”，其他的设置如图 3-341 所示。添加图层样式后的放大镜效果如图 3-342 所示。

（10）执行“滤镜”→“锐化”→“USM 锐化”菜单命令，设置锐化“数量”为 131，如图 3-343 所示。至此，放大镜效果制作完毕了，最终效果如图 3-344 所示。

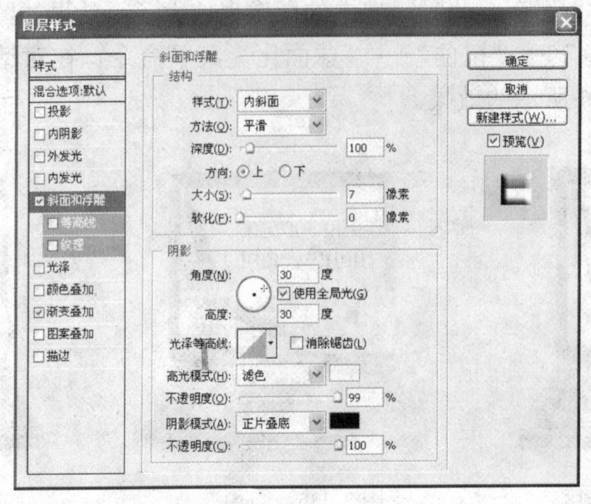

图 3-340　斜面和浮雕设置

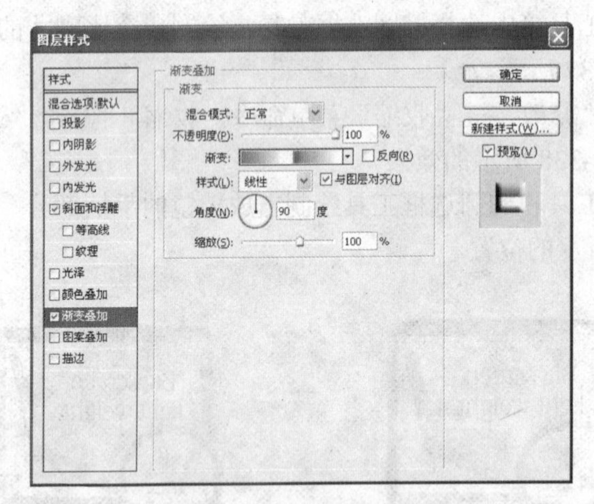

图 3-341　设置“渐变叠加”

图 3-342　图层样式效果

图 3-343　USM 锐化

图 3-344　放大镜效果

实例 189——冰窟窿效果

本例将制作一个透着蓝色海水的冰窟窿效果。（学习难度：★★★★★）

（1）执行“文件”→“新建”菜单命令，建立一个 RGB 图像文件，设置其宽度为 750 像素，高度为 563 像素，分辨率为 300 像素/英寸。

（2）新建图层 1，按 D 键恢复默认颜色设置。执行“滤镜”→“渲染”→“云彩”菜单命令，其效果如图 3-345 所示。

（3）执行“滤镜”→“渲染”→“分层云彩”菜单命令，结果如图 3-346 所示。

（4）按 Ctrl+T 键选择顺时针旋转 90 度，执行“滤镜”→“风格化”→“风”菜单命令，设置参数如图 3-347 所示。再次按 Ctrl+T 键选择逆时针旋转 90 度，其效果如图 3-348 所示。

图 3-345　云彩效果

图 3-346　分层云彩效果

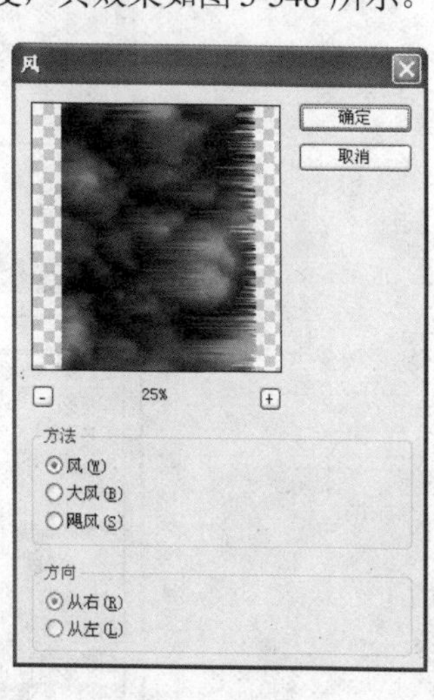

图 3-347　设置“风”

（5）选择魔棒工具，选中一个选区，如图 3-349 所示。

（6）按 Ctrl+J 键复制图层，并隐藏图层 1，如图 3-350 所示。

图 3-348　风效果

图 3-349　选中选区

图 3-350　复制图层

（7）打开“图层样式”对话框，选择“斜面和浮雕”，设置参数如图 3-351 所示。

（8）选择“渐变叠加”，设置参数如图 3-352 所示，颜色由“R:31;G:87;B:179”到“R:153;G:194;B:255”。设置的效果如图 3-353 所示。

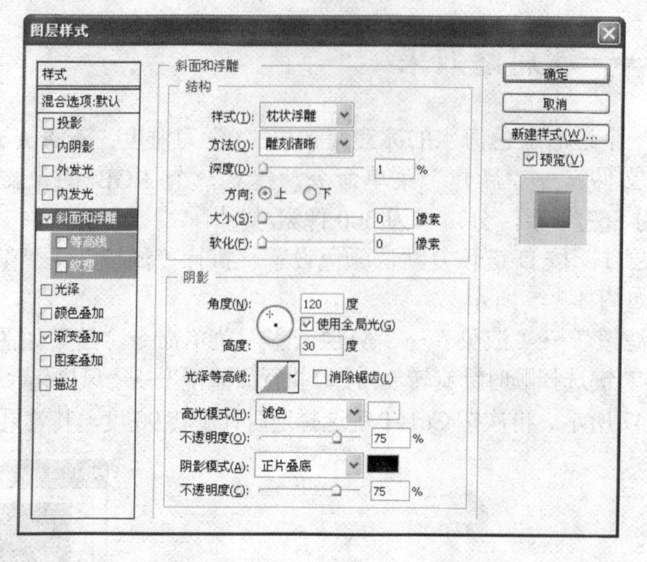

图 3-351　设置“斜面和浮雕”

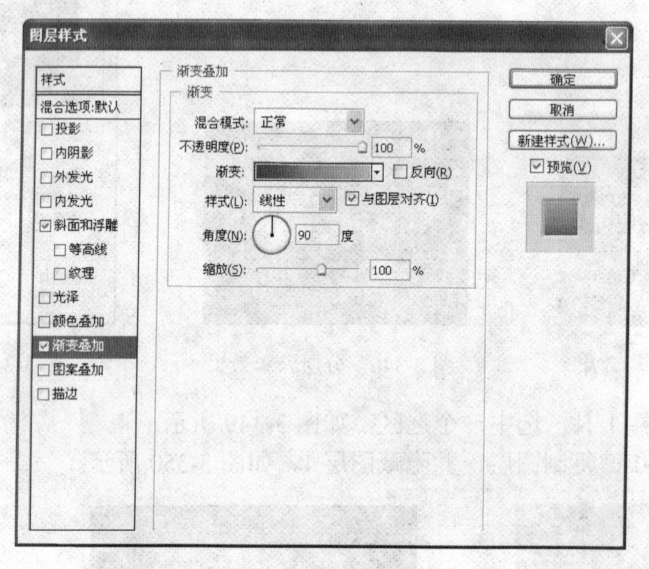

图 3-352　设置“渐变叠加”

（9）新建图层 3，设置前景色（R:135;G:178;B:244），背景色为白色。执行“滤镜”→“渲染”→“云彩”菜单命令。最终效果如图 3-354 所示。

图 3-353　渐变叠加效果

图 3-354　冰窟窿效果

实例 190——流光溢彩效果

本例将绘制流光溢彩的迷幻图像效果。（学习难度：★★★★）

（1）使用 Ctrl+N，建立一个新文件，其宽度为 500 像素，高度为 500 像素，分辨率为 300。

（2）将前景色重置为默认的黑色，然后按 Alt+Del 键将背景图层填充为黑色，如图 3-355 所示。

（3）执行“滤镜”→“渲染”→“镜头光晕”菜单命令，单击“光晕中心”下方框中的中心点，将光晕设置在画布中心，如图 3-356 所示。

图 3-355　填充黑色

图 3-356　设置“镜头光晕”

（4）再次执行“滤镜”→“渲染”→“镜头光晕”菜单命令，把光晕中心设置在如图 3-357 所示的位置。

（5）反复执行镜头光晕滤镜，得到如图 3-358 所示的数个光晕中心。执行之后的图像效果如图 3-359 所示。

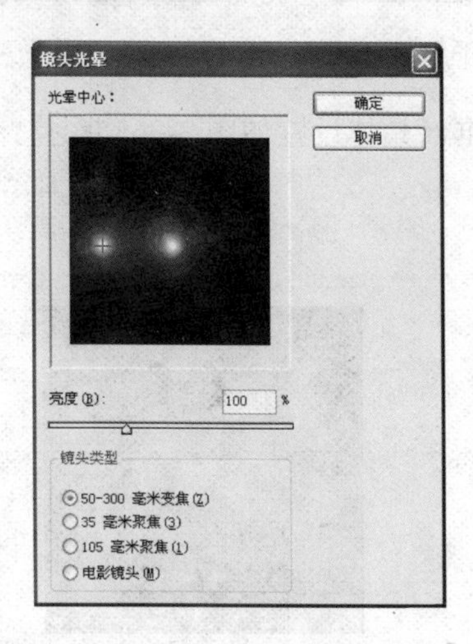

图 3-357　设置“镜头光晕”（一）

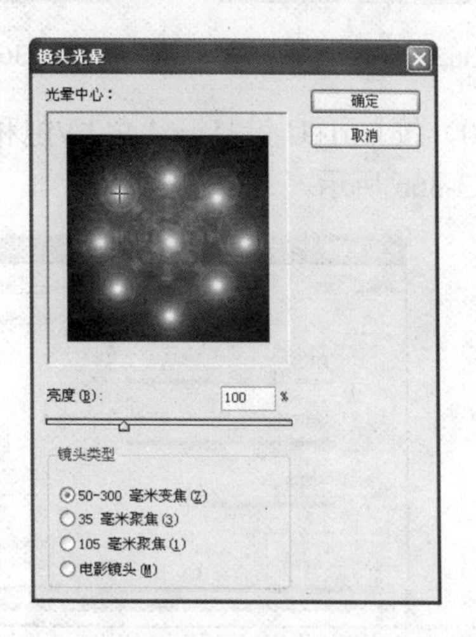

图 3-358　设置“镜头光晕”（二）

（6）执行“图像”→“调整”→“去色”菜单命令，将图像进行去色处理。设置后的效果如图 3-360 所示。

（7）执行“滤镜”→“像素化”→“铜版雕刻”菜单命令，设置“类型”为“中长描边”，如图 3-361 所示。设置的效果如图 3-362 所示。

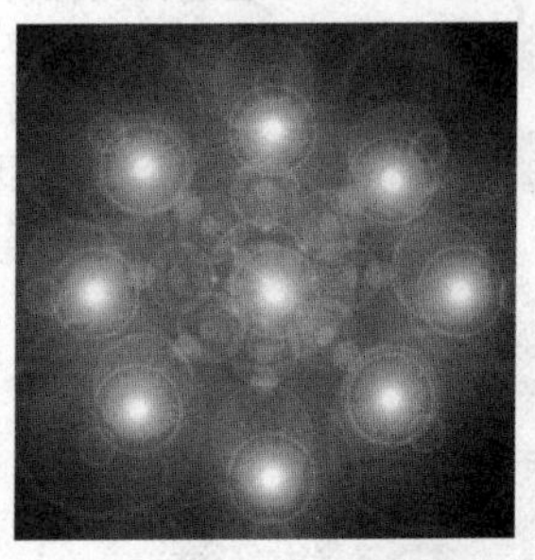
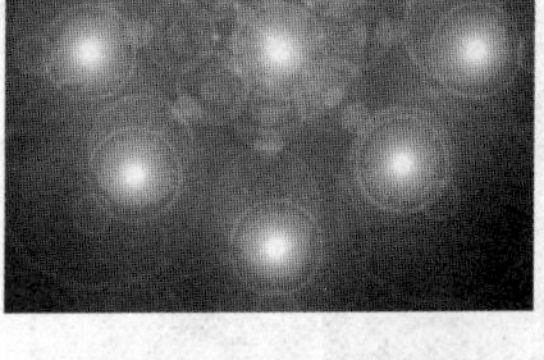

图 3-359　镜头光晕效果

图 3-360　去色效果

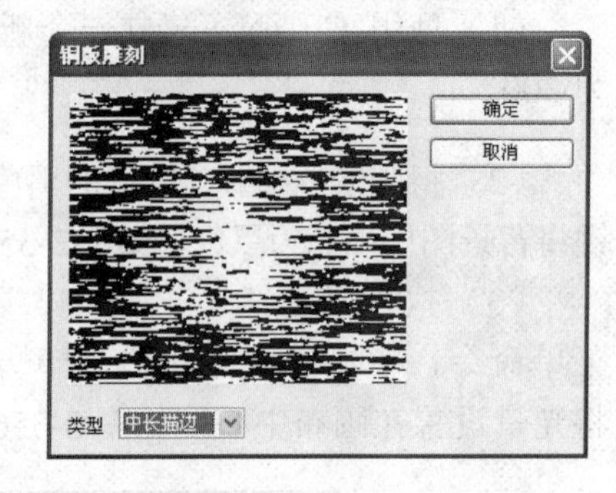

图 3-361　设置“铜版雕刻”

（8）执行“滤镜”→“模糊”→“径向模糊”菜单命令，如图 3-363 所示。

（9）按快捷键 Ctrl+F 三次，重复刚才的径向模糊滤镜，把径向的效果变得平滑，如图 3-364 所示。

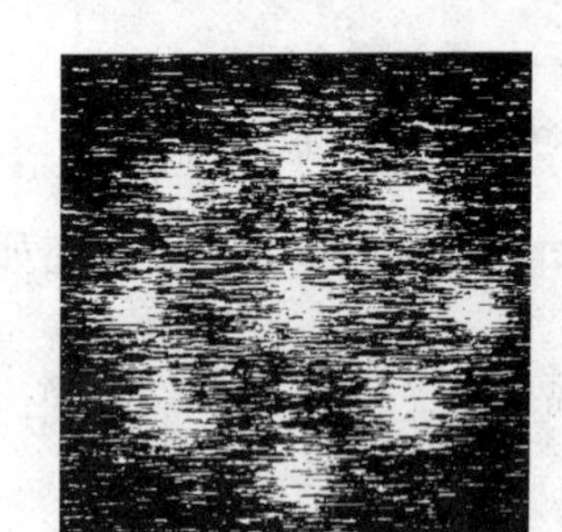

图 3-362　铜版雕刻效果

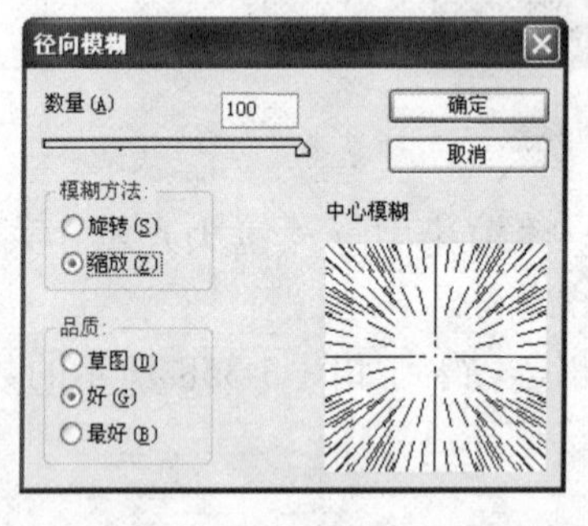

图 3-363　设置“径向模糊”

图 3-364　径向模糊效果

（10）按 Ctrl+U 键打开“色相/饱和度”对话框，具体设置如图 3-365 所示。设置的效果如图 3-366 所示。

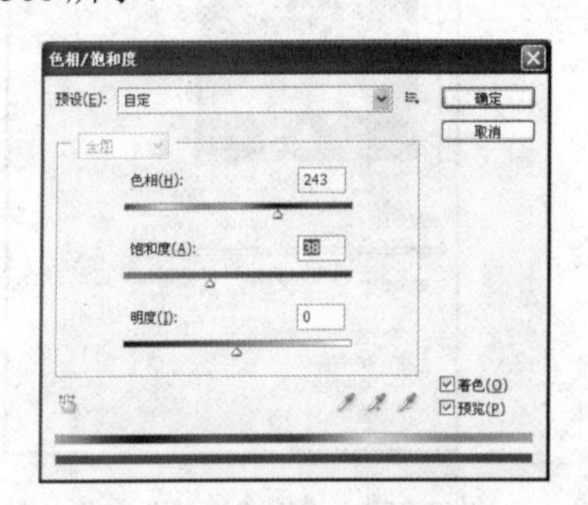

图 3-365　设置“色相/饱和度”

图 3-366　调整颜色后的效果

（11）复制背景图层。将新图层的“混合模式”设置为“变亮”。然后执行“滤镜”→“扭曲”→“旋转扭曲”菜单命令，设置“角度”为–200，设置的效果如图 3-367 所示。

（12）再次复制背景层，按 Ctrl+F 键重复执行“旋转扭曲”菜单命令，其效果如图 3-368 所示。

图 3-367　旋转扭曲效果

图 3-368　重复执行“旋转扭曲”菜单命令的效果

（13）执行“滤镜”→“扭曲”→“波浪”菜单命令，其设置如图 3-369 所示。波浪的效果如图 3-370 所示。

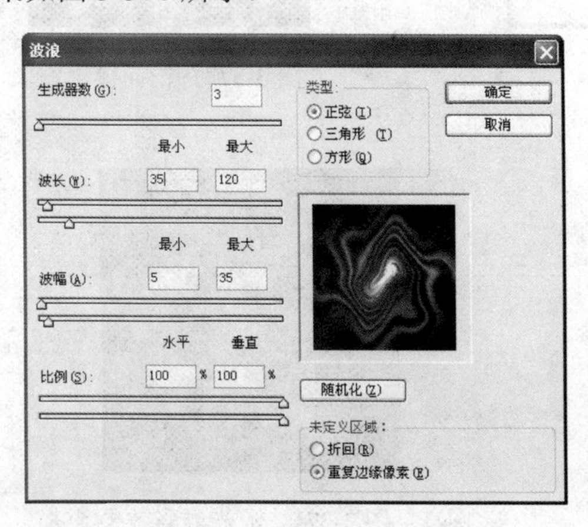

图 3-369　设置“波浪”

图 3-370　波浪效果

（14）此时的流光溢彩效果已经出现了，我们再为其添加一些文字。新建图层 1，选择矩形选框工具绘制一个矩形，然后选择渐变工具，设置渐变颜色如图 3-371 所示。

（15）对矩形进行渐变，得到的效果如图 3-372 所示。

（16）执行“滤镜”→“模糊”→“径向模糊”菜单命令，“模糊方法”选择“缩放”，得到如图 3-373 所示的效果。

（17）选择横排文字工具，在矩形上输入“流光溢彩”，字体设置为“深蓝色”，如图 3-374 所示。

（18）用鼠标右键单击文字层并选择“栅格化文字”命令，然后执行“滤镜”→“风格化”→“风”菜单命令，采用默认设置，就可得到流光溢彩的最终效果了，如图 3-375 所示。

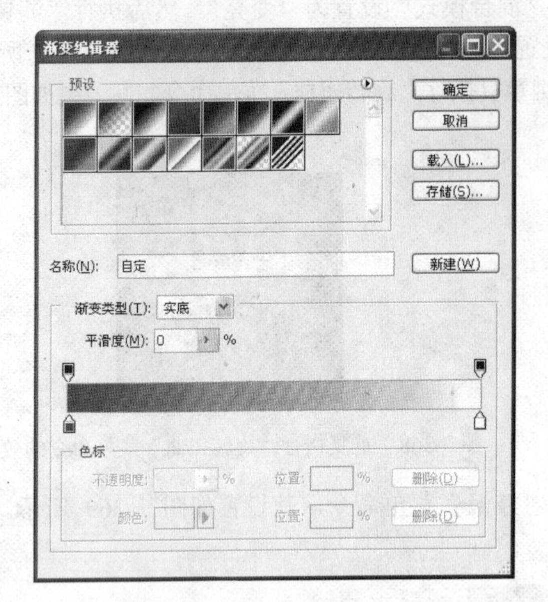

图 3-371 设置“渐变颜色”

图 3-372 渐变效果

图 3-373 径向模糊效果

图 3-374 输入文字

图 3-375 流光溢彩效果

实例 191——漩涡效果

本例将制作一个漩涡效果。（学习难度：★★★★）

（1）执行“文件”→“新建”菜单命令，新建一个宽度和高度均为 500 像素的文件，颜色模式为 RGB。

（2）使用渐变工具，从黑色到白色、从左到右拖动鼠标，得到如图 3-376 所示的效果。

（3）执行“滤镜”→“扭曲”→“极坐标”菜单命令，选择“平面坐标到极坐标”，然后 4 次执行“滤镜”→“风格化”→“风”菜单命令，得到如图 3-377 所示的效果。

（4）执行“滤镜”→“扭曲”→“极坐标”菜单命令，选择“平面坐标到极坐标”，其效果如图 3-378 所示。

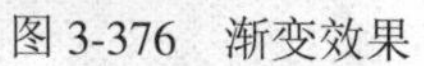

图 3-376　渐变效果　　图 3-377　风的效果　　图 3-378　极坐标效果

（5）复制背景层，按 Ctrl+T 键，选择“水平翻转”，用矩形选框工具选择当前层的左半部分并删除它，合并当前所有图层，结果如图 3-379 所示。

（6）执行“滤镜”→“扭曲”→“极坐标”菜单命令，选择“平面坐标到极坐标”，复制背景层，按 Ctrl+T 键，选择“旋转 90 度顺时针”，将当前层的图层“混合模式”设置为“变亮”，再复制图层和旋转 90 度（顺时针）两次，得到如图 3-380 所示的效果。合并所有图层。

（7）执行“滤镜”→“扭曲”→“极坐标”菜单命令，选择“平面坐标到极坐标”，复制背景层，按 Ctrl+T 键，选择“旋转 90 度顺时针”，将当前层的图层“混合模式”调整为“叠加”，再复制图层和旋转 90 度（顺时针）两次，得到如图 3-381 所示的效果。合并所有图层，形成圆形光环。

图 3-379　复制和旋转效果　　图 3-380　多次复制和旋转　　图 3-381　圆形光环

（8）复制背景层，将图层模式设置为“变亮”，按 Ctrl+T 键旋转 45 度，合并图层，如图 3-382 所示。

（9）执行“滤镜”→“扭曲”→“极坐标”菜单命令，选择“极坐标到平面坐标”，执行“图像”→“图像旋转”→“90 度顺时针”菜单命令，如图 3-383 所示。

（10）执行“滤镜”→“风格化”→“风”菜单命令，然后执行“图像”→“图像旋转”→“90 度顺时针”菜单命令，再执行“滤镜”→“扭曲”→“极坐标”菜单命令，选择“极坐标到平面坐标”，结果如图 3-384 所示。

（11）执行“图像”→“调整”→“色相/饱和度”菜单命令，设置参数如图 3-385 所示。最终效果如图 3-386 所示。

图 3-382　旋转 45 度

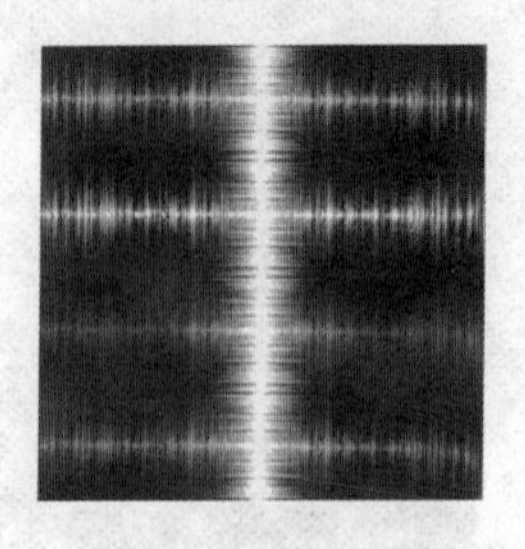

图 3-383　图像旋转

图 3-384　极坐标效果

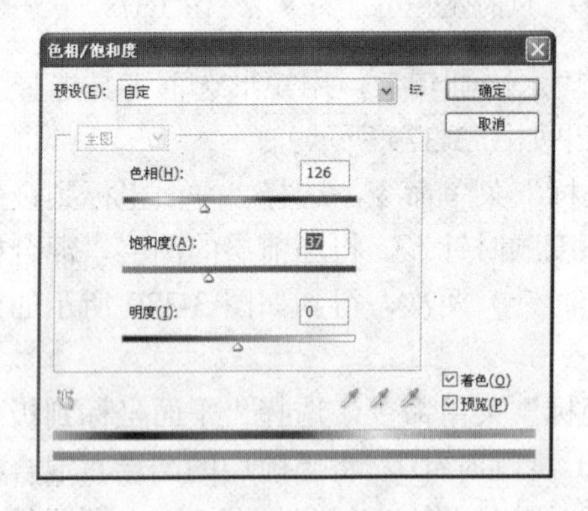

图 3-385　设置“色相/饱和度”

图 3-386　漩涡效果

实例 192——水晶相框

本例将为奥黛莉·赫本的照片添加一个水晶相框。（学习难度：★★★★）

（1）执行“文件”→“打开”菜单命令，打开图像，如图 3-387 所示。

（2）新建图层 1，使用多边形套索工具选出一个多边形选区，如图 3-388 所示。

图 3-387　打开图像

图 3-388　多边形选区

（3）暂时填充为白色。打开“图层样式”对话框，选择“外发光”，设置参数如图 3-389 所示。

（4）选择“斜面和浮雕”，设置参数如图 3-390 所示。

图 3-389 设置“外发光”

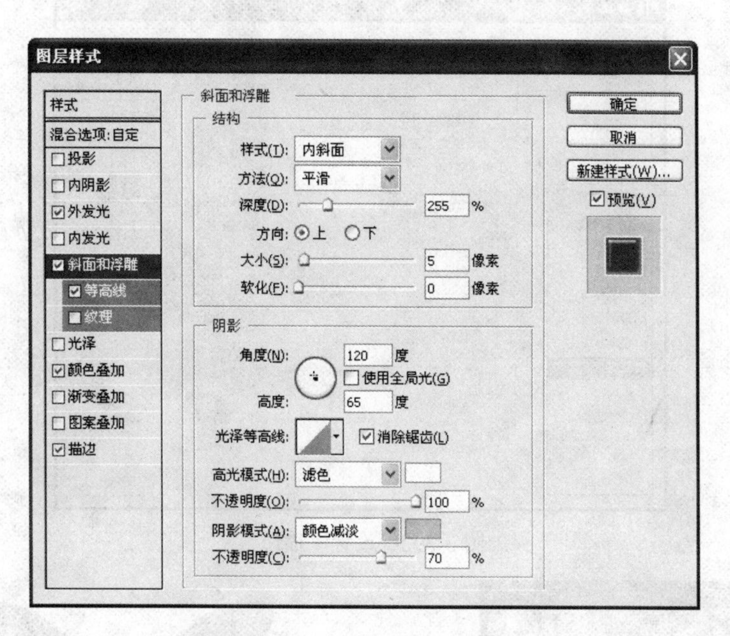

图 3-390 设置“斜面和浮雕”

（5）选择“颜色叠加”，设置参数如图 3-391 所示。

（6）选择“描边”，设置参数如图 3-392 所示。此时的相框效果如图 3-393 所示。

（7）将相框外部选中并填充为黑色。执行“文件”→“打开”菜单命令，打开另一幅图像，如图 3-394 所示。

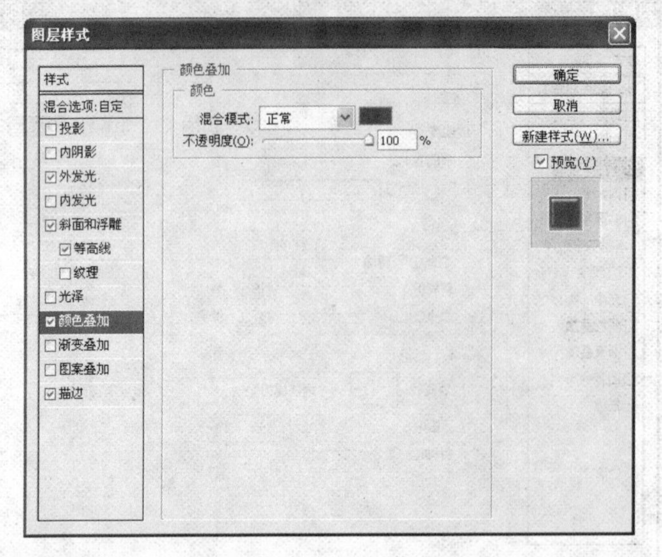

图 3-391　设置“颜色叠加”

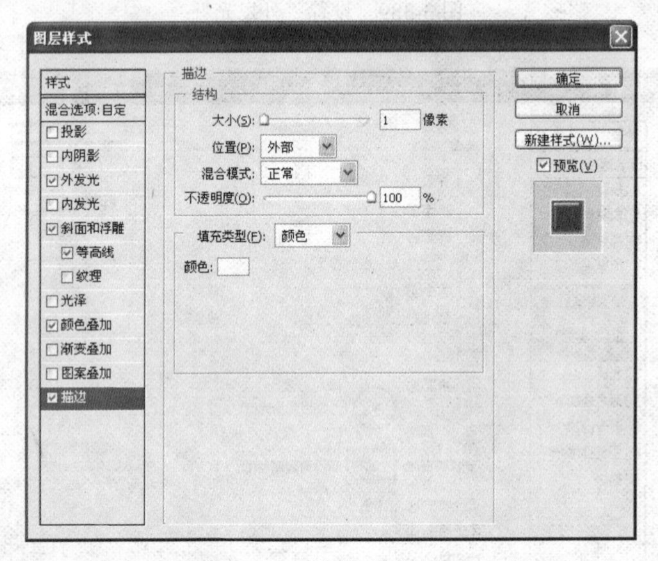

图 3-392　设置“描边”

图 3-393　相框效果

图 3-394　打开另一幅图像

（8）将蝴蝶选中拖到文件中。打开图层样式对话框，选择外发光，设置参数如图 3-395 所示。最终效果如图 3-396 所示。

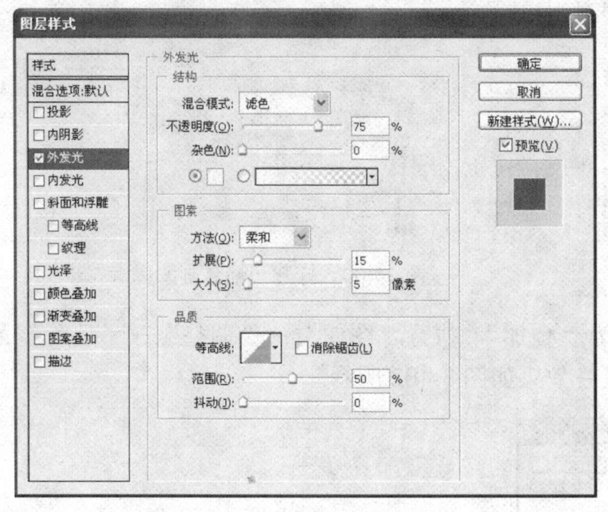

图 3-395　设置“外发光”

图 3-396　水晶相框效果

实例 193——揉皱的名画

将纸张搓揉一下，会出现折皱效果，本例将利用浮雕效果等滤镜来制作纸张被揉皱的效果。(学习难度：★★★★)

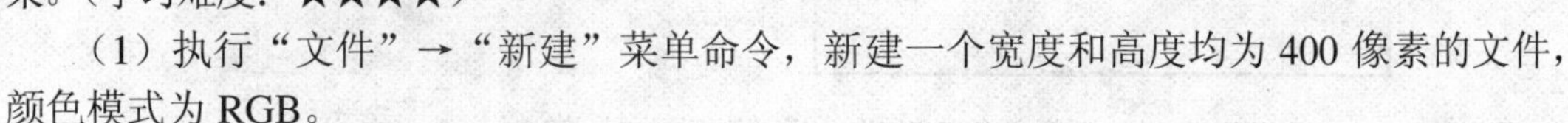

（1）执行“文件”→“新建”菜单命令，新建一个宽度和高度均为 400 像素的文件，颜色模式为 RGB。

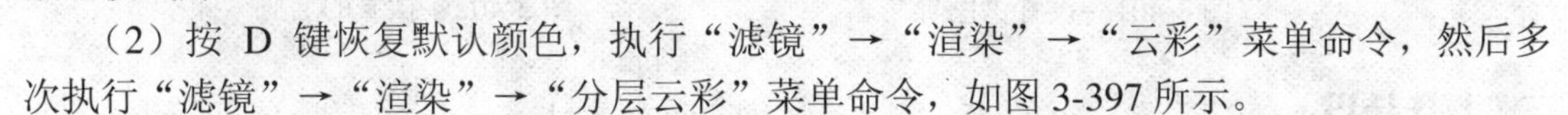

（2）按 D 键恢复默认颜色，执行“滤镜”→“渲染”→“云彩”菜单命令，然后多次执行“滤镜”→“渲染”→“分层云彩”菜单命令，如图 3-397 所示。

（3）执行“滤镜”→“风格化”→“浮雕效果”，设置参数如图 3-398 所示，形成纸张的揉搓效果如图 3-399 所示。

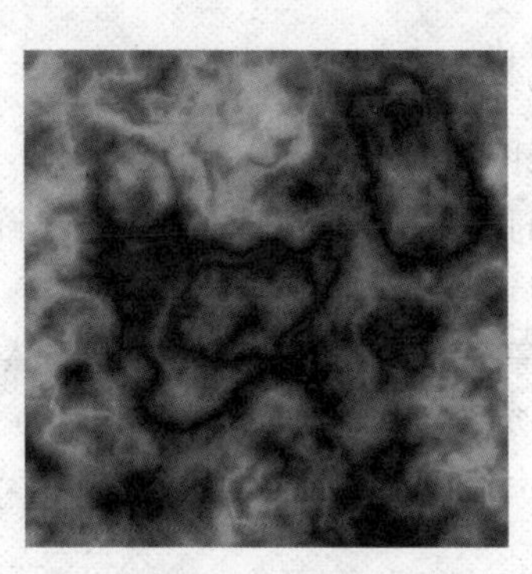

图 3-397　云彩效果

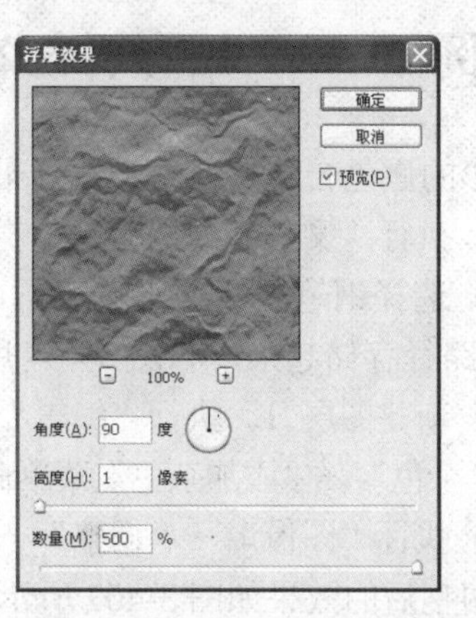

图 3-398　设置“浮雕效果”

（4）执行“文件”→“打开”菜单命令，打开一幅名画图像，如图 3-400 所示。

图 3-399　揉搓效果

图 3-400　打开一幅名画图像

（5）设置图层的“混合模式”为“叠加”，执行“图像”→“调整”→“色阶”菜单命令，设置参数如图 3-401 所示。最终效果如图 3-402 所示。

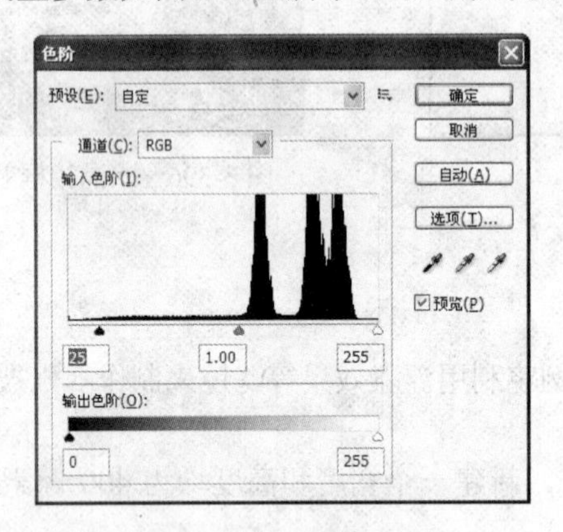

图 3-401　设置“色阶”

图 3-402　揉皱的名画效果

操作技巧：

浮雕效果滤镜会将图像转换为灰色，并用原填充色描画边缘，生成凸出的浮雕的效果。

实例 194——炫彩唇色效果

炫彩的唇色会给女性添加几分柔媚的效果。（学习难度：★★★★）

（1）执行“文件”→“打开”菜单命令，打开图像，如图 3-403 所示。

（2）选择钢笔工具，沿着嘴唇画出路径来。打开路径面板，复制工作路径形成路径 1，并将路径存储起来，如图 3-404 所示。

（3）新建图层 1。执行“编辑”→“填充”菜单命令，填充为 5%灰色。然后执行“滤镜”→“杂色”→“添加杂色”菜单命令，设置“添加杂色”对话框，如图 3-405 所示。

（4）执行“图像”→“调整”→“色阶”菜单命令，调整白色大小和密度，如图 3-406 所示。调整后的效果如图 3-407 所示。

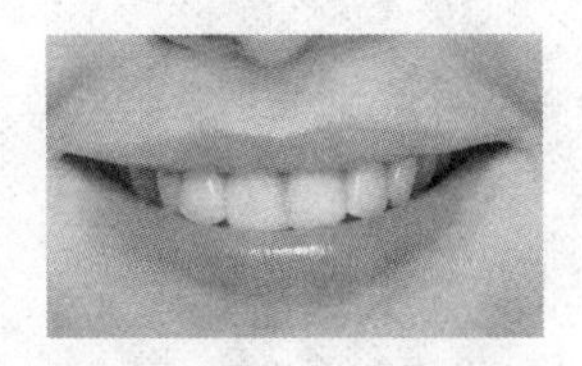

图 3-403　打开图像

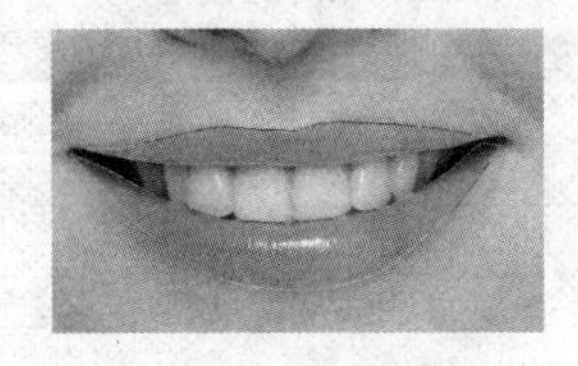

图 3-404　路径效果

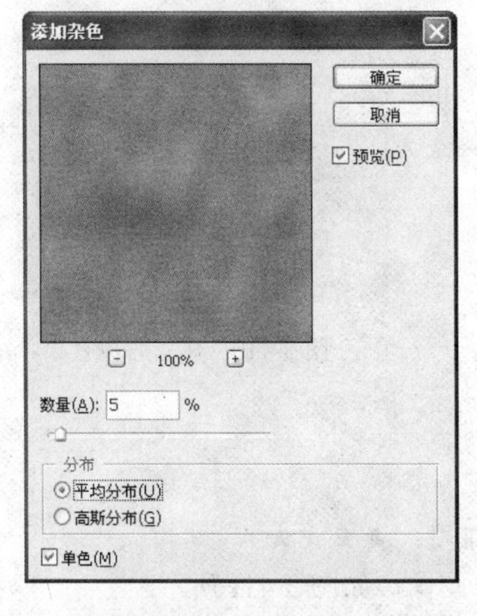

图 3-405　设置“添加杂色”

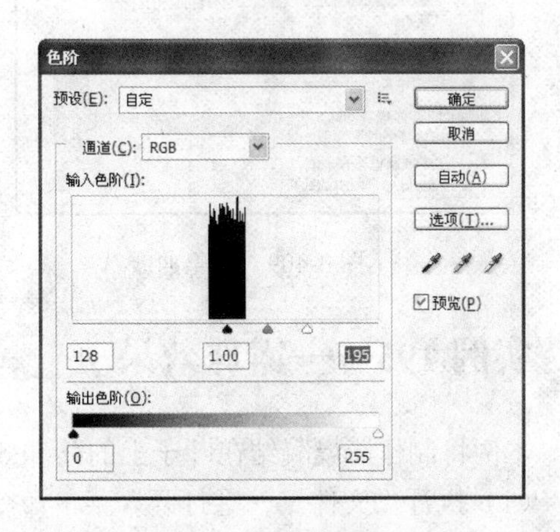

图 3-406　设置“色阶”

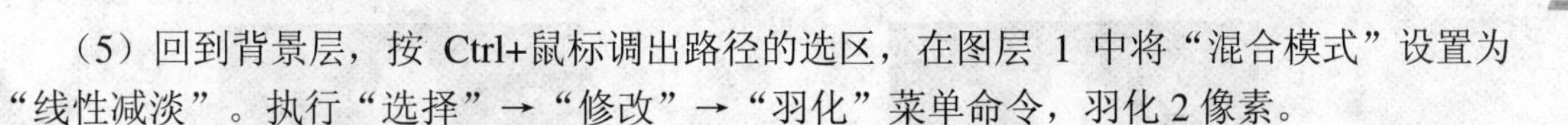

（5）回到背景层，按 Ctrl+鼠标调出路径的选区，在图层 1 中将“混合模式”设置为“线性减淡”。执行“选择”→“修改”→“羽化”菜单命令，羽化 2 像素。

（6）将前景色设置为黑色，背景色设置为白色。为图层 1 添加一个蒙版，使用画笔工具对嘴唇阴影部分进行涂抹，得到如图 3-408 所示的效果。

图 3-407　调整色阶后的效果

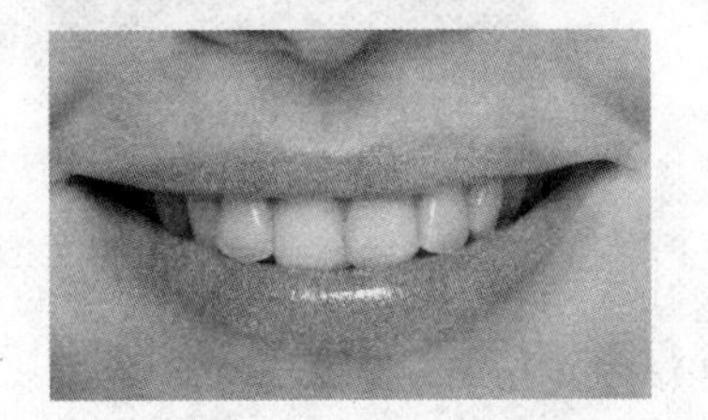

图 3-408　嘴唇效果

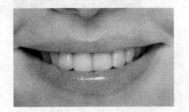

（7）调出嘴唇的路径选区，用 Shift+F6 在此羽化 2 像素，添加一个曲线调整层，调整嘴唇的颜色得到炫彩效果，曲线调整参数如图 3-409 所示。最终效果如图 3-410 所示。

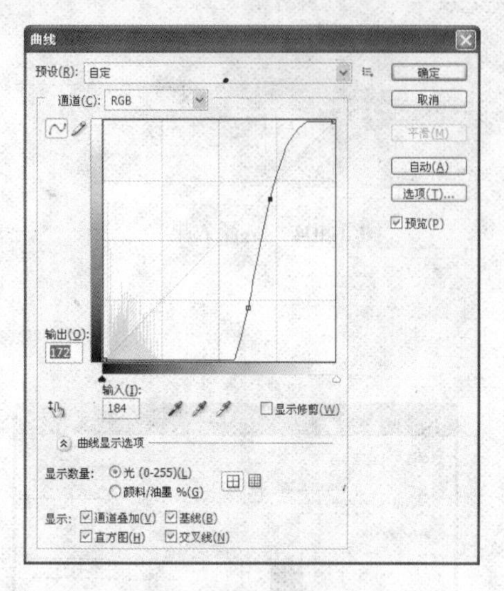

图 3-409　调整曲线

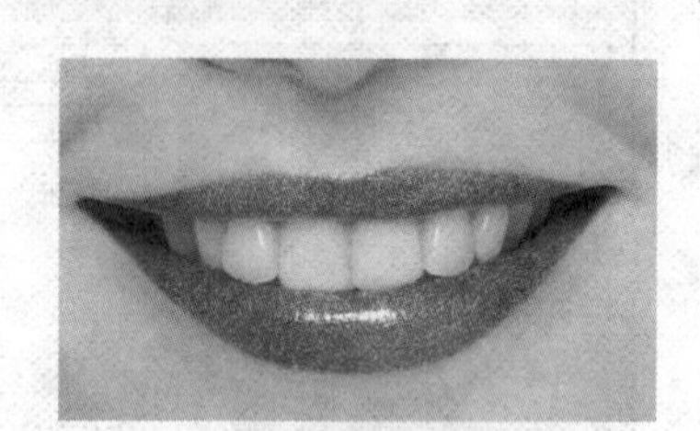

图 3-410　炫彩唇色效果

实例 195——露珠效果

本例将制作清晨凝结在叶子上的露珠效果。（难度：★★★★）

（1）执行“文件”→“打开”菜单命令，打开图像，如图 3-411 所示。

（2）选择椭圆选框工具绘制一个椭圆，如图 3-412 所示。

图 3-411　打开图像

图 3-412　绘制椭圆

（3）按 Ctrl+J 键复制一个图层。两次执行“滤镜”→“扭曲”→“球面化”菜单命令。打开“图层样式”对话框，选择“投影”，设置投影具体参数如图 3-413 所示。

（4）选择“内阴影”，颜色设置为深灰色，具体参数如图 3-414 所示。

（5）将前景色设置为白色，选择画笔工具并调整适当笔尖大小，在露珠上点几笔作为高光效果，如图 3-415 所示。

（6）露珠的效果就完成了。可以在文件中多复制出几个露珠，使画面更加丰满。最终效果如图 3-416 所示。

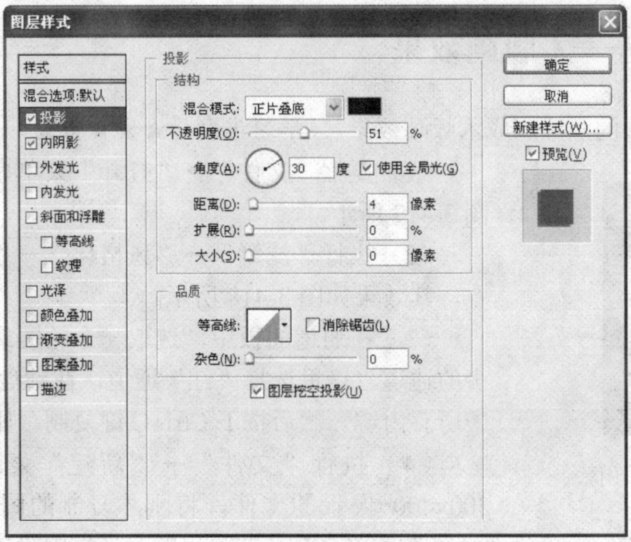

图层样式

样式
混合选项:默认
☑投影
☑内阴影
☐外发光
☐内发光
☐斜面和浮雕
☐等高线
☐纹理
☐光泽
☐颜色叠加
☐渐变叠加
☐图案叠加
☐描边

投影
结构
混合模式: 正片叠底
不透明度(O): 51 %
角度(A): 30 度 ☑使用全局光(G)
距离(D): 4 像素
扩展(R): 0 %
大小(S): 0 像素
品质
等高线: ☐消除锯齿(L)
杂色(N): 0 %
☑图层挖空投影(U)

确定
取消
新建样式(W)...
☑预览(V)

图 3-413　设置“投影”

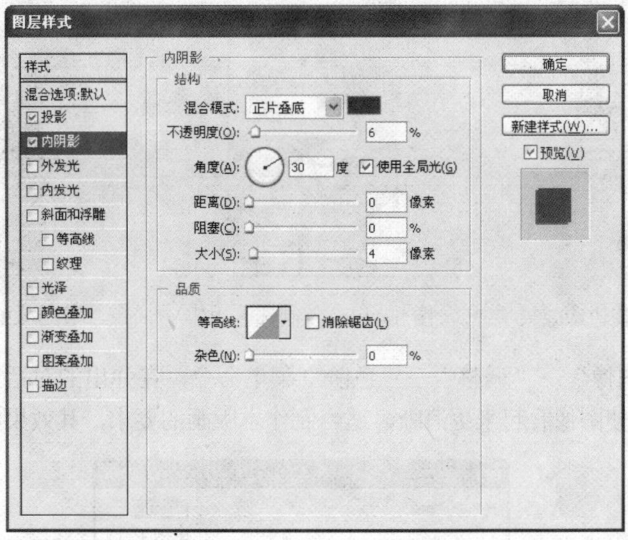

图层样式

样式
混合选项:默认
☑投影
☑内阴影
☐外发光
☐内发光
☐斜面和浮雕
☐等高线
☐纹理
☐光泽
☐颜色叠加
☐渐变叠加
☐图案叠加
☐描边

内阴影
结构
混合模式: 正片叠底
不透明度(O): 6 %
角度(A): 30 度 ☑使用全局光(G)
距离(D): 0 像素
阻塞(C): 0 %
大小(S): 4 像素
品质
等高线: ☐消除锯齿(L)
杂色(N): 0 %

确定
取消
新建样式(W)...
☑预览(V)

图 3-414　设置“内阴影”

图 3-415　高光效果

图 3-416　露珠效果

实例 196——木版画效果

本例将小女孩的照片制成木版画效果。（学习难度：★★★★★）

图 3-417　打开图像

（1）执行“文件”→“打开”菜单命令，打开图像，如图 3-417 所示。

（2）执行“滤镜”→“风格化”→“查找边缘”菜单命令，其效果如图 3-418 所示。

（3）在通道面板中，选取一个轮廓最清晰、图像层次最少的通道，这里选择“红”通道，在键盘上按下 Ctrl+A 键选中所有内容，然后按下 Ctrl+C 键复制，如图 3-419 所示。

（4）执行“文件”→“新建”菜单命令，新建一个 300×400 像素的文件，将刚才复制的图片粘贴进来，执行“图像”→“调整”→“色调分离”菜单命令，在弹出的对话框中设置“色阶”为 6，其效果如图 3-420 所示。

图 3-418　查找边缘效果

图 3-419　复制选区内容

图 3-420　色调分离效果

（5）执行“图像”→“调整”→“色阶”菜单命令，在弹出的对话框中进行参数设置，如图 3-421 所示，使图像看起来更清晰，适合制作木版画的要求，其效果如图 3-422 所示。

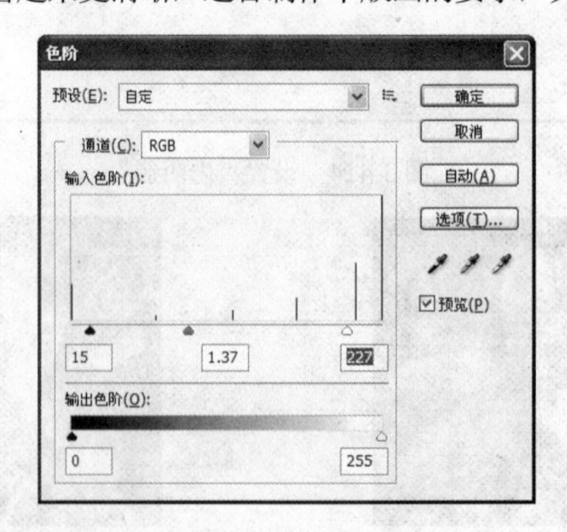

图 3-421　色阶参数设置

（6）在工具箱中选择橡皮擦工具，将图像中人物主体以外不需要的部分擦掉，如图 3-424 所示。

（7）在工具箱中选择矩形选框工具，在靠近图像边缘的地方选中图像，如图 3-425 所示。

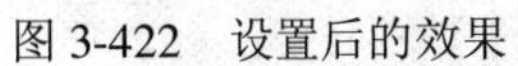

图 3-422　设置后的效果　　图 3-423　修改后的图像效果　　图 3-424　选中图像内容

（8）执行“选择”→“反选”菜单命令，用 Delete 键删除选框中的内容，然后再执行“反选”菜单命令，结果如图 3-425 所示。

（9）执行“编辑”→“描边”菜单命令，在弹出的对话框中设置“宽度”为 8 像素，颜色为黑色，如图 3-426 所示。

图 3-425　删除后的效果

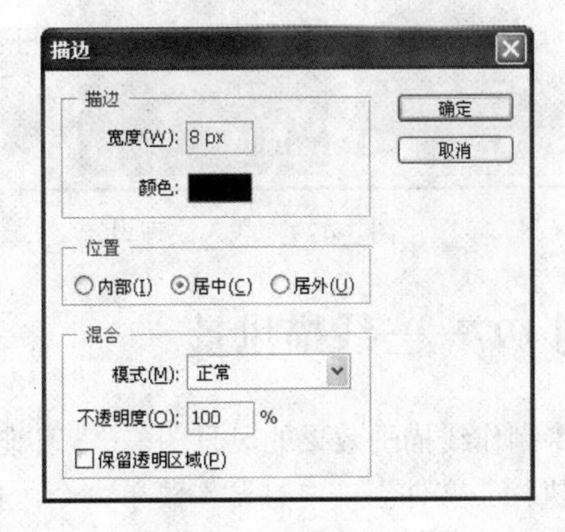

图 3-426　设置“描边”

（10）描完边后将该图像保存为 psd 格式，以备下一步用于纹理载入。

（11）执行“文件”→“打开”菜单命令，打开木纹素材图片，如图 3-427 所示。

（12）执行“文件”→“新建”菜单命令，新建一个同样的 300×400 像素的文件，使用移动工具将素材图片拖曳到当前文件中，按下 Ctrl+T 键调整素材图片，使之和当前文件的大小相同，如图 3-428 所示。

（13）执行“滤镜”→“纹理”→“纹理化”菜单命令，在弹出的对话框中选择“载入纹理”，将刚才保存的美女轮廓载入进来，同时对其参数进行设置，如图 3-429 所示。最终效果如图 3-430 所示。

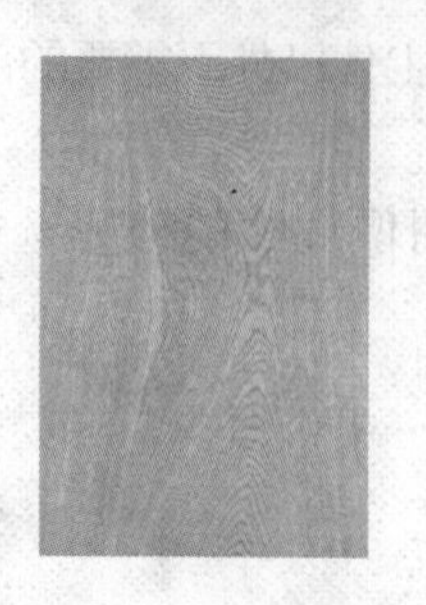

图 3-427　打开素材图像

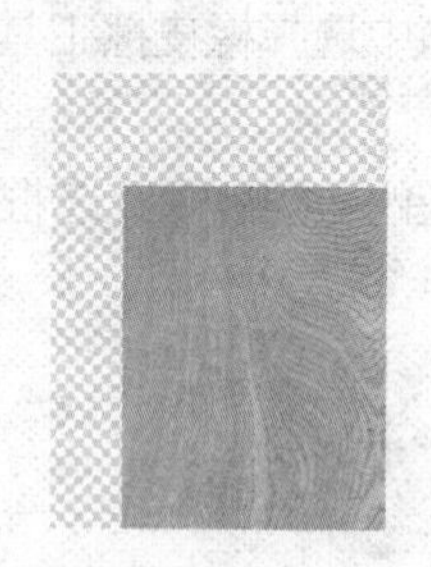

图 3-428　调整素材图片大小

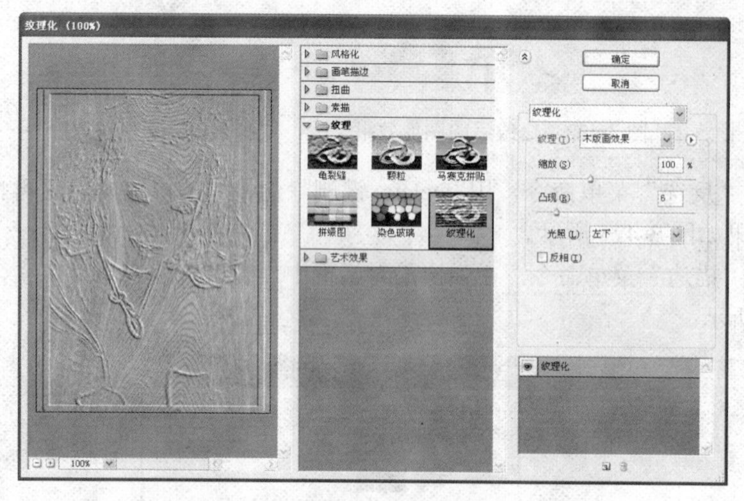

图 3-429　载入纹理设置

图 3-430　木版画效果

实例 197——线描风景

本例将制作线描画效果的风景图。（学习难度：★★★★）

（1）执行“文件”→“打开”菜单命令，打开图像，如图 3-431 所示。

（2）复制背景层为背景副本。执行“图像”→“调整”→“去色”菜单命令，得到图像的黑白效果，如图 3-432 所示。

（3）执行“图像”→“调整”→“亮度/对比度”菜单命令，设置参数如图 3-433 所示。设置后的效果如图 3-434 所示。

图 3-431　打开图像

图 3-432　黑白效果

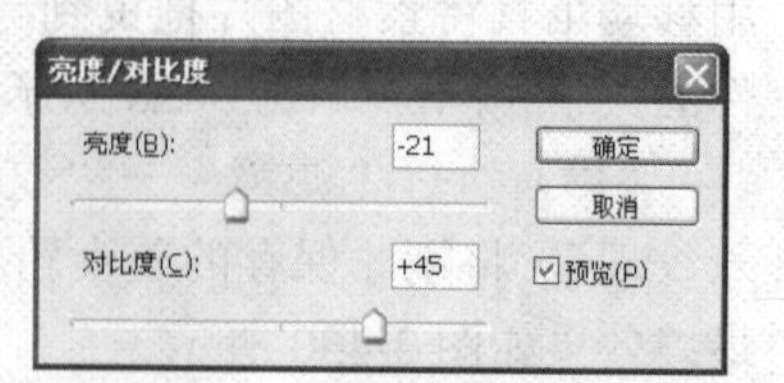

图 3-433　设置“亮度/对比度”

（4）复制背景副本为背景副本 2。执行“滤镜”→“模糊”→“特殊模糊”菜单命令，设置参数如图 3-435 所示。设置后的效果如图 3-436 所示。

图 3-434　亮度/对比度效果

图 3-435　设置“特殊模糊”

图 3-436　特殊模糊效果

（5）执行“图像”→“调整”→“反相”菜单命令，如图 3-437 所示。然后将背景副本 2 图层的“混合模式”设置为“正片叠底”就可以了。最终效果如图 3-438 所示。

图 3-437　反相效果

图 3-438　线描风景效果

实例 198——溶洞效果

对于溶洞的制作，首先要体现出岩石被水长期侵蚀的效果。（学习难度：★★★★）

（1）执行“文件”→“新建”菜单命令，建立一个 RGB 图像文件，设置其宽度和高度均为 500 像素，分辨率为 300 像素/英寸。

（2）按 D 键恢复默认颜色设置，并填充白色。执行“滤镜”→“渲染”→“云彩”菜单命令，然后多次执行分层云彩滤镜命令，得到如图 3-439 所示的效果。

（3）执行“滤镜”→“风格化”→“风”菜单命令，设置参数如图 3-440 所示。

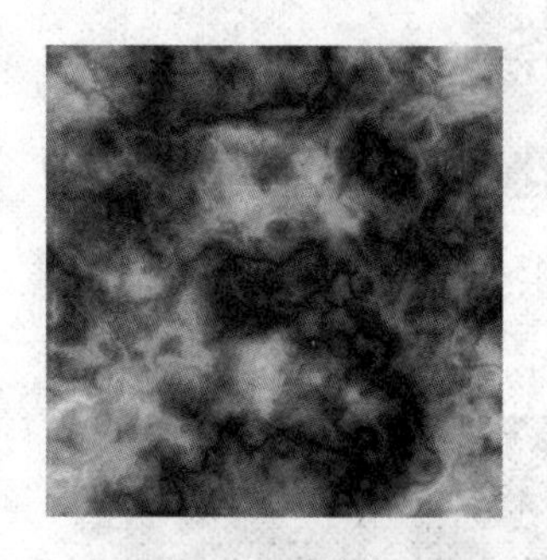

图 3-439　分层云彩效果

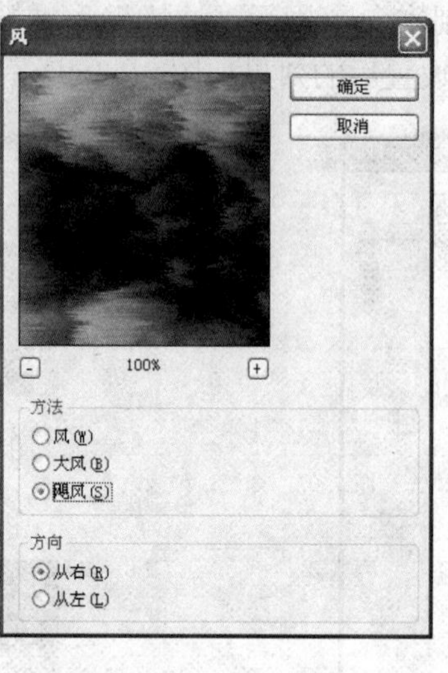

图 3-440　设置“风”

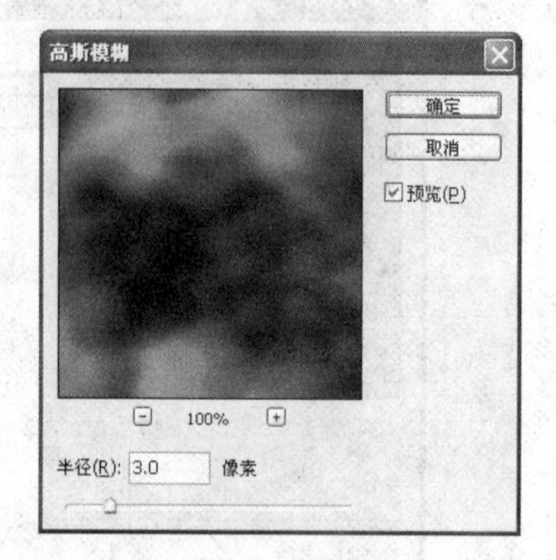

图 3-441　设置“高斯模糊”

图 3-442　图像旋转

（4）执行“滤镜”→“模糊”→“高斯模糊”菜单命令，设置参数如图 3-441 所示。

（5）执行“图像”→“图像旋转”→“90 度（逆时针）”菜单命令，如图 3-442 所示。

（6）执行“滤镜”→“渲染”→“光照效果”菜单命令，设置参数如图 3-443 所示，其效果如图 3-444 所示。

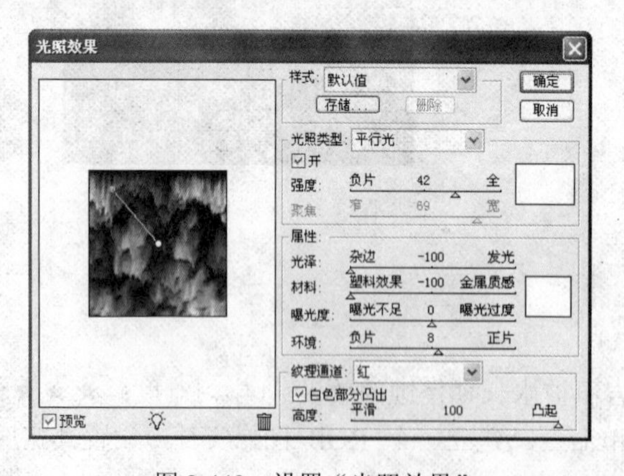

图 3-443　设置“光照效果”

图 3-444　光照效果

（7）为溶洞添加纹理。执行“滤镜”→“纹理”→“纹理化”菜单命令，设置参数如图 3-445 所示。最终效果如图 3-446 所示。

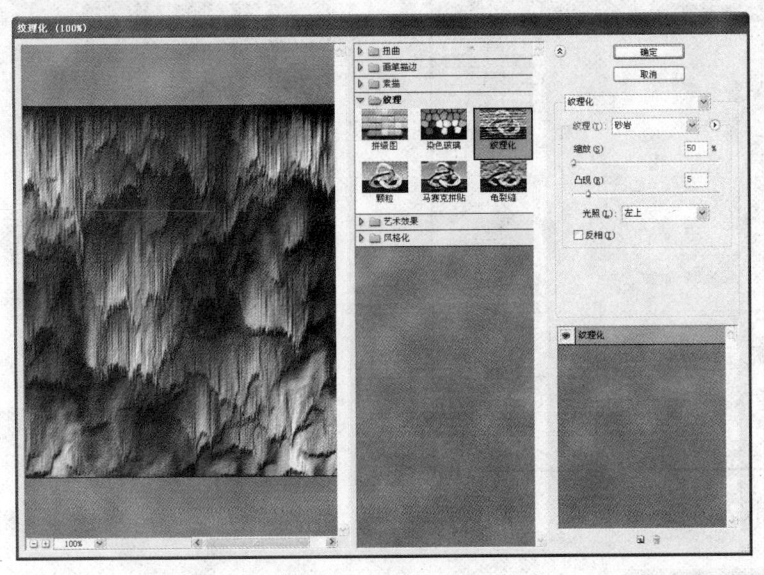

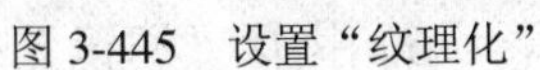
图 3-445　设置“纹理化”

图 3-446　溶洞效果

实例 199——水印效果

网络中为了防止图片被盗链，常常在图片上加盖水印，以证明它的所属。本例将为图片添加水印效果。（学习难度：★★★★）

（1）执行“文件”→“打开”菜单命令，打开图像，如图 3-447 所示。

（2）选择横排文字工具，输入文字，如图 3-448 所示。

图 3-447　打开图像

图 3-448　输入文字

（3）打开“图层样式”对话框，选择“斜面和浮雕”，设置参数如图 3-449 所示。

（4）将文字层的“填充”设置为 0，得到如图 3-450 所示的效果。

（5）新建图层 1，使用矩形选框工具绘制一个矩形，并填充颜色“R:255;G:145;B:8”，如图 3-451 所示。

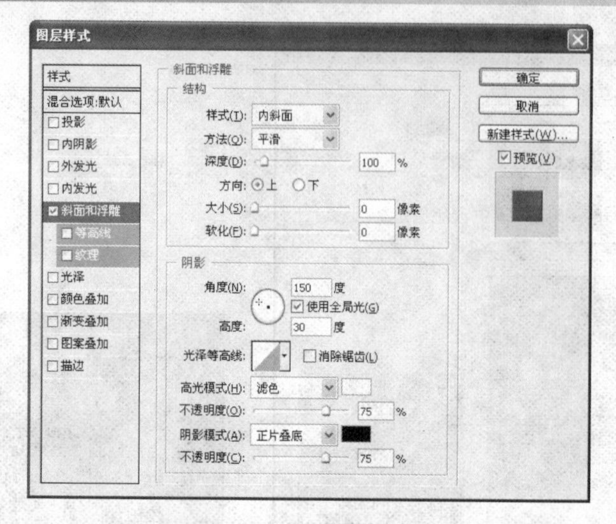

图 3-449　设置“斜面和浮雕”

图 3-450　文字效果

图 3-451　填充矩形

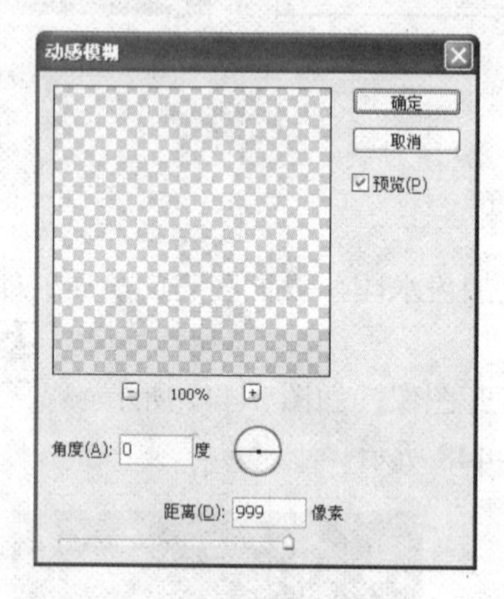

图 3-452　设置“动感模糊”

（6）执行“滤镜”→“模糊”→“动感模糊”菜单命令，设置参数如图 3-452 所示。最终效果如图 3-453 所示。

图 3-453　水印效果

实例 200——图案放射效果

本例将利用图案制作放射效果。（学习难度：★★★★）

图 3-454　填充图案

（1）执行“文件”→“新建”菜单命令，建立一个 RGB 图像文件，设置其宽度为 500 像素，高度为 500 像素，分辨率为 300 像素/英寸。

（2）新建图层 1，填充白色。执行“编辑”→“填充”菜单命令，填充一种系统自带的图案，如图 3-454 所示。

（3）执行“滤镜”→“扭曲”→“极坐标”菜单命令，选择“平面坐标到极坐标”，如图 3-455 所示。

（4）执行“滤镜”→“扭曲”→“挤压”菜单命令 4 次，并设置“数量”为 100，其效果如图 3-456 所示。

（5）执行“滤镜”→“扭曲”→“球面化”菜单命令 5 次，并设置“数量”为–100。最终效果如图 3-457 所示。

图 3-455　极坐标效果

图 3-456　挤压效果

图 3-457　图案放射效果

实例 201——画布效果

本例将利用图像和滤镜制作画布效果。（学习难度：★★★★）

（1）执行“文件”→“打开”菜单命令，打开风景图像，如图 3-458 所示。

（2）复制背景层，执行“滤镜”→“纹理”→“纹理化”菜单命令，设置参数如图 3-459 所示，得到图像的纹理效果如图 3-460 所示。

图 3-458　打开图像

图 3-459　设置“纹理化”

（3）复制背景副本层，执行“滤镜”→“画笔描边”→“阴影线”菜单命令，设置参数如图 3-461 所示，得到阴影线效果如图 3-462 所示。

（4）将背景副本 2 图层的混合模式设置为“叠加”，然后将不透明度设置为 50%。最终效果如图 3-463 所示。

图 3-460　纹理效果

图 3-461　设置“阴影线”

图 3-462　阴影线效果

图 3-463　画布效果

实例 202——画笔描边效果

本例将利用画笔描边滤镜制作照片的风格化效果 。（学习难度：★★★★）

（1）执行“文件”→“打开”菜单命令，打开图像，如图 3-464 所示。

（2）选择椭圆选框工具，绘制一个椭圆，如图 3-465 所示。

图 3-464　打开图像

图 3-465　绘制椭圆

（3）在通道面板中新建通道 1，执行“选择”→“修改”→“羽化”菜单命令，如图 3-466 所示。羽化后填充为白色，如图 3-467 所示。

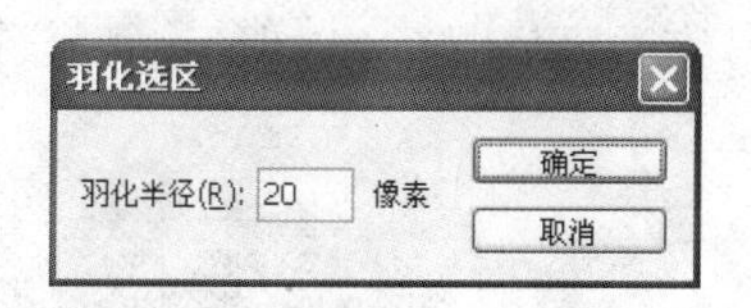

图 3-466　设置“半径羽化”

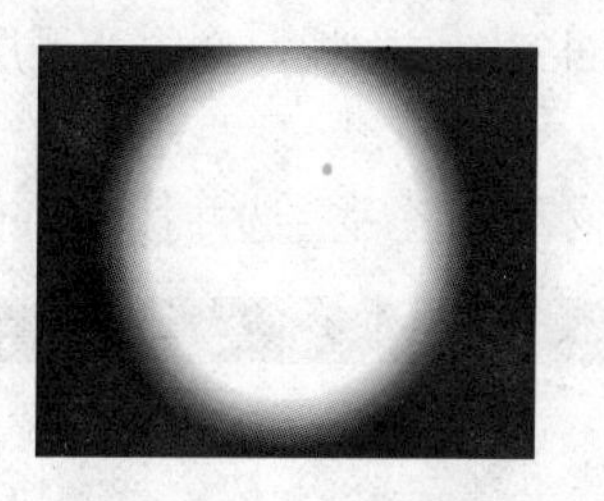

图 3-467　填充颜色

（4）执行“滤镜”→“杂色”→“添加杂色”菜单命令，设置参数如图 3-468 所示。添加杂色效果如图 3-469 所示。

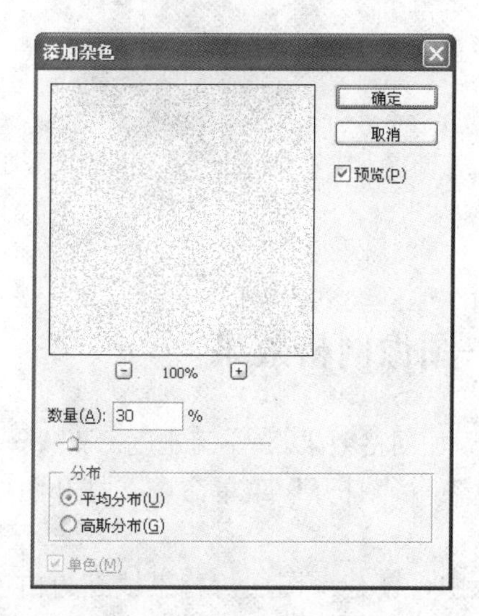

图 3-468　设置“添加杂色”

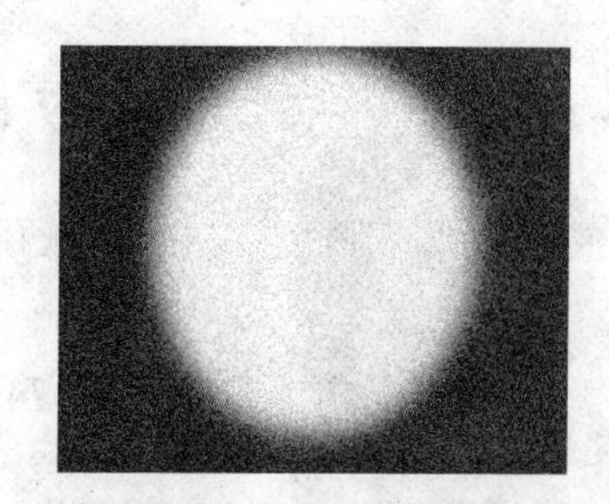

图 3-469　添加杂色效果

（5）执行“滤镜”→“画笔描边”→“成角的线条”菜单命令，设置参数如图 3-470 所示，成角的线条效果如图 3-471 所示。

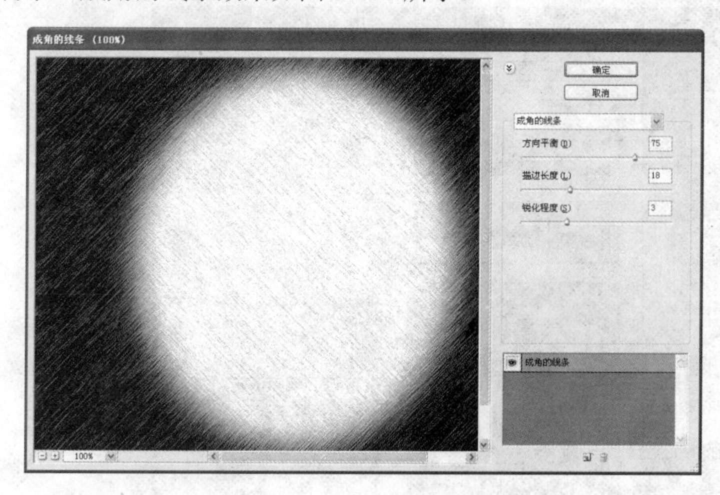

图 3-470　设置“成角的线条”

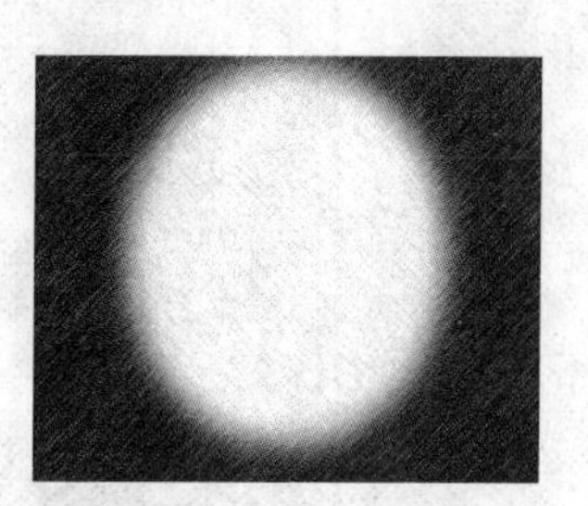

图 3-471　成角的线条效果

（6）回到图层面板，选中背景层，执行“选择”→“载入选区”菜单命令，如图 3-472 所示。

（7）载入选区后反选并按 Delete 键删除。最终效果如图 3-473 所示。

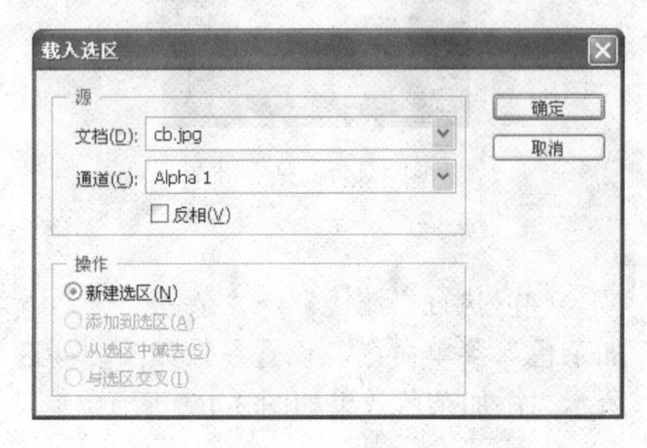

图 3-472　载入选区

图 3-473　画笔描边效果

实例 203——图像网格效果

图 3-474　打开图像

本例实现为图像添加网格效果。（学习难度：★★★★）

（1）执行“文件”→“打开”菜单命令，打开图像，如图 3-474 所示。

（2）在图层面板中，新建一图层，背景填充为白色，执行“滤镜”→“纹理”→“拼缀图”菜单命令，在弹出的对话框中设置“方形大小”为 2，“凸起”为 0，如图 3-475 所示，其效果如图 3-476 所示。

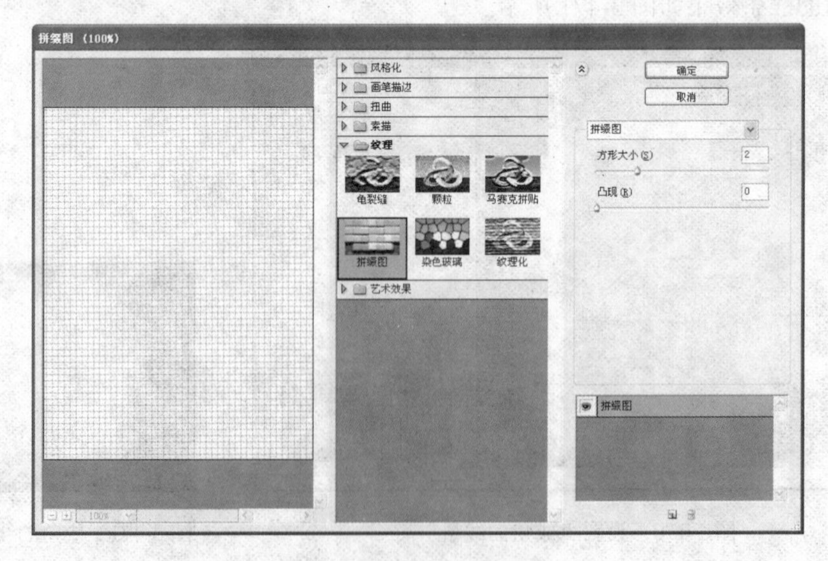

图 3-475　设置“拼缀图”

（3）在图层面板中，将图层的“混合模式”设置为“颜色加深”，“不透明度”为75%，如图 3-477 所示。最终效果如图 3-478 所示。

图 3-476　设置后的效果

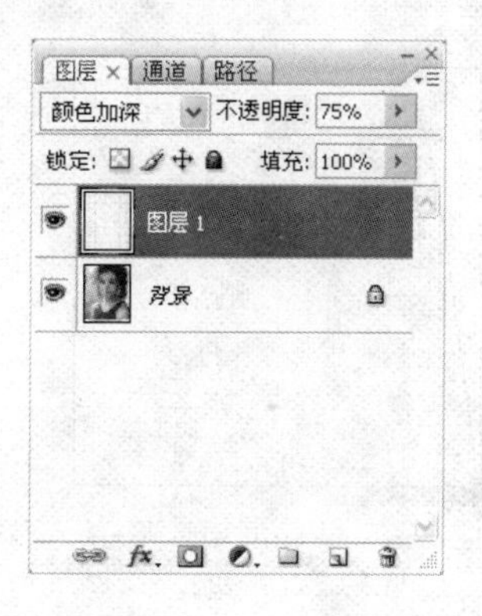

图 3-477　图层面板

图 3-478　图像网格效果

实例 204——金属拉丝效果

本例实现金属拉丝效果，体现出金属的质感效果。（学习难度：★★★★）

（1）执行“文件”→“新建”菜单命令，新建一个 500×200 像素的文件，颜色模式为 RGB，如图 3-479 所示。

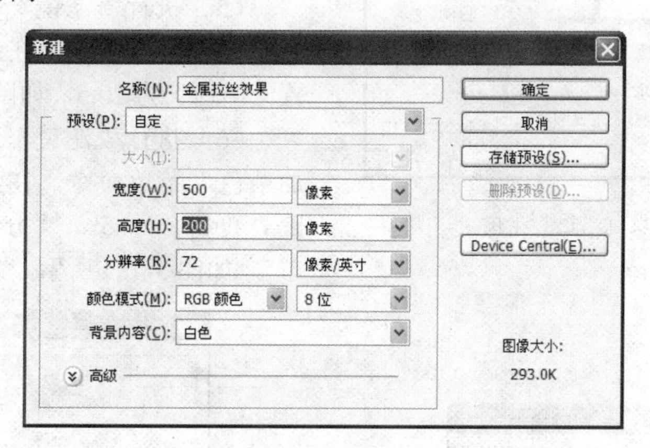

图 3-479　新建文件

（2）新建图层，执行“滤镜”→“渲染”→“云彩”菜单命令，如图 3-480 所示。

图 3-480　云彩效果

（3）执行“图像”→“调整”→“曲线”菜单命令，在弹出的对话框中设置参数值，如图 3-481 所示。

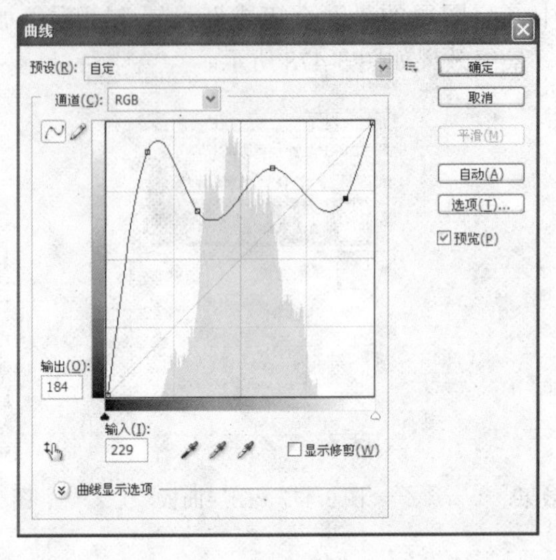

图 3-481　设置“曲线”

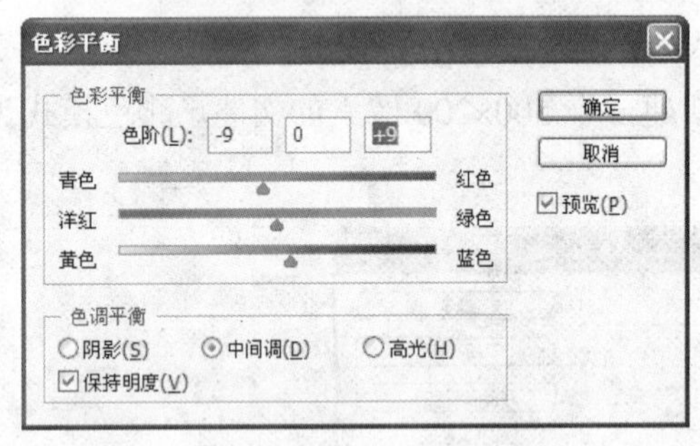

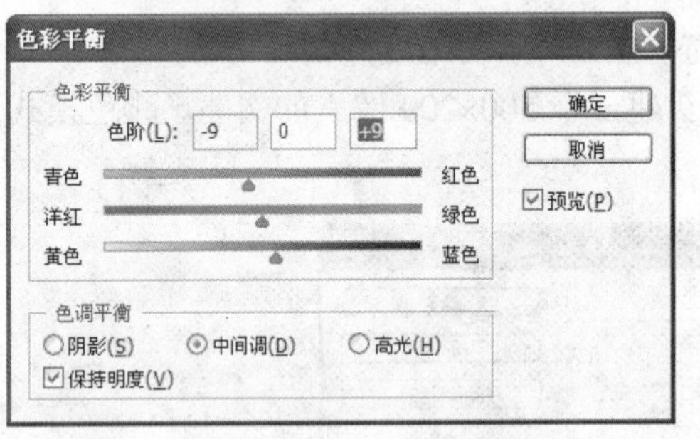

图 3-482　设置“色彩平衡”

（4）执行“图像”→“调整”→“色彩平衡”菜单命令，在弹出的对话框中对图层进行色彩调整，如图 3-482 所示。

（5）执行“滤镜”→“模糊”→“高斯模糊”菜单命令，在弹出的对话框中设置“半径”为 20.5，如图 3-483 所示。

（6）执行“滤镜”→“杂色”→“添加杂色”菜单命令，在弹出的对话框中设置“数量”为 5%，“分布”选为“平均分布”，如图 3-484 所示。

图 3-483　设置“高斯模糊”

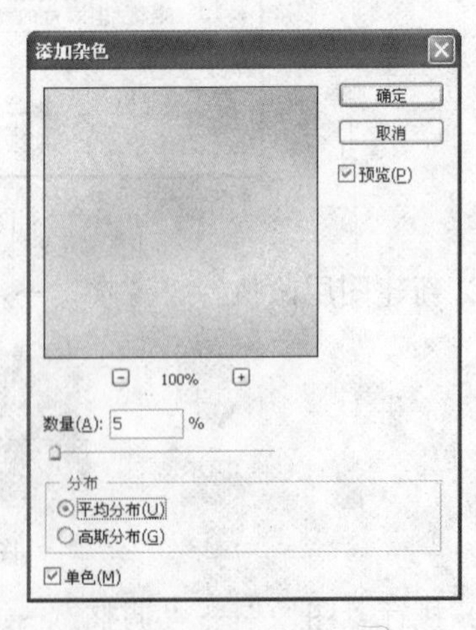

图 3-484　设置“添加杂色”

（7）执行“滤镜”→“模糊”→“动感模糊”菜单命令，在弹出的对话框中设置“角度”为 0，“距离”为 10，如图 3-485 所示。

（8）执行“滤镜”→“锐化”→“USM 锐化”菜单命令，在弹出的对话框中对参数进行设置，如图 3-486 所示。

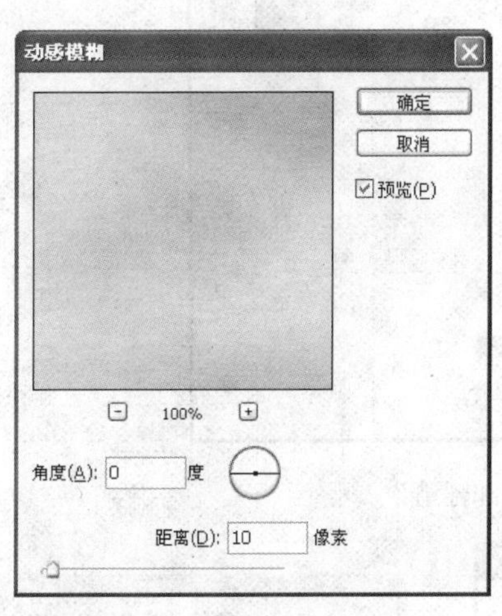

图 3-485　设置“动感模糊”

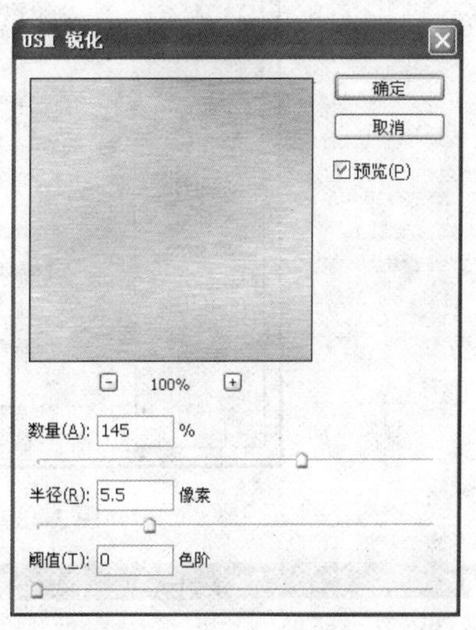

图 3-486　设置“USM 锐化”

操作技巧：

锐化滤镜可以去除图像的杂质，对于扫描不清楚的图片可以进行锐化处理。

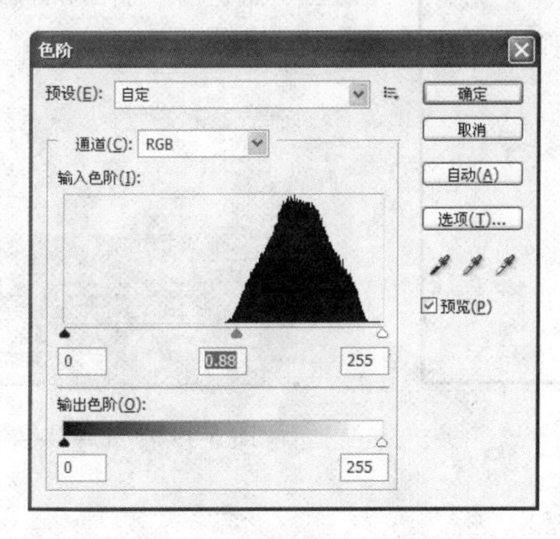

图 3-487　设置“色阶”

（9）执行“图像”→“调整色阶”菜单命令，在弹出的对话框中设置参数值，如图 3-487 所示，得到的效果如图 3-488 所示。

图 3-488　色阶效果

（10）执行“图层”→“图层样式”→“斜面和浮雕”菜单命令，在弹出的对话框中对参数进行设置，如图 3-489 所示，得到的效果如图 3-490 所示。

（11）在工具箱中选择文字工具，在金属板上输入文字，字体为黑体，大小为 72 点，颜色为黑色，输入完以后执行“图层”→“图层样式”→“图案叠加”菜单命令，在弹出的对话框中设置参数值，如图 3-491 所示，得到的效果如图 3-492 所示。

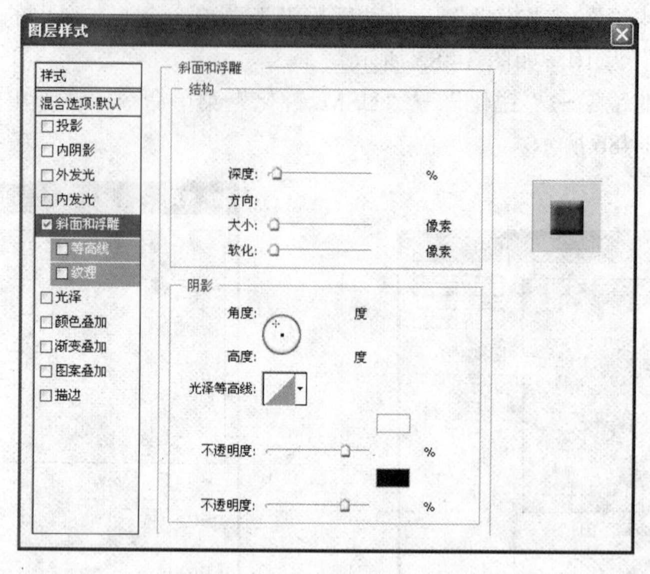

图 3-489 设置“斜面和浮雕”

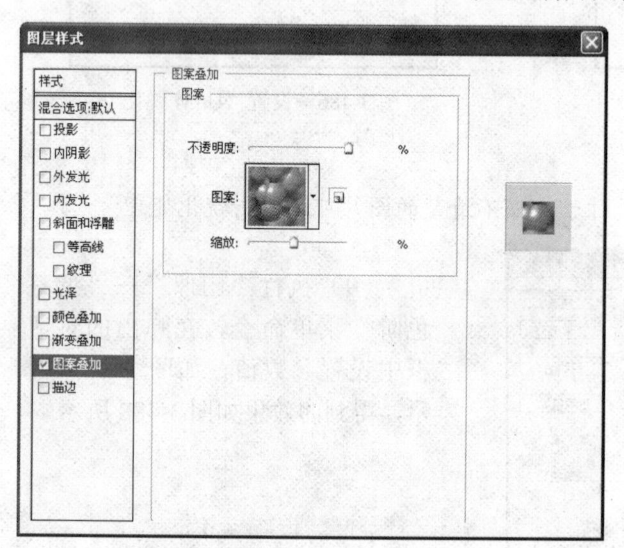

图 3-491 设置“图案叠加”

图 3-490 斜面和浮雕效果

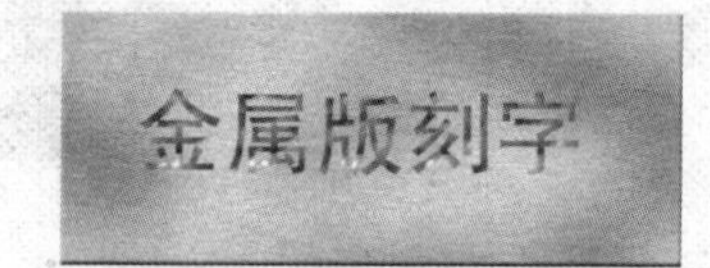

图 3-492 金属拉丝效果

实例 205——星云效果

本例将制作星球周围的星云效果。（学习难度：★★★★）

（1）执行“文件”→“新建”菜单命令，建立一个 RGB 图像文件，设置其宽度为 500 像素，高度为 500 像素，分辨率为 300 像素/英寸。

（2）将背景填充为黑色。新建图层 1，前景色设置为白色，使用画笔工具绘制一条直线，稍细一些，如图 3-493 所示。

（3）执行“滤镜”→“风格化”→“风”菜单命令 2 次，选择“大风”，方向为“从右”，其效果如图 3-494 所示。

（4）执行“滤镜”→“模糊”→“动感模糊”菜单命令，设置“角度”为 0，“距离”为 21，其效果如图 3-495 所示。

（5）将图像按 Ctrl+T 键顺时针旋转 90 度，如图 3-496 所示。

图 3-493 绘制直线

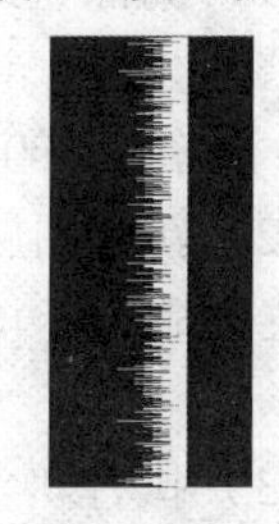

图 3-494 风效果

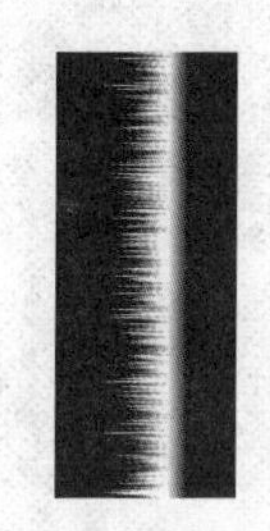

图 3-495 动感模糊效果

（6）执行“滤镜”→“扭曲”→“极坐标”菜单命令，选择“平面坐标到极坐标”，其效果如图 3-497 所示。

（7）新建图层 2，选择椭圆选框工具绘制一个正圆，设置前景色为“R:21;G:120;B:222”，背景色为白色，选择渐变工具，径向渐变效果如图 3-498 所示。

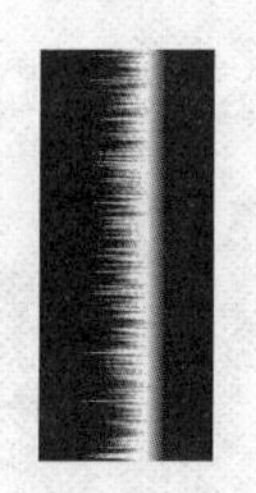

图 3-496 旋转图像

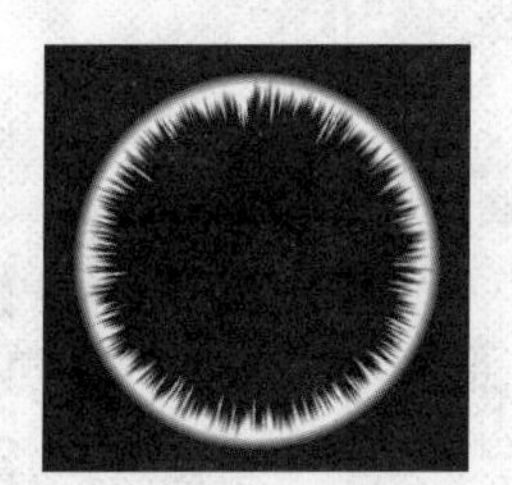

图 3-497 极坐标效果

图 3-498 径向渐变效果

（8）新建图层 3，按 D 键恢复默认颜色设置。执行“滤镜”→“渲染”→“云彩”菜单命令，并将图层的“混合模式”设置为“叠加”。按 Ctrl 键单击图层 2，调出选区，反选并删除得到星球效果如图 3-499 所示。合并图层 2 和图层 3。

（9）在图层 1 中按 Ctrl+T 键选择“透视和斜切”，对星云形状进行调整。然后执行“滤镜”→“模糊”→“动感模糊”菜单命令，设置“角度”为 0，“距离”为 13，其效果如图 3-500 所示。

（10）复制图层 1，按 Ctrl+T 键缩小星云，得到最终效果如图 3-501 所示。

图 3-499 星球效果

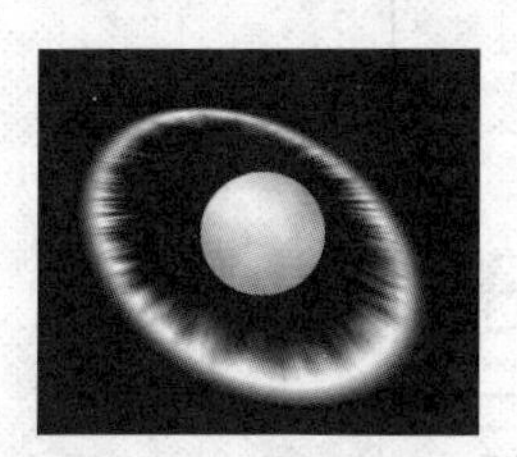

图 3-500 调整星云

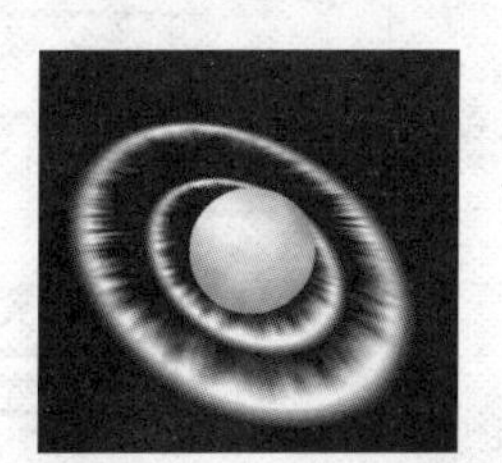

图 3-501 星云效果

实例 206——扭曲图像效果

本例将利用波浪滤镜制作扭曲效果。（学习难度：★★★★）

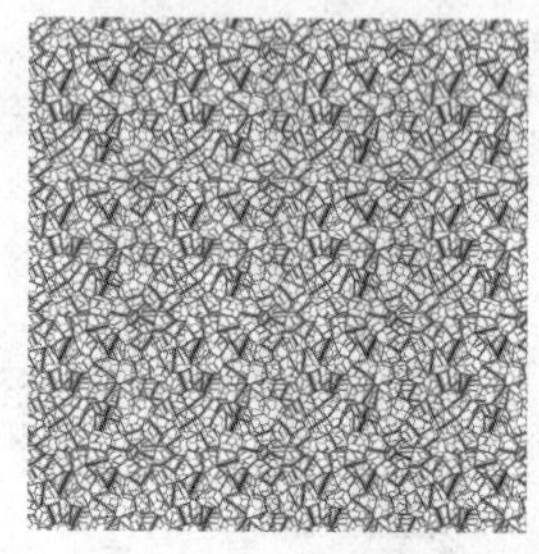

图 3-502　填充图案

（1）执行“文件”→“新建”菜单命令，建立一个 RGB 图像文件，设置其宽度为 500 像素，高度为 500 像素，分辨率为 300 像素/英寸。

（2）新建图层 1，填充白色。执行“编辑”→“填充”菜单命令，填充一种系统自带的图案，如图 3-502 所示。

（3）执行“滤镜”→“扭曲”→“波浪”菜单命令，设置参数如图 3-503 所示。

（4）执行波浪滤镜 5 次，得到如图 3-504 所示的效果。

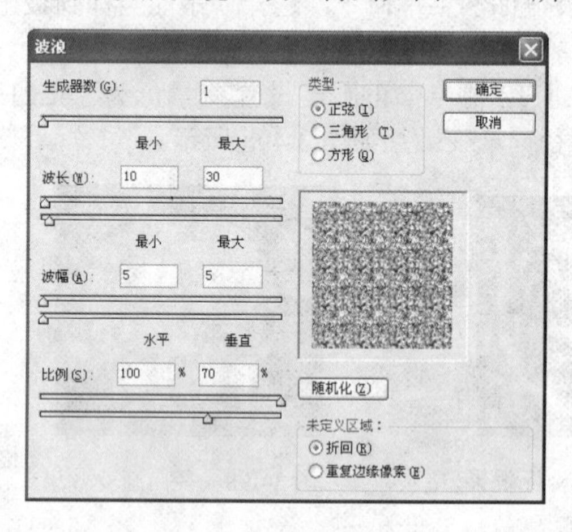

图 3-503　设置“波浪”

图 3-504　波浪效果

（5）执行“图像”→“调整”→“色相/饱和度”菜单命令，设置参数如图 3-505 所示。得到最终效果如图 3-506 所示。

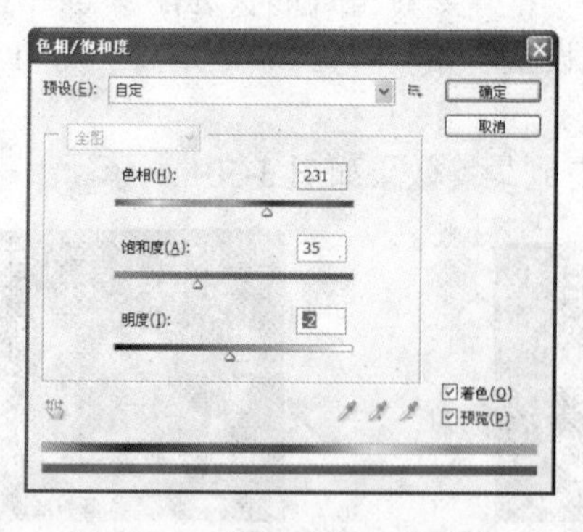

图 3-505　设置“色相/饱和度”

图 3-506　扭曲图像效果

实例 207——旋转效果

本例将实现光晕的旋转效果。（学习难度：★★★）

（1）执行“文件”→“新建”菜单命令，新建一个 400×400 像素的文件，背景色为黑色，颜色模式为 RGB，如图 3-507 所示。

（2）执行“滤镜”→“渲染”→“镜头光晕”菜单命令，在弹出的对话框中设置“亮度”为 100%，“镜头类型”为“电影镜头”，如图 3-508 所示。

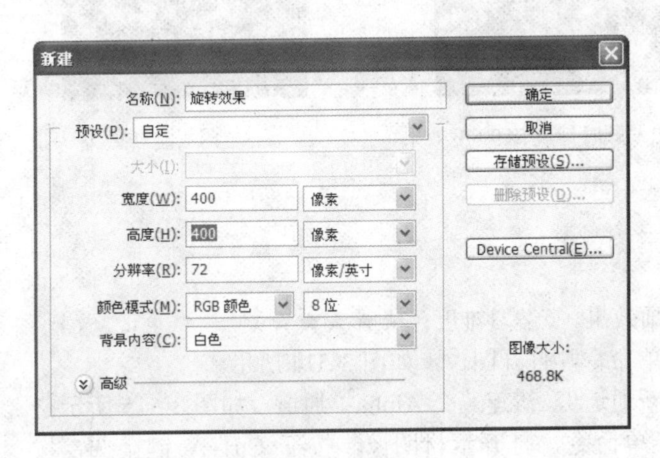

图 3-507　新建文件

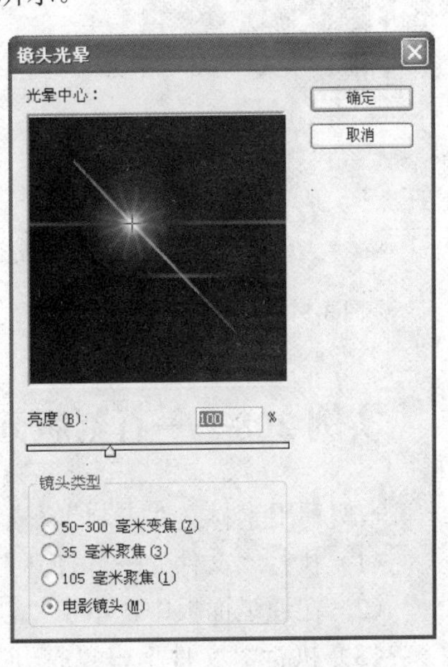

图 3-508　设置“镜头光晕”

（3）执行“滤镜”→“扭曲”→“极坐标”菜单命令，在弹出的对话框中选择“平面坐标到极坐标”，如图 3-509 所示，其效果如图 3-510 所示。

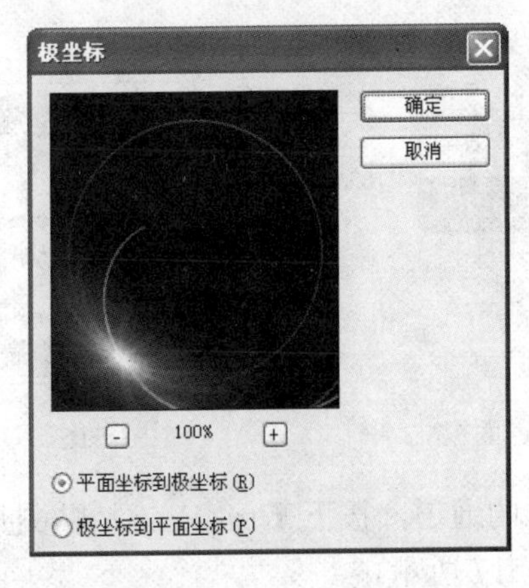

图 3-509　设置“极坐标”

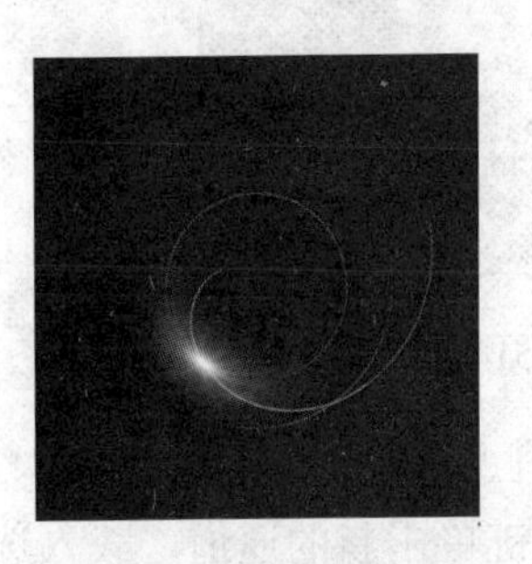

图 3-510　极坐标效果

（4）在键盘上按下 Ctrl+J 键复制图层，将图层的“混合模式”设置为“滤色”，如图 3-511 所示。

（5）执行“编辑”→“变换”→“旋转 90 度（顺时针）”菜单命令，将图像顺时针旋转 90 度，其效果如图 3-512 所示。

（6）用同样的方法再制作两个，得到最终效果如图 3-513 所示。

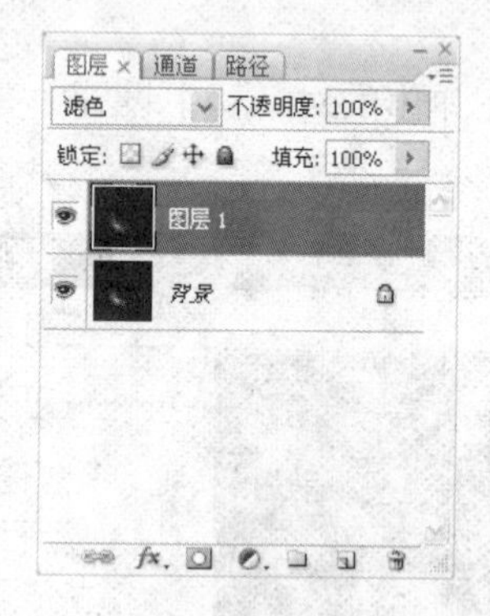

图 3-511 图层面板

图 3-512 顺时针旋转 90 度效果

图 3-513 旋转效果

实例 208——石刻版画

本例利用素材文件来制作石刻版画效果。（学习难度：★★★★★）

（1）执行“文件”→“打开”菜单命令，打开图像，如图 3-514 所示。

（2）在通道面板中，单击“创建新通道”，新建一个 Alpha 1 通道，如图 3-515 所示。

（3）执行“文件”→“打开”菜单命令，打开素材图像，按下 Ctrl+A 键全选，按 Ctrl+C 键复制该图像，如图 3-516 所示。

图 3-514 打开图像

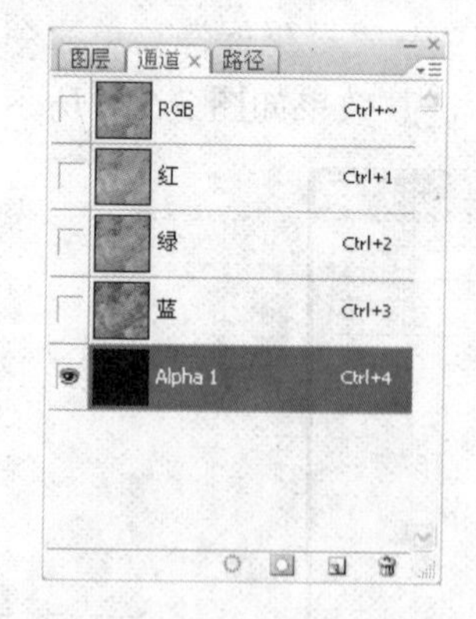

图 3-515 通道面板

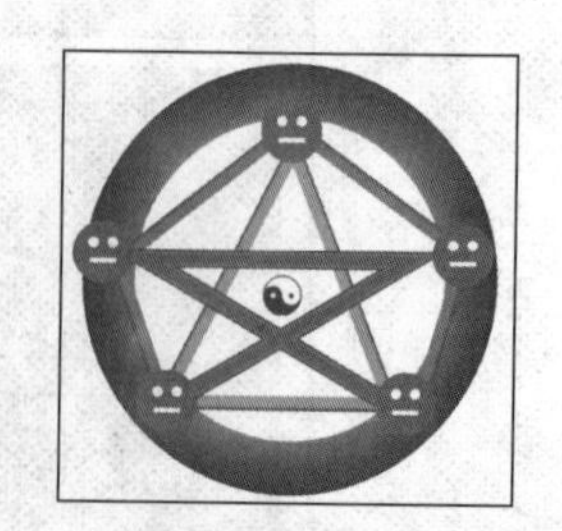

图 3-516 复制图像

（4）回到刚才打开的文档窗口，选择新建立的通道，按下 Ctrl+V 键粘贴图片，然后按住 Ctrl 键单击新的通道，载入选 2 区，如图 3-517 所示。

（5）回到图层面板，单击“创建新的填充或调整图层”按钮，在弹出的菜单中选择“色阶”命令，在弹出的对话框中设置参数值，如图 3-518 所示。

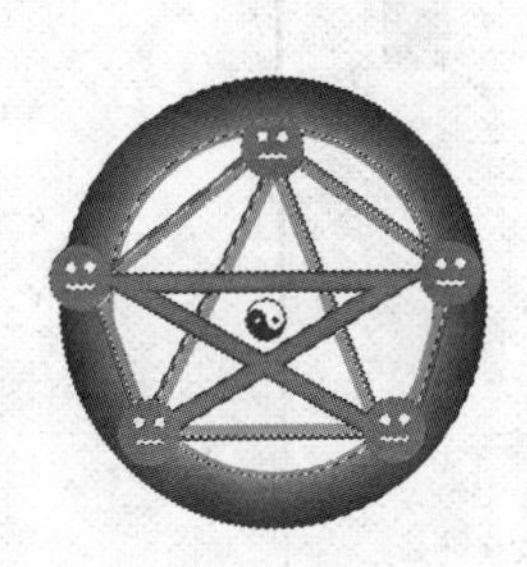

图 3-517　载入选区

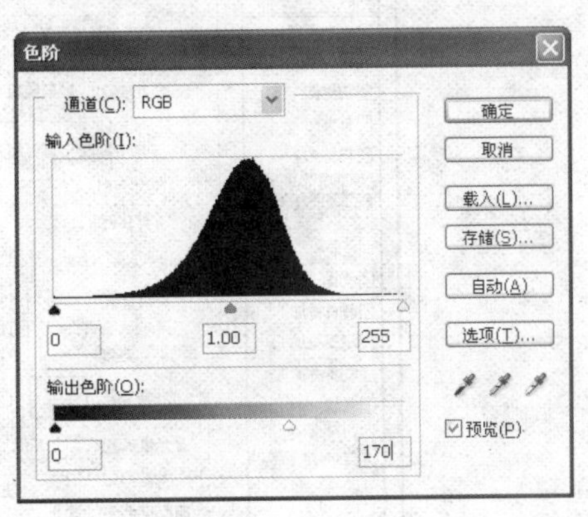

图 3-518　设置“色阶”

（6）执行“图层”→“图层样式”→“内阴影”菜单命令，在弹出的对话框中设置参数值，如图 3-519 所示。

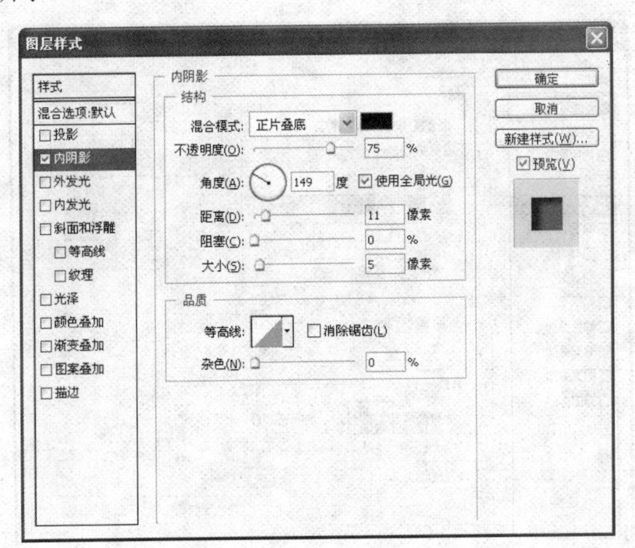

图 3-519　设置“内阴影”

（7）执行“图层”→“图层样式”→“斜面和浮雕”菜单命令，在弹出的对话框中设置参数值，如图 3-520 所示。

（8）执行“图层”→“图层样式”→“内发光”菜单命令，在弹出的对话框中设置参数值，如图 3-521 所示。

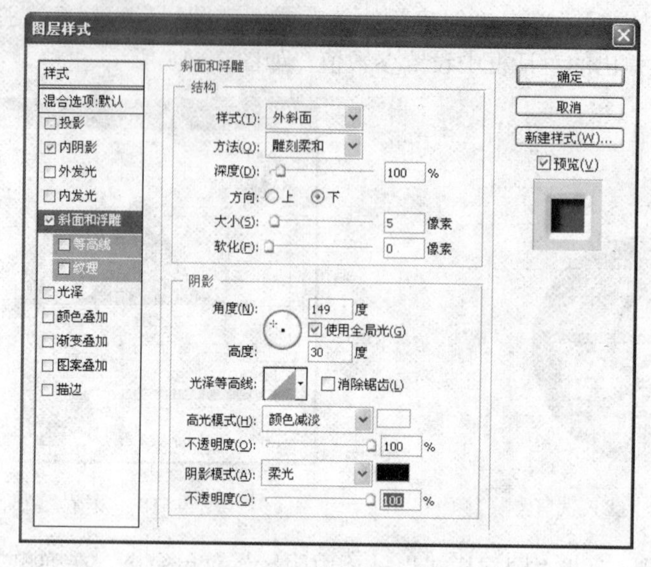

图 3-520 设置“斜面和浮雕”

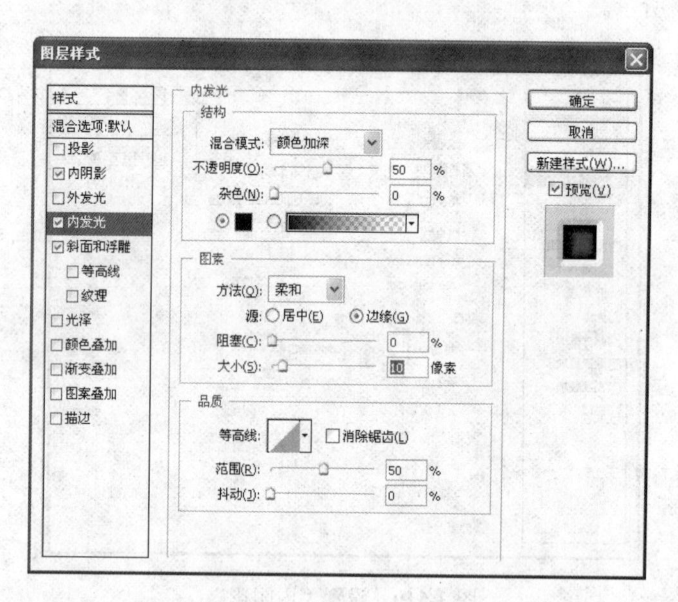

图 3-521 设置“内发光”

（9）执行“图层”→“图层样式”→“投影”菜单命令，在弹出的对话框中设置参数值，如图 3-522 所示。

（10）按住 Ctrl 键单击色阶调整层，载入选区，执行“滤镜”→“其它”→“位移”菜单命令，在弹出的对话框中对参数进行设置，如图 3-523 所示，得到的效果如图 3-524 所示。

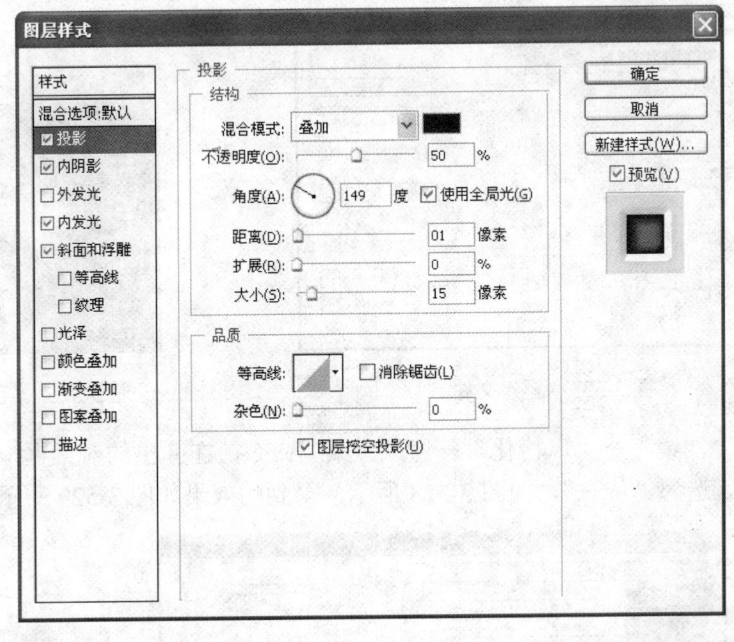

图 3-522　设置“投影”

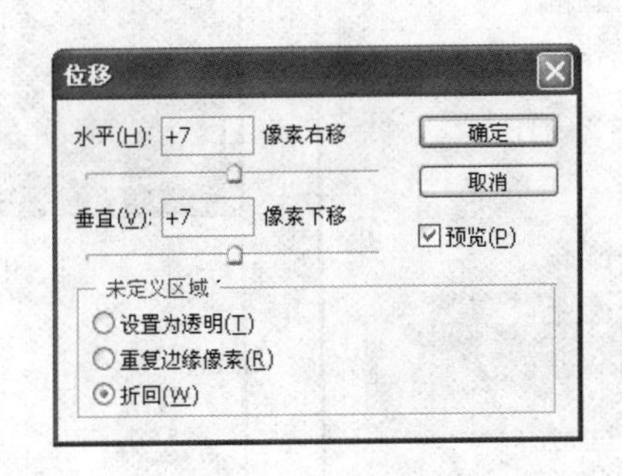

图 3-523　设置“位移”

图 3-524　石刻版画效果

实例 209——耀眼日晕特效

本例将实现耀眼的日晕特效。（学习难度：★★★★）

（1）执行“文件”→“新建”菜单命令，新建一个 400×400 像素的文件，背景为透明，颜色模式为 RGB，如图 3-525 所示。

（2）在工具箱中设置前景色为黑色，背景色为白色，使用“油漆桶工具”填充黑色，再使用渐变工具从中心到外做径向渐变，其效果如图 3-526 所示。

（3）执行“滤镜”→“艺术效果”→“塑料包装”菜单命令，在弹出的对话框中对参数进行设置，如图 3-527 所示。

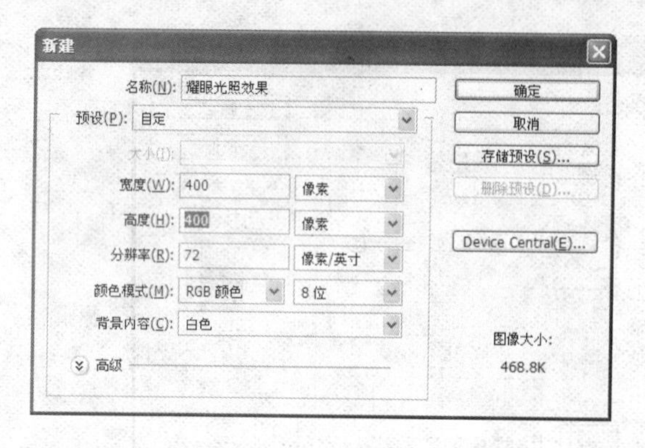

图 3-525　新建文件

图 3-526　渐变效果

（4）执行“滤镜”→“风格化”→“风”菜单命令，在弹出的对话框中“方法”选为“风”，“方向”选为“从右”，如图 3-528 所示，得到的效果如图 3-529 所示。

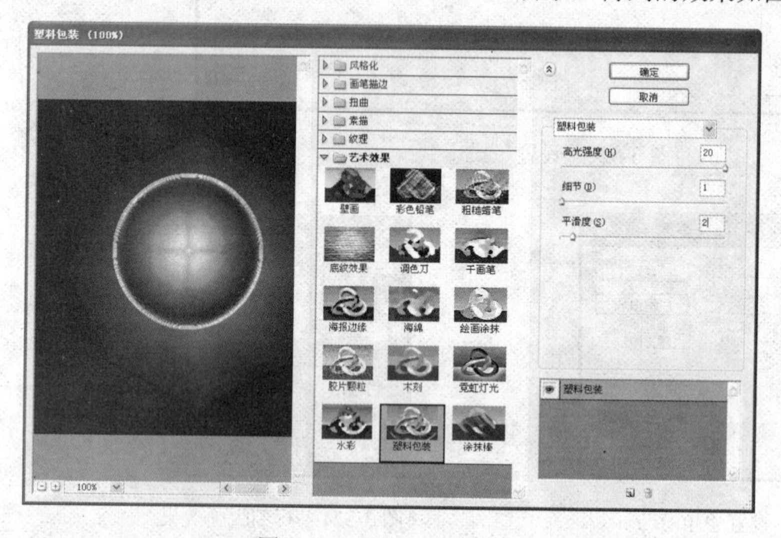

图 3-527　设置“塑料包装”

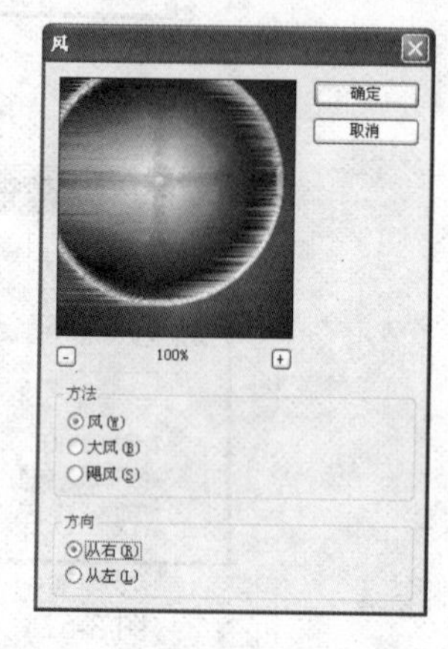

图 3-528　设置“风”

图 3-529　设置风的效果

（5）复制图层，在键盘上按下 Ctrl+T 键自由变换快捷键，单击鼠标右键并选择“顺时针旋转 90 度”，然后按下 Ctrl+F 键应用风滤镜，之后再重复两次此操作，得到的效果如图 3-530 所示。

（6）复制该图层 3 次，在工具箱中选择移动工具和缩放工具调整其大小和位置，将复制的三个图层的“混合模式”均设置为“颜色渐淡”，其效果如图 3-531 所示。

（7）合并所有图层，然后再复制图层，执行“滤镜”→“渲染”→“镜头光晕”菜单命令，在弹出的对话框中设置参数值，如图 3-532 所示。

图 3-530　变换后的效果

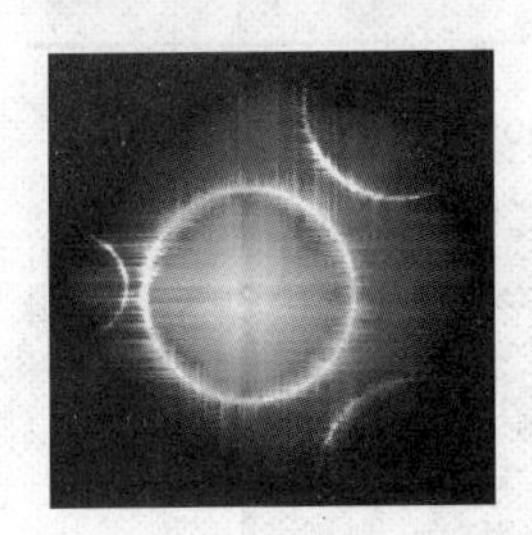

图 3-531　调整后的效果

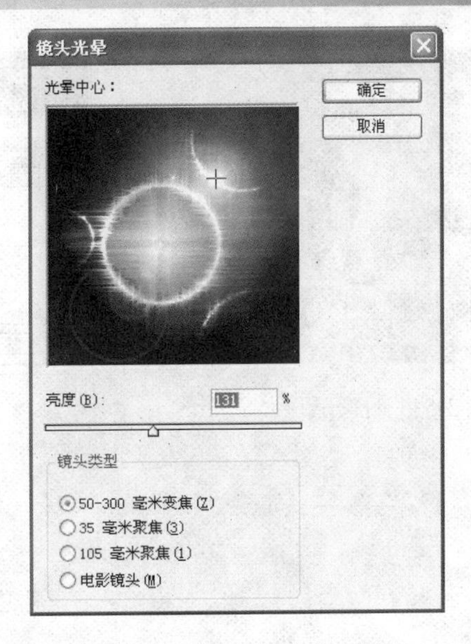

图 3-532　设置"镜头光晕"

（8）合并所有图层，执行"图像"→"调整"→"色相/饱和度"菜单命令，在弹出的对话框中设置颜色值，如图 3-533 所示，得到最终效果如图 3-534 所示。

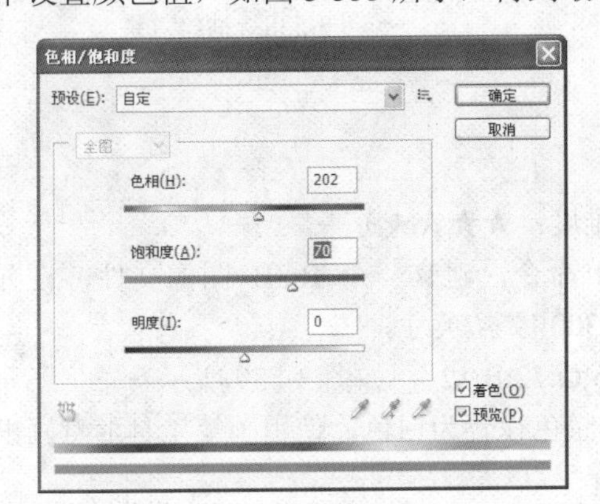

图 3-533　设置"色相/饱和度"

图 3-534　耀眼日晕效果

实例 210——抽丝效果

本例将为图片添加斜纹抽丝效果。（学习难度：★★★★★）

（1）执行"文件"→"打开"菜单命令，打开图像，如图 3-535 所示。

（2）新建图层 1，填充白色。执行"滤镜"→"其它"→"DitherBox"菜单命令，设置图案如图 3-536 所示。填充后得到效果如图 3-537 所示。

（3）将图层 1 的"混合模式"设置为"正片叠底"，"不透明度"为 50%，得到最终效果如图 3-538 所示。

图 3-535　打开图像

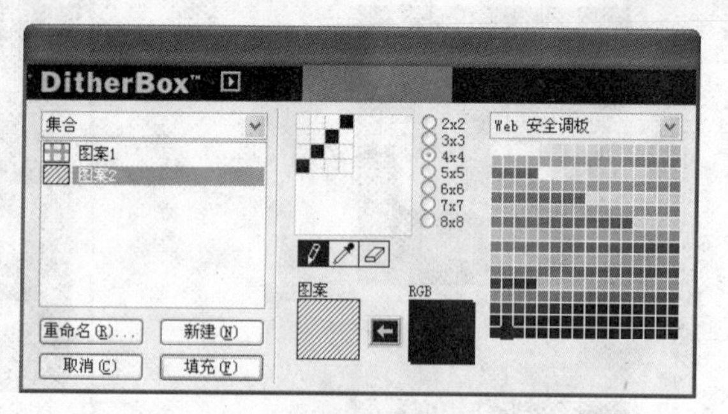

图 3-536　设置图案

图 3-537　填充效果

图 3-538　抽丝效果

实例 211——泥巴墙效果

本例将制作泥巴墙的效果。(学习难度：★★★★)

(1) 执行“文件”→“新建”菜单命令，建立一个 RGB 图像文件，设置其宽度为 600 像素，高度为 400 像素，分辨率为 300 像素/英寸。

(2) 新建图层 1，填充颜色“R:106;G:72;B:12”，如图 3-539 所示。

(3) 在通道面板中新建通道 1，前景色设置为白色，使用画笔工具随意画出几笔，笔尖为柔角 45 像素，如图 3-540 所示。

图 3-539　填充颜色

图 3-540　画出几笔

(4) 执行“滤镜”→“扭曲”→“海洋波纹”菜单命令，设置波纹大小为 13，波纹幅度为 15，其效果如图 3-541 所示。

(5) 执行“滤镜”→“扭曲”→“波纹”菜单命令，设置“数量”为 879，可以执行 4 到 5 次，如图 3-542 所示。

（6）回到图层面板，执行“滤镜”→“渲染”→“光照效果”菜单命令，设置参数如图 3-543 所示。得到最终效果如图 3-544 所示。

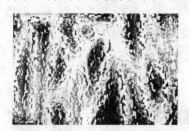

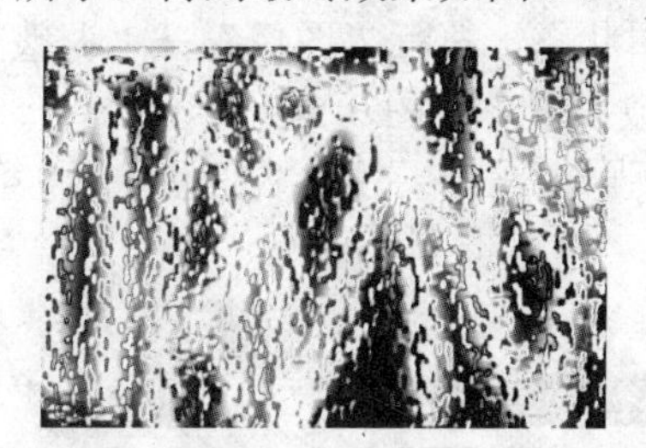

图 3-541　海洋波纹

图 3-542　波纹效果

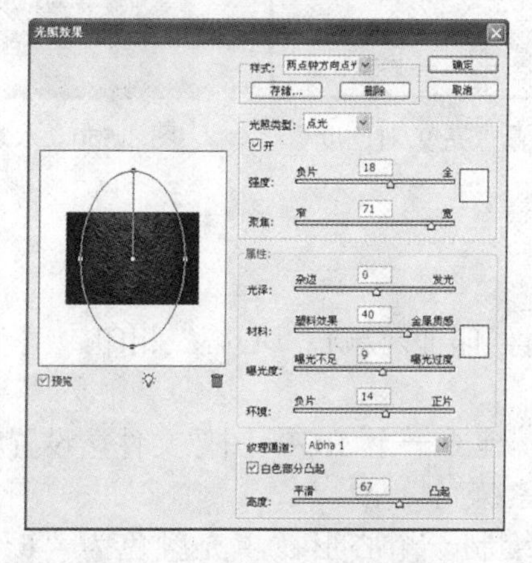

图 3-543　设置“光照效果”

图 3-544　泥巴墙效果

实例 212——水雾效果

本例将实现池塘里水雾弥漫的效果。（学习难度：★★★★）

（1）执行“文件”→“打开”菜单命令，打开图像，如图 3-545 所示。

（2）在图层面板中，单击“创建新图层”按钮，新建图层 1，执行“滤镜”→“渲染”→“云彩”菜单命令，如图 3-546 所示。

（3）在图层面板中，单击“添加图层蒙版”按钮，为图层 1 添加蒙版，如图 3-547 所示。

图 3-545　打开图像

图 3-546　云彩效果

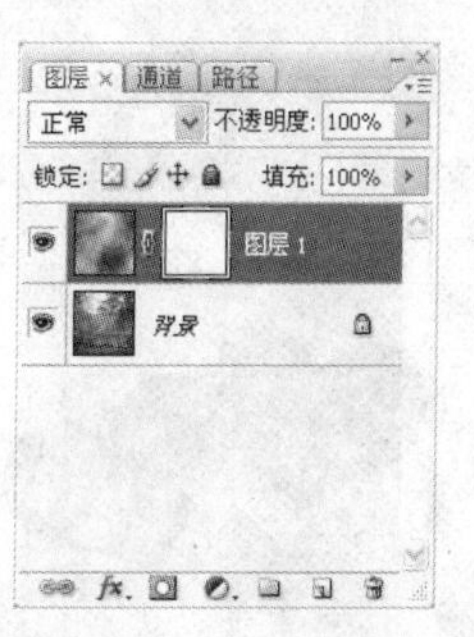

图 3-547　图层面板

（4）再次执行“滤镜”→“渲染”→“云彩”菜单命令，此时图像的效果如图 3-548 所示。

（5）在图层面板中单击图层 1，回到图层编辑状态，执行“图像”→“调整”→“亮度/对比度”菜单命令，在弹出的对话框中进行参数设置，如图 3-549 所示。

（6）在图层面板中，将“混合模式”设置为“强光”，如果效果不理想可重复第（4）步得到理想效果，如图 3-550 所示。

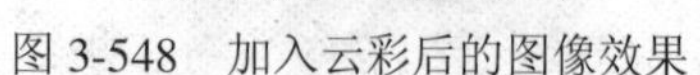
图 3-548　加入云彩后的图像效果

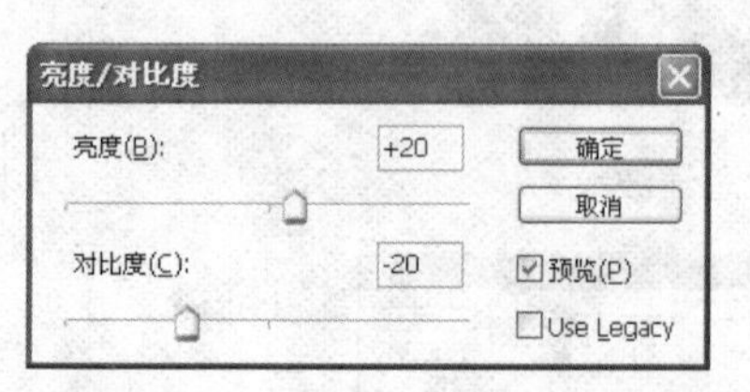

图 3-549　设置“亮度/对比度”

图 3-550　水雾效果

实例 213——香浓巧克力效果

本例将制作椰蓉巧克力效果，情人节的时候印证两颗心“心心”相印。（学习难度：★★★★★）

（1）执行“文件”→“新建”菜单命令，建立一个 RGB 图像文件，设置其宽度为 600 像素，高度为 400 像素，分辨率为 300 像素/英寸。

（2）新建图层 1。使用自定形状工具绘制一个心形，填充颜色为“R:144;G:77;B:18”，如图 3-551 所示。

（3）复制图层 1，并按 Ctrl+T 键调整两个心形的位置和角度，如图 3-552 所示。

（4）合并图层 1 和副本，然后再复制图层 1。打开“图层样式”对话框，选择“斜面和浮雕”，设置参数如图 3-553 所示。设置的效果如图 3-554 所示。

图 3-551　填充心形

图 3-552　调整心形位置和角度

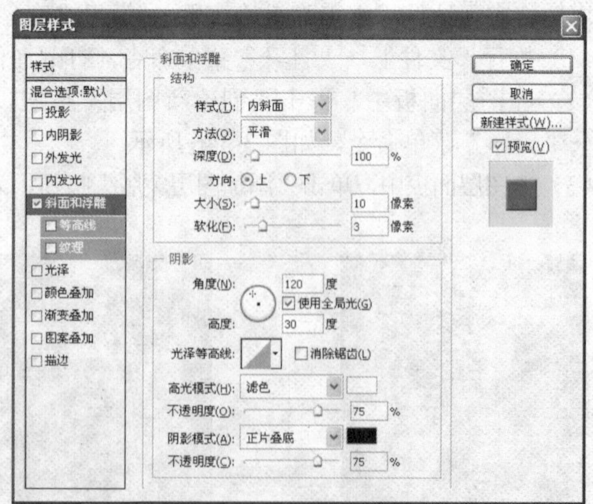

图 3-553　设置“斜面和浮雕”

（5）回到图层 1，并将其拖到最上方。执行“滤镜”→“像素化”→“点状化”菜单命令，设置“单元格大小”为 10，如图 3-555 所示。

（6）将前景色设置为“R:227;G:202;B:36”。执行“滤镜”→“素描”→“撕边”菜单命令，设置“图像平衡”为 12，“平滑度”为 12，“对比度”为 8，其效果如图 3-556 所示。

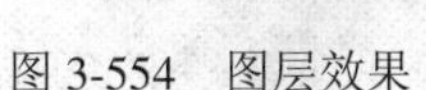

图 3-554　图层效果

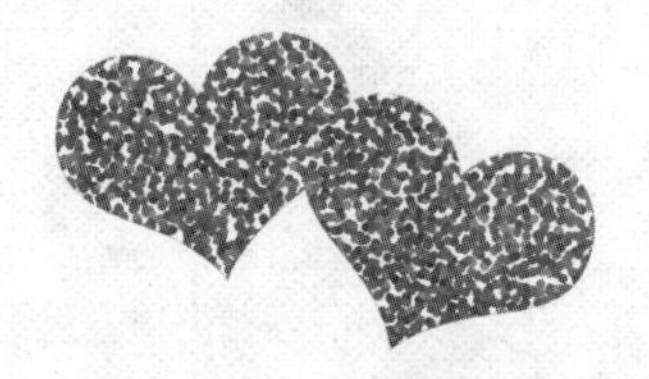

图 3-555　点状化效果

图 3-556　撕边效果

（7）使用魔棒工具巧克力色，然后删除，得到巧克力上的果仁，如图 3-557 所示。

（8）打开“图层样式”对话框，选择“斜面和浮雕”，设置参数如图 3-558 所示。设置的果仁效果如图 3-559 所示。

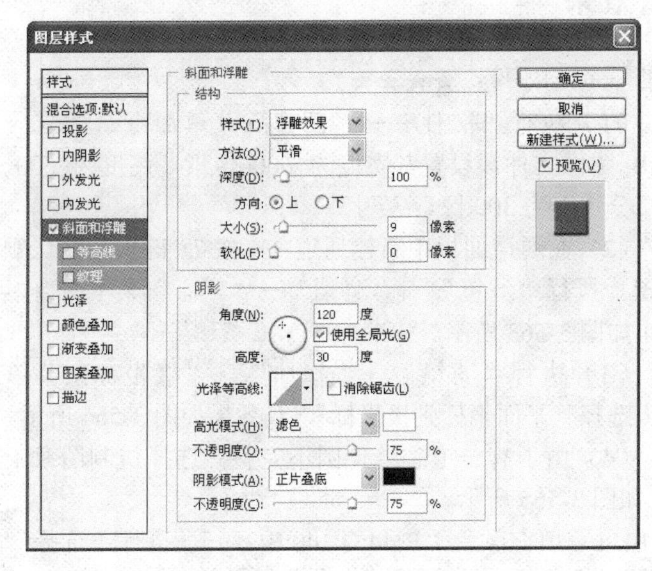

图 3-558　设置“斜面和浮雕”

图 3-557　删除巧克力色

图 3-559　果仁效果

（9）选择横排文字工具，字体选择“华文行楷”，输入文字，如图 3-560 所示。

（10）打开“图层样式”对话框，选择“斜面和浮雕”，设置参数如图 3-561 所示。得到最终效果，如图 3-562 所示。

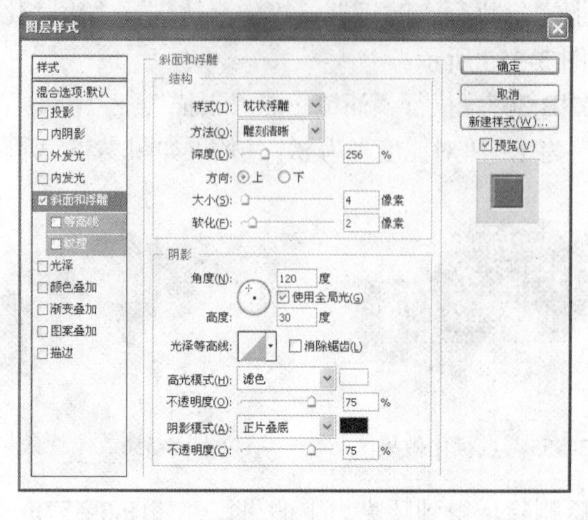

图 3-561　设置“文字样式”

图 3-560　输入文字

图 3-562　香浓巧克力效果

实例 214——漩涡流云效果

本例将制作流云的漩涡状效果。（学习难度：★★★★）

图 3-563　云彩效果

（1）执行“文件”→“新建”菜单命令，建立一个 RGB 图像文件，设置其宽度为 600 像素，高度为 600 像素，分辨率为 300 像素/英寸。

（2）在通道面板中新建通道 1，按 D 键恢复默认颜色设置。执行“滤镜”→“渲染”→“云彩”菜单命令，其效果如图 3-563 所示。

（3）执行“滤镜”→“扭曲”→“极坐标”菜单命令，选择“平面坐标到极坐标”，其效果如图 3-564 所示。

（4）由于有一道裂缝使圆不完整，选择仿制图章工具按 Alt 键选取相似部分进行涂抹，如图 3-565 所示。

（5）回到图层面板，新建图层 1，填充颜色“R:44;G:140;B:229”。执行“选择”→“载入选区”菜单命令。选择通道 1，得到选区，然后按 Delete 键删除即可。最终效果如图 3-566 所示。

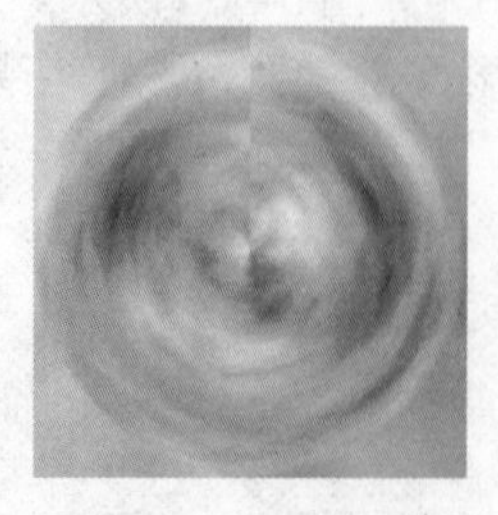

图 3-564　极坐标效果

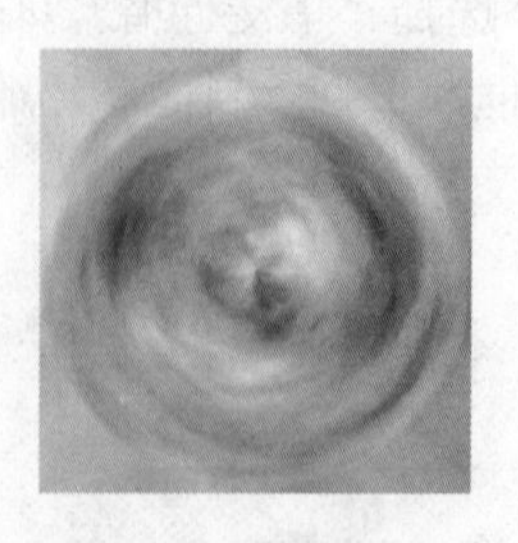

图 3-565　涂抹效果

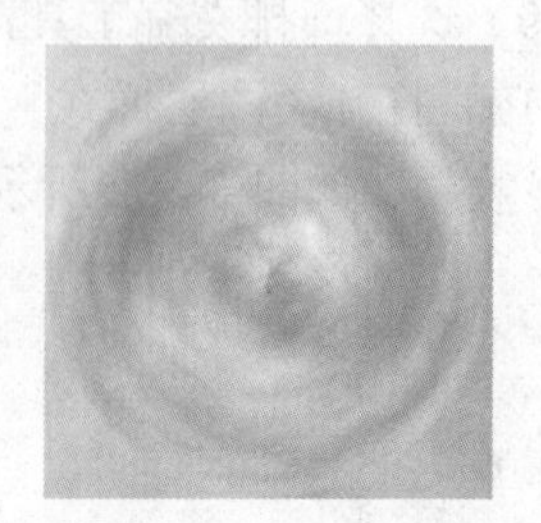

图 3-566　漩涡流云效果

实例 215——镜头光晕效果

本例的效果将通过镜头光晕滤镜来实现。(学习难度：★★★★)

(1) 执行“文件”→“新建”菜单命令，建立一个 RGB 图像文件，设置其宽度为 500 像素，高度为 500 像素，分辨率为 300 像素/英寸。

图 3-567 镜头光晕效果

(2) 新建图层 1，填充为黑色。多次执行“滤镜”→“渲染”→“镜头光晕”菜单命令，选择“电影镜头”，设置“亮度”为 100%，添加的效果如图 3-567 所示。

(3) 执行“滤镜”→“扭曲”→“极坐标”菜单命令，选择“平面坐标到极坐标”，其效果如图 3-568 所示。

(4) 新建图层 2，选择渐变工具，渐变效果如图 3-569 所示。

(5) 将图层 2 的“混合模式”设置为“叠加”，得到最终效果如图 3-570 所示。

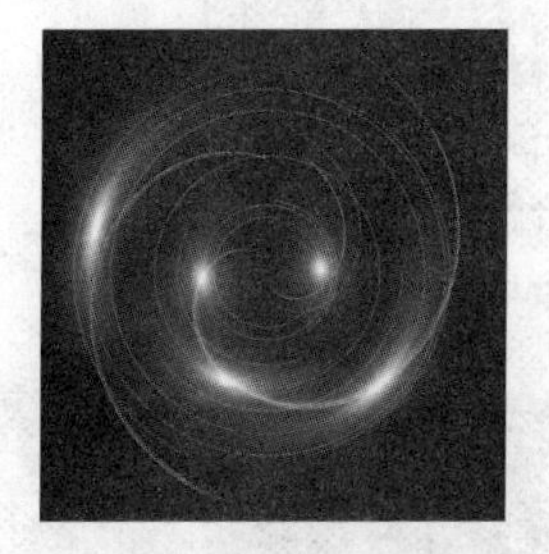

图 3-568 极坐标效果

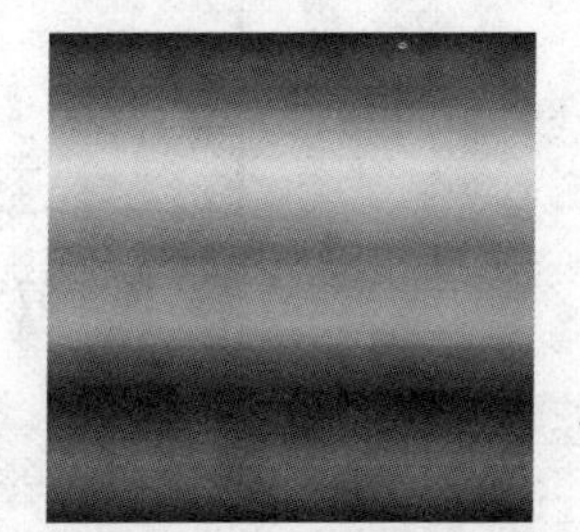

图 3-569 渐变效果

图 3-570 最终的镜头光晕效果

实例 216——拼缀图效果

本例将利用拼缀图滤镜制作图像效果。(学习难度：★★★★)

(1) 执行“文件”→“打开”菜单命令，打开图像，如图 3-571 所示。

(2) 新建图层 1，填充为白色。执行“滤镜”→“纹理”→“拼缀图”菜单命令，设置“方形大小”为 10，“凸现”为 13，其效果如图 3-572 所示。

(3) 将图层的“混合模式”设置为“线性加深”，将“不透明度”设置为 70%，得到最终效果如图 3-573 所示。

图 3-571 打开图像

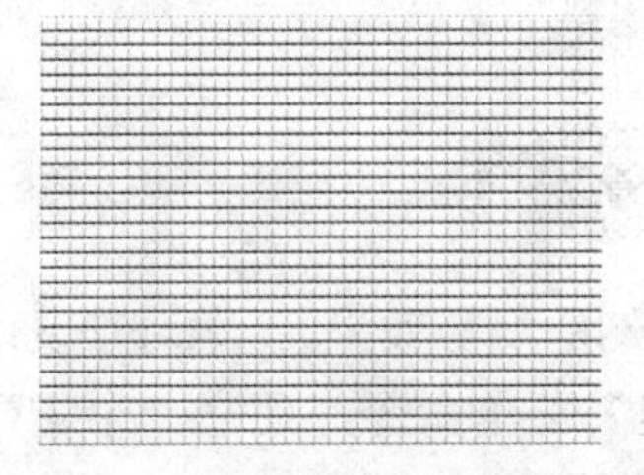

图 3-572 拼缀图效果

图 3-573 最终的拼缀图效果

实例 217——粗糙布纹效果

本例将利用形状模糊工具制作粗糙布纹效果。（学习难度：★★★★）

（1）执行“文件”→“新建”菜单命令，建立一个 RGB 图像文件，设置其宽度为 400 像素，高度为 300 像素，分辨率为 300 像素/英寸。

（2）新建图层 1，填充颜色“R:23;G:56;B:224”，如图 3-574 所示。

（3）执行“滤镜”→“像素化”→“彩色半调”菜单命令，设置参数如图 3-575 所示，彩色半调效果如图 3-576 所示。

（4）执行“滤镜”→“模糊”→“形状模糊”菜单命令，设置图案如图 3-577 所示。选择不同的图案可以创建不同的布纹效果，可以根据需要进行选择。最终效果如图 3-578 所示。

图 3-574　填充颜色

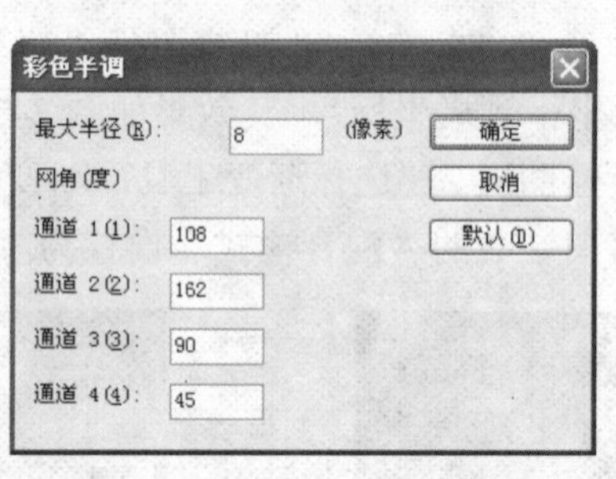

图 3-575　设置“彩色半调“

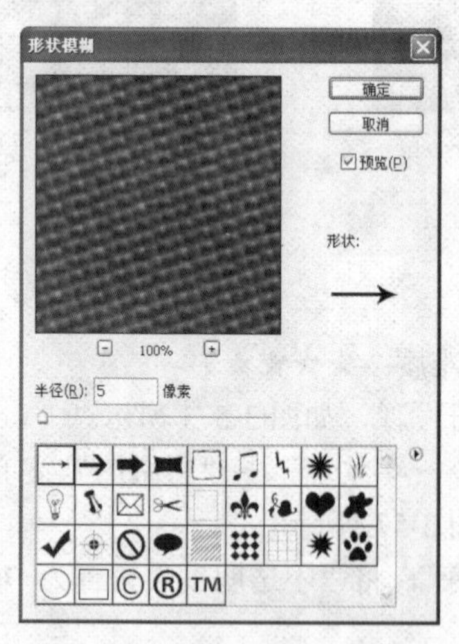

图 3-577　设置“形状模糊”

图 3-576　彩色半调效果

图 3-578　粗糙布纹效果

实例 218——彩色烟雾效果

本例将利用波浪滤镜制作奇幻的烟雾效果。（学习难度：★★★★）

（1）执行“文件”→“新建”菜单命令，建立一个 RGB 图像文件，设置其宽度和高度均为 400 像素，分辨率为 300 像素/英寸。

（2）新建图层 1，按 D 键恢复默认颜色设置。选择渐变工具，由前景色向背景色径向渐变，渐变效果如图 3-579 所示。

图 3-579　径向渐变

（3）执行“滤镜”→“扭曲”→“波浪”菜单命令，采用默认设置，单击“随机化”按钮，如图 3-580 所示。波浪效果如图 3-581 所示。

（4）按 Ctrl+F 键多次执行波浪滤镜，直到满意为止，本例共执行 5 次，如图 3-582 所示。

（5）打开“图层样式”对话框，选择“渐变叠加”，设置参数如图 3-583 所示。设置的效果如图 3-584 所示。

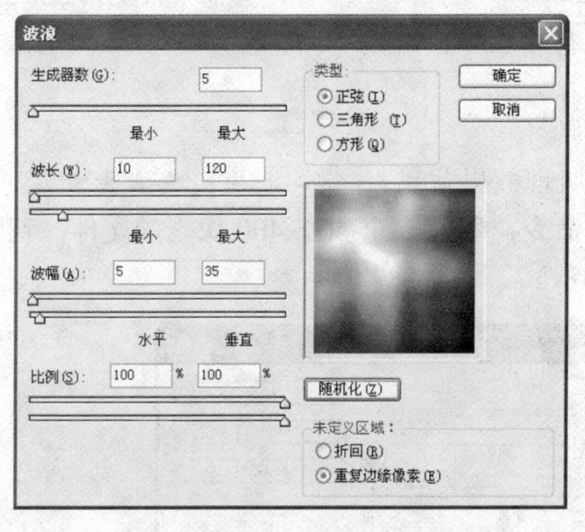

图 3-580　设置“随机化”波浪

图 3-581　波浪效果

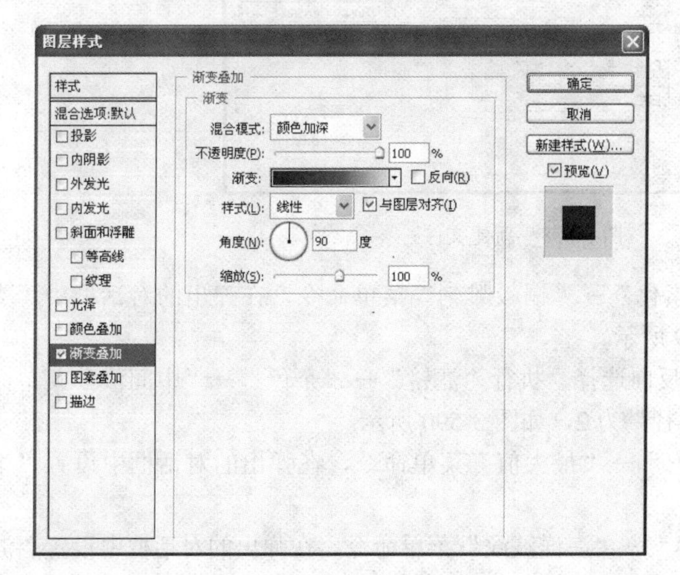

图 3-583　设置“渐变叠加”

图 3-582　多次执行波浪滤镜

图 3-584　渐变叠加效果

（6）复制图层 1，按 Ctrl+T 键顺时针旋转 90 度，如图 3-585 所示。

（7）将图层 1 副本的“混合模式”设置为“变亮”，其效果如图 3-586 所示。

（8）再次复制图层 1，逆时针旋转 90 度，然后将其“混合模式”也设置为“变亮”，得到最终效果如图 3-587 所示。

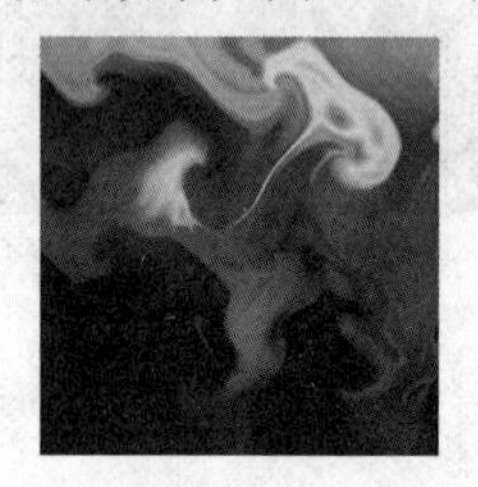

图 3-585　旋转图像

图 3-586　变亮效果

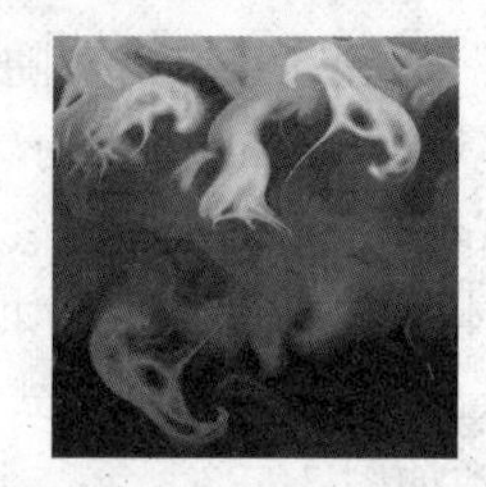

图 3-587　彩色烟雾效果

实例 219——肌理效果

本例将实现排列无序、构造复杂的肌理效果背景。（学习难度：★★★★）

（1）执行“文件”→“新建”菜单命令，新建一个 400×400 像素的文件，背景颜色为白色，颜色模式为 RGB，如图 3-588 所示。

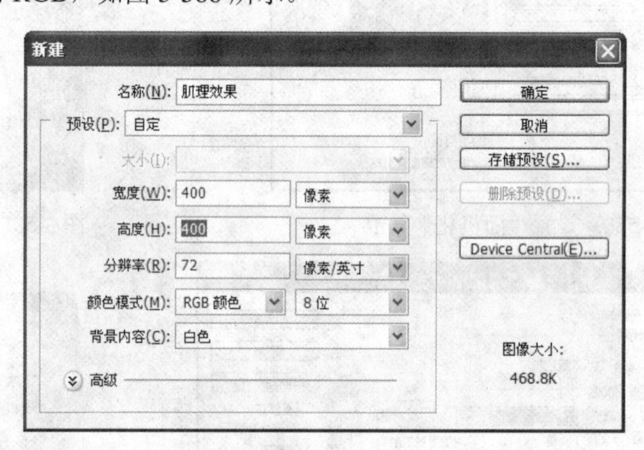

图 3-588　新建文件

（2）执行“滤镜”→“像素化”→“铜版雕刻”菜单命令，在弹出的对话框中“类型”选为“粒状点”，如图 3-589 所示。

（3）在键盘上按 Ctrl+I 键反向选择，执行“滤镜”→“杂色”→“中间值”菜单命令，在弹出的对话框中设置“半径”为 2，如图 3-590 所示。

（4）执行“滤镜”→“其它”→“最大值”菜单命令，在弹出的对话框中设置“半径”为 10，如图 3-591 所示。

（5）执行“滤镜”→“扭曲”→“海洋波纹”菜单命令，在弹出的对话框中设置“波纹大小”为 6，“波纹幅度”为 11，如图 3-592 所示。

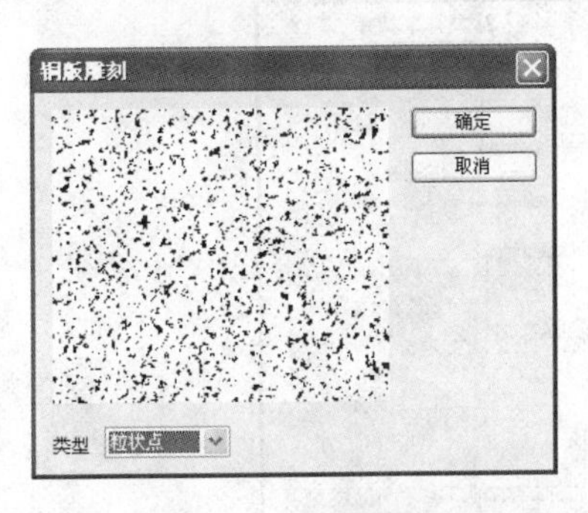

图 3-589　设置“铜版雕刻”

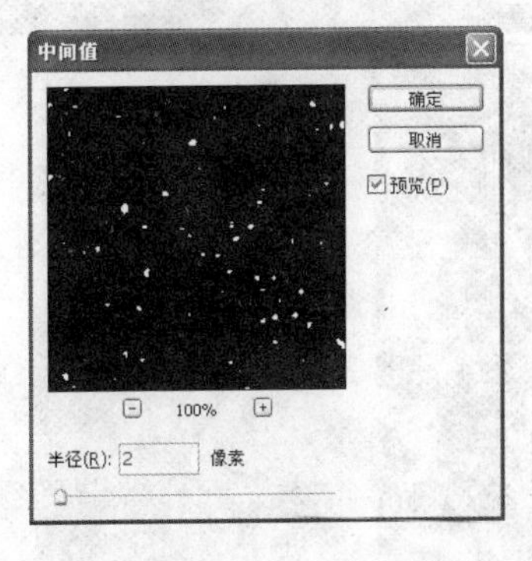

图 3-590　设置“中间值”

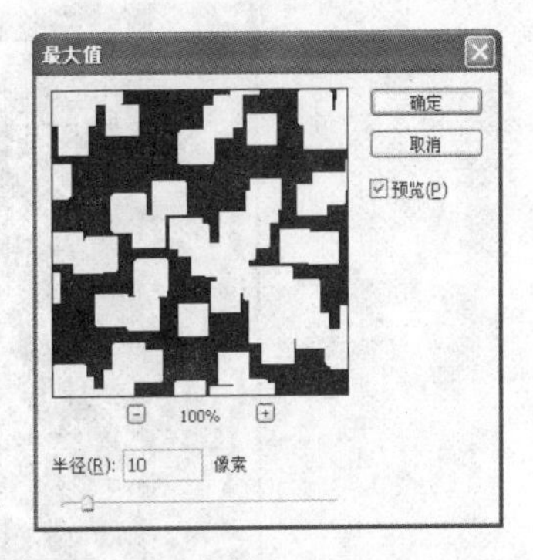

图 3-591　设置“最大值”

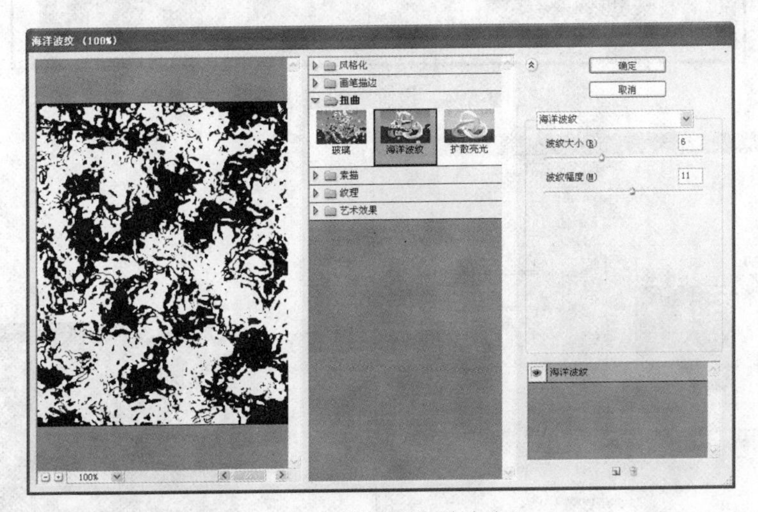

图 3-592　设置“海洋波纹”

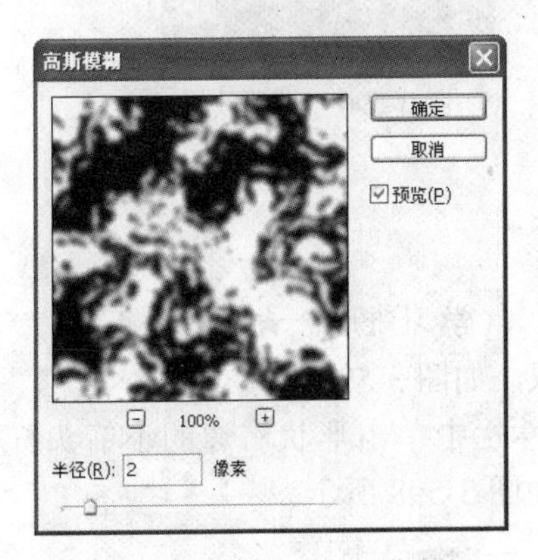

图 3-593　设置“高斯模糊”

（6）执行“滤镜”→“模糊”→“高斯模糊”菜单命令，在弹出的对话框中设置“半径”为 2 像素，如图 3-593 所示。

（7）执行“滤镜”→“风格化”→“照亮边缘”菜单命令，在弹出的对话框中对参数进行设置，如图 3-594 所示。

（8）执行“滤镜”→“渲染”→“光照效果”菜单命令，在弹出的对话框中进行参数设置，如图 3-595 所示，得到最终效果如图 3-596 所示。

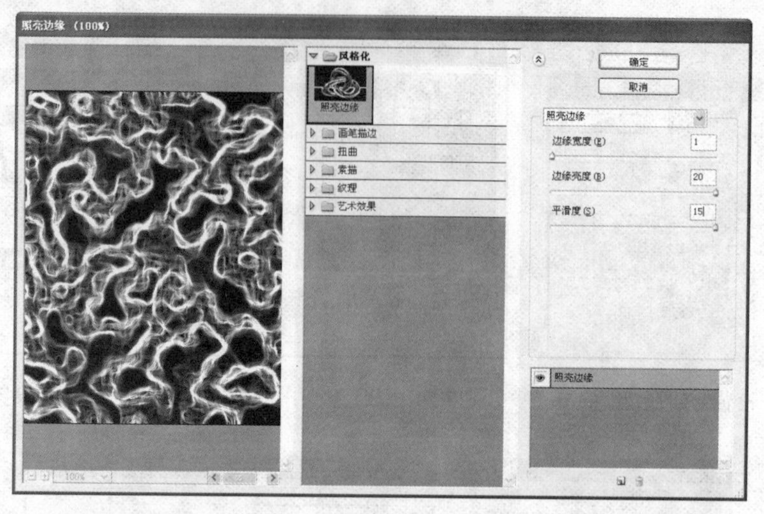

图 3-594　设置“照亮边缘”

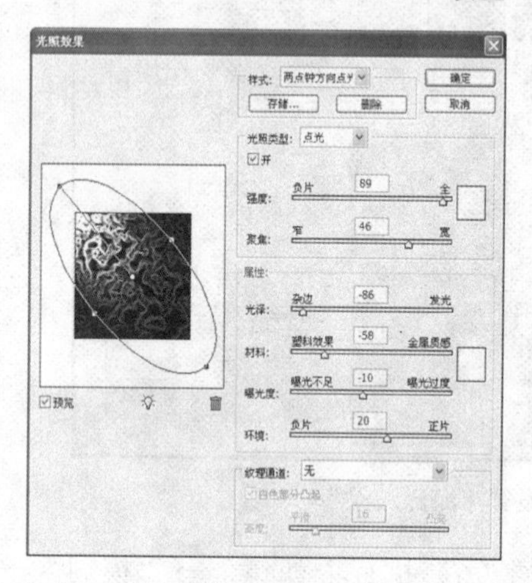

图 3-595　设置“光照效果”

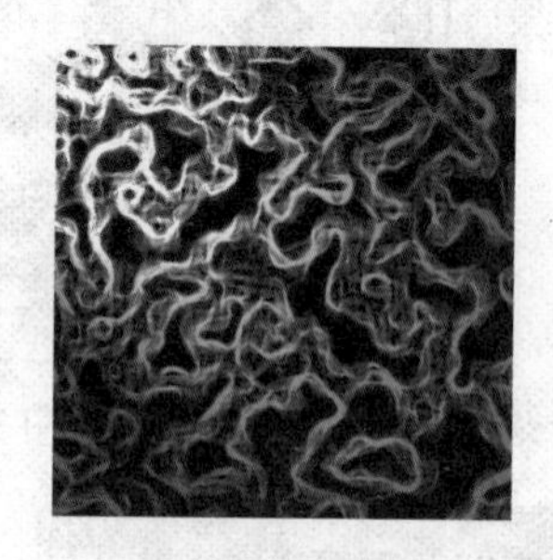

图 3-596　肌理效果

实例 220——阳光照射

本例将实现阳光透过树的空隙照射到人脸上的效果。（学习难度：★★★★★）

（1）执行“文件”→“打开”菜单命令，打开图像，如图 3-597 所示。

（2）在工具箱中选择“自定形状工具”，在其属性栏中单击形状右边的小箭头打开“自定形状拾色器”，在弹出的对话框中选择拼贴 2，如图 3-598 所示。

图 3-597　打开图像

图 3-598　自定形状拾色器

（3）在打开的图片上绘制拼贴图形，形状颜色为白色，如图 3-599 所示。

（4）在图层面板中，将形状图层的“混合模式”设置为“叠加”，其效果如图 3-600 所示。

（5）在图层面板中，用鼠标右键单击形状图层，在弹出的菜单中选择“栅格化图层”命令，其效果如图 3-601 所示。

图 3-599　绘制拼贴图形

图 3-600　叠加效果

图 3-601　栅格化后的效果

（6）执行“滤镜”→“模糊”→“高斯模糊”菜单命令，在弹出的对话框中设置“半径”为 3 像素，如图 3-602 所示。将该图层的“不透明度”修改为 70%，得到的效果如图 3-603 所示。

（7）在工具箱中选择“磁性套索工具”，选择人物以外的区域，如图 3-604 所示。

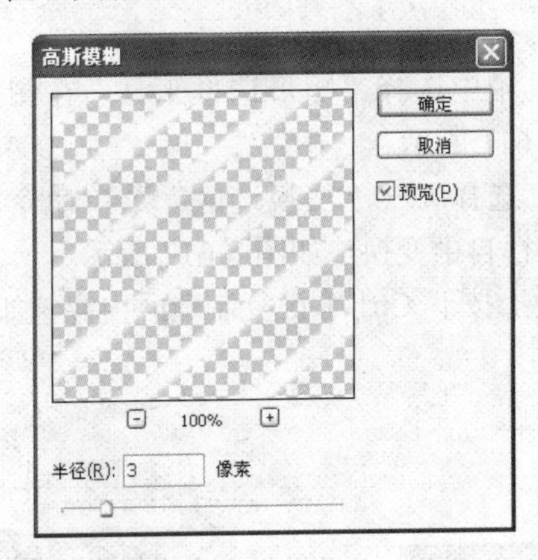

图 3-602　“高斯模糊”对话框

图 3-603　设置后的效果

图 3-604　选择人物以外的区域

（8）在键盘上按下 Shift+F6 快捷键，对选区进行羽化，设置“羽化半径”为 5，如图 3-605 所示。

（9）按下 Delete 键删除已经选择的区域，取消选择，如图 3-606 所示。

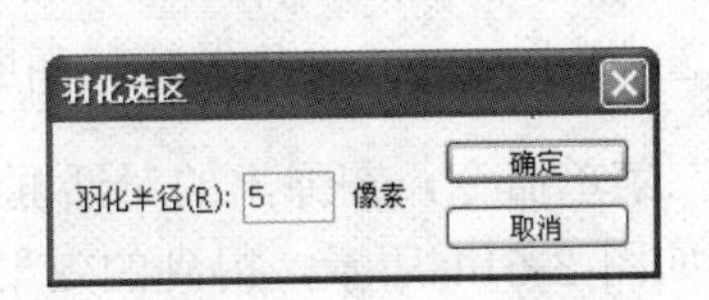

图 3-605　羽化设置

图 3-606　删除选区后的效果

（10）在工具箱中选择“磁性套索工具”，选择人物衣服部分，如图 3-607 所示。

（11）在键盘上按下 Ctrl+T 键对选区进行自由变形，在其属性栏中选择“在自由变换和变换模式之间转换”按钮，调整各个节点，注意图形和人物衣服的匹配，如图 3-608 所示。最终效果如图 3-609 所示。

图 3-607　选择人物衣服部分

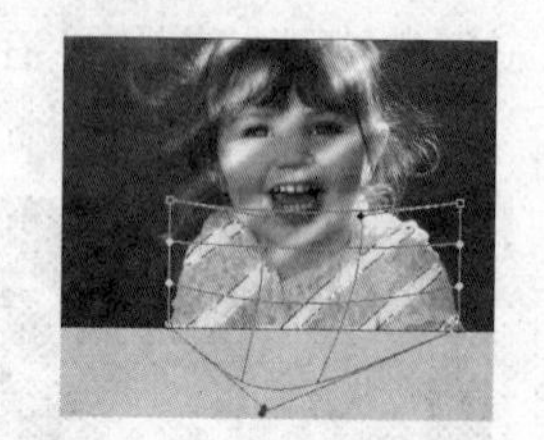

图 3-608　调整各个节点

图 3-609　阳光照射效果

实例 221——焦点效果

本例实现照片焦点效果，用白色的边框作为界限，突出要显示的焦点图像。（学习难度：★★★★）

图 3-610　打开图像

（1）执行“文件”→“打开”菜单命令，打开图像，如图 3-610 所示。

（2）在工具箱中选择“矩形选框工具”在图上绘制一个选区，如图 3-611 所示。

（3）执行“选择”→“变换选区”菜单命令，对选区的大小和位置进行自由变换，如图 3-612 所示。

（4）在键盘上按下 Ctrl+J 键复制选区内容，如图 3-613 所示。

图 3-611　绘制选区内容

图 3-612　调整选区大小

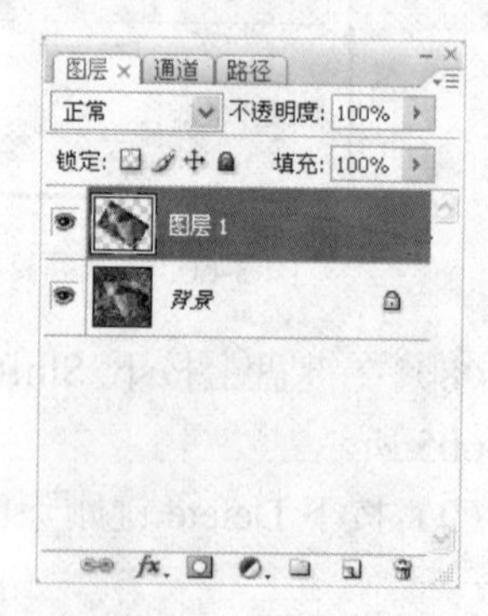

图 3-613　图层面板

（5）执行“图层”→“图层样式”→“描边”菜单命令，在弹出的对话框中设置“大小”为 9，“位置”为“内部”，“颜色”为白色，如图 3-614 所示，得到的效果如图 3-615 所示。

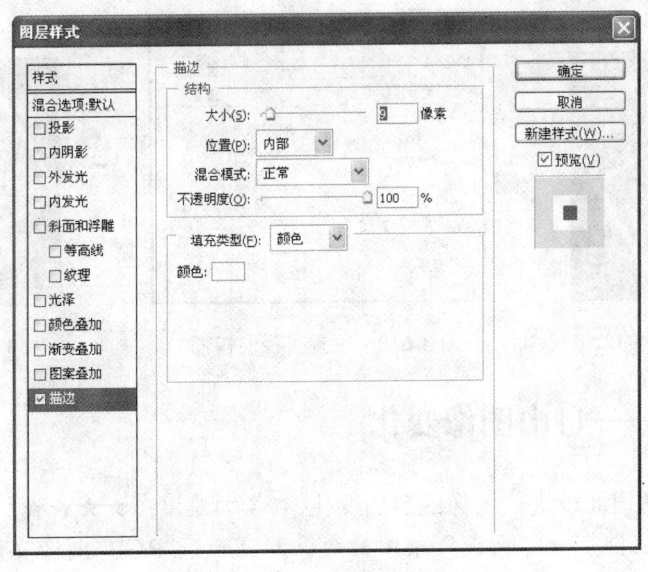

图 3-614　设置“描边参数”

（6）执行“图层”→“图层样式”→“投影”菜单命令，在弹出的对话框中对参数进行设置，如图 3-616 所示，其效果如图 3-617 所示。

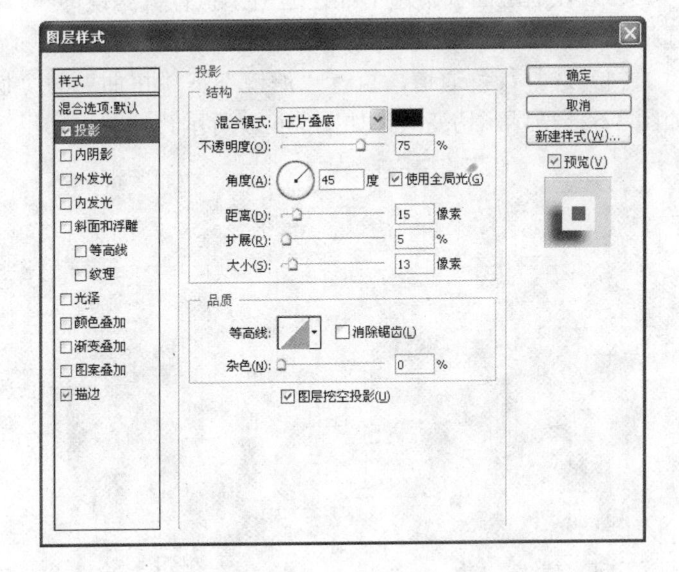

图 3-615　描边后的效果　　　　图 3-616　设置“投影”

（7）单击背景层作为当前工作图层，执行“滤镜”→“模糊”→“径向模糊”菜单命令，在弹出的对话框中设置“模糊方法”为“缩放”，“数量”为 23，如图 3-618 所示，其效果如图 3-619 所示。

图 3-617　投影后的效果

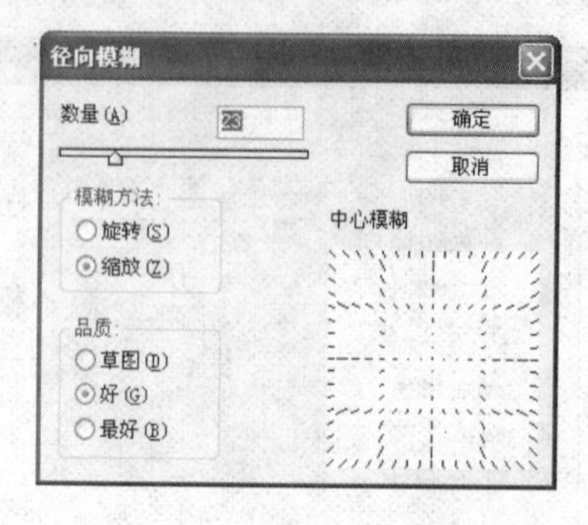

图 3-618　设置“径向模糊”

图 3-619　焦点效果

实例 222——自由图像变化

本例将通过通道面板进行图像的自由变化。(学习难度：★★★★)

(1)执行“文件”→“新建”菜单命令，建立一个 RGB 图像文件，设置其宽度为 500 像素，高度为 500 像素，分辨率为 300 像素/英寸。

(2)新建图层 1，按 D 键恢复默认颜色设置。使用画笔工具，笔尖为柔角，分别绘制一些大大小小的圆点，如图 3-620 所示。

(3)在通道面板中选中红色通道，执行“滤镜”→“扭曲”→“极坐标”菜单命令，选择“极坐标到平面坐标”，如图 3-621 所示。

(4)选择绿色通道，执行“滤镜”→“扭曲”→“切变”菜单命令，设置“切变”如图 3-622 所示。切变效果如图 3-623 所示。

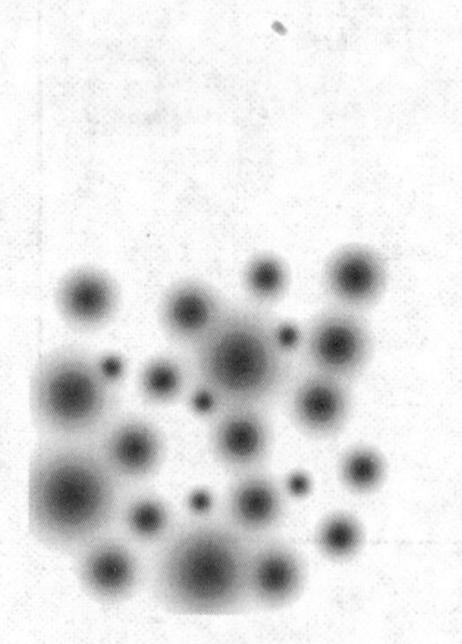

图 3-620　绘制圆点

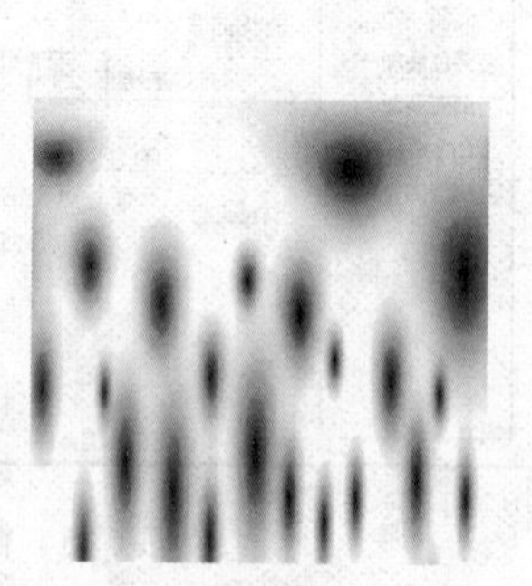

图 3-621　极坐标效果

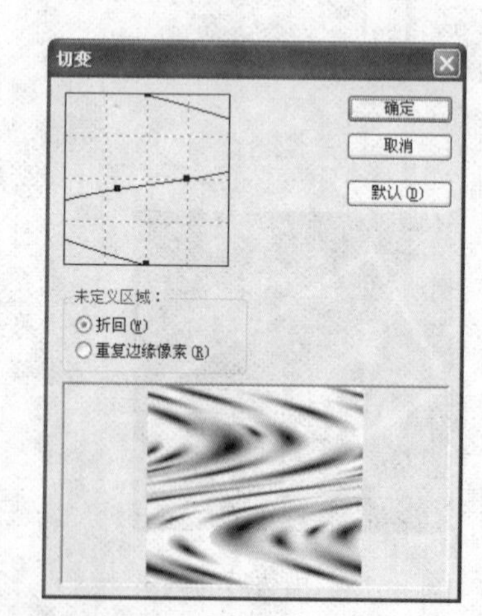

图 3-622　设置“切变”

(5)选择蓝色通道，执行“滤镜”→“扭曲”→“旋转扭曲”菜单命令，设置“角度”为 507 度，其效果如图 3-624 所示。

(6)此时的彩色效果已经形成，选择 RGB 混合通道，然后回到图层面板中观察效

果。最终效果如图 3-625 所示。

图 3-623　切变效果

图 3-624　旋转扭曲效果

图 3-625　自由图像变化效果

实例 223——奇幻意象

本例将通过多种滤镜结合，实现奇幻意象效果。（学习难度：★★★★）

（1）执行“文件”→“新建”菜单命令，新建一个 400×400 像素的文件，背景内容为透明，颜色模式为 RGB 颜色，如图 3-626 所示。

（2）在工具箱中将前景色设置为白色，背景色为黑色，选择渐变工具对文件窗口实现从上到下的线性渐变，如图 3-627 所示。

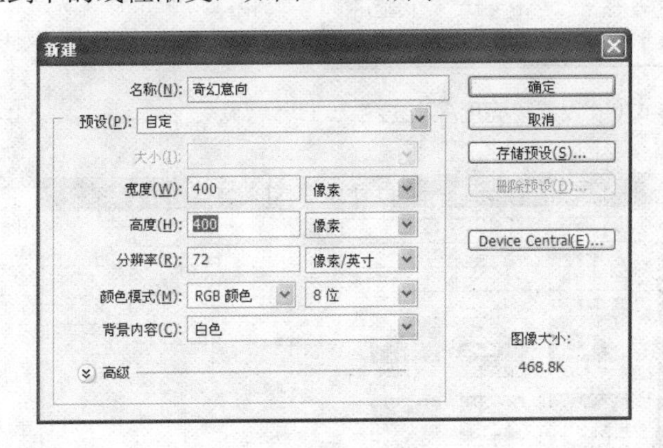

图 3-626　新建文件

图 3-627　渐变效果

（3）执行“滤镜”→“扭曲”→“波浪”菜单命令，在弹出的对话框中对参数进行设置，如图 3-628 所示。

（4）执行“滤镜”→“扭曲”→“极坐标”菜单命令，在弹出的对话框中选择“平面坐标到极坐标”，如图 3-629 所示。

（5）执行“图像”→“调整”→“亮度/对比度”菜单命令，在弹出的对话框中设置参数，使图像轮廓更清晰，如图 3-630 所示。

（6）执行“滤镜”→“素描”→“铬黄”菜单命令，在弹出的对话框中设置“细节”为 1，“平滑度”为 10，如图 3-631 所示。

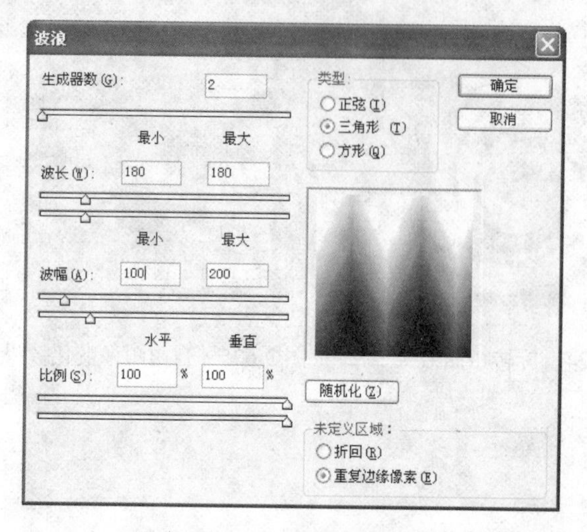

图 3-628　设置“波浪”

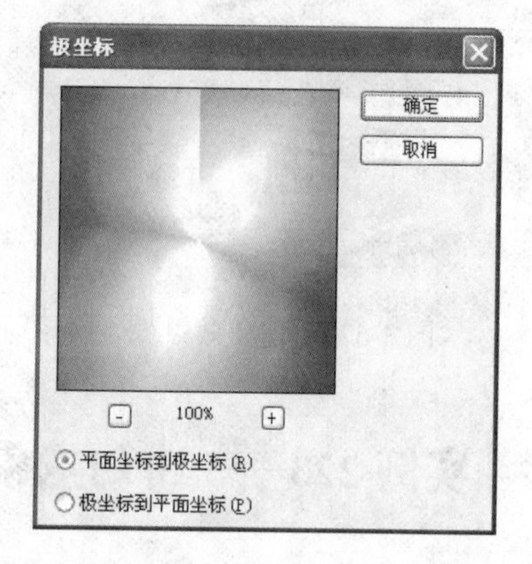

图 3-629　设置“极坐标”

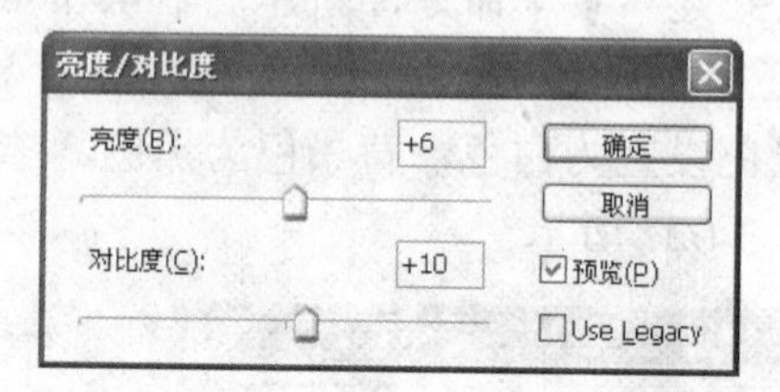

图 3-630　设置“亮度/对比度”

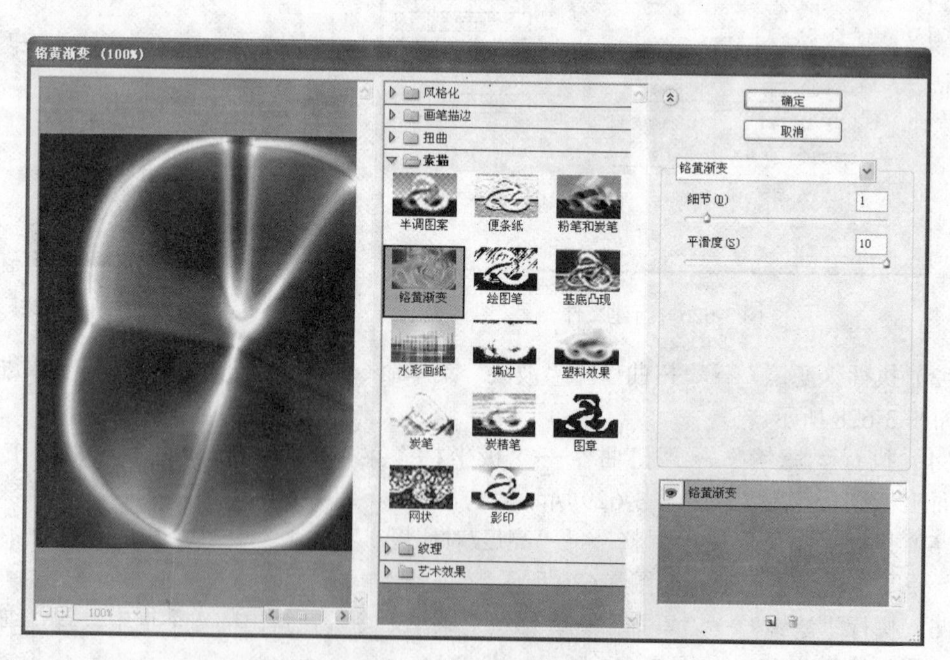

图 3-631　设置“铬黄渐变”

（7）执行“滤镜”→“模糊”→“径向模糊”菜单命令，在弹出的对话框中设置参数，如图3-632所示。

（8）重复执行铬黄和径向模糊各一次，然后再执行一次铬黄，得到的效果如图3-633所示。

（9）新建图层，将前景色设置为白色，在工具箱中选择渐变工具从中心向外做径向渐变，在其属性栏中勾选“反向”，颜色为“前景色到透明色”，得到的效果如图3-634所示。

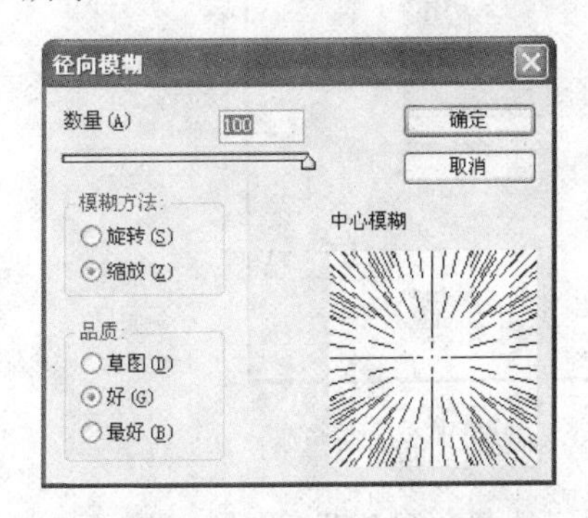

图3-632 设置“径向模糊”

图3-633 重复操作后的效果

图3-634 渐变效果

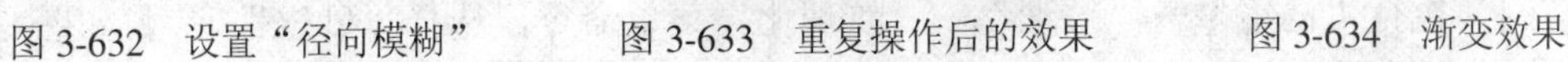

（10）新建图层，将前景色设置为#e73811，在工具箱中选择“油漆桶工具”填充颜色，图层的“混合模式”为“颜色”，“不透明度”为50%，其效果如图3-635所示。

（11）在工具箱中选择文字工具，输入文字内容，字体为“方正舒体”，“大小”为18点，字体颜色为#3a004d，输入完毕，在其属性栏中单击“创建文字变形”，在弹出的对话框中进行参数设置，如图3-636所示，得到的最终效果如图3-637所示。

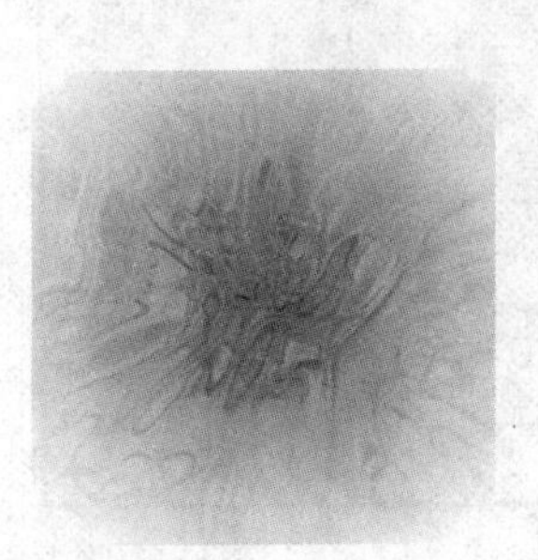

图3-635 添加颜色效果

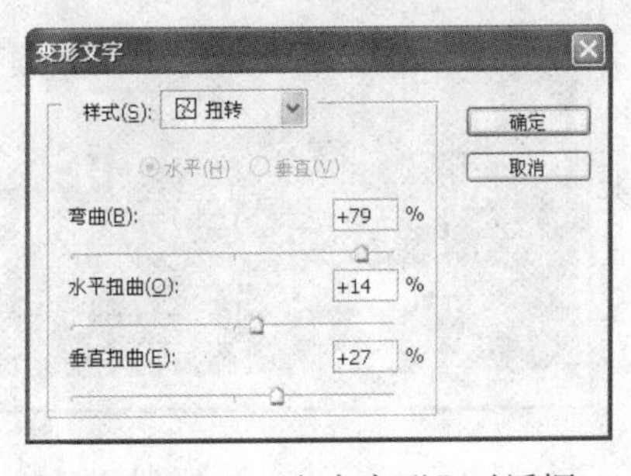

图3-636 “文字变形”对话框

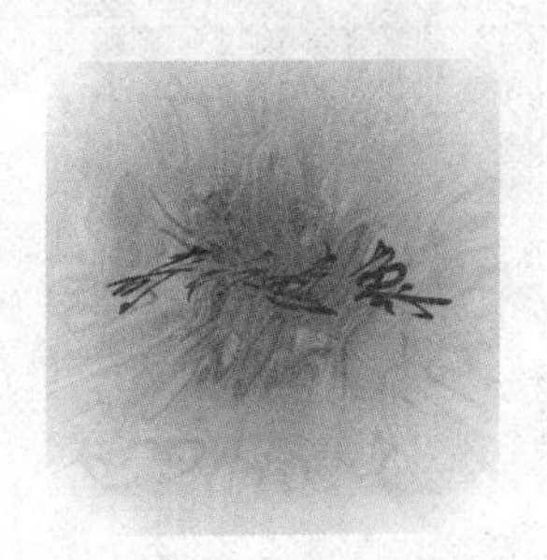

图3-637 奇幻意象效果

实例224——沙土效果

本例将通过添加杂色滤镜和纹理化滤镜制作沙土效果。（学习难度：★★★★）

（1）执行“文件”→“新建”菜单命令，新建一个400×400像素的文件，颜色为背景色，颜色模式为RGB。

（2）设置前景色为“R:189;G:135;B:59”，填充前景色，如图3-638所示。

提醒注意：

颜色的准确选择对整体画面效果的影响很大，也是成功创作的关键。

（3）执行“滤镜”→“杂色”→“添加杂色”菜单命令。设置参数如图 3-639 所示。添加杂色效果如图 3-640 所示。

图 3-638　填充颜色

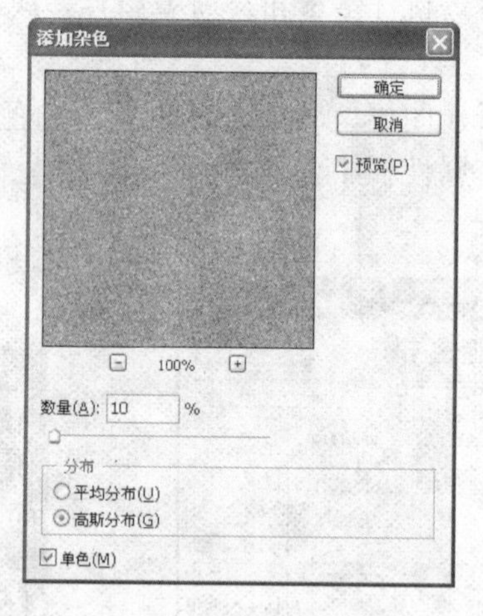

图 3-639　设置“添加杂色”

（4）执行“滤镜”→“纹理”→“纹理化”菜单命令，选择“砂岩”，参数如图 3-641 所示。纹理化效果如图 3-642 所示。

图 3-640　添加杂色效果

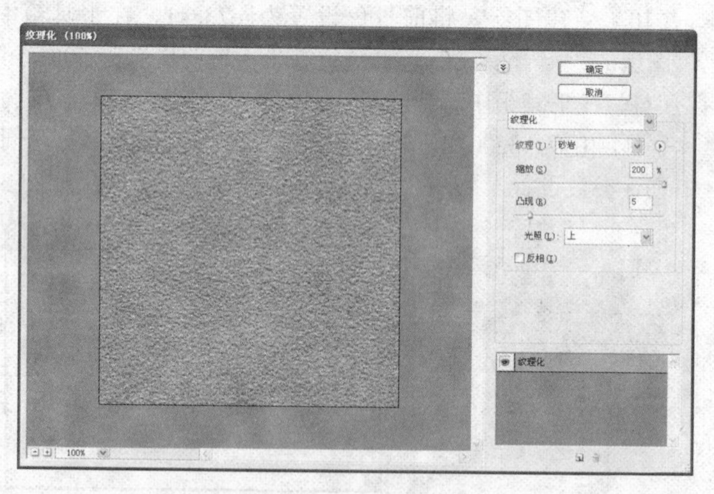

图 3-641　设置“纹理化”

（5）新建图层 1，按 D 键恢复默认颜色设置。执行“滤镜”→“渲染”→“云彩”菜单命令，其效果如图 3-643 所示。

（6）将图层 1 的“混合模式”设置为“颜色加深”，“不透明度”设置为 35%。最终效果如图 3-644 所示。

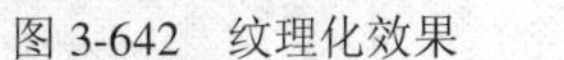

图 3-642　纹理化效果

图 3-643　云彩效果

图 3-644　沙土效果

实例 225——不锈钢蝴蝶

本例将制作一个不锈钢蝴蝶效果。（学习难度：★★★★★）

（1）新建一个文件，设置文件的宽度和高度均为 600 像素，分辨率为 300 像素/英寸，白色背景，RGB 模式。

（2）新建图层 1。按 D 键将前景色和背景色分别恢复成默认的黑色和白色，执行“滤镜”→“渲染”→“云彩”菜单命令，得到如图 3-645 所示的效果。

（3）执行“滤镜”→“模糊”→“高斯模糊”菜单命令，设置“半径”为 50，其效果如图 3-646 所示。

（4）执行“滤镜”→“杂色”→“添加杂色”菜单命令，设置对话框如图 3-647 所示。添加杂色效果如图 3-648 所示。

图 3-645　云彩效果

图 3-646　高斯模糊效果

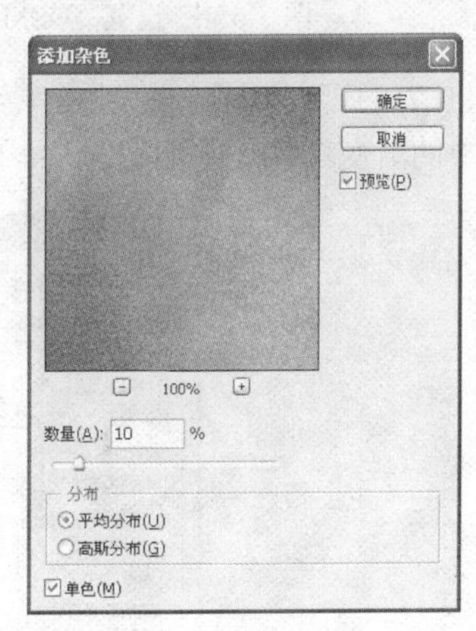

图 3-647　设置“添加杂色”

（5）执行“滤镜”→“模糊”→“径向模糊”菜单命令，设置对话框如图 3-649 所示。径向模糊效果如图 3-650 所示。

（6）执行“滤镜”→“锐化”→“USM 锐化”菜单命令，设置对话框如图 3-651 所示。USM 锐化效果如图 3-652 所示。

图 3-648　添加杂色效果

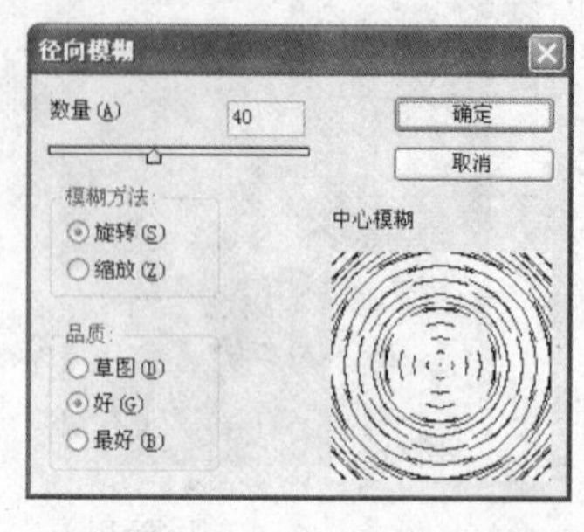

图 3-649　设置“径向模糊”

图 3-650　径向模糊效果

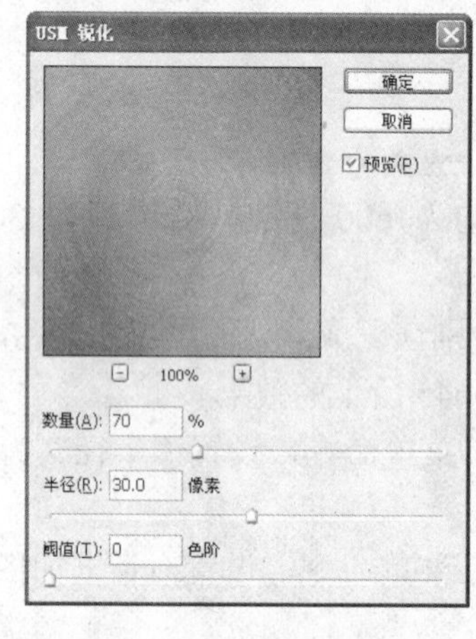

图 3-651　设置“USM 锐化”

图 3-652　USM 锐化效果

（7）打开“图层样式”对话框，选择“渐变叠加”，设置具体参数如图 3-653 所示，其中的渐变颜色设置如图 3-654 所示。渐变叠加的效果如图 3-655 所示。

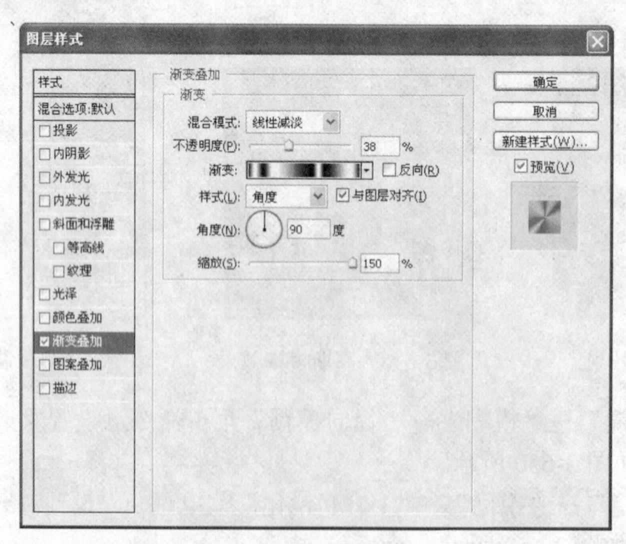

图 3-653　设置“渐变叠加”

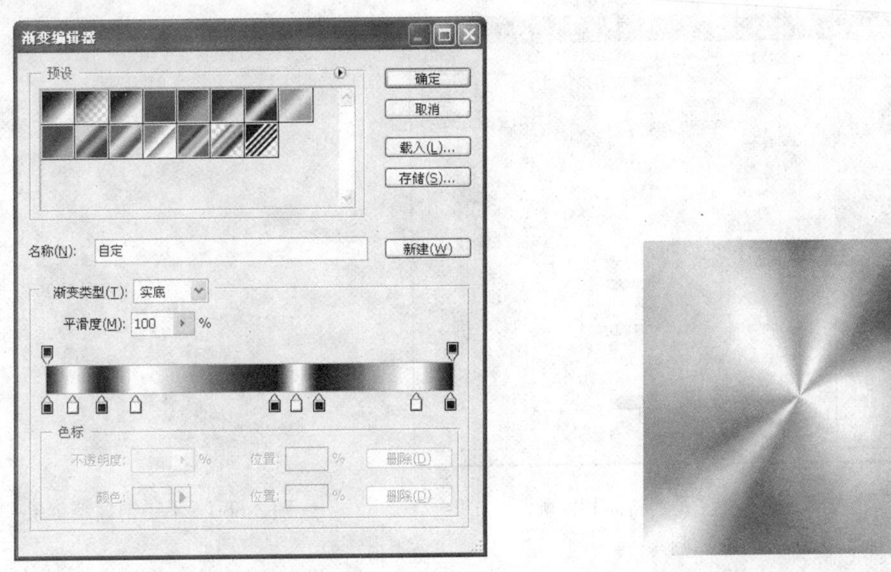

图 3-654　设置渐变颜色

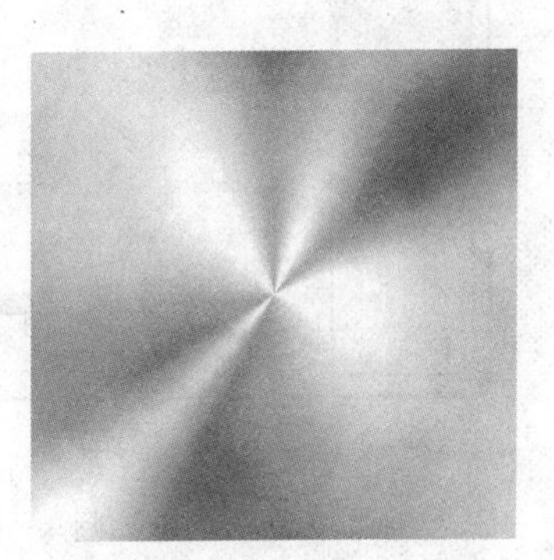

图 3-655　渐变叠加的效果

（8）执行“文件”→“打开”菜单命令，打开图像，如图 3-656 所示。

（9）使用魔棒工具单击白色部分，反选将蝴蝶选中并拖到文件中。按住 Ctrl 键单击蝴蝶，调出蝴蝶选区，在图层 1 中反选并删除，然后将背景层填充为白色，如图 3-657 所示。

（10）隐藏图层 2。打开图层 1 的“图层样式”对话框，选择“投影”，投影设置如图 3-658 所示。

图 3-656　打开图像

图 3-657　蝴蝶形状

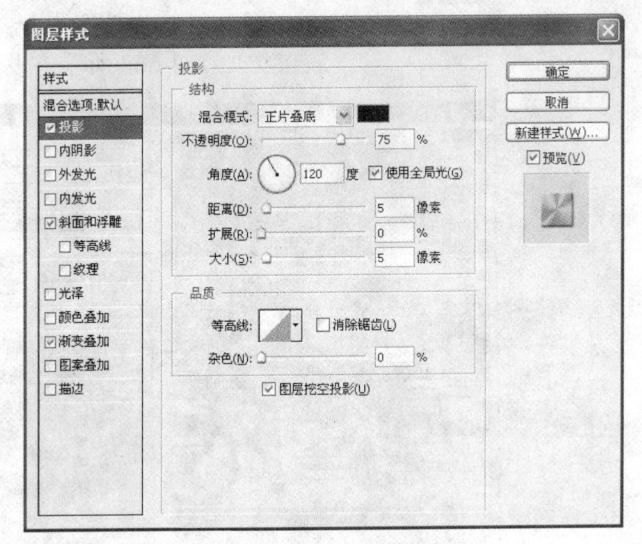

图 3-658　设置“投影”

（11）选择“斜面和浮雕”，设置具体参数如图 3-659 所示。得到最终效果如图 3-660 所示。

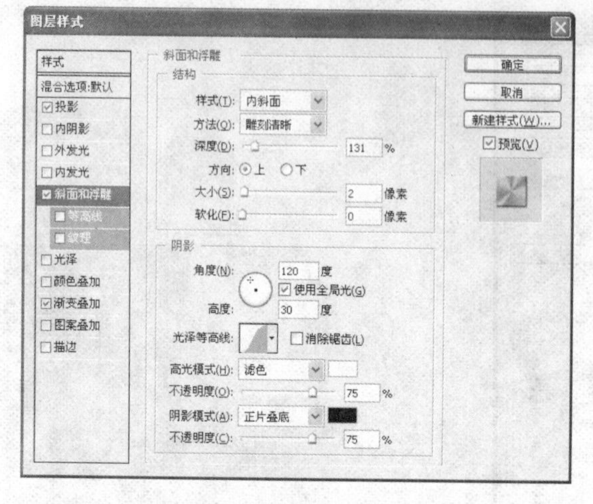

图 3-659　设置“斜面和浮雕”

图 3-660　不锈钢蝴蝶效果

实例 226——插画效果

本例将对素材文件进行设置得到插画效果。（学习难度：★★★★）

图 3-661　打开图像

（1）执行“文件”→“打开”菜单命令，打开图像，如图 3-661 所示。

（2）执行“滤镜”→“纹理”→“颗粒”菜单命令，设置参数如图 3-662 所示。设置后的效果如图 3-663 所示。

图 3-662　设置“颗粒”

（3）执行“图像”→“设置”→“亮度/对比度”菜单命令，设置参数如图 3-664 所示。最终效果如图 3-665 所示。

图 3-663　颗粒效果

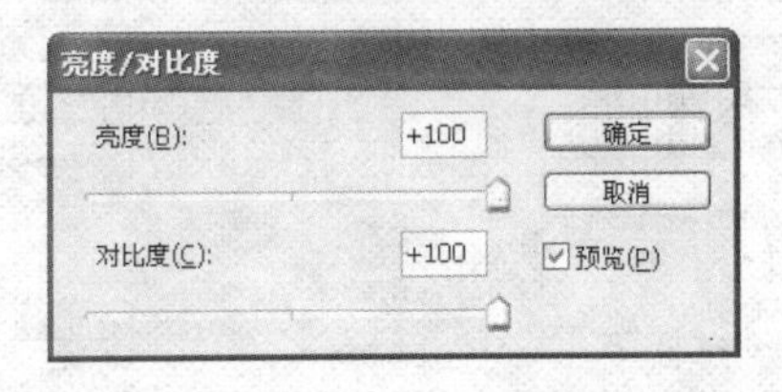

图 3-664　设置“亮度/对比度”

图 3-665　插画效果

实例 227——十字绣效果

本例将通过图案填充以及图层样式的变化来实现十字绣效果。（学习难度：★★★★★）

（1）执行“文件”→“打开”菜单命令，打开图像，如图 3-666 所示。

（2）在图层面板中双击背景层，在弹出的对话框中修改为图层 0，执行“滤镜”→“像素化”→“马赛克”菜单命令，在弹出的对话框中设置“单元格大小”为 21 方形，参数设置如图 3-667 所示，得到效果如图 3-668 所示。

图 3-666　打开图像

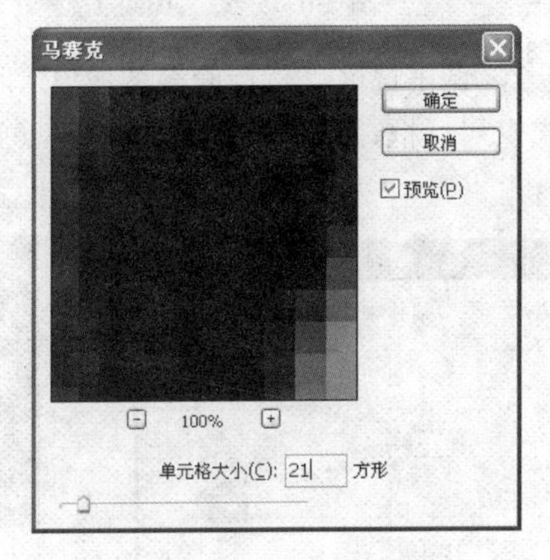

图 3-667　设置“马赛克”

图 3-668　马赛克效果

（3）执行“文件”→“新建”菜单命令，新建一个 27×27 像素的文件，分辨率为 72，背景内容为“透明”，如图 3-669 所示。

（4）新建图层 1，在工具箱中选择矩形选框工具绘制一个长方形选区，填充为黑色，然后执行“编辑”→“变换”→“旋转”菜单命令，将选区向右转 45 度，如图 3-670 所示。执行“选择”→“全选”菜单命令，将图案全部选中，再执行“编辑”→“定义图案”菜单命令，在弹出的对话框中定义为“图案 1”并单击“确定”按钮，如图 3-671 所示。执行“编辑”→“变换”→“水平翻转”菜单命令，定义为“图案 2”，如图 3-672 所示。

（5）回到素材图片，新建图层 2，在工具箱中选择“图案图章工具”，在其属性栏中，单击图案栏旁边的小三角，在弹出的对话框中选择“图案 1”，选择大一点的笔刷，

拉动鼠标将图层填充满，其效果如图 3-673 所示。

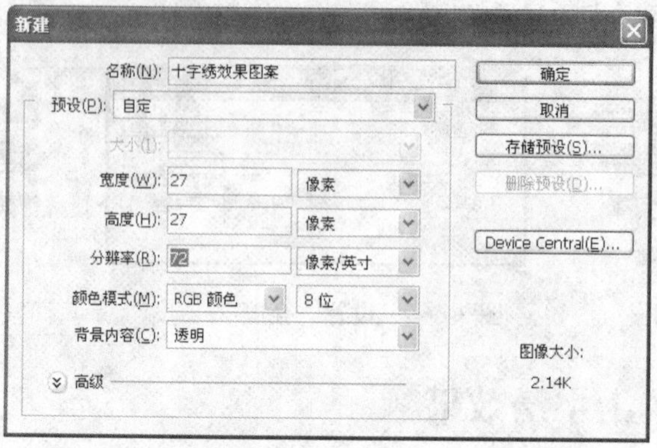

图 3-669　新建文件

图 3-670　图层 1 旋转

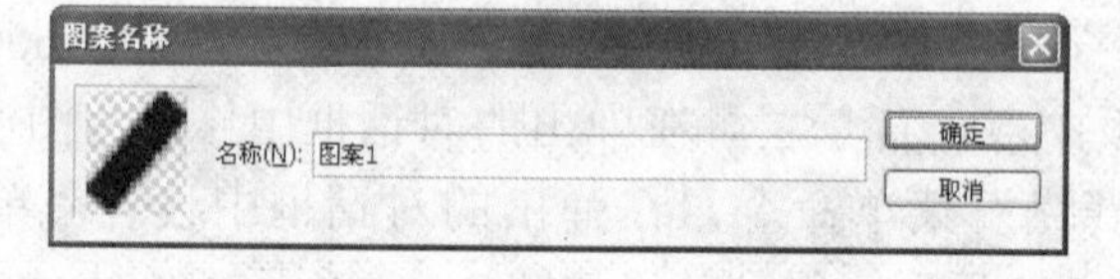

图 3-671　定义图案 1

图 3-672　定义图案 2

（6）按 Ctrl 键单击图层 2，调出选区，然后隐藏图层 2。回到图层 0，按 Ctrl+J 键复制出图层 3。打开“图层样式”对话框，选择“斜面和浮雕”，设置参数如图 3-674 所示。设置的效果如图 3-675 所示。

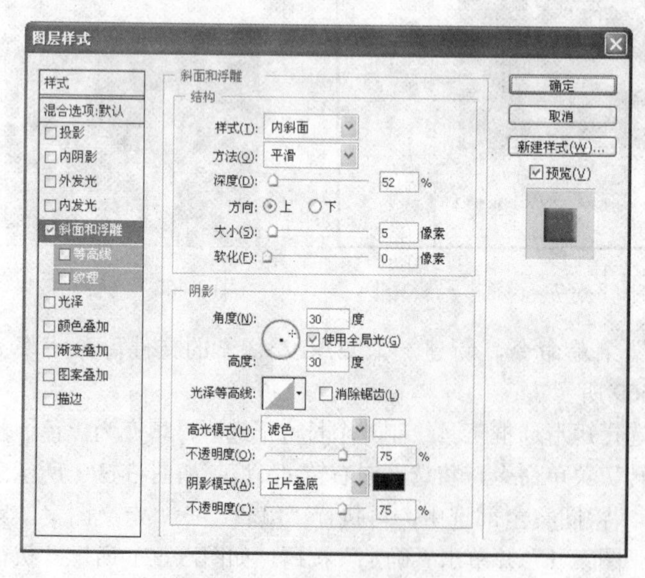

图 3-674　设置“斜面和浮雕”

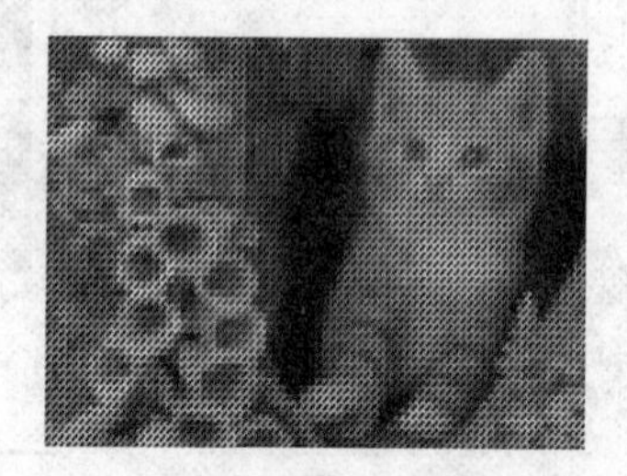

图 3-673　填充图案后的效果

图 3-675　斜面和浮雕效果

（7）用同样的方法，新建图层 4，选择“图案图章工具”，“图案”选择“图案 2”，拉动鼠标将图层填充满，其效果如图 3-676 所示。

（8）按 Ctrl 键单击图层 4，调出选区，然后隐藏图层 4。回到图层 0，按 Ctrl+J 键复制出图层 5。在图层 3 上单击鼠标右键复制图层 3 的图层样式，在图层 5 中粘贴图层 3 的图层样式，如图 3-677 所示。

（9）按 Ctrl 键单击图层 3，然后按 Shift+Ctrl 键单击图层 5，调出选区，如图 3-678 所示。

图 3-676　填充图案 2 后的效果

图 3-677　粘贴图层样式

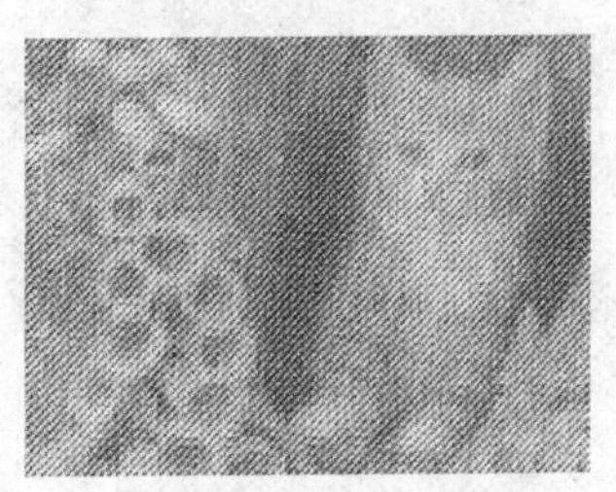

图 3-678　调出选区

（10）隐藏图层 3 和图层 5。执行“选择”→“修改”→“扩展”菜单命令，如图 3-679 所示。扩展之后反选，如图 3-680 所示。

（11）回到图层 0 中，按 Delete 键删除，如图 3-681 所示。

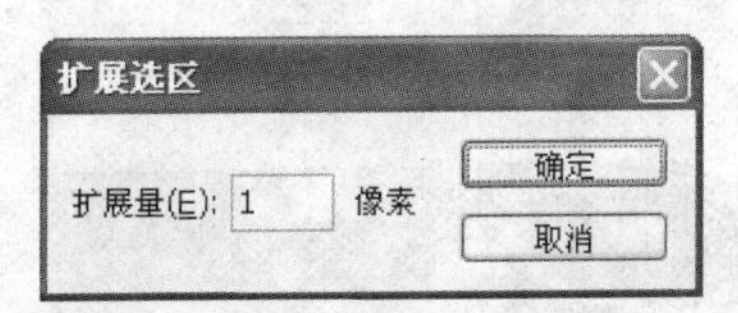

图 3-679　设置“扩展选区”

（12）新建图层 6，填充为黑色，并将其拖到图层面板的最下方，补充删除的内容。得到最终效果如图 3-682 所示。

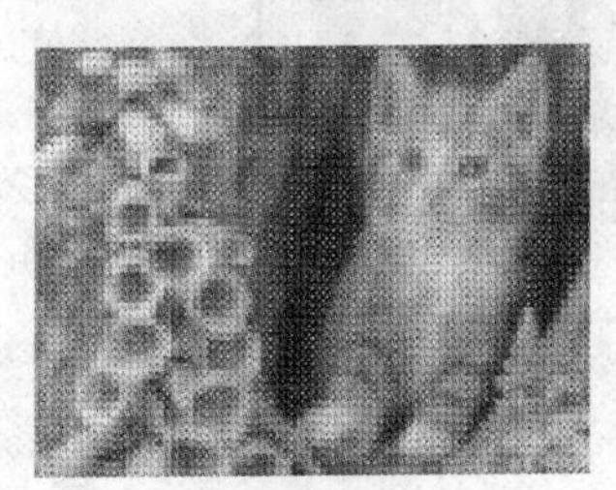

图 3-680　反选

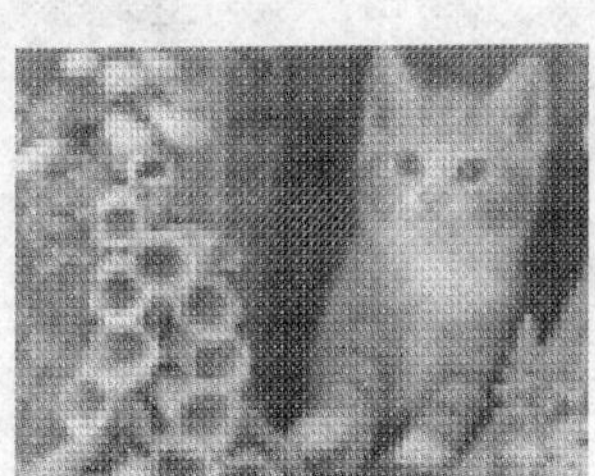

图 3-681　删除选区

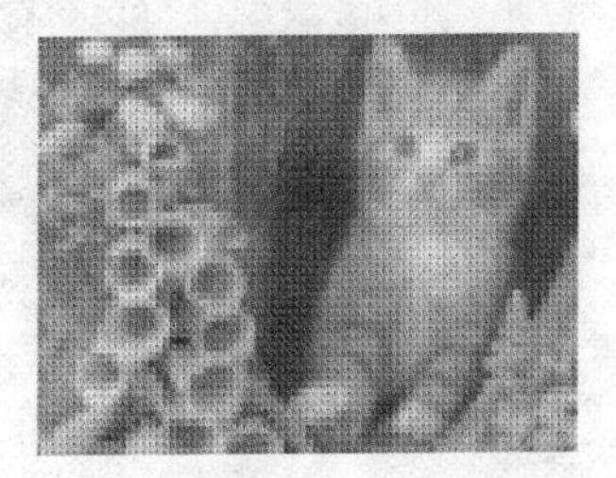

图 3-682　十字绣效果

实例 228——冲破冰围

本例将绘制一辆结冰的汽车效果。（学习难度：★★★★★）

（1）执行“文件”→“打开”菜单命令，打开图像，如图 3-683 所示。

（2）选择钢笔工具选中汽车，并进行调整，如图 3-684 所示。

（3）按 Ctrl+Enter 键载入选区，然后按 Ctrl+J 键复制图层为图层 1。

（4）复制图层 1，执行“滤镜”→“模糊”→“高斯模糊”菜单命令，设置“半径”为 2，得到如图 3-685 所示的效果。

图 3-683　打开图像

图 3-684　选中汽车

图 3-685　高斯模糊效果

（5）执行“滤镜”→“风格化”→“照亮边缘”菜单命令，设置参数如图 3-686 所示。将图层的“混合模式”设置为“过滤”，得到如图 3-687 所示的效果。

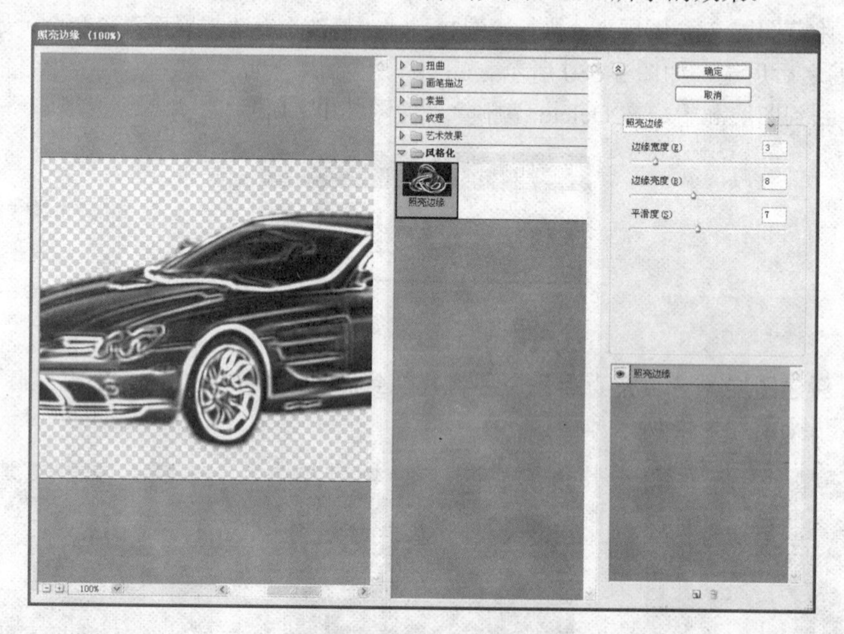

图 3-686　设置“照亮边缘”

图 3-687　照亮边缘效果

（6）复制图层 1，执行“滤镜”→“素描”→“铬黄”菜单命令，设置参数如图 3-688 所示。将图层“混合模式”设置为“叠加”，得到如图 3-689 所示的效果。

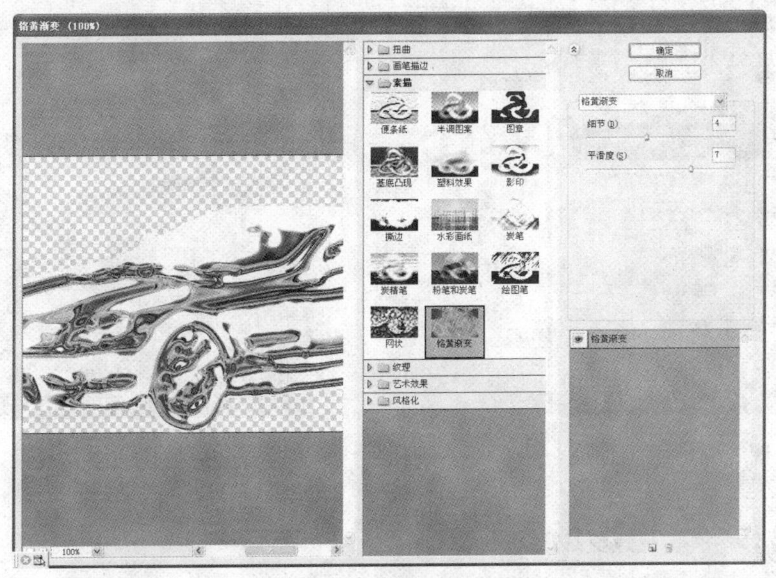

图 3-688　设置“铬黄渐变”

（7）复制图层 1，执行“图像”→“调整”→“色相/饱和度”菜单命令，设置参数如图 3-690 所示；执行“图像”→“调整”→“色彩平衡”菜单命令，设置参数如图 3-691 所示；将图层混合模式设置为“柔光”，得到如图 3-692 所示的效果。

图 3-689　铬黄效果

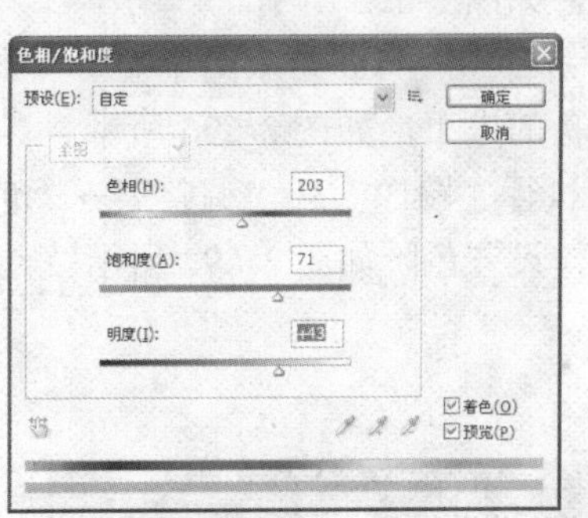

图 3-690　设置“色相/饱和度”

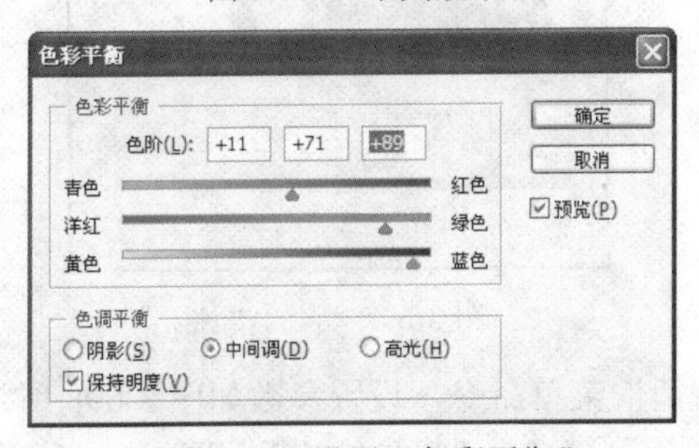

图 3-691　设置“色彩平衡”

图 3-692　色彩效果

（8）复制背景层，添加蒙版，设置渐变效果，并设置“不透明度”为 71%。此时的图层面板如图 3-693 所示。得到最终效果如图 3-694 所示。

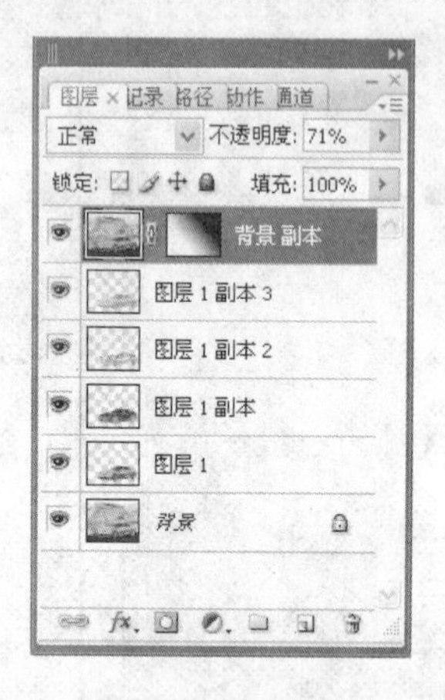

图 3-693　图层面板

图 3-694　冲破冰围效果

实例 229——电影场景

本例将普通图片制作为电影中的一个场景的效果。（学习难度：★★★★）

（1）执行“文件”→“打开”菜单命令，打开图像，如图 3-695 所示。

（2）新建图层 1。绘制两个矩形黑框，做出电影屏幕的效果，如图 3-696 所示。

（3）执行“图像”→“调整”→“色阶”菜单命令，设置色阶如图 3-697 所示。

图 3-695　打开图像

图 3-696　电影屏幕效果

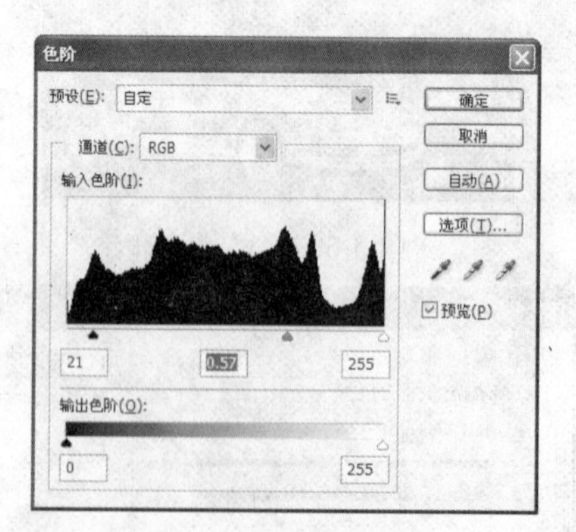

图 3-697　设置“色阶”

（4）执行“图像”→“调整”→“色彩平衡”菜单命令，设置参数如图 3-698 所示。

（5）如果对效果不满意，还可以继续调整，直到满意为止。最终效果如图 3-699 所示。

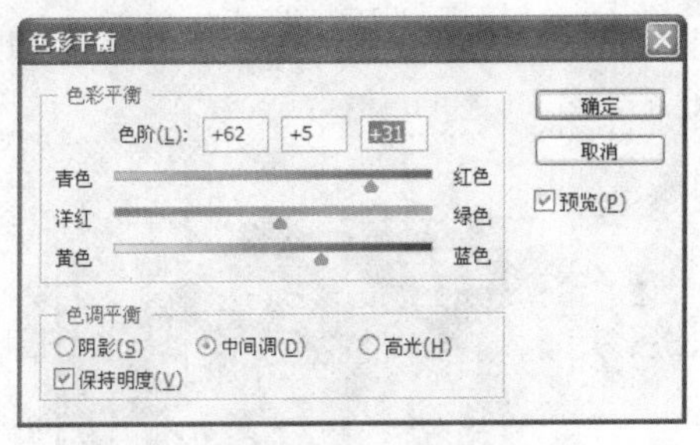

图 3-698　设置“色彩平衡”

图 3-699　电影场景效果

实例 230——发黄的老照片

本例将制作一张发黄的老照片效果。（学习难度：★★★★）

（1）执行“文件”→“打开”菜单命令，打开图像，如图 3-700 所示。

（2）执行“图像”→“调整”→“去色”菜单命令，如图 3-701 所示。

图 3-700　打开图像

图 3-701　去色

（3）复制背景层。执行“滤镜”→“渲染”→“光照效果”菜单命令，设置颜色为褐色，参数如图 3-702 所示。设置后的效果如图 3-703 所示。

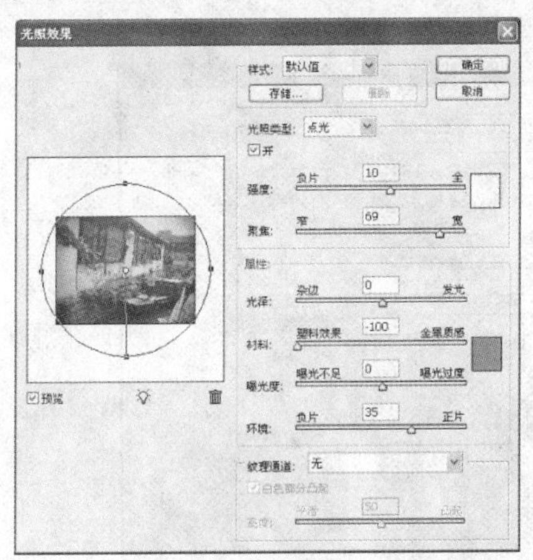

图 3-702　设置“光照效果”

图 3-703　光照效果

（4）执行“图像”→“调整”→“色阶”菜单命令，设置参数如图 3-704 所示。最终效果，如图 3-705 所示。

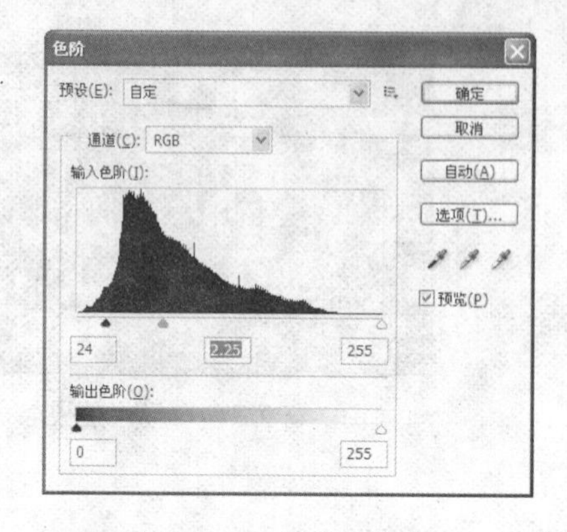

图 3-704　设置“色阶”

图 3-705　发黄的老照片效果

实例 231——蝴蝶纹理

本例将利用纹理化和光照效果等滤镜来制作一个蝴蝶纹理效果。（学习难度：★★★★★）

（1）执行“文件”→“新建”菜单命令，建立一个 RGB 图像文件，设置其宽度和高度均为 500 像素，分辨率为 300 像素/英寸。

（2）新建图层 1，填充蓝色（R:13;G:85;B:146），如图 3-706 所示。

图 3-706　填充蓝色

（3）在通道面板中建立一个新的通道 Alpha1。执行“滤镜”→“纹理”→“纹理化”菜单命令，设置参数如图 3-707 所示。

图 3-707　设置“纹理化”

（4）执行“滤镜”→“模糊”→“动感模糊”菜单命令，设置参数如图 3-708 所示，其效果如图 3-709 所示。

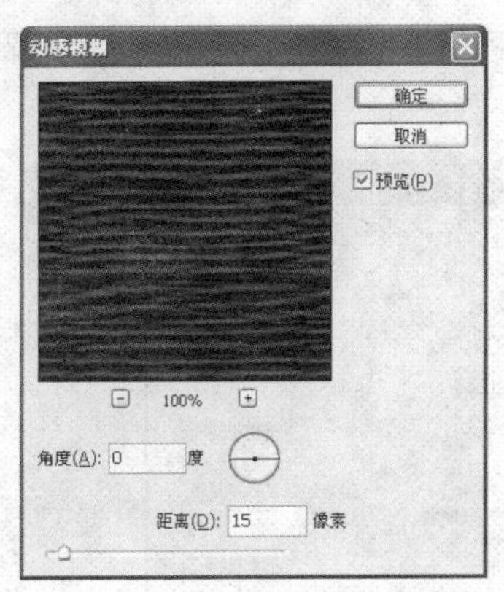

图 3-708　设置“动感模糊”

图 3-709　动感模糊效果

（5）回到图层面板，在图层 1 中执行“滤镜”→“渲染”→“光照效果”菜单命令，设置参数如图 3-710 所示，其效果如图 3-711 所示。

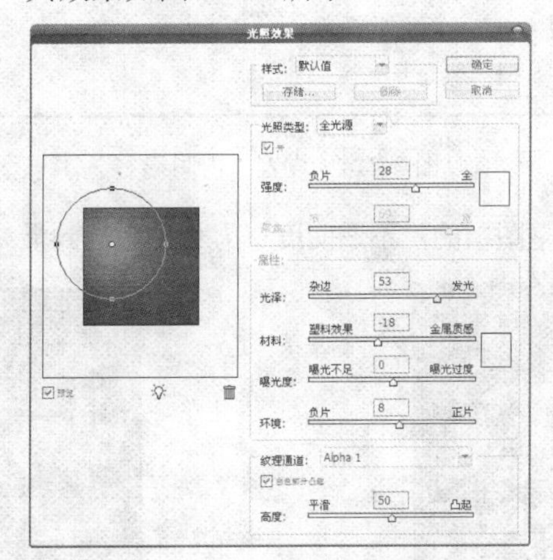

图 3-710　设置“光照效果”

（6）执行“文件”→“打开”菜单命令，打开图像，如图 3-712 所示。

（7）使用魔棒工具单击天空，执行“选择”→“选取相似”菜单命令，选中整个天空，反选并将选区中的图像拖到文件中，调整其大小和位置，如图 3-713 所示。

图 3-711　光照效果

图 3-712　打开图像

图 3-713　拖入图像后的文件效果

（8）按 Ctrl 键单击图像所在层，载入选区，按 Ctrl+C 键复制选区，再按 Ctrl+V 键粘贴选区内图像，生成图层 3。

（9）隐藏图层 2。打开“图层样式”对话框，选择“内阴影”，设置参数如图 3-714 所示，其效果如图 3-715 所示。

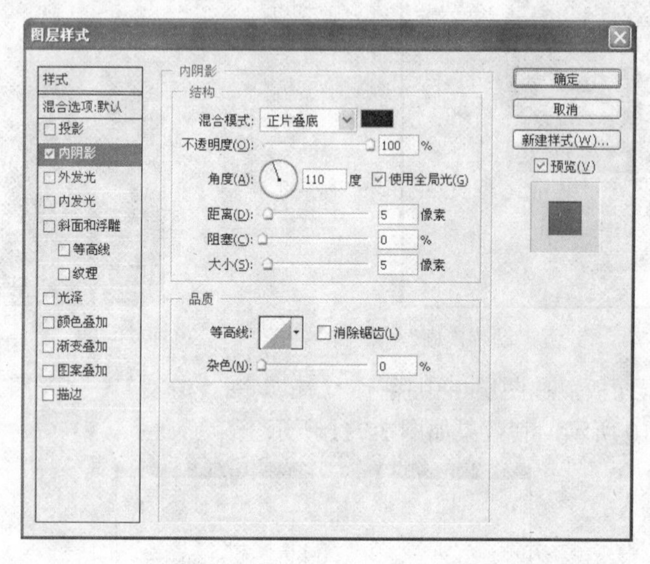

图 3-714　设置“内阴影”

（10）显示图层 2。调整图层的“不透明度”为 25%，得到最终效果如图 3-716 所示。

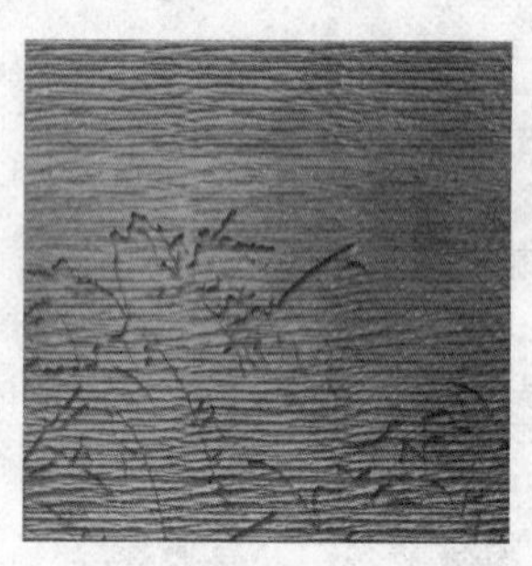

图 3-715　内阴影效果

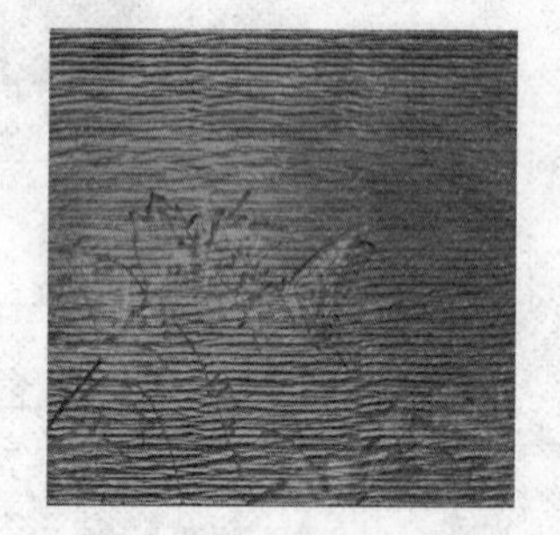

图 3-716　蝴蝶纹理效果

实例 232——精美包装盒

本例将制作精美的立体包装盒效果。（学习难度：★★★★）

（1）执行“文件”→“新建”菜单命令，新建一个宽度和高度均为 700 像素的文件，颜色模式为 RGB。

（2）执行“文件”→“打开”菜单命令，打开图像，如图 3-717 所示。

（3）将图像拖到文件中，选择矩形选框工具绘制一个矩形，并按 Shift+Ctrl+J 键生成图层 1，如图 3-718 所示。

（4）按 Ctrl+T 键自由变换，单击鼠标右键并选择“扭曲”命令，对两个矩形进行调整，如图 3-719 所示。

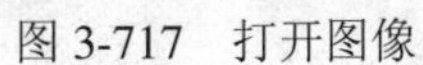

图 3-717　打开图像

图 3-718　两个矩形效果

图 3-719　调整矩形

（5）分别设置两个矩形的图层样式，选择“描边”，设置颜色为桔黄色，如图 3-720 所示。设置的效果如图 3-721 所示。

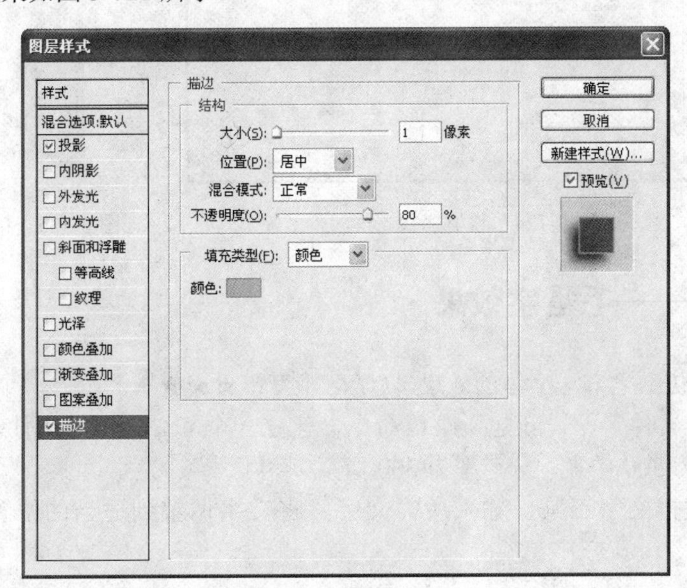

图 3-720　设置“描边”

（6）新建图层 2。选择钢笔工具在顶部绘制一个多边形，如图 3-722 所示。

（7）按 Ctrl+Enter 键载入选区，填充为白色，如图 3-723 所示。

图 3-721　描边效果

图 3-722　绘制多边形

图 3-723　填充多边形

（8）同样，为图层 2 添加描边效果，其参数设置和图层 1 相同。

（9）将除背景外的所有图层合并。打开“图层样式”对话框，选择“投影”，设置参数如图 3-724 所示。得到最终效果如图 3-725 所示。

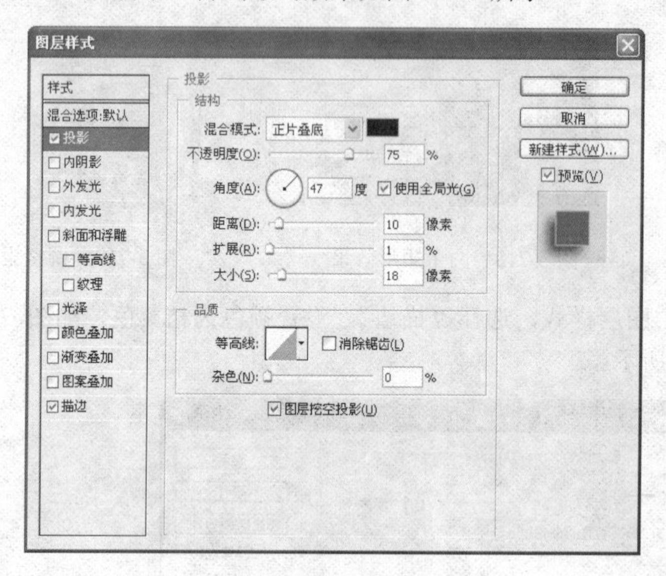

图 3-724　设置“投影”

图 3-725　精美包装盒效果

实例 233——毛笔字效果

本例将制作仿毛笔书法字体的效果。（学习难度：★★★★）

（1）执行“文件”→“新建”菜单命令，建立一个 RGB 图像文件，设置其宽度为 600 像素，高度为 300 像素，分辨率为 300 像素/英寸。

（2）选择横排文字工具，输入所需文字，将文字调整到适当的位置，字体效果如图 3-726 所示。

天下为公

图 3-726　输入文字

（3）用鼠标右键单击文本图层，选择“栅格化文字”命令，将文字层变为普通层。

（4）执行“滤镜”→“素描”→“铬黄”菜单命令，设置参数如图 3-727 所示。

（5）执行“滤镜”→“素描”→“图章”菜单命令，设置参数如图 3-728 所示。得到最终效果如图 3-729 所示。

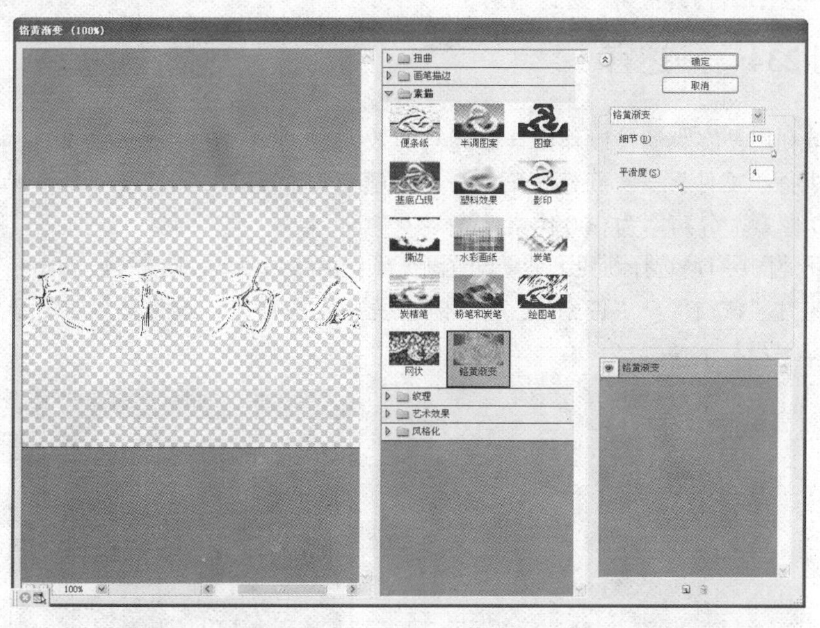

图 3-727　设置“铬黄渐变”

图 3-728　设置“图章”

图 3-729　毛笔字效果

实例 234——迷宫

本例将利用马赛克滤镜制作出一个迷宫的效果。（学习难度：★★★★）

（1）执行"文件"→"新建"菜单命令，建立一个 RGB 图像文件，设置其宽度和高度均为 500 像素，分辨率为 300 像素/英寸。

（2）新建图层 1，选择渐变工具，设置渐变颜色由红到白，径向渐变，如图 3-730 所示。

（3）执行"滤镜"→"像素化"→"马赛克"菜单命令，设置参数如图 3-731 所示。其效果如图 3-732 所示。

图 3-730　渐变效果

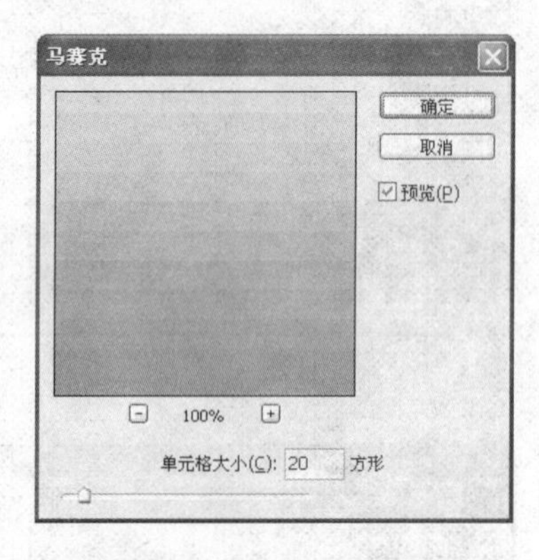

图 3-731　设置"马赛克"

（4）复制图层 1，设置"混合模式"为"点光"并旋转 90 度，如图 3-733 所示。

图 3-732　马赛克效果

图 3-733　旋转

操作技巧：

不同图层的混合模式叠加，可以产生不同的效果，读者可以对同一个图层进行不同混合模式的设置，以得到最适合的效果。

（5）复制图层 1 副本，继续旋转，如图 3-734 所示。

（6）选择横排文字工具，输入文字，字体选择"华文琥珀"，如图 3-735 所示。

（7）复制文字层，移动其位置，并调整"不透明度"为 55%，得到最终效果如图 3-736 所示。

图 3-734　继续旋转

图 3-735　输入文字

图 3-736　迷宫效果

实例 235——签名卡片

本例将制作一个属于自己的签名卡片。（学习难度：★★★★）

（1）执行“文件”→“新建”菜单命令，建立一个 RGB 图像文件，设置其宽度为 600 像素，高度为 500 像素，分辨率为 300 像素/英寸。

（2）选择矩形选框工具绘制一个矩形，并填充为黑色，如图 3-737 所示。

（3）执行“滤镜”→“杂色”→“添加杂色”菜单命令，设置参数如图 2-738 所示。

图 3-737　填充黑色

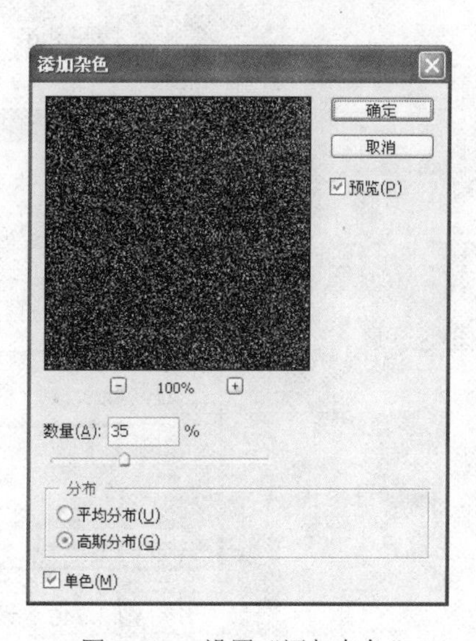

图 3-738　设置“添加杂色”

（4）再执行“滤镜”→“杂色”→“绘画涂抹”菜单命令，设置参数如图 3-739 所示。

（5）执行“图像”→“调整”→“色相/饱和度”菜单命令，设置参数如图 3-740 所示。调整后的颜色如图 3-741 所示。

（6）打开一张汽车的图片，并将其拖入文件中，如图 3-742 所示。

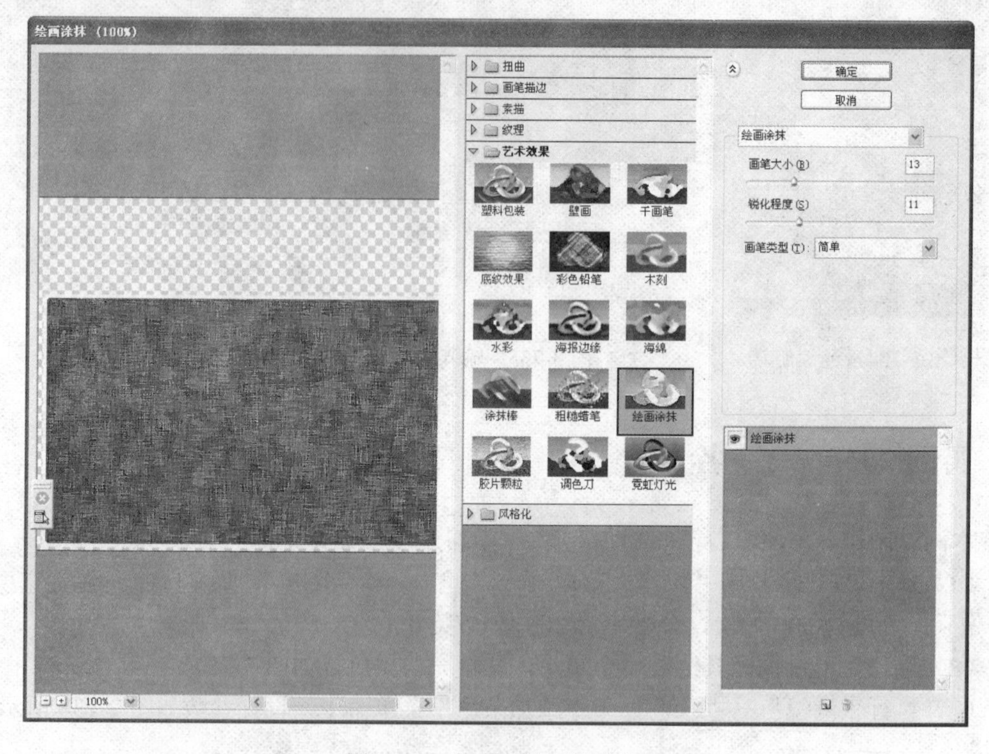

图 3-739 设置“绘画涂抹”

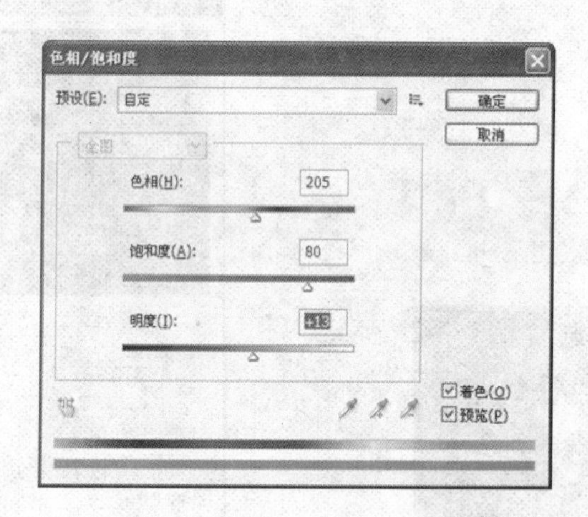

图 3-740 设置“色相/饱和度”

（7）复制图层 2，执行“滤镜”→“模糊”→“动感模糊”菜单命令，设置参数如图 3-741 所示。

（8）调整图层 2 副本的“不透明度”为 64%，如图 3-742 所示。

（9）将图层 2 的“混合模式”设置为“正片叠底”。执行“图像”→“调整”→“色相/饱和度”菜单命令，设置参数如图 3-745 所示。其效果如图 3-746 所示。

图 3-741　调整后的颜色

图 3-742　拖入汽车图片

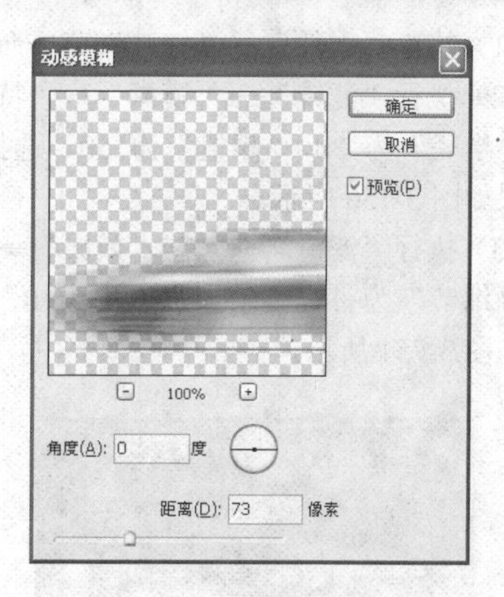

图 3-743　设置“动感模糊”

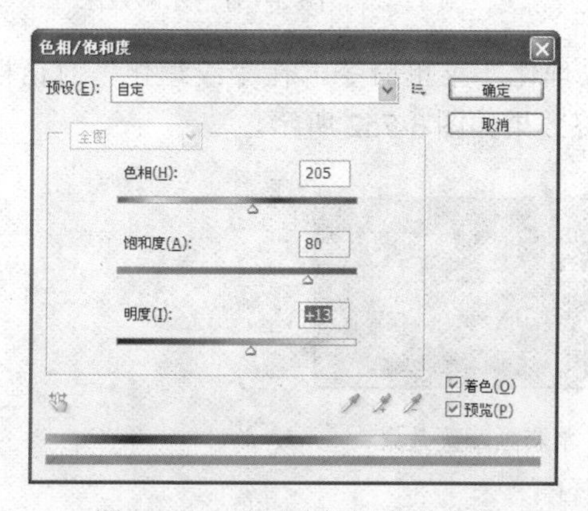

图 3-745　设置“色相/饱和度”

图 3-744　调整“不透明度”

图 3-746　色相/饱和度效果

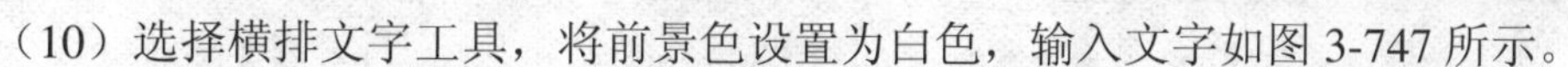

（10）选择横排文字工具，将前景色设置为白色，输入文字如图 3-747 所示。

（11）变换字体，输入签名，如图 3-748 所示，并按 Ctrl+T 键进行旋转。

（12）复制图层 2 副本，按 Ctrl+T 键进行缩放，并旋转和签名同样的角度，得到最终效果如图 3-749 所示。

图 3-747　输入文字

图 3-748　输入签名

图 3-749　签名卡片效果

实例 236——水彩画蔬菜

本例将利用滤镜效果制作出水彩画蔬菜的效果。（学习难度：★★★★）

（1）执行“文件”→“打开”菜单命令，打开一张蔬菜图像文件。

（2）执行“滤镜”→“模糊”→“特殊模糊”菜单命令，弹出“特殊模糊”对话框，设置“半径”为 30，“阈值”为 50，选择“品质”为“中”，“模式”为“正常”，设置后的效果如图 3-750 所示。

（3）执行“滤镜”→“艺术效果”→“水彩”菜单命令，弹出“水彩”对话框，设置“笔画细节”为 14，“暗调强度”为 0，“纹理”为 1，此时的图像已经有一些水彩效果了，如图 3-751 所示。

图 3-750　特殊模糊效果

图 3-751　水彩效果

（4）执行“滤镜”→“纹理”→“纹理化”菜单命令，在“纹理化”对话框中设置“缩放”为 50%，“凸现”为 2，得到最终效果如图 3-752 所示。

图 3-752　水彩画蔬菜效果

实例 237——童话城堡

本例将通过通道面板将图像制作成艺术效果，朦胧得好像童话世界。（学习难度：★★★★★）

（1）执行“文件”→“打开”菜单命令，打开图像，如图 3-753 所示。

（2）复制背景层，在通道面板中选择蓝色通道，执行“选择”→“色彩范围”菜单命令，用鼠标选取天空部分，如图 3-754 所示。选取范围如图 3-755 所示。

（3）保存选区，单击 RGB 通道，回到图层面板，添加蒙版，选择背景层，进入通道面板，选择红色通道，按 Ctrl+A 键全选，然后按 Ctrl+C 键复制。

（4）回到图层面板，新建图层 1，按 Ctrl+V 键粘贴，调整图层的“不透明度”为 85%，如图 3-756 所示。

图 3-753　打开图像

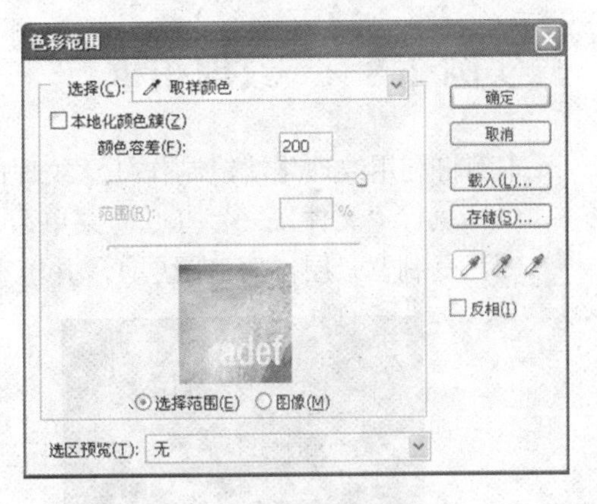

图 3-754　选取天空

图 3-755　选取范围

图 3-756　调整“不透明度”

（5）合并除背景层之外的图层为图层 1。复制图层 1，执行“滤镜”→“模糊”→“高斯模糊”菜单命令，设置“半径”为 3，其效果如图 3-757 所示。

（6）调整图层 1 副本的“不透明度”为 60%，得到最终效果如图 3-758 所示。

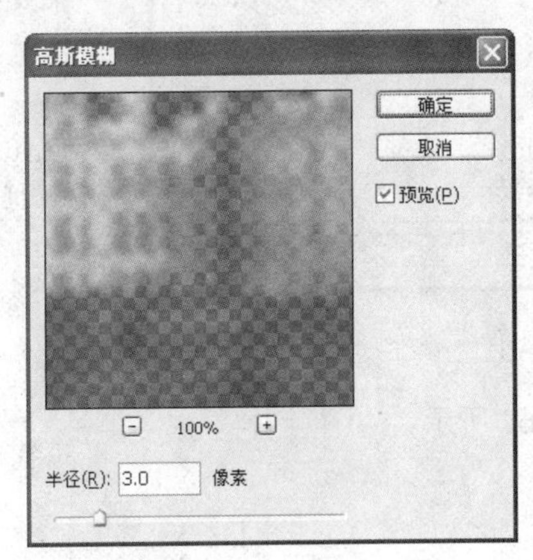

图 3-757　设置“高斯模糊”

图 3-758　童话城堡效果

实例 238——纹理相框

本例将利用纹理化滤镜制作任意纹理的镜框。（学习难度：★★★★）

（1）执行“文件”→“打开”菜单命令，打开图像，如图 3-759 所示。

（2）复制背景层，新建图层 1，并填充颜色“R:51;G:75;B:142”，如图 3-760 所示。

图 3-759　打开图像

图 3-760　填充颜色

（3）在图层 1 中，执行“滤镜”→“纹理”→“纹理化”菜单命令，在“载入纹理”项中选择一个文件，如图 3-761 所示。

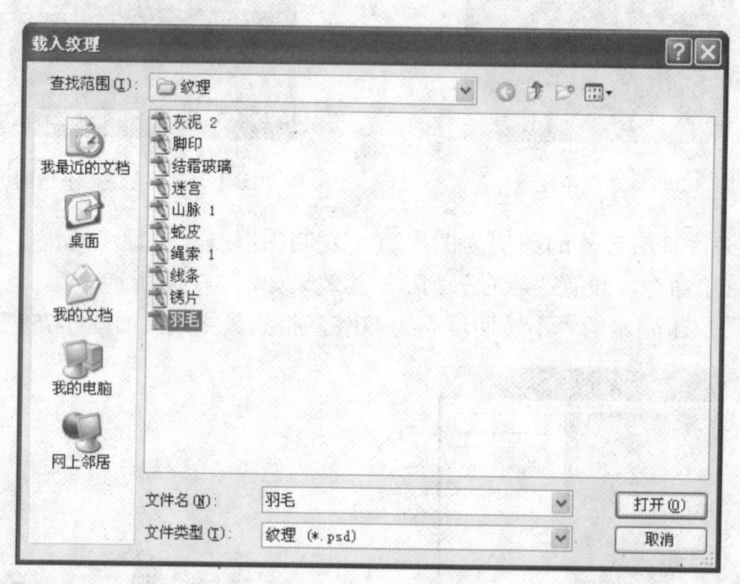

图 3-761　选择文件

（4）在“纹理化”对话框中设置参数如图 3-762 所示。

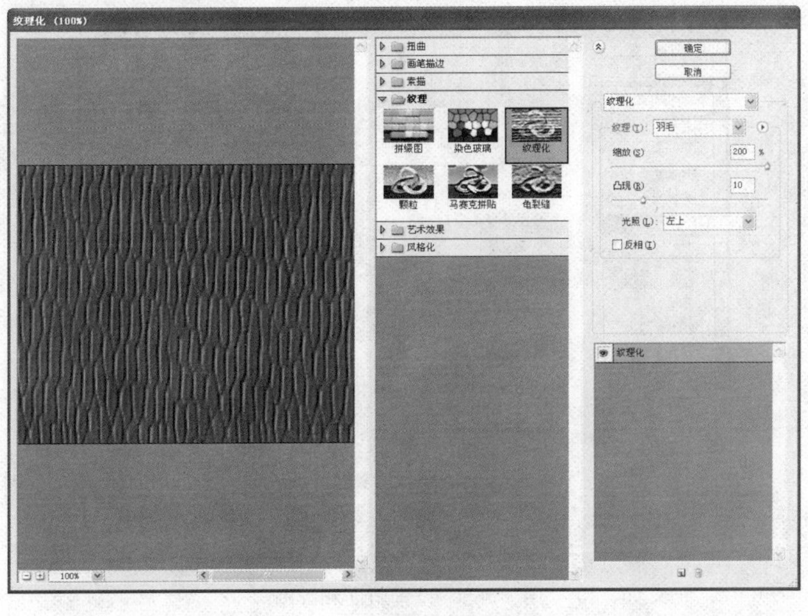

图 3-762　设置“纹理化”

（5）选择圆角工具，对背景层副本层进行修改，设置后的效果如图 3-763 所示。

（6）打开“图层样式”对话框，选择“投影”，设置参数如图 3-764 所示。

图 3-763　设置后的效果

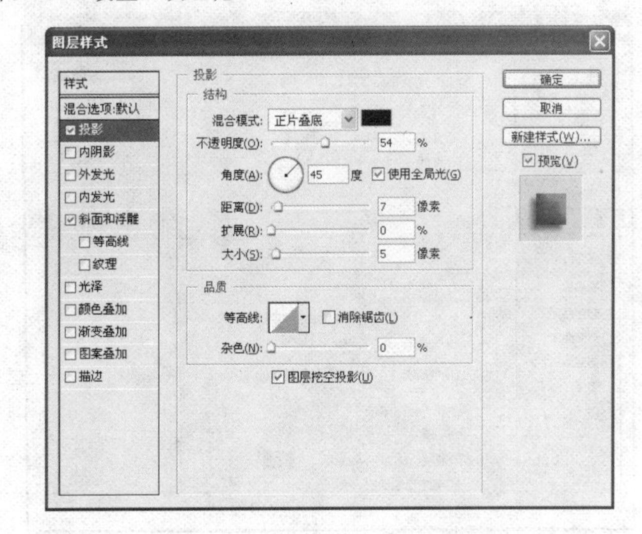

图 3-764　设置“投影”

（7）选择“斜面和浮雕”，设置参数如图 3-765 所示，其效果如图 3-766 所示。

（8）回到图层 1，打开“图层样式”对话框，选择“斜面和浮雕”，设置参数如图 3-767 所示。最终效果如图 3-768 所示。

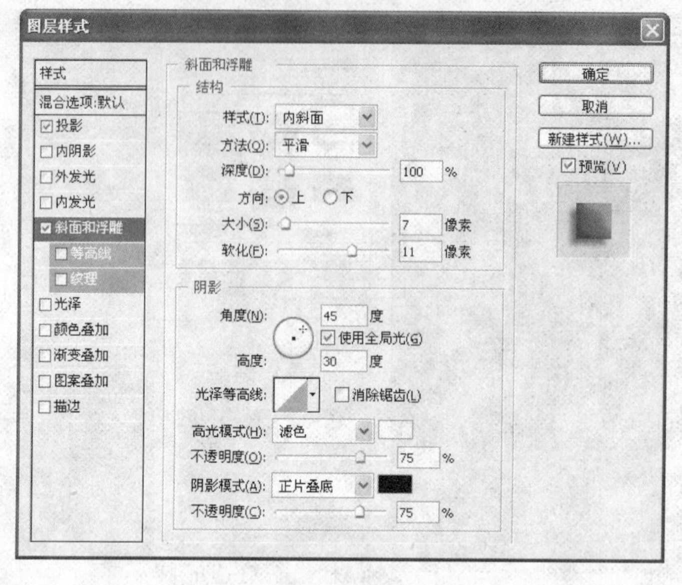

图 3-765 设置斜面和浮雕

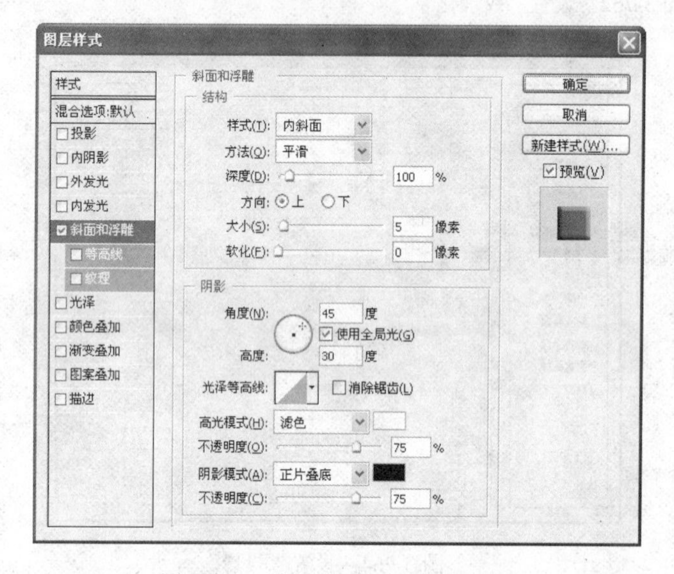

图 3-767 设置效果“斜面和浮雕”

图 3-766 斜面和浮雕效果

图 3-768 纹理相框效果

实例 239——荧光蝴蝶

本例将制作出具有荧光效果的蝴蝶。(学习难度：★★★★★)

(1) 执行“文件”→“打开”菜单命令，打开图像，如图 3-769 所示。

(2) 使用魔棒工具单击图像的白色部分，反选并按 Ctrl+J 键复制一个图层。

(3) 新建图层 2，填充为黑色，并拖到图层 1 的下方。

（4）复制图层 1，同时隐藏图层 1。执行“图像”→“调整”→“渐变映射”菜单命令，设置渐变颜色如图 3-770 所示。渐变映射效果如图 3-771 所示。

图 3-769　打开图像

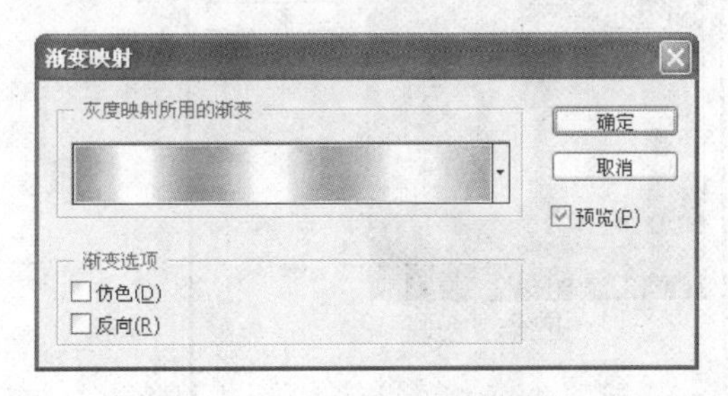

图 3-770　设置“渐变映射”

（5）将图层 1 副本层去色，并将该图层的“混合模式”设置为“强光”，其效果如图 3-772 所示。

（6）复制图层 1 副本层。将图层 1 副本层执行“滤镜”→“模糊”→“高斯模糊”菜单命令，设置“半径”为 3.4，其效果如图 3-773 所示。

（7）将图层 1 拖到最上方，将其“混合模式”设置为“颜色”。最终效果如图 3-774 所示。

图 3-771　渐变映射效果

图 3-772　强光效果

图 3-773　高斯模糊效果

图 3-774　荧光蝴蝶效果

实例 240——圆滑轮廓线

本例将把边缘尖锐的字母的轮廓线变得圆滑。（学习难度：★★★★）

（1）执行“文件”→“新建”菜单命令，建立一个 RGB 图像文件，设置其宽度和高度均为 300 像素，分辨率为 300 像素/英寸。

（2）使用横排文字工具，输入文字且字体加粗，如图 3-775 所示。

（3）按 Q 键进入快速蒙版模式，执行“滤镜”→“模糊”→“高斯模糊”菜单命令，其设置如图 3-776 所示。

（4）执行“图像”→“调整”→“亮度/对比度”菜单命令，设置参数如图 3-777 所示，其效果如图 3-778 所示。

look

图 3-775　输入文字

图 3-776　设置“高斯模糊”

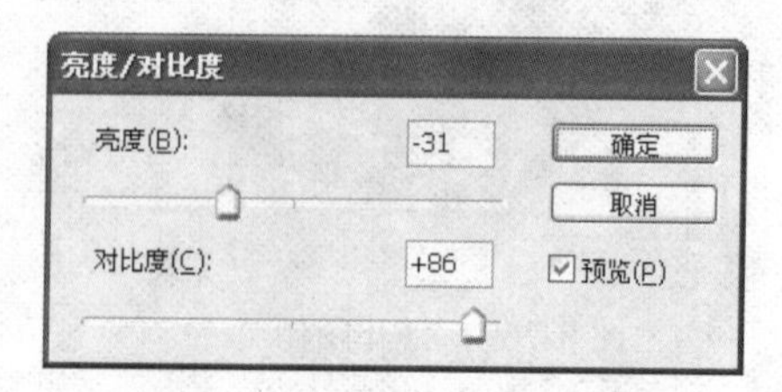

图 3-777　设置“亮度/对比度”

（5）按 Q 键回到正常模式下，为选区填充颜色，字体就变得圆滑了。最终效果如图 3-781 所示。

look

图 3-778　亮度/对比度效果

look

图 3-779　圆滑轮廓线效果

实例 241——最终幻想版画

本例将最终幻想图片制作成版画效果。（学习难度：★★★★★）

（1）执行“文件”→“打开”菜单命令，打开图像，如图 3-780 所示。

（2）执行“图像”→“调整”→“去色”菜单命令，其效果如图 3-781 所示。

（3）执行“滤镜”→“风格化”→“查找边缘”菜单命令，其效果如图 3-782 所示。

图 3-780　打开图像

图 3-781　去色效果

图 3-782　查找边缘效果

（4）执行“图像”→“调整”→“色阶”菜单命令，设置色阶如图 3-783 所示。设置的效果如图 3-784 所示。

（5）执行“文件”→“存储为”菜单命令，将文件保存起来，再打开另外一张木纹效果的图像，执行“滤镜”→“纹理”→“纹理化”菜单命令，载入刚才存储的文件，如图 3-785 所示。得到最终效果如图 3-786 所示。

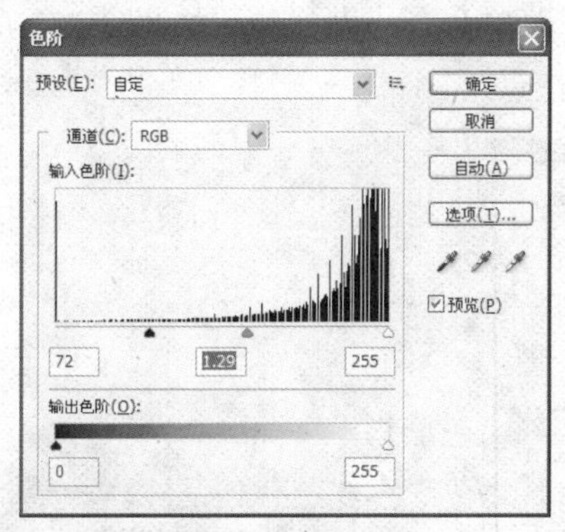

图 3-783　设置“色阶”

图 3-784　色阶设置效果

图 3-785　设置“纹理化”

图 3-786　最终幻想版画效果

实例 242——粗糙印刷效果

本例将制作做工非常粗糙的印刷效果纹理。（学习难度：★★★★）

（1）执行“文件”→“打开”菜单命令，打开风景图像，如图 3-787 所示。

图 3-787　风景图像

（2）执行“滤镜”→“纹理”→“颗粒”菜单命令，设置参数如图 3-788 所示。颗粒效果如图 3-789 所示。

图 3-788　设置“颗粒”

图 3-789　颗粒效果

（3）执行“滤镜”→“艺术效果”→“胶片颗粒”菜单命令，设置参数如图 3-790 所示。最终效果如图 3-791 所示。

图 7-790　设置“胶片颗粒”

图 3-791　粗糙印刷效果

实例 243——老电影效果

本例将普通照片制作成老电影一样的效果。（学习难度：★★★★★）

（1）执行“文件”→“打开”菜单命令，打开作为电影场景的图像，如图 3-792 所示。

（2）执行“图像”→“调整”→“色相/饱和度”菜单命令，设置参数如图 3-793 所示。调整颜色如图 3-794 所示。

（3）新建图层 1，按 D 键恢复默认颜色设置。填充图层为白色，执行“滤镜”→“素描”→“绘画笔”菜单命令，设置“描边长度”为 12，“明/暗平衡”为 10，“描边方向”为“垂直”，其效果如图 3-795 所示。

图 3-792　打开图像

图 3-793　设置“色相/饱和度”

图 3-794　图像效果

图 3-795　绘画笔效果

（4）执行“滤镜”→“渲染”→“云彩”菜单命令，然后执行“编辑”→“渐隐云彩”命令，其设置如图 3-796 所示，得到效果如图 3-797 所示。

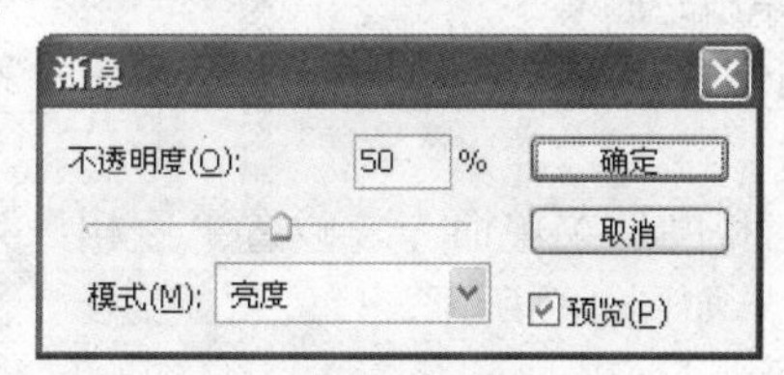

图 3-796　设置“渐隐”

图 3-797　渐隐云彩效果

（5）执行“滤镜”→“模糊”→“动感模糊”菜单命令，设置“角度”为 90，“距离”为 19，其效果如图 3-798 所示。

（6）执行“滤镜”→“艺术效果”→“胶片颗粒”菜单命令，设置“颗粒”为 8，“高光区域”为 20，“强度”为 3，其效果如图 3-799 所示。

（7）将图层 1 的“混合模式”设置为“叠加”，“不透明度”设置为 50%，得到最终效果如图 3-800 所示。

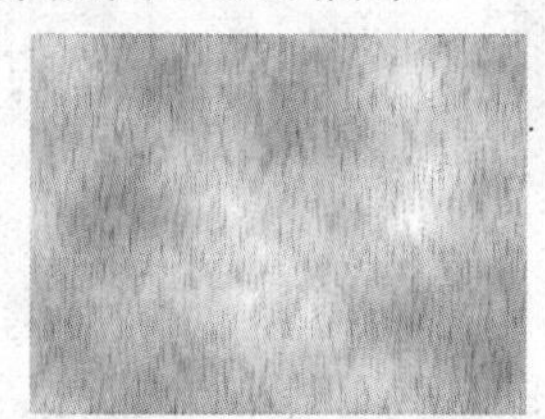

图 3-798　动感模糊效果

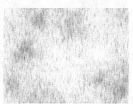

图 3-799　胶片颗粒效果

图 3-800　老电影效果

第四篇　图　像　篇

本篇重点

- 多彩几何体、篮球、齿轮、风扇、象棋、台历的制作
- 网点画、香烟的制作
- 水晶按钮、三角按钮的制作
- 胶囊按钮、锈金属按钮、玻璃按钮、MP4 播放器、口红的制作

本篇主要介绍了 53 个图像实例的制作方法，这些例子都是生活中比较常见的物品或者组成结构，如篮球、西瓜、风扇、象棋等。创作来源于生活，只有对生活多加观察，仔细记录才能创作出更多、更好的作品来。

实例 244——多彩几何体

本例将绘制正方体、球体和椎体三个最基本的几何体形状。（学习难度：★★★★）

（1）执行“文件”→“新建”菜单命令，建立一个 RGB 图像文件，设置其宽度为 600 像素，高度为 600 像素，分辨率为 300 像素/英寸。

（2）新建图层 1。选择椭圆选框工具绘制一个正圆，然后选择渐变工具，颜色由黑色到灰色径向渐变，得到如图 4-1 所示的效果。

（3）执行“图像”→“调整”→“色相/饱和度”菜单命令，设置“色相”为 80，“饱和度”为 64，“明度”为 20，调整颜色后的效果如图 4-2 所示。

提醒注意：

在调解“色相”、“饱和度”和“明度”时，不能太随意，要根据自己选取的主色调进行设置。

（4）新建图层 2，使用矩形选框工具绘制一个矩形，选择渐变工具，颜色由黑色到白色到黑色，线性渐变如图 4-3 所示。

（5）选择多边形套索工具删除多余的部分，得到一个三角形，如图 4-4 所示。

图 4-1　灰色球体效果

图 4-2　调整颜色后的效果

图 4-3　线性渐变

图 4-4　三角形

（6）使用椭圆选框工具绘制一个椭圆，如图 4-5 所示。反选并删除，如图 4-6 所示。

（7）再次绘制一个椭圆，如图 4-7 所示。然后使用加深工具对椭圆内的椎体底部进行

涂抹，取消选取，对椎体的顶部也进行加深处理，如图 4-8 所示。

（8）执行“图像”→“调整”→“色相/饱和度”菜单命令，设置“色相”为 24，“饱和度”为 73，“明度”为 18。调整后的效果如图 4-9 所示。

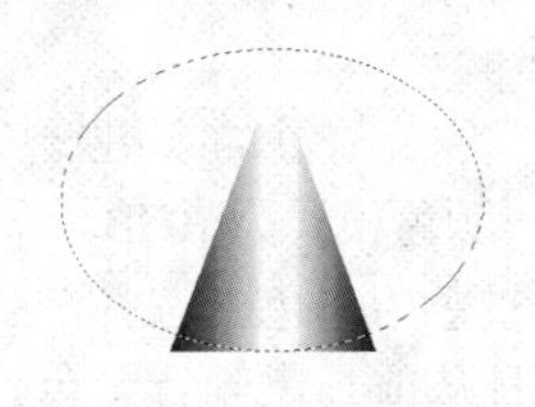

图 4-5　绘制椭圆

图 4-6　反选并删除

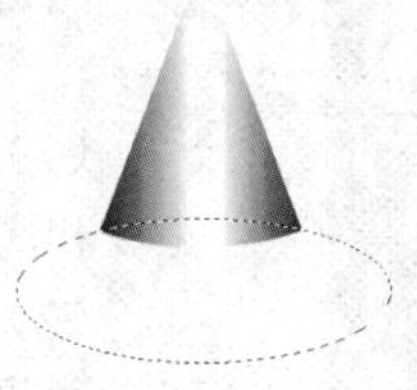

图 4-7　椭圆选区

图 4-8　加深涂抹

（9）新建图层 3，使用矩形选框工具绘制一个正方形，渐变颜色由黑色到灰色，线性渐变如图 4-10 所示。

（10）复制图层 3，将副本移动到上方，按 Ctrl+T 键选择“扭曲”，对正方形进行调整，如图 4-11 所示。

（11）再次复制图层 3，用同样的方法进行调整使三个图形构成一个正方体，如图 4-12 所示。

图 4-9　调整后的椎体效果

图 4-10　渐变正方形

图 4-11　调整形状

（12）执行“图像”→“调整”→“色相/饱和度”菜单命令，设置“色相”为 242，“饱和度”为 48，“明度”为 29，调整后的效果如图 4-13 所示。多彩几何体的最终效果如图 3-14 所示。

图 4-12　正方体

图 4-13　正方体效果

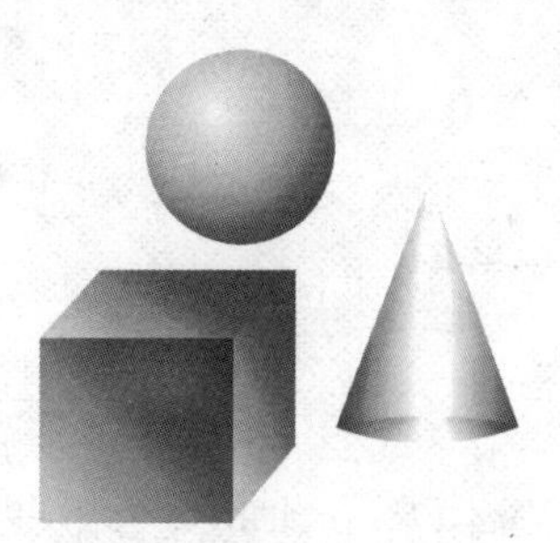

图 4-14　多彩几何体效果

实例 245——五彩高尔夫球

图 4-15　渐变效果

本例将利用球面化等滤镜制作几个高尔夫球的效果。（学习难度：★★★★）

（1）执行“文件”→“新建”菜单命令，新建一个宽度和高度均为 500 像素的文件，颜色模式为 RGB。

（2）设置前景色为白色，背景色为黑色。选择渐变工具，设置渐变类型为径向渐变且从前景色到背景色。渐变效果如图 4-15 所示。

（3）执行“滤镜”→“扭曲”→“玻璃”菜单命令，具体设置如图 4-16 所示。

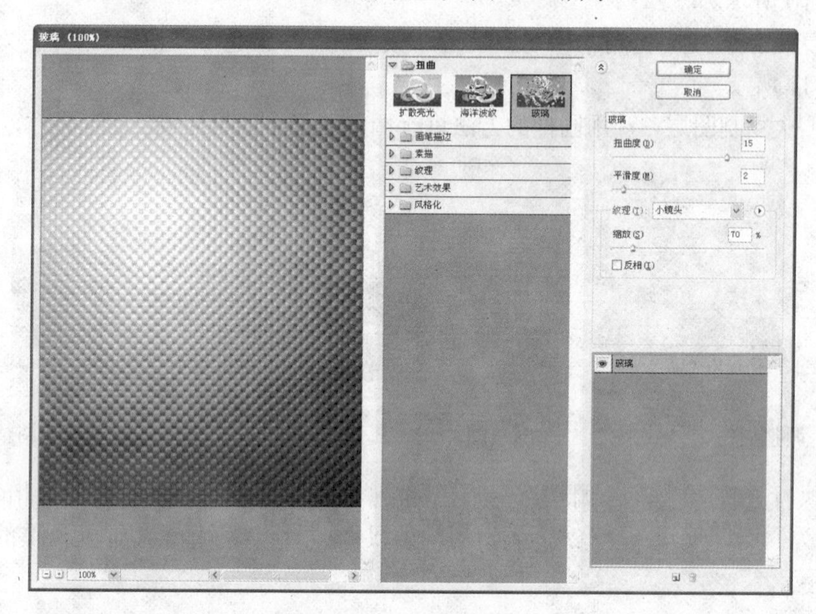

图 4-16　设置“玻璃”

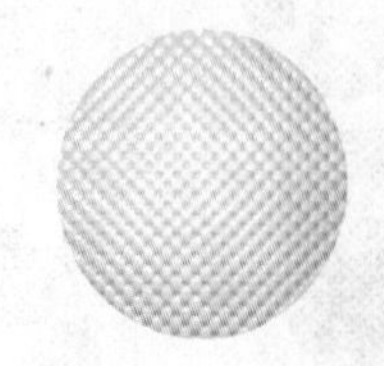

图 4-17　复制图层

（4）选择椭圆选框工具，按住 Shift 键绘制一个正圆形，并按 Ctrl+J 键复制图层，将背景填充白色，如图 4-17 所示。

（5）执行“滤镜”→“扭曲”→“球面化”菜单命令，使高尔夫球具有立体感，如图 4-18 所示。

（6）执行“滤镜”→“渲染”→“镜头光晕”菜单命令，添加光亮效果，如图 4-19 所示。

（7）至此，一个高尔夫球就完成了，如图 4-20 所示。

（8）我们来复制几个高尔夫球，使用色相/饱和度对话框进行调整，分别调整出不同

的颜色来，再添加一个背景作为烘托就可以了。得到最终效果如图 4-21 所示。

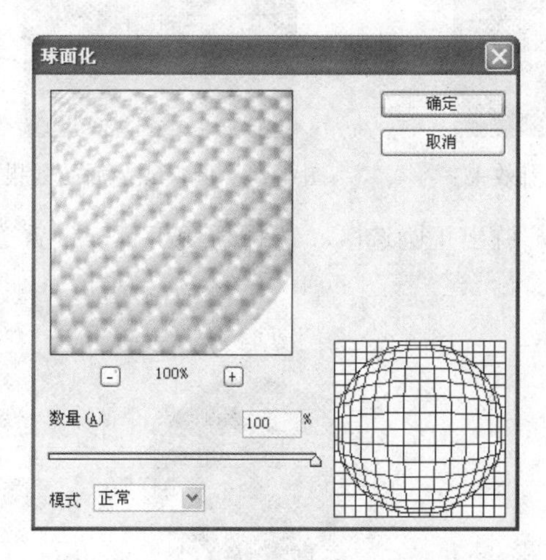

图 4-18　设置“球面化”

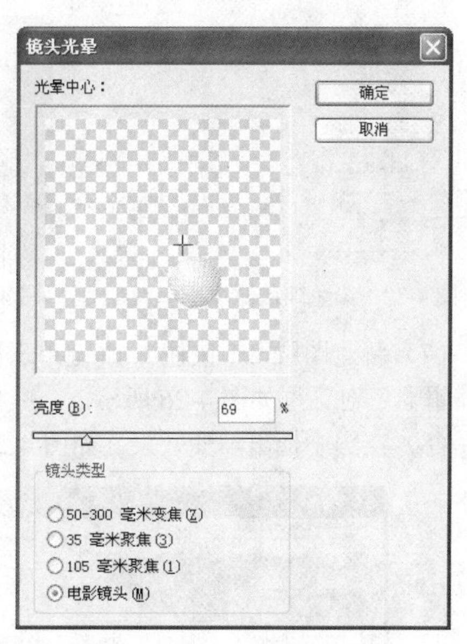

图 4-19　设置“镜头光晕”

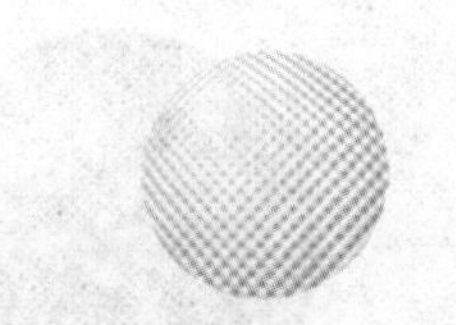

图 4-20　高尔夫球效果

图 4-21　五彩高尔夫球效果

实例 246——篮球

本例将通过滤镜和路径工具绘制一个篮球。(学习难度：★★★★★)

(1)使用 Ctrl+N 键，建立一个新文件，取名为“篮球”，其宽度为 600 像素，高度为 600 像素，分辨率为 300 像素/英寸。

(2)新建图层 1，将前景色设置为深灰色，填充前景色。

(3)执行“滤镜”→“纹理”→“染色玻璃”菜单命令，将“单元格大小”设置为 2，“边框粗细”为 1，“光照强度”为 0。完成后的效果如图 4-22 所示。

(4)执行命令“滤镜”→“风格化”→“浮雕效果”菜单命令，将“角度”设置为−160，“高度”为 1 像素，“数量”为 17，完成后的效果如图 4-23 所示。

(5)执行命令“图像”→“调整”→“色相/饱和度”菜单命令，设置“色相”为 18，“饱和度”为 68，“明度”为 1。设置后的效果如图 4-24 所示。

(6)选择椭圆选框工具，按住 Shift 键画出一个正圆来。然后按 Ctrl+Shift+I 键反选并

删除，得到如图 4-25 所示的效果。

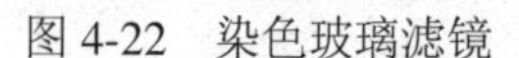

图 4-22　染色玻璃滤镜

图 4-23　浮雕效果

图 4-24　调整颜色后的效果

（7）新建图层 2。按住 Ctrl 键单击图层 1，调出正圆选区。选择渐变工具，设置“渐变编辑器”对话框如图 4-26 所示。

（8）在圆中拖出渐变效果，如图 4-27 所示。

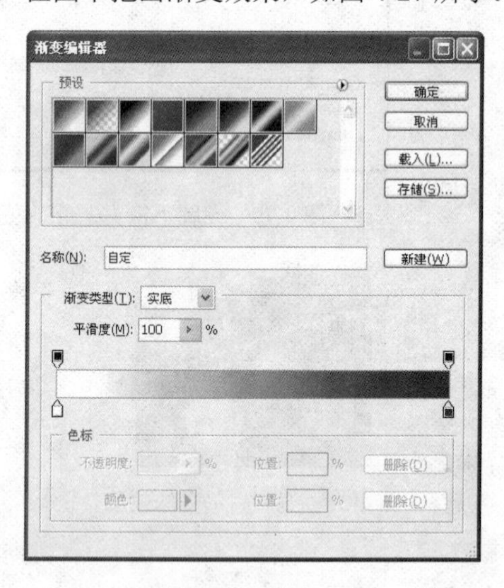

图 4-26　渐变编辑器

图 4-25　正圆效果

图 4-27　渐变效果

（9）设置图层 2 的“混合模式”为“柔光”，得到篮球的高光效果，如图 4-28 所示。

（10）执行“图像”→“调整”→“亮度/对比度”菜单命令，对篮球进行调整，如图 4-29 所示。

图 4-28　高光效果

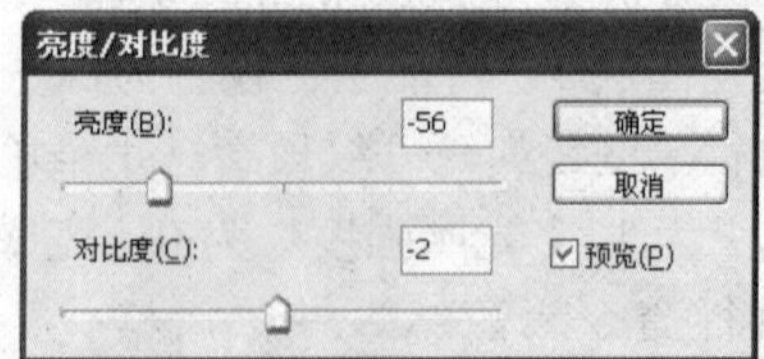

图 4-29　设置“亮度/对比度”

（11）新建图层 4，选择画笔工具，将前景色设置为黑色，按住 Shift 键画出两条直线，如图 4-30 所示。

（12）新建图层 5，选择钢笔工具，画出右上方的路径效果，如图 4-31 所示。

（13）在路径面板中，用鼠标右键单击工作路径，选择“描边路径”，使用画笔进行描边设置，得到如图 4-32 所示的效果。

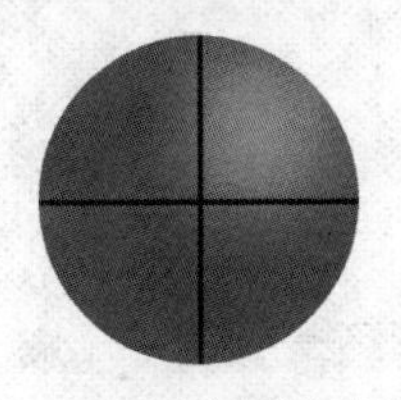

图 4-30　画出两条直线

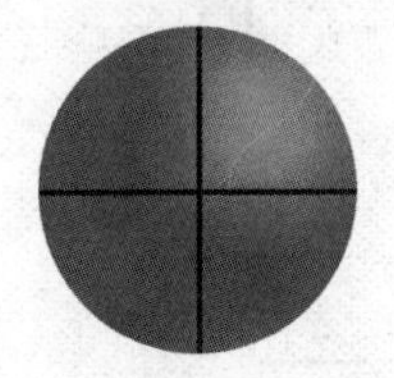

图 4-31　路径效果

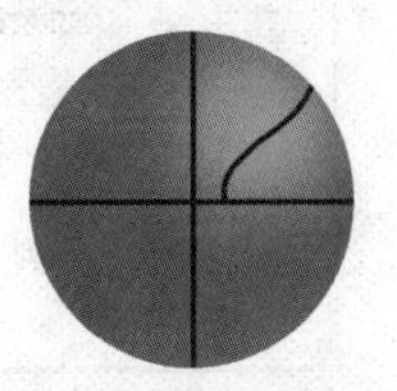

图 4-32　描边效果

（14）复制图层 5，对路径效果进行自由变换和移动，得到如图 4-33 所示的效果。

（15）合并图层 4 和图层 5，执行“滤镜”→“渲染”→“镜头光晕”菜单命令，对黑色线进行亮光处理。镜头光晕的设置如图 4-34 所示。

（16）至此，篮球就绘制完成了。将除背景层以外的所有图层进行链接。然后按 Ctrl+T 键进行旋转，就得到篮球的最终效果，如图 4-35 所示。

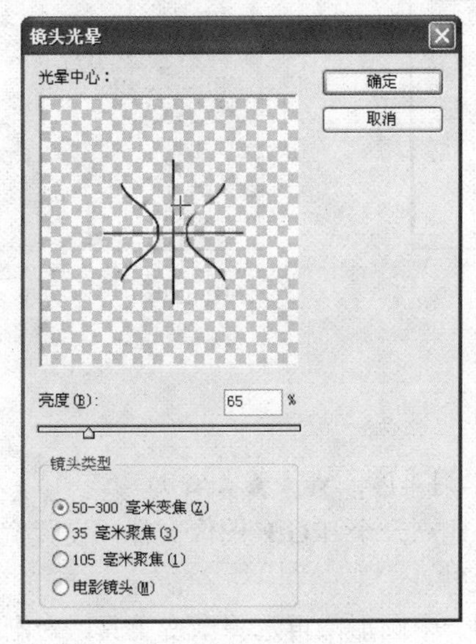

图 4-34　设置“镜头光晕”

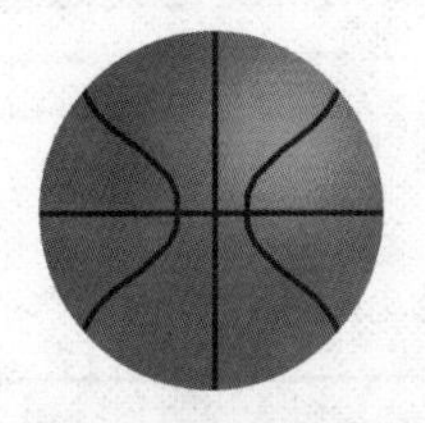

图 4-33　篮球效果

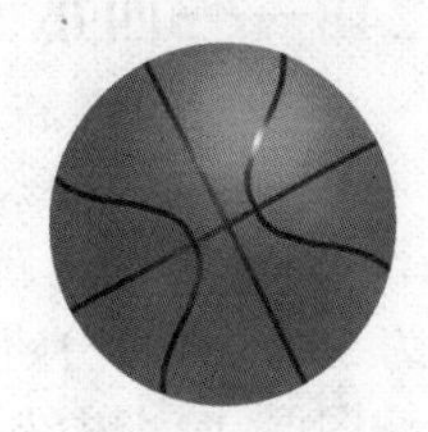

图 4-35　篮球效果图

实例 247——天空

本例将通过填充图案来制作天空效果。（学习难度：★★★★）

（1）执行“文件”→“新建”菜单命令，建立一个 RGB 图像文件，设置宽度为 400 像素，高度为 400 像素，分辨率为 300 像素/英寸。

（2）新建图层 1，执行“编辑”→“填充”菜单命令，选择自带图案，如图 4-36 所示，填充图层，得到效果如图 4-37 所示。

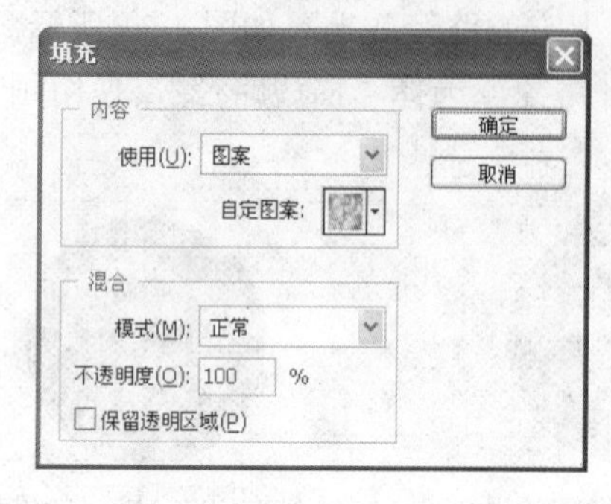

图 4-36 设置“图案”

图 4-37 填充效果

（3）执行“图像”→“调整”→“色彩平衡”菜单命令，设置参数如图 4-38 所示。调整天空的颜色，得到最终效果如图 3-39 所示。

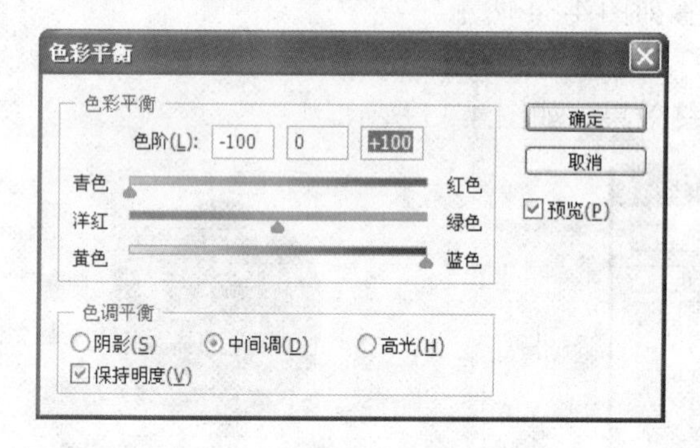

图 4-38 调整“色彩平衡”

图 4-39 天空效果

实例 248——西瓜

本例将制作一个新鲜诱人的西瓜效果。（学习难度：★★★★★）

（1）执行“文件”→“新建”菜单命令，建立一个 RGB 图像文件，设置宽度为 500 像素，高度为 500 像素，分辨率为 300 像素/英寸。

（2）新建图层 1，选择椭圆选框工具绘制一个圆形，再选择渐变工具，对渐变颜色进行设置，并选择径向渐变，如图 4-40 所示。

（3）对圆进行渐变，并按 Ctrl+T 键改变其形状，如图 4-41 所示。

（4）设置前景色为“R:52;G:106;B:20”。使用画笔工具在椭圆上绘制出瓜纹的形状，如图 4-42 所示。

（5）执行“滤镜”→“扭曲”→“波纹”菜单命令，设置“数量”为 100%，将瓜纹调整为波纹形状，得到最终效果如图 3-43 所示。

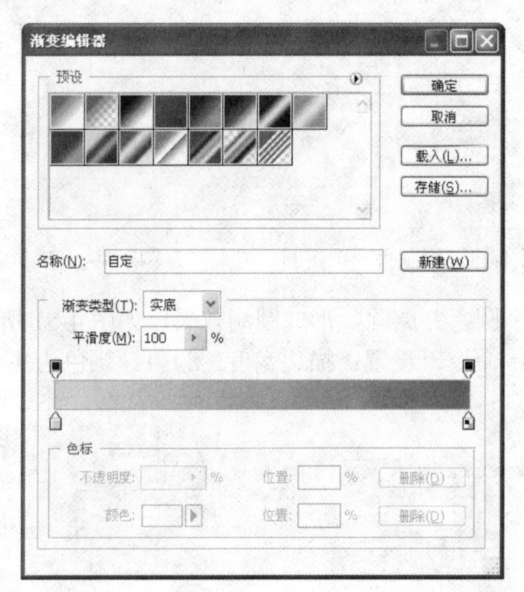

图 4-40　设置渐变颜色

图 4-41　改变圆的形状

图 4-42　瓜纹形状

图 4-43　西瓜效果

实例 249——齿轮

本例将制作一个可爱的立体齿轮效果。（学习难度：★★★★★）

（1）执行“文件”→“新建”菜单命令，建立一个 RGB 图像文件，设置其宽度为 400 像素，高度为 400 像素，分辨率为 300 像素/英寸。

（2）选择多边形工具，设置属性参数如图 4-44 所示。

（3）新建图层 1，在图层上绘制多边形，如图 4-45 所示。

（4）按 Ctrl+Enter 键转换为选区，并填充颜色“R:253;G:146;B:41”，如图 4-46 所示。

图 4-44　设置多边形属性参数

图 4-45　绘制多边形

图 4-46　填充颜色

（5）新建图层 2，选择椭圆选框工具，在中心位置绘制一个正圆，并填充颜色“R:251;G:210;B:123”，如图 4-47 所示。

（6）在图层 1 的中心位置同样绘制一个正圆，如图 4-48 所示，并按 Delete 键删除，如图 4-49 所示。

（7）回到图层 2，绘制略小的正圆，并删除，形成一个圆环效果，如图 4-50 所示。

图 4-47　绘制正圆

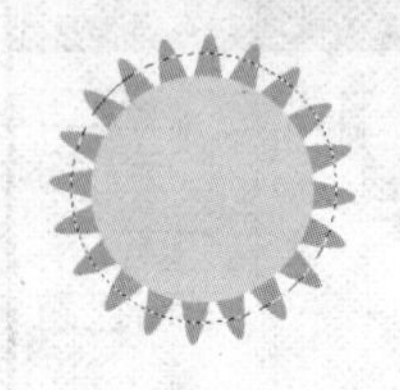

图 4-48　绘制另一个正圆

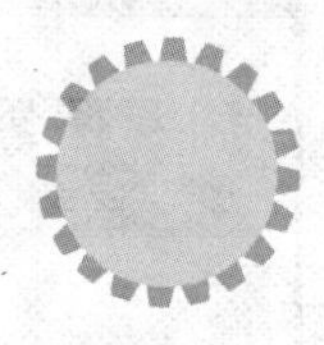

图 4-49　删除

（8）在图层 1 中心位置绘制一个小圆，并删除，形成圆洞效果，如图 4-51 所示。

（9）执行“编辑”→“描边”菜单命令，设置“描边宽度”为 1，颜色为黑色。描边效果如图 4-52 所示。

图 4-50　圆环效果

图 4-51　圆洞效果

图 4-52　描边效果

（10）打开“图层样式”对话框，选择“投影”，参数设为默认设置。

（11）在图层 2 中同样打开“图层样式”对话框，选择“投影”，采用默认设置。选择“斜面和浮雕”，设置参数如图 4-53 所示，其效果如图 4-54 所示。

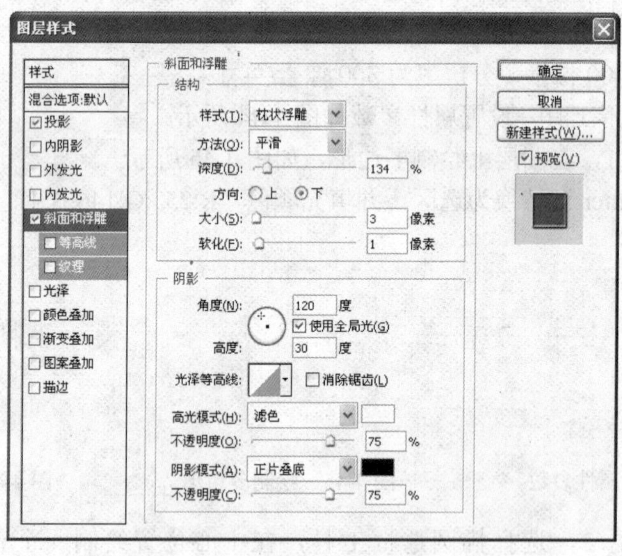

图 4-53　设置“斜面和浮雕”

（12）合并图层 1 和图层 2，按 Ctrl+T 键调整齿轮的形状，如图 4-55 所示。

（13）按住 Ctrl+Alt 键的同时，按键盘上的方向键移动复制出立体的效果，得到最终效果如图 4-56 所示。

图 4-54　图层效果

图 4-55　调整齿轮的形状

图 4-56　齿轮效果

实例 250——光盘封面

本例将制作属于自己的光盘封面，可以将喜欢的图片作为光盘的封面。（学习难度：★★★★）

（1）新建一个宽度为 600 像素、高度为 600 像素、分辨率为 300 像素/英寸的图像文件。

（2）填充背景颜色“R:40;G:68;B:171”，新建图层 1，使用工具箱中的椭圆选框工具建立一个圆形选区，并填充颜色“R:185;G:216;B:235”，如图 4-57 所示。

（3）新建图层 2，按 Ctrl 键单击图层 1 载入选区，执行“选择”→“修改”→“扩展”菜单命令，设置“扩展量”为 5，并填充白色，如图 4-58 所示。

（4）新建图层 3，使用椭圆选框工具建立一个小圆形选区，并填充白色，如图 4-59 所示。

（5）按 Ctrl 键单击图层 3 载入选区，执行“选择”→“修改”→“收缩”菜单命令，设置“收缩量”为 5，并删除选区，如图 4-60 所示。

（6）新建图层 4，使用椭圆选框工具建立一个更小的圆形选区，并填充白色，如图 4-61 所示。

（7）执行“文件”→“打开”菜单命令，打开图像，如图 4-62 所示。

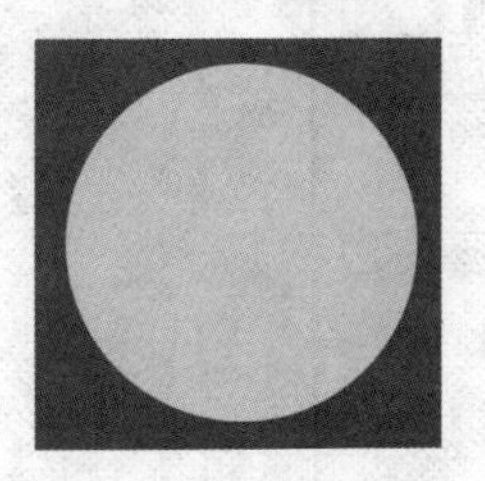

图 4-57　建立圆形选区并填充颜色

图 4-58　扩展效果

图 4-59　白色圆形选区

（8）将图像拖到文件中，并置于图层 4 的下方。按 Ctrl 键单击图层 1 载入选区，反选并删除，得到如图 4-63 所示的效果。

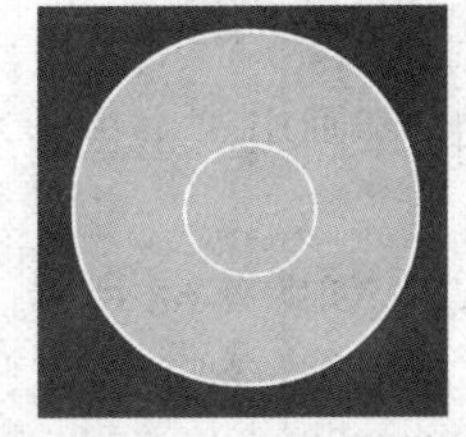

图 4-60　收缩并删除选区

图 4-61　白色圆形

图 4-62　打开图像

（9）保持选择图层 5（即拖入的图像）所在层，按 Ctrl 键单击图层 3 载入选区，按 Ctrl+Shift+J 键剪切复制图层，并将图层的“不透明度”设置为 39%，如图 4-64 所示。得到最终效果如图 4-65 所示。

图 4-63　拖入图像

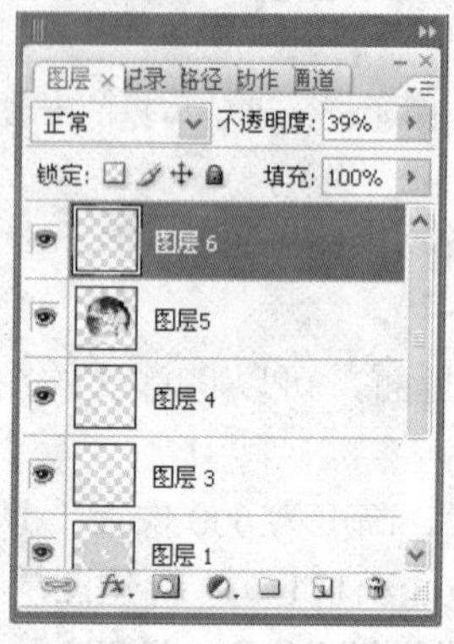

图 4-64　设置不透明度

图 4-65　光盘封面效果

实例 251——CD 光盘背面

本例将利用图层变换与渐变工具制作 CD 光盘的背面效果。（学习难度：★★★★）

（1）执行“文件”→“新建”菜单命令，新建一个宽度和高度均为 500 像素的文件，颜色模式为 RGB，如图 4-66 所示。

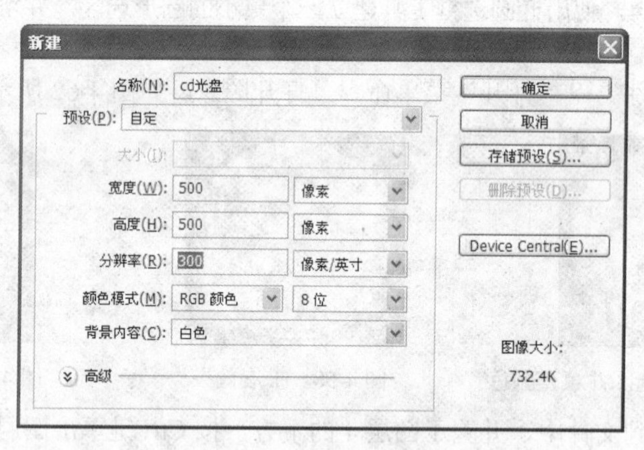

图 4-66　新建文件

（2）在工具箱将前景色设为“R:40;G:68;B:171”，用前景色填充图层。

（3）新建一个图层 1，在工具箱选择椭圆选框工具，按住 Shift 键画出一个正圆，并用白色填充，如图 4-67 所示。

（4）新建一个图层 2，选择渐变工具，设置渐变选项为渐变色谱，如图 4-68 所示。

（5）用矩形选框工具选中白色圆形一半的区域，然后用渐变工具自上到下填充，如图 4-69 所示。

（6）执行“编辑”→“变换”→“透视”菜单命令，将渐变色区域调整成如图 4-70 所示的形状。

图 4-67　圆形填充

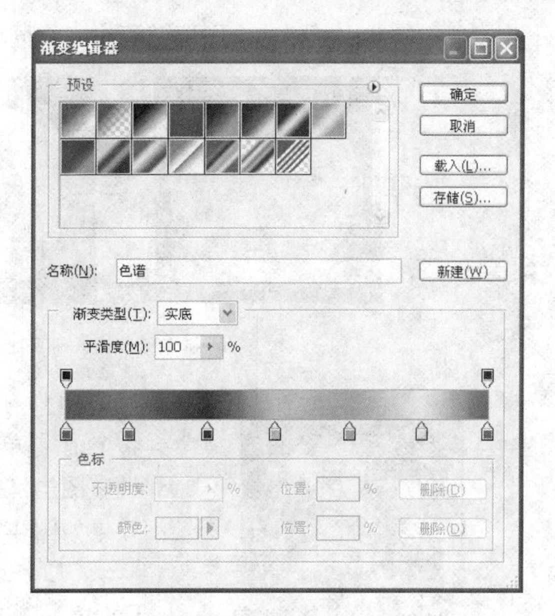

图 4-68　设置渐变选项

图 4-69　渐变填充

图 4-70　调整渐变色区域

（7）按住 Ctrl 键单击图层 1，调出选区，然后按 Ctrl+Shift+I 键反选，再按 Delete 键将渐变色区域多余部分删除，如图 4-71 所示。

（8）多次复制图层 2，执行“编辑”→“变换”菜单命令的子命令，适当移动位置后，合并这些图层为图层 2，得到如图 4-72 所示的效果。

（9）在图层 1 上新建图层 3，按 Ctrl 键单击图层 2 调出选区，执行“选择”→“修改”→“扩大”菜单命令，将选区扩大 3 像素，然后用白色填充选区，如图 4-73 所示。

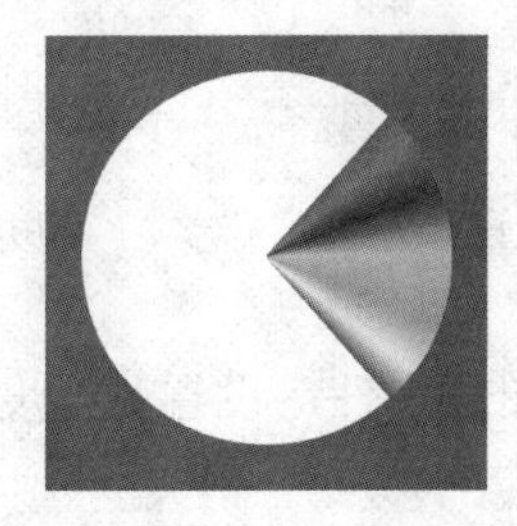
图 4-71　删除多余部分

图 4-72　变换效果

图 4-73　建立边缘

（10）依次新建三个图层并画出三个同心圆，顺序由大到小，如图 4-74 所示。

图 4-74　绘制同心圆

图 4-75　调整不透明度的效果

（11）选中图层 4，也就是同心圆最大的圆所在层。按 Ctrl 键单击图层 5，然后按 Delete 键删除选中的部分，调整图层 4 的“不透明度”为 40%，最后删除图层 5，其效果如图 4-75 所示。

（12）选中图层 1，按 Ctrl 键单击图层 6，然后按 Delete 键删除选中的部分。调整图层 1 的“不透明度”为 25%，然后删除图层 6，其效果如图 4-76 所示。

（13）在图层 1 中再绘制一个同心小圆，按 Delete 键删除，得到如图 4-77 所示的效果。

（14）新建图层 5，绘制一个比图层 1 中小圆稍大的同心圆，并填充为白色。保持选区，执行“选择”→“修改”→“收缩”菜单命令，将选区收缩 2 像素，然后按 Delete 键删除选中部分，得到光盘的最终效果如图 4-78 所示。

图 4-76　调整后的效果

图 4-77　删除所选区域

图 4-78　CD 光盘背面效果

实例 252——月圆之夜

每逢佳节倍思亲，十五的月亮十六圆。本例将制作一轮当空明月。（学习难度：★★★★★）

（1）执行“文件”→“新建”菜单命令，建立一个 RGB 图像文件，设置其宽度为 400 像素，高度为 500 像素，分辨率为 300 像素/英寸。

（2）新建图层 1，设置前景色“R:37;G:44;B:190”和背景色“R:76;G:83;B:212”，选

择渐变工具，由前景色到背景色线性渐变，如图 4-79 所示。

（3）新建图层 2，选择椭圆选框工具绘制一个正圆，填充为白色，如图 4-80 所示。

（4）打开“图层样式”对话框，选择“外发光”，颜色为白色，其他设置参数如图 4-81 所示。

（5）选择“斜面和浮雕”，设置参数如图 4-82 所示。

图 4-79　线性渐变

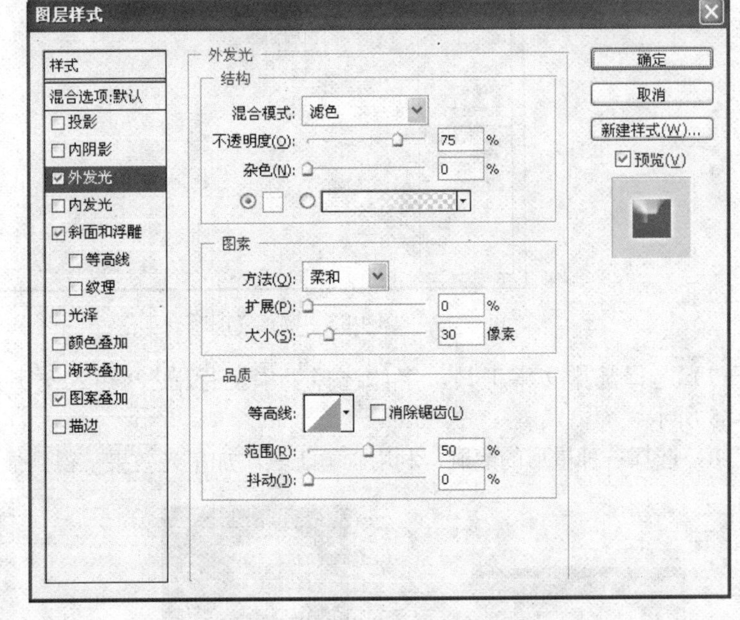

图 4-80　绘制正圆

图 4-81　设置“外发光”

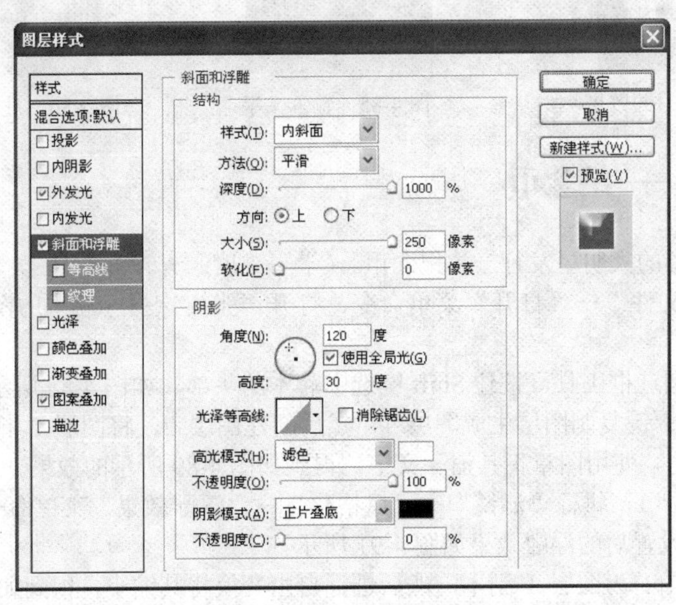

图 4-82　设置“斜面和浮雕”

（6）选择“图案叠加”，选择设置参数如图 4-83 所示。设置好的月圆效果如图 4-84 示。

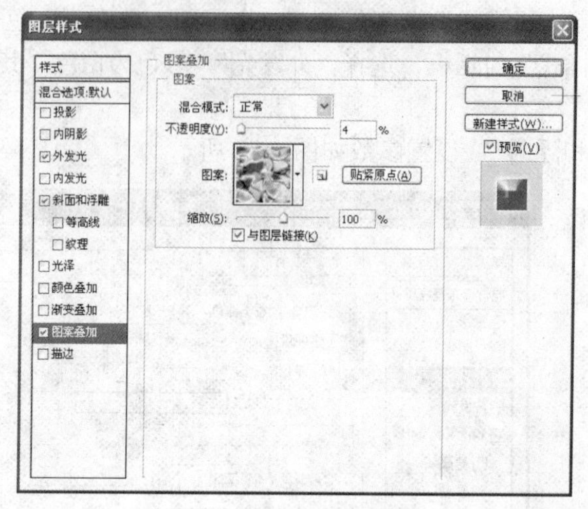

图 4-83　设置“图案叠加”

（7）选择竖排文字工具，字体选择“华文行楷”，输入文字，颜色设置为白色，如图 4-85 所示。

（8）选择一种星形的笔刷，利用画笔工具添加星光效果，得到最终效果如图 4-86 所示。

图 4-84　月圆效果

图 4-85　输入文字

图 4-86　月圆之夜效果

实例 253——纪念币

本例将为已逝的大明星发行一枚纪念币。（学习难度：★★★★）

（1）执行“文件”→“打开”菜单命令，打开一张奥黛丽·赫本的图像，如图 4-87 所示。

（2）选择椭圆选框工具，按住 Shift 键选中赫本的头部，如图 4-88 所示。

（3）按 Ctrl+J 键复制图层生成图层 1，然后新建图层 2，将图层 2 拖到图层 1 的下方，并填充为白色。使用图章工具消除文字，得到如图 4-89 所示的效果。

（4）选中图层 1，执行“滤镜”→“风格化”→“浮雕效果”菜单命令，设置对话框如图 4-90 所示。设置后的浮雕效果如图 4-91 所示。

（5）复制图层 1 为图层 1 副本，然后进行自由变换将其缩小，得到如图 4-92 所示的效果。

图 4-87　打开图像

图 4-88　选中头部

图 4-89　图层效果

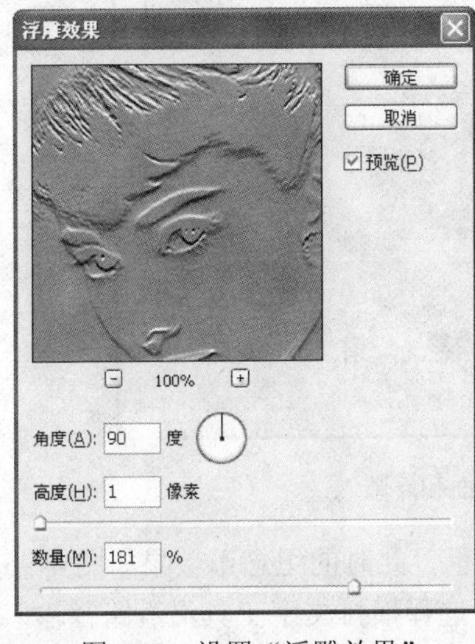

图 4-90　设置“浮雕效果”

图 4-91　浮雕效果

图 4-92　缩小图层 1 副本

（6）在图层 1 副本上打开“图层样式”对话框，选中“斜面和浮雕”，设置参数如图 4-93 所示。

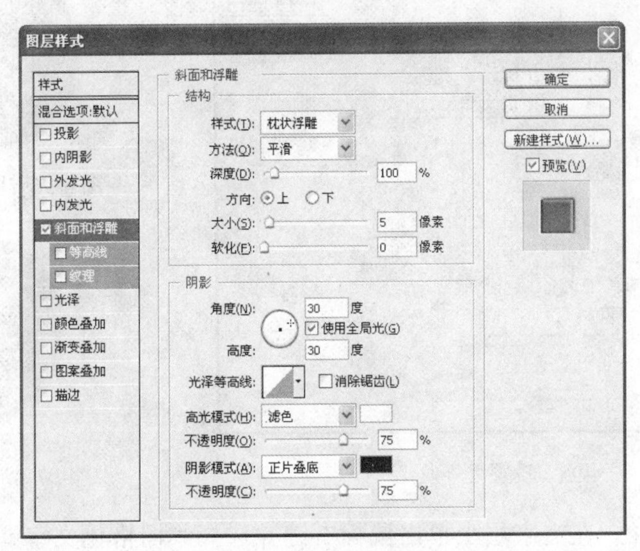

图 4-93　设置“斜面和浮雕”

（7）选中图层 1，打开“图层样式”对话框，选中“斜面和浮雕”，设置参数如图 4-94 所示。

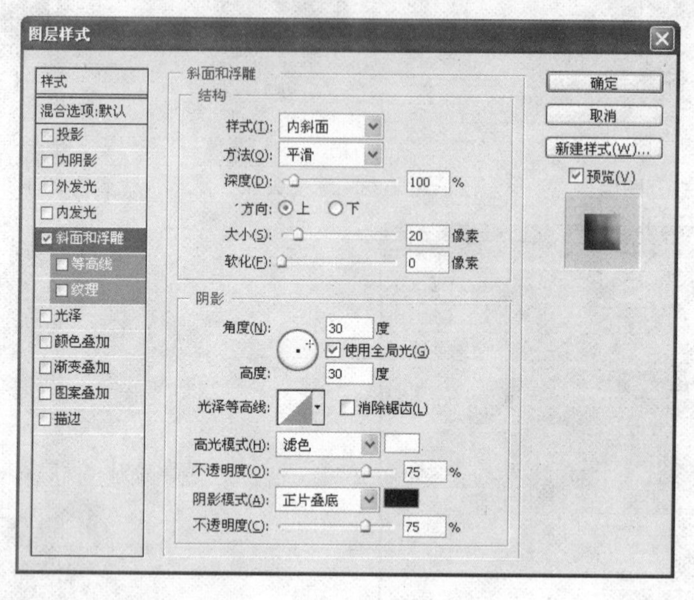

图 4-94　设置“斜面和浮雕”

（8）选中“外发光”，设置参数如图 4-95 所示。此时的纪念币效果如图 4-96 所示。

（9）选择钢笔工具，绘制出一个路径，然后选择横排文字工具沿着路径输入文字“奥黛丽・赫本”，如图 4-97 所示。

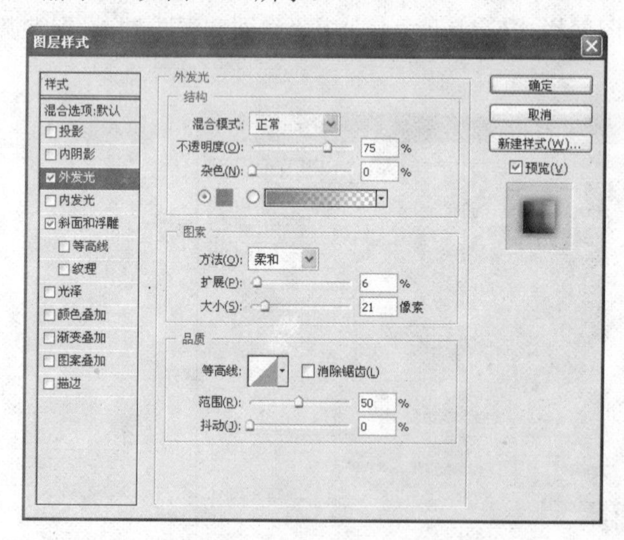

图 4-95　设置“外发光”

图 4-96　图层样式效果

图 4-97　沿路径输入文字

（10）删除路径。在文字层上单击鼠标右键并选择“栅格化文字”命令，然后打开“图层样式”对话框，选择“斜面和浮雕”，设置参数如图 4-98 所示。单击“确定”按

钮，得到纪念币的最终效果，如图 4-99 所示。

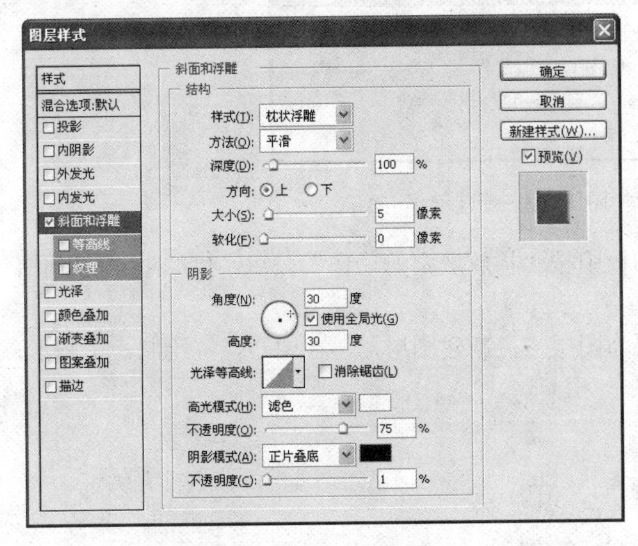

图 4-98　设置“斜面和浮雕”

图 4-99　纪念币效果

实例 254——风扇

夏天到了，风扇又派上用场了。本例将制作一款简单的风扇效果。（学习难度：★★★★★）

（1）执行“文件”→“新建”菜单命令，建立一个 RGB 图像文件，设置宽度为 600 像素，高度为 600 像素，分辨率为 300 像素/英寸。

（2）新建图层 1，使用钢笔工具绘制风扇叶片形状并调整，如图 4-100 示。

（3）设置前景色为蓝色（R:72;G:127;B:217）。按 Ctrl+Enter 键转换为选区并填充颜色，如图 4-101 示。

（4）新建图层 2，隐藏图层 1。选择圆角矩形工具绘制两个圆角矩形，按 Ctrl+Enter 键转换为选区，并通过矩形选框工具减去部分选区，并填充蓝色，如图 4-102 示。

图 4-100　叶片形状

图 4-101　填充颜色

图 4-102　填充蓝色

（5）在动作面板中新建一个动作，如图 4-103 所示。

（6）开始记录动作，复制图层 2，按 Ctrl+T 键，在属性栏中设置角度为−8，中心点移动到一边，得到效果如图 4-104 所示。

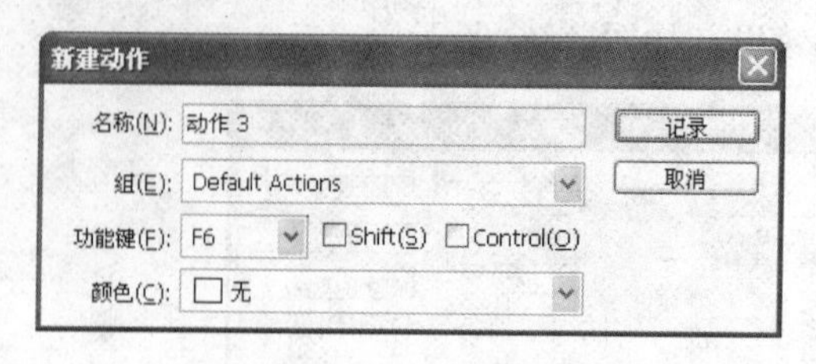

图 4-103　新建动作

（7）停止记录动作。在动作面板中按“播放选定的动作”按钮，播放刚才的动作，得到如图 4-105 所示的效果。

（8）合并除背景层以外的图层为图层 2。新建图层 3，在中心位置绘制一个圆形，如图 4-106 所示。

图 4-104　旋转角度

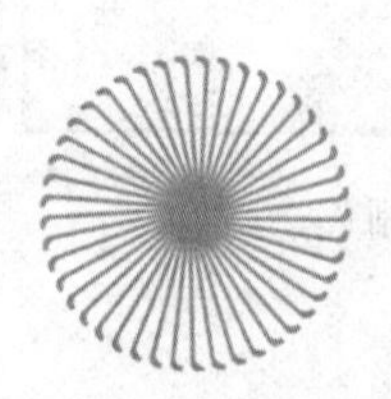

图 4-105　播放动作

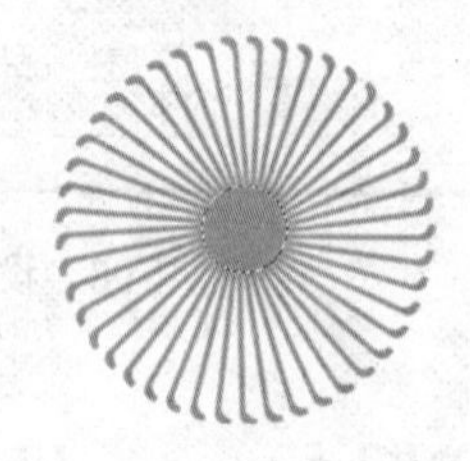

图 4-106　绘制圆形

（9）打开“图层样式”对话框，选择“斜面和浮雕”，设置参数如图 4-107 所示。再绘制一个小圆形，填充颜色并按 Delete 键删除。设置的效果如图 4-108 所示。

（10）显示图层 1，将刚才绘制的叶片进行复制，并按 Ctrl+T 键进行调整，如图 4-109 所示。

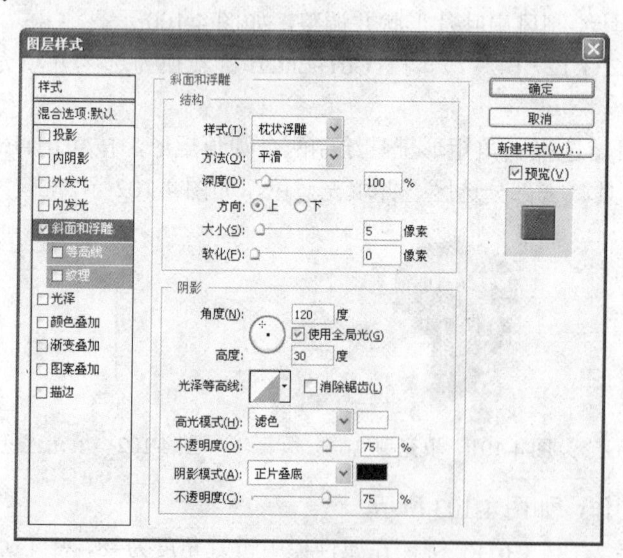

图 4-107　设置“斜面和浮雕”

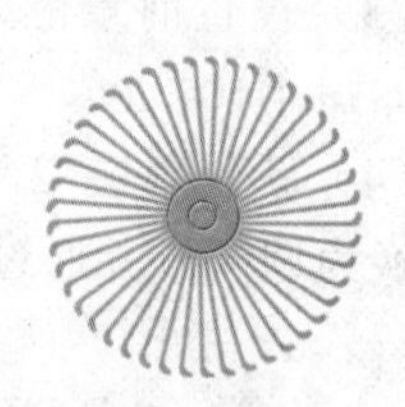

图 4-108　中心效果

图 4-109　调整叶片

（11）新建图层 4，在风扇的外围绘制一个大一些的圆形，如图 4-110 所示。

（12）填充蓝色，在图层 3 上单击鼠标右键并选择“拷贝图层样式”命令；在图层 4 上单击鼠标右键并选择“粘贴图层样式”命令，使图层 4 同样具有图层样式。然后执行“选择”→“修改”→“收缩”菜单命令，设置“收缩量”为 5，按 Delete 键删除，得到效果如图 4-111 所示。

（13）新建图层 5，选择矩形选框工具绘制一个矩形作为支架，填充蓝色，然后按 Ctrl+T 键选择“斜切”，调整矩形的形状如图 4-112 所示。

图 4-110　绘制外圆

图 4-111　外框形状

图 4-112　调整支架形状

（14）打开“图层样式”对话框，选择“斜面和浮雕”，设置参数如图 4-113 所示。将图层 5 拖到背景层的上方，设置的效果如图 4-114 所示。

（15）新建图层 6，选择矩形选框工具绘制一个矩形作为底座，填充蓝色，并按 Ctrl+T 键选择斜切，调整矩形的形状如图 4-115 所示。

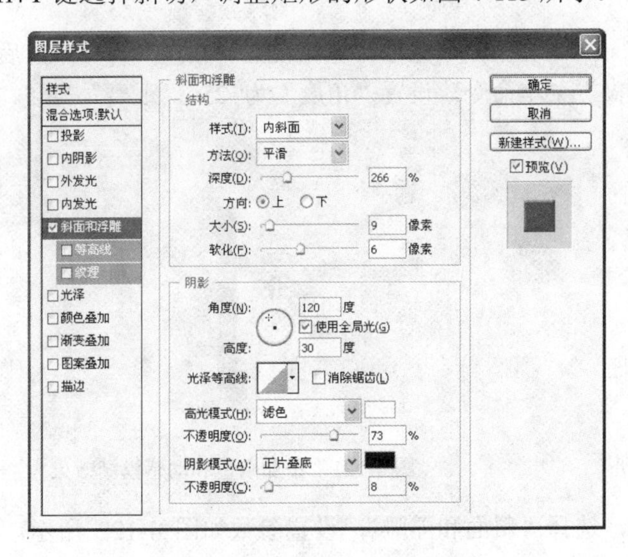

图 4-113　设置“斜面和浮雕”

图 4-114　支架效果

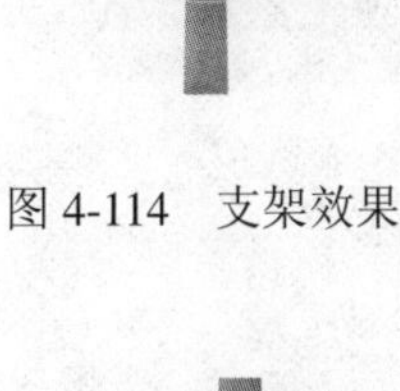

图 4-115　调整底座形状

（16）同样通过复制图层样式的方法，为图层 6 复制图层 5 的图层样式。使用涂抹工具涂抹支架和底座的接触部位，使其变得融洽，得到效果如图 4-116 所示。

图 4-116　底座效果

（17）新建图层 7，选择圆角矩形工具，绘制出圆角形状，并复制图层 3 的图层样式，如图 4-117 所示。

（18）新建图层 8，同样绘制出一个稍小的圆角形状，填充白色，并利用矩形工具进行分割，形成风扇的按钮开关，如图 4-118 所示。得到最终效果如图 4-119 所示。

图 4-117　绘制圆角形状

图 4-118　按钮开关

图 4-119　风扇效果

实例 255——折扇

本例将制作一把古香古色的折扇效果。（学习难度：★★★★★）

（1）执行“文件”→“新建”菜单命令，建立一个 RGB 图像文件，设置其宽度为 800 像素，高度为 600 像素，分辨率为 300 像素/英寸。

（2）新建图层 1，选择矩形选框工具绘制一个矩形，填充颜色“R:184;G:110;B:38”，如图 4-120 所示。

（3）执行“滤镜”→“杂色”→“添加杂色”菜单命令，设置“数量”为 5；然后执行“滤镜”→“模糊”→“动感模糊”菜单命令，设置“角度”为 25，“距离”为 5。其效果如图 4-121 所示。

图 4-120　填充矩形

图 4-121　添加杂色和动感模糊效果

（4）打开“图层样式”对话框，选择“斜面和浮雕”，设置参数如图 4-122 所示，其效果如图 4-123 所示。

（5）在动作面板新建一个动作，如图 4-124 所示。

（6）开始记录动作，复制图层 1，按 Ctrl+T 键，在属性栏中设置“角度”为–15，中心点移动到一边，得到效果如图 4-125 所示。

（7）停止记录动作。在动作面板中按“播放选定的动作”按钮，播放刚才的动作。得到如图 4-126 所示的效果。

图 4-122　设置“斜面和浮雕”

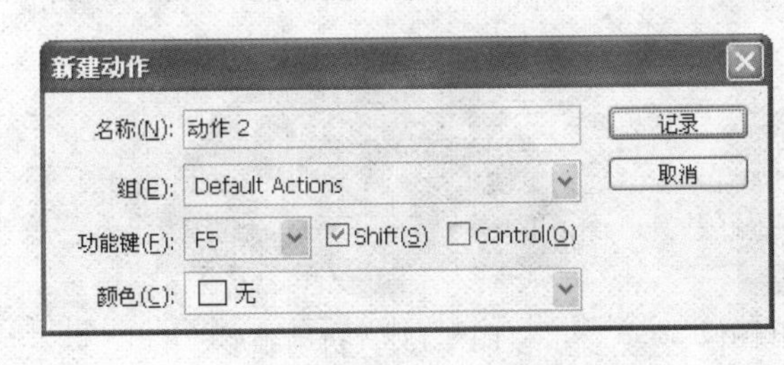

图 4-123　斜面和浮雕效果

图 4-124　新建动作

图 4-125　旋转角度

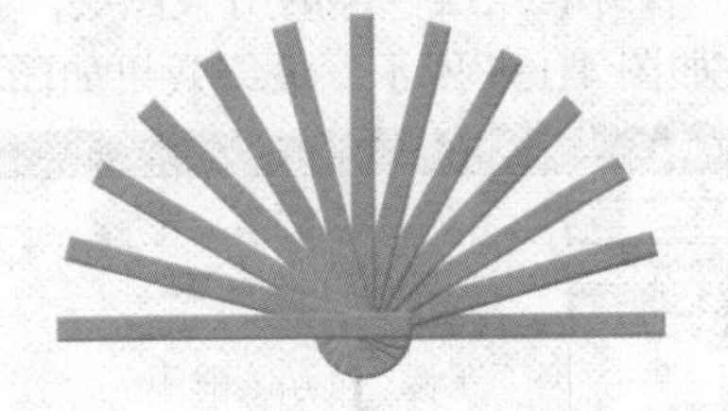

图 4-126　播放动作

（8）合并除背景层以外的图层为图层 1。复制图层 1，并隐藏图层 1，选择椭圆选框工具将选中的部分删除，如图 4-127 所示。

（9）使用多边形套索工具得到如图 4-128 所示的选区。

（10）按 D 键恢复默认颜色设置。选择渐变工具，从前景色到背景色进行渐变，其效果如图 4-129 所示。

（11）用同样的方法，渐变其他选区，形成扇面效果，如图 4-130 所示。

图 4-127　删除椭圆

图 4-128　多边形选区

图 4-129　渐变效果

图 4-130　扇面效果

（12）执行“文件”→“打开”菜单命令，打开图像，如图 4-131 所示。

（13）将该图像拖入到文件中，按 Ctrl 键单击图层 2，在图象层按 Delete 键删除。显示图层 1，得到如图 4-132 所示的折扇雏形。

（14）调整图层 1 副本的“不透明度”为 30%，如图 4-133 所示。

图 4-131　打开图像

图 4-132　折扇雏形

图 4-133　设置不透明度

（15）选择椭圆选框工具在图层 1 上抠除折扇底部扇孔的部分，如图 4-134 所示。

（16）合并背景层以外的所有图层。打开“图层样式”对话框，选择“斜面和浮雕”，设置参数如图 4-135 所示。最终效果如图 4-136 所示。

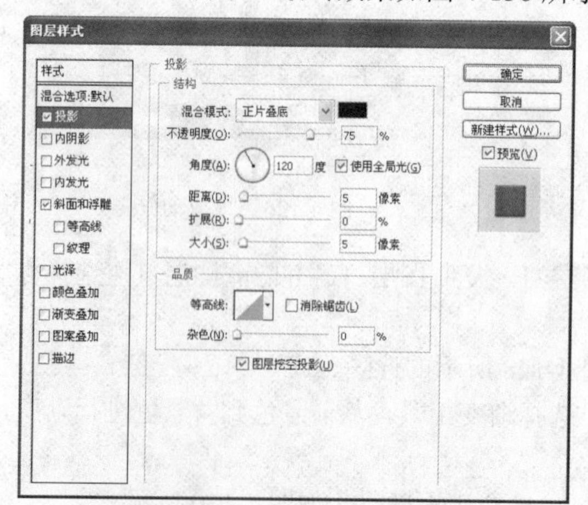

图 4-135　设置“斜面和浮雕”

图 4-134　扇孔部分

图 4-136　折扇效果

实例 256——象棋

本例将制作一枚棋子，就是象棋中的“车”。(学习难度：★★★★★)

（1）执行“文件”→“新建”菜单命令，建立一个 RGB 图像文件，设置其宽度为 600 像素，高度为 600 像素，分辨率为 300 像素/英寸。

（2）新建图层 1。设置前景色“R:192;G:143;B:93”和背景色“R:227;G:201;B:173”，执行“滤镜”→“渲染”→“云彩”菜单命令，如图 4-137 所示。

（3）执行“滤镜”→“杂色”→“添加杂色”菜单命令，选择“高斯分布”，设置“数量”为 20%，勾选“单色”，其效果如图 4-138 所示。

（4）执行“滤镜”→“模糊”→“动感模糊”菜单命令，设置角度为 0，距离为 45。其效果如图 4-139 所示。

图 4-137　云彩效果

图 4-138　添加杂色效果

图 4-139　动感模糊效果

（5）执行“滤镜”→“模糊”→“高斯模糊”菜单命令，设置“半径”为 0.5，其效果如图 4-140 所示。

（6）复制图层 1，在图层 1 上执行“滤镜”→“扭曲”→“极坐标”菜单命令，得到效果如图 4-141 所示。

（7）在图层 1 副本上同样执行极坐标菜单命令，可以看出缝隙使圆形变得不完美，按 Ctrl+T 键垂直翻转图层 1 副本。选择矩形选框工具选中下半部分，如图 4-142 所示。

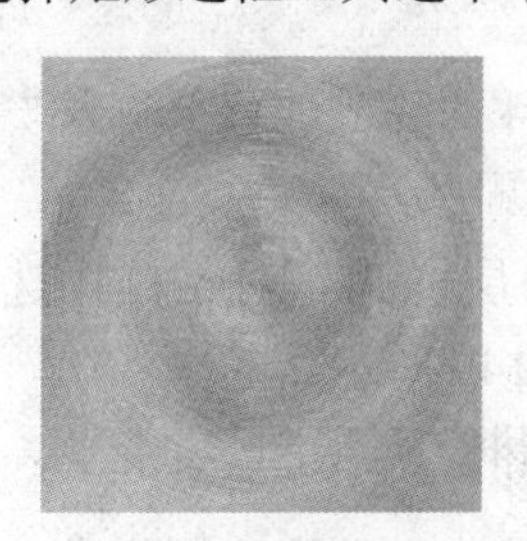

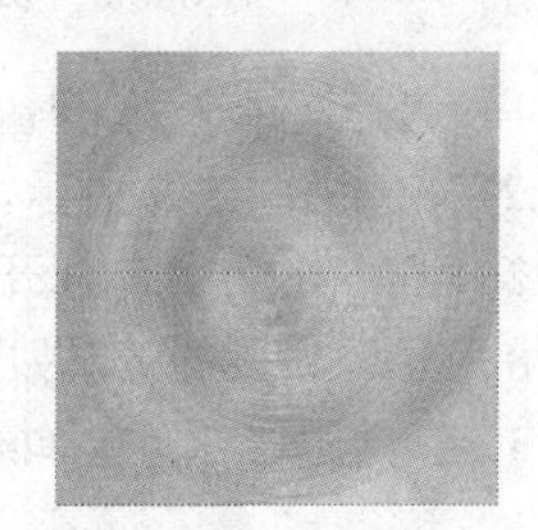

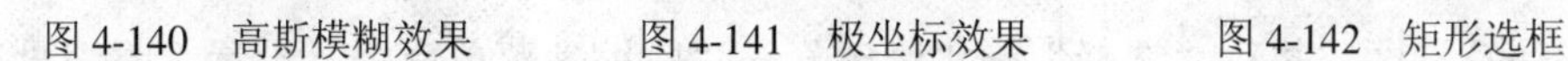

图 4-140　高斯模糊效果　　图 4-141　极坐标效果　　图 4-142　矩形选框

（8）执行“滤镜”→“修改”→“羽化”菜单命令，设置“羽化半径”为 10，按 Delete 键删除，得到完整的圆形，如图 4-143 所示。

（9）合并图层 1 和图层 1 副本。选择椭圆选框工具绘制一个正圆，反选并删除，得到

象棋的形状如图 4-144 所示。

（10）打开“图层样式”对话框，选择“内发光”，设置参数如图 4-145 所示。其中的颜色设置为“R:170;G:118;B:57”，如图 4-146 所示。

图 4-143　完整的圆形

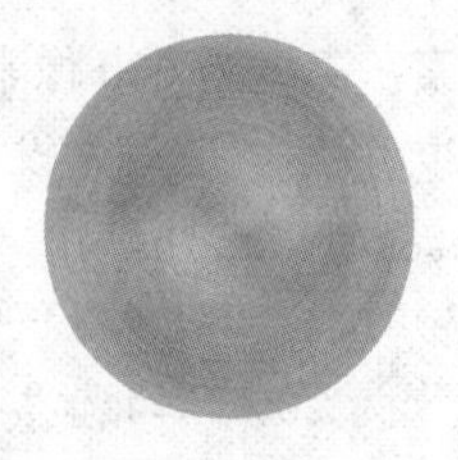

图 4-144　象棋的形状

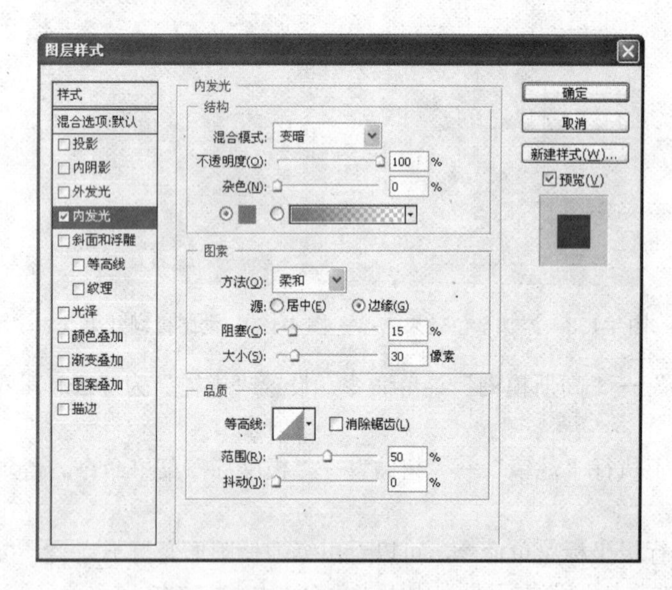

图 4-145　设置“内发光”

图 4-146　内发光效果

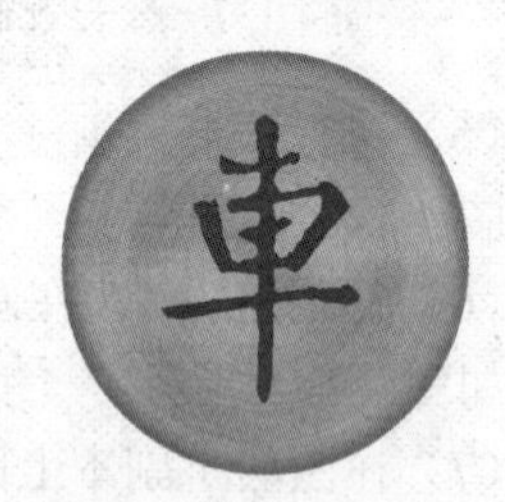

图 4-147　输入文字

（11）选择横排文字工具，字体选择“迷你繁柳楷”，输入文字，颜色设置为“R:212;G:21;B:21”，如图 4-147 所示。

（12）栅格化文字，打开“图层样式”对话框，选择“斜面和浮雕”，设置参数如图 4-148 所示。设置的效果如图 4-149 所示。

（13）新建图层 2，选择椭圆选框工具绘制一个正圆，填充文字一样的颜色，如图 4-150 所示。

（14）保持选区，执行“选择”→“修改”→“收缩”菜单命令，设置“收缩量”为 8，然后按 Delete 键删除，如图 4-151 所示。

（15）打开“图层样式”对话框，选择“斜面和浮雕”，设置参数如图 4-152 所示。最终效果如图 4-153 所示。

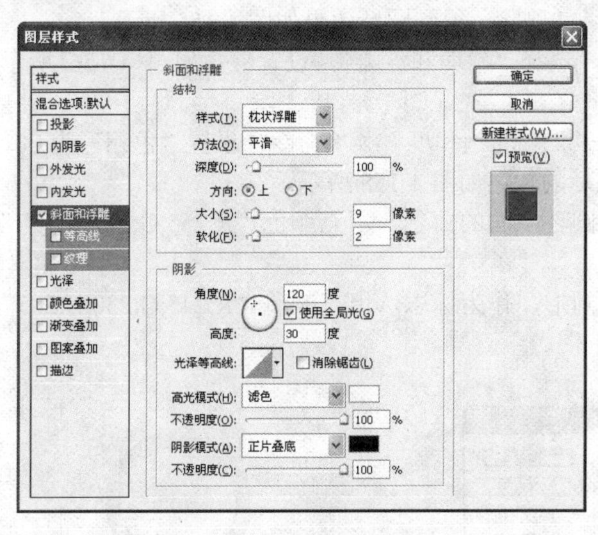

图 4-148　设置“斜面和浮雕”（一）

图 4-149　文字效果

图 4-150　填充正圆

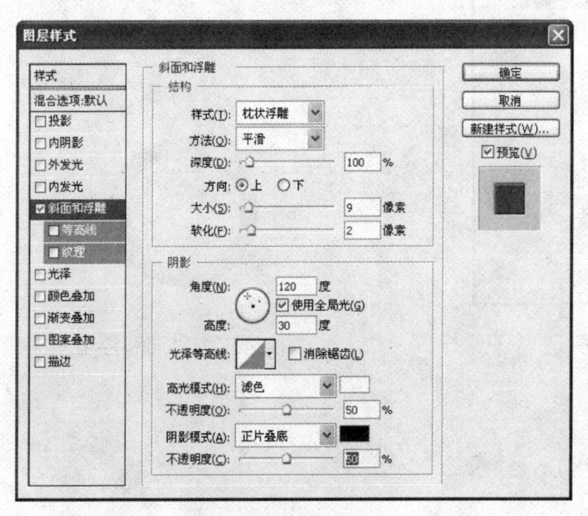

图 4-152　设置“斜面和浮雕”（二）

图 4-151　删除选区

图 4-153　象棋效果

实例 257——时钟

本例将制作一款小巧精致的时钟效果。（学习难度：★★★★）

（1）执行“文件”→“新建”菜单命令，建立一个 RGB 图像文件，设置其宽度为 500 像素，高度为 500 像素，分辨率为 300 像素/英寸。

（2）新建图层 1，选择椭圆选框工具绘制一个正圆，添加渐变效果，渐变颜色为黑色—白色—黑色—白色。渐变效果如图 4-154 所示。

图 4-154　渐变效果

（3）继续绘制一个同心的小圆，并删除，得到圆环效果如图 4-155 所示。

（4）打开“图层样式”对话框，选择“斜面和浮雕”，设置参数如图 4-156 所示。设置的效果如图 4-157 所示。

（5）执行“图像”→“调整”→“色相/饱和度”菜单命令，设置“色相”为 38，“饱和度”为 100，“明度”为 49。调整后的颜色如图 4-158 所示。

（6）新建图层 2，用魔棒单击圆环中间的白色，填充颜色“R:255;G:212;B:137”，如图 4-159 所示。

（7）新建图层 3，绘制四个小圆形，作为标志，填充颜色“R:245;G:230;B:205”，如图 4-160 所示。

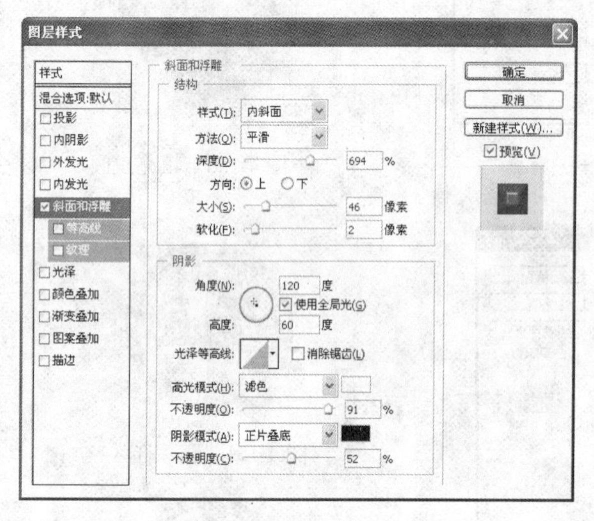

图 4-156　设置“斜面和浮雕”

图 4-155　圆环效果

图 4-157　斜面和浮雕效果

图 4-158　调整后的颜色

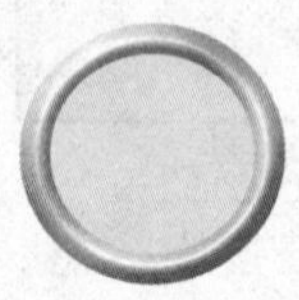

图 4-159　填充颜色

图 4-160　绘制圆形标志

（8）打开“图层样式”对话框，选择“斜面和浮雕”，设置参数如图 4-161 所示。

（9）选择“光泽”，设置参数如图 4-162 所示。设置的效果如图 4-163 所示。

（10）新建图层 4，在中心位置绘制一个稍大的正圆，填充的颜色和图层样式的设置都和图层 3 相同。得到的效果如图 4-164 所示。

（11）新建图层 5，开始绘制指针。使用画笔工具按住 Shift 键绘制一个指针，其颜色和图层样式的设置也和图层 3 相同，得到的效果如图 4-165 所示。

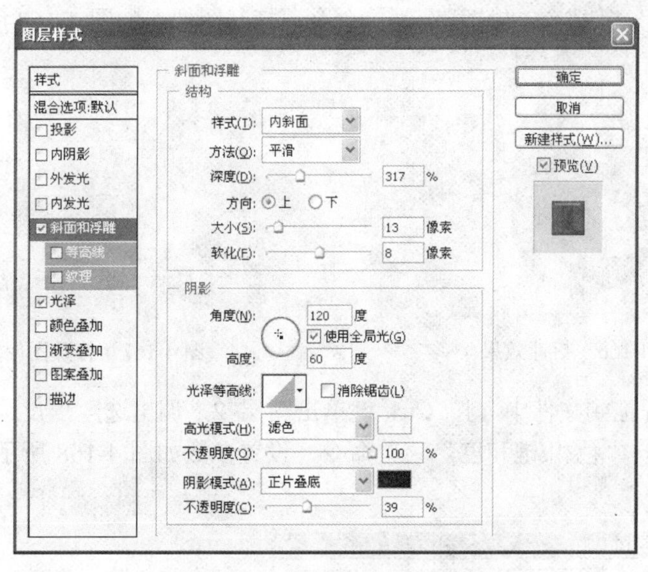

图 4-161　设置“斜面和浮雕”

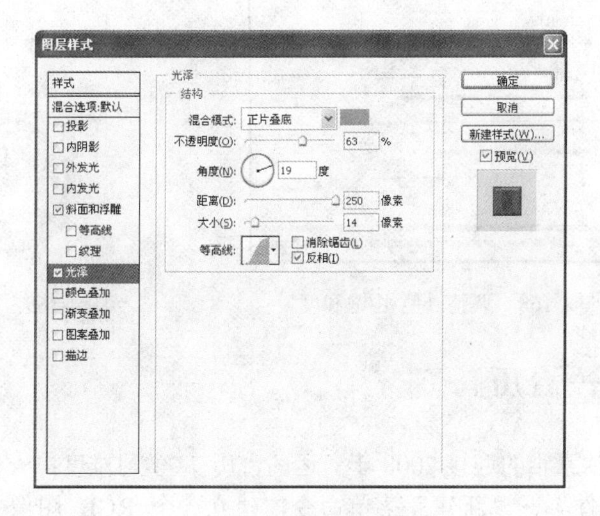

图 4-162　设置“光泽”

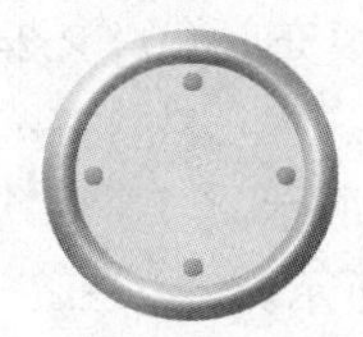

图 4-163　光泽效果

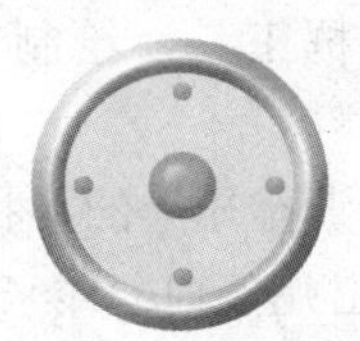

图 4-164　中心圆效果

图 4-165　绘制指针

（12）复制图层 5 两次，按 Ctrl+T 键调整指针的长短和粗细，得到时针和秒针，如图 4-166 所示。

(13）执行“文件”→“打开”菜单命令，打开图像，如图 4-167 所示。

图 4-166　指针效果

图 4-167　打开图像

(14）将图像拖到文件中，按 Ctrl 键单击图层 2，调出选区，反选并删除。执行“图像”→“调整”→“色相/饱和度”菜单命令，设置参数如图 4-168 所示。得到最终效果如图 4-169 所示。

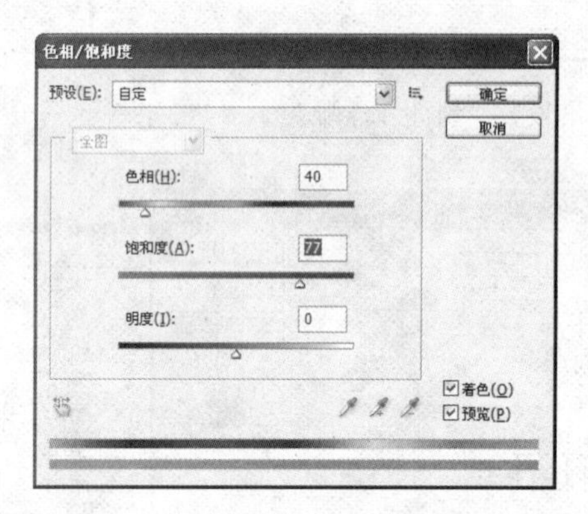

图 4-168　调整“色相/饱和度”

图 4-169　时钟效果

实例 258——台历

本例将制作一款素雅的迎接 2008 年奥运的台历。(学习难度：★★★★★)

(1）执行“文件”→“新建”菜单命令，建立一个 RGB 图像文件，设置其宽度为 600 像素，高度为 500 像素，分辨率为 300 像素/英寸。

(2）新建图层 1，选择矩形选框工具，绘制一个矩形，并填充颜色“R:248;G:247;B:177”，如图 4-170 所示。

(3）按 Ctrl+T 键选择“斜切”，调整矩形的形状，如图 4-171 所示。

(4）按 Ctrl+R 键打开标尺，拖出几条辅助线来，如图 4-172 所示。

(5）新建图层 2，使用钢笔工具根据辅助线绘制出三角形边缘部分，并按 Ctrl+Enter 键转换为选区后填充颜色“R:189;G:188;B:103”，如图 4-173 所示。

(6）用同样的方法新建图层 3。画出地面阴影部分。拖走辅助线，得到台历的大体形状如图 4-174 所示。

图 4-170　填充矩形　　　图 4-171　调整矩形的形状　　　图 4-172　拖出辅助线

（7）新建图层 4，使用钢笔工具沿着台历的外形绘制一个多边形，并填充为白色，如图 4-175 所示。

图 4-173　三角形边缘部分　　　图 4-174　台历的大体形状　　　图 4-175　白色多边形

（8）新建图层 5，继续使用钢笔工具画出一个形状，并填充颜色“R:221;G:248;B:177”，如图 4-176 所示。

（9）执行“文件”→“打开”菜单命令，打开图像并拖入到文件中，如图 4-177 所示。

（10）选择横排文字工具，添加几个文字层，分别输入年、月、日。字体可以选择你喜欢的，只要组合起来美观就可以。颜色设置为“R:77;G:119;B:212”，如图 4-178 所示。

图 4-176　填充形状的颜色

图 4-177　添加图像

2008年　6月

日	一	二	三	四	五	六
1	2	3	4	5	6	7
8	9	10	11	12	13	14
15	16	17	18	19	20	21
22	23	24	25	26	27	28
29	30					

图 4-178　输入年月日

（11）新建图层 7，在星期上绘制一个矩形，填充颜色“R:248;G:247;B:177”，并设置“不透明度”为 54%，如图 4-179 所示。

（12）调整日期的大小，放到台历适当的位置，如图 4-180 所示。

2008年　6月

日	一	二	三	四	五	六
1	2	3	4	5	6	7
8	9	10	11	12	13	14
15	16	17	18	19	20	21
22	23	24	25	26	27	28
29	30					

图 4-179　添加矩形

图 4-180　调整日期的大小和位置

（13）选择横排文字工具，字体选择“隶书”，输入文字，颜色设置为“R:248;G:247;B:177”，如图 4-181 所示。

（14）新建图层 8，利用椭圆选框工具绘制一个圆环，并填充颜色“R:248;G:247;B:177”，如图 4-182 所示。

（15）新建图层 9，用同样的方法绘制出黑色的圆环作为插孔，并水平复制其他的插孔，如图 4-183 所示。

（16）将圆环移动到插孔的位置，并利用橡皮擦工具擦掉被台历挡住的部分，如图 4-184 所示。

图 4-181　输入文字

图 4-182　圆环

图 4-183　复制插孔

（17）水平复制出其他的圆环，得到最终效果。最后将图层 8 和图层 9 的各个副本分别合并整理，得到最终效果如图 4-185 所示。

图 4-184　调整圆环

图 4-185　台历效果

实例 259——流星

本例将利用杂色路径和路径工具以及画笔工具完成流星效果。（学习难度：★★★）

（1）执行“文件”→“打开”菜单命令，打开一张星空的图片，如图 4-186 所示。

（2）选择钢笔工具，在图片上画出一个路径，如图 4-187 所示。

图 4-186　打开图片

图 4-187　画出路径

（3）选择画笔工具，打开画笔面板，选择“形状动态”，设置如图 4-188 所示。

（4）选择“其他动态”，设置如图 4-189 所示。

（5）设置前景色为淡黄色。在路径面板中，用鼠标右键单击工作路径，选择“描边路径”命令，为路径添加一个描边效果，如图 4-190 所示。

（6）流星的效果已经出来了。用同样的方法，可以添加其他的流星效果得到最终效果如图 4-191 所示。

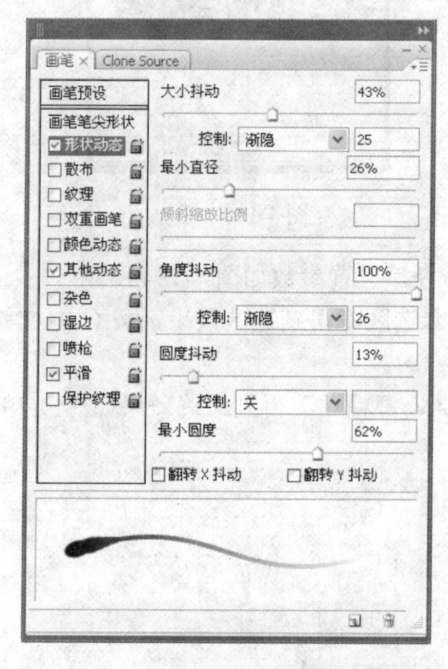

图 4-188　设置“形状动态”

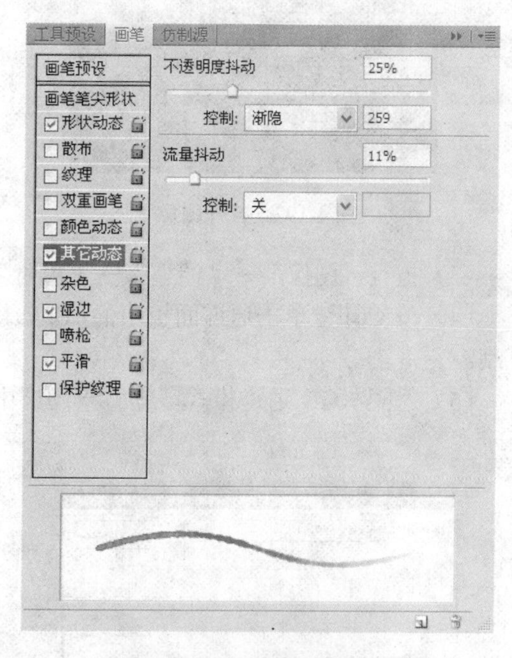

图 4-189　设置“其他动态”

图 4-190　描边效果

图 4-191　流星效果

实例 260——变换季节

本例将把春天的照片变成秋天的照片（学习难度：★★★★）

（1）执行“文件”→“打开”菜单命令，打开图像，如图 4-192 所示。

（2）按 Ctrl+A 键全选，然后按 Ctrl+C 键复制，单击通道面板中的新建按钮，创建 Alpha1 通道，并粘贴，如图 4-193 所示。

图 4-192　打开图像

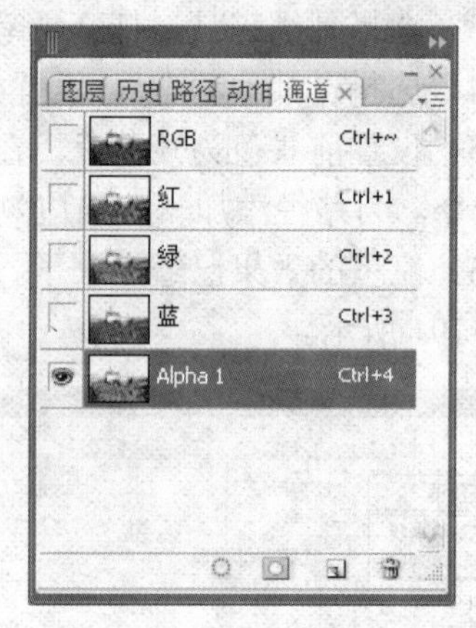

图 4-193　粘贴

（3）执行“图像”→“调整”→“色阶”菜单命令，设置参数如图 4-194 所示。

（4）按 Ctrl 键单击通道面板中的 Alpha1 通道载入选区，得到选区效果，按 Ctrl+C 键复制。

（5）返回 RGB 通道模式，在背景图层中按 Ctrl+V 键粘贴，得到最终效果如图 4-195 所示。

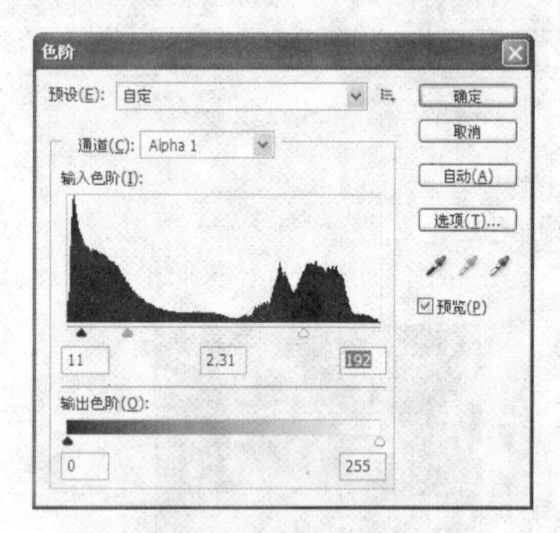

图 4-194　设置“色阶”

图 4-195　变换季节效果

实例 261——灯光效果

本例将制作台灯照射水果的灯光效果。（学习难度：★★★★）

（1）执行“文件”→“新建”菜单命令，新建一个宽度和高度均为 500 像素的文件，颜色模式为 RGB。

（2）将背景填充为黑色。执行“文件”→“打开”菜单命令，打开图像，如图 4-196 所示。

（3）将灯图像拖到文件中，摆放到适当的位置，如图 4-197 所示。

（4）新建图层 1，使用钢笔工具绘制出灯光的形状，如图 4-198 所示。

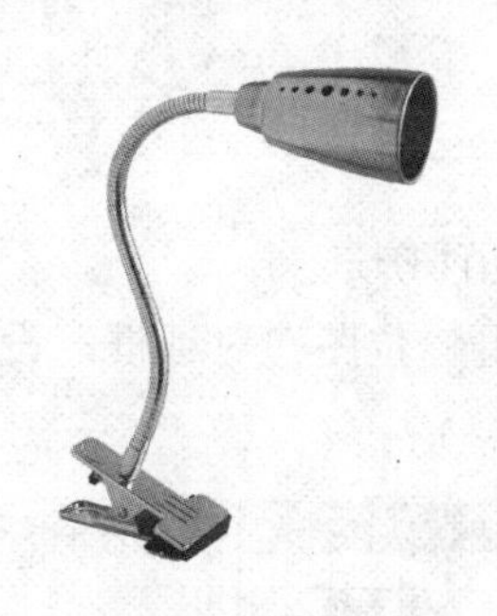

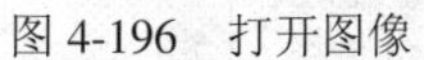

图 4-196　打开图像

图 4-197　摆放灯的位置

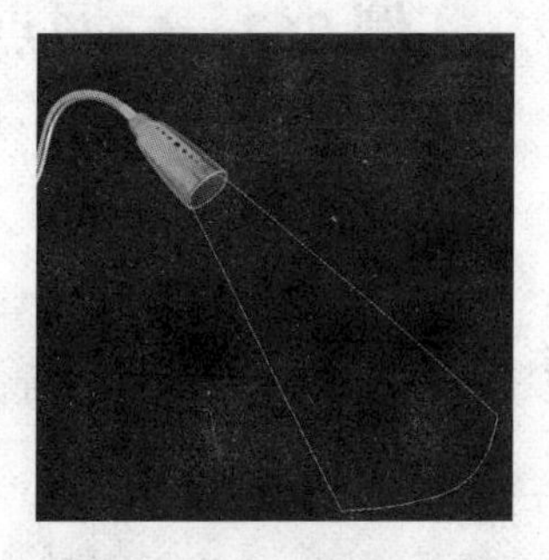

图 4-198　绘制灯光的形状

（5）选择渐变工具，设置颜色为“白色到透明”，从左上方向右下方拖动鼠标，如图 4-199 所示。

（6）复制图层 1，执行“滤镜”→“模糊”→“高斯模糊”菜单命令，设置参数为 4-200 所示。

图 4-199　灯光效果

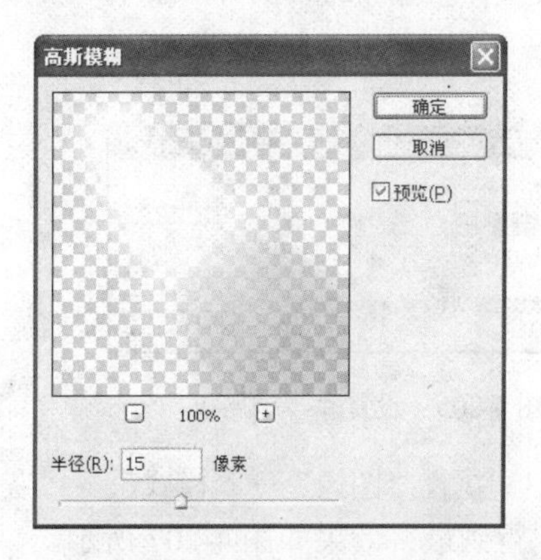

图 4-200　设置“高斯模糊”

（7）将图层 1 和图层 1 副本的“不透明度”分别设置为 60%和 50%，得到如图 4-201 所示的效果。

（8）适当地在灯光下方放上一个水果，得到最终效果如图 4-202 所示。

图 4-201　调整不透明度后的效果

图 4-202　灯光效果

实例 262——网点画

本例将制作黑白的网点画效果。(学习难度：★★★★)

(1) 执行“文件”→“打开”菜单命令，打开图像，如图 4-203 所示。

(2) 分别执行“图像”→“模式”→“位图”菜单命令，打开“位图”对话框，设置参数如图 4-204 所示。设置“半调网屏”对话框如图 4-205 所示。

图 4-203　打开图像

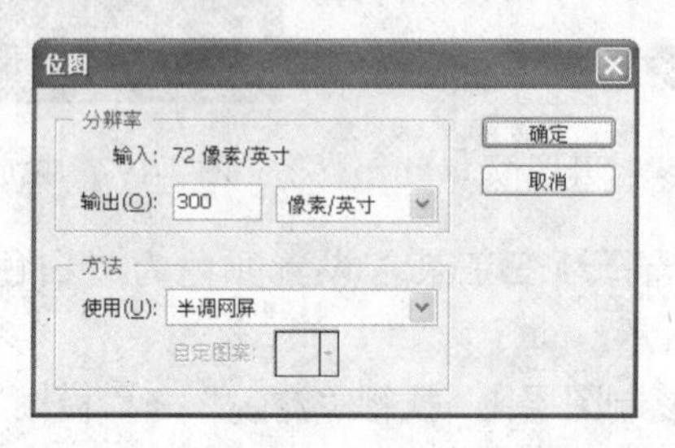

图 4-204　设置“位图”

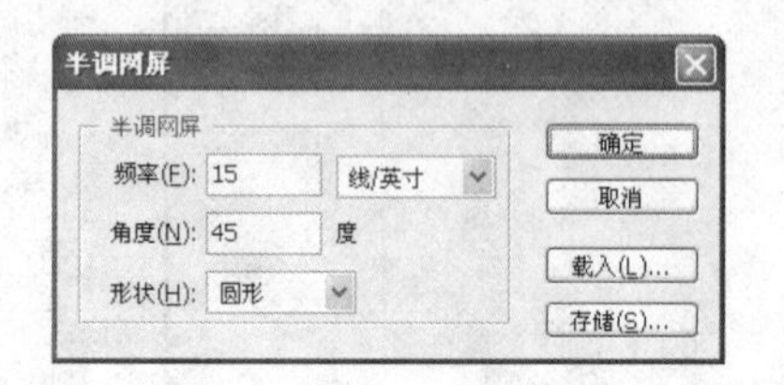

图 4-205　设置“半调网屏”

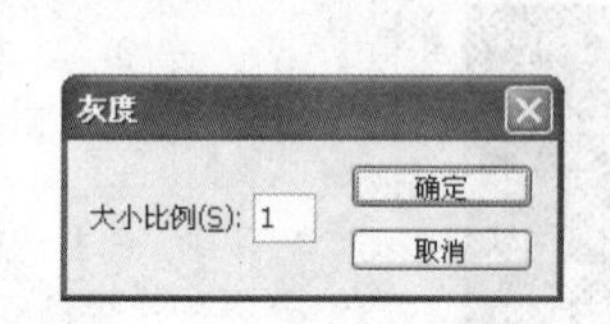

图 4-206　设置“大小比例”

图 4-207　网点画效果

(3) 执行“图像”→“模式”→“灰度”菜单命令，设置“大小比例”为 1，如图 4-206 所示，得到最终效果如图 4-207 所示。

实例 263——网线画

本例根据网点画的启示，制作出网线画的效果。(学习难度：★★★★)

(1) 执行“文件”→“打开”菜单命令，打开图像，如图 4-208 所示。

(2) 执行“图像”→“模式”→“灰度”菜单命令，将图像转变为灰度图，如图 4-209 所示。

(3) 执行“图像”→“模式”→“位图”菜单命令，将位图方法选为“半调网屏”，如图 4-210 所示。

(4) 设置半调网屏的各个参数，如图 4-211 所示，位图效果如图 4-212 所示。

(5) 设置完位图之后，再次执行“图像”→“模式”→“灰度”菜单命令，将图像转变为灰度图。然后执行“图像”→“模式”→“RGB 颜色”菜单命令，将图像转变为 RGB 模式。

图 4-208　打开图像

图 4-209　将图像转换为灰度图

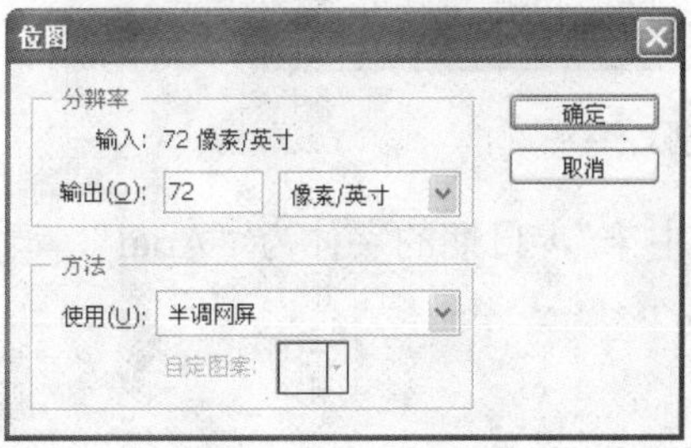

图 4-210　设置“位图”

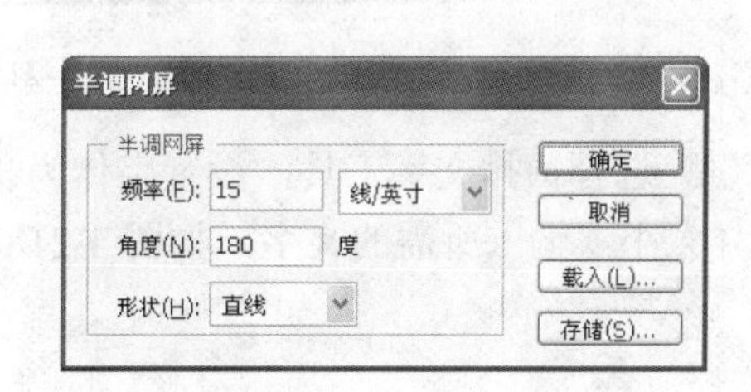

图 4-211　设置“半调网屏”

（6）新建图层 1，填充颜色“R:86;G:142;B:219”，如图 4-213 所示。

（7）将图层 1 的“混合模式”设置为“线性减淡”，改变网线画的颜色，得到最终效果如图 4-214 所示。

图 4-212　位图效果

图 4-213　填充颜色

图 4-214　网线画效果

实例 264——邮戳

本例将制作具有擦痕的破旧邮戳效果。（学习难度：★★★★）

（1）按住 Ctrl+N 键新建文件，设置其宽度和高度均为 400 像素，RGB 模式，白色背景，如图 4-215 所示。

（2）新建图层 1。选择椭圆选框工具，按住 Shift 键绘制一个正圆，如图 4-216 所示。

（3）将圆填充为黑色。执行“选择”→“修改”→“收缩”菜单命令，设置“收缩量”为 5，然后按 Delete 键删除所选，得到一个黑色的圆环，如图 4-217 所示。

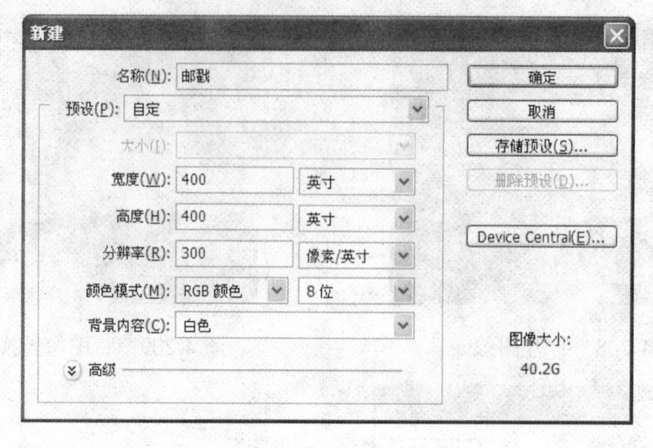

图 4-215　新建文件

（4）选择横排文字工具，设置字体为“华文中宋”，日期的字体为“Arial”，调整适当的字体大小，输入所需的文字，如图 4-218 所示。

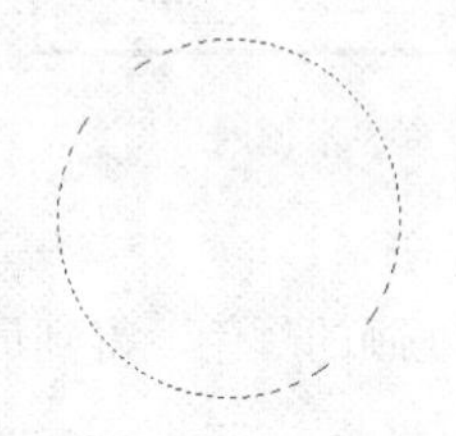

图 4-216　绘制正圆

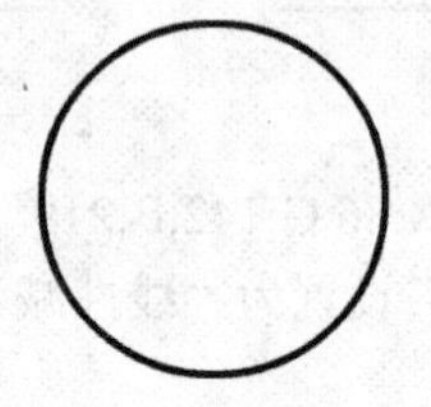

图 4-217　黑色圆环

图 4-218　输入文字

图 4-219　调整文字的摆放位置

（5）将“大连”和“大连市邮政”文字层栅格化。利用矩形选框工具进行框选，改变文字的摆放位置，如图 4-219 所示。

（6）按 Ctrl+T 键进行自由变换，调整文字的放置角度。适当地对日期进行调整，并进行栅格化处理。调整完毕后的效果如图 4-220 所示。

（7）选择涂抹工具，在一个方向上对文字和圆环进行涂抹，形成油墨未干被抹过的痕迹，如图 4-221 所示。

（8）选择橡皮擦工具，在画笔面板中选择一种笔尖形状，如图 4-222 所示。

（9）使用橡皮擦工具在邮戳上进行涂抹，形成一种陈旧、磨损的效果，如图 4-223 所示。

（10）选中除背景层以外的所有图层，并将它们链接起来，如图 4-224 所示。

（11）按 Ctrl+T 键对邮戳的位置和摆放角度进行调整，得到邮戳的最终效果如图 4-225 所示。

图 4-220　调整文字的放置角度

图 4-221　涂抹出痕迹

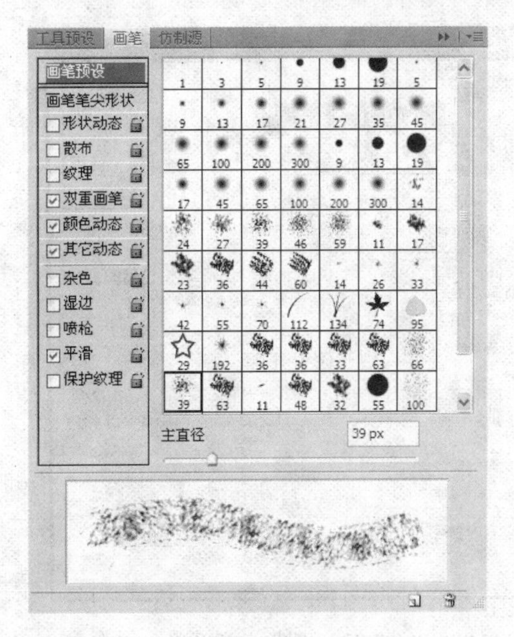

图 4-222　选择笔尖形状

图 4-223　陈旧、磨损的效果

图 4-224　链接图层

图 4-225　邮戳效果

实例 265——锁链

本例将利用图层样式和滤镜制作一根铁链效果。（学习难度：★★★★★）

（1）执行“文件”→“新建”菜单命令，新建一个宽度和高度均为 600 像素的文件，颜色模式为 RGB。

（2）新建图层 1。选择圆角工具绘制一个椭圆形，并按 Ctrl+Enter 键变成选区，如图 4-226 所示。

图 4-226　椭圆选区

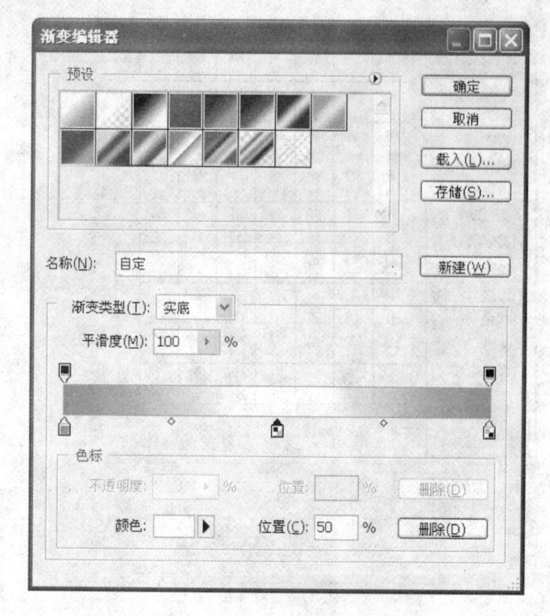

图 4-227　设置渐变颜色

（3）选择渐变工具，设置渐变颜色如图 4-227 所示。设置线性渐变，从椭圆的左上方向右下方进行渐变。

（4）执行“选择”→“修改”→“收缩”菜单命令，设置“收缩量”为 8，并按 Delete 键删除选区，得到如图 4-228 所示的效果。

图 4-228　删除选区

（5）打开“图层样式”对话框，选择“斜面和浮雕”，设置具体参数如图 4-229 所示。设置后的效果如图 4-230 所示。

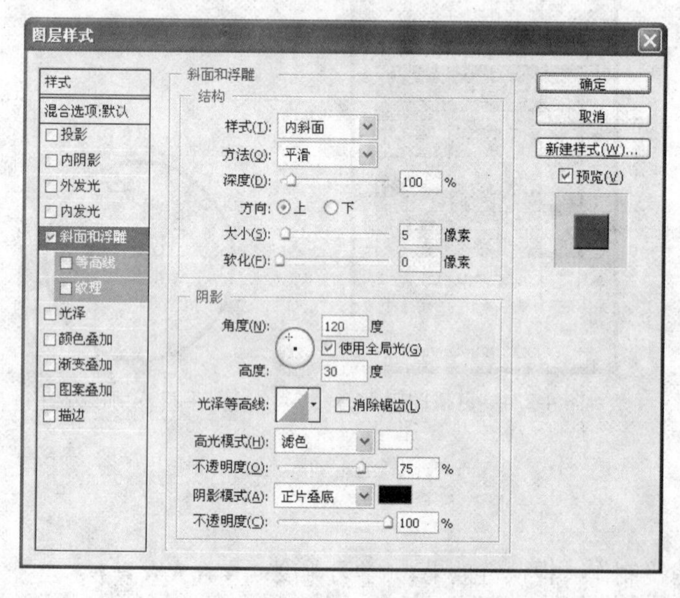

图 4-229　设置“斜面和浮雕”

图 4-230　链条效果

（6）新建图层 2，选择椭圆选框工具绘制一个正圆，设置渐变颜色为“白色到黑色”，径向渐变，如图 4-231 所示。

（7）选择矩形选框工具选中圆形的下半部分，如图 4-232 所示。按 Ctrl+Alt+↓键，拖

拉复制所选区域，得到如图 4-233 所示的效果。

图 4-231　渐变圆形 　　图 4-232　选中圆形的下半部分 　　图 4-233　拖拉复制

（8）连续复制图层 1 和图层 2，形成铁链的效果，如图 4-234 所示。

（9）选中背景层，填充颜色为“R:131;G:129;B:129”。执行“滤镜”→“杂色”→“添加杂色”菜单命令，设置“数量”为 5，如图 4-235 所示。

图 4-234　铁链效果

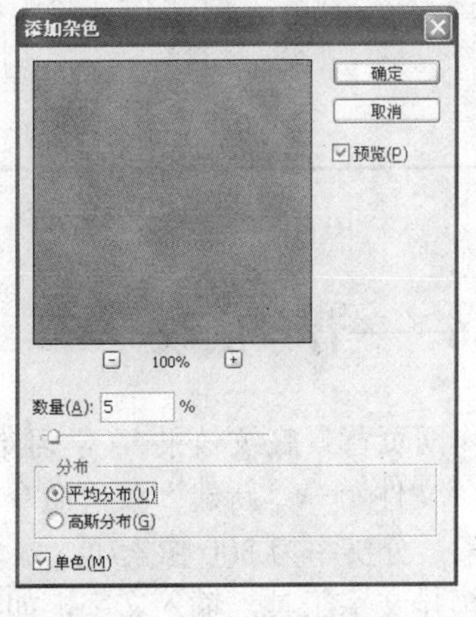

图 4-235　设置“添加杂色”

（10）执行“滤镜”→“模糊”→“径向模糊”菜单命令，设置如图 4-236 所示。

（11）执行“滤镜”→“模糊”→“高斯模糊”菜单命令，设置模糊的“半径”为 1.6 此时的背景效果如图 4-237 所示。

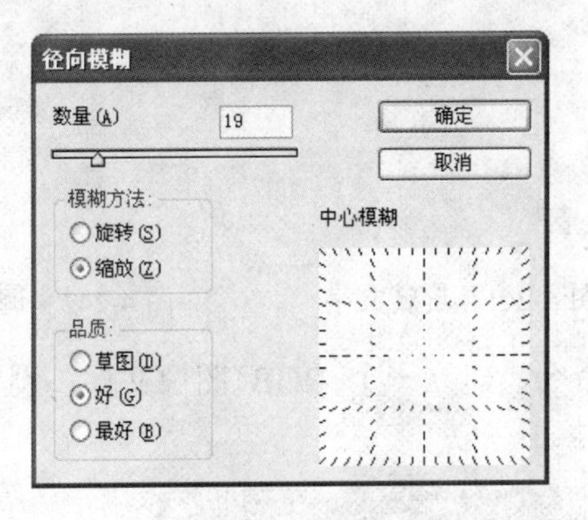

图 4-236　设置“径向模糊”

图 4-237　背景效果

（12）为铁链添加投影效果，并将除背景层以外的图层合并。打开“图层样式”对话框，设置参数如图 4-238 所示，就可以得到最终效果如图 4-239 所示。

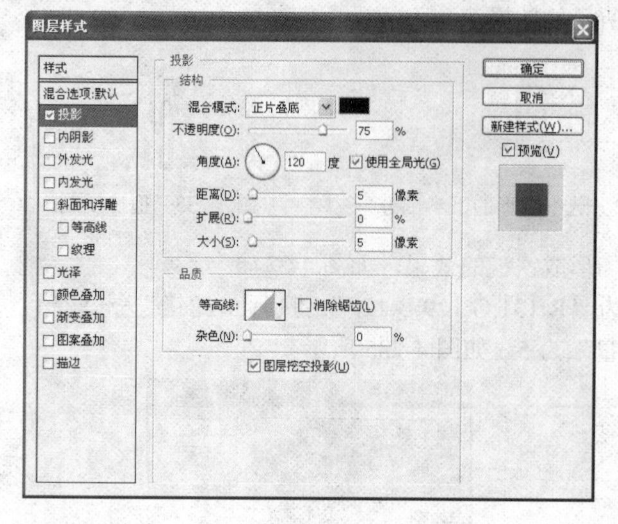

图 4-238　设置“投影”

图 4-239　锁链效果

实例 266——背景底纹

本例将制作网页背景底纹效果。（学习难度：★★★★）

（1）执行“文件”→“新建”菜单命令，建立一个 RGB 图像文件，设置其宽度和高度均为 150 像素，分辨率为 300 像素/英寸。

（2）使用横排文字工具，输入文字，如图 4-240 所示。颜色可以根据个人爱好自定，但尽量不要太深。

（3）按 Ctrl+T 键对文字进行旋转，如图 4-241 所示。

（4）复制文字，并适当调整两组文字的大小和位置，如图 4-242 所示。

（5）执行“编辑”→“定义图案”菜单命令，将文字定义为图案，如图 4-243 所示。

图 4-240　输入文字　　图 4-241　旋转文字　　图 4-242　调整文字

（6）执行“文件”→“新建”菜单命令，建立一个 RGB 图像文件，设置其宽度和高度均为 600 像素，分辨率为 300 像素/英寸。

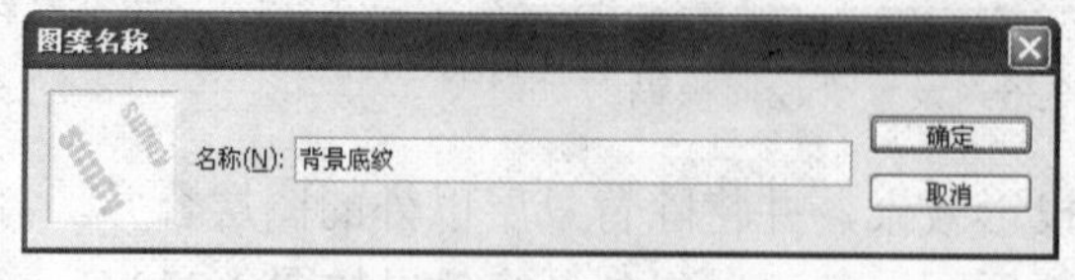

图 4-243　定义图案

（7）执行“编辑”→“填充”菜单命令，选择刚才存储的图案，调整“不透明度”为40%～60%即可。得到最终效果如图 4-244 所示。

图 4-244　背景底纹效果

实例 267——香烟

本例将制作一支中华牌过滤嘴香烟。（学习难度：★★★★★）

（1）执行“文件”→“新建”菜单命令，建立一个 RGB 图像文件，设置其宽度为 400 像素，高度为 400 像素，分辨率为 300 像素/英寸。

（2）将背景填充为黑色。新建图层 1，选择矩形选框工具绘制一个长条矩形，如图 4-245 所示。

（3）选择渐变工具，设置颜色为灰色（R:241;G:237;B:237）到白色。按 Shift 键从左到右拖动鼠标，取消选择，其效果如图 4-246 所示。

（4）执行“滤镜”→“模糊”→“高斯模糊”菜单命令，设置“半径”为 1，其效果如图 4-247 所示。

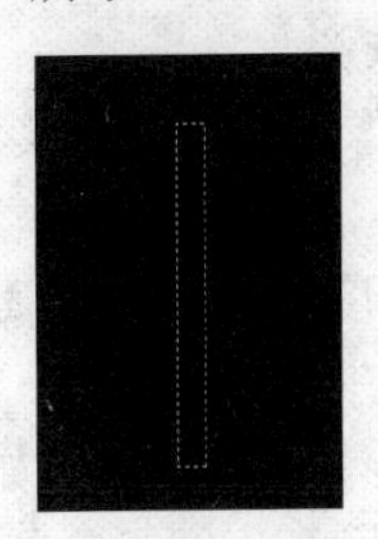

图 4-245　绘制矩形

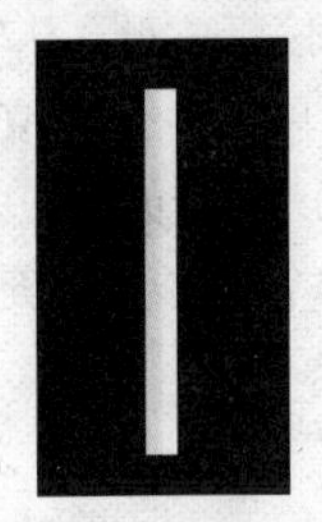

图 4-246　渐变效果

图 4-247　高斯模糊效果

（5）新建图层 2，将前景色和背景色分别设置为颜色“R:253;G:146;B:41”和“R:251;G:210;B:123”。执行“滤镜”→“渲染”→“云彩”菜单命令，如图 4-248 所示。

（6）按 Ctrl+T 键将图层 2 的大小进行调整，作为烟嘴，如图 4-249 所示。

（7）选择矩形选框工具，在烟嘴的部位绘制一个矩形，如图 4-250 所示。

（8）执行“图像”→“调整”→“亮度/对比度”菜单命令，设置“亮度”为 75，如图 4-251 所示。用同样的方法绘制另外一个矩形并调整亮度。

图 4-248　云彩效果

图 4-249　烟嘴效果

图 4-250　绘制矩形

（9）将前景色设置为红色，选择横排文字工具，字体选择“迷你繁智楷”，输入文字“中华”，如图 4-252 所示。

（10）按 Ctrl+T 键调整文字的大小和位置，将其放在烟嘴的下方，得到最终效果如图 4-253 所示。

图 4-251　调整亮度

图 4-252　输入文字

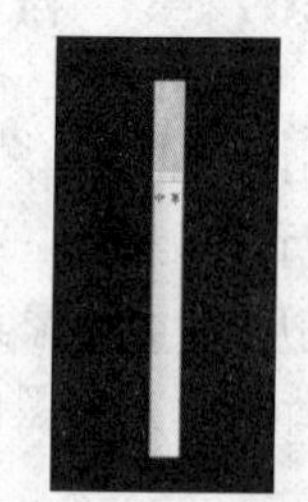

图 4-253　香烟效果

实例 268——信纸

本例将制作具有蝴蝶底纹效果的信纸。（学习难度：★★★★）

（1）执行“文件”→“新建”菜单命令，建立一个 RGB 图像文件，设置其宽度为 10 像素，高度为 20 像素，分辨率为 300 像素/英寸。

（2）选择矩形选框工具，绘制两个矩形并填充为黑色，其高度相同，并隐藏背景层，如图 4-254 所示。

（3）执行“编辑”→“定义图案”菜单命令，将所绘制的矩形定义为图案，如图 4-255 所示。

（4）执行“文件”→“新建”菜单命令，建立一个 RGB 图像文件，设置其宽度为 450 像素，高度为 580 像素，分辨率为 300 像素/英寸。

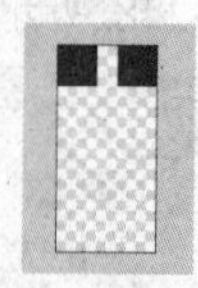

图 4-254　绘制矩形

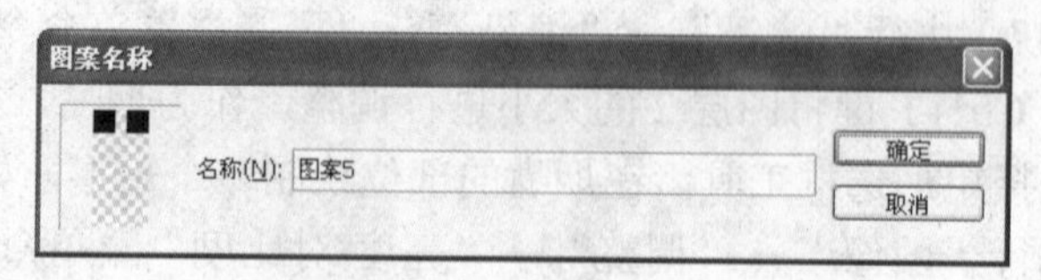

图 4-255　定义图案

（5）新建图层 1。选择矩形选框工具绘制一个矩形。执行“编辑”→“填充”菜单命令，将刚才定义的图案填充该矩形，并调整“不透明度”为 30，如图 4-256 所示。

（6）取消选择。执行“文件”→“打开”菜单命令，打开蝴蝶图像，如图 4-257 所示。

（7）使用魔棒工具选择蝴蝶周围的白色部分，反选并按 Ctrl+J 键复制一个图层。将蝴蝶拖入原文件中，并按 Ctrl+T 键进行调整，如图 4-258 所示。

图 4-256 用图像填充矩形

图 4-257 打开图像

图 4-258 调整蝴蝶

（8）复制两个蝴蝶，并分别调整蝴蝶的位置和大小，如图 4-259 所示。

（9）调整蝴蝶各个图层，设置其“不透明度”为 35%，得到最终效果如图 4-260 所示。

图 4-259 复制并调整蝴蝶的位置和大小

图 4-260 信纸效果

实例 269——水晶按钮

本例将制作一款简单而又实用的水晶按钮。（学习难度：★★★★）

（1）执行“文件”→“新建”菜单命令，建立一个 RGB 图像文件，设置其宽度为 300 像素，高度为 300 像素，分辨率为 300 像素/英寸。

（2）新建图层 1，选择圆角矩形工具，绘制一个圆角矩形，如图 4-261 所示。

（3）转换为选区，填充颜色“R:77;G:119;B:212”，如图 4-262 所示。

（4）新建图层 2，按 Ctrl 键单击图层 1 调出选区，执行“编辑”→“描边”菜单命令，设置“描边宽度”为 1，颜色为（R:45;G:83;B:167），如图 4-263 所示。

图 4-261　圆角矩形　　图 4-262　填充颜色　　图 4-263　描边效果

（5）保留选区，新建图层 3，选择矩形选框工具利用属性栏中的减去选区命令，得到如图 4-264 所示的选区效果。

（6）选择渐变工具，颜色为白色到透明，渐变选区，如图 4-265 所示。

（7）用同样的方法，新建图层 4，选中下半部分并进行渐变。得到最终效果如图 4-266 所示。

图 4-264　选区效果　　图 4-265　渐变选区　　图 4-266　水晶按钮效果

实例 270——风景按钮

本例将利用风景图片制作风景按钮。（学习难度：★★★★★）

（1）执行“文件”→“打开”菜单命令，打开风景图像，如图 4-267 所示。

（2）复制背景层，并将背景层填充为白色。选择椭圆选框工具绘制一个椭圆，反选并删除，如图 4-268 所示。

（3）保持选区，新建图层 1，选择渐变工具，颜色为白色到透明，从左上方向右下方进行渐变，如图 4-269 所示。

图 4-267　打开图像

图 4-268　选取图像

图 4-269　渐变效果

（4）打开“图层样式”对话框，选择“斜面和浮雕”，设置参数如图 4-270 所示。设置的效果如图 4-271 所示。

（5）按 Ctrl 键单击背景层副本，调出选区。新建图层 3，执行“选择”→“修改”→“扩展”菜单命令，设置“扩展量”为 20。暂时填充黑色，然后再次调出背景层副本选区并删除，得到一个圆环外框如图 4-272 所示。

（6）调出圆环选区，选择渐变工具，设置颜色由“R:88;G:88;B:88”到“R:233;G:233; B:233”再到“R:88;G:88;B:88”渐变。渐变效果如图 4-273 所示。

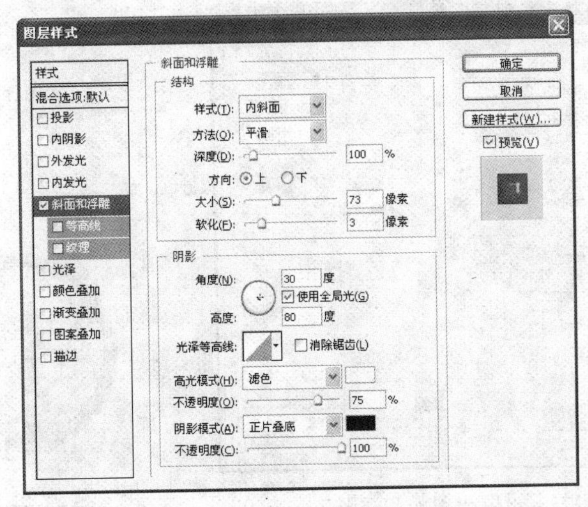

图 4-270 设置“斜面和浮雕”

图 4-271 斜面和浮雕效果

图 4-272 圆环外框

（7）打开“图层样式”对话框，选择“投影”，设置参数如图 4-274 所示。

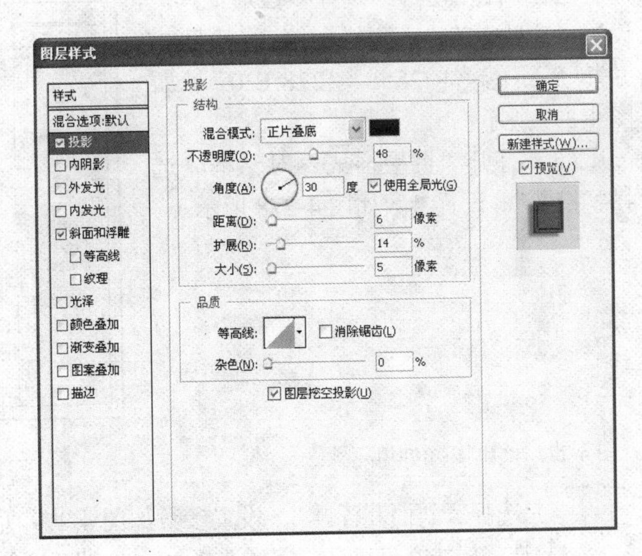

图 4-274 设置“投影”

图 4-273 渐变效果

（8）选择“斜面和浮雕”，设置参数如图 4-275 所示。得到最终效果如图 4-276 所示。

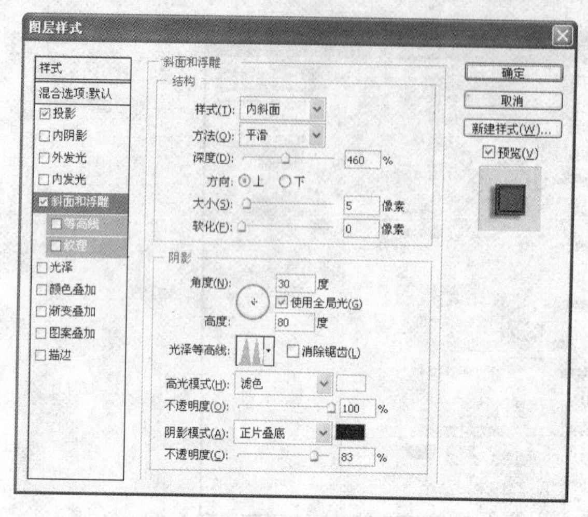

图 4-275　设置“斜面和浮雕”

图 4-276　风景按钮效果

实例 271——三角按钮

本例将制作一款可爱精致的三角按钮效果。（学习难度：★★★★）

（1）执行“文件”→“新建”菜单命令，建立一个 RGB 图像文件，设置其宽度为 400 像素，高度为 400 像素，分辨率为 300 像素/英寸。

（2）新建图层 1，选择多边形工具，设置“边数”为 3，绘制一个三角形状，并填充颜色“R:255; G:228;B:0”，如图 4-277 所示。

（3）打开“图层样式”对话框，选择“投影”，设置参数如图 4-278 所示。

图 4-277　绘制三角并填充颜色

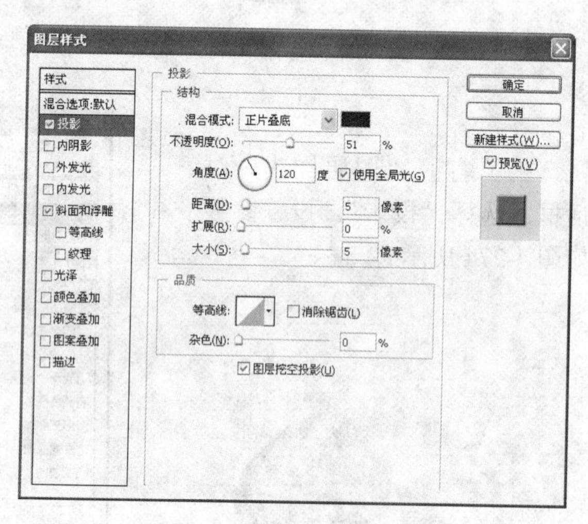

图 4-278　设置“投影”

（4）选择“斜面和浮雕”，设置参数如图 4-279 所示。设置的效果如图 4-280 所示。

（5）选择横排文字工具，字体选择“Impact”，输入文字，颜色设置为白色，如图 4-281 所示。

（6）用同样的方法，可以制作出另外一个蓝色（R:95;G:120;B:245）的三角按钮。得到最终效果如图 4-282 所示。

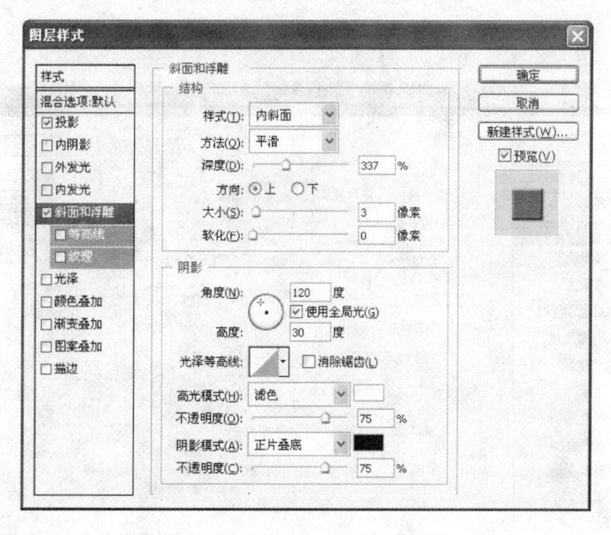

图 4-279　设置“斜面和浮雕”

图 4-280　图层效果

图 4-281　输入文字

图 4-282　三角按钮效果

实例 272——胶囊按钮

本例将制作胶囊形状的按钮效果。（学习难度：★★★★）

（1）执行“文件”→“新建”菜单命令，建立一个 RGB 图像文件，设置其宽度为 250 像素，高度为 250 像素，分辨率为 300 像素/英寸。

（2）新建图层 1，选择圆角矩形工具绘制一个胶囊形状，设置“半径”为 20，并填充红色“R:231;G:5;B:5”，如图 4-283 所示。

图 4-283　填充胶囊

（3）打开“图层样式”对话框，选择“内阴影”，设置参数如图 4-284 所示。颜色为“R:113;G:0;B:0”。

（4）选择“内发光”，设置参数如图 4-285 所示，颜色选为白色。

（5）选择“斜面和浮雕”，设置参数如图 4-286 所示，得到胶囊按钮的最终效果如图 4-287 所示。

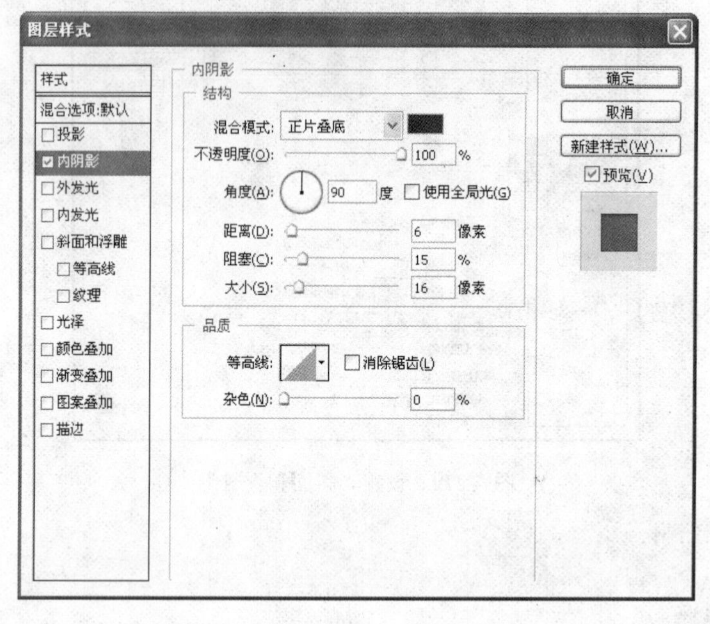

图 4-284　设置“内阴影”

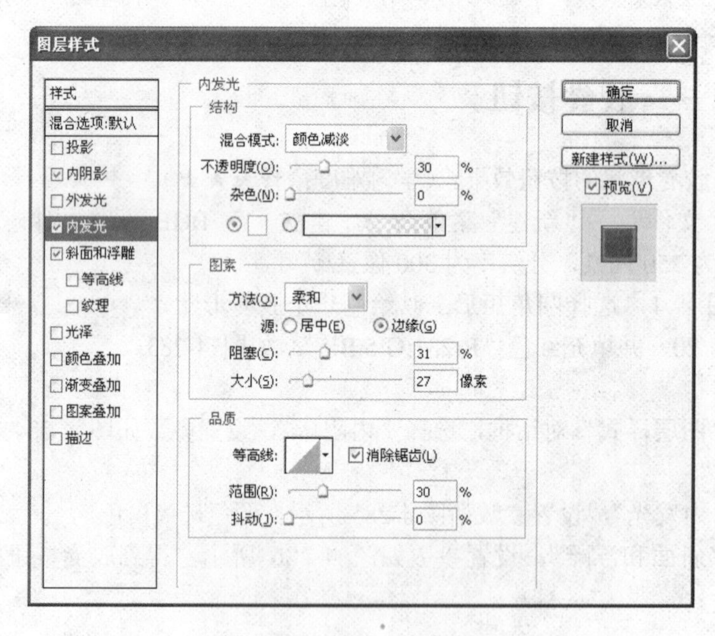

图 4-285　设置“内发光”

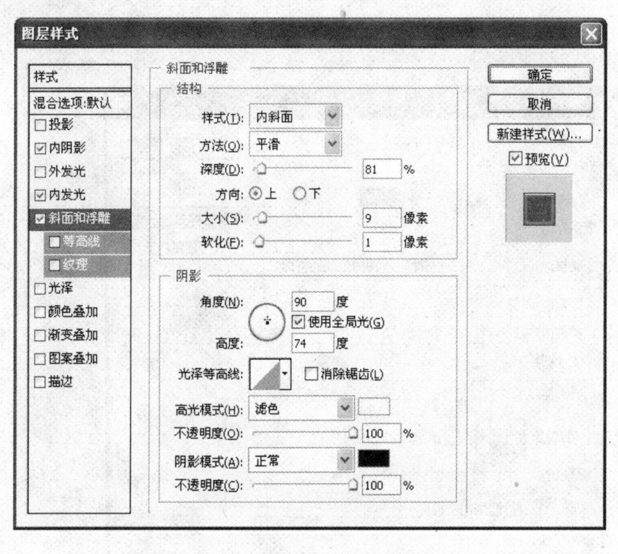

图 4-286　设置“斜面和浮雕”

图 4-287　胶囊按钮效果

实例 273——石头按钮

本例将利用石头素材制作按钮。（学习难度：★★★★）

（1）执行“文件”→“打开”菜单命令，打开石头图像，如图 4-288 所示。

（2）选择圆角工具绘制一个圆角矩形，按 Ctrl+Enter 键转换为选区并按 Ctrl+J 键复制图层，新建图层 1，填充白色并拖到背景层上方，如图 4-289 所示。

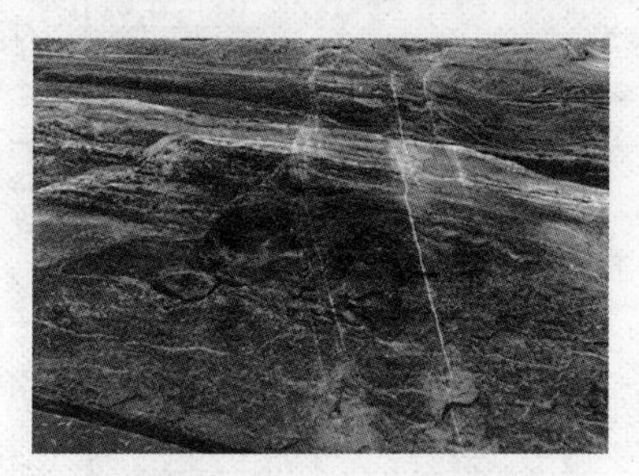

图 4-288　打开图像

图 4-289　圆角矩形

（3）打开“图层样式”对话框，选择“投影”，设置参数如图 4-290 所示。

（4）选择“斜面和浮雕”，设置参数如图 4-291 所示。设置的效果如图 4-292 所示。

（5）选择横排文字工具，字体选择“Impact”，输入文字，颜色设置为白色，如图 4-293 所示。

（6）打开“图层样式”对话框，选择“斜面和浮雕”，设置参数如图 4-294 所示。得到最终效果如图 4-295 所示。

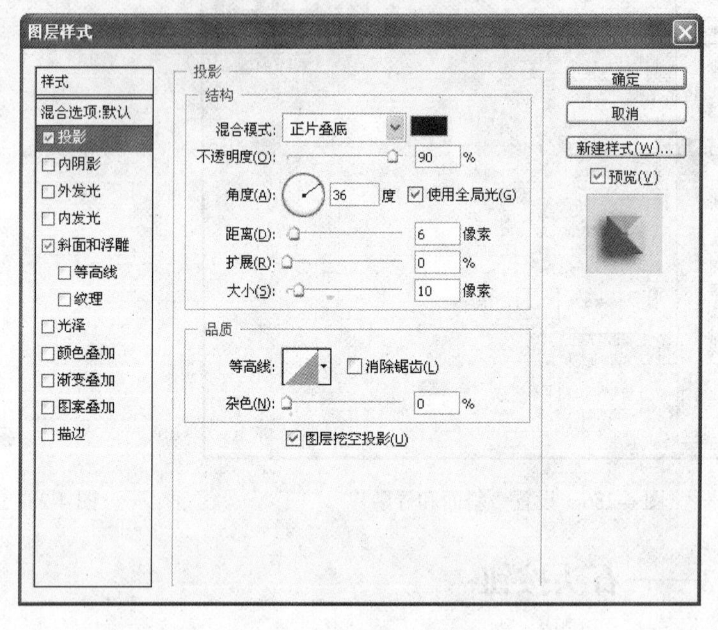

图 4-290　设置“投影”

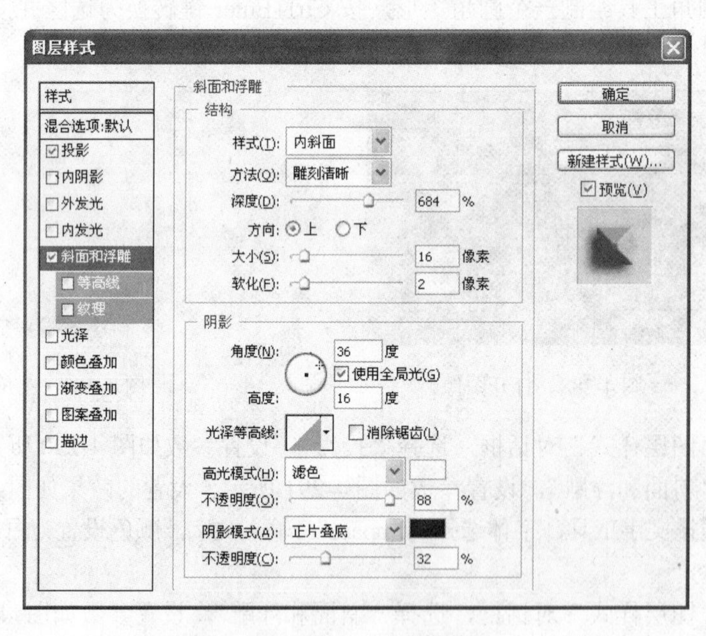

图 4-291　设置“斜面和浮雕”

图 4-292　图层效果

图 4-293　输入文字

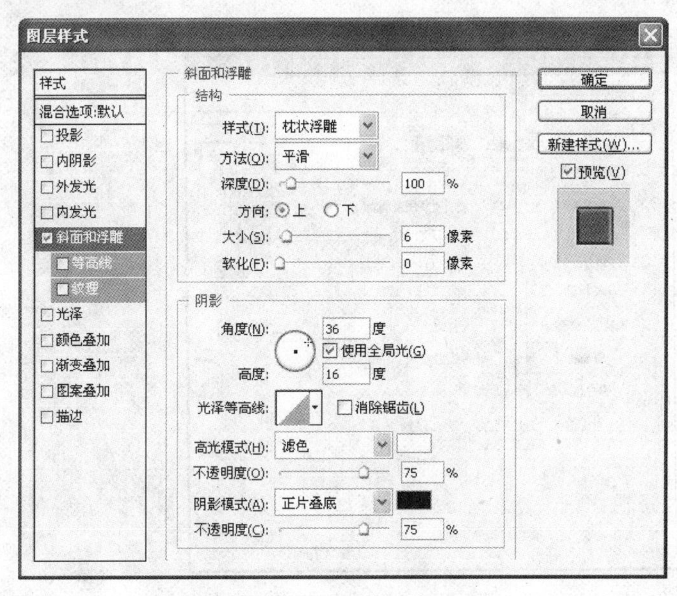

图 4-294　设置“斜面和浮雕”

图 4-295　石头按钮效果

实例 274——提示按钮

本例将制作一款具有方向提示功能的按钮。(学习难度：★★★★)

(1) 执行“文件”→“新建”菜单命令，建立一个 RGB 图像文件，设置其宽度为 300 像素，高度为 300 像素，分辨率为 300 像素/英寸。

(2) 新建图层 1，选择自定形状工具，绘制一个箭头，如图 4-296 所示。

(3) 转换为选区，执行“编辑”→“描边”菜单命令，设置“描边宽度”为“1”，颜色选为黑色，其效果如图 4-297 所示。

(4) 新建图层 2，选择椭圆选框工具，按 Shift 键绘制一个正圆，如图 4-298 所示。

(5) 选择渐变工具，颜色由“R:216;G:33;B:33”到“R:248;G:216;B:216”，选择“径向渐变”，其效果如图 4-299 所示。

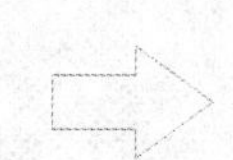

图 4-296　绘制箭头

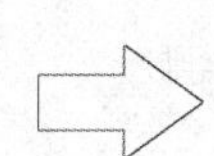

图 4-297　描边效果

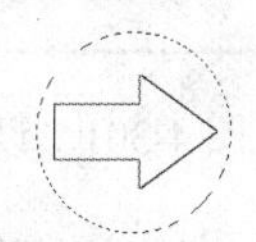

图 4-298　绘制正圆

图 4-299　径向渐变效果

(6) 打开“图层样式”对话框，选择“内阴影”，设置参数如图 4-300 所示。颜色设为“R:217;G:43;B:42”。

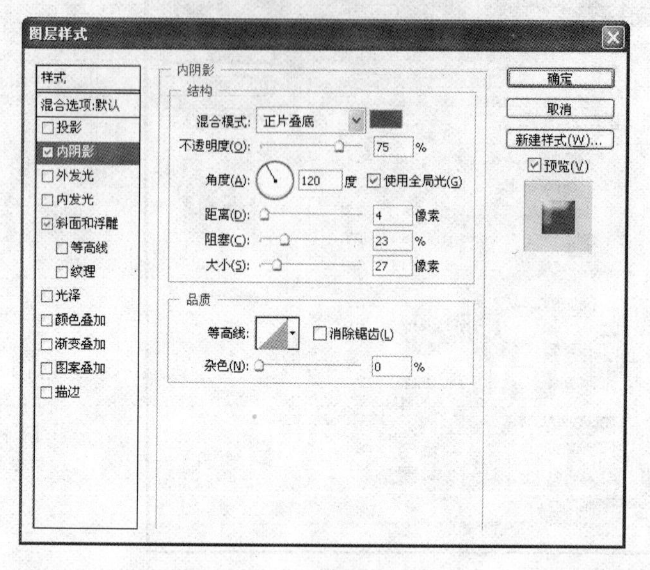

图 4-300　设置“内阴影”

（7）选择“斜面和浮雕”，设置参数如图 4-301 所示。设置的效果如图 4-302 所示。

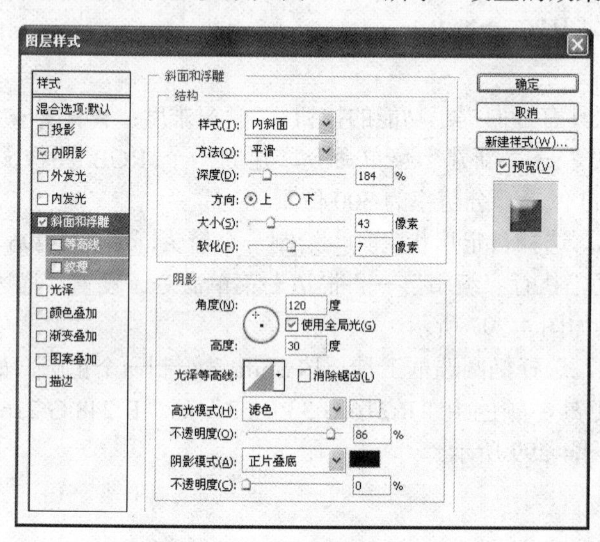

图 4-301　设置“斜面和浮雕”

（8）将图层 1 置于图层 2 上方，调整箭头的位置和大小，如图 4-303 所示。

图 4-302　图层效果

图 4-303　调整箭头的位置和大小

（9）打开“图层样式”对话框，选择“外发光”，设置参数如图 4-304 所示；颜色选为白色，其效果如图 4-305 所示。

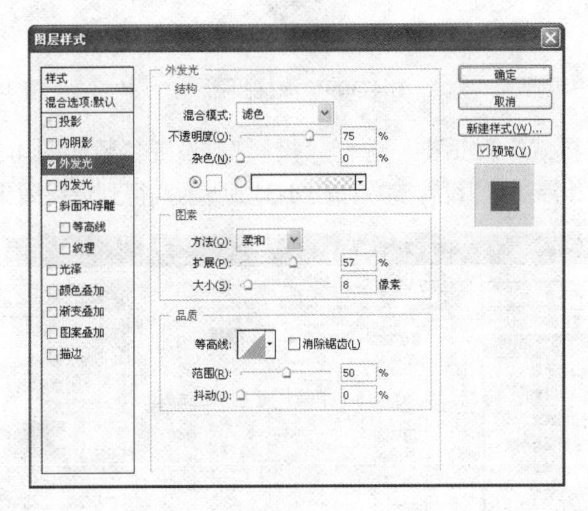

图 4-304　设置“外发光”

（10）选择横排文字工具，输入文字“GO”，颜色选为白色。得到最终效果如图 4-306 所示。

图 4-305　外发光效果

图 4-306　提示按钮效果

实例 275——眼睛按钮

本例将利用眼睛图像来制作眼睛效果的按钮。（学习难度：★★★★★）

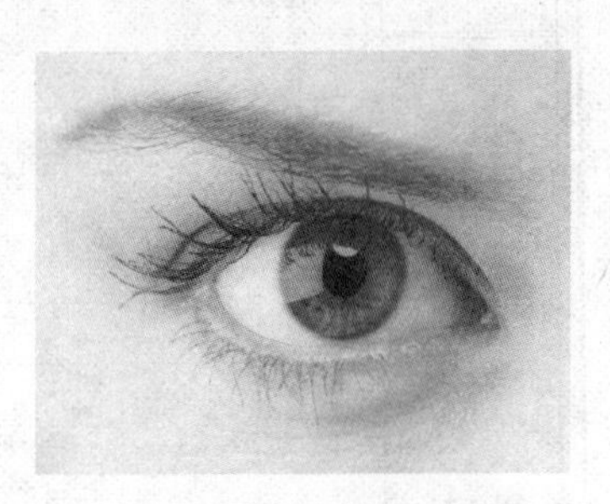

图 4-307　打开图像

（1）执行“文件”→“打开”菜单命令，打开眼睛图像，如图 4-307 所示。

（2）选择椭圆选框工具选中眼睛，并按 Ctrl+J 键复制图层，如图 4-308 所示。然后将背景层填充为白色。

（3）选择仿制图章工具，按 Alt 键单击眼睛的高光处，取得源点，然后涂抹眼睫毛在眼睛上所形成的投影，如图 4-309 所示。

（4）新建图层 1，选择椭圆选框工具绘制一个比眼睛稍大的正圆，填充为黑色，然后按 Ctrl 键单击眼睛所在层调出选区，并按 Delete 键删除，得到外框效果如图 4-310 所示。

图 4-308　选中眼睛

图 4-309　涂抹投影

图 4-310　外框效果

（5）打开“图层样式”对话框，选择“投影”，设置参数如图 4-311 所示。

（6）选择“斜面和浮雕”，设置参数如图 4-312 所示，得到最终效果如图 4-313 所示。

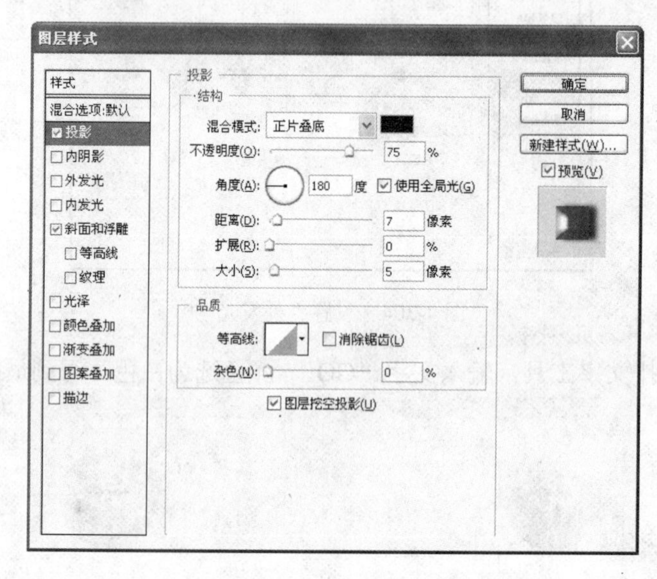

图 4-311　设置“投影”

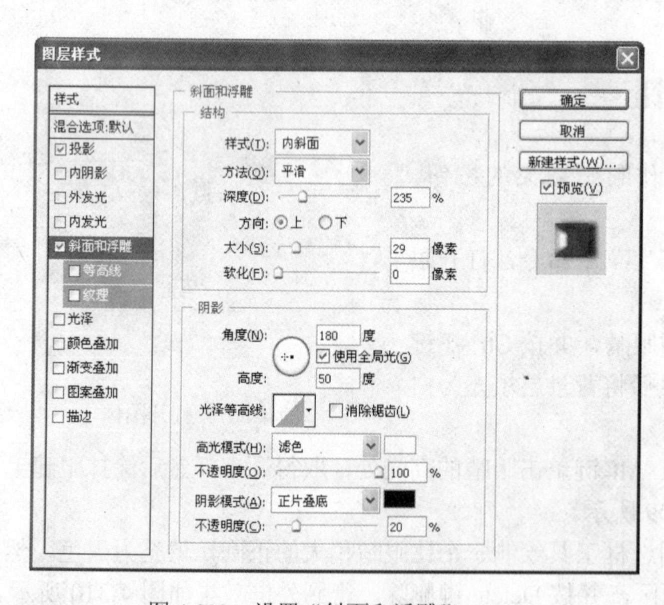

图 4-312　设置“斜面和浮雕”

图 4-313　眼睛按钮效果

实例 276——锈金属按钮

本例将利用锈金属图片制作按钮效果。（学习难度：★★★★★）

（1）执行“文件”→“新建”菜单命令，建立一个 RGB 图像文件，设置其宽度为 400 像素，高度为 400 像素，分辨率为 300 像素/英寸。

（2）新建图层 1，选择椭圆选框工具，按 Shift 键绘制一个正圆，如图 4-314 所示，填充颜色“R:218; G:218;B:218”。

（3）执行“编辑”→“描边”菜单命令，设置“描边宽度”为 1，颜色为黑色，其效果如图 4-315 所示。

（4）新建图层 2，绘制一个同心小圆，并填充颜色“R:157;G:155;B:155”，如图 4-316 所示。

图 4-314　绘制正圆

图 4-315　描边效果

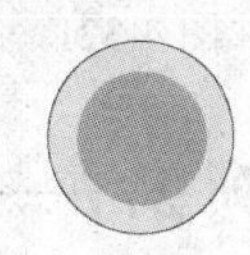

图 4-316　绘制并填充小圆

（5）选择矩形选框工具绘制一个矩形，如图 4-317 所示。

（6）按 Delete 键删除，得到按钮的雏形如图 4-318 所示。

（7）合并图层 1 和图层 2。按 Ctrl+A 键全选，按 Ctrl+C 键复制，在通道面板中新建通道 1，按 Ctrl+V 键粘贴，其效果如图 4-319 所示。

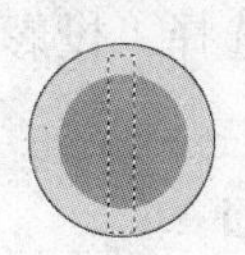

图 4-317　绘制矩形

图 4-318　按钮雏形

图 4-319　粘贴效果

（8）回到图层面板，打开一张锈金属的图像，如图 4-320 所示，并拖到文件中。

图 4-320　打开图像

（9）执行“滤镜”→“渲染”→“光照效果”菜单命令，设置参数如图 4-321 所示。得到最终效果如图 4-322 所示。

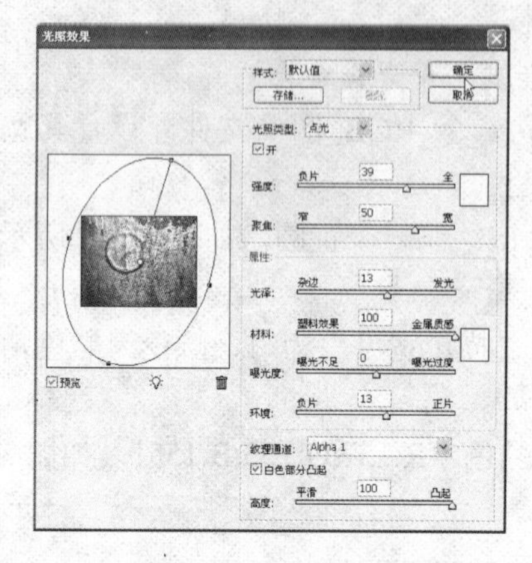

图 4-321　设置“光照效果”

图 4-322　锈金属按钮效果

实例 277——播放器按钮

本例将制作播放器上的开始、暂停等按钮效果。（学习难度：★★★★）

（1）执行“文件”→“新建”菜单命令，建立一个 RGB 图像文件，设置其宽度为 500 像素，高度为 400 像素，分辨率为 300 像素/英寸。

图 4-323　填充前景色

（2）新建图层 1，使用椭圆选框工具绘制一个椭圆，前景色设置为“R:216;G:101; B:237”，填充前景色，如图 4-323 所示。

（3）打开“图层样式”对话框，选择“投影”，设置参数如图 4-324 所示。

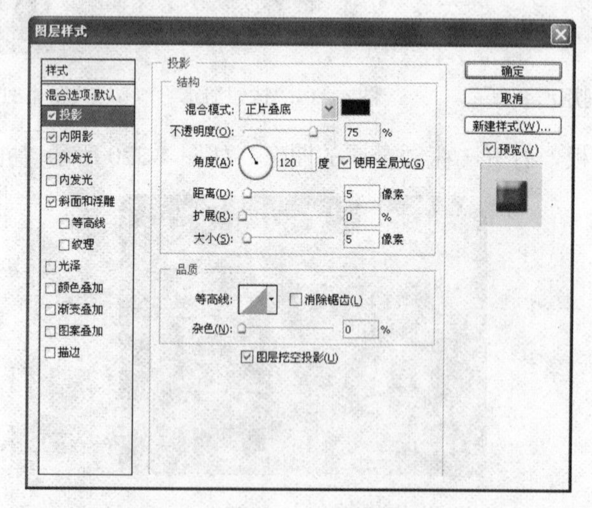

图 4-324　设置“投影”

（4）选择“内阴影”，设置参数如图 4-325 所示。颜色设为“R:178;G:64;B:198”。

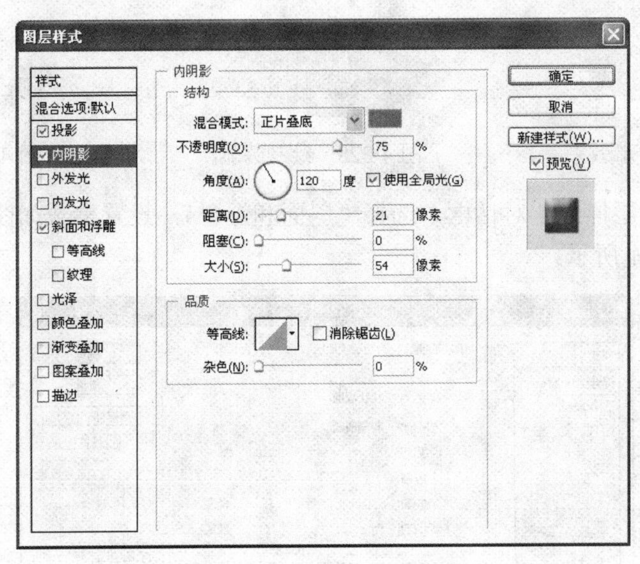

图 4-325　设置“内阴影”

（5）选择“斜面和浮雕”，设置参数如图 4-326 所示。设置的效果如图 4-327 所示。

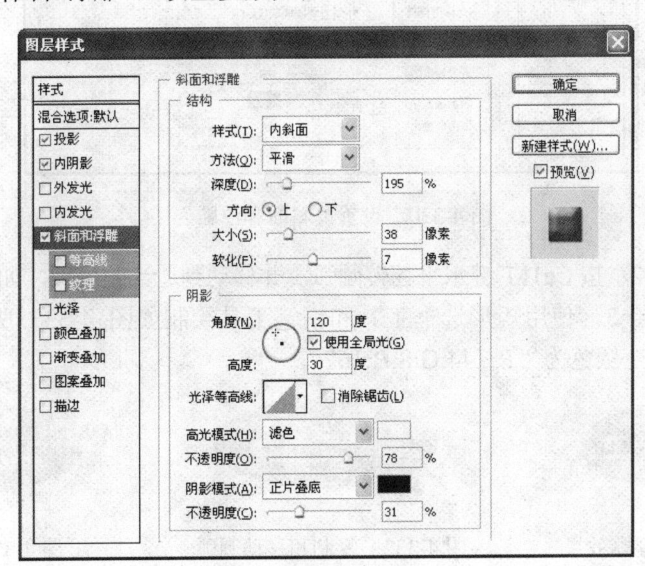

图 4-326　设置斜面和浮雕

操作技巧：

钢笔工具主要用来创建路径，它可以很方便地画出各种直线路径或曲线路径，然后通过转换点工具进行形状调整。

（6）新建图层 2，使用钢笔工具绘制一个圆弧，如图 4-328 所示。

（7）在路径面板中单击“用画笔描边路径”按钮，“笔尖”设为 3 像素，颜色选为黑

色，如图 4-329 所示。

图 4-327　斜面和浮雕效果

图 4-328　绘制圆弧

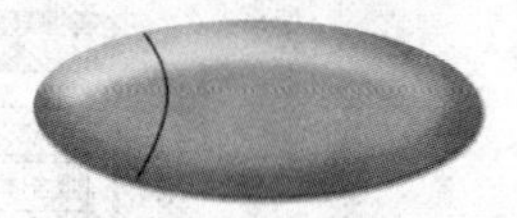

图 4-329　描边路径

（8）打开“图层样式”对话框，选择“斜面和浮雕”，设置参数如图 4-330 所示。设置的效果如图 4-331 所示。

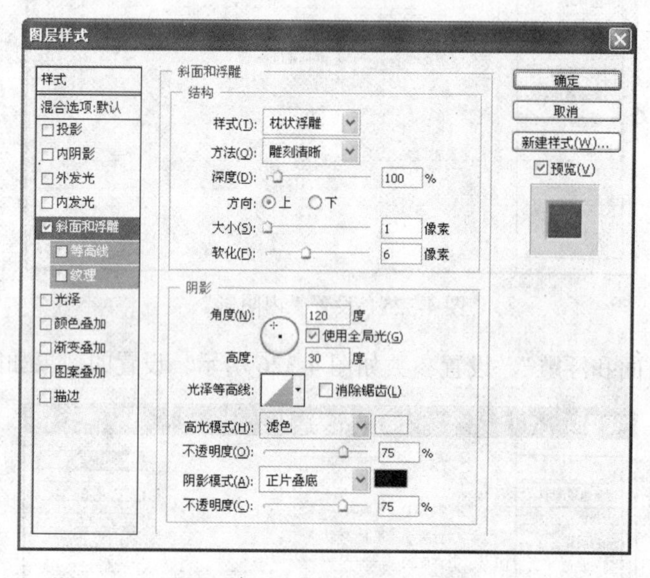

图 4-330　设置“斜面和浮雕”

（9）复制图层 2，按 Ctrl+T 键水平翻转圆弧，并移动到适当的位置，如图 4-332 所示。

（10）新建图层 3，使用矩形选框工具和钢笔工具绘制如图 4-333 所示的暂停和播放按钮的形状，并填充颜色为“R:144;G:8;B:167”。

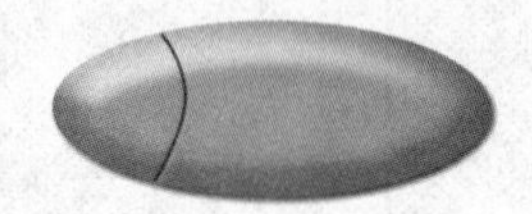

图 4-331　斜面和浮雕效果

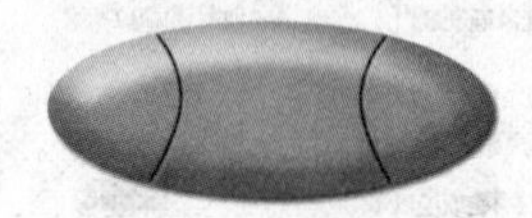

图 4-332　复制和移动圆弧

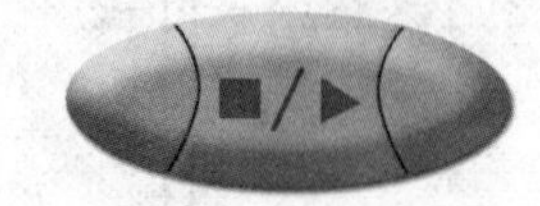

图 4-333　绘制形状

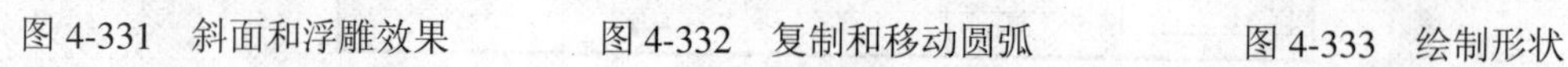

（11）打开“图层样式”对话框，选择“斜面和浮雕”，设置参数如图 4-334 所示。其效果如图 4-335 所示。

（12）用同样的方法新建图层 3，使用钢笔工具绘制出前进标志，填充颜色为“R:144;G:8;B:167”，复制并粘贴图层 2 的图层样式，并移动图层位置，如图 4-336 所示。

（13）复制图层 3，并按 Ctrl+T 键水平翻转，得到播放器按钮的最终效果如图 4-337 所示。

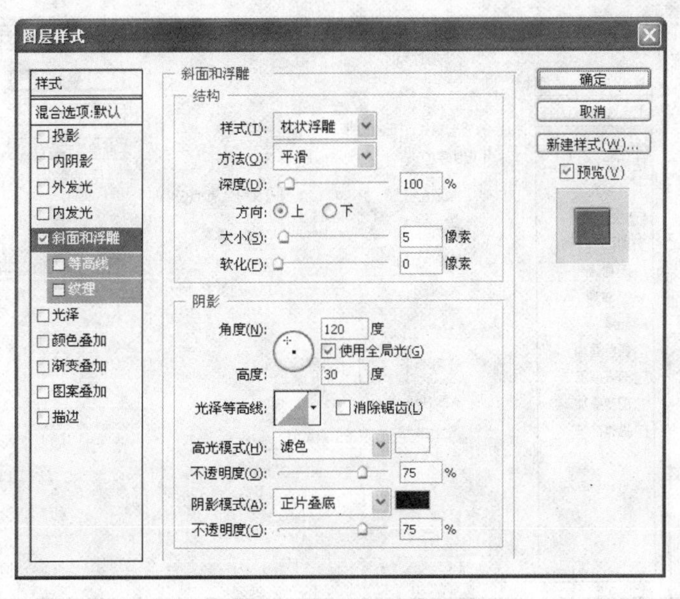

图 4-334 设置“斜面和浮雕”

图 4-335 斜面和浮雕效果

图 4-336 前进标志

图 4-337 播放器按钮效果

实例 278——玻璃心形按钮

本例将制作一款心形的剔透玻璃按钮。(学习难度：★★★★★)

(1) 执行“文件”→“新建”菜单命令，建立一个 RGB 图像文件，设置其宽度为 500 像素，高度为 500 像素，分辨率为 300 像素/英寸。

(2) 新建图层 1，选择自定形状工具，绘制一个心形，并填充颜色“R:80;G:214;B:252”，如图 4-338 所示。

图 4-338 绘制并填充心形

(3) 打开“图层样式”对话框，选择“投影”，设置参数如图 4-339 所示。颜色设置为“R:144;G:212;B:244”。

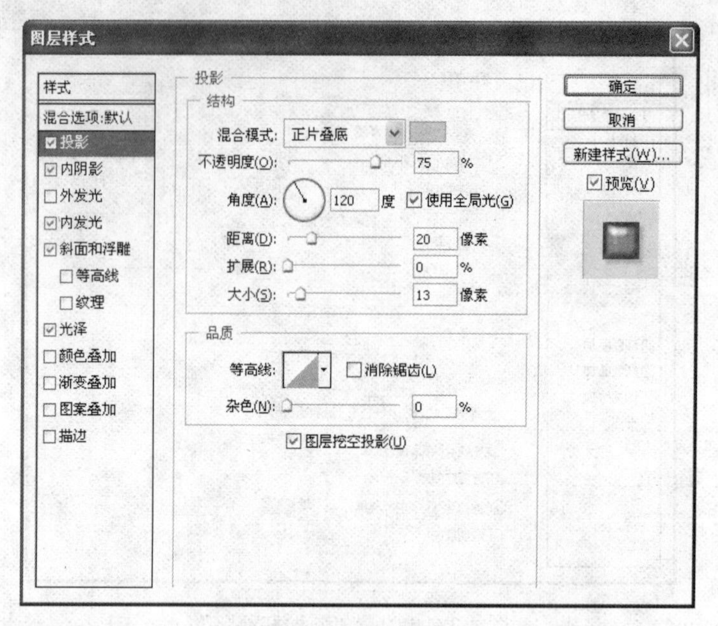

图 4-339　设置“投影”

（4）选择“内阴影”，设置参数如图 4-340 所示。颜色设置为“R:185;G:26;B:237”。

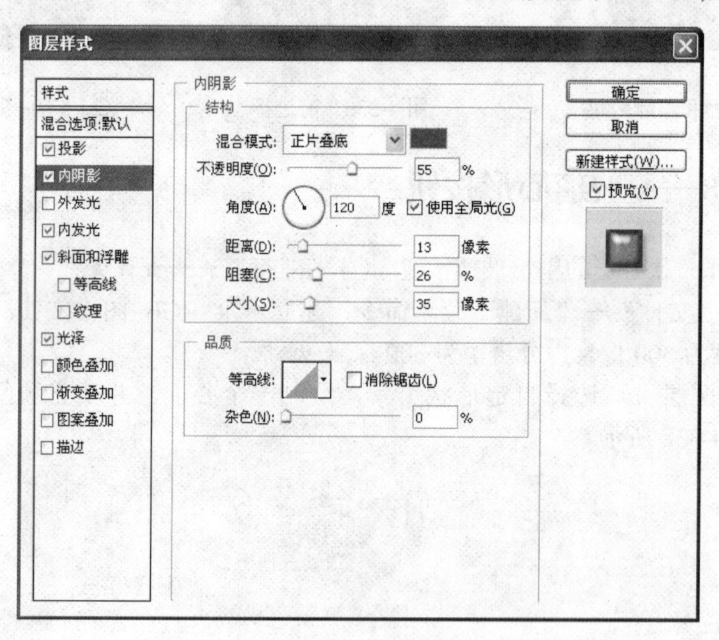

图 4-340　设置“内阴影”

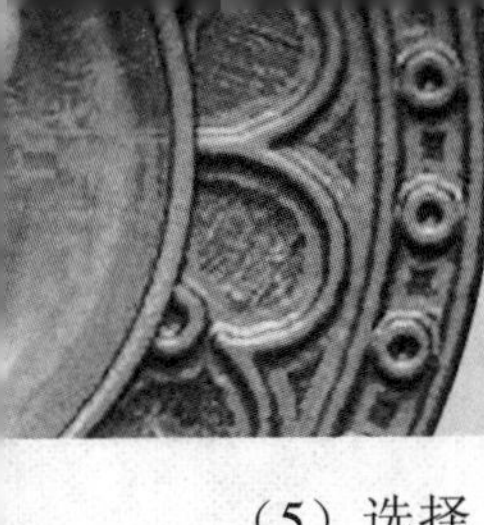

（5）选择“内发光”，设置参数如图 4-341 所示。颜色设置为“R:112;G:8;B:30”。

图 4-341　设置“内发光”

（6）选择“斜面和浮雕”，设置参数如图 4-342 所示。

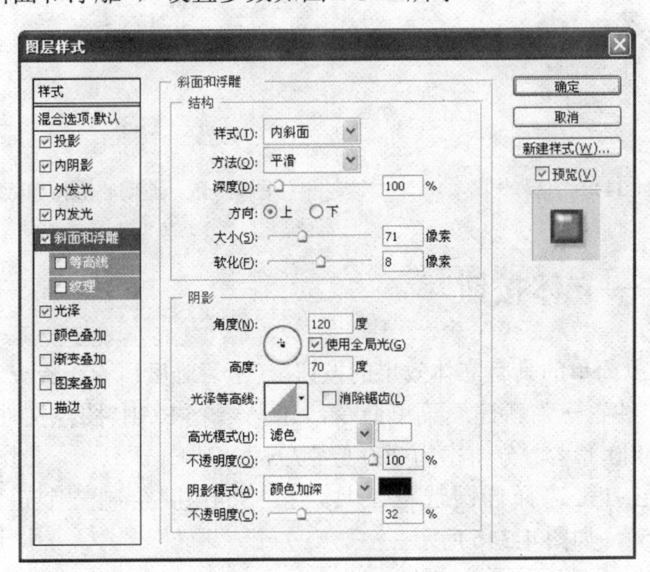

图 4-342　设置“斜面和浮雕”

（7）选择“光泽”，设置参数如图 4-343 所示；颜色设为“R:252;G:255;B:0”，其效果如图 4-344 所示。

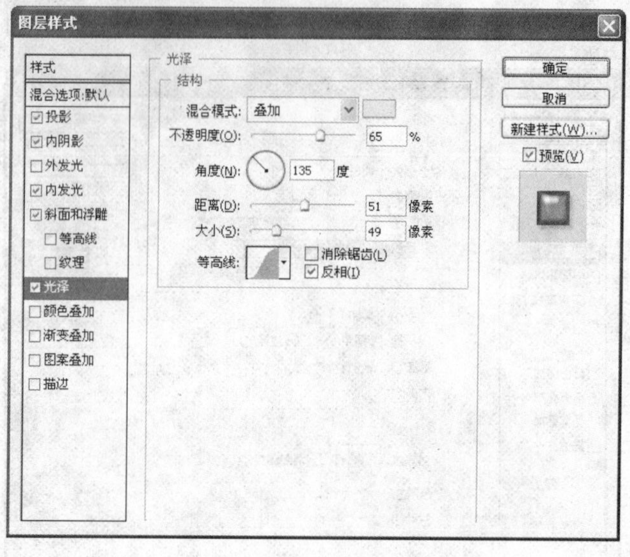

图 4-343 设置“光泽”

（8）最终效果如图 4-345 所示。

图 4-344 图层效果

图 4-345 玻璃心形按钮效果

实例 279——立体按钮

本例将制作一款简单的具有立体效果的按钮。（学习难度：★★★★）

（1）执行“文件”→“新建”菜单命令，建立一个 RGB 图像文件，设置其宽度为 400 像素，高度为 400 像素，分辨率为 300 像素/英寸。

（2）新建图层 1，选择椭圆选框工具，按 Shift 键绘制一个正圆，其填充颜色“R:226;G:151;B:95”，如图 4-346 所示。

图 4-346 绘制并填充正圆

（3）打开“图层样式”对话框，选择“投影”，设置参数如图 4-347 所示。

（4）选择“斜面和浮雕”，设置参数如图 4-348 所示，其效果如图 4-349 所示。

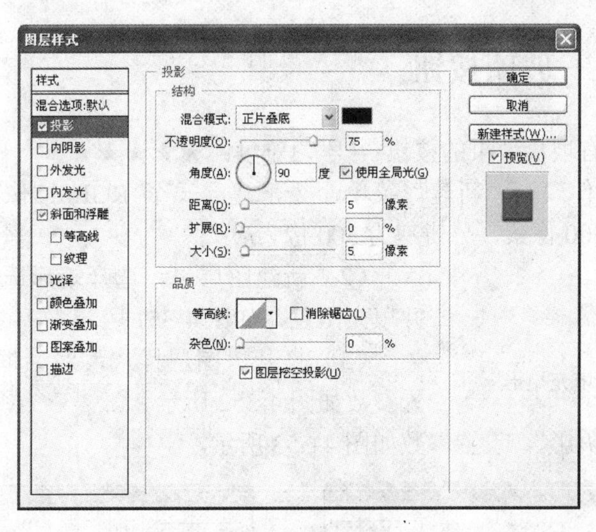

图 4-347　设置“投影”

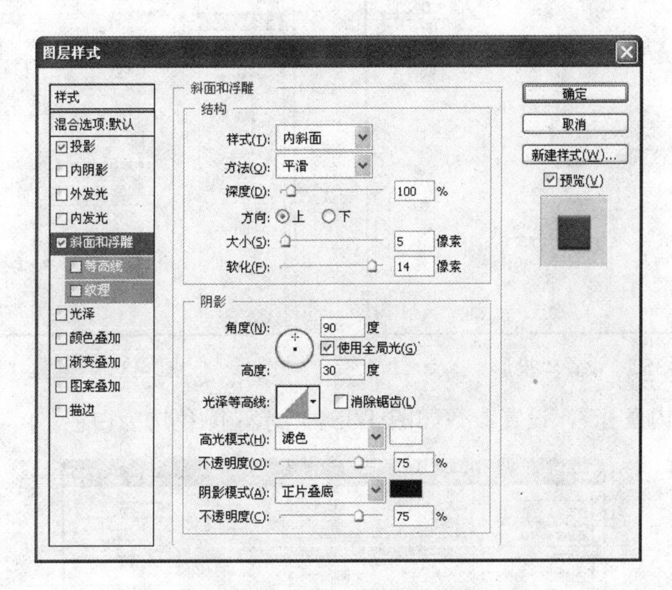

图 4-348　设置“斜面和浮雕”

（5）新建图层 2 和图层 3，同样绘制一个正圆，分别填充颜色“R:89;G:119;B:188”和“R:241;G:148;B:252”。然后分别复制和粘贴图层 1 的图层样式，并将 3 个图层摆放在一起，得到最终效果如图 4-350 所示。

图 4-349　斜面和浮雕效果

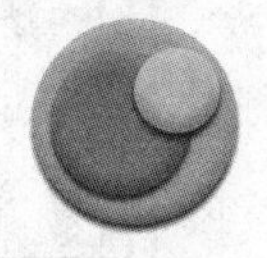

图 4-350　立体按钮效果

实例 280——玻璃按钮

本例将制作具有玻璃效果的按钮。（学习难度：★★★★★）

（1）执行“文件”→“新建”菜单命令，建立一个 RGB 图像文件，设置其宽度为 300 像素，高度为 300 像素，分辨率为 300 像素/英寸。

图 4-351 绘制并填充矩形

（2）新建图层 1，选择矩形选框工具绘制一个矩形并填充黑色，如图 4-351 所示。

（3）打开“图层样式”对话框，选择“投影”，设置参数如图 4-352 所示。

（4）选择“内阴影”，设置参数如图 4-353 所示。

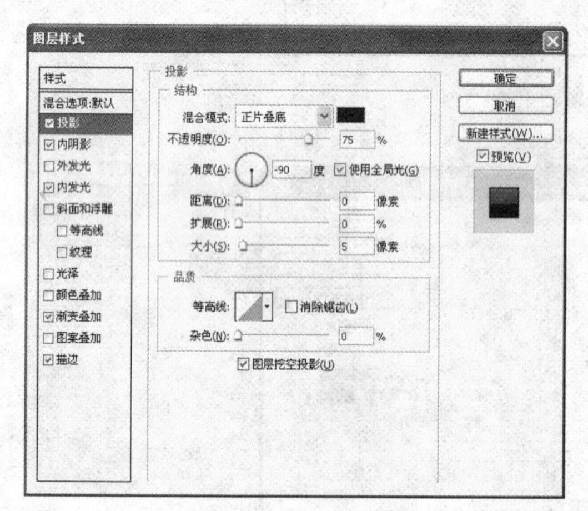

图 4-352 设置“投影”

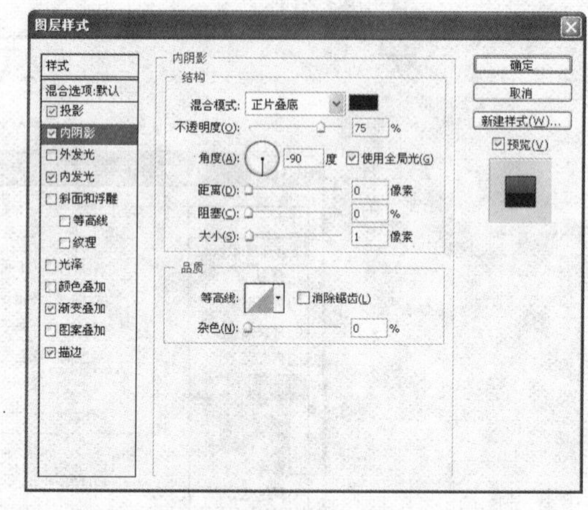

图 4-353 设置“内阴影”

（5）选择“内发光”，设置参数如图 4-354 所示，颜色选为白色。

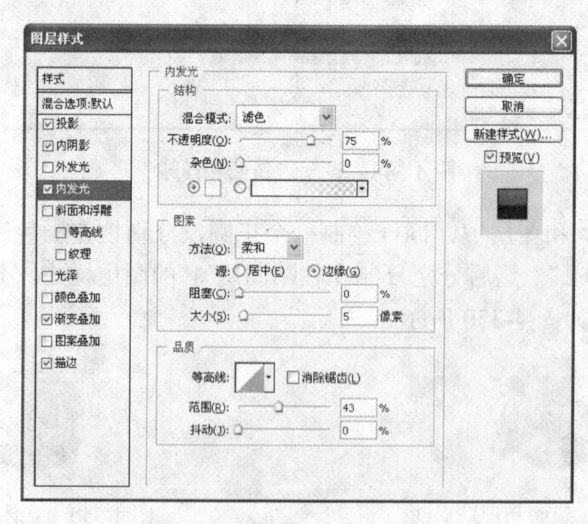

图 4-354 设置“内发光”

（6）选择“渐变叠加”，设置参数如图 4-355 所示。其中的渐变颜色由黑色→黑色→“R:57;G:57;B:57”→“R:145;G:143;B:143”。

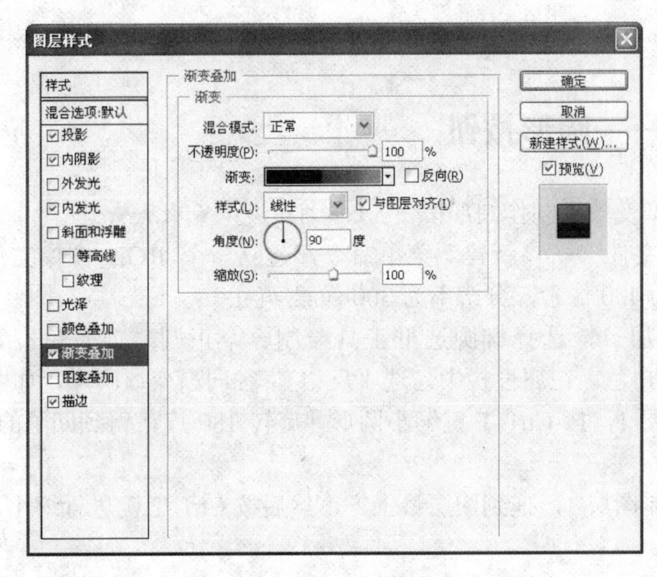

图 4-355　设置“渐变叠加”

（7）选择“描边”，设置颜色为黑色，参数如图 4-356 所示。此时的图层样式效果如图 4-357 所示。

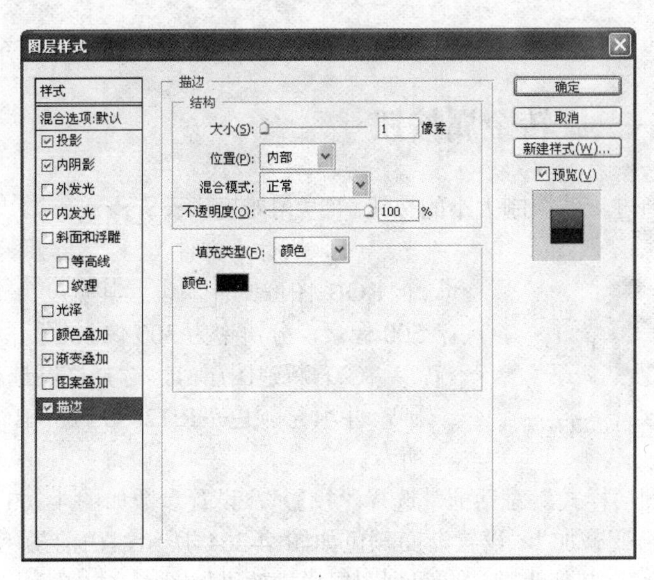

图 4-356　设置“描边”

（8）选择横排文字工具，字体选择“宋体”，输入文字，颜色设置为白色，并将其放置在适当的位置。得到最终效果如图 4-358 所示。

图 4-357　图层样式效果　　　　图 4-358　玻璃按钮效果图

实例 281——圆形按钮

本例将利用渐变效果制作圆形按钮。（学习难度：★★★★）

（1）执行“文件”→“新建”菜单命令，建立一个 RGB 图像文件，设置其宽度为 400 像素，高度为 400 像素，分辨率为 300 像素/英寸。

（2）新建图层 1，选择椭圆选框工具绘制一个正圆，前景色设置为“R:76;G:199;B:38”，背景色为白色。在属性栏中勾选“反相”，径向渐变该圆形，如图 4-359 所示。

（3）复制图层 1，按 Ctrl+T 键缩小圆形并旋转 180 度，得到凹陷的效果，如图 4-360 所示。

（4）继续复制图层 1，拖到图层最上方，然后按 Ctrl+T 键进行缩小，得到最终效果如图 4-361 所示。

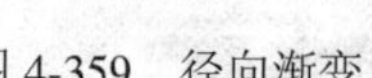

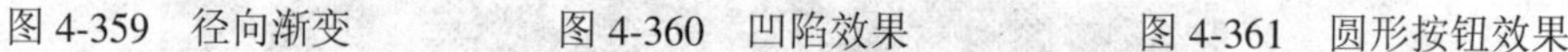

图 4-359　径向渐变　　　　图 4-360　凹陷效果　　　　图 4-361　圆形按钮效果

实例 282——旋转金属按钮

本例将制作通过旋转控制大小的按钮。（学习难度：★★★★★）

图 4-362　绘制并填充圆形

（1）执行“文件”→“新建”菜单命令，建立一个 RGB 图像文件，设置其宽度为 500 像素，高度为 500 像素，分辨率为 300 像素/英寸。

（2）新建图层 1，选择椭圆选框工具绘制一个正圆，并填充颜色“R:128;G:128; B:128”，如图 4-362 所示。

（3）打开“图层样式”对话框，选择“投影”，设置参数如图 4-363 所示。

（4）选择“渐变叠加”，设置渐变颜色如图 4-364 所示，由前景色和白色相间，“样式”设置为“角度”，其他为默认，得到图层样式效果如图 4-365 所示。

（5）复制图层 1 两次，分别按 Ctrl +T 键缩小副本，得到由大到小的效果，如图 4-366 所示。

（6）新建图层 2，使用自定形状工具绘制一个箭头，并填充前景色，如图 4-367 所示。

图 4-363　设置“投影”

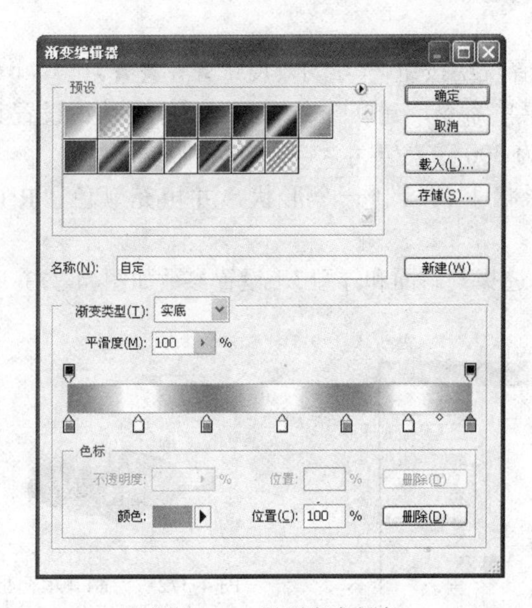

图 4-364　设置渐变颜色

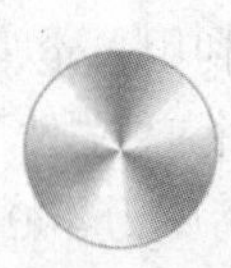

图 4-365　图层样式效果

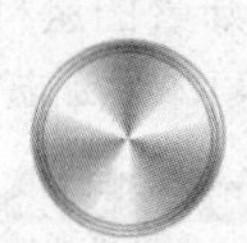

图 4-366　调整大小

图 4-367　绘制箭头

（7）执行“滤镜”→“扭曲”→“旋转扭曲”菜单命令，设置“角度”为–500，得到如图 4-368 所示的效果。

（8）使用文字工具在箭头的两端分别输入“+”和“–”，如图 4-369 所示。

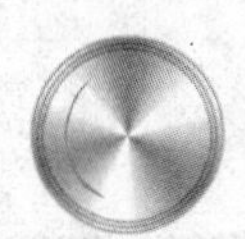

图 4-368　旋转扭曲

（9）栅格化文字并合并文字层和图层 2。打开“图层样式”对话框，选择“斜面和浮雕”，设置参数如图 4-370 所示，得到最终效果如图 4-371 所示。

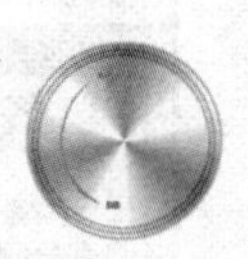

图 4-369　输入符号

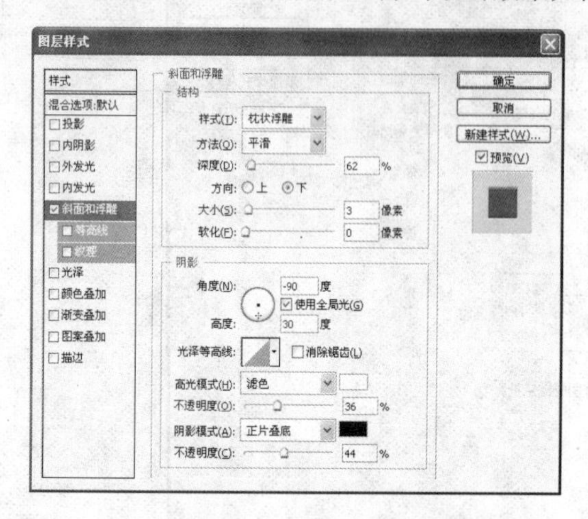

图 4-370　设置“斜面和浮雕”

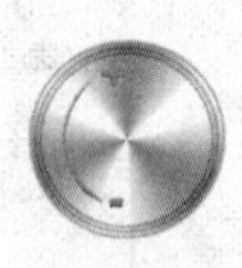

图 4-371　旋转金属按钮效果

实例 283——解释说明按钮

本例将利用自定形状工具制作解释说明按钮。（学习难度：★★★★）

（1）执行“文件”→“新建”菜单命令，建立一个 RGB 图像文件，设置其宽度为 400 像素，高度为 400 像素，分辨率为 300 像素/英寸。

（2）新建图层 1，使用自定形状工具绘制一个形状，并填充颜色“R:17;G:103;B:211”，如图 4-372 所示。

（3）打开“图层样式”对话框，选择“斜面和浮雕”，设置参数如图 4-373 所示。设置的效果如图 4-374 所示。

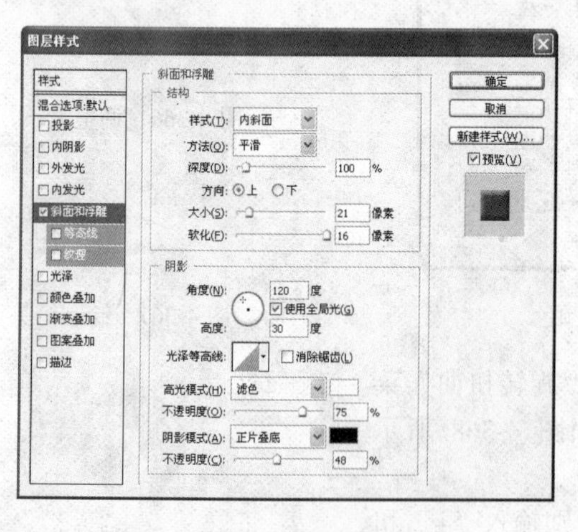

图 4-373　设置“斜面和浮雕”

图 4-372　绘制并填充形状

图 4-374　图层样式效果

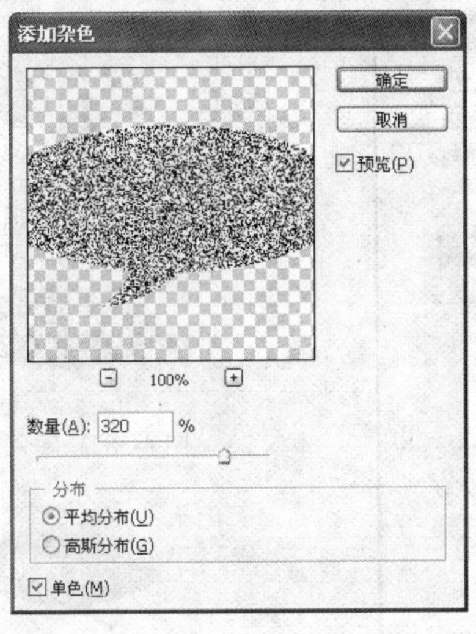

图 4-375　设置“添加杂色”

（4）按 Ctrl 键单击图层 1 调出选区，新建图层 2。执行“滤镜”→“杂色”→“添加杂色”菜单命令，设置参数如图 4-375 所示，添加杂色效果如图 4-376 所示。

图 4-376　添加杂色效果

（5）执行“滤镜”→“模糊”→“动感模糊”菜单命令，设置参数如图 4-377 所示，动感模糊效果如图 4-378 所示。

（6）执行“滤镜”→“风格化”→“浮雕效果”，设置参数如图 4-379 所示，浮雕效果如图 4-380 所示。

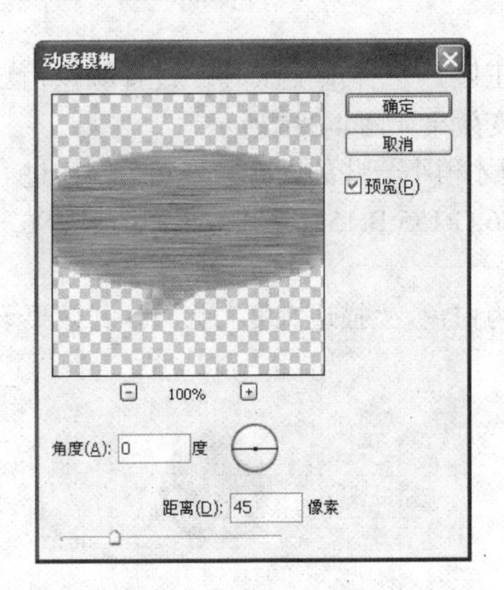

图 4-377　设置动感模糊

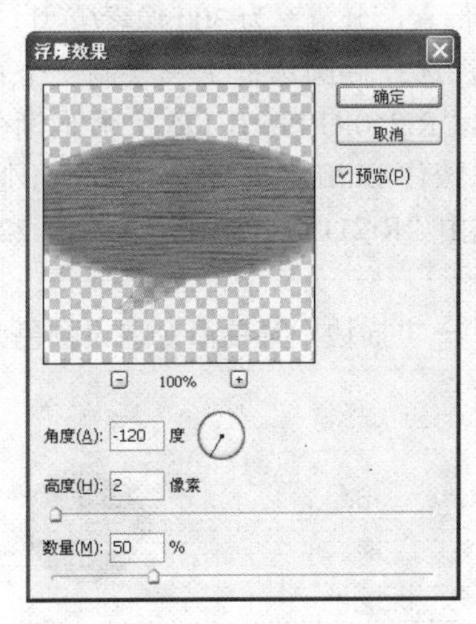

图 4-379　设置“浮雕效果”

图 4-378　动感模糊效果

图 4-380　浮雕效果

（7）设置图层 2 的“混合模式”为“柔光”，得到纹理效果如图 4-381 所示。

（8）选择横排文字工具，字体选择“隶书”，输入文字，颜色为白色，如图 4-382 所示。

（9）打开“图层样式”对话框，选择“斜面和浮雕”，设置文字的图层样式，参数设置如图 4-383 所示，得到最终效果如图 4-384 所示。

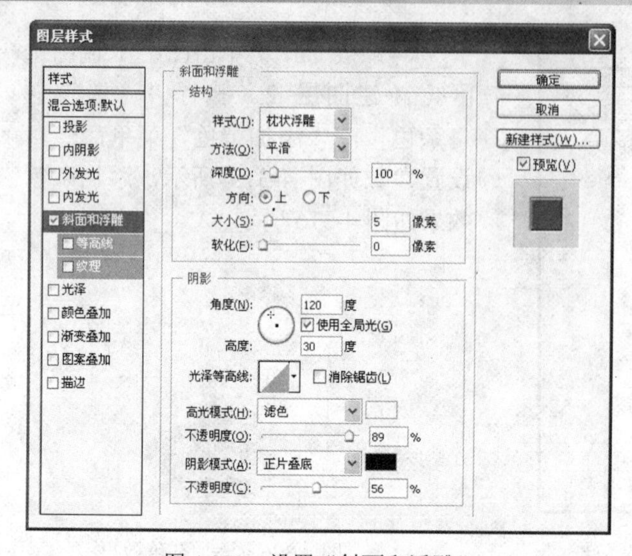

图 4-383　设置“斜面和浮雕”

图 4-381　纹理效果

图 4-382　输入文字

图 4-384　解释说明按钮效果

实例 284——透明玻璃按钮

本例将制作一个圆形的具有透明效果的玻璃按钮。（学习难度：★★★★★）

（1）执行“文件”→“新建”菜单命令，建立一个 RGB 图像文件，设置其宽度为 400 像素，高度为 400 像素，分辨率为 300 像素/英寸。

（2）新建图层 1，选择椭圆选框工具绘制一个正圆，选择渐变工具，设置颜色由“R:211;G:20;B:20”到“R:240;G:175;B:175”，径向渐变效果如图 4-385 所示。

（3）新建图层 2，按住 Shift+Alt 键绘制一个比刚才稍小一些的同心圆，然后同样进行径向渐变，渐变颜色由“R:211:G:17;B:17”到“R:226;G:155;B:155”，其效果如图 4-386 所示。

（4）执行“编辑”→“描边”菜单命令，设颜色为白色，“描边宽度”为 1，其效果如图 4-387 所示。

图 4-385　径向渐变效果

图 4-386　渐变小圆

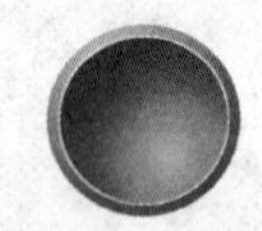

图 4-387　描边效果

（5）新建图层 3，绘制一个小椭圆，执行“选择”→“修改”→“羽化”菜单命令，设置“羽化半径”为 3 像素，然后填充颜色“R:226;G:155;B:155”，作为玻璃的高光效果，如图 4-388 所示。

（6）选择横排文字工具，字体选择“宋体”，输入文字，颜色设置为“R:243;G:185;B:185”，如图 4-389 所示。

（7）为文字添加投影，打开“图层样式”对话框，选择“投影”，设置参数如图 4-390 所示，得到最终效果，如图 4-391 所示。

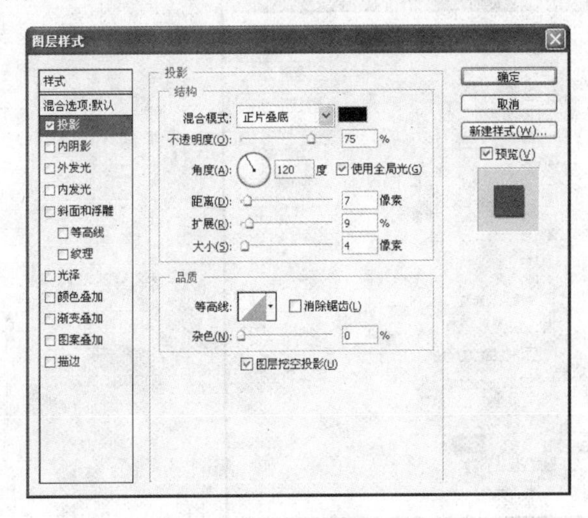

图 4-390　设置“投影”

图 4-388　高光效果

图 4-389　输入文字

图 4-391　透明玻璃按钮效果

实例 285——开关按钮

本例将制作可以上下按动的开关按钮。（学习难度：★★★★）

（1）执行“文件”→“新建”菜单命令，建立一个 RGB 图像文件，设置其宽度为 500 像素，高度为 300 像素，分辨率为 300 像素/英寸。

（2）新建图层 1，选择椭圆选框工具绘制一个正圆，然后填充颜色为“R:128;G:128; B:128”，如图 4-392 所示。

图 4-392　绘制并填充圆

（3）打开“图层样式”对话框，选择“内阴影”，设置参数如图 4-393 所示。

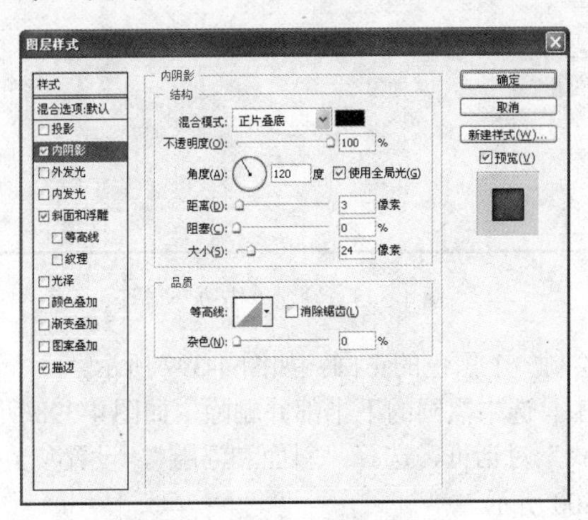

图 4-393　设置“内阴影”

（4）选择“斜面和浮雕”，设置参数如图 4-394 所示。

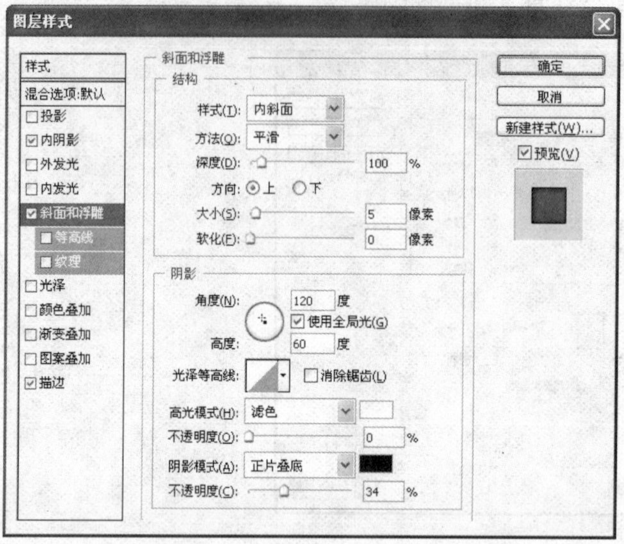

图 4-394　设置“斜面和浮雕”

（5）选择“描边”，设置参数如图 4-395 所示。设置的效果如图 4-396 所示。

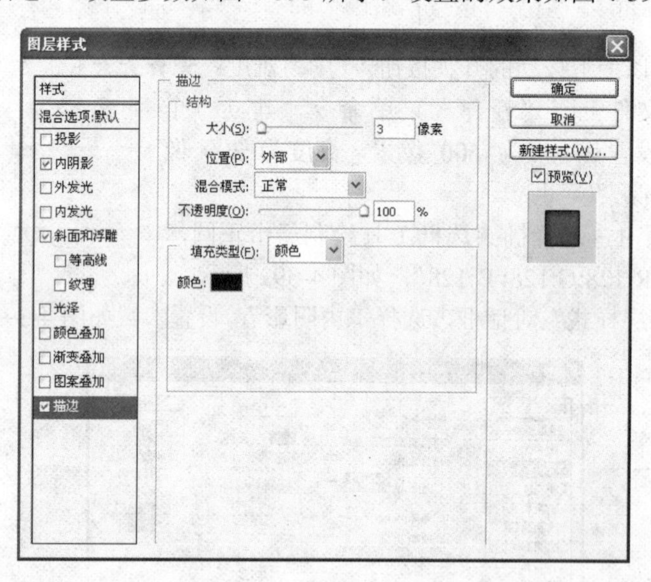

图 4-395　设置“描边”

（6）新建图层 2，绘制一个黑色的正圆，如图 4-397 所示。

（7）选择矩形选框工具选中黑圆的下半部并删除，如图 4-398 所示。

（8）打开“图层样式”对话框，选择“斜面和浮雕”，设置参数如图 4-399 所示。上半部分开关效果如图 4-400 所示。

图 4-396 图层样式效果

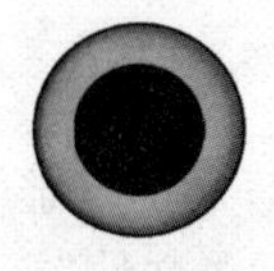

图 4-397 黑色正圆

图 4-398 删除半圆

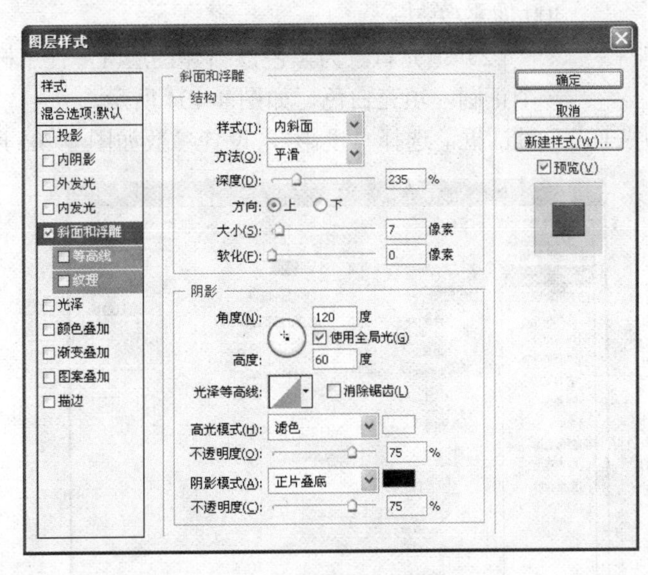

图 4-399 设置“斜面和浮雕”

（9）同样的方法绘制出下半部分的开关形状，如图 4-401 所示。

（10）打开“图层样式”对话框，选择“斜面和浮雕”，设置参数如图 4-402 所示。得到最终效果如图 4-403 所示。

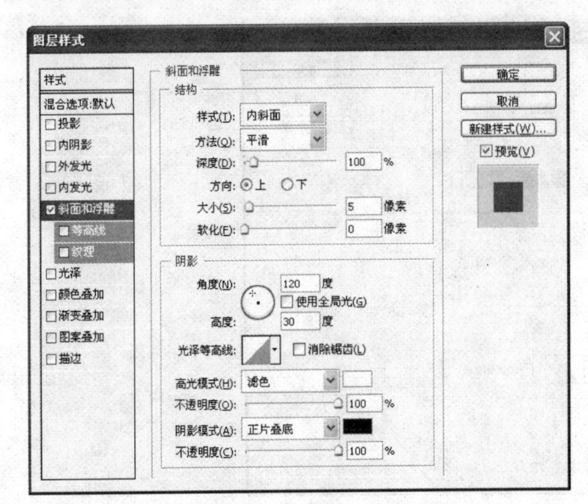

图 4-402 设置“斜面和浮雕”

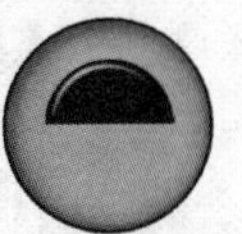

图 4-400 上半部分开关效果

图 4-401 下半部分开关形状

图 4-403 开关按钮效果

实例 286——珍珠珠帘

本例将利用珍珠效果制作一款珠帘。（学习难度：★★★★）

图 4-404　白色正圆

（1）执行“文件”→“新建”菜单命令，建立一个 RGB 图像文件，设置其宽度为 400 像素，高度为 400 像素，分辨率为 300 像素/英寸。

（2）填充背景为黑色，新建图层 1，使用椭圆选框工具绘制一个正圆，填充白色，如图 4-404 所示。

（3）打开“图层样式”对话框，选择“投影”，设置参数如图 4-405 所示。

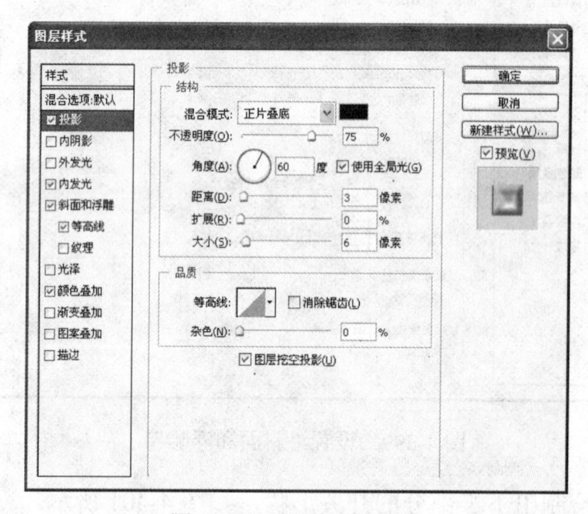

图 4-405　设置“投影”

（4）选择“内发光”，设置参数如图 4-406 所示。

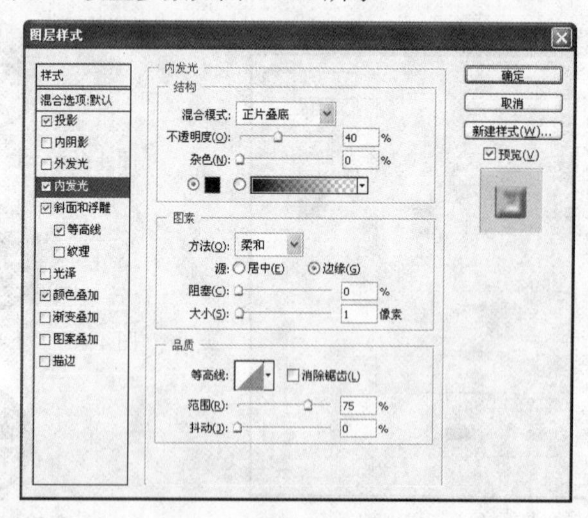

图 4-406　设置“内发光”

（5）选择“斜面和浮雕”，设置参数如图 4-407 所示。

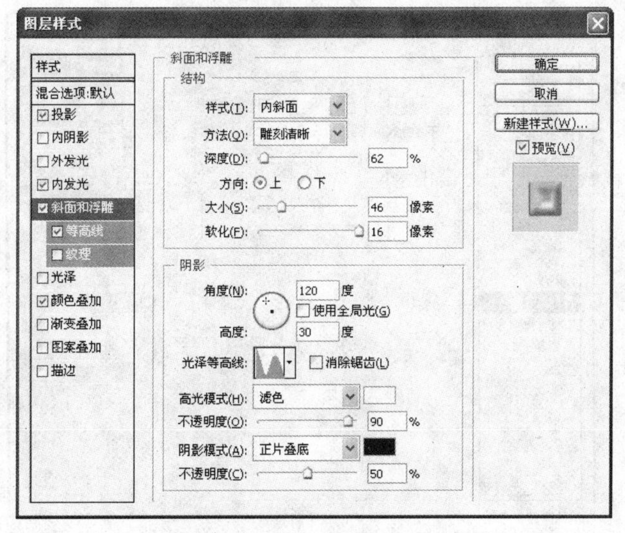

图 4-407　设置“斜面和浮雕”

（6）选择“等高线”，设置参数如图 4-408 所示。

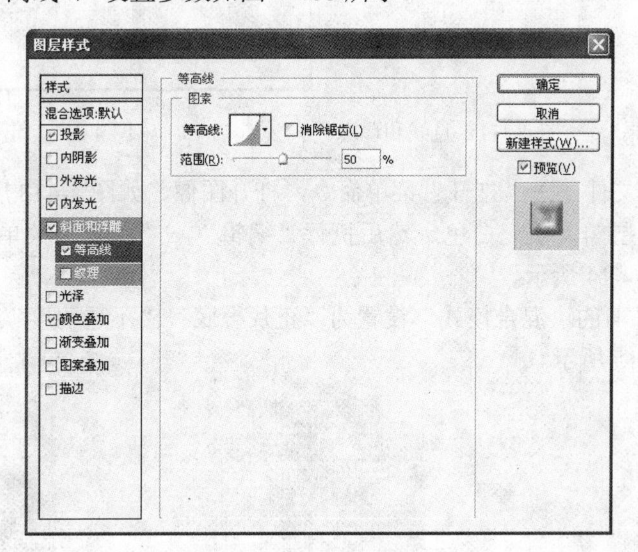

图 4-408　设置“等高线”

（7）设置“颜色叠加”，颜色设为“R:165;G:118;B:228”，其他参数如图 4-409 所示。珍珠的效果已经出来了，如图 4-410 所示。

（8）新建图层 2，填充颜色为白色，再新建图层 3，绘制一条直线，并使用和珍珠相同的图层样式效果，继续复制直线和珍珠，得到如图 4-411 所示的效果。

（9）取消其他的背景颜色，利用裁剪工具沿着直线的边缘进行裁剪，使图像填满整个画布，并将图像的宽度设置为 10，高度将自动缩小。执行“编辑”→“定义图案”菜单

命令，定义图案，如图 4-412 所示。

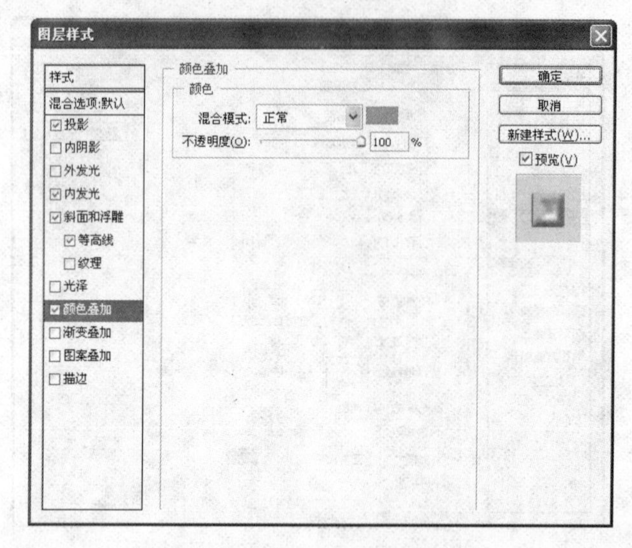

图 4-409　设置“颜色叠加”

图 4-410　珍珠效果　　图 4-411　直线和珍珠　　图 4-412　定义图案

（10）执行“文件”→“打开”菜单命令，打开图像，如图 4-413 所示。

（11）新建图层 4，填充白色，然后执行“编辑”→“填充”菜单命令，填充刚才定义的图案，如图 4-414 所示。

（12）将图层 4 的“混合模式”设置为“正片叠底”，“不透明度”设置为 90%，得到最终效果如图 4-415 所示。

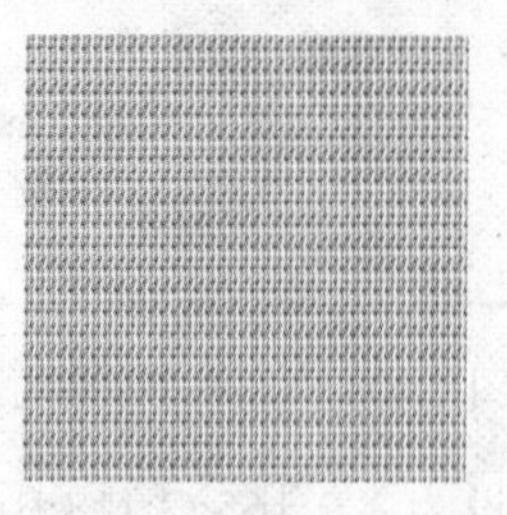

图 4-413　打开图像　　图 4-414　填充图案　　图 4-415　珍珠珠帘效果图

实例 287——破碎的蛋壳

本例将制作蛋壳破碎的效果。（学习难度：★★★★）

（1）执行“文件”→“新建”菜单命令，建立一个RGB 图像文件，设置其宽度为 500 像素，高度为 500像素，分辨率为 300 像素/英寸。

图 4-416　径向渐变

（2）新建图层 1，使用椭圆选框工具绘制一个椭圆，并利用渐变工具进行径向渐变，颜色由深灰色到浅灰色，如图 4-416 所示。

（3）执行“滤镜”→“纹理”→“纹理化”菜单命令，设置“纹理”为“砂岩”，“缩放”为 50%，“凸现”为 2，其效果如图 4-417 所示。

（4）选择多边形套索工具绘制裂纹，并按 Ctrl+J 键复制图层，按 Ctrl+T 键调整破碎蛋壳两边的位置和角度，如图 4-418 所示。

（5）复制右边的蛋壳，并拖放到其下方，然后使用加深工具进行涂抹，得到蛋壳内部效果，并适当地旋转位置。得到最终效果如图 4-419 所示。

图 4-417　纹理化效果

图 4-418　破碎效果

图 4-419　破碎的蛋壳效果

实例 288——拼图效果

本例将利用图像素材制作一款漂亮的拼图效果。（学习难度：★★★★★）

（1）执行“文件”→“新建”菜单命令，建立一个 RGB 图像文件，设置其宽度为 100 像素，高度为 100 像素，分辨率为 300 像素/英寸。

（2）利用矩形选框工具和椭圆选框工具绘制出如图 4-420 所示的形状，并分别填充颜色“R:153;G:153;B:153”和“R:229;G:225;B:225”。

（3）执行“编辑”→“定义图案”菜单命令，将该图案定义为“图案 7”，如图 4-421 所示。

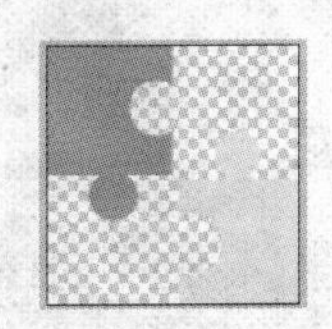

图 4-420　绘制形状

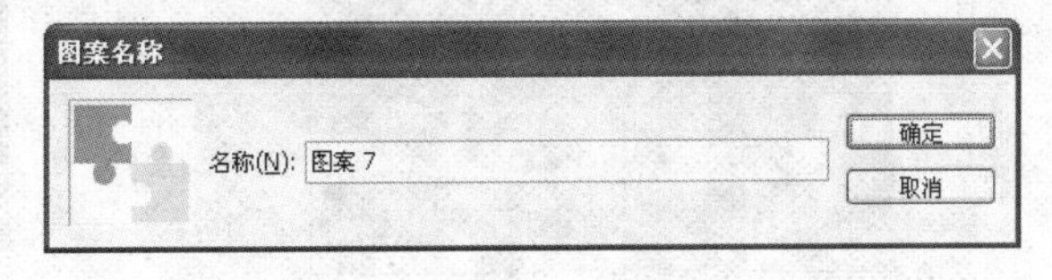

图 4-421　定义图案

（4）执行“文件”→“打开”菜单命令，打开图像，如图 4-422 所示。

（5）新建图层 1，填充白色。执行“编辑”→“填充”菜单命令，填充刚才的图案，如图 4-423 所示。

（6）选择魔棒工具选中所有的白色部分，按 Delete 键删除，如图 4-424 所示。

图 4-422　打开图像

图 4-423　填充图案

图 4-424　删除白色

（7）打开“图层样式”对话框，选择“斜面和浮雕”，设置参数如图 4-425 所示。设置的效果如图 4-426 所示。

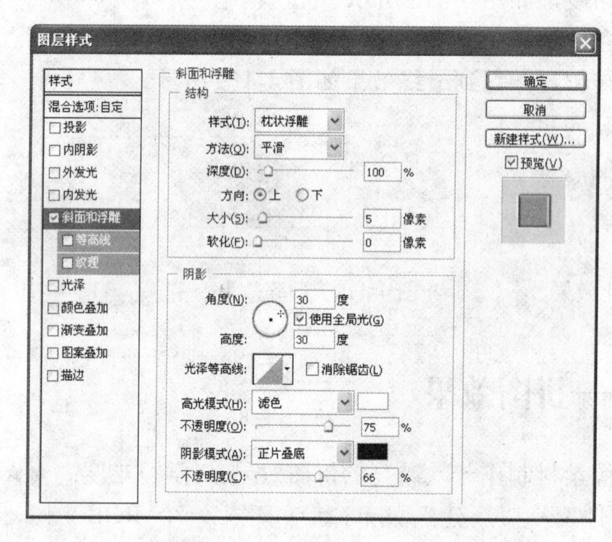

图 4-425　设置“斜面和浮雕”

（8）将图层 1 的“混合模式”设置为“颜色加深”，得到最终效果如图 4-427 所示。

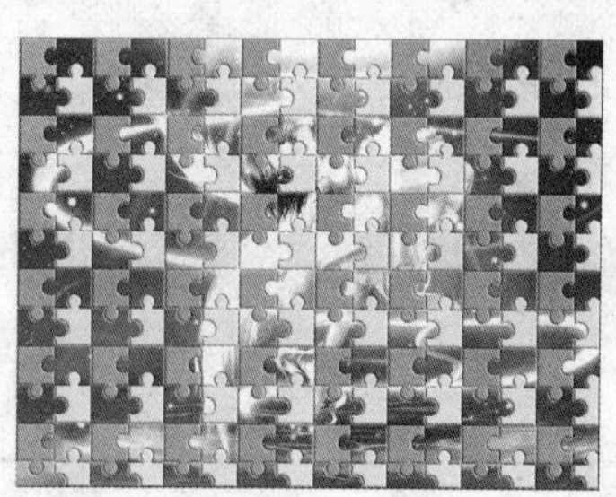

图 4-426　斜面和浮雕效果

图 4-427　拼图效果

实例 289——突出显示的荷花

本例将制作背景模糊、突出显示的荷花的效果。（学习难度：★★★★）

（1）执行“文件”→“打开”菜单命令，打开荷花图像，如图 4-428 所示。

（2）在“创建新的填充或调整图层”按钮中选择“可选颜色选项”，选择“黄色”，设置参数如图 4-429 所示。

（3）选择“白色”，设置参数如图 4-430 所示。设置后的荷花效果如图 4-431 所示。

（4）使用魔棒工具和多边形套索工具选中荷花以外的背景，如图 4-432 所示。

图 4-428　打开图像

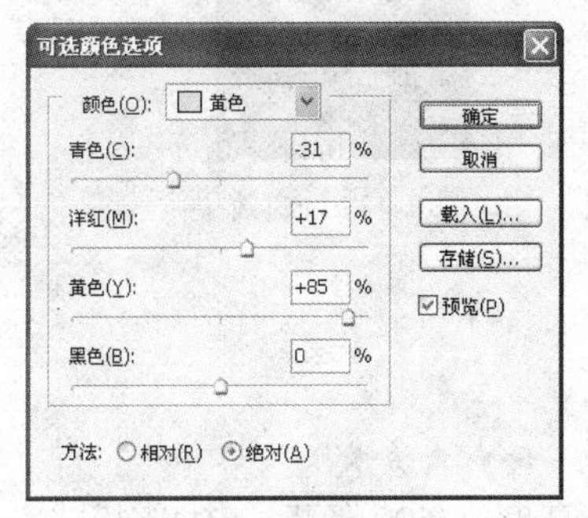

图 4-429　设置“黄色”

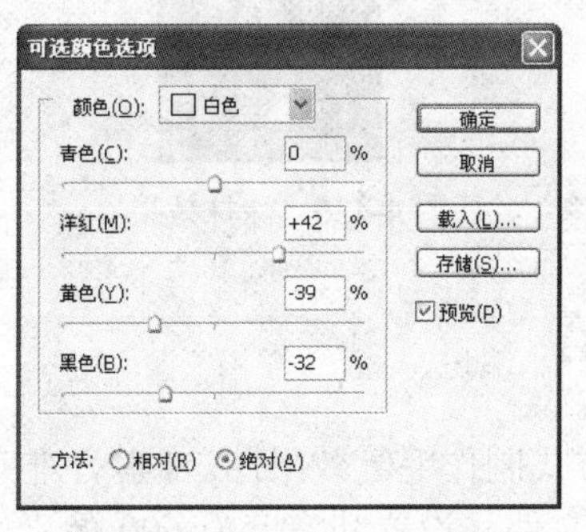

图 4-430　选择“白色”

图 4-431　荷花效果

（5）执行“滤镜”→“模糊”→“动感模糊”菜单命令，设置参数如图 4-433 所示。得到最终效果如图 4-434 所示。

图 4-432　选中背景

图 4-433　设置“动感模糊”

图 4-434　突出显示的荷花效果

实例 290——烟

本例将制作烟袅袅上升的形状效果。（学习难度：★★★★★）

（1）执行“文件”→“新建”菜单命令，建立一个 RGB 图像文件，设置其宽度为 400 像素，高度为 400 像素，分辨率为 300 像素/英寸。

（2）前景色设置为白色，背景色设置为黑色。填充背景色，使用画笔工具绘制一条直

线，设置“笔尖大小”为 13，如图 4-435 所示。

（3）使用涂抹工具对直线进行涂抹，设置“笔尖大小”为 80，涂抹效果如图 4-436 所示。

（4）执行“滤镜”→“液化”菜单命令，设置“画笔大小”为 62，“画笔密度”为 50，“画笔压力”为 100。继续对直线进行涂抹，直到出现烟的状态为止，得到最终效果如图 4-437 所示。

图 4-435　绘制直线

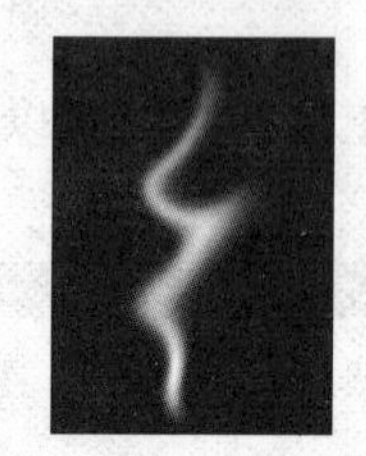

图 4-436　涂抹效果

图 4-437　烟效果

实例 291——毛笔

本例将利用各种叠层方式制作毛笔效果图。（学习难度：★★★★★）

（1）按 Ctrl+N 键新建文件，设置其宽度为 600 像素，高度为 600 像素，RGB 模式，白色背景。

（2）新建一个图层 1。在工具箱中选择矩形选框工具，画出矩形选区。

（3）在工具箱中选择渐变工具，在“渐变编辑器”对话框中设置四个颜色块的渐变，如图 4-438 所示。

（4）使用渐变工具由左至右画出渐变区域，作为笔杆，如图 4-439 所示。

（5）新建图层 2，使用矩形选框工具选中笔杆的下方，按 Ctrl+J 键复制一个图层。然后按 Ctrl+T 键进行自由变换，如图 4-440 所示。

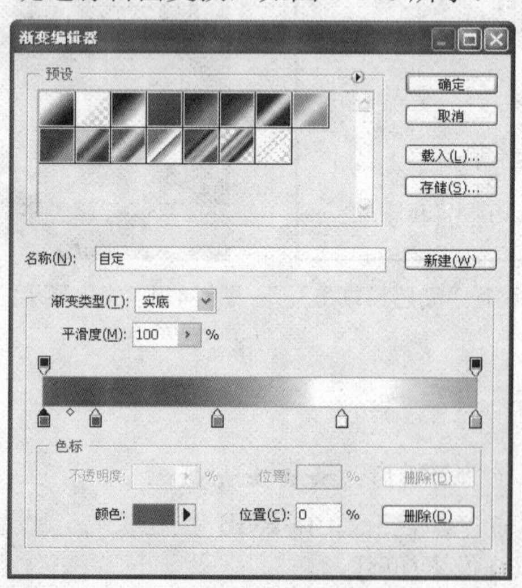

图 4-438　设置渐变

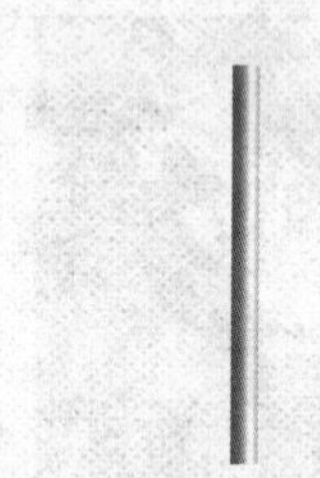

图 4-439　渐变填充

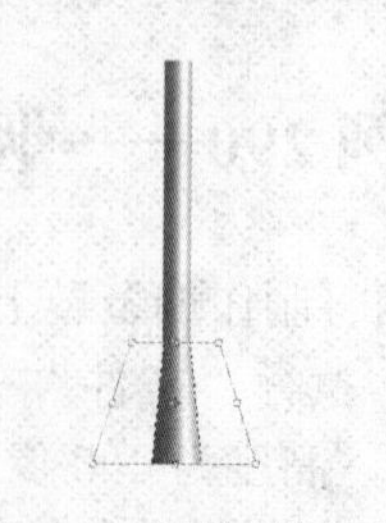

图 4-440　调整笔杆下方

（6）使用钢笔工具对刚才变换的区域进行选取，如图 4-441 所示。

（7）按 Ctrl+Shift+I 键进行反选，然后按 Delete 键删除。执行“图像”→“调整”→“色相/饱和度”菜单命令，设置“明度”为–17，得到的笔杆效果如图 4-442 所示。

（8）将笔杆图层合并为图层 1，并隐藏图层 1。按 Ctrl+R 打开标尺，拖出两条辅助线，使用钢笔工具绘制一个三角形，如图 4-443 所示。

（9）对三角形进行调整，调整出毛笔头的形状，并填充为黑色，如图 4-444 所示。

（10）执行“滤镜”→“杂色”→“添加杂色”菜单命令，在弹出的对话框中设置“数量”为 400%，“分布”为“平均分部”，选中“单色”，添加杂色的效果如图 4-445 所示。

图 4-441　建立选区　　图 4-442　笔杆效果　　图 4-443　绘制三角形　　图 4-444　填充毛笔头

（11）执行“滤镜”→“模糊”→“动感模糊”菜单命令，设置“角度”为 90 度，“距离”为 30 像素，设置后的效果如图 4-446 所示。

（12）显示毛笔杆图层，对毛笔头进行大小调整，并摆放到适当的位置，此时的毛笔效果如图 4-447 所示。

（13）新建图层 3，将前景色设置为“R:89;G:62;B:36”，填充前景色。

（14）执行“滤镜”→“艺术效果”→“海绵”菜单命令，设置“画笔大小”为 8，“清晰度”为 12，“平滑度”为 6，设置后的效果如图 4-448 所示。

图 4-445　添加杂色效果

图 4-446　动感模糊效果

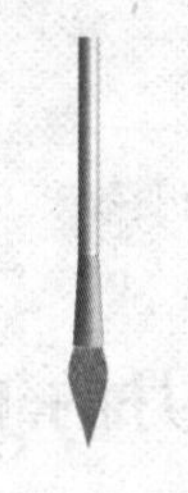

图 4-447　毛笔效果

图 4-448　海绵效果

（15）将图层 3 的“混合模式”设置为“正片叠底”。按图层 2 调出笔杆的选区，反选后按 Delete 键删除多余部分，得到笔杆的花纹效果，如图 4-449 所示。

（16）选中图层 2，执行“图像”→“调整”→“色相/饱和度”菜单命令，设置“明度”为–62，加深笔头的深度，其效果如图 4-450 所示。

（17）新建图层 4，在笔杆顶部绘制一个扁椭圆形。然后选择渐变工具，设置渐变颜色由浅绿色到深绿色，如图 4-451 所示。

图 4-449　笔杆花纹

图 4-450　笔头效果

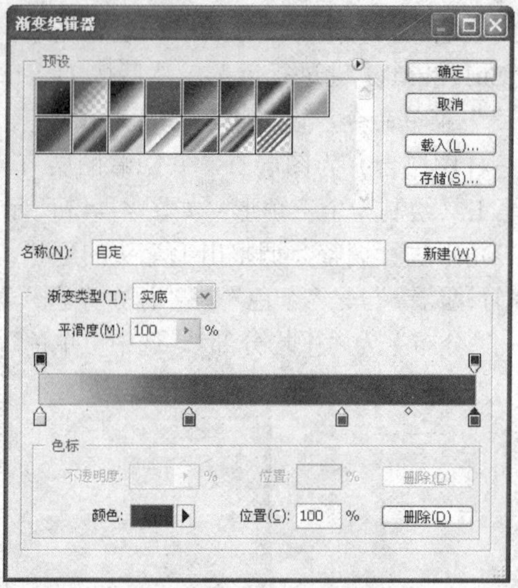

图 4-451　设置渐变颜色

（18）选择“径向渐变”，得到笔杆顶部的渐变效果如图 4-452 所示。

（19）使用钢笔工具在笔杆顶部绘制一条路径，如图 4-453 所示。

（20）设置前景色为红色，然后调整适当的画笔大小。在路径面板中单击“描边路径”按钮，为路径添加一个描边，得到毛笔的最终效果如图 4-454 所示。

图 4-452　笔杆顶部的渐变效果

图 4-453　路径效果

图 4-454　毛笔效果

实例 292——岁月的年轮

本例将制作一个木桩上的年轮效果。（学习难度：★★★★★）

（1）执行“文件”→“新建”菜单命令，新建一个宽度和高度均为 600 像素的文件，颜色模式为 RGB。设置前景色为“R:150;G:150;B:150”，背景色为“R:240;G:240;B:240”。

（2）新建图层 1，填充前景色。执行“滤镜”→“素描”→“半调图案”菜单命令，设置参数如图 4-455 所示。

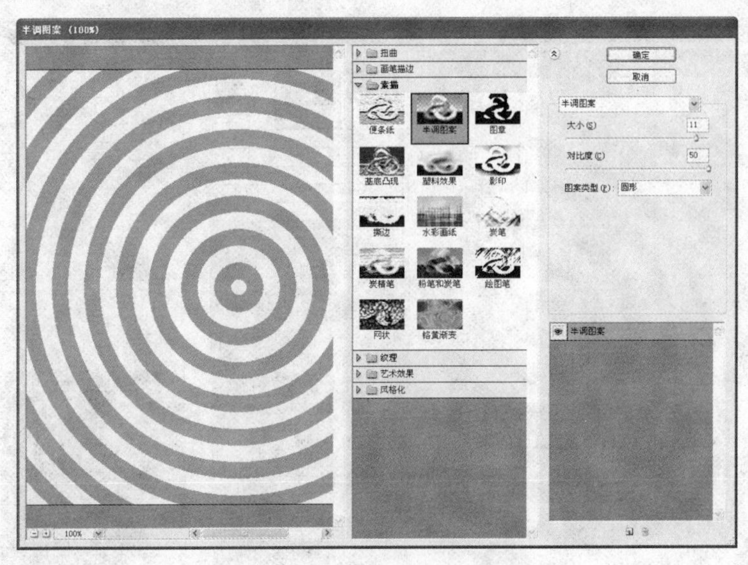

图 4-455 设置“半调图案”

（3）执行“滤镜”→“扭曲”→“波浪”菜单命令，设置参数如图 4-456 所示。

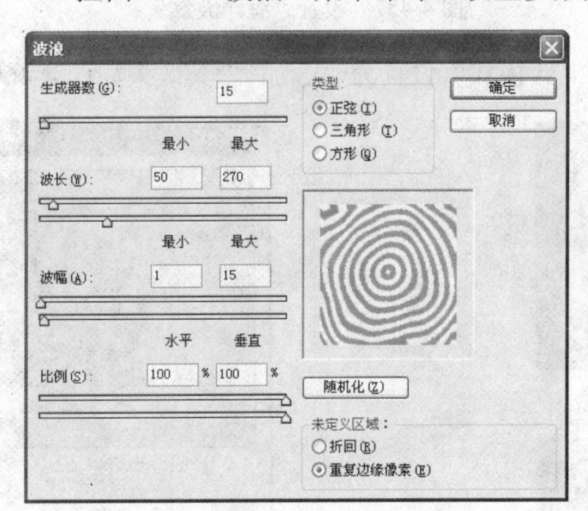

图 4-456 设置“波浪”

（4）执行“滤镜”→“扭曲”→“海洋波纹”菜单命令，设置参数如图 4-457 所示。

（5）将颜色设置为“默认”，新建图层 2。执行“滤镜”→“渲染”→“云彩”菜单命令，并将“混合模式”设置为“正片叠底”，“不透明度”设置为 55%。

（6）将前景色设置为土黄色（R:180;G:145;B:81），新建图层 3，填充前景色，并为图层 3 添加蒙版，如图 4-458 所示。执行“滤镜”→“渲染”→“云彩”菜单命令，并将混合模式设置为“正片叠底”。

（7）新建图层 4，设置颜色为“R:169;G:169;B:169”，填充图层，执行“滤镜”→“杂色”→“添加杂色”菜单命令，设置参数如图 4-459 所示。

图 4-457　设置“海洋波纹”

（8）将图层 4 的“混合模式”设置为“叠加”，其效果如图 4-460 所示。

图 4-458　添加蒙版

图 4-460　叠加效果

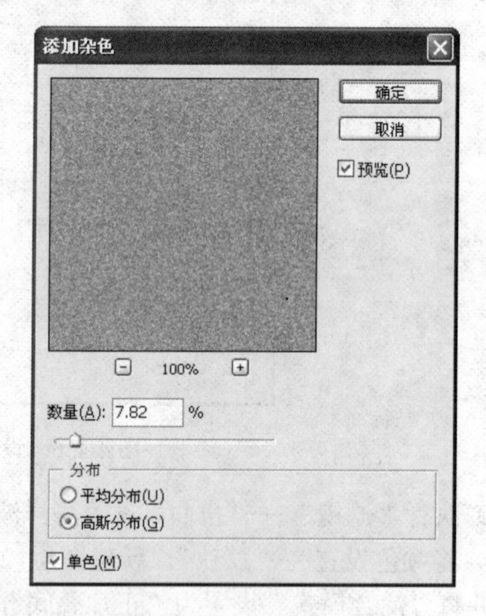

图 4-459　设置“添加杂色”

（9）复制图层 4 为图层 4 副本，执行“滤镜”→“画笔描边”→“成角的线条”菜单命令，设置参数如图 4-461 所示，得到最终效果如图 4-462 所示。

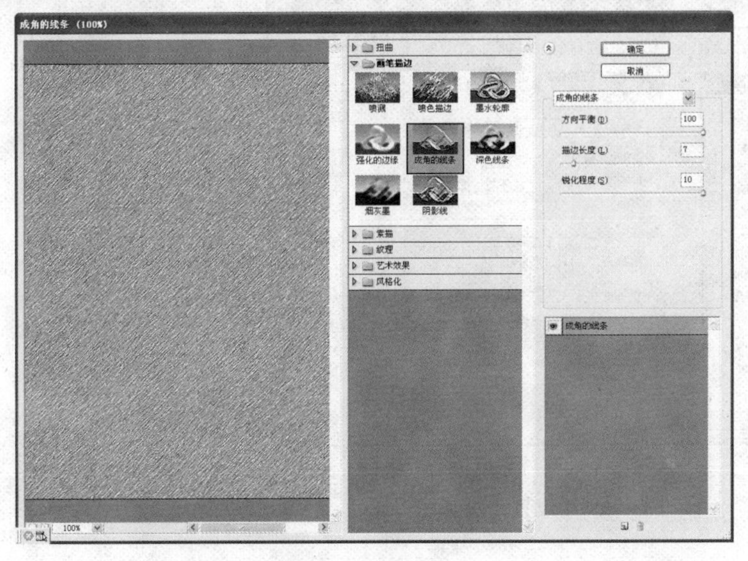

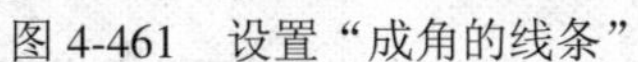

图 4-461　设置“成角的线条”

图 4-462　岁月的年轮效果

实例 293——电话卡

本例将制作一张精美的电话卡效果。(学习难度：★★★★)

（1）执行“文件”→“打开”菜单命令，打开图像，如图 4-463 所示。

（2）使用圆角工具选中图像，按 Ctrl+Enter 键转换为选区，按 Ctrl+I 键反选并删除，如图 4-464 所示。

（3）新建图层 1，使用矩形选框工具绘制一个长条矩形，并填充颜色为“R:238;G:236;B:223”。按住 Ctrl 键单击背景层，按 Ctrl+I 键反选并删除，如图 4-465 所示。

图 4-463　打开图像

图 4-464　圆角形状

图 4-465　删除长条矩形

（4）合并图层，打开“图层样式”对话框，选择“投影”，设置参数如图 4-466 所示，其效果如图 4-467 所示。

（5）再绘制一个圆角矩形，并填充颜色为“R:238;G:236;B:223”。使用横排文字工具输入数字和字母，如图 4-468 所示，颜色选为图中的墨绿色。

（6）同样地，在长条矩形上也输入字母，如图 4-469 所示。

（7）将前景色设置为白色，输入一串字母。打开“图层样式”对话框，选择“斜面和浮雕”，设置参数如图 4-470 所示。得到最终效果如图 4-471 所示。

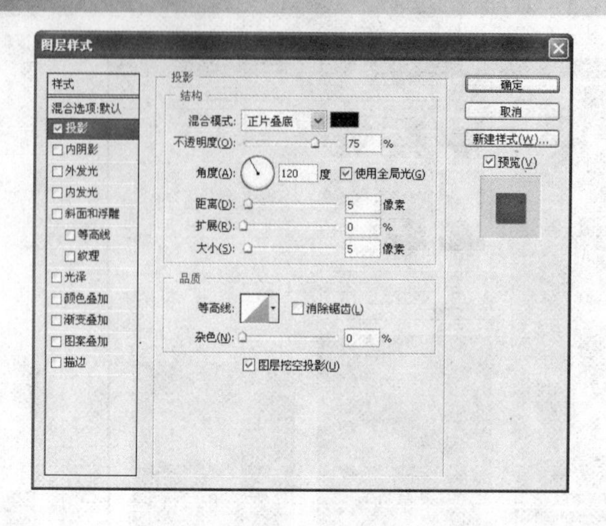

图 4-466　设置“投影”

图 4-467　投影效果

图 4-468　输入文字

图 4-469　输入字母

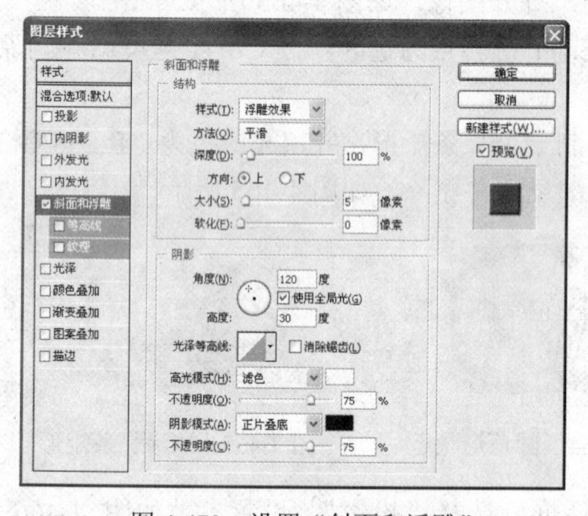

图 4-470　设置“斜面和浮雕”

图 4-471　电话卡效果

实例 294——MP4 播放器

本例将打造一个精美的 MP4 播放器。（学习难度：★★★★★）

（1）新建一个文件，设置文件的宽度和高度均为 600 像素，分辨率为 300，白色背景，RGB 模式。

（2）新建图层 1。选择渐变工具，设置渐变颜色如图 4-472 所示。

（3）选择圆角矩形工具，绘制一个圆角矩形，按 Ctrl+Enter 键调出选区，并从右下角到左上角运用渐变，得到的渐变效果如图 4-473 所示。

（4）按 Ctrl+T 键自由变换，单击鼠标右键并选择“变形”命令，对圆角矩形进行调整，如图 4-474 所示。

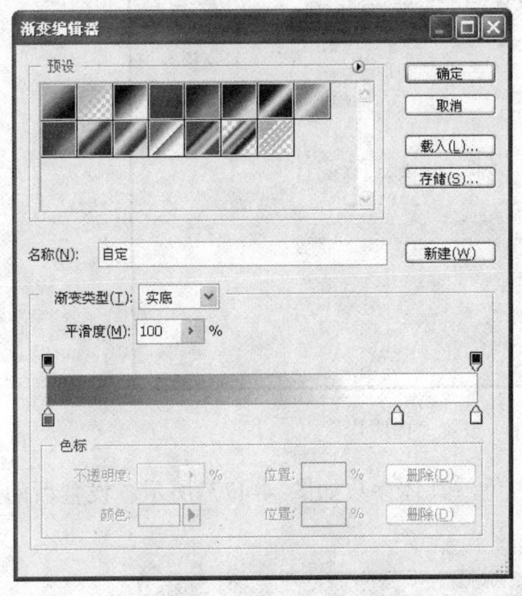

图 4-472　设置渐变颜色

图 4-473　渐变效果

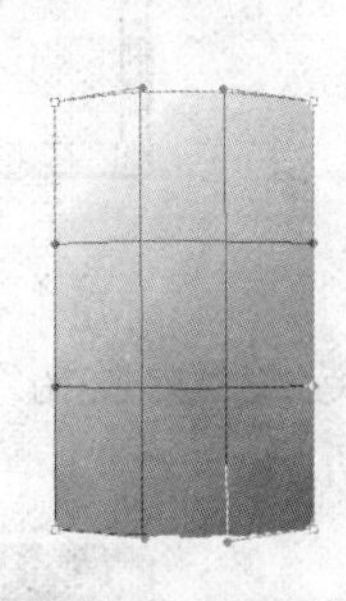

图 4-474　变形调整

（5）打开“图层样式”对话框，选择“投影”，设置投影参数如图 4-475 所示。

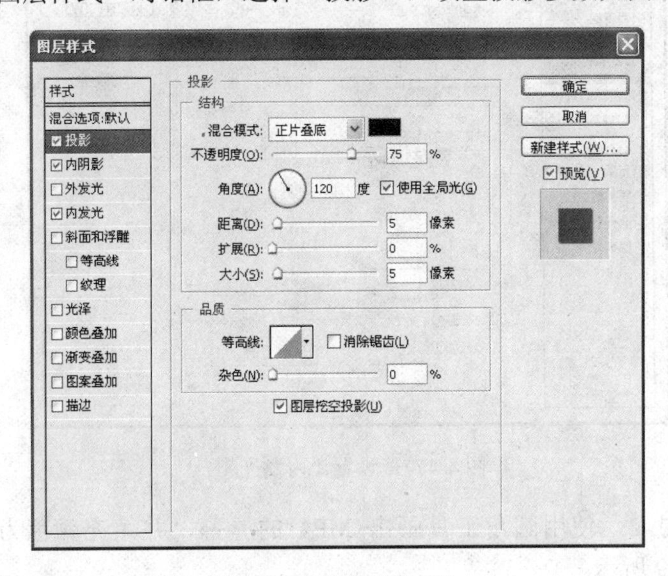

图 4-475　设置“投影”

（6）选择“内阴影”，设置内阴影参数如图 4-476 所示。

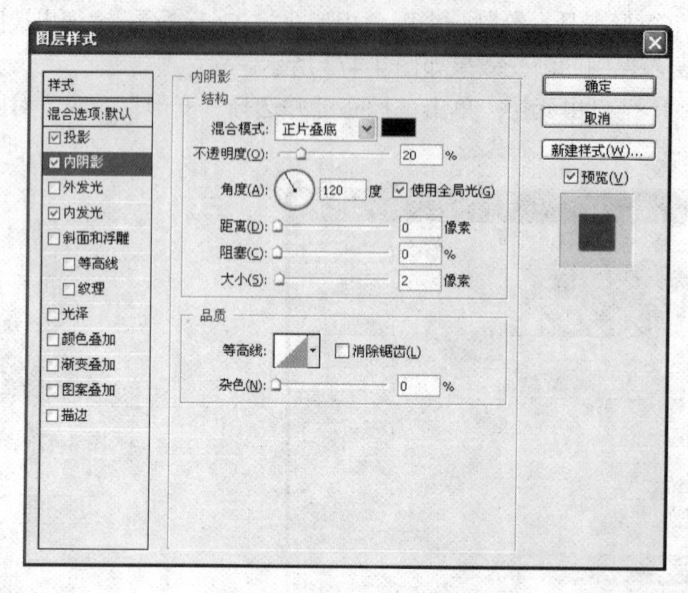

图 4-476　设置“内阴影”

（7）选择“内发光”，设置颜色为白色，具体参数如图 4-477 所示。设置后的效果如图 4-478 所示。

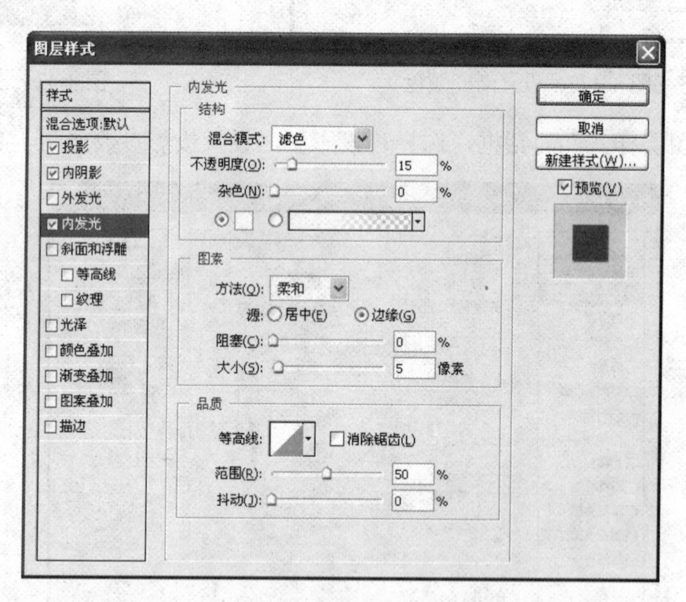

图 4-477　设置“内发光”

（8）新建图层 2，使用圆角工具画出 MP4 的屏幕，并填充颜色为“R:118;G:118;B:118”，如图 4-479 所示。

（9）打开“图层样式”对话框，选择“投影”，设置投影参数如图 4-480 所示。

图 4-478　内发光效果

图 4-479　画出屏幕并填充颜色

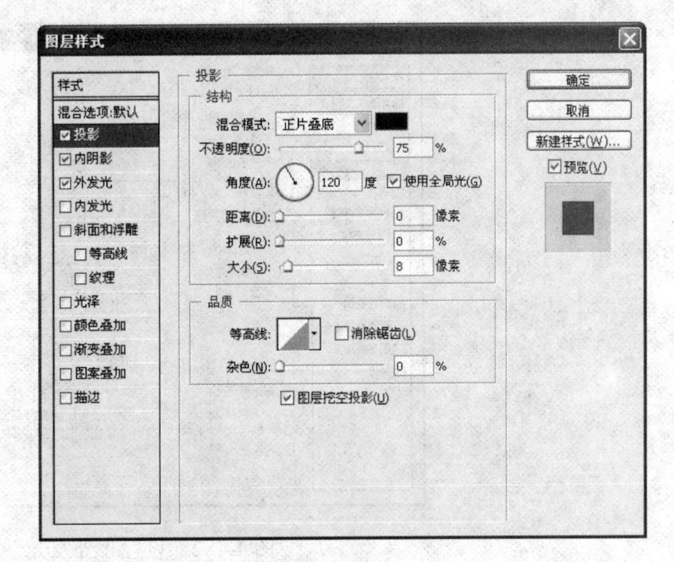

图 4-480　设置“投影”

（10）选择“内阴影”，设置内阴影参数如图 4-481 所示。

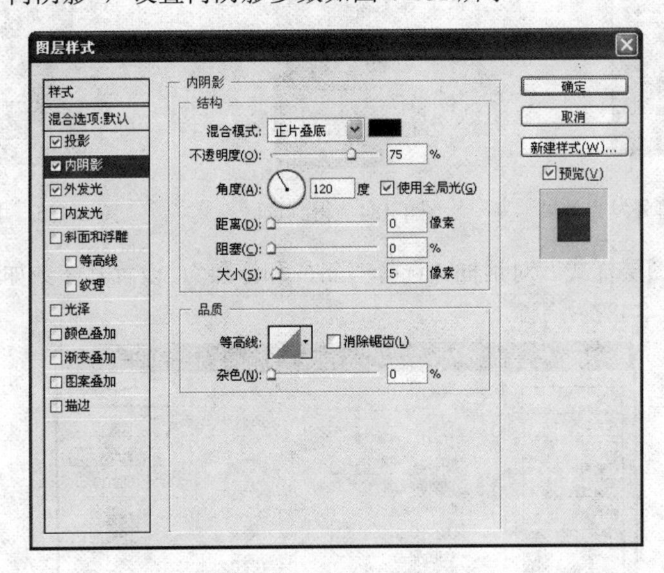

图 4-481　设置“内阴影”

（11）选择“外发光”，设置颜色为白色，具体参数设置如图 4-482 所示。设置后的效果如图 4-483 所示。

（12）新建图层 3。选择圆角工具和椭圆选框工具，配合增加和减掉选区按钮，得到如图 4-484 所示的选区。

（13）设置前景色为“R:124;G:124;B:124”。填充该选区，作为放置按钮的凹陷区域，如图 4-485 所示。

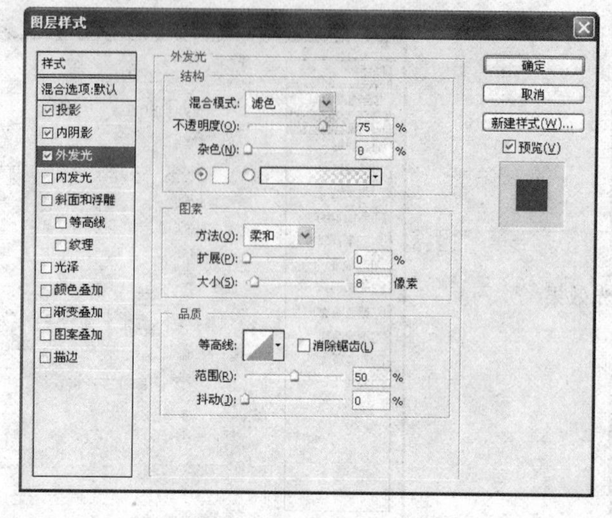

图 4-482　设置“外发光”

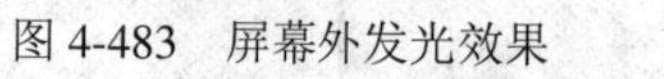

图 4-483　屏幕外发光效果　　图 4-484　得到选区　　图 4-485　填充选区

（14）打开“图层样式”对话框，选择“斜面和浮雕”，设置其参数如图 4-486 所示。设置后的效果如图 4-487 所示。

图 4-486　设置“斜面和浮雕”

（15）新建图层 4。选择圆角工具画出一个椭圆形的按钮，并填充颜色为“R:156;G:156;B:156”，如图 4-488 所示。

（16）打开“图层样式”对话框，选择“投影”，设置投影参数如图 4-489 所示。

图 4-487　凹陷区域效果

图 4-488　填充按钮颜色

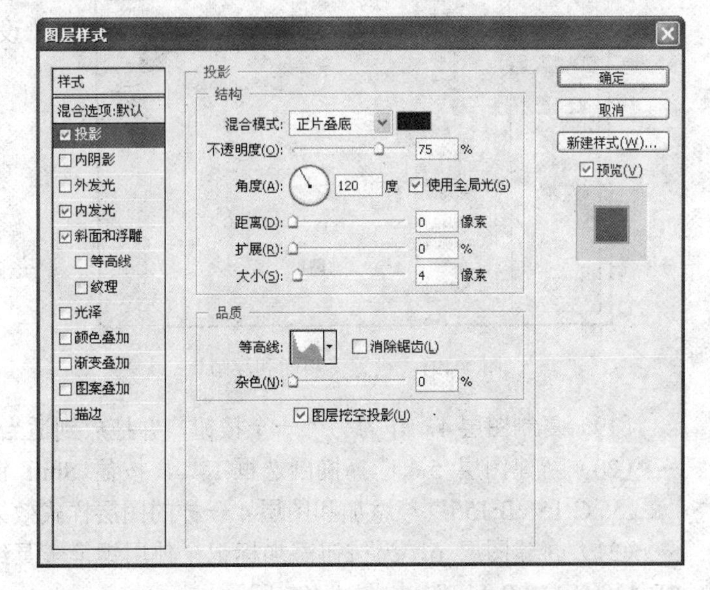

图 4-489　设置“投影”

（17）选择“内发光”，设置颜色为白色，具体参数设置如图 4-490 所示。

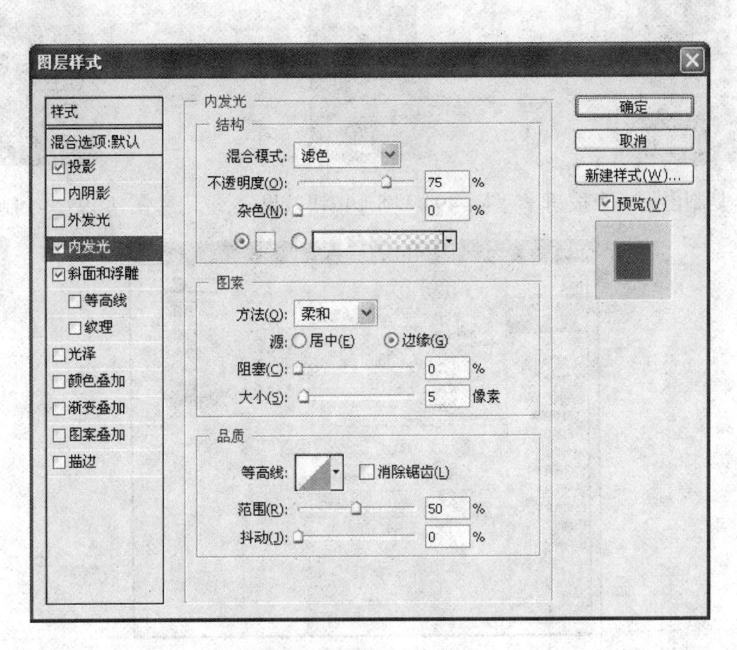

图 4-490　设置“内发光”

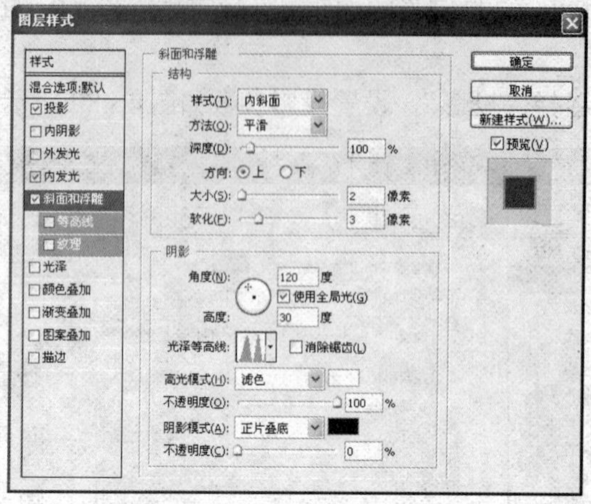

图 4-491 设置“斜面和浮雕”

（18）选择“斜面和浮雕”，设置具体参数如图 4-491 所示。设置后的效果如图 4-492 所示。

图 4-492 按钮效果

（19）复制图层 4，作为另外一个按钮，并拖放到适当的位置，如图 4-493 所示。

（20）新建图层 5。选择椭圆选框工具，按住 Shift 键画出一个正圆，并填充颜色为“R:156;G:156;B:156”，添加和图层 4 一样的图层样式效果，如图 4-494 所示。

（21）新建图层 6，为按钮添加标记。使用钢笔工具绘制一个三角形，并填充颜色为“R:118;G:118;B:118”，如图 4-495 所示。

（22）打开“图层样式”对话框，选择“投影”，设置投影参数如图 4-496 所示。

图 4-493 复制出另一个按钮

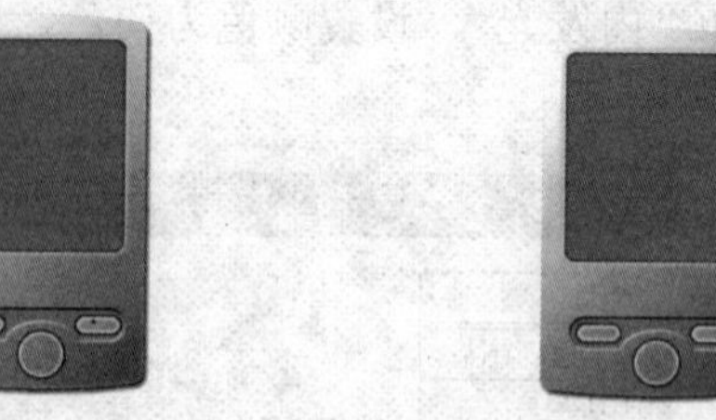

图 4-494 圆形按钮效果　图 4-495 绘制三角形

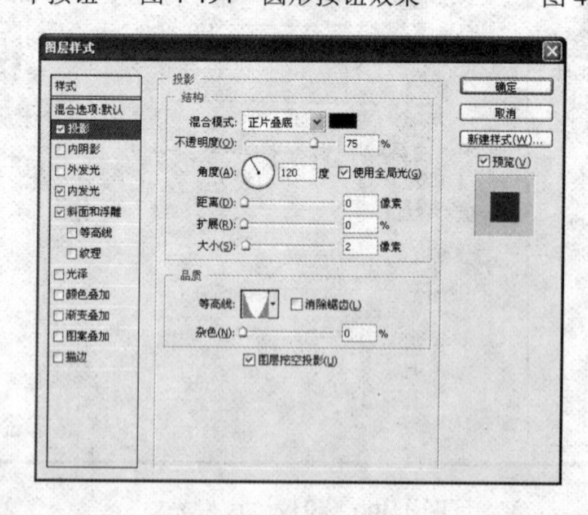

图 4-496 设置“投影”

（23）选择“内发光”，设置颜色为白色，具体参数设置如图 4-497 所示。

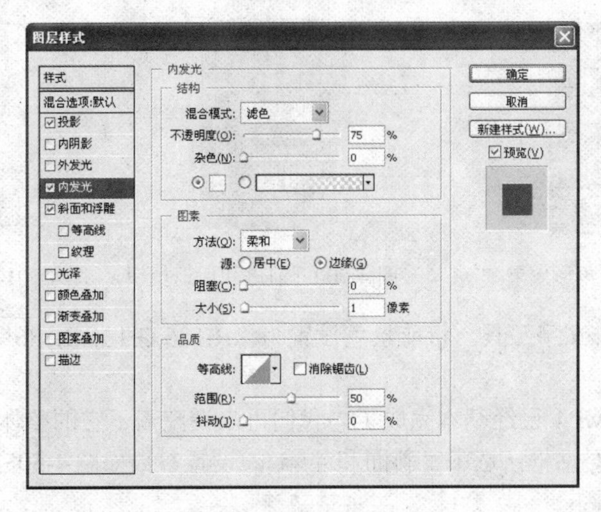

图 4-497　设置“内发光”

（24）选择“斜面和浮雕”，设置参数如图 4-498 所示。设置后的效果如图 4-499 所示。

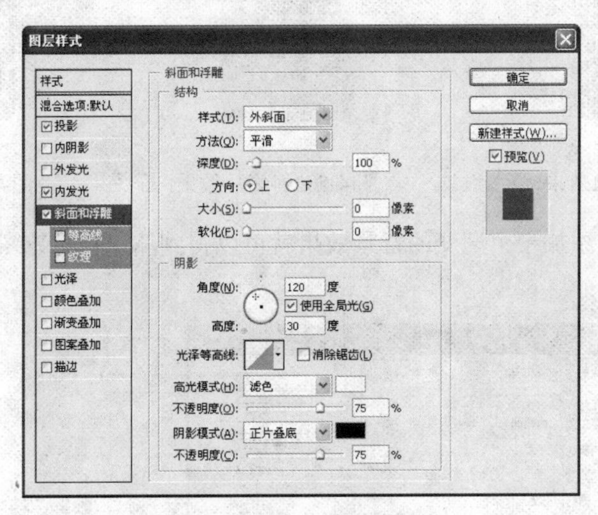

图 4-498　设置“斜面和浮雕”

（25）新建图层 7，画出竖线，添加同样的图层样式。通过复制图层的方法画出其他的标记，作为前进和后退按钮，如图 4-500 所示。

（26）新建图层 8。画出开始和停止标记，并填充颜色为“R:118;G:118;B:118”，如图 4-501 所示。

（27）添加同样的图层样式，可以直接复制图层 6 的图层样式。完成后的按钮效果如图 4-502 所示。

（28）选择一张卡通图像，拖到文件中并调整图像的大小，作为屏幕正在播放的影片，如图 4-503 所示。

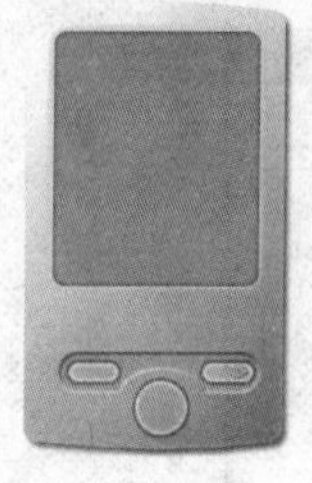

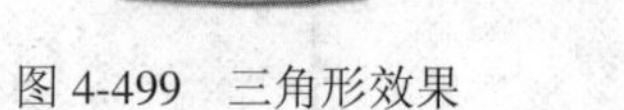

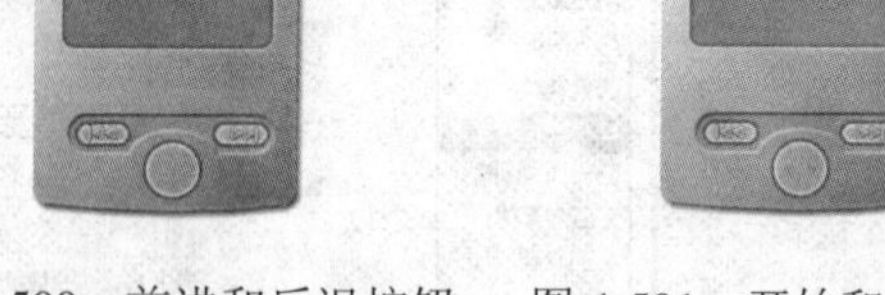

图 4-499　三角形效果　　图 4-500　前进和后退按钮　　图 4-501　开始和停止标记

（29）选择横排文字工具，将前景色设置为“R:186;G:186;B:186”，输入文字的效果如图 4-504 所示。

（30）此时的 MP4 已经基本完成了。我们再来调整一下它的整体效果。选中图层 1，打开“图层样式”对话框，选中“斜面和浮雕”，设置参数如图 4-505 所示。

图 4-502　按钮效果

图 4-503　影片效果

图 4-504　输入文字

（31）为 MP4 添加一个渐变的背景效果就可以得到 MP4 的最终效果了，如图 4-506 所示。

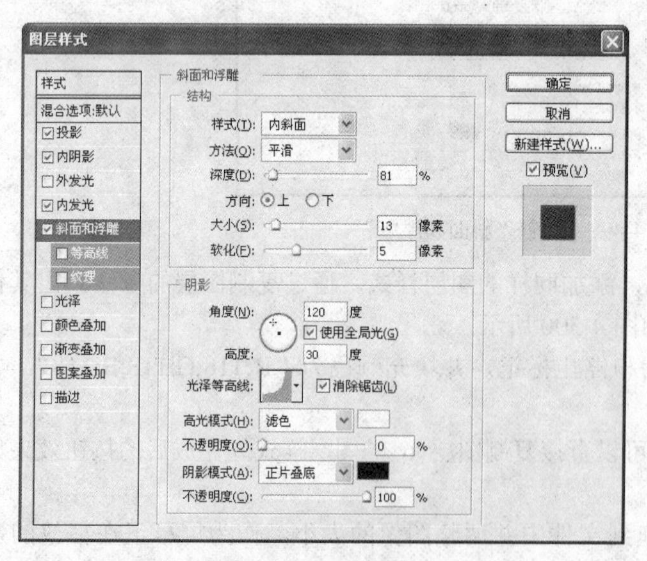

图 4-505　设置“斜面和浮雕”

图 4-506　MP4 播放器效果

实例 295——魔幻水晶球

本例将制作水晶球效果，看到水晶球中出现了什么吗？（学习难度：★★★★★）

（1）执行“文件”→“打开”菜单命令，打开图像，如图 4-507 所示。

（2）分别复制两次背景层。选择矩形选框工具，在背景副本 2 中按住 Shift 键绘制一个正方形，如图 4-508 所示。

（3）执行“滤镜”→“扭曲”→“极坐标”菜单命令，选择“平面坐标到极坐标”，如图 4-509 所示。

（4）选择椭圆选框工具选中圆形，如图 4-510 所示。

图 4-507　打开图像

图 4-508　绘制正方形

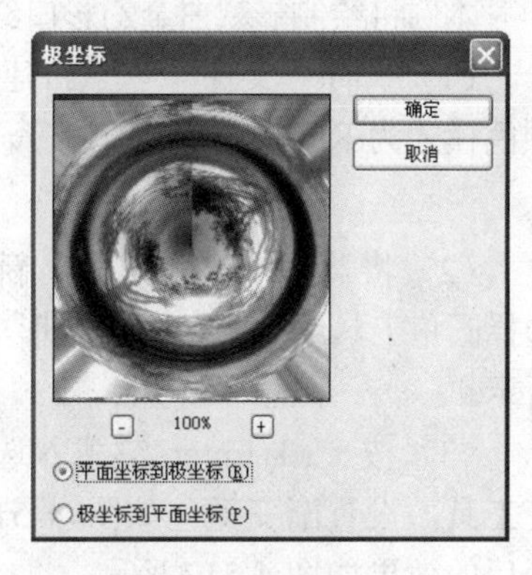

图 4-509　设置“极坐标”

（5）按 Ctrl+Shift+I 键进行反选，并按 Delete 键删除，得到如图 4-511 所示的效果。

（6）为该层添加蒙版，如图 4-512 所示。

图 4-510　选中圆形

图 4-511　反选并删除

图 4-512　添加蒙版

（7）将前景色设置为黑色，背景色设置为白色，选择画笔工具，设置“流量”为 25%，顺着圆形进行涂抹。然后按 Ctrl 键单击背景副本调出圆形选区，选中背景副本 2 图层，反选并删除，得到如图 4-513 所示的效果。为了更加明显，我们添加一个白色背景来烘托效果。

（8）用同样的方法，我们可以制作多个水晶球，得到最终效果如图 4-514 所示。

图 4-513　水晶球效果

图 4-514　魔幻水晶球效果

实例 296——口红

本例将绘制一款白金幻彩口红。（学习难度：★★★★★）

（1）执行“文件”→“新建”菜单命令，新建一个宽度和高度均为 800 像素的文件，颜色模式为 RGB。

（2）将背景填充为黑色，新建图层 1。选择圆角工具绘制一个圆角矩形，如图 4-515 所示。

（3）按 Ctrl+Enter 键载入选区，选择渐变工具，设置渐变颜色如图 4-516 所示。渐变后的效果如图 4-517 所示。

图 4-515　绘制圆角矩形

图 4-516　设置渐变颜色

（4）执行“滤镜”→“模糊”→“高斯模糊”菜单命令，设置“半径”为 1.8，其效果如图 4-518 所示。

（5）复制图层 1，并进行缩放，拖到如图 4-519 所示的位置。

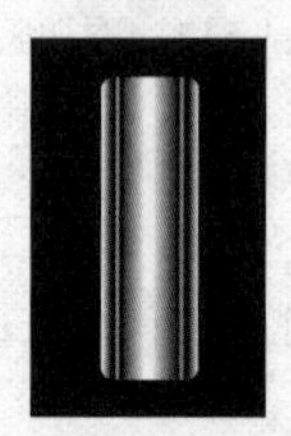

图 4-517　渐变效果

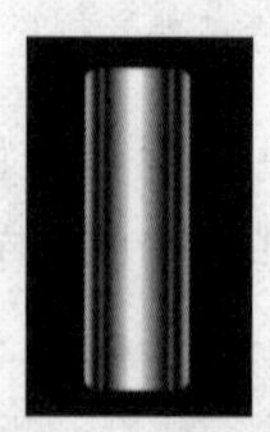

图 4-518　高斯模糊效果

图 4-519　复制图层 1 并缩放

（6）执行“图像”→“调整”→“色相/饱和度”菜单命令，设置参数如图 4-520 所示，设置后的效果如图 4-521 所示。

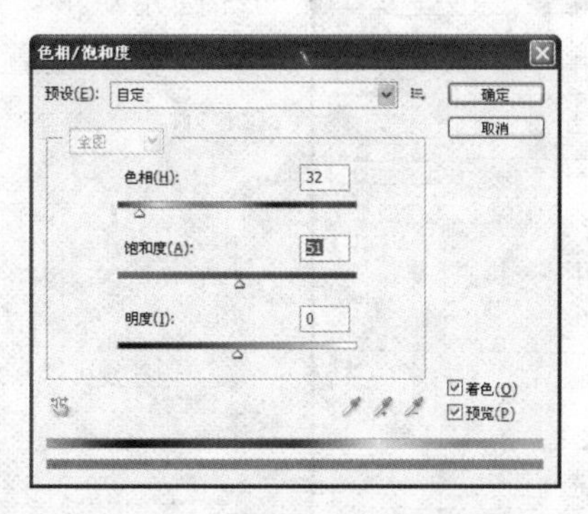

图 4-520　设置“色相/饱和度”

（7）执行“图像”→“调整”→“亮度/对比度”菜单命令，设置参数如图 4-522 所示，设置的效果如图 4-523 所示。

图 4-521　色相/饱和度效果

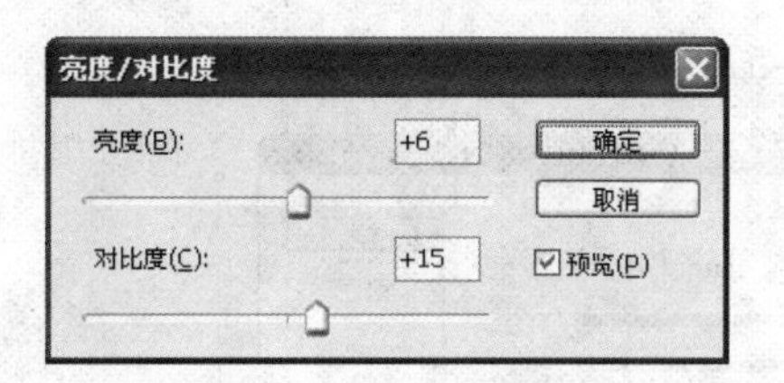

图 4-522　设置“亮度/对比度”

图 4-523　亮度/对比度效果

参数说明：

“亮度/对比度”菜单命令可以用来调整图像的反差和亮度，并简单地对图像的色调范围进行调整。

（8）新建图层 2，选择圆角工具绘制一个圆角矩形，设置渐变颜色如图 4-524 所示，设置后的效果如图 4-525 所示。

图 4-524　设置渐变颜色（1）

图 4-525　渐变效果（1）

(9) 新建图层 3，继续绘制一个圆角矩形，设置渐变颜色如图 4-526 所示，设置后的效果如图 4-527 所示。

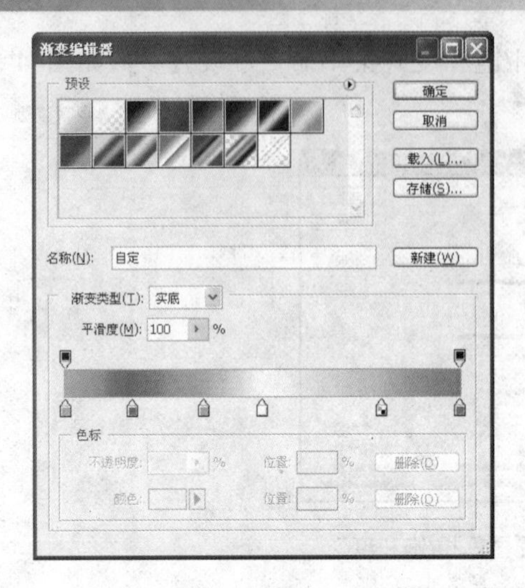

图 4-526　设置渐变颜色（2）

图 4-527　渐变效果（2）

(10) 执行“图像”→“调整”→“色彩平衡”菜单命令，设置参数如图 4-528 所示，设置后的效果如图 4-529 所示。

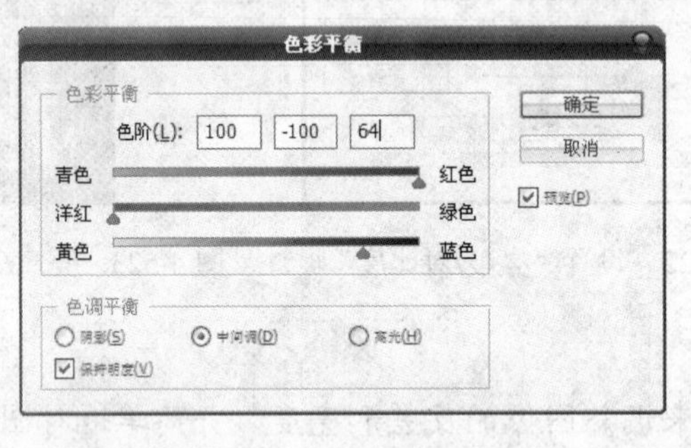

图 4-528　设置“色彩平衡”

图 4-529　色彩平衡效果

(11) 选择涂抹工具将口红涂抹成如图 4-530 所示的效果。

(12) 选择椭圆选框工具，绘制一个椭圆，如图 4-531 所示；使用减淡工具进行涂抹，如图 4-532 所示。

图 4-530　涂抹效果

图 4-531　绘制椭圆

图 4-532　减淡涂抹效果

(13) 反选该椭圆，使用加深工具进行涂抹，如图 4-533 所示。

(14) 复制图层 1。选择椭圆选框工具绘制一个椭圆，再使用渐变工具进行填充，如

图 4-534 所示。

（15）保留选区，新建图层 4。填充为与图层 1 副本相同的颜色，然后收缩选区并删除，使用加深和减淡工具进行涂抹，得到边框效果如图 4-535 所示。

（16）按 Ctrl+T 键旋转图层 1 副本 2。新建图层 5，选择自定形状工具，选择一种形状，如图 4-536 所示。

图 4-533　加深效果

图 4-534　渐变填充

图 4-535　边框效果

图 4-536　选择形状

（17）按 Ctrl+Enter 键载入选区，并填充为灰色，如图 4-537 所示。

（18）打开“图层样式”对话框，选择“斜面和浮雕”，设置参数如图 4-538 所示。得到最终效果如图 4-539 所示。

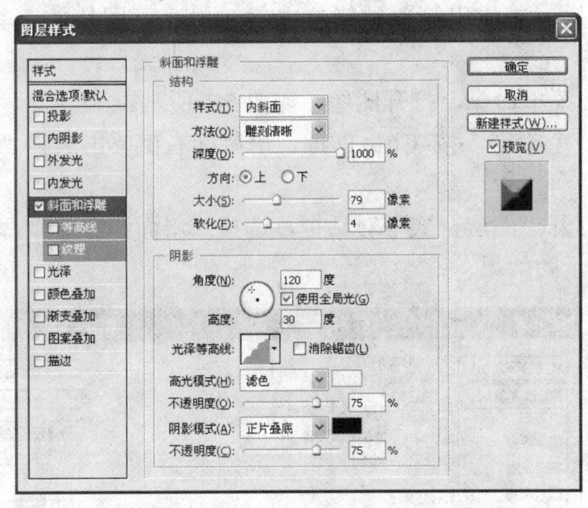

图 4-538　设置“斜面和浮雕”

图 4-537　填充灰色

图 4-539　口红效果

第五篇　创　意　篇

本篇重点

- 奇异花、蝴蝶飞、天使在人间的制作
- 自由自在地游、缩放、星云漩涡的制作
- 跳跃的音符、画中画、太空星球效果的制作

本篇主要介绍 Photoshop CS4 在平面创意上的应用，学习的重点包括画笔工具的使用、图像色彩的调整、滤镜的应用和图层样式的设置等，通过这些操作可以把原本很普通的简单画面变换出奇异的效果来，增加图片的创意色彩。

实例 297——错位之美

本例通过一张普通的蝴蝶图片，制作出简单的错位之美，提高了图片的审美效果。（学习难度：★★★）

（1）执行“文件”→“打开”菜单命令，打开图像，如图 5-1 所示。

（2）选择矩形选框工具绘制一个矩形，按 Ctrl+T 键，用鼠标右键单击选择“透视”命令，得到如图 5-2 所示的效果。

（3）按 Ctrl+J 键复制图层，打开“图层样式”对话框，选择“斜面和浮雕”，设置参数如图 5-3 所示，得到如图 5-4 所示的效果。

图 5-1　打开图像

图 5-2　透视效果

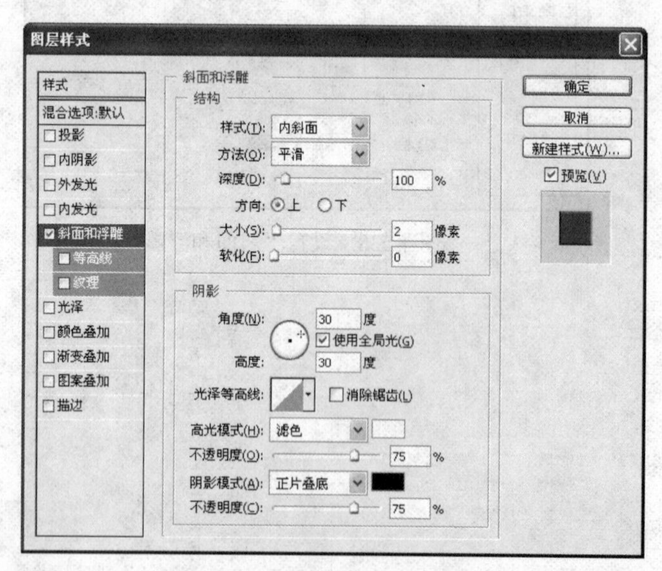

图 5-3　设置“斜面和浮雕”

（4）用同样的方法，选中其他的部分进行设置，即可得到最终效果，如图 5-5 所示。

图 5-4　斜面和浮雕效果

图 5-5　错位之美效果

实例 298——Pongpong 炸弹

本例通过椭圆选框工具和渐变工具相结合的方法，制作出一个 Pongpong 炸弹的效果。（学习难度：★★★★）

（1）执行“文件”→“新建”菜单命令，新建一个宽度和高度均为 400 像素的文件， 颜色模式为 RGB。

（2）新建图层 1，选择椭圆选框工具，按住 Shift 键绘制一个正圆，并填充颜色为“R:30;G:30;B:137”，如图 5-6 所示。

（3）打开“图层样式”对话框，选择“投影”，设置参数如图 5-7 所示。

图 5-6　绘制并填充圆形

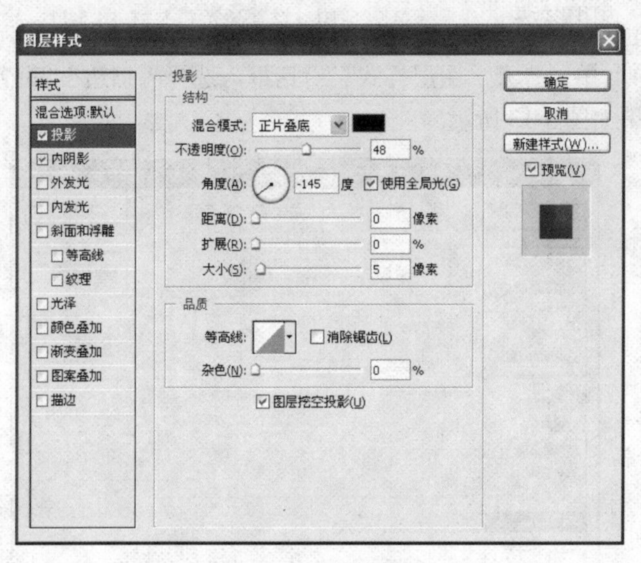

图 5-7　设置“投影”

（4）选择“内阴影”，设置参数如图 5-8 所示，设置后的效果如图 5-9 所示。

（5）新建图层 2。选择渐变工具，设置颜色为白色到透明，进行径向渐变填充图层

“不透明度”设置为41%，如图5-10所示。

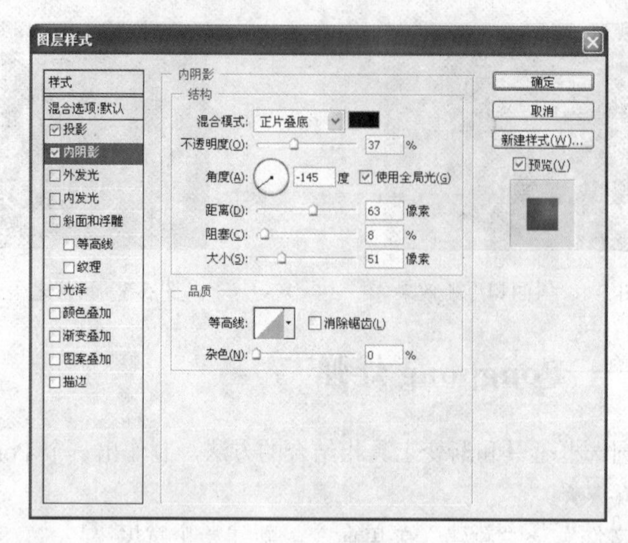

图5-8 设置“内阴影”

（6）新建图层3和图层4，绘制两个椭圆，形成炸弹嘴的形状，如图5-11所示。

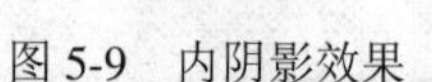

图5-9 内阴影效果　　图5-10 设置高光　　图5-11 绘制炸弹嘴

（7）在图层4中，打开“图层样式”对话框，选择“描边”，设置参数如图5-12所示。设置后的效果如图5-13所示。

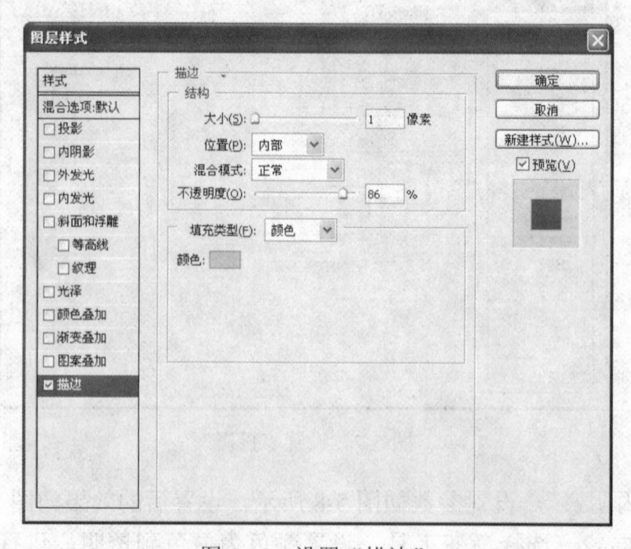

图5-12 设置“描边”

（8）新建图层 5，使用圆角工具绘制出导线，打开“图层样式”对话框，设置“图案叠加”如图 5-14 所示。设置后的效果如图 5-15 所示。

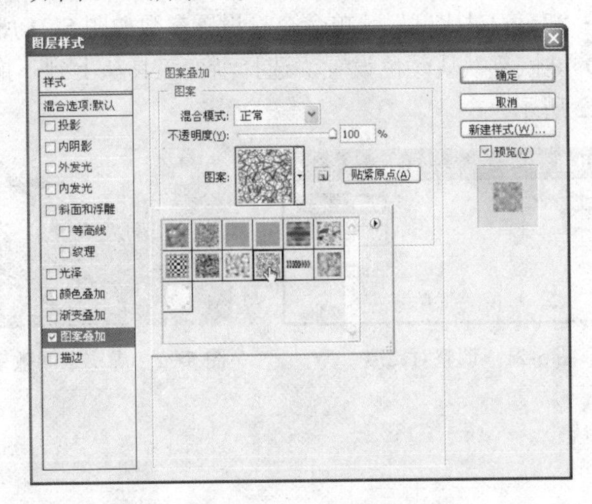

图 5-14　设置“图案叠加”

图 5-13　描边效果

图 5-15　图案叠加效果

（9）按 Ctrl+T 键，单击鼠标右键并选择“变形”，调整导线如图 5-16 所示。

（10）将背景填充为黑色，新建图层 6，使用画笔工具绘制出火花的效果，如图 5-17 所示。

（11）使用横排文字工具，在炸弹上输入文字就可以了，得到最终效果如图 5-18 所示。

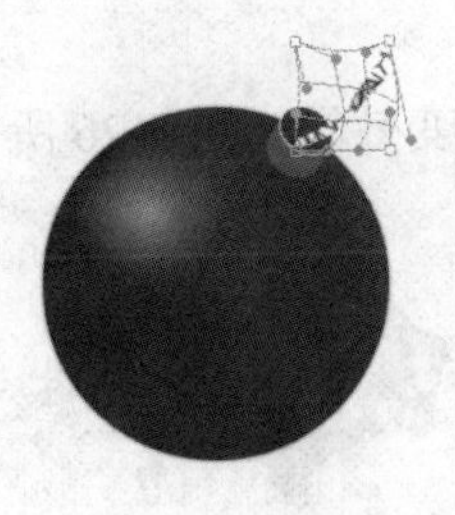

图 5-16　索变形

图 5-17　火花效果

图 5-18　Pongpong 炸弹效果图

实例 299——虚实之间

图 5-19　打开图像

本例将一张普通的图片，制作成从实物到线描效果的相间效果，主要采用蒙版和渐变效果制作而成。（学习难度：★★★）

（1）执行“文件”→“打开”菜单命令，打开图像，如图 5-19 所示。

（2）复制背景层，执行“图像”→“调整”→

“去色”菜单命令，然后执行“滤镜”→“风格化”→“查找边缘”菜单命令，得到如图 5-20 所示的效果。

（3）执行“图像”→“调整”→“亮度/对比度”菜单命令，设置参数如图 5-21 所示。

（4）为图层 1 添加蒙版。按 D 键恢复默认颜色设置，选择渐变工具从上到下拖出渐变效果即可，得到最终效果如图 5-22 所示。

图 5-20　图片效果

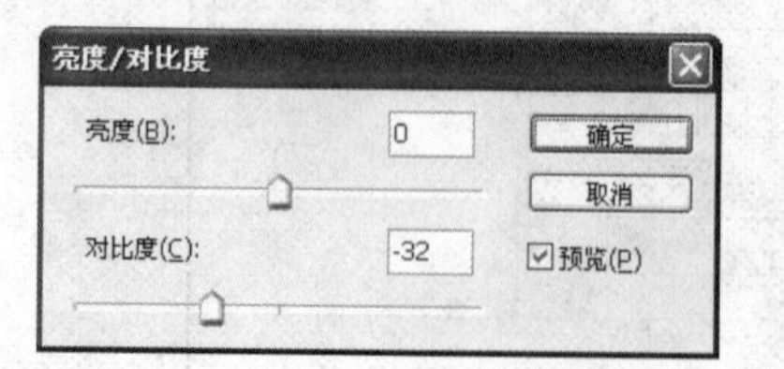

图 5-21　调整对比度

图 5-22　虚实之间效果

实例 300——你看我美吗

本例将制作正在照镜子的狗警长，制作镜子的过程需要耐心地按照步骤来做，达到逼真的效果，利用水平翻转命令将狗警长映入镜子当中。（学习难度：★★★★）

图 5-23　打开图片

（1）执行“文件”→“打开”操作命令，打开一张狗警长的图片，如图 5-23 所示。

（2）新建图层 1。选择椭圆选框工具，绘制一个椭圆作为镜子，如图 5-24 所示。

（3）选择渐变工具，设置渐变颜色如图 5-25 所示，椭圆的渐变效果如图 5-26 所示。

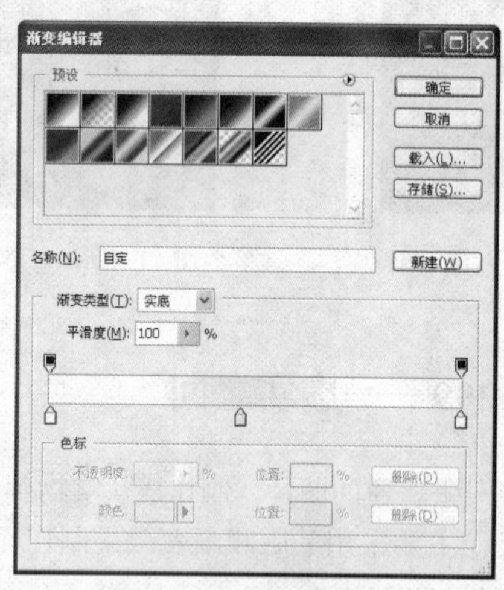

图 5-25　设置渐变颜色

图 5-24　绘制椭圆

图 5-26　椭圆的渐变效果

（4）新建图层 2，选择椭圆选框工具，通过 按钮绘制出一个圆环效果，作为镜框。然后设置其渐变颜色如图 5-27 所示，渐变效果如图 5-28 所示。

（5）链接图层 1 和图层 2，然后通过“自由变换”命令对镜子的形状进行调整，调整之后的效果如图 5-29 所示。

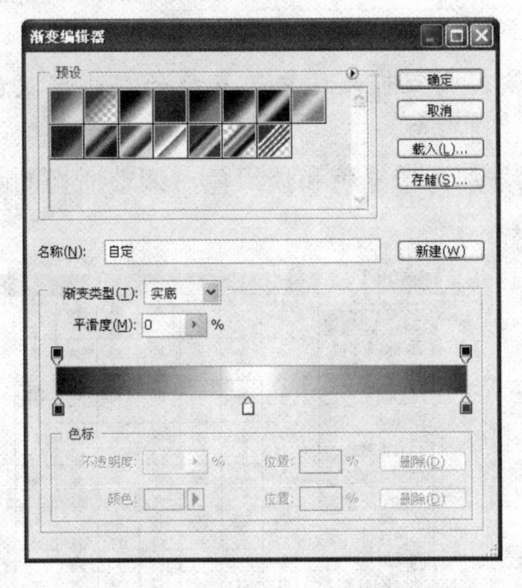

图 5-27　设置镜框的渐变颜色

图 5-28　镜框的渐变效果

图 5-29　调整镜子形状

（6）打开“图层样式”对话框，对镜框设置“斜面和浮雕”效果，设置的参数如图 5-30 所示。设置后的镜框效果如图 5-31 所示。

（7）选中背景层，使用魔棒工具单击白色，然后进行反选，选中狗警长，再按 Ctrl+J 键进行复制。水平翻转之后删除多余的部分，得到如图 5-32 所示的效果。

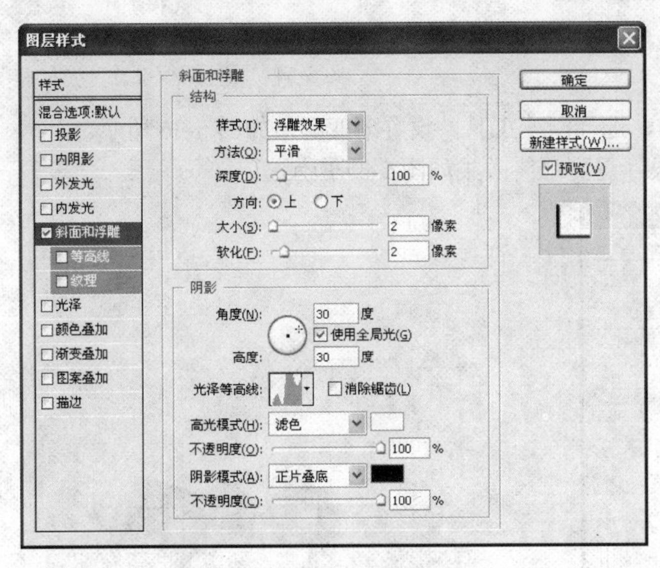

图 5-30　设置“斜面和浮雕”

图 5-31　斜面和浮雕效果

图 5-32　镜中狗警长效果

（8）执行“滤镜”→“模糊”→“高斯模糊”菜单命令，设置“半径”为 1.4，将镜中狗警长进行高斯模糊，如图 5-33 所示。

（9）为图像添加一些背景效果。选中画笔工具，打开画笔面板，设置参数如图 5-34 所示。

重点提示：

画笔面板中给我们提供了大量的画笔形状，大家可以把自己喜欢的一些形状加载进来，以便日后使用。

（10）新建图层 3，设置前景色和背景色分别为翠绿色和淡绿色，调整适当的画笔大小，绘制草地，如图 5-35 所示。

图 5-33　高斯模糊效果

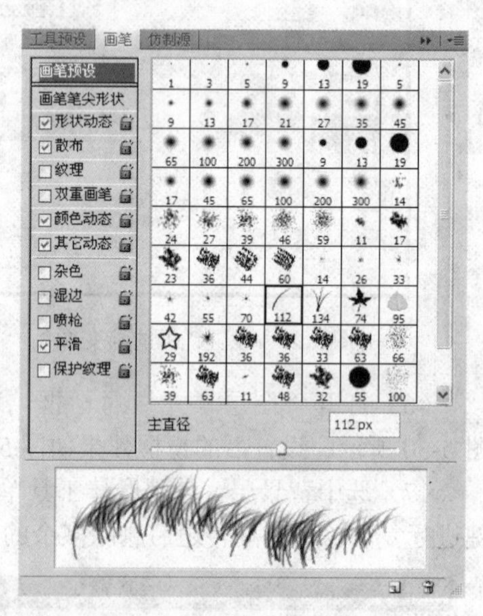

图 5-34　画笔面板设置

图 5-35　画出草地

（11）在背景层上新建图层 4，选择渐变工具，设置渐变颜色如图 5-36 所示。

（12）对图层 4 应用渐变效果，得到最终效果如图 5-37 所示。

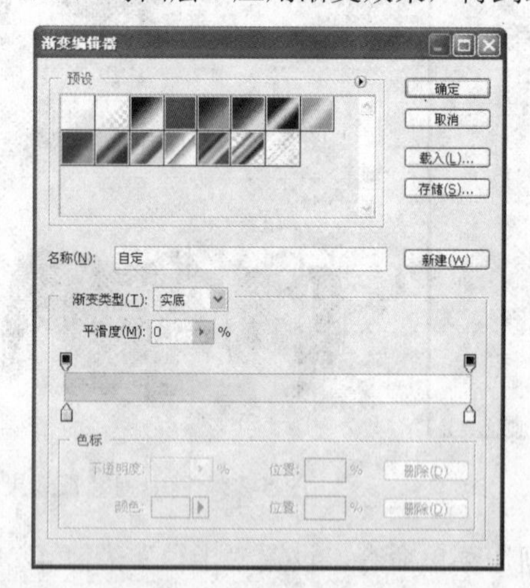

图 5-36　设置渐变颜色

图 5-37　“你看我美吗”效果

实例 301——奇异花

本例主要利用画笔工具和变形工具相结合的方法，绘制出在夜间盛开的奇异花。（学习难度：★★★★★）

（1）执行“文件”→“新建”菜单命令，新建一个宽度和高度均为 600 像素的文件，颜色模式为 RGB。将前景色设置为黑色，并填充前景色。

（2）新建图层 1。选择画笔工具，将前景色设置为白色。调整适当的笔尖大小，按住 Shift 键绘制一条直线，如图 5-38 所示。

（3）多次执行“滤镜”→“风格化”→“风”菜单命令，得到如图 5-39 所示的效果。

（4）按 Ctrl+T 键自由变换，单击鼠标右键并选择“变形”命令，对直线的形状进行调整，调整出花瓣的效果如图 5-40 所示。

（5）复制出其他 4 个花瓣，摆放出花的形状来，如图 5-41 所示。

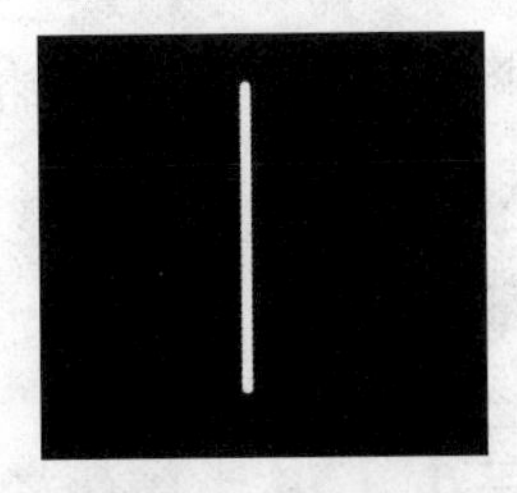

图 5-38　绘制直线

图 5-39　风滤镜效果

图 5-40　调整形状

图 5-41　花的形状

（6）合并除背景层以外所有花瓣所在的图层，然后继续使用变形命令对花进行调整，调整出花的效果如图 5-42 所示。

（7）新建图层 2，使用画笔工具从花心向上画出几条花蕊，如图 5-43 所示。

（8）复制图层 1，然后按 Ctrl+T 键对其进行缩小，放到花蕊的下方作为花心，如图 5-44 所示。

图 5-42　调整花的形状

图 5-43　画出花蕊

图 5-44　花心

（9）使用画笔工具对花心进行修整，如图 5-45 所示。

（10）新建图层 3。选择画笔工具，调整适当的笔尖大小，画出花杆来，如图 5-46 所示。

（11）选中图层 1，打开“图层样式”对话框，选择“内阴影”，颜色选为紫色，设置参数如图 5-47 所示。

图 5-45　修整花心

图 5-46　画出花杆

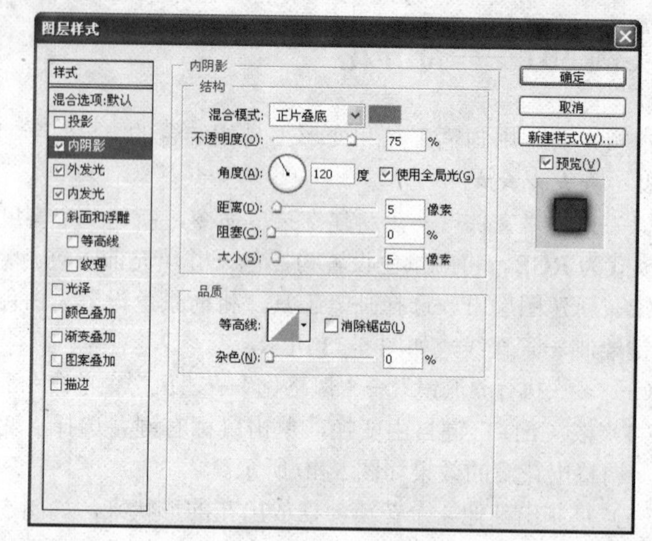

图 5-47　设置“内阴影”

（12）选择“外发光”，颜色选为紫色，设置参数如图 5-48 所示。

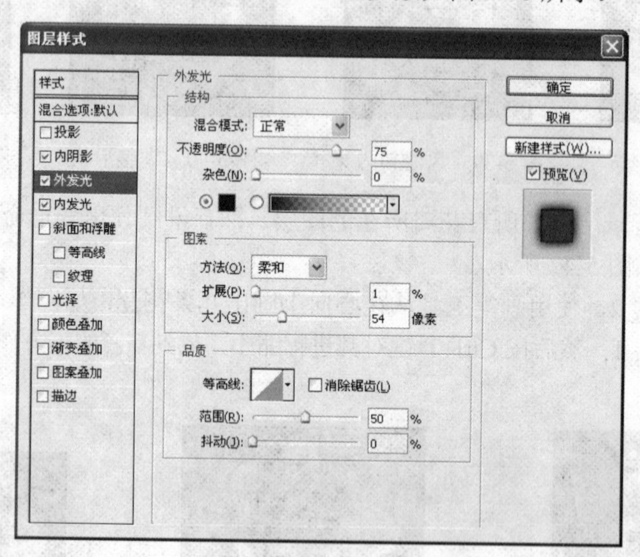

图 5-48　设置“外发光”

（13）选择“内发光”，颜色选为择紫色，设置参数如图 5-49 所示。设置后的效果如图 5-50 所示。

（14）分别选择图层 2 和图层 3，对花蕊和花杆进行设置。打开“图层样式”对话框，选择“外发光”，参数设置如图 5-51 所示。

（15）选择图层 1 副本，对花心进行设置。打开“图层样式”对话框，选择“外发光”，参数设置如图 5-52 所示。设置后的效果如图 5-53 所示。

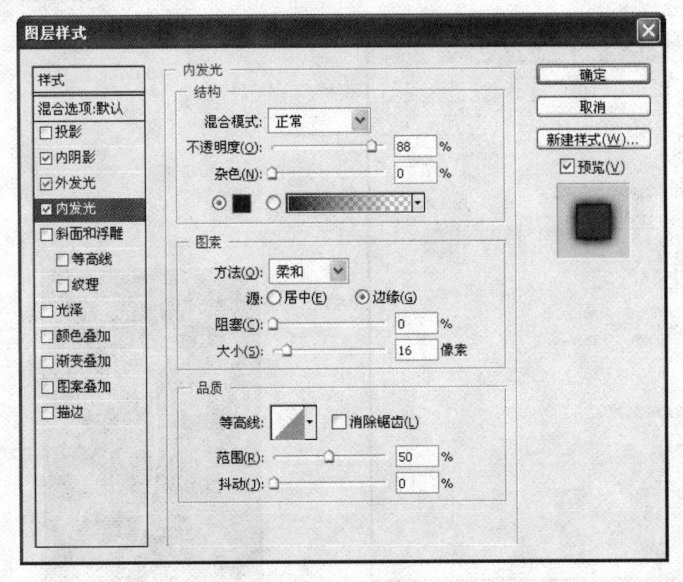

图 5-49　设置“内发光”

图 5-50 花瓣效果

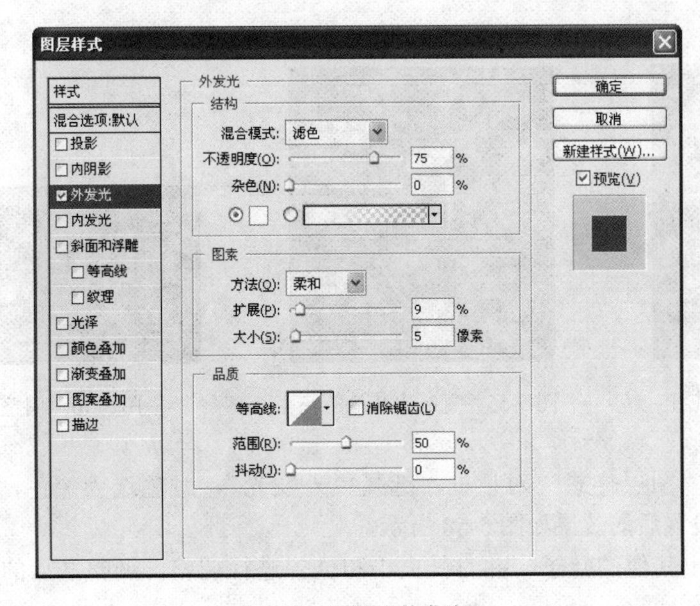

图 5-51　设置“外发光”

（16）使用多边形套索工具选中被花瓣挡住的花杆部分，按 Delete 键删除，如图 5-54 所示。

（17）将除背景层之外的所有层链接起来。复制出其他两朵花来，并调整它们的大小和位置，如图 5-55 所示。

（18）新建图层 4。用绘制花瓣的方法绘制出叶子效果，并进行变形调整，如图 5-56 所示。

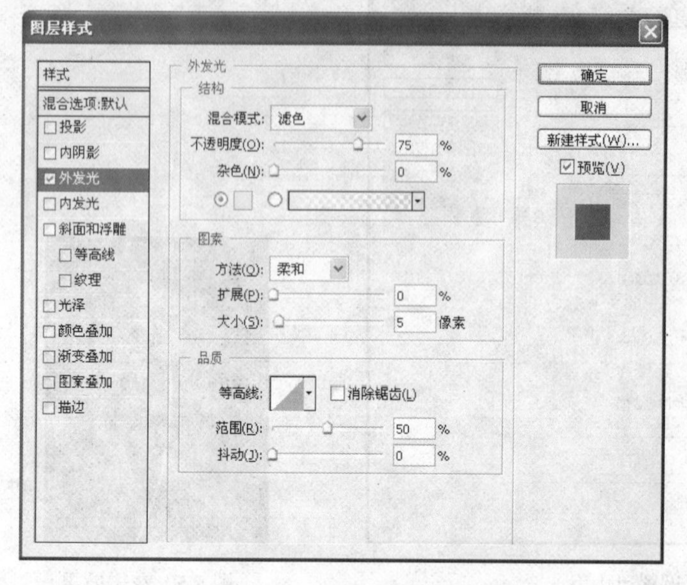

图 5-52 设置“外发光”

图 5-53 花蕊和花心、花杆效果

图 5-54 修整花杆

图 5-55 复制出其他的花

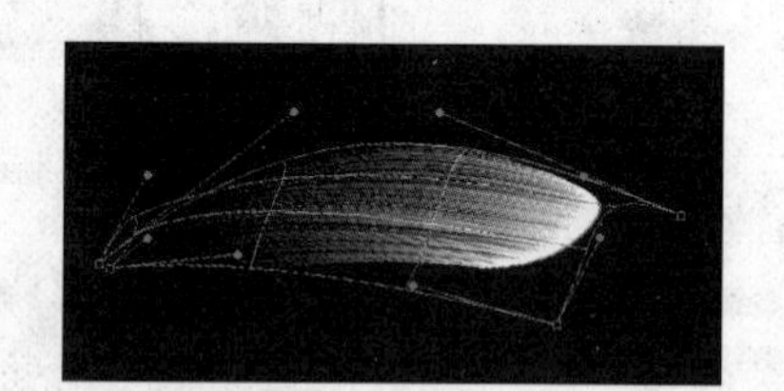

图 5-56 调整叶子形状

（19）打开“图层样式”对话框，选择“外发光”，颜色选为绿色，设置的参数如图 5-57 所示。设置后的效果如图 5-58 所示。

（20）复制出其他的叶子，并对其大小和位置进行调整，调整之后的效果如图 5-59 所示。

（21）新建图层 5。选择画笔工具，打开画笔面板，选择一个星形笔尖形状，如图 5-60 所示。

（22）在图像中点上一些小点，作为点缀。为了突出整体效果，我们同样设置这些小点的图层样式，设置的效果和叶子效果相同。这样就得到了奇异花的最终效果了，如图 5-61 所示。

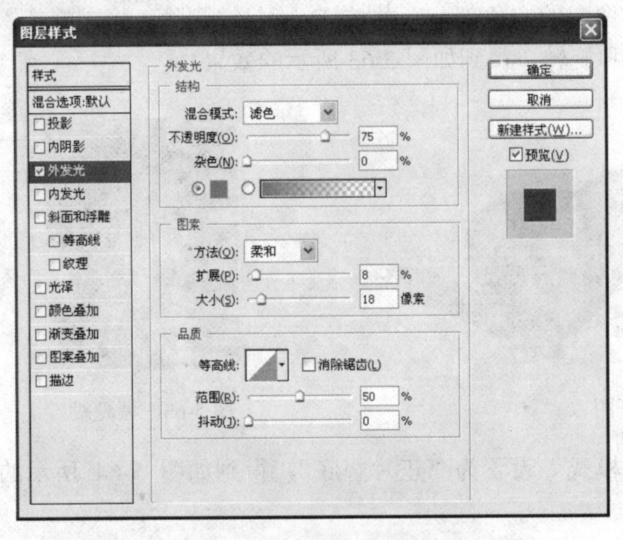

图 5-57　设置“外发光”

图 5-58　叶子效果

图 5-59　复制出其他的叶子

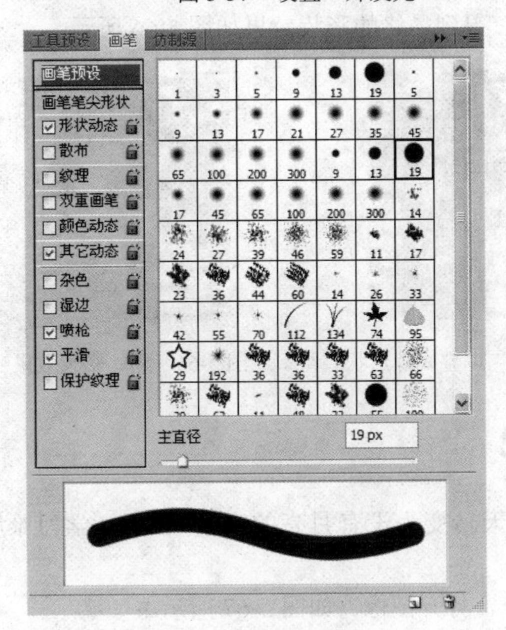

图 5-60　选择星形笔尖形状

图 5-61　奇异花效果

实例 302——蝴蝶彩妆

本例将为赫本添加一个蝴蝶彩妆，主要的一步就是要将蝴蝶图层的“混合模式”设置为“正片叠底”，然后就是调整图片的形状了。（学习难度：★★★）

（1）执行“文件”→“打开”菜单命令，分别打开赫本图像和蝴蝶图像，如图 5-62 所示。

（2）选择魔棒工具单击蝴蝶图像中的白色部分，并按 Delete 键删除。将蝴蝶拖入赫本图像中，并按 Ctrl+T 键进行缩放和旋转，得到如图 5-63 所示的效果。

图 5-62　打开图像

图 5-63　调整蝴蝶

（3）将蝴蝶所在图层的“混合模式”设置为“正片叠底”，得到如图 5-64 所示的效果。

（4）再次按 Ctrl+T 键，单击鼠标右键并选择“变形”命令，对蝴蝶的形状进行调整，如图 5-65 所示。使蝴蝶和皮肤相吻合，得到最终的彩妆效果如图 5-66 所示。

图 5-64　正片叠底效果　　图 5-65　调整蝴蝶形状　　图 5-66　蝴蝶彩妆效果

实例 303——没有月亮的夜晚

本例通过改变背景天空的方法，将白天转变为没有月亮的夜晚效果。（学习难度：★★★）

（1）执行“文件”→“打开”菜单命令，打开图像，如图 5-67 所示。

（2）新建图层 1，恢复前景色和背景色为默认颜色。执行“滤镜”→“渲染”→“云彩”菜单命令，得到效果如图 5-68 所示的效果。

（3）多次执行“滤镜”→“渲染”→“分层云彩”菜单命令，得到如图 5-69 所示的效果。

（4）选择工具箱中的渐变工具，设置渐变类型为“线性渐变”，渐变颜色为从前景色至透明，从文件的底部至顶部绘制渐变，得到效果如图 5-70 所示。

（5）新建图层 2。设置前景色为“R:185;G:186;B:177”，背景色“R:25;G:73;B:90”，使用工具箱中的渐变工具，设置渐变类型为“线性渐变”，渐变颜色为从前景色至背景

色，并设置图层的“混合模式”为“滤色”，绘制渐变效果，如图 5-71 所示。

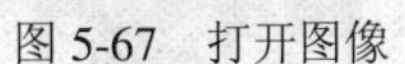

图 5-67　打开图像

图 5-68　云彩效果

图 5-69　分层云彩效果

（6）复制背景层，并将背景副本层拖到最上端。使用多边形套索工具选中图中蓝天部分，并按 Delete 键删除，如图 5-72 所示。

图 5-70　渐变效果

图 5-71　滤色效果

图 5-72　删除天空部分

（7）执行“图像”→“调整”→“色相/饱和度”菜单命令，对图像的颜色进行调整，如图 5-73 所示，就可以得到最终效果如图 5-74 所示。

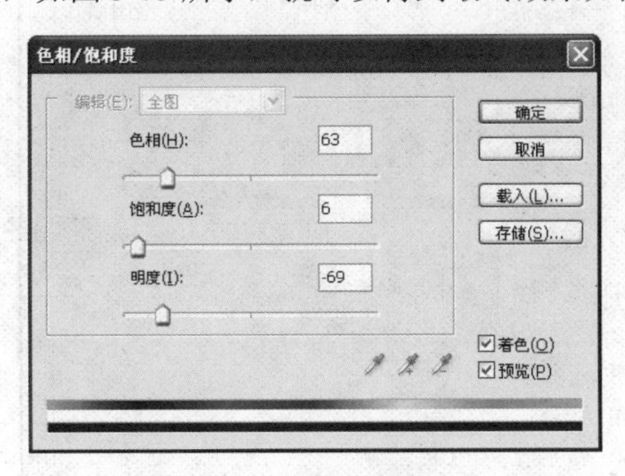

图 5-73　设置“色相/饱和度”

图 5-74　没有月亮的夜晚效果

实例 304——朦胧之美

本例通过 Photoshop 中“滤镜”菜单下的“玻璃”命令，把人物部分用磨砂玻璃的效果表现出来，从而体现出朦胧之美。（学习难度：★★★★）

（1）执行“文件”→“打开”菜单命令，打开图像，如图 5-75 所示。

（2）选择矩形选框工具，拖出一个矩形选区，如图 5-76 所示。

（3）执行“滤镜”→“模糊”→“高斯模糊”菜单命令，设置“半径”为 2 像素，设置后的效果如图 5-77 所示。

图 5-75 打开图像

图 5-76 矩形选区

图 5-77 高斯模糊效果

（4）新建图层 2，按 Ctrl 键单击图层 1，调出选区，填充颜色为“R:233;G:231;B:227”，如图 5-78 所示。

（5）设置“填充”为 15%，然后执行“滤镜”→“模糊”→“高斯模糊”菜单命令，设置“半径”为 0.5 像素，设置后的效果如图 5-79 所示。

（6）打开“图层样式”对话框，选择“外发光”，设置颜色为黑色，具体参数如图 5-80 所示。

图 5-78 填充选区

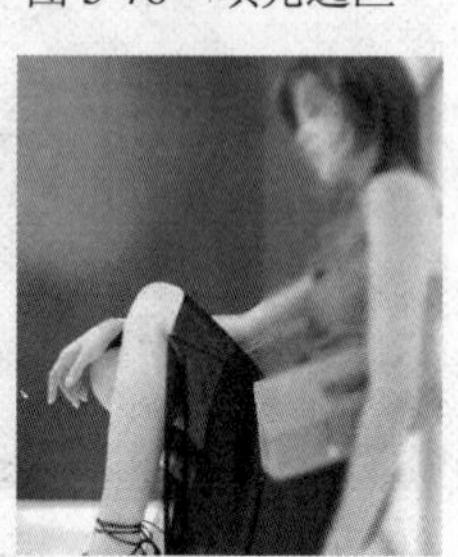

图 5-79 高斯模糊效果

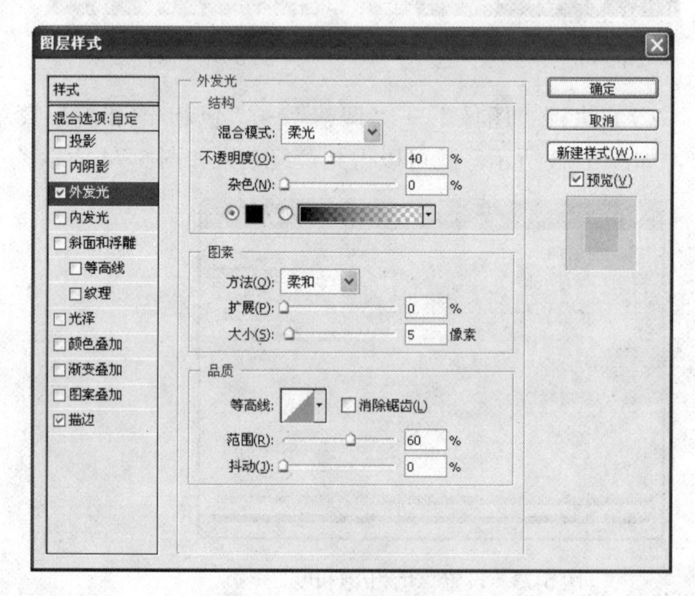

图 5-80 设置“外发光”

（7）选择“描边”，设置颜色为白色，具体参数如图 5-81 所示。设置后的效果如图 5-82 所示。

（8）为玻璃添加磨砂的效果。执行“滤镜”→“扭曲”→“玻璃”菜单命令，具体设置如图 5-83 所示。得到最终效果，如图 5-84 所示。

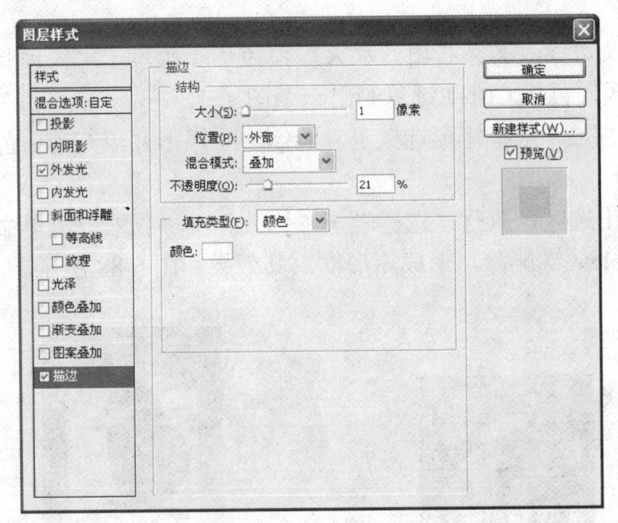

图 5-81　设置“描边”

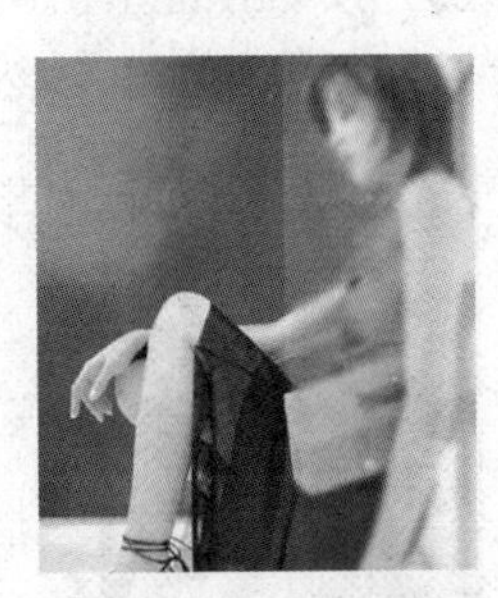

图 5-82　描边效果

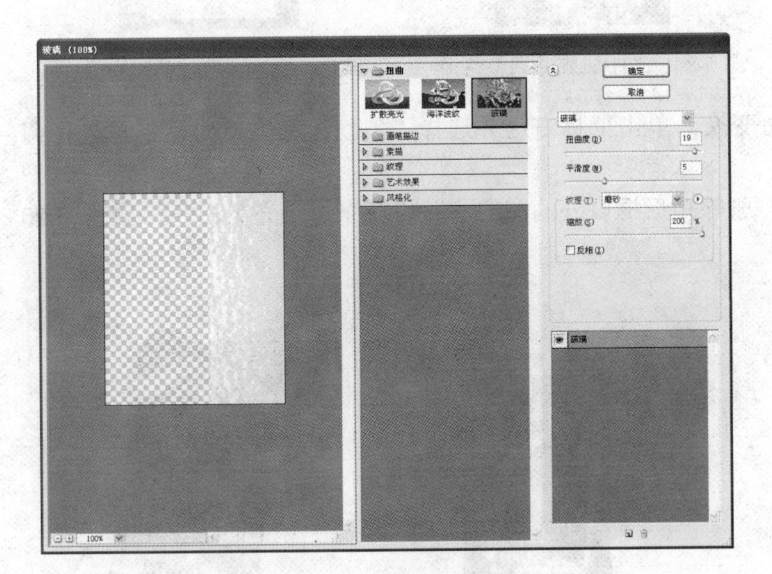

图 5-83　设置玻璃滤镜

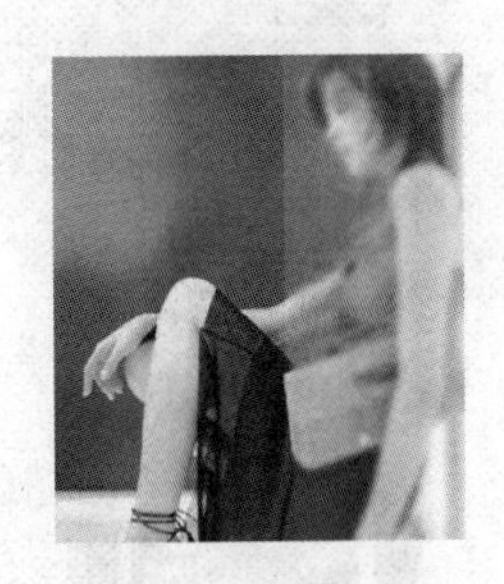

图 5-84　朦胧之美效果

实例 305——蝴蝶飞呀

本例将把一张带有蝴蝶图案的图片，绘制成蝴蝶飞出画面的效果。（学习难度：★★★★★）

（1）执行“文件”→“打开”菜单命令，打开图像，如图 5-85 所示。

（2）复制背景层。使用钢笔工具选中蝴蝶，并对路径进行调整，如图 5-86 所示。

提醒注意：

在用钢笔工具选中蝴蝶时，使用缩放工具将图片放大，因为蝴蝶的须子比较细长。

（3）按 Ctrl+Enter 键载入选区，再按 Ctrl+J 键复制出一个图层 1。

（4）在图层 1 的下方新建图层 2。选择矩形选框工具绘制一个矩形并填充为白色，如图 5-87 所示。

（5）按 Ctrl 键单击图层 2 调出选区，执行“选择”→“修改”→“收缩”菜单命令，设置“收缩量”为 15，然后按 Delete 键删除，形成矩形框，其效果如图 5-88 所示。

图 5-85 打开图像

图 5-86 选中蝴蝶并调整路径

图 5-87 绘制矩形并填充白色

（6）按 Ctrl+T 键自由变换，单击鼠标右键并选择“斜切”命令，对矩形框进行调整，如图 5-89 所示。

（7）选中背景副本层，删除矩形框以外的图像，并将背景层填充为白色，如图 5-90 所示。

图 5-88 矩形框效果

图 5-89 调整矩形框

图 5-90 删除多余区域

（8）回到图层 1，我们对蝴蝶伸出来的须子处理一下。执行“滤镜”→“模糊”→“高斯模糊”菜单命令，设置“半径”为 1 像素，得到如图 5-91 所示的效果。

（9）执行“图像”→“画布大小”菜单命令，对画布进行放大，设置画布如图 5-92 所示。

（10）选中图层 2。打开“图层样式”对话框，选择“斜面和浮雕”，设置参数如图 5-93 所示。

图 5-91　模糊须子效果

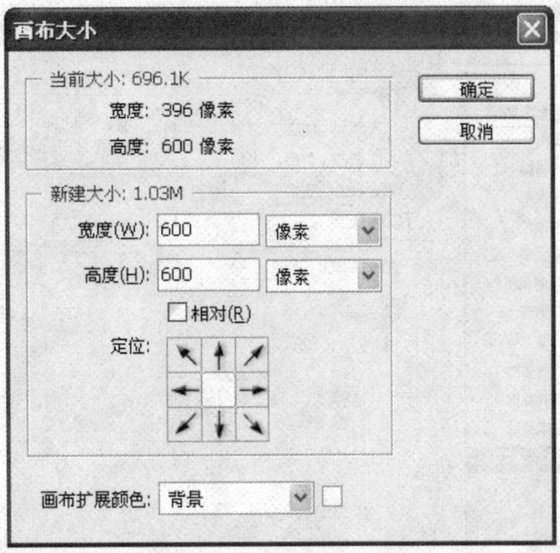

图 5-92　放大画布

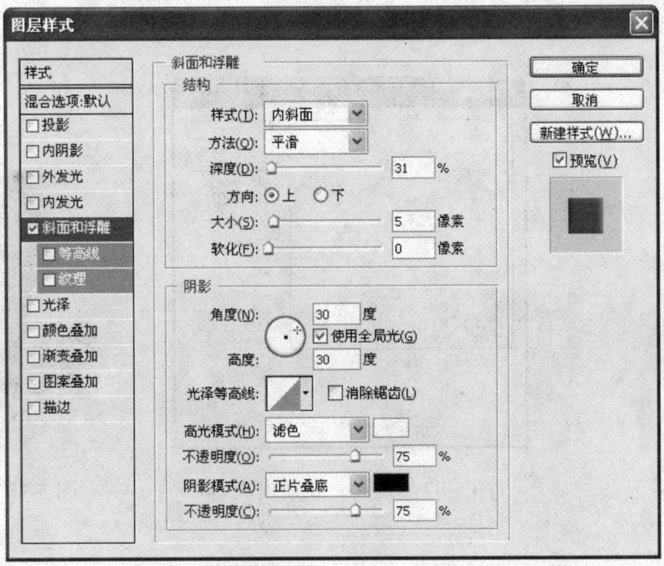

图 5-93　设置“斜面和浮雕”

（11）选择“描边”，颜色选为浅灰色，设置参数如图 5-94 所示。

（12）执行“滤镜”→“扭曲”→“波纹”菜单效果，设置参数如图 5-95 所示。此时的边框效果如图 5-96 所示。

（13）新建图层 3。选择多边形套索工具绘制出边框的阴影部分，填充颜色为“R:131;G:129;B:129”，并设置“不透明度”为 80%。然后执行“滤镜”→“模糊”→“高斯模糊”菜单命令，设置“半径”为 6 像素，如图 5-97 所示，得到最终效果如图 5-98 所示。

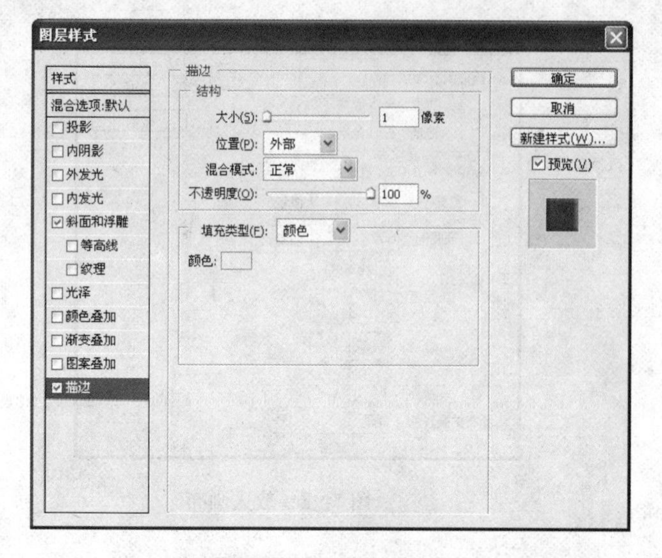

图 5-94　设置“描边”

图 5-95　设置“波纹”

图 5-96　边框效果

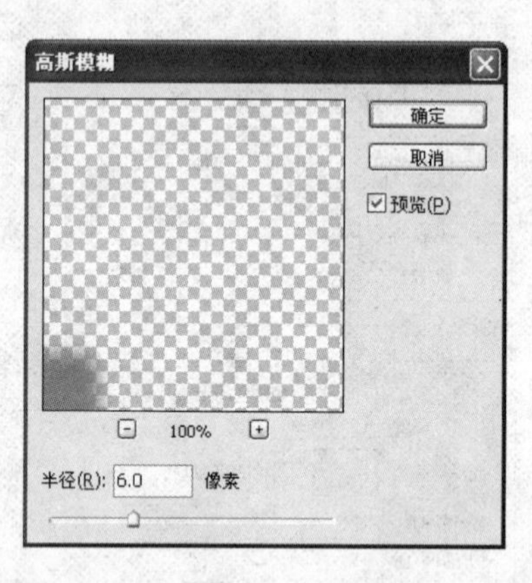

图 5-97　设置“高斯模糊”

图 5-98　“蝴蝶飞呀”效果

实例 306——思念

本例将制作一个“思念”的桌面。操作过程很简单，主要是“羽化”命令和“混合模式”的设置。（学习难度：★★★）

（1）执行“文件”→“打开”菜单命令，打开图像，如图 5-99 所示。

（2）选择椭圆选框工具选中人物的头部，执行“选择”→“修改”→“羽化”菜单命令，羽化 5 像素，如图 5-100 所示。

（3）反选并按 Delete 键删除。将图像拖到另一张打开的图像中，如图 5-101 所示。

（4）设置图层的“混合模式”为“柔光”，“不透明度”为 50%，如图 5-102 所示。得到最终效果如图 5-103 所示。

图 5-99　打开图像

图 5-100　选中头部进行羽化

图 5-101　拖动图像

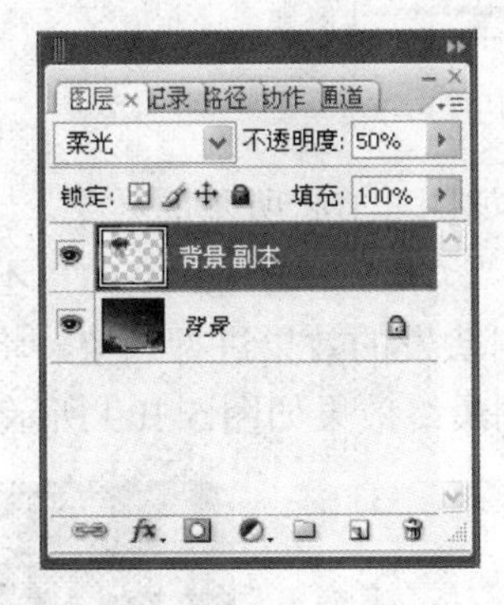

图 5-102　设置“混合模式”

图 5-103　“思念”效果图

实例 307——银丝

本例我们将改变男模特发型的颜色，为他添加时尚的银发效果。（学习难度：★★★★）

（1）执行“文件”→“打开”菜单命令，打开图像，如图 5-104 所示。

（2）选择钢笔工具选中头发，形成一个路径，如图 5-105 所示。

图 5-104　打开图像

图 5-105　选中头发

（3）按 Ctrl+Enter 键载入选区，单击图层面板下方的“创建新的填充或调整图层”按钮，选择“色相/饱和度”菜单命令，设置参数如图 5-106 所示。设置后的效果如图 5-107 所示。

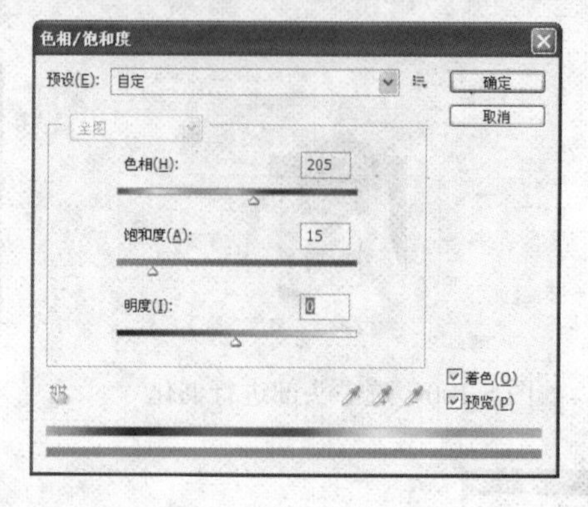

图 5-106 设置“色相/饱和度”

（4）将图层的“混合模式”设置为“滤色”，得到如图 5-108 所示的效果。

（5）为图层添加蒙版。选择画笔工具，画笔选为“柔角”，设置画笔的“不透明度”为 50%，按 D 键将前景色和背景色恢复为默认值。对头发的效果进行调整，将前景色和背景色进行互换，可以对不满意的地方进行修整，得到最终效果如图 5-109 所示。

图 5-107 色相/饱和度效果

图 5-108 滤色效果

图 5-109 银丝效果

实例 308——天使在人间

天使是人类美好的象征，本例将绘制一个美丽的天使，在绘制翅膀时主要用到的是滤镜的功能。（学习难度：★★★★★）

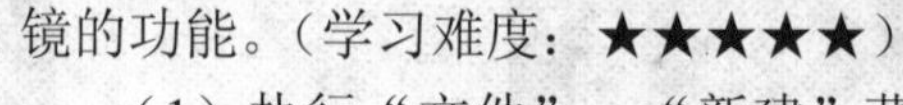

图 5-110 渐变效果

（1）执行“文件”→“新建”菜单命令，新建一个宽度和高度均为 600 像素的文件，颜色模式为 RGB。

（2）新建图层 1。按 D 键恢复默认颜色。选择渐变工具，从前景色到背景色进行渐变，渐变效果如图 5-110 所示。

（3）执行“滤镜”→“扭曲”→“波浪”菜单命令，设置参数如图 5-111 所示。设置后的效果如图 5-112 所示。

（4）执行“滤镜”→“扭曲”→“极坐标”菜单命令，设置参数如图 5-113 所示。设置后的效果如图 5-114 所示。

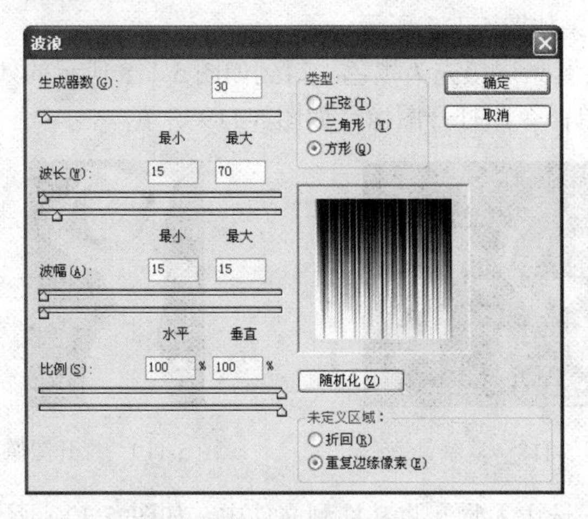

图 5-111　设置“波浪”

图 5-112　波浪效果

图 5-113　设置“极坐标”

图 5-114　极坐标效果

（5）执行“滤镜”→“扭曲”→“旋转扭曲”菜单命令，设置参数如图 5-115 所示。设置后的效果如图 5-116 所示。

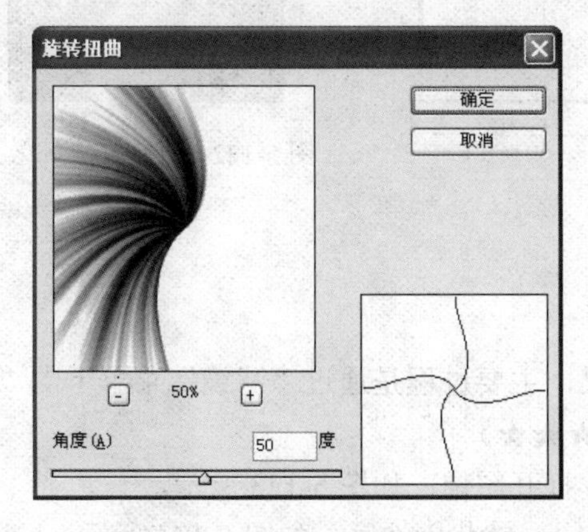

图 5-115　设置“旋转扭曲”

图 5-116　旋转扭曲效果

（6）按 Ctrl+Shift+I 键反相，其效果如图 5-117 所示。

（7）复制图层 1，并水平翻转。将背景层填充为黑色，得到如图 5-118 所示的效果。

（8）执行“文件”→“打开”菜单命令，打开图像，如图 5-119 所示。

图 5-117　反相效果

图 5-118　复制、填充

图 5-119　打开图像

（9）选择魔棒工具单击白色部分，选中人物，将其拖到文件中，如图 5-120 所示，并适当调整其大小。

（10）打开“图层样式”对话框，选择“外发光”，设置颜色为黄色，其他参数如图 5-121 所示。得到最终效果如图 5-122 所示。

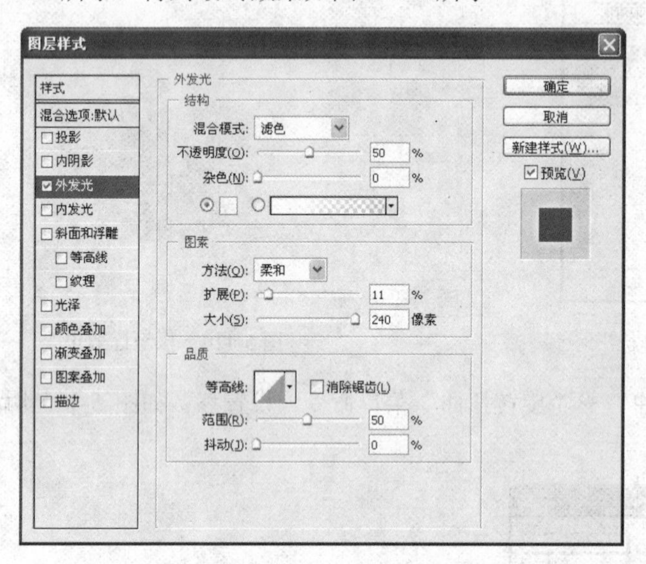

图 5-121　设置“外发光”

图 5-120　添加人物

图 5-122　天使在人间效果

实例 309——跳得更远

本例将为跳远运动员设置动态奔跑的效果，主要过程是通过“滤镜”菜单下的“动感模糊”滤镜来制作动态的效果。（学习难度：★★★）

（1）执行“文件”→“打开”菜单命令，打开图像，如图 5-123 所示。

（2）选择钢笔工具将人物选中，按 Ctrl+Enter 键载入选区，如图 5-124 所示。

（3）按 Ctrl+J 键复制一个图层 1。回到背景层，执行“滤镜”→“模糊”→“动感模糊”菜单命令，设置参数如图 5-125 所示，设置后的效果如图 5-126 所示。

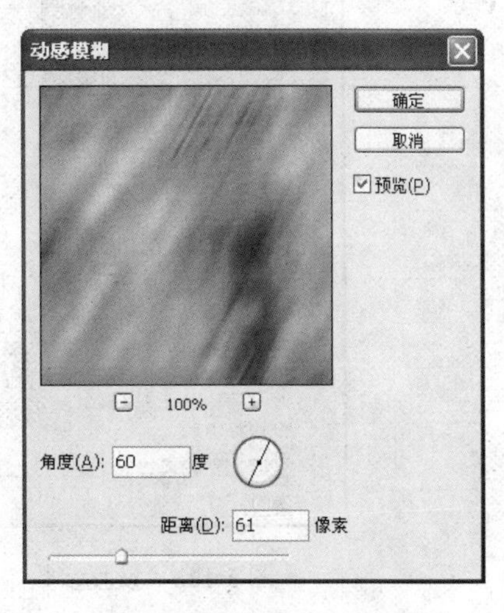

图 5-123　打开图像　　图 5-124　选中人物　　图 5-125　设置“动感模糊”

（4）选中图层 1，然后再将人物向左移动少许即可，得到最终效果如图 5-127 所示。

图 5-126　动感模糊效果

图 5-127　“跳得更远”效果

实例 310——干涸

本例主要是将滤镜功能和图像调整命令相结合使用，绘制出干涸的土地效果。（学习难度：★★★★）

（1）执行“文件”→“新建”菜单命令，建立一个 RGB 图像文件，设置其宽度和高度均为 500 像素，分辨率为 300 像素/英寸。

（2）新建 0 图层 1，按 D 键恢复默认颜色设置，并填充白色。执行“滤镜”→“渲染”→“云彩”菜单命令，再执行“滤镜”→“杂色”→“添加杂色”菜单命令，设置参数如图 5-128 所示，其效果如图 5-129 所示。

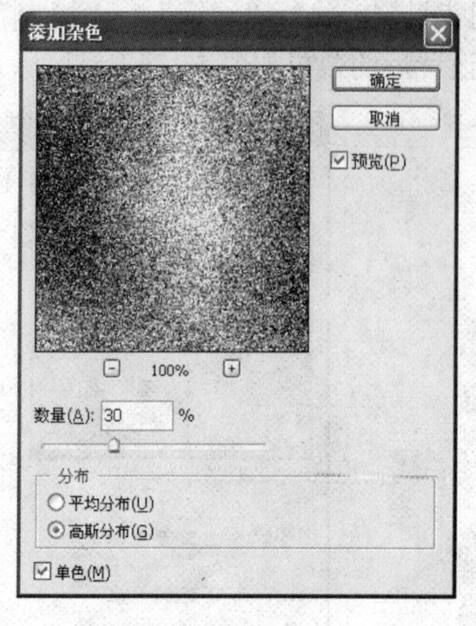

图 5-128　设置参数

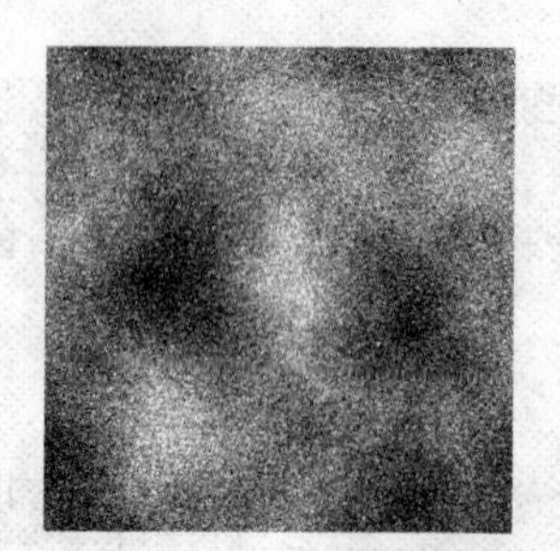

图 5-129　添加杂色效果

（3）执行“图像”→“调整”→“色相/饱和度”菜单命令，设置参数如图 5-130 所示。调整颜色后的效果如图 5-131 所示。

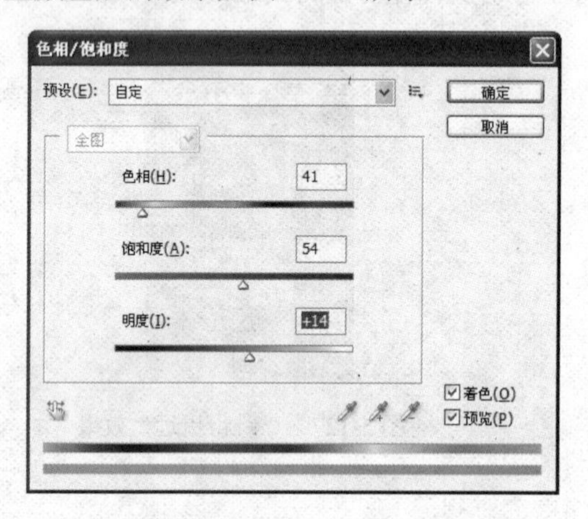

图 5-130　设置“色相/饱和度”

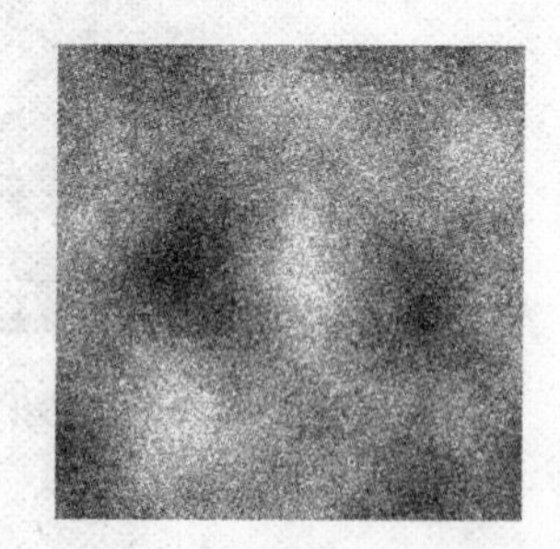

图 5-131　调整颜色后的效果

（4）执行“滤镜”→“纹理”→“纹理化”菜单命令，设置参数如图 5-132 所示。

（5）复制图层 1。执行“滤镜”→“纹理”→“染色玻璃”菜单命令，设置参数如图 5-133 所示。

（6）使用魔棒工具选中黑色，反选并填充为白色，如图 5-134 所示。

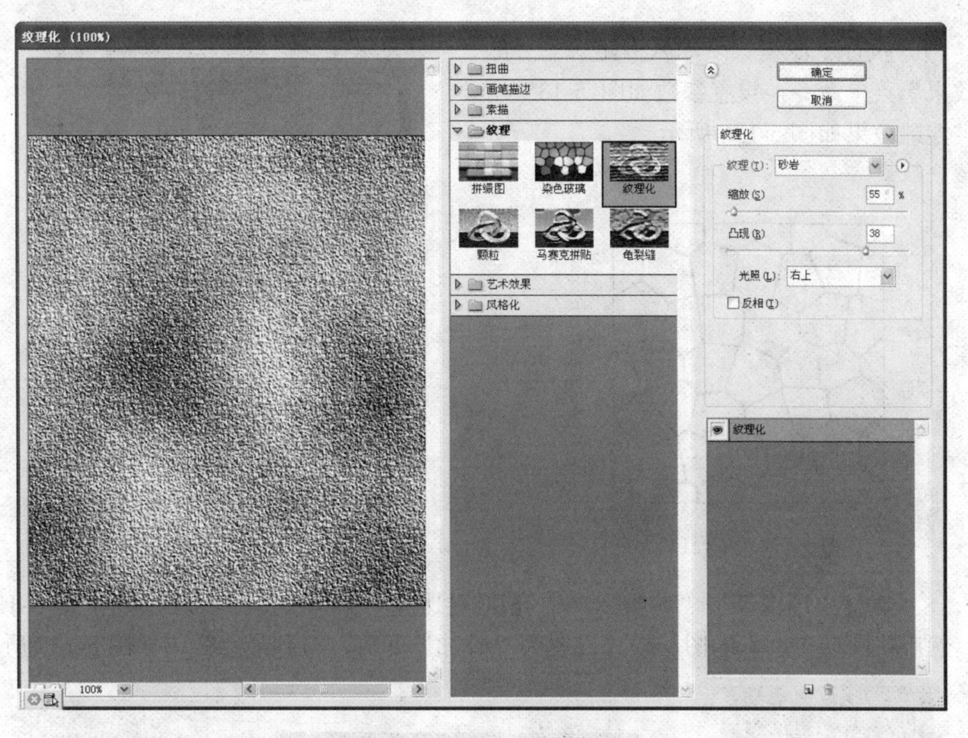

图 5-132　设置“纹理化”

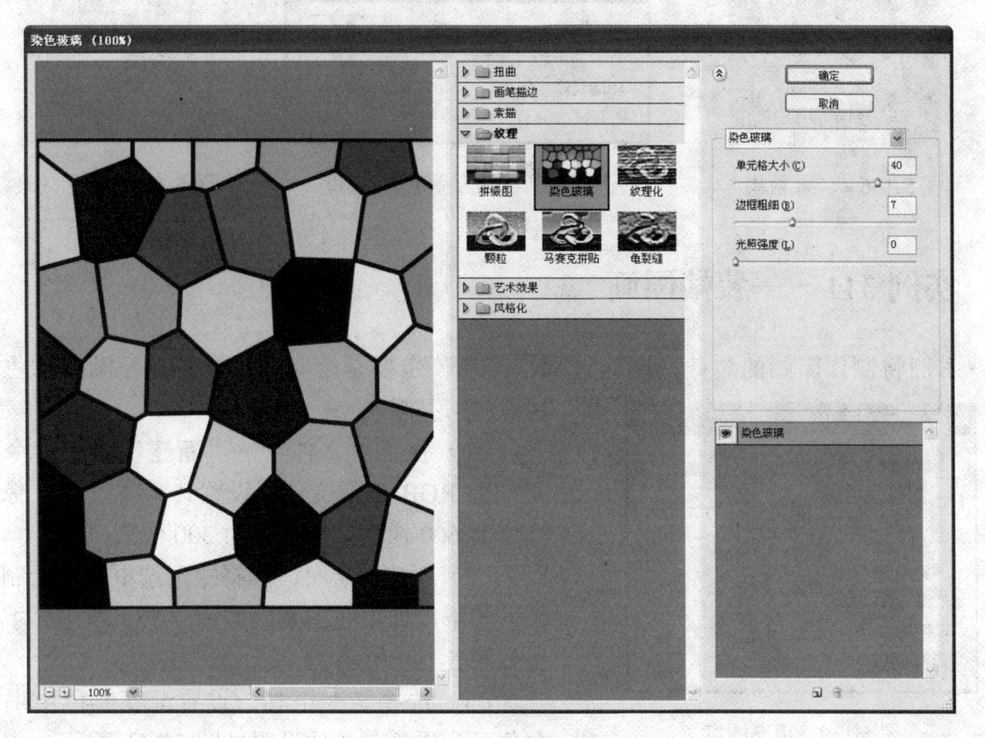

图 5-133　设置“染色玻璃”

（7）执行“滤镜”→“风格化”→“浮雕效果”菜单命令，设置参数如图 5-135 所示。浮雕效果如图 5-136 所示。

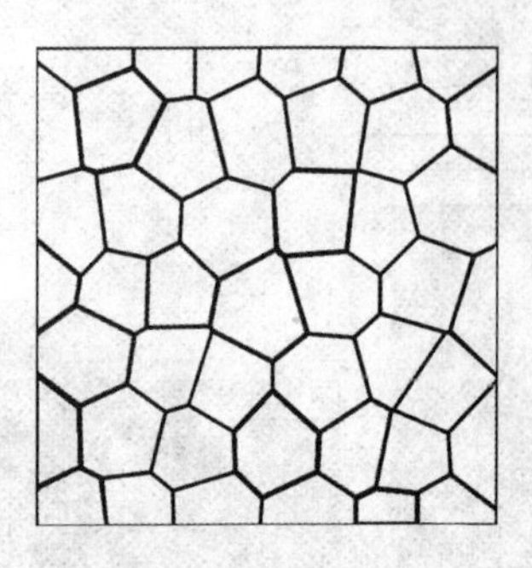

图 5-134　填充白色

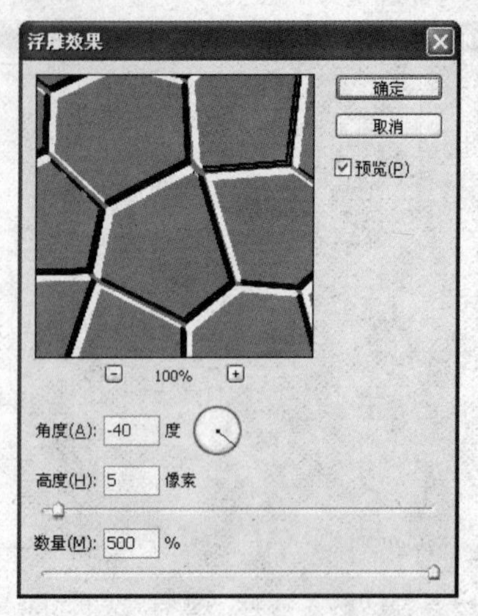

图 5-135　设置“浮雕效果”

（8）执行“图像”→“调整”→“亮度/对比度”菜单命令，设置参数如图 5-137 所示。然后将图层 1 副本的图层模式设置为“叠加”即可，得到最终效果如图 5-138 所示。

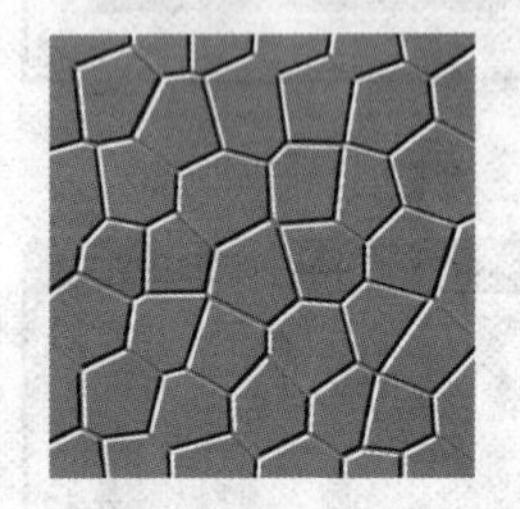

图 5-136　浮雕效果

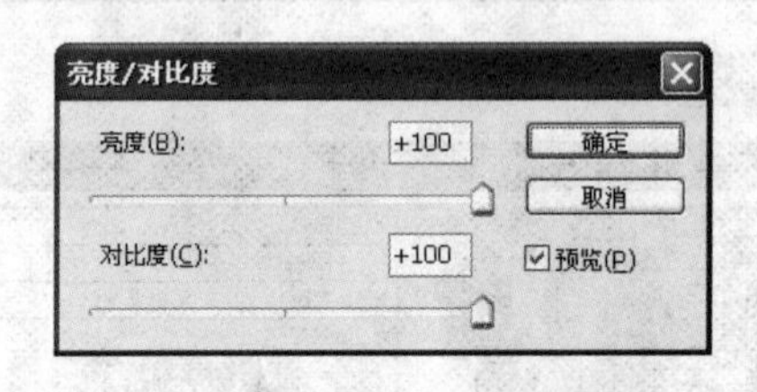

图 5-137　设置“亮度/对比度”

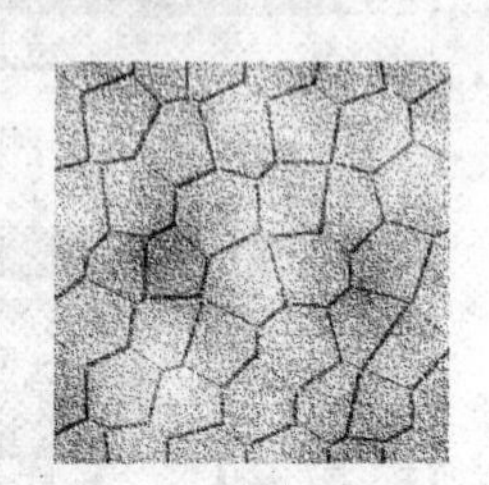

图 5-138　干涸效果

实例 311——装裱国画

本例将制作国画的装裱，制作过程很简单，主要是绘制矩形框，调整渐变颜色的应用。（学习难度：★★★）

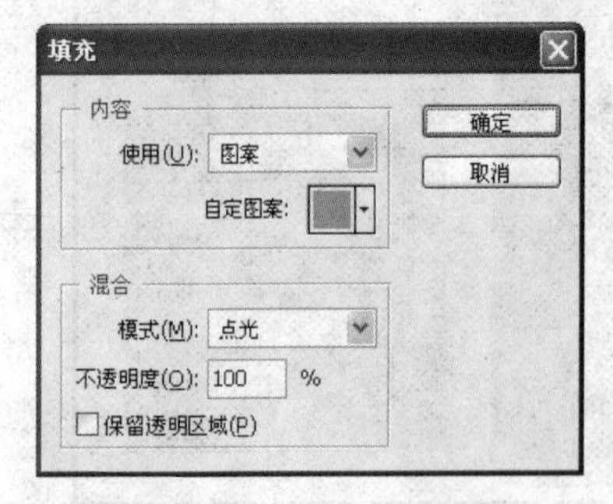

图 5-139　填充图案

（1）执行“文件”→“新建”菜单命令，建立一个 RGB 图像文件，设置其宽度为 300 像素，高度为 600 像素，分辨率为 300 像素/英寸。

（2）新建图层 1，选择矩形选框工具绘制一个长条矩形，并填充图案，如图 5-139 所示。填充效果如图 5-140 所示。

（3）选择渐变工具，设置渐变颜色由褐色到白色再到褐色，具体设置如图 5-141 所示。

图 5-140　填充效果

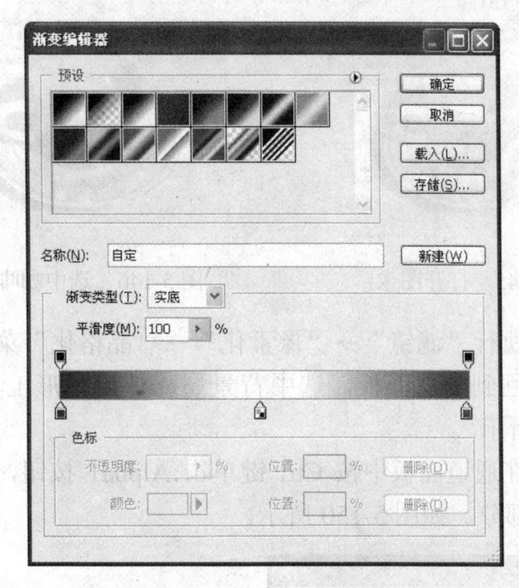

图 5-141　设置渐变颜色

（4）选择矩形选框工具绘制一个长条矩形，填充渐变颜色，并复制出另外一个矩形作为两端的卷轴，如图 5-142 所示。

（5）执行“文件”→“打开”菜单命令，打开图像，如图 5-143 所示。

（6）将图像拖到文件中，按 Ctrl+T 键调整大小，得到最终效果如图 5-144 所示。

图 5-142　卷轴效果

图 5-143　打开图像

图 5-144　装裱国画效果

实例 312——破碎的咖啡杯

本例将一个完好的咖啡杯做成破碎的效果，方法是在通道面板中用套索工具绘制一个不规则形状，做出破碎的裂痕。(学习难度：★★★★)

（1）执行“文件”→“打开”菜单命令，打开图像，如图 5-145 所示。

（2）使用钢笔工具选中咖啡杯，如图 5-146 所示。

（3）按 Ctrl+Enter 键载入选区，并按 Ctrl+J 键复制一个图层。

（4）在通道面板建立一个新通道 Alpha1。选择套索工具绘制一个不规则形状，并填充白色，如图 5-147 所示。

图 5-145　打开图像

图 5-146　选中咖啡杯

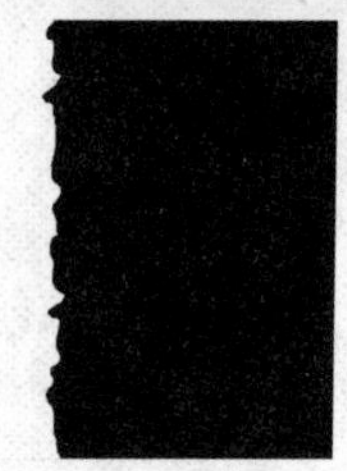

图 5-147　填充白色

（5）执行“滤镜”→“像素化”→“晶格化”菜单命令，设置参数如图 5-148 所示。

（6）回到图层面板，选中背景层，使用矩形工具填充咖啡杯的位置，此时的背景如图 5-149 所示。

（7）在通道面板中按 Ctrl 键单击 Alpha1 按钮，载入选区，回到图层面板，移动咖啡杯的左边部分，如图 5-150 所示。

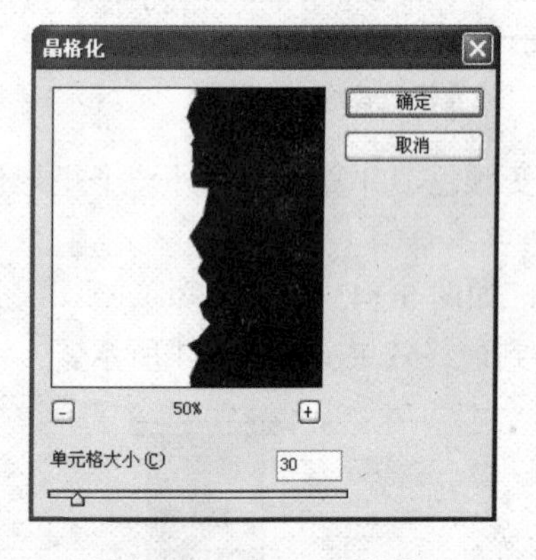

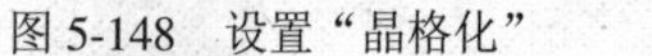

图 5-148　设置“晶格化”

图 5-149　填充背景

图 5-150　移动左边部分

（8）打开“图层样式”对话框，选择“投影”，设置参数如图 5-151 所示。得到最终效果如图 5-152 所示。

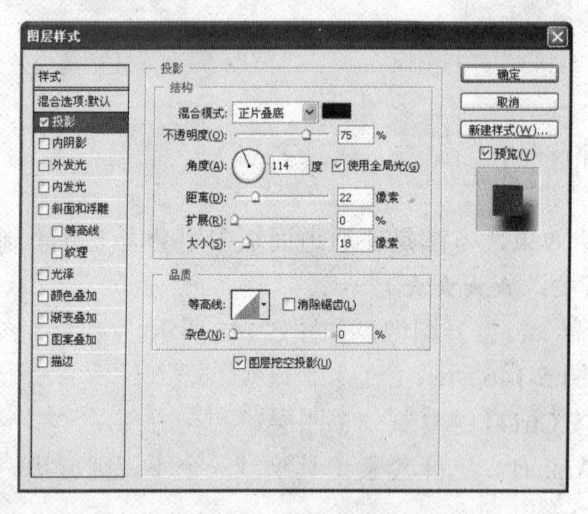

图 5-151　设置“投影”

图 5-152　破碎的咖啡杯效果图

实例 313——印章

本例将通过滤镜功能和图像调整相结合的方法，制作一个图片的印章。（学习难度：★★★★）

（1）执行“文件”→“新建”菜单命令，建立一个 RGB 图像文件，设置其宽度和高度均为 300 像素，分辨率为 300 像素/英寸。

（2）将背景填充为黑色，使用横排文字工具输入文字，并使用圆角工具绘制一个圆角框，如图 5-153 所示。

图 5-153 输入文字并绘制圆角框

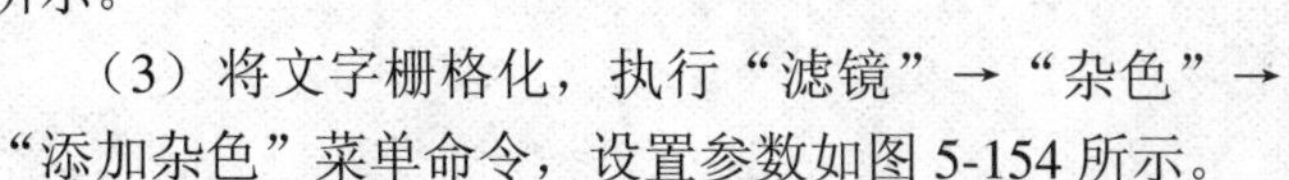

（3）将文字栅格化，执行“滤镜”→“杂色”→“添加杂色”菜单命令，设置参数如图 5-154 所示。

（4）执行“滤镜”→“风格化”→“扩散”菜单命令，设置参数如图 5-155 所示，其效果如图 5-156 所示。

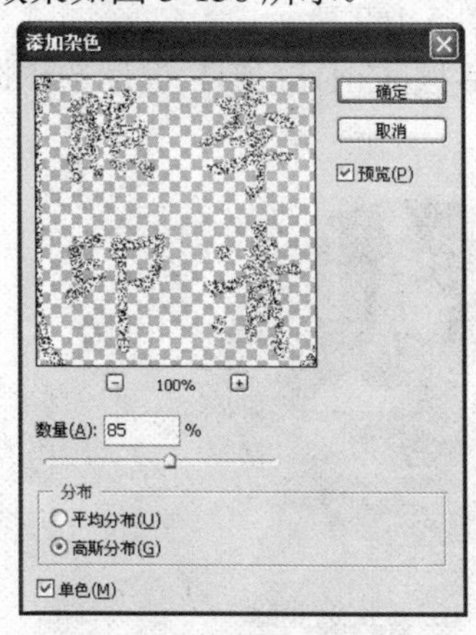

图 5-154 添加杂色

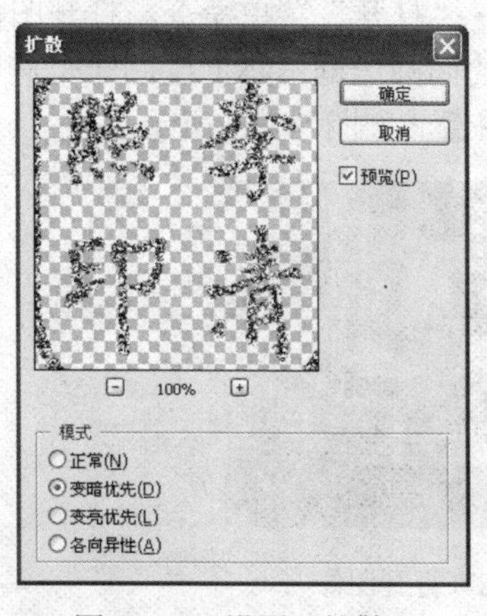

图 5-155 设置“扩散”

图 5-156 扩散效果

（5）执行“图像”→“调整”→“色阶”菜单命令，设置参数如图 5-157 所示，其效果如图 5-158 所示。

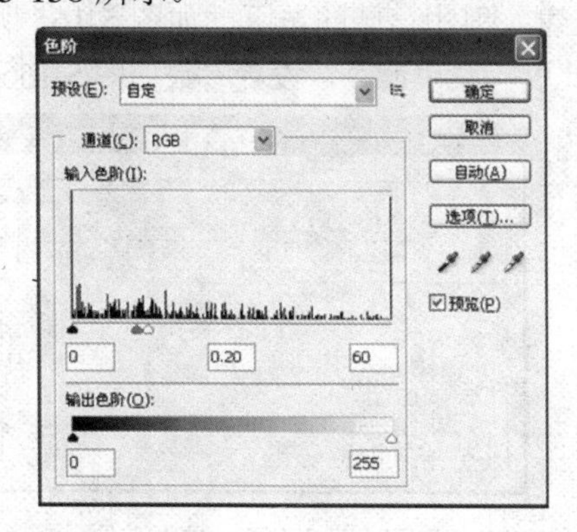

图 5-157 设置“色阶”

图 5-158 色阶效果

（6）使用魔棒工具选中白色，并填充为红色，如图 5-159 所示。

（7）执行“文件”→“打开”菜单命令，打开图像，如图 5-160 所示。

（8）将印章拖到图像中，并调整印章的大小，得到最终效果如图 5-161 所示。

图 5-159　填充为红色

图 5-160　打开图像

图 5-161　印章效果

实例 314——Disney

本例将一张普通的 Disney 米老鼠图像调整成圆形的区域，并增加动画的色彩效果。（学习难度：★★★★）

（1）执行“文件”→“打开”菜单命令，打开图像，如图 5-162 所示。

（2）选择工具箱中的椭圆选框工具，绘制一个椭圆，然后按 Ctrl+Shift+I 键反选，按 Delete 键删除选区内的图像，如图 5-163 所示。

图 5-162　打开图像

图 5-163　反选删除

（3）执行“选择”→“修改”→“收缩”菜单命令，设置“收缩量”为 20。然后执行“选择”→“存储选区”命令，将选区保存下来，如图 5-164 所示。

（4）执行“选择”→“载入选区”命令，载入刚才存储的选区，如图 5-165 所示。

（5）执行“图像”→“调整”→“亮度/对比度”菜单命令，设置参数如图 5-166 所示。

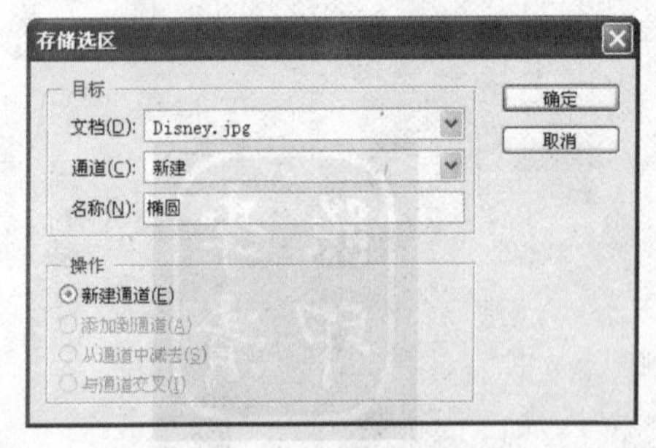

图 5-164　设置“存储选区”

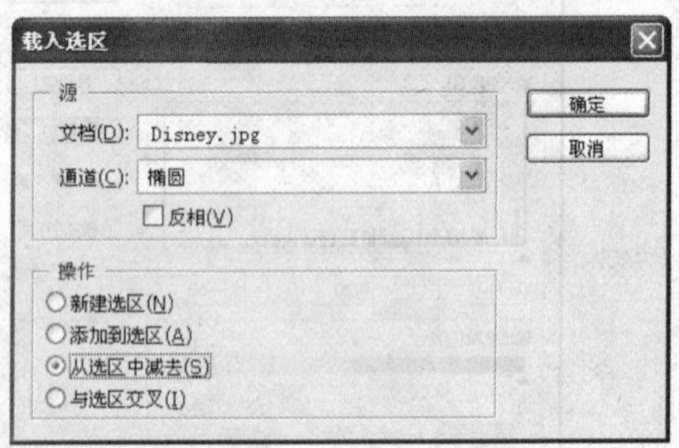

图 5-165　载入选区

（6）执行“滤镜”→“扭曲”→“波纹”菜单命令，设置参数如图 5-167 所示。设置后的效果如图 5-168 所示。

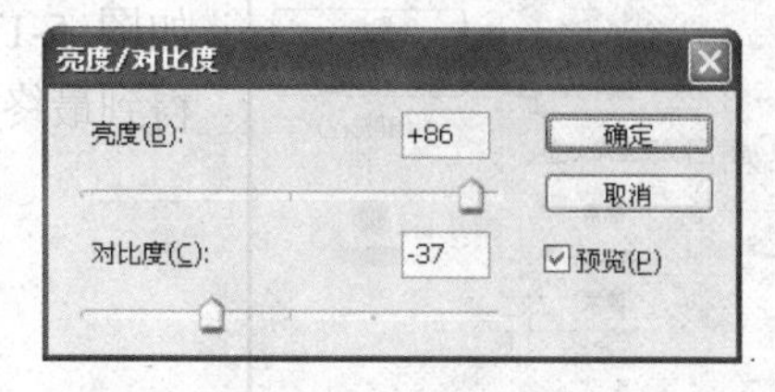

图 5-166 设置“亮度/对比度”

（7）选择横排文字蒙版工具，输入字母，如图 5-169 所示。

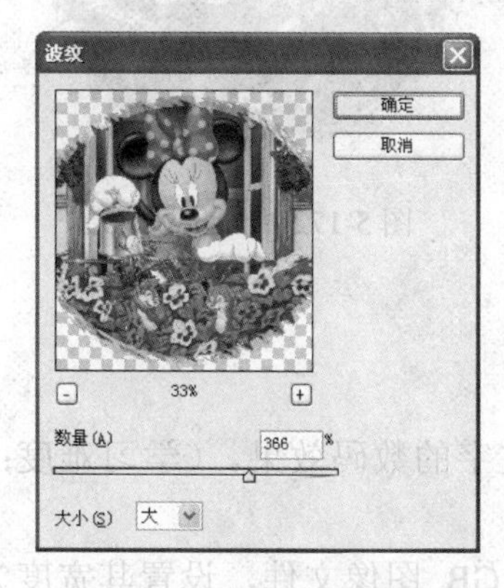

图 5-167 设置“波纹”

图 5-168 波纹效果

图 5-169 输入字母

（8）按 Ctrl+C 键复制文字选区，再按 Ctrl+V 键粘贴选区内的图像，生成图层 1。打开“图层样式”对话框，选择“内发光”，设置参数如图 5-170 所示。

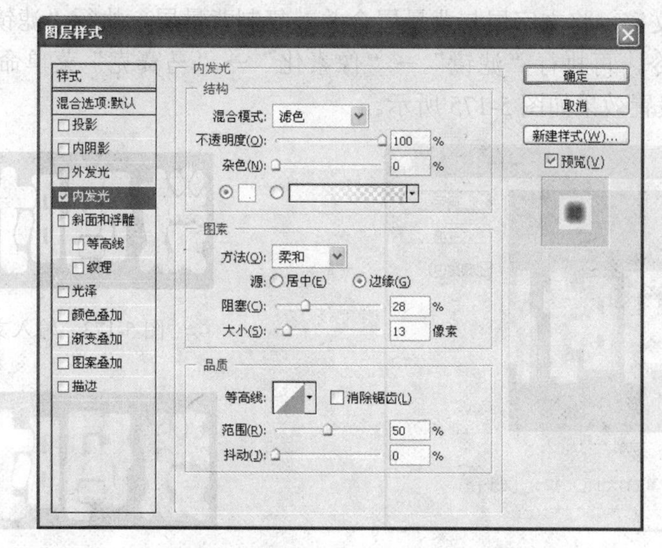

图 5-170 设置“内发光”

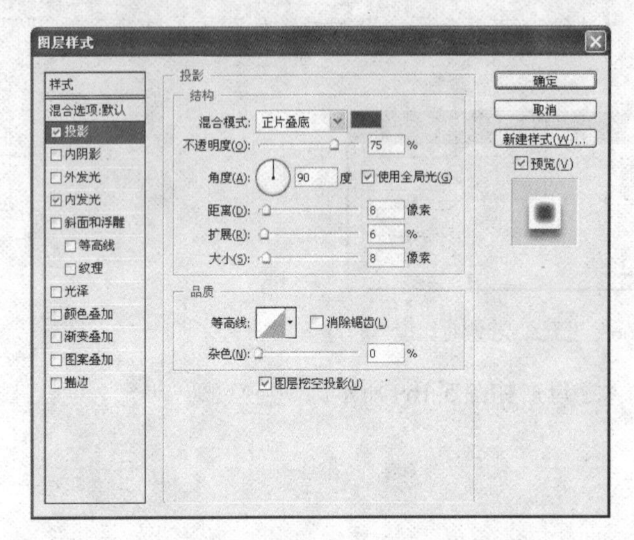

图 5-171　设置“投影”

（9）选择“投影”，设置参数如图 5-171 所示，颜色选为红色，得到最终效果如图 5-172 所示。

图 5-172　Disney 效果

实例 315——数码时尚

本例将利用滤镜中的“马赛克”菜单命令，制作出文字的数码效果。（学习难度：）

（1）执行“文件”→“新建”菜单命令，建立一个 RGB 图像文件，设置其宽度为 600 像素，高度为 500 像素，分辨率为 300 像素/英寸。

（2）将背景填充为黑色，使用横排文字工具输入文字，如图 5-173 所示。字体尽量大些，粗些。

（3）栅格化文字，将文字层与背景层合并，复制背景层。执行“滤镜”→“模糊”→“模糊”菜单命令，再执行“滤镜”→“像素化”→“马赛克”菜单命令，设置参数如图 5-174 所示。设置效果如图 5-175 所示。

图 5-174　设置“马赛克”

图 5-173　输入文字

图 5-175　马赛克效果

（4）调整当前层的“不透明度”为 50%，执行“滤镜”→“锐化”→“锐化”命令 3 次，得到如图 5-176 所示的效果。

（5）执行“图像”→“调整”→“色相/饱和度”菜单命令，设置参数如图 5-177 所示。调整颜色后的效果如图 5-178 所示。

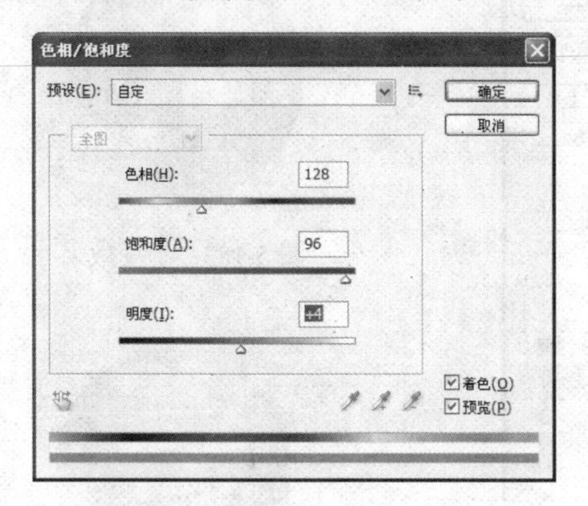

图 5-177　设置“色相/饱和度”

图 5-176　锐化效果

图 5-178　调整颜色后的效果

（6）执行“文件”→“打开”菜单命令，打开图像，如图 5-179 所示。

（7）将该图像拖到背景层副本层的下方，设置背景层副本层的“混合模式”为“滤色”，其效果如图 5-180 所示。

（8）按 Ctrl+T 键，单击鼠标右键选择“透视”命令，调整字体的形状，得到最终效果如图 5-181 所示。

图 5-179　打开图像

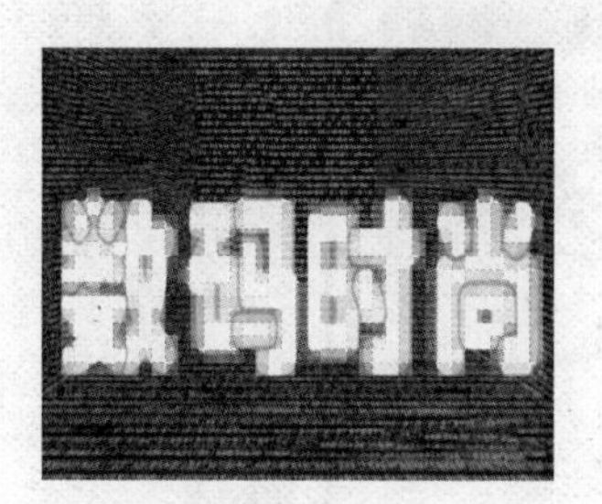

图 5-180　滤色效果

图 5-181　数码时尚效果

实例 316——自由自在地游

本例将制作一个圆形的鱼缸效果，主要用矩形选框工具绘制图像，将滤镜、颜色和透明度的调整相结合，达到逼真的立体效果。（学习难度：★★★★★）

（1）执行“文件”→“新建”菜单命令，建立一个 RGB 图像文件，设置其宽度为 500 像素，高度为 500 像素，分辨率为 300 像素/英寸。

（2）新建图层 1，选择椭圆选框工具，绘制一个正圆选区。选择渐变工具，设置渐变颜色由白色到黑色再到灰色，如图 5-182 所示。渐变效果如图 5-183 所示。

（3）将图层 1 的“不透明度”设置为 60%。选择椭圆选框工具，绘制一个椭圆并删除，作为鱼缸口，如图 5-184 所示。

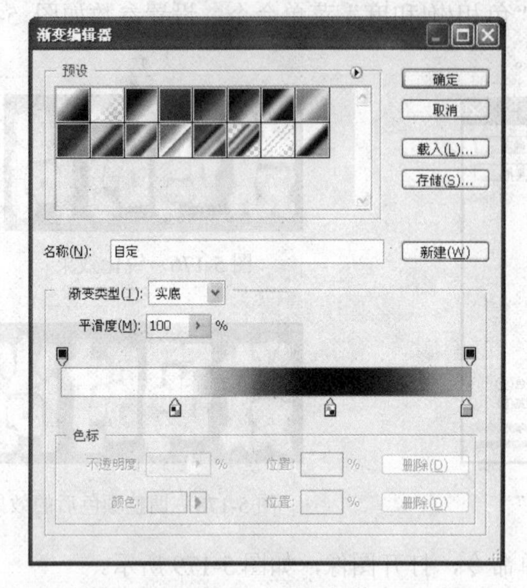

图 5-182　设置渐变颜色

图 5-183　渐变效果

图 5-184　鱼缸口

（4）保持刚才的椭圆选区，新建图层 2，执行“编辑”→“描边”菜单命令，设置颜色为“R:184; G:185; B:184”，“描边”参数如图 5-185 所示。描边效果如图 5-186 所示。

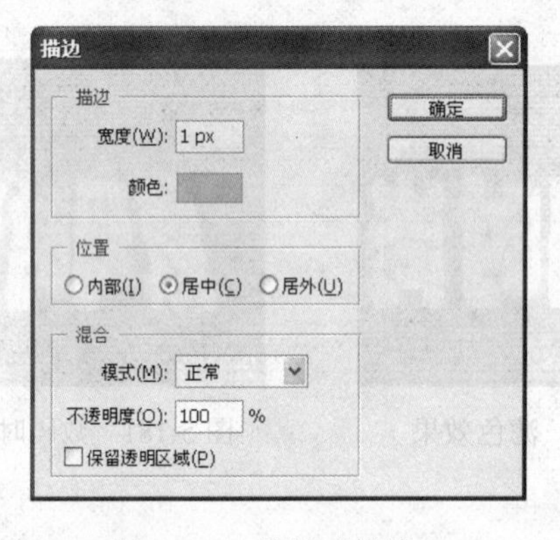

图 5-185　设置“描边”

图 5-186　描边效果

（5）新建图层 3，选择椭圆选框工具，建立一个椭圆选区作为水面部分。然后执行“滤镜”→“渲染”→“云彩”菜单命令，如图 5-187 所示。

（6）设置图层 3 的“不透明度”为 60%。新建图层 4，使用钢笔工具建立如图 5-188 所示的选区。

（7）将前景色设置为“R:58;G:153;B:213”，填充前景色，设置“不透明度”为 31%，如图 5-189 所示。

图 5-187　云彩效果

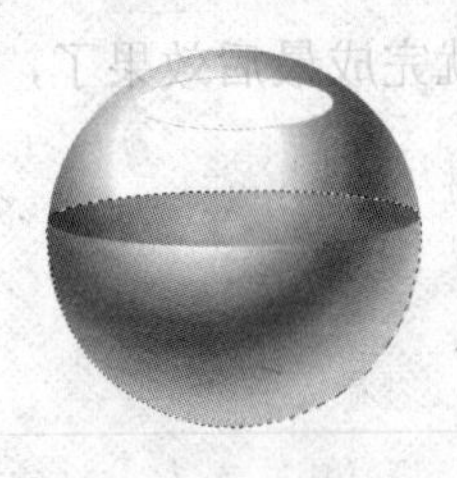

图 5-188　建立选区

图 5-189　填充颜色

（8）回到图层 3，执行“滤镜”→“扭曲”→“水纹”菜单命令，设置参数如图 5-190 所示。水纹效果如图 5-191 所示。

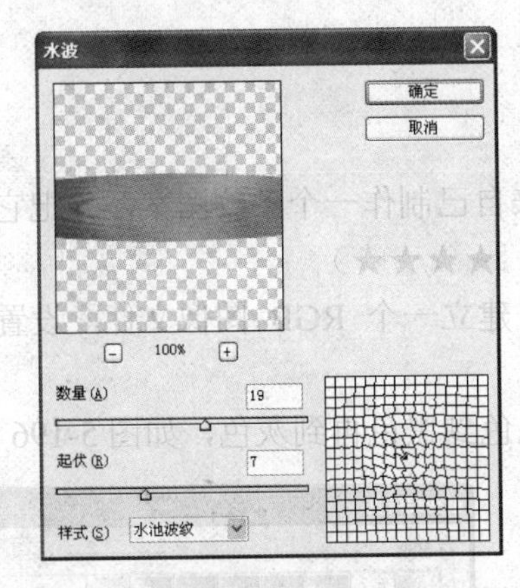

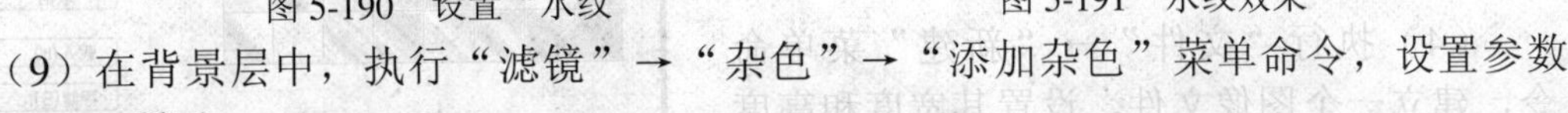

图 5-190　设置“水纹”　　图 5-191　水纹效果

（9）在背景层中，执行“滤镜”→“杂色”→“添加杂色”菜单命令，设置参数如图 5-192 所示。

（10）执行“滤镜”→“模糊”→“动感模糊”菜单命令，设置参数如图 5-193 所示，其效果如图 5-194 所示。

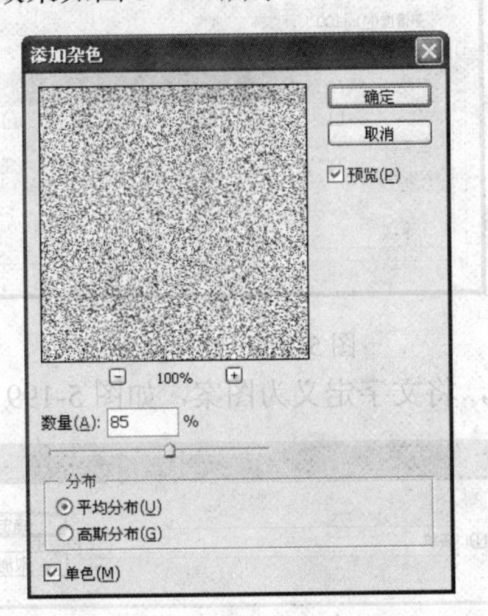

图 5-192　设置“添加杂色”

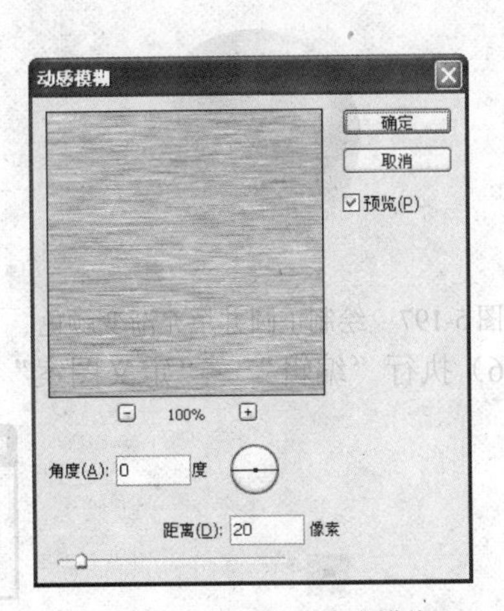

图 5-193　设置“动感模糊”

（11）在鱼缸中加入两条小鱼就完成最后效果了，如图 5-195 所示。

图 5-194　背景效果

图 5-195　“自由自在地游”效果

实例 317——条纹球体

本例将制作一个球体，通过 Photoshop 来自己制作一个条纹图案，并把它添加到球体文件中，绘制出条纹效果的球体。（学习难度：★★★★）

（1）执行“文件”→“新建”菜单命令，建立一个 RGB 图像文件，设置其宽度和高度均为 600 像素，分辨率为 300 像素/英寸。

（2）选择渐变工具，设置渐变颜色由灰色色到黑色再到灰色，如图 5-196 所示。

（3）选择椭圆选框工具，绘制一个正圆，填充渐变颜色，并调整“不透明度”为 50%，如图 5-197 所示。

（4）执行“文件”→“新建”菜单命令，建立一个图像文件，设置其宽度和高度均为 5 像素，分辨率为 300 像素/英寸。

（5）将上半部分填充为黑色，如图 5-198 所示。

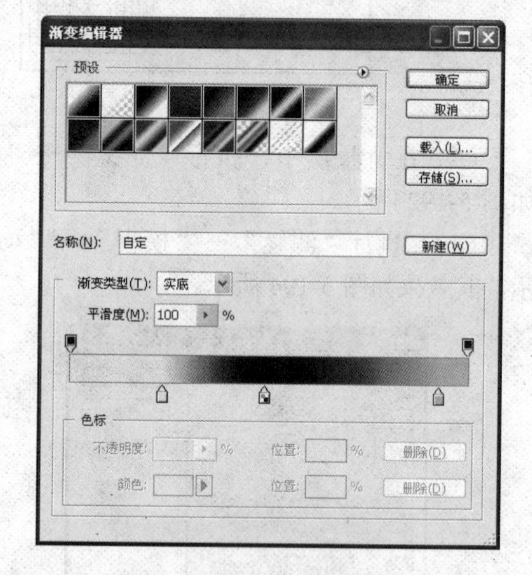

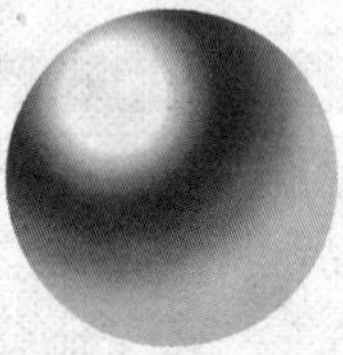

图 5-196　设置渐变颜色

图 5-197　绘制正圆并填充渐变颜色

（6）执行“编辑”→“定义图案”菜单命令，将文字定义为图案，如图 5-199 所示。

图 5-198　填充黑色

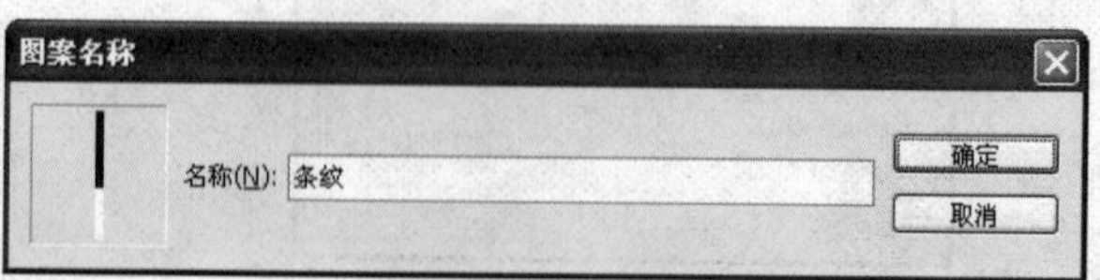

图 5-199　定义图案

重点提示：

Photoshop 可以自己定义想要的图案效果，通过它的“编辑 | 定义图案”命令保存起来，以备需要时拿来用就可以了，其效果和自定义图案里的图像是一样的。

（7）回到第一个文件，新建图层 2。执行“编辑”→“填充”菜单命令，选择刚才存储的图案，调整“不透明度”为 4，如图 5-200 所示。

（8）按 Ctrl 键单击图层 1，载入椭圆选区，反选并删除，如图 5-201 所示。

（9）合并图层 1 和图层 2。打开“图层样式”对话框，选择“斜面和浮雕”，设置参数如图 5-202 所示。

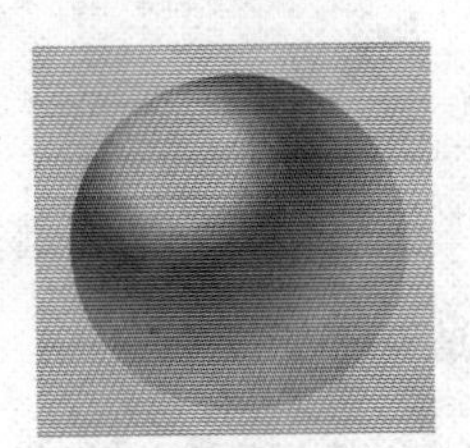

图 5-200　填充图案

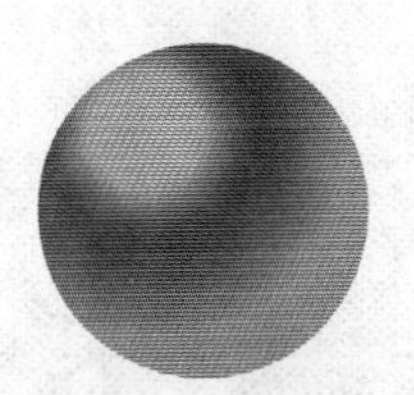

图 5-201　反选并删除

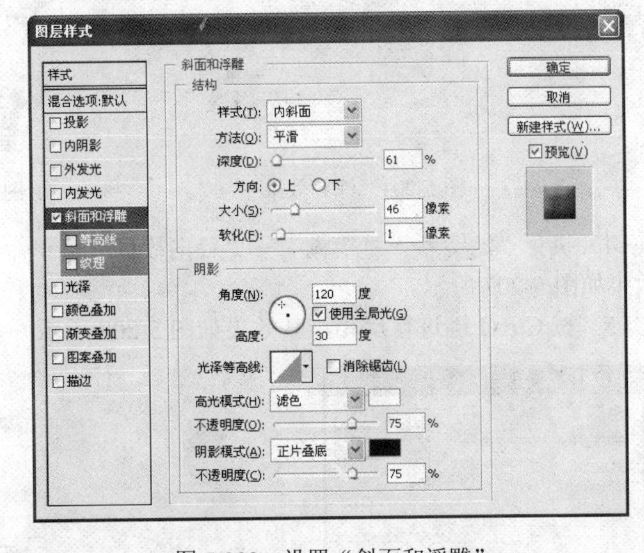

图 5-202　设置“斜面和浮雕”

（10）将背景填充为红色即可，得到最终效果如图 5-203 所示。

图 5-203　条纹球体效果

实例 318——城市边缘

本例利用画笔和滤镜相结合的方法绘制出抽象的城市效果，暗喻城市生活的纷扰杂乱。（学习难度：★★★）

（1）执行“文件”→“新建”菜单命令，建立一个 RGB 图像文件，设置其分辨率为 300 像素/英寸，宽度和高度均为 600 像素。

（2）选择铅笔工具，将“画笔大小”设置为 1，新建图层 1，在画面上涂鸦，其效果如图 5-204 所示。

（3）使用魔棒工具单击白色部分，填充颜色为“R:115; G:115; B:115”，如图 5-205 所示。

图 5-204　涂鸦效果

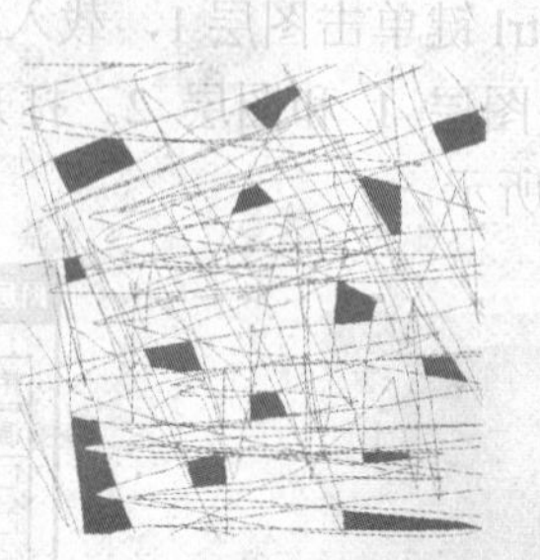

图 5-205　填充颜色

（4）执行“滤镜”→“模糊”→“径向模糊”菜单命令，设置参数如图 5-206 所示。其效果如图 5-207 所示。

（5）按 Ctrl+I 键进行反相，其效果如图 5-208 所示。

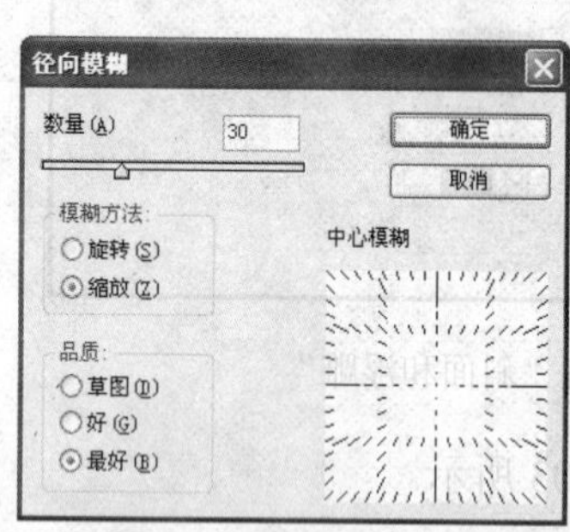

图 5-206　设置“径向模糊”

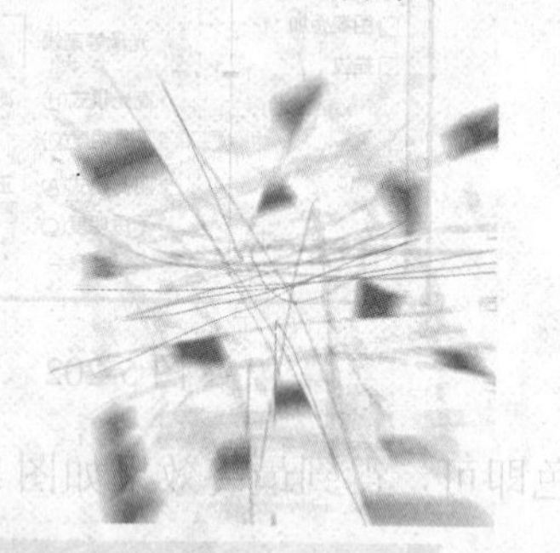

图 5-207　径向模糊效果

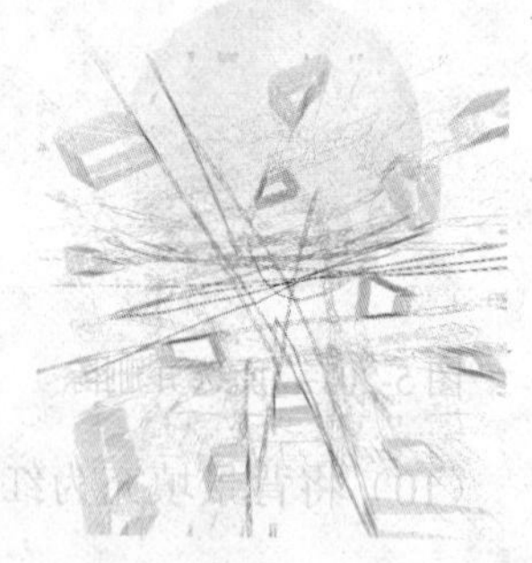

图 5-208　反相

（6）执行“图像”→“调整”→“色相/饱和度”菜单命令，设置参数如图 5-209 所示。最终效果如图 5-210 所示。

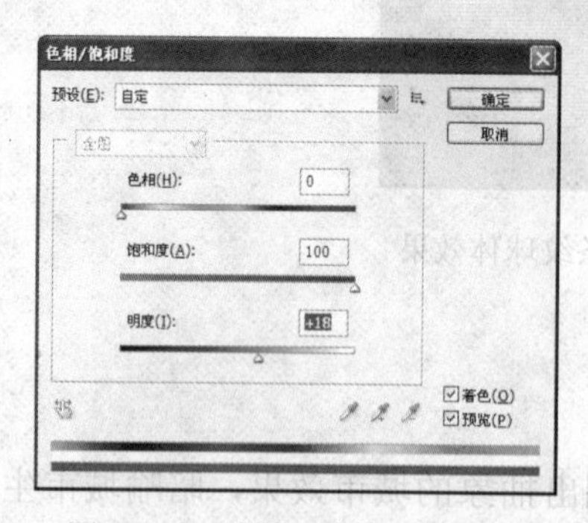

图 5-209　设置“色相/饱和度”

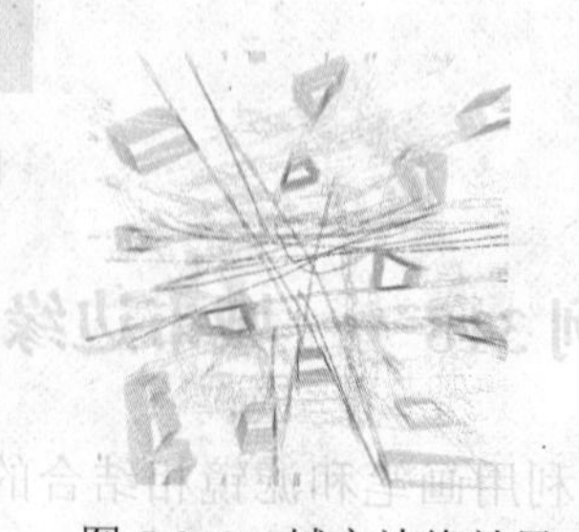

图 5-210　城市边缘效果

实例 319——向日葵表

本例将利用向日葵来绘制一块表，使整个图片显得有创意。(学习难度：★★★)

(1) 执行“文件”→“打开”菜单命令，打开一幅向日葵的图片，如图 5-211 所示。

(2) 复制背景层，使用魔棒工具选中向日葵花心和花瓣以外的部分，并按 Delete 键删除，如图 5-212 所示。

(3) 按 Ctrl+T 键均匀缩小花心和花瓣，并摆放到背景层的花心部分，如图 5-213 所示。

图 5-211　打开图片

图 5-212　花心和花瓣

图 5-213　缩小后摆放到背景层

(4) 用同样的方法，复制出另外的花心和花瓣，并分别摆放在花心的四周，作为表的刻度，如图 5-214 所示。

(5) 回到背景层，使用多边形套索工具选中一片比较完整的花瓣，并按 Ctrl+J 键复制一个图层，作为表针，如图 5-215 所示。

(6) 按 Ctrl+T 键将表针大小粗细进行调整，并摆放到适当的位置。然后复制一个表针，和前面那个表针一起分别作为时针和分针。得到最终效果如图 5-216 所示。

图 5-214　表的刻度

图 5-215　表针

图 5-216　向日葵表效果

实例 320——绘制太阳效果

本例利用画笔工具绘制出太阳的效果。(学习难度：★★★★)

(1) 执行“文件”→“新建”菜单命令，建立一个 RGB 图像文件，设置其宽度为 500 像素，高度为 500 像素，分辨率为 300 像素/英寸。

(2) 背景填充为黑色，新建图层 1，打开画笔面板，选择柔角笔尖，并勾选“湿边”，调整适当的硬度，如图 5-217 所示。

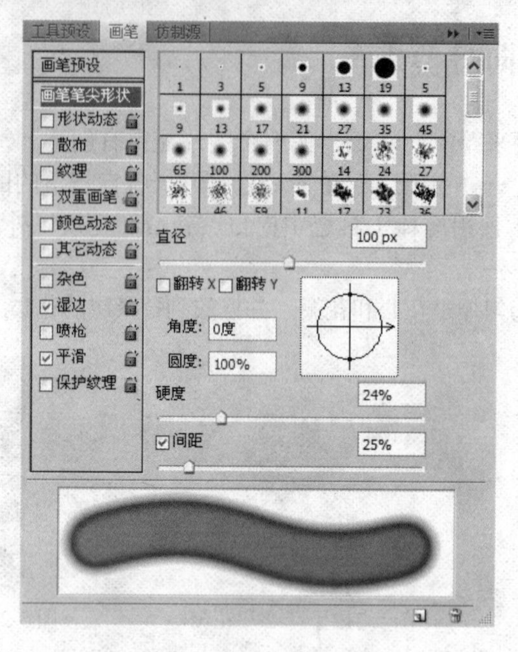

图 5-217　设置画笔

提醒注意：

在画笔面板中，别忘了勾选“湿边”复选框，这样画出来的太阳更形象一些。

（3）调整适当的画笔大小，设置前景色为“R:212;G:0; B:0”。在图层上单击一下，适当地缩小画笔，再次单击图层，得到如图 5-218 所示的红晕效果。

图 5-218　红晕效果

（4）调整前景色为“R:255;G:234;B:0”。缩小画笔大小，并在红晕中心单击，得到如图 5-219 所示的效果。

（5）设置前景色和背景色分别为“R:255;G:234;B:0”和“R:212;G:0;B:0”，新建图层 2，执行“滤镜”→“渲染”→“云彩”菜单命令，然后按 Ctrl 键单击图层 1 调出选区，反选并删除，其效果如图 5-220 所示。

（6）将图层 2 拖到背景层上方，设置“混合模式”为“滤色”，得到太阳光晕效果，如图 5-221 所示。

图 5-219　中心黄色效果

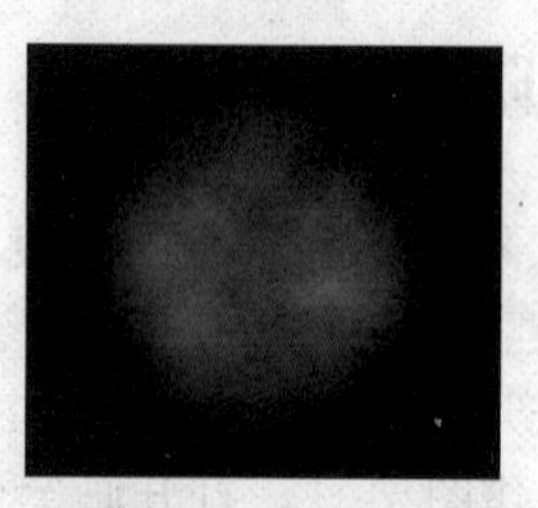

图 5-220　云彩效果

图 5-221　太阳光晕效果

实例 321——缩放效果

本例将利用缩放图层样式的方法来调整图像的缩放效果。(学习难度：★★★★★)

(1) 执行“文件”→“打开”菜单命令，打开图像，如图 5-222 所示。

(2) 选择横排文字工具，字体选择“华文琥珀”，输入文字，颜色设置为白色，如图 5-223 所示。

图 5-222　打开图像

图 5-223　输入文字

(3) 栅格化文字。打开“图层样式”对话框，选择“斜面和浮雕”，设置参数如图 5-224 所示。

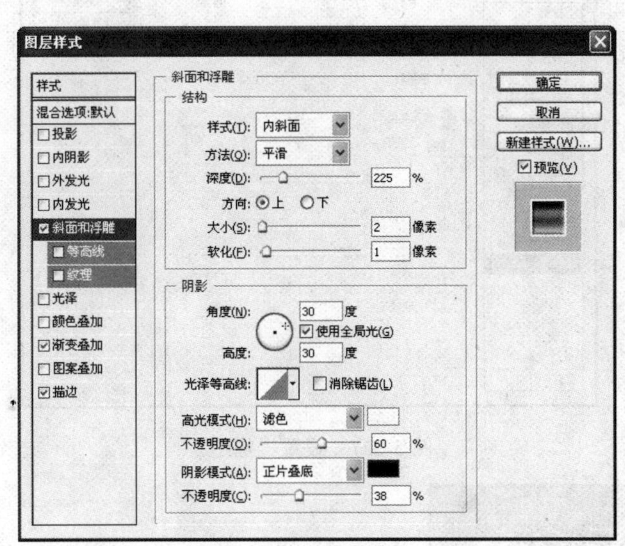

图 5-224　设置“斜面和浮雕”

(4) 选择“渐变叠加”，设置参数如图 5-225 所示，设置渐变颜色如图 5-226 所示。

(5) 打开“图层样式”对话框，选择“描边”，设置参数如图 5-227 所示，设置后的效果如图 5-228 所示。

(6) 执行“图层”→“图层样式”→“缩放效果”菜单命令，设置“缩放”为 45%，如图 5-229 所示，得到如图 5-230 所示的文字效果。

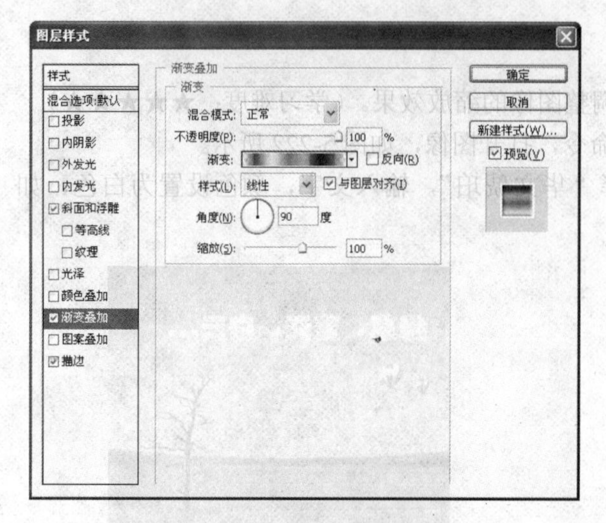

图 5-225 设置“渐变叠加”

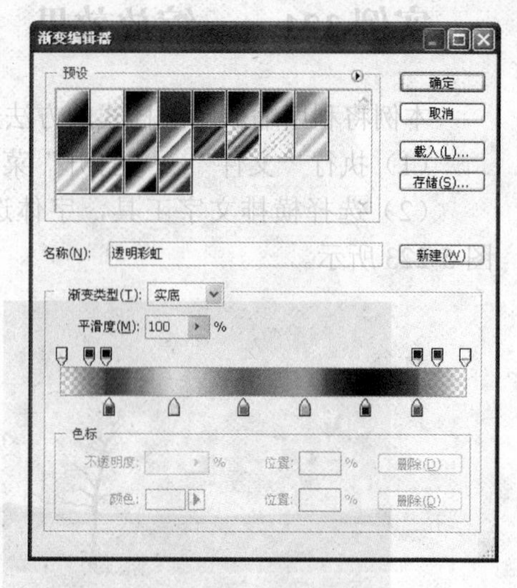

图 5-226 设置渐变颜色

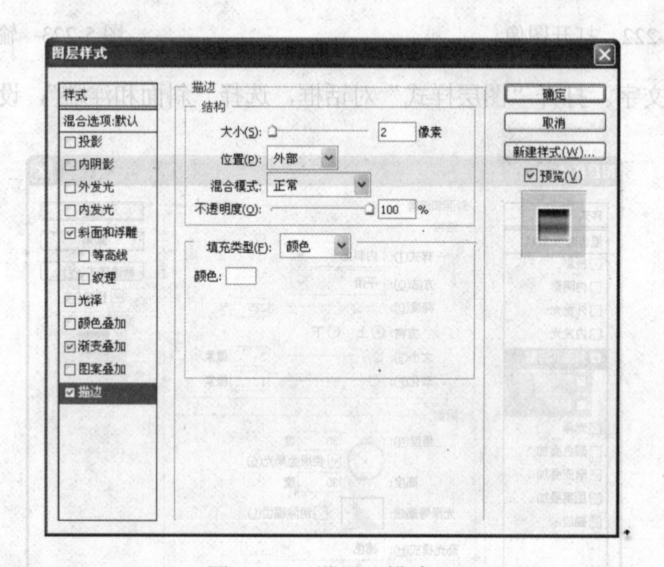

图 5-227 设置“描边”

图 5-228 描边效果

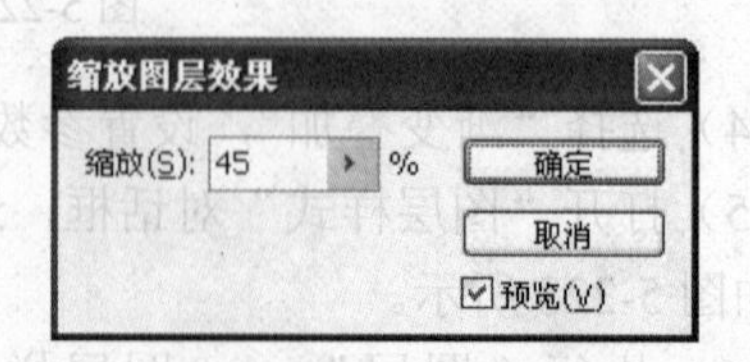

图 5-229 设置“缩放”

（7）复制文字层，移动到适当的位置，得到最终效果如图 5-231 所示。

图 5-230　文字缩放效果

图 5-231　最终缩放效果

实例 322——浸开的墨迹

本例将制作墨迹浸开的效果，主要用到多边形套索工具、滤镜和修改相结合的方法。（学习难度：★★★★）

（1）执行“文件”→“新建”菜单命令，建立一个 RGB 图像文件，设置其宽度为 500 像素，高度为 500 像素，分辨率为 300 像素/英寸。

（2）分别建立三个图层，选择多边形套索工具绘制三个形状，并分别填充黑色、“R:211;G:13;B:13”和“R:253;G:118;B:118”，如图 5-232 所示。

（3）对三个图层分别执行“滤镜”→“风格化”→“风”菜单命令两次，设置“方法”为“大风”，“方向”为“从左”，其效果如图 5-233 所示。

（4）执行“图像”→“图像旋转”→“90 度（逆时针）”菜单命令，将画布旋转，如图 5-234 所示。

图 5-232　形状效果

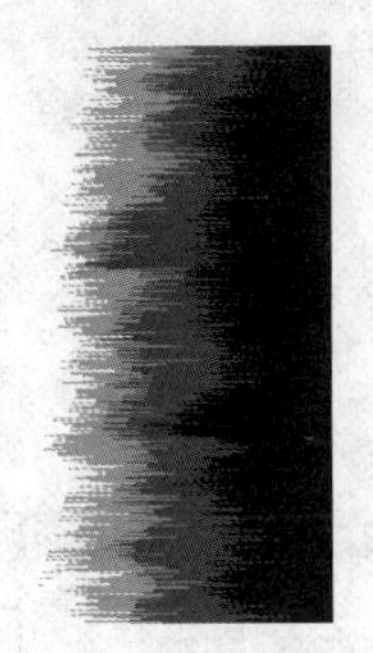

图 5-233　风效果

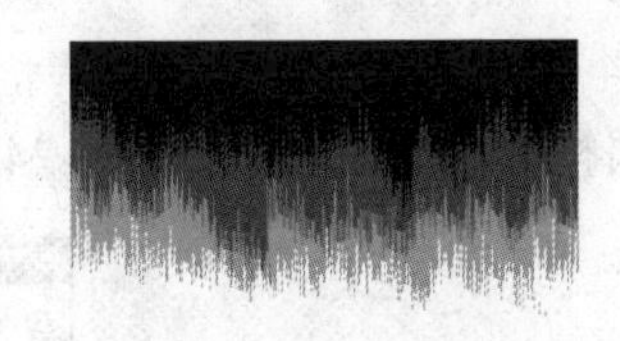

图 5-234　旋转画布

（5）合并三个图层为图层 1，执行“滤镜”→“扭曲”→“极坐标”菜单命令，选择“平面坐标到极坐标”，其效果如图 5-235 所示。

（6）按 Ctrl 键单击图层 1，调出选区，执行“选择”→“修改”→“收缩”菜单命令，设置“收缩量”为 1，其效果如图 5-236 所示。

（7）反选并删除，使墨迹的边缘圆滑一些，得到最终效果如图 5-237 所示。

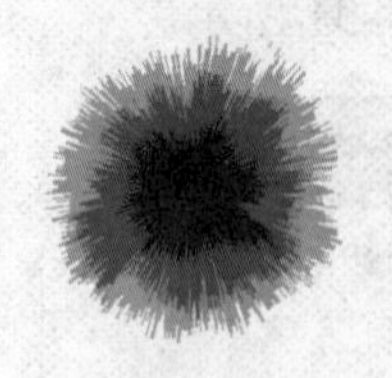

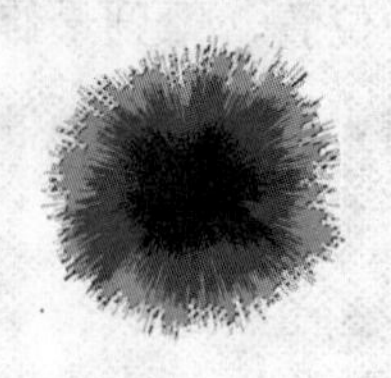

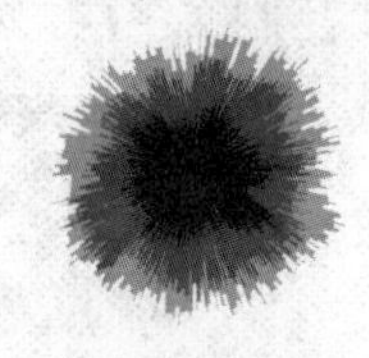

图 5-235　极坐标效果　　　图 5-236　收缩选区　　　图 5-237　浸开的墨迹效果

实例 323——鳞状效果

本例将利用滤镜制作鳞片的效果。（学习难度：★★★）

（1）执行“文件”→“新建”菜单命令，建立一个 RGB 图像文件，设置其宽度为 400 像素，高度为 500 像素，分辨率为 300 像素/英寸。

（2）新建图层 1，填充白色，按 D 键恢复默认颜色设置。执行“滤镜”→“纹理”→“染色玻璃”菜单命令，设置“单元格大小”为 5，“边框粗细”为 1，“光照强度”为 0，其效果如图 5-238 所示。

（3）执行“滤镜”→“模糊”→“高斯模糊”菜单命令，设置“半径”为 1.2 像素，然后执行“滤镜”→“风格化”→“浮雕效果”菜单命令，设置“角度”为–45，“高度”为 1，“数量”为 165，其效果如图 5-239 所示。

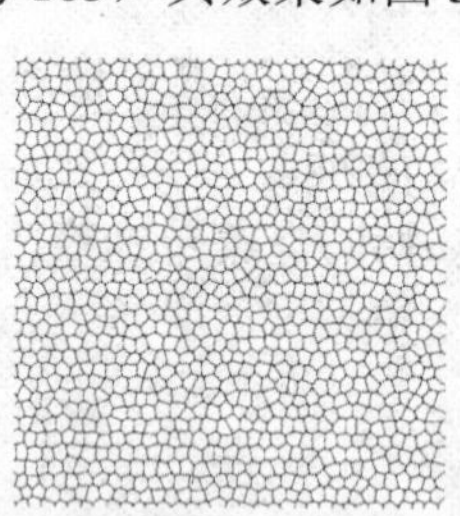

图 5-238　染色玻璃效果

图 5-239　浮雕效果

（4）执行“图像”→“调整”→“色相/饱和度”菜单命令，设置参数如图 5-240 所示。调整颜色后的效果如图 5-241 所示。

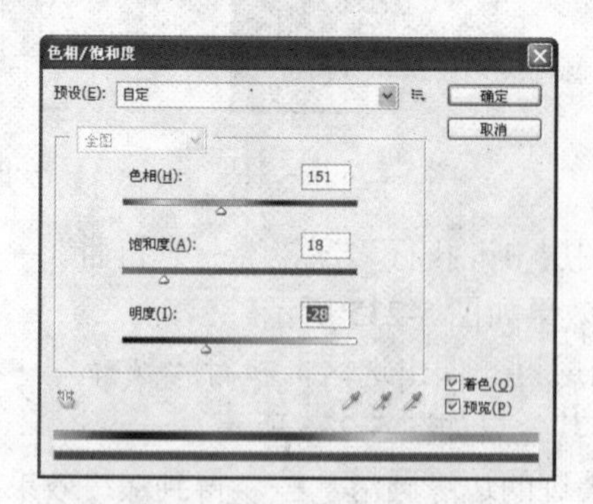

图 5-240　设置“色相/饱和度”

（5）新建图层 2，执行“滤镜”→“渲染”→“云彩”菜单命令，然后将图层的“不透明度”设置为 75%，“混合模式”设置为“颜色加深”，得到最终效果如图 5-242 所示。

图 5-241　调整颜色后的效果

图 5-242　鳞状效果

实例 324——星云漩涡效果

本例将制作宇宙中星云漩涡的效果，主要通过滤镜功能来实现。（学习难度：★★★★★）

（1）执行“文件”→“新建”菜单命令，建立一个 RGB 图像文件，设置其宽度为 500 像素，高度为 500 像素，分辨率为 300 像素/英寸。

（2）按 D 键恢复默认颜色设置，并将背景层填充为黑色。新建图层 1，执行“滤镜”→“渲染”→“云彩”菜单命令，其效果如图 5-243 所示。

（3）执行“滤镜”→“杂色”→“添加杂色”菜单命令，设置“数量”为 75，选择“平均分布”，勾选“单色”，设置后的效果如图 5-244 所示。

（4）执行“滤镜”→“像素化”→“晶格化”菜单命令，设置“单元格大小”为 6，得到如图 5-245 所示的效果。

（5）选择矩形选框工具绘制一个矩形，反选并删除，得到一个矩形条，如图 5-246 所示。

图 5-243　云彩效果

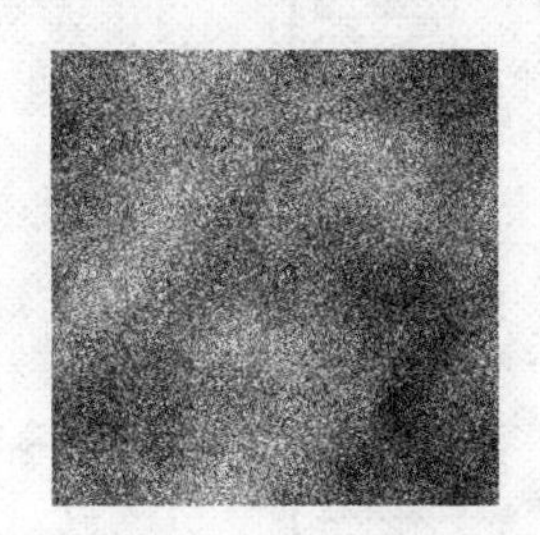

图 5-244　杂色添加效果

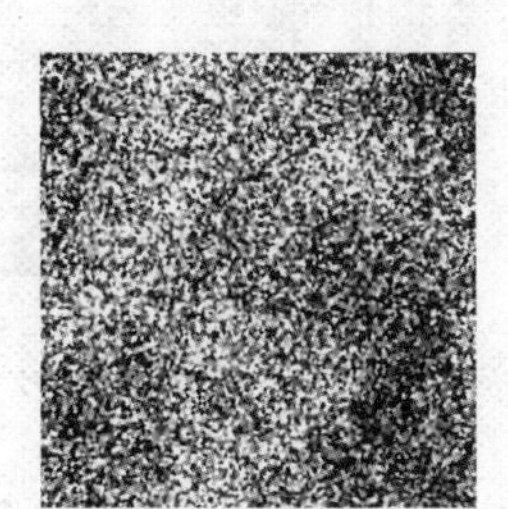

图 5-245　晶格化效果

（6）多次执行“滤镜”→“风格化”→“风”菜单命令，直到达到如图 5-247 所示的效果。

（7）执行“滤镜”→“模糊”→“动感模糊”菜单命令，设置“角度”为 0 度，“距离”为 123，其效果如图 5-248 所示。

（8）按 Ctrl+T 键旋转 90 度，得到如图 5-249 所示的效果。

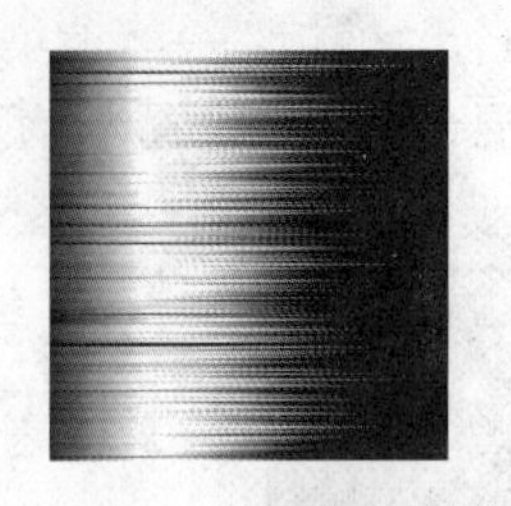

图 5-246　矩形条　　图 5-247　风效果　　图 5-248　动感模糊效果　　图 5-249　旋转 90 度效果

（9）执行“滤镜”→“扭曲”→“极坐标”菜单命令，选择“平面坐标到极坐标”，其效果如图 5-250 所示。

（10）执行“滤镜”→“扭曲”→“旋转扭曲”菜单命令，设置“角度”为 200 度，其效果如图 5-251 所示。

（11）按 Ctrl+T 键选择“透视”，对星云进行调整，如图 5-252 所示。

图 5-250　极坐标效果

图 5-251　旋转扭曲效果

图 5-252　透视调整

（12）执行“图像”→“调整”→“色相/饱和度”菜单命令，对星云颜色进行调整，设置参数如图 5-253 所示，得到最终效果如图 5-254 所示。

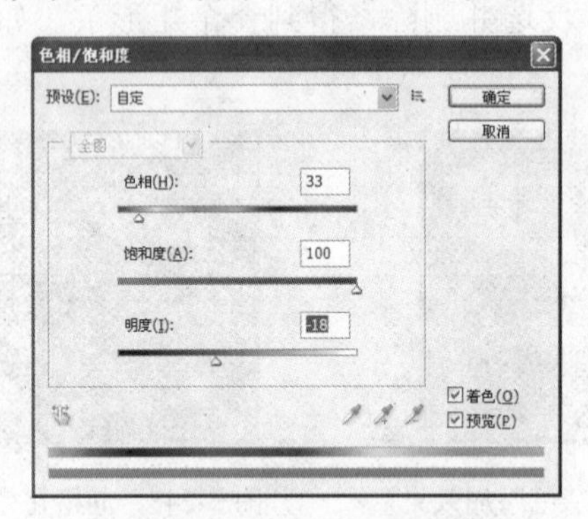

图 5-253　设置“色相/饱和度”

图 5-254　星云漩涡效果

实例 325——跳跃的音符

本例将制作跳跃的音符效果，使整幅画面充满音乐的气息。（学习难度：★★★★★）

（1）执行“文件”→“新建”菜单命令，建立一个 RGB 图像文件，设置其宽度为

500 像素，高度为 500 像素，分辨率为 300 像素/英寸。

（2）将背景填充为黑色，新建图层 1，使用画笔工具绘制一条直线，如图 5-255 所示。

（3）执行“滤镜”→“扭曲”→“切变”菜单命令，设置参数如图 5-256 所示，此时的效果如图 5-257 所示。

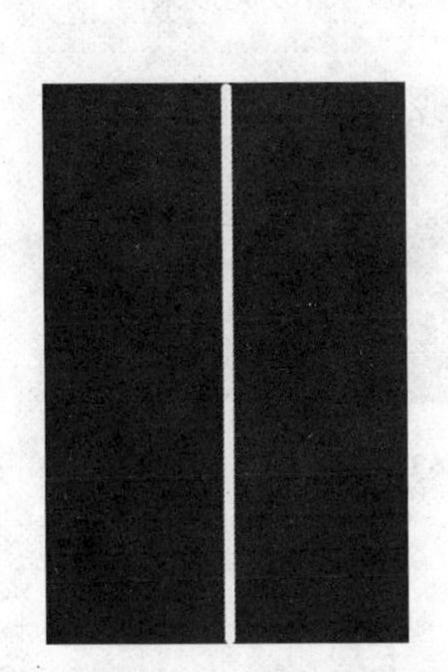

图 5-255 绘制直线

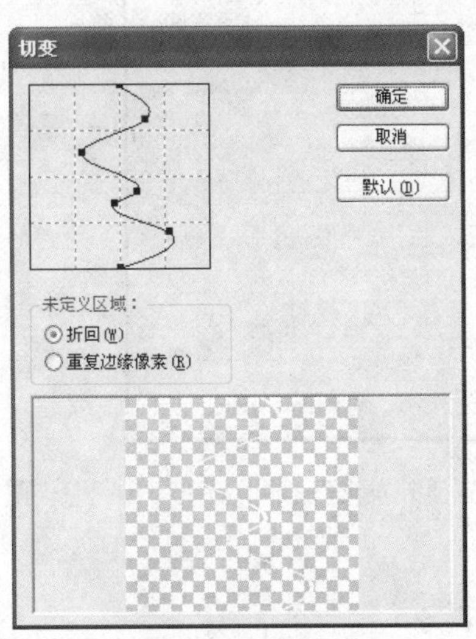

图 5-256 设置“切变”

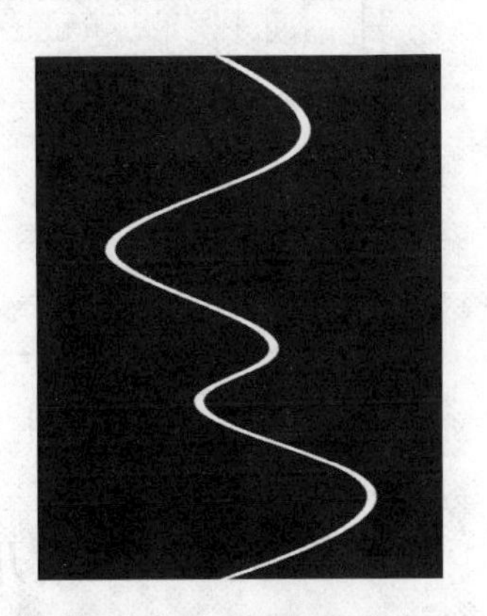

图 5-257 切变效果

（4）将图像顺时针旋转 90 度。执行“滤镜”→“扭曲”→“波浪”菜单命令，单击“随机化”按钮，其他参数不变，重复数次，直至得到满意效果为止，如图 5-258 所示。

（5）复制图层两次，并分别执行波浪效果，得到随机效果如图 5-259 所示。

（6）分别按 Ctrl 键单击这 3 个图层，调出选区，选择渐变工具，使用预设颜色中的橘黄→黄色→橘黄，线性渐变效果如图 5-260 所示。

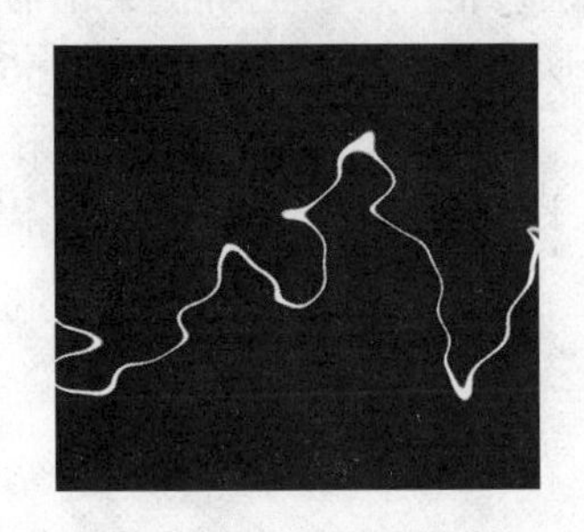

图 5-258 波浪效果

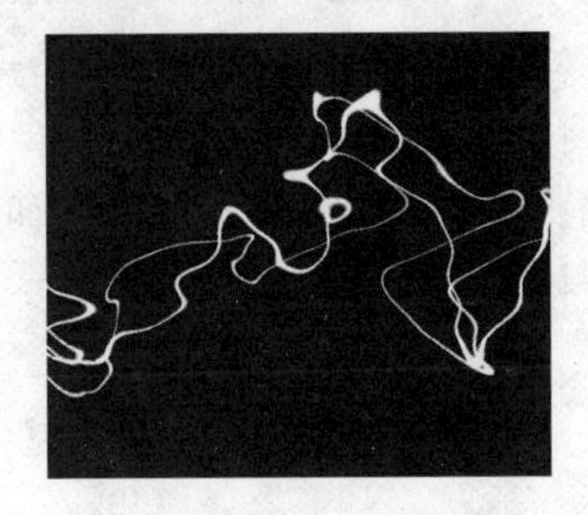

图 5-259 随机波浪效果

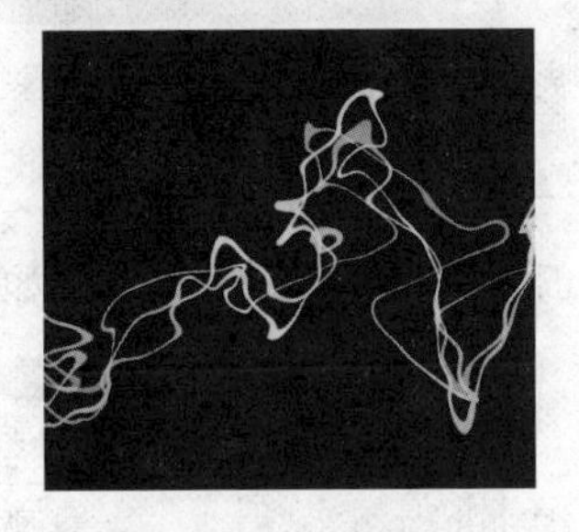

图 5-260 渐变效果

（7）选中图层 1，打开“图层样式”对话框，选择“外发光”，设置参数如图 5-261 所示。设置后的效果如图 5-262 所示。

（8）使用画笔工具，画出几个音符，颜色设置为“R:253;G:253;B:39”，并按 Ctrl+T 键进行调整，添加外发光效果。得到最终效果如图 5-263 所示。

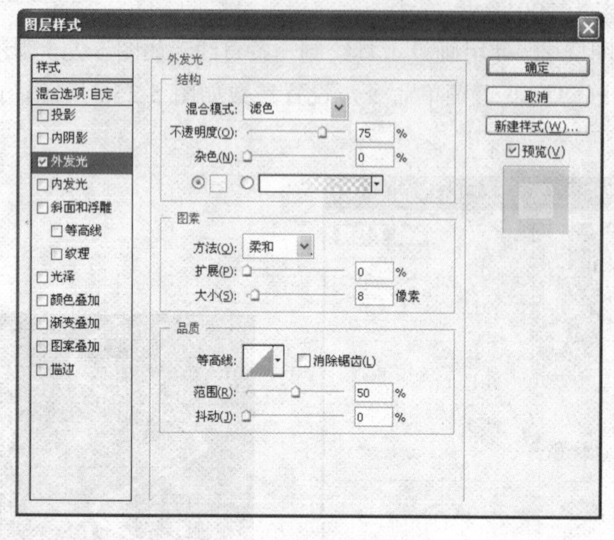

图 5-261　设置“外发光”

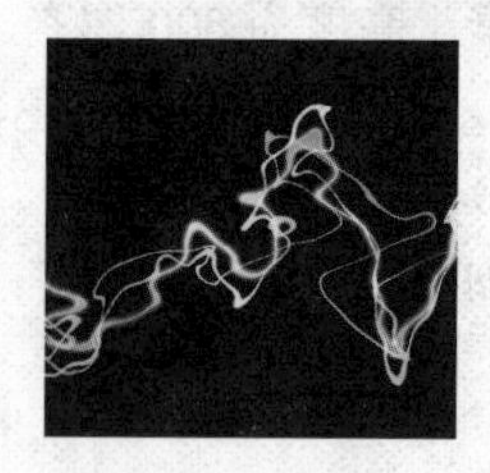

图 5-262　外发光效果

图 5-263　跳跃的音符效果

实例 326——拨开云雾

本例将制作云雾中阳光照射的效果，其操作过程主要是图像色阶的调整。（学习难度：★★★★）

图 5-264　打开图像

（1）执行“文件”→“打开”菜单命令，打开带有云雾的图像，如图 5-264 所示。

（2）复制背景层，将图层的“混合模式”设置为“滤色”。执行“图像”→“调整”→“色阶”菜单命令，设置参数如图 5-265 所示。色阶效果如图 5-266 所示。

（3）执行“滤镜”→“模糊”→“径向模糊”菜单命令，设置“数量”为 100，“品质”为“最好”，其效果如图 5-267 所示。

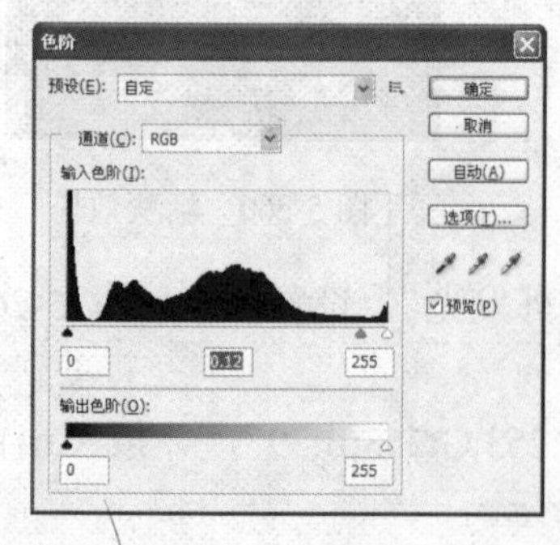

图 5-265　设置“色阶”

图 5-266　色阶效果

图 5-267　径向模糊效果

（4）执行“图像”→“自动色调”菜单命令，得到如图 5-268 所示的效果。

（5）复制当前图层，出现光线效果。然后将光线移动到相应的位置，如图 5-269 所示。

（6）继续复制几个图层，可以利用 Ctrl+T 键对光线的方向进行调整，并适当调整不透明度，得到最终效果如图 5-270 所示。

图 5-268　自动色阶效果

图 5-269　移动光线

图 5-270　拨开云雾效果

实例 327——散点图像

图 5-271　打开图像

本例将通过画笔工具制作散点图像效果，为图片增加艺术色彩。（学习难度：★★★★）

（1）执行“文件”→“打开”菜单命令，打开图像，如图 5-271 所示。

（2）新建图层 1，选择画笔工具，打开画笔面板，设置画笔的笔尖形状，如图 5-272 所示。

（3）勾选“散布”，继续设置画笔，如图 5-273 所示。

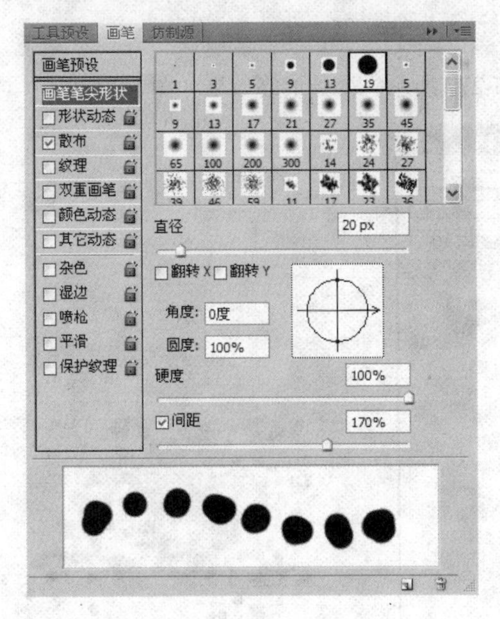

图 5-272　设置笔尖形状

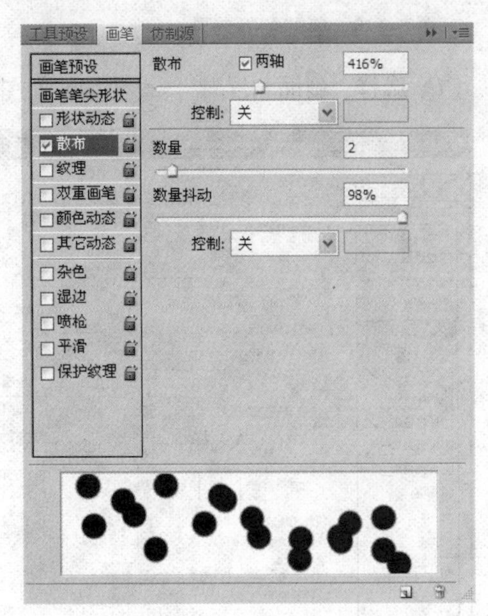

图 5-273　继续设置画笔

（4）按 D 键恢复默认颜色设置。使用画笔工具在图像上进行涂抹，由中心开始逐渐分散，如图 5-274 所示。

提醒注意：

在画笔工具在图像上进行涂抹之前，最好新建一个图层，这样方便修改操作。

（5）复制背景层，并拖到面板的最上方，填充背景为白色。然后按住 Alt 键在副本层和图层 1 中间单击一下创建剪贴蒙版，如图 5-275 所示。

（6）选择图层 1，打开“图层样式”对话框，选择“投影”，设置参数如图 5-276 所示。

图 5-274　画笔涂抹

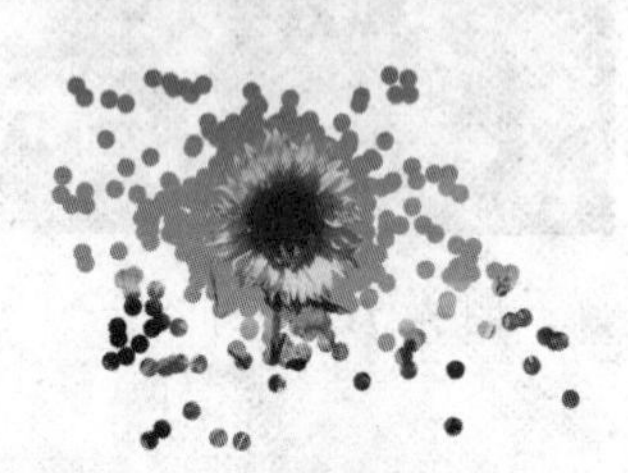

图 5-275　剪贴蒙版效果

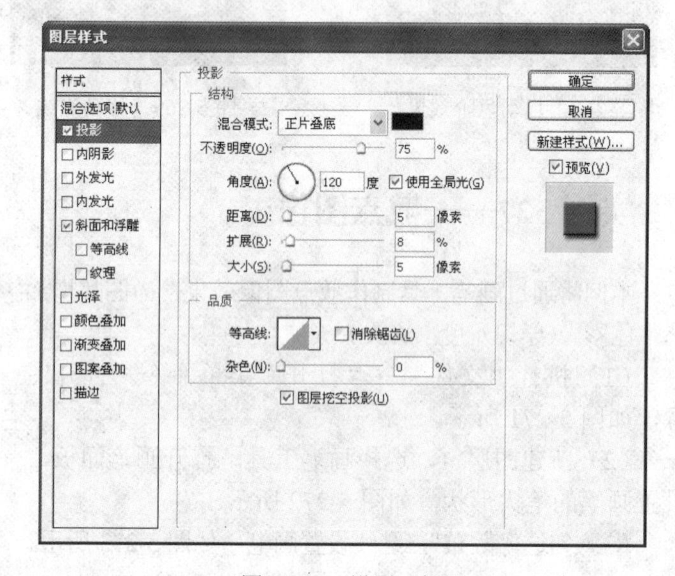

图 5-276　设置“投影”

（7）选择“斜面和浮雕”，设置参数如图 5-277 所示。得到最终效果如图 5-278 所示。

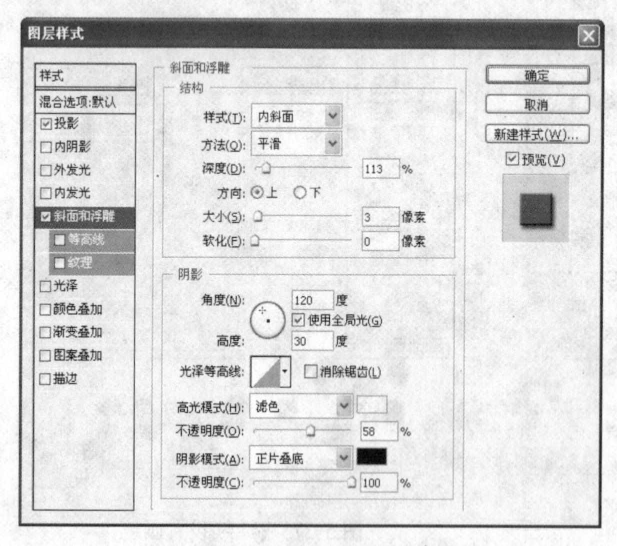

图 5-277　设置“斜面和浮雕”

图 5-278　散点图像效果

实例 328——画中画

本例将制作一幅漂亮的小猫画中画的效果。首先是给图片添加一个相框，然后通过斜面和浮雕对图层样式进行设置，最后通过旋转命令增加立体效果。(学习难度：★★★★★)

(1) 执行“文件”→“打开”菜单命令，打开一张猫咪图像，如图 5-279 所示。

(2) 新建图层 1，填充颜色为“R:145;G:12;B:221”。按 Ctrl 键单击图层 1 调出选区，执行“选择”→“修改”→“收缩”菜单命令，设置“收缩量”为 40，然后删除选区作为画框，如图 5-280 所示。

图 5-279 打开图像

图 5-280 画框形状

(3) 打开“图层样式”对话框，选择“斜面和浮雕”，设置参数如图 5-281 所示。设置后的效果如图 5-282 所示。

(4) 执行“文件”→“打开”菜单命令，再打开另一幅猫咪图像，如图 5-283 所示。

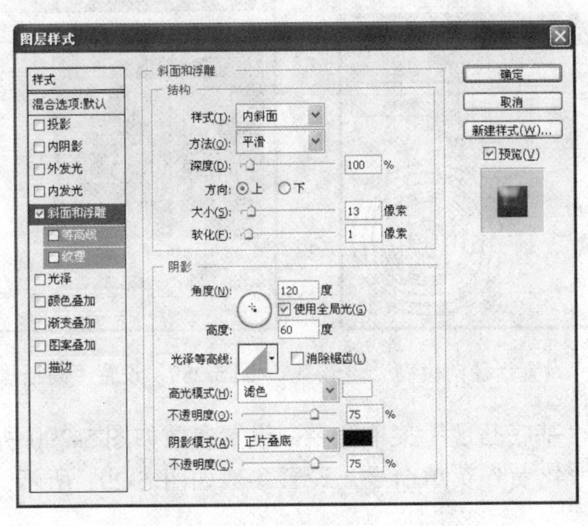

图 5-281 设置“斜面和浮雕”

图 5-282 画框效果

图 5-283 打开另一幅图像

(5) 将它拖到原来的图像中，并调整大小，如图 5-284 所示。

(6) 用同样的方法，为小图像也添加一个画框，其中的图层样式设置和大画框相同，如图 5-285 所示。

(7) 将小图像和小画框图层进行链接，然后按 Ctrl+T 键选择“透视”和“旋转”命

令进行调整，得到最终效果，如图 5-286 所示。

图 5-284　调整图像大小

图 5-285　小画框效果

图 5-286　画中画效果

实例 329——水波

本例将通过滤镜制作水波旋转的效果。（学习难度：★★★★）

（1）执行“文件”→“新建”菜单命令，新建一个宽度和高度均为 500 像素的文件，颜色模式为 RGB。

（2）按 D 键恢复默认颜色设置，执行“滤镜”→“渲染”→“云彩”菜单命令，如图 5-287 所示。

（3）执行“滤镜”→“模糊”→“径向模糊”菜单命令，设置参数如图 5-288 所示。

（4）执行“滤镜”→“模糊”→“高斯模糊”菜单命令，设置参数如图 5-289 所示。

图 5-287　云彩效果

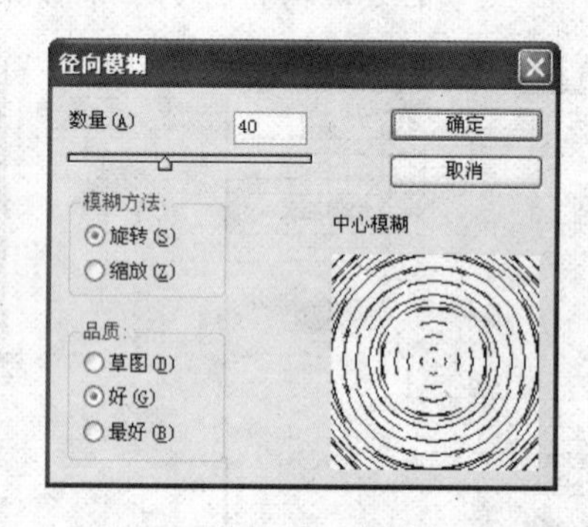

图 5-288　设置“径向模糊”

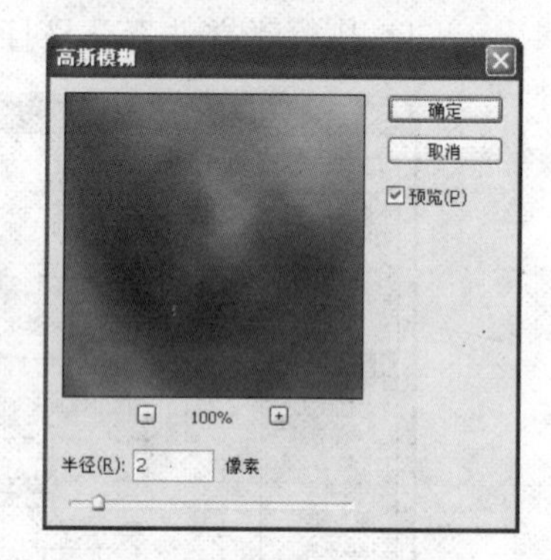

图 5-289　设置“高斯模糊”

（5）执行“滤镜”→“素描”→“基底凸现”菜单命令，设置参数如图 5-290 所示。

（6）执行“滤镜”→“素描”→“铬黄”菜单命令，设置参数如图 5-291 所示。设置后的效果如图 5-292 所示。

（7）执行“图像”→“调整”→“色相/饱和度”菜单命令，设置参数如图 5-293 所示。设置后的效果如图 5-294 所示。

（8）执行“滤镜”→“扭曲”→“水波”菜单命令，设置参数如图 5-295 所示，调整出水波的效果。得到最终效果如图 5-296 所示。

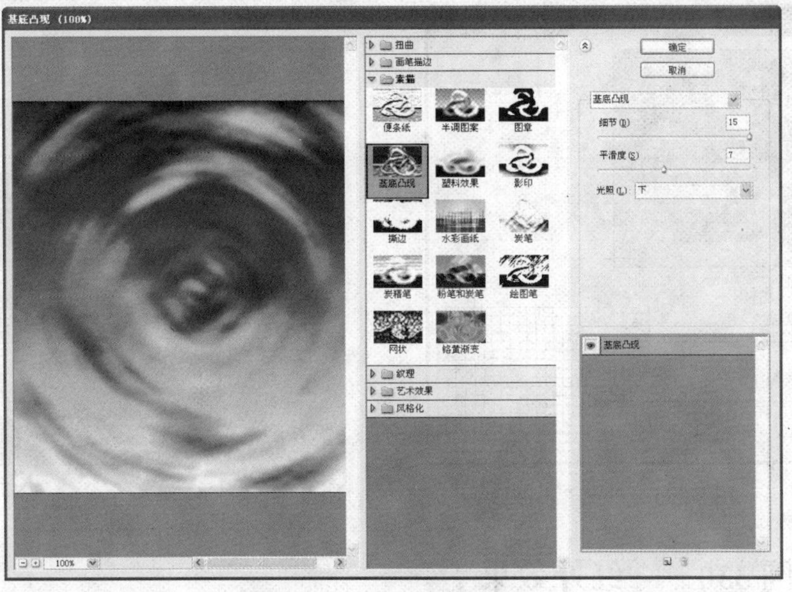

图 5-290　设置“基底凸现”

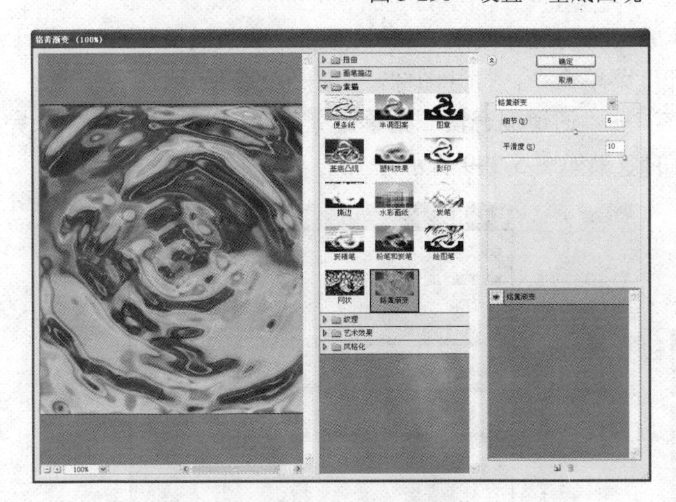

图 5-291　设置“铬黄”

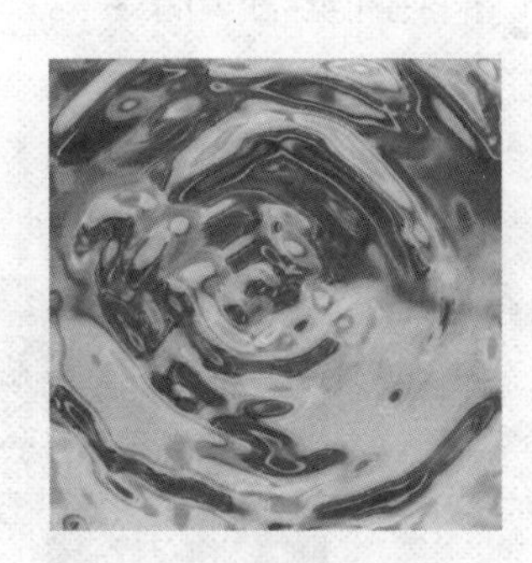

图 5-292　铬黄效果

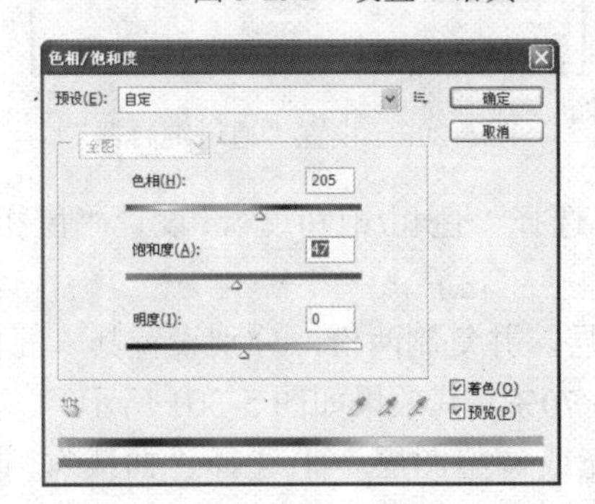

图 5-293　设置“色相/饱和度”

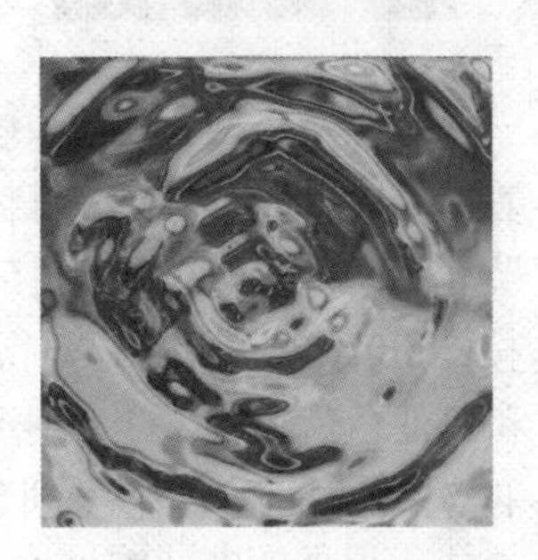

图 5-294　色相/饱和度效果

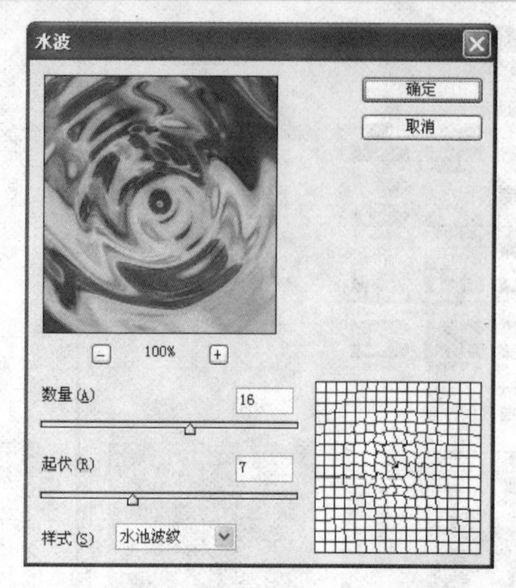

图 5-295　设置“水波”

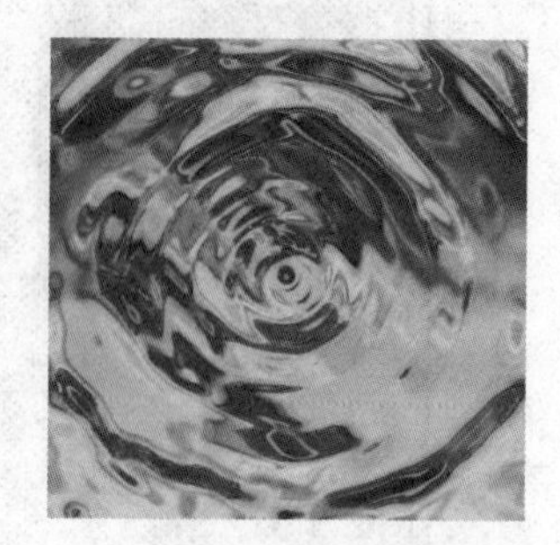

图 5-296　水波效果

实例 330——红外效果

本例将一张普通的图片变换成奇特的红外效果。(学习难度：★★★★)

(1) 执行“文件”→“打开”菜单命令，打开图像，如图 5-297 所示。

(2) 执行“图像”→“调整”→“通道混合器”菜单命令，通过选取“单色”来完成去色，如图 5-298 所示。去色后的效果如图 5-299 所示。

图 5-297　打开图像

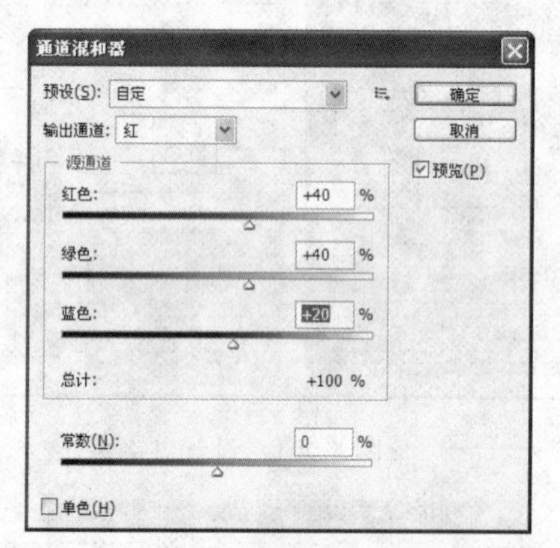

图 5-298　设置“通道混合器”

(3) 在“创建新的填充或调整图层”中选择“色相/饱和度”，设置“色相”为 190，“饱和度”为 25，得到效果如图 5-300 所示。

(4) 按 Shift+Ctrl+Alt+E 键得到盖印图层，并复制两份，分别设置其“混合模式”为“叠加”和“滤色”，图层的“不透明度”为 70%，其效果如图 5-301 所示。

(5) 再次盖印图层并在“创建新的填充或调整图层”中选择“曲线”，设置参数如图 5-302 所示。曲线效果如图 5-303 所示。

图 5-299　去色效果

图 5-300　色相/饱和度效果

图 5-301　盖印效果

（6）执行“图像”→“调整”→“可选颜色”菜单命令，对图像进行调整，设置参数如图 5-304 所示。得到最终效果如图 5-305 所示。

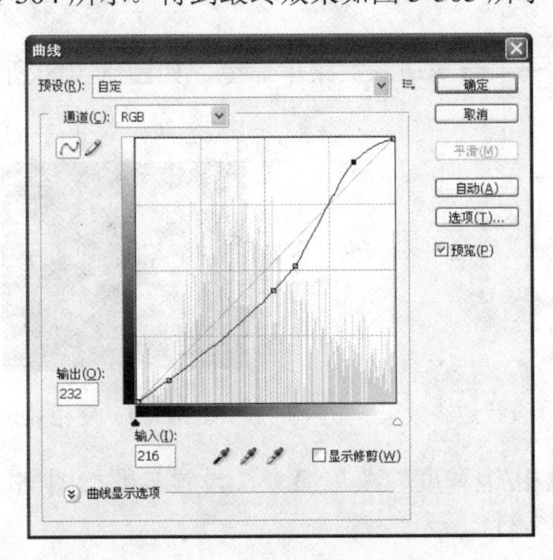

图 5-302　调整曲线

图 5-303　曲线效果

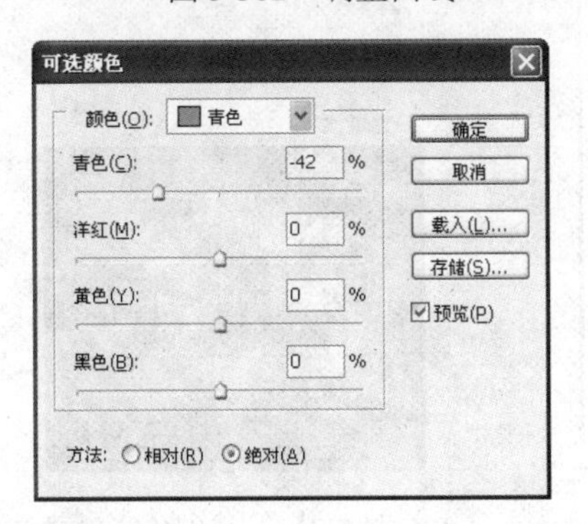

图 5-304　设置“可选颜色”

图 5-305　红外效果

实例 331——梦幻色彩

本例将通过自定义形状制作图像效果，并通过滤镜和颜色相结合的方法，给图像添加

图 5-306 填充白色

梦幻色彩。（学习难度：★★★）

（1）执行“文件”→“新建”菜单命令，建立一个RGB图像文件，设置其宽度为600像素，高度为500像素，分辨率为300像素/英寸。

（2）将背景填充为黑色，选择自定义形状工具，绘制一个图形，填充为白色，如图5-306所示。

重点提示：

自定义形状工具提供了大量的自定义形状，还可以将自己制作的特别形状存储起来，以备日后随时调用。

（3）三次执行“滤镜”→“模糊”→“径向模糊”菜单命令，设置“缩放数量”为100，其效果如图5-307所示。

（4）三次执行“滤镜”→“风格化”→“查找边缘”菜单命令，如图5-308所示。将图像反相，得到如图5-309所示的效果。

图 5-307 径向模糊效果

图 5-308 查找边缘效果

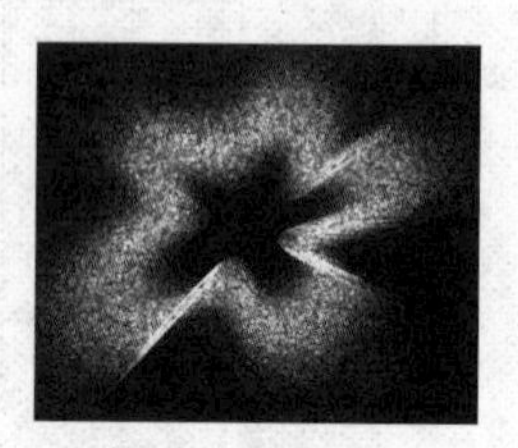

图 5-309 反相效果

（5）执行“图像”→“调整”→“色相/饱和度”菜单命令，设置参数如图5-310所示，调整图像的颜色，得到最终效果如图5-311所示。

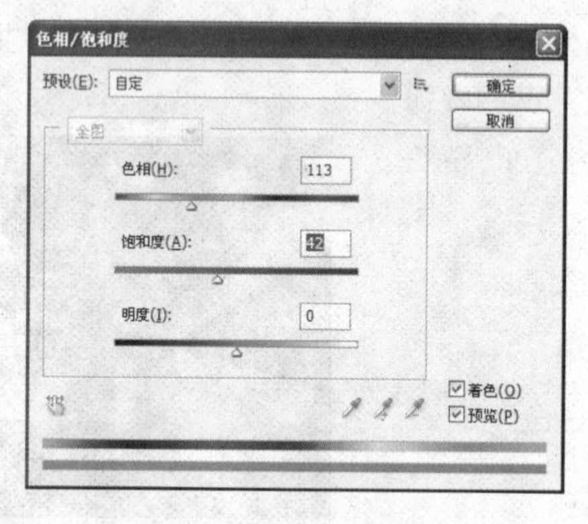

图 5-310 设置“色相/饱和度”

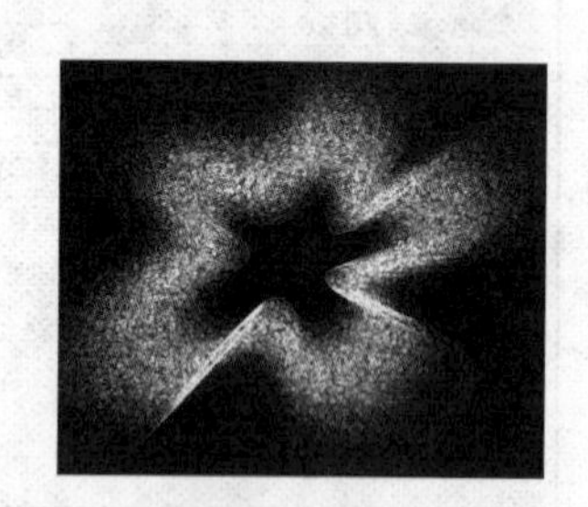

图 5-311 梦幻色彩效果

实例 332——太空星球效果

本例将通过滤镜功能制作太空中星球表面的效果。（学习难度：★★★★★）

（1）执行“文件”→“新建”菜单命令，建立一个 RGB 图像文件，设置其宽度为600像素，高度为400像素，分辨率为300像素/英寸。

（2）按 D 键恢复默认颜色设置，执行“滤镜”→“渲染”→“云彩”菜单命令，其效果如图5-312所示。

（3）执行“滤镜”→“渲染”→“分层云彩”菜单命令，可以多次执行，直到满意为止，如图5-313所示。

图5-312　云彩效果

图5-313　分层云彩效果

（4）执行“图像”→“调整”→“色阶”菜单命令，设置参数如图5-314所示。色阶效果如图5-315所示。

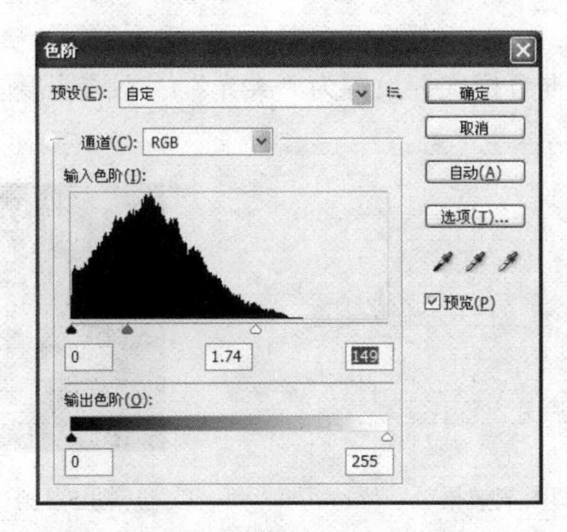

图5-314　设置“色阶”

（5）执行“滤镜”→“模糊”→“高斯模糊”菜单命令，设置“半径”为2，其效果如图5-316所示。

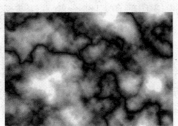

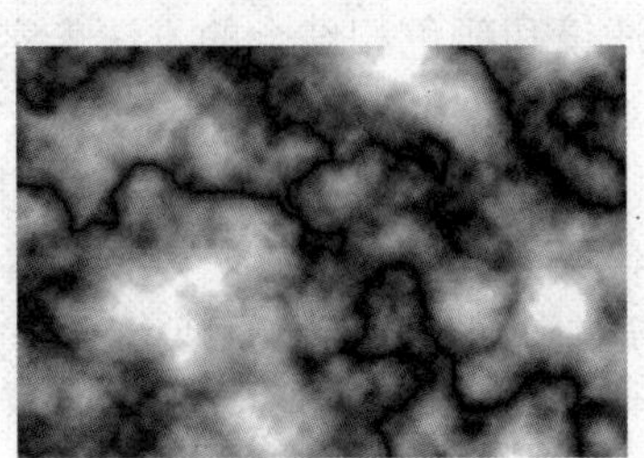

图5-315　色阶效果

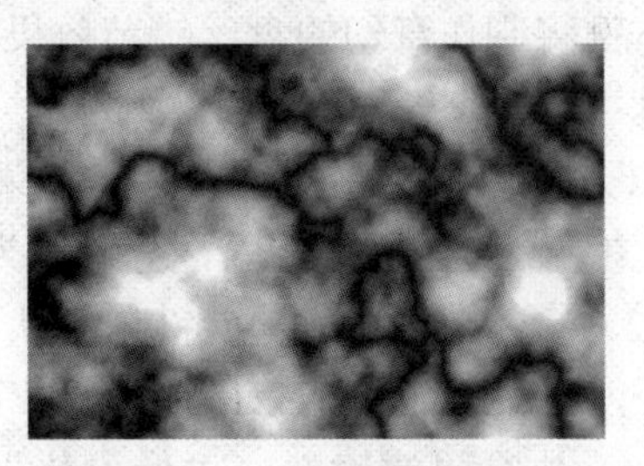

图5-316　高斯模糊效果

（6）执行“滤镜”→“渲染”→“光照效果”菜单命令，设置参数如图 5-317 所示。光照效果如图 5-318 所示。

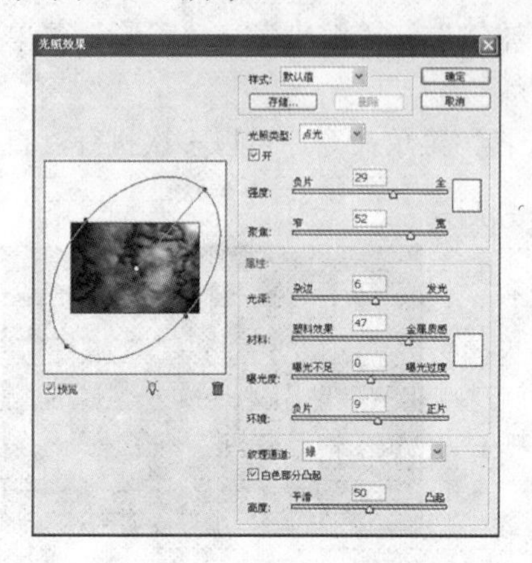

图 5-317　设置“光照效果”

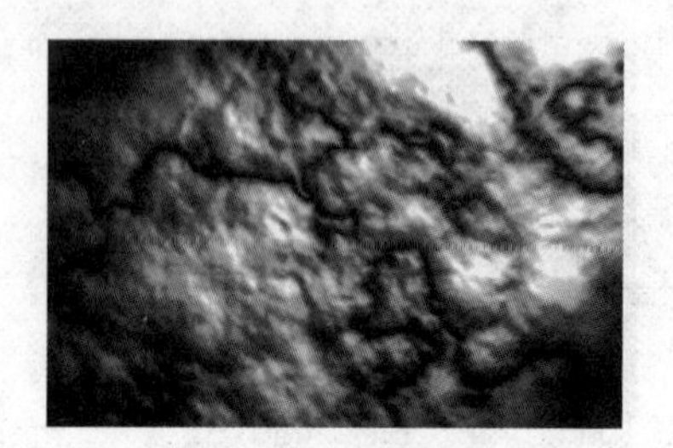

图 5-318　光照效果

（7）新建图层 1，填充颜色为“R:219;G:219;B:219”。执行“滤镜”→“素描”→“半调图案”菜单命令，设置“大小”为 1，“对比度”为 20，“图案类型”为“直线”，其效果如图 5-319 所示。

（8）将图层 1 的“混合模式”设置为“柔光”，“不透明度”调整为 70%，得到最终效果如图 5-320 所示。

图 5-319　半调图案效果

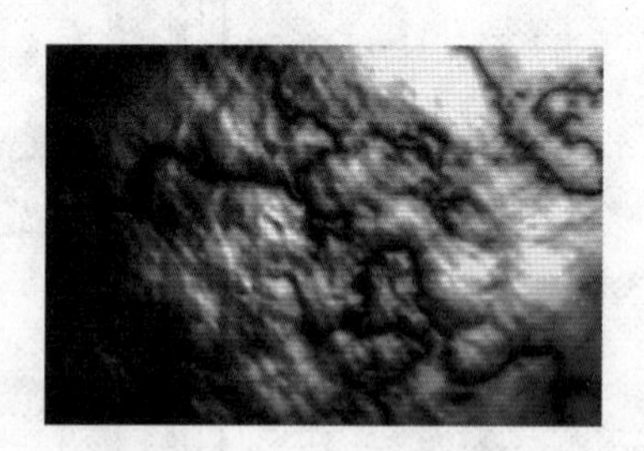

图 5-320　太空星球效果

实例 333——盘丝错节

本例将制作奇幻的盘丝错节效果，主要是通过滤镜和颜色相结合的方法来实现。（学习难度：★★★★）

（1）执行“文件”→“新建”菜单命令，建立一个 RGB 图像文件，设置其宽度为 600 像素，高度为 600 像素，分辨率为 300 像素/英寸。

（2）新建图层 1，按 D 键恢复默认颜色设置。执行“滤镜”→“渲染”→“云彩”菜单命令，其效果如图 5-321 所示。

（3）执行“滤镜”→“像素化”→“铜板雕刻”菜单命令，“类型”选为“中长描

边”，其效果如图 5-322 所示。

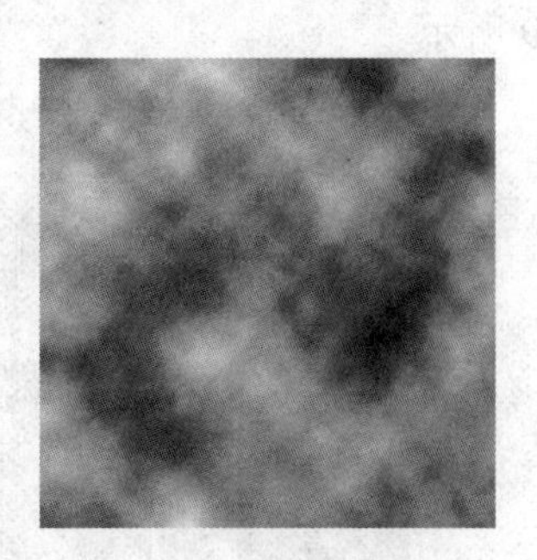

图 5-321　云彩效果

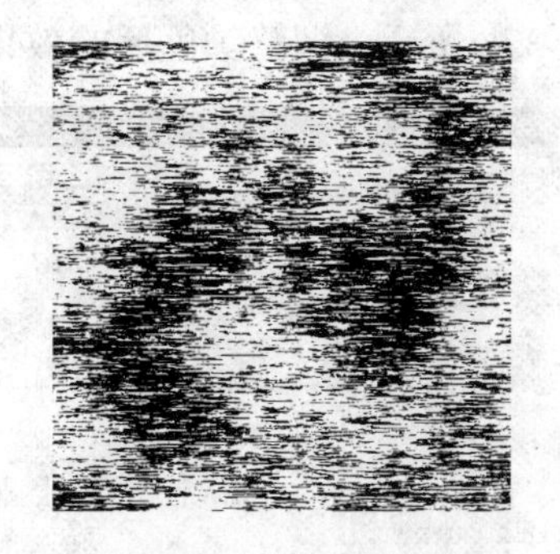

图 5-322　铜板雕刻效果

（4）执行“滤镜”→“模糊”→“径向模糊”菜单命令，设置“缩放数量”为 100，按 Ctrl+F 键重复两次，得到如图 5-323 所示的效果。

（5）执行“滤镜”→“扭曲”→“旋转扭曲”菜单命令，设置“角度”为–140 度，其效果如图 5-324 所示。

（6）分别复制两次图层 1，执行旋转扭曲滤镜，“角度”分别设置为 250 度和 180 度，然后将其“混合模式”设置为“变亮”，其效果如图 5-325 所示。

图 5-323　径向模糊效果

图 5-324　旋转扭曲效果

图 5-325　变亮效果

（7）选中图层 1 副本，执行“图像”→“调整”→“色相/饱和度”菜单命令，设置参数如图 5-326 所示。调整颜色后的效果如图 5-327 所示。

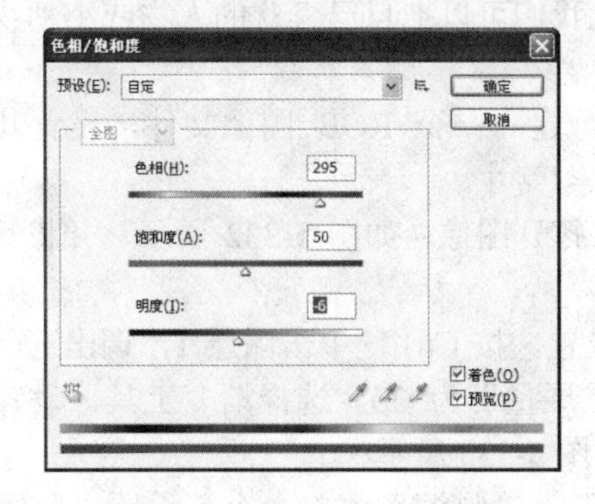

图 5-326　设置“色相/饱和度”

图 5-327　调整颜色后的效果

（8）选中图层 1 副本 2，执行“图像”→“调整”→“色相/饱和度”菜单命令，设置参数如图 5-328 所示。调整颜色后的效果如图 5-329 所示。

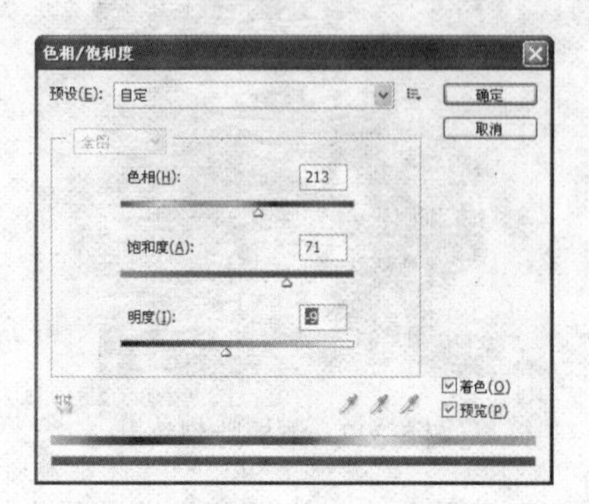

图 5-328　设置副本 2 的“色相/饱和度”

图 5-329　图层 1 副本 2 效果

（9）选择图层 1，执行“图像”→“调整”→“色相/饱和度”菜单命令，设置参数如图 5-330 所示。得到最终效果如图 5-331 所示。

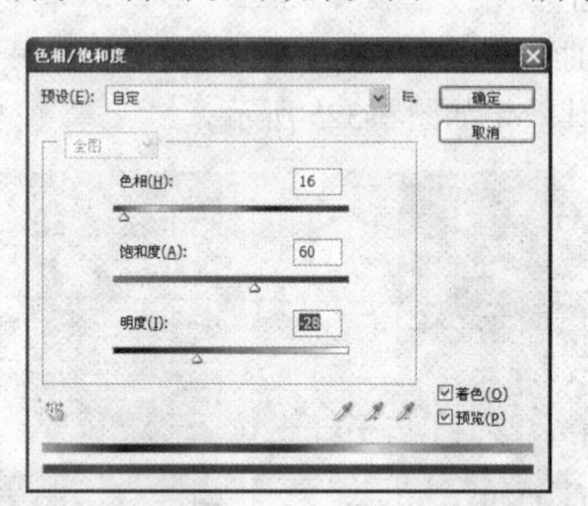

图 5-330　设置图层 1 的“色相/饱和度”

图 5-331　盘丝错节效果

实例 334——金属相框

本例将通过渐变效果绘制金属相框，由此我们可以把自己喜欢的人物或小动物的图片用金属相框镶起来。（学习难度：★★★★）

（1）执行“文件”→“新建”菜单命令，建立一个 RGB 图像文件，设置其宽度为 500 像素，高度为 500 像素，分辨率为 300 像素/英寸。

（2）执行“文件”→“打开”菜单命令，打开图像，如图 5-332 所示，并将其拖到所建文件中。

（3）新建图层 2，按 D 键恢复默认颜色设置。按 Ctrl 键单击图层 1，调出选区，执行“选择”→“修改扩展”菜单命令，设置“扩展量”为 30。选择渐变工具，设置颜色由黑色到灰色，从左上角到右下角线性渐变，如图 5-333 所示。

（4）保持选区，执行“选择”→“修改”→“收缩”菜单命令，设置“收缩量”为 15，从右下角到左上角线性渐变，如图 5-334 所示。

（5）取消选择，按 Ctrl 键单击图层 1，调出选区，按 Delete 键删除，结果如图 5-335 所示。

图 5-332　打开图像

图 5-333　线性渐变

图 5-334　再次渐变

图 5-335　删除选区后的效果

（6）打开“图层样式”对话框，选择“投影”，设置参数如图 5-336 所示。

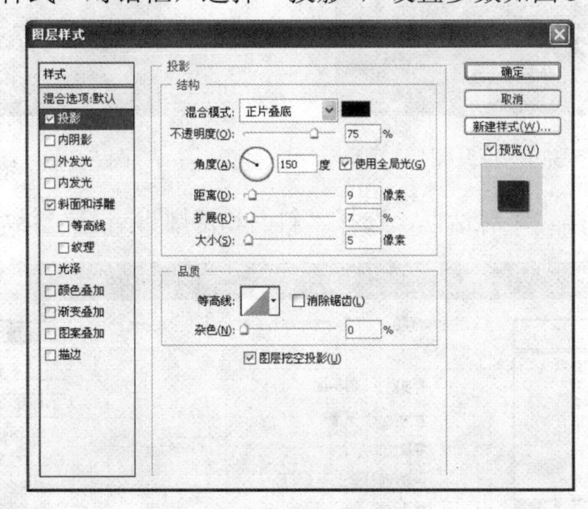

图 5-336　设置“投影”

（7）选择“斜面和浮雕”，设置参数如图 5-337 所示。得到最终效果如图 5-338 所示。

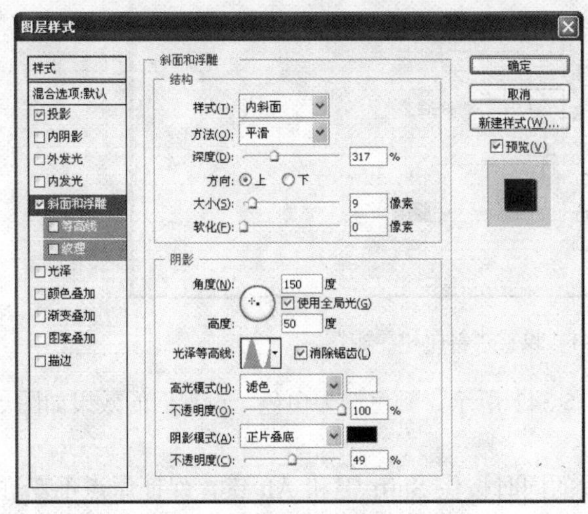

图 5-337　设置“斜面和浮雕”

图 5-338　金属相框效果

实例 335——放大特效

本例将把图像中蝴蝶的头部和翅膀底部进行局部放大，以达到放大效果。（学习难度：★★★★）

（1）执行“文件”→“打开”菜单命令，打开蝴蝶图像，如图 5-339 所示。

（2）选择矩形选框工具绘制一个矩形，如图 5-340 所示，然后按 Ctrl+J 键复制图层。

图 5-339　打开图像

图 5-340　绘制矩形

（3）打开“图层样式”对话框，选择“斜面和浮雕”，设置参数如图 5-341 所示。

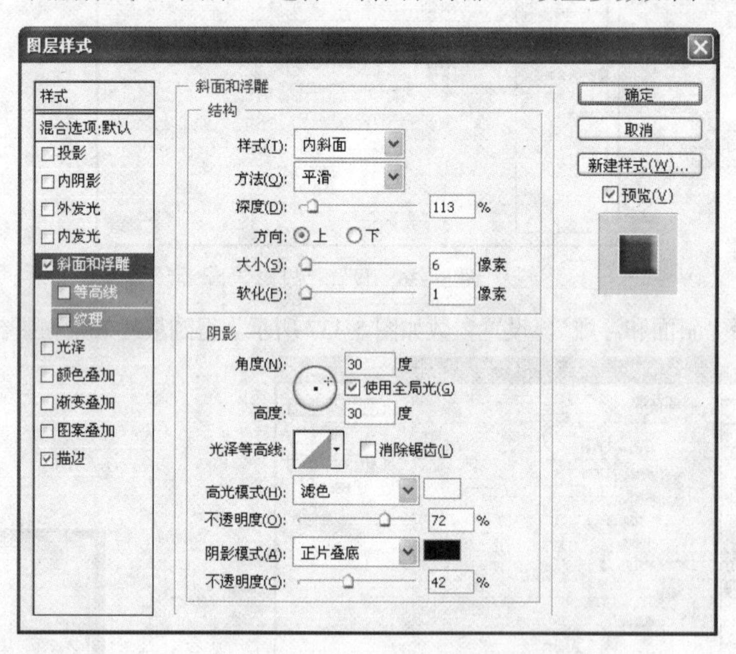

图 5-341　设置“斜面和浮雕”

（4）选择“描边”，设置参数如图 5-342 所示，颜色选为白色。设置后的效果如图 5-343 所示。

（5）按 Ctrl+T 键进行放大，放大的同时按住 Shift 键和 Alt 键，保证原点不变进行放大，如图 5-344 所示。

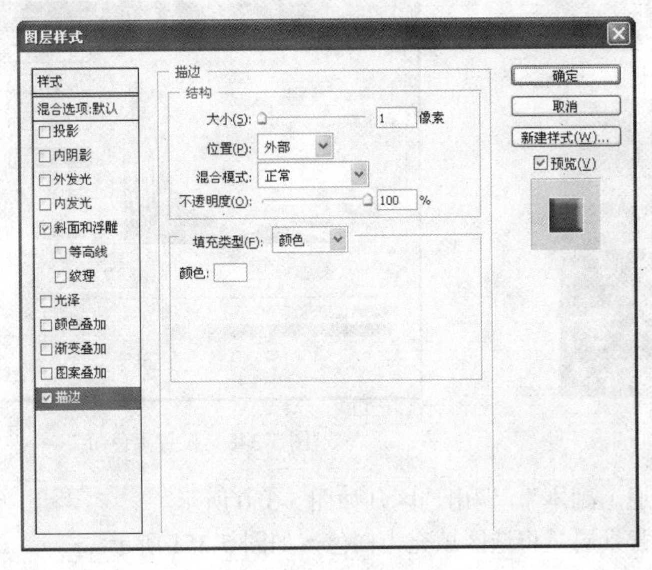

图 5-342　设置“描边”

图 5-343　描边效果

重点提示：

在进行放大处理时，要保证原点的位置不要改变，其方法是按住 Shift 键和 Alt 键来控制。

（6）用同样的方法，可以选中其他部分进行放大，复制图层之后，用鼠标右键单击图层 1 并选择“拷贝图层样式”，然后在图层 2 上单击鼠标右键并选择“粘贴图层样式”，结果如图 5-345 所示。

（7）同样地，按 Ctrl+T 键放大图像，得到最终效果如图 5-346 所示。

图 5-344　放大图像

图 5-345　粘贴图层样式

图 5-346　放大特效效果

实例 336——积雪效果

本例将一张色彩靓丽的高山风景图片变换成高山上积雪的效果。（学习难度：★★★★）

（1）执行“文件”→“打开”菜单命令，打开高山图像，如图 5-347 所示。

（2）在通道面板中复制绿色通道，执行“图像”→“调整”→“色阶”菜单命令，设置参数如图 5-348 所示。得到效果如图 5-349 所示。

图 5-347　打开图像

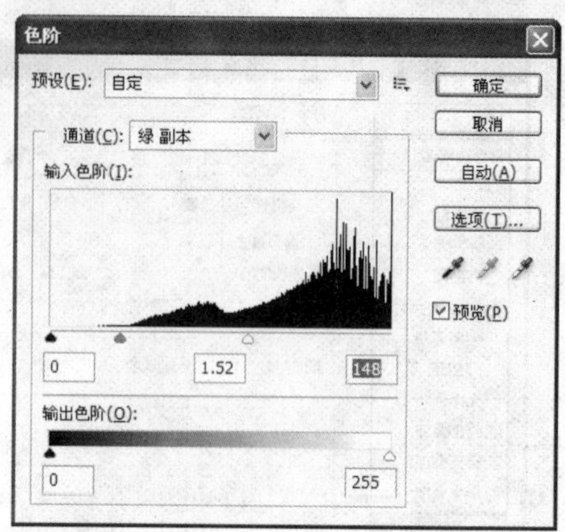

图 5-348　设置“色阶”

（3）按 Ctrl 键单击“绿色通道副本”，调出选区，如图 5-350 所示。

（4）回到图层面板并复制背景层，将选区填充为白色，如图 5-351 所示。

图 5-349　色阶效果

图 5-350　调出选区

（5）保持选区，新建图层 2，同样填充为白色，此时的积雪效果已经出现了，如图 5-352 所示。

图 5-351　填充白色

图 5-352　积雪效果

（6）由于填充的是白色，使得天空看起来很不晴朗。因为背景中的蓝色比较分明，所以在背景层中使用魔棒工具选中天空，如图 5-353 所示。

（7）保持选区，在图层 1 中按 Delete 键删除选区中的白色，得到蓝天效果，此时的背景副本中同样由于填充白色的原因，天空还是有发白的效果，如图 5-354 所示。

图 5-353　选中天空

图 5-354　删除选区内容

（8）为了整个图像的协调性，不需要将天空调整得像原图像那么蓝。继续保持选区，在背景层副本中，执行“图像”→“调整”→“色相/饱和度”菜单命令，设置参数如图 5-355 所示。得到最终效果如图 5-356 所示。

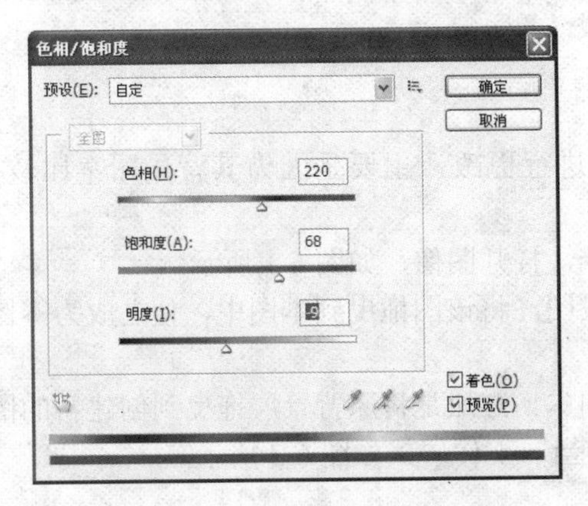

图 5-355　调整“色相/饱和度”

图 5-356　最终的积雪效果

第六篇　数码照片处理篇

本篇重点

- 旧照片上色、照片朦胧化、给人物换装的制作
- 制作月历、照片合成效果的制作
- 文字内镶图像、婚纱照艺术效果的制作

本篇主要是利用 Photoshop CS4 对数码照片进行修正和美化，通过 26 个实例演示详尽地介绍软件的使用方法和功能特效。有简单的数码照片裁切、选择和替换等，如照片背景替换；有利用色彩变换更改照片效果的，如将黑白照片变成彩色照片；有人物的修饰与美容，如消除照片红眼；有照片的缺陷修饰，如旧照片修复；有数码合成创意特效，如照片合成效果等。

实例 337——替换照片背景

本例使用魔棒工具将小狗图像的背景进行更改，主要是因为其背景图案比较单一。（学习难度：★★★★）

（1）执行“文件”→“打开”菜单命令，打开图像，如图 6-1 所示。

（2）用同样的方法打开用于更换的背景图，将该图拖曳到本图中，使之成为本图的一个图层，如图 6-2 所示。

（3）在图层面板中，创建背景图层的副本，方法是将原背景层拖曳到创建新的图层按钮上。将此图置于最上层，并设置该图层为当前工作层，如图 6-3 所示。

图 6-1　打开图像

图 6-2　添加新背景

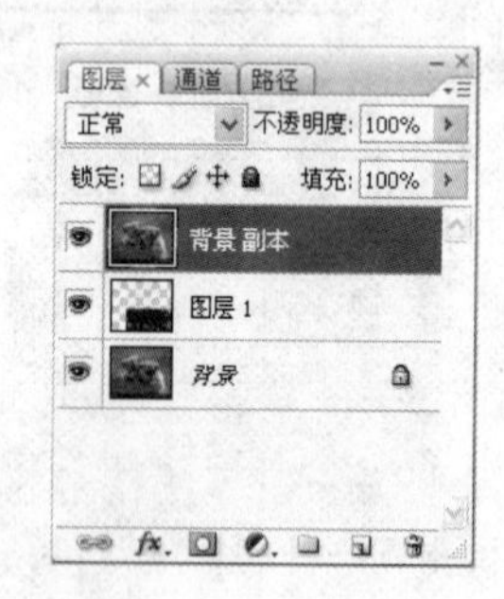

图 6-3　图层面板

（4）在工具箱中选择“魔棒工具”，在其属性栏中设置“容差”为 30，在欲删除的区域单击一下进行选择，如图 6-4 所示。

（5）在键盘上按下 Delete 键，将选区中的内容删除，如图 6-5 所示。

（6）回到图层面板中，将前面添加进来作为新背景的图层设置为“可见”，更换背景，得到最终效果如图 6-6 所示。

图 6-4　用魔棒工具建立选区

图 6-5　删除原始背景

图 6-6　替换照片背景的效果

实例 338——人物面部修饰

本例将美女脸部的圆下颚变为尖下颚，从而弥补现实世界中的不足，以达到理想的效果。（学习难度：★★★）

（1）执行“文件”→“打开”菜单命令，打开一幅美女图像，如图 6-7 所示。

（2）在图层面板中，拖曳原照片所在的图层到“创建新的图层”按钮上，创建一个“背景副本”图层，并设置该图层为当前工作层，如图 6-8 所示。

图 6-7　打开美女图像

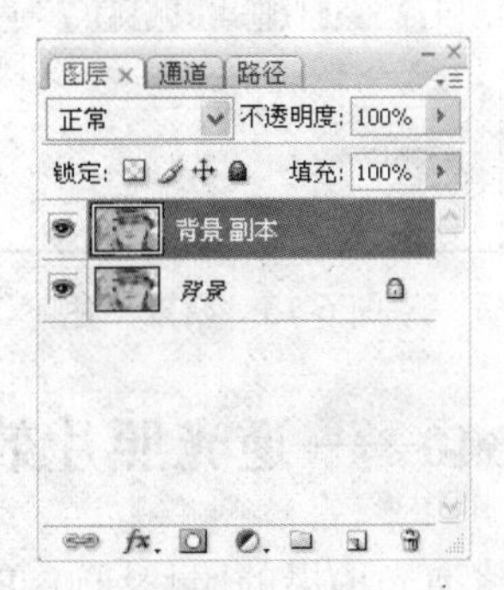

图 6-8　将“背景副本”设为当前工作层

（3）执行“滤镜”→“液化”菜单命令，在打开的“液化”对话框中，选择“冻结蒙版工具”，将不想改变的部位遮盖起来，如图 6-9 所示。

（4）选择“向前变形工具”在照片中人物的脸颊上拖动鼠标，将下颚调整到满意的效果，如图 6-10 所示。

（5）如果对调整的效果不满意，可以单击“恢复全部”按钮，撤销所做的修改，重新开始调整。最终效果如图 6-11 所示。

图 6-9　用冻结蒙版工具遮盖

图 6-10　调整下颚

图 6-11　人物面部修饰效果

实例 339——增加照片光线效果

图 6-12　打开图像

本例将增加照片的光线效果，使图片看起来光线更加饱满。（学习难度：★★★）

（1）执行“文件”→“打开”菜单命令，打开图像，如图 6-12 所示。

（2）执行“图像”→“调整”→“色阶”命令，打开“色阶”对话框，分别设置暗调、中间调和高光的参数值，如图 6-13 所示。

（3）关闭“色阶”对话框，回到设计页面，得到最终效果如图 6-14 所示。

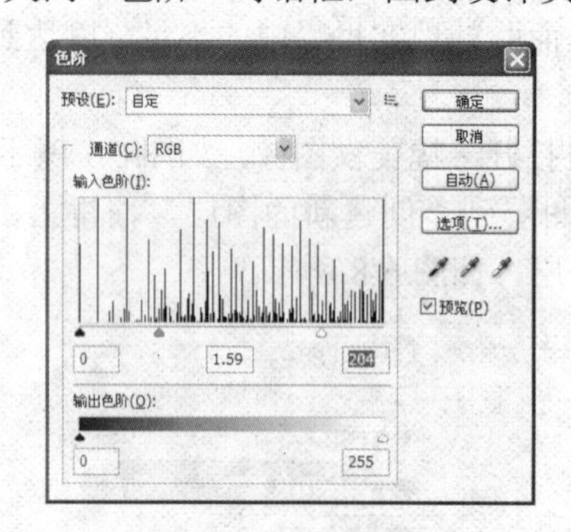

图 6-13　设置“色阶”

图 6-14　增加照片光线效果

实例 340——逆光照片效果

本例是将逆光拍摄的照片通过 Photoshop CS4 来进行修复，以达到清晰的图像效果。（学习难度：★★★）

（1）执行“文件”→“打开”菜单命令，打开图像，如图 6-15 所示。

（2）在图层面板中，创建背景副本图层，并设置为当前工作层。执行“图像”→“调整”→“色阶”菜单命令，在弹出的对话框中，调整色阶参数如图 6-16 所示。

图 6-15　打开图像

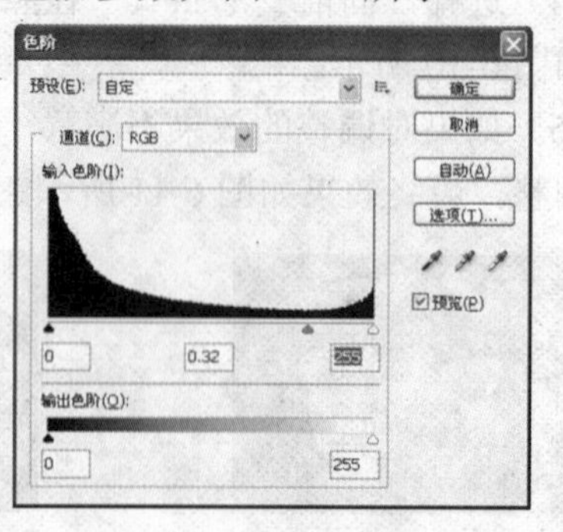

图 6-16　调整色阶参数

（3）在图层面板中，设置图层的“混合模式”为“正片叠底”。执行“图像”→“调整”→“曲线”菜单命令，在弹出的对话框中，将右上端的白色稍往下移，同时调整曲线的曲率，使照片整体的亮度比较均匀，如图 6-17 所示。

（4）在图层面板中，单击“添加矢量蒙版”按钮，添加一个蒙版，如图 6-18 所示。

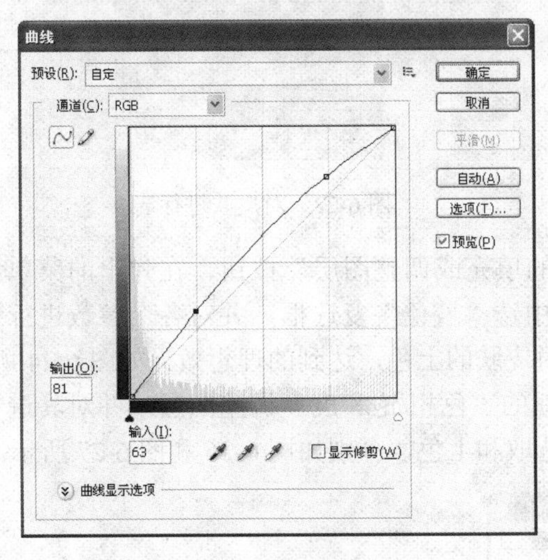

图 6-17　调整曲线

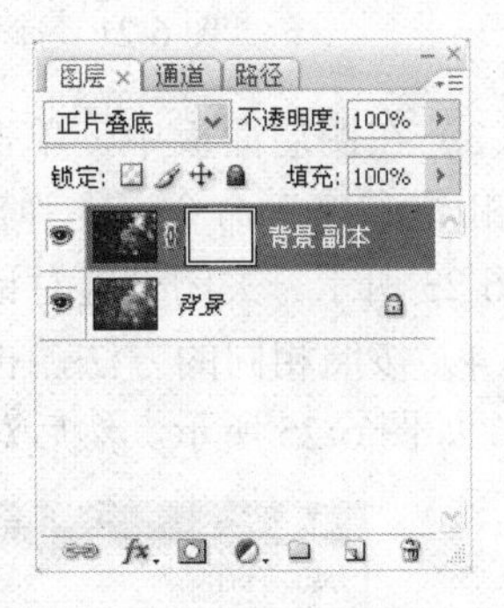

图 6-18　添加蒙版

（5）在工具箱中，选择“加深工具”，在其属性栏中设置参数，如图 6-19 所示。然后对照片需要加亮的部分用鼠标小心涂抹，得到最终效果如图 6-20 所示。

画笔: 35　范围: 高光　曝光度: 100%　工作区

图 6-19　加深工具属性设置

图 6-20　逆光照片效果

实例 341——旧照片上色

本例将过去拍摄的黑白照片简单上色，主要的操作就是通过添加颜色和调整饱和度，将照片处理成彩色。（学习难度：★★★★★）

（1）执行“文件”→“打开”菜单命令，打开图像，如图 6-21 所示。确认图片的彩色格式为 RGB，否则需转换成 RGB 格式。

（2）在工具箱中，选择磁性套索工具，对皮肤进行选取，如图 6-22 所示。

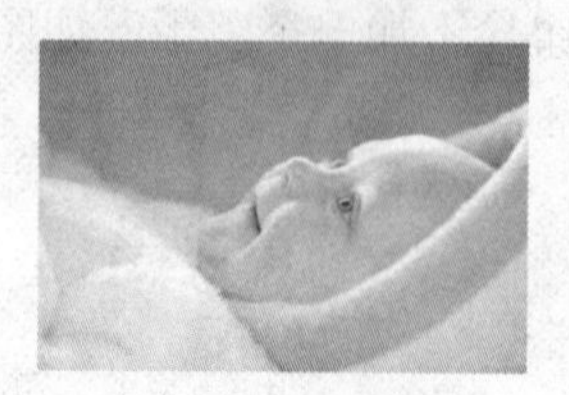

图 6-21　打开图像

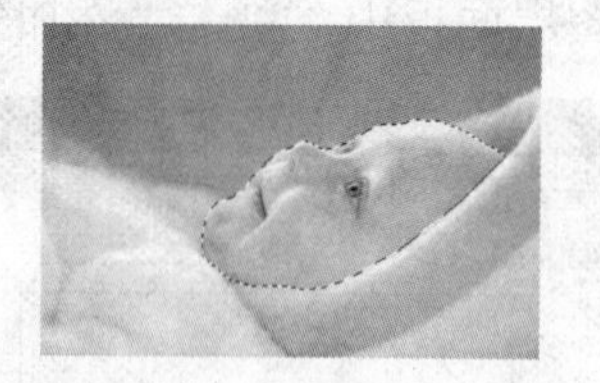

图 6-22　对皮肤进行选取

（3）在图层面板中，单击“创建新的填充或调整图层”按钮，在弹出的菜单中选择“色相/饱和度”命令，在弹出的对话框中选“着色”复选框，并对各个参数进行设置，如图 6-23 所示。关闭设置对话框，完成对皮肤的上色，达到的理想效果如图 6-24 所示。

（4）按照相同的方法，再建立一个新的“色相/饱和度”调整图层，并对其进行参数设置，如图 6-25 所示。然后对衣服进行选取和上色，分别如图 6-26 和图 6-27 所示。

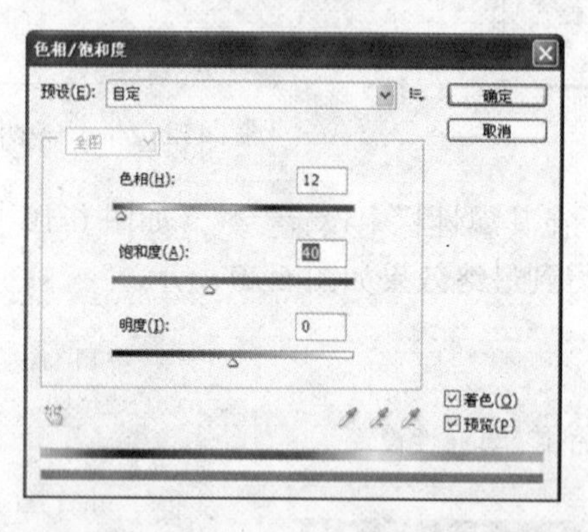

图 6-23　设置“色相/饱和度”

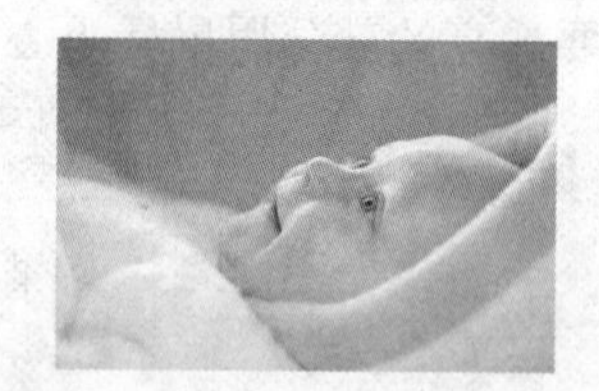

图 6-24　上色后的效果

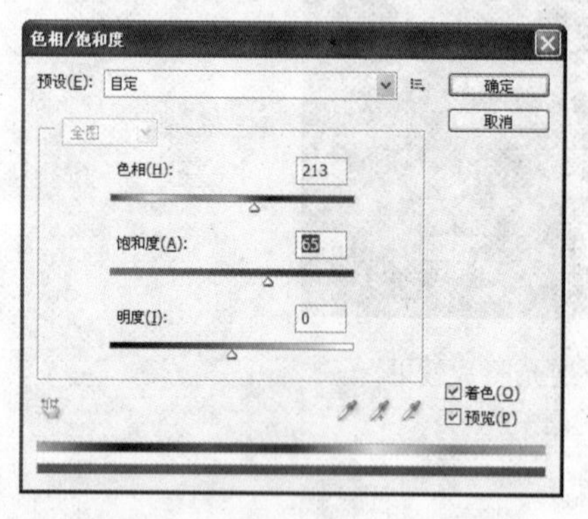

图 6-25　设置“色相/饱和度”

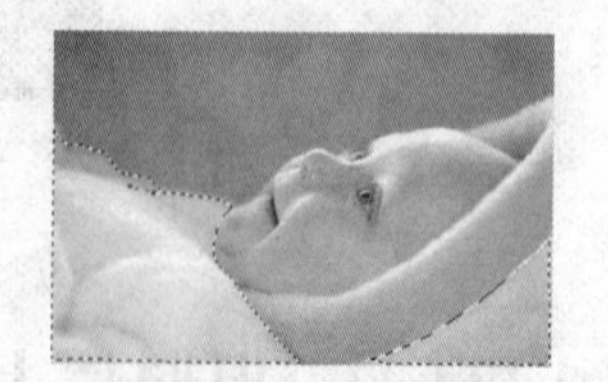

图 6-26　对衣服进行选取

（5）用相同的方法，再建立一个新的“色相/饱和度”调整图层，如图 6-28 所示。对帽边和背景进行选取，如图 6-29 所示，上色后的最终效果如图 6-30 所示。

图 6-27　上色后的效果

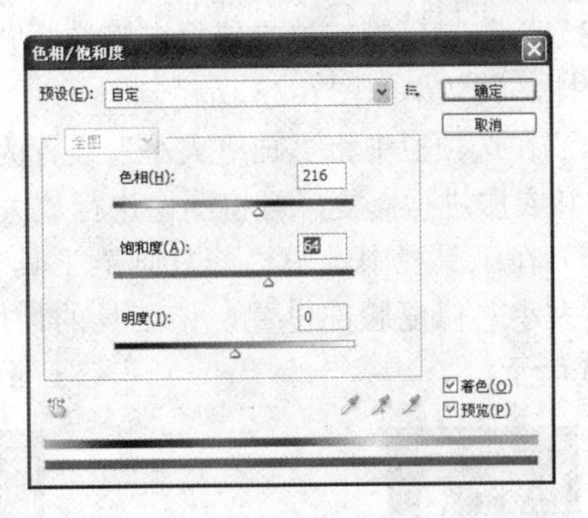

图 6-28　设置“色相/饱和度”

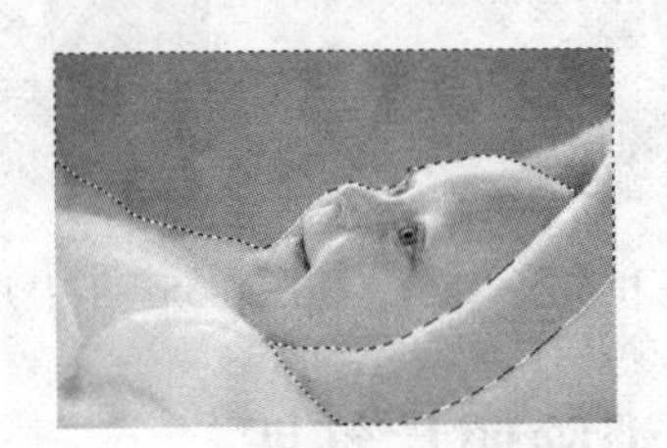

图 6-29　对帽边和背景进行选取

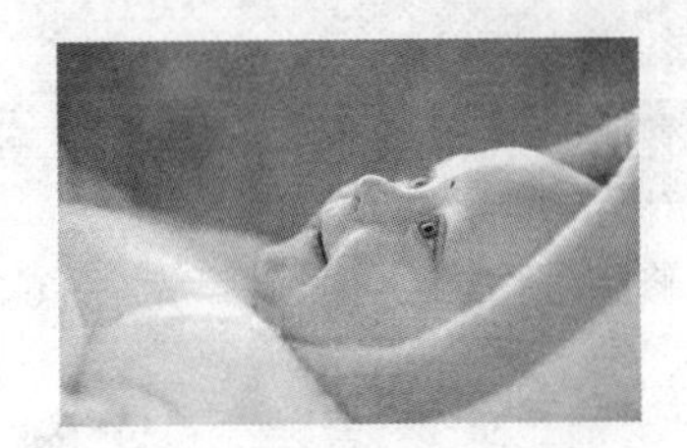

图 6-30　旧照片上色效果

实例 342——旧照片修复

本例通过 Photoshop CS4 的仿制图章工具将旧的老照片处理成崭新的照片。（学习难度：★★★★）

（1）执行“文件”→“打开”菜单命令，打开图像，如图 6-31 所示。

（2）在工具箱中选择“仿制图章工具”（该工具适合修复较规律、明暗变化不大的图像），并在最上方的选项栏中设置仿制图章工具的“画笔大小”为 30 像素，“硬度”为 100%，如图 6-32 所示。

图 6-31　打开图像

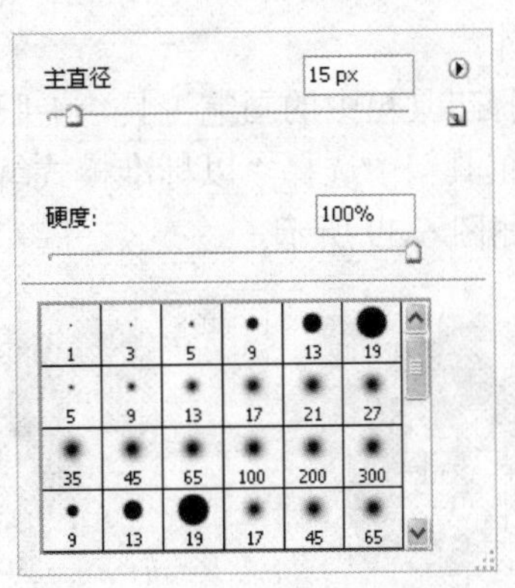

图 6-32　仿制图章工具设置

（3）按住 Alt 键，单击鼠标左键选择背景较干净的一块，松开 Alt 键，在需要修复的位置涂抹，其效果如图 6-33 所示。

（4）在选项栏中将“画笔大小”设置为 13 像素，“硬度”修改为 50%，继续对人物的头发和衣服进行修复，可将图像进行放大操作，如图 6-34 所示。

（5）在工具栏中选中“修复画笔工具”，该工具适合修复明暗变化较大的图像，调整画笔大小，修复脸部位置，该工具的使用方法和仿制图章工具使用相同。最终效果如图 6-35 所示。

图 6-33　修复背景的照片

图 6-34　修复头发和衣服

图 6-35　旧照片修复效果

实例 343——消除照片红眼

图 6-36　打开图像

本例将照片中因为光线等原因造成的人物红眼问题，通过简单的处理恢复眼睛的颜色。（学习难度：★★★★）

（1）执行“文件”→“打开”菜单命令，打开图像，如图 6-36 所示。

（2）在工具箱中选择“缩放工具”，在图片中眼睛的区域单击，使图片变大，同时按下 图标，选择“以快速蒙版模式编辑”，如图 6-37 所示。

操作技巧：

缩放工具使用起来很方便，可以对图像进行任意放大和缩小，从而可对图像中细小的部分进行操作。

（3）选择工具箱中的画笔工具，沿眼珠描出区域，如图 6-38 所示。

（4）在工具箱中选择“以标准模式编辑”，执行“选择”→“反向”菜单命令，取得眼珠选区，如图 6-39 所示。

图 6-37　放大图片

图 6-38　描出眼珠选区

图 6-39　把蒙版转化为选区

（5）执行“图像”→“调整”→“去色”菜单命令，快速去除红眼，如图 6-40 所示。

（6）执行“图像”→“调整”→“曲线”菜单命令，调整眼珠颜色为淡蓝色，如图 6-41 所示，得到最终效果如图 6-42 所示。

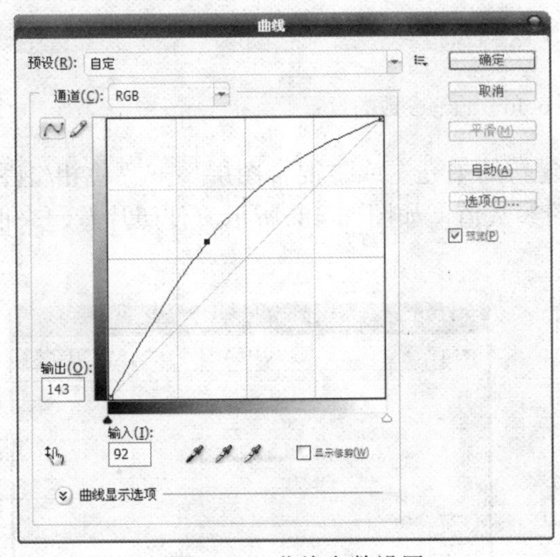

图 6-41　曲线参数设置

图 6-40　快速去除红眼

图 6-42　消除照片红眼效果

实例 344——制作旧照片

本例将一章完好的彩色照片通过简单的处理，制作成旧照片效果。（学习难度：★★★★）

（1）执行“文件”→“打开”菜单命令，打开图像，如图 6-43 所示。

（2）在图层面板上，创建“背景”图层的副本，执行“图像”→“调整”→“去色”菜单命令，将照片做成黑白照片，如图 6-44 所示。

（3）执行“滤镜”→“杂色”→“添加杂色”菜单命令，在弹出的对话框中，设置“数量”为 10%，“分布”选为“平均分布”，并选择“单色”复选框，如图 6-45 所示。

图 6-43　打开图像

图 6-44　去色后的图像

图 6-45　设置“添加杂色”

（4）新建一个图层，设置前景色为白色，背景色为黑色，在工具箱中选择“画笔工具”，设置合适的参数，如图 6-46 所示。在照片中画几条长短不等的线段，然后再用橡皮擦工具将它们修整得断断续续，绘制出划痕的效果，如图 6-47 所示。

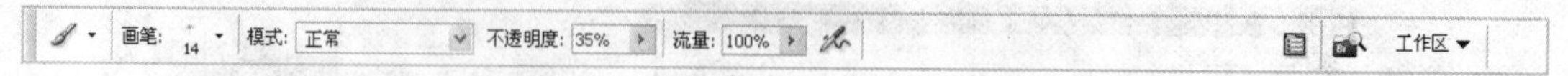

图 6-46　画笔参数的设置

（5）在图层面板中，选择“创建新的填充”或“混合图层”→“色相/饱和度”菜单命令，在弹出的对话框中设置适当的参数值，如图 6-48 所示。使照片看起来很陈旧，如图 6-49 所示。

图 6-47　绘制划痕

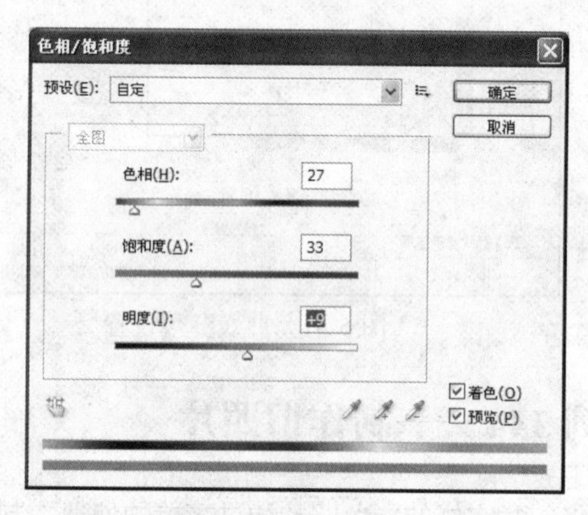

图 6-48　设置“色相/饱和度”

（6）在图层面板中，选择“创建新的填充”或“混合图层”→“亮度/对比度”菜单命令，在弹出的对话框中设置适当的参数值，如图 6-50 所示，使照片效果更真实，得到最终效果如图 6-51 所示。

图 6-49　添加颜色后的效果

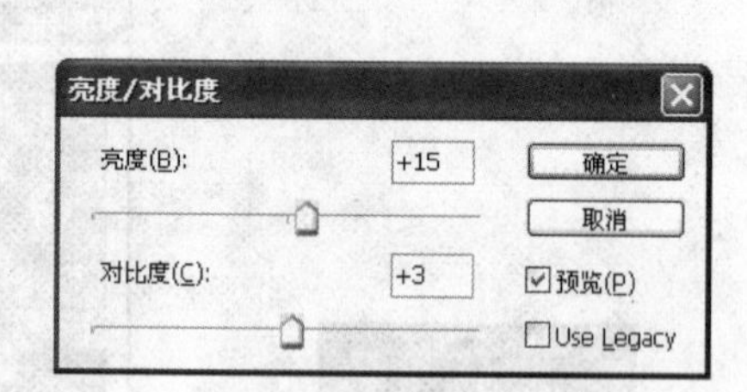

图 6-50　设置“亮度/对比度”

图 6-51　制作旧照片效果

实例 345——照片朦胧化

本例将普通的照片修复成具有朦胧化效果的照片。（学习难度：★★★★★）

（1）执行“文件”→“打开”菜单命令，打开图像，复制一个背景层，如图 6-52 所示。

（2）执行“滤镜”→“模糊”→“高斯模糊”菜单命令，设置“半径”为 2.3 像素，如图 6-53 所示。

（3）在图层面板中，单击“添加矢量蒙版”按钮，添加一个蒙版，如图 6-54 所示。

（4）在工具箱中，选择“椭圆选框工具”按钮，选择人像的部分组成一个选区，如图 6-55 所示。

图 6-52　打开图像

图 6-53　设置“高斯模糊”

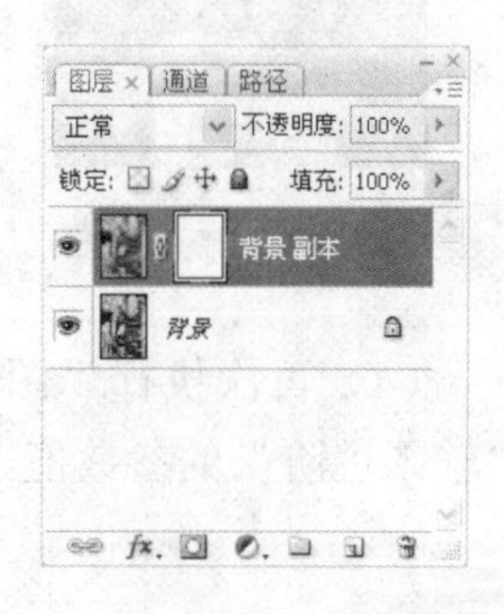

图 6-54　添加蒙版

提醒注意：

在画选区的时候不要画得太大，否则做出来的效果就不自然了。

（5）执行“选择”→“修改”→“羽化”菜单命令，在弹出的对话框中设置羽化参数，如图 6-56 所示。

（6）在工具箱中，设置前景色为黑色，然后选择“油漆桶工具”按钮，对椭圆区域进行填充，如图 6-57 所示。

（7）执行“选择”→“取消选择”菜单命令，合并图层，得到最终效果如图 6-58 所示。

图 6-55　人像区域选择

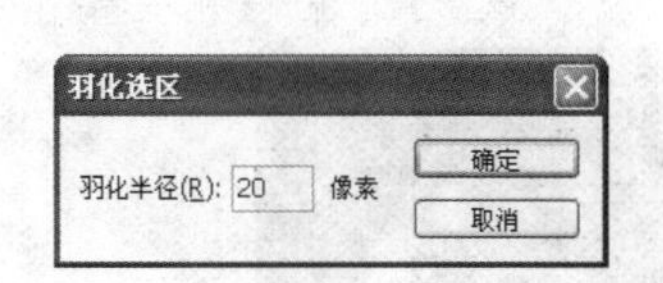

图 6-56　羽化设置

图 6-57　椭圆区域填充

图 6-58　照片朦胧化效果

实例 346——变换眼睛颜色

本例将一张小女孩的普通照片，变换成如同西方人一样具有碧蓝的双眼。（学习难度：★★★）

（1）执行“文件”→“打开”菜单命令，打开图像，如图 6-59 所示。

图 6-59　打开图像

（2）在工具箱中选择“磁性套索工具”，将眼睛的轮廓选中，按住 Shift 键同时选定另一只眼睛，如图 6-60 所示。

（3）执行“图像”→“调整”→“色彩平衡”菜单命令，在弹出的对话框中，调整“色阶”的各参数，直到达到理想的颜色效果，如图 6-61 所示。

（4）再次执行“图像”→“调整”→“色阶”菜单命令，在弹出的对话框中，调整“输入色阶”的参数值，直到达到理想的颜色效果，如图 6-62 所示。

图 6-60　使用磁性套索工具选中眼睛

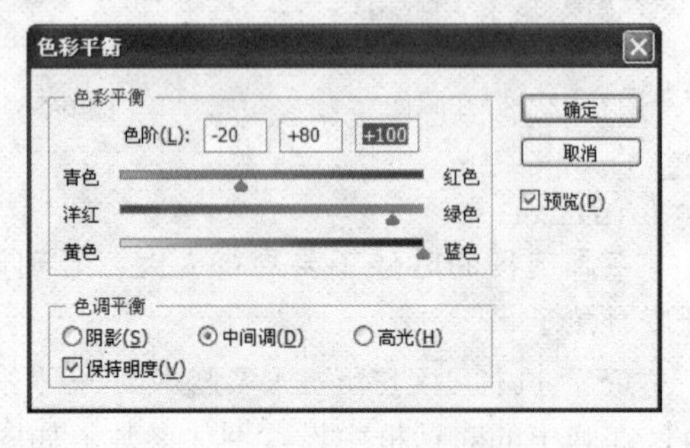

图 6-61　设置“色彩平衡”

（5）调整好颜色之后，执行“选择”→“取消选择”菜单命令，得到理想的效果如图 6-63 所示。

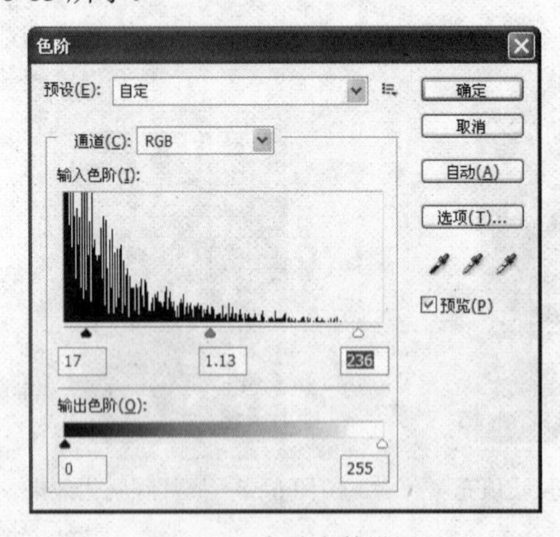

图 6-62　色阶参数设置

图 6-63　变换眼睛颜色效果

实例 347——海市蜃楼效果

本例将通过 Photoshop CS4 来把两张普通的照片处理成具有海市蜃楼效果的照片。（学习难度：★★★★）

（1）执行“文件”→“打开”菜单命令，打开需要处理的大海图像，创建一个“背景副本”图层，如图 6-64 所示；再把大楼的图像打开，如图 6-65 所示。

（2）在工具箱中，选择“矩形选框工具”按钮，选取大楼部分的图像，再选择“移动工具”按钮，将其拖曳到大海照片上，如图 6-66 所示。

图 6-64　打开大海图像

图 6-65　打开大楼图像

图 6-66　两张照片叠加后的效果

（3）执行“编辑”→“自由变换”菜单命令，缩放图像的大小，以适应背景图，达到更加美观的效果，如图 6-67 所示。

（4）在工具箱中，选择“矩形选框工具”选取大楼图片，再执行“选择”→“修改”→“羽化”菜单命令，设置“羽化半径”为 10 像素，如图 6-68 所示。

图 6-67　调整后的效果

图 6-68　羽化设置

（5）按下 Ctrl+C 键，然后再按下 Ctrl+J 键，利用羽化后的图像创建新层。将图层 1 设置为不可见状态，将图层 2 的“混合模式”设置为“柔光”，图层面板的设置如图 6-69 所示。最终效果如图 6-70 所示。

图 6-69　图层面板的设置

图 6-70　海市蜃楼效果

实例 348——给人物换装

本例将把美女的白色上衣换成带有图案的漂亮衣服，轻松实现人物换装效果。（学习难度：★★★★★）

（1）执行“文件”→“打开”菜单命令，打开图像，如图 6-71 所示。

（2）在图层面板中，复制背景图层，创建一个“背景副本”图层，在工具箱中选择磁性套索工具将衣服部分选中，如图 6-72 所示。

（3）按下 Ctrl+J 键，将衣服部分复制到一个新的图层 1，关闭其他的图层可见性，只留下刚才复制的新层，如图 6-73 所示。

图 6-71 打开图像

图 6-72 选中衣服部分

图 6-73 复制衣服

（4）执行“文件”→“打开”菜单命令，打开素材图片，如图 6-74 所示。

（5）在工具箱中选择“移动工具”将素材图片拖曳到当前文件窗口中创建新的图层 2，在图层面板中选中图层 1，执行“选择”→“载入选区”菜单命令，转换衣服选区，然后回到图层 2，按下 Ctrl+J 键，将选区部分复制到一个新的图层 3，如图 6-75 所示。

（6）在图层面板中删除图层 2，将其他不可见的图层设置为可见性，其效果如图 6-76 所示。

图 6-74 打开素材图片

图 6-75 复制后的图片

图 6-76 调整图层后的效果

（7）执行“图像”→“调整”→“色阶”菜单命令，在弹出的对话框中进行参数调整，如图 6-77 所示。

（8）执行“图像”→“调整”→“亮度/对比度”菜单命令，在弹出的对话框中进行参数设置，如图 6-78 所示。得到最终效果如图 6-79 所示。

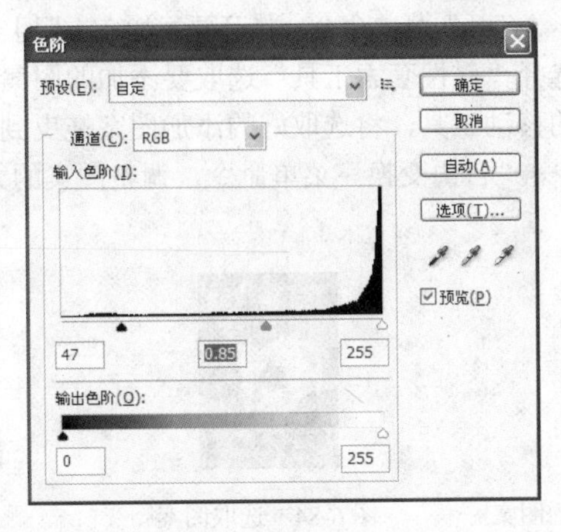

图 6-77　调整“色阶”

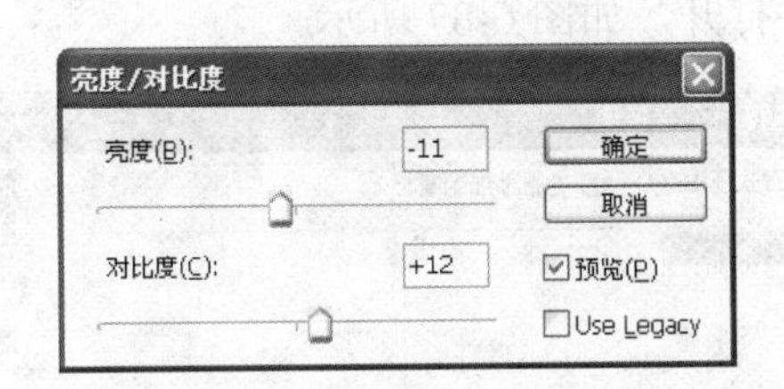

图 6-78　设置“亮度/对比度”

图 6-79　给人物换装效果

实例 349——给衣服添加图案

本例将给人物的衣服添加漂亮的图案效果。（学习难度：★★★★）

（1）执行“文件”→“打开”菜单命令，打开人物图像，如图 6-80 所示。

（2）新创建背景副本图层，并设置为当前工作层，执行“图像”→“调整”→“去色”菜单命令，其效果如图 6-81 所示。

（3）执行“图像”→“调整”→“亮度/对比度”菜单命令，在弹出的对话框中，调整“亮度”和“对比度”的参数为–20 和+60，如图 6-82 所示。确认后，将该图层保存为一个.psd 文件，取名为 str.psd，同时隐藏背景副本图层，设置背景图层为当前工作层。

图 6-80　打开人物图像

图 6-81　去色后的效果

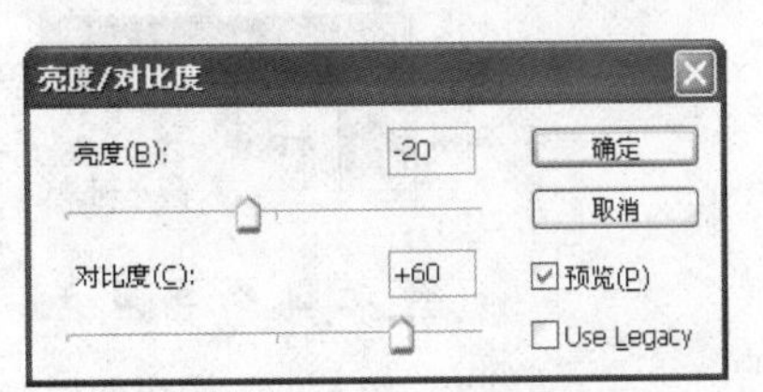

图 6-82　设置“亮度/对比度”

（4）执行“文件”→“打开”菜单命令，打开要添加在衣服上的图案，如图 6-83 所示。

（5）在工具箱中，选择“磁性套索工具”选取要添加的图案，如图 6-84 所示。

（6）选择工具箱中的移动工具，将选取好的添加图案拖曳到人物图像中，自动生成图层 1，再次执行“编辑”→“自由变换”菜单命令，调整图案的大小和形状，如图 6-85 所示。

图 6-83　打开要添加的图案

图 6-84　选取图案

图 6-85　添加图案

（7）执行“滤镜”→“扭曲”→“置换”菜单命令，在弹出的对话框中，设置“水平比例”为 2，“垂直比例”为 2，如图 6-86 所示。确认操作之后，弹出“选择一个置换图”对话框，选择刚才建立的 str.psd 文件并打开，如图 6-87 所示。

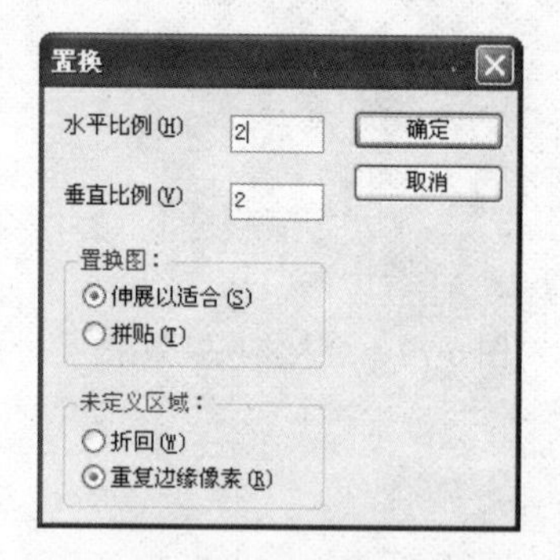

图 6-86　设置“置换”参数

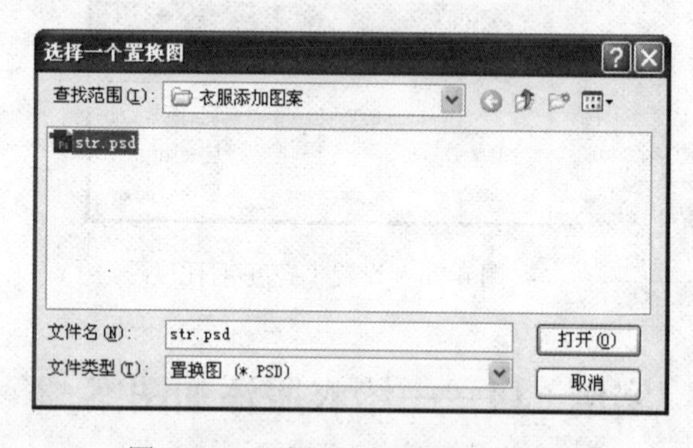

图 6-87　“选择一个置换图”对话框

（8）在图层面板中，将图层 1 的“混合模式”设置为“颜色加深”，如图 6-88 所示，得到最终效果如图 6-89 所示。

图 6-88　图层面板

图 6-89　给衣服添加图案后的效果

实例 350——反转负冲的胶片效果

本例将人物照片处理成反转负冲的胶片效果，使照片看上去具有比较诡异而且有趣的色彩。（学习难度：★★★★）

图 6-90　打开图像

（1）执行“文件”→“打开”菜单命令，打开图像，创建背景副本图层为当前工作层，如图 6-90 所示。

（2）在通道面板中，选择“蓝”为当前通道，执行“图像”→“应用图像”菜单命令，在弹出的对话框中，选中“反相”复选框，混合模式设为“正片叠底”，“不透明度”设为 50%，如图 6-91 所示。

（3）执行“图像”→“调整”→“色阶”菜单命令，在弹出的对话框中，在“输入色阶”栏输入 20、0.90 和 145，如图 6-92 所示。

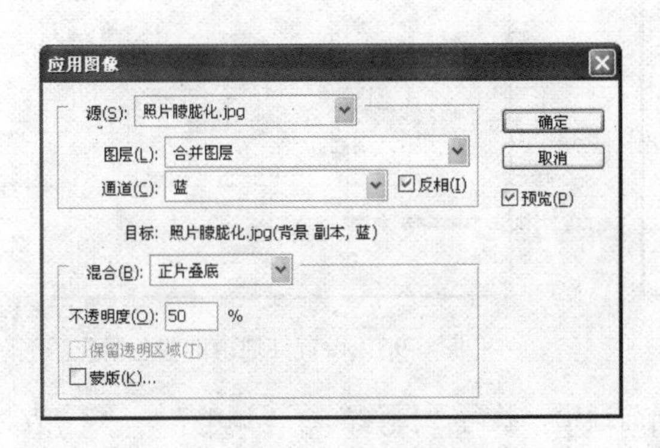

图 6-91　设置蓝通道的“应用图像”

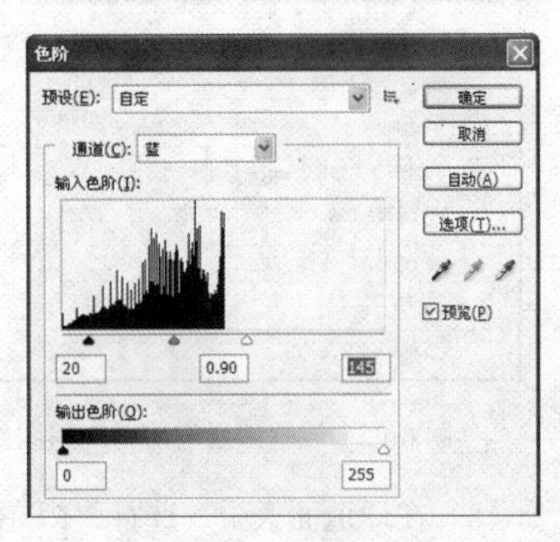

图 6-92　设置蓝通道的“色阶”

（4）在通道面板中，选择“绿”为当前通道，执行“图像”→“应用图像”菜单命令，在弹出的对话框中，选中“反相”复选框，混合模式设为“正片叠底”，“不透明度”设为 20%，如图 6-93 所示。

（5）执行“图像”→“调整”→“色阶”菜单命令，在弹出的对话框中，在“输入色阶”栏输入 35、1.10 和 200，如图 6-94 所示。

（6）在通道面板中，选择“红”为当前通道，执行“图像”→“应用图像”菜单命令，在弹出的对话框中，混合模式设为“颜色加深”，如图 6-95 所示。

（7）执行“图像”→“调整”→“色阶”菜单命令，在弹出的对话框中，在“输入色阶”栏输入 45、1.20 和 255，如图 6-96 所示。

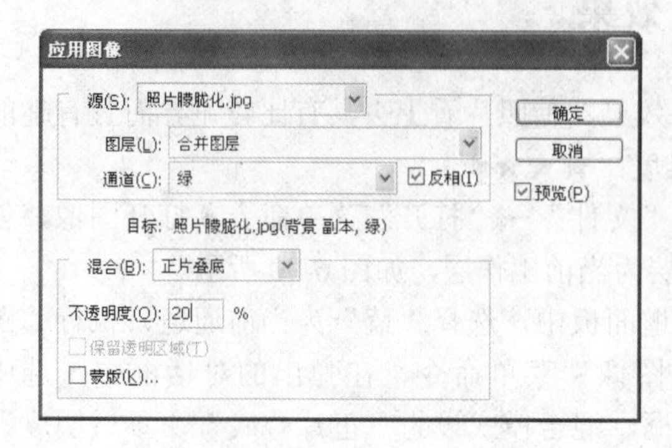

图 6-93　设置绿通道的“应用图像”

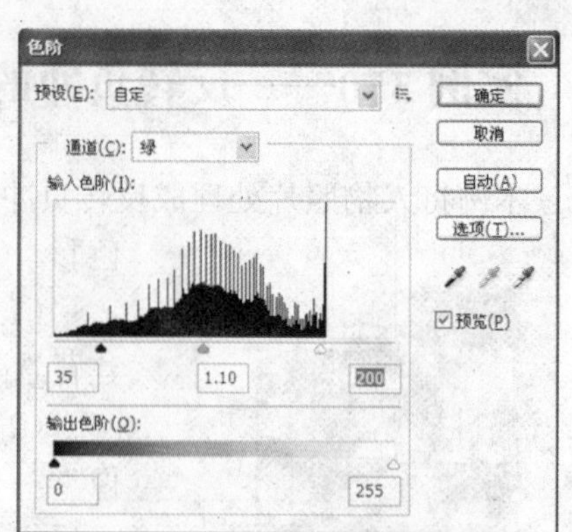

图 6-94　设置绿通道的“色阶”

应用图像
源(S): 照片朦胧化.jpg
图层(L): 合并图层
通道(C): 红
反相(I)
确定
取消
预览(P)
目标: 照片朦胧化.jpg(背景 副本, 红)
混合(B): 颜色加深
不透明度(O): 100 %
保留透明区域(T)
蒙版(K)...

图 6-95　设置红通道的“应用图像”

图 6-96　设置红通道的“色阶”

（8）在通道面板中，选择“RGB”为当前通道，执行“图像”→“调整”→“亮度/对比度”菜单命令，在弹出的对话框中，设置“亮度”为–5，“对比度”为 20，如图 6-97 所示，得到效果如图 6-98 所示。

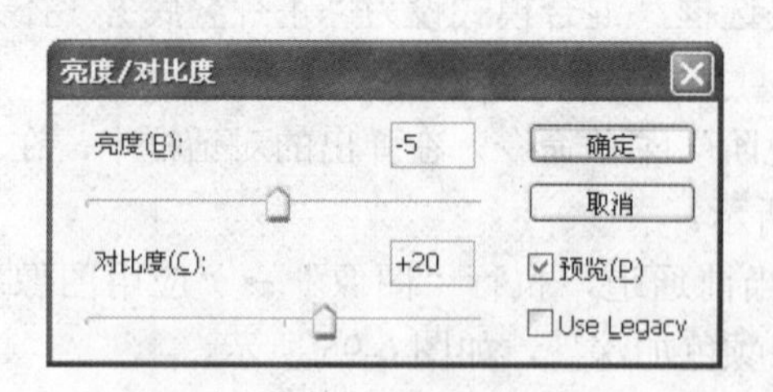

图 6-97　设置“亮度/对比度”

图 6-98　亮度/对比度效果

（9）执行“图像”→“调整”→“色相/饱和度”菜单命令，设置“饱和度”为 20，如图 6-99 所示。最终效果如图 6-100 所示。

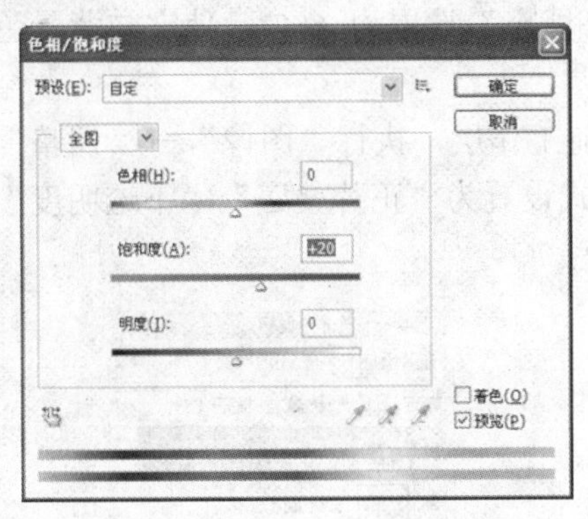

图 6-99 设置“色相/饱和度”

图 6-100 反转负冲的胶片效果

实例 351——制作月历

本例将利用红色的跑车图片制作出漂亮的月历效果。(学习难度：★★★★★)

(1) 执行“文件”→“打开”菜单命令，打开图像，创建背景副本图层为当前工作层，如图 6-101 所示。

(2) 执行“图像”→“调整”→“色调分离”菜单命令，在弹出的对话框中，将“色阶”设置为 8，如图 6-102 和图 6-103 所示。

图 6-101 打开图像

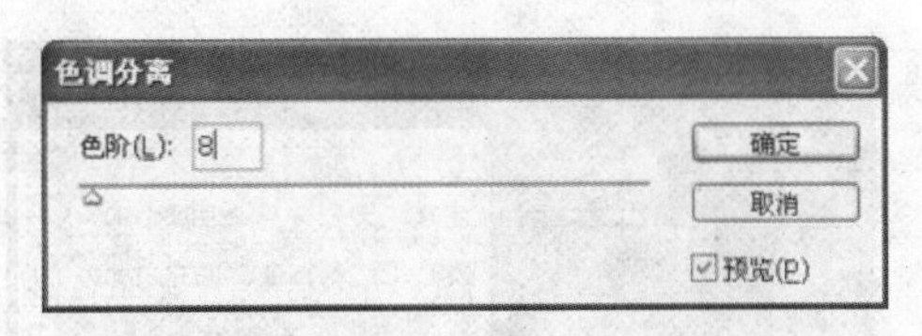

图 6-102 设置“色调分离”

(3) 执行“图像”→“调整”→“色相/饱和度”菜单命令，选中“着色”复选框，分别设置“色相”、“饱和度”和“明度”等，具体参数设置如图 6-104 所示。设置完成后的效果图如图 6-105 所示。

图 6-103 色调分离后的效果

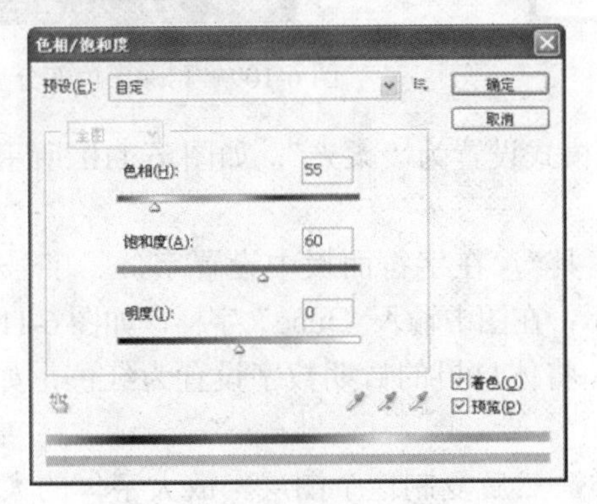

图 6-104 设置“色相/饱和度”

图 6-105 色相/饱和度效果

（4）在图层面板中，将背景副本图层的“填充”设置为 60%，使它与背景色自然地融合在一起，如图 6-106 所示。

（5）创建背景副本 2 图层，并设置为当前工作层，执行“图像”→“调整”→“去色”菜单命令，然后在图层面板中，把混合模式设置为“正片叠底”，“不透明度”设置为 75%，“填充”设置为 55%，如图 6-107 所示。

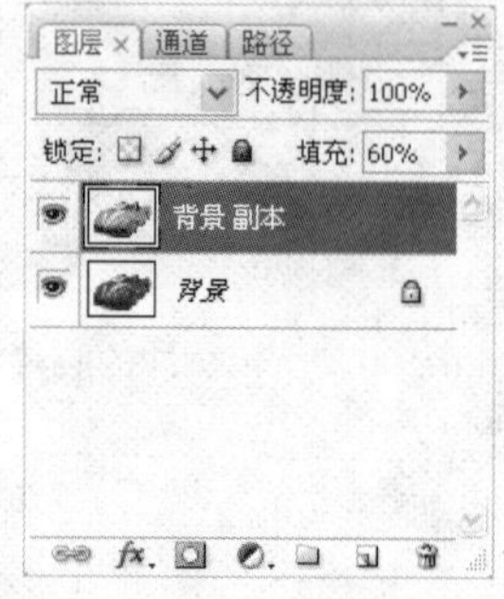

图 6-106　背景副本图层的设置

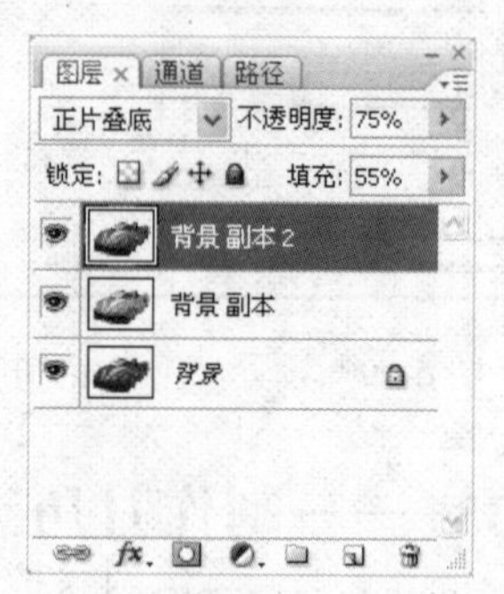

图 6-107　背景副本 2 图层的设置

（6）新建一个图层，命名为“black”，将前景色设置为黑色后，按下 Alt+Delete 键在图像上填充前景色，如图 6-108 所示。

（7）将图像的上端和下端保留黑色部分，使用矩形选框工具在显示图像的部分上拖曳，然后按下 Delete 键删除选择的矩形部分，其效果如图 6-109 所示。

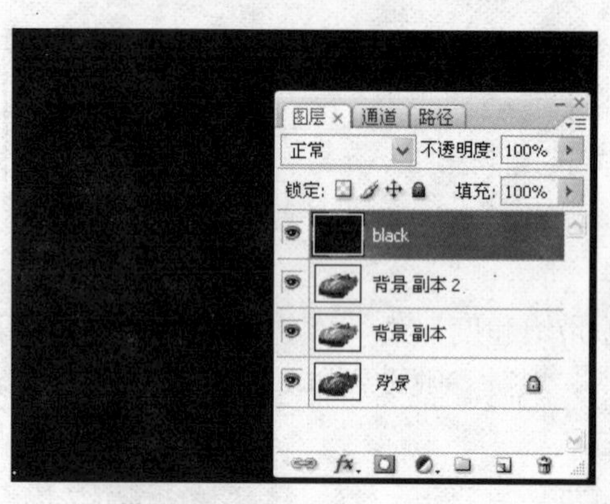

图 6-108　填充黑色

图 6-109　删除黑色部分后的效果

（8）再创建背景副本 3 图层，将混合模式设置为“柔光”，如图 6-110 所示，完成后的海报效果图像如图 6-111 所示。

（9）在工具箱中，选择“横排文字工具”，在字符面板中设置字体、字号、字间距等，将文字颜色设置为白色，如图 6-112 所示；在图中输入“June”字样，如图 6-113 所示。

（10）用相同的方法输入月历的日期，将休息日的日期数字设置为红色，如图 6-114 所示。

（11）在画面的右上角输入 2007 字样，然后复制这个图层，放大字体的大小，在图层面板中将“不透明度”设为 20%，用同样方法在画面的正下角输入“12”字样，其效

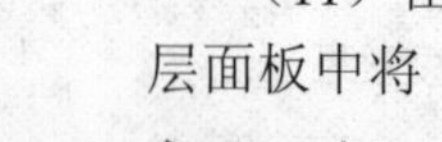

果如图 6-115 所示。

图 6-110　背景副本 3 图层的设置

图 6-111　海报效果图像

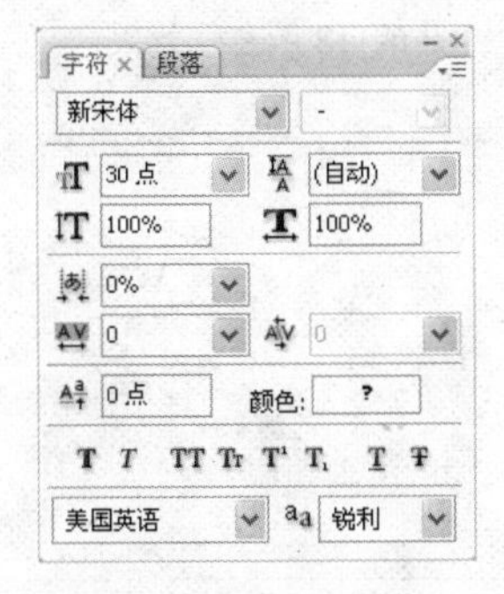

图 6-112　字符面板设置

图 6-113　输入文字效果

（12）在图层面板中选择 June 图层后，新建一个图层，命名为“bar”，然后使用矩形选框工具选中日期数字部分，将前景色设置为灰色，按住 Alt+Delete 键进行填充，最后将图层面板中的“不透明度”设置为 20%，月历制作完成，得到最终效果如图 6-116 所示。

图 6-114　输入日期效果

图 6-115　输入年和月后的效果

图 6-116　制作月历效果

实例 352——铅笔素描效果

本例将一张漂亮的风景图片制作成简单的铅笔素描效果。（学习难度：★★★）

（1）执行“文件”→“打开”菜单命令，打开图像，如图 6-117 所示。

（2）将原来的彩色图片变成黑白照片，执行“图像”→“调整”→“去色”菜单命令，其效果如图 6-118 所示。

（3）复制去色后的背景层，得到背景副本图层，执行“图像”→“调整”→“反相”菜单命令，反相后的效果如同照片的底片一样，如图 6-119 所示。

（4）在图层面板中，将混合模式设置为“颜色渐淡”，此时的照片变得几乎什么都没有了，如图 6-120 所示。

图 6-117　打开图像

图 6-118　去色效果

图 6-119　反相后的图像

图 6-120　混合后的效果

（5）执行“滤镜”→“模糊”→“高斯模糊”菜单命令，在弹出的对话框中设置“半径”为 3 像素，如图 6-121 所示。得到最终效果如图 6-122 所示。

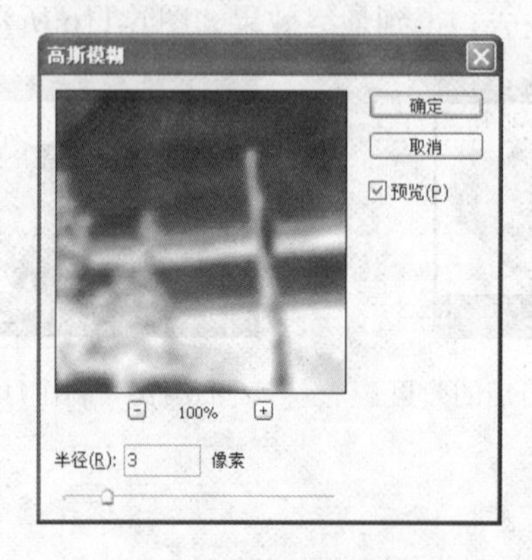

图 6-121　设置“高斯模糊”

图 6-122　铅笔素描效果

实例 353——丝网版画效果

本例将一张大熊猫的照片处理成丝网版画效果，主要用到位图命令中半调网屏的方

法。（学习难度：★★★★）

图 6-123　打开图像

（1）执行“文件”→“打开”菜单命令，打开图像，如图 6-123 所示。

（2）执行“图像”→“模式”→“灰度”菜单命令，在弹出的对话框中单击“拼合”按钮，此时会再弹出一个“信息”对话框，单击“扔掉”按钮，得到如图 6-124 所示的效果。

（3）执行“图像”→“调整”→“色阶”菜单命令，在弹出的对话框中调整参数值，如图 6-125 所示，其效果如图 6-126 所示。

图 6-124　灰度图

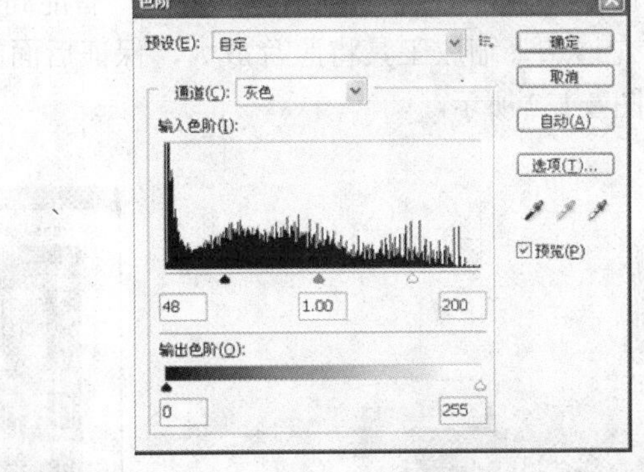

图 6-125　色阶调整

（4）执行“图像”→“模式”→“位图”菜单命令，在弹出的对话框中设置“输出”为 350，“方法”为“半调网屏”，如图 6-127 所示。

图 6-126　色阶效果

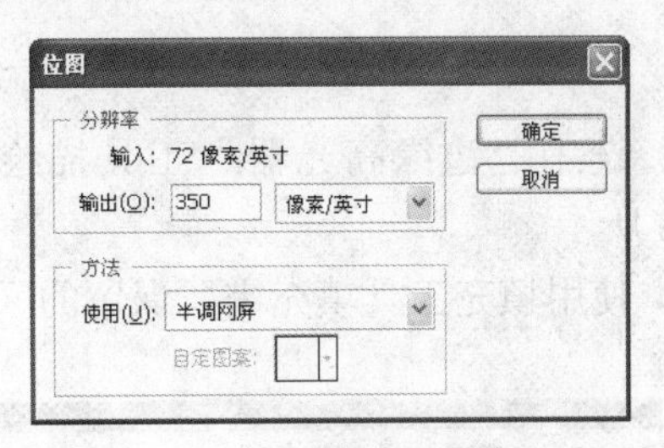

图 6-127　设置“位图”

（5）单击“确认”按钮后，弹出“半调网屏”对话框，在该对话框中设置“频率”为 35，“角度”为 180 度，“形状”为“直线”，如图 6-128 所示。得到最终效果如图 6-129 所示。

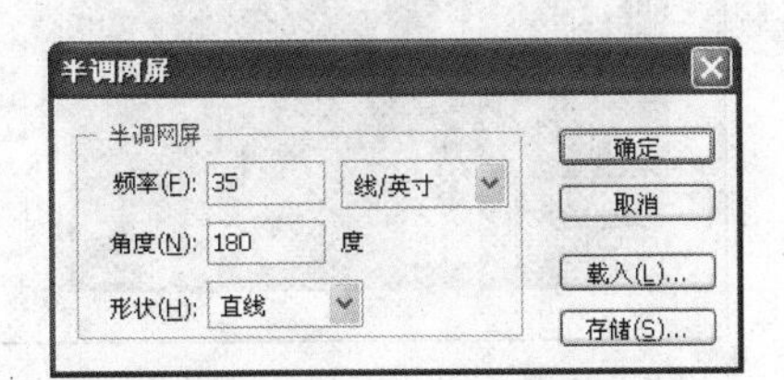

图 6-128　设置“半调网屏”

图 6-129　丝网版画效果

实例354——照片合成效果

本例将一张风景名胜照片和一张人物照片合成为一张具有纪念意义的旅游照片。（学习难度：★★★★★）

（1）执行“文件”→“打开“菜单命令，打开人物照片和风景照片，分别如图6-130和图6-131所示。

（2）将人物照片的人物取出，也就是去背景：执行“滤镜”→“抽出”菜单命令，在弹出的对话框中，从右边的工具选项栏中设置“画笔大小”为4，同时选中“智能高光显示”复选框，从左边选择缩放工具将照片放大，保证后面的操作更加精确，如图6-132所示。

图6-130　人物照片

图6-131　风景照片

图6-132　设置选项和视图

（3）选中“边缘高光器”工具描绘人物与背景的交界处，描绘时应仔细一些，如图6-133所示。

（4）使用填充工具填充需要保留的区域，如图6-134所示。

图6-133　描绘人物照片

图6-134　填充需要保留的区域

（5）单击“确定”按钮后，关闭对话框，抽出后的效果如图 6-135 所示。

（6）在工具箱中，选择缩放工具将人物放大，会发现人物抽出时没有完全处理干净，使用橡皮擦工具擦去没有处理干净的部分，如图 6-136 所示。

（7）在工具箱中，选择移动工具将抽出后的人物直接拖曳到风景照片中，如图 6-137 所示。

图 6-135　抽出后的效果

图 6-136　用橡皮擦处理后的效果

图 6-137　将人物拖曳到风景照片中

（8）执行“编辑”→“自由变换”菜单命令，对人物进行变形操作，调整人物与景物的比例大小，最后用移动工具将人物挪到合适的位置，如图 6-138 所示。

图 6-138　调整人物大小和位置后的效果

（9）因为两张照片拍摄时的光线可能不同，所以还应该调整人物的明暗程度，以使其适应背景照片。执行“图像”→“调整”→“色阶”菜单命令，在弹出的对话框中，对参数进行调整设置，如图 6-139 所示。得到最终效果如图 6-140 所示。

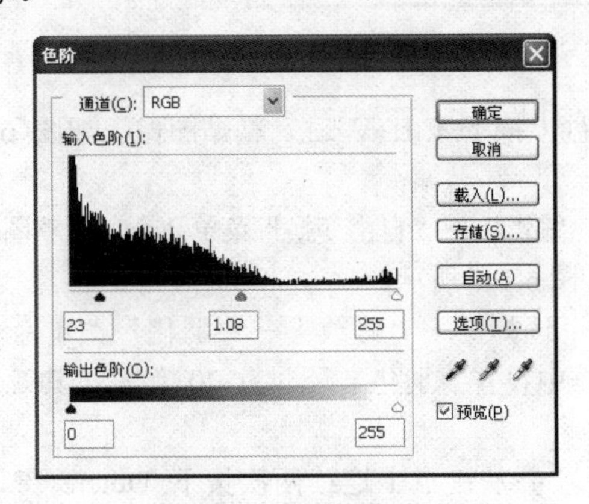

图 6-139　色阶调整

图 6-140　照片合成效果

实例 355——文字内镶图像

本例将把漂亮的蝴蝶图片镶嵌到文字里面，制作出漂亮的艺术文字效果。（学习难

度：★★★★★）

（1）执行“文件”→“打开”菜单命令，打开图像，如图 6-141 所示。

（2）在工具箱中，选择矩形选框工具绘制选区，再执行“选择”→“修改”→“羽化”菜单命令，在弹出的对话框中设置“羽化半径”为 50 像素，如图 6-142 所示，从键盘上按下 Ctrl+C 键，复制选区内容，如图 6-143 所示。

图 6-141　打开图像

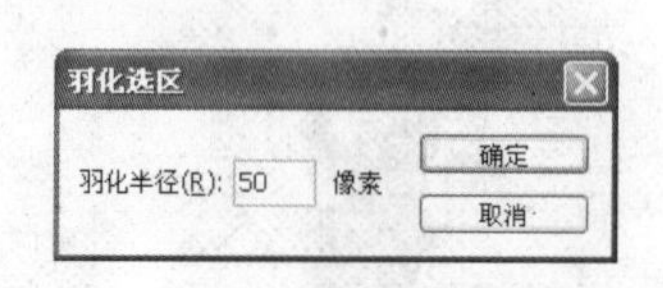

图 6-142　“羽化参数”设置

图 6-143　复制选区内容

（3）执行“文件”→“新建”菜单命令，在弹出的对话框中设置参数如图 6-144 所示。

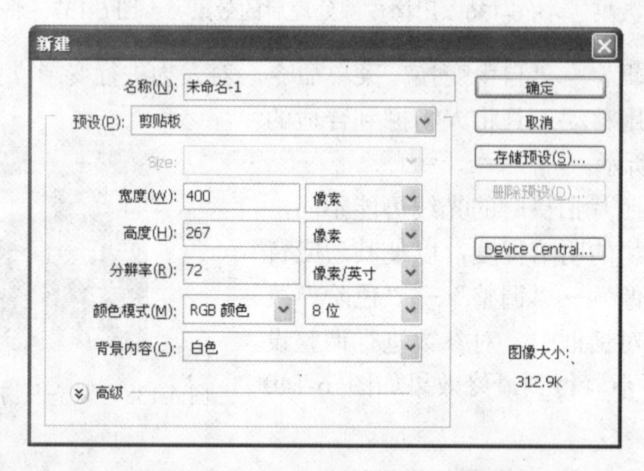

图 6-144　设置“新建”对话框

图 6-145　粘贴图像

（4）在键盘上按下 Ctrl+V 键，粘贴图像，如图 6-145 所示。

（5）执行“编辑”→“自由变换”菜单命令，调整图像的大小和位置，如图 6-146 所示。

（6）执行“选择”→“修改”→“羽化”菜单命令，在弹出的对话框中设置“羽化半径”为 20 像素，其效果如图 6-147 所示。

（7）执行“选择”→“反选”菜单命令，并从键盘上连续两次按下 Delete 键，如图 6-148 所示。

（8）在图层面板中，复制此图层，得到图层 1 副本，如图 6-149 所示。

（9）执行“滤镜”→“模糊”→“高斯模糊”菜单命令，在弹出的对话框中设置“半径”为 10 像素，如图 6-150 所示。

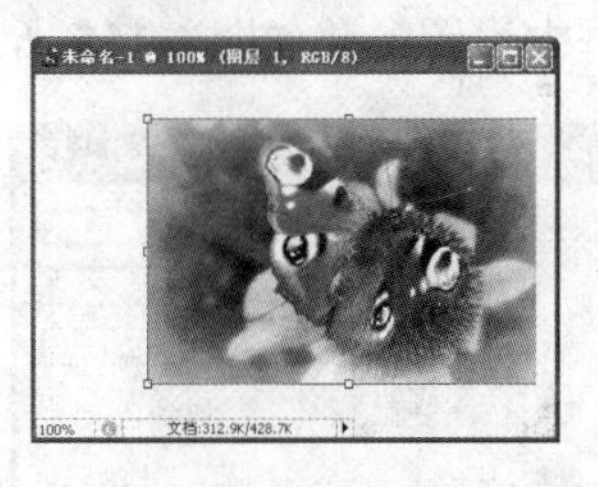

图 6-146　调整图像的大小和位置

图 6-147　羽化后的效果

图 6-148　删除选中的内容

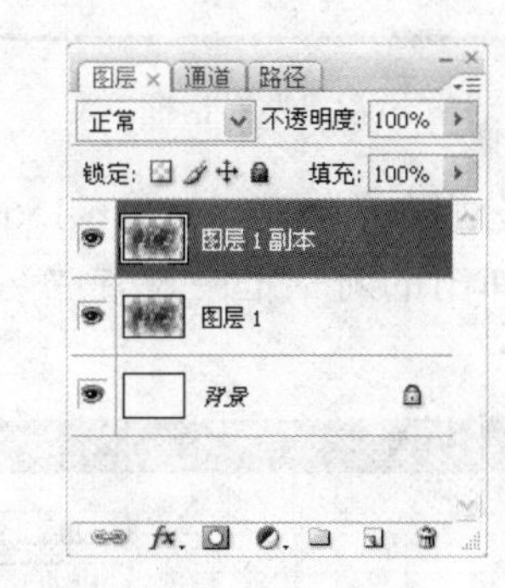

图 6-149　图层 1 副本

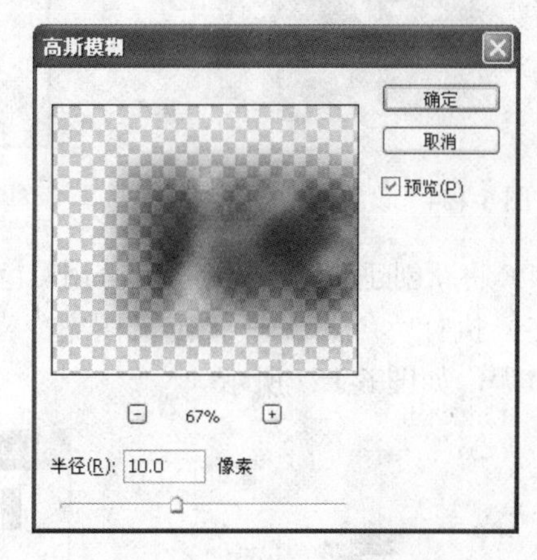

图 6-150　设置“高斯模糊”

（10）设置此图层的混合模式为“强光”，如图 6-151 所示。

（11）执行“图层”→“合并图层”菜单命令，如图 6-152 所示。

（12）设置合并后的图层为当前工作层，执行“图像”→“调整”→“色相/饱和度”菜单命令，在弹出的对话框中设置各参数，如图 6-153 所示，其效果如图 6-154 所示。

图 6-151　图层的强光效果

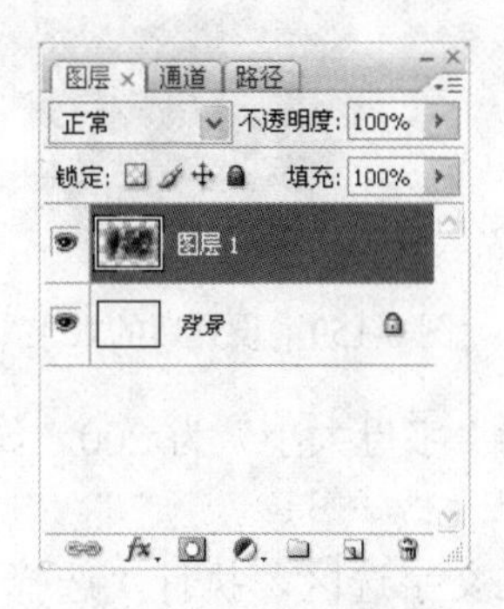

图 6-152　合并图层

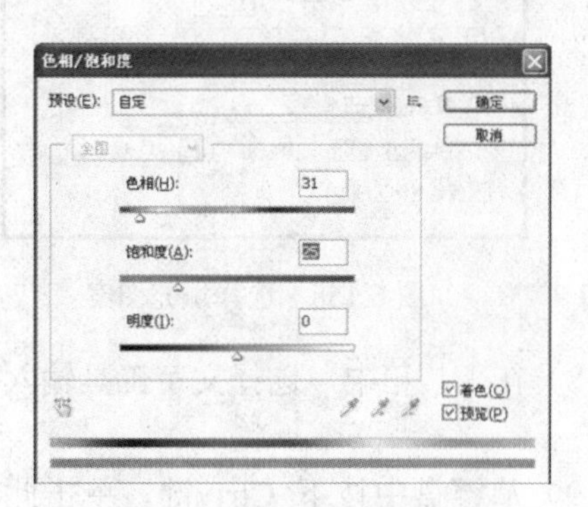

图 6-153　设置“色相/饱和度”

（13）执行“文件”→“新建”菜单命令，在弹出的对话框中设置参数如图 6-155 所示。

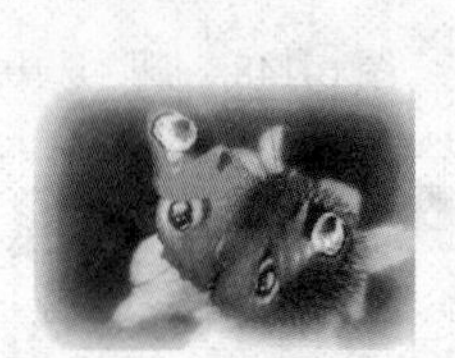

图 6-154　设置后的效果

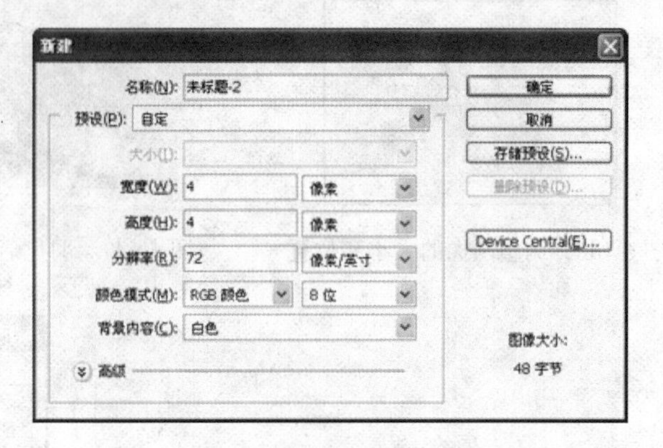

图 6-155　设置“新建”对话框

（14）将新创建的文件的上半部分用黑色填充，下半部分用白色填充，如图 6-156 所示。

（15）执行“编辑”→“定义图案”菜单命令，在弹出的对话框中设置“名称”为“图案 1”，如图 6-157 所示。

图 6-156　填充文件

图 6-157　定义图案

（16）在照片文件中，新建一个图层，然后执行“编辑”→“填充”菜单命令，在弹出的对话框中，选择刚创建的图案为填充图案，如图 6-158 所示。

（17）在图层面板中，将此图层的“不透明度”设置为 10%，得到效果如图 6-159 所示。

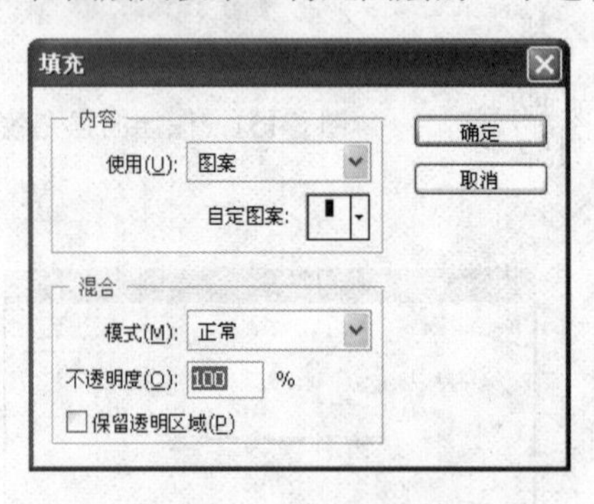

图 6-158　选择填充图案

图 6-159　设置后的效果

（18）在工具箱中，选择文字工具输入字母 H，设置“字母大小”为 200，如图 6-160 所示。

（19）从键盘中按下 Ctrl 键，单击此文字图层建立文字选区，执行“选择”→“修改”→“扩展”菜单命令，在弹出的对话框中设置“扩展量”为 10 像素，如图 6-161 所示。

（20）新建一个图层，使用深红色在新图层内对该选区进行填充，如图 6-162 所示。

图 6-160　输入字母并设置其大小

图 6-161　设置“扩展选区”参数

图 6-162　填充选区

（21）在图层面板中双击此图层，在弹出的对话框中选中“投影”复选框，并设置“描边”选项的参数值如图 6-163 所示。

（22）打开用来镶入此文字中的素材照片，粘贴到此文件内并调整其大小，如图 6-164 所示。

（23）在键盘上按下 Ctrl 键，同时在图层面板上单击图层 3 得到选区，执行“选择”→“反选”菜单命令，以刚才粘贴的素材照片为当前工作图层，从键盘上按下 Delete 键，得到镶入字母 H 中的照片效果，如图 6-165 所示。

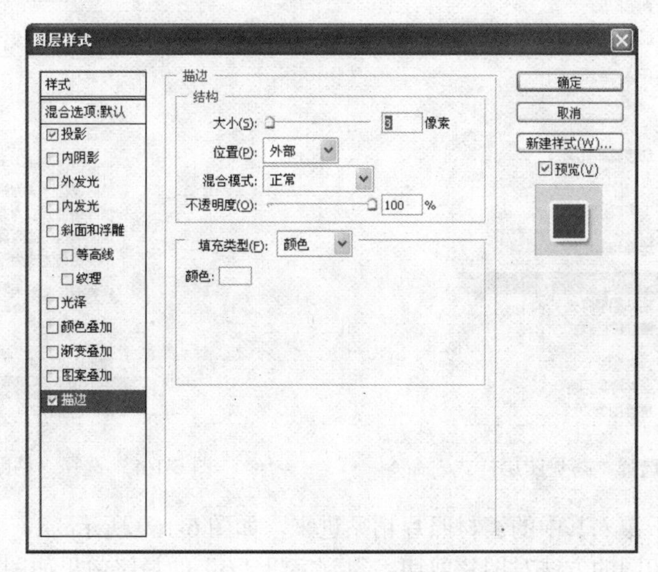

图 6-163　设置“描边”

重点提示：

在按下 Delete 键之前一定要前确定当前的工作图层是不是素材图片的图层，以免删错内容。

（24）用相同的方法，输入字母“o”并对字母选区扩展 10 像素后填充，如图 6-166 所示。

（25）在图层面板上，用鼠标右键单击“图层 3”，在弹出的菜单中选择“复制图层样式”命令，如图 6-167 所示。

图 6-164　调整素材照片的大小　　图 6-165　字母 H 的效果　　图 6-166　输入字母“o”并填充

（26）用鼠标右键单击“图层 5”，在弹出的菜单中选择“粘贴图层样式”命令，如图 6-168 所示。

图层属性...
混合选项...
复制图层...
删除图层
Convert to Smart Object
链接图层
选择链接图层
选择相似图层
栅格化文字
创建工作路径
转换为形状
水平
垂直
消除锯齿方式为无
消除锯齿方式为锐利
消除锯齿方式为犀利
消除锯齿方式为浑厚
消除锯齿方式为平滑
转换为段落文本
文字变形...
拷贝图层样式
粘贴图层样式
清除图层样式

图 6-167　选择“拷贝图层样式”命令 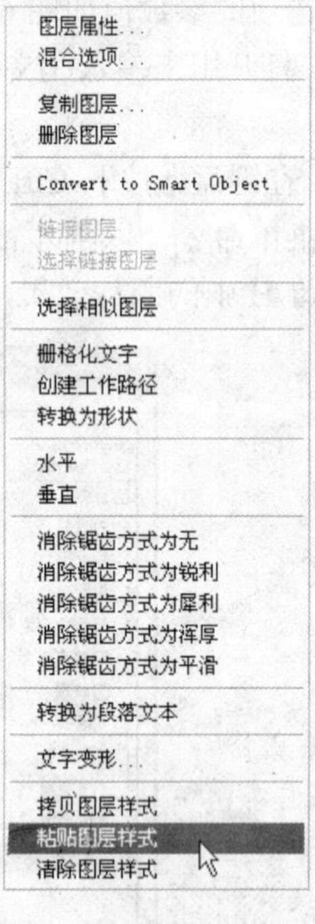　　图 6-168　选择“粘贴图层样式”命令

（27）将用于镶入其中的素材照片粘贴进来，如图 6-169 所示。

（28）使用相同的方法对图片剪切，得到字母“o”的最终效果如图 6-170 所示。

（29）采用同样的步骤，制作字母“t”的镶入照片效果，得到最终效果如图 6-171 所示。

图 6-169　粘贴素材图片　　图 6-170　字母“o”的效果　　图 6-171　文字内镶图像效果

实例 356——婚纱照艺术效果

本例将一张色彩暗淡的婚纱照片通过 Photoshop CS4 处理成一张具有艺术效果的婚纱照。(学习难度：★★★★★)

(1) 执行“文件”→“打开”菜单命令，打开图像，如图 6-172 所示。

(2) 在图层面板中，单击“创建新的填充或调整图层”按钮，从菜单中选择“曲线”命令，在弹出的对话框中做曲线调整，如图 6-173 所示，调整后的效果如图 6-174 所示。

图 6-172　打开图像

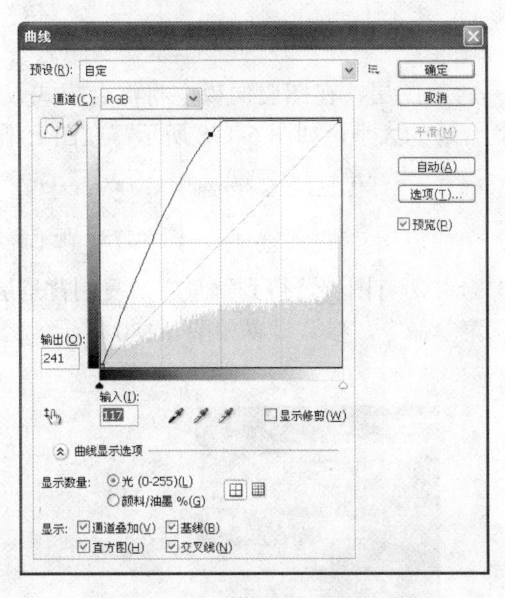

图 6-173　曲线调整

(3) 在图层面板中，单击“创建新的填充或调整图层”按钮，从菜单中选择“色相/饱和度”命令，在弹出的对话框中对颜色进行调整，如图 6-175 和图 6-176 所示，完成后的效果如图 6-177 所示。

图 6-174　调整后的效果

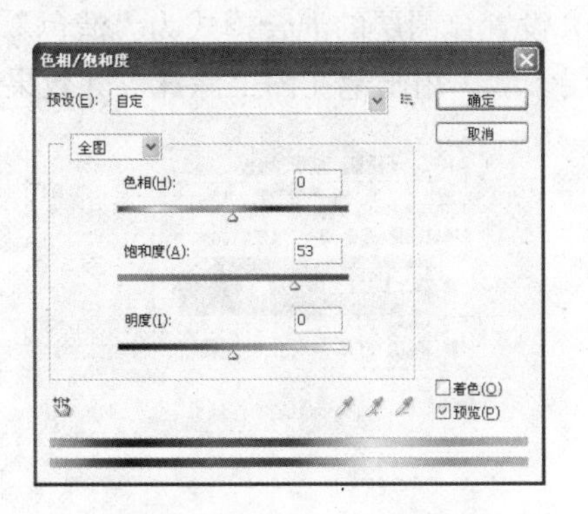

图 6-175　黄色颜色调整

图 6-176　绿色颜色调整

图 6-177　调整颜色后的效果

（4）新建图层，在图层面板中将混合模式设置为“颜色”。在工具箱中选择画笔工具，设置合适的大小，如图 6-178 所示；在图上添加红颜色，其效果如图 6-179 所示。

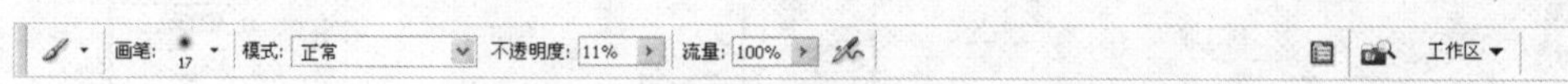

图 6-178　画笔参数设置

（5）合并所有图层，得到背景层，复制背景层副本，执行“滤镜”→“模糊”→“高斯模糊”菜单命令，参数设置如图 6-180 所示。

图 6-179　添加颜色后的效果

图 6-180　设置“高斯模糊”

（6）设置该图层的混合模式为“滤色”，“不透明度”为 31%，如图 6-181 所示，并添加图层蒙版，用画笔在图上涂抹，其效果如图 6-182 所示。

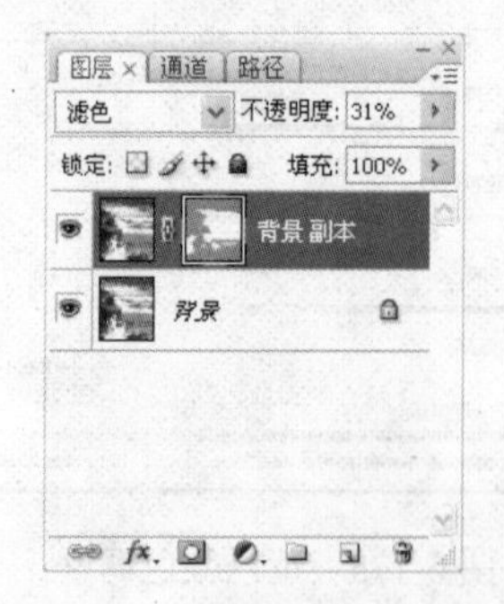

图 6-181　背景副本的图层设置

图 6-182　设置后的效果

（7）在图层面板中，单击“创建新的填充或调整图层”按钮，从菜单中选择“色彩平衡”命令，在弹出的对话框中进行参数设置，如图6-183所示，其效果如图6-184所示。

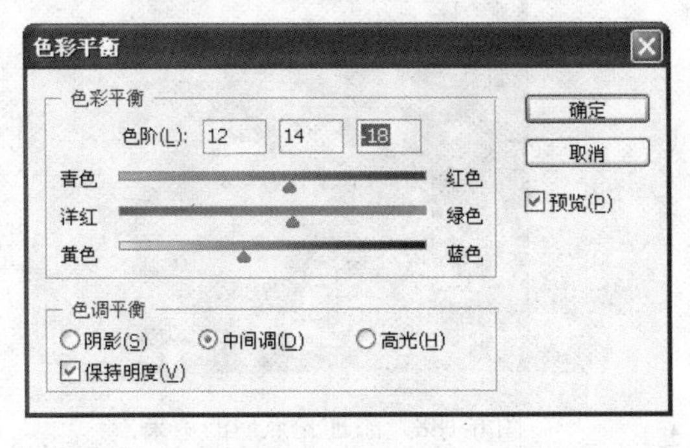

图6-183　设置“色彩平衡”

图6-184　调整色彩平衡后的效果

（8）合并所有图层，新建一层，在工具箱中选择画笔工具，设置好画笔大小，画笔颜色设置为白色，然后在图上画斜线，如图6-185所示。

重点提示：

在给图像画光点的时候，记住一定要新建一个图层。这样在做出来的效果不好时，可以删掉该图层重新画。这也是在处理其他实例时需要注意的地方，也算是一个小技巧吧。

（9）执行“滤镜”→“模糊”→“动感模糊”菜单命令，如图6-186所示。用橡皮擦进行涂抹，其效果如图6-187所示。

图6-185　添加斜线后的效果

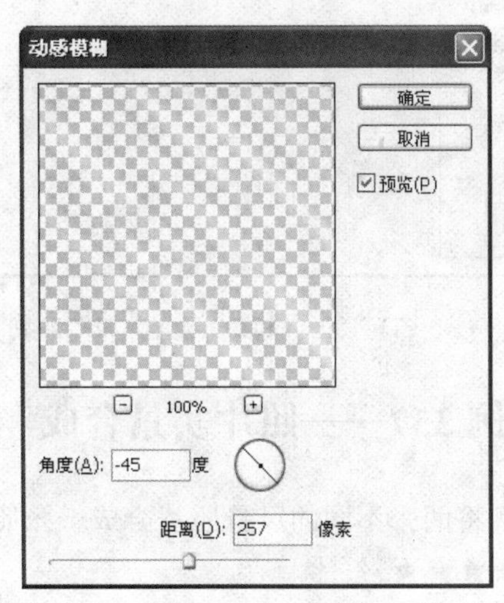

图6-186　设置“动感模糊”

（10）新建一层，在工具箱中选择画笔工具，用白色画笔画光点，其效果如图6-188所示。

（11）合并所有图层，把背景层变为“0”图层，双击该图层，在弹出的对话框中选中“渐变叠加”复选框，并设置其中的参数，如图6-189所示。得到最终效果如图6-190所示。

图 6-187　动感模糊效果

图 6-188　添加光点后的效果

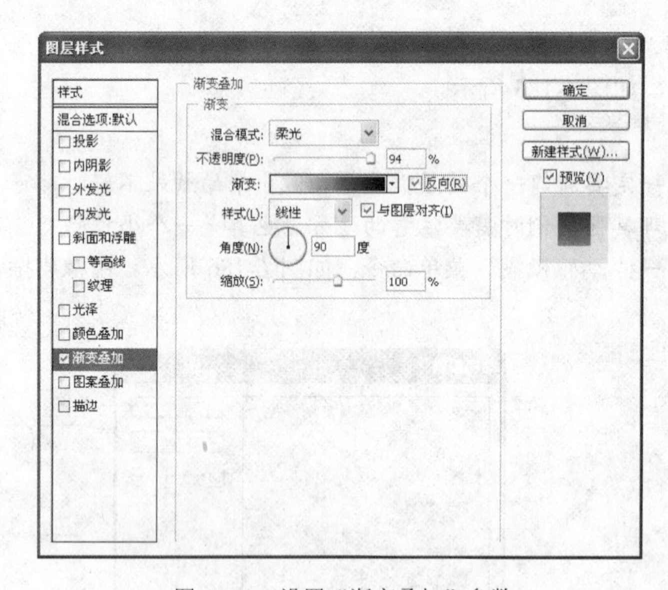

图 6-189　设置“渐变叠加”参数

图 6-190　婚纱照艺术效果

实例 357——照片实景合成

本例将两张不同的风景照片合成一张照片，从而使照片的整体效果更加亮丽。（学习难度：★★★★）

（1）执行“文件”→“打开”菜单命令，打开两张素材图像，如图 6-191 和图 6-192 所示。

（2）在工具箱中选择移动工具，将图 6-192 图片拖曳到图 6-191 中生成新的图层，在图层面板中单击“添加矢量蒙版”为该图层添加一个蒙版，并使用大笔触将图片中的天空部分涂抹掉，其效果如图 6-193 所示。

（3）执行“图层”→“合并可见图层”菜单命令，将所有图层合并为一个图层，然后

执行“图像”→“调整”→“色阶”菜单命令，在弹出的对话框中进行参数设置，如图 6-194 所示，其效果如图 6-195 所示。

图 6-191 素材图像（一）

图 6-192 素材图像（二）

图 6-193 调整后的图像

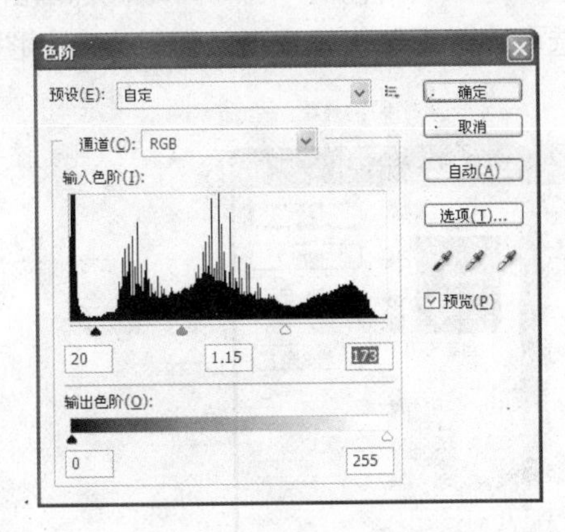

图 6-194 设置“色阶”

图 6-195 调整色阶后的图像

（4）执行“图像”→“调整”→“亮度/对比度”菜单命令，在弹出的对话框中设置参数，如图 6-196 所示，得到最终效果如图 6-197 所示。

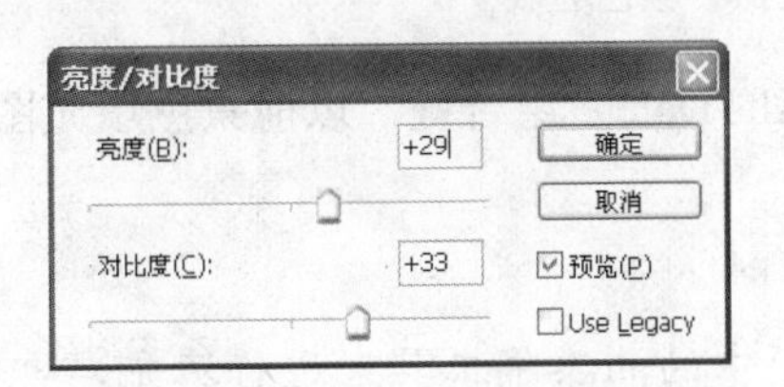

图 6-196 亮度/对比度调整

图 6-197 照片实景合成效果

实例 358——将彩色照片转为棕褐色照片

本例将一张普通的彩色照片转换成棕褐色的照片，使照片看起来更具艺术色彩。（学习难度：★★★★）

（1）执行“文件”→“打开”菜单命令，打开图像，如图 6-198 所示。

（2）创建背景图层副本，并设置为当前工作图层，执行“图像”→“调整”→“去

色”菜单命令，将彩色图片转为黑白照片，如图 6-199 所示。

图 6-198　打开图像

图 6-199　处理成黑白照片

（3）新建一个图层，单击工具箱中的前景色，进入“拾色器”窗口，用鼠标单击选取棕黄，然后在左侧可以选取不同明亮的棕色系，选取完成后按“确定”按钮退出，如图 6-200 所示。

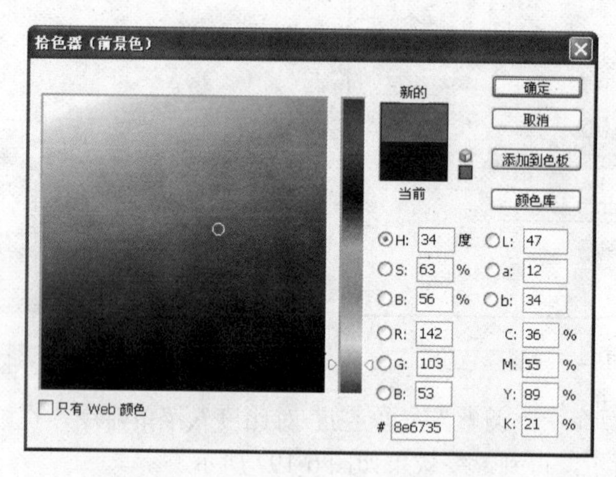

图 6-200　“拾色器”颜色选取

（4）将图层 1 作为当前工作图层，按下 Alt+Delete 组合键，以前景色填充图层 1，其效果如图 6-201 所示。

操作技巧：

在进行填充颜色操作时，可以使用工具箱中的油漆桶工具来进行填充，也可以使用 Alt+Delete 快捷键来填充，尽量使用快捷键可以提高工作的效率。

（5）在图层面板中，将图层 1 的混合模式设置为“亮光”，最终得到棕色调图像，其效果如图 6-202 所示。

图 6-201　填充前景色

图 6-202　将彩色照片转为棕褐色照片效果

实例 359——制作亮丽色调的照片

本例将一张颜色暗淡的照片处理成具有亮丽色调的照片，从而使照片的整体色调丰富而饱满。(学习难度：★★★★)

(1) 执行“文件”→“打开”菜单命令，打开图像，创建背景副本图层为当前工作层，如图 6-203 所示。

(2) 在图层面板中，将混合模式设置为“叠加”，“不透明度”设置为 70%，添加蒙版，如图 6-204 所示。在工具箱中选择画笔工具，用黑色画笔涂抹天空和人物，其效果如图 6-205 所示。

图 6-203　打开图像

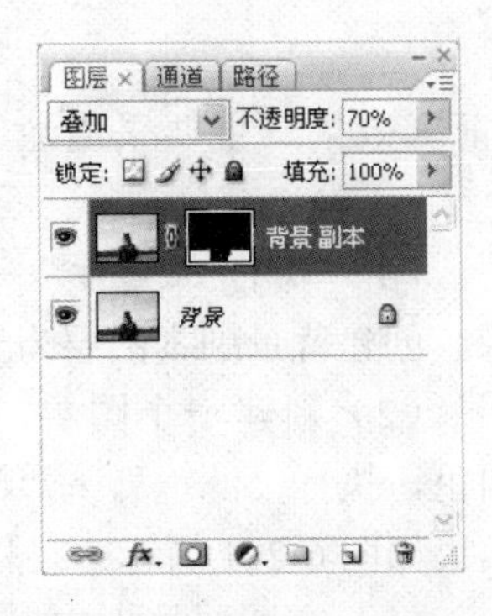

图 6-204　图层副本的设置

图 6-205　调整后的图层副本效果

(3) 在图层面板中，单击“创建新的填充或调整图层”，选择“可选颜色”命令，在弹出的对话框中进行参数设置，如图 6-206 所示。在工具箱中选择画笔工具，用黑色画笔对人物进行涂抹，其效果如图 6-207 所示。

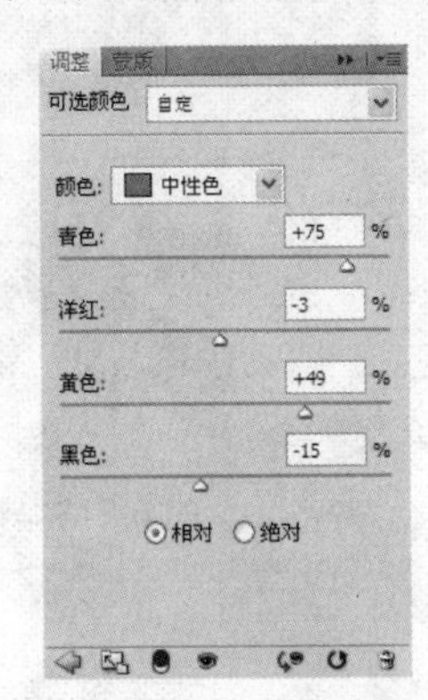

图 6-206　可选颜色设置

图 6-207　设置可选颜色并涂抹后的效果

(4) 同样，在图层面板中单击“创建新的填充或调整图层”，选择“色彩平衡”命令，在弹出的对话框中进行参数设置，如图 6-208 所示。在工具箱中选择画笔工具，用黑

色画笔对人物进行涂抹，得到最终效果如图 6-209 所示。

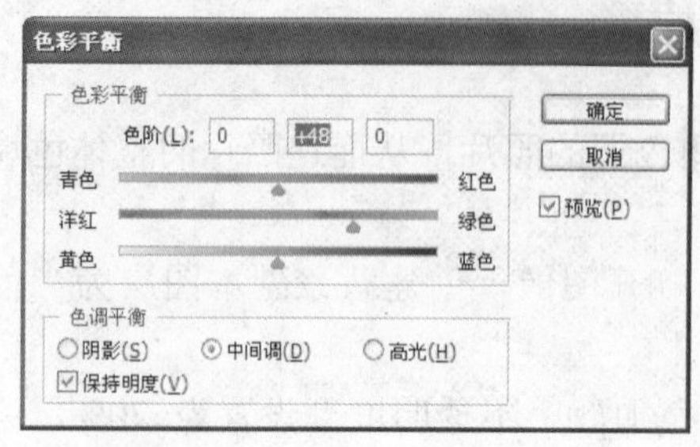

图 6-208　设置“色彩平衡”

图 6-209　制作亮丽色调的照片效果

实例 360——薄雾效果

本例将一张雨后的照片添加薄雾效果，主要采用滤镜中的“云彩”命令处理而成。（学习难度：★★★）

图 6-210　打开图像

（1）执行“文件”→“打开”菜单命令，打开图像，创建背景副本图层为当前工作层，如图 6-210 所示。

（2）新建一个图层，设置前景色为黑色，背景色为白色，执行“滤镜”→“渲染”→“云彩”菜单命令，其效果如图 6-211 所示。

（3）在图层面板中，设置“混合模式”为“滤色”，同时调整“不透明度”为 80%，如图 6-212 所示。合并图层，得到最终效果如图 6-213 所示。

图 6-211　云彩效果

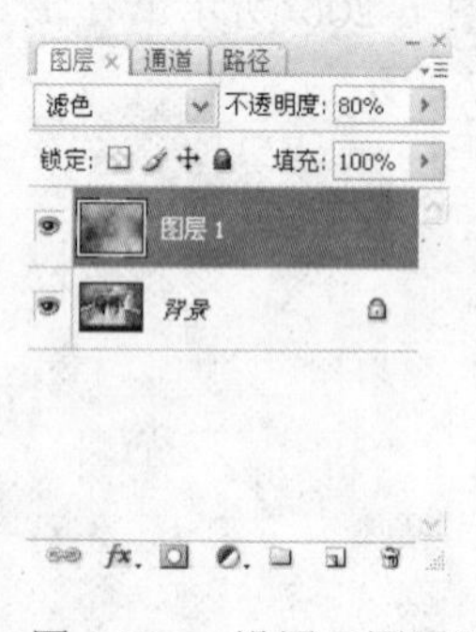

图 6-212　设置“图层”

图 6-213　薄雾效果图

实例 361——蓝色天空

本例将背景天空更换成蓝色天空效果，让照片看起来更加美丽、壮观。（学习难度：★★★★）

（1）执行“文件”→“打开”菜单命令，打开需要编辑的图像，如图 6-214 所示。

（2）再找到一张有蓝天的图片，执行“文件”→“打开”菜单命令，打开图像，在工具箱中选择矩形选框工具，选中蓝天部分，并复制选区，如图 6-215 所示。

（3）将复制蓝天的选区粘贴到需要编辑的图像上面，粘贴后会自动生成一个新图层，然后从键盘上按下 Ctrl+T 键，调整图像的大小，以适应填充背景，如图 6-216 所示。

图 6-214　打开图像

图 6-215　复制选区

图 6-216　粘贴选区

（4）为这个新生成的粘贴图层添加蒙版，把不需要的部分用黑色画笔涂掉，多涂掉的地方可以用白色画笔再涂回来，并可以根据情况改变画笔的大小和不透明度，使效果更加自然，如图 6-217 所示。

（5）在图层面板中，设置图层的混合模式为“正片叠底”，并调整图层的“不透明度”为 77%，使它与原图更好地融合，其效果如图 6-218 所示。

图 6-217　使用蒙版处理后的效果

图 6-218　调整混合模式和不透明度后的效果

（6）在图层面板中，单击“创建新的填充或调整图层”，选择“色彩平衡”命令，在弹出的对话框中设置参数如图 6-219 所示。得到最终效果如图 6-220 所示。

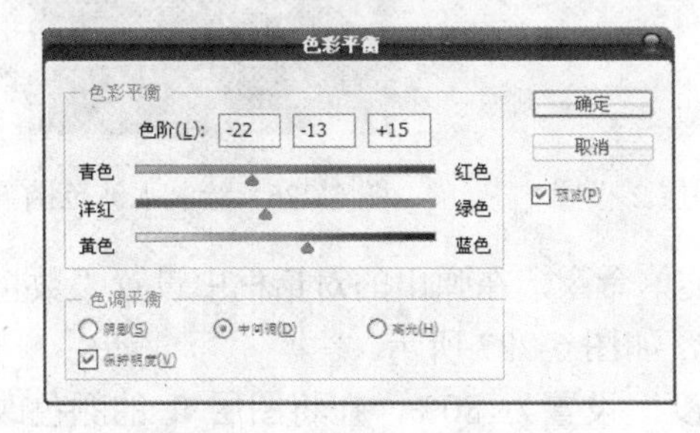

图 6-219　设置“色彩平衡”

图 6-220　蓝色天空效果图

实例 362——制作倒影

本例将实现一棵树在水中的倒影效果，主要是图像的翻转操作。（学习难度：★★★★）

（1）执行“文件”→“打开”菜单命令，打开图像，如图 6-221 所示。

（2）在键盘上按下 Ctrl+J 键，复制并建立一新图层，命名为“图层 1”，同时用鼠标双击背景图层，使其变为可编辑图层，命名为“图层 0”，如图 6-222 所示。

（3）单击图层 1 作为当前工作图层，执行“编辑”→“变换”→“缩放”菜单命令，将图形向上压缩到一半的位置；同样，对图层 0 进行向下压缩的变换，如图 6-223 所示。

图 6-221　打开图像

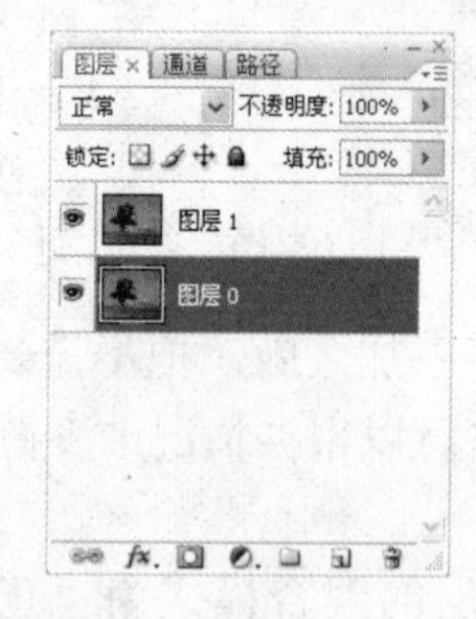

图 6-222　图层面板设置

图 6-223　压缩后的效果

（4）设置图层 0 为当前工作图层，执行“编辑”→“变换”→“垂直翻转”菜单命令，将图片垂直翻转，翻转后移动图片使其与图层 1 无缝连接在一起，如图 6-224 所示。

（5）新建图层 2，将其填充为白色，并且置于图层面板的最下层，如图 6-225 所示。

（6）设置图层 0 为当前工作图层，在工具箱中选择椭圆选框工具在图层 0 中画一椭圆作为水波范围，如图 6-226 所示。

图 6-224　垂直翻转后的效果

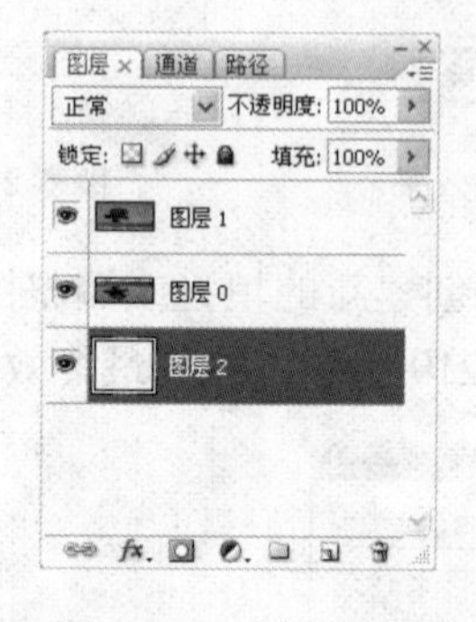

图 6-225　图层 2 设置

图 6-226　绘制水波范围

（7）执行“滤镜”→“扭曲”→“水波”菜单命令，在弹出的对话框中设置“数量”为 100，“起伏”为 10，“样式”为“水池波纹”，如图 6-227 所示。

（8）在图层面板中，将图层 0 的“不透明度”设置为 80%，在将图层 2 的颜色改为蓝色，调整湖面的色彩，如图 6-228 所示。得到最终效果如图 6-229 所示。

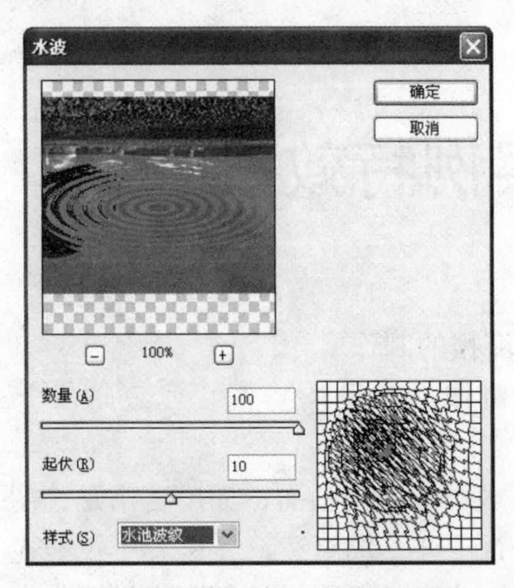

图 6-227　设置“水波”参数

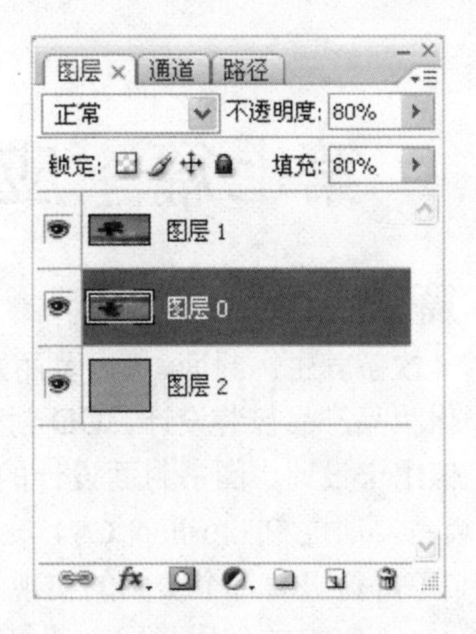

图 6-228　图层面板

图 6-229　制作倒影效果

第七篇　应用实例特效设计篇

本篇重点

- 《饮茶养生》封面、《古墓丽影》电影海报的制作
- 化妆品产品包装设计、CD 封套设计的制作
- 信用卡设计、图书封面设计的制作

本篇主要通过 Photoshop CS4 设计出丰富多彩的漂亮画面，如广告招贴、图书封面和产品包装等，这里对每个实例的实现过程都进行了详尽的阐述，让读者不仅能在阅读中掌握 Photoshop CS4 的使用，同时还能充分领略到广阔的平面设计创意空间所带来的精神上的愉悦。更为重要的是它们的精髓——奇特的创意。

实例 363——茶广告招贴

本例将把一张普通的茶杯图片通过添加简单的文字效果处理成一张茶的广告效果，制作的过程很简单，我们一起来按照下面的步骤操作吧。（学习难度：★★★）

图 7-1　打开图像

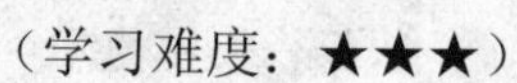

（1）执行“文件”→“打开”菜单命令，打开图像，如图 7-1 所示。

（2）选择竖排文字工具，输入文字，颜色设置为“R:154;G:111;B:59”，如图 7-2 所示。

（3）将文字栅格化，按 Ctrl+T 键，单击鼠标右键并选择“透视”命令，调整文字的形状如图 7-3 所示。

（4）选择直线工具，绘制几条直线，如图 7-4 所示。

图 7-2　输入文字

图 7-3　调整文字的形状

图 7-4　绘制直线

（5）执行“滤镜”→“液化”菜单命令，具体设置如图 7-5 所示。

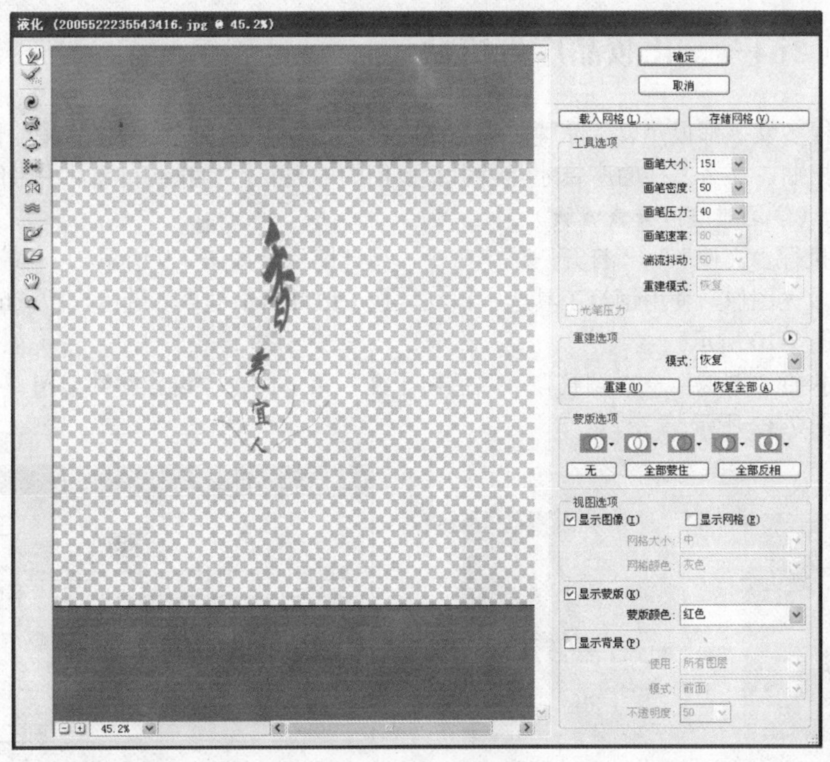

图 7-5　设置“液化”

（6）继续选择竖排文字工具，输入文字，颜色设置为白色，如图 7-6 所示。

（7）打开“图层样式”对话框，选择“投影”，设置参数如图 7-7 所示。最终效果如图 7-8 所示。

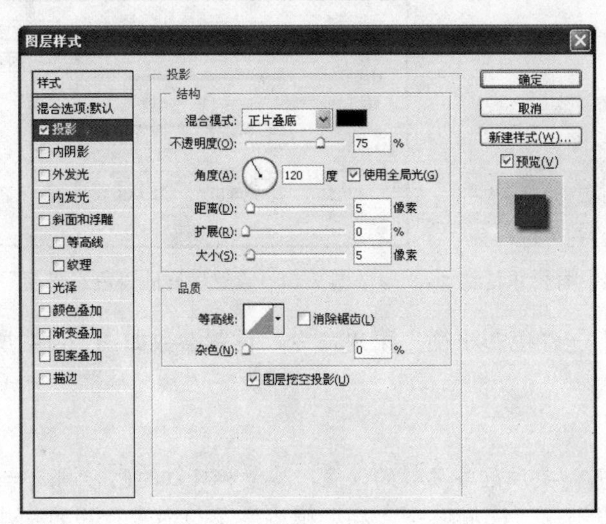

图 7-7　设置“投影”

图 7-6　继续输入文字

图 7-8　茶广告招贴效果

实例 364——化妆品广告招贴

现在很多女孩都很热衷于品牌效应，在当今的市场上各种品牌的化妆品都有它自己的宣传广告招贴，那么怎样的广告才能吸引女孩们的心呢？不如我们自己动手来制作一款口红的广告。（学习难度：★★★★）

（1）执行“文件”→“打开”菜单命令，打开图像，如图 7-9 所示。

（2）放大图像，使用钢笔工具选中口红，按 Ctrl+Enter 键载入选区，按 Ctrl+J 键复制图层，如图 7-10 所示。

（3）执行“图像”→“调整”→“色彩平衡”菜单命令，设置参数如图 7-11 所示，其效果如图 7-12 所示。

图 7-9　打开图像

图 7-10　选中口红并复制

色彩平衡
色彩平衡
色阶(L): +100 -80 +27
青色 红色
洋红 绿色
黄色 蓝色
色调平衡
阴影(S) 中间调(D) 高光(H)
保持明度(V)
确定
取消
预览(P)

图 7-11　设置口红的“色彩平衡”

（4）回到背景层，使用钢笔工具选中嘴唇，按 Ctrl+Enter 键载入选区，按 Ctrl+J 键复制图层，如图 7-13 所示。

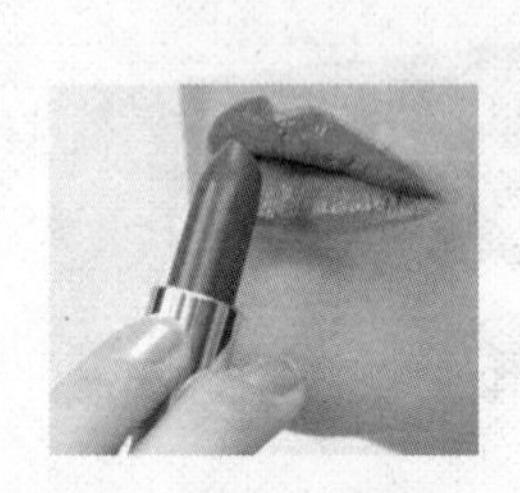

图 7-12　口红效果

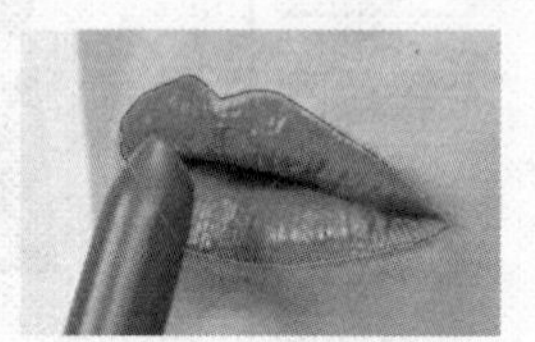

图 7-13　选中嘴唇并复制

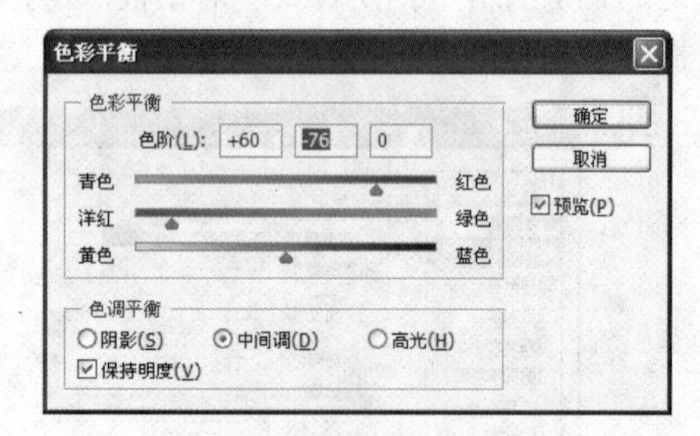

图 7-14　设置嘴唇的“色彩平衡”

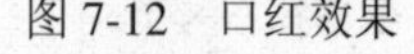

（5）执行“图像”→“调整”→“色彩平衡”菜单命令，设置参数如图 7-14 所示，其效果如图 7-15 所示。

参数说明：

这里在对嘴唇的色彩平衡调整时，要注意各参数的设置，尽量和口红的色彩调成一致。

（6）回到背景层，执行“滤镜”→“模糊”→“高斯模糊”菜单命令，设置“半径”为 3，其效果如图 7-16 所示。

（7）执行“文件”→“打开”菜单命令，打开图像，如图 7-17 所示。

图 7-15　嘴唇效果

图 7-16　高斯模糊效果

图 7-17　打开图像

（8）将图像拖入文件中，使用魔棒工具选中白色并删除，然后按 Ctrl+T 键进行缩放，如图 7-18 所示。

（9）使用文字工具输入文字，如图 7-19 所示。

图 7-18　调整图像

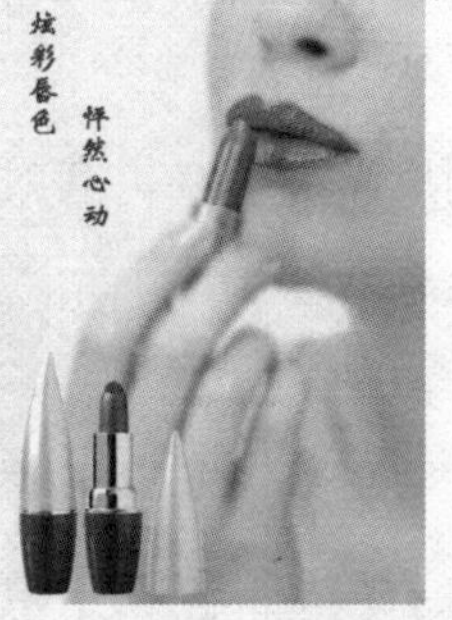

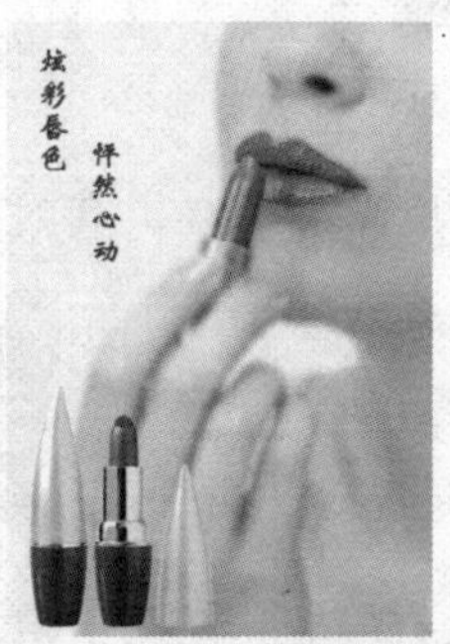

图 7-19　输入文字

（10）栅格化文字，并复制文字层。执行“滤镜”→“模糊”→“动感模糊”菜单命令，设置参数如图 7-20 所示。最终效果如图 7-21 所示。

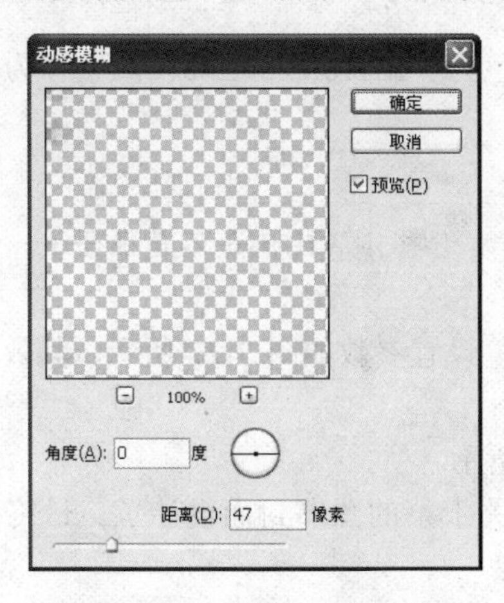

图 7-20　设置“动感模糊”

图 7-21　化妆品广告招贴效果

实例365——《饮茶养生》图书封面

自古饮茶乃养生之道，众人皆知，有很多书籍介绍其中的内涵所在。本例将通过Photoshop CS4来设计一本有关茶的图书封面。（学习难度：★★★★★）

（1）执行“文件”→“新建”菜单命令，建立一个RGB图像文件，设置其宽度为400像素，高度为100像素，分辨率为300像素/英寸。

图7-22　打开图像

（2）执行“文件”→“打开”菜单命令，打开图像，并使用套索工具选中人物，如图7-22所示。

（3）新建图层1，画出一个矩形的框，填充颜色为“R:110;G:80;B:87”。将选中部分拖到文件中，并调整图层的“不透明度”为75%，其效果如图7-23所示。

（4）执行“文件”→“打开”菜单命令，打开茶具图像，并使用套索工具选中茶具，如图7-24所示。

（5）将选中部分拖到文件中，并调整其大小，设置图层的“不透明度”为70%，其效果如图7-25所示。

图7-23　调整图像

图7-24　打开图像并选中茶具

图7-25　调整茶具图像

（6）选择横排文字工具，输入文字，设置颜色为“R:110;G:80;B:87”，字体为“华文行楷”，如图7-26所示。

提醒注意：

这里整个图书画面的制作大致出来了，别忘了看看整体的比例是不是很合适，剩下的工作就是对其做些更细致的设计。

（7）打开“图层样式”对话框，选择“投影”，设置参数如图7-27所示，其效果如图7-28所示。

（8）在文件的左下角输入一首诗，如图7-29所示。

（9）输入书名、主编和出版社，就完成这个关于茶的图书封面设计了。最终效果如图7-30所示。

图 7-26　输入文字

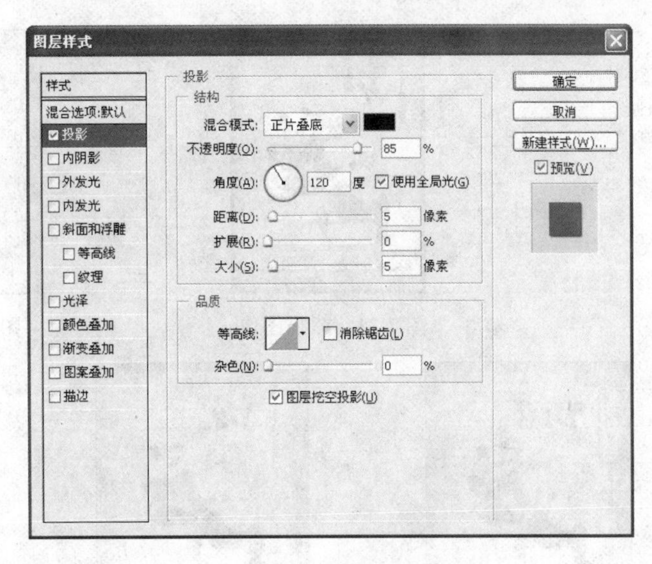

图 7-27　设置“投影”

图 7-28　投影效果

图 7-29　输入一首诗

图 7-30　《饮茶养生》图书封面效果

实例 366——铜板邮票设计

相信大家有很多都是集邮爱好者，那么对于铜板邮票大概也一定很感兴趣吧。本例将设计一款带有熊猫图案的铜板邮票。(学习难度：★★★★)

(1) 执行“文件”→“打开”菜单命令，打开两张素材图像，如图 7-31 和图 7-32 所示。

(2) 在工具箱中选择魔棒工具，选中熊猫图像中除黑色之外背景部分，使用移动工具拖曳到底纹图像中，如图 7-33 所示。

(3) 执行“图像”→“调整”→“去色”菜单命令，将图像去色，如图 7-34 所示。

(4) 执行“图像”→“调整”→“亮度/对比度”菜单命令，在弹出的对话框中设置参数如图 7-35 所示。

图 7-31 熊猫图像

图 7-32 底纹图像

图 7-33 粘贴后的图片

图 7-34 去色

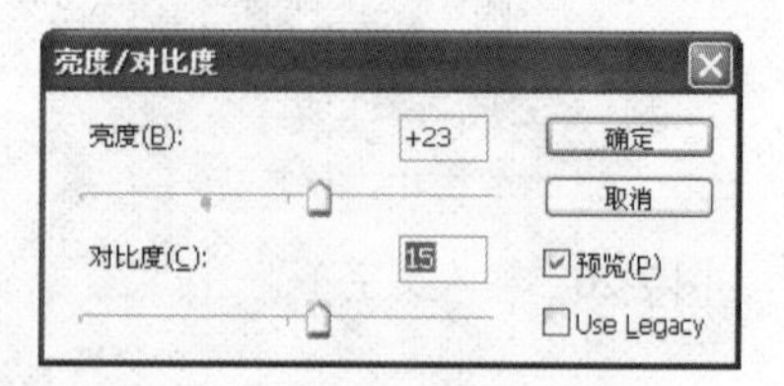

图 7-35 设置“亮度/对比度”

（5）执行“滤镜”→“风格化”→“浮雕效果”菜单命令，在弹出的对话框中设置“角度”为 135 度，“高度”为 3 像素，“数量”为 85%，如图 7-36 所示。

（6）在键盘上按下 Ctrl+A 键，将文件窗口全选，执行“编辑”→“剪切”菜单命令，然后在通道面板中单击“创建新的通道”按钮，生成新的通道 Alpha1，按下 Ctrl+V 键，将剪切好的图像粘贴到通道中，再按下 Ctrl+D 键取消选区，效果如图 7-37 所示。

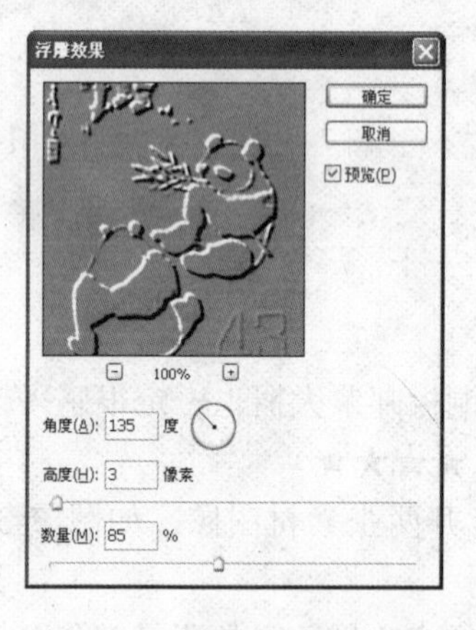

图 7-36 设置“浮雕效果”

图 7-37 处理后的效果

（7）在图层面板中，选中背景图层，执行“滤镜”→“渲染”→“光照效果”菜单命令，在弹出的对话框中将“光照类型”设为“全光源”，“强度”设为 35，“材料”设为 57，“环境”设为 7。在纹理通道中选择“Alpha1”，在对话框左侧的预览窗口中设置光源的大小，其他为默认值，如图 7-38 所示。

（8）全部设置完毕后，单击“确定”按钮，回到设计界面，设计的最终效果如图 7-39 所示。

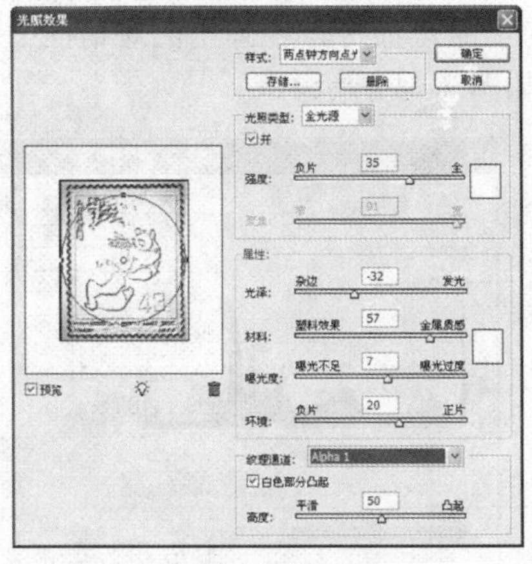

图 7-38　设置“光照效果”

图 7-39　铜板邮票设计效果

实例 367——保护水资源公益广告

水是人类生存所必不可少的东西，那么珍惜水资源是我们人人都应该做到的一件最基本的事。本例通过 Photoshop CS4 来实现保护水资源公益的广告的设计。（学习难度：★★★）

（1）执行“文件”→“打开”菜单命令，打开两张素材图像，如图 7-40 和图 7-41 所示。

图 7-40　素材图像一

图 7-41　素材图像二

（2）执行“文件”→“新建”菜单命令，新建一个 400×500 像素的文件，颜色模式为 RGB，如图 7-42 所示。

新建
名称(N): 保护水资源
预设(P): 自定
大小(I):
宽度(W): 400 像素
高度(H): 500 像素
分辨率(R): 72 像素/英寸
颜色模式(M): RGB 颜色 8 位
背景内容(C): 白色
高级
确定
取消
存储预设(S)...
删除预设(D)...
Device Central(E)...
图像大小:
585.9K

图 7-42　新建文件

（3）在工具箱中使用移动工具将两张素材图像都拖曳到新建文件中，同时在键盘上按下 Ctrl+T 键调整图像的大小和摆放的位置，其效果如图 7-43 所示。

（4）执行“图像”→“调整”→“色阶”菜单命令，在弹出的对话框中设置合适的值，使得图像的色调一致，拼接得很协调，如图 7-44 所示。

图 7-43　移动后的图像效果

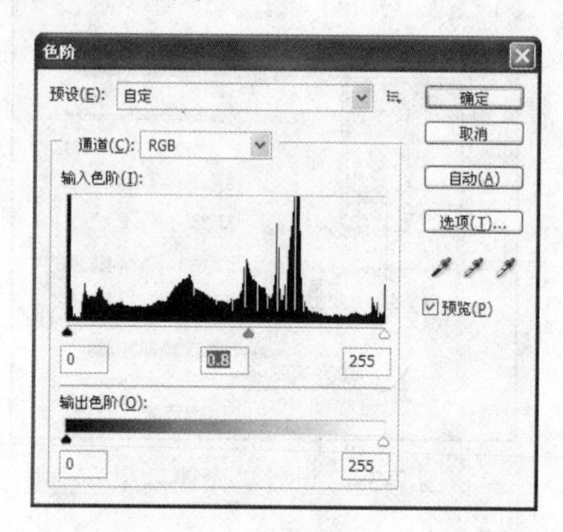

图 7-44　设置“色阶”参数

（5）在工具箱中选择横排文字工具在图像上输入文字，字体为“方正姚体”，“大小”为 48，如图 7-45 所示。

（6）在文字属性栏中单击“创建文字变形”，在弹出的对话框中设置“样式”为“波浪”，如图 7-46 所示。

图 7-45　添加文字

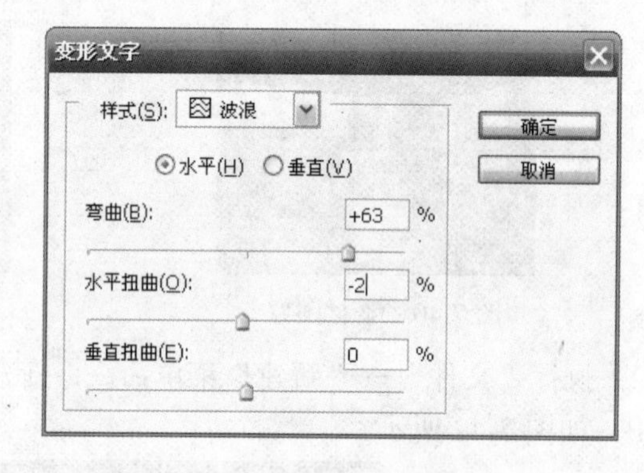

图 7-46　设置“变形文字”

（7）执行“图层”→“图层样式”→“投影”菜单命令，在弹出的对话框中进行参数设置，如图 7-47 所示。最终效果如图 7-48 所示。

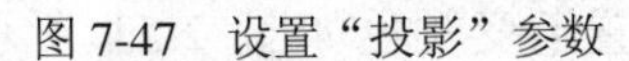

图 7-47　设置“投影”参数

图 7-48　保护水资源公益广告

实例 368——徽标设计

本例实现自己创意的个性徽标设计，主要学习路径选择工具的使用和图层的巧妙应用。(学习难度：★★★★)

(1) 执行“文件”→“新建”菜单命令，新建一个宽度 400 像素、高度 400 像素、分辨率为 72 像素/英寸的图像文件，背景颜色为黑色，颜色模式为 RGB，如图 7-49 所示。将文件填充为黑色。

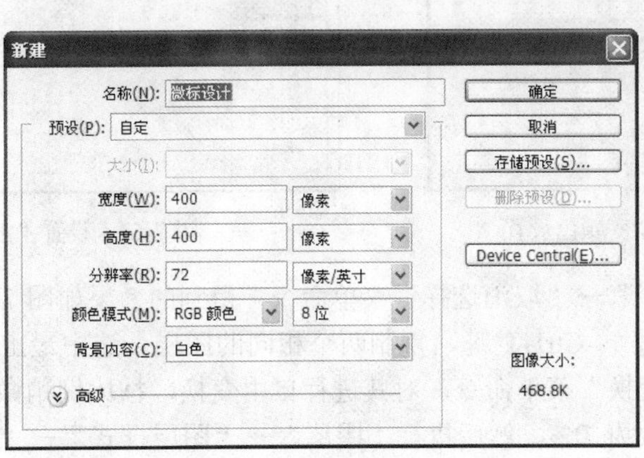

图 7-49　新建图像文件

(2) 新建图层，在工具箱中选择椭圆工具，在其属性栏中单击“路径”按钮，然后按住 Shift 键画一个圆形，如图 7-50 所示。

(3) 在工具箱中选择路径选择工具，在圆形路径上单击鼠标左键，然后按住 Alt 键

向左下方拖动，复制出一个同样的路径，再向右下方拖动复制另一个圆形路径，如图 7-51 所示。

（4）在工具箱中选择路径选择工具，将它们全部选中，然后在路径面板中单击“将路径作为选区载入”按钮，其效果如图 7-52 所示。

图 7-50　绘制圆形

图 7-51　复制两个相同的圆形路径

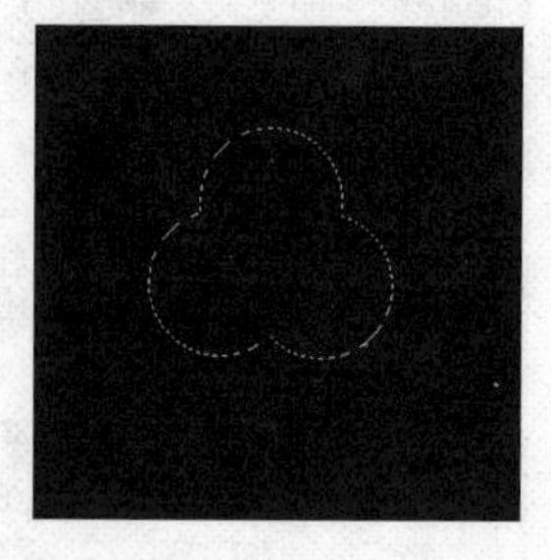

图 7-52　选区载入后的效果

（5）在工具箱中设置前景色为白色，填充选区，执行“图层”→“图层样式”→“渐变叠加”菜单命令，在弹出的对话框中，设置渐变颜色如图 7-53 所示，然后设置“角度”为 135 度，如图 7-54 所示。

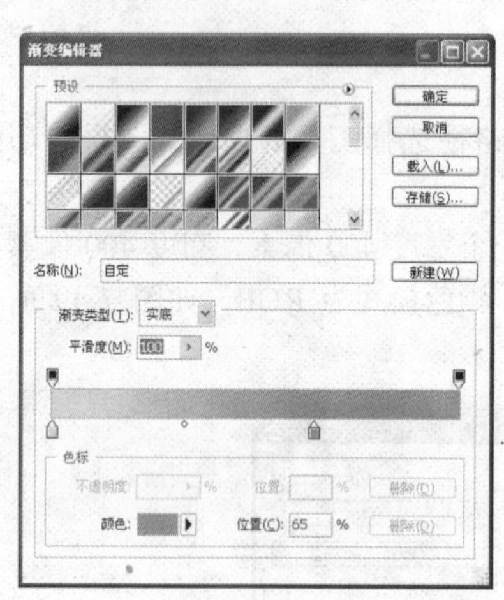

图 7-53　渐变颜色设置

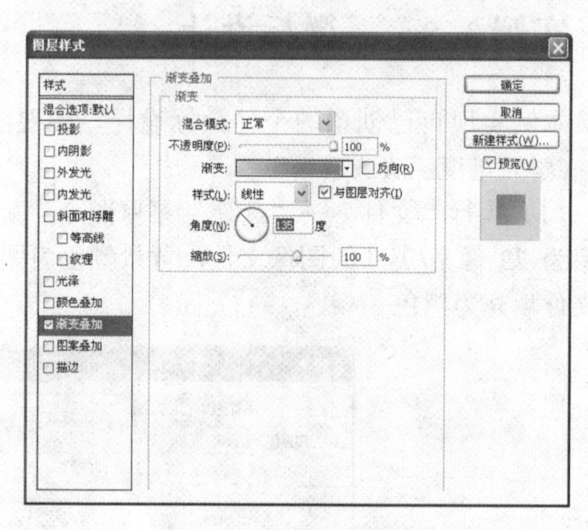

图 7-54　设置“渐变叠加”

（6）执行“选择”→“取消选择”菜单命令，得到的效果如图 7-55 所示。

（7）在键盘上按下 Ctrl+J 键，复制两个相同的图层，选中最上方的图层副本，执行“编辑”→“自由变换”菜单命令，对其进行自由变换，按比例稍微缩小一点。先在图层面板中将“填充”改为 0%，然后执行“图层”→“图层样式”→“描边”菜单命令，在弹出的对话框中，设置参数如图 7-56 所示，其中在“填充类型”选框中，选择“渐变”，渐变颜色设置如图 7-57 所示，得到的效果如图 7-58 所示。

（8）在图层面板中，单击另一个复制的图层副本，使用椭圆选框工具画一个椭圆，然后按下 Ctrl+T 键将椭圆变换到合适的位置和大小，变换完成后按下 Delete 键删除选区中的像素，按下 Ctrl+D 取消选择，如图 7-59 所示。

图 7-55　取消选择后的效果

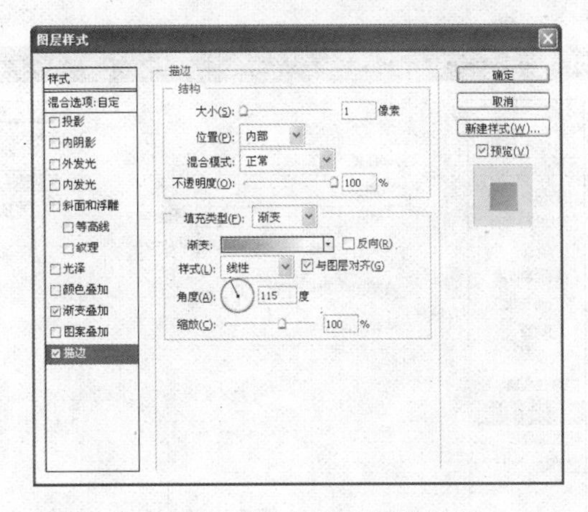

图 7-56　设置“描边”

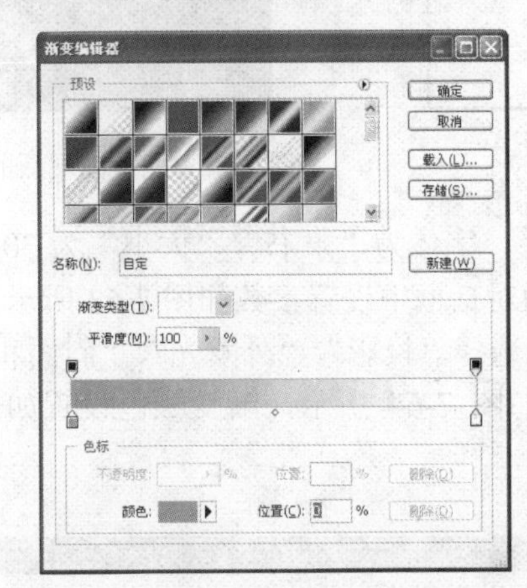

图 7-57　渐变颜色设置

图 7-58　渐变效果

（9）在图层面板中将图层的“填充”改为 0%，双击该图层，在弹出的对话框中选择“渐变叠加”选项，设置其中的参数如图 7-60 和图 7-61 所示，确定之后将该图层置于最顶部，其效果如图 7-62 所示。

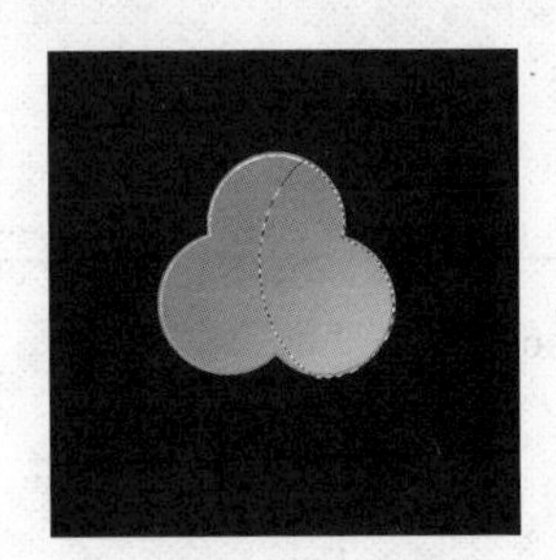

图 7-59　添加选区

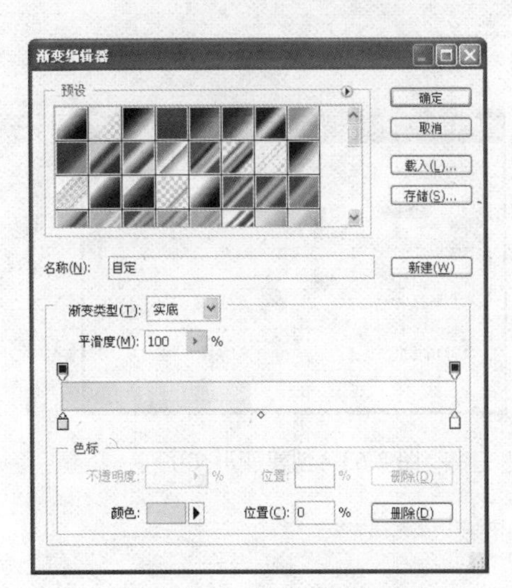

图 7-60　渐变颜色设置

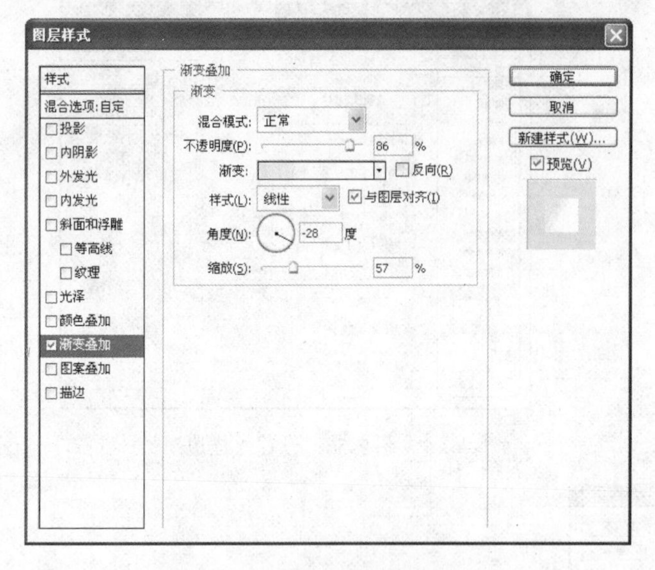

图 7-61 设置"渐变叠加"

图 7-62 调整图层后的效果

（10）在工具箱中选择横排文字工具输入文字，字体为"隶书"，"大小"为 30 点，然后在其属性栏中单击"创建变形文字"，在弹出的对话框中设置参数如图 7-63 所示。

（11）双击文字图层，在弹出的对话框中分别选择"投影"、"外发光"、"斜面和浮雕"和"渐变叠加"，在渐变叠加对话框中设置参数如图 7-64 所示，渐变颜色设置如图 7-65 所示。

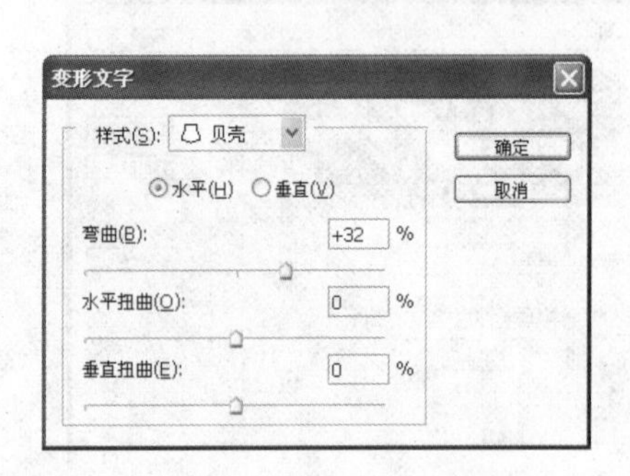

图 7-63 创建变形文字

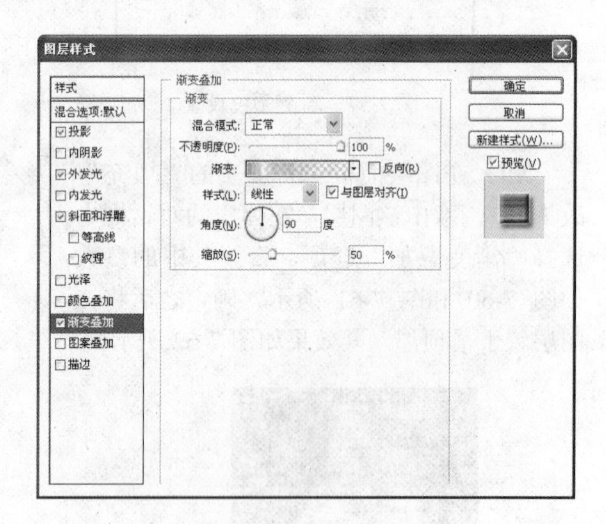

图 7-64 设置"渐变叠加"

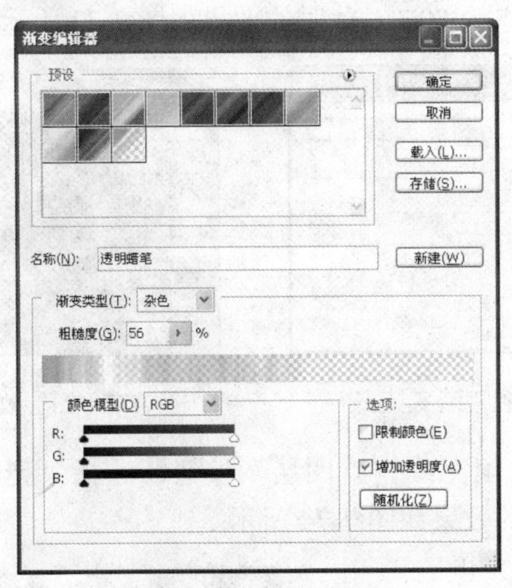

图 7-65　渐变颜色设置

（12）最终效果如图 7-66 所示。

图 7-66　徽标设计效果图

实例 369——《古墓丽影》电影海报

一部好的电影都有它独特的电影海报来做宣传，这样可以吸引大家的观看兴趣。本例将制作别具个性风格的电影《古墓丽影》的海报效果。（学习难度：★★★★★）

（1）执行“文件”→“新建”菜单命令，新建一个宽度和高度均为 500 像素的文件，颜色模式为 RGB。

（2）按 D 键将前景色和背景色恢复默认的黑白设置，执行“滤镜”→“渲染”→“云彩”菜单命令，得到如图 7-67 所示的效果。

（3）执行“滤镜”→“渲染”→“分层云彩”菜单命令，并按 Ctrl+F 键重复执行，得到如图 7-68 所示效果。

（4）复制背景层为背景副本，并设置混合模式为“颜色减淡”，“不透明度”为 80%，得到效果如图 7-69 所示。

图 7-67　云彩效果

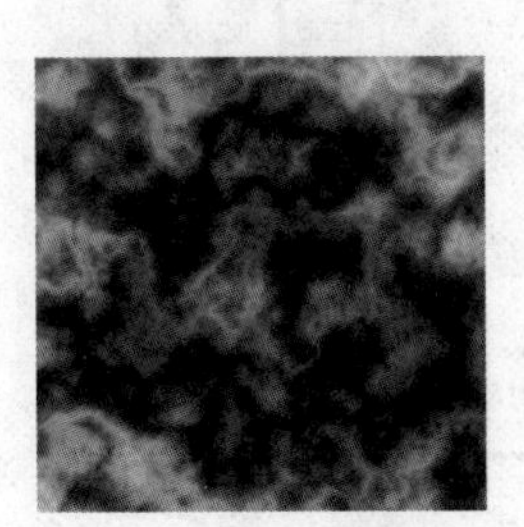

图 7-68　分层云彩效果

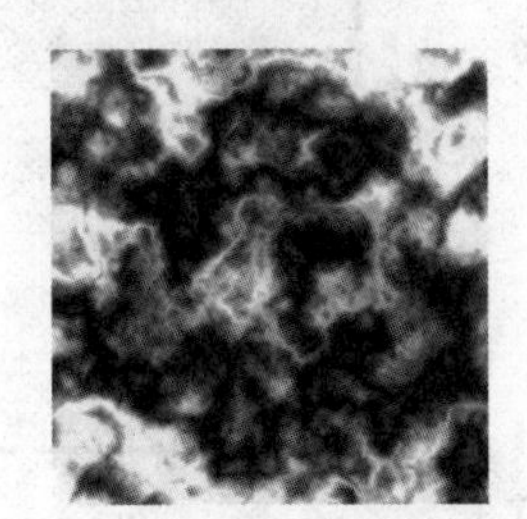

图 7-69　调整混合模式后的效果

（5）选择背景图层，按 Ctrl+F 键重复执行多次“分层云彩”命令，得到如图 7-70 所示的效果。

（6）单击图层面板中的“创建新的填充或调整图层”按钮，选择“渐变”命令，设置

渐变填充如图 7-71 所示，并设置“不透明度”为 80%。此时的效果如图 7-72 所示。

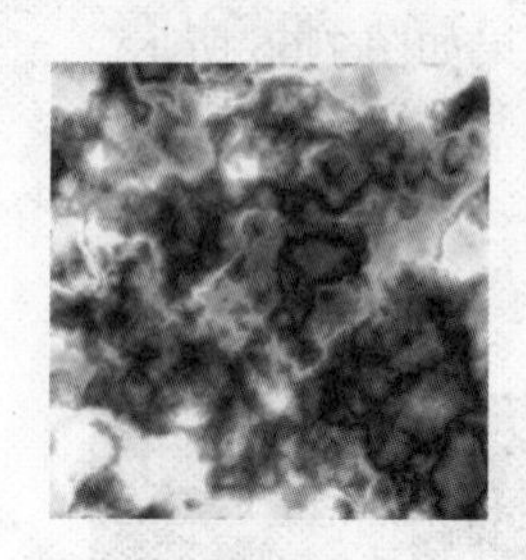

图 7-70　多次“分层云彩”效果

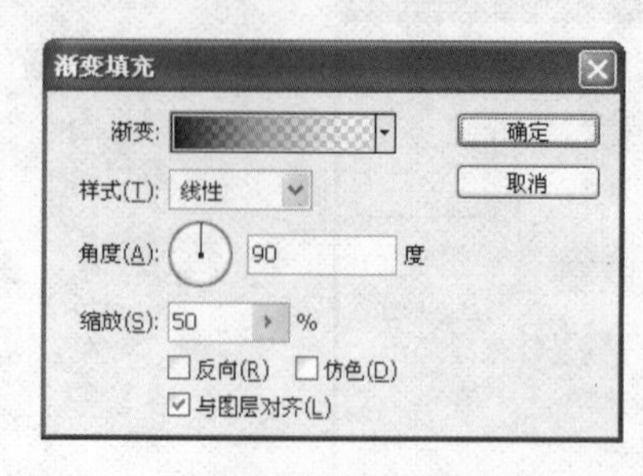

图 7-71　设置“渐变填充”

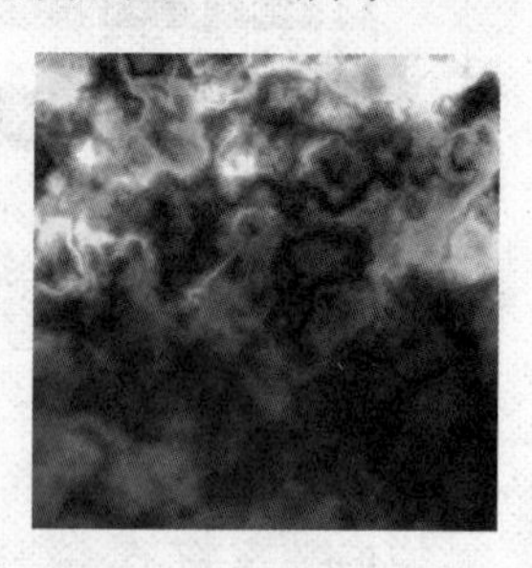

图 7-72　图层效果

（7）单击图层控制面板中的“创建新的填充或调整图层”按钮，选择“亮度/对比度”命令，设置参数如图 7-73 所示。设置后的效果如图 7-74 所示。

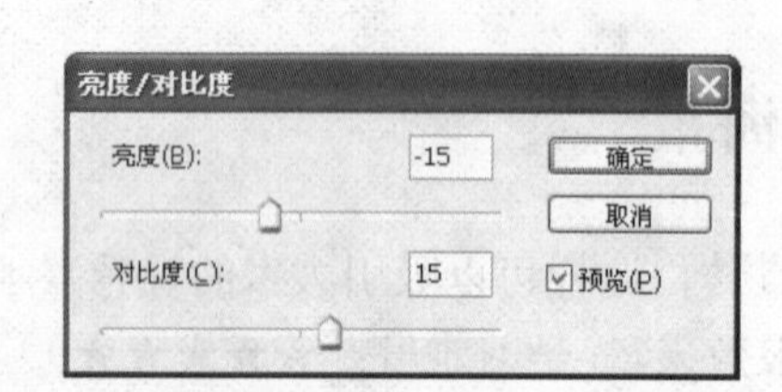

图 7-73　设置“亮度/对比度”

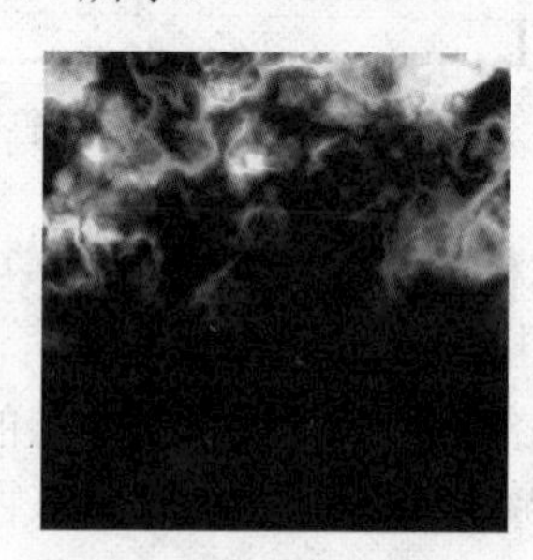

图 7-74　亮度/对比度效果

（8）选择“渐变映射”命令，设置“渐变编辑器”对话框，四种色标颜色分别为黑色、橘红色、黄色、红色，如图 7-75 所示。此时的火焰效果已经出现了，如图 7-76 所示。

图 7-75　设置颜色

图 7-76　火焰效果

（9）执行“文件”→“打开”菜单命令，打开图像，如图 7-77 所示。

（10）选取人物，并设置“羽化半径”为 2 像素。将人物拖到文件中，拖到背景层的上方，并适当调整其大小，如图 7-78 所示。

（11）选择横排文字工具，输入文字“古墓丽影”，如图 7-79 所示。

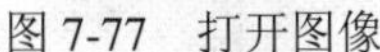

图 7-77　打开图像

图 7-78　添加人物并调整其大小

图 7-79　输入文字

（12）单击属性栏上的“创建文字变形”按钮，设置文字如图 7-80 所示。最终效果如图 7-81 所示。

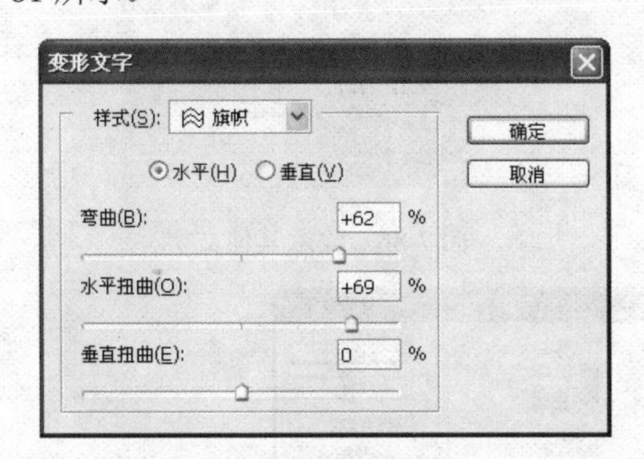

图 7-80　设置“变形文字”

图 7-81　《古墓丽影》电影海报效果

实例 370——CD 封套设计

本例将设计一款 CD 封套，通过一张简单的图片就可以设计出自己喜欢的 CD 封套的风格，主要用钢笔工具绘制厚度，再经过处理达到逼真的效果。（学习难度：★★★★★）

（1）执行“文件”→“新建”菜单命令，建立一个 RGB 图像文件，设置其宽度和高度均为 600 像素，分辨率为 300 像素/英寸。打开一张图片，如图 7-82 所示。

（2）将图片拖到文件中，执行“图像”→“调整”→“可选颜色”菜单命令，设置参数如图 7-83 所示。图像效果如图 7-84 所示。

（3）选择横排文字工具，输入文字，字体选择“华文行楷”，字体为黑色，如图 7-85 所示。

（4）用同样的方法输入其他文字，设置文字颜色为白色，如图 7-86 所示。

（5）打开“图层样式”对话框，选择“投影”，设置参数如图 7-87 所示。投影效果如图 7-88 所示。

图 7-82　打开图片

图 7-83　设置参数

图 7-84　图像效果

图 7-85　输入文字

图 7-86　输入其他文字

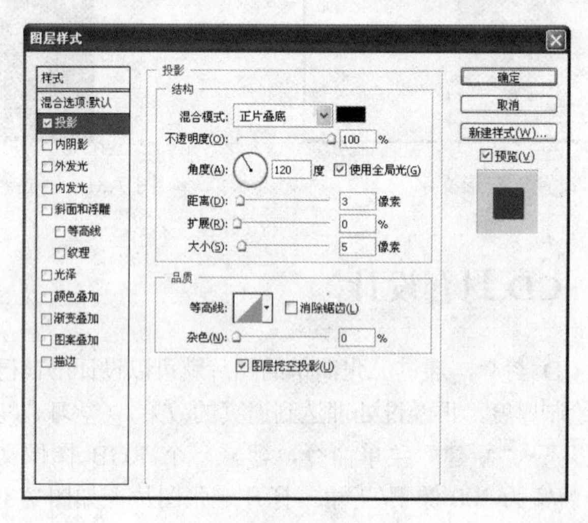

图 7-87　设置“投影”

（6）新建图层 2，绘制几个相同大小的白色圆点，如图 7-89 所示。

（7）使用横排文字工具，在圆点中输入文字，字体选择“华文行楷”，如图 7-90 所示。

（8）新建图层 3，选择圆角矩形工具在右下角绘制一个圆角矩形，如图 7-91 所示。

（9）设置前景色为白色。选择画笔工具，笔尖选为尖角 3 像素，在路径面板中单击“用画笔描边路径”按钮，得到白色圆角矩形如图 7-92 所示。

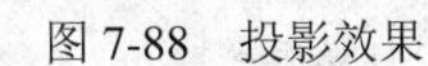

图 7-88　投影效果　　图 7-89　绘制白色圆点　　图 7-90　在白圆中输入文字

（10）使用横排文字工具在圆角矩形中输入文字。至此，封套的封面就制作完毕了，其效果如图 7-93 所示。

图 7-91　绘制圆角矩形　　图 7-92　白色圆角矩形效果　　图 7-93　封面效果

（11）合并除背景层外的所有图层。按 Ctrl+T 键对图像进行调整，如图 7-94 所示。

（12）新建图层 2，使用钢笔工具绘制一边的主体形状，如图 7-95 所示。

（13）转换为选区后填充颜色“R:239;G:229;B:224”，如图 7-96 所示。

图 7-94　调整图像　　图 7-95　绘制主体形状　　图 7-96　填充颜色

（14）新建图层 3，用同样的方法绘制另一边的主体形状并填充颜色，如图 7-97 所示。

（15）选中图层 2，使用加深工具对两个图层交接处的棱角进行涂抹，其效果如图 7-98 所示。

（16）合并除背景层外的所有图层。打开“图层样式”对话框，选择投影，设置参数如图 7-99 所示。最终效果如图 7-100 所示。

图 7-97　绘制另一边的主体形状

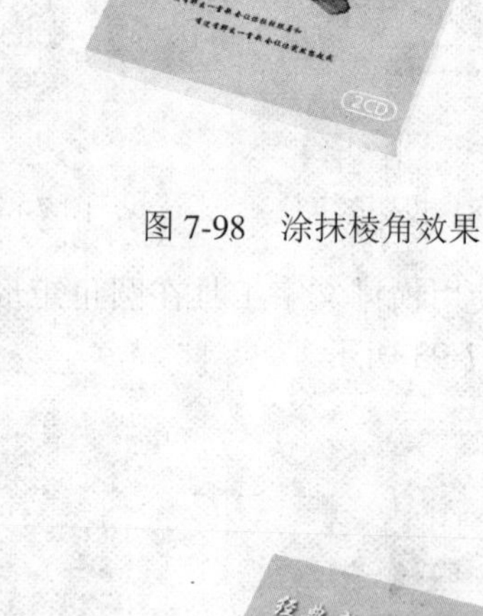

图 7-98　涂抹棱角效果

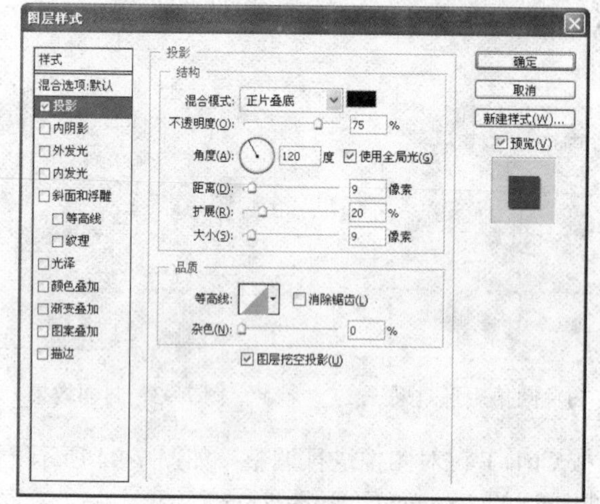

图 7-99　设置“投影”

图 7-100　CD 封套设计效果

实例 371——化妆品产品包装设计

化妆品的包装可谓是千百种，每个品牌都有它独特风格的样式。本例将自己设计一款化妆品产品包装效果。（学习难度：★★★★★）

（1）执行“文件”→“新建”菜单命令，新建一个宽度为 500 像素、高度为 500 像素、分辨率为 300 像素/英寸的图像文件，颜色模式为 RGB，将新建图层命名为“瓶身”，如图 7-101 所示。

（2）在工具箱中选择矩形选框工具，创建一个矩形选区，然后选择工具箱中的渐变工具，在其属性栏中单击渐变条打开渐变编辑器，设置参数如图 7-102 所示。单击确定后，在矩形选区内从左到右创建线性渐变，其效果如图 7-103 所示。

（3）执行“选择”→“取消选择”菜单命令，再执行“编辑”→“自由变换”菜单命令，在其属性栏中单击“在自由变换和变换模式之间切换”按钮，可以拖动节点对形状进行变换，如图 7-104 所示。

（4）新建图层，将其命名为“瓶盖”，选择矩形选框工具，在如图 7-105 所示的位置绘制矩形选区。

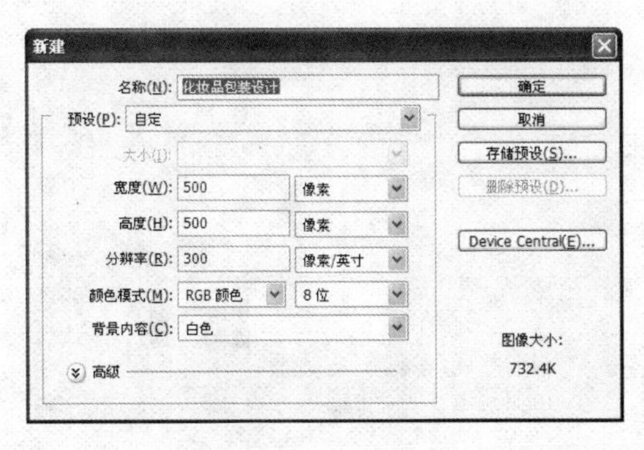

图 7-101　新建图像文件

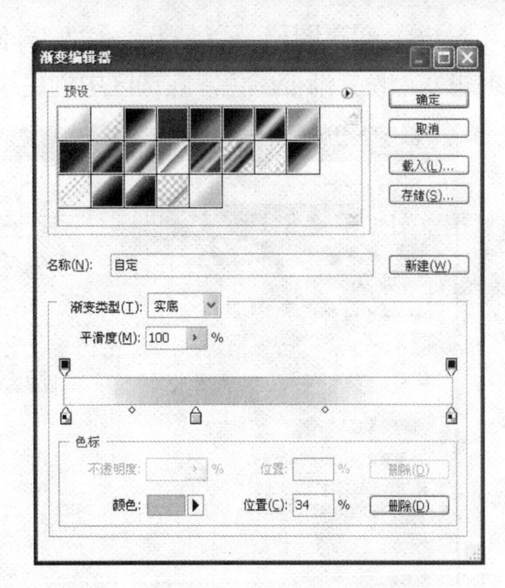

图 7-102　“瓶身”渐变编辑器

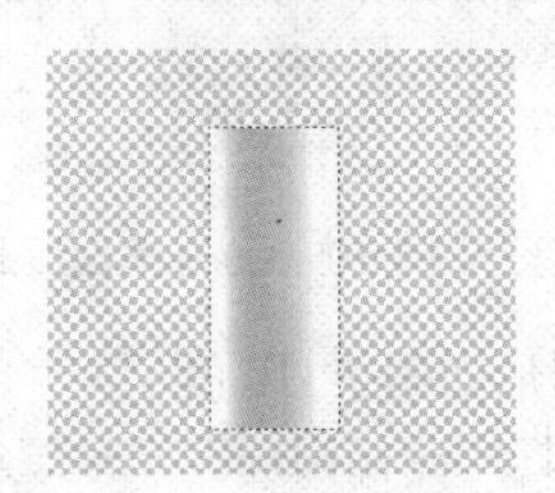

图 7-103　线性渐变效果

图 7-104　变形后的图像

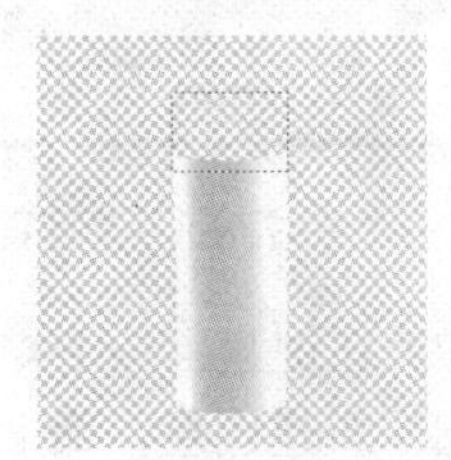

图 7-105　绘制选区

（5）在工具箱中选择渐变工具，在其属性栏中单击“渐变编辑器”，设置渐变颜色，在选区中从左到右创建线性渐变，如图 7-106 所示。然后将瓶盖移至瓶身的上方，如图 7-107 所示。

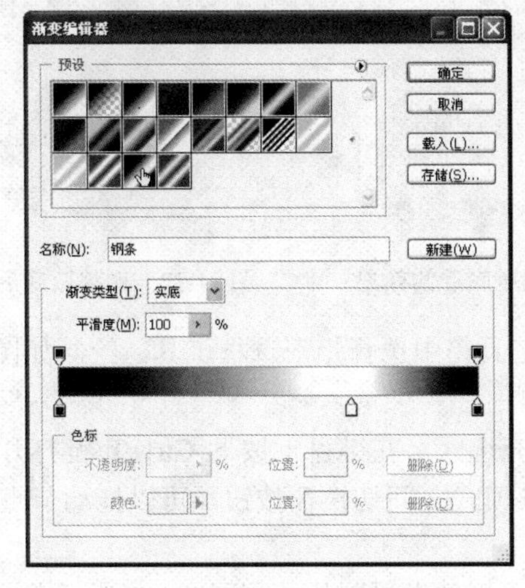

图 7-106　“瓶盖”渐变编辑器

图 7-107　添加瓶盖后的效果

（6）新建图层，命名为“盖面”，使用工具箱中椭圆工具绘制椭圆选区，然后打开渐变编辑器，设置渐变颜色，在选区中创建线性渐变，取消选区，如图 7-108 和图 7-109 所示。

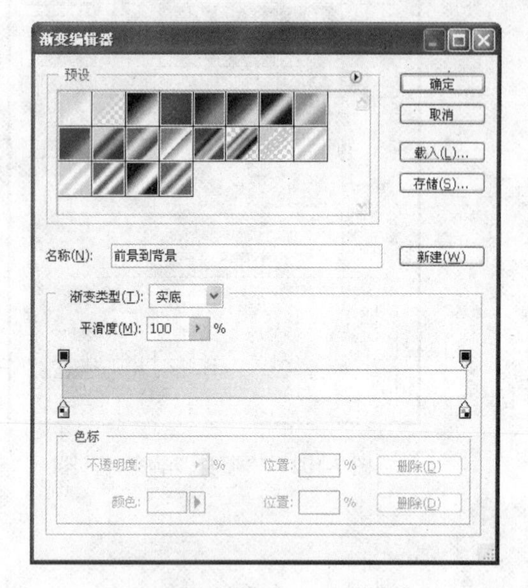

图 7-108 “盖面”渐变编辑器

图 7-109 添加盖面后的效果

（7）在键盘上按下 Ctrl+T 键，打开自由变形框，调整图形如图 7-110 所示。

（8）新建图层，命名为“瓶底”，使用工具箱中椭圆工具绘制椭圆选区，设置前景色为“R:148;G:148;B:148”，填充选区，如图 7-111 所示。

（9）在键盘上按下 Ctrl+T 键，打开自由变形框，调整图形到合适的位置和大小，然后在工具箱中选择加深工具和减淡工具在瓶底进行涂抹，其效果如图 7-112 所示。

图 7-110 调整盖面后的效果

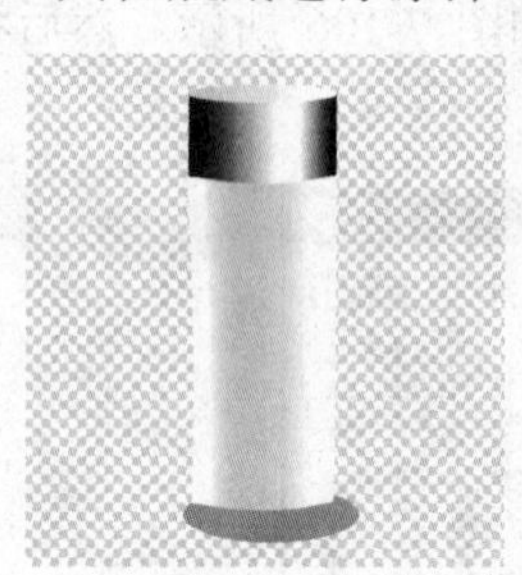

图 7-111 添加瓶底后的效果

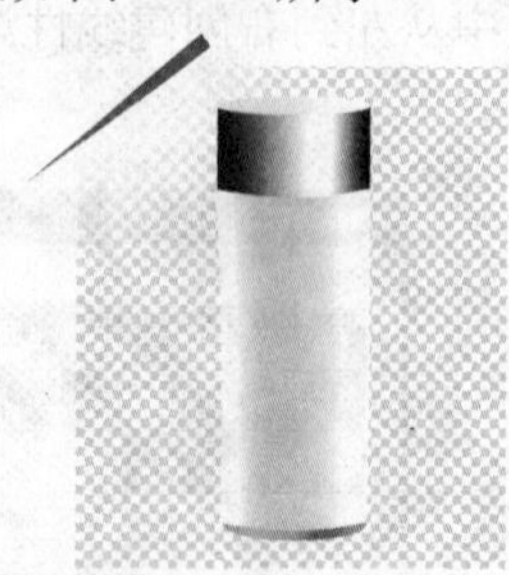

图 7-112 调整瓶底后的效果

（10）新建图层，命名为“装饰条”，在工具箱中选择矩形选框工具，绘制如图 7-113 所示的选区。

（11）在工具箱中设置前景色为白色，填充选区，在键盘上按下 Ctrl+T 键打开自由变形框，在其属性栏中单击“在自由变换和变换模式之间切换”按钮，可以拖动节点对形状进行变换，其效果如图 7-114 所示。

（12）执行“文件”→“打开”菜单命令，打开素材图片，如图 7-115 所示。

图 7-113　绘制选区

图 7-114　装饰条调整后的效果

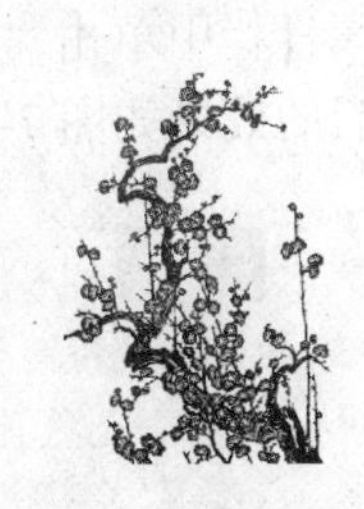

图 7-115　打开素材图片

（13）在工具箱中选择魔棒工具，在素材图片上选择空白部分，获得背景选区，在键盘上按下 Shift+Ctrl+I 键将选区反选，使用工具箱中的移动工具将素材图片拖入到当前文件中，如图 7-116 所示。

（14）在键盘上按下 Ctrl+T 键，打开自由变形框，在其属性栏中单击“在自由变换和变换模式之间切换”按钮，可以拖动节点对形状进行变换，其效果如图 7-117 所示。

图 7-116　将图片拖入当前文件中

图 7-117　添加图片后的效果

（15）双击花图层，在弹出的“图层样式”对话框中选择“渐变叠加”，设置渐变颜色如图 7-118 所示，其他参数设置如图 7-119 所示，得到的效果如图 7-120 所示。

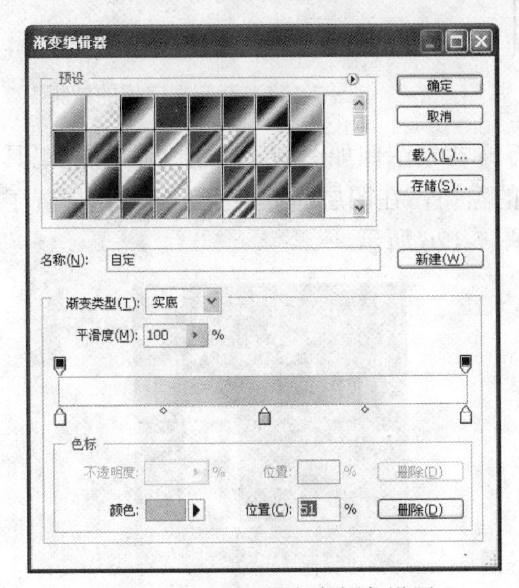

图 7-118　花图层渐变颜色设置

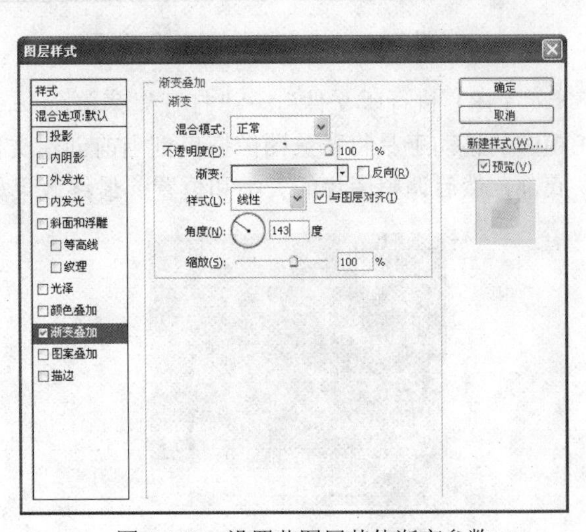

图 7-119　设置花图层其他渐变参数

（16）在工具箱中选择横排文字工具输入文字，“字体”为“隶书”，“大小”为 4 点，在其属性栏中单击“创建变形文本”，在弹出的对话框中设置参数如图 7-121 所示。输入文字后的效果如图 7-122 所示。

图 7-120　渐变花图层效果

图 7-121　设置“变形文字”

图 7-122　输入文字后的效果

（17）双击文字图层，在弹出的“图层样式”对话框中选择“渐变叠加”，其参数设置如图 7-123 所示，得到的效果如图 7-124 所示。

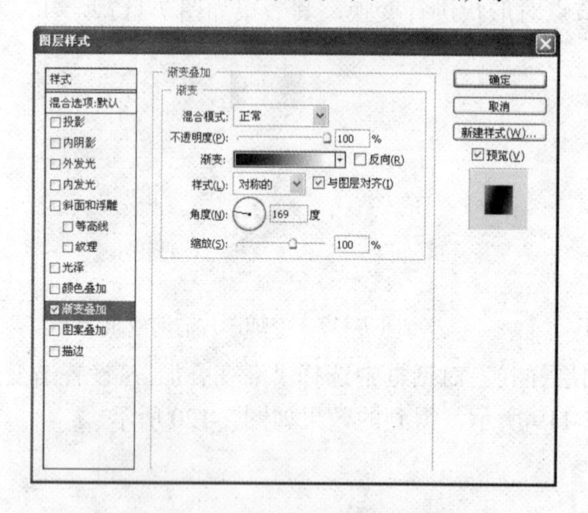

图 7-123　文字图层的渐变叠加设置

图 7-124　渐变文字后的效果

（18）执行“文件”→“打开”菜单命令，打开背景图像如图 7-125 所示。选择工具箱中的移动工具将背景图像拖曳到当前创建文件的窗口，在图层面板中将新建的图层置于底部，然后调整图片的大小和位置，最终效果如图 7-126 所示。

图 7-125　打开背景图像

图 7-126　化妆品产品包装设计效果

实例 372——巧克力产品包装设计

本例将制作一款精美的情人节巧克力包装盒，漂亮的包装可以增加礼物的内在价值。其制作过程不是很复杂，可以巧妙运用钢笔工具进行盒体设计。（学习难度：★★★★）

（1）执行“文件”→“新建”菜单命令，建立一个 RGB 图像文件，设置其宽度为 800 像素，高度为 500 像素，分辨率为 300 像素/英寸。然后执行“文件”→“打开”菜单命令，打开作为包装盒盒面的图像并拖到文件中，如图 7-127 所示。

（2）按 Ctrl+T 键选择“扭曲”，调整图像的形状，使其具有立体感，如图 7-128 所示。

图 7-127　打开盒面图像

图 7-128　调整图像的形状

（3）新建图层 2，选择钢笔工具绘制出边缘形状，如图 7-129 所示，然后按 Ctrl+Enter 键转换为选区。

（4）设置前景色为“R:253;G:153;B:153”，背景色为白色，选择渐变工具，渐变颜色由前景色到背景色，对称渐变选区如图 7-130 所示。

图 7-129　绘制边缘形状

图 7-130　对称渐变选区

（5）新建图层 3，使用钢笔工具绘制出前面边缘的形状，同样采用对称渐变，其效果如图 7-131 所示。

（6）由于两个边的颜色相同，使得棱角不分明。使用加深工具对图层 3 和图层 2 交接的地方进行涂抹，然后选中图层 2，使用减淡工具进行涂抹，得到棱角效果如图 7-132 所示。

操作技巧：

加深工具和减淡工具可以巧妙地将棱角分明的部分处理成很自然的棱角效果，在进行涂抹时也要掌握好尺度。

图 7-131　前面边缘效果

图 7-132　棱角效果

（7）继续使用钢笔工具绘制出盒盖的形状，如图 7-133 所示。

（8）在路径面板中创建新路径，将其转换为路径。找到刚才打开的图像，使用矩形选框工具截取一个矩形拖到文件中，如图 7-134 所示。

图 7-133　绘制盒盖形状

图 7-134　截取矩形

（9）按 Ctrl+T 键选择“扭曲”对矩形图像进行调整，如图 7-135 所示。

（10）将刚才创建的路径转换为选区，反选并删除，得到盒盖效果，如图 7-136 所示。

图 7-135　调整矩形图像

图 7-136　盒盖效果

（11）新建图层 5，使用钢笔工具画出盒底形状，如图 7-137 所示。

（12）转换为选区之后，填充颜色为“R:194;G:1;B:1”，并将其拖到图层 2 和图层 3 的下方，其效果如图 7-138 所示。

图 7-137　盒底形状

图 7-138　盒底效果

（13）合并顶部花纹盖图层，打开“图层样式”对话框，选择“斜面和浮雕”，设置参数如图 7-139 所示，阴影的颜色设为前景色。设置后的效果如图 7-140 所示。

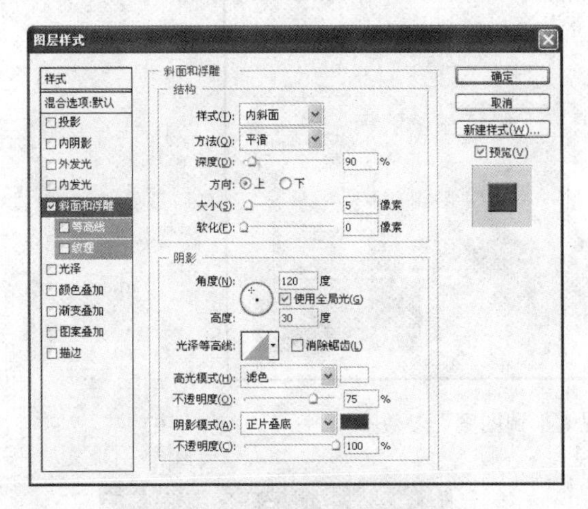

图 7-139　设置“斜面和浮雕”

图 7-140　盒盖的斜面和浮雕效果

（14）选中底部衬底，打开“图层样式”对话框，选择“斜面和浮雕”，设置参数如图 7-141 所示，阴影颜色设为“R:109;G:2;B:2”。设置后的效果如图 7-142 所示。

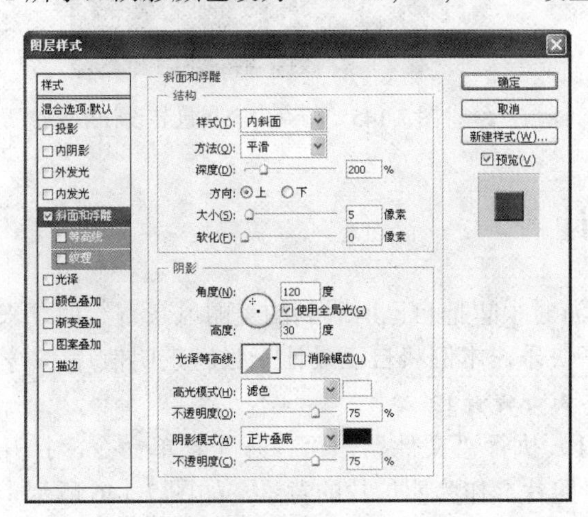

图 7-141　盒底的图层样式设置

图 7-142　盒底图层效果

（15）合并图层 2 和图层 3，执行“滤镜”→“素描”→“半调图案”菜单命令，设置参数如图 7-143 所示。半调图案效果如图 7-144 所示。

（16）为了突出包装盒的效果，将背景色填充为黑色，最终效果如图 7-145 所示。

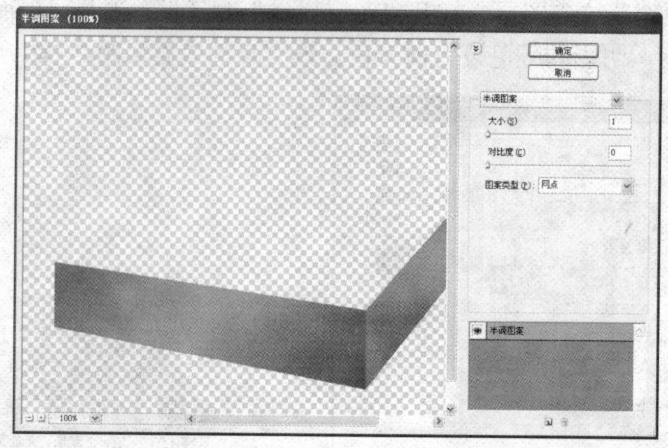

图 7-143　设置“半调图案”参数

图 7-144　半调图案效果

图 7-145　巧克力产品包装设计效果

实例 373——风景明信片设计

很多风景名胜都很让人留恋，出去旅游时很想把自己所看到的美丽风景寄给朋友来一起分享快乐，本例将自己设计一张风景明信片。（学习难度：★★★★）

图 7-146　打开背景图像

（1）执行“文件”→“打开”菜单命令，打开一幅风景照片，作为明信片的背景，如图 7-146 所示。

（2）在图层面板中，双击背景图层，在弹出的对话框中单击“确定”按钮，将名称变为“图层 0”。再单击“添加图层蒙板”按钮，为图层设置一个蒙版，如图 7-147 所示。

（3）在工具箱中，设置背景色和前景色分别为黑色和白色，选择“渐变工具”按钮，在弹出的对话框中，选择“从背景色到前景色过渡”，在图像中从右上角到左下角绘制渐变色，黑色部分将呈透明状态，如图 7-148 所示。

（4）新建一个图层，并将该图层填充为白色，移动该图层到最下方，将其衬托在风景图层的后面，其效果如图 7-149 所示。

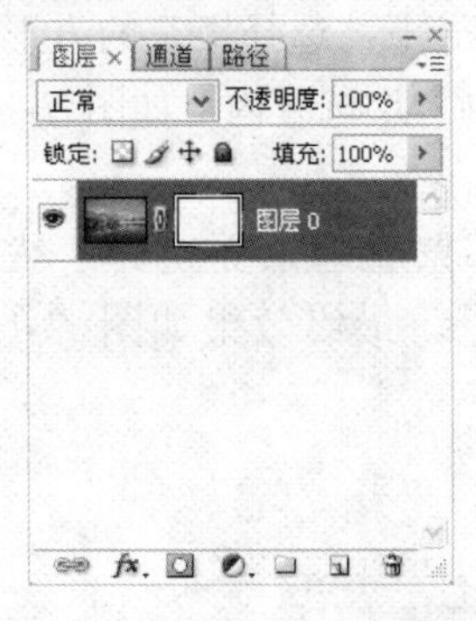

图 7-147　为图层设置蒙版

图 7-148　渐变颜色填充

图 7-149　添加新图层后的效果

（5）在工具箱中，选择“自定义形状工具”按钮，在属性栏中单击“形状”下拉菜单中的“全部”选项，在弹出的对话框中单击“确定”按钮，选择自定义的邮票形状，如图 7-150 所示。

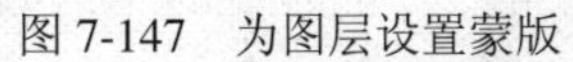

图 7-150　“自定义形状工具”属性栏

（6）在图像中绘制邮票的形状，按 Ctrl+Enter 键将形状转化为选区，单击工具栏的“矩形选框工具”按钮，按 Alt 键选中邮票中间的区域。新建一个图层，将选区填充为纯白色，如图 7-151 所示。

（7）执行“图层”→“图层样式”→“投影”菜单命令，在弹出的对话框中选择“投影”，设置“不透明度”为 81”，“角度”为–39，“距离”为 2，“扩展”为 0，“大小”为 5，其余选项默认，如图 7-152 所示，其效果如图 7-153 所示。

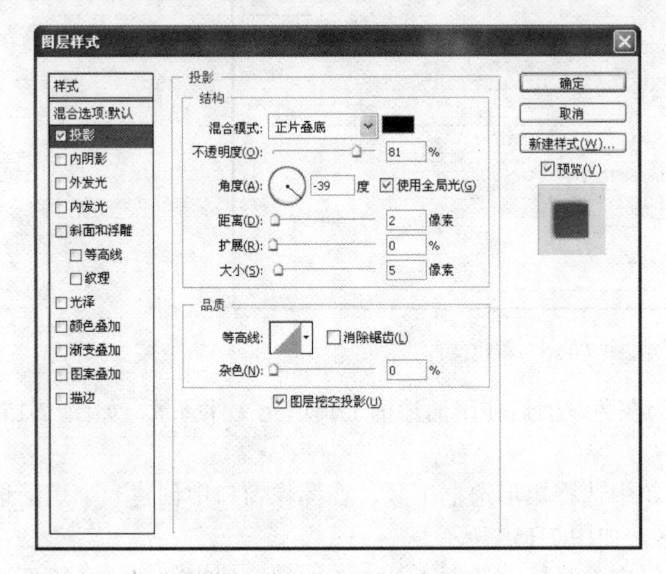

图 7-152　设置“投影”

图 7-151　邮票形状的绘制

图 7-153　投影效果

（8）在工具箱中选择“魔棒工具”按钮，在邮票的中心单击一下，选择镂空的方形区域。复制一幅照片，按 Ctrl+Shift+V 键，以粘贴的方法将其复制到方形选区内，如图 7-154 所示。

（9）在工具箱中，选择文字工具在邮票上输入文字，使邮票看起来更逼真。然后打开一幅邮戳的素材图片，将邮戳复制到画面中，并填充黑色。最终效果如图 7-155 所示。

图 7-154　粘贴邮票的照片

图 7-155　风景明信片设计效果

实例 374——人物明信片设计

本例可以把自己喜欢的人物设计成明信片珍藏起来。（学习难度：★★★★）

（1）执行“文件”→“新建”菜单命令，新建一个宽度为 8 厘米、高度为 5 厘米、分辨率为 350 像素/英寸的文件，背景颜色为“透明”，颜色模式为 RGB，如图 7-156 所示。

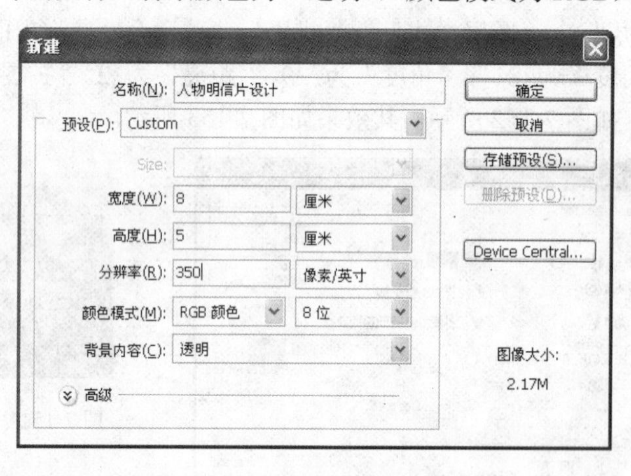

图 7-156　新建文件

（2）在工具箱中设置前景色为灰色，然后使用油漆桶工具填充文件背景，如图 7-157 所示。

（3）新建一个图层，在工具箱中选择矩形选框工具，在图像窗口中创建一个矩形选区，并对选区填充黑色后取消选区，如图 7-158 所示。

（4）新建一个图层，在工具箱中选择矩形选框工具，在图像窗口中创建一个矩形选

区，并对选区填充白色后取消选区，如图 7-159 所示。

图 7-157 填充颜色背景

图 7-158 填充黑色选区

图 7-159 填充白色选区

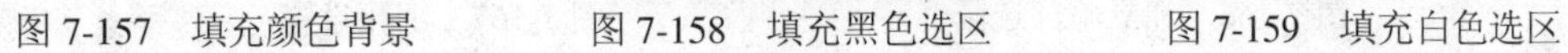

（5）执行“文件”→“打开”菜单命令，打开素材图像，如图 7-160 所示。

（6）在工具箱中用魔棒工具选中图片内容，按下 Ctrl+C 键，复制图片内容，如图 7-161 所示。

（7）将复制的图片粘贴到明信片文件中，按下 Ctrl+T 键调整图片的大小，在工具箱中选择移动工具调整图片的位置，其效果如图 7-162 所示。

图 7-160 打开素材图像

图 7-161 复制图片内容

图 7-162 添加图片后的效果

（8）执行“文件”→“打开”菜单命令，打开人物图像，如图 7-163 所示。

（9）在工具箱中，用磁性套索工具选中图片中的人物图像，按下 Ctrl+C 键，复制所选区域，如图 7-164 所示。

（10）回到待设计的图片，按下 Ctrl+V 键，将人物粘贴进来，然后执行“编辑”→“自由变换”菜单命令，调整图片的大小和位置，将多余的部分删除，效果如图 7-165 所示。

图 7-163 打开人物图像

图 7-164 选中人物图像并复制

图 7-165 添加人物图像

（11）放大图像，在工具箱中选择套索工具，沿人物的脸部建立如图 7-166 的选区。

（12）执行“选择”→“修改”→“羽化”菜单命令，在弹出的对话框中设置“羽化半径”为 5 像素，如图 7-167 所示。

图 7-166　建立脸部选区

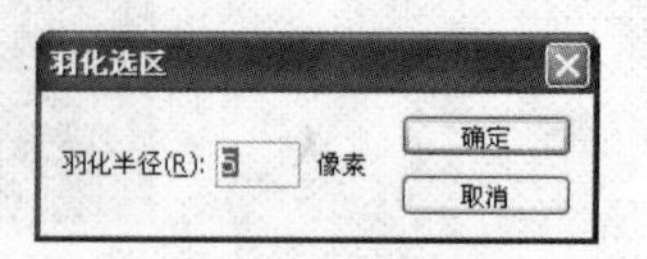

图 7-167　羽化设置

（13）执行“滤镜”→“杂色”→“蒙尘与划痕”菜单命令，在弹出的对话框中对参数进行设置，如图 7-168 所示，其效果如图 7-169 所示。

图 7-168　“蒙尘与划痕”参数设置

图 7-169　设置蒙尘与划痕后的效果

（14）在工具箱中选择模糊工具，对图像中不自然的部分进行涂抹，其效果如图 7-170 所示。

（15）执行“选择”→“载入选区”菜单命令，在弹出的对话框中，选择当前图层选中人物部分，如图 7-171 所示。

图 7-170　涂抹后的图像

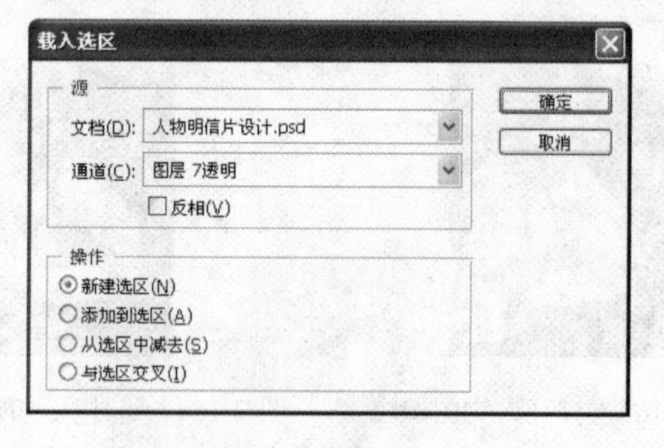

图 7-171　“载入选区”对话框

（16）执行“滤镜”→“艺术效果”→“海报边缘”菜单命令，在弹出的对话框中设置各项参数，如图 7-172 所示，设置后的效果如图 7-173 所示。

图 7-172　设置“海报边缘”参数

（17）新建一个图层，在工具箱中选择套索工具随意在背景中创建一个选区，如图 7-174 所示。然后执行“选择”→“修改”→“羽化”菜单命令，在弹出的对话框中设置“羽化半径”为 10 像素。

图 7-173　设置海报边缘后的效果

图 7-174　背景选区

（18）在工具箱中设置前景色为天蓝色，使用油漆桶工具对选区进行填充，其效果如图 7-175 所示。

（19）新建一个图层，在工具箱中选择横排文字工具在图像上添加文字，字体为“华文行楷”，字体大小为 12 点，颜色为白色，最终效果如图 7-176 所示。

图 7-175　添加天蓝色的背景

图 7-176　人物明信片设计效果

实例 375——信用卡设计

母亲节是儿女给为自己辛勤工作的母亲过的一个节日，本例将设计一张为母亲节留做纪念的信用卡。（学习难度：★★★★★）

（1）执行“文件”→“新建”菜单命令，新建一个宽度和高度均为 400 像素的文件，背景颜色为白色，颜色模式为 RGB，如图 7-177 所示。

（2）在工具箱中，选择圆角矩形工具绘制一个矩形图，圆角的半径为 15 像素，并填充为红色，如图 7-178 所示。

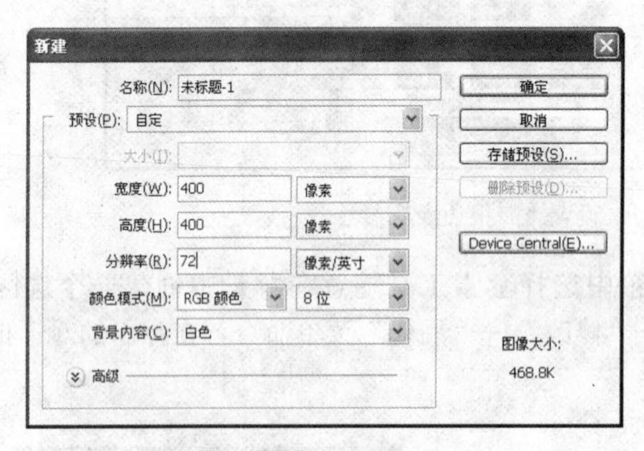

图 7-177　新建文件

图 7-178　绘制矩形图

（3）执行“图层”→“图层样式”→“投影”菜单命令，在弹出的对话框中，设置“不透明度”为 50%，“角度”为 82 度，“距离”为 4 像素，其他参数保持不变，如图 7-179 所示。

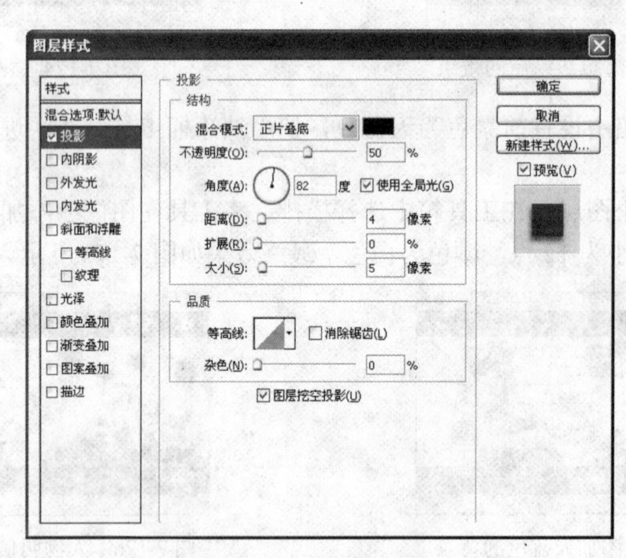

图 7-179　设置“投影”

（4）执行“图层”→“图层样式”→“斜面和浮雕”菜单命令，在弹出的对话框中，将“方法”修改为“雕刻清晰”，“深度”为90%，“大小”为1，如图7-180所示。

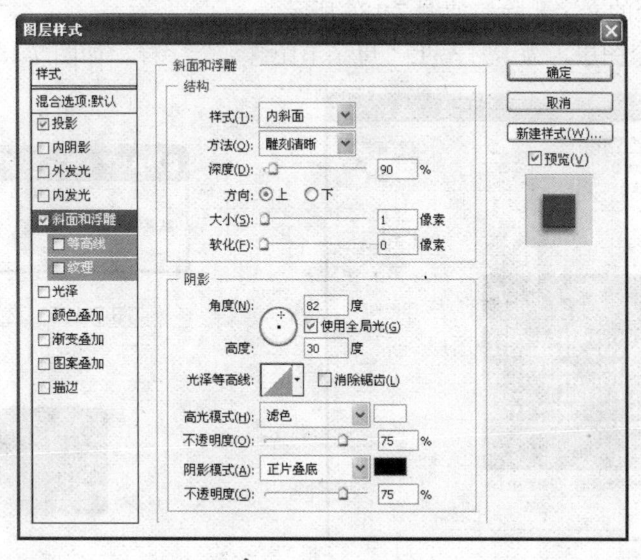

图7-180 设置“斜面和浮雕”

（5）新建一个图层，为卡片添加文字背景，在工具箱中选择横排文字工具，在图层上输入文字，设置好颜色和透明度，使文字覆盖整个卡片面板，可以多复制几层文字让它们纷乱地显示在卡片面板上，如图7-181和图7-182所示。

（6）将文字图层合并为一个图层，在图层面板中，选中所有文字图层，单击“链接”图标，然后执行“图层”→“合并图层”菜单命令，合并文字图层，如图7-183所示。

（7）执行“选择”→“色彩范围”菜单命令，在弹出的对话框中，确定好选区范围，如图7-184所示。

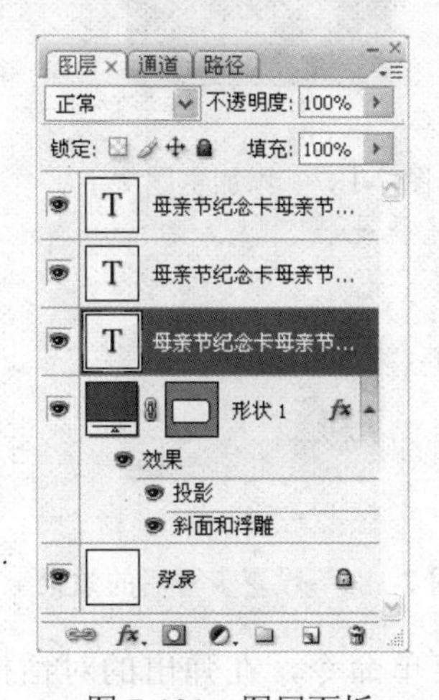

图7-181 图层面板

图7-182 添加文字背景效果

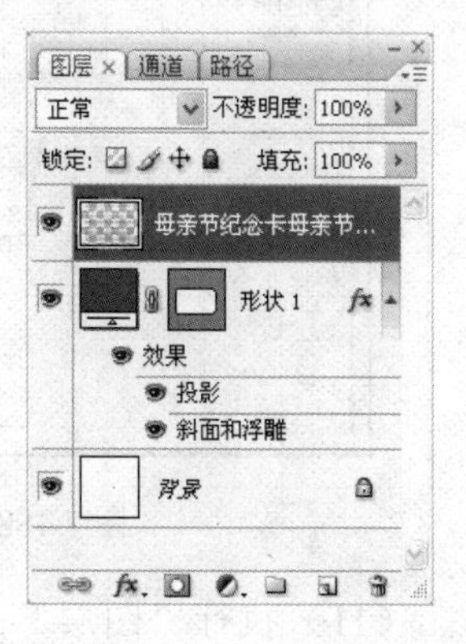

图7-183 合并文字图层

（8）执行“选择”→“修改”→“边界”菜单命令，在弹出的对话框中，设置“宽度”为1像素，如图7-185所示。然后执行“选择”→“反选”菜单命令，在键盘上按下Delete键，将多余的文字删除，如图7-186所示。

（9）新建一个图层，为卡片写上“母亲节纪念卡”字样，如图7-187所示。

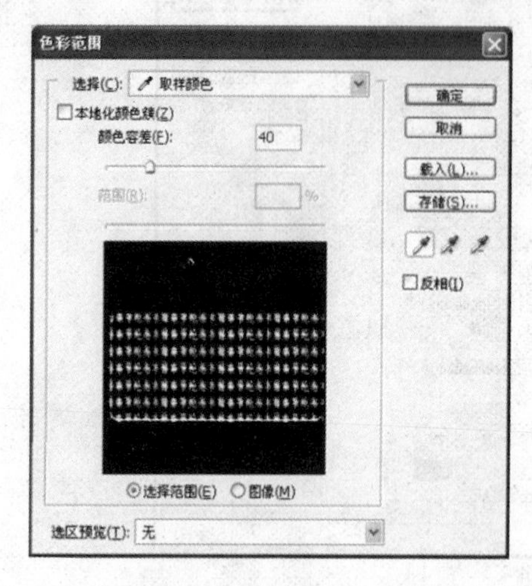

图7-184 “色彩范围”对话框

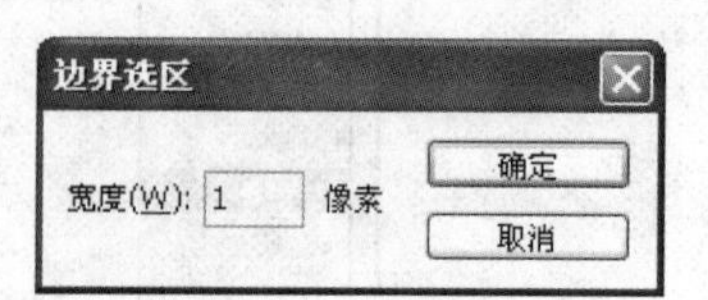

图7-185 边界设置

图7-186 删除多余的文字

（10）再新建一个图层，为卡片写上卡号数字“2007 4451 1256 8WQA”的字样，字体为“Times New Roman”，然后执行“图层”→“图层样式”→“投影”菜单命令，设置“角度”为52度，“距离”为2像素，“大小”为1像素，如图7-188所示，其效果如图7-189所示。

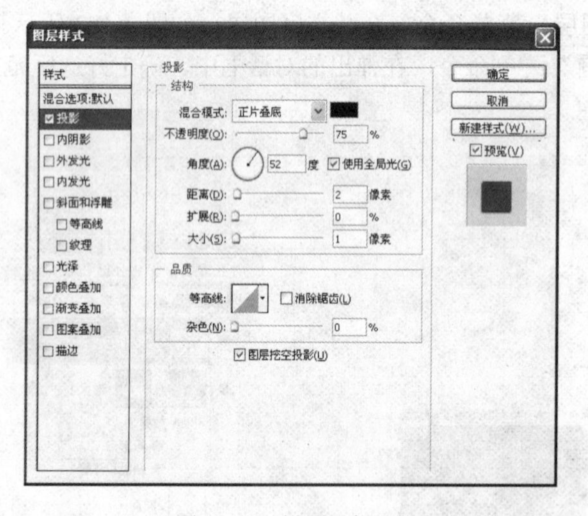

图7-188 设置“投影”

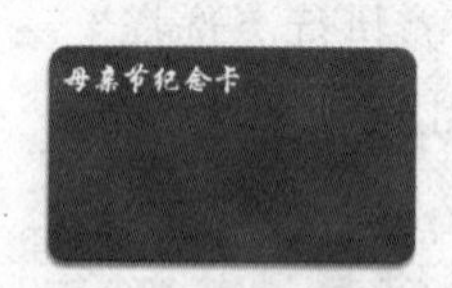

图7-187 添加主题文字

图7-189 设置卡号后的效果

（11）执行“图层”→“图层样式”→“斜面和浮雕”菜单命令，在弹出的对话框中，设置“深度”为27%，“大小”为1像素，如图7-190所示。

（12）用同样的方法，在卡片上写上一些其他的文字内容，如图 7-191 所示。

（13）为卡片添加一张具有意义的图案，然后把图片的混合模式设置为“变暗”。最终效果如图 7-192 所示。

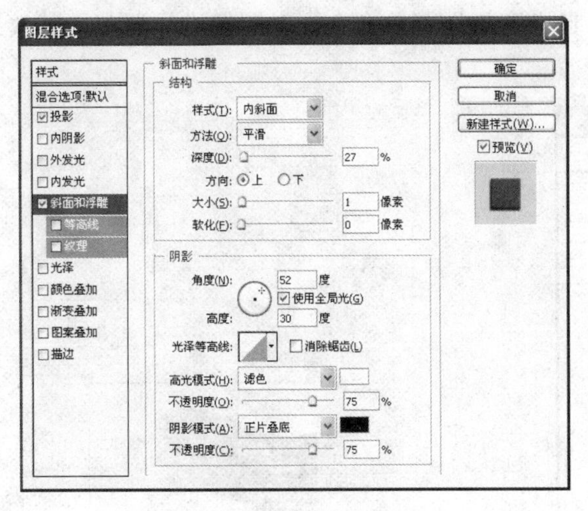

图 7-190　设置“斜面和浮雕”

图 7-191　添加其他文字

图 7-192　信用卡设计效果

实例 376——名片设计

本例将设计一张花卉公司名片，首先要设计一个自己公司专用的徽章，然后输入一些自己的个人信息，制作方法很简单，一起来做吧。（学习难度：★★★★）

（1）执行“文件”→“打开”菜单命令，打开用于制作徽章的盆栽特色图片，如图 7-193 所示。

（2）按下 Ctrl+A 键将图像全部选定，在图层面板中，新建一个图层，将图像剪贴到新图层中，并设置为当前工作图层，然后按下 Ctrl+T 键对图像进行自由变换，将图像变小些，选择移动工具将图像拖动到合适的位置，如图 7-194 所示。

（3）执行“图像”→“图像旋转”→“90 度（顺时针）”菜单命令，将图像顺时针旋转 90 度，如图 7-195 所示。

图 7-193　打开盆栽图像

图 7-194　移动图像后的效果

图 7-195　顺时针旋转 90 度

（4）执行“滤镜”→“扭曲”→“切变”菜单命令，在弹出的对话框中，对曲线进行调节，以达到满意的效果，如图 7-196 所示。

（5）执行“图像”→“图像旋转”→“90 度（逆时针）”菜单命令，将图像旋转到正常的位置，可以使用“编辑”→“自由变换”菜单命令，对图像进行调节，其效果如图 7-197 所示。

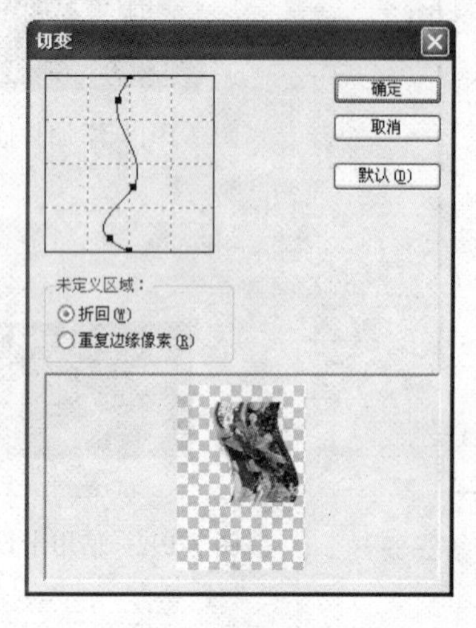

图 7-196 “切变”调节

图 7-197 自由变换效果

（6）执行“图层”→“图层样式”→“斜面和浮雕”菜单命令，在弹出的对话框中，对参数进行设置，如图 7-198 所示，其效果如图 7-199 所示。

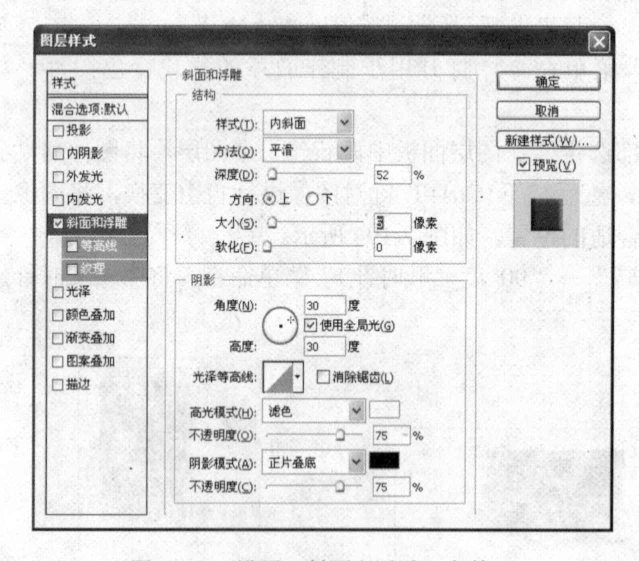

图 7-198 设置“斜面和浮雕”参数

图 7-199 设置好的徽章效果

（7）执行“文件”→“新建”菜单命令，在弹出的对话框中，设置图像大小为 400×260 像素，背景为透明色，颜色模式为 RGB，如图 7-200 所示。

（8）在工具箱中，选择矩形选框工具，在图像背景上拖动鼠标，得到一个略小于图像的选择区域，然后执行“选择”→“修改”→“羽化”菜单命令，在弹出的对话框中设置“羽化半径”为 8 像素，如图 7-201 所示，其效果如图 7-202 所示。

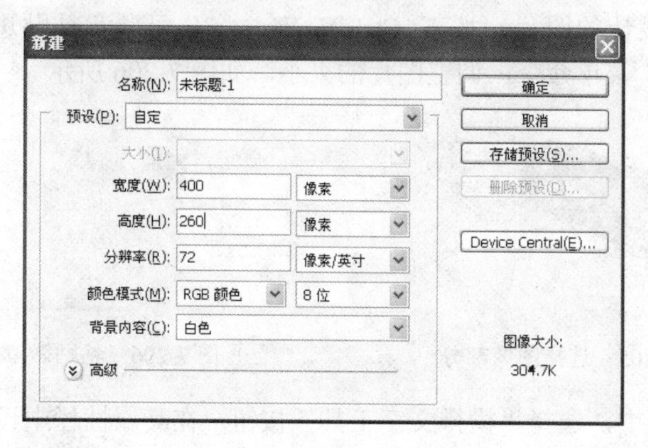

图 7-200　新建图像文件

（9）在工具箱中，设置前景色为白色，然后单击油漆桶工具对选择的区域进行填充，如图 7-203 所示。

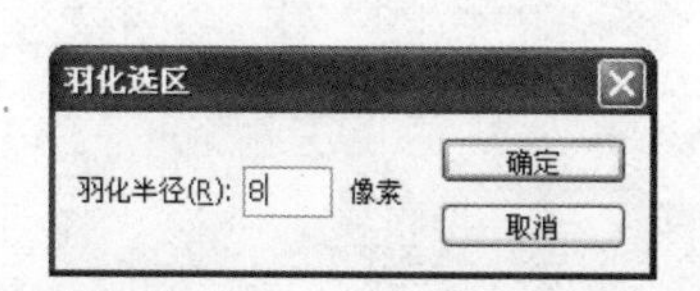

图 7-201　羽化设置

图 7-202　羽化后的背景效果

图 7-203　填充白色区域

（10）执行“图层”→“图层样式”→“投影”菜单命令，在弹出的对话框中，设置“不透明度”为 76%，其他参数保持不变，如图 7-204 所示。

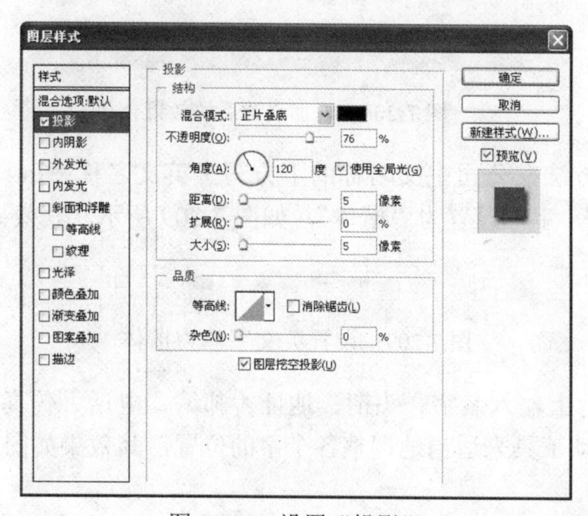

图 7-204　设置“投影”

（11）打开刚刚设计好的公司徽章图片，在工具箱中选择“魔棒工具”，选中图像以外的白色区域，再执行“选择”→“反选”菜单命令，得到图像区域部分，然后按下 Ctrl+C 键，复制选择区域，如图 7-205 所示。

（12）回到待设计的图片，按下 Ctrl+V 键，将公司徽章粘贴进来，然后执行“编辑”→“自由变换”菜单命令，调整图片的大小，如图 7-206 所示。

图 7-205　选择图像部分

图 7-206　粘贴徽章后的图片

（13）在工具箱中，选择“横排文字工具”按钮，在其属性栏中设置字体为“隶书”，字体颜色为#0F0606，如图 7-207 所示。在徽章旁边写上公司的名称“国际花卉展览有限公司”，其效果如图 7-208 所示。

图 7-207　设置字体

图 7-208　添加名称后的效果

（14）用同样的方法在公司中文名称的下方写上英文名称“International Flower And Exposition CO., LTD.”，字体设置为“楷体”，如图 7-209 所示，其效果如图 7-210 所示。

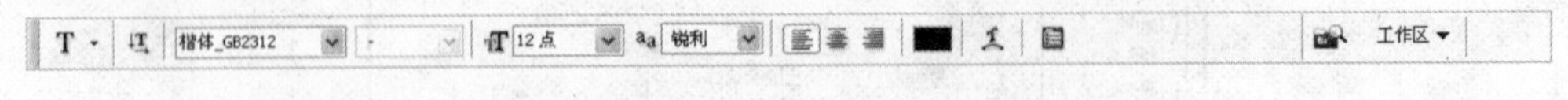

图 7-209　设置英文字体为楷体

（15）同样在名片上输入名字、头衔、地址、邮编、电话、传真，注意字体的大小，并在工具箱中选择移动工具来适当地调整各个字的位置，其效果如图 7-211 所示。

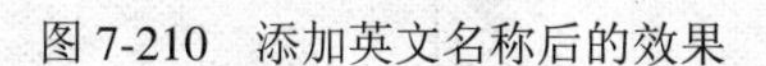
图 7-210　添加英文名称后的效果

图 7-211　输入文字后的效果

（16）新建一个图层，在工具箱中选择套索工具，在按下 ALT 键的同时，在层上画一条飘带形的选区，设置前景色为#DFEAF7，使用油漆桶工具在图像的选区中填充颜色，然后调整图层，将其放在文字图层的下方，最终效果如图 7-212 所示。

图 7-212　名片设计效果

实例 377——贺卡设计

本例通过 Photoshop CS4 设计一张猪年的新春贺卡，让新春充满喜庆的气氛。（学习难度：★★★★）

（1）执行“文件”→“新建”菜单命令，新建一个文件，其大小为 400×300 像素，背景颜色为白色，颜色模式为 RGB，如图 7-213 所示。

（2）在工具箱中选择渐变工具，然后在预置窗口中选中一个效果，在背景图上添加渐变颜色，渐变的方向是将直线从左下角拉到右上角，如图 7-214 所示。

（3）在工具箱中选择画笔工具，在属性栏中设置“画笔大小”为 65，画笔的色彩为白色，然后在背景图的上部分用画笔点一些笔触效果，如图 7-215 所示。

（4）在工具箱中选择横排文字工具输入一个“春”字，字体为“华文行楷”，色彩为浅红色，文字大小为 80 点，把“春”字摆放在左上部分，文字的顶部稍微超出边界，制作一点抽象的效果，将文字的“透明度”设置为 15%，隐约看到文字的效果即可，如图 7-216 所示。

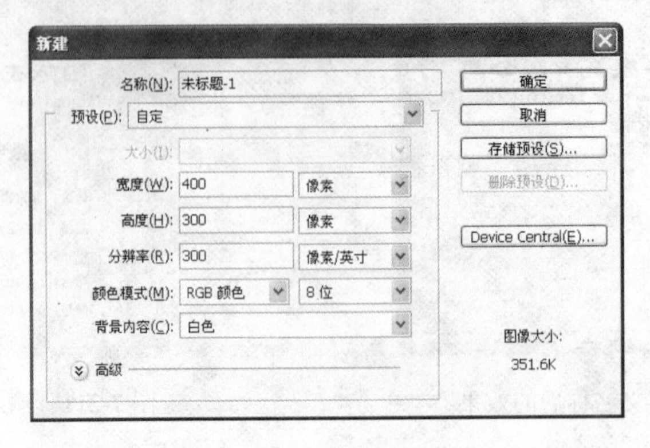

图 7-213　新建文件

图 7-214　添加渐变颜色

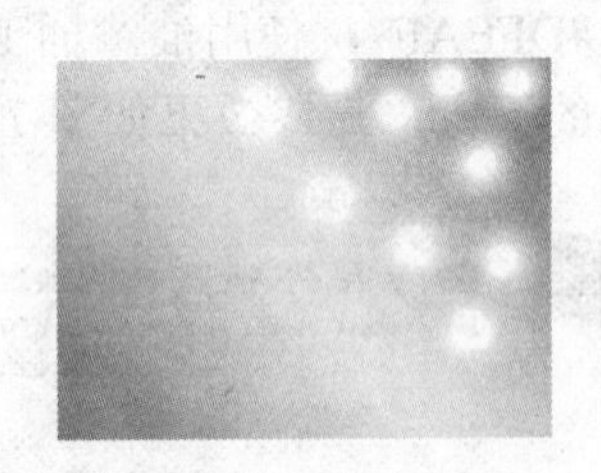

图 7-215　添加笔触效果

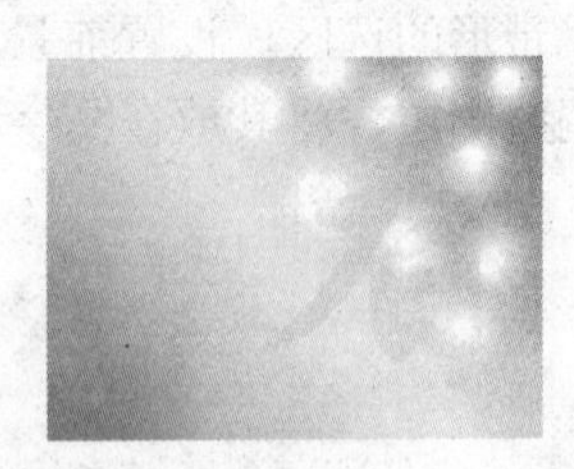

图 7-216　添加“春”字效果

（5）执行“图层”→“向下合并”菜单命令，将文字和背景图层合并为一层，然后执行“滤镜”→“渲染”→“镜头光晕”菜单命令，在弹出的对话框中设置发光的位置和范围，如图 7-217 和图 7-218 所示。

（6）在工具箱中选择横排文字工具，输入一个“猪”字，字体为“华文行楷”，大小为“18”点，颜色为红色，如图 7-219 所示。

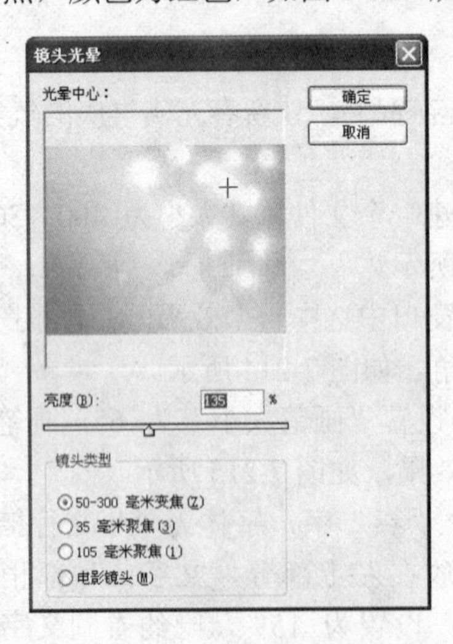

图 7-217　设置“镜头光晕”

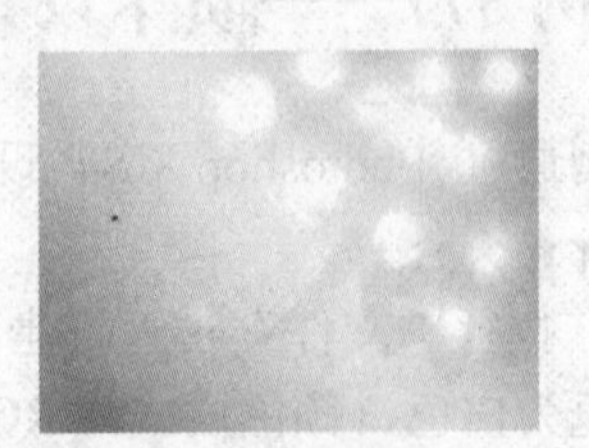

图 7-218　添加光晕的效果

图 7-219　添加“猪”字后的效果

（7）执行“图层”→“图层样式”→“斜面和浮雕”菜单命令，在弹出的对话框中，设置“方法”为“平滑”，“深度”为 95%，“大小”为 3，如图 7-220 所示，其效果如图 7-221 所示。

（8）选择文字工具添加新年祝福话语，设置文字的字体为“方正舒体”，颜色为红色，大小为 9 点，输入完以后把文字图层合并为一个图层，如图 7-222 所示。

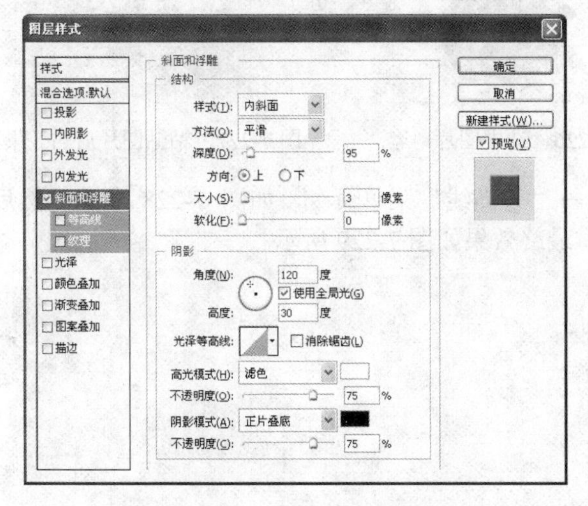

图 7-220　设置“斜面和浮雕”

图 7-221　“猪”字的斜面和浮雕效果

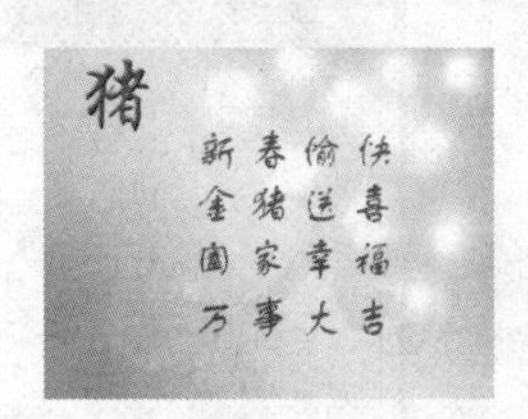

图 7-222　添加文字后的效果

（9）执行“图层”→“图层样式”→“外发光”菜单命令，在弹出的对话框中设置“不透明度”为 85%，“方法”为“精确”，“扩展”为 50%，“大小”为 5 像素，如图 7-223 所示，其效果如图 7-224 所示。

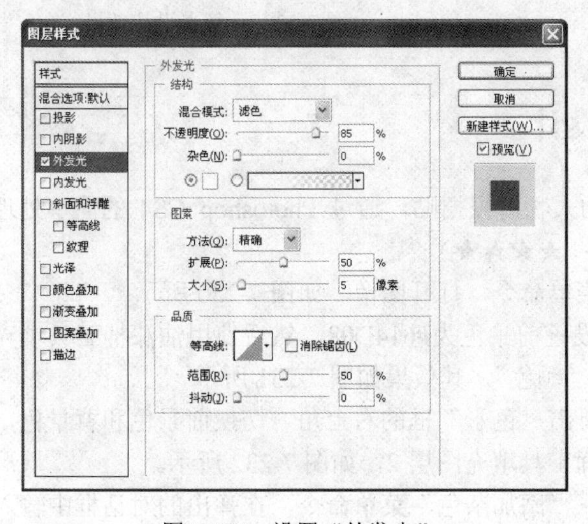

图 7-223　设置“外发光”

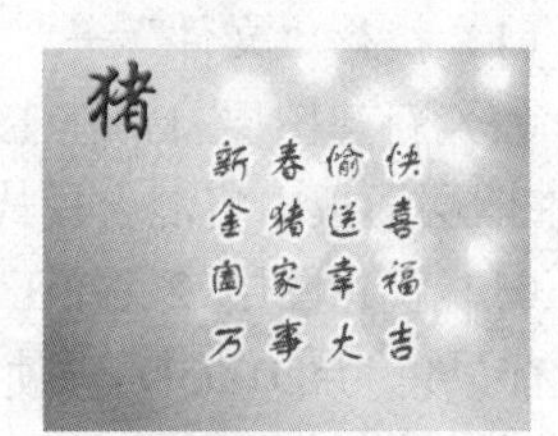

图 7-224　文字的外发光效果

（10）执行“文件”→“打开”菜单命令，打开一张剪纸图像，如图 7-225 所示。

（11）在工具箱中使用魔棒工具选中图片中的内容，按下 Ctrl+C 键，复制图片，如

图 7-226 所示。

（12）将复制的图片粘贴到贺卡图片中，然后执行“编辑”→“自由变换”菜单命令，调整图片的大小，在工具箱中选择移动工具调整图片的位置，如图 7-227 所示。

图 7-225　打开剪纸图像

图 7-226　选中图片内容

图 7-227　粘贴图片后的效果

（13）执行“滤镜”→“风格化”→“等高线”菜单命令，如图 7-228 所示，然后在图层面板中设置“不透明度”为 55%。最终效果如图 7-229 所示。

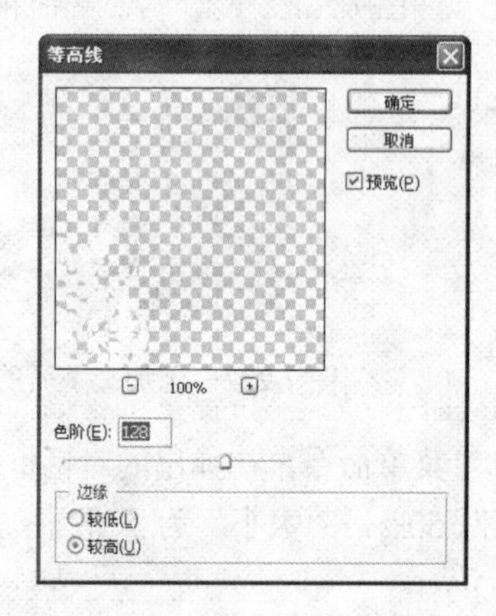

图 7-228　设置“等高线”

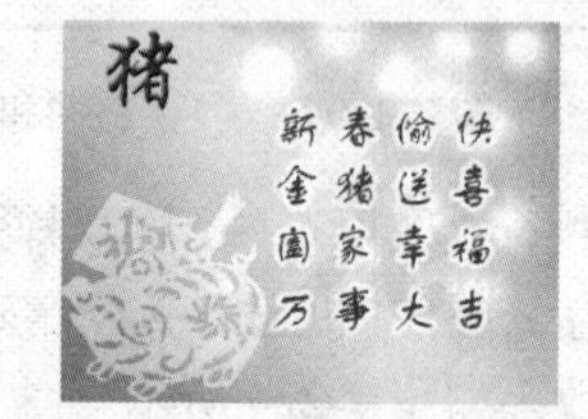

图 7-229　贺卡设计效果

实例 378——海报招贴设计

本例将设计一张具有神秘色彩的人物海报招贴，通过 Photoshop CS4 的简单处理可以展现出另类的艺术效果。(学习难度：★★★★)

（1）执行“文件”→“打开”菜单命令，打开图像，如图 7-230 所示。

（2）新建图层 1，在工具箱中设置前景色为#614D08，然后使用油漆桶工具填充图层 1，在图层面板中将混合模式设置为“颜色”，其效果如图 7-231 所示。

（3）新建图层 2，在工具箱中单击“色彩”框的右上角，切换前景色和背景色，然后设置前景色为#D1D3D4，使用油漆桶工具填充图层 2，如图 7-232 所示。

（4）执行“滤镜”→“杂色”→“添加杂色”菜单命令，在弹出的对话框中输入合适的“数量”值，选择“平均分布”，勾选“单色”复选框，以便在浅灰色中加入杂点，如图 7-233 所示。

图 7-230　打开图像

图 7-231　改变颜色后的效果

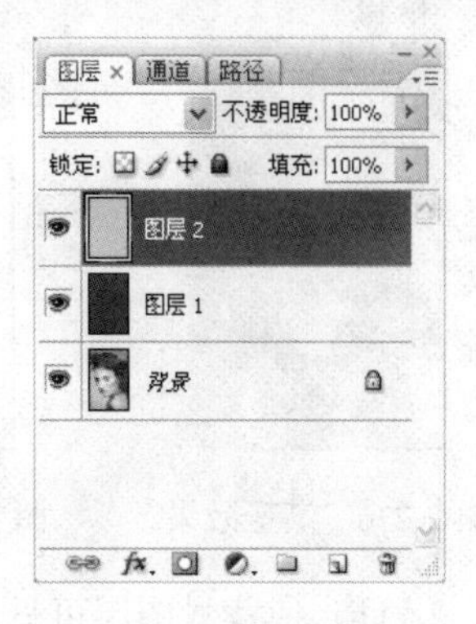

图 7-232　填充图层 2

（5）在图层面板中，将图层 2 的混合模式设置为“颜色加深”，其效果如图 7-234 所示。

（6）复制背景层，创建一个“背景副本”图层，如图 7-235 所示。在工具箱中单击“以快速蒙版模式编辑”，进入快速蒙版编辑状态。

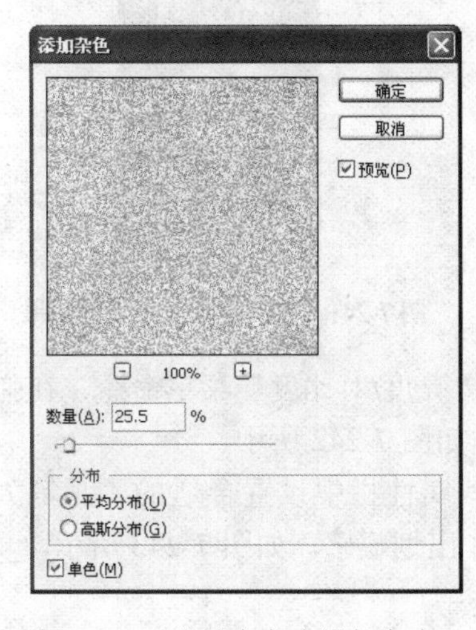

图 7-233　在浅灰色中添加杂点

图 7-234　颜色加深后的效果

图 7-235　创建背景副本

（7）在工具箱中选择渐变工具，以径向渐变方式从图像中间向外拉出，实现从前景色（白色）到背景色（黑色）的渐变效果，如图 7-236 所示。

（8）在通道面板中，单击通道浮动面板右边的黑色小三角，在弹出的菜单中选择“以快速蒙版选项”命令，可以在弹出的对话框中对“颜色”和“不透明度”进行设置，如图 7-237 所示。

（9）在工具箱中，单击“以标准模式编辑”按钮，系统会自动生成径向渐变产生的未被遮罩的图像选区，如图 7-238 所示。

（10）回到图层面板，选择“背景副本”图层使其可见，其他图层为不可见，如图 7-239 所示。在保持选区不变的同时，按 Delete 键删除选区内的图像，其效果如图 7-240 所示。

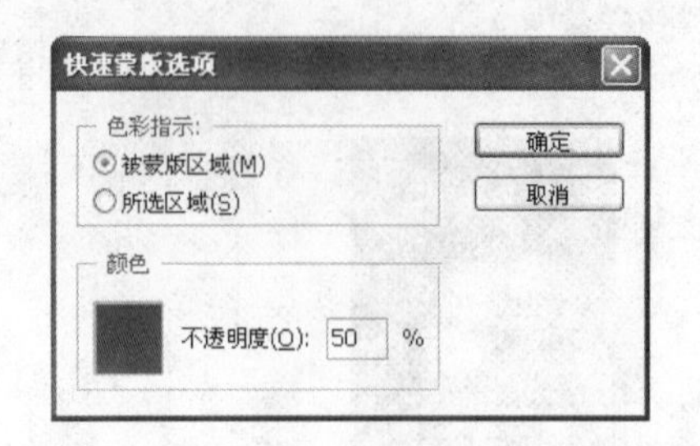

图 7-236　渐变效果　　图 7-237　“快速蒙版选项”对话框设置　　图 7-238　未被遮罩的图像选区

（11）使背景图层可见，再更改背景副本图层的混合模式为“差值”，其效果如图 7-241 所示。

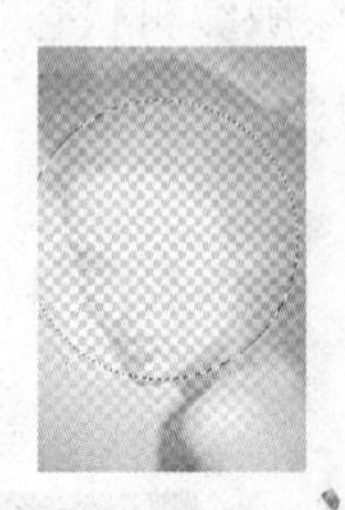

图 7-239　“背景副本”图层的设置　　图 7-240　删除选区后的效果　　图 7-241　更改混合模式后的效果

（12）使所有图层可见，执行“图像”→“调整”→“亮度/对比度”菜单命令，在弹出的对话框中设置“亮度”为 21，使图像看起来亮一些，如图 7-242 所示。

（13）新建图层 3，在工具箱中选择画笔工具，在其属性栏中设置合适的“画笔大小”和“不透明度”，然后在画面上进行涂抹、刻画，制作出划痕感，如图 7-243 所示。

重点提示：

为了使效果看上去更加逼真，这一步应该反复调试以达到最佳效果。因此，新建图层很重要，这样做的目的是在效果不满意时可以删掉该图层重新做。

（14）新建图层 4，在工具箱中选择画笔工具，调整到合适大小，直接用鼠标在画面中涂抹出大致的字形，其效果如图 7-244 所示。

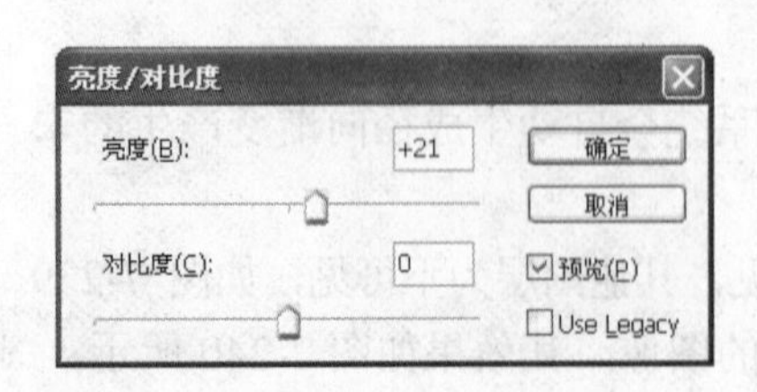

图 7-242　设置“亮度/对比度”　　图 7-243　涂抹刻画后的效果　　图 7-244　添加文字后的效果

（15）执行“图层”→“图层样式”→“外发光”菜单命令，在弹出的对话框中设置“不透明度”为100%，如图7-245所示。

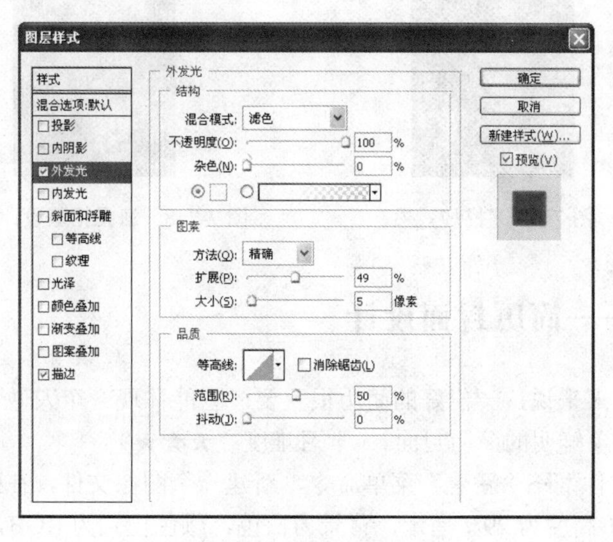

图7-245　设置“外发光”

（16）执行“图层”→“图层样式”→“描边”菜单命令，在弹出的对话框中设置“不透明度”为79%，如图7-246所示，得到的效果如图7-247所示。

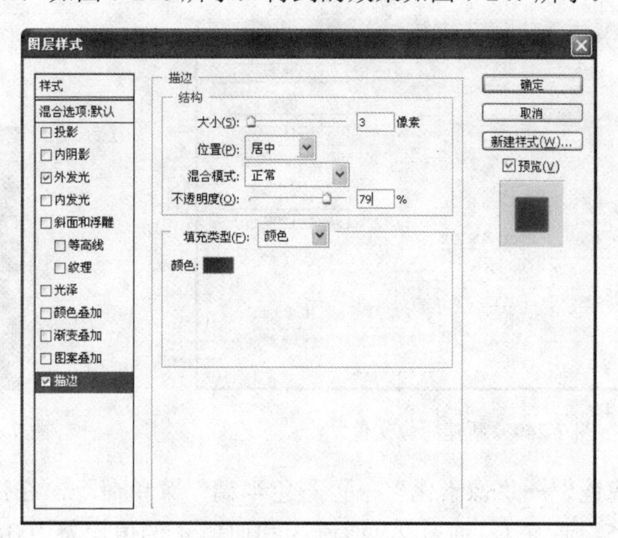

图7-246　设置“描边”

（17）在工具箱中选择横排文字工具，在图片的上方和右下方输入一些文字，使画面构图饱满，最终效果如图7-248所示。

图 7-247　描边效果

图 7-248　海报招贴设计效果

实例 379——简历封面设计

对于找工作的人来说，一份好的简历很重要，它能体现一个人做事的态度和性格等。本例将设计一份简单鲜明的简历封面。（学习难度：★★★）

（1）执行“文件”→“新建”菜单命令，新建一个图像文件，在弹出的对话框中设置其宽度为 21 厘米，高度为 29.7 厘米，背景为白色，颜色模式为 RGB，如图 7-249 所示。

（2）在工具箱中设置前景色为黑色，背景色为白色，选择渐变工具在其属性栏中设置渐变方式为“线性渐变”，按住 Shift 键对画布进行从左到右的渐变填充，其效果如图 7-250 所示。

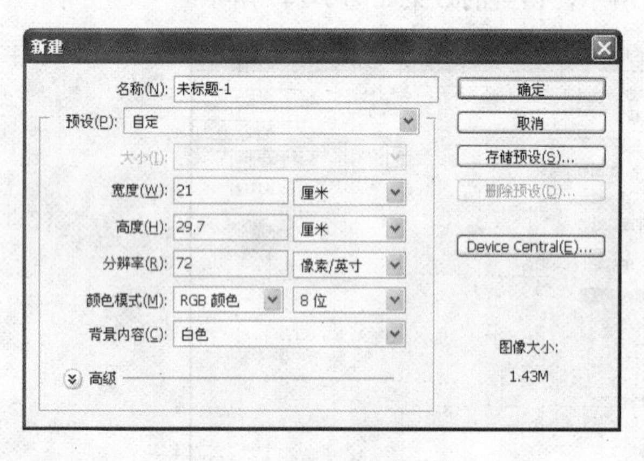

图 7-249　新建图像文件

图 7-250　渐变效果

（3）执行“滤镜”→“像素化”→“彩色半调”菜单命令，在弹出的对话框中设置“最大半径”为 15，通道 1、通道 2、通道 3 和通道 4 的值均为 100，如图 7-251 所示，其效果如图 7-252 所示。

（4）新建图层，在工具箱中选择矩形选框工具在页面左侧绘制一个竖长的矩形选区，然后将选区填充为黑色，如图 7-253 所示。

（5）合并所有图层，执行“图像”→“调整”→“色相/饱和度”菜单命令，在弹出的对话框中勾选“着色”，对参数进行设置，如图 7-254 所示，其效果如图 7-255 所示。

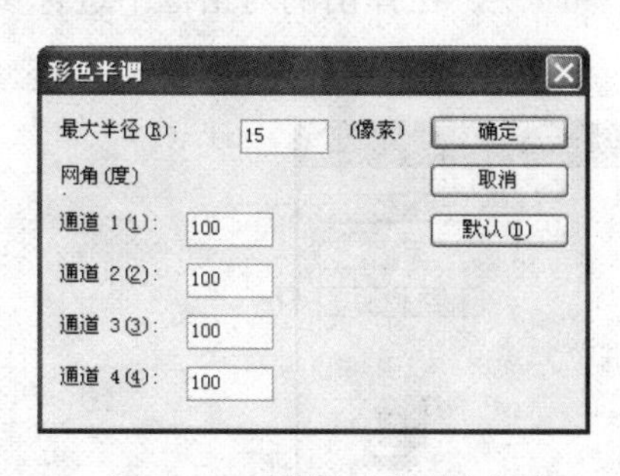

图 7-251　设置“彩色半调”

图 7-252　彩色半调效果

图 7-253　添加颜色选区

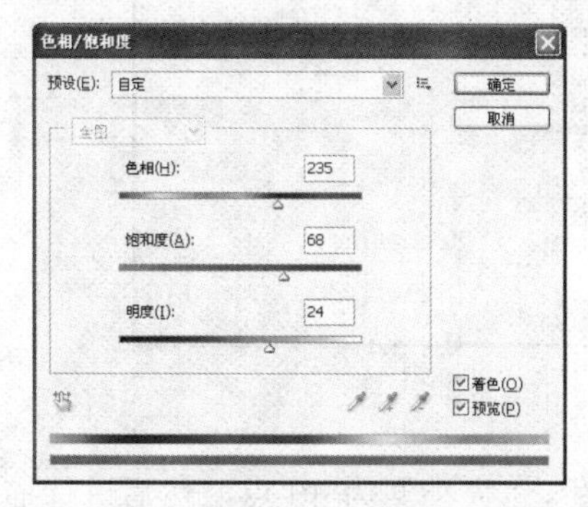

图 7-254　设置“色相/饱和度”

图 7-255　设置色相/饱和度后的效果

（6）在工具箱中选择文字工具，输入“个人简历”字样，字体为“隶书”，大小为 72 点，颜色为# 1a0059，然后执行“图层”→“图层样式”→“描边”菜单命令，在弹出的对话框中设置“大小”为 4 像素，“颜色”为白色，如图 7-256 所示，其效果如图 7-257 所示。

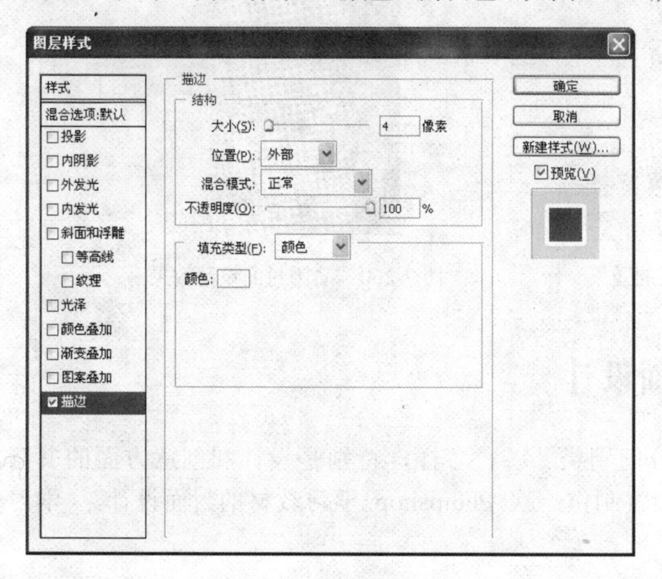

图 7-256　设置“描边”

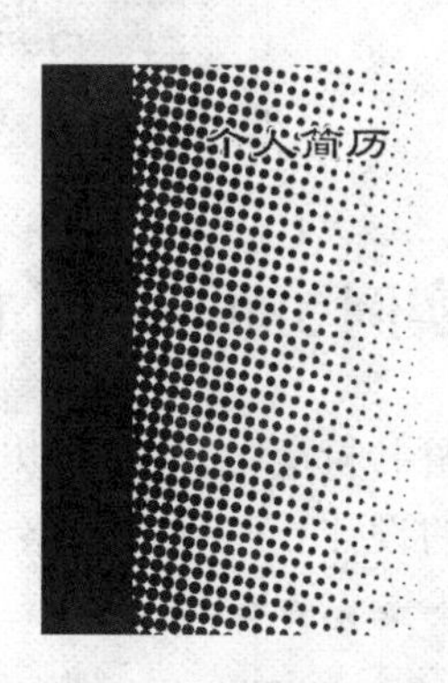

图 7-257　设置描边后的效果

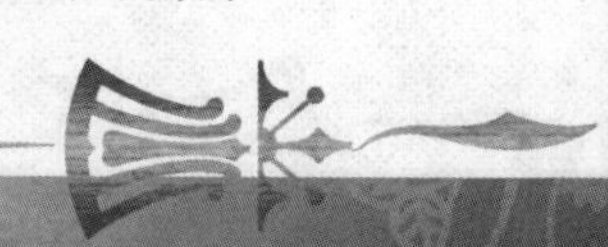

（7）执行“图层”→“图层样式”→“投影”菜单命令，在弹出的对话框中进行参数设置，如图 7-258 所示，得到的效果如图 7-259 所示。

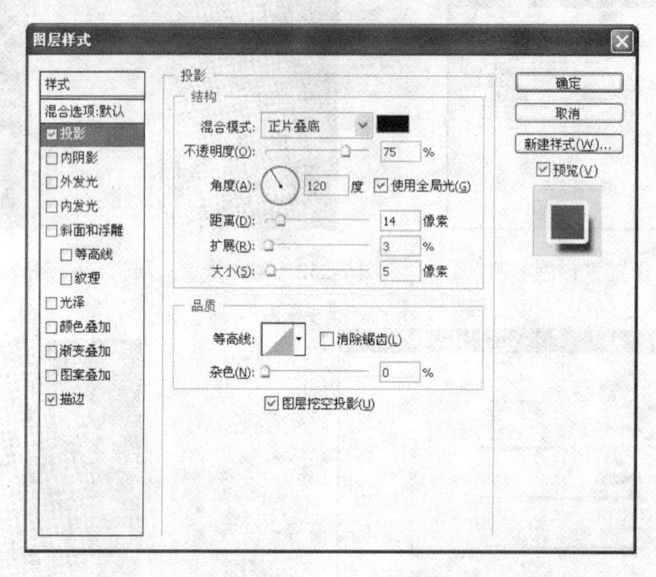

图 7-258　设置“投影”

（8）在左下角输入文字，字体颜色为黑色，“大小”为 40 点，然后进行描边处理，执行“编辑”→“变换”→“旋转 90 度（逆时针）”菜单命令，调整文字的位置，最终效果如图 7-260 所示。

图 7-259　设置投影后的效果

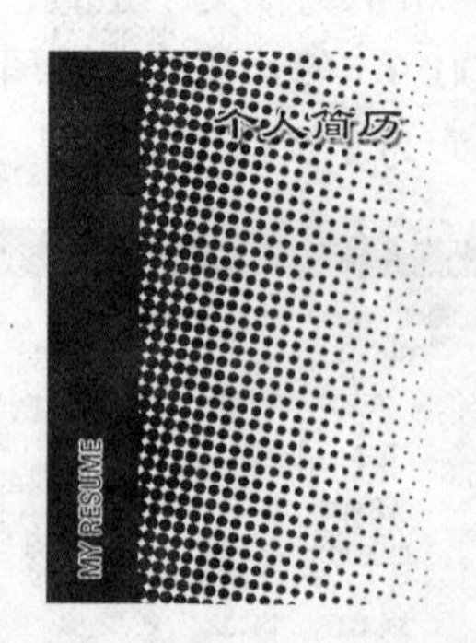

图 7-260　简历封面设计效果

实例 380——图书封面设计

图书封面的设计可以说是分门别类、各种各样，特别是设计和创意方面的书籍，封面的设计更是别具一格。本例将制作一款 Photoshop 学习教材的封面设计。（学习难度：★★★★★）

操作步骤

（1）执行“文件”→“新建”菜单命令，建立一个 RGB 图像文件，设置宽度为 450 像素，高度为 560 像素，分辨率为 300 像素/厘米，然后将背景填充为白色，拉出黄色到透明的渐变，如图 7-261 所示。

（2）新建图层 1，选择矩形选框工具绘制一个长条矩形，填充颜色“R: 232; G: 70; B: 40”，如图 7-262 所示。

图 7-261　填充颜色

图 7-262　绘制长条矩形

（3）新建图层 2，按 Ctrl 键单击图层 1，调出选区，然后填充为白色。执行“滤镜”→“纹理”→“马赛克拼贴”菜单命令，设置参数如图 7-263 所示。马赛克拼贴效果如图 7-264 所示。

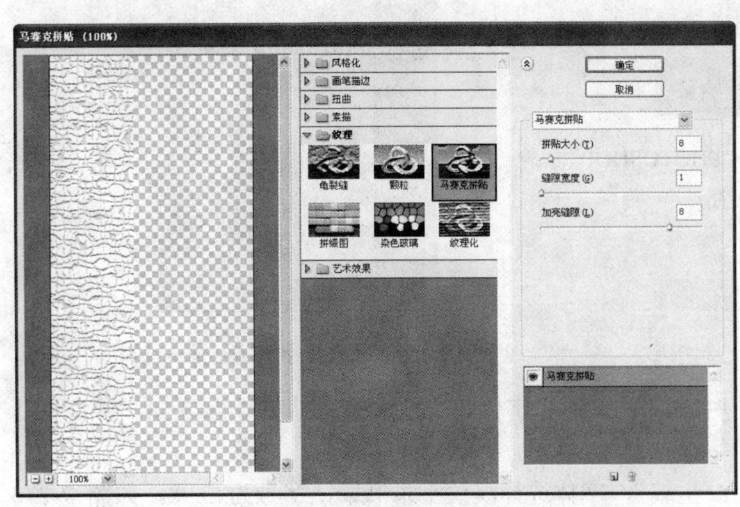

图 7-263　设置参数

图 7-264　马赛克拼贴效果

（4）将图层 2 的混合模式设置为“柔光”，“不透明度”设置为 40%，如图 7-265 所示。

（5）新建图层 3，选择钢笔工具绘制一个不规则形状花边，如图 7-266 所示，得到效果如图 7-267 所示。

图 7-265　更改设置后的效果

图 7-266　不规则形状花边

图 7-267　得到封面效果

（6）输入“PHOTOSHOP”，选择 Angelus™字体，字号为 5.63；输入文字“出版社”，选择草檀斋毛泽东字体，字号为 3.59，如图 7-268 所示。

（7）输入文字“photoshop cs4”，选择汉仪雪君体繁字体，字号为 5.36，并调整字体的位置，如图 7-269 示。

（8）选用矩形工具绘制一个矩形，然后调出渐变效果，如图 7-270 所示。将渐变图层放置到文字下面，如图 7-271 所示。

PHOTOSHOP 出版社

图 7-268　输入文字“PHOTOSHOP”和“出版社”

图 7-270　绘制矩形

图 7-269　输入文字“photoshop cs4”

（9）输入文字“入门与进阶实例”，选择字体为汉仪大宋简，字号为 5.58，并调整其位置，其效果如图 7-272 所示。

（10）输入文字“SUNNY 主编”，字体选择汉仪小隶书繁，字号为 3.98，如图 7-273 所示。

图 7-271　调整图层

图 7-272　输入文字“入门与进阶实例”

（11）在路径面板中创建新路径。选择画笔工具，打开画笔面板，设置画笔笔尖形状如图 7-274 所示。绘制描边，如图 7-275 所示。

图 7-273　输入文字“SUNNY 主编”

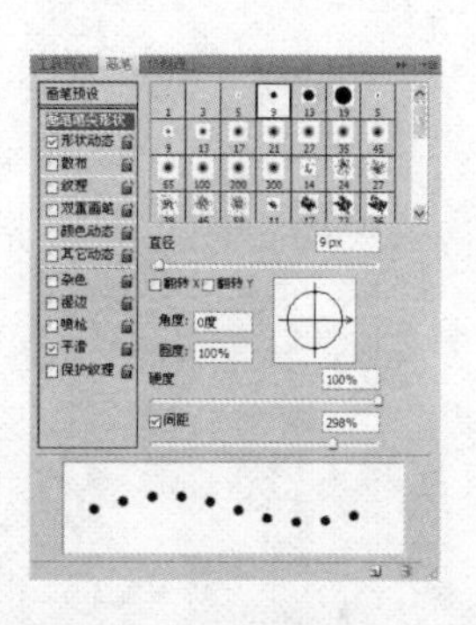

图 7-274　设置画笔笔尖形状

（12）多复制几次画笔，调整位置，最后得到图书封面效果如图 7-276 所示。

图 7-275　绘制描边

图 7-276　图书封面最终效果